蔡東藩說中國史

07

三百年的大融合

上

南北史演义

蔡东藩 著

化学工业出版社
·北京·

钱贡《兰亭诗序图卷》(局部) 绢本

杨子华《北齐校书图》（现藏于美国波士顿艺术博物馆）

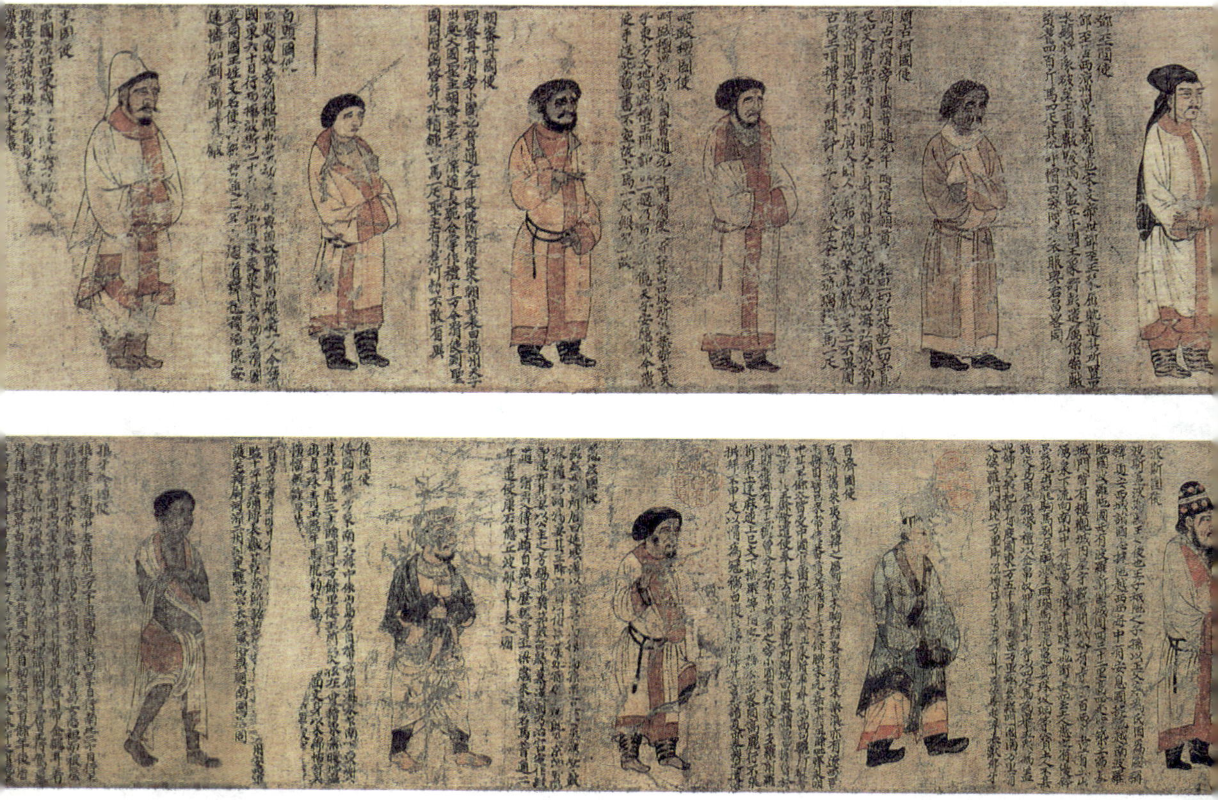

《职贡图》宋人摹本残卷 （左到右依次为末国、白题、胡蜜丹、呵跋檀、周古柯、邓至、狼牙修、倭、龟兹、百济、波斯国使）

出版说明

蔡东藩（1877—1945），名郕，号东藩，著作署名亦作东帆或东颿，浙江萧山人，近现代著名演义小说作家、历史学家，被誉为“一代史家，千秋神笔”。

“历朝通俗演义”是蔡东藩先生历经十年创作的历史演义小说，始于1916年创作的《清史演义》，此后分别为《元史演义》（1920年）、《明史演义》（1920年）、《民国演义》（1921年）、《宋史演义》（1922年）、《唐史演义》（1922年）、《五代史演义》（1923年）、《南北史演义》（1924年）、《两晋演义》（1924年）、《前汉演义》（1925年）、《后汉演义》（1926年）。“历朝通俗演义”以演义小说形式再现了上起秦始皇，下讫民国（1920年）2166年间的中国历史，共11部1040回600多万字。

这11部小说初版由上海会文堂新记书局陆续出版，1926年9月才全部出齐，全套均为有光纸石印线装本。1935年新记书局将这套书进行改版，增加了许廑父续写的《民国演义》后40回，改为铅印，分装44册，总书名称为《古今通俗演义》。

此次我社出版的“蔡东藩说中国史”，就是以1935年新记书局的铅印本为底本，并做了细致的审校，订正了原书个别讹误。本着尽量保留著作原貌的宗旨，书中保留了作者全部注释、夹批、后评及用字和行文表述习惯。为方便读者阅读和理解，本书还在相应位置增加了部分人物的生平介绍。

由于作者受历史时代和传统观念的影响，书中对妇女地位、农民起义、民族关系等问题的表述有一些局限性，对历史人物的评价仅是自己观点，我们相信，今天的读者阅读本书有自己的理解和评判，不必苛求前人。

序一

王学泰

大约在六十年前，读初中时我就记住了“蔡东藩”。那时正沉迷于武侠小说，为了了解武侠小说里大侠的生活背景，开始读历史演义小说。虽然蔡氏的书对于当时的我来说确实深了一些，但也能囫囵吞枣地读下来。蔡东藩恰恰又与我当时的班主任杨东藩先生同名，我才牢牢地记住了这个名字。

后来，我到“北图”查了蔡东藩的经历，原来蔡先生是鲁迅的同乡，他们都是浙江绍兴府人。鲁迅是绍兴会稽，蔡是绍兴萧山（清代萧山属于绍兴府），两人的乳名也很相近，鲁迅叫樟寿，蔡东藩叫椿寿。绍兴文人多笔力雄健，鲁迅人所共知，蔡东藩的史笔也不逊色，创作高峰也很相近。鲁迅创作高峰是1927年到1936年这十年，而蔡东藩也是从1916年到1926年十年写作了11部历史通俗演义，从前汉（附秦朝）、后汉（附三国）到民国九年，时间跨度2166年，总共600余万字。

讲了这么多鲁、蔡相同或相近之处，是不是说两者就是同一个营垒的写作者呢？当然不是。虽然蔡东藩只比鲁迅年长四岁，还比鲁迅晚去世九年，但二人却是两个时代的人。蔡是传统的文人，受的是旧式教育，读的书也是传统的“经、史、子、集”之类，在清朝还有过功名——秀才（14岁考中），还到北京参加过优贡考试（1905年废科举后对秀才安慰性的考试），并被分发为候补知县；而鲁迅一走出绍兴老家，进的就是新式学堂——江南水师学堂，后来到日本留学，先学医，后在东京研究文艺，开始创作，是中国第一代新型的知识分子。

经历了义和团运动和庚子事变（1900年），整个国家面临着被列强瓜分的危险，此时无论是忧国忧民的传统文人，还是追求新的思想意识、正在经历着蜕变的知识人都在关注与思考如何挽救危亡与救国救民问题。蔡东藩正是一位传统的忧国忧民之士，他思考的结果是用历史启发民众。清代的龚自珍曾说：“灭人之国，必先去其史。”（《龚自珍全集·古史钩沉论二》）中国自古重视自己的历史，自明代科举以“八股取士”以来，史学越来越不被世俗重视。像《儒林外史》中所写的中了进士的范进连“苏轼”是谁都不知道，这一点也不奇怪，因为史学与科举考试、特别是仕途没多大关系。

清廷自“废科举、兴学校”以来，新学独盛，史学更是雪上加霜。利用中国历代先贤救亡图存的事迹与精神，激发国民的爱国热情，从而拯救中华。这是一些传统文人的想法。著名谴责小说作家吴趼人曾“发大愿编写历史小说”，并撰写了《历史小说总序》和《两晋演义序》，用历史教育民众。可惜，时不我与，吴趼人不久因病去世，其计划自然便夭折了。他所遗留的“大愿”是与其思想意识接近的蔡东藩完成的。

蔡的第一部“历朝通俗演义”是《清史演义》，当时还没有一部完整的清史（《清史稿》印于 1928 年），这部书应该说是一部开创性的。写此书的直接动力，是他对清亡之后有些人仍然沉迷于帝制、甚至企图复辟帝制的不满，另外也有总结清王朝二百多年经验教训之意。

蔡东藩的这套“历朝通俗演义”基本上是从后往前写的，他从清史写起，其后是：元史、明史、民国史、宋史、唐史、五代史、南北史、两晋史、前汉史、后汉史，由上海会文堂新记书局陆续印行。时间是 1916 年 7 月到 1926 年 9 月。会文堂是用有光纸石印、线装，很廉价。20 世纪五六十年代会文堂本还很多，充斥于旧书店、旧书摊。东藩之孙蔡福源用四五十个字概括了这套书的特色：“朝代多，人物众，篇幅长，跨度大，头绪繁，事情杂，史料实，详略当，连贯好，情意浓，趣味强，阅读易，引力足，印象深。”（《蔡东藩研究 · 我的祖父蔡东藩》）此书一出版，就风行全国，销售至“十万”。这在当时确实是个了不起的印数。普通书籍，每版也就印个两三千册。

蔡东藩这套书中所贯穿的思想主旨在传统文人群体中应该说是先进的。毛泽东曾说中国传统文化中既有“封建性的糟粕”，也有“民主性的精华”。精华之中最值得重视的应该是民本思想。这也就是孔子所说的“民惟邦本，本固邦宁”；孟子所说的“民为贵，社稷次之，君为轻”，“君之视臣如草芥，则臣视君如寇仇”。蔡东藩在“历朝通俗演义”中所竭力主张的正是孔孟所倡导的。他把儒家倡导的尧舜之治和仁政学说归纳为“开明专制”，他倡导“开明专制”摒弃“绝对专制”。

> 尧置谏鼓，立谤木，舜询四岳，咨十有二牧，禹拜昌言，汤改过不吝，周有询群臣询群吏询万民的制度，简策流传，至今勿替。可见古时的圣帝明王，虽然尊为天子，管辖九州，究竟也要集思广益，依从舆论，好民所好，恶民所恶，才能长治久安，做一位升平主子，贻谋永远，传及子孙。看官听说！这便是开明专制，不是绝对专制哩。
>
> （《前汉演义》第一回）

“开明”的核心就是“好民所好，恶民所恶”，为了保障实现这一点，关键是要建立能够听取不同意见的制度（“置谏鼓，立谤木”“询群臣、询群吏”等）。与此相对立的“绝对专制”是什么样子呢?

> 自从嬴政得国，专务君权，待遇百姓，好似牛马犬豕一般，凡所有督责抑勒的命令，严酷残暴的刑罚，无一不作，无一不行，也以为生杀予夺，惟我所为，百姓自然帖伏，不敢再逞，从此皇帝的位置，牢固不破，好教那子子孙孙，千代万代的遗传下去。那知专欲难成，众怒难犯，本身幸得速死，不致陨首，才及一传，宫廷里面，就闹得一塌糊涂，戍卒叫，函谷举，楚人一炬，可怜焦土。
>
> （同上）

绝对专制的特色是不把老百姓当人，“也以为生杀予夺，惟我所为，百姓自然帖伏，不敢再逞”。也就是说统治者可以任凭自己的意志去统治百姓，想怎么干，就怎么干。他们认为这样才能长治久安。没想到“专欲难成，众怒难犯”，秦朝统一天下才十几年的工夫，就被推翻了。这就是绝对专制的后果，“秦制”就是绝对专制。

对于继秦之后建立汉朝的刘邦，蔡东藩评价也不高，其原因就在于，他虽然取代了绝对专制的秦朝皇帝，但所执行的仍然是“秦制”:

> 史官说他豁达大度，确非凡夫，而且入关约法，尽除苛禁，能得百姓欢心，所以扫秦灭项，五年大成。但小子追溯汉家事迹，多半沿袭秦制，并没有一番大改革的事业。萧何原是刀笔吏，叔孙通又是绵蕞生，绵蕞系表位标准，绵是置设绵索，蕞是植茅地上，为肄习典礼之处，使知尊卑次序。所见所闻，无非是前秦故事，晓得什么体国经野的宏规，因此佐汉立法，仍旧是换汤不换药的手段，厉行专制政体，尊君抑民。
>
> （同上）

所谓“约法三章”是刘邦对关中百姓的许诺，《史记 · 高祖本纪》中记载:“汉元年（前206）十月，沛公（刘邦）兵遂先诸侯至霸上。……遂西入咸阳……还军霸上。召诸县父老豪杰曰:‘父老苦秦苛法久矣，诽谤者族，偶语者弃市。吾与诸侯约，先入关者王之，吾当王关中。与父老约，法三章耳:杀人者死，伤人及盗抵罪。余悉除去秦法。’”这话说得多贴心!

要把秦朝苛政只简化为三条：杀人偿命，伤人与偷盗按其行为给人造成的损失惩治。这三条简单，对于社会来说也是最基本的规范，“父老”们自然是竭诚拥护。其实这是个骗局，刘邦一进了秦宫殿，兴奋点都集中在做皇帝上，早把对老百姓的许诺抛到九霄云外，其所执行的仍是“尊君抑民”的“秦政”，“换汤不换药”。鲁迅也说过类似的意见。他在《而已集·小杂感》中说：

刘邦除秦苛暴，“与父老约，法三章耳。”而后来仍有族诛，仍禁挟书，还是秦法。法三章者，话一句耳。

除了《清史演义》《民国演义》综合各种野史稗官（包括清末民初的报刊）完成的以外，其他各朝史演义都是本着“以正史为经，务求确凿，以轶闻为纬，不尚虚诬”（蔡东藩《唐史演义·自序》）。“正史”叙事多重复，与人物活动无关的文字太多，如何删繁就简、增加历史人物之间的互动以及有趣的故事，这是颇费裁量的。

这套书虽名“演义”，但它还是与读者熟悉的《三国演义》《隋唐演义》《东西汉演义》等书不同。《三国演义》等作品更注重文学性，就文体来说，它们更接近“英雄传奇”；而蔡东藩的“演义”，虽然也有铺排、也有虚构，但其重点还在于叙述历史事实，它是历史读本。这一点自从它出版之后就被读者肯定了。当时江苏省立南京中学校长张海澄给会文堂新记书局写信说：“《历朝通俗演义》于中等学校学生文史知识，裨益匪浅。特采作课外补充读物。”

毛泽东也很喜爱这套“演义”，抗日战争时期，他就委托在敌后工作的李克农为他购买这套书。买来之后，他一直把这套书放在自己床头，作为常常翻阅的书籍。“文革”中出版业凋零，但还是出版了《民国通俗演义》（是否全套“历朝通俗演义”，因为我没看到，不能妄说。我只看到这一种，是大字本的，分订为八本。陈志根的《蔡东藩〈中国历代通俗演义〉版本源流述论》也没有提到蔡书的“文革”中印本）作为内部书，购买要凭一定级别的干部证件或介绍信。当时号召高级干部要“读点历史”，毛就向他们推荐蔡东藩的“演义”。

严谨的历史学家顾颉刚关注历史知识的普及。20 世纪 30 年代，他就鼓励自己的学生撰写历史通俗读物（如陈稺常的《中国上古史演义》）。50 年代出版历史通俗著作时，他推荐了“历朝通俗演义”，并为之作序：

一般历史通俗演义，在过去也曾出版过不少，可是似乎还很少能和蔡东藩先生这一部相提并论的。蔡先生对史料的运用与取舍，采取了相当认真的态度。例如：他对正史中所引用的迷信部分，加以适当地批判，对于帝王自己为了要求在群众中建立威信而制造的神话，也都予以无情地讽刺。这证明了他作这部书并不想为封建统治阶级服务。……我认为，这部书的重新出版，不但可以作为一般人的读物，并且也可以作为爱好历史的人们的参考。因为一部《二十四史》，分量太多，就是历史专家也不容易把它完全熟记，倒不如这部演义，随意翻览一下，说不定会有提纲挈领的功效。

（顾颉刚《蔡东藩〈二十四史通俗演义〉（增订）序言》）

现在不是“熟记”不“熟记”，而是有多少有能力、有时间读“二十四史”了。因此，蔡东藩的“历朝通俗演义”就是学习中国历史的基本读物了。

蔡东藩的书中，自己还常常加批注，或作一些小考证，每回之末或有总评，以帮助读者辨明真伪与正误。例如《前汉演义》第十一回之末云:

本回叙刘季微贱时事，脱胎《高祖本纪》，旁采史汉各传，语语皆有来历，并非向壁虚造。惟史官语多忌讳，往往于刘季所为，舍瑕从善，经本回一一直叙，才得表明真相，不没本来。盖刘季本一酒色徒，其所由得成大业者，游荡之中，具有英雄气象，后来老成练达，知人善任，始能一举告成耳。若刘媪之感龙得孕，老妪之哭蛇被斩，不免为史家附会之词；然必谓竟无此事，亦不便下一断笔，有闻必录，抑亦述史者之应有事也。

刘媪之感龙得孕，老妪之哭蛇被斩这是正史中有的，作者不能回避，但在总评中加一些批评文字，已表明自己的态度。

蔡书自从问世后曾多次出版，就20世纪80年代以来，也有多家出版社重印，有人觉得印得太多了。记得四十年前曾与我的老师廖仲安先生讨论过什么书要多印的问题。他说，有的书就像大米白面，什么时候到粮店去买都要有，至于那些高级的粮食像西贡米、冰船面或北京人很少光顾的莜面、高粱面、小米面倒不一定时时要有（当时人们还在用粮票，对粮食的需求没有像现在这样多样化）。书籍也是这样。像“四书五经”《史记》《汉书》《三国志》《水浒传》《三国演义》“楚辞”“李白诗”“杜甫诗”“苏轼作品”《唐诗三百首》……这些就属于大米白面之类，什么时候去买都要有。从现在人们的精神需求来看蔡东藩的书，也将成为“大米白面”了，读者什么时候逛书店都能看到。

序二

杜君立

在世界所有国家中，中国的历史无疑是最为源远流长的。历史学家孟森先生说："中国有史之系统，严正完美，实超乎万国之上。"历史作为一种话语权，在数千年里经历了从民间到官方的转移和衍变，最后留下了一部皇皇巨著的"二十四史"。

"作史固难，读史亦难。"中国史籍浩如烟海，从二十四史、两通鉴、九通、五纪事本末，到其他各种别史、杂史和野史，一个人即使穷经皓首，也读不完这么多历史。仅"二十四史"就有三千二百五十九卷，除非像吕思勉这样的历史研究者（吕将"二十四史"通读了三遍），对一般读者来说，这样的正史难免会让人望而却步。

同时，这些高文典册的历史大多出自文人史官之手，并非为一般智识的普通民众而作，阅读难度可想而知。因此，便出现了大量的民间说史和写史，即"演义"小说的兴起。《三国志》属于正史，《三国演义》则将历史民间化和文学化了，就社会影响而言，前者根本无以望后者之项背。"罗贯中尝辑《三国演义》，风行海内，几乎家喻户晓，大有掩盖陈寿《三国志》的势力。若论他内容事迹，半涉子虚。一般社会能有几个读过正史？甚至正稗不分，误把罗氏《三国演义》当作《三国志》相看。"

对任何一个历史写作者来说，都希望自己的作品能够传播久远，所谓"藏诸名山，传之其人"，这其实牵扯到"文"与"史"的差异性。文史既相通又相异，历史小说不同于真正的历史，小说偏重于情节营造，历史偏重于真实性。"夫正史尚直笔，小说尚曲笔，体裁原是不同，而世人之厌阅正史，乐观小说，亦即于此处分之。"因真实性可疑，这种似驴非马的历史演义小说往往为学者所诟病，章学诚指责《三国演义》"创七分事实，三分虚构，以致观者往往为所惑乱"，"后世以讹传讹，将无作有，劝善不足，导欺有余"，"凭虚捏造，以诬古而欺今"。

一是乏人问津的所谓"正史"，一是真假难辨的各种"演义""戏说"，这在某种程度上导致中国历史始终陷于"贫困"，以至于鲁迅先生说："中国不但无正确之本国史，亦无世界史，妄人信口开河，青年莫名奇妙，知今知古，知外知内，都谈不到。"近代西风东渐，大学兴起，中国结束帝制，走向民主，历史才开始在中国重新复苏，梁启超提出"新历史"之说。在这场历史启蒙运动中掀起一股“历史热”，留下许多名篇巨作，其中影响最大的莫过于蔡东藩的“历朝通俗演义”。

蔡东藩（1877—1945）一生恰逢清末民初，既接受过完整的传统教育，又接触过许多现代新思想，精通经史诗文，这使他对历史、国家和民族有更现代、更深刻的认知。他坚持历史的真实根基，“以正史为经，务求确凿，以轶闻为纬，不尚虚诬”。在文字方面，他要求“文不尚虚，语惟以俗”，这或许是对同时期白话文运动的一种呼应。即使在今天看来，蔡东藩对写作的这种孜孜追求也不过时，即“理正词纯，明白晓畅，以发探新道德、新政治、新社会之精神”，“不求古奥，不阿时好，期于浅显切近”。

从1916年到1926年，从40岁到50岁，陋室孤灯，蔡东藩在浙江乡下写了整整10年。从《清史演义》始，先后写作了元史、明史、民国、宋史、唐史、五代史、南北朝、两晋、前汉和后汉等通俗演义。他以一人之力，竟然完成了这部长达600多万字的中国通史，从秦汉到民国，历史跨度长达2000多年。

在某种程度上，蔡东藩对中国历史写作的贡献足可与司马迁相媲美，说他是“现代司马迁”也不为过。作为中国第一部通史，50余万字的《史记》叙述了自黄帝到西汉的三千年中国史，蔡东藩的“历朝通俗演义”正好从前汉开始，这种衔接不仅是主题内容上的，也是历史精神的继承，即历史从官方到民间的回归，“究天人之际，通古今之变，成一家之言”。

与传统的历史通俗小说不同，蔡著采用的完全是专业历史写作的方法，重史轻文，注重真实和考据，无一事无来历，孤证不立。这需要大量的阅读和涉猎，更离不开洞隐烛微的思辨精神，写作《元史演义》时他就参考了大量中西史料，“是足以补中西史乘之缺，不得以小说目之”。这是史家才有的严谨，“语皆有本，不敢虚诬，笔愧如刀，但凭公理”。史论总被视为历史写作的点睛之笔，在“历朝通俗演义”中，除过一些历史知识的注释，还有大量的蔡氏史评作为批注。这自然会让人想到《史记》中的“太史公曰”。

今年恰逢蔡著《清史演义》（“历朝通俗演义”第一部）首次出版100周年，历经百年巨变，其光辉仍不可磨灭，正如替蔡续写《民国演义》后四十回的许廑父所言：“文笔之整饬，结构之精密，故成一完善之史学演义，出版后不胫而走遍天下。”事实上，“历朝通俗演义”自出版以来，便一直畅销不衰，但蔡氏本人却贫寒一生，仅以行医教书为生。这就是一个真正写作者的历史和命运。

（说明：文中所引用文字非特别注明者，均出自蔡东藩著作。）

自序

子舆氏有言曰："世衰道微，邪说暴行有作，臣弑其君者有之，子弑其父者有之。孔子惧，作《春秋》，《春秋》作而乱臣贼子惧。"夫孔子惧乱贼，乱贼亦惧孔子。则信乎一字之贬，严于斧钺，而笔削之功为甚大也。春秋以降，乱贼之迭起未艾，厥惟南北朝，宋武为首恶，而齐而梁而陈，无一非篡弑得国，悖入悖出，忽兴忽亡，索虏适起而承其敝，据有北方，历世十一，享国至百七十余年。合东西二魏在内。夷狄有君，诸夏不如，可胜慨哉！至北齐，北周，篡夺相仍，盖亦同流合污，駸駸乎为乱贼横行之世矣。隋文以外戚盗国，虽得混一南北，奄有中会，而冥罚所加，躬遭子祸，阿麽（音 mó）弑君父，贼弟兄，淫烝无度，卒死江都，夏桀、商辛不是过也。二孙倏立倏废，甚至布席礼佛，愿自今不复生帝王家，倘非乃祖之贻殃，则孺子何辜，乃遽遭此惨报乎？然则隋之得有天下，亦未始非过渡时代，例以旧史家正统之名，隋固不得忝列也。

沈约作《宋书》，萧子显作《齐书》，姚思廉作梁、陈二书，语多回护，讳莫如深，沈与萧为梁人，投鼠忌器，尚有可原；姚为唐臣，犹曲讳梁、陈逆迹，岂以唐之得国，亦仍篡窃之故智与？抑以乃父察之曾仕梁、陈，乃不忍直书与？彼夫崔浩之监修魏史，直书无隐，事未藏而身死族夷。旋以谄谀狡佞之魏收继之，当时号为"秽史"，其不足征信也明甚。《北齐书》成于李百药，《北周书》成于令狐德芬，率尔操觚，徒凭两朝之记录，略加删润，于褒贬亦无当焉。《隋书》辑诸唐臣之手，而以魏徵标名。魏以直臣称，何以《张衡传》中，不及弑隋文事，明明为乱臣贼子，而尚曲讳之，其余何足观乎？若李延寿之作南北史，本私家之著述，作官书之旁参，有此详而彼略者，有此略而彼详者，兹姑不暇论其得失，但以隋朝列入《北史》，后人或讥其失宜，窃谓《春秋》用夷礼则夷之，李氏固犹此意也。嗟乎！乱臣贼子盈天下，即幸而牢宠九有，囊括万方，亦岂真足光耀史乘流传后世乎哉？

本编援李氏南北史之例，拾摭事实，演为是书；复因年序之相关，合南北为一炉，融而冶之，以免阅者之对勘，非敢谓是书之作，足以步官私各史之后尘。但阅正史者，常易生厌，而览小说者不厌求详，鄙人之撰历史演义也有年矣，每书一出，辄受阅者欢迎，得毋以辞从浅近，迹异虚诬，就令草草不工，而于通俗之本旨，固尚不相悖者与！抑尤有进者，是书于乱贼之大防，再三致意，不为少讳。值狂澜将倒之秋，而犹欲扬汤止沸，鄙人固不敢出此也。若夫全书之体例，已数见前编之各历史演义中，兹姑不赘云。

中华民国十三年一月古越蔡东帆自叙于临江书舍

目录

南史世系图

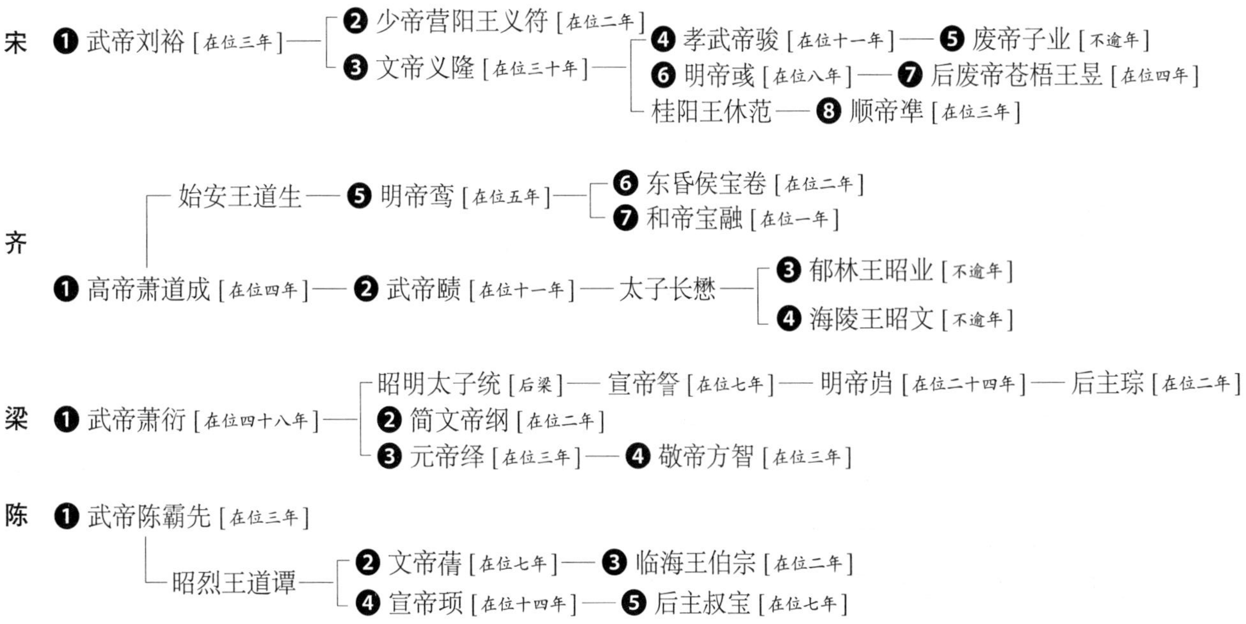

宋
❶ 武帝刘裕 [在位三年]
❷ 少帝营阳王义符 [在位二年]
❸ 文帝义隆 [在位三十年]
❹ 孝武帝骏 [在位十一年]
❺ 废帝子业 [不逾年]
❻ 明帝彧 [在位八年]
❼ 后废帝苍梧王昱 [在位四年]
桂阳王休范
❽ 顺帝凖 [在位三年]
齐
始安王道生
❺ 明帝鸾 [在位五年]
❻ 东昏侯宝卷 [在位二年]
❼ 和帝宝融 [在位一年]
❶ 高帝萧道成 [在位四年]
❷ 武帝赜 [在位十一年]
太子长懋
❸ 郁林王昭业 [不逾年]
❹ 海陵王昭文 [不逾年]
梁
❶ 武帝萧衍 [在位四十八年]
昭明太子统 [后梁]
宣帝詧 [在位七年]
明帝岿 [在位二十四年]
后主琮 [在位二年]
❷ 简文帝纲 [在位二年]
❸ 元帝绎 [在位三年]
❹ 敬帝方智 [在位三年]
陈
❶ 武帝陈霸先 [在位三年]
昭烈王道谭
❷ 文帝蒨 [在位七年]
❸ 临海王伯宗 [在位二年]
❹ 宣帝顼 [在位十四年]
❺ 后主叔宝 [在位七年]

北史世系图

魏 ❶道武帝拓跋珪[在位二十三年]——❷明元帝嗣[在位十五年]——❸太武帝焘[在位二十八年]景穆太子晃——❹文成帝濬[在位十四年]

——❺献文帝弘[在位五年]——❻孝文帝宏[在位二十九年 改姓元氏]——❼宣武帝恪[在位十六年]——❽孝明帝诩[在位十三年]广陵王羽

——❿节闵帝恭[在位一年]——
- 广平王怀——⓫孝武帝修[在位三年]
- 京兆王愉[西魏]文帝宝炬[在位十七年]——
  - 废帝钦[在位三年]
  - 恭帝廓[在位三年，复姓拓跋氏]
- 清河王怿——清河王亶[东魏]孝静帝善见[在位十七年]

——彭城王勰——❾孝庄帝子攸[在位三年]

齐 神武帝高欢——
- ❶文宣帝洋[在位十年]——❷废帝殷[不逾年]
- ❸孝昭帝演[在位二年]
- ❹武成帝湛[在位五年]——❺后主纬[在位十二年]——❻幼主恒[不逾年]

周 文帝宇文泰——
- ❶孝闵帝觉[不逾年]
- ❷明帝毓[在位四年]
- ❸武帝邕[在位十八年]——❹宣帝赟[不逾年]——❺静帝阐[在位三年]

隋 ❶文帝杨坚[在位二十四年]——❷炀帝广[在位十三年]——元德太子昭——
- ❸恭帝侑[在位二年]
- ❹恭帝侗[在位二年]

第一回

射蛇首兴王呈预兆
睹龙颜慧妇忌英雄

世运百年一大变，三十年一小变，变乱是古今常有的事情，就使圣帝明王，善自贻谋，也不能令子子孙孙，万古千秋的太平过去，所以治极必乱，盛极必衰，衰乱已极，复治复盛，好似行星轨道一般，往复循环，周而复始。一半是关系人事，一半是关系天数，人定胜天，天定亦胜人，这是天下不易的至理。但我中国数千万里疆域，好几百兆人民，自从轩辕黄帝以后，传至汉、晋，都由汉族主治，凡四裔民族，僻居遐方，向为中国所不齿，不说他犬羊贱种，就说他虎狼遗性，最普通的赠他四个雅号，南为蛮，东为夷，西为戎，北为狄。这蛮夷戎狄四种，只准在外国居住，不许他闯入中原，古人称为华夏大防，便是此意。界划原不可不严，但侈然自大，亦属非是。

汉、晋以降，外族渐次来华，杂居内地，当时中原主子，误把那怀柔主义，待遇外人，因此藩篱自辟，防维渐弛，那外族得在中原境内，以生以育，日炽日长，涓涓不塞，终成江河，为虺勿摧，为蛇若何。嗣是五胡十六国，迭为兴替，害得荡荡中原，变作了一个胡虏腥膻的世界。后来弱肉强食，彼吞此并，辗转推迁，又把十六国土宇，浑合为一大国，叫作北魏。北魏势力，很是强盛，查起他的族姓，便是五胡中的一族，其时汉族中衰，明王不作，只靠了南方几个枭雄，抵制强胡，力保那半壁河山，支持危局，我汉族的衣冠人物，还算留贻了一小半，免致遍地沦胥，无如江左各君，以暴易暴，不守纲常，不顾礼义，你篡我窃，无父无君，扰扰百五十年，易姓凡三，历代凡四，共得二十三主，大约英明的少，昏暗的多，评论确当。反不如北魏主子，尚有一两个能文能武，武指太武帝焘，文指孝文帝宏。经营见方，修明百度，扬武烈，兴文教，却具一番振作气象，不类凡庸。他看得江左君臣，昏淫荒虐，未免奚落，尝呼南人为枭夷，易华为夷，无非自取。南人本来自称华胄，当然不肯忍受，遂号北魏为索虏。口舌相争，干戈继起，往往因北强南弱，累得江、淮一带，烽火四逼，日夕不安。幸亏造化小儿，巧为播弄，使北魏亦起内讧，东分西裂，好好一个魏国，也变作两头政治，东要夺西，西要夺东，两下里战争未定，无暇顾及江南，所以江南尚得保全。可惜昏主相仍，始终不能展足，局促一隅，苟延残喘。及东魏改为北齐，西魏改为北周，中土又作为三分，周最强，齐为次，江南最弱，鼎峙了好几年，齐为周并，周得中原十分之八，江南但保留十分之二，险些儿要尽属北周了。就中出了一位大丞相杨坚，篡了周室，复并江南，其实就是仗着北周的基业，不过杨系汉族，相传为汉太尉杨震后裔，忠良遗祚，足孚物望；更兼以汉治汉，无论南北人民，统是一致翕服，龙角当头，王文在手，均见后文。既受周禅，又灭陈氏，居然统一中原，合并南北。当时人心归附，乱极思治，总道是天下大定，从此好安享太平，哪知他外强中干，受制帷帟，阿麽炀帝小名。小丑，计夺青宫，甚至弑君父，杀皇兄，烝庶母，骄恣似苍梧，宋主昱。淫荒似东昏，齐主宝卷。愚蔽似湘东，梁主绎。穷奢极欲似长城公，陈主叔宝。凡江左四代亡国的覆辙，无一不蹈，所有天知、地知、人知、我知的祖训，一古脑儿撇置脑后，衣冠禽兽，牛马裾襟，遂致天怒人怨，祸起萧墙，好头颅被人斫去，徒落得身家两败，社稷沦亡；妻妾受人污，子弟遭人害，闹得一塌糊涂，比宋、齐、梁、陈末世，还要加几倍扰乱。咳！这岂真好算作混一时代么？小子记得唐朝李延寿，撰南北史各一编，宋、齐、梁、陈属南史，魏、齐、周、隋属北史，寓意却很严密，不但因杨氏创业，是由北周蝉蜕而来，可以属诸北史，就是杨家父子的行谊，也不像个治世真人，虽然靠着一时侥幸，奄有南北，终究是易兴易衰，才经一传，便尔覆国，这也只好视作闰运，不应以正统相待。独具只眼。小子依例演述，摹仿说部体裁，编成一部《南北史通俗演义》，自始彻终，看官听着，开场白已经说过，下文便是南北史正传了。虚写一段，已括全书大意。

刘裕（363—422），即宋武帝，字德舆，小字寄奴，彭城（今江苏徐州）人，南朝宋的建立者。初为东晋北府兵将领。元兴三年（404年）击败桓玄，掌握东晋大权。官至相国，封宋王。元熙二年（420年），代晋称帝，国号宋。

且说东晋哀帝兴宁元年，江南丹徒县地方，生了一位乱世的枭雄，姓刘名裕，字德舆，小字叫作寄奴，他的远祖，乃是汉高帝弟楚元王交。交受封楚地，建国彭城，子孙就在彭城居住。及晋室东迁，刘氏始徙居丹徒县京口里。东安太守刘靖，就是裕祖，郡功曹刘翘，就是裕父，自从楚元王交起算，传至刘裕，共历二十一世。裕生时适当夜间，满室生光，不啻白昼；偏偏婴儿堕地，母赵氏得病暴亡，乃父翘以生裕为不祥，意欲弃去，还亏有一从母，怜惜侄儿，独为留养，乳哺保抱，乃得生成。翘复娶萧氏女为继室，待裕有恩，勤加抚字，裕体益发育，年未及冠，已长至七尺有余。会翘病不起，竟致去世，剩得一对嫠妇孤儿，凄凉度日，家计又复萧条，常忧冻馁。裕素性不喜读书，但识得几个普通文字，便算了事；平日喜弄拳棒，兼好骑射，乡里间无从施技；并因谋生日亟，不得已织屦易食，伐薪为炊，劳苦得了不得，尚且饔飧鲜继，饥饱未匀；惟奉养继母，必诚必敬，宁可自己乏食，不使甘旨少亏。揭出孝道，借古风世。一日，游京口竹林寺，稍觉疲倦，遂就讲堂前假寐。僧徒不识姓名，见他衣冠褴褛，有逐客意，正拟上前呵逐，忽见裕身上现出龙章，光呈五色，众僧骇异得很，禁不住哗噪起来。裕被他惊醒，问为何事？众僧尚是瞧着，交口称奇。及再三诘问，方各述所见。裕微笑道："此刻龙光尚在否？"僧答言："无有。"裕又道："上人休得妄言！恐被日光迷目，因致幻成五色。"众僧不待说毕，一齐喧声道："我等明明看见五色龙，罩住尊体，怎得说是日光迷目呢？"裕亦不与多辩，起身即行。既返家门，细思众僧所言，当非尽诬，难道果有龙章护身，为他日大贵的预兆？左思右想，忐忑不定。到了黄昏就寝，还是狐疑不决，辗转反侧，蒙眬睡去。似觉身旁果有二龙，左右蟠着，他便跃上龙背，驾龙腾空，霞光绚彩，紫气盈途，也不识是何方何地，一任龙体游行，经过了许多山川，忽前面笼着一道黑雾，很是阴浓，差不多似天地晦冥一般，及向下倚瞩，却露着一线河流，河中隐隐现出黄色，黑气隐指北魏，河中黄色便是黄河，宋初尽有河南地，已兆于此。那龙首到了此处，也似有些惊怖，悬空一旋，堕落河中。裕骇极欲号，一声狂呼，便即惊觉，开眼四瞧，仍然是一张敝床，惟案上留着一盏残灯，临睡时忘记吹熄，所以余焰犹存。回忆梦中情景，也难索解，但想到乘龙上天，究竟是个吉兆，将来应运而兴，亦未可知，乃吹灯再寝。不意此次却未得睡熟，不消多时，便晨鸡四啼，窗前露白了。

裕起床炊爨，奉过继母早膳，自己亦草草进食，已觉果腹，便向继母禀白，往瞻父墓，继母自然照允。裕即出门前行，途次遇着一个堪舆先生，叫作孔恭，与裕略觉面善。裕乘机扳谈，方知孔恭正在游山，拟为富家觅地，当下随着同行，道出候山，正是裕父翘葬处。裕因家贫，为父筑坟，不封不树，只耸着一抔黄土，除裕以外，却是没人相识。裕戏语孔恭道："此墓何如？"恭至墓前眺览一周，便道："这墓为何人所葬，当是一块发王地呢。"裕诈称不知，但问以何时发贵？恭答道："不出数年，必有征兆，将来却不可限量。"裕笑道："敢是做皇帝不成？"恭亦笑道："安知子孙不做皇帝？”彼此评笑一番，恭是无心，裕却有意，及中途握别，裕欣然回家，从此始有意自负，不过时机未至，生计依然，整日里出外劳动，不是卖履，就是斫柴；或见了飞禽走兽，也就射倒几个，取来充庖。

时当秋日，洲边芦荻萧森，裕腰佩弓矢，手执柴刀，特地驰赴新洲，伐荻为薪。正在俯割的时候，突觉腥风陡起，流水齐嘶，四面八方的芦苇，统发出一片秋声，震动耳鼓。裕心知有异，忙跳开数步，至一高涧上面，凝神四望，蓦见芦荻丛中，窜出一条鳞光闪闪的大蛇，头似巴斗，身似车轮，张目吐舌，状甚可怖。裕见所未见，却也未免一惊，急从腰间取出弓箭，用箭搭弓，仗着天生神力，向蛇射去，飕的一声，不偏不倚，射中蛇项，蛇已觉负痛，昂首向裕，怒目注视，似将跳跃过来，接连又发了一箭，适中蛇目分列的中央，蛇始将首垂下，滚了一周，蜿蜒而去，好一歇方才不见。裕悬空测量，约长数丈，不禁失声道：“好大恶虫，幸我箭干颇利，才免毒螫。”说至此，复再至原处，把已割下的芦荻，捆做一团，肩负而归。汉高斩蛇，刘裕射蛇，远祖裔孙，不约而同。次日，复往州边，探视异迹，隐隐闻有杵臼声，越加诧异，随即依声寻觅，行至榛莽丛中，得见童子数人，俱服青衣，围着一臼，轮流杵药。裕朗声问道：“汝等在此捣药，果作何用？”一童子答道：“我王为刘寄奴所伤，故遣我等采药，捣敷患处。”裕又道：“汝王何人？”童子复道：“我王系此地土神。”裕輾然道：“王既为神，何不杀死寄奴？”童子道：“寄奴后当大贵，王者不死，如何可杀？”裕闻童子言，胆气益壮，便呵叱道：“我便是刘寄奴，来除汝等妖孽，汝王尚且畏我，汝等独不畏我么？”童子听得刘寄奴三字，立即骇散，连杵臼都不敢携去。裕将臼中药一齐取归，每遇刀箭伤，一敷即愈。裕历得数兆，自知前程远大，不应长栖陇亩，埋没终身，遂与继母商议，拟投身戎幕，借图进阶。继母知裕有远志，不便拦阻，也即允他投军。

裕辞了继母，竟至冠军孙无终处，报名入伍。无终见他身材长大，状貌魁梧，已料非庸碌徒，便引为亲卒，优给军粮，未几即擢为司马。晋安帝隆安三年，会稽妖贼孙恩作乱，晋卫将军谢琰，及前将军刘牢之，奉命讨恩，牢之素闻裕名，特邀裕参军府事。裕毅然不辞，转趋入牢之营。牢之命裕率数十人，往侦寇踪，途次遇贼数千，即持着长刀，挺身陷阵，贼众多半披靡。牢之子敬宣，又带兵接应，杀得孙恩大败亏输，遁入海中。

既而牢之还朝，裕亦随返，那孙恩无所顾惮，复陷入会稽，杀毙谢琰。再经牢之东征，令裕往戍勾章。裕且战且守，屡败贼军，贼众退去，恩复入海。嗣又北犯海盐，由裕移兵往堵，修城筑垒。恩日来攻城，裕募敢死士百人，作为前锋，自督军士继进，大破孙恩。恩转走沪渎，又浮海至丹徒。丹徒为裕故乡，闻警驰救，倍道趋至，途次适与恩相遇，兜头痛击。恩众见了裕旗，已先退缩，更因裕先驱杀入，似生龙活虎一般，哪里还敢抵挡？彼逃此窜，霎时跑散。恩率余众走郁州。晋廷以裕屡有功，升任下邳太守。裕拜命后，再往剿恩。恩闻风窜去，自郁州入海盐，复自海盐徙临海，徒众多被裕杀死，所掳三吴男女，或逃或亡。临海太守辛景，乘势逆击，杀得孙恩上天无路，入地无门，只好自投海中，往做水妖去了。孙恩了。

卢循（?—411），字于先，小名元龙，范阳涿县（今河北涿州）人。曾参加孙恩起义。元兴元年（402年）孙恩死，被余部推为首领。义熙六年（410年），乘刘裕北攻南燕，在广州起兵，顺流而下直逼建康。后战败投水而死。

恩有妹夫卢循，神采清秀，由恩手下的残众，推他为主，于是一波才平，一波又起。荆州刺史桓玄，方都督荆、江八州军事，威焰逼人。安帝从弟司马元显，与玄有隙，玄遂举兵作乱，授卢循为永嘉太守，使作爪牙。安帝即令元显为骠骑大将军，征讨大都督，并加黄钺，调兵讨玄。遣刘牢之为先锋，裕为参军，即日出发。

行至历阳，与玄相值，玄使牢之族舅何穆来作说客，劝牢之倒戈附玄。牢之也阴恨元显，意欲自作卞庄，姑与玄联络，先除元显，后再除玄，裕闻知消息，与牢之甥何无忌，极力谏阻，牢之不从。裕再嘱牢之之子敬宣，从旁申谏，牢之反大怒道："我岂不知今日取玄，易如反掌？但平玄以后，内有骠骑，猜忌益深，难道能保全身家么？"联络桓玄，亦未必保身。遂遣敬宣赍着降书，投入玄营。

桓玄（369—404），字敬道，谯国龙亢（今安徽怀远西北）人。元兴元年（402年），元显率军进讨，他乘机东下，攻入建康，杀元显，掌握朝政。次年代晋自立，国号楚，年号建始，旋改永始。不久刘裕起兵声讨，兵败自杀。

玄收降牢之，进军建康。即晋都。元显毫无能力，奔入东府，一任玄军入城。玄遂派兵捕住元显，及元显党羽庾楷、张法顺，与谯王尚之，一并杀死，自称丞相，总百揆，都督中外。命刘牢之为会稽内史，撤去兵权。牢之始惊骇道："桓玄一入京城，便夺我兵柄，恐祸在旦夕了！"嗟何及矣。

敬宣劝牢之袭玄，牢之又虑兵力未足，不免迟疑。当下召裕入商道："我悔不用卿言，为玄所卖，今当北至广陵，举兵匡扶社稷，卿肯从我否？"裕答道："将军率禁兵数万，不能讨叛，反为虎伥，今枭桀得志，威震天下，朝野人情，已失望将军，将军尚能得广陵么？裕情愿去职，还居京口，不忍见将军孤危呢。"言毕即退。

牢之又大集僚佐，议据住江北，传檄讨玄。僚佐因玄反复多端，都有去意，当面虽勉强赞成，及牢之启行，即陆续散去，连何无忌亦不愿随着，与裕密商行止。裕与语道：“我观将军必不免，君可随我还京口。玄若能守臣节，我与君不妨事玄，否则设法除奸，亦未为晚！”无忌点首称善，未与牢之告别，即偕裕同往京口去了。

牢之到了新洲，部众俱散，日暮途穷，投缳自尽。子敬宣逃往山阳，独刘裕还至京口，为徐兖刺史桓修所召，令为中书参军。可巧永嘉太守卢循，阳受玄命，阴仍寇掠，潜遣私党徐道覆，袭攻东阳，被裕探问消息，领兵截击。杀败道覆，方才回军。

既而桓玄篡位，废晋安帝为平固王，迁居寻阳，改国号楚，建元永始。桓修系玄从兄，由玄征令入朝。修驰入建业，裕亦随行。当时依人檐下，只好低头，不得不从修谒玄。玄温颜接见，慰劳备至，且语司徒王谧道：“刘裕风骨不常，确是当今人杰呢。”谧乘机献媚，但说是天生杰士，匡辅新朝，玄益心喜。每遇宴会，必召裕列座，殷勤款待，赠赐甚优。独玄妻刘氏，为晋故尚书令刘耽女，素有智鉴，尝在屏后窥视，见裕状貌魁奇，知非凡相，便乘间语玄道：“刘裕龙行虎步，瞻顾不凡，在朝诸臣，无出裕右，不可不加意预防！”玄答道：“我意正与卿相同，所以格外优待，令他知感，为我所用。”刘氏道：“妾见他器宇深沉，未必终为人下，不如趁早翦除，免得养虎贻患！”玄徐答道：“我方欲荡平中原，非裕不解为力，待至关陇平定，再议未迟。”刘氏道：“恐到了此时，已无及了！”玄终不见听，仍令修还镇丹徒。

修邀裕同还，裕托言金创疾发，不能步从，但与何无忌同船，共还京口。舟中密图讨逆，商定计划。既至京口登岸，无忌即往见沛人刘毅，与议规复事宜。毅说道：“以顺讨逆，何患不成？可惜未得主帅！”无忌未曾说出刘裕，惟用言相试道：“君亦太轻量天下，难道草泽中必无英雄？”毅奋然道：“据我所见，只有一刘下邳啰。”下邳见前。无忌微笑不答，还白刘裕。适青州主簿孟昶，因事赴都，还过京口，与裕叙谈，彼此说得投机。裕因诘昶道：“草泽间有英雄崛起，卿可闻知否？”昶答道：“今日英雄，舍公以外，尚有何人？”裕不禁大笑，遂与同谋起义。

裕弟道规，为青州中兵参军。青州刺史桓弘，为桓修从弟，裕因令昶归白道规，共图杀弘。且使刘毅潜往历阳，约同豫州参军诸葛长民，袭取豫州刺史刁逵。一面再致书建康，使友人王元德、辛扈兴、童厚之等，同作内应。自与何无忌用计图修，依次进行。看官听说，这是刘裕奋身建功的第一着！画龙点睛。小子有诗咏道：

发愤终为天下雄，不资尺土独图功。

试看京口成谋日，豪气原应属乃公。

欲知刘裕能否成功，容待下回续叙。

开篇叙一楔子，括定全书大意，且援李延寿史例，将隋朝归入北史，见地独高。及正传写入刘裕，历述符谶，俱系援引南史，并非向壁臆造。惟经妙笔演出，愈觉有声有色，足令人刮目相看。桓玄妻刘氏，鉴貌辨色，能知裕不为人下，劝玄除裕。夫蛇神尚不能害寄奴，何物桓玄，乃能置裕死地乎？但巾帼中有此慧鉴，不可谓非奇女子，惜能料刘裕而不能料桓玄。当桓玄篡位之先，不闻出言匡正，是亦所谓知其一不知其二者欤？惟晋事当具晋史，故于晋事从略，第于刘裕事从详云。

第二回

起义师入京讨逆
迎御驾报绩增封

檀道济（?—436），高平金乡（今山东嘉祥西阿城铺）人，南朝宋将领。东晋末从刘裕攻后秦，为前锋入洛阳，西进长安，屡立战功。元嘉八年（431年），攻北魏，粮尽退兵。不久进司空，镇寻阳（今江西九江市西南）。文帝以其前朝重臣，诸子皆善战，忌而杀之。

却说刘裕既商定密谋，遂与何无忌托词出猎，号召义徒。共得百余名，最著名的约二十余人，除何无忌、刘毅外，姓名如左：

刘道怜即刘裕弟。 **魏咏之** **魏欣之**咏之弟。 **魏顺之**欣之弟。 **檀凭之** **檀祗隆**凭之弟。 **檀道济**凭之叔。 **檀范之**道济从兄。 **檀韶**凭之从子。 **刘藩**刘毅从弟。 **孟怀玉**孟昶族弟。 **向弥** **管义之** **周安穆** **刘蔚** **刘珪之**蔚从弟。 **臧熹** **臧宝符**熹从弟。 **臧穆生**熹从子。 **童茂宗** **周道民** **田演** **范清**

这二十余人各具智勇，充作前队。何无忌冒充敕使，一骑当先，扬鞭入丹徒城，党徒随后跟入。桓修毫不觉察，闻有敕使到来，便出署相迎，无忌见了桓修，未曾问答，即拔出佩刀，把修杀死。随与徒众大呼讨逆，吏士惊散，莫敢反抗。刘裕也驰入府署，揭榜安民，片刻即定。当将桓修棺殓，埋葬城外。召东莞人刘穆之为府主簿，更派刘毅至广陵，嘱令孟昶、刘道规，即日响应。

昶与道规，伪劝桓弘出猎，以诘旦为期。翌日昧爽，昶等率壮士数十人，伫待府署门前，一俟开门，便即驰入。弘方在啜粥，被道规持刃直前，劈破弘脑，死于非命。当即收众渡江，来会刘裕。

徐州司马刁弘，闻丹徒有变，方率文武佐吏，来至丹徒城下，探问虚实，裕登城伪语道：“郭江州已奉戴乘舆，反正寻阳，我等奉有密诏，诛除逆党，今日贼玄首级，已当晓示大航。诸君皆大晋臣，无故来此，意欲何为？”刁弘等信为真言，便即退去。

可巧刘道规、孟昶等自广陵驰至，众约千人，裕即令刘毅追杀刁弘。待毅归报，又令毅作书与兄，即遣周安穆持书入京，促令起事。原来毅兄刘迈留官建康，桓玄令迈为竟陵太守，整装将发。既得毅书，踌躇莫决。安穆见迈怀疑，恐谋泄罹祸，匆匆告归，连王元德、辛扈兴、童厚之等处也未及报闻。迈计无所出，意欲夤夜下船，赴任避祸。忽由桓玄与书，内言北府人情，未知何如？近见刘裕，亦未知彼作何状，须一一报明。此书寓意，乃俟迈抵任后，令他禀报。偏迈误会书义，还道玄已察裕谋，不得不预先出首。这叫作贼胆心虚。遂不便登舟，坐以待旦，一俟晨光发白，即入朝报玄。

玄闻裕已发难，不禁大惧，面封迈为重安侯。迈拜谢退朝，偏有人向玄谮迈，谓迈纵归周安穆，未免同谋。玄乃收迈下狱，并捕得王元德、辛扈兴、童厚之三人，与迈同日加刑。一面召弟桓谦，及丹阳尹卞范之等，会议拒裕，谦请从速发兵，玄欲屯兵覆舟山，坚壁以待。经谦等一再固请，始命顿邱太守吴甫之，右卫将军皇甫敷，北遏裕军。

裕闻桓玄已经发兵，也锐意进取，自称总督徐州事，命孟昶为长史，守住京口。集得二州义旅，共千七百人，督令南下。且嘱何无忌草檄，声讨玄罪。

无忌夜作檄文，为母刘氏所窥，且泣且语道：“我不及东海吕母，王莽时人。汝能如此，我无遗恨了！”兄弟之仇，不可不报。至无忌檄已草就，翌晨呈入。裕即令颁发远近，大略说是：

夫成败相因，理不常泰，狡焉肆虐，或值圣明。自我大晋，屡遘阳九，隆安以来，隆安为晋安帝嗣位时年号。**国家多故，忠良碎于虎口，贞贤毙于豺狼。逆臣桓玄，敢肆陵慢，阻兵荆郢，肆暴都邑。天未忘难，凶力繁兴，逾年之间，遂倾皇祚，主上播越，流幸非所，神器沈辱，七庙毁坠。虽夏后之罹浞殪，有汉之遭莽卓，方之于玄，未足为喻。自玄篡逆，于今历年，亢旱弥时，民无生气，加以士庶疲于转输，文武困于版筑，室家分析，父子乖离，岂惟大东有杼轴之悲，摽梅有倾筐之怨而已哉！仰观天文，俯察人事，**

此而可存，孰为可亡？凡在有心，谁不扼腕？裕等所以椎心泣血，不遑启处者也，是故夕寐宵兴，搜奖忠烈，潜构崎岖，险过履虎，乘机奋发，义不图全。辅国将军刘毅，广武将军何无忌，镇北主簿孟昶，兖州主簿魏咏之，宁远将军刘道规，龙骧参军刘藩，振威将军檀凭之等，忠烈断金，精贯白日，荷戈奋袂，志在毕命。益州刺史毛璩，万里齐契，扫定荆楚。江州刺史郭昶之，奉迎主上，宫于寻阳。镇北参军王元德等，并率部曲，保据石头。扬武将军诸葛长民，收集义士，已据历阳。征虏参军庾颐之，潜相连结，以为内应。同力协规，所在蜂起，即日斩伪徐州刺史安城王桓修，青州刺史桓弘。义众既集，文武争先，咸谓不有统一，则事无以辑。裕辞不获命，遂总军要，庶上凭祖宗之灵，下罄义夫之力，翦馘逋逆，荡清京华。公侯诸君，或世树忠贞，或身荷爵宠，而并俯眉猾竖，无由自效，顾瞻周道，宁不吊乎！今日之举，良其会也。裕以虚薄，才非古人，受任于既颓之连，接势于已替之机，丹忱未宣，感慨愤激，望霄汉以永怀，盼山川以增伫，投檄之日，神驰贼廷。檄到如律令！

观檄中所载，如毛璩以下，多半是虚张声势，未得实情。郭昶之何曾反正，王元德并且被诛。就是诸葛长民，亦未能据住历阳，不过讹以传讹，也足使中土向风，贼臣丧胆。桓玄自刘裕起兵，连日惊惶，或谓裕等乌合，势必无成，何足深惧？玄摇首道："刘裕为当世英雄，刘毅家无担石，樗蒱且一掷百万，何无忌酷似若舅，共举大事，怎得说他无成呢？"恐亦慚对令正。果然警报频来，吴甫之败死江乘，皇甫敷败死罗洛桥，那刘裕军中，只丧了一个檀凭之，进战益厉。玄急遣桓谦出屯东陵，卞范之出屯覆舟山西，两军共计二万人。

裕至覆舟山东，令各军饱餐一顿，悉弃余粮，示以必死。刘毅持槊先驱，裕亦握刀继进，将士踊跃随上，驰突敌阵，一当十，十当百，呼声动天地。凑巧风来助顺，因风纵火。烟焰蔽天，烧得桓谦、卞范之两军，统变成焦头烂额，与鬼为邻。桓谦、卞范之，后先骇奔，裕复率众力追，数道并进。玄已料裕军难敌，先遣殷仲文具舟石头，为逃避计。至是接桓谦败耗，忙令子升策马出都，至石头城外下舟，浮江南走。裕得乘胜长驱，直入建康。

京中已无主子，由裕出示安民，且恐都人惶惑，徙镇石头城，立留台，总百官，毁去桓氏庙主，另造晋祖神牌，纳诸太庙。更遣刘毅等追玄，并派尚书王嘏，率百官往迎乘舆。一面收诛桓氏宗族，使臧熹入宫，检收图籍器物，封闭府库。

司徒王谧本系桓玄爪牙，玄篡位时，曾亲解安帝玺绶，奉玺授玄。当时大众目为罪魁，劝裕诛谧，偏裕与谧有旧，少年孤贫时，尝由谧代裕偿债，至此不忍加诛，仍令在位。未免因私废公。谧又向裕贡谀，愿推裕领扬州军事。裕一再固辞，令谧为侍中，领扬州刺史，录尚书事，谧更推裕都督八州，扬、徐、兖、豫、青、冀、幽、并。兼徐州刺史，裕乃受任不辞。令刘毅为青州刺史，何无忌为琅琊内史，孟昶为丹阳令，刘道规为义昌太守，所有军国处分，均委任刘穆之。仓猝立办，无不允惬。

惟诸葛长民愆期未发，谋泄被执，刁逵尚未得建康音信，把长民羁入槛车，派使解京。途次闻桓玄败走，建康已为刘裕所据，那使人乐得用情，即将长民放出，还趋历阳。历阳军民，乘机起事，围攻刁逵。逵溃围出走，凑巧遇着长民，兜头截住，再经城中兵士追来，任你刁逵如何逞刁，也只好束手受缚，送入石头，饮刀毕命！

桓玄逃至寻阳，刺史郭昶之，供玄乘舆法物，可见刘氏前次檄文，纯系虚声。玄仍自称楚帝，威福如故。嗣闻刘毅等率军追来，将到城下，玄又惊惶失措，急遣部将庾雅祖、何澹之堵住溢口，自挟一主即晋安帝。二后，一系穆帝后何氏，一系安帝后王氏。西走江陵。刘毅与何无忌、刘道规诸将，至桑落洲，大破何澹之水军，夺溢口，拔寻阳，遣使报捷。刘裕因安帝西去，乃奉武陵王司马遵为大将军，入居东宫，承制行事。再饬刘毅等西追桓玄。

玄至江陵，收集荆州兵，有众二万，复挟安帝东下。行抵峥嵘洲，正值刘毅各军，扬帆前来。刘道规望玄船，麾众先进，刘毅、何无忌，鼓棹随行。此时正是仲夏天气，西南风吹得甚劲，道规乘风纵火，毅等亦助薪扬威，烧得长江上下，烟雾迷濛。玄所督领诸战舰，多半被焚，部卒大乱。玄慌忙改乘小舟，仍将安帝挟去，遁还江陵。

部将殷仲文叛玄降刘，奉晋二后还京。玄再返江陵，人情离叛，没奈何乘夜出奔，欲往汉中。南郡太守王腾之，荆州别驾王康产，奉安帝入南郡府，寻迁江陵。

益州刺史毛璩有侄修之，为玄屯骑校尉，诱玄入蜀。玄依言西行，至枚回洲，适上流来了丧船数艘，船首立着一员卫弁，与修之打了一个照面，便厉声呼道："来船中有无逆贼？"修之不答，桓玄却颤声说道："我是当今新天子，何处盗贼，敢来妄言！"此时还想称帝，太不自量。道言未绝，那对船上又跳出二将，拈弓搭矢，飞射过来，玄嬖人万盖、丁仙期，挺身蔽玄，俱被射倒。玄正在惊惶，突有数人持刀跃入，为首的正是对船卫弁。便骇问道："汝……汝等何人？敢犯天子！"卫弁即应声道："我等来杀天子的贼臣！"说至此，即用刀劈玄，光芒一闪，玄首分离。看官道卫弁为谁？原来是益州督护冯迁。

益州毛璩有弟毛璠，为宁州刺史，在任病殁。璩使兄孙祐之，及参军费恬，扶榇归葬，并派冯迁护丧。恰巧中流遇着玄船，由修之传递眼色，便一齐动手，杀死贼玄。看官不必细问，就可知对船发矢的二将，便是费恬、毛祐之了。冯迁既枭玄首，执住玄子桓升，杀死玄族桓石康、桓浚，令毛修之赍献玄首，及槛解桓升，驰诣江陵。安帝封毛修之为骁骑将军，诛升东市，下诏大赦，惟桓氏不原。

玄从子桓振，逃匿华容浦中，招聚党徒，得数千人，探得刘毅等退屯寻阳，即袭击江陵城。桓谦亦匿居沮川，纠众应振。江陵城内，只有王腾之、王康产二人守着，士卒无多，径被两桓掩入。腾之、康产战死。安帝尚寓居江陵行宫，振持刀进见，意欲行弑。还是桓谦驰入劝阻，方才罢手，下拜而出。为玄举哀发丧，谦率百官朝谒安帝，奉还玺绶，所有侍御左右，一律撤换，改用两桓党羽，乘势攻取襄阳等城。

刘毅等还居寻阳，总道是元凶就戮，逆焰消除，可以高枕无忧，哪知死灰复燃，复有两桓余孽，袭取江陵。急忙令何无忌、刘道规二将，进讨两桓。师至马头，已由桓谦派兵扼住。两下里杀了一场，谦众败退。无忌、道规，直趋江陵。桓振令党徒冯该，设伏杨林，自率众逆战灵溪，无忌恃胜轻进，被贼军两路杀出，冲断阵势，大败奔还。幸亏刘敬宣聚粮缮船，接济无忌、道规，复得成军，蹶而复振。

敬宣即刘牢之子，前时逃往山阳，拟募兵讨玄，未克如愿。再往南燕乞师，南燕主慕容德，不肯发兵。敬宣潜结青州大族，及鲜卑豪酋，谋袭燕都，事泄还南。时玄已败死，走归刘裕，裕令为晋陵太守，寻又迁授江州刺史。他因刘毅等讨玄余党，所以筹备舟械，随时接应。补笔不漏。

无忌、道规得此一助，再进兵夏口。毅亦督军随进，攻入鲁城。道规亦拔偃月垒，复会师进克巴陵。号令严整，沿途无犯，再鼓众至马头。桓振挟安帝出屯江津，遣使请和，求割江、荆二州，奉还天子。以皇帝为交换品，却是奇闻。毅等不许。会南阳太守鲁宗之，起兵袭襄阳，振还军与战，留桓谦、冯该守江陵。谦遣该守豫章口，为毅等击败，谦弃城遁走。毅等驰入江陵，擒住逆党卞范之等，一并枭斩。

安帝时在江陵，未被桓振挟去。毅得入行宫谒帝，由帝面加慰劳，一切处置，悉归毅主持。毅正拟追剿两桓，适振回救江陵，在途闻城已失守，众皆骇散，振亦只好逃匿涢州。既而召集散众，复袭江陵，为将军刘怀肃所闻，伏兵邀击，一鼓诛振。振为桓氏后起悍将，至此毙命，桓氏遗孽垂尽，惟桓谦等奔入后秦。

安帝改元义熙。再下赦书，除桓谦等不赦外，独赦桓冲孙胤，徙居新安，令存桓冲宗祀，保全功臣一脉。冲系桓玄叔父，有功晋室，封丰城公，详见《两晋演义》。刘裕闻报，使刘毅、刘道规留屯夏口，命何无忌奉帝东归。安帝乃自江陵启銮，还至建康。百官诣阙待罪，有诏令一并复职。授琅琊王司马德文为大司马，武陵王司马遵为太保，且封赏功臣，首刘裕，次及刘毅、何无忌、刘道规。诏敕有云：

朕以寡昧，遭家不造，越自遘闵，属当屯极。逆臣桓玄，垂衅纵慝，穷凶恣虐，滔天猾夏，诬罔人神，肆其篡乱，祖宗之基既湮，七庙之飨胥殄，若坠渊谷，未足斯譬。皇度有晋，天纵英哲，都督扬、徐、兖、豫、青、冀、幽、并、江九州诸军事，镇军将军，徐、青二州刺史刘裕，忠诚天亮，神武命世，用能贞明协契，义夫向臻，故顺声一唱，二溟卷波，英风振路，宸居清翳。冠军将军刘毅，辅国将军何无忌，振武将军刘道规，舟旗遄迈，而元凶传首，回戈叠挥，则荆汉雾廓。俾宣元之祚，永固于嵩、岱，倾基重造，再集于朕躬。宗庙歆七百之祜，皇基融载新之命。念功惟德，永言铭怀，固已道冠开辟，独绝终古，书契以来，未之前闻矣。虽则功高靡尚，理至难文，而崇庸命德，哲王攸先者，将以弘道制治，深关盛衰，故伊望膺殊命之锡，桓文飨备物之礼，况宏征不世，顾邈百代者，宜极名器之隆，以光大国之盛。而镇军谦虚自衷，诚旨屡显，朕重逆仲父，乃所以愈彰德美也。镇军可进位侍中、车骑将军，都督中外诸军事，使持节徐、青二州刺史如故。显祚大邦，启兹疆宇，特此诏闻！

这诏下后，裕上表固辞。再加录尚书事，裕又不受，且乞请归藩。安帝不允，遣百僚敦劝，裕仍然固让，入朝陈情，愿就外镇，乃改授裕都督荆、司、梁、益、宁、雍、凉七州，并前十六州诸军事，仍守本官，裕始受命，还镇丹徒。封刘毅为左将军，何无忌为右将军，分督豫州、扬州军事，刘道规为辅国将军，督淮北诸军事。余如并州刺史魏咏之以下，皆加官进爵有差。

先是刘毅尝为刘敬宣参军，时人推毅为雄杰，敬宣道："有非常的材具，必有非常的度量，此君外宽内忌，夸己轻人，设使一旦得志，亦恐以下陵上，自取危祸呢。"为后文刘裕杀毅张本。裕闻敬宣言，尝引以为憾。及得授方镇，遂使人白刘裕道："敬宣未与义举，授为郡守，已觉过优，擢置江州，更足令人骇惋，恐猛将劳臣，不免因此懈体呢。"裕迟迟不发。敬宣得知消息，心不自安，乃表请解职，因召还为宣城内史。刘毅再与何无忌，分道出讨桓玄余党，所有桓亮、符玄等小丑，一概诛灭，荆、湘、江、豫皆平。晋廷命毅都督淮南五郡，兼豫州刺史。何无忌都督江东五郡，兼会稽内史。毅自是益骄，免不得目空一切，有我无人了。小子有诗叹道：

平矜释躁始成才，器小何堪任重来！

古有一言须记取，谦能受益满招灾。

过了一年，追叙讨逆功绩，又有一番封赏，待小子下回说明。

桓玄一乱，而刘裕即乘之而起，是不啻为渊驱鱼，为丛驱雀，玄死而裕贵，玄固非鹯即獭也。大抵枭桀之崛兴，其始必有绝大之功业，足以耸动人心，能令朝野畏服，然后可以任所欲为，潜移国祚于无形。莽懿之徒，无不如是。裕为莽懿流亚，有玄以促成之，玄何其愚，裕何其智耶！至于安帝返驾，封赏功臣，裕为功首，而再三退让，成功不居。周公恐惧流言日，王莽谦恭下士时，假使当年身便死，一生真伪有谁知？”我读此诗，我更有以窥刘裕矣。

第三回

伐南燕冒险成功
捍东都督兵御寇

却说晋安帝复辟逾年，追叙讨逆功绩，封刘裕为豫章郡公，刘毅为南平郡公，何无忌为安成郡公。一国三公，恐刘裕未免介介。此外亦各有封赏，不胜枚举。独殷仲文自负才望，反正后欲入秉朝政，因为权臣所忌，出任东阳太守，心下很是怏怏。何无忌素慕仲文，贻书慰藉，且请他顺道过谈。仲文复书如约，不意出都赴任，心为物役，竟致失记。无忌伫候多日，并不见到，遂心疑仲文薄己，伺隙报怨。适南燕入寇，刘裕拟督军出讨，无忌即向裕致书道："北虏尚不足忧，惟殷仲文、桓胤，实系心腹大病，不可不除。"裕心以为然。会裕府将骆球谋变，事发伏诛，裕因谓仲文及胤，与球通谋，即捕二人入京，并加夷诛。已露锋芒。

司徒兼扬州刺史王谧病殁，资望应由裕继任。刘毅等已是忌裕，不欲他入朝辅政，乃拟令中领军谢混为扬州刺史。或恐裕出来反对，谓不如令裕兼领扬州，以内事付孟昶。安帝不能决议，特遣尚书右丞皮沈驰往丹徒，以二议咨裕。用人必须下问，大权已旁落了。沈先见裕记室刘穆之，具述朝议。穆之伪起如厕，潜入白裕，谓皮沈二议，俱不可从。裕乃出见皮沈，支吾对付，暂令出居客舍，复呼穆之与商。穆之道："晋政多阙，天命已移，公匡复皇祚，功高望重，难道可长作藩将么？况刘、孟诸公，与公同起布衣，倡立大义，得取富贵，不过因事有先后，权时推公，并非诚心敬服，素存主仆的名义，他日势均力敌，终相吞噬。扬州为国家根本，关系重大，如何假人？前授王谧，已非久计，今若复授他人，恐公将为人所制，一失权柄，无从再得。今但答言事关重要，不便悬论，当入朝面议，共决可否。俟公一至京邑，料朝内权贵，必不敢越次授人，公可坐取此权位了。"为裕设计，恰是佳妙，但亦一许攸、荀彧之徒。

裕极口称善，遂遣归皮沈，托言入朝面决。沈回京复命，果然朝廷生畏，立即下诏，征裕为侍中扬州刺史，录尚书事。裕又佯作谦恭，表解兖州军事，令诸葛长民镇守丹徒，刘道怜屯戍石头城，又遣将军毛修之，会同益州刺史司马荣期，共讨谯纵。

纵系益州参军，擅杀刺史毛璩，自称成都王，蜀中大乱。晋廷简授司马荣期为益州刺史，令率兵讨蜀。荣期至白帝城，击败纵弟明子，再拟进师，因恐兵力不足，表请缓应。裕乃再遣毛修之西往。修之入蜀，与荣期相会，当令荣期先驱，自为后应，进薄成都。荣期抵巴州，又为参军杨承祖所杀，承祖自称巴州刺史。及修之进次宕渠，始接荣期死耗，不得已退屯白帝城。时益州故督护冯迁，已升任汉嘉太守，发兵来助修之。修之与迁合兵，击斩杨承祖，拟乘胜再进。不意朝廷新命鲍陋为益州刺史，驰诣军前，与修之会议未协。修之据实奏闻，裕乃表举刘敬宣为襄城太守，令率兵五千讨蜀，并命荆州刺史刘道规为征蜀都督，调度军事。

谯纵闻晋军大至，忙向后秦称臣，乞师拒晋。秦主姚兴遣部将姚赏等援纵，会同纵党谯道福，择险驻守。刘敬宣转战而前，至黄虎岭，距城约五百里，岭路险绝。再经秦、蜀二军坚壁守御，敬宣屡攻不入，相持至六十余日，粮食已尽，饥疲交并，没奈何引军退还，死亡过半。敬宣坐是落职，道规亦降号建威将军。裕以敬宣失利，奏请保荐失人，自愿削职。无非做作。有诏降裕为中军将军，守官如故。

裕拟自往伐蜀，忽闻南燕入寇，大掠淮北，乃决计先伐南燕，再平西蜀。南燕主慕容德，系前燕主慕容皝少子，后燕主慕容垂季弟。皝都龙城，传三世而亡，垂都中山，传四世而亡。详见《两晋演义》。独德为范阳王收集两燕遗众，南徙滑台，东略晋青州地，取广固城，据作都邑。初称燕王，后称燕帝，改名备德，史家称为南燕。德僭位七年，殁后无嗣，立兄子超为嗣。超宠私人公孙五楼，猜忌亲族，屡加诛戮，且遣部将慕容兴宗、斛谷提、公孙归等，率骑兵入寇宿豫，掳去男女数千人，令充伶伎。嗣又大掠淮北，执住阳平太守刘千载，及济南太守赵元，驱略至千余家。刘裕令刘道怜出戍淮阴，严加防堵，一面抗表北伐，即拟启行。

朝臣因西南未平，拟从缓图。惟左仆射孟昶，车骑司马谢裕，参军臧熹，赞同裕议，乃诏令裕调将出师。裕使孟昶监中军留府事，调集水军出发，泝淮入泗，行抵下邳，留下船舰辎重，但麾众登岸，步进琅琊。所过皆筑城置守，诸将或生异议，叩马谏阻道："燕人闻我军远至，谅不敢战，但若据大岘山，刈粟清野，使我无从觅食，进退两难，如何是好！"裕微笑道："诸君休怕！我已预先料透，鲜卑贪婪，不知远计，进利掳掠，退惜禾苗，他道我孤军深入，必难久持，不过进据临朐，退守广固罢了，我一入岘，人知必死，何虑不克！我为诸君预约，但教努力向前，此行定可灭虏呢。"所谓知彼知己。乃督兵亟进，日夕不息。果然南燕主慕容超，不听公孙五楼等计议，断据大岘，惟修城隍，简车徒，静待一战。

及裕已过岘，尚不见有燕兵，不禁举手指天道："我军幸得天祐，得过此险，因粮破虏，在此一举了！"

时慕容超已授公孙五楼为征虏将军，令与辅国将军贺赖卢，左将军段晖等，率步骑五万人，出屯临朐。至闻晋军入岘，复自督步骑四万，出来援应。临朐南有巨蔑水，离城四十里，超使公孙五楼，领兵往据。五楼甫至水滨，晋龙骧将军孟龙符，已率步兵来争，势甚锐猛。五楼抵敌不住，向后退去。晋军有车四千辆，分为左右两翼，方轨徐进，直达临朐，距城尚约十里，慕容超已悉众前来。两下相逢，立即恶斗，杀得山川并震，天日无光。转眼间夕阳西下，尚是旗鼓相当，不分胜负。

参军胡藩白裕道："燕兵齐来接仗，城中必虚，何不从间道出兵，往袭彼城？这就是韩信破赵的奇计呢。"裕连声称善，即遣藩及咨议将军檀韶，建威将军向弥，率兵数千，绕出燕兵后面，往袭临朐城。城内只留老弱居守，惟城南有一营垒，乃是段晖住着，手下兵不过千名。向弥擐甲先驱，径抵城下，大呼道："我等率雄师十万，从海道来此，守城兵吏，如不怕死，尽管来战，否则速降，毋污我刃！"这话说出，吓得城内城外的燕兵，不敢出头。弥即架起云梯，执旗先登，胡藩、檀韶等，麾军齐上，即陷入临朐城。

段晖飞报慕容超，超大吃一惊，单骑驰还。燕兵失了主子，当然溃退，被刘裕纵兵奋击，追杀至城下。乘胜踹段晖营，晖慌忙拦阻，措手不及，也为晋军所杀。慕容超策马飞奔，马蹶下坠，险些儿被晋军追着，亏得公孙五楼等，替他易马授辔，仓皇走脱。所有乘马伪辇，玉玺豹尾等件，尽行弃去，由晋军沿途拾取，送入京师。

慕容超逃回广固，未及整军，那晋军已经追到，突入外城。超与公孙五楼等，忙入内城把守。裕猛扑不下，乃筑起长围，为久攻计，垒高三丈，穿堑三重，抚纳降附，采拔贤俊，华夷大悦。超遣尚书郎张纲，缒城夜出，至后秦乞师。秦主姚兴，方有夏患，夏主赫连勃勃攻秦，详见下回。无暇分兵救燕，但佯允发兵，遣纲先行返报。纲还过泰山，被太守申宣擒住，送入裕营。裕得纲大喜，亲为释缚，赐酒压惊。纲感裕恩，情愿归降。

先是裕治攻具，城上人尝揶揄道："汝等虽有攻具，怎能及我尚书郎张纲？"及纲既降裕，裕令纲登楼车，呼语守卒，谓秦人不遑来援。守卒大惧，慕容超亦惊惶得很，乃遣使至裕营请和，愿割大岘山为界，向晋称藩。裕斥还来使，超穷急无法，只得再命尚书令韩范，向秦乞师。秦主兴遣使白裕，请速退兵，且言有铁骑十万，进屯洛阳，将涉淮攻晋。裕怒答道："汝去传语姚兴，我平定青州，将入函谷，姚兴自愿送死，便可速来！”妙极。

秦使自去，录事参军刘穆之入谏道：“公语不足畏敌，反致怒敌，若广固未下，羌寇掩至，敢问公将如何对待呢？”裕笑道：“这是兵机，非卿所解；试想羌人若能救燕，方且潜师前来，攻我无备，何致先遣使命，使我预防？这明是虚声吓人，不足为虑！”一语道破，裕固可号智囊。穆之亦领悟而退。

裕即令张纲制造攻具，备极巧妙，设飞楼，悬梯木，幔板屋，覆以牛皮，城上矢石，毫无所用。眼见得城内孤危，形势岌岌。韩范自后秦东归，见围城益急，竟至裕营投诚，裕表范为散骑常侍，并令范至城下，招降守将。城中人情离沮，陆续逾城出降。慕容超尚坚守两三月，且遣公孙五楼潜掘地道，出击晋兵。晋营守御极严，无懈可击，于是阖城大困。刘裕知城中穷蹙，乃誓众猛攻。是日适为往亡日，不利行师，裕奋然道：“我往彼亡，有何不利？”足破世人迷梦。遂遍设攻具，四面攻扑。南燕尚书悦寿，料知不支，即开门迎纳晋军。慕容超即率左右数十骑，惶遽越城，逃窜里许，被晋军追到，捉得一个不留，牵回城中。

刘裕升帐，责超抗命不降的罪状，超神色自若，一无所言。裕屠南燕王公以下三千人，没入家口万余，把慕容超囚解进京，自请移镇下邳，进图关洛。

晋廷诛慕容超，加裕兼青、冀二州刺史，拟许便宜行事。不料卢循陷长沙，徐道覆陷南康、庐陵、豫章，顺流而下，将袭晋都，江东大震，急得晋廷君臣，不知所措，只好飞召刘裕，率军还援。盈廷只靠一人，怪不得晋祚垂尽。原来刘裕讨灭桓玄，迎帝回銮，彼时因朝廷新定，不暇南顾，暂授卢循为广州刺史，徐道覆为始兴相，权示羁縻。循遗裕益智粽，裕报以续命汤。及裕出师伐燕，道覆劝循乘虚入袭，循初尚不从，经道覆亲往献议，谓裕尚未归，机不可失，乃分道入寇。

循攻长沙，一鼓即下，道覆且连陷南康、庐陵、豫章诸郡，沿江东趋，舟楫甚盛。江荆都督何无忌，自寻阳引兵拒贼，与道覆交战豫章。道覆令弓弩手数百名，登西岸小山，顺风迭射，无忌急命船内水军，用藤牌遮护。偏是西风暴急，战船停留不住，竟由西岸飘至东岸，贼众乘势驰击，用着艨艟大舰，进逼无忌坐船，无忌麾下，顿时骇散，无忌厉声语左右道：“取我苏武节来！”至节已取至，无忌持节督战，风狂舟破，贼势四蹙。可怜无忌身受重伤，握节而死！无忌亦一时名将，可惜死于小贼之手。

刘裕已奉召至下邳，用船载运辎重，自率精锐步归。道出山阳，接得无忌凶耗，恐京邑失守，急忙卷甲疾趋，引数十骑至淮上。遇着朝使敦促，便探问消息。朝使说道：“贼尚未至，但教公速还都，便可无忧。”裕心甚喜。驰至江滨，正值风急浪腾，大众俱有难色，裕慨然道：“天命助我，风当自息，否则不过一死，覆溺何害！”遂麾众登舟，舟移风止。过江至京口，江左居民，望见旗麾，统是额手欢呼，差不多似久旱逢甘，非常欣慰。晋祚潜移，于此可见。

越二日即入都陛见，具陈御寇规划，朝廷有恃无恐，诏令京师解严。豫州都督刘毅，自告奋勇，愿率部军南征。裕方整治舟械，预备出师。既得毅表，令毅从弟刘藩，赍书复毅，略言贼新获利，锋不可当，今修船垂毕，愿与老弟会师江上，相机破贼云云。

藩至姑熟，将书交毅，毅阅书未终，已有怒色，瞋目视藩道："前次举义平逆，不过因刘裕发起，权时推重，汝便谓我真不及刘裕么？"说着，把来书掷弃地上，立集舟师二万，从姑熟出发。是谓忿兵。急驶至桑落洲，正值卢循、徐道覆两贼，顺流鼓棹，舣舰前来，船头甚是高锐，突入毅水师队中。毅舰低脆，偶与贼舰相撞，无不碎损，没奈何奔避两旁，舟队一散，全军立涣。两贼渠指挥徒众，东摽西突，害得毅军逃避不遑，或与舟俱沉，或全船被掳。毅无法支撑，只好带着数百人，弃船登岸，狼狈遁走。所有辎重粮械，一古脑儿抛置江心，被贼掠去。毅试自问，果能及刘裕？

这败报传达都中，上下震惧，刘裕急募民为兵，修治石头城，为控御计。时北师初还，疮痍未复，京邑战士，不满数千，诸葛长民、刘道怜等，虽皆闻风入卫，但也是部曲寥寥，数不盈万。

那卢、徐二贼，毙何无忌，败刘毅，连破江、豫二镇，有众十余万，舟车百里不绝，楼船高至十二丈，横行江中。他心目中只畏一刘裕，闻裕还军建业，未免惊心。循欲退还寻阳，转攻江陵，独道覆谓宜乘胜进取。两人议论数日，方从道覆言，联樯东下。

警报与雪片相似，飞达都中，还有败军逃还，亦统称贼势甚盛，不应轻敌。孟昶、诸葛长民，倡议避寇，欲奉乘舆过江，独刘裕不许。参军王仲德进白刘裕道："明公新建大功，威震六合，今妖贼乘虚入寇，骤闻公还，必当惊溃；若先自逃去，势同匹夫，何能号召将士？公若误徇时议，仆不忍随公，请从此辞！"裕亟慰谕道："南山可改，此志不移，愿君勿疑！"

孟昶尚固请不已，裕勃然道："今日何日！尚可轻举妄动么？试想重镇外倾，强寇内逼，一或迁徙，全体瓦解，江北亦岂可得至？就使得至江北，亦不过苟延时日罢了，今兵士虽少，尚足一战，战若得胜，臣主同休，万一挫败，我当横尸庙门，以身殉国，断不甘窜伏草间，偷生苟活呢。我计已决，君勿复言！"据裕此言，几似忠贯天日，可惜此后不符。昶尚涕泣陈词，自愿先死，惹得刘裕性起，厉声呵叱道："汝且看我一战，再死未迟！"昶惘惘归第，手自草表道："臣裕北讨，众议不同，惟臣赞成裕计，令强贼乘虚进逼，危及社稷，臣自知死罪，谨引咎以谢天下。”表既封就，仰药竟死。呆鸟。

未几闻卢循已至淮口，内外戒严，琅琊王司马德文督守宫城，刘裕自出屯石头，使咨议参军刘粹，引第三子义隆，往戍京口。义隆年仅四龄，裕借此励军，表示毁家纾难的意思，且召集诸将，预揣贼势道：“贼若由新亭直进，不易抵御，只好暂时回避，将来胜负，尚未可料，倘或回泊西岸，贼锋已靡，便容易成擒了。”遂常登城西望。起初尚未见寇踪，但觉烟波一碧，山水同青。百忙中叙此闲文，格外生色。俄而鼓声到耳，远远有敌船出没，引向新亭，不由的旁顾左右，略露忧容。嗣见敌船回泊蔡洲，乃变忧为喜道：“果不出我所料。贼党虽盛，无能为了。”

原来徐道覆既入淮口，本拟由新亭进兵，焚舟直上。独卢循多疑少决，欲出万全，所以徘徊江中，既东复西。道覆曾叹息道：“我终为卢公所误，事必无成。使我得独力举事，取建康如反掌哩。”一面说，一面拔碇西驶。

自卢、徐等回泊蔡洲，刘裕得从容布置，修治越城以障西南，筑查圃药匠种芍药之所。廷尉官寺所居，因以为名。三垒，以固西鄙，饬冠军将军刘敬宣屯北郊，辅国将军孟怀玉屯丹阳郡西，建武将军王仲德屯越城，广武将军刘默屯建阳门外。又使宁朔将军索邈，仿鲜卑骑装，用突骑千余匹，外蒙虎斑文锦，光成五色，自淮北至新亭，步骑相望，壁垒一新。小子有诗咏道：

从容坐镇石头城，匕鬯安然得免惊。

可笑怯夫徒慕义，仓皇仰药断残生。

欲知卢、徐二贼，进退如何，且待下回分解。

观本回之叙刘裕，备述当时计议，益见其智勇深沉，非常人所可及。大岘山，南燕之险阻也，裕料慕容超之必不扼守，故冒险前进，因粮于敌，卒得成功。新亭，东晋之要害也；裕料卢循之必不敢进，故决计固守，效死勿去，卒能却寇。盖行军之道，必先知敌国之为何如主，贼渠之为何如人，然后可进可退，能战能守。彼何无忌、刘毅之轻战致败，孟昶之怯敌自戕，非失之躁，即失之庸，亦岂足与刘裕比耶？裕固一世之雄也，曹阿瞒后，舍裕其谁乎？

第四回

毁贼船用火破卢循
发军函出奇平谯纵

却说卢循、徐道覆，回泊蔡洲，静驻了好几日，但见石头城畔，日整军容，一些儿没有慌乱。循始自悔蹉跎，派遣战舰十余艘，来攻石头城外的防栅，刘裕命用神臂弓迭射，一发数矢，无不摧陷，循只好退去。寻又伏兵南岸，使老弱乘舟东行，扬言将进攻白石。白石在新亭左侧，也是江滨要害，裕恐他弄假成真，不得不先往防堵。会刘毅自豫州奔还，诣阙待罪，安帝但降毅为后将军，令仍至军营效力，带罪图功。毅见了刘裕，未免自惭，裕却绝不介意，好言抚慰，即邀他同往白石，截击贼船，但留参军沈林子、徐赤特等，扼定查浦，令勿妄动。

及裕已北往，贼众自南岸窃发，攻入查浦，纵火焚张侯桥。徐赤特违令出战，遇伏败遁，单舸往淮北。独沈林子据栅力战，又经别将刘钟、朱龄石等，相继入援，贼始散去。卢循引锐卒往丹阳，裕闻报驰还，赤特亦至，由裕责他违令，斩首徇众。自己解甲休息，与军士从容坐食，然后出阵南塘，命参军诸葛叔度，及朱龄石分率劲卒，渡淮追贼。

龄石部下多鲜卑壮士，手握长槊，追刺贼众，贼虽各挟刀械，终究是短不敌长，靡然退去。龄石等亦收军而回。卢循转掠各郡，郡守皆坚壁待着，毫无所得，乃语徐道覆道："我军已敝，不如退据寻阳，并力取荆州，徐图建康罢了。"兵法有进无退，一退便要送终了。乃留贼党范崇民，率众五千，踞守南陵，自向寻阳退去。

晋廷授刘裕太尉中书监，并加黄钺。裕受钺辞官，朝旨不许。裕表荐王仲德为辅国将军，刘钟为广川太守，蒯恩为河间太守，令与咨议参军孟怀玉等，率众追贼，自己大治水军，广筑巨舰，楼高十余丈，令与贼船相等。船既筑成，即派将军孙处、沈田子，领着百艘，由海道径袭番禺，直捣卢循老巢。诸将以为海道迂远，跋涉多艰，且自分兵力，尤觉非计。裕笑而不答，但嘱孙处道："大军至十二月间，必破妖虏。卿为我先捣贼巢，使彼走无所归，不怕他不为我擒了。"料敌如神。孙处等奉令去讫。

那卢循还入寻阳，遣人从间道入蜀，联结谯纵，约他夹攻荆州。纵复言如约，回应前回。一面向后秦乞师。秦主姚兴，封纵为大都督，兼相国蜀王，且拨桓谦助纵。桓谦奔秦，见第二回。纵令谦为荆州刺史，谯道福为梁州刺史，率众二万寇荆州。秦将军苟林，亦奉秦主兴命令，率骑兵往会，声势甚盛。

先是卢循东下，荆、扬二州，隔绝音问，荆州刺史刘道规，遣司马王镇之，与天门太守檀道济，广武将军到彦之，入援建业。途次与苟林相遇，正在交锋，忽由卢循等派兵接应，夹攻镇之，镇之败退。卢循厚犒秦军，并授苟林为南蛮校尉，分兵为助，令林进攻江陵。苟林系后秦将军，奈何受卢循封职，贪利若此，安得不死！林遂入屯江津。桓谦沿途召募旧党，又集众至二万人，进据枝江。两寇交逼，江陵大震，士民多怀观望。刘道规默察舆情，索性大开城门，令士民自择去就，一面严装待寇。士民不禁惮服，无人出走，城中反觉安堵。道规权术可爱，不愧为刘裕弟。

时鲁宗之已升任雍州刺史，自襄阳率兵援荆。或谓宗之情不可测，独道规单骑出迎，导入城中，叙谈甚欢。竟留宗之居守，自领各军出讨桓谦，水陆并进，疾抵枝江。桓谦大陈舟师，与道规对仗。道规前锋为檀道济，首突谦阵，水陆各军，乘势随上，夹击桓谦，谦众大溃。道规鼓全力追，将谦射死，遂移军出江津，往攻苟林。林闻桓谦败死，未战先怯，望尘便遁。道规令参军刘遵，从后追赶，驰至巴陵，得将苟林围住，一鼓击毙。

遵回军报功，刘道规已返江陵，送归鲁宗之。蓦闻徐道覆统众三万，长驱前来，免不得谣言散布，安而复危。道规欲追召宗之，已是不及，只得部署各军，再出迎战。可巧刘遵得胜回来，遂命遵为游军，自至豫章口抵御道覆。道覆联舟直上，兵势张甚，遇着道规前队，兜头接仗，凭着一鼓锐气，横厉无前。道规督军力战，尚是退多进少。道覆兴高采烈，步步逼人，不防刘遵自外面杀到，把道覆麾下的兵舰，冲作两段。道覆顾前失后，顾后失前，禁不住慌张起来。遵与道规，并力夹击，斩贼首万余级，挤溺无算。道覆奔还湓口，江陵复安。

刘裕闻江陵无恙，贼众皆败，遂亲率刘藩、檀韶等南讨贼党。留刘毅监太尉府，委以内事。诸军方发，接得王仲德捷报，已逐去悍贼范崇民，夺还南陵。裕很是喜慰，溯流出南陵城，与王仲德等会师，进达雷池。好几日不见贼至，再进军大雷。

翌日黎明，方闻贼众趋至，由裕自登船楼，向西眺望，只见舳舻衔接，绵亘江心，几不知有多少战船。他仍不动声色，先拨步骑往屯西岸，嘱他备好火具，待时纵火，然后躬提幡鼓，悉发轻利斗舰，齐力向前。右军参军庾乐生，乘舰徘徊，立命斩首号令。于是各军争奋，万弩齐发，好在风又助顺，水亦扬波，把贼船逼往西岸。岸上早列着步兵，手执火具，各向贼船抛去。火随风炽，风助火威，霎时间烈焰飞腾，满江俱赤，贼船多半被毁，骇得贼众狂奔。卢、徐两贼，仓猝遁走，既还寻阳，复趋豫章，就左里竖起密栅，阻遏晋军。

裕大获胜仗，留孟怀玉守雷池，再督兵往攻左里，将到栅前，忽裕所执麾竿，无故自折，沉入水中。大众不禁惶惧，裕欣然道："从前覆舟山一役，见第二回。幡竿亦折，今复如此，破贼无疑了！"无非稳定众心。遂易麾督攻，破栅直进。贼众虽然死战，始终招架不住，或饮刃，或投水，死亡至万余人。卢循孤舟驰去，余众多降。裕还至雷池，遣刘藩、孟怀玉追剿卢、徐，自率余军凯旋。安帝遣侍中黄门诸官，出郊迎劳，俟裕入阙，面加奖赏，授裕为大将军扬州牧，给仪卫二十人，裕又固辞。假惺惺做甚？略称卢、徐未诛，怎可受封？安帝乃收回成命。

那卢循收集散卒，尚不下万人，走还番禺。徐道覆退保始兴。始兴尚幸无恙，番禺早入晋军手中。晋将军孙处、沈田子等自海道袭番禺，番禺虽有贼党守着，毫不防备。处等率军掩至，天适大雾，咫尺不辨，及晋军四面登城，城中方才惊觉，百忙中如何对敌？顿时夺门逃散，有许多生得脚短的，都做了刀头鬼。处安抚旧民，捕戮贼渠亲党，勒兵谨守，全城大定。又遣沈田子等分击岭表诸郡，依次克复。

卢循闻巢穴被破，惊慌得了不得，忙率众驰攻番禺，由孙处独力固守，相持不下。刘藩、孟怀玉分追卢、徐，怀玉到了始兴，攻破城池，阵斩徐道覆；藩入粤境，正与沈田子遇着，即分军与田子，令救番禺。田子引兵至番禺城下，捣入循营，喊杀声震撼城中。孙处闻有援兵到来，也出兵助战。一场合击，杀死贼党数千名，循向南窜去。处与田子奋力追蹑，至苍梧、郁林、宁浦诸境，三战皆捷。循势穷力蹙，逃入交州，交州刺史杜慧度，发兵至龙编津，截循去路。循众尚有三千人，舟约数十艘，被慧度掷炬纵火，毁去循船，岸上又飞矢如雨，无隙可钻。循自分必死，先鸩妻子，后杀妓妾，一跃入水，顷刻毙命。慧度命军士捞起循尸，枭取首级，传入建康。南方逆党，至此才平。了结卢、徐。

会荆州刺史刘道规，因病求代，晋廷遣刘毅往镇荆州，调道规为豫州刺史。道规在荆州数年，秋毫无犯，惠及人民。及调任豫州，未几即殁，荆人闻讣，相率流涕。有善必录。

刘毅自豫州败后，与刘裕同朝相处，外似逊顺，内益猜疑。裕素不学，毅独能文，所以朝右词臣，喜与毅相结纳。仆射谢混，丹阳尹郗僧施，往来尤密。及毅出镇荆州，多反道规旧政，檄调豫州文武旧吏，隶置麾下。且求兼督交广，请任郗僧施为南蛮校尉，毛修之为南郡太守。

刘裕在朝览表，一一允行，将军胡藩白裕道："公谓刘将军终为公屈么？"裕沉吟半晌，方说道："卿意如何？"藩答道："统百万雄师，战必胜，攻必取，毅原愧不如公，若涉猎传记，一谈一咏，却自命为豪雄。近见搢绅文士，多半归附，恐未必终为公下！"裕微笑道："我与毅协同规复，功不可忘，过尚未著，怎得无故害人？"仿佛郑庄之待叔段。藩默然趋出。

裕复因刘藩讨逆有功，擢任兖州刺史，出镇广陵。会毅在任遇疾，郗僧施劝毅上表，乞调藩为副帅。毅依言表闻，刘裕始有心防毅，佯从毅请，召藩入朝。藩自广陵入都，甫至阙下，即由裕饬令卫士，收藩下狱。并请得诏书，诬称刘毅兄弟，与仆射谢混，共谋不轨，立命并混拿下，与刘藩同日赐死。一面自请讨毅，刻日召集诸军，仗钺西征。真是辣手。

授前镇军将军司马休之为平西将军荆州刺史，随同前往，且遣参军王镇恶，龙骧将军蒯恩，带领前队军士，掩袭江陵。镇恶用轻舸百艘，昼夜兼行，伪充刘兖州旗号，直至豫章口，荆州人士，尚未知刘藩死状，总道是刘藩西来，绝不疑忌。镇恶舍舟登岸，径达江陵。刘毅探悉实信，急欲下关，已被王镇恶闯入，关不及键，兵不及甲，顿时全城鼎沸。毅率左右数百人，驰突出城，夜投佛寺，寺僧不肯收纳，仓猝缢死。镇恶搜得毅尸，枭首市曹，并将毅所有子侄，一并杀毙。

王镇恶（373—418），东晋北海剧县（今山东寿光南）人，前秦宰相王猛之孙。秦亡归晋，刘裕用为将领。随刘裕南征北战，立下显赫战功。义熙十四年（418年）在随刘裕次子刘义真留守长安时，因时局混乱，刘义真年幼，不能掌控危局，王镇恶被中兵参军沈田子诬陷后擅杀。

越数日刘裕军至江陵，捕杀郗僧施，宥免毛修之，宽租省调，节役缓刑，荆民大悦。遂留司马休之镇守江陵，自率大军还京师。

先是裕西行时，留豫州刺史诸葛长民，监太尉军府事，又加刘穆之为建威将军，使佐长民。长民闻刘毅被杀，私语亲属道："昔日醢彭越，今日斩韩信，恐我等亦将及祸了！"长民弟黎民献议道："刘氏灭亡，诸葛氏岂能独免？宜乘刘裕未归时，速图为是。”长民犹豫未决，潜问刘穆之道：“人言太尉与我不平，究为何因？”穆之道：“刘公溯流远征，以老母稚子委节下，若与公有嫌，怎肯出此？”

长民意终未释，复贻冀州刺史刘敬宣书，有共图富贵等语。敬宣竟寄与刘裕。裕阳言某日入都，长民等逐日出候，并未见到，不意裕夤夜入府，除刘穆之外，无人得闻。越日天晓，裕升堂视事，长民才得闻知，惊趋入门。裕下堂握长民手，屏人与语，备极欢洽。长民方欲告别，忽帐后突出壮士，抓住长民，把他勒死，舆尸付廷尉。长民弟黎民、幼民，及从弟秀之，均遭逮捕。黎民素来骁勇，格斗而死，幼民、秀之被杀。

当时都下传语道：“勿跋扈，付丁旿。”看官道是何说？原来刘裕伏着的壮士，叫作丁旿。勒长民，毙黎民，统出旿手。大众畏他强悍，所以有此传闻。丁旿亦典韦流亚。

这且休表。且说刘裕既翦灭二憾，乃命朱龄石为益州刺史，令与宁朔将军臧熹，河间太守蒯恩，下邳太守刘钟等，率军二万，往讨西蜀。时人多谓龄石望轻，难当重任，裕独排众议道：“龄石既具武干，又练吏职，此去必能成功。诸君不信，待后便知！”另眼看人。当下召入龄石，密谈数语，且付一锦函，上书六字道：“待至白帝乃开。”龄石持函出都，溯江西行。诸将闻龄石受裕密计，究不知他如何进取，但一路随着，晓行夜宿。好容易到了白帝城，龄石乃披发锦函，但见函中藏有一纸，上面写着：

众军悉从外水取成都，臧熹从中水取广汉，老弱乘高舰，从内水向黄虎，速行不误。违令毋赦！

看官阅过前回，应知刘敬宣前时伐蜀，道出黄虎，无功而还。此次独令众军取道外水，明明是惩着前辙，改道行军。又恐蜀人预料，特令龄石派遣老弱，作为疑兵，牵制蜀人。复命臧熹从中水进兵，亦无非是分蜀兵势。伪蜀王谯纵，果疑晋军仍薄黄虎，急遣谯道福出守涪城，严防内水。那龄石已自外水趋平模，距成都只二百里，谯纵才得知晓。派秦州刺史侯晖，尚书仆射谯诜，率众万余，出屯平模对岸，筑城拒守。

天适盛暑，赤日炎炎，龄石颇费踌躇，与刘钟密商道：“今天时甚热，贼众据险自固，未易攻入，我拟休兵养锐，伺隙乃发，君意以为何如？”刘钟道：“此计错了！我军以内水为疑兵，所以谯道福出守涪城。今重军到此，出其不意，侯晖等虽然来拒，未免惊慌，我乘他惊疑未定，尽锐往攻，定可必胜。俟平模战克，鼓行西进，成都自不能守了。若顿兵不前，使他知我虚实，调涪军前来援应，并力拒守，我既不能进，又不能退，师老食绝，二万人将尽为蜀虏，岂不可虑！”龄石愕然道：“非君言，几误大事！”遂麾兵齐进，共集城下。

蜀人筑有南北城，北城倚山靠水，地阴兵多，南城较为平坦。诸将请先攻南城，龄石道：“攻坚难，抵瑕易，我能先拔坚城，贼众自靡，南城可以立取。这才是一劳永逸呢！”于是拥众攻北城，前仆后继，半日即下。侯晖、谯诜，先后战死，蜀兵大败。龄石引兵趋南城，南城守卒，已经溃散，寂无一人。乃毁去二垒，舍舟步进。臧熹从中水趋入，阵斩蜀将谯抚之，击走蜀吏谯小苟，据住广汉，留兵戍守，自率亲军来会龄石。两军直向成都，势如破竹。

谯纵迭接败耗，吓得魂飞天外，急弃成都出走。纵女年仅及笄，涕泣谏纵道：“走必不免，徒自取辱，不若至先人墓前，一死了事。”纵不能从，辞墓即行，女竟撞死于墓侧。还是此女烈毅，可惜生于谯家。谯道福闻平模失守，自涪城还兵入援，途中与纵相遇，见纵狼狈情状，不禁忿忿道：“大丈夫有如此功业，一旦轻弃，去将安归！人生总有一死，有甚么畏怯呢！”因拔剑投纵，掷中马鞍。纵情急奔避，左右四散，没奈何解带自经。巴西人王志，斩了纵首，献与龄石。

道福尽散金帛，犒赏军士，再拟背城一战，偏军士得了赏给，仍然散去。道福孑身远窜，为巴民杜瑾所执，也送至龄石军前。龄石已入成都，搜诛谯纵亲属，余皆不问。及道福执至，因系谯氏宗族，亦枭示军门。

蜀尚书令马耽，封闭府库，留献晋军。龄石独徙耽至越嶲。耽叹息道：“朱公不送我入京，无非欲杀我灭口，我必不免了！”求荣反辱，虽悔曷追？乃盥洗而卧，引绳缢死。既而龄石使至，果来杀耽。见耽已死，戮尸归报。龄石驰书奏捷。诏命龄石进监梁、秦州六郡军事，赐爵丰城县侯。小子有诗咏道：

锦函授策似先知，外水长驱计独奇。

莫道蚕丛天险在，王师履险竟如夷！

龄石平蜀，谋出刘裕，当然叙功加封。欲知封赏大略，且至下回表明。

非刘裕不能破卢、徐，非刘裕不能平谯纵，卢循智过孙恩，徐道覆且智过卢循，往来江豫，盘踞中流，实为东晋腹心之大蠹。议者谓循之致败，误于不用徐道覆之言；然大雷一战，徐亦在列，胡不预备火攻，严师以待，且败走始兴，先循被杀。彼尝欲身为英雄，奈智不若刘裕何也！谯纵据有成都，负嵎自固，刘敬宣挫师黄虎，天险足凭。乃朱龄石等引军再进，多方误蜀，破竹直入，杀敌致果者为诸将，发纵指示者实刘裕。锦函之授，远睹千里，裕诚一枭杰矣哉！至若杀刘毅，杀诸葛长民，一挥手而两首悬竿，何其敏且速也！然讨卢循、徐道覆、谯纵，犹似近公，袭杀刘毅、请葛长民，纯乎为私，司马昭之心，路人皆知，宁待至篡国后哉！

第五回

捣洛阳秦将败没
破长安姚氏灭亡

却说晋安帝加赏刘裕，仍申前命，授裕太傅扬州牧，加羽葆鼓吹二十人。裕只受羽葆鼓吹，余仍固辞。还要作伪。乃另封裕次子义真为桂阳县公。一门烜赫，父子同荣，不消细说。会司马休之子文思，入继谯王，宋书谓系休之兄子。性情暴悍，滥结党徒，素为裕所嫉视。文思又捶杀都中小吏，由有司上章弹劾，有诏诛文思党羽，贷文思死罪。休之在江陵闻悉，奉表谢罪。裕饬将文思执送江陵，令休之自加处治。休之但表废文思，并寄裕书，陈谢中寓讥讽意。裕由是不悦，使江州刺史孟怀玉，兼督豫州六郡，监制休之。

越年又收休之次子文质，从子文祖，并皆赐死。自领荆州刺史，出讨休之。留弟中军将军刘道怜，掌管府事，刘穆之为副。事无大小，皆取决穆之。遂率大军出都，溯江直上。

休之因上书罪裕，并联合雍州刺史鲁宗之，及宗之子竟陵太守鲁轨，抵御裕军。裕招休之录事韩延之，延之复书拒绝。乃使参军檀道济、朱超石，率步骑出襄阳，又檄江夏太守刘虔之，聚粮以待。道济等未曾得粮，虔之已被鲁轨击死。裕再使女夫振威将军徐逵之，偕参军蒯恩、王允之、沈渊子等，出江夏口，与鲁轨对垒。轨用埋伏计，诱击逵之，逵之遇伏阵亡。允之、渊子赴援，亦皆战死。独蒯恩持重不动，全军退还。

刘裕闻报大怒，自率诸将渡江。鲁轨与司马文思，统兵四万，夹江为守，列阵峭岸。岸高数丈，裕军莫敢上登，彼此相觑。裕怒不可遏，自被甲胄，突前作跳跃状。

诸将苦谏不从，主簿谢晦将裕掖住，气得裕头筋暴涨，瞋目扬须，拔剑指晦道：“汝再阻我，我将杀汝！”想为女婿被杀，因致如此。晦从容道：“天下可无晦，不可无公！”必欲留他篡晋耶！

裕尚欲上跃，将军胡藩，亟用刀头凿穿岸土，可容足指，蹑迹而上。随兵亦稍稍登岸，直前力战，轨众少却。裕麾军上陆，用着大刀阔斧，奋杀过去，轨与文思，立即败溃。一走一追，直抵江陵城下。休之与鲁宗之、韩延之等，弃城皆走，独鲁轨退保石城。裕令阆中侯赵伦之，参军沈林子攻轨，另派内史王镇恶，领舟师追休之等。休之闻石城被攻，拟与宗之收军往援，哪知到了中途，遇轨狼狈奔来，报称石城被陷，乃相偕奔往襄阳。偏偏襄阳参军，闭门不纳，休之等无可如何，俱西奔后秦。

是时司马道赐为休之亲属，与裨将王猛子密谋刺死青冀二州刺史刘敬宣，响应休之。敬宣府吏，即时起兵攻道赐，把他击毙，连王猛子亦砍作肉泥。青、冀二州，仍然平定。

刘裕奏凯班师，诏仍加裕为太傅扬州牧，剑履上殿，入朝不趋，赞拜不名。裕仍固辞太傅州牧，余暂受命。嗣又加裕领平北将军，都督南秦，凡二十二州，未几且晋封中外大都督。裕长子义符为兖州刺史，兼豫章公，三子义隆为北彭城县公，弟道怜为荆州刺史。

裕因后秦屡纳逋逃，决意声讨。后秦自姚苌僭位，传子姚兴，灭前秦，降后凉，在位二十二年，颇号强盛。兴死，长子泓嗣，骨肉相争，关中扰乱。详见《两晋演义》。裕乘机西征，加领征西将军，兼司、豫二州刺史，长子义符为中军将军，监留府事。刘穆之为左仆射，领监军中军二府军司，入居东府，总摄内外。司马徐羡之为副。左将军朱龄石守卫殿省。徐州刺史刘怀慎守卫京师。

裕将启行，分诸军为数道：龙骧将军王镇恶，冠军将军檀道济，自淮淝向许洛；新野太守朱超石，宁朔将军胡藩趋阳城；振武将军沈田子，建威将军傅弘之趋武关；建武将军沈林子，彭城内史刘遵考，率水军出石门，自汴达河。又命冀州刺史王仲德为征虏将军，督领前锋，开巨野入河。刘穆之语王镇恶道：“刘公委卿伐秦，卿宜勉力，毋负所委！”镇恶道：“我不克关中，誓不复济江！”当下各队出都，依次西进。刘裕在后督军，亦即出发，浩浩荡荡，行达彭城。

镇恶、道济驰入秦境，所向皆捷。秦将王苟生举漆邱城降镇恶，刺史姚掌，举项城降道济。诸屯守俱望风款附，惟新蔡太守董遵守城不下。道济一鼓入城，将遵擒住，立命斩首。进克许昌，又获秦颍川太守姚垣，及大将杨业。

沈林子自汴入河，襄邑人董神虎来降，从林子进拔仓垣，收降秦刺史韦华。神虎擅还襄邑，为林子所杀。

王仲德水军渡河，道过滑台，滑台为北魏属地，守吏尉建庸懦，还道是晋军来攻，即弃城北走。仲德入滑台宣言道：“我军已预备布帛七万匹，假道北魏，不意北魏守将，弃城遽去，我所以入城安民，大众不必惊惶，我将自退。”魏主嗣接得军报，立命部将叔孙建、公孙表等，自河内向枋头，引兵济河。途遇尉建还奔，将他缚至滑台城下，投尸河中，仰呼城上晋兵，问他何故侵轶？仲德使人答语道：“刘太尉遣王征虏将军，自河入洛，清扫山陵，并未敢侵掠魏境，魏守将自弃滑台，剩得一座空城，王征虏借城息兵，秋毫无犯，不日即当西去，晋魏和好，始终守约，幸勿误会！”叔孙建也无词可驳，遣人飞报魏主。魏主又令建致书刘裕，裕婉辞致复道：“洛阳为我朝旧都，山陵俱在，今为西羌所据，几至陵寝成墟。且我朝罪犯，均由羌人收纳，使为我患。我朝因发兵西讨。欲向贵国假道，想贵国好恶从同，断不致有违言。滑台一军，自当令彼西引，愿贵国勿忧！”远交近攻，却是要着。魏主嗣乃令叔孙建等按兵不动，俟仲德退去，然后收复滑台。

晋将军檀道济领兵前驱，连下秦阳、荥阳二城，直抵成皋。秦征南将军陈留公姚洸屯驻洛阳，忙向关中求救。秦主泓遣武卫将军姚益男，越骑校尉阎生，合兵万三千人，往援洛阳。又令并州牧姚懿，南屯陕津，遥作声援。姚益男等尚未到洛，晋军已降服成皋，进攻柏谷。秦将军赵玄，在洸麾下，先劝洸据险固守，静待援兵。偏司马姚禹，暗向晋军输款，促洸发兵出战。洸即遣赵玄率兵千余，南出柏谷坞，迎击晋军。玄泣语洸道：“玄受三主重恩，有死无二，但明公误信谗言，必致后悔！”说毕，麾旗趋出，与行军司马蹇鉴，驰往柏谷，兜头遇着晋龙骧司马毛德祖，带兵前来，两下不及答话，便即交战，自午至未，杀伤相当，未分胜负。那晋军越来越多，玄兵越斗越少，再战了好多时，玄身中十余创，力不能支，呕血无数，据地大呼。司马蹇鉴抱玄泣下，玄凄声道：“我创已重，自知必死，君宜速去！”鉴泣答道：“将军不济，鉴将何往？”玄再呼毕命。鉴拔刀死战，格毙晋军数人，亦自刎而亡。为主捐躯，不失为忠。毛德祖杀尽玄兵，直捣洛阳。檀道济亦至，四面围攻。洛阳司马姚禹，即逾城出降。姚洸无法可施，也只好举城奉献，作为贽仪。道济俘得秦兵四千余名，或劝道济悉数坑毙，作为京观，道济道：“伐罪吊民，正在今日，何用多杀哩！”因皆释缚遣归，秦人大悦，相率趋附。

秦将军姚益男、阎生等，闻洛阳已陷，不敢进兵，退还关中。秦廷惶急得很，偏并州牧姚懿，到了陕津，听了司马孙畅的计议，反攻长安。秦主泓急令东平公姚绍等，往击姚懿，懿败被擒，畅亦伏诛。既而征北将军齐公姚恢，又复自称大都督，托言入清君侧，进关西向。秦主又飞召姚绍等击恢，恢亦败死。看官听说！这姚懿为秦主泓母弟，姚恢乃秦主泓诸父，本来休戚相关的至亲，乃国危不救，反且倒戈内逼，试想姚氏至此，阋墙构变，不顾外侮，还能保全国家么？当头棒喝。恢、懿等虽然伏法，秦兵已伤了一半。

晋太尉刘裕且引水军发彭城，留三子彭城公义隆居守，兼掌徐、兖、青、冀四州军事，自督大兵西进。

王镇恶入渑池，趋潼关，檀道济、沈林子，自陕北渡河，进攻蒲阪。秦东平公姚绍，升任鲁公，进官太宰，督武卫将军姚鸾等，率步骑五万援潼关，别遣副将姚驴救蒲阪，道济、林子，攻蒲阪不克，林子语道济道："蒲阪城坚兵众，未易猝拔，不若往会镇恶，并力攻潼关，潼关得手，蒲阪可不战自下了。"道济依言，移军往潼关，与镇恶会师合攻。姚绍开关出战，由道济、林子等奋击，大破绍兵，斩获千数。绍退屯定城，据险固守，令姚鸾屯兵大路，堵截晋军粮道。晋沈林子夜率锐卒，突入鸾营，鸾措手不及，竟为所杀。余众数千人，立时扫尽。姚绍又遣东平公姚赞出师河上，断晋水道，复被沈林子击败，奔还定城。

秦兵累败，急得秦主泓不知所为，忙遣人向魏乞援。泓有女弟西平公主，曾适北魏为夫人。北魏主拓拔嗣，正欲发兵，可巧刘裕溯河西上，亦有假道书传入，累得北魏主左右两难，不得不集众会议。左右齐声道："潼关号称天险，刘裕用水军攻关，必难得志，若登岸北侵，便较容易。况裕虽声言伐秦，志不可测，今日攻秦，安知他日不来攻我，我与秦固为婚媾国，更当相救，宜发兵断河上流，勿使得西。"博士祭酒崔浩，独抗言道，"不可不可！刘裕早蓄志图秦，今姚兴已死，子泓懦弱，国内多难，势已岌岌，裕大举入秦，志在必克。我若遏他上流，裕心忿戾，必上岸北侵，是我转代秦受敌呢！为今日计，不若假裕水道，听裕西上，然后用兵塞住东路。裕若克捷，必感我假道，断不与我为仇，否则我亦有救秦美名，这才是一举两得的上策，况且南北异俗，就使我国家弃去恒山以南，俾裕占据，裕亦不能驱吴、越士卒，与我争河北地，可见是不足为患哩！"

崔浩（381—450），字伯渊，清河郡东武城（今山东武城西北）人。官至司徒。曾与高允同修国史，太平真君十一年（450年），以修史暴露"国恶"的罪名被灭族。

魏主始终以为疑。且因左右啧有烦言，夫人拓拔氏亦在内吁请，乃遣司徒长孙嵩督领山东诸军事，率同将军娥清，刺史阿薄干屯河北岸。遇有晋军船被风漂流，由南至北，辄加杀掠。

裕遣兵往击，魏人即去，及晋兵退还，魏人又来。裕因遣亲军队长丁旿，率勇士七百人，坚车百乘，渡往北岸。上岸百余步，列车为阵，每车内置勇士七人，总竖一帜，用旄为饰，叫作白毦。魏人莫名其妙，只眼睁睁地望着，忽见白毦高举，由晋将军朱超石，领着二千人过来，赍了连臂弓百张，分登车上，一车增二十人。魏都督长孙嵩，恐晋军进逼，乃用先发制人的计策，麾众三万骑，来攻车阵。晋军发矢迭射，伤毙魏兵不少。但魏兵抵死不退，四面猛扑，血肉齐飞。突见晋军取出两般兵器，迎头痛击，一件是数十斤重的大锤，一件是三四尺长的短槊，锤过处头颅粉碎，槊截处胸脊洞穿，更兼车高临下，容易击人，魏兵招架不住，当然倒退。哪知车阵展开，四面蹂躏，魏兵稍一缓行，即被撞倒，碾入车下，肠破血流。长孙嵩、娥清，拨马逃脱，阿薄干迟了一步，马蹶仆地，立被踏死。至此才知车阵厉害。还有晋将军胡藩、刘荣祖等，也来援应超石，追击至数十里外，斩获千计。及魏兵退入平城，才收兵南旋。魏主闻败，始悔不用崔浩言，但已是无及了。

惟王镇恶等驻扎潼关，食尽兵嚣，意欲遁还，沈林子拔剑击案道："今许洛已定，关右将平，奈何自沮锐气，致隳前功！况前锋为全军耳目，前锋一退，后军必靡，怎得成功！"镇恶乃遣使白裕，乞即济粮。裕本令镇恶等静待洛阳，与大军齐进，镇恶等贪利邀功，径趋潼关，已为裕所介意，况正与魏人交战，也无暇顾及镇恶，镇恶得去使返报，无粮可济，乃自至弘农劝谕百姓，令他赍送义租。百姓应命输粮，军乃得食，众心方定。林子复击破河北秦军，斩秦将姚洽、姚墨蠡、唐小方，因遣人驰报刘裕道："姚绍气盖关中，今一蹶不振，命且垂尽，恐不得膏我铁钺，但姚绍一死关中无人，取长安如反掌了！"果然不到数日，姚绍愤恚成疾，呕血而死，把军事付与东平公姚赞。赞引兵袭沈林子，为林子所料，设伏击退。

既而沈田子、傅弘之得入武关，进屯青泥，秦主泓自率步骑数万，往击田子。田子麾下，本非正兵，但率游骑千余人，袭破武关，至此闻姚泓亲至，并不畏避，反欲上前迎击。傅弘之以众寡不敌，劝令暂避。田子慨然道："兵贵用奇，不在用众，且今众寡相悬，势不两立，苦彼结营既固，前来困我，我从何处逃命！不如乘他初至，营阵未立，先往杀入，尚可图功。"说至此，即策马先往。弘之亦从后继进，约行数里，便见秦军漫山遍野，徐徐而来。田子慨然誓众道："诸君冒险远来，正求今日一战，若幸得战胜，拜将封侯，就在此举了！"士卒踊跃争先，各执短兵临阵，鼓噪齐进。古人说得好，一夫拼命，万夫莫当，况田子有兵千人，一当十，十当百，任他数万秦军，尚不值千人一扫。秦主泓未经劲敌，骤见晋军这般犷悍，正是见所未见，不由的魂驰魄散，易马返奔。主子一走，全军四溃，倒被田子追杀一阵，斩馘万余级，连秦王乘舆法物，也一并夺来。

刘裕到了潼关，正虑田子兵少，亟遣沈林子带兵数千，自秦岭赴援。到了青泥，秦主已经败去，乃相偕追入。关中郡县多望风迎降。田子陆续报捷，刘裕大喜。

将军王镇恶愿统水军自河入渭，径捣长安，裕允令前往。镇恶行至泾上，正值秦恢武将军姚难，与镇北将军姚强，会师拒战。镇恶使毛德祖进击，秦兵皆溃，强死难遁。秦主泓自屯逍遥园，使姚赞屯灞东，胡翼度屯石积，姚丕屯渭桥。镇恶溯渭直上，所乘皆蒙冲小舰，水手俱在舰内，秦人见它行驶如飞，并无水手，统惊为神助。及镇恶到了渭桥，令军士食毕，各持械登岸，落后者斩。霎时间大众毕登，舰皆随流漂去，不知所向。仿佛是破釜沉舟。镇恶申谕士卒道："我辈俱家居江南，今至长安北门，去家万里，舟楫衣粮，统已随水漂没，若进战得胜，功名俱显，否则骸骨不返，无他希望了！愿与诸君努力，一决死生！"众齐声应命，激响如雷。镇恶身先士卒，持槊直前，众皆竞进，奋击姚丕。丕军大败，向西乱窜。

那冒冒失失的秦主姚泓，方引兵来援，巧值丕军败还，自相践踏，不战即溃。王镇恶追杀过去，乱杀乱剁，如刈草芥。秦镇西将军姚谌，前军将军姚烈，左卫将军姚宝安，散骑常侍王帛，扬威将军姚蚝，尚书右丞孙玄等，并皆战殁。秦主泓单骑还都。王镇恶追入平朔门，泓挈妻子奔石桥。姚赞引众救泓，众皆溃去，胡翼度走降晋军。晋军驰至石桥，将泓围住，泓束手无策，只好送款乞降。泓子佛念，年才十二，涕泣语泓道："陛下今欲降晋，晋人将甘心陛下，终必不免，请自裁决为是！"泓怃然不应。佛念遂登宫墙，一跃而下，脑裂身亡。不亚蜀北地王刘谌，尤难得是少年殉国。泓率妻子及群臣，诣镇恶营前请降，镇恶命属吏收管，待刘裕入城处置。城中居民六万余户，由镇恶出示抚慰，号令严肃，阖城安堵。

越数日，刘裕统军入长安，镇恶出迎灞上，裕面加慰劳道："成吾霸业，卿为首功！"镇恶拜谢道："这都仗明公威灵，诸将武力，所以一举成功，镇恶有何功足称呢？"裕笑道："卿亦欲学汉冯异么？"遂与镇恶并辔入城。嗣闻镇恶盗取库财，不可胜纪，亦置诸不问。收秦彝器浑仪、土圭、记里鼓、指南车等，送入京师，其余金帛财宝，悉分给将士。

秦镇东将军平原公姚璞，与并州刺史尹昭，以蒲阪降，抚军将军东平公姚赞，率姚氏子弟百余人，亦诣军门投诚。裕不肯赦免，一律处斩，且解送姚泓入都，戮诸市曹，年才三十。小子有诗叹道：

嗣祚关中仅二年，东师一入即颠连。

河山破碎头颅陨，弱主由来少瓦全。

裕既灭秦，再索逃犯司马休之等人。究竟捕获与否，容至下回再叙。

司马休之并无逆迹，第为文思所累。得罪刘裕，遂致江陵受祸，西走入秦，秦虽屡纳逋逃，然所纳诸人，皆刘裕之私仇，非东晋之公敌，来者不拒，亦仁人所有事耳。史称秦主泓孝友宽和，尊师好学，似亦一守文之主，误在仁柔有余，英武不足，内变未靖于萧墙，外侮复迫于疆场，卒至泥首献阙，被戮市曹，弱肉强食，由来已久，固无所谓公理也。王镇恶、沈田子等，助裕攻秦，冒险入关，不可谓非智勇士；然立功最巨，致死最速，以视赵玄蹇鉴，且有愧色矣！良禽择木而栖，良臣择主而事，彼王、沈诸徒，胡甘为许褚、典韦之流亚，而求荣反辱耶！读此当为一叹。

第六回

失秦土刘世子逃归
移晋祚宋武帝篡位

却说司马休之、鲁宗之、韩延之等曾奔投后秦。秦为晋灭，宗之已死，休之等见机先遁，转入北魏，北魏各给官阶，使参军政。休之寻卒，子文思及鲁轨等，遂为魏臣。刘裕大索不获，只好罢休。晋廷已遣琅琊王司马德文，与司空王恢之，先后至洛，修谒五陵。刘裕欲表请迁都，仍至洛阳，王仲德谓劳师日久，士卒思归，迁都事未可骤行，裕乃罢议。晋廷已加授裕为相国，总掌百揆，封十郡为宋公，备九锡礼，裕又佯辞不受。再进爵为王，增封十郡，裕仍表辞。封爵虽崇，终未满意。更欲进略西北，为混一计，忽由京中递到急报，乃是前将军刘穆之，得病身亡，禁不住惊惶悲恸，泪下数行。

穆之为裕心腹，自裕西征后，内总朝政，外供军需，决断如流，事无壅滞。属吏抱牍入白，盈阶满室，经穆之目览耳听，手批口酬，不数时便即了清。平时喜交名士，座上常满，谈答无倦容。又食必方丈，未尝独餐，尝语刘裕道："仆家贫贱，养生多阙，蒙公宠遇，得叨禄位，朝夕所须，未免过丰，此外一毫不敢负公！"裕当然笑允，始终倚任不疑。每届出师，无论国事家事，悉数委托，穆之极尽心力，勉图报效。及九锡诏下，穆之未曾与谋，闻由行营长史王弘，奉裕密旨，自来讽请，因此不免怀惭。刘裕讽求九锡，又复表辞，何其鬼祟若此？嗣是愧惧成疾，竟致逝世。比荀彧尚觉匆如。

刘裕失一良佐，恐根本无托，决意东归，留次子义真为安西将军，都督雍梁秦州军事，镇守关中。义真年才十三，少不更事。关中重地，偏留稚子居守，未知何意？裕令咨议将军王修为长史，王镇恶为司马，沈田子、毛德祖、傅弘之为参军从事，留辅义真，自率各军东还。三秦父老，闻裕整装欲返，俱诣军门泣请道：“残民不沾王化，已阅百年，今复得睹汉仪，人人相贺。长安十陵，是公家祖墓，指汉高以下十陵。咸阳宫阙，是公家旧宅，舍此将何往呢？”裕亦黯然欲涕，随即慰谕道：“我受命朝廷，不得擅留，诸君诚意可感，今由次子义真及文武贤才，共守此土，汝等勉与安居，谅不至有意外变动呢！”大众乃退。

沈田子忌镇恶功，屡言镇恶家住关中，不可保信，至是复与傅弘之同入白裕。裕答道：“猛兽不如群狐，这是古人名论。今留卿等文武十余人，统兵逾万，难道还怕一王镇恶么？”既知军将相忌，奈何不为之防，反导之使乱，想是篡弑心急，故不遑远图。语毕即行，自洛入河，开汴渠以归。

当时后秦西北，有统万城，为夏主赫连勃勃根据地。勃勃本姓刘，父名卫辰，建牙代他，卫辰为北魏所灭，勃勃奔至后秦，秦授他为安北将军，使镇朔方。秦魏通好，勃勃背秦自主，僭称夏王，改姓赫连氏，屡寇秦边。及闻刘裕入秦，顾语群臣道：“裕此行必得关中，但不能久留，若留子弟及将吏戍守，必非我敌，我取关中不难了！”乃秣马厉兵，进据安定，收降岭北郡县。刘裕曾遗勃勃书，约为兄弟，勃勃含糊答复。裕不遑西顾，仓猝东归。勃勃即遣子璝率兵二万，南向长安，使前将军赫连昌出潼关，长史王买德出青泥，自率大军为后继。

关中守将沈田子与傅弘之督兵出御，因闻夏兵势盛，不敢向前，退屯留回堡，遣使还报王镇恶等。镇恶语王修道：“刘公以十岁儿付我侪，应该竭力夹辅，乃大敌当前，拥兵不进，试问将如何退敌呢？”镇恶为裕出力，虽事非其主，但不负委托，心术尚可节取。遂遣还来使，自率部曲往援。

田子得使人返报，益恨镇恶，当下造出一种讹言，谓镇恶欲尽杀南人，送归义真，自据关中为王。这语一传，此唱彼和，几乎众口同声。惟镇恶尚未得闻，匆匆至留回堡，与田子会议军情。田子邀镇恶至弘之营，托言有密计相商，请屏左右。镇恶不知有诈，单骑驰入，突由田子族党沈敬仁，驱兵杀出，竟将镇恶砍死幕下。

田子即矫称刘太尉密命，饬诛镇恶。镇恶本前秦王猛孙，南奔依裕，裕一见如故，擢为参军，任至上将，前进谗言，后起讹传，原因从此处补出。至是为田子所杀。弘之未免惊惧，奔告义真，义真急召王修计事。修拥义真被甲登城，潜令亲军埋伏城外，从容待变。俄见沈田子率数十骑到来，即在城上遥呼，问以镇恶情状。田子下马答词，才说出“镇恶造反”四字，那伏兵已经尽发，立将田子拿下。王修责他擅戮大将，立命枭首。实是该死。一面令冠军将军毛修之代为安西司马，与傅弘之等同出拒战。一败赫连璝于池阳，再破夏兵于寡妇渡，斩获甚众，夏人乃退。

刘裕还镇彭城，未曾入朝，闻王镇恶被害，上表朝廷，请追赠镇恶为左将军青州刺史。并令彭城内史刘遵考为并州刺史，兼领河东太守，出镇蒲阪。征荆州刺史刘道怜为徐、兖二州刺史，调徐州刺史刘义隆出镇荆州，以到彦之、张邵、王昙首、王华等为参佐。义隆年少，府事皆决诸张邵。裕又召谕义隆道："王昙首器度深沉，真宰相才，汝当遇事咨询，自不致有误事了。"义隆应命而去。

忽又接到关中急报，长安大乱，夏兵四逼，顿令这雄毅沉鸷的刘寄奴，也不免惶急起来。原来刘义真年少好狎，昵近群小，赏赐无节，王修每加裁抑，激成众怨，遂交谮王修道："王镇恶欲反，为沈田子所杀，王修又杀沈田子，难道是不欲反么？"义真始尚未信，继经左右浸润，竟信以为真，遽遣嬖人刘乞等，刺杀王修。修既刺死，人情惶骇，长安城中，一日数惊。义真悉召外军入卫，闭门拒守。夏兵伺隙复来，秦民相率迎降，郡县多为夏有。赫连勃勃入据咸阳，截断长安樵汲，义真大恨，飞使求援。刘裕急遣辅国将军蒯恩，率兵速往，召还义真。一面派右司马朱龄石为雍州刺史，代镇关中。龄石临行，裕与语道："卿若抵长安，可饬义真轻装速发，既出关外，然后徐行，若关右必不可守，可与义真俱归便了。"先时若果加慎，何至狐埋狐搰。

龄石既去，又遣中书侍郎朱超石，宣慰河洛，随后继进。蒯恩先入长安，促义真整装东归，义真摒挡行李，悉集服货珍玩，足足收拾了三五天，及龄石驰至，尚未启程。龄石一再敦促，乃出发长安，义真左右，又趁势掠夺财物，并强劫美色妇女，尽载车上，方轨徐行。途次得着警耗，乃是夏世子赫连璝，率兵三万，从后追来，傅弘之急白义真道："刘公有命，令速出关，今辎重杂沓，一日行不过十里，虏骑复将追至，如何抵御？请即弃车轻行，方可免祸。"义真怎肯割舍辎重，其余亲吏，尚且贪心不足，更不愿从弘之言，仍然徐徐而行。猛听得几声胡哨，从后吹来，回头一望，那夏兵似蜂蚁一般，疾趋而至。弘之急令义真先行，自与蒯恩断后，力拒夏兵。夏兵先被击却，俟傅、蒯两人东行，又复追蹑。傅弘之、蒯恩，走一程，战一场，一日数战，累得人困马乏，无从休息；再经义真等尚在前面，辎重车行得甚慢，又不好抢前越行。好容易得到青泥，天色将晚，斜刺里杀出一支敌兵，敌帅就是夏长史王买德。接应上文。看官，你想此时的傅弘之、蒯恩，还能支撑得住么？弘之拼着一死，奋力再战，蒯恩也是死斗，被夏兵围绕数匝，用箭射倒两人坐马，相继擒去；部兵亦无一得免。还有司马毛修之，因与义真相失，四处寻觅，冤冤相凑，遇着了王买德，亦为所擒。义真逃匿草中，左右尽散，辎重车统已失去，形单影只，倍极凄凉。服货尚在否？珍宝无恙否？我愿一问。天已昏黑，辨不出路径，眼见是死多活少。偶闻有人相呼，声音甚熟，乃匍匐出来，见是参军段宏，喜极而泣。宏将义真束诸背上，策马飞遁，始得脱归。

赫连勃勃进攻长安，长安人民，逐走朱龄石，龄石焚去宫殿，出奔潼关，偏被赫连昌截住，进退无路，束手就擒。朱超石即龄石弟，趋至蒲阪，往探龄石，亦为夏人所执，送至勃勃军前，同时被杀。勃勃闻傅弘之骁勇，迫令投降，弘之不屈。勃勃因天气严寒，褫弘之衣，裸置雪窖中，弘之叫骂而死。勃勃遂入长安，据有关中。

刘裕得青泥败耗，未知义真存亡，投袂而起，即欲出师报怨，侍中谢晦等固谏，尚未肯从。会得段宏驰报，知已救出义真，乃不复发兵，可见他全然为私。但登城北望，慨然流涕罢了。义真还至彭城，降为建威将军兼司州刺史。进段宏为黄门郎，领太子右卫率。召刘遵考东还，令毛德祖接替，退戍虎牢。为德祖被擒伏案。嗣闻勃勃称帝，也不禁雄心思逞，想与勃勃东西并峙，做一个江南天子，聊娱晚年。于是相国宋公的荣封，也承受了，九锡殊礼也接领了，尊继母萧氏为宋公太妃，世子义符为中军将军，副贰相国府，用太尉军咨祭酒孔靖为宋国尚书令，青州刺史檀祗为领军将军，左长史王弘为仆射，从事中郎傅亮、蔡廓为侍中，谢晦为右卫将军右长史，郑鲜之为参军，殷景仁为秘书郎。此外僚属，均依晋朝制度，差不多似晋宋分邦，彼此敌体；独孔靖不愿受职，慨然辞去。气节可嘉。

裕按据谶文，谓昌明后尚有二帝。昌明系晋孝武帝表字，安帝承嗣孝武，尚止一代，似晋祚不致遽绝，当还有一个末代皇帝。数不可违，时难坐待，只得想出一法，密嘱中书侍郎王韶之，入都行计。看官道是何策？乃是使王韶之贿通内侍，要做那篡逆的大事。语有筋节。

琅琊王司马德文系是晋安帝母弟，自谒陵还都，谒陵见上。见刘裕权位日隆，已恐他进逼安帝，随时加防。每日入值宫中，小心检察，就是安帝饮食，亦必尝而后进，所以王韶之等无隙可乘，安帝尚得苟活数天。不料安帝命数该绝，致德文无端生病，出居外第，那时韶之正好动手，指挥内侍，竟将安帝揿住，用散衣作结，硬将安帝勒毙。是可忍，孰不可忍！

当下托言安帝暴崩，传出遗诏，奉德文即皇帝位。德文亦明知有变，怎奈宫廷内外，已都是刘裕爪牙，孤身如何发作，只好得过且过，权登帝座。史家称他为晋恭帝。越年改安帝元兴年号，称为元熙元年，立王妃褚氏为后，依着历代故例，大赦天下，加封百官。再进封刘裕为宋王，又加给十郡采邑。裕此时是老实受封，徙都寿阳，嗣复讽令朝臣，申加殊礼。恭帝不敢违慢，更命裕得戴冕旒，建天子旌旗，出警入跸，乘金根车，驾六马，备五时副车，乐舞八佾，设钟虡宫悬，进王太妃为太后，世子为太子，居然与晋朝无二了，是古来所未有。

勉强过了一年，裕已六十有五岁，自思来日无多，急欲篡位，一时又不好启口，只得宴集群臣，微示己意。酒至半酣，乃掀须徐语道："桓玄篡国，晋祚已移，我倡义兴复，平定四海，功成业著，始邀九锡，今年将衰迈，备极宠荣，物忌盛满，自觉不安，现欲奉还爵位，归老京师，卿等以为何如？”群臣听了，尚摸不着头脑，只得随口敷衍，把那功德巍巍，福寿绵绵的谀词，说了数十百言，但见裕毫无喜容，反露出一种怅惘的形状。实是闷闷。群臣始终不解，挨至日暮撤席，方各散去。

中书令傅亮已出门外，忽恍然悟道：“我晓得了！”还算汝有些聪明。遂又转身趋入，门已下扃，特叩扉请见，面白刘裕道：“臣暂应还都。”裕不禁点首，面有喜色。亮知已猜着裕意，便即辞出；仰见天空现一长星，光芒烛天，因拊髀长叹道：“我常不信天文，今始知天象有验了！”越日即驰赴都中。

刘裕遣发傅亮，专待好音。过了数日，果有诏旨到来，召令入辅，裕留四子义康镇寿阳，命参军刘湛为长史，裁决府事，自率亲军即日启行。才入京师，傅亮已遍结朝臣，迫帝禅位，自具诏草，呈入恭帝。恭帝览毕，语左右道：“桓玄跋扈，我晋朝已失天下，幸赖刘公恢复，统绪复延，迄今将二十年，我早知有今日，禅位也是甘心呢。”遂操笔为书，令裕受禅。越日即传出赤诏，略云：

咨尔宋王，夫玄古权舆，悠哉邈矣，其详靡得而闻。爰自书契，降逮三五，莫不以上圣君四海，止戈定大业；然则帝王者宰物之通器，君道者天下之至公。昔在上叶，深鉴兹道，是以天禄既终，唐、虞勿得传其嗣；符命来格，舜、禹不获全其谦。所以经纬三才，澄叙彝化，作范振古，垂风万叶，莫尚于兹。自是厥后，历代弥劭，汉既嗣德于放勋，魏亦方轨于重华，谅以协谋乎人鬼，而以百姓为心者也。昔我祖宗钦明，辰居其极，而明晦代序，盈亏有期，翦商兆祸，非惟一世，曾是弗克，矧伊在今，天之所废，有自来矣。惟王体上圣之姿，苞二仪之德，明齐日月，道合四时。乃者社稷倾覆，王拯而存之，中原芜梗，又济而复之。自负固不宾，干纪放命，肆逆滔天，窃据万里，靡不润之以风雨，震之以雷霆，九伐之道既敷，八法之化自理，岂徒博施于民，济斯黔庶？固以义洽四海，道盛八荒者矣。至于上天垂象，四灵效征，图谶之文既明，人神之望已改，百工歌于朝，庶民颂于野，亿兆忭踊，倾伫惟新，自非百姓乐推，天命攸集，岂伊在予所得独专？是用仰祗皇灵，俯顺群议，敬禅神器，授帝位于尔躬，大祚告穷，天禄永终。于戏！王其允执厥中，敬遵典训，副率土之嘉愿，恢洪业于无穷，时膺休祐，以答三灵之眷望。此咨！

这诏传出，遂由光禄大夫谢澹，尚书刘宣范，奉着皇帝玺绶，送交宋王刘裕。复附一禅位书云：

盖闻天生蒸民，树之以君；帝皇寄世，实公四海。崇替系于勋德，升降存乎其人，故有国必亡，卜年著其数；代谢无常，圣哲握其符。昔在上世，三圣系轨，畴哲四岳以弘揖让，惟先王之有作，永垂范于无穷。及刘氏致禅，实尧是法，有魏告终，亦宪兹典，我世祖所以抚归运而顺人事，乘利见而定天保者也。乃道不常泰，戎夷乱华，丧我洛京，蹙国江表，仍遘否运，沦没相因，逮于元兴，遂倾宗祀。幸赖神武光天，大节宏发，匡复我社稷，重造我国家，内纾国难，外播弘略，诛大憝于汉阳，逋僭盗于沂渚，澄氛西岷，肃清南越，再静江、湘，拓定樊沔。若乃永怀区宇，思一声教，王师首路，则伊洛澄流，棱威崤、潼，则华岳蹇霭，伪酋衔璧，咸阳即叙，虽彝器所铭，诗书所咏，庸勋之盛，莫之与京也。遂偃武修文，诞敷德政，八统以驭万民，九职以刑邦国，思兼三王以施四事，故信著幽显，义感殊方。朕每敬维道勋，永察符运，天之历数，实在尔躬。是以五纬升度，屡示除旧之迹，三光协数，必昭布新之祥，图谶祯瑞，皎然斯在。昔土德告诊，传祚于我有晋，今历运改卜，永终于兹，亦以金德而传于宋。仰四代之休义，鉴明昏之定期，询于群公，爰逮庶尹，咸曰休哉，罔违朕志。今遣使持节兼太保散骑常侍光禄大夫谢澹，兼太尉尚书刘宣范，奉交皇帝玺绶，受终之礼，一如唐虞汉魏故事。王其允答人神，君临万国，时膺灵祉，酬于上天之眷命！

刘裕得禅位书，尚且上表陈让，佯作谦恭。那时晋恭帝已被逼出宫，退居琅琊王旧第，百官送旧迎新，扬扬得意，惟秘书监徐广犹带哀容。*也是无益。*刘裕三揖三让，还是装腔做势。太史令骆达，掇拾天文符瑞数十条，作为宋王受命的证据，裕乃筑坛南郊，祭告天地，还宫御太极殿，受百官朝贺，颁制大赦。改晋元熙二年为宋永初元年，封晋帝为零陵王，迁居故秣陵城。令将军刘遵考率兵防卫，明明是管束故主的意思。小子有诗叹道：

洛阳当日归夷虏，江左残邦付贼臣。

剩得秣陵一片土，留埋亡国主人身。

宋主裕既即帝位，当然有尊亲酬庸的典礼。欲知详情，请看官续阅下回。

刘裕数子，年皆童稚，裕各令为镇帅，岂不知其不能胜任，而漫为出此者，有二因焉：一则为分封子姓之预备，二则为镇压将吏之先机。裕之帝制自为，目无晋室也，盖已久矣，然稚子究未能守土，虚声亦宁足制人，观关中之乍得乍失，自丧爪牙，几至委义真于强虏之手，天下事之专欲难成者，何一不可作如是观耶？至若胁晋禅位，由渐而进，始则佯为逊让以欺人，继则实行篡弑以盗国，其心术之狡鸷，比操懿为尤甚，魏晋已导于前，裕乃起而踵于后，青出于蓝，冰寒于水，固非偶然也。顾晋之得国也如是，其失国也亦如是，天道好还，司马氏其固甘心哉！

第七回

弑故主冤魂索命 丧良将胡骑横行

王导（276—339），字茂弘，琅邪临沂（今山东临沂市北）人，东晋大臣。西晋末，为琅邪王司马睿献策移镇建康（今江苏南京）。大兴元年（318年），司马睿称帝（元帝），他任丞相，其堂兄王敦握重兵，镇长江上游，时称"王与马，共天下"。

却说宋主刘裕开国定规，追尊父刘翘为孝穆皇帝，母赵氏为穆皇后，奉继母萧氏为皇太后，追封亡弟道规为临川王。道规无嗣，命道怜次子义庆过继，承袭封爵，晋封弟道怜为长沙王。故妃臧氏，即臧熹姊。已于晋安帝义熙四年，病殁东城，追册为后，予谥曰敬，立长子义符为皇太子，封次子义真为庐陵王，三子义隆为宜都王，四子义康为彭城王。加授尚书仆射徐羡之为镇军将军，右卫将军谢晦为中领军，领军将军檀道济为护军将军。从前晋氏旧吏，宣力义熙，与宋主预同艰难，一依本秩；惟降始兴、庐陵、始安、长沙、康乐五公为县侯，令仍奉晋故臣王导、谢安、温峤、陶侃、谢玄宗祀。晋临川王司马宝亦降为西丰县侯。进号雍州刺史赵伦之为安北将军，北徐州刺史刘怀慎为平北将军，征西大将军杨盛为车骑大将军。又封西凉公李歆为征西大将军，西秦主乞伏炽磐为安西大将军，高句丽王高琏为征东大将军，百济王扶余映进为镇东大将军，蠲租省刑，内外粗安。

西凉公李歆，相传汉前将军李广后裔，父名暠，曾臣事北凉，任敦煌太守，后来自称西凉公，与北凉脱离关系，取得沙州、秦州、凉州等地，定都酒泉。暠殁歆嗣，曾遣使至江东，报称嗣位，是时晋尚未亡，封歆为酒泉公。及宋主受禅，更覃恩加封。北凉主蒙逊，与歆为仇，伪引兵攻西秦，潜师还屯川岩，果然李歆中计，还道是北凉虚空，乘隙往袭，途中被蒙逊邀击，连战皆败，竟为所杀。蒙逊遂入据酒泉转攻敦煌。敦煌太守李恂，即李歆弟，乘城拒守，被蒙逊用水灌入，城遂陷没，恂自刎死。子重耳出奔江左，因道远难通，投入北魏，五传至李渊，就是唐朝第一代的高祖，这是后话慢表。随笔带叙西凉灭亡。

宋主裕闻西凉被灭，无暇往讨北凉。惟自思年老子幼，不能图远，亦当顾近。那晋祚虽然中绝，尚留一零陵王，终究是胜朝遗孽，将来或死灰复燃，适贻子孙祸患，左思右想，总须再下辣手，斩草除根。是为残忍。乃用毒酒一罂，授前琅琊郎中张伟，使鸩零陵王。伟受酒自叹道："鸩君求活，徒贻万世恶名，不如由我自饮罢！"遂将酒一口饮尽，顷刻毒发，倒地而亡。却是司马氏忠臣。宋主得张伟讣音，倒也叹息，迁延了好几月，心终未释。

太常卿褚秀之，侍中褚淡之，统是故晋后褚氏兄，褚氏本为恭帝后，帝已被废，后亦降称为妃。秀之兄弟贪图富贵，甘做刘家走狗，不顾兄妹亲情，褚妃生男，秀之等受裕密嘱，害死婴孩。零陵王忧惧万分，整日里与褚妃共处，相对一室，饮食一切，概由褚妃亲手办理，往往炊爨床前，不劳厨役，所以宋人尚无隙可乘。

宋主裕不堪久待，乃于永初二年秋九月，决计弑主，遣褚淡之往视褚妃，潜令亲兵随行。妃闻淡之到来，暂出别室相见，哪知兵士已逾垣进去，置鸩王前，迫令速饮。王摇首道："佛教有言，人至自杀，转世不得再为人身。"现世尚是难顾，还顾转世做甚？兵士见王不肯饮，索性挟王上床，用被掩住，把他扼死；随即越垣还报。及褚妃返室视王，早已眼突舌伸，身僵气绝了。可怜！可叹！

淡之本是知情，闻妹子入室大恸，已料零陵王被弑，当即入内劝妹，代为料理丧事。狼心狗肺。一面讣闻宋廷。宋王已经得报，很是喜慰，至讣音到后，佯为惊悼，率百官举哀朝堂，依魏明帝服山阳公故事。魏明帝即曹睿，山阳公即汉献帝。且遣太尉持节护丧，葬用晋礼，给谥为恭，这也不在话下。

且说宋主裕既弑晋恭帝，自谓无患，遂重用徐羡之、傅亮、

谢安（320—385），字安石，东晋陈郡阳夏（今河南太康）人。年四十余始出仕，孝武帝时，官至宰相。在淝水之战中为东晋总指挥，以八万兵力打败号称百万的前秦军队。会稽王司马道执政，排挤谢氏，他出镇广陵（今江苏扬州市），不久回京病死。

温峤（288—329），字太真，太原祁县（今山西祁县东南）人。初在并州时为刘琨谋主，抗击刘聪、石勒。明帝时任中书令。时王敦专制朝政，遂与庾亮等密谋灭敦。苏峻、祖约作乱，又与庾亮、陶侃等出兵讨伐。事平还镇，不久病死。

谢晦三人，整理朝政，有心求治。可奈年华已迈，筋力就衰，渐渐的饮食减少，疾病加身；到了永初三年春季，竟至卧床不起。长沙王刘道怜，司空录尚书事徐羡之，尚书仆射傅亮，领军将军谢晦，护军檀道济，并入侍医药，见宋主时有呓语，请往祷神祇，宋主不许。但使侍中谢方明，以疾告庙，一面专命医官诊治，静心调养。幸喜服药有灵，逐渐痊愈，乃命檀道济出镇广陵，监督淮南诸军。

太子义符素来是狎昵群小，及宋主得病时，更好游狎。谢晦颇以为忧，俟宋主病瘳，乃进言道："陛下春秋已高，应思为万世计，神器至重，不可托付非人。"宋主知他言出有因，徐徐答道："庐陵何如？"晦答道："臣愿往观可否。"乃出见义真，义真雅好修饰，至是益盛服与谈，娓娓不倦。晦不甚答辩，还报宋主道："庐陵才辩有余，德量不足，想亦非君人大度呢。"宋主乃出义真镇历阳，都督雍、豫等州军事，兼南豫州刺史。既而宋主复病，病且日剧，有时蒙眬睡着，但见有无数冤魂，前来索命，且故晋安、恭二帝，亦常至床前。疑心生暗鬼。往往被他惊醒，汗流浃背。自思鬼魅萦缠，病必不起，乃召太子义符，至榻前面嘱道："檀道济虽有武略，却无远志，徐羡之、傅亮事朕已久，当无异图；惟谢晦屡从征伐，颇识机变，将来若有同异，必出是人，汝嗣位后，可处以会稽、江州等郡，方免他虑。"专防谢晦，当是尚记前言。又自为手诏，谓后世若有幼主，朝事一委宰相，母后不烦临朝。待至弥留，复召徐羡之、傅亮、谢晦等，入受顾命，令他辅导嗣君，言讫遂殂，在位只二年有余，年六十七岁。

宋主裕起自寒微，素性俭约，游宴甚稀，嫔御亦少，不宝珍玩，不爱纷华；宁州尝献琥珀枕，光色甚丽，会出征后秦，谓琥珀可疗金创，即命捣碎；分给诸将。及平定关中，得秦主兴从女，姿色甚丽，一时也为色所迷，几至废事。谢晦入谏，片语提醒，即夕遣出。宋台既建，有司奏东西堂施局脚床，用银涂钉，致为所斥，但准用铁。岭南献入筒细布，一端八丈，精致异常，宋主斥为纤巧，即付有司弹劾太守，并将布发还，令此后禁作此布。公主下嫁，遣送不过二十万缗，无锦绣金玉等物。平时事继母甚谨，即位后入朝太后，必在清晨，不逾时刻。诸子旦问起居，入

陶侃（259—334），字士行（或作士衡），庐江寻阳（今湖北黄梅西南）人。初为县吏，渐至郡守、太守、刺史。太宁三年（325年），加征西大将军。苏峻、祖约作乱，庾亮、温峤赖其兵力收复建康（今江苏南京）。精勤吏职，常勉人惜分阴，为人所称。

谢玄（343—388），字幼度，陈郡阳夏（今河南太康）人，谢安之侄，东晋名将。安为宰相，任他为建武将军、兖州刺史，组织北府兵，以御前秦。太元八年（383年），率北府兵取得淝水大捷，并收复徐、兖、青、豫等州，进至黎阳。司马道子执政，忌谢氏势盛，使还镇淮阴。病还京口（今江苏镇江），改授会稽（今浙江绍兴市）内史。

阁脱公服，止著裙帽，如家人礼。又命将微时农具，收贮宫中，留示后世，这都是宋主的美德。惟阴移晋祚，迭弑二主，为南朝篡逆的首倡，实是名教罪人。看官阅过上文，已可知宋主刘裕的定评了。褒贬处关系世道。是年七月，安葬蒋山初宁陵，群臣上谥曰武皇帝，庙号高祖。南北朝各君实皆不足列为正统，故本书演述，但称某主，与汉唐诸代不同，五季史亦仿此例。

太子义符即位，制服三年，尊皇太后萧氏为太皇太后，生母张夫人为皇太后，立妃司马氏为皇后，妃即晋恭帝女海盐公主，小名茂英。命尚书仆射傅亮为中书监尚书令，与司空徐羡之，领军将军谢晦，同心辅政。长沙王刘道怜病逝，追赠太傅；太皇太后萧氏，年逾八十，因哭子过哀，不久亦殁，追谥孝懿。宋廷连遇大丧，忙碌得了不得。那嗣主义符，年才十七，童心未化，但知戏狎，一切居丧礼仪，多从阙略，特进致仕范泰，上书规谏，毫不见从。就是徐羡之、傅亮、谢晦等，随时指导，亦似聋瞽一般，无一听纳。都人士已料他不终；偏是北方强寇，乘隙而来，河南诸郡，遍罹兵革，累得宋廷调兵遣将，又惹起一番战争。看官听着！这就是宋、魏交兵的开始。事关重大，特笔提明。

魏太祖拓跋珪源出鲜卑，向例用索辫发，因沿称为索头部。世居北荒，晋初始通贡使。怀帝时拓跋猗卢，与并州刺史刘琨，结为兄弟。琨表猗卢为大单于，封以代郡，号为代公。嗣复进爵为王，六传至什翼犍，有众数十万，定都盛乐，威震云中。匈奴部酋刘卫辰，被逐奔秦，秦主苻坚大举伐代，令卫辰为向导。什翼犍拒战败绩，还走盛乐，为庶子寔君所弑，部落分散。秦主坚捕诛寔君，分代为二，西属刘卫辰，东属什翼犍甥刘库仁。什翼犍有孙名珪，由库仁抚养，恩勤周备，及长颇有智勇，为库仁子显所忌，走依贺兰部母舅家。会秦已衰灭，代亦丧乱，朔方诸部，推珪为主，即代王位，仍还盛乐，逐去刘显，改国号魏，纪元天赐。史家称为后魏，亦称北魏；因恐与三国时曹魏有混，故有此称。

刘卫辰攻珪败窜而死。子勃勃逃奔后秦，后为夏国，已见前回。珪复破柔然，掠高车，蹂躏后燕，遂徙都平城，立宗庙社稷，僭号称帝，初纳刘库仁从女，宠冠后宫，生子名嗣。寻获后燕主慕容宝幼女，姿色过人，即立为后。后又见姨母贺氏，貌更美艳，竟将她本夫杀毙，硬夺为妃，产下一男，取名为绍。珪晚年服饵丹药，躁急异常，往往因怒杀人，贺夫人偶然忤珪，亦欲加刃，吓得贺氏奔匿冷宫，向子求救，子绍已封清河王，夜入弑珪。长子嗣受封齐王，闻变入都，执绍诛死，并杀贺氏，乃即帝位，尊珪为太祖道武皇帝。于是勤修政治，劝课农桑，任用博士崔浩等，兴利除弊，国内小康。

自从南军鏖战河北，失利而还，滑台一城，始终不得收复，未免引为恨事。应第五回。只因刘宋开基，气焰方盛，不得不虚与周旋，请和修好，岁时聘问。北魏亦占本书之主位，故叙述源流较他国为详。及宋主裕老病去世，宋使沈范等自魏南归，甫及渡河，忽被魏兵追来，把范等截拿而去。看官道为何因？原来魏主嗣欲乘丧南侵，报复旧怨，因将宋使执回，即日遣将征兵，进攻滑台，并及洛阳虎牢。崔浩谓伐丧非义，应吊丧恤孤，以义服人，魏主嗣驳道："刘裕乘姚兴死后，即灭姚氏，今我乘裕丧伐宋，有何不可？"浩答道："姚兴一死，诸子交争，故裕得乘衅徼功，今江南无衅，不得援为此例。"崔浩言固近义，但刘裕乘丧伐秦，适为魏主借口，故人必自侮然后人侮之。魏主仍然不从，命司空奚斤为大将军，使督将军周几公孙表等，渡河南行。

先是晋宗室司马楚之亡命汝颍间，聚众万人，屯据长社，欲为故国复仇，宋主裕尝遣刺客沐谦往刺。谦不忍下手，且因楚之待遇殷勤，反为表明来意，愿作楚之卫士。刺客却有良心。楚之留谦自卫，日思东攻，苦不得隙，及闻魏兵渡河，遂遣人迎降，请作前驱。魏授楚之为征南将军，兼荆州刺史，令侵扰北境。奚斤等道出滑台，与楚之遥为犄角，夹攻河洛。

宋司州刺史毛德祖，屯戍虎牢，亟遣司马翟广等，往援滑台，又檄长社令王法政，率五百人戍召陵，将军刘怜，领二百骑戍雍上，防御楚之。楚之引兵袭刘怜，未能得手，就是奚斤等围攻滑台，亦不能下，惟魏尚书滑稽，引兵袭仓垣，得乘虚攻入。宋陈留太守严棱，自恐不支，向奚斤处请降。奚斤顿兵滑台城下，仍然未克，遣人至平城乞师。魏主嗣自将五万余人，南逾恒岭，为奚斤声援，且令太子焘出屯塞上，一面严谕奚斤，促令猛攻。

奚斤惧罪思奋，亲冒矢石，督众登城。滑台守吏王景度力竭出奔，司马阳瓒尚率余众拒魏兵，至魏兵已经陷入，还与之巷战多时，受伤被执，不屈而死。奚斤乘胜过虎牢，击走翟广，直抵虎牢城东。毛德祖且守且战，屡破魏军，魏军虽多杀伤，毕竟人多势众，未肯退去。

两下相持不舍，那魏主又遣黑矟将军于栗磾，出兵河阳，进攻金墉。栗磾为北魏有名骁将，善用黑矟，因封黑矟将军。德祖再遣振威将军窦晃，屯戍河滨，堵截栗磾。魏主更派将军叔孙建等，东略青兖，自平原逾河。宋豫州刺史刘粹，忙遣属将高道瑾，据项城，徐州刺史王仲德，自督兵出屯湖陆，与魏兵相持。魏中领军娥清、期思侯、闾大肥等，复率兵会叔孙建，进至碻磝，宋兖州刺史徐琰望风生畏，便即南奔。凡泰山、高平、金乡等郡，皆被魏兵陷没。叔孙建东入青州，青州刺史竺夔，方出镇东阳城，飞使至建康求救。宋遣南兖州刺史檀道济，监督军事，会同冀州刺史王仲德，出师东援。庐陵王刘义真，亦遣龙骧将军沈叔貍，带领步骑兵三千人，往击刘粹，随宜救急。

好容易过了残冬，便是宋主义符即位的第二年，改元景平，赐文武官进秩各二等，改元纪年，万难略过。享祀南郊，颁发赦书。京都里面，好像是国泰民安；哪知河南的警信，却日紧一日。魏将于栗磾，越河南下，与奚斤合攻宋军，振威将军窦晃等。均被杀败，相率退走。栗磾进攻金墉城，河南太守王涓之，复弃城遁走，金墉被陷，河、洛失守。魏令栗磾为豫州刺史，镇守洛阳，虎牢越加吃紧，奚斤、公孙表等，并力攻扑，魏主又拨兵助攻。毛德祖竭力抵御，日夕不懈，且就城脚边凿通地道，分为六穴，出达城外，约六七丈，募敢死士四百人，从穴中潜出，适在魏营后面，一声呐喊，突入魏营。魏兵还疑是天外飞来，不觉惊骇，一时不及抵敌，被敢死士驰突一周，杀死魏兵数百人，毛德祖乘势开城，出兵大战，又击毙魏兵数百，收集敢死士，然后入城。

魏兵退散一二日，又复四合，攻城益急。德祖特用了一个反间计，伪与公孙表通书，书中所说，无非是结约交欢的意思，表得书示斤，自明无私，斤却心中启疑。德祖又更作一书，书面是送至公孙表，却故意投入斤营，斤展阅后，比前书更进一层，乃遣人赍着原书，驰报魏主。魏太史令王亮，与表有隙，乘间言表有异志，不可不防，魏主遂使人夜至表营，将表勒毙。表权谲多谋，既被杀死，虎牢城外，少一敌手，德祖当然快意，嗣是一攻一守，又坚持了好几月。极写德祖智勇。

魏主嗣自至东郡，令叔孙建急攻东阳城，又授刁雍为青州刺史，令助叔孙建。刁雍与前豫州刺史刁逵同族，刁逵被杀，家族诛夷，见第二回。惟雍脱奔后秦。秦亡奔魏，魏令为将军，此时遣助叔孙，明明是借刀杀人的意思。东阳守吏竺夔，检点城中文武将士，只千五百人，忙招城外居民入守，还有未曾入城的百姓，令他伏据山谷，芟夷禾稼，所以魏军虽据有青州，无从掠食。济南太守桓苗，驰入东阳，与夔协同拒守，及魏兵大至，列阵十余里，大治攻具，夔预浚四重濠堑，阻遏魏兵，魏兵填满三重，造撞车攻城，城中屡出奇兵，随时奋击，又穴通隧道，遣人潜出，用大麻绳挽住撞车，令他自折。魏人一再失败，遂筑起长围，四面环攻，历久城坏，坍陷至三十余步，夔与苗连忙抢堵，战士多死，用尸填缺，勉强堵住。好在天气盛暑，魏军多半病殁，无力续攻，城才免陷。刁雍以机会难得，请一再接厉，为破城计。建拟稍缓时日，忽闻檀道济引兵将至，不禁太息道：“兵人疫病过半，不堪再战，今全军速返，还不失为上策哩！”乃毁营西遁。

道济到了临朐，因粮食将尽，不能追敌，但令竺夔缮城筑堡，防敌再来。夔因东阳城圮，急切里不遑修筑，移屯不其城，青州还算保全。

魏主因东略无功，索性西趋河内，并力攻虎牢，所有叔孙建以下各军，统令至虎牢城下会齐，由魏主亲往督攻，真个是杀气弥空，战云蔽日。

虎牢被围已二百日，无日不战，劲兵伤亡几尽，怎禁得魏兵合攻，防不胜防，毛祖德拼死力御，尚固守了一二旬。及外城被毁，又迭筑至三重城，魏人更毁去二重，只有一重未破，兀自留着。守卒眼皆生疮，面如枯柴，仍然昼夜相拒，终无贰心。可见德祖之义勇感人。时檀道济出军湖陆，刘粹驻军项城，沈叔狸屯军高桥，皆畏魏兵强盛，不敢进援，统是饭桶。魏人遍掘地道，泄去城中井水，城中人渴马乏，兼加饥疫，眼见是束手就毙，不能再支。魏兵陆续登城，守将欲挟德祖出走，德祖大呼道："我誓与此城俱亡，断不使城亡身存！"因引众再战，挺身死斗。

魏主下令军中，必生擒德祖，将军豆代田，用长矛搠倒德祖坐马，方将德祖擒献，将士亦尽作俘虏，惟参军范道基，率二百人突围南奔。魏兵亦十死二三，司、兖、豫诸郡县，俱为魏有。魏主劝德祖投降，德祖怎肯屈节，由魏主带回平城，留周几镇守河南。德祖身已受创，未几遂亡。小子有诗赞道：

频年苦守见忠忱，可奈城孤寇已深。
援卒不来身被虏，宁拼一死表臣心。

败报传达宋廷，未知如何处置，且俟下回说明。

教子正道也，不能教子，反欲弑主以绝后患，何其谬欤！子舆氏有言，杀人之父，人亦杀其父，杀人之兄，人亦杀其兄。楚灵王曰："余杀人子多矣，能无及此乎！"刘裕以年老子幼，决弑零陵，亦思乃祖汉刘季，以匹夫而得天下，其果为帝胄否耶？义符童昏，不知教导，徒犯大不韪之名，迭行弑逆，造恶因者必种恶果，几何不还报子孙也。即如北魏之乘丧侵宋，亦何莫非刘裕之自取，观魏主嗣答崔浩言，即起刘裕于地下而问之，亦将无以自解，南北鏖兵，连年不已，卒致司、兖、豫三州，俱沦左衽，忠勇如毛德祖、汤瓒等，后先被执，捐躯殉难，丧良将，失膏腴，庸非大可慨乎！本回特揭出之以垂后戒，而世之为子孙计者，可以鉴矣。

第八回

废营阳迎立外藩
反江陵惊闻内变

拓跋焘（408—452），魏太武帝，北魏皇帝。太平真君十一年（450年），大举攻宋，直到瓜步（今江苏南京市六合区东南），受到猛烈抵抗，被迫撤退。因佛寺占有大量土地和农奴，曾严禁佛教。后为宦官所杀。

却说宋廷迭接败报，相率惊惶，徐羡之、傅亮、谢晦三相，因亡失境土，上表自劾。宋主义符，专务游幸，管甚么黜陟事宜，但说是无庸议处，便算了事。当时内外臣僚，尚虑魏兵未退，进逼淮、泗，嗣闻魏主北归，稍稍放心。魏将周几，留守河南，复陷入许昌、汝阳，宋豫州刺史刘粹，屯兵项城，恐魏人深入，日夕戒严。会值魏主嗣病殁平城，太子焘入承魏祚，尊嗣为太宗明元皇帝，改元始光，仍然重用崔浩，浩劝焘休兵息民，乃饬周几等各守疆土，暂停战争。宋军已日疲奔命，更兼新败以后，疮痍未复，巴不得相安无事，暂免兵戈。

越年为景平二年，宋主义符不改旧态，整日游戏，无心朝事，庐陵王义真，颇加觊觎。尝与太子左卫率谢灵运，员外常侍颜延之，及慧琳道人等，往来通问，非常款洽。且侈然道："我若得志，当令灵运、延之为宰相，慧琳为西豫州都督。"这数语传入都中，徐羡之等阴加戒惧，特出灵运为永嘉太守，延之为始安太守。义真闻二人左迁，明知执政与己反对，益生怨言，且性好浮华，时有需索，又被羡之等裁抑，不肯照给，因此恨上生恨，自请还都，表文中言多不逊，隐然有入清君侧的语意。乃父一生鬼蜮，其子何不肖若此！羡之等因嗣主不肖，正密谋废立事宜，既得义真表文，更激动一腔怒意，一不做，二不休，索性先除了义真，然后再废嗣主义符，乃由徐、傅、谢三相会衔，奏陈义真过恶，请即废黜。疏词有云：

臣闻二叔不咸，难结隆周，淮南悖纵，祸兴盛汉，莫非义以断恩，情为法屈；二代之事，殷鉴未远，仁厚之主，行之不疑。故共叔不断，几倾郑国，刘英容养，衅广难深；前事之不忘，后王之成鉴也。案车骑将军庐陵王义真，凶忍之性，生自稚弱，咸阳之酷，丑声远播，先朝犹以年在绔绮，冀能改厉，天属之爱，想能革心。自圣体不豫以及大渐，臣庶忧惶，内外屏气，而彼乃纵博酣酒，日夜不辍，肆口纵言，多行无礼。先帝贻厥之谋，图虑谨固，亲敕陛下面诏臣等，若遂不悛，必加放黜。至言若厉，犹在纸翰，而自兹迄今，日月增甚；至乃委弃藩屏，志还京邑，潜怀异图，希幸非冀，转聚甲卒，征召车马。陵墓未干，情事犹昨，遂蔑弃遗旨，显违成规，整棹浮舟，以示归志，肆心专己，无复咨承。圣恩低徊，深垂隐忍，屡遣中使苦相敦释，而乃亲对散骑侍郎邢安泰，广武将军茅仲思，纵其悖骂，讪主谤朝，此久播于远近，暴于人听。臣以为燎原不扑，蔓延难除，青青不灭，终致寻斧，况忧深患者，社稷虑切。请一遵晋朝广陵旧典，使顾怀之旨，不坠于武庙；全宥之德，或申于昵亲，临启感动，无任悲咽。表中援引刘英，疑即汉朝楚王英，广陵疑即广陵王司马遹。

宋主义符本与义真不甚和协，况朝政由羡之等主持，义符除狎游外，悉听三相裁决，因即下诏废义真为庶人，徙居新安郡，改授皇五弟义恭为冠军将军，任南豫州刺史。

原来宋武帝刘裕有七子。长子义符，为张夫人所出，已见上回。次子义真，生母为孙修华。三子义隆，生母为胡婕妤。四子义康，生母为王修容。五子义恭，生母为王美人。六子义宣，生母为孙美人。七子义季，生母为吕美人。前时只封义真、义隆、义康为王，不及义恭以下诸子，因为义恭等年皆幼稚，所以未曾加封。补叙义恭以下诸子，但为后文伏案。此次义真被废，义隆、义康俱有封邑，故将义恭挨次补入，这却待后再表。

惟义真年只十八，仓猝废徙，尚没有确实逆迹，未免令人不服。前吉阳令张约之上书谏阻，力请保全懿亲，赐还爵禄。为这一奏，顿时触怒当道，谪往梁州，寻且赐死。复遣人到了新安，亦将义真勒毙。乃召南兖州刺史檀道济，江州刺史王弘，即日入朝。两人不知何因，星夜前来，即由徐羡之等召入密室，与谋废立，两人一体赞成。

谢晦因府舍敝隘，尽令家人出外，但调将士入府，诘旦举事。又约中书舍人邢安泰、潘盛为内应。夜邀檀道济同宿，道济就寝，便有鼾声，惟晦彷徨顾虑，竟夕不眠，不由的暗服道济。为下文讨晦伏线。

时已为景平二年六月，天气溽暑，入夜不凉。宋主义符避暑华林园中，设肆沽酒，戏为酒保。傍晚乘坐龙舟，与左右同游天渊池，直至月落参横，才觉少疲，就在龙舟中留宿。翌日天晓，檀道济自谢领军府出来，引兵前驱，突入云龙门，徐羡之、傅亮、谢晦，随后继进。门内宿卫，已由邢安泰等预先妥嘱，统皆袖手旁观，一任道济等驰入，径造华林园。宋主义符，尚在龙舟内作华胥梦，猛闻喧声入耳，才从梦中惊醒，披衣急起，已见来兵拥登舟中，持刃直前，杀死二侍。仓猝中不及启问，竟被军士牵拥上舟，扯伤右指，你推我挽，迫至东阁。由徐羡之等收去玺绶，召集百官，宣布皇太后命令。略云：

王室不造，天祸未悔，先帝创业弗永，弃世登遐。义符长嗣，属当天位，不谓穷凶极悖，一至于此。大行在殡，宇内哀惶，幸灾肆于悖词，喜容表于在戚，至乃征召乐府，鸠集伶官，倡优管弦，靡不备奏，珍羞甘膳，有加平日，采择媵御，产子就宫，觍然无怍，丑声四达。及懿后崩背，懿后即萧太后见前。**重加天罚，亲与左右执绋歌呼，推排梓宫，抃掌笑谑，殿省备闻。又复日夜媟狎，群小漫戏，兴造千计，费用万端，帑藏空虚，人力殚尽，刑罚苛虐，幽囚日增。居帝王之位，好皂隶之役，处万乘之尊，悦厮养之事，亲执鞭扑，殴击无辜以为笑乐。穿池筑观，朝成暮毁，征发工匠，疲极兆民，远近叹嗟，人神怨怒，社稷将坠，岂可复嗣守洪业，君临万邦！今废为营阳王，一依汉昌邑**即昌邑王贺。**晋海西**即海西公奕。**故事，奉迎镇西将军宜都王义隆，入纂大统，以奠国家而乂人民。特此令知！**

宣令既毕，百官拜辞义符，暂送至故太子宫，令他具装出都，徙往吴郡。并废皇后司马氏为营阳王妃，使檀道济入守朝堂，一面令傅亮率领百官，备齐法驾，至江陵迎宜都王。祠部尚书蔡廓，偕傅亮同至寻阳，遇疾不能行，乃与亮别，且语亮道："营阳徙吴，宜厚加供奉，倘有不测，恐廷臣俱蒙弑主恶名，将来有何面目，再生人世呢！"览廓语意，似不愿废立，恐中途遇病，亦属托词。亮出都时，营阳王亦已就道，他本与徐羡之议定，令邢安泰随王前去，到吴行弑。至是亮闻廓言，也觉有理，忙遣人谕止安泰，然已是无及了。

原来安泰送义符至金昌亭，即遵照羡之等密嘱，麾兵将亭围住，持刃径入。义符颇有勇力，立起格斗，且战且走，竟得突围出奔，驰越阊门。安泰率兵追上，用门闩掷去，正中义符腰背，受伤仆地，安泰赶上一刀，结果性命，年仅一十九岁。史家称为少帝。

傅亮得去使返报，未免愧悔，但人死不能重生，只好付诸一叹，遂西行至江陵，诣行台奉表，并进玺绂。表文有云：

臣闻否泰相革，数穷则变，天道所以不慆，卜世所以灵长。乃者运距陵夷，王室艰晦，九服之命，靡所适归，高祖之业，将坠于地。赖基厚德深，人神同奖，社稷以宁，有生获乂。伏惟陛下君德自然，圣明在御，孝悌著于家邦，风猷宣于蕃牧，是以征祥杂沓，符瑞燿辉，宗庙神灵，乃眷西顾，万邦黎献，望景托生。臣等忝荷朝列，预充将命，后集休明之运，再睹太平之业，行台至止，瞻望城阙，不胜喜悦，凫藻之情，谨诣门拜表以闻！

宜都王义隆，亦下教令答复道：

皇运艰敝，数钟屯夷，仰惟崇基，感寻国故，永慕厥躬，悲慨交集。赖七百祚永，股肱忠贤，故能休否以泰，天人式序。猥以不德，谬降大命，顾己兢悸，何以克堪！行当暂归朝廷，展哀陵寝，并与贤彦申写所怀。望体其心，勿为辞费！

既而府州佐吏并皆称臣，申请题榜诸门，一依宫省，义隆不许，宜都将佐，闻营阳、庐陵二王，后先遇害，亦劝义隆不可东下。独司马王华道：“先帝为天下立功，四海畏服，虽嗣主不纲，人望仍然未改。徐羡之中材寒士，傅亮布衣诸生，并非晋宣帝司马昭。王大将军王敦。可比；且受寄深重，未敢骤然背德，不过畏庐陵严断，将来不能相容，不如奉迎殿下，越次辅立，尚得微功。况羡之等同功并位，莫肯相让，欲谋不轨，势亦难行，今因废主尚存，或恐受祸，不得已下此毒手，此外当无逆谋，尽可勿疑！殿下但整辔入都，上顺天心，下副人望，臣敢为殿下预贺呢！”料得定，拿得稳。义隆微笑道：“卿亦欲为宋昌么？”宋昌劝汉文帝事，见汉史。长史王昙首，校尉到彦之，亦劝义隆东行。义隆乃留王华镇荆州，到彦之镇襄阳，自率将佐发江陵。

当下召见傅亮，问及营阳、庐陵二王事，悲恸呜咽，左右亦为之流涕。亮亦汗流浃背，几不能对。义隆止泪后，即引傅亮等登舟，中兵参军朱容之，佩刀侍侧，不离左右，就是夜间寝宿，亦衣不解带，防备非常。

既抵京师，由群臣迎谒新亭。徐羡之私问傅亮道：“今上可比何人？”亮答道：“在晋文、景以上。”羡之道：“英明若此，定能鉴我赤心。”恐未免带黑了。亮徐徐答道：“恐怕未必！”羡之亦不暇再问，谒过义隆，导驾入城。义隆顺道谒初宁陵，即宋武帝陵，见前回。然后乘辇入阙。百官奉上御玺，义隆谦让再四，方才接受，遂御太极前殿，即皇帝位，大赦改元。称景平二年为元嘉元年，追尊生母胡婕妤为太后，奉谥曰章。复庐陵王义真封爵，迎还灵柩，并义真母孙修华，妻谢妃，尽归京都。彭城王南徐州刺史义康，官爵如故。进号骠骑将军，南豫州刺史义恭，进号抚军将军，加封江夏王。册第六皇弟义宣为竟陵王，第七皇弟义季为衡阳王。进授司空徐羡之为司徒，卫将军王弘为司空，中书监傅亮加左光禄大夫，开府仪同三司，南兖州刺史檀道济为征北将军。弘与道济并皆归镇，惟领军将军谢晦，前由尚书录命，除授荆州刺史，权行都督荆、襄等七州诸军事，此时实行除拜，加号抚军将军。

看官听说！司空徐羡之本兼录尚书事，他恐义隆入都，荆州重地，授与他人，所以先用录命，使晦接任，好教他居外为援。所有精兵旧将，悉数隶属。晦尚未登程，新皇已至，因即随同朝贺，至此奉诏真除，当然喜慰。临行时密问蔡廓道：“君视我能免祸否？”廓答道：“公受先帝顾命，委任社稷，废昏立明，义无不可；但杀人二兄，仍北面为臣，内震人主，外据上流，援古推今，恐未能自免，还请小心为是！”依情度理之言。晦听了此言，只恐不得启行，即遭危祸，及陛辞而去，回望石头城道：“我今日幸得脱身了！”慢着！

宋主义隆因谢晦出镇荆州，即召还王华，令与王昙首并官侍中，昙首兼右卫将军，华兼骁骑将军，更授朱容子为右军将军。未几又召还到彦之，令为中领军，委以戎政。彦之自襄阳还都，道出江陵，正值谢晦莅任，便亲往投谒，表示诚款，且留马及刀剑，作为馈遗。晦亦殷勤饯别，厚自结纳。待彦之东行，总道是内援有人，从此可高枕无忧了。宋主义隆年才十八，却是器宇深沉，与乃兄静躁不同。他心中隐忌徐、傅、谢三人，面上却不露声色，遇有军国重事，仍然一体咨询。而且立后袁氏，所备礼仪，均委徐、傅酌定，徐、傅均为笼络，盛称主上宽仁，毫不疑忌。袁后事就此带叙。

未几已是元嘉二年，徐羡之、傅亮上表归政，宋主优诏不许。及表文三上，乃准如所请，自是始亲览万机，方得将平时积虑，逐渐展布出来。江陵参军孔宁子，向属义隆幕下，扈驾入都，得拜步军校尉。他与侍中王华，为莫逆交，尝恨徐羡之、傅亮擅权，日加媒孽。宋主因遂欲除去二人，并及荆州刺史谢晦。

晦有二女，一字彭城王义康，一字新野侯义宾，系刘道怜第五子。此时正遣妻室曹氏，及长子世休，送女入都，完成婚礼。宋主授世休为秘书郎，把他留住都中，好一个软禁方法。一面托词伐魏，预备水陆各师，并召南兖州刺史檀道济入都，令主军事。王华入奏道："陛下召道济入都，果真要伐魏么？"宋主屏去左右，便语华道："卿难道尚未知朕意？"华答道："臣亦知陛下注意江陵，但道济前与同谋，怎可召用？"宋主道："道济系是胁从，本非首犯，况杀害营阳，更与他无涉，若先加抚用，推诚相待，定当为朕效力，保无他虑！"华乃趋退，宋主又授王弘为车骑大将军，加开府仪同三司，弘即昙首长兄，从前加封司空，尝再三辞让，仍然出镇江州，至是宋主有意笼络，别给崇封，且遣昙首密报乃兄。弘当然赞同，毫无异议。

徐羡之、傅亮，虽在朝辅政，尚未得知消息，不过北伐计议，未以为然，特会同百僚，上书谏阻。宋主义隆，搁置不报，徐、傅也莫名其妙。嗣由宫廷中传出消息，谓当遣外监万幼宗，往访谢晦，再定进止。傅亮因潜贻晦书，述及朝廷情事，且言万幼宗若到江陵，幸勿附和云云。晦照书答复，无非是谨依来命等语。

未几已是元嘉三年，都中事尚未发作，那宋主与王华密谋，已稍稍泄露。黄门侍郎谢皭，系谢晦弟，急使人往江陵报闻。晦尚未信，召入参军何承天，取示亮书，且与语道："万幼宗想必到来，傅公虑我好事，所以驰书预报。"承天道："外间传言，统言北征定议，朝廷即将出师，还要幼宗来做什么？"晦又说道："谣传不足信，傅公岂来欺我！"遂使承天预草答表，略谓征虏须俟来年。

忽由江夏参军乐冏，奉内史程道惠差遣，递入密函。晦急忙展阅，乃是寻阳人寄书道惠，报称朝廷有绝大处分，不日举行。晦始觉不安，乃呼承天入议。再出程书相示，因即启问道："幼宗不来，莫非朝廷果有变端么？"承天道："幼宗本无来理，如程书言，事已确凿，何必再疑！"晦又道："若果与我不利，计将安出？"承天道："蒙将军殊遇，尝思报德，今日事变已至，区区所怀，恐难尽言！"晦不禁失色道："卿岂欲我自裁么？"承天道："这却尚不至此，惟江陵一镇，势不足敌六师，将军若出境求全，最为上计，否则用心腹将士，出屯义阳，将军自率大军进战夏口，万一不胜，即从义阳出投北境，尚不失为中策。"晦踌躇良久，方答说道："荆州为用武地，兵粮易给，暂且决战，战败再走，料亦未迟。"逐次写来，见谢晦实是寡智。乃立幡戒严，先与咨议参军颜邵，商议起兵，邵劝晦勉尽臣节，被晦诘责数语，邵即退出，仰药自杀，晦又召语司马庾登之道："我拟举兵东下，烦卿率三千人守城。"登之道："下官亲老在都，又素无部众，此事不敢奉命！"一个已死，一个又辞，即为后日离散之兆。

晦愈加怅闷，传问将佐，何人愿守此城。有一人闪出道："末将不才，愿当此任！"晦瞧将过去，乃是南蛮司马周超，便又问道："三千人足敷用否？"超答道：

“不但三千人已足守城，就使外寇到来，亦当与他一战，奋力图功！”粗莽。庾登之听了超言，忙接口道：“超必能办此，下官愿举官相让。”晦即而授超为行军司马，领南义阳太守，徙登之为长史，一面筹集粮械，草檄兴兵。

才阅一两日，忽有人入报道：“不好了，司徒徐羡之，左光禄大夫傅亮，已身死家灭了！”晦不禁跃起道：“果有这等事么？”言未已，复有人入报道：“不好了！不好了！黄门侍郎二相公，新除秘书郎大公子，并惨死都中了！”晦但说出阿哟二字，晕倒座上。小子有诗咏道：

欲保身家立嗣皇，如何功就反危亡？
江陵谋变方书檄，子弟先诛剧可伤。

毕竟谢晦性命如何，容至下回再叙。

营阳童昏，废之尚或有辞，弑之毋乃过甚。庐陵罪恶未彰，废且不可，况杀之乎！宋主刘裕，翦灭典午遗胄，无非为保全子嗣计，庸讵知死灰难燃，而害其子嗣者，乃出于托孤寄命之三大臣乎？徐羡之、傅亮、谢晦，越次迎立义隆，意亦欲乞怜新主，借佐命之功，固一时之宠，不谓求荣而招辱，希功而得罪，义隆嗣立，才及二年，而三子皆为义隆所杀。三子固有可诛之罪，但诛之者乃为一力助成之新天子，是不特为三子所未及料，即他人亦不料其若此也。人有千算，天教一算，观于营阳、庐陵之遭害，及徐、傅、谢三子之被诛，是正天之巧于报复欤！

第九回

平谢逆功归檀道济
入夏都击走赫连昌

却说谢晦闻子弟被诛，禁不住一阵心酸，顿时晕倒座上。左右急忙施救，灌入姜汤，方才苏醒。又恸哭多时，先令江陵将士，为徐羡之、傅亮举哀，继发子弟凶讣，即日治丧。嗣又接到朝廷诏敕，由晦阅毕，撕掷地上，即出射堂阅兵，调集精兵三万人，克期东下。看官！你道诏书中如何说法？由小子录述如下。

盖闻臣生于三，事之如一，爱敬同极，岂惟名教？况乃施侔造物，义在加隆者乎？徐羡之、傅亮、谢晦，皆因缘之才，荷恩在昔，超居要重，卵翼而长，未足以譬。永初之季，天祸横流，大明倾曜，四海遏密，实受顾托，任同负图，而不能竭其股肱，尽其心力，送往无复言之节，事居阙忠贞之效，将顺靡记，匡救蔑闻，怀宠取容，顺成失德。虽末因惧祸以建大策，而逞其悖心，不畏不义，播迁之始，谋肆鸩毒，至止未几，显行怨杀，穷凶极虐，荼毒备加，颠沛皂隶之手，告尽逆旅之馆，都鄙哀愕，行路饮涕。故庐陵王英秀明远，风徽夙播，鲁卫之寄，朝野属情。羡之等暴蔑求专，忌贤畏逼，造构贝锦，成此无端。罔主蒙上，横加流屏，矫诬朝旨，致兹祸害，寄以国命而剪为仇雠，旬月之间，再肆鸩毒，痛感三灵，怨结人鬼。自书契以来，弃常安忍，反易天明，未有如斯之甚者也。昔子家从弑，郑人致讨，宋肥无辜，荡泽为戮；况逆乱倍于往衅，情痛深于国家！此而可容，孰不可忍？即宜诛殛，告谢存亡。而当时大事甫定，异同纷结，匡国之勋未著，莫大之罪

未彰，是以远酌民心，近听舆讼，虽或讨乱，虑或难图，故忍戚含哀，怀耻累载。每念人生实难，情事未展，何尝不顾影恸心，伏枕泣血。今逆臣之衅，彰暴遐迩，君子悲情，义徒思奋，家仇国耻，可得而雪，便命司寇肃明典刑。晦据有上流，或不即罪，朕当亲率六师，为其遏防，可遣中领军到彦之即日电发，征北将军檀道济，络绎继路，并命征虏将军刘粹，断其走伏。罪止元凶，余无所问，敕示远迩，咸使闻知！

原来宋主义隆未发此诏时，已召徐羡之、傅亮入宫，密令卫士待着，拿付有司。偏为谢皭所闻，急报傅亮令勿应召，亮俟内使至门，托言嫂病正笃，少待即来。一面通知徐羡之，自乘轻车出郭门，奔避兄傅迪墓旁。羡之已奉命赴朝，行至西明门外，始接傅亮急报，乃折还私第，改乘内人问讯车，微行出都。奔至新林，见后面有追骑到来，慌忙趋匿陶灶内，自经而死。亮亦被屯骑校尉郭泓追获，送入都门。宋主遣中使持示诏书，且传谕道："卿躬与弑逆，罪在不赦，但念汝至江陵时，诚意可嘉，当使汝诸子无恙。"亮读诏毕，且悲且恨道："亮受先帝宠眷，得蒙顾托，黜昏立明，无非为社稷计，今欲加亮罪，何患无辞。"未几复有诏使出来，命诛傅亮。赦亮妻子，流徙建安。又收捕羡之子乔之、乞奴，及谢晦子世休，一并诛死。逮晦弟谢皭下狱，当时晦闻子弟被诛，尚有讹词，其实皭在狱中，尚未受诛。补叙徐、傅二人死状，是倒戟而出之法。晦既整兵待发，复奉表自讼道：

臣晦言：臣昔蒙武皇帝殊常之眷，外闻政事，内谋帷幄，经纶夷险，毗赞王业，预佐命之勋，膺河山之赏。及先帝不豫，导扬末命，臣与故司徒臣羡之，左光禄大夫臣亮，征北将军臣道济等，并升御床，跪受遗诏，载贻话言，托以后事。臣虽凡浅，感恩自励，送往事居，诚贯幽显，逮营阳失德，自绝宗庙，朝野岌岌，忧及祸难，忠谋协契，殉国忘己，援登圣朝，惟新皇祚。陛下驰传乘流，曾不加疑，临朝殷勤，增崇封爵，此则臣等赤心，已亮于天鉴，远近万邦，咸达于圣旨。若臣等志欲专权，不顾国典，便当协翼幼主，孤负天日，岂复虚馆七旬，仰望鸾旗者哉！故庐陵王于营阳之世，屡被猜嫌，积怨犯上，自贻非命。天祚明德，属当昌运，不有所废，将何以兴！成人之美，春秋之高义，立帝清馆，臣节之所司。耿弇不以贼遗君父，臣亦何负于宋室耶！况衅积阋墙，祸成威逼，天下耳目，岂伊可诬！臣忝居藩任，乃诚匪懈，为政小大，必先启闻，纠剔群蛮，清夷境内，分留弟侄，并待殿省。陛下聿遵先志，申以婚姻，童稚之目，猥荷齿召。荐女遣子，阖

门相送，事君之道，义尽于斯。臣羡之总录百揆，翼亮三世，年耆乞退，屡抗表疏，优旨绸缪，未垂顺许。臣亮管司喉舌，恪虔夙夜，恭谨一心，守死善道，此皆皇宋之宗臣，社稷之镇卫。而谗人倾覆，妄生国衅，天威震怒，加以极刑，并及臣门，同被孥戮。元臣翼命之佐，剿于奸邪之手，忠良匪躬之辅，不免夷灭之诛。陛下春秋方富，始览万机，民之情伪，未能鉴悉。王弘兄弟，轻躁昧进，王华猜忌忍害，盗弄威权，先除执政以逞其欲，天下之人，知与不知，孰不为之痛心愤怨者哉！昔白公称乱，诸梁婴胄，恶人在朝，赵鞅入伐，臣义均休戚，任居分陕，岂可颠而不扶，以负先帝遗旨？爰率将士，缮治舟甲，须其自送，投袂扑讨。若天祚大宋，卜世灵长，义师克振，中流轻荡，便当浮舟东下，戮此三竖，申理冤耻，谢罪阙廷，虽伏锧赴镬，无恨于心。伏愿陛下远寻永初托付之旨，近存元嘉奉戴之诚，则微臣丹款，犹有可察。临表哽慨，不尽欲言！

这篇表文到了宋廷，宋主义隆当然愤怒，当即下诏戒严，命讨谢晦。檀道济已早入都，由宋主面加慰问，且与商讨逆事宜。道济自请效力，且申奏道："臣昔与晦同从北征，入关十策，晦居八九，才略明练，近今少匹。但未尝孤军决胜，戎事殆非所长，臣服晦智，晦知臣勇。今奉命往讨，以顺诛逆，定可为陛下擒晦呢！"道济自愿效力，不出宋主所料。宋主大喜，即召入江州刺史王弘，授侍中司徒，录尚书事，兼扬州刺史。命彭城王义康，都督荆、襄等八州诸军事，兼荆州长史，留都居守。自率六军亲征，命到彦之为前锋，檀道济为统帅，陆续出都，溯流西进。

先是袁皇后产下一男，形貌凶恶，后令人驰白宋主道："此儿状貌异常，将来必破国亡家，决不可育，愿杀儿以绝后患！"袁后颇有相术。宋主闻报，不胜惊异，忙至后寝殿中，拨幔示禁，乃止住不杀，取名为劭。祸在此矣。

此时宋主服尚未阕，讳言生子，因戒宫中暂从隐秘，不许轻传。至是已经释服，更因亲征在即，乐得将弄璋喜事，宣布出来。不过说是皇子初生，皇后分娩，尚未满月，特令皇姊会稽公主入内，总摄六宫诸事。这位会稽长公主，系是宋武帝正后臧氏所出，下嫁振威将军徐逵之。逵之战殁江夏，事见第五回。长公主嫠居守节，随时出入宫中，所以宋主命她暂掌宫事。宫廷已得人主持，乃启跸出都，放胆西行。

谢晦也命弟遁领兵万人，与兄子世猷，司马周超，参军何承天等，留戍江陵，自引兵三万人，令庾登之总参军事，由江津直达破冢，舳舻相接，旌旗蔽空。晦临流长叹道："恨不用此作勤王兵！"谁叫你造反。遂传檄京邑，以入诛三竖为名，顺流至江口，进据巴陵，前哨探得宋军将至，乃按兵待战，会霖雨经旬，庾登之不发一令，但在舟中闲坐。参军刘和之白晦道：“天降霪雨，彼此皆同，奈何不进军速战？”晦乃促登之进兵，登之道：“水战莫若火攻，现在天气未晴，只好准备火具，俟晴乃发。”晦亦以为然，仍逗留不前。登之不愿从反，已见前言，晦乃令参决军事，且信其迂说，智者果如是耶？但使小将陈祐，督刈茅草，用大囊贮着，悬挂帆樯，待风干日燥，充作火具。

延宕至十有五日，天已晴霁，始遣中兵参军孔延秀进攻彭城洲。洲滨已立宋军营栅，由到彦之偏将萧欣，领兵守着。欣怯懦无能，没奈何出来对敌，自己躲在阵后，拥楯为卫。及延秀驱兵杀入，前队少却，他即弃军退走，乘船自遁，余众皆溃。延秀乘胜纵火，毁去营栅，据住彭城洲。彦之闻败，不免心惊。也是个无用人物。诸将请还屯夏口，以待后军。彦之恐还军被谴，留保隐圻，使人促道济会师。道济率众趋至，军始复振。

谢晦闻延秀得胜，复上表要求，语多骄肆，内有枭四凶于庙廷，悬三监于绛阙，申二台之匪辜，明两藩之无罪，臣当勒众旋旗，还保所任等语。看官听着！这表文中所说两藩，一说自己，一说檀道济，他以为道济同谋，必难独免，所以替道济代为解免。哪知辅主西征的大元帅，正是南兖州刺史檀道济。

表文方发，军报已来，说是道济与到彦之合师，渡江前来，惊得谢晦仓皇失措，不知所为。方焦急间，孔延秀亦已败回，报称彭城洲又被夺去。没奈何整军出望，远远见有战舰前来，不过一二十艘，还道是来兵不多，可以无恐。当命各舰列阵以待，呐喊扬威。那来舰泊住江心，并不前来交战，晦亦勒兵不进。

到了日暮，东风大起，来舰四集，前后绵亘，几不知有多少兵船，且处处悬着檀字旗号。蓦闻鼓声大震，来舰如飞而至。这一惊非同小可，慌忙下令对仗，偏部众不战先溃，顷刻四散。晦亦只好还投巴陵。继思巴陵狭小，必不能守，索性夜乘小舟，逃还江陵去了。

前豫州刺史刘粹，调任雍州，奉旨往捣江陵，驰至沙桥，被周超驱兵杀败，退至数十里外。超收军回城，见晦狼狈奔还，才知全军溃败，不由的忧惧交并。晦愧谢周超，嘱令并力坚守，超佯为允诺，竟夜出潜奔，往投到彦之军。

晦失去周超，越加惶急，又闻守兵亦溃，无一可恃，忙与弟遁及兄子世基、世猷，共得七骑，出城北走。遁体肥壮，不能骑马，晦沿途守候，行不得速，才至安陆，为守吏光顺之所执。七个人无一走脱，尽被拘入囚车，解送行在。庾登之、何承天、孔延秀等，悉数迎降。

宋主奏凯班师，入都后敕诛谢晦、谢遁、谢世基、谢世猷，并将谢皭亦提出狱中，斩首市曹。晦有文才，兄子世基，尤工吟咏，临刑时世基尚吟连句诗道："伟哉横海鳞，壮矣垂天翼！一旦失风水，翻为蝼蚁食！"晦亦不觉技痒，随口续下道："功遂侔昔人，保退无智力，既涉太行险，斯路信难陟。"叔侄吟罢，伸头就戮。迂腐可笑。

忽有一少妇披发跣足，号啕而来，见了谢晦，即抱住晦头，且舐且哭。刑官因刑期已至，劝令让避，该妇乃与晦永诀道："大丈夫当横尸战场，奈何淩籍都市？"晦凄然道："事已至此，不必多说了。"言未已，一声炮响，头随刀落。少妇尚晕仆地上，经从人救她醒来，舁入舆中，疾行去讫。看官道少妇何人？原来是晦女彭城王妃。此妇颇有烈气。

晦既被诛，同党周超、孔延秀等，虽已投降，终究是抗拒王师，罪无可贷，亦令受诛，惟庾登之、何承天等，总算免他一死。宋主加封檀道济为征南大将军，开府仪同三司，兼江州刺史，到彦之为南豫州刺史。此外将士，各赏赍有差。又召还永嘉太守谢灵运，令为秘书监，始兴太守颜延之，令为中书侍郎。既而命左卫将军殷景仁，右卫将军刘湛，与王华、王昙首并为侍中，擢镇西咨议参军谢弘微为黄门侍郎，都人号为元嘉五臣，冠冕一时。

这且慢表。且说魏主焘嗣位以后，休息经年，国内无事，忽报柔然入寇，攻陷云中。那时魏主焘不好坐视，当然督兵赴援。这柔然国系匈奴别种，先世有木骨闾，曾为魏主远祖代王猗卢骑卒，因坐罪当斩，遁居沙漠，生子车鹿会，很有勇力，召集番人，成一部落，号为柔然，即以木骨闾为氏，转音叫作郁久闾。六传至社仑，骁悍有智，与魏太祖拓跋珪同时。两雄相遇，免不得互启战争，拓跋珪卒破社仑。社仑奔至漠北，并有高车。兼灭匈奴余种。气焰益盛，自号豆代可汗。可汗二字，就是中国人所称的皇帝，豆代二字，乃是驾驭开张的意思，尝南向侵魏，欲报前败。社仑死后，兄弟继立，篡杀相寻，从弟大檀，先统西方别部，入靖国乱，自号纥升盖可汗，寓有制胜的意义，承兄遗志，复来攻魏。且闻魏主新立，意存轻视，竟率众六万骑，大举入云中。

魏主焘兼程驰救，三日二夜，趋至盛乐，盛乐是北魏旧都，已被大檀夺去，大檀复纵骑来战。兵多势盛，围绕魏主至五十余重，魏兵大惧，独魏主焘神色自若，亲挽强弓，射倒柔然大将于陟斤。柔然兵不战自乱，再经魏主麾兵力击，得将大檀击退。魏主焘收复盛乐，还至平城，再遣将士五道并进，追逐大檀出漠北，杀获甚多，方才班师。叙述柔然源流，笔不苟略。魏主焘因他无知，状类虫豸，改号柔然为蠕蠕。越年，夏主勃勃病殁，长子璝先死，次子昌嗣立。魏尝称勃勃为屈丐，意在卑辱勃勃，但勃勃凶狡善兵，颇亦为魏所惧。至是闻勃勃已死，因欲乘机伐夏，群臣请先伐蠕蠕，然后西略，独太常博士崔浩请先伐夏。魏相长孙嵩道："我若伐夏，大檀必乘虚入寇，岂不可虑？”浩驳道：“赫连残虐，人神共弃，且土地不过千里，我军一到，彼必瓦解。蠕蠕新败，一时未敢入寇，待他来袭，我已好奏凯归来了！”魏主焘与浩意合，决计西征，乃遣司空奚斤率四万五千人袭蒲阪，将军周几袭陕城，用河东大守薛谨为向导，向西进发。魏主焘自为后应，行次君子津，适遇天气暴寒，河冰四合，遂率轻骑二万渡河，掩袭夏都统万城。夏主昌方宴集群臣，蓦闻魏兵掩至，惊扰的了不得，慌忙撇去筵席，号召兵将，由夏主亲自督领，出城拒战。看官！你想这仓猝召集的部众，怎能敌得过百战雄师？一经交锋，便即败溃。夏主昌匆匆走还，城未及闭，已被魏将豆代田，麾轻骑追入，直逼西宫，纵火焚西门。宫门骤闭，代田恐被截住，逾垣趋出，仍还大营。魏主焘尚在城外，见代田回来，面授勇武将军，再分兵四掠，俘获万计，得牛马十余万头。会夏主昌复登陴拒守，兵备颇严。魏主焘乃语诸将道：“统万城坚，尚未可取，且俟来年再举，与卿等共取此城便了。”遂掠夏民万余人而还。

时周几已攻破弘农，逐去守吏曹达。几入弘农，一病身亡，由奚斤代统各军，进攻蒲阪。守将乙斗，即遁往长安。长安留守赫连助兴，为夏主弟，见乙斗来奔，也弃城奔往安定，大好关中，被奚斤唾手取去。易得易失，也有定数。

北凉王沮渠蒙逊，氐王杨盛子玄，闻魏兵连捷，并皆惶恐，各遣使至魏，纳贡称藩。北凉及氐详见后文。魏主焘当然喜慰，更命军士伐木阴山，大造攻具，再谋伐夏。可巧夏主遣弟平原公定，率众二万，进攻长安，与魏帅奚斤，相持数月，未见胜负。魏主焘仍用前策，拟乘虚往袭统万，简兵练士，部分诸将，命司徒长孙翰及常山王拓跋素等，陆续出发。自督骑兵继进，至拔邻山，舍去辎重，径率轻骑三万人，倍道先行。群臣俱劝阻道：“统万城非旦夕可下，奈何轻进？”魏主笑道：“兵法以攻城为最下，不得已出此一策；若与步兵攻具，同时俱进，彼必坚壁以待。我攻城不下，食尽兵疲，进退无路，如何了得！不如用轻骑直薄彼都，再用羸形诱敌，彼或出战，定可成擒。试想我军离家，已二千余里，又有大河相隔，全靠着一鼓锐气，来求一战，置诸死地而后生，便在此一举了！”番主却亦能军。遂扬鞭急进，分兵埋伏深谷，但用数千人至城下。

夏主昌飞召平原公定，叫他还援。定命使人返报，请夏主坚守，俟擒住奚斤，便即还救。夏主依议施行。适夏将狄子玉，缒城出降，报明定计。魏主焘即命退军，军士稍稍迟慢，立加鞭扑，又纵使奔夏，令报魏军虚实。夏主闻魏兵无继，且乏辎重，便督众出击。要中计了。

魏主焘且战且走，夏兵分作两翼，鼓噪追来，约行五六里，突遇风雨骤至，扬沙走石，天地晦冥，魏宦官赵倪颇晓方术，亟白魏主道：“今风雨从贼上来，彼顺风，我逆风，天不助人，愿陛下速避贼锋！”道言未毕，崔浩在旁呵叱道：“你说什么？我军千里远来，赖此决胜，贼贪进不止，后军已绝，我正好发伏掩击，天道无常，全凭人事作主呢！”

魏主连声称善，再诱夏兵至深谷间，一声鼓号，伏兵齐起。魏主焘分为两队，抵挡夏兵，复一马当先，突入夏兵阵内。夏尚书斛黎文，持槊刺来，魏主焘揽辔一跃，马失前蹄，身随马仆。危乎险哉。斛黎文见魏主坠马，即下马来捉魏主，亏得魏将拓跋齐，上前急救，大呼勿伤我主！一面说，一面拦住斛黎文，拼死力斗。斛黎文未及上马，那魏主已腾身跃起，拔刀刺毙斛黎文。复乘马驰突，杀死夏兵十余人，身中数箭，仍然奋击不止。魏兵俱一齐杀上，夏兵大败。

夏主昌欲逃回城中，偏被魏主绕出马前，截住去路，没奈何拨马斜奔，逃往上封去了。魏司徒长孙翰，率八千骑追夏主昌，直至高平，不及乃还。魏主焘乘胜攻城，城中无主，立即溃散，当由魏兵拥入，擒住文武官吏，及后妃公主宫女，不下万人。只夏主母由夏将拥出，西奔得脱。此外马约三十余万匹，牛羊约数千万头，均为魏兵所得，还有府库珍宝，车旗器物，不可胜计。小子有诗叹道：

雄踞西方建夏都，一传即被索头驱。

可怜巢覆无完卵，男作俘囚女作奴！

魏主焘既得统万城，亲自巡阅，禁不住叹息起来。究竟为着何事，且看下回便知。

谢晦举兵，上表自讼，看似振振有词，曾亦思废立何事，弑逆何罪，躬冒大不韪之名，尚得虚词解免乎？夫贤如霍光，犹难免芒刺之忧，卒至身后族灭。谢晦何人，乃思免责。叛军一举，便即四溃，晦叛君，晦众即叛晦，势有必至，无足怪也。赫连勃勃乘乱崛起，借凶威以据西陲，祸不及身，必及其子。赫连昌之为魏所制，虽曰不乃父若，要亦勃勃之贻祸难逃耳。故保身在义，保国在仁，仁义两失，未有不身死国亡者也。观此回而益信云。

第十回

逃将军弃师中虏计
亡国后侑酒作人奴

却说魏主焘巡阅夏都，见他城高基厚，上逾十仞，下阔三十步，就是宫墙亦备极崇隆，内筑台榭，统皆雕镂刻画，饰以绮绣，不禁喟然叹道：“蕞尔小国，劳民费财，一至于此，怎得不亡呢！”可为后鉴。遂将所得财物，分给将士，留常山王素镇守统万，自率众还平城。所有男女俘虏，悉数带归。夏太史令张渊、徐辩，颇有才学，仍命为太史令。故晋将军毛修之，前被夏掳，见第六回。至是复为魏所俘，因他善解烹调，用为大官令。夏后、夏妃，没入掖庭。夏公主数人，内有三女生成绝色，统是赫连勃勃所出，魏主焘召纳后宫，迫令侍寝。红颜力弱，只好勉抱衾裯，轮流当夕，魏主特降恩加封，俱号贵人。其父可名为丐，其女如何骤贵？寻且进册赫连长女为继后，这且不必细表。

惟魏主焘因奚斤在外，日久劳师，特召令北还。斤上书答复，力请添兵灭夏，乃命宗正娥清，太仆邱堆，率兵五千，进略关右，援应奚斤；复拨精兵万人，马三千匹，发往军前。赫连定闻统万失守，更见魏兵日增，也奔往上邽，奚斤追赶不及，乃进军安定，与娥清、邱堆合兵，拟再进取上邽。偏是天气不正，马多疫死，营中亦渐渐乏粮，一时不便再进，但深垒自固，遣邱堆督课民间，勒令输粟，士卒又四出劫掠，不设儆备。夏主昌伺隙掩击，杀败邱堆。堆收残骑还安定城，夏兵又时至城下抄掠，令魏军不得刍牧。

奚斤颇以为忧，监军侍御史安颉道：“赫连昌轻率寡谋，往往自出挑战，若伏兵掩击，定可擒他。”斤以粮少马乏为辞，安颉道：“今日不战，明日又不战，粮愈少，马愈乏，死在旦夕，还想破敌么？”斤尚欲静守待援，颉知他无能，自与将军尉眷密议，选骑以待。果然夏主昌自来攻城，当先督阵，颉与尉眷纵骑杀出，奋力搏战，适大风骤起，尘沙飞扬，魏兵乘风驰突，专向夏主前杀去。夏主料不可敌，情急返奔，被颉策马追上，槊伤夏主坐骑，夏主昌坠落马下，魏兵活捉而归。夏兵除死伤外，悉数遁去。

安颉、尉眷，押夏主昌至平城，魏主焘却优礼相待，唯爵会稽公，令居西宫门内。昌仪容颇伟，又娴骑射，为魏主所受宠，便将妹子始平公主，给与为妻。掳人妻妹，却以己妹偿之，好算特别报酬。且尝与出猎逐鹿，深入山谷。群臣恐昌有异心，一再进谏，魏主道：“天命有归，何必顾虑！”仍昵待如初。封安颉为建威将军，兼西平公，尉眷为宁北将军，兼渔阳公。

奚斤以功出偏裨，引为己耻，探得夏主弟赫连定，自上邽奔平凉，僭号称帝，便赍三日军粮，率兵击定。定设伏邀击，大破魏军，擒去奚斤，并及他将娥清、刘拔。太仆邱堆，输辎重至安定，闻斤等被擒，弃去辎重，还奔长安。夏主定乘胜进逼，邱堆又弃城奔蒲阪。

魏主闻报，立命安颉往斩邱堆，代领部众，控御夏兵。且又欲督军出讨，会闻柔然寇边，乃先击柔然，星夜北驱，直抵栗水。柔然酋长大檀，不及抵御，自毁庐舍，仓皇西走，部落四散。魏主分军搜讨，俘获甚众，进至涿邪山，惧有伏兵，乃引军南归。大檀一蹶不振，愤悒而死。子吴提嗣立，号敕连可汗，番语称神圣为敕连，他亦自知衰弱，遣人至平城朝贡，向魏乞和。魏主得休便休，许为北藩，北方已算征服了。

先是宋主义隆嗣位，曾遣使如魏修好，魏亦遣使报聘。及魏主将伐柔然，正值魏使北归，述宋主语，索还河南，否则将发兵攻取云云。魏主大笑道：“龟鳖小竖，有何能为？我若不先灭蠕蠕，转使腹背受敌了。今日北征，他日南伐未迟！”崔浩又从旁怂恿，乃决计北行，果得征服柔然，马到成功。凯旋后，加授浩为侍中，特进抚军大将军，凡遇军国大事，必先咨浩，然后施行。

宋元嘉七年春季，宋主义隆，特选甲卒五万，命右将军到彦之，安北将军王仲德，兖州刺史竺灵秀，并为统领，泛舟入河。使骁骑将军段宏，率骑兵八千，直指虎牢，豫州刺史刘德武，领兵万人继进，皇从弟长沙王刘义欣，即道怜长子。统兵三万，监督征讨诸军事，出镇彭城。先遣殿前将军田奇使魏。传语魏主道：“河南是我宋地，故遣兵修复旧境，与河北无涉。”

魏主焘勃然道：“我生发未燥，已闻河南属我，奈何前来相侵？必欲进军，悉听汝便，看汝能夺我河南否？”遂遣奇返报，一面使群臣会议。众请出兵三万，先发制人，并诛河北流民，绝宋向导。独崔浩进议道：“南方卑湿，入夏水涨，草木蒙密，地气郁蒸，容易生疫，不利行师；若彼果能北来，我正可以逸待劳，俟他疲倦，然后出击，那时秋高马肥，因敌取食，才不失为万全计策呢！”魏主素来信浩，便按兵不发。

嗣由南方诸将，一再上表，乞派兵助守，并请就漳水造舰，为御敌计，朝臣统是赞成。更想出一法，谓宜署司马楚之、鲁轨、韩延之为将帅，使他招诱南人。楚之等入魏分见上文。崔浩又谏阻道：“楚之等为宋所忌，今闻我悉发精兵，大造舟舰，欲存立司马氏，诛除刘宗，他必全国震骇，拼死来争，我徒张虚声，反召实害，岂非大谬！况楚之等皆纤利小才，止能招合无赖，断不能成就大功，徒使我兵连祸结，有何益处！”见地原胜人一筹。魏主未免踌躇，浩更援据天文，谓“南方举兵，实犯岁忌，定必不利，我国尽可无忧！”

魏主不欲违众，命造战舰三千艘，调幽州以南戍兵，会集河上，且授司马楚之为安南大将军，封琅琊王出屯颍川。宋右将军到彦之等，自淮入泗，适值淮水盛涨，逆流而上，每日止行十里，自孟夏至孟秋，始至须昌，未免沿途逗留，否则亦未必至此。乃溯河西上。到了碻磝，魏兵已撤戍北归，再进滑台，也只留一空城，又趋向洛阳虎牢，统是城门大开，并无一个魏卒。彦之大喜，命朱修之守滑台，尹冲守虎牢，杜冀守金墉，余军入屯灵昌津，列守南岸，直抵潼关。大众统有欢容，惟王仲德有忧色，语诸将道：“诸君未识北土情伪，必堕狡计。胡虏仁义不足，凶狡有余，今敛戍北归，并力完聚，待至天寒冰合，必将复来，岂不可虑？”彦之等尚似信未信，说他多心。是谓之愚。

才过月余，天气转寒，魏主焘大举南侵，令冠军将军安颉，督护诸军，来击彦之。彦之遣裨将姚耸夫等，渡河接战，哪里挡得住魏军，慌忙退还，麾下已十亡五六。颉乘胜逾河，攻金墉城，城中乏粮，宋将杜冀南遁，城遂被陷。洛阳已拔，又移军攻虎牢。守将尹冲，忙向彦之处求援。彦之令裨将王蟠龙，率军援应，行至七女津，被魏将杜超截击，阵斩蟠龙。尹冲闻援军败没，便与荥阳太守崔模，迎降魏军，虎牢又复失去。

彦之自魏兵南渡，畏缩得很，逐日退师，还保东平，且上表宋廷，请速派将添兵。宋主义隆，命征南将军檀道济，都督征讨诸军事，出兵伐魏，魏亦续遣寿光侯叔孙建，汝阴公长孙道生，越河南下，接应安颉。到彦之闻魏军大至，道济未来，不禁惶急异常，便欲引退，将军垣护之贻书谏阻，谓宜令竺灵秀助守滑台，更督大军进趋河北。彦之怎肯听从，且拟焚舟步走。

王仲德进言道：“洛阳既陷，虎牢自不能守，这是应有的事情；今我军与虏相距，不下千里，滑台尚有强兵，若遽舍舟南走，士卒必散，愚意谓且引舟入济，再定行止。”彦之乃督率舰队，自清河入济南。才至历城，闻报魏兵追来，慌忙焚舟弃甲，登岸徒步，一溜风似的逃还彭城。何不改姓为逃。竺灵秀也弃了须昌，南奔湖陆，青、兖大震。

长沙王义欣，誓众戒严。将佐恐魏兵大至，劝义欣委镇还都，义欣慨然道：“天子命我镇守彭城，义当与城存亡，奈何弃去？”如君才不愧一义字。遂坚持不动，人心稍定。

魏兵东至济南，济南城内，兵不满千，太守萧承之，用了一个空城计，开门以待。魏人疑有伏兵，探望多时，始终不敢进城，相率退去。叔孙建入攻河陆，竺灵秀弃军遁走。

各败报传入宋都，宋主大怒，命诛灵秀，收系到彦之、王仲德，下狱免官。仲德似尚可贷。迁垣护之为北高平太守，旌赏直言，并促檀道济速救滑台。

道济自清河进兵，为魏将叔孙建、长孙道生所拒，先后三十余战，多半得胜。转战至历城，被叔孙建等前后邀击，焚去刍粮，遂不得进，魏将安颉、司马楚之等，得并力攻滑台。朱修之坚守数月，援绝粮空，甚至熏鼠为食，魏又使将军王慧龙助攻，眼见得城池被陷、修之成擒。

檀道济食尽引还，魏叔孙建得宋降卒，讯知道济乏食还军，即趋兵追赶。将及宋军，宋军大惧，道济却不慌不忙，择地下营，夜令军士唱筹量沙，贮作数囤，用米少许，遮盖囤上，摆列营前。到了黎明，魏兵前哨探视，见米囤杂列，不胜惊讶，忙报知叔孙建。叔孙建闻道济有粮，还道是降卒妄言，喝令处斩，率骑士逼道济营，道济令军士被甲随着，自己白服乘舆，从容出来，向南徐走。叔孙建疑为诱敌，不敢进击，反且引退，道济得全军而回。宋将中应推此人。

魏主已攻克河南，饬安颉旋师。安颉系归朱修之，魏主嘉他固守，拜为侍中，妻以宗女。司马楚之请再举伐宋，魏主不许，召楚之为散骑常侍，令王慧龙为荥阳太守。慧龙在郡十年，农战并修，声威大著，宋主义隆，使人往魏，散布谣言，但称慧龙功高位下，积怨已久，有降宋背魏等情。魏主不信，宋主复遣刺客吕玄伯，往刺慧龙。玄伯诈为降人，投入荥阳，被慧龙搜出匕首，纵使南归，且笑语道：“彼此各皆为主，我不怪汝！”玄伯感泣请留，慧龙竟留侍左右，待遇甚优。后来慧龙病殁，玄伯代为守墓，终身不去，这也好算做豫让第二了。褒中寓贬。

且说夏主赫连定战败魏军，擒住魏帅奚斤等，据有关中，声势复盛，尝遣使至宋，约同攻魏，共分魏地。魏主焘正拟出兵讨夏，闻报大怒，遂亲赴统万城，进袭平凉，夏主方出居安定，引兵还救，途中遇魏将古弼，便即交战。古弼佯退，引夏主入伏中，杀得夏兵东倒西歪，斩首至数千级。夏主走保鹑觚原，命余众结一方阵，抵御魏兵。魏将古弼纵兵环集，又由魏主遣将尉眷等，来助古弼。两军相合，把鹑觚原围住，截断夏兵粮道，连樵汲都无路可通。夏兵又饥又渴，马亦乏草可食，没奈何下鹑觚原，突围出走。夏主定从西面杀出，正遇魏将尉眷截住，一场死斗，方得杀开一条血路，奔往上邽，所有夏主弟乌视拔秃骨，及公侯以下百余人，一古脑儿被魏人擒去。

魏兵乘胜攻安定，夏将东平公乙斗，竟弃了安定城，遁入长安，嗣复西奔上邽，往依赫连定去了。

那平凉城为魏主所攻，经旬未下，夏上谷公杜干，广阳公度洛弧，婴城固守，专望夏主定来援，魏主使赫连昌招降，亦不见从，乃掘堑营垒，督兵围攻。相持至一月有余，杜干等已是力尽，且闻夏主定败奔上邽，无从得援，没奈何开城出降。

魏将豆代田先驱入城，掳得夏宫中后妃，并在狱中择出奚斤等人，送交魏主。魏主大喜，入城安民，置酒高会，令豆代田就座左席，位出诸将上，并呼奚斤至前道："全汝生命，赖有代田，汝宜膝行奉酒，方可报德。"奚斤不敢违命，只好捧觞至代田前，屈膝奉饮。代田起座接受，一饮而尽。魏主又命将夏后释缚，唤她侑宴，令就代田处斟酒。代田见她低眉半蹙，泪眼微红，一种娇愁态度，令人暗暗生怜，便起禀魏主道："她也是一个主母，望陛下稍稍顾全！"魏主微笑道："你爱她么？我便把她赐你便了。"代田喜出望外，出座拜谢，及酒阑席散，便将夏后领去，享受美人滋味，越宿又接到诏敕，晋封井陉侯，加散骑常侍右卫将军，既邀艳福，复沐宠荣，真个是喜气重重，得未曾有了。只难为了赫连定，叫他作元绪公。

平凉既下，长安一带，复为魏有，魏主留巴东公延普镇安定，镇西将军王斤镇长安，自率各军还平城。那夏主定仅保上邽，所有故土，多半失去，自思东隅难复，不如改辟西境，还可取彼偿此，再振雄图。

当时陇西有西秦国，系鲜卑种族，初属苻秦，苻秦败亡，乞伏国仁，据有凉州、临洮、河州，自称大单于，领秦、河二州牧。国仁死，弟乾归嗣，尽有陇西地，始称秦王，历史上号为西秦。乾归为兄子公府所弑，公府复为乾归子炽磐所杀，炽磐并吞南凉秃发氏，秃发傉檀为西秦所灭事见晋史。拓地益广。传子暮末，屡与北凉战争，师财劳匮，众叛亲离。暮末不得已向魏乞降，魏遣将往迎暮末，暮末焚城邑，毁宝器，率部民万五千人东行。道出上邽，正值夏主定有心西略，便出兵邀击。暮末不敢争锋，退保南安，夏主定令叔父韦伐，驱兵进逼，即将南安城围住。城中无粮可依，人自相食，秦侍中出连辅政，乞伏国祚及吏部尚书乞伏跋跋，逾城奔夏。暮末窘急万状，只好面缚舆榇，出城请降。

夏将韦伐，把暮末送至上邽，又将乞伏氏宗族五百余人，悉数擒献，当被夏主定严刑屠戮，杀得一个不留。危亡在即，还要如此惨虐，安得不自速其死！复驱秦民十余万口，自治城渡河，欲夺北凉疆土，作为根据。不意吐谷浑吐读如突，谷读如欲。王慕瑱，骤发劲骑三万人，前来袭击，顿令这痴心妄想的赫连定，从此了结，一命呜呼。

吐谷浑也是鲜卑支派，远祖名叫谷吐浑，为晋初鲜卑都督慕容廆庶兄，旧居辽西。迁往阴山，再传至孙叶延，颇好学问，用王父字为氏，故国号吐谷浑。又三传至阿豺，据有并、氐、羌地方数千里，自称骁骑将军沙州刺史。宋景平初年，通使江南，进献方物，宋少帝封为浇河公，未及拜受。至宋主义隆入嗣，始受册命。阿豺有子二十人，临死时，命诸子各献一箭，共得二十支。又召母弟慕利延入帐，令他取折一箭，应手而断，更命把十九箭总作一束，再使取折，慕利延费尽腕力，不损分毫。阿豺顾语子弟道："汝等可共视此箭，孤单易折，众厚难摧，愿汝等勠力同心，保全社稷！"至理名言，不可勿视。言讫即逝。

弟慕瑱嗣立，奉表至宋，宋封为陇西公，慕瑱又遣使通魏，魏亦封为大将军。至是闻夏主西来，遂遣慕利延等率骑三万，沿河截击，乘着夏兵半济，奋杀过去。夏兵大半溺死，夏主定拖泥带水，登岸飞逃，偏被敌骑逾河追至，七手八脚，把他拖去。当下置入囚车，献与慕瑱，慕瑱又遣侍郎谢太宁，押定送魏。魏主焘即令斩定，且嘉奖慕瑱，加封为西秦王。

既而赫连昌亦叛魏西走，为河西军将格毙，并收捕赫连昌子弟，一并诛夷。夏传三主而亡，勃勃子孙，被诛殆尽。小子有诗叹道：

侈言徽赫与天连，勃勃改姓赫连即本此意。**三主相传廿六年。**

虎父不能生虎子，平城流血几成川。

夏已灭亡，上邽为氐王所据，自称都督雍、凉、秦三州军事，且发兵进窥汉中，与宋构衅。欲知详情，俟下卷说明。

宋主欲规复河南，何不先用檀道济，而乃命怯懦无能之庸帅，侥幸一试，痴望成功？魏兵之不战而退，明明是欲取姑与之谋，譬如鸷鸟搏食，必先敛翼，然后一往无前。王仲德虽尚能料事，顾亦徒托空言，未尝预备。至于魏兵再下，宋师屡败，始用檀道济以援应之，晚矣！道济之唱筹量沙，古今传为奇计，但只能却敌，不能破敌，大好中州，终沦左衽，嗟何及耶！赫连兄弟，先后就擒，男作俘囚，女作妾媵，未始非勃勃残恶之报。赫连定已经授首，赫连昌尚属幸存，受魏封爵，娶魏公主，假令安分守己，不生异图，则赫连氏何至无后？乃复叛魏西走，卒至全族诛夷，凶人之后，其果无噍类也乎！

第十一回

破氐帅收还要郡
杀司空自坏长城

却说关陇南面，有一胜地，叫作仇池，地方百顷，平地起凸，四面斗绝，高约七里有奇，统是羊肠曲道，须经过三十六个回峰，力登绝顶。上面水草丰美，且可煮盐，向为氐族所据。东汉末年，氐族头目，姓杨名腾，占据此地。其孙名千万，称臣曹魏，受封百顷王，再传至杨飞龙，势渐强盛，晋封他为平西将军。飞龙无嗣，养外甥令狐茂搜为子，茂搜冒姓杨氏，又三传至杨初，自号仇池公。曾孙名纂，为苻秦所灭。苻秦败亡，杨氏遗族杨定，亡奔陇右，收集旧众千余家，仍据仇池，徙居历城，距仇池二十里，与山东之历城不同。夺取天水、略阳等地，僭称陇西王，后为西秦王乞伏乾归所杀。从弟杨盛，留守仇池，自称仇池公，出略汉中，向晋称藩，晋封盛为征西大将军，兼仇池王。宋主篡晋，复封盛为车骑将军，晋爵武都王。盛仍奉晋正朔，尚沿用义熙年号。

元嘉二年，盛病将死，授遗嘱与子玄道:“我年已老，当终为晋臣，汝宜善事宋帝。”玄涕泣受命，及盛没后，向宋告哀，始用元嘉正朔。宋令玄仍袭父爵，玄又通好北魏，受封征南大将军兼南秦王。才越四年，又复病剧，召弟难当入，语道:“今国境未宁，正须抚慰，我子保宗，年尚冲昧，烦弟继承国事，毋坠先勋！”难当固辞，愿辅立保宗。至玄死发丧，难当果不食言，立保宗为嗣主。偏是难当妻姚氏，密语难当道:“国险未平，应立长君，奈何反事孺子呢？”妇人专喜播弄是非。难当听信妇言，竟将保宗废去，自称都督雍、凉、秦三州军事，兼征西大将军秦州刺史武都王。

可巧赫连族灭，上邽空虚，他即命子顺收取上邽，充任留守。又授保宗为镇南将军，使戍宕昌。保宗谋袭难当，事泄被拘。难当又欲并吞汉中，伺隙思逞。补叙详明。

会梁州刺史甄法护，刑政不修，宋主特遣刺史萧思话代任，思话尚未莅镇，那杨难当又乘机先发，调拨兵将，径袭梁州。甄法护本来糊涂，一切兵备，统已废弛，蓦闻氐众到来，吓得魂驰魄散，慌忙挈领妻孥，逃出城外，奔投洋州。氐众当然入城。

萧思话到了襄阳，接得梁州失守的消息，忙遣司马萧承之，率五百人前进，长史萧汪之，率五百人为后应。看官听着！这萧承之就是后来齐太祖的父亲，前为济南太守，曾用空城计却魏。事见前回。此次调任汉中太守，偕思话东行，兼充行军司马。既奉思话军令，作为前驱，自思随兵太少，应该沿途招募，便陆续收集丁壮，约得千人，乃进据磝头。

杨难当焚掠汉中，引众西还，留将军赵温居守梁州，温令魏兴太守薛健据黄金山，副守姜宝据铁城。铁城与黄金山相对，仅隔里许，斫树塞道，阻截宋军。萧承之遣阴平太守萧坦，进攻二戍，扫除芜秽，长驱直达，先拔铁城，继下黄金山，杀得薛健、姜宝大败而逃。赵温亲自出马，来攻坦营，坦又出兵奋击，舞刀先进，左斫右劈，杀死氐众数十人。后面兵士随上，搅破温阵，温知不可当，狼狈遁去。坦亦受创，退归大营养疴，承之另遣司马锡文祖，往戍黄金山。后队萧汪之亦至，还有平西将军临川王刘义庆，即道规继子，见第七回。方出镇荆州，也遣将军裴方明，带兵三千，来助思话。思话派参军王灵济，率偏师出洋川，进向南城。氐将赵英，据险扼守，为灵济所破，将英擒住。南城空虚，无粮可因，灵济引军退还，与承之合师。

承之督令诸军追击氐众，行抵汉津，但见两岸遍布敌营，中通浮桥，步骑杂沓，戈戟森严，料知有一场恶斗，乃立营布阵，从容待战。极写承之。那敌营中的统帅，乃是杨难当子杨和，会集赵温、薛健等人，据津拒敌，兵约万余。既见宋军到来，便麾众来攻，环绕承之行营，至数十匝。承之开营逆战，因与敌接近，弓箭难施，只好各用短刀，上前力搏。偏氐众尽穿犀甲，刃不能入，承之急命将士截断长矟，上系大斧，横砍过去，每一动手，砍倒氐兵十余人，氐众抵敌不住，纷纷溃散。杨和等逃回寨中，放起一把无名火来，将所有营帐，及所筑浮桥，尽行毁去，退保大桃。

既而萧思话、裴方明等一齐驰至，与承之并力进攻，连战皆捷，不但将大桃敌众，悉数逐走，就是梁州亦唾手取来。从前杨盛时候，略汉中地，夺去魏兴、上庸、新城三郡，至是且尽行克复，汉中全境，无一氐人。杨难当恐宋军入境，慌忙上表谢罪，宋主义隆，方下诏赦宥。令萧思话镇守汉中，加号宁朔将军。召萧承之还都，令为太子屯骑校尉，收逮甄法护下狱，赐令自尽。此外有益州贼赵广，秦州贼马大玄，先后作乱，俱得荡平，这也无容细表。

且说魏主焘既得河南，分兵戍守，加授崔浩为司徒，长孙道生为司空。道生平素俭约，得一熊皮为毯，数十年不易，魏主尝使歌功作颂，有智如崔浩，廉如道生二语。浩更劝魏主偃武修文，征求世胄遗逸，得范阳人卢玄，博陵人崔绰，赵郡人李灵，河间人邢颖，渤海人高允，广平人游雅，太原人张伟等，各授中书博士。惟崔绰以母老为辞，不肯受官。浩又改定律令，除四岁五岁刑律，增一年刑，授议亲议贵议功诸例，凡官阶九品以上，得酌量减免，妇人当刑而孕，概令延期，待产后百日，始按律取决。阙下悬登闻鼓，使冤民得诣阙伸诉，击鼓上闻，舆情翕服，国内称治。一面欲通好江左，息争安民，乃请命魏主，令散骑侍郎周绍南来，至宋聘问，并乞和亲。宋主含糊作答，但遣使臣魏道生报聘，嗣是两国使节，往来不绝。

魏主立子晃为太子，又派散骑常侍宋宣至宋，为太子求婚，宋主仍然支吾对付，卒无成议，惟南北和好，约得十余年，好算是魏主的美意。应该使南人领情。

宋主义隆，闻魏主求贤恤民，也下了几道劝农举才的诏敕，无如亲贵擅权，吏胥舞法，就使有几个遗贤耆老，怎肯冒昧出山，虚縻好爵。武帝时，尝召武阳人李密为太子洗马，密愿终养祖母刘氏，上了一篇陈情表，决意辞征。一表千秋，应叙大名。武帝只好收回成命，许令终养。还有谯郡戴逵子颙，承父遗训，雅好琴书，屡征不起。南阳人宗炳，与妻罗氏，并隐江陵，亦终不就征。他如广武人周续之，临沂人王弘之，鲁人孔淳之，枝江人刘凝之等，均立志高尚，迭经宋廷召用，并皆固辞。最著名的是寻阳陶渊明先生，他名潜，字元亮，系晋大司马陶侃曾孙，晋季曾为彭泽县令，郡遣督邮至县，故例应束带迎见，渊明慨然道：“我不能为五斗米折腰！”乃解组自归。随赋《归去来辞》，自明志趣。门前种五柳树，因作《五柳先生传》，为己写照。妻翟氏亦与同志，偕隐栗里，渊明前耕，翟氏后锄，并安勤苦，不慕荣利。宋司徒王弘，为江州刺史时，尝使渊明友人庞通之，赍着酒肴，邀他共饮。渊明嗜酒，欣然应召，入座便饮。俄顷弘至，渊明只自饮酒，不通姓名，既醉即去。平时所著文章，必书年月，但在晋义熙以前，尝署年号，一入宋初，惟署甲子，隐寓不事宋室的意

陶渊明（352或372或376—427），一名潜，字元亮，私谥靖节，浔阳柴桑（今江西九江市西南）人，东晋诗人。曾任江州祭酒、镇军参军、彭泽令等，后去职归隐，绝意仕途。长于诗文辞赋。诗多描绘田园风光及其在农村生活的情景。其艺术特色兼有平淡与爽朗之胜；语言质朴自然，而又颇为精练，具有独特风格。有《陶渊明集》。

思。宋主义隆，正拟遣发征车，适渊明病殁，方才罢议，后世号渊明为靖节先生。叠叙高人，以愧干禄之士。

王弘闻讣，亦叹息不置。元嘉九年，弘进爵太保，才阅月余，亦即逝世。王华、王昙首又皆病终。荆州刺史彭城王义康已入任司徒，录尚书事，至是因元老丧亡，遂得专握政权。领军将军殷景仁，升任尚书仆射，太子詹事刘湛升任领军将军。湛本为景仁所引，既沐荣宠，却暗忌景仁。且前时曾为彭城长史，与义康有僚佐情，遂格外巴结义康，想将景仁挤排出去。是谓小人。偏偏景仁深得主心，更加授中书令兼中护军。湛未得加官，但命兼任太子詹事，湛益愤怒，与义康并进谗言，诋毁景仁。宋主始终不信，待遇景仁，反且加厚。景仁亦知刘湛排己，尝对亲旧叹息道："引虎入室，便即噬人！"乃托疾辞职，累表不许，但令他在家养疴。湛尚不能平，拟令兵士诈为劫盗，夜入景仁私第刺杀景仁。谋尚未发，偏有人传报宋主，宋主亟令景仁徙居西掖门，使近宫禁，因此湛计不行。宋主既知湛阴谋，何不立加穷治，乃使其连害骨肉耶？

嗣是义康僚属，及湛相知的友人，潜相约勒，无敢入殷氏门。独彭城王主簿刘敬文，有父名成，尚向景仁处求一郡守。敬文得悉，忙至湛第，长跪叩首，湛惊问何因？敬文呜咽道："老父悖耄，就殷家干禄，竟出敬文意外。敬文不知豫防，上负生成，阖门惭惧，无地自容！为此踵门请罪。"无耻已极。湛徐答道："父子至亲，奈何不先通知，此次且不必说，下次须要加防！"敬文听了，如遇皇恩大赦一般，又捣了几个响头，方才辞出。作者亦太挖苦。

后将军司马庾炳之，颇有才辩，往来殷、刘二家，皆得相契，暗中却输忠宋主。宋主屡使炳之传达密命，往谕景仁，景仁虽称疾不朝，仍然有问必答，密表去来，俱令炳之代达，刘湛全然未知，但闻炳之出入殷家，也还道是探问疾病，不加猜疑。此等处何独放心？

嗣因谢灵运得罪被收，宋主怜他多才，拟加赦宥。彭城王义康，听刘湛言，说他恃才傲物，犯上作乱，定须置诸重典，乃流戍广州。究竟灵运有何逆迹，待小子略略叙明。

灵运前曾蒙召为秘书监，见第九回。使整理秘阁书籍，补足阙文，且命他撰述晋书。他尝挟才自诩，意欲入朝参政，不料应召以后，但教他职司翰墨，未免心下怏怏，所以奉命撰史，不过粗立条目，日久无成。及迁任侍中，朝夕引见，或陈诗，或献字，宋主尝称为二宝，辄加叹赏。惟总不令他参预朝纲，因此灵运益觉不平，时常称疾不朝。有时出郭游行，兼旬不返，既未表闻，又不请假，廷臣啧有烦言。宋主亦嫌他不守官方，讽令辞职，灵运始上表陈疾，奉旨东归。

族父谢方明，为会稽太守，灵运即往省视，与方明子惠连相见，大加赏识。又与东海人何长瑜，颍川人荀雍，泰山人羊璇之，诗酒倡和，联为知交，惠连亦得与列，称为四友。谢氏本为名族，灵运得先世遗资，畜养僮奴数百人，又得门生数百，同游山泽间，穷幽极险，伐木开径，百姓惊扰，目为山贼。可巧会稽太守，换了一个新任官，叫作孟颉，颉迷信佛教，灵运独面讽道："得道须慧业文人，公生天当在灵运前，成佛必在灵运后。"颉深恨此言，遂与灵运有隙，上书奏讦。灵运原是多嘴，孟颉亦觉逞刁。

灵运忙诣阙自讼，得旨令为临川内史。一行作吏，仍然游放自若，为有司所纠劾，遣使逮治，偏他抗衡不服，竟将来使执住，且作诗道："韩亡子房奋，秦帝鲁连耻，本自江海人，忠义感君子。"这诗一传，有司越加借口，称为逆迹昭著，兴兵捕住灵运，请旨正法。还是宋主特别垂怜，连义康面奏诸词，都未听从，才得免死流粤。也是灵运命运该绝，又有人奏了一本，说他私买兵器，纠结健儿，欲就三江口起事。那时宋主只好割爱，饬令在广州弃市。看官！你想灵运是个文人，怎能造反？无非是文辞狂放，触怒当道，徒落得身首异处，贻恨千秋呢！实是一种文字狱。

未几又由刘湛主谋，要把那宋室长城，凭空毁坏。真个是谗人罔极，妨功害能，说将起来，可痛！可恨！当时宋室良将，首推檀道济，自历城全师退归，进位司空，仍然还镇寻阳。即江州。左右心腹，并经百战，有子数人，如给事黄门侍郎檀植，司徒从事中郎檀粲，太子舍人檀隰，征北主簿檀承伯，秘书郎檀遵等，又皆秉受家传，才具卓荦。功高未免震主，气盛益足陵人，朝廷已时加疑忌，留意豫防。会宋主寝疾，历久不愈，刘湛密语义康道："宫车倘有不测，余无足忧，最可虑的是檀道济。"义康道："君言甚是，应如何预先处置？"湛答道："莫如召他入朝，但托言索虏入寇，要他来都面议，如欲乘此除患，便容易下手了。"

义康点首称善，入白宋主，请召道济入朝。宋主神疲意懒，无暇问明底细，但模糊答应了一声，义康遂飞诏驰召。

道济接到诏敕，即整装起行，妻向氏语道济道："震世功名，必遭人忌，今无故相召，恐不免及祸哩！"颇有见识，但奉召不入，亦属非是。道济道："诏敕中说有边患，不得不赴，谅来亦无甚妨碍，卿可放心！"言为心声，可见道济存心不贰。随即启程入都。

及至建康，与义康等晤谈，义康谓索虏已退，只是主疾可忧。道济遂入宫问疾，见宋主却是狼狈，略略慰问，便即趋出。嗣是宋主病势，牵缠不退，道济只好在都问安，计自元嘉十二年冬季入都，直至次年春暮，始见宋主少瘥，乃辞行还镇。方才下船，忽有中使驰至，谓圣躬又复不安，仍命他返阙议事。道济不敢不依，还入都城，甫至阙下，忽由义康出来，指示禁军，拿下道济，且令他跪听宣敕，旁边趋出刘湛，即捧敕朗读道：

檀道济阶缘时幸，荷恩在昔，宠灵优渥，莫与为比，曾不感佩殊遇，思答万分，乃空怀疑贰，履霜日久。元嘉以来，猜阻滋结，不义不昵之心，附下罔上之事，固已暴之民听，彰于远迩。谢灵运志凶辞丑，不臣显著，纳受邪说，每相容隐，又潜散金货，招诱剽猾，逋逃必至，实繁弥广，日夜伺隙，希冀非望。镇军将军王仲德，往年入朝，屡陈此迹，朕以其位居台铉，预班河岳，弥缝容养，庶或能革。而乃长恶不悛，凶慝遂遘，因朕寝疾，规肆祸心。前南蛮行参军庞延祖，具悉奸状，密以启闻。夫君亲无将，刑兹罔赦，况罪衅深重，若斯之甚，便可收付廷尉，肃正刑书，事止元恶，余无所向。特诏！

道济听毕诏书，不禁大愤，张目注视刘湛，好似电闪一般。转思已落人手，多言无益，索性脱帻投地道："乃坏汝万里长城！"说着，即起身自投狱中。那阴贼险狠的刘湛，竟怂恿义康，收捕道济诸子，令与乃父一同牵出，骈首都市。还有随从道济的参军薛彤，一体收斩。又遣尚书库部郎顾仲文，建武将军茅亨，领兵至寻阳，捕系道济妻向氏，少子夷、邕、演等，及参军高进之，悉置死刑。道济有子十一人，统遭骈戮，诸孙亦死，只留邕子孺一人，使续檀氏宗祀。何罪至此？薛彤、高进之，皆有勇力，为道济所倚任，时人比为关羽、张飞。魏人闻道济被诛，私自庆贺道："道济一死，吴人均不足畏了！"小子走笔至此，也不禁为道济呼冤。即自录一诗道：

百战经营臣力多，无端谗构起风波。

都门脱帻留遗恨，坏汝长城可奈何！

义康与湛既冤杀檀道济，宋主病亦渐愈。忽有前滑台守将朱修之，自虏中逃归，替燕求援。欲知燕国详情，容至下回再叙。

萧承之力破氐众，为萧氏篡刘之滥觞，故本回特别叙明；志功首，即所以记祸始也。刘湛列元嘉五臣之一，而二王迭逝，彭城秉政，乃隐结义康，以排殷景仁，始联殷而得主宠，继倾殷而欲自专，小人变诈，几不胜防，无怪景仁之引为长叹也。谢灵运之被诛，当时谓其逆迹昭著，而史官独以恃才凌物，为其致祸之由，诚有特见。灵运一文人耳，吟诗遭忌，锻炼深文，刑重罚轻，已为可悯。檀道济以不世之功，罹不测之祸，自坏长城，冤无从诉。乃知陶靖节之归隐柴桑，自耽松菊，其固有加人一等者欤！本回连类汇叙，彰瘅从公，益可见下笔之不苟云。

第十二回

燕王弘投奔高丽
魏主焘攻克姑臧

却说燕主冯弘，为后燕中卫将军冯跋弟。跋尝得罪后燕，亡命山泽。后燕主慕容熙即慕容宝之叔。淫荒失德，跋即乘势作乱，推慕容氏即慕容宝。养子高云为主，弑慕容熙。云自称天王，寻复遇弑，由跋代定国乱，继为燕主，定都龙城，史家称为北燕。魏遣使臣于什门至燕，敕令称藩，冯跋不从，拘住于什门，迫令投降。什门不屈，跋亦不肯遣归，魏遂与燕有隙，屡次鏖兵。既而冯跋病剧，命太子翼摄政，跋妃宋氏，欲立亲子受居，迫翼退居东宫。跋弟弘乘间入阁，便即篡位，跋竟惊死。弘杀太子翼，及跋子弟百余人。

魏主焘再督兵伐燕，连败燕兵，燕尚书郭渊，劝弘送款献女，向魏求和。弘摇首道："负衅在前，结怨已深，就使屈志降敌，也未必保全，不如另图别计。"乃再行调兵，与魏相持，魏降将朱修之，系怀祖国，因魏主自出攻燕，拟与前时被俘诸南人，联络起事，往袭魏主，事成归宋。当下商诸毛修之，毛修之亦系宋臣，被掳多年，甘心事魏，不肯相从。同名不同姓，同迹不同心，我为一叹。毛修之被掳见第六回。朱修之恐他泄谋，逃奔入燕。燕主弘遣令归宋，乞师北援，因即汎海南行，仍返故都。看官！你想此时的彭城王义康，及领军将军刘湛，方自坏长城，冤杀良将，还有何心去援北燕，再伐北魏！朱修之替燕求救，徒托空言，惟得了一个官职，充任黄门侍郎，没奈何蹉跎过去。

魏主焘闻南人谋变，引兵西还，燕得苟延旦夕。不意内讧复起，反召外侮，遂令冯弘自取危祸，从此败亡。

原来弘妻王氏，生有三子，长名崇，次名朗，又次名邈，妾慕容氏生子王仁，及弘已篡国，以妾为妻，竟立慕容氏为后，王仁为太子。崇受封长乐公，出镇辽西，朗与邈私议道："今国家将亡，无人不晓，我父又听慕容氏谗言，恐我兄弟要先遭惨祸了，不如先走为是。"乃同奔辽西，劝兄降魏。嫡庶相争，非乱即亡，弘之得国也在此，其失国也亦在此，可谓天道好还。崇遂使邈赴魏都，举郡请降。

冯弘闻三子卖国，勃然大怒，立遣部将封羽往讨。崇再向魏求救，魏授崇为车骑大将军，兼幽、平二州牧，封辽西王，食辽西十郡。更派永昌王拓跋健，左仆射安原，往援辽西，进攻龙城。拓跋健到了辽西，探得燕将封羽，在凡城驻兵，便遣裨将楼勃，率五千骑兵往攻，封羽不战即降，凡城复为魏有。

冯弘大惧，不得已遣使至魏，情愿纳女求成。魏主焘索还于什门，且令燕太子王仁为质，方许罢兵。弘乃遣于什门归燕，什门在燕二十一年，终不屈节，魏主比为苏武，拜治书御史。惟弘子王仁，仍未遣往，由魏使征令入朝。弘钟爱少子，当然迟疑，更兼宠后慕容氏，从旁阻挠，掩袖工啼，牵袍揾泪，惹得这位燕王弘，倍加怜惜，宁可亡国，不肯割爱。小不忍，则乱大谋。

散骑常侍刘滋入谏道："从前蜀刘禅依山为固，吴孙皓据江为城，后来顿为晋俘，可见得强弱不同，终难幸免。今魏比晋强，我且不如吴蜀，若不从魏命，恐速危亡，还请陛下暂舍太子，令他入魏。一面修政治，抚百姓，收离散，赈饥穷，劝农桑，省赋役，维持国本，返弱为强，那时魏主亦不敢轻视，太子自得重归了。"计划甚是。道言未绝，弘已拍案道："你也有父子情谊，难道教朕送儿就死么？"滋亦抗声道："陛下遣子往魏，子未必死，国家可保；否则危亡在即，不但失一太子呢！"弘更大怒道："逆臣咒诅朕躬，罪无可赦，左右快将他绑出朝门，斩首报来！"左右一声遵旨，便将刘滋绑出，一刀了命。可与龙逢、比干共传不朽，故本书不肯略过。

随即叱还魏使，另遣使至建康，称藩乞援。宋廷称他为黄龙国，会燕使赍还诏书，封弘为燕王，但未尝出师相救，弘料不可恃，再命部将汤烛，奉贡魏都，托言太子有疾，故未遣质。魏主焘知他饰词，下诏逐客。先命永昌王拓跋健等伐燕，割取禾稼，继命骠骑大将军乐平王拓跋丕，镇东大将军徒河、屈垣等，带领骑兵四万，直捣龙城。弘闻报大惧，亟备牛酒犒师。魏将屈垣先到城下，由弘遣发部吏，牵羊担酒，犒劳魏兵，并令太常卿杨峼求和。屈垣道："汝国不送侍子，所以我军前来；如果悔罪投诚，速将侍子献出，不得迟延！"杨峼唯唯而还。屈垣待了一日，未见复音，乃纵兵大掠，虏得男女六千余口。未几拓跋丕亦至，麾兵薄城。燕主弘既忧外侮，复舍不得膝下宠儿，害得彷徨失措，昼夜不安。没奈何再遣杨峼出城，限期送入侍子，求他退兵。拓跋丕总算应允，许以一月为期，自率四万骑兵，及所掠人口，从容退去。转眼间限期已满，弘仍未践约，杨崏一再入劝，弘答道：“我终不忍出此，万一事急，不如东投高丽，再图后举。”崏对道：“魏用全国兵力，来压我国，理无不克，高丽也是异族，始虽相亲，终必为变，不可不防！”燕臣非无智虑。弘终不从，密遣尚书阳伊，东往高丽，请发兵相迎。阳伊未返，魏师又来，弘又向魏进贡方物，愿送侍子入质。魏主焘到了此时，却不肯应许了，魏平东将军娥清，安西将军古弼，奉魏主命，率精骑万人，杀入燕境，再檄平州刺史拓跋婴，调集辽西诸军，一齐会合，鼓行而进，攻陷白狼城，入捣燕都。凑巧燕尚书阳伊，也乞得高丽兵将数万人，来迎燕主，进屯临川。燕尚书令郭生，不欲东迁，骤开城门纳魏兵。魏兵疑他有诈，未敢径入，郭生竟勒兵攻弘。弘急引高丽将葛卢、孟光入城，与生交锋。生中箭倒毙，余众奔散。葛卢、孟光，乘势掠取武库，搬出甲胄刀械，颁给高丽兵士。高丽兵易去旧褐，焕然一新，且见城中人民殷实，索性任情打劫，彻夜不休。燕民何辜！燕主弘遂迫民东徙，纵火焚去宫阙，但携细软什物，出城启行。令后妃宫人被甲居中，阳伊率兵外护，葛卢、孟光殿后，方轨并进，绵亘八十余里。

魏将古弼因高丽兵众，立营自固，作壁上观。至燕主东行，弼正举酒独酌，陶然忘情。忽由部将高苟子入报，请率骑兵追击燕人，弼已含有醉意，拔刀斫案道：“谁敢打断老夫酒兴，如再多言，便即斩首！”高苟子伸舌而退。弼醉后就寝，翌日始醒，闻燕主已经遁去，始有悔意，乃率兵驰入龙城，据实奏报。不到数日，即有槛车到来，责弼拥兵纵寇，把他拘去，并召还娥清，一律加罪，黜为门卒。另派散骑常侍封拔，驰诣高丽，饬他送弘入魏。

高丽王高琏不肯送弘，但复书魏都，谓当与冯弘俱奉王化。魏主焘恨他违命，拟发兵进讨，还是乐平王丕上书规谏，方才罢议。弘到了高丽，由高琏遣人郊劳道：“龙城王冯君，远来敝郊，敢问士马劳苦否？”弘且惭且愤，还要摆着皇帝架子，使人赍着诏书，谯让高琏，太不自量。高琏未免动怒，不许入城，但令弘寓居平郭，嗣复徙往北丰。弘侈然自大，政刑赏罚，独行独断，仍与在龙城时相似，惹得高琏怒上加怒，竟遣发骑士，驰至北丰，夺去冯弘侍臣，并把他太子王仁，一并拘去。令人一快。

看官试想！这冯弘为了爱子娇妻，甘心弃国，此时仍弄到父子生离，哪得不悲愤交集？当下再遣密使，奉表宋廷，哀求援助，宋主遣吏王白驹等往迎冯弘，且饬高琏给资遣送。高琏益加愤恨，索性差了两员大将，一是孙漱，一是高仇，带了数百兵士，至北丰杀死冯弘，并弘子孙十余人。慕容后如何下落，可惜史中未详。

北燕自冯跋篡立，一传即亡。高琏阳谥弘为昭成皇帝，但说他因病暴亡，浼王白驹返报宋主。宋主原不过貌示怀柔，既闻冯弘病殁，也就罢休，不复追诘了。

魏主焘既灭北燕，乃进图北凉。北凉沮渠氏，世为匈奴左沮渠王，以官为姓。后凉主吕光，背秦自立，用那沮渠罗仇为尚书，后凉兴灭，见《两晋演义》。出伐西秦，竟致败绩。吕光归罪罗仇兄弟，将他处斩，罗仇从子蒙逊，起兵报怨，推太守段业为凉州牧，自为部将，击败后凉，擒住吕光侄吕纯。段业遂自称凉王，用蒙逊为尚书左丞，历史上称为北凉。蒙逊功高权重，为业所忌，出为西平太守，因密约从兄男成，谋共除业。男成亦辅业有功，不从蒙逊计议，蒙逊先谮男成，令业赐男成自尽，然后托词纠众，为兄报仇。阴害从兄，为弑主计，仁义安在？遂攻入凉州，弑了段业，自为大都督大将军凉州牧，兼张掖公。至后凉为后秦所灭，令南凉主秃发傉檀据守姑臧，蒙逊击走傉檀，即将姑臧夺来，作为国都，挈族迁居，加号河西王。嗣又破灭西凉，得地更广。蒙逊灭西凉见第七回。尝遣使通好江南，迭受册封，又遣子安周入侍北魏，魏亦遣官授册。两头讨好，计亦甚狡。僭号至二十余年，免不得骄淫起来。

西僧昙无谶自言能使鬼治病，且有秘术，为蒙逊所信重，尊为圣人，令诸女及子妇，皆往受教。恐他是肉身说法。魏主焘独信道教，甚嫉释徒，闻蒙逊礼事西僧，遂遣尚书李顺，往征无谶。蒙逊抗命不遣，因此失魏主欢。李顺屡至姑臧，蒙逊渐不为礼，甚至箕踞上坐，受书不拜。顺正色道："齐桓公九合诸侯，一匡天下，周天子赐祚，命无下拜。桓公犹谨守臣道，下拜登受。今王不及齐桓，我朝又未尝谕王免拜，乃反骄蹇无礼，莫非轻视我朝不成！"这一席话，说得蒙逊神色悚惶，方起拜受诏。

顺辞行归魏，魏主焘问及凉事，顺答道："蒙逊控制河右，将三十年，粗识机谋，绥集荒裔，虽不能贻厥孙谋，尚足传及一世。惟礼为德舆，敬为德基，蒙逊无礼不敬，死期将至，不出一两年，就当毙命了。"魏主复问道："易世以后，何时当灭？"顺又道："蒙逊诸子，臣皆见过，统是庸才，惟敦煌太守牧犍，较有器识，继位必属此人，但终不及乃父，这乃是天授陛下呢。"魏主喜道："能如卿言，朕当记着！"果然过了一年，北凉遣使告哀，说是蒙逊已殁，由世子牧犍嗣位。魏主谓李顺道："卿言已验，看来朕取北凉，亦当不远了。"乃进授安西将军，仍令他赍送封册，拜牧犍为凉州刺史兼河西王。

牧犍有妹兴平公主，曾由魏主求为夫人，蒙逊前已允诺，尚未遣送，至是牧犍奉父遗命，特派右丞李繇，送妹入魏，得册为右昭仪。魏主亦愿将亲妹武威公主，嫁与牧犍，牧犍仍遣李繇迎归。彼此联姻，共敦睦谊，总道是亲戚关系，可以无虞，偏魏主征令牧犍子封坛，入侍左右。牧犍虽然不愿，也只好惟命是从。且因魏使李顺，仍然往来，特厚加馈赂，托他斡旋，所以魏主欲依顺前言，加兵北凉，均经顺婉言劝止，暂免兵戈。

忽有老人在敦煌东门，投入书函，函中写着："凉王三十年若七年。"守吏得书，视为奇事，四处寻觅老人，并无下落，乃将原书呈献牧犍。牧犍也是不懂，召问奉常张慎，奉常官官。慎答道："臣闻虢国将亡，有神降莘，愿陛下崇德修政，保有三十年世祚；若好游畋，耽酒色，臣恐七年以后，必有大变。"可作警铎。牧犍听了，很是不乐。

原来牧犍有嫂李氏，色美好淫，牧犍兄弟三人，均与通奸，惟妇人格外势利，对着牧犍，特别加媚，大得牧犍欢心，独王后拓跋氏即武威公主。看不过去，常有怨言。李氏遂与牧犍姊密商，寘毒食中，谋毙王后。牧犍姊何故通谋，莫非想做鲁文姜么？幸拓跋氏稍稍进食，便觉腹痛，自知遇毒，即令内侍飞报魏主。魏主焘急遣解毒医官，乘传往救，始得告痊。医官还报魏主，魏主又传谕牧犍，索交李氏，牧犍与李氏结不解缘，怎肯将她献出，佯对魏使，将李氏黜居酒泉，其实是辟窟藏娇，仍与往来。

魏主再遣尚书贺多罗至凉州，探伺牧犍举动。多罗返报，谓牧犍外修臣礼，内实乖悖，魏主乃更问崔浩。浩答道："牧犍逆萌已露，不可不诛！"于是大集公卿，会议出师。自奚斤以下三十余人，统说牧犍心虽未纯，职贡无阙，朝廷待以藩臣，妻以公主，原为羁縻起见，今罪恶未彰，应加恕宥。且北凉土地卤瘠，难得水草，若往攻不下，野无所掠，反致进退两难，不如不讨为是。魏主因李顺常使北凉，复详加咨询。顺至北凉已有十二次，前时亦尝得蒙逊赂遗，及牧犍嗣立，赠馈加厚，乃伪语道："姑臧附近一带，地皆枯石，野无水草，城南天梯山上，冬有积雪，深至丈余，春夏消释，下流成川，居民引以灌溉。若我军往讨，彼必决通渠口，泄去积水，并且无草可资，人马饥渴，如何久留！奚斤等所言，不为无见，还请陛下三思！"

魏主召入崔浩，与述众议，浩对众辩论道："《汉书·地理志》曾谓凉州畜产，素来饶富，若无水草，畜何由蕃？且前人筑造城郭，建设郡县，定有地利可因，难道无水无草，尚可立足么？如谓人民汲饮，全恃雪水，试想雪水消融，仅足敛尘，何能通渠灌溉？似此妄言，只可欺人，何能欺我！"数语道破，不啻亲睹。李顺又接口道："眼见是真，耳闻是假，我尝亲见，何必多辩！"浩厉声道："汝受人金钱，便以为我目不见，乐得替人掩饰么？"顺被浩说出心病，禁不住满面羞惭，低首而退。奚斤亦即趋出。

振威将军伊馛独留白魏主道："凉州若果无水草，凉人如何立国？众议皆不可用，请从浩言！"魏主乃治兵西郊，下敕亲征，留太子晃监国，宜都王穆寿为辅。又使大将军嵇敬，率二万人屯漠南，防御柔然，自率大军登程。传诏北凉，数牧犍十二罪，结末有数语道："汝若亲率群臣，委贽远迎，谒拜马首，尚不失为上策；至六军既临，面缚舆榇，已是下策；倘执迷不悟，困死孤城，自甘族灭，为世大戮，乃真正无策了。"

牧犍受诏不报，魏主遂由云中渡河，至上郡属国城，部分诸军，命永昌王拓跋健，尚书令刘洁，与常山王拓跋素为先锋，两道并进，乐平王拓跋丕，阳平王杜超为后继，用平西将军秃发源贺为向导。源贺系秃发傉檀子，入魏拜官，由魏主询问征凉方略，源贺答道：“姑臧城旁，有四部鲜卑，均系祖父旧民，臣愿处军前，宣扬威信，他必相率归命。外援既服，取孤城如反掌了。”魏主称善。源贺沿途招慰，收得诸部三万余人，魏军得专攻姑臧。永昌王拓跋健，掠得河西畜产二十余万头，北凉大震。

牧犍向柔然求救，柔然路远不至，乃遣弟董来领兵万人，出战城南，略略争锋，便即溃退。牧犍婴城固守，魏主亲自督攻，见姑臧附近，水草甚饶，顾语崔浩道：“卿言已验，可恨李顺欺朕！”浩答道：“臣原不敢虚言呢。”魏主又遣使入城，谕令牧犍速降，牧犍还未肯应命，等到城中内溃，兄子万年，领众降魏，牧犍乃无法可施，面缚出降。计自牧犍嗣位至此，正满七年。回应老人书中语。

魏主但诘责数语，仍令释缚，以妹婿礼相待。一面统军入城，收抚户口二十余万，所得仓库珍宝，不可胜计。又使张掖王秃发保周，龙骧将军穆罴等，分徇诸部，杂胡闻风降附，又得数十万人。魏主遂留乐平王丕及征西将军贺多罗，镇守凉州，命牧犍带领宗族，及吏民三万户，随归平城，北凉遂亡。

尚有牧犍弟无讳、宜得、安周等，前曾分戍沙州、酒泉、张掖等处，至此为魏军所攻，相继奔散。无讳又收集遗众，更取酒泉，由魏主再遣永昌王健，督军往讨。无讳穷蹙，方才请降。魏授无讳为征西大将军兼酒泉王，又封万年为张掖王。

无讳复有异志，再经魏镇南将军尉眷往击，无讳食尽，与弟安周西走鄯善。鄯善王比龙怯走，城为无讳所据。无讳兄弟，又还据高昌，遣部吏氾隽奉表宋廷。宋封无讳为征西大将军河州刺史河西王，都督凉、河、沙三州军事。无讳病死，弟安周继得宋封，仍袭兄职，后为柔然所并。

万年调任冀、定二州刺史，复坐谋叛罪赐死，就是牧犍父子，留居平城，忽被魏人告讦，说他隐蓄毒药，姊妹皆为左道，朋行淫佚，毫无愧颜。终为西僧所误。魏主遂将沮渠昭仪，勒令自尽，也怕做元绪公么？并令司徒崔浩，赐牧犍死，诛沮渠氏宗族数百人。惟牧犍妻武威公主，系是魏主胞妹，才得保全。小子有诗叹道：

休言婚媾本相亲，隙末凶终反丧身。

才识丈夫应自立，事功由己不由人。

魏主已灭北凉，大河南北，尽为魏有，只有一氐王杨难当，尚据上邽，一隅仅保，免不得同就灭亡。欲知后事，再阅下回。

北燕、北凉，兴亡之迹不同，而其因女色而亡也则同。冯弘以妾为妻，偏爱少子，沮渠、牧犍以叔盗嫂，下毒正妃，卒皆得罪强邻，同归覆灭。故弘之有妾慕容氏，牧犍之有嫂李氏，实皆燕凉之祸水，而以美色倾人家国者也。然冯弘之得国也，由于乃兄之宠宋夫人，嫡庶相争，因乱窃位，故其受报也亦在于宠妾；沮渠、牧犍之嗣国也，由于乃父之谮杀男成，昆季相戕，托名报怨，故其受报也即在于艳嫂。报应之来，迟早不爽，阅者观于燕、凉之遗事，有以知亡国之由来矣。

第十三回

捕奸党殷景仁定谋
露逆萌范蔚宗伏法

却说氐帅杨难当，自梁州兵败，保守己土，不敢外略，每年通使宋魏，各奉土贡。过了年余，复自称大秦王，立妻为王后，世子为太子，也居然大赦改元。释出兄子杨保宗，使镇薰亭。魏主焘闻难当僭号，即命乐平王拓跋丕，尚书令刘絜等，率军进讨。先遣平东将军崔颐赍奉诏书，往谕难当，难当大惧，情愿将上邽归魏，令子顺引还仇池。魏主才算允议，但饬拓跋丕入上邽城，抚慰初附，全军还朝。

看官听着！从前东晋时代，五胡并起，迭为盛衰，先后凡十六国，二赵前赵、后赵。四燕前燕、后燕、南燕、北燕。三秦前秦、后秦、西秦。五凉前凉、后凉、南凉、西凉、北凉。还有成夏，到了晋亡宋兴，只有夏赫连氏，北燕冯氏，北凉沮渠氏，尚算存在。魏主焘连灭三国，灭夏见第九回，灭燕灭凉见前回。于是窃据一方的酋长，划除殆尽。总计十六国的土地，惟李雄据蜀称成，三传为晋所灭，中经谯纵攻取，复由刘裕克复。见第四回。裕篡晋祚，蜀亦由晋归宋，此外统为北魏所并，所以中国疆域，宋得三四，魏得六七，两国对峙，划分南北，后世因称为南北朝。总揭数语，为上文结束，俾阅者醒目。

魏以此时为最盛，威震塞外。就是西域诸国，如龟兹、疏勒、乌孙、悦般、渴槃陀、鄯善、焉耆、车师、粟特九大部落，先后入贡。远如破落那、者舌二国，去魏都约万五千里，亦向魏称臣，极西如波斯，极东如高丽，统皆服魏，独柔然不服，经魏主屡次出师，逐出漠北，部落亦渐渐离散，不敢入犯。魏主焘乃专意修文，命司徒崔浩，侍郎高允，纂修国史，订定律历，尚书李顺，考课百官，严定黜陟。顺素性贪利，未免受贿，品第遂致不平，魏主察破赃私，并忆及前时保庇北凉，面欺误国等情，索性两罪并发，立赐自尽。仕途为之一肃。

惟当时有嵩山道士寇谦之，宗尚道教，自言遇老子玄孙李谱文，授以图籍真经，令佐辅北方太平真君，因将神书献入魏主。魏主转示崔浩，浩竟拟为河图洛书，极言天人相契，应受符命，说得魏主欣慰无似，下诏改元，称为太平真君元年。即宋元嘉十七年。尊寇谦之为天师，立道场，筑道坛，亲受符箓。谦之请魏主作静轮官，高约数仞，使鸡犬无闻，才可上接天神。崔浩在旁怂恿，工费巨万，经年不成。崔浩为北魏智士，奈何迷信异端？太子晃入谏道："天人道殊，高下有定，怎能与神相接？今耗府库，劳百姓，无益有损，不如勿为。"魏主不听，一意信从寇谦之。

这且慢表。且说宋主义隆，素好俭约，尝戒皇后袁氏，服饰毋华，袁后亦颇知节省，得宋主欢。惟后族寒微，不足自赡，每由后代求钱帛，接济母家。宋主虽然照允，但不肯多给，每约钱只三五万缗，帛只三五十匹，后来选一绝色丽姝，纳入后宫，大得宋主宠爱，不到数年，便加封至淑妃，与皇后止差一级。这淑妃姓潘，巧笑善媚，有所需求，辄邀宋主允许。袁皇后颇有所闻，故意转托潘妃，向宋主索求三十万缗。果然片语回天，求无不应，仅隔一宿，即由潘妃报达袁后，如数给发。袁皇后佯为道谢，暗中却深怨宋主，并及潘妃。往往托病卧床，与宋主不愿相见。

宋主得新忘旧，把袁皇后置诸度外，每日政躬有暇，即往西宫餐宿。潘淑妃产下一男，取名为浚，母以子贵，子以母贵，潘淑妃越加专宠，宋主义隆亦越觉垂怜。区区老命，要在她母子手中送死了。古人有言，蛾眉是伐性的斧头，况宋主本来羸弱，自为潘淑妃所迷，越害得精神恍惚，病骨支离；一切军国大事，统委任彭城王义康。

义康外总朝纲，内侍主疾，几乎日无暇晷，就是宋主药食，必经义康亲尝，方准献入。友爱益笃，倚任益专，凡经义康陈奏，无不允准。方伯以下，俱得义康选用，生杀予夺，往往由录命处置，义康录尚书事，见十一回。势倾远近，府门如市。义康聪敏过人，好劳不倦，所有内外文牍，一经披览，历久不忘，尤能钩考厘剔，务极精详。惟生平有一极大的坏处，不学无术，未识大体。他自以为兄弟至亲，不加戒慎，朝士有才可用，并引入己府，又私置豪僮六千余人，未尝禀报，四方献馈，上品概达义康，次品方使供御。宋主尝冬月啖柑，嫌它味劣。义康在侧，即令侍役至己府往取，择得甘大数枚，进呈宋主，果然色味俱佳，宋主不免动了疑心。还有领军刘湛，仗着义康权势，奏对时辄多骄倨，无人臣礼，宋主益觉不平。殷景仁密表宋主，谓相王权重，非社稷计，应少加裁抑，宋主也以为然。

义康长史刘斌、王履、刘敬文、孔胤秀等，均谄事义康，见宋主多疾，尝密语义康道："主上千秋以后，应立长君。"这句话是挑动义康，明明有兄终弟及，情愿拥立义康的意思。可巧袁皇后一病不起，竟尔归天，宋主悼亡念切，也累得骨瘦如柴，不能视事。原来宋主待后，本来恩爱，不过因潘妃得宠，遂致分情。袁皇后愤恚成疾，竟于元嘉十七年孟秋，奄奄谢世。临终时由宋主入视，执袁后手，唏嘘流涕，问所欲言。袁后不答一词，但含着两眶眼泪，注视多时，既而引被覆面，喘发而亡。宋主见了袁后死状，免不得自嗟薄幸，悲悔交乘，特令前中书侍郎颜延之作一诔文，说得非常痛切，益使宋主悲不自胜，尝亲笔添入抚存悼亡感今怀昔八字，特诏谥后为元，哀思过度，旧恙复增。既有今日，何必当初？好几日不进饮食，遂召义康入商后事，预草顾命诏书。义康还府，转告刘湛。湛说道："国势艰难，岂是幼主所可嗣统？"义康流涕不答，湛竟与孔胤秀等，就尚书部曹索检晋立康帝故例，康帝系成帝弟，事见晋史。意欲推戴义康，其实义康全未预闻。哪知宋主服药有效，得起沉疴，渐渐闻知刘湛密谋，总道是义康串同一气，疑上加疑。义康欲选刘斌为丹阳尹，宋主不允，义康倒也罢议，偏刘湛从旁窥察，引为己忧，不幸母又去世，丁艰免职，湛顾语亲属道："这遭要遇大祸了！"汝亦自知得罪么？

先是殷景仁卧疾五年，常为刘湛等所谗毁，亏得宋主明察，不使中伤。及湛免官守制，景仁遽令家人拂拭衣冠，似将入朝，家人统莫名其妙。到了黄昏，果有密使到来，立促景仁入宫。景仁戴朝冠，服朝衣，应召趋入，见了宋主，尚自言脚疾，由宋主指一小床舆，令他就坐，密商要事。看官道为何因？就是要收诛刘湛，黜退义康的密谋。景仁一力担承，便替宋主下敕，先召义康入宿，留止中书省。待至义康进来，时已夜半，复开东掖门召沈庆之。庆之为殿中将军，防守东掖门，蓦闻被召，猝着戎服，缚袴径入。宋主惊问道："卿何故这般急装？"庆之答道："夜半召臣，定有急事，所以仓猝进来。"宋主知庆之不附刘湛，遂命他捕湛下狱，与湛三子黯、亮、俨，及湛党刘斌、刘敬文、孔胤秀等。

时已天晚，当即下诏暴湛罪恶，就狱诛湛父子，及湛党八人。一面宣告义康，备述湛等罪状。义康自知被嫌，慌忙上表辞职，有诏出义康为江州刺史，往镇豫章，进江夏王义恭为司徒，录尚书事。义康待义恭到省，便即交卸，入宫辞行。宋主惟对他恸哭，不置一言，义康亦涕泣而出。宋主遣沙门慧琳送行，义康问道："弟子有还理否？"慧琳道："恨公未读数百卷书！"义康尚将信将疑，怅怅辞去。梦尚未醒。

骁骑将军徐湛之，系是帝甥，为会稽长公主所出，公主嫁徐逵之见第九回。至是亦坐刘湛党，被收论死。会稽长公主闻报，仓皇入宫，手中携一锦囊，掷置地上，囊内贮一衲布衫袄，取示宋主，且泣且语道："汝家本来贫贱，此衣便是我母与汝父所制，今日得一饱餐，便欲杀我儿么？"宋主瞧着，也不禁泪下。这衲布衫袄的来历，系是宋武微贱时，由臧皇后手制，臧后薨逝，留付公主道："后世子孙，如有骄奢不法，可举此衣相示。”公主奉了遗嘱，因将此衣藏着，这次正好取用，引起宋主怅触，乃将湛之赦免。

吏部尚书王球，素安恬淡，不阿权贵，独兄子履为从事中郎，深结刘湛，往来甚密，球屡戒不悛。及湛在夜间被收，履闻变大惊，徒跣告球，球从容自若，命仆役代为取鞋，且温酒与宴，徐徐笑问道：“我平日语汝，汝可记得否？”履附首呜咽，不敢答言。球见他觳觫可怜，方道：“有汝叔在，汝怕什么？但此后须要小心！”履始泣谢。越日诏诛湛党，履果免死，但褫夺官职，不得再用。球却得进官仆射，受任未几，即称疾乞休，卒得令终。热中者其视之。

宋主命殷景仁为扬州刺史，仍守本官，尚书刘义融为领军将军。又因会稽长公主的情谊，特任徐湛之为中护军，兼丹阳尹。会稽长公主入宫道谢，由宋主留与宴饮，相叙甚欢。公主忽起，离座下拜，叩首有声。宋主不知何意，慌忙下座搀扶，公主悲咽道：“陛下若俯纳愚言，方敢起来。”宋主允诺，公主乃起，随即说道：“车子岁暮，必不为陛下所容，今特替他请命！”说着，泪如雨下，宋主亦觉欷歔，便与公主出指蒋山道：“公主放心，我指蒋山为誓，若背今言，便是负初宁陵！”即宋武陵。公主乃破涕为欢，入座再饮，兴尽始辞。看官欲问车子为谁？车子就是彭城王义康小字。宋主又将席间余酒，封赐义康，并致书道：“顷与会稽姊饮宴，记及吾弟，所有余酒，今特封赠。”义康亦上表谢恩，无容絮述。

惟殷景仁既预诛刘湛，兼领扬州，忽致精神瞀乱，变易常度。冬季遇雪，出厅观望，愕然失色道：“当阁何得有大树？”寻复省悟道：“我误了！我误了！”遂返寝卧榻，呓语不休。才阅数日，一命呜呼！或说是刘湛为祟，亦未知真否，小子未敢臆断，宋主追赠司空，赐谥文成，扬州刺史一缺，即授皇次子始兴王浚。

宋主长子名劭，已立为太子，次子浚年尚幼冲，偏付重任，州事一切，悉委任后军长史范晔，主簿沈璞。晔字蔚宗，具有隽才，后汉书百二十卷，实出晔手，几与司马迁、班固齐名。惟素行佻达，广置妓妾，常为士论所鄙。晔尚谓用不尽才，屡怀怨望。宋主爱他才具，令为扬州长史，嗣又擢任左卫将军，兼太子詹事，

范晔（398—445），字蔚宗，顺阳（今河南淅川南）人，南朝宋史学家。曾任尚书吏部郎，元嘉初年为宣城太守。后迁左卫将军，太子詹事，掌管禁旅、参与机要。元嘉二十二年（445年），因孔熙先等谋迎立彭城王义康一案牵涉，被杀。著有《百官阶次》等。

与右卫将军沈演之，分掌禁旅，同参机密。吏部尚书何尚之，入谏宋主道：“范晔志趋异常，不应内任，最好是出为广州刺史，距都较远，免致生事，尚可保全。若在内构衅，终加钛锁，是陛下怜才至意，反不能慎重如始了！”宋主摇首道：“方诛刘湛，复迁范晔，人将疑朕好信谗言，但教知晔性情，预为防范，他亦怎能为害呢！”忠言不听，终致误事。尚之不便再言，只好趋退。

彭城王义康出镇江州，越年表辞刺史，乃令都督江、处、广三州军事。前龙骧将军扶令育，诣阙上书请召还义康，协和兄弟，偏偏触动主怒，下狱赐死。宋主始终疑忌义康，只因会稽长公主在内维持，义康还得无恙。公主又因竟陵王义宣，衡阳王义季，年已寖长，未邀重任，亦尝与宋主谈及，请令出镇上游。宋主不得已任义宣为荆州刺史，义季为南兖州刺史，已而复调义季镇徐州。

先是广州刺史孔默之，因赃得罪，由义康代为奏解，方邀宽免。默之病死，有子熙先，博学文史，兼通数术，充职员外散骑侍郎。他感义康救父深恩，密图报效。尝按天文图谶，料宋主必不令终，祸由骨肉，独江州应出天子。后事果如所料，可惜尚差一着。当下属意义康，总道是江州应谶，可以乘机佐命，一则期报私惠，二则借立奇功，主见已定，伺机待发。

好容易待了两三年，无隙可乘熙先孤掌难鸣，必须联结几个重臣，方可起事。左瞻右瞩，只有范晔自命不凡，常怀觖望，或可引与同谋。乃先厚结晔甥谢综，使为先容。综为太子中书舍人，本与晔并处都中，朝夕过从，乐得引了熙先，同往见晔。晔与熙先谈论今古，熙先应对如流，已为晔所器重，晔素好博，熙先又故意输钱，买动晔欢，晔遂格外亲爱，联作知交。熙先以摴蒲买欢，实开后世干禄法门。熙先因从容说晔道：“彭城王英断聪敏，神人所归，今远徙南陲，天下共愤，熙先受先君遗命，愿为彭城王效死酬恩，近见人情骚动，天文舛错，正是智士图功的机会。若顺天应人，密结英豪，表里相应，发难肘腋，诛异己，奉明圣，号令天下，谁敢不从，未知尊见以为何如？”晔听他一番言语，禁不住错愕失色。熙先又道：“公不见刘领军么？挟权千日，碎首一朝。公自问谅不及刘领军，万一祸及，不可幸逃，若乘势建功，易危为安，享厚利，收大名，岂不较善！”再进一步，是晓以利害。

晔尚沉吟不决，熙先复说道：“愚尚有一言，不敢不向公直陈，公累世通显，乃不得连姻帝室，人以犬豕相待，公岂不知耻！尚欲为人效力么？”更进一步，是抉透隐情。这数语激起晔恨，不由的感动起来。晔父范泰，曾任为车骑将军，从伯弘之，袭封武兴县五等侯，只因门无内行，不得与帝室为婚，晔原引为耻事，所以被熙先揭破，遂启异图。熙先鉴貌辨色，已知晔被说动，便与晔附耳数语，晔点首示意，熙先乃出。

谢综尝为义康记室参军，综弟约娶义康女为妻，当然与义康联络。又有道人法略，女尼法静，皆受义康豢养，素感私恩，并与熙先往来。法静妹夫许曜，领队在台，约为内应。就是中护军丹阳尹徐湛之，本是义康亲党，熙先更与连谋，并羼入前彭城府史仲承祖，日夕密议废立事。三个缝皮匠，比个诸葛亮，况有十数人主谋，便自以为诸葛亮复生，定可成功。当下想出一法，拟嫁祸领军将军赵伯符，诬他逞凶行弑，由范晔、孔熙先等入平内乱，迎立彭城王义康。逞情妄噬，怎得不败？一面由熙先遣婢采藻，随女尼法静往豫章，先与义康接洽，及法静、采藻还都，熙先又恐采藻泄言，把她鸩死。残忍。又诈作义康与湛之书，令在内执除谗慝，阳示同党，待期举发。

适衡阳王义季辞行出镇，皇三子武陵王骏，简任雍州刺史，皇四子南平王铄，也出为南豫州刺史，同日启行。宋主赐饯武帐冈，亲往谕遣。熙先与晔，拟即就是日作乱，许曜佩刀侍驾，晔亦在侧。宋主与义季等共饮，曜一再指刀，斜目视晔，究竟晔是文人，胆小如鼷，累得心惊肉跳，始终未敢动手。原来是银样镴枪头。

俄而座散，义季等皆去，宋主还宫，徐湛之恐事不济，竟密表上闻。宋主即命湛之收查证据，得晔等预备檄草，上面已署录姓名。当即按次掩捕，先呼晔及朝臣，入集华林园东阁，留憩客省，然后饬拿谢综、孔熙先等，一一审讯，并皆供服。宋主出御延贤堂，遣人问晔，晔满口抵赖。再命熙先质对，熙先笑语道："符檄书疏，统由晔一人主稿，怎得诬赖别人！"自己本是首谋，偏说他人主议，小人之可畏也如此。晔还未肯供认，经宋主取示草檄，上有晔亲笔署名手迹，自知无可隐讳，只好据实直陈。乃将晔拿下，与熙先等同拘狱中。

晔在狱上书，备陈图谶，申请宋主推诚骨肉，勿自贻祸等语。宋主置诸不理，但命有司穷治逆案，延至二旬，还未定刑。晔在狱中赋诗消遣，尚望更生。小子阅《范晔列传》，见有晔咏五古一首，当即随笔抄录，作为本回的结束。其诗云：

祸福本无兆，惟命归有极。

必至定前期，谁能延一息？

刘骏（430—464），即宋孝武帝，字休龙，小字道民，南朝宋皇帝，文帝第三子。刘劭弑宋文帝，刘骏起兵讨伐，斩劭，即帝位。先后讨平南郡王刘义宣，竟陵王刘诞、海陵王刘休茂叛乱。重用战将柳元景、沈庆之等统兵，宠信中书舍人戴法兴、巢尚之、戴明宝等理朝政。削除宗室，限制大族占有山川，又分扬州之浙东五郡为东扬州，割荆、江、湘、豫诸州之数郡别立郢州，以分减扬、荆之势。

嵇康（223—262，或 224—263），字叔夜，谯郡铚（今安徽濉溪西南）人，三国魏文学家、思想家、音乐家。官中散大夫，世称嵇中散。魏晋“竹林七贤”之一，与阮籍齐名。因不满当时掌握政权的司马氏集团，声言“非汤武而薄周孔”，遭钟会构陷，为司马昭所杀。有《嵇中散集》。

在生已可知，来缘愐音画，不慧貌。**无识。**

好丑共一邱，何足异枉直！

岂论东陵上，宁辨首山侧，

虽无嵇生琴，晋嵇康被害遭刑，索琴弹曲，操广陵散。**庶同夏侯色。**魏夏侯玄为司马师所杀，就刑东市，神色不变。

寄言生存子，此路行复即。

既而刑期已至，范晔等统要骈首市曹，临刑时尚有各种情形，待小子下回再叙。

义康未尝图逆，而刘湛、范晔，先后构衅，名若为义康谋，实则为身家计，求逞不成，杀身亡家，观于本回之叙录，病其狡，转不能不悯其愚焉！夫刘湛、范晔，无功业之足称，而一则为领军将军，一则兼太子詹事，入参机密，位非不隆，曩令废立事成，逆谋得遂，度亦不过拜相封侯已耳。况古来之佐命立功者，未必能长享富贵，飞鸟尽，良弓藏，狡兔死，走狗烹，刘、范固自称智士，胡为辨不蚤辨，自取诛夷耶？子舆氏有言：其为人也小有才，未闻君子之大道，则足以杀其躯而已。刘湛、范晔，正此类也。彼刘斌、孔熙先辈，鄙诈小人，更不足道，而义康为所拨弄，始被黜，继遭废，死期已不远矣。

司马师（208—255），字子元，河内温县（今河南温县西南）人，司马懿之子。继其父为魏大将军，专国政。嘉平六年（254年）废魏帝曹芳，立曹髦。次年病死，弟司马昭继为大将军。后侄司马炎代魏称帝，建立晋朝，追尊为景帝。

第十四回

陈参军立栅守危城
薛安都用矛刺虏将

却说范晔等系狱兼旬，谳案已定，当然处斩，晔为首犯，当先赴市。谢综、孔熙先等随后，彼此互相问答，尚有笑声。是谓憨不畏死。会晔家母妻，并来探视，且泣且詈，晔无愧色，亦无戚容。嗣由晔妹及妓妾来别，晔不禁悲涕流连。谢综在旁冷笑道："舅所言夏侯色，恐不若是！"晔乃收泪，旁顾亲属，不见综母，遂顾语综道："我姊不来，究竟比众不同！"又呼监刑官道："为我寄语徐童，鬼若有灵，定当相讼地下！"原来徐湛之小名仙童，晔怨湛之泄谋，故有此言，未几由监刑官促令开刀，几声脆响，头都落地，晔子蔼、遥、叔、蒌，孔熙先弟休先、景先、思先，子桂甫，孙白民，谢综弟约，及仲承祖许曜等，皆同时伏诛。查抄晔家资产，乐器服玩，并皆珍丽，妓妾所有珠翠，不可胜计。惟晔母居处敝陋，只有一厨中少积刍薪，晔弟子冬无被，叔父单布衣，薄父母，厚妾媵，不仁如晔，宜乎速死。世人其听之。

晔孙鲁连，谢综弟纬，蒙恩免死，流徙远州。臧皇后从子臧质，前为徐、兖二州刺史，与晔厚善，宋主顾念亲情，不令连坐，但降为义兴太守。削彭城王义康官爵，列为庶人，徙安成郡。命宁朔将军沈邵，为安成相，领兵防守。用赵伯符为护军将军。伯符系宋主祖母赵氏从子，宋主因逆党草檄，仇视伯符，所以引为宿卫，格外亲信。义康到了安成，记及慧琳赠言，方开箧阅书，读至汉淮南厉王长事，竟掩卷自叹道："古时已有此事，我未曾知晓，怪不得要遭重谴了！"悔之晚矣。

衡阳王义季，自南兖州移镇徐州，闻义康被废，未免灰心，遂终日饮酒，沉湎不治，宋主屡戒不悛。俄闻北魏寇边，越觉纵饮，夜以继昼，他本自祈速死，所以借酒戕生。果然不出两年，便即送命，年止二十三岁。原是速死为幸。追赠侍中司空，有子名嶷，许令袭爵。调皇三子武陵王骏为徐州刺史，捍卫京畿，控遏北虏。

看官阅过上文，应知宋、魏已经修和，为何又要开战呢？说来话长，由小子逐事叙明。接入无痕。

自氐王杨难当，投顺北魏，遣兄子保宗出镇薰亭，事见前回。保宗竟奔往北魏。魏授保宗为征西大将军、都督陇西军事，兼秦州牧武都王，镇守上邽，妻以公主；一面拜难当征南大将军领秦、凉二州牧，兼南秦王。难当以受职征南，进窥蜀土，驱兵袭宋益州，拔葭萌关，围攻涪城。太守刘道锡固守不下，难当乃移寇巴西，掠去维州流人七千余家。宋遣龙骧将军裴方明，会同梁、秦二州刺史刘真道，合兵往讨，大破难当，捣入仇池，擒住难当子虎，及兄子保炽。难当走依上邽，仇池无主，乃留保炽居守，献虎入宋都，杀死了事。宋命辅国司马胡崇之为北秦州刺史，监管保炽，助守仇池。魏独遣人迎难当至平城，起用古弼为统帅，与杨保宗等出兵祁山，直向仇池进发。胡崇之督军逆战，军败被擒，杨保炽遁走，仇池被魏夺去。魏使河间公拓跋齐，与杨保宗对镇骆谷。保宗弟文德，劝保宗乘间叛魏，规复故国，保宗也颇感动，只恐妻室不从，未敢遽发。哪知他妻室魏公主，窥透隐情，竟提及出家从夫四字，愿与保宗背魏。或谓公主不宜忘本，公主道："事成当为国母，不比一小县公主了。"也是利令智昏。于是保宗决计叛魏。拓跋齐微有所闻，计诱保宗，把他擒住，送往平城，活活处死。独杨文德即据住白崖山，进图仇池，自号仇池公，称为保宗复仇。魏将军古弼击败文德，文德退走，遣使至宋廷乞援，宋命文德为征西大将军武都王，特派将军姜道盛驰救，与文德攻魏浊水城，魏将拓跋齐等逆战，道盛败死，文德退守葭芦，后来又被魏兵攻破，奔入汉中，妻子僚属，悉数陷没。就是杨保宗妻魏公主，亦为所取，由魏主赐令自尽。宋亦以文德失守故土，削爵免官。为这一事，宋、魏复成仇敌。

偏偏一波未平，一波又起。魏国属部卢水胡盖吴，纠众叛魏，为魏所破，吴又奉表宋廷，乞师为助。宋主也忘了前辙，即封吴为北地公，发雍、梁兵出屯境上，为吴声援，吴终敌不住魏兵，未几败死，魏主遂借口南侵，亲督步骑十万，逾河南来。

南顿太守郑琨，颍川太守郑道隐，望风遁去。豫州刺史南平王刘铄，方镇寿阳，亟遣参军陈宪，往戍悬瓠城。城中战士不满千人，魏兵大举来攻，环城数匝，且多设高楼瞰城，飞矢迭射，好似急雨一般，乱入城中，宪令军士拥盾为蔽，昼夜拒守，兵民汲水，统负着户板，为避矢计。魏兵又在冲车上面，设着大钩，牵曳楼堞，毁坏南城，宪复内设女墙，外立木栅，督兵力拒，誓死不退。魏主怒起，亲出指挥，使军士运土填堑，肉薄登城，宪率众苦战，杀伤甚众，尸与城齐，魏兵乘尸上城，挟刃相接，经宪奋臂一呼，士气益奋，一当十，十当百，任你魏兵如何骁勇，总不能陷入城中。但见头颅乱滚，血肉横飞，自朝至暮，杀了一日，那孤城兀自守着，不动分毫，魏兵却死了万人，只好退休。城中兵民，亦伤亡过半，陈宪仍然抚定疮痍，再与魏主相持，毫无惧色。好一员守城将吏。

魏永昌王拓跋仁掠得沿途生口，驻扎汝阳，徐州刺史武陵王刘骏，奉宋主命，发骑兵赍三日粮，遣参军刘泰之、垣谦之、臧肇之，及左常侍杜幼文，殿中将程天祚等，出兵五千，往袭拓跋仁。拓跋仁但防寿阳兵，不防彭城兵，忽被泰之等突入，顿时骇散，泰之等杀毙魏兵三千余人，毁去辎重，放出许多生口，悉令东还，然后收兵徐退。拓跋仁收集溃兵，探得泰之等兵无后继，复来追击，垣谦之纵辔先走，士卒惊溃。泰之战死，肇之溺毙，天祚被擒，惟幼文得脱，检查士卒，只得九百余人，余皆阵亡。

宋主闻报，命诛垣谦之，系杜幼文，降武陵王骏为镇军将军，再遣南平内史臧质，司马刘康祖，率兵万人，往援悬瓠。

魏主令任城乞地真截击，与臧质等鏖斗一场，乞地真马蹶被杀，余众除死伤外，溃归大营。魏主在悬瓠城下，已阅四十二日，正虑城坚难克，又闻兵挫将亡，援师将至，恐将来进退两难，不如知难先退，乃下令撤围，引兵北归。陈宪以守城有功，得擢为龙骧将军，兼汝南、新蔡两郡太守。

宋主因与魏失和，遂欲经略中原。彭城太守王玄谟，素好大言，屡请北伐，丹阳尹徐湛之，吏部尚书江湛，更从旁怂恿，独新任步兵校尉沈庆之，入朝谏阻道："我步彼骑，势不相敌，昔檀道济两出无功，到彦之失利退还，今王玄谟等未过两将，兵力也未见盛强，不如休养待时，徐图大举！"宋主怫然道："道济养寇自资，彦之中途疾返，所以王师再屈，未见成功。朕思北虏所恃，以马为最，今夏水盛涨，河道流通，泛舟北进，碻磝必走，滑台易下，虎牢、洛阳，自然不守。待至冬初，城戍相接，虏马过河，亦属无用，或反为我所擒获，亦未可知。此机如何轻失呢！"能说不能行奈何？庆之仍力言不可，宋主使徐湛之、江湛面与辩驳。庆之道："治国譬如治家，耕当问奴，织当问婢，陛下今欲伐魏，反与白面书生商议，怎能有成？"江、徐二人，面有惭色，宋主大笑而罢。

太子劭及护军将军萧思话，亦奏称不宜出师，宋主始终不信。又接到魏主来书，语语讥讽，益足增恼。更闻魏臣崔浩，得罪被诛，虏廷少一谋士，越觉有隙可乘。崔浩被诛，详见下文，因为时序起见，故特带叙一笔。遂毅然决计，下诏北征，特加授王玄谟为宁朔将军，令偕步兵校尉沈庆之，咨议参军申坦，率水军入河，归青、冀二州刺史萧斌调度。新任太子左卫率臧质，骁骑将军王方回，出兵许洛，徐州刺史武陵王骏，豫州刺史南平王铄，各率部众出发，东西并进。梁、秦二州刺史刘秀之，西徇汧陇，太尉江夏王义恭，出次彭城，节制各军。一朝大举，饷运浩繁，国库中本无储积，不得不竭力搜括，凡王公妃主，及朝士牧守，各令量力输将，接济兵费，且遍查扬、徐、兖、江四州人民，计家资在五十万以上四成中要硬借一成，僧尼或有二十万积蓄，亦应四分借一，待军事已竣，乃许归偿，又恐兵力未足，悉征青、冀、徐、豫、兖诸州民丁，充入行伍。如有骑射优长，武技出众诸壮士，先加厚赏，继委兵官，真个是八方搜罗，不遗余力。真正何苦？

建武司马申元吉引兵趋碻磝，魏刺史王买德弃城北遁；将军崔猛引兵投安乐，魏刺史张淮之亦弃城遁去。萧斌与沈庆之留守碻磝，王玄谟率领大军进攻滑台。魏主初闻宋师大举，顾语左右道："马今未肥，天时尚热，我若速出，未必有功，倘敌来不止，不如退避阴山，延至冬初，便无忧了。"及滑台被围，已值暮秋，魏主即命太子晃屯兵漠南，防御柔然，更令庶子南安王余，留守平城，自引兵南救滑台。

宋将王玄谟本不知兵，但遣钟离太守垣护之，率百舸为前锋，往据石济。石济距滑台西南百二十里，总算要他扼截援军，作为犄角，自领各军驻扎滑台城下，四面环攻。城中本多茅屋，诸将请用火箭射入，使他延烧，玄谟摇首道："城中一草一木，统是值钱，将来都当属我，奈何遽令烧毁呢？"无非妄想。过了一日，城中居民，即撤屋穴处，守将日夕防备，无懈可击，玄谟又出示召募兵民，河洛壮丁，络绎奔赴，操械投营，玄谟只给他每家匹布，还要勒供大梨八百枚，遂致众心失望，相率解体。

城下顿兵数月，士气日衰，忽接到垣护之来书，说是魏兵将至，请促兵攻城，愈速愈妙云云。玄谟尚不在意，蹉跎过去。又越旬余，由侦骑仓皇奔入，报称魏主南来，已到枋头，有众百万人。吓得玄谟面如土色，急召诸将会议。诸将又请发车为营，防备冲突，玄谟仍迟疑不决。到了夜间，但听得鼓声隐隐，自远传来，更觉惊慌失措，三更已过，斗转参横，突有铁骑冲围直入，驰向城中，玄谟也不敢下令截击，一任来骑入城，看官欲问骑将姓名，原来叫作陆真，是奉魏主焘命令，先来抚慰城中，报知援师消息。麾下不过数骑，王玄谟尚是怯战，何况魏主带来的大兵呢？

是夕魏兵大至，鼙鼓声喧，比昨夜还要震耳，玄谟出营北望，从月光下瞧将过去，尘头陡乱，扑面生惊，慌忙入帐传令，立刻退走，将士已无斗志，一闻令下，争先奔还，玄谟也上马急奔，只恨爹娘少生两翅，急切飞不到江东。那魏兵从后赶来，乘势乱斫，把宋军后队的将士，一古脑儿杀光，就是前队人马，亦多逃散。沿途委弃军械，几同山积，眼见是赠与魏人了。一刀一剑，统是值钱，奈何甘心赠虏？

垣护之尚在石济，得知魏军渡河，正拟致书玄谟，与约夹攻，不料玄谟未战先溃，魏人夺得玄谟战舰，反来截击护之归路。护之又惊又愤，把百舸列成一字，横驶归来，中流被战舰阻住，连贯铁絙三重，系以巨锁，护之先执长柄巨斧，猛力奋劈，得将铁絙割断一重，部众也依法施行，你斩我斫，立将三重攻破，越舸南下。魏人见他来势凶猛，却也不拦阻，由他冲过，各舸多半无恙，只失去了一舸。

萧斌尚在碻磝，闻报魏主来援，便命沈庆之率兵五千，往救玄谟。庆之道：“玄谟士众疲敝，不足一战，寇虏已逼，五千人何足济事，不如勿往！”斌强令驰救，庆之方才出城，约行数里，即见玄谟狼狈奔还，自知前进无益，也只好中途折回，与玄谟同见萧斌。斌面责玄谟，意欲将他处斩，庆之忙谏阻道：“佛狸，系魏主焘小字。威震天下，控弦百万，岂玄谟所能抵敌，徒杀战将，反以示弱，愿明公慎重为是！”玄谟罪实可杀，不过所杀非时。斌意乃解，再议固守碻磝，庆之道：“今青冀虚弱，乃欲坐守穷城，实非良策；若虏众东趋，青冀恐非我有了。”斌因欲还镇，适值诏使到来，令斌等留住碻磝，再图进取。庆之又入语斌道：“将在外，君命不受，诏从远来，未明事势，今日须要从权，未可专从君命！”斌答道：“且俟经过众议，方定行止。”庆之抗声道：“节下有一范增不能用，空议何益？”范增系项羽臣，庆之借以自比。斌笑顾左右道：“不意沈公却有此学问。”庆之益厉声道：“众人虽知古今，尚不如下官耳学呢。”斌乃留王玄谟戍碻磝，申坦、垣护之据清口，自率诸军还历城。

先是宋主出师，除饬徐、豫两亲王，分道发兵外，又任第六子随王诞为雍州刺史，使镇襄阳，且暂辍江州军府，将所有文武官吏，移住雍州，归诞调拨。诞遣中兵参军柳元景，振威将军尹显祖，奋武将曾方平，建武将军薛安都，略阳太守庞法起等，从西北进兵，入卢氏县，斩魏县令李封，用城中豪民赵难为县令，使充向道。再进兵攻弘农，擒住魏太守李初古。连章奏捷，有诏命元景为弘农太守。元景又使庞法起、薛安都、尹显祖等西进，自在弘农督饷济军。

法起等到了陕城，城垣险固，攻打不下，魏洛州刺史张是连提，率众二万，渡殽救陕，纵骑突入宋军，很是厉害。宋军纷纷却退，薛安都呼喝不住，恼得气冲牛斗，脱去盔甲，只着绛袖两裆。前当心，后当背，谓之两裆。并卸去马鞍，跃马横矛，当先突出，直向魏军阵内杀入。无论魏军如何精悍，但教被他矛头钩着，无不丧命。宋军也趁势杀转，反将魏军冲散。说时迟，那时快，魏将张是连提，见安都奋着两条赤膊，锐不可当，便令军士一齐放箭，统向安都射来，偏安都这枝蛇矛，神出鬼没，看他四面旋舞，连箭镞都不能近身，不过安都手下的随军，倒被射死了好几个。战至日暮，两军尚有余勇，未肯罢手。可巧宋将鲁元保，从函谷关杀到，来助安都，魏将见有生力军来援，方收军退去。

越宿天晓，曾方平又引兵到来，与安都谈及战事，方平也是个不怕死的好汉，慨然语安都道：“今强敌在前，坚城在后，正是我等效死的日子。我与君约，同出决战，君若不进，我当斩君，我若不进，君可斩我！”安都大喜道：“愿如君言！”以死为约，越不怕死，越是不死。

方平又召入副将柳元佑，与他附耳数语，元佑应令自去。有勇还贵有谋。乃与安都至陕城西南，列阵待战。

魏将张是连提，倒也不管死活，仗着兵多马众，前来接仗。安都在左，方平在右，各率部众猛进。两下里喊杀连天，声震山谷，约有百数十个回合，魏兵死伤甚众，已觉无力支撑。蓦听得鼓声大震，一彪军从南门杀来，旌旗甲胄，很是鲜明，吓得魏军胆战心惊，步步倒退。这支人马，就是柳元佑领计前来。安都乘势奋击，流血凝肘，矛被折断，易矛再进，杀到天昏地暗，日薄西山。张是连提，料知不能再持，策马欲奔，不防安都突至马前，兜心一矛，戳破胸膛，倒毙马下。魏军失了主帅，当然大溃，将卒伤亡三千余人，此外坠河填堑，不可胜数，有二千人无路可走，降了宋军。

翌日，柳元景亦驰至陕城，责语降卒道：“汝等本中国人民，反为虏尽力，必待力屈乃降，究是何意？”降卒齐声道：“虏将驱民使战，稍一落后，便要灭族，且用骑蹙步，未战先死，这是将军所亲见，还乞见原！”诸将请尽杀降兵，元景道：“王旗北指，当使仁声载路，奈何多杀无辜！”仁人之言。遂悉数纵归，众皆罗拜，欢呼万岁而去。

元景乃督攻陕城，隔宿即下，更令庞法起等进攻潼关。魏戍将娄须遁去，关为法起所据，揭榜安民，关中豪杰，及四山羌胡，统输款军前，情愿投效。不意宋廷传下诏书，竟召柳元景等还镇，元景只好奉诏班师，仍归襄阳。小子有诗叹道：

王旗西指入河潼，百战功成指顾中。

谁料朝廷常失策，无端马首促归东！

欲知宋廷召还西师的原因，且至下回再表。

陈宪、薛安都，一善守，一善战，将将或不足，将兵则固属有余。他如沈庆之之持重，柳元景之好仁，俱有名将态度，以之将将，未必不能胜任，有此干城之选，而不获重用，乃独任阘茸无能之萧斌，为正军之统帅，虚憍无识之王玄谟，为正军之前驱，几何而不丧师失律，贻误军机也！周易有言：长子帅师，弟子舆尸，贞凶。如萧斌、王玄谟者，正受此害，汉弧不张，胡焰益炽，不谓之贞凶得乎！师贵文人，恶小子，宋室君臣，皆未足语此。必以恢复河南为宋主咎，尚非探本之论也。

第十五回

骋辩词张畅报使 贻溲溺臧质复书

却说宋廷驰诏入关，召还柳元景以下诸将，诏中大略，无非因王玄谟败还，柳元景等不宜独进，所以叫他东归。元景不便违诏，只好收军退回，令薛安都断后，徐归襄阳。为这一退，遂令魏兵专力南下，又害得宋室良将，战死一人。

原来豫州刺史南平王刘铄，曾遣参军胡盛之出汝南，梁坦出上蔡，攻夺长社，再遣司马刘康祖，进逼虎牢。魏永昌王拓跋仁，探得悬瓠空虚，一鼓攻入，又进陷项城。适宋廷召还各军，各归原镇，刘康祖与胡盛之，引兵偕归。行至威武镇，那后面的魏兵，却是漫山遍野，蜂拥而来。胡盛之急语康祖道："追兵甚众，望去不下数万骑，我兵只有八千人，众寡不敌，看来只好依山逐险，间道南行，方不致为虏所乘哩。"康祖勃然道："临河求敌，未得出战，今得他自来送死，正当与他对垒，杀他一个下马威，免令深入，奈何未战先怯呢？"勇有余而智不足。遂结车为营，向北待着，且下令军中道："观望不前，便当斩首！惊顾却步，便当斩足！"军士却也齐声应令。声尚未绝，魏军已经杀到，四面兜集，围住宋营。宋军拼命死斗，自朝至暮，杀毙魏兵万余人，流血没踝，康祖身被数创，意气自若，仍然麾众力战。会日暮风急，虏帅拓跋仁，令骑兵下马负草，纵火焚康祖车营，康祖随缺随补，亲自指挥，不防一箭飞来，穿透项颈，血流不止，顿时晕倒马下，气绝身亡。余众不能再战，由胡盛之突围出走，带着残兵数百骑，奔回寿阳，八千人伤亡大半。

魏兵乘势蹂躏威武，威武镇将王罗汉，手下只三百人，怎禁得虏骑数万，把他困住，一时冲突不出，被他擒去。魏使三郎将锁住罗汉，在旁看守，罗汉伺至夜半，觑着三郎将睡卧，扭断铁练，踅至三郎将身旁，窃得佩刀，枭他首级，抱锁出营，一溜风似的跑到盱眙，幸得保全性命。

拓跋仁进逼寿阳，南平王铄登陴固守。魏主拓跋焘把豫州军事，悉委永昌王仁，自率精骑趋徐州，直抵萧城。前写宋师出发，何等势盛，此时乃反客为主，可见胜败无常，令人心悸。萧城距彭城只十余里。彭城兵多粮少，江夏王义恭，恐不可守，即欲弃城南归。沈庆之谓历城多粮，拟奉二王及妃女，直趋历城，留护军萧思话居守。长史何勋，与庆之异议。欲东奔郁洲，由海道绕归建康。独沛郡太守张畅，闻二议龃龉不决，即入白义恭道："历城、郁洲，万不可往，亦万不易往，试想城中乏食，百姓统有去志，但因关城严闭，欲去无从，若主帅一走，大众俱溃，虏众从后追来，难道尚能到历城、郁洲么？今兵粮虽少，总还可支持旬月，哪有舍安就危，自寻死路？若二议必行，下官愿先溅颈血，污公马蹄。"道言甫毕，武陵王骏亦入语道："叔父统制全师，欲去欲留，非道民所敢干预；道民系骏小字。惟道民本此城守吏，今若委镇出奔，尚有何面目归事朝廷？城存与存，城亡与亡，道民愿依张太守言，效死勿去！"十一年南朝天子，是从此语得来。义恭乃止。

魏主焘到了彭城，就戏马台上，叠毡为屋，瞭望城中，见守兵行列整齐，器械精利，倒也不敢急攻。便遣尚书李孝伯至南门，馈义恭貂裘一袭，饷骏橐驼及骡各数头，且传语道："魏主致意安北将军，可暂出相见，我不过到此巡阅，无意攻城，何必劳苦将士，如此严守！"武陵王骏，曾受安北将军职衔，恐魏主不怀好意，因遣张畅开门报使，与孝伯晤谈道："安北将军武陵王，甚欲进见魏主，但人臣无外交，彼此相同，守备乃城主本务，何用多疑？"

孝伯返报魏主，魏主求酒及橘蔗，并借博具，由骏一一照给，魏主又饷毡及胡豉与九种盐，乞假乐器。义恭仍遣张畅出答。畅一出城，城中守将，见魏尚书李孝伯，控骑前来，便拽起吊桥，阖住城门。孝伯复与畅接谈，畅即传命道："我太尉江夏王，受任戎行，未赍乐具，因此妨命！"孝伯道："这也没甚关系，但君一出城，何故即闭门绝桥？"畅不待说毕，即接口道："二王因魏主初到，营垒未立，将士多劳，城内有十万精甲，恐挟怒出城，轻相陵践，所以闭门阻止，不使轻战。待魏主休息士马，各下战书，然后指定战场，一决胜负。"颇有晋栾针整暇气象。孝伯正要答词，忽又由魏主遣人驰至，与畅相语道："致意太尉安北，何不遣人来至我营，就使言不尽情，也好见我大小，知我老少，观我为人，究竟如何？若诸佐皆不可遣，亦可使僮干前来。"畅又答道："魏主形状才力，久已闻知，李尚书亲自衔命，彼此已可尽言，故不复遣使了。"孝伯接入道："王玄谟乃是庸才，南国何故误用，以致奔败？我军入境七百里，主人竟不能一矢相遗，我想这偌大彭城，亦未必果能长守哩！"畅驳说道："玄谟南土偏将，不过用作前驱，并非倚为心膂，只因大军未至，河冰适合，玄谟乘夜还军，入商要计，部兵不察，稍稍乱行，有甚么大损呢？若魏军入境七百里，无人相拒，这由我太尉神算，镇军秘谋，用兵有机，不便轻告。”亏他自圆其说。孝伯又易一词道：“魏主原无意围城，当率众军直趋瓜步，若一路顺手，彭城何烦再攻？万一不捷，这城亦非我所需，我当南饮江湖，聊解口渴呢！”畅微笑道：“去留悉听彼便，不过北马饮江，恐犯天忌；若果有此，可是没有天道了！”这语说出，顿令孝伯出了一惊。看官道为何故？从前有一童谣云：“虏马饮江水，佛狸死卯年。”是年正岁次辛卯，孝伯亦闻此语，所以惊心。便语畅告别道：“君深自爱，相去数武，恨不握手！”畅接说道：“李尚书保重，他日中原荡定，尚书原是汉人，来还我朝，相聚有日哩！”遂一揖而散。好算一位专对才。

次日，魏主督兵攻城，城上矢石雨下，击伤魏兵多人。魏主遂移兵南下，使中书郎鲁秀出广陵，高凉王拓跋那出山阳，永昌王拓跋仁出横江，所过城邑，无不残破。江淮大震，建康戒严，宋主亟授臧质为辅国将军，使统万人救彭城。行至盱眙，闻魏兵已越淮南来，亟令偏将臧澄之、毛熙祚等，分屯东山及前浦，自在城南下营。哪知臧、毛两垒，相继败没，魏燕王拓跋谭，驱兵直进，来逼质营。质军惊散，只剩得七百人，随质奔盱眙城，所有辎重器械，悉数弃去。

盱眙太守沈璞，莅任未久，却缮城浚隍，储财积谷，以及刀矛矢石，无不具备。当时僚属犹疑他多事，及魏军凭城，又劝璞奔还建康。璞奋然道：“我前此筹备守具，正为今日，若虏众远来，视我城小，不愿来攻，也无庸多劳了。倘他肉薄攻城，正是我报国时候，也是诸君立功封侯的机会哩！诸君亦尝闻昆阳、合肥遗事么？新莽、苻秦，拥众数十万，乃为昆阳、合肥所摧，一败涂地，几曾见有数十万众，顿兵小城下，能长此不败么？”僚佐闻言，方有固志。

璞招得二千精兵，闭城待敌。至臧质叩关，僚属又劝璞勿纳，璞又叹道：“同舟共济，胡越一心，况兵众容易却虏，奈何勿纳臧将军！”遂开城迎质。质既入城，见城中守备丰饶，喜出望外，即与璞誓同坚守，众皆踊跃呼万岁。

那魏兵不带资粮，专靠着沿途打劫，充作军需。及渡淮南行，民多窜匿，途次无从抄掠，累得人困马乏，时患饥荒，闻盱眙具有积粟，巴不得一举入城，饱载而归。偏偏攻城不拔，转令魏主无法可施，因留数千人驻扎盱眙，自率大众南下。

行抵瓜步，毁民庐舍，取材为筏，屋料不足，济以竹苇。扬言将渡江深入，急得建康城内，上下震惊。宋主亟命领军将军刘遵考等，率兵分扼津要，自采石至暨阳，绵亘六七百里，统是陈舰列营，严加备御。太子劭出镇石头，总统水师。丹阳尹徐湛之，往守石头仓城。吏部尚书江湛，兼职领军，军事处置，悉归调度。宋主亲登石头城，面有忧色，旁顾江湛在侧，便与语道：“北伐计议，本乏赞同，今日士民怨苦，并使大夫贻忧，回想起来，统是朕的过失，愧悔亦无及了！”江湛不禁赧颜，俯首无词。宋主复叹道：“檀道济若在，岂使胡马至此！”谁叫你自坏长城？

嗣又转登幕府山，观望形势，自思重赏之下，当有勇夫，因即榜示军民，有能得魏主首，封万户侯，或枭献魏王公首，立赏万金。又募人赍野葛酒，置空村中，诱令魏人取饮，俾他毒死。统是儿女子计策。偏偏所谋不遂，智术两穷。还幸魏主无意久持，遣使携赠橐驼名马，请和求婚。宋主亦遣行人田奇，答送珍羞异味。魏主见有黄柑，当即取食，且大进御酒。左右疑食中有毒，密戒魏主，魏主不应，但出雏孙示田奇道：“我远来至此，并非贪汝土地，实欲继好息民，永结姻援。汝国若肯以帝女配我孙，我亦愿以我女配武陵王，从此匹马不复南顾了！”田奇乃归白宋主。宋廷大臣，多半主张和亲，独江湛谓戎狄无信，不如勿许。忽有一人抢入道：“今三王在阨，主上忧劳，难道还要主战么？”这数语的声浪，几乎响彻殿瓦，豺狼之声。害得江湛大惊失色，慌忙审视，进言的不是别人，乃是太子刘劭。自知此人难惹，便即匆匆退朝。劭且顾令左右，当阶挤湛，几至倒地，宋主看不过去，出言呵禁，劭尚抗声道：“北伐败辱，数州沦破，独有斩江、徐二人，方可谢天下！”宋主蹙额道：“北伐原出我意，休怪江、徐！”汝肯认过，怪不得后来遇弑？劭怒尚未平，悻悻而出。

可巧魏主也不复请和，但在瓜步山上，过了残年。越日已为元嘉二十八年元旦，魏主大集群臣，班爵行赏，便下令拔营北归。道出盱眙，魏主又遣使入城，馈送刀剑，求供美酒。守将臧质，却给了好几坛，交来使带回。魏主酒兴正浓，即命开封取酒，哪知一股臭气，由坛冲出。仔细验视，并不是酒，乃是混浊浊的小溲！臧质亦太恶作剧。

魏主大怒，便令将士攻城，四面筑起长围，一夕即就。且运东山土石，填砌濠堑，就君山筑造浮桥，分兵防堵，截断城中水陆通道。一面贻臧质书道：

尔以溲代酒，可谓智士，我今所遣攻城各兵，尽非我国人，城东北是丁零与胡，南是氐羌，设使丁零死，正可减常山赵郡贼；胡死可减并州贼；羌死可减关中贼；尔若能尽加杀戮，于我甚利，我再观尔智计也！

臧质得书，亦复报道：

省示具悉奸怀！尔自恃四足，屡犯边境，王玄谟退于东，梁坦散于西，尔知

其所以然耶？尔独不闻童谣之言乎？盖卯年未至，故以二军开饮江之路耳！冥期使然，非复人事。我受命扫虏，期至白登，师行未远，尔自送死，岂容复令尔生全，飨有桑干哉！尔有幸得为乱兵所杀；不幸则生遭锁缚，载以一驴，直送都市耳！我本不图全，若天地无灵，力屈于尔，齑之粉之，屠之裂之，犹未足以谢本朝。尔智识及众力，岂能胜苻坚耶！今春雨已降，兵方四集，尔但安意攻城，切勿遽走！粮食乏者可见语，当出廪相遗。得所送剑刀，欲令我挥之尔身耶？各自努力，毋烦多言！

魏主接阅复书，当然大怒，特制铁床一具，上置许多铁镵，仿佛与尖刀山相似。且咬牙切齿，指床示众道："破城以后，誓生擒臧质，叫他坐在镵上，尝试此味！"臧质得知消息，亦写着都中赏格，有斩佛狸首封万户侯等语。魏主益怒，麾兵猛攻，并用钩车钩城楼。臧质将计就计，命守卒数百人，各执巨絙，将他来钩系住，反令车不得退。相持至夜间，质见魏兵少懈，缒桶悬卒，出截各钩，悉数取来。次日辰刻，魏主改用冲车攻城，城土坚密，颓落不多。魏兵即肉薄登城，更番相代，前仆后继，质与沈璞分段扼守，饬用长矛巨斧，或戳或斫，一些儿没有放松。可怜魏兵只有下坠，不能上升，究竟性命是人人所惜，死了几十百个，余外亦只好退休。今日攻不下，明日又攻不下，好容易过了一月，仍然不下，魏兵倒死了万余人。春和日暖，尸气薰蒸，免不得酿成疫疠，魏兵多半传染，均害得骨软神疲。探得宋都消息，将遣水军自海入淮，来援盱眙，并饬彭城截敌归路，魏主知不可留，乃毁去攻具，向北退走。

盱眙守将欲追蹑魏兵，沈璞道："我军不过二三千名，能守不能战，但教佯整舟楫，示欲北渡，能使虏众速走，便无他虑了！"可行则行，可止则止，是谓良将。魏主闻盱眙具舟，果然急返，路过彭城，也无暇住足，匆匆驰去。彭城将佐，劝义恭出兵追击，谓虏众驱过生口万余，当乘势夺回。义恭很是胆怯，不肯允议。

越日诏使到来，命义恭尽力追虏，是时魏兵早已去远，就使有翅可飞，也是无及。义恭但遣司马檀和之驰向萧城，总算是奉诏行事，沿途一带，并不见有魏兵，但见尸骸累累，统是断脰截足，状甚可惨。途次遇着程天祚，乃是由虏中逃归，报称南中被掠生口，悉数遭屠，丁壮都斩头斩足，婴儿贯诸槊上，盘舞为戏，所过郡县，赤地无余，连春燕都归巢林中，说将起来，真是可叹！谁生厉阶，一至于此？还有王玄谟前戍碻磝，也由义恭召还，碻磝仍被魏兵夺去。

看官听着！这废王刘义康，就在这战鼓声中了结生命。当时故将军胡藩子诞世，拟奉义康为主，纠集羽党二百余人，潜入豫章，杀死太守桓隆之，据郡作乱。适值交州刺史檀和之卸职归来，道出豫章，号召兵吏，击斩诞世，传首建康。太尉江夏王义恭，引和之为司马。且奏请远徙义康，宋主乃拟徙义康至广州。先遣使人传语，义康答道：“人生总有一死，我也不望再生，但必欲为乱，何分远近？要死就死在此地，已不愿再迁了！”宋主得来使返报，很是介意。及魏兵入境，内外戒严，太子劭及武陵王骏等，恐义康乘隙图逞，屡把大义灭亲四字，申劝宋主。宋主遂遣中书舍人严龙，持药至安成郡赐义康死。如前誓何？义康不肯服药，蹙然道：“佛教不许自杀，愿随宜处分。”零陵王曾有此语，不意于此复得之，刘裕有知，亦当悔弑零陵。严龙遂用被掩住义康，将他扼死。死法亦与零陵相同。

太尉江夏王义恭，徐州刺史武陵王骏俱因御虏无功，致遭谴责，义恭降为骠骑将军，骏降为北中郎将。青、冀刺史萧斌，将军王玄谟，亦坐罪免官。自经此次宋、魏交争，南兖、徐、兖、豫、青、冀六州，邑里为墟，倍极萧条。元嘉初政，从此寖衰了。小子有诗叹道：

自古佳兵本不祥，况闻将帅又非良。

六州残破民遭劫，毕竟车儿太不明！车儿系宋主义隆小字。

兵为祸始，身且凶终。过了一两年，南北俱有重大情事，出人意表。小子当依次演述，请看官续阅下回。

观张畅之出报魏使，措词敏捷，可称为外交家。观臧质之复答魏书，下笔诙谐，可称为滑稽派。但吾谓宁效张畅，毋效臧质。张畅所说，不亢不卑，能令魏使李孝伯自然心折，三寸舌胜过十万师，张畅有焉。臧质以溲代酒，殊出不情，所致复书，语语挑动敌怒，曩令沈璞无备，区区孤城，岂能长守！且使魏主无意北归，誓拔此城，彭城又不敢发兵相救，则援绝势孤，终有陷没之一日，恐虏主所设之铁床，难免质之一坐耳。然则张畅之却敌也，得之于镇定；臧质之却敌也，得之于侥幸，镇定可恃，侥幸不可恃，臧质一试见效，至欲再试三试，宜后来之发难江州，一跌赤族也。

第十六回

永安宫魏主被戕
含章殿宋帝遇弑

却说魏主焘驰还平城，饮至告庙，改元正平，所有降民五万余家，分置近畿，无非是表扬威武，夸示功绩的意思。魏自拓跋嗣称盛，得焘相继，国势益隆，但推究由来，多出自崔浩功业。浩在魏主南下以前，已为了修史一事，得罪受诛，小子于十四回中，曾已提及，不过事实未详，还宜补叙。本回承前启后，正应就此表明。

浩与崔允等监修国史，已有数年，见十三回。魏主尝面谕道："务从实录"，浩因将魏主先世，据实列叙，毫不讳言。著作令史闵湛郗标，素来巧佞，见浩平时撰著，极口贡谀，且劝浩刊布国史，勒石垂示，以彰直笔。浩依言施行，镌石立衢，所有北魏祖宗的履历，无论善恶，一律直书。时太子晃总掌百揆，用四大臣为辅，第一人就是崔浩，此外三人，为中书监穆寿，及侍中张黎、古弼。弼头甚锐，形似笔尖，忠厚质直，颇得魏主信任，尝称为笔头公。浩亦直言无隐，常得太子敬礼，因此权势益崇，为人所惮。古人说得好，道高一尺，魔高一丈，崔浩具有干才，更得两朝优宠，事皆任性，不避嫌疑，免不得身为怨府，遭人构陷，中书侍郎高允，已早为崔浩担忧，浩全不在意，放任如故。致死之由。果然谗夫交构，大祸猝临，一道敕书，竟将浩收系狱中。

高允与浩同修国史，当然牵连，太子晃尝向允受经，意图营救，便召允与语道："我导卿入谒内廷，至尊有问，但依我言，当可免罪。"允佯为遵嘱，随太子进见魏主。太子先入，谓允小心慎密，史事俱由崔浩主持，与允无涉，请贷允死罪。魏主乃召允入问道："国史统出浩手么？"允跪答道："太祖记是前著作郎邓渊所作，先帝记及今上记，臣与浩共著，浩但为总裁，至下笔著述，臣较浩为更多。”魏主不禁盛怒，瞋目视太子道：“允罪比浩为大，如何得生？”太子面有惧色，慌忙跪求道：“天威严重，允系小臣，迷乱失次，故有此言。臣儿曾向允问明，俱说是由浩所为。”魏主又问允道：“东宫所陈，是否确实？”允从容答道：“臣罪当灭族，不敢虚妄，殿下哀臣，欲丐余生，所以有此设词。”壮哉高允。魏主怒已少解，复顾语太子道：“这真好算得直臣了！临死不易辞，不失为信，为臣不欺君，不失为贞，国家有此纯臣，奈何加罪！”便谕令起身，站立一旁。复召崔浩入讯。浩面带惊惶，不敢详对。魏主令左右牵浩使出，即命高允草诏，诛浩及僚属僮吏，凡百二十八人，皆夷五族。允持笔不下，魏主一再催促，允搁笔奏请道：“浩若别有余衅，非臣所敢谏诤；但因直笔触犯，罪不至死，怎得灭族！”魏主又怒，喝令左右将允拿下。太子晃更为哀求，魏主乃霁颜道：“非允敢谏，更要致死数千人了。”太子与允，拜谢而退。越日有诏传出，命诛崔浩，并夷浩族；余止戮身，不及妻孥。还是一场冤狱。

他日太子责允道：“我欲为卿脱死，卿终不从，致触上怒，事后追思，尚觉心悸。”允答道：“史所以记善恶，垂戒今古。崔浩非无他罪，但作史一事，未违大礼，不应加诛，臣与浩同事，浩既诛死，臣何敢独生！蒙殿下替臣救解，恩同再造，不过违心苟免，非臣初愿，臣今独存，尚有愧死友哩！”太子不禁动容，称叹不置。语为魏主所闻，也有悔意。会尚书李孝伯病笃，讹传已死，魏主呜咽道：“李尚书可惜！”半晌又改言道：“朕几失词，崔司徒可惜！李尚书可哀！”嗣闻孝伯病愈，遂令入代浩职，每事与商，仿佛如浩在时，这且毋庸细表。

惟太子晃为政精察，素与中常侍宗爱有嫌，给事中仇尼道盛，得太子欢，亦与爱不协。偏魏主好信爱言，爱遂谗间东宫，先将仇尼道盛，指为首恶，次及东宫官属十数人。魏主竟一体处斩，害得太子晃日夕惊惶，致成心疾，未几遂殁。太吓不起。

既而魏主知晃无罪，很是悲悼，追谥晃为景穆太子，封晃子浚为高阳王。嗣又以皇孙世嫡，不当就藩，乃复收回成命。浚时年十二，聪颖过人，魏主格外钟爱，常令侍侧。只宗爱见魏主追悔，自恐得罪，遂想了一计，做出弑逆的大事来了。

一年易过，苦难下手。至魏正平二年春季，魏主焘因酒致醉，独卧永安宫。宗爱伺隙进去，不知他如何动手，竟令这英武果毅的魏主焘，死得不明不白，眼出舌伸。也是杀人过多的报应。

经过了好多时，始有侍臣入视，见魏主这般惨状，骇极欲奔，狂呼而出，那时宗爱早已溜出外面，佯作惊愕情状，即与尚书左仆射兰延、侍中和疋、音雅。薛提等，商量后事，暂不发丧。当下审择嗣君，互生异议。和疋以皇孙尚幼，欲立长君，薛提独援据经义，决拟立孙。彼此辩论一番，尚未定议，和疋竟召入东平王翰，置诸别室，将与群臣会议，立为嗣君。宗爱独密迎南安王余，自便门入禁中，引至柩前嗣位。这东平王翰及南安王余，统是魏主焘子，太子晃弟，翰排行第三，余排行第六。宗爱尝谮死东宫，听着薛提立孙的议论，原是反对，但与翰亦夙存芥蒂，不愿推立，因即矫传赫连皇后命令，魏立赫连后，见第十回。召入兰延、和疋、薛提三人，待他联翩入宫，竟突出宦官数十名，各持刀械，一拥而上，吓得三人浑身发颤，眼睁睁的被他缚住，霎时间血溅颈中，头颅落地。东平王翰居别室中，还痴望群臣来迎，好去做那嗣皇帝，不意室门一响，闯入许多阉人，执刀乱斫，半声狂叫，一命呜呼！真是冤枉。

沈庆之（386—465），字弘先，吴兴武康（今浙江德清）人，南朝宋名将。文帝、孝武帝时，屡次镇压汉沔“群蛮”，先后俘获十余万人。后平定鲁爽、臧质、刘诞等人叛乱。官至太尉，封兴郡公。在娄湖（在今江苏南京）广置田产，奴僮千计。后以谏诤为前废帝所杀。

宗爱即奉余即位，宣召群臣入谒，一班贪生怕死的魏臣，哪个还敢抗议，不得已向余下拜，俯首呼嵩。随即照例大赦，改元永平，尊赫连氏为皇太后，追谥魏主焘为太武皇帝，授宗爱为大司马大将军太师，都督中外诸军事，领中秘书，封冯翊王。备述宗爱官职，所以见余之不子。余因越次继立，恐众心未服，特发库中财帛，遍赐群臣。不到旬月，库藏告罄。偏是南方兵甲，蓦地来侵，几乎束手无策，还亏河南一带，边将固守，胜负参半，才将南军击退。

原来宋主义隆，闻魏主已殂，又欲北伐，可巧魏降将鲁轨子爽，及弟秀复来奔宋，奏称父轨早思南归，积忧成病，即致身亡，臣爽等谨承遗志，仍归祖国云云。鲁轨先奔秦，后奔魏，俱见第五、六回中。宋主大喜，立授爽为司州刺史，秀为颍州太守，与商北伐事宜。爽等竭力怂恿，遂遣抚军将军萧思话，督率冀州刺史张永等，进攻碻磝。鲁爽、鲁秀、程天祚等，出发许洛，雍州刺史臧质，率部众趋潼关。沈庆之等固谏不从。青州刺史刘兴祖请长驱中山，直捣虏巢，亦不见听。反使侍郎徐爰，传诏军前，遇有进止，须待中旨施行。从前宋师败绩，均由宋主专制过甚，诸将趑趄莫决，所以致此。此次仍蹈前辙，眼见是不能成功。

柳元景（406—465），字孝仁，河东解县（今山西临猗西南）人。元嘉二十七年（450年），宋军攻魏，他与薛安都、庞法起等，出熊耳山（在今河南西部），攻占卢氏、潼关等地，因王玄谟败于滑台（今河南滑县东南），奉命退兵，全师还镇襄阳。孝武帝时，官至尚书令，奉遗诏辅立前废帝，后密谋废立，事泄被杀。

张永等到了碻磝，围攻兼旬，被魏兵穴通地道，潜出毁营，永竟骇退，士卒多死。萧思话自往督攻，又经旬不下，粮尽亦还。臧质顿兵近郊，但遣司马柳元景等向潼关，梁州参军萧道成，即萧承之子。亦会军赴长安，未遇大敌，无状可述。惟鲁爽等进捣长社，魏守将秃发幡弃城遁去，再进至大索，与魏豫州刺史拓跋仆兰，交战一场，斩获甚多。追至虎牢，闻碻磝败退，魏又派兵来援，乃还镇义阳。柳元景等自恐势孤，亦引军东归，一番举动，又成画饼。宋主因他擅自退师，降黜有差，这也不在话下。

且说魏主余闻宋师已退，放心安胆，整日里沉湎酒色，间或出外畋游，不恤政事。宗爱总握枢机，权焰滔天，不但群臣侧目，连魏主余亦有戒心。有时见了宗爱，颇加裁抑，宗爱不免含愤，又复怀着逆谋，欲将余置诸死地。小人难养，观此益信。会余夜祭东庙，宗爱即嘱令小黄门贾周等，用着匕首，刺余入胸，立刻倒毙。

群臣尚未闻知，惟羽林郎中刘尼，得知此变，便入语宗爱，请立皇孙浚以副人望。爱愕然道："君大痴人，皇孙若立，肯忘正平时事么？"招太子晃事。尼默然趋出，密告殿中尚书源贺。贺有志除奸，即与尼同访尚书陆丽，与丽晤谈道："宗爱既立南安，今复加弑，且不愿迎立皇孙，显见他包藏祸心，不利社稷，若不早除，后患正不浅哩！"丽惊起道："嗣主又遭弑么？一再图逆，还当了得！我当与诸君共诛此贼，迎立皇孙！"遂召尚书长孙渴侯，商定密计，令与源贺率同禁兵，守卫宫廷，自与尼往迎皇孙。皇孙浚才十三岁，即抱置马上，驰至宫门。长孙渴侯开门迎入，丽入宫拥卫皇孙，尼率禁兵驰还东庙，向众大呼道："宗爱弑南安王，大逆不道，罪当灭族。今皇孙已登大位，传令卫士还宫，各守原职！"大众闻言，欢呼万岁。尼即麾众拿下宗爱、贾周，勒兵返营。奉皇孙浚御永安殿，即皇帝位，召见群臣，改元兴安。诛宗爱、贾周，具五刑，夷三族。追尊景穆太子晃为皇帝，庙号恭宗，妣郁久闾氏为恭皇后。立乳母常氏为保太后，常氏本辽西人，因事入宫，浚生时母即去世，由常氏哺乳抚育，乃得成人，所以特别尊养，隐示报酬。寻且竟尊为皇太后。虽曰报德，未足为训。封陆丽为平原王，刘尼为东安公，源贺为西平公，长孙渴侯为尚书令，加开府仪同三司，国事粗定，易危为安。那南朝的宋天子，却亲遭子祸，死于非命，仿佛有铜山西崩，洛钟东应的情状，这正所谓乱世纷纷，华夷一律呢。开下半回文字。

宋自袁皇后病逝后，潘淑妃得专总内政。太子劭性本凶险，又忆及母后病亡，由淑妃所致，不免仇恨淑妃，并及淑妃子浚。浚恐为劭所害，曲意事劭，因得与劭相亲。劭姊东阳公主，有婢王鹦鹉，与女巫严道育往来，道育夤缘干进，得见公主，自言能辟谷导气，役使鬼物。妇人家多半迷信，遂视道育为神巫。道育尝语公主道："神将赐公主重宝，请公主留意！"公主记在心中，入夜卧床，果见流光若萤，飞入书笥，慌忙起视，开箧得二青珠，即目为神赐，益信道育。

劭与浚出入主家，由公主与语道育神术，亦信以为真。他两人素行多亏，常遭父皇呵斥，可巧与道育相识，便浼他祈请，欲令过不上闻。道育设起香案，对天膜拜，念念有词，也不知他是甚么咒语。是无等等咒。既而向空问答，好似有天神下降，与他对谈，约有半个时辰，才算祷毕。无非捣鬼。入语劭、浚二人道：“我已转告天神，必不泄露。”二人大喜，共称道育为天神。道育恐所言未验，索性为劭、浚设法，用巫蛊术，雕玉成像，假托宋主形神，瘗埋含章殿前。东阳公主婢王鹦鹉，与主奴陈天与，黄门陈庆国，共预秘谋。劭擢天与为队主，宋主说他录用非人，面加诘责。天神何不代为掩饰。劭未免心虚，且恨且惧，适浚出镇京口，遂驰书相告。浚复书道：“彼人若所为不已，正好促他余命。”彼人暗指宋主，劭与浚往来通信，尝称宋主为彼人，或曰其人。却是一个新名词。

已而东阳公主，一病不起，竟致谢世。何不先浼道育替她禳解？王鹦鹉年亦寖长，既为公主毕丧，理应遣嫁，当由浚代为主张，命嫁府佐沈怀远为妾。怀远格外爱宠，竟至专房。鹦鹉原是得所，偏她有一种说不出的隐情，横亘在胸，未免喜中带忧。看官道为何因？原来鹦鹉在主家时，曾与陈天与私通，此次嫁与怀远，恐天与含着醋意，泄漏巫蛊情事，左思右想，无可为计，不如先杀天与，免贻后患。世间最毒妇人心。当下自往告劭，但说是天与谋变，将发阴谋。劭怎知情弊，立将天与杀死，陈庆国骇叹道：“巫蛊秘谋，惟我与天与得闻，天与已死，我尚能独存么？”遂入见宋主，一一具陈。宋主大惊，即遣人收捕鹦鹉，并搜检鹦鹉箧中，果得劭、浚书数百纸，统说诅咒巫蛊事。又在含章殿前，掘得所埋玉人，当命有司穷治狱案，更捕女巫严道育，道育已闻风逃匿，不知去向。想是由天神救去了。只晦气了一个王鹦鹉，囚禁狱中。宋主连日不欢，顾语潘淑妃道：“太子妄图富贵，还有何说？虎头浚小字。也是如此，真出意料！汝母子可一日无我么？”遂遣中使切责劭、浚，两人无从抵赖，只得上书谢罪。宋主虽然怀怒，尚是存心舐犊，不忍加诛！真是溺爱不明。

蹉跎蹉跎，又经一载，已是元嘉三十年了。浚自京口上书，乞移镇荆州，宋主有诏俞允，听令入朝。会闻严道育匿居京口张旿家，即饬地方官掩捕，仍无所得。但拘住道育二婢，就地审讯，供称道育曾变服为尼，先匿东宫，后至京口依始兴王，浚封始兴王已见十三回中。曾在旿家留宿数宵，今复随始兴王还朝云云。宋主大怒，即命京口送二婢入都，将与劭、浚质对。

浚至都中，颇闻此事，潜入宫见潘淑妃。淑妃抱浚泣语道：“汝前为巫蛊事，大触上怒，还亏我极力劝解，才免汝罪，汝奈何更藏严道育？现在上怒较甚，我曾叩头乞恩，终不能解，看来是无可挽回，汝可先取药来，由我自尽，免得见汝惨死哩！”浚听了此言，将母推开，奋衣遽起道：“天下事任人自为，愿稍宽怀，必不相累！”说着，抢步出宫去了。

宋主召入侍中王僧绰，密与语道：“太子不孝，浚亦同恶，朕将废太子劭，赐浚自尽，卿可检寻汉、魏典故，如废储立储故例，送交江、徐二相裁决，即日举行。”僧绰应命趋出，当即检出档册，赍送尚书仆射徐湛之，及吏部尚书江湛，说明宋主密命，促令裁夺。江湛妹曾嫁南平王铄，徐湛之女为随王诞妃，两人各怀私见，因入谒宋主，一请立铄，一请立诞。宋主颇爱第七子建平王弘，意欲越次册立，因此与二相辩论，经久未决。

僧绰入谏道：“立储一事，应出圣怀，臣意宜请速断，不可迟延！古人有言，当断不断，反受其乱，愿陛下为义割恩，即行裁决！若不忍废立，便当坦怀如初，不劳疑议。事机虽密，容易播扬，不可使变生意外，贻笑千秋！”宋主道：“卿可谓能断大事，但事关重大，不可不三思后行！况彭城始亡，人将谓朕太无亲情，如何是好？”瞻望徘徊，终归自误。僧绰道：“臣恐千载以后，谓陛下只能裁弟，不能裁儿！”宋主默然不应，僧绰乃退。

嗣是每夕召湛之入宫，秉烛与议，且使绕壁检行，防人窃听。潘淑妃遣人伺察，未得确报，俟宋主还寝，佯说劭、濬无状，应加惩处。宋主以为真情，竟将连日谋画，尽情告知。淑妃急使人告濬，濬即驰往报劭，劭与队主陈叔儿，斋帅张超之等，密谋弑逆，即召集养士二千余人，亲自行酒，嘱令勠力同心。

到了次日，夜间诈为诏书，伪称鲁秀谋反，饬东宫兵甲入卫，一面呼中庶子萧斌，左卫率袁淑，中舍人殷仲素，左积弩将军王正见等，相见流涕道：“主上信谗，将见罪废，自问尚无大过，不愿受枉，明旦将行大事，望卿等协力援我，共图富贵！”说至此，起座下拜。萧斌等慌忙避席，逡巡答语道：“从古不闻此事，还请殿下三思！”劭不禁变色，现出怒容。斌惮劭凶威，便即改口道：“当竭力奉令！”仲素等亦依声附和。淑独呵叱道：“诸君谓殿下真有此事么？殿下幼尝患疯，今或是旧疾复发哩。”劭益加奋怒，张目视淑道：“汝谓我不能成事么？”淑答道：“事或可成，但成事以后，恐不为天地所容，终将受祸！如殿下果有此谋，还请罢休！”陈叔儿在旁说道：“这是何事，尚说可罢手么？”遂麾淑使出。

淑还至寓所，绕床行走，直至四更乃寝。何不速报宋主。翌晨宫门未开，劭内着戎服，外罩朱衣，与萧斌同乘画轮车，出东宫门，催呼袁淑同载。淑睡床未起，经劭停车力促，乃披衣出见，劭使登车，辞不肯上，即被劭指麾左右，一刀了命。实是该死。遂趋至常春门，门适大启，推车直入。旧制东宫队不得入禁城，劭取出伪诏，指示门卫道：“接奉密敕，有所收讨，可放后队入门。”门卫不知是诈，便一并放入。张超之为前驱，领着壮士数十人，驰入云龙门。驰过斋阁，直进含章殿，宋主与徐湛之密谋达旦，烛尚未灭，门阶户席，卫兵亦尚寝未起。

超之等一拥入殿。宋主惊起，举几为蔽，被超之一刀劈来，剁落五指，投几而仆。超之复抢前一刀，眼见得不能动弹，呜呼哀哉！享年四十七岁。小子有诗叹道：

到底妖妃是祸胎，机谋一泄便成灾。

须知枭獍虽难驭，衅隙都从帷帘来！

宋主被弑，徐湛之直宿殿中，闻变惊起，趋往北户，未知能逃脱性命否，且待下回续详。

北朝弑主，南朝亦弑主，仅隔一年，祸变相若，以天地间不应有之事，而乃数见不鲜，可慨孰甚！尤可骇者，魏阉宗爱，一载中敢弑二主，当时忠如崔允，直如古弼，俱尚在朝，不闻仗义讨贼，乃竟假手于刘尼、陆丽诸人，向未著名，反能诛逆，彼崔允、古弼辈，得毋虚声纯盗耶！宋主被弑，出自亲子，当断不断，反受其乱，诚如王僧绰所言。江、徐两相，得君专政，不能为主除害，寻且与主同尽，怀私者终为私败，人亦何苦不化私为公也！然乱臣贼子遍天下，而当时之泯泯棼棼，已可概见。太武称雄，元嘉称治，史臣所云，其然岂其然乎！

第十七回

发寻阳出师问罪
克建康枭恶锄奸

却说徐湛之趋入北户，正拟开门逃生，那背后已有乱兵追到，立被杀死。江湛夜直上省，早起闻喧噪声，料知有变，喟然叹道："不用王僧绰言，乃竟至此！"遂避匿小屋中，亦被乱兵搜捕，结果性命。左细仗主广威将军卜天与，不暇被甲，执刀持弓，疾呼左右出战，一箭射去，几中劭颈。劭急忙闪避，幸得躲过，劭党围击天与，砍断天与左臂，大吼一声，倒地而亡。队长张泓之、朱道钦、陈满等，一同战死。

劭入含章殿中阁，杀毙中书舍人顾嘏，他如宿卫旧将罗训、徐罕，及左卫将军尹弘，皆望风屈附。劭又使人闯入东阁，往杀潘淑妃。淑妃方才起床，尚未盥栉，蓦见乱兵冲入，吓做一团。赳赳武夫，管甚么玉骨冰肌，竟把她一刀砍死，剖开胸膛，挖心献劭。何不前时仰药，免得受此惨劫。还有宫中侍役，平时得宋主亲信，约有数十人，也共做了刀头面，随着潘淑妃的芳魂，同到冥府中去侍宋主了。

浚宿居西府，由舍人朱法瑜，踉跄走告道："不好了！不好了！宫中变起，外面统说是太子造反了！"浚佯惊道："有这等事么？奈何奈何！"法瑜道："不如急往石头，据城观变。"将军王庆呵止道："宫中有变，未知主上安危，做臣子的理应投袂赴难，奈何反往石头！"浚尚未知宫中确耗，竟从南门趋出，带着文武千余人，驰往石头城。

城中由南平王铄留守，见浚奔至，惊问宫廷情状。浚答说未毕，即由张超之到来，召浚入朝。浚屏去左右，向超之问明底细，便戎服上马，急驰而去。朱法瑜劝阻不从，王庆叩马直谏，提出声罪讨逆四字，更与浚意相反。浚即怒叱道："皇太子有令，敢有多言，便当斩首！"遂与张超之匆匆入朝，与劭相见。劭说道："弟来甚好！可惜这潘淑妃，”说到妃字，不禁住口。浚问道：“敢是已死了么？”劭见他形色自如，才答道：“为兄的一时失检，淑妃竟为乱兵所害！”浚怡然道：“这是下情所愿，死何足惜！”劭可无父，浚亦何必有母！

劭甚是喜慰，又诈传诏书，召入大将军江夏王义恭，及尚书令何尚之，拘至别室，胁令屈服。并召百官入殿，有数十人应召到来。劭即被服冕旒，居然登位，且宣示敕书道：

徐湛之、江湛弑逆无状，吾勒兵入殿，已无所及，号惋崩衄，心肝破裂。今罪人斯得，元凶克殄，可大赦天下，改元太初，俾众周知！

即位已毕，便还居永福省，不敢临丧，但命亲党入宫殿中，棺殓宋主及潘淑妃，谥宋主义隆为景皇帝，庙号中宗。当即发丧，葬长宁陵，命萧斌为尚书仆射，领军将军，何尚之为司空，前太子右卫率檀和之戍石头，征虏将军营道侯义綦镇京口。义綦系道怜幼子。殷仲素为黄门侍郎，王正见为左军将军，张超之、陈叔儿以下，皆升官进爵有差。又令辅国将军鲁秀，与屯骑将军庞秀之，分掌禁军，杀尚书左丞荀赤松，右丞臧凝之。两人系江、徐亲属，所以被杀。王僧绰授任吏部尚书，兼官司徒，嗣由劭检查故牍，及江湛家书疏，得僧绰所上前代废储典故，不禁怒起，即令加诛。迟死数日，便是逆臣。僧绰弟僧虔亦死。劭又诬称宗室王侯，与僧绰谋反，收系义欣子长沙王瑾，及瑾弟楷。义庆子临川王晔，义融子桂阳侯颉，义宗子新渝侯玠，义融、义宗皆义欣弟。一并处死。授江夏王义恭为太保，南谯王义宣为太尉，始兴王浚为骠骑将军，调雍州刺史，臧质为丹阳尹，随王诞为会州刺史，立妃殷氏为皇后，后季父殷冲为司隶校尉。号女巫严道育为神师，释王鹦鹉出狱，厚赏金帛。鹦鹉至劭处谢恩，劭见她妖冶善媚，格外加怜，竟引入密室，特赐雨露。鹦鹉本来淫荡，骤然得此奇遇，真是喜出望外，流连枕席，曲意承欢，引得劭心花怒开，通宵取乐，恨不即立她为后。只因正宫有主，一时不便废易，权且列作妾媵，再作后图。鹦鹉原是禽类，应与禽兽为匹。

是时武陵王骏，移镇江州，仍然开府。回应十四回中江州罢府事，文笔不漏，且与十三回中江州应出天子语，亦遥相印证。适值江蛮为寇，骏出屯五洲，并由步兵校尉沈庆之，自巴水来会，并讨群蛮。劭阳授骏为征南将军，暗中却与沈庆之手书，令他杀骏。可巧典签董元嗣，也自建康至五州，具言太子弑逆状，庆之密语僚佐道：“萧斌妇人，余将帅皆不足道，看来东宫同恶，不过三十人，此外胁从，必不为用，我若辅顺讨逆，不患无成！”乃入帐见骏，骏已略闻密书消息，阴有戒心，即托疾不见。庆之竟自突入，取出劭书，当面示骏。骏无从避匿，但对书泣下道：“我死亦不怕，但上有老母，可否许我一诀？”原来骏母为路淑媛，尝随骏就藩，所以骏有此言。庆之奋然道：“殿下视庆之为何如人？庆之受先帝厚恩，今日当辅顺讨逆，惟力是视，殿下何必多疑！”骏起座再拜道：“国家安危，皆在将军！”庆之答拜毕，即命内外勒兵，克期东指。

府主簿颜竣道：“劭据有天府，急切难攻，若单靠一隅起义，未免孤危，不如待诸镇协谋，然后举事。”庆之厉声道：“今欲仗义出师，乃来这黄头小儿，挠阻军心，怎得不败？宜斩首号令，振作士气！”骏见庆之动怒，忙令竣拜谢庆之，庆之乃和颜语竣道：“君但当司笔札事，出兵打仗，非君所能与闻。”骏喜说道：“愿如将军言！”当下戒严誓众，命沈庆之为府司马，襄阳太守柳元景，随郡太守宗悫，为咨议参军，内史朱修之署平东将军，颜竣为录事，长史刘延孙为寻阳太守，行留府事。

庆之部署内外，才阅旬日，便已整备，时人目为神兵。当命颜竣草檄，传示四方，使共讨劭。荆州刺史南谯王义宣，雍州刺史臧质，司州刺史鲁爽，首先起应，举兵相从。骏留鲁爽守江陵，自与臧质出赴寻阳。

劭闻骏出师，调兖、冀二州刺史萧思话为徐、兖二州刺史，起张永为青州刺史。思话不奉劭命，竟率兵应骏，建武将军垣护之，也自历城赴寻阳，与骏联合。就是随王诞亦致书与骏，愿共讨逆。不到一月，已是义师四起，伐鼓渊渊。可见人心未死。劭尚自恃知兵，召语朝士道：“卿等但助我料理文书，不必注意军旅，若有寇难，我自能抵御，但恐贼虏未敢遽动呢！”嗣闻四方兵起，方有忧色，乃下令戒严。

春去夏来，警信益急，柳元景统领宁朔将军薛安都等，出发湓口，共计十有二军。武陵王骏，亦自寻阳出发，命沈庆之总掌中军，浩浩荡荡，杀奔建康。一面传檄入都，历数劭罪。

劭得阅檄文，探知是颜竣手笔，便召太常颜延之入殿，投檄相示道：“你可知何人所作？”延之方应劭征，入为光禄大夫，竣即延之长子，延之从容览檄，料知劭是故意质问，便直供道：“这当是臣儿所为。”劭又问道：“汝如何知晓？”延之道：“臣子竣笔意如此，臣不容不识。”劭又道：“竣如何这般毁我？”延之道：“竣不顾老父，怎知顾陛下！”劭怒少解，叱令退朝，命拘竣子至侍中下省，义宣子至太仓空舍，一体幽禁，且欲尽杀三镇将士家口。

江夏王义恭，司空何尚之进言道：“人生欲举大事，必不顾家，否则定是胁从，无法解免；若将他家室诛灭，益令众心绝望，更增敌焰呢。”娓娓动听，保全不少。劭也以为然，因不复问。惟自思朝廷旧臣，均不足恃，只好厚抚辅国将军鲁秀，及右军参军王罗汉，委以军事，令萧斌为谋主，殷冲掌兵符。

斌劝劭整率水军，自出决战，或保据梁山，固垒扼守。江夏王义恭有心结骏，恐他仓猝起兵，船只狭小，不利水战，乃劝劭养锐待期，不宜远出。斌厉色道：“武陵郎二十少年，能做出这般大事，殆未可量；况复三方同恶，势据上流，沈庆之谙练军事，柳元景、宗悫屡次立功，形势如此，实非小敌。今都中人心未离，尚可勉力一战，若端坐台城，如何能久持哩！”劭不听斌言，但慰劳将士，督治战舰，拟俟敌军逼近，然后决战。采鸟。或劝劭保石头城，劭说道：“前人据守石头，无非待诸侯勤王，我若守此，何人来援，惟应与他决战，方可取胜。”既而遣庞秀之出戍石头，秀之竟往奔骏军，于是人情大震。

骏军到了鹊头，宣城太守王僧达，又驰往谒骏，骏即授为长史，置诸左右。柳元景因舟舰未坚，不便水战，特倍道疾行，至江宁登岸，使薛安都带领铁骑耀兵淮上，且贻书朝士，为陈逆顺利害。朝士多潜出建康，往投军前。骏自寻阳东行，途次遇疾，不能见将士，惟颜竣出入卧内，亲视起居。有时因骏病加剧，不便禀白，即专行裁决，军政以外，所有文檄往来，似出一人，毫无稽滞。

好容易过了兼旬，连舟中甲士，亦未知骏有危疾，毫不慌张。那柳元景日报军情，俱由竣批答出去，令他相机进取，不为遥制。元景潜至新亭，依山为垒，劭使萧斌统步军，褚湛之统水军，与鲁秀、王罗汉等，合精兵万余人，攻新亭寨。劭自登朱雀门督战。

元景下令军中道：“鼓繁气易衰，声喧力易竭，汝等但衔枚接仗，听我鼓起，方许发声。”传令已毕，遂分兵士为两队，出寨决斗，一队抵敌步军，一队防遏水军，所有勇士，悉数遣出，但留左右数人，宣传军令。两下里猛力交锋，争个你死我活。一边是仗义而来，人人奋勇，一边是贪赏而至，个个争先。自午前杀至午后，不分胜败。那王罗汉杀得性起，挺着一枝长矛，闯入义军队内，左挑右拨，无人敢当。褚湛之亦麾兵登岸，与萧斌左右夹攻，看看义军势弱，有些儿招架不住。元景出营督队，也捏着一把冷汗。忽闻萧斌军内，打起几声退鼓，顿令萧斌、褚湛之等，动起疑来，向后却顾。元景觑着此隙，援桴击鼓，冬冬不绝，部众闻鼓踊跃，呐一声喊，统向敌军杀去。敌军骇散，多半坠入淮水，溺毙甚多。

劭见各军败退，自率余众，再来攻垒，复被元景杀败，伤亡无数。萧斌受伤先遁，鲁秀、褚湛之、檀和之，统奔降柳营，劭单骑走脱，驰还建康。

元景迎纳鲁秀等，谈及军事，才知前次退鼓，乃由鲁秀所击，就是褚、檀两人，也由秀邀他反正，所以同奔。元景大喜，露布告捷，且迎武陵王骏至新亭。

骏病体已痊，即至新亭劳军，乘便入江宁城。凑巧江夏王义恭，自建康脱身驰至，上劝进书。又来了散骑侍郎袁爰，佯说是追赶义恭，亦至武陵王处投顺。爰素习朝仪，遂令兼太常丞，草述即位仪注。编制已就，便在新亭筑坛，由武陵王骏即皇帝位，大赦天下。文武各赐爵一等，从军加二等，改谥大行皇帝曰文，庙号太祖。授大将军义恭为太尉，录尚书事，兼南徐州刺史，南谯王义宣为中书监，兼扬州刺史，随王诞为卫将军，兼荆州刺史，臧质为车骑将军，兼江州刺史，沈庆之为领军将军，萧思话为尚书左仆射，王僧达为右仆射，柳元景、颜竣为侍中，宗悫为右卫将军，张畅为吏部尚书。其余将士各加官有差。改号新亭为中兴亭，再图进取。

劭自新亭奔还，闻义恭逃去，即将他十二子一并拘到，尽行杀毙，立子伟之为太子，又复大赦。惟刘骏、义恭、义宣、诞不原。命浚为南徐州刺史，与南平王铄并录尚书事，浚闻骏军将至，忧迫无计，当与劭想出一法，用辇迎蒋侯神像，舁置宫中，稽颡求福，拜大司马，封钟山王，又封苏侯为骠骑将军，也是焚香顶礼，日夕虔求。想是严道育教他。偏是臧质等步步进逼，直指建康。劭遣殿中将军燕钦等出拒，相遇曲阿，未战即溃。劭乃缘淮树栅，派兵戍守。男丁多半逃散，城内外只有妇女，也迫令从军，充当役使。鲁秀等募勇士攻破大航，钩得一舶。王罗汉尚逍遥江上，挟妓醉酒，忽闻秀军已经登岸，急得不知所措，慌忙出降。缘淮各戍依次奔散，器仗鼓盖，充塞路衢。

劭闻戍军溃退，没奈何闭守六门，并在城内凿堑立栅，城中一日数惊，非常慌乱。丹阳尹尹弘等逾城出降，萧斌亦令部兵解甲，自石头城携着白幡，奔投军前。鲁秀等奏达新亭奉诏以斌甘党恶，情罪较重，饬即处斩，当下将斌械送，枭首行辕。

这时候的元凶刘劭，自知大事已去，毁去乘辇及冕服，打算逃走，浚劝劭载运宝货，航海远奔。劭恐人情离散，载宝出走，反惹众目，意欲轻骑逃生。两人计议未决，那阊阖门外的守兵，已走还入殿，薛安都、程天祚等，领着义师，乘乱随入。臧质、朱修之分门杀进，同会太极殿前。逆党四处逃奔，王正见首被擒获，当场斩首。张超之走入含章殿，匿御床下，被义军追寻得手，抓出殿阶，乱刀分尸，刳肠剖心，啖肉立尽。

劭不能出走，穴通西垣，窜入武库井中，义军队副高禽，率兵进内，七手八脚，将劭擒住，反绑起来。劭问道："天子何在？"禽答道："就在新亭！"当下牵劭出庭，臧质瞧着，向他悲恸。劭觍然道："天地所不覆载，丈人何为见哭？"此时也自知罪么？臧质何故恸哭，我亦要问。质乃停泪，把劭缚住马上，押送行辕。一面捕得伪皇后殷氏、伪皇子伟之等兄弟四人，并诸女妾媵，及严道育、王鹦鹉等妇女系狱，男子械送，封府库，清宫禁，只不见了传国玺。再遣人向劭诘问，劭言在严道育处，因将道育身上检搜，果然藏着，便即取献新皇。道育怀藏国宝，莫非要送与天神不成！

劭与四子俱至军门，江夏王义恭等出视，义恭先叱劭道：“我背逆归顺，有何大罪，乃杀我十二儿？”劭答道：“杀死诸弟，原是我负叔父！”江湛妻庾氏，乘车往詈，庞秀之亦加诮让，劭厉声道：“何必多说！我死罢了！”义恭怒起，先命斩劭四子，然后及劭。劭临刑时，尚叹息道：“不图宋室弄到如此！”出汝逆贼，所以如此。劭父子首都枭示大航，暴尸市曹。

义恭奉命先归，道出越城，正值浚父子狼狈逃来，还有铄亦偕行。见了义恭，浚下马问道：“南中郎今作何事？”义恭道：“皇上已君临万国！”浚又道：“虎头来得太迟了！”虎头见前。义恭道：“未免太迟。”浚又问：“可不死否？”义恭道：“可诣行阙请罪。”乃勒令上马相从，乘他不备，剁下头颅。浚有三子，一并斩首，献至行辕，命与劭父子首同悬大航。

又有诏传入建康，凡伪皇后殷氏以下，俱赐自尽。殷氏且死，语狱丞江恪道：“我等无罪，何故枉杀？”恪答道：“受册为后，怎得无罪！”殷氏道：“这是暂时的册封，稍迟数月，便当册王鹦鹉为后了。”随即用帛自尽。诸女妾媵皆自杀，惟严道育、王鹦鹉两人，牵出都市，鞭笞交下，宛转致毙。要想做天师、皇后的滋味。焚尸扬灰，掷置江中。殷冲为殷氏季父，尹弘王罗汉，曾事劭尽力，一概赐死。淮南太守沈璞，坐守湖上，观望不前，亦即加诛。

嗣主骏自新亭入都，就居东府，百官踵府请罪，有诏不问。遂遣建平王弘至寻阳，迎生母路淑媛，及妃王氏入都。尊母为皇太后，册妃为皇后。追赠袁淑为太尉，徐湛之为司空，江湛为开府仪同三司，王僧绰为金紫光禄大夫。毁劭所居东宫斋室，作为园池。封高禽为新阳县男，追号潘淑妃为长宁国夫人，特置守冢。祸由彼起，不应追赠，即如王僧绰之甘受伪命，亦不宜赠官。进江夏王义恭为太傅，领大司马，南平王铄为司空，建平王弘为尚书左仆射，随王诞为右仆射，寻且改南谯王义宣为南郡王，随王诞为竟陵王。余皆论功行赏，各有迁调。惟褚湛之本为浚妇翁，自南奔归顺后，赦去前罪，受职丹阳尹，女为浚妃，因湛之反正，浚与妃绝，亦得免诛。又有何尚之虽曾附逆，但与义恭从中调护，保全三镇，心向义军，理应特别原情，仍授为尚书令。子何偃为大司马长史，任遇如故。宋主骏乃入居大内，粗享太平。小子有诗咏道：

江州天下语非虚，一举功成恶尽除。

毕竟人情犹向义，元凶结局果何如！

过了两月，南平王铄，竟致暴亡。究竟为着何事，待小子下回表明。

弑宋主者为元凶劭。劭何能弑主？潘淑妃实召之。宋主死而淑妃亦死，宜也。淑妃死而劭与浚相继俱死，尤其宜也。武陵王骏，亦南平王铄之流，非真能成大事者，幸赖沈庆之昌言起义，始得号召义旅，入诛元凶。天下虽滔滔皆是，而公论犹存，凶人卒殄，是可见弑君弑父者，终不能幸全性命；否则天理沦亡，顺逆不辨，几何不胥为禽兽也。乃逆党殄平，不问原委，且追赠潘淑妃为长宁国夫人，另置守冢，是岂不可以已乎！吾乃知骏之终为暗主也。

第十八回

犯上兴兵一败涂地
诛叔纳妹只手瞒天

却说南平王铄，与义恭等还入建康，虽得进位司空，但因归义最迟，终为宋主骏所忌。铄亦常怀忧惧，寤寐不安，夜眠时或尝惊起，与家人絮谈，语多荒谬，及神志清醒，始自觉为失魂。一日食中遇毒，竟尔暴亡。当时统说由宋主所使，将他毒毙，表面上追赠司徒，总算掩饰过去。

越年就是宋主骏元年，年号孝建。才经一月，江州复起乱事，免不得又要兴师。自宋主骏入都定位，凡被劭拘禁诸子，及义宣诸儿，当然放出。立长子子业为皇太子，并封义宣子恺为南谯王。义宣固辞，乃降封恺为宜阳县王，恺兄弟有十六人，姊妹亦多，或随义宣就藩，或留住都中。义宣受宋主骏命，兼镇扬州，他却不愿内任，情愿还镇荆州。宋主骏准如所请。义宣陛辞而去，所留都中子女，仍然居京邸中。

宋主骏年才三八，膂力方刚，正是振作有为的时候，偏他有一种好色的奇癖。好色亦是常情，不得目为奇癖。无论亲疏贵贱，但教有几分姿色，被他瞧着，便要召入御幸，不肯放松。路太后居显阳殿中，内外命妇，及宗室诸女，免不得进去朝谒，骏乘间闯入，选美评娇，一经合意，便引她入宫，迫令侍寝。有时竟在太后房内，配演几出龙凤缘。太后溺爱得很，听令胡闹，不加禁止，因此丑声外达，喧传都中。

义宣诸女曾出入宫门，有几个生得一貌如花，被宋主骏瞧着，也不管她是从姊从妹，竟做了春秋时候的齐襄公。义宣女不好推脱，只好勉遵圣旨，也凑成了第二、三个鲁文姜。天下事若要不知，除非莫为，渐渐的传到义宣耳中。看官！你想这义宣恨不恨呢？女为帝妃，何必生恨！

会雍州刺史臧质调任江州，自谓功高赏薄，阴蓄异图，闻义宣怀恨宋主，遂遣心腹往谒义宣，赍投密书。略云：

自来负不赏之功，挟震主之威者，保全能有几人！今万物系心于公，声闻已著，见机不作，将为他人所先。若命鲁爽、徐遗宝驱西北精兵，来屯江上，质率沅江楼船，为公前驱，已得天下之半。公以八州之众，徐进而临之，虽韩、白韩信、白起。**复生，不能为建康计矣。且少主失德，闻于道路，沈**庆之。**柳**元景。**诸将，亦我之故人，谁肯为少主尽力者？夫不可留者年也，不可失者时也，质常恐溘先朝露，不得展其膂力，为公扫除。再或蹉跎，悔将无及，愿明公熟思之！**

义宣得书，反复览诵，不免心动。质系臧皇后从子，臧皇后见前。与义宣为中表兄弟，质女为义宣子采妻，更做了儿女亲家，戚谊缠绵，深相投契，此次怨及宋主，又是不谋而合，义宣总道他有几分把握，自然多信少疑。还有咨议参军蔡超，司马竺超民等，希图富贵。统劝义宣乘时举事，如质所言，义宣乃复书如约。

时鲁爽为豫州刺史，素与义宣交好，亦与质相往来。兖州刺史徐遗宝，向为荆州部将，义宣即遣使分报二人，密约秋季举兵，爽方被酒，未曾听明来使传言，即日调集将士，首先发难。私造法服登坛，自号建平元年。遗宝亦整兵向彭城。爽弟瑜在建康，闻信奔至爽处。瑜弟弘为质府佐，有诏令质收捕。质执住诏使，也即举兵，一面报知义宣，促令会师。

义宣出镇荆州，先后共计十年，虽然兵强财富，但欲称戈犯阙，期在秋凉。蓦闻鲁爽、臧质，先期发难，自己势成骑虎，不得不仓猝起应。只因师出无名，不得不与质互商，想出一条入清君侧的话柄，各奉一表，传达建康。宣义自称都督中外诸军事，置左右长史司马，使僚佐上笺称名，加鲁爽为征北将军。爽送所造舆服至江陵，使征北府户曹投义宣版文，有云：丞相刘今补天子，名义宣，车骑臧今补丞相，名质，皆版到奉行。义宣瞧着，很加诧异。我亦惊疑。复贻书臧质，密令注意。质意图笼络，特加鲁弘为辅国将军，令戍大雷。义宣亦遣咨议参军刘湛之，率万人助弘，并召司州刺史鲁秀，欲使为湛之后继。秀至江陵，入见义宣，彼此问答片时，即出府太息道：“我兄误我，乃与痴人作贼，这遭要身败家亡了！”既知义宣不足恃，何不另求自全之计？

宋主骏闻义宣发难，恐他兵力盛强，不能抵敌，乃与诸王大臣商议，为让位计，拟奉乘舆法物，往迎义宣。竟陵王诞劝阻道：“兵来将挡，火来水灭，况义宣犯上作乱，无幸成理，奈何持此座与人！”宋主乃止，命大司马江夏王义恭，作书劝谕义宣，历陈祸福。义宣不报，于是授领军将军柳元景为抚军将军，兼雍州刺史，左卫将军王玄谟为豫州刺史，安北司马夏侯祖欢为兖州刺史，安北将军萧思话为江州刺史。四将一齐会集，即令元景为统帅，往讨义宣、臧质及鲁爽。

雍州刺史朱修之得义宣檄文，佯为联络，暗中却通使建康，愿共讨逆。宋廷本虑他趋附义宣，所以令元景兼刺雍州，既得修之密报，当然复谕奖勉，调他为荆州刺史。益州刺史刘秀之，斩义宣使，遣中兵参军韦崧，率万人袭江陵。义宣尚未闻知，命臧、鲁两军先发，自督部众十万，出发江津，舳舻达数十里。授子慆为辅国将军，与左司马竺超民，留镇江陵，檄朱修之出兵接应。修之已输诚宋室，哪里还肯发兵？义宣始知修之怀贰，特遣鲁秀为雍州刺史，分兵万人，令他北攻修之。

王玄谟闻秀北去，不由的心喜道：“鲁秀不来，一臧质怕他甚么！”遂进兵扼守梁山。冀州刺史垣护之，系徐遗宝姊夫，遗宝邀护之同反，护之不从，且与夏侯祖欢约击遗宝，遗宝方进袭彭城，长史明胤预先防备，击退遗宝，并与祖欢、护之合军，夹击湖陆。遗宝保守不住，焚城出走，奔投鲁爽。兖州叛兵已了。

爽引兵直趋历阳，与臧质水陆俱下。殿中将军沈灵赐，奉元景将令，带着百舸，游弋南陵，正值臧质前锋徐庆安，率舰东来，灵赐即掩杀过去。可巧遇着东风，顺势逆击，把庆安坐船挤翻，庆安覆入水中，由灵赐指麾勇夫，解衣泅水，得将庆安擒住，回军报功。臧质闻庆安被擒，怒气直冲，驱舰急进，径抵梁山。王玄谟扼守多日，营栅甚固，质猛攻不下，乃夹岸立营，与玄谟相拒，且促义宣从速援应。义宣自江津启行，突遇大风暴起，几至覆舟，尚幸驶入中夏口，始得无恙。已兆死谶。

好容易到了寻阳，留待臧、鲁二军消息。既得臧质来书，便拨刘湛之率兵助质，又督军进驻芜湖。质复进攻梁山，顺流直上，得拔西垒。守将胡子友等迎战失利，弃垒东渡，往就玄谟，玄谟忙向柳元景告急。元景正屯兵姑熟，急遣精兵助玄谟，命在梁山遍悬旗帜，张皇声势。又令偏将郑琨、武念出戍南浦，为梁山后蔽，果然臧质派将庞法起，率众数千，来击梁山后面，冤冤相凑，与琨、念碰着。一场厮杀，法起大败，堕毙水中。

时左军将军薛安都，龙骧将军宗越，往戍历阳，截击鲁爽，斩爽先行杨胡兴。爽不能进，留驻大岘，使弟瑜屯守小岘，作为犄角。宋廷特简镇军将军沈庆之，出督历阳将士，奋力进讨。庆之系百战老将，为爽所惮，且因粮食将尽，麾兵徐退，自率亲军断后，从大岘趋往小岘。兄弟相见，杯酒叙情，总道是官军未至，可以放心畅饮，不防薛安都带着轻骑，倍道追来，直至小岘营前。爽与瑜方才得悉，仓皇出战，队伍未齐，爽已饮得醉意醺醺，不顾好歹，尽管向前乱闯，兜头碰着薛安都，挺刃欲战，偏偏骨软筋酥，抬手不起。但听得一声大喝，已被安都一枪刺倒，堕落马下。安都部将范双，从旁闪出，枭爽首级。爽众大溃，瑜亦走死。安都追至寿阳，沈庆之继至，寿阳城内，只有一个徐遗宝，怎能支持？便弃城往奔东海，为土人所杀。豫州叛众又了。

兖、豫二州，俱已荡平，爽系累世将家，骁勇善战，号万人敌，一经授首，顿使义宣、臧质，心胆皆惊。沈庆之又将爽首赍送义宣，义宣益惧。勉强到了梁山，与质相晤，质献上一策，请义宣攻梁山，自率万人趋石头，义宣迟疑未决。原来江夏王义恭，屡与义宣通书，谓质少无美行，不可轻信。实是离间之计。因此义宣怀疑。刘湛之又密白义宣道："质求前驱，志不可测，不如合攻梁山，待已告克，然后东进，方保万全。"义宣遂不从质议，只令质进攻东城。

那时薛安都、宗越等，均已驰至梁山，垣护之亦至，王玄谟慷慨誓师，督众大战。薛安都、宗越，并马出垒，分作两翼，俟质众登岸，即冲杀过去。安都攻质东南，一枪刺死刘湛之，宗越攻质西北，亦杀毙贼党数十人。质招架不住，只好退走，纷纷登舟，回驰西岸。不防垣护之从中流杀来，因风纵火，烟焰蔽江。质众大乱，走投无路，各舟又多延燃，烧死溺死等人，不计其数。可谓水火既济。

义宣在西岸遥望，正在着急，那垣护之、薛安都、宗越各军，已乘胜杀来，吓得不知所措，即驶船西走，余众四溃。臧质亦单舸遁去，梁山所遗贼砦，统被官军毁尽，内外解严。质奔还寻阳，欲与义宣计事，偏义宣已先经过，不及入城，但命将臧采妻室，接取了去，即义宣女。一同西奔。质知寻阳难守，毁去府舍，挈了妓妾，奔往西阳。太守鲁方平，闭门不纳，转趋武昌，也遇着一碗闭门羹。日暮途穷，无处存身，没奈何窜入南湖，采莲为食。未几有追兵到来，他自匿水中，用荷覆头，止露一鼻。忽为追将郑俱儿望见，射了一箭，直透心胸。既而兵刃交加，肠胃尽出，枭首送建康。江州叛首又了。

义宣奔至江夏，欲趋巴陵，遣人往探，返报巴陵有益州军，不得已回入径口，步向江陵。众散且尽，左右只十数人，沿途乞食，又患脚痛。好几日始至江陵郭外，遣人报知竺超民，超民乃率众出迎。义宣见了超民，且泣且语，备述败状。超民恐众心变动，慌忙劝阻，义宣左右顾望，又见鲁秀亦在，惊问底细，方知秀为朱修之杀败，走回江陵。不如意事常八九，可与人言无二三，没奈何垂头丧气，偕超民等同入城中。亲吏翟灵宝，谒过义宣，便即进言道："今荆州兵甲，不下万人，尚可一战，请殿下抚问将佐，但说臧质违令致败，现特治兵缮甲，再作后图。从前汉高百败，终成大业，怎知他日不转败为胜，化家为国呢！"义宣依议召慰将佐，也照了灵宝所说，对众晓谕。他本来口吃舌短，如期期艾艾相似，语不成词。此次又仓皇誓众，更属蹇涩得很，及说到汉高百败一语，他竟忙中有错，误作项羽千败。语言都不清楚，记忆又甚薄弱，乃想入做皇帝，真是痴人！大众都忍不住笑，各变做掩口葫芦。义宣始觉错说，禁不住两颊生红，返身入内，竟不复出。

鲁秀、竺超民等尚欲收拾余烬，更图一决，叵奈义宣昏沮，腹心皆溃，所有城中将弁，多悄悄遁去。鲁秀知不可为，因即北行。义宣闻秀已北去，亦欲随往，急令爱妾五人，各扮男装，自与子慆带着佩刀，携着干粮，前导后拥，跨马而出。但见城中兵民四扰，白刃交横，又不觉惊惶无措，吓落马下。真正没用家伙。还亏竺超民随送在后，把他扶起，送出城外，复将自己乘马，授与义宣，乃揖别还城，闭门自守。

义宣出城数里，并不见有鲁秀，随身将吏，又皆逃散，单剩子慆一人，爱妾五人，黄门二人，举目苍凉，如何就道？不得已折回江陵，天色已晚，叩城不应，乃转趋南郡空廨，荒宿一宵。无床席地，待至天明，遣黄门通报超民。超民已变初意，竟给他敝车一乘，载送至刺奸狱中。义宣入狱，坐地长叹道："臧质老奴，误我至此！"似你这般痴人，即不为臧质所误，恐亦未必长生。嗣由狱吏遣出五妾，不令同居，义宣大恸道："常日说苦，尚非真苦，今日分别，才算是苦！"

那鲁秀本拟奔魏，途次从卒尽散，单剩了一个光身，不便北赴，也只好还向江陵。到了城下，城上守兵，弯弓竞射，秀急忙趋避，背后已中一箭，自觉逃生无路，投濠溺毙。守兵出城取首，传送都中，诏令左仆射刘延孙至荆、江二州，旌别枉直，分行诛赏。且由大司马义恭，与荆州刺史朱修之，叫他驰入江陵，令义宣自行处治。书未及达，修之已入江陵城，杀死义宣及子慆，并同党蔡超、颜乐之、徐寿之。就是竺超民亦不能免罪，一并伏诛。义宣有子十八人，两子早死，尚余十六子，由宋廷一一逮捕，俱令自尽。臧质子孙，亦悉数诛夷。豫章太守任荟之，临川内史刘怀之，鄱阳太守杜仲儒，并坐质党，同时处斩。加封沈庆之为镇北大将军，柳元景为骠骑将军，均授开府仪同三司。余如王玄谟以下，皆迁升有差。

先是晋室东迁，以扬州为京畿，荆、江二州为外藩，扬州出粟帛，荆、江二州出甲兵，各使大将镇守。宋因晋旧，规制不改。宋主骏惩前毖后，谓各镇将帅，一再叛乱，无非由地大兵多所致，遂令刘延孙分土析疆，划扬州、浙东五郡。为东扬州，置治会稽，并由荆、湘、江、豫四州中，划出八郡，号为郢州，置治江夏，撤去南蛮校尉，把戍兵移居建康，荆、扬二镇，坐是削弱，但从此地力虚耗，缓急难资。太傅义恭，见宋主志在集权，不欲柄归臣下，乃请将录尚书事职衔，就此撤销，且裁损王侯车服器用，乐舞制度，共计九条。宋主自然准奏，尚因王侯仪制，裁抑未尽，更令有司加添十五条，共计二十四条，嗣是威福独专，隐然有言莫予违的状况。

沈庆之功高望重，恐遭主忌，年纪又已满七十，乃告老乞休，宋主不许，庆之入朝固请道："张良名贤，汉高且许他恬退，如臣衰庸，尚有何用？愿乞赐骸骨，永感圣恩！”宋主仍面加慰留。经庆之叩头力请，继以涕泣，乃授庆之为始兴公，罢职就第。柳元景亦辞去开府，迁官南兖州刺史，留卫京师，朝右诸臣，见义恭及沈、柳两人，尚且敛抑惧罪，哪个还敢趾高气扬？大家屏足重息，兢兢自守。就使宫廷有重大情事，也不敢进谏，个个做了仗马寒蝉。不意庸才如骏，却有这番专制手段。

宋主骏乐得放肆，除循例视朝外，每日在后宫宴饮，狎亵无度。前时义宣诸女，虽得仰承雨露，尚不过暗地偷欢，未尝列为嫔御，至此由宋主召令入宫，公然排入妃嫱，追欢取乐。只是姊妹花中，性情模样，略有不同，有一个生得姿容纤冶，体态苗条，面似芙蕖，腰似杨柳，水汪汪的一双媚眼，勾魂动魄，脆生生的一副娇喉，曼音悦耳，痴人生此娇女恰也难得。引得这位宋主骏，当作活宝贝看待，日夕相依，宠倾后宫。几度春风，结下珠胎，竟得产一麟儿，取名子鸾，排行第八，宋主越加喜欢，拜为淑仪。但究竟是个从妹，不便直说出去，他托言是殷琰家人，入义宣家，由义宣家，没入掖廷。俗语有云，张冠李戴，明明是个义宣女，冒充殷氏家人，封号殷淑仪，这真叫作张冠李戴呢。小子有诗叹道：

自古人君戒色荒，况兼从妹备嫔嫱。

冠裳颠倒同禽兽，国未亡时礼已亡。

中冓丑闻总难掩饰，当时谤言四起，又惹出一场阋墙的大衅来了。欲知后事，且看下回。

宋武七男，少帝、文帝，为臣子所废弑，义真、义康，先后受戮，义季不寿，所存者仅义恭、义宣耳。义宣讨逆有功，受封南郡，方诸姬旦，几无多让。曩令始终不贰，安镇荆州，则以懿亲而作外藩，几何不与国同体也。乃始而诛逆，继且为逆，轻率如臧质，狂躁如鲁爽，引为同党，率尔揭竿，乃知向之躬与讨逆者，第为一时之侥幸，至此则情态毕露，似醉似痴。圣狂之界，只判几希。能讨逆则足媲元圣；一为逆则即属痴人，身名两败，家族诛夷，非不幸也，宜也。然义宣启衅之由，始自宋主骏之淫及己女，义宣败而女为淑仪，宠擅专房，女无耻，男无行，易刘为殷，欲盖弥彰，其得保全首领以殁也，何其幸欤！然骨肉相残，人禽无辨，祸不及身，必及子孙：阅者于此，足以观因果焉。

第十九回

发雄师惨屠骨肉
备丧具厚葬妃嫱

却说宋主骏既诛义宣，复纳义宣女为淑仪，冒称殷氏，一面压制诸王，凌铄大臣，省得他多嘴多舌，起事生风。偏是专制益甚，反动益烈，群臣原屏足重息，那宋主自己的亲弟，却未肯受他抑迫，免不得互起猜嫌。原来宋主骏有二兄，一劭、一濬，已经诛死。亲弟却有十六人，最长的即南平王铄，遇毒暴亡；次为庐陵王绍，已经早卒，又次为建平王弘，佐骏除劭，官左仆射，未几亦殁，又次为竟陵王诞，受职右仆射；又次为东海王祎，义阳王昶，武昌王浑，湘东王彧，即明帝。建安王休仁，山阳王休祐，海陵王休茂，鄱阳王休业，新野王夷父，顺阳王休范，巴陵王休若，除夷父濛逝外，余皆少年受封，无甚表见。叙次明白。

孝建元年，柳元景辞去雍州兼职，令武昌王浑为雍州刺史，浑年轻有力，身长七尺，莅任以后，与左右戏作文檄，自称楚王，年号元光，备置百官。长史王翼之，上表奏闻，有诏削浑王爵，免为庶人，寻即逼令自杀。痴儿可悯。竟陵王诞，年龄较长，功绩最高，讨劭时已预义师，讨义宣时，又主张出兵。得平三镇，遂进宫太子太傅，领扬州刺史。他遂造立亭舍，穷极工巧，园池华美，冠绝一时。又募壮士为卫，甲仗鲜明，夸耀畿甸。宋主骏本来多疑，更经义宣乱后，益滋猜忌，见诞举动不经，特阳示推崇，加诞为司空，调任南徐州刺史，出镇京口。嗣因京口尚近都城，更徙诞为南兖州刺史，另派右仆射刘延孙镇守南徐，阴加戒备。朝内用了两戴一巢，作为腹心，遇有军国大事，必与三人裁决，然后施行。两戴一名法兴，一名明宝，旧为江州记室，宋主即位，均擢为南台侍御史；兼中书通事舍人。一巢名叫尚之，涉猎文史，颇擅声誉，亦得与两戴同官。

到了孝建三年冬季，两戴一巢，上书献谀，无非说是臣民翕服，远近畏怀。宋主骏亦踌躇满志，特命改孝建四年元旦，为大明元年正朔，大赦天下，行庆施惠，粉饰太平。忽由东平太守刘胡，递入急报，说索虏内侵，与战失利，乞即发兵出援。宋主乃遣薛安都等往救，驰至东平，魏兵已退，因即班师。嗣是内外粗安，直至次年秋季，南彭城妖民高阇，与沙门昙标等谋反，勾通殿中将军苗允，拟内应外合，推阇为帝，幸有人告讦密谋，事前捕获，斩首了案，中书令王僧达，自恃才高，诽议朝政，路太后兄子尝访僧达，升榻高坐，竟被舁弃，遂入诉太后，求惩僧达。太后转告宋主，宋主已恨他讪上，即诬僧达与阇通谋，冤冤枉枉的把他赐死。

已而魏镇西将军封敕文，又入攻清口，为守将傅乾爱所破，魏征西将军皮豹子，复入寇青州，也为青、冀刺史颜师伯所败，索头军不能得志，相继退还。南兖州刺史竟陵王诞，竟乘隙思逞，托词防魏，缮城聚甲，将与宋主骏一决雌雄。又是一个痴人。参军刘智渊，料知诞将作乱，请假还都，密报诞状。宋主命智渊为中书侍郎，俟诞起事，即加声讨。会吴郡民刘成，豫章民陈谈之，均上书告变，一说诞私造乘舆，一说诞密行巫蛊。宋主连得二书，遂召台臣劾诞罪恶，应收付廷尉治罪。及批答出去，却援着议亲议功故例，特别宽宥，但降爵为侯，撤去南兖州领职，遣令就国。另擢义兴太守桓阆为兖州刺史，拨给羽林禁兵，且遣中书舍人戴明宝，为阆主谋，乘间袭诞。做了堂堂天子，为何专喜鬼祟。

阆至广陵，即南兖州治所。诞毫不防备，典签蒋成，得戴明宝密函，约为内应。成恐孤掌难鸣，更与府舍人许宗之相谋，求他臂助。宗之佯为允诺，悄悄的入府白诞，时已入夜，诞正就寝，听得宗之密报，披衣惊起，立呼左右，及平时食客数百人，收捕蒋成，一面列兵登陴，阖城拒守。待至黎朗，果闻桓阆叩城，便即斩了蒋成，掷首城下。阆得了成首，始知事泄，急忙策马倒退，不防诞驱兵杀出，仓猝间不及措手，立被杀毙，只戴明宝脱身奔还。

宋主闻报，特起始兴公沈庆之为车骑大将军，兼领南兖州刺史，统兵讨诞。诞毁去郭邑，驱城外居民入城，分发书檄，要结远迩，且遣人奉表，投诸建康城外。当有人拾起表文，呈入宫廷，宋主当即披阅，但见上面写着道：

往年元凶祸逆，陛下入讨，臣背凶赴顺，可谓常节。及丞相构难，臧鲁协从，朝野恍惚，咸怀忧惧，陛下欲遣百官羽仪，星驰推奉，臣前后谏诤，方赐俞允，社稷获全，是谁之力？陛下接遇殷勤，累加荣宠，骠骑扬州，旬月移授，恩秩频加，复赐徐兖，臣感蒙恩遇，久要不忘！岂谓陛下信用谗言，

遂令无名小人，来相掩袭！不任枉酷，即加诛翦，雀鼠贪生，仰违诏敕。今亲勒部曲，镇扞徐兖。先经何福，同生皇家，今有何愆，便成胡越。陵锋奋戈，万没岂顾；荡定以期，冀在旦夕。陛下宫闱之丑，岂可三缄？临纸悲塞，不知所言！特录诞表，见得诞犹可原，以揭宋主不义不友之隐。

看官，你想宋主骏览着此表，尚能不怒愤填胸么？当下遣官四缉，凡与诞有亲友关系，及诞党同籍期亲，留居都中，不论他通诞与否，一体处斩，共死千余人。淫刑以逞。自己出居宣武堂，内外戒严，奈何不与从妹同宿？且促庆之速进广陵，并饬豫州刺史宗悫，徐州刺史刘道隆，会师广陵城下，限期破城。

宗悫南阳人，字元干，少有大志，叔父炳高尚不仕，尝问悫志如何？悫答道："愿乘长风破万里浪！"炳叹道："汝不富贵，且破我家！"悫兄泌方娶妻，吉夕有盗入门，悫年仅十四，挺身拒盗，盗约十余人，皆披靡不敢入室，勇名始著。后随江夏王义恭麾下，义恭举悫南略林邑，奏绩北归。已而为随郡太守，复征服雍州群蛮，元凶劭肆逆时，从讨有功，官左卫将军，封洮阳侯。宗系一代人杰，故叙述较详。至诞据广陵，不服朝命。悫正驻节豫州，表求赴讨，当即乘驿入都，而受节度。时年逾六十，顾盼自豪，宋主很是嘉勉，便遣令赴军，归沈庆之节制。

诞闻宗悫到来，颇加畏惧，但下令军中道："宗悫助我，尽可放心！"悫至城下，知城中有如此伪令，即绕城一周，跃马大呼道："我宗悫也！只知讨逆，不知助逆。"如闻其声。诞自悔失计，登城俯望，正值庆之指麾众士，将要攻城，便凄声呼语道："沈公沈公，年垂白首，何苦来此？"庆之道："朝廷因君狂愚，不足劳动少壮，所以遣老夫前来。"

诞见军势甚盛，颇有惧色，当即下城整装，留中兵参军申灵赐居守，自将步骑数百人，及帐下亲卒，托词出战，开门北走。约行十余里，望见后面尘头陡起，料有追兵到来，大众哗噪道："同一遇敌，不如还城！"诞蹙额道："我若还城，卿等能为我尽力否？"众皆许诺。部将杨承伯牵住诞马，且泣语道："无论生死，且返保城池，速即退还，尚可入城，迟恐不及了！"诞乃复还，即与追军相值，来将为戴宝之，单骑直前，挺槊刺诞，几中咽喉，亏得杨承伯用刀格去，敌住宝之，余众拥诞冲锋，杀开一条走路，匆匆还城。承伯且战且行，宝之因随兵不多，也放令走还。

诞既入城，授申灵赐为骠骑府录事，参军王屿之为中军长史，世子景粹为中军将军，别驾范义为中军长史，此外府州文武将佐，一概加秩，筑坛歃血，誓众固守。命主簿刘琨之为中兵参军，琨之系宋宗室将军刘遵考子，不肯就职，正色谢诞道："忠孝不能两全，琨有老父在都，未敢奉命！”诞怒他抗违，囚絷狱中，不屈遇害。右卫将军垣护之，虎贲中郎将殷孝祖等，前曾奉诏防魏，至是俱还广陵，与沈庆之合军攻城。诞遗庆之食物，庆之毫不启视，悉令毁去。诞又在城上捧一函表，托庆之转达朝廷，庆之道：“我受诏讨贼，不能为汝送表，汝欲归死朝廷，便当开门遣使，我为汝护送便了！”写庆之忠直。诞无词可答，乃遣将分出四门，袭击宋营，俱被宋将杀退。

宋主颁发金章二钮，赍至军前，一为竟陵县开国侯，食邑一千户，系是悬赏擒诞，一为建兴县开国男，食邑三百户，乃是悬赏先登。并命庆之预设三烽，举一烽是克外城，举两烽是克内城，举三烽是已擒诞。且又遣屯骑校尉谭金，前虎贲中郎将郑景玄，率羽林兵再助庆之，促令速拔广陵。会值夏雨连绵，不便进攻，因此久持不下，诏使相继催迫，络绎道旁。及天雨已霁，宋主命太史择日，拟渡江亲征，太傅义恭固谏，方才罢议。但使御史奏劾庆之，并将原奏寄示行营，令他自省。若使庆之不忠，岂非激令附逆？庆之益督励诸军，奋勇进攻，诞屡战屡败，穷蹙无法，将佐多逾城出降。记室参军贺弼，曾再四谏诞，终不见听。或劝弼宜早出，弼答道：“叛君不忠，背主不义，只好一死明心罢了！”乃饮药自杀。参军何康之等，斩关出降，诞拘住康之母，缚置城楼，不给饮食，母且呼且号，数日而死。诞已死在目前，尚且如此残忍。庆之亲冒矢石，攻破外郛，乘势进拔内城，诞与申灵赐走匿后园，为庆之裨将沈胤之等追及，击伤诞面，诞坠入水中，又被官军牵出，枭首送京。诞母殷修华，修华为女嫔名。妻徐氏，俱随诞在镇，同时自尽，余众多死。

庆之连举三烽，报捷都中，宋主御宣阳门，左右争呼万岁，独侍中蔡兴宗在侧，绝不作声。宋主顾问道：“卿何独不呼？”兴宗正色道：“陛下今日，正应涕泣行诛，怎得令称万岁？”宋主怫然不悦，且传令军前，饬屠广陵城。沈庆之忙即奏阻，请自五尺以下，并皆贷死。虽得宋主许可，但丁壮皆诛，妇女充作军赏。庶民何辜，遭此惨虐！更有杀人不眨眼的宗越，临辕监刑，备极苛虐，或刳肠抉目，或笞面鞭腹，先令他血肉横飞，然后剁落头颅，共计首级三千余，奉诏持至石头城南岸，聚为京观。诞子景粹，由黄门吕昙济，携逃出城，匿居民间，好几日始得觅着，当然处斩。临川内史羊璿，与诞素善，连坐伏诛。山阳内史梁旷，家在广陵，因不应诞召，全家被戮，至是受命为后将军。刘琨之亦得擢为黄门侍郎。

沈庆之班师回朝，赏赉有差，诏进庆之为司空，领南兖州刺史。庆之受职未久，仍然乞休，且将司空职衔，让与柳元景。自挈家属徙居娄湖，广辟田园，优游自乐，蓄有妓妾数十人，奴僮千计，非经朝贺，不复出门，居然想做一陶朱公了。若果与世无求，何至后来遇祸？

颜竣因佐命功，得为丹阳令，席丰履厚，夸耀一时。乃父颜延之，仍布衣茅屋，不改书生本色，尝乘羸牛笨车，出游郊外，遇竣跨马前来，仪从甚盛，即屏住道侧。已而步入竣署，面诫竣道：“我生平不喜见要人，今不料见汝！”竣仍不改，广筑居室，华丽无比。延之又申谕道：“汝宜善为，勿令后人笑汝拙呢！”竣又尝晏起，甚至宾客盈门，尚未出见。延之往斥道：“汝在粪土中，升云霄上，乃遽骄惰如此，怎能长久哩？”延之生平品行无甚可取，惟诫子数语，却是治家格言。

既而延之病卒，竣丁父忧，才阅一月，即起为右将军，仍任丹阳尹。宋主奢淫自恣，竣欲沽名市直，屡有诤言，为宋主所隐恨。身且不正，安能正君？竣见言多不纳，乞请外调，有诏徙为东扬州刺史。竣始知恩宠已衰，渐有惧意。寻遭母忧，送葬还都，偏为仇家所讦，说他怨望诽谤，宋主竟将竣列入诞案，诬称与诞通谋，勒令自尽，妻子徙交州。复遥嘱押解官吏，把他男口沉死江中，延之所言，果然尽验。功成不退，往往罹祸。

庐陵内史周朗，每上书言事，语多切直，宋王怒起，命传送宁州，杀毙道旁。

到了大明五年，雍州刺史海陵王休茂，又复谋变，未成即死，休茂为宋主第十四弟，兄浑被诛，见本回上文。出代后任。司马庾深之行府州事，因休茂年少，不令专决，府吏张伯超，得休茂宠，专恣不法，尝遭深之呵责，伯超遂劝休茂杀死休之，建牙驰檄，征兵作乱。参军尹玄度潜结壮士，夜袭休茂，当场擒获，斩首送建康，母蔡美人亦死。

义恭进位太宰，希宋主意旨，即把竟陵、海陵等作为话柄，申请裁抑诸王，不使出任边州，且令绝宾客，禁甲兵。宋主意欲准奏，由侍中沈怀文固谏，方将此议搁起，但心中未免怏怏。怀文素与颜竣、周朗友善，竣、朗受诛，惟怀文犹进直言。宋主尝召与语道：“竣若知有死日，也不敢向朕多嘴了。”怀文不答。

看官听说！古来直臣正士，明知暗君不能受谏，只因一腔热血，熬受不住，总要出去多言；况宋主骏好色好货，好博好饮，好猜忌群下，好狎侮大臣，种种行止，皆失君道，试想庸中佼佼的沈怀文，怎能隐忍过去？每过旬日，总有一二本奏牍，数十句箴言，宋主始终逆耳，不愿听从。怀文又尝偕侍臣入宴，宋主必使列座沉醉，互相嘲谑。独怀文素不饮酒，又不喜戏言，宋主益恨他故意违旨，出为广陵太守。大明六年正月，入都觐贺，事毕当还，因女病乞请展期，致挂弹章，奉旨免官。怀文请卖去京宅，返归武康原籍，哪知益触主怒，竟诬他还家谋变，下诏赐死。

朝中又少了一个直臣，于是正人短气，奸佞扬镳。两戴一巢，内邀恩宠，外受赃赇，家累千金，门外成市。还有青冀刺史颜师伯，入为侍中，生平所长，莫如谀媚，朝夕入直，事事得宋主心。好算一个人才。宋主常与他作摴蒲戏，一掷得雉，自谓必胜，师伯独一掷得卢，急得宋主失色，不意师伯善解上意，慌忙敛子道：“几乎得卢。”遂自愿认输。待至罢博，师伯竟输钱百万缗，宋主大喜。君臣相博，成何体统！况师伯所输之钱，试问从何处得来？平时对大臣言谈，好涉戏谑，常呼光禄大夫王玄谟为老伧，仆射刘秀之为老悭，颜师伯为齴。齴系露齿的意义，师伯唇不包齿，故有此称。此外长短肥瘦，各替他取一绰号。又嬖宠一昆仑奴，状似昆仑国人，长大多力，令他执仗侍侧，稍不惬意，便令他殴击群臣。惟蔡兴宗入朝，容仪严肃，颇为宋主所惮，不敢狎媟，且命与给事中袁粲，同为吏部尚书。有仪可象，其效如此！粲亦持正，吏治少清。

惟宋主骄侈日甚，奢欲无度，土木被锦绣，赏赐倾库藏，财用不足，想出一个敛取的方法，每经刺史二千石，卸职还都，辄限使献奉，又召他入戏摴蒲，必将他宦囊余积，悉数输出，然后快意。仿佛无赖子所为。所得财物，又任情挥霍，因嫌宫殿狭小，特另造玉烛殿。坏高祖所居潜室，见床头用土作障，壁上挂葛灯笼，麻绳拂，宋主瞧着，用鼻作嗤笑声。侍中袁颉，有意讽谏，极称高祖俭德，宋主反变色道：“田舍翁得此器用，已算是过度了！”试问汝是田舍翁何人？颉知话不投机，方才退去。

义恭自诸王被祸，日夕忧惧，他本兼领扬州刺史，因恐权重遭忌，一再表辞。宋主乃令次子西阳王子尚为扬州刺史，年未十龄。嗣又立第八子子鸾为新安王，领南徐州刺史，年仅六龄。鸾母殷淑仪，宠擅专房，见前回。鸾亦独邀异数，怎奈红颜命薄，天不假年，大明六年四月，殷淑仪一病身亡，惹得这位宋主骏，悲悼不休，如丧考妣。追册淑仪为贵妃，予谥曰宣，埋玉龙山，立庙皇都。出葬时特给辒辌车，载奉灵柩，卫以虎贲班剑，导以鸾辂九旒，前后部羽葆鼓吹，几比帝后发丧，还要烜赫。送丧人数，不下数千，外如公卿百官，内如嫔御六宫，无不排班执引，素服举哀。宋主出南掖门，目送丧车，悲不自胜。何不去做孝子？因饬执事中谢庄，作哀策文。庄夙擅文才，援笔立就，说得非常哀艳，可泣可歌。宋主还宫偃卧，由内侍呈入哀诔，才阅数行，禁不住潸潸泪下。及全篇阅毕，起坐长叹道：“不谓当今复有此才！”说着，自己亦觉技痒，特拟汉武帝李夫人赋，追诔殷贵妃，语语悱恻，字字缠绵，但比那谢庄哀文，尚自觉弗如。当下将谢庄哀文颁发，勒石镌墓，都下传写，纸墨价为之一昂。小子因限于篇幅，无暇录述，但总结一诗道：

为昵私情益悼亡，秽闻欲盖且弥彰。

伤心南郡犹知否？父死刀头女盛丧！

宋主忆妃爱子，更进子鸾为司徒，加号抚军，命谢庄为抚军长史，令佐爱儿。好容易过了两年，宋主骏也要归天了。欲知宋主何疾致死，且看下回声明。

郑伯克段于鄢，春秋不书弟，贱段而甚郑伯也，甚郑伯之处心积虑成于杀也。宋竟陵王诞，罪不段若，而宋主骏之綦刻，则过于郑庄，诞之反，实宋主骏激成之，雀鼠哀生，情殊可悯。及沈庆之攻克广陵，复下诏屠城，虽经庆之谏阻，尚杀三千余口，筑为京观，视骨肉如鲸鲵，不仁孰甚！且杀颜竣，戮周朗，赐沈怀文死，饰非拒谏，草菅人命，而独嬖一从妹，宠一爱子，何薄于彼而厚于此耶？至若好博好财，有愧君道，盖独其失德之小事。古谓其父行劫，其子必且杀人，无怪子业之淫恶加甚也。

第二十回

狎姑姊宣淫鸾掖
辱诸父戏宰猪王

却说宋主骏忆念宠妃，悲悼不已，后宫佳丽虽多，共产二十八男。但自殷淑仪死后，反觉得此外妃嫔，无一当意，也做了伤神的郭奉倩，即魏郭嘉。悼亡的潘安仁，即晋潘岳。渐渐的情思昏迷，不亲政事。挨到大明八年夏季，生了一病，不消几日，便即归天。在位共十一年，年只三十五岁。遗诏命太子子业嗣位，加太宰义恭为中书监，仍录尚书事，骠骑大将军柳元景，领尚书令，事无大小，悉白二公。遇有大事，与始兴公沈庆之参决，军政悉委庆之，尚书中事委仆射颜师伯；外监所统，委领军王玄谟。

子业即位柩前，年方十六，尚书蔡兴宗亲捧玺绶，呈与子业。子业受玺，毫无戚容，兴宗趋出告人道："昔鲁昭不戚，叔孙料他不终，是春秋时事。今复遇此，恐不免祸及国家了！"不幸多言而中。

既而追崇先帝骏为孝武皇帝，庙号世祖，尊皇太后路氏为太皇太后，皇后王氏为皇太后。子业系王氏所出，王太后居丧三月，亦患重疾。子业整日淫狎，不遑问安，及太后病笃，使宫人往召子业，子业摇首道："病人房间多鬼，如何可往？"奇语。宫人返报太后，太后愤愤道："汝与我快取刀来！"宫人问作何用？太后道："取刀来剖我腹，哪得生宁馨儿！"也是奇语。宫人慌忙劝慰，怒始少平，未几即殁，与世祖同葬景宁陵。

是时戴法兴、巢尚之等仍然在朝，参预国事。义恭前辅世祖，尝恐罹祸，及世祖病殂，方私自庆贺道："今日始免横死了！"慢着。但话虽如此，始终未敢放胆，此番受遗辅政，仍然引身避事。法兴等得专制朝权，诏敕皆归掌握。蔡兴宗因职掌铨衡，常劝义恭登贤进士，义恭不知所从。至兴宗奏陈荐牍，又辄为法兴、尚之等所易，兴宗遂语义恭及颜师伯道：“主上谅暗，未亲万机，偏选举例奏，多被窜改，且又非二公手笔，莫非有二天子不成？”义恭、师伯，愧不能答，反转告法兴，法兴遂向义恭谗构兴宗，黜为新昌太守。义恭渐有悔意，乃留兴宗仍住都中。同官袁粲，改除御史中丞，粲辞官不拜。领军将军王玄谟，亦为法兴所嫉，左迁南徐州刺史，另授湘东王彧为领军将军，越年改元永光，又黜彧为南豫州刺史，命建安王休仁为领军将军。已而雍州刺史宗悫，病殁任所，乃复调彧往镇雍州。

子业嗣位逾年，也欲收揽大权，亲裁庶政。偏戴法兴从旁掣肘，不令有为。子业当然衔恨，阉人华愿儿，亦怨法兴裁减例赐，密白子业道：“道路争传，法兴为真天子，官家为假天子；况且官家静居深宫，与人罕接，法兴与太宰颜、柳，串同一气，内外畏服，恐此座非复官家有了！”子业被他一吓，即亲书诏敕，赐法兴死，并免巢尚之官。颜师伯本联络戴巢，权倾内外，蓦闻诏由上出，不禁大惊。才阅数日，又有一诏传下，命师伯为尚书左仆射，进吏部尚书王彧为右仆射，所有尚书中事，令两人分职办理；且将师伯旧领兼职，尽行撤销。师伯由惊生惧，即与元景密谋废立，议久不决。需者事之贼。

先是子业为太子时，恒多过失，屡遭乃父诟责，当时已欲易储，另立爱子新安王子鸾。还是侍中袁颉，竭力保护，屡称太子改过自新，方得安位。及入承大统，临丧不哀，专与宦官宫妾，混作一淘，纵情取乐。华愿儿等欲攫大权，所以抬出这位新天子来，教他显些威势，好做一块挡风牌。

元景、师伯即欲声明主恶，请出太皇太后命令，废去子业，改立义恭。当下商诸沈庆之，庆之与义恭未协，又恨师伯平时专断，素未与商，乃佯为应允，密表宫廷。子业闻报，遂亲率羽林兵，围义恭第，麾众突入，杀死义恭，断肢体，裂肠胃，挑取眼睛，用蜜为渍，叫作鬼目粽，并杀义恭四子。宋武诸子至此殆尽。另遣诏使召柳元景，用兵后随。元景知已遇祸，入辞老母，整肃衣冠，乘车应召。弟叔仁为车骑司马，欲兴甲抗命，元景不从，急驰出巷，巷外禁兵林立，挟刃相向。元景即下车受戮，容色恬然。元景有六弟八子，相继骈戮，诸侄亦从死数十人。颜师伯闻变出走，在道被获，当即杀毙，六子尚幼，一体就诛。师伯该死，义恭、元景未免含冤。

子业复改元景和，受百官朝贺，文武各进位二等，进沈庆之为太尉，兼官侍中，袁颉为吏部尚书，赐爵县子，尚书左丞徐爰，夙善逢迎，至是亦徼功获赏，并得子爵。自是子业狂暴昏淫，毫无忌惮，有姊山阴公主，闺名楚玉，与子业同出一母，已嫁驸马都尉何戢为妻，子业独召入宫中，留住不遣，同餐同宿，居然与夫妇相似。父淫从妹，子何不可与女兄宣淫。有时又同辇出游，命沈庆之为骖乘，沈公年垂白首，何苦如此？徐爰为后随。

山阴公主很是淫荡，单与亲弟交欢，意尚未足，为问伊母王氏，哪得此宁馨儿？尝语子业道："妾与陛下男女虽殊，俱托体先帝，陛下六宫万数，妾止驸马一人，事太不均，还请陛下体恤！"子业道："这有何难？"遂选得面首三十人，令侍公主。面首，即美貌男子，面谓貌美，首谓发黑，公主得许多面首，轮流取乐，兴味盎然。忽见吏部侍郎褚渊，身长面白，气宇绝伦，复面白子业，乞令入侍，子业也即允许，令渊往侍公主。哪知渊不识风情，到了公主私第中，似痴似呆，随她多方挑逗，百般逼迫，他竟守身如玉，好似鲁男子一般，见色不乱，一住十日，竟与公主毫不沾染，惹得公主动怒，把他驱逐出来。恰是难得，只辜负了公主美意。

子业且封姊为会稽长公主，秩视郡王。不过因公主已得面首，自己转不免向隅。故妃何氏颇有姿色，奈已去世，只好追册为后，不能再起图欢。继妃路氏，系太皇太后侄女，辈分亦不相符。年虽髫秀，貌未妖淫，子业未能满意。此外后宫妾媵，亦无甚可采，猛忆着宁朔将军何迈妻房，为太祖第十女新蔡公主，生得杏脸桃腮，千娇百媚，此时华色未衰，何妨召入后廷，一逞肉欲。中使立发，彼美旋来，人面重逢，丰姿依旧，子业此时，也顾不得姑侄名分了，顺手牵扯，拥入床帏。妇人家有何胆力，只得由他摆布，任所欲为，流连了好几夕。恩爱越深，连新蔡公主的性情，也坐被熔化，情愿做了子业的嫔御，不欲出宫。子业更不必说，但如何对付何迈？无策中想了一策，伪言公主暴卒，舁棺出去。这棺材里面，却也有一个尸骸，看官道是何人？乃是硬行药死的宫婢，充做公主，送往迈第殡葬。一面册新蔡公主为贵嫔，诈称谢氏，令宫人呼她为谢娘娘。可谓肖子。一日与谢贵嫔同往太庙，见庙中只有神主，并无绘像，便传召画工进来，把高祖以下的遗容，一一照绘。画工当然遵旨，待绘竣后，又由子业入庙亲览，先用手指高祖像道："渠好算是大英雄，能活擒数天子！"继指太祖像道："渠容貌恰也不恶，可惜到了晚年，被儿子斫去头颅！"又次指世祖像道："渠鼻上有齄，奈何不绘？"齄音楂，鼻上疱也。立召画工添绘齄鼻，乃欣然还宫。新安王子鸾，因丁忧还都，未曾还镇。子业记起前嫌，想着当年储位，几乎被他夺去，此时正好报复。便勒令自尽。子鸾年方十岁，临死语左右道："愿后身不再生帝王家！"子鸾同母弟南海王子师，及同母妹一人，亦被杀死。并掘发殷贵妃墓，毁去碑石，怪不得先圣有言，丧欲速贫，死欲速朽。甚且欲毁景宁陵。即世祖陵，见前。还是太史上言，说与嗣主不利，才命罢议。

义阳王昶系子业第九个叔父，见前回。时为徐州刺史，素性褊急，不满人口，当时有一种讹言，谓昶将造反，子业正想用兵，出些风头，可巧昶遣使求朝，子业语来使蘧法生道："义阳曾与太宰通谋，我正思发兵往讨，他倒自请还朝，甚好甚好！快叫他前来便了。"法生闻言，即忙退去，奔还彭城，据实白昶。昶募兵传檄，无人应命，急得不知所为。蓦闻子业督兵渡江，命沈庆之统率诸军，将薄城下，那时急不暇择，夤夜北走，连母妻俱不暇顾，只挈得爱妾一人，令作男子装，骑马相随，奔投北魏。在道赋诗寄慨，佳句颇多。魏主浚时已去世，太子弘承接魏阼，闻昶博学能文，颇加器重，使尚公主，赐爵丹阳王。昶母谢容华等还都，还算子业特别开恩，不复加罪。

吏部尚书袁颛，本为子业所宠任，俄而失旨，待遇顿衰。颛因求外调，出为雍州刺史，颛舅就是蔡兴宗，颇知天文，谓襄阳星恶，不宜前往。颛答道："白刃交前，不救流矢，甥但愿生出虎口呢！"适有诏令兴宗出守南郡，兴宗上表乞辞，颛复语兴宗道："朝廷形势，人所共知，在内大臣，朝不保夕，舅今出居南郡，据江上流，颛在襄沔，与舅甚近，水陆交通，一旦朝廷有事，可共立桓、文齐桓晋文。功业，奈何可行不行，自陷罗网呢！"兴宗微笑道："汝欲出外求全，我欲居中免祸，彼此各行己志罢了。"看到后来毕竟兴宗智高一筹。颛匆匆辞行，星夜登途，驰至寻阳，方喜语道："我今始得免祸了！"未必。兴宗却得承乏，复任吏部尚书。

东阳太守王藻，系子业母舅，尚太祖第六女临川公主。公主妒悍，因藻另有嬖妾，很为不平，遂入宫进谗，逮藻下狱，藻竟愤死，公主与王氏离婚，留居宫中。岂亦效新蔡公主耶？新蔡公主，既充做了谢贵嫔，寻且加封夫人，坐鸾辂，戴龙旗，出警入跸，不亚皇后。只驸马都尉何迈，平白地把结发妻房，让与子业，心中很觉得委屈，且惭且愤，暗中蓄养死士，将俟子业出游，拿住了他，另立世祖第三子晋安王子勋。偏偏有人报知子业，子业即带了禁军，掩入迈宅。迈虽有力，究竟双手不敌四拳，眼见是丢了性命。有艳福者，每受奇祸。

沈庆之见子业所为，种种不法，也觉看不过去。有时从旁规谏，非但子业不从，反碰了许多钉子，因此灰心敛迹，杜门谢客。迟了！迟了！吏部尚书蔡兴宗，尝往谒庆之，庆之不见，但遣亲吏范羡，至兴宗处请命。兴宗道："沈公闭门绝客，无非为避人请托起见，我并不欲非法相干，何故见拒！"羡乃返白庆之，庆之复遣羡谢过，并邀兴宗叙谈。兴宗又往见庆之，请庆之屏去左右，附耳密谈道："主上渎伦伤化，失德已甚，举朝惶惶，危如朝露。公功足震主，望实孚民，投袂指挥，谁不响应？倘再犹豫不断，坐观成败，恐不止祸在目前，并且四海重责，归公一身！仆素蒙眷爱，始敢尽言，愿公速筹良策，幸勿自误！"庆之掀须徐答道："我亦知今日忧危，不能自保，但始终欲尽忠报国，不敢自贰，况且老退私门，兵权已解，就使有志远图，恐亦无成！"尸居暮气。兴宗又道："当今怀谋思奋，大有人在，并非欲徼功求赏，不过为免死起见；若一人倡首，万众起应，指顾间就可成事；况公系累朝宿将，旧日部曲，悉布宫廷，公家子弟，亦多居朝右，何患不从？仆忝职尚书，闻公起义，即当首率百僚，援照前朝故事，更简贤明，入承社稷，天下事更不难立定了，公今不决，人将疑公隐逢君恶，有人先公起行，祸必及公，百口难解！公若虑兵力不足，实亦不必需兵，车驾屡幸贵第，酣醉淹留，又尝不带随从，独入阁内，这是万世一时，决不可失呢！"庆之终不愿从，慢慢儿答道："感君至言，当不轻泄；但如此大事，总非仆所能行，一旦祸至，抱忠没世罢了！"死了！死了！兴宗知不可劝，怏怏别去。

庆之从子沈文秀受命为青州刺史，启行时亦劝庆之废立，甚至再三泣谏，总不见听，只好辞行。果然不到数日，大祸临门。原来子业既杀何迈，并欲立谢贵嫔为后，恐庆之进谏，先堵青溪诸桥，杜绝往来。庆之怀着愚忠，心终未死，仍入朝进谏。及见桥路已断，始怅然折回。是夕即由直阁将军沈攸之，赍到毒酒，说是奉旨赐死。庆之不肯遽饮，攸之系庆之从子，专知君命，不顾从叔，竟用被掩死庆之，返报子业。子业诈称庆之病死，赠恤甚厚，谥曰忠武。庆之系宋室良将，与柳元景齐名，元景河东解县人，庆之吴兴武康人，异籍同声，时称沈、柳。两人以武功见称，故并详籍贯。

庆之死时，年已八十，长子文叔，曾为侍中，语弟文季道："我能死，尔能报！"遂饮庆之未饮的药酒，毒发而死。文季挥刀跃马，出门径去，恰也无人往追，幸得驰免。文叔弟昭明，投缳自尽，至子业被弑后，沈、柳俱得昭雪，所遗子孙，仍使袭封，这且慢表。

且说庆之已死，老成殆尽，子业益无忌惮，即欲册谢贵嫔为正宫。谢贵嫔自觉怀惭，当面固辞，乃册路妃为后，四厢奏乐，备极奢华。子业又恐诸父在外，不免反抗，索性一并召还，均拘住殿中，殴捶陵曳，无复人理。湘东王彧，建安王休仁，山阳王休祐，并皆肥壮，年又较长，最为子业所忌。子业号彧为猪王，休仁为杀王，休祐为贼王，尝掘地为坑，和水及泥，褫彧衣冠，裸置坑中，另用木槽盛饭，搅入杂菜，使彧就槽餂食，似牧猪状，作为笑谑。且屡次欲杀害三王。亏得休仁多智，谈笑取悦，才得幸全。东海王祎，姿性愚陋，子业称为驴王，不甚见猜。桂阳王休范，巴陵王休若，尚在少年，故得自由。自彧以下，均见前回。

少府刘曚妾怀孕临月，子业迎入后宫，俟她生男，当立为太子。湘东王彧，不愿做猪，未免怨怅，子业令左右缚彧手足，赤身露体，中贯以杖，使人舁付御厨，说是今日屠猪。休仁在旁佯笑道："猪未应死！"子业问是何故？休仁道："待皇太子生日，杀猪取肝肺。"子业不待说毕，便大笑道："好！好！且付廷尉去，缓日杀猪。"越宿，由休仁申请，但言猪应豢养，不宜久拘，乃将彧释出。及曚妾生男，名曰皇子，颁诏大赦，竟将屠猪事失记。这也是湘东王彧，后来应做八年天子，所以九死一生。

晋安王子勋，系子业第三弟，五岁封王，八岁出任江州刺史，幼年出镇，都是宋武遗传。子业因祖考嗣祚，统是排行第三，太祖义隆为宋武第三子，世祖骏为太祖第三子。恐子勋亦应三数，意欲趁早除去。又闻何迈曾谋立子勋，越加疑忌，遂遣侍臣朱景云，赍药赐子勋死。景云行至湓口，停留不进，子勋典签谢道迈，闻风驰告长史邓琬，琬遂称子勋教令，立命戒严。且导子勋戎服出厅，召集僚佐，使军将潘欣之，宣谕部众，大略谓嗣主淫凶，将危社稷，今当督众入都，与群公卿士，废昏立明，愿大家努力云云。众闻言尚未及对，参军陶亮，跃然起座，愿为先驱。于是众皆奉令，即授陶亮为咨议中兵，总统军事，长史张悦为司马，功曹张沈为咨议参军，南阳太守沈怀宝，岷山太守薛常宝，彭泽令陈绍宗等，传檄远近，旬日得五千人，出屯大雷。

那子业尚未闻知，整日宣淫，又召诸王妃公主等，出聚一室，令左右幸臣，脱去衣裳，各嬲妃主，妃主等当然惊惶。子业又纵使左右，强褫妃主下衣，迫令行淫。南平王铄妃江氏，抵死不从，子业怒道："汝若不依我命，当杀汝三子！"江氏仍然不依，子业益怒，命鞭江氏百下，且使人至江氏第中，杀死江氏三子敬深、敬猷、敬先。铄已早死，竟尔绝嗣。淫恶如此，自古罕闻。子业因江氏败兴，忿尚未平，另召后宫婢妾，及左右嬖幸，往游华林园竹林堂。堂宇宽敞，又令男女裸体，与左右互相嬲逐，或使数女淫一男，或使数男淫一女，甚且想入非非，使宫女与羝羊猴犬交，并缚马仰地，迫令宫女与马交媾，一宫女不肯裸衣从淫，立刻斩首。诸女大惧，只好勉强遵命，可怜红粉娇娃，竟供犬马蹂躏，有几个毁裂下体，竟遭枉死。子业反得意洋洋，至日暮方才还宫。夜间就寝，恍惚见一女子突入，浑身血污，戟指痛詈道："汝悖逆不道，看你得到明年否？"子业一惊而醒，回忆梦境，犹在目前。翌日早起，即向宫中巡阅，适有一宫女面貌，与梦中女子相似，复命处斩。是夜又梦见所杀宫女，披发前来，厉色相诟道："我已诉诸上帝，便当杀汝！"说至此，竟捧头颅，掷击子业，子业大叫一声，竟尔晕去。小子有诗咏道：

反常尚且致妖兴，淫暴何能免咎征。
两度冤魂频作厉，莫言幻梦本无凭。

毕竟子业曾否击死，试看下卷便知。

自古淫昏之主，莫如桀、纣；然桀在位五十二岁，纣在位三十二祀，历年已久，昏德始彰，未有若宋子业之即位逾年，而淫凶狂暴，若是其甚者也！伊尹放太甲，霍光废昌邑王贺，太甲昌邑王，亦不子业若，而后世以伊尹为圣，霍光为贤，国君危社稷则变置，古训昭然，无足怪也。沈庆之以累朝元老，不能行伊、霍事，反害义恭及柳元景，寻亦被杀，愚忠若此，何足道焉！阅此回几令人作三日呕云。

第二十一回

戕暴主湘东正位
讨宿孽江右鏖兵

却说子业被女鬼一击，竟致晕去。看官不要疑他真死，他是在睡梦中受一惊吓。还道是晕死了事，哪知反因此晕死，竟得醒悟。仔细一想，尚觉可怕，于是要想出除鬼的法子来了。还是被鬼击死，免得刀头痛苦。

先是子业杀死诸王，恐群下不服，或致反动，遂召入宗越、谭金、童太一、沈攸之等，令为直阁将军，作为护卫。四子皆号骁勇，又肯与子业效力，所以俱蒙宠幸，赏赐美人金帛，几不胜计。子业恃有护符，恣为不道，中外骚然。左右卫士，皆有异志，但因宗越等出入警跸，惮不敢发。湘东王彧，屡次濒危，朝不保夕，乃密与主衣阮佃夫，内监王道隆，学官令李道儿，直阁将军柳光世等，共谋杀主，觑隙行事。子业素嫉主衣寿寂之，常加呵斥，寂之又与阮佃夫等连合，并串通子业左右，如淳于文祖、朱幼、王南、姜产之、王敬则、戴明宝诸人，同伺子业行动，候便开刀。

子业不务防人，反欲防鬼，竟带了男女巫觋，及彩女数百人，往华林园中的竹林堂，备着弓箭，与鬼从事。鬼岂畏射，真是妄想！会稽长公主也同随往，建安王休仁，山阳王休祐，受命前导，独湘东王彧尚软禁秘书省中，不使同行。当时民间讹言，湘中将出天子，子业欲南巡厌胜，令宗越等先期出阁，部署各军，暗中谋杀湘东王，然后启程。会因两次梦鬼，猝拟往射，总道是鬼不胜力，且有巫觋为卫，不必召入宗越等人，所以左右扈驾，无一勇士。

当下到了竹林堂，时已黄昏，先由巫觋作法，作召鬼状，然后由子业亲发三箭，再命侍从依次递射。平白地乱了一阵，巫觋等齐拜御前，说是鬼已尽死，喧呼万岁。

真是捣鬼。子业大喜，便命张筵奏乐，庆鬼荡平。

正要入座饮酒，蓦见有一群人，持刀直入，为首的是寿寂之，次为姜产之，又次为淳于文祖，此外不及细认。但觉他来势凶猛，料知有变，慌忙引弓搭箭，向寂之射去。偏偏一箭落空，寂之仍然不退，反向前趋进。不能射人，专能射鬼。那时脚忙手乱，不遑再射，只好向后逃走。休仁、休祐等已早奔出，巫觋彩女等亦皆四窜。子业且走且呼，口中叫了寂寂数声，已被寂之追及，一刀刺入背中，再一刀断送性命。寂之即齐声道："我等奉太皇太后密命，来除狂主，今已了事，余众无罪，不必惊慌！"话虽如此，那竹林堂中，除寂之等外，已阒如无人了。

休仁奔至景阳山，未知竹林堂消息，正在遑迫无措，可巧寂之等寻至山中，报称宫廷无主，亟应迎立湘东王。休仁乃径诣秘书省，见了湘东王彧，便拜手称臣。彧虽有心弑主，但未料到这般迅速，此次从睡中惊起，由休仁促赴内廷，中途失履，跣足急行。既至东堂，犹着乌帽，休仁召入主衣，易用白帽，并给乌靴。仓猝登座，召见百官，群臣依第进谒，统无异言。当由中书舍人戴明宝，代草太皇太后命令，对众宣读，词云：

前嗣王子业，少禀凶毒，不仁不孝，著自髫龀。孝武弃世，属当辰历，自梓宫在殡，喜容靦然。天罚重离，欢恣滋甚。逼以内外维持，忍虐未露，而凶惨难抑，一旦肆祸，遂纵戮上宰，殄害辅臣。子鸾兄弟，先帝钟爱，含怨既往，枉加屠酷。昶茂亲作扞，横相征讨。新蔡公主，逼离夫族，幽置深宫，诡云薨殒。襄事甫尔，丧礼顿释，昏酣长夜，庶事倾遗。朝贤旧勋，弃若遗土。管弦不辍，珍羞备膳。詈辱祖考，以为戏谑。行游莫止，淫纵无度，肆宴园陵，规图发掘。诛剪无辜，籍略妇女。建树伪竖，莫知谁息。拜嫔立后，庆过恒典，宗室密戚，遇若婢仆，鞭捶陵曳，无复尊卑。南平一门，特钟其酷，反天灭理，显暴万端。苛罚酷令，终无纪极，夏桀殷辛，未足以譬。阖朝业业，人不自保，百姓皇皇，手足靡措。行秽禽兽，罪盈三千，高祖之业将泯，七庙之享几绝。吾老疾沉笃，每规祸鸩，忧遂漏刻，气命无几。开辟以降，所未尝闻。远近思奋，十室而九。卫将军湘东王体自太祖，天纵英圣，文皇钟爱，宠冠列藩，吾早识神睿，特兼常礼。潜运宏规，义士投袂，独夫既殒，悬首白旗，社稷再兴，宗祐永固，人鬼属心，大命允集，且勋德高邈，大业攸归，宜遵汉晋故事，纂承皇极。未亡人余年不幸，婴此百艰，永寻情事，虽存若殒，当复奈何！当复奈何！

宣读既毕，天已大明。直阁将军宗越等闻变，始踉跄趋入，湘东王好言慰抚，越等也无可奈何，唯唯从命。扬州刺史豫章王子尚，傲顽无礼，不啻乃兄，会稽长公主淫乱宫闱，俱由太皇太后命令，即日赐死。面首三十人可令殉葬！子业尸首，尚暴露竹林堂，未曾棺殓。蔡兴宗语仆射王彧道："彼虽凶悖，曾已为天下主，应使丧礼粗备，否则人言可畏，亦足寒心。"彧乃依言入白，因草具丧礼，槁葬秣陵县南，年仅十七。改元未及一年，时人称为废帝。穷凶极恶，总有此日。

湘东王母沈婕妤早卒，尝经路太后抚养，王事太后甚谨，太后爱王亦笃，至是命太后从子路休之为黄门侍郎，茂之为中书侍郎，算是报答太后的深恩。又复论功行赏，如寿寂之等十余人，或封县侯，或封县子。弑主者得与荣封，究属未当。改号东海王祎为庐江王，兼中书监太尉，建安王休仁为司徒尚书令，领扬州刺史，山阳王休祐为荆州刺史，桂阳王休范为南徐州刺史，晋安王子勋为车骑将军，开府仪同三司。是年十二月。湘东王彧即皇帝位，宣诏中外，又有一篇革故鼎新的文字，小子亦录述如下：

昔高祖武皇帝德润四瀛，化绵九服；太祖文皇帝以大明定基，世祖孝武皇帝以下武宁乱，日月所照，梯山航海，风雨所均，削衽袭带，所以业固盛汉，声溢隆周。子业凶嚚自天，忍悖成性，人面兽心，见于龆日，反道败德，著自比年，其狎侮五常，怠弃三正，矫诬上天，毒流下国，实开辟所未有，书契所未闻。再罹遏密，而无一日之哀，齐斩在躬，方深北里之乐。虎兕难柙，凭河必彰，遂诛灭上宰，穷衅逆之酷，虐害国辅，究孥戮之刑。子鸾同生，以昔憾殄殪，敬猷兄弟，以睚眦歼夷，征逼义阳，将加屠脍，陵辱戚藩，捶楚妃主，夺立左右，窃子置储，肆酗于朝，宣淫于国。事秽东陵，行污飞走，积衅罔极，日月兹深。比遂图犯玄宫，暴行无忌，将肆枭獍之祸，逞豺虎之心，又欲鸩毒崇宪，路太后居崇宪宫。**虐加诸父。事均宫阃，声遍国都。鸱枭小竖，莫不宠昵，朝廷忠臣，必加戮挫。收掩之旨，虓虎结辙，掠夺之使，白刃相望。百僚危气，首领无有全地，万姓崩心，妻子不复相保。所以鬼哭山鸣，星钩血降，神器殆于驭索，景祚危于缀旒。朕假寐凝忧，泣血待旦，虑大宋之基，于焉而泯，武文之业，将坠于渊。赖七庙之灵，借八百之庆，巨猾斯殄，鸿沴时褰，皇纲绝而复纽，天纬缺而更张。猥以寡薄，属承乾统，上缉三光之重，俯顾庶民之艰，业业兢兢，若履冰谷，思与亿兆，同此维新。可大赦天下，改景和元年为泰始元年，一切法度，悉依前朝令典。其昏制谬封，并皆刊削，不使留存。特此谕知！**

即位礼成，又有一番封赏，特进南豫州刺史刘遵考为光禄大夫辅国将军，历阳、南谯二郡建平王景素为南豫州刺史，荆州刺史临海王子顼为镇军将军，徐州刺史永嘉王子仁为中军将军，左卫将军刘道隆为中护军。建安王休仁，闻道隆升职，上表辞官，谓不愿与道隆同朝。宋主彧几莫明其妙，嗣经左右查明，方知子业在日，曾召入休仁母杨氏，嘱令道隆逼奸。道隆乐得宣淫，竟将这位杨太妃，按倒榻上，备极丑态。杨氏亦不为无过，如何不学南平王妃？休仁不堪此辱，所以情愿解职。宋主彧既知底细，便将道隆赐死。片刻欢娱，丢去性命，何苦何苦！宗越、谭金、童太一等，虽经新皇摭慰，心中终属不安，嗣复闻有外调消息，遂与沈攸之密谋作乱。攸之竟去告密，越等当然被捕，勒毙狱中。好杀人者，终为人杀，观越可知。尚书右仆射王彧，表字景文，因避宋主名讳，易字为名，正任仆射，总尚书事，内外布置，统已就绪。独晋安王子勋，偏不肯服从命令，仍然用兵未休。

子勋年仅十龄，晓得甚么军事，凡事统由长史邓琬作主。琬因子勋排行第三，且起兵寻阳，与世祖骏相符，还道是后先辉映，定获成功。当时由都中新令，传到江州，将佐统共喜贺，琬忽取令投地道：“殿下将南面听政，如车骑将军等职，乃是我等所为，奈何授与殿下！”众皆骇愕，琬独与陶亮合谋，缮治兵甲，征兵四方。

雍州刺史袁颉，偕咨议参军刘胡，起兵相应，诈称奉太皇太后密令，嘱使出师。一面表达寻阳，劝子勋速即帝位。邓琬遂替子勋传檄，略言孤志遵前典，废幽陟明，湘东王彧，矫害明茂，指宋主杀豫章王事。篡窃大宝，干我昭穆，寡我兄弟，藐孤同气，犹有十三，圣灵何辜，乃致乏飨云云。这檄文传达远近，四处闻风；于是郢州刺史安陆王子绥，荆州刺史临海王子顼，会稽太守寻阳王子房，均与子勋谊关兄弟，愿作臂助。他如徐州刺史薛安都，冀州刺史崔道固，青州刺史沈文秀，义阳内史庞孟虬，行会稽郡事孔觊，吴郡太守顾琛，吴兴太守王昙生，义兴太守刘延熙，晋州太守袁标，益州刺史萧惠开，湘州行事何慧文，广州刺史袁昙远，梁州刺史柳元怙，山阳太守程天祚等，皆归附子勋。何攀龙附风者之多耶！

邓琬因趋附日多，遂伪言受路太后玺书，率将佐劝进，草草定仪，竟于宋主彧泰始二年，奉子勋为帝，改元义嘉，用邓琬为尚书右仆射，张悦为吏部尚书，袁颉为尚书左仆射，此外将佐及诸州郡官吏，各加官进爵，赏赐有差，四方贡献，多归寻阳。

宋主彧只保有丹阳、淮南数郡，几乎危急得很，亟派建安王休仁，都督征讨诸军事，命王玄谟为江州刺史，做了休仁的副手。沈攸之为寻阳太守，率兵万人，出屯虎槛。休仁等出都西去，才隔数日，忽由东南传来警报，说是会稽太守寻阳王等，已进兵至永世县。永世县地隔建康，不过数百里，都下震惧，风鹤惊心。宋主彧忙召群臣计事，蔡兴宗进言道：“今普天同叛，各怀异志，亟宜处以镇静，推诚待人；即如叛党亲戚，散布宫省，若用法相绳，转致激变，不为瓦解，必为土崩。今宜速颁明诏，示以罪不相及，待至舆情既定，人有战心，将见六军精勇，器械犀利，与叛众交战，自操胜算，何必过忧？”宋主彧连声称善，依议施行。

甫越两日，又闻豫州有附逆消息。豫州刺史殷琰，家属多在建康，本不愿归附寻阳，建武司马刘顺，替寻阳游说，力劝琰背东归西，琰犹豫未决，寻由右卫将军柳光世，出奔彭城，道过寿阳，谓建康万不可守，又兼豫州参军杜叔宝，从中迫胁，令琰不能自脱，没奈何起应子勋。宋主彧又复添忧，仍召兴宗等入商，蹙然与语道：“各处未平，殷琰又复同逆，奈何奈何？”兴宗道：“顺逆两端，臣不暇辨，惟现时商旅断绝，米却丰贱，四方云合，人情反安，照此看来，荡平可卜。臣所忧不在今日，却在将来。昔晋羊祜言事平以后，方劳圣虑，臣意亦这般想呢。”宋主道：“诚如卿言，且卿前言叛党亲属，不宜株累，朕今拟厚抚琰家，卿以为何如？”兴宗道：“这正是招携怀远的要策呢。”宋主遂令侍臣慰抚琰家，令他作书招琰。并遣兖州刺史殷孝祖甥荀僧韶，往谕孝祖，饬令即日入朝。

僧韶到了兖州，谒见孝祖道：“景和凶狂，开辟未闻，今主上夷凶剪暴，再造河山，不意群迷相煽，摇动众听。假使天道助逆，群凶逞志，亦必至祸难百出，不堪复问。舅父少有大志，若能招集义勇，辅佐明廷，不但匡主静乱，且更足扬名竹帛呢。”孝祖听了，奋袂遽起，也不管甚么妻孥，立率文武二千人，随僧韶至建康。

时会稽各郡叛军，愈逼愈近，内外忧危，群欲奔散，亏得孝祖驰至，所带随兵，饶有赳赳气象，人心因是得安。宋主彧即进孝祖为抚军将军，督前锋诸军事，使往虎槛。再遣山阳王休祐为豫州刺史，督领辅国将军刘勔，宁朔将军吕安国等，北讨殷琰。又派巴陵王休若，率同建威将军沈怀明，尚书张永，辅国将军萧道成等，东讨孔觊。觊方会合东南各军，使出晋陵，气焰甚盛。沈怀明至奔牛镇，未敢进战，但筑垒自固。永至曲阿县，更被吓退，逃还延陵，往就休若。时方孟春，连日风雪，陂塘崩溃，众无固志。诸将劝休若退保破冈，休若怒道：“叛贼未来，奈何轻

萧道成（427—482），即齐高帝，字绍伯，小字斗将，东海兰陵（今山东苍山西南兰陵镇）人，南朝齐的建立者。本为南朝宋禁军将领，乘宋皇族内战，掌握军政大权，杀后废帝，立顺帝，封齐公。顺帝升明三年（479年），代宋自立，改元建元，史称“南齐”。在位期间减免赋役，安抚流民，整理户籍，修建学校，提倡节俭。

退！敢有言退者斩！”诸将方不敢再言，乃筑垒息甲，严兵以待。

适殿中御史吴喜，在宋主前自请效力，宋主授喜建武将军，特简羽林勇士千人，遣往军前。喜尝出使东吴，情性宽厚，得人敬爱，此次出兵，竟自成一路，往捣贼巢。吴人闻喜到来，多望风欢迎，不战自服。足副大名。永世县令孔景宣，本已叛应孔颉，为土民徐崇之所杀，向喜报捷。喜令崇之权署县事，自进兵至吴城，连破义兴军。义兴太守刘延熙，筑栅长桥，保郡自守。喜正长驱进击，又来了一个好帮手，乃是司徒参军任农夫，也是自请从军。到了义兴，与喜同攻刘延熙，延熙保守不住，栅毁兵溃，投水自尽，眼见得义兴克复了。

孔颉闻义兴兵败，不寒自栗。宋廷又遣积射将军江方兴，御史王道隆，出至晋陵，督厉诸军，连战皆胜，攻克晋陵，各军皆遁，王昙生、顾琛、袁标等，亦弃郡出走。吴郡、吴兴、晋州各地，相继荡平。捷书连达宋廷，宋主调张永等击彭城，江方兴等击寻阳，但留建武将军吴喜，与建威将军沈怀明，东击会稽。喜遂引兵入柳浦，拔西陵，兵威所至，无不披靡。上虞县令王晏，复起兵攻郡城，孔颉逃往嵴山，单剩一个寻阳王子房。子房系子勋弟，与子勋同年，乳臭犹存，怎能自保？当被王晏攻入，把他缚住，械送建康。复悬赏购颉，颉即被获，并颉从弟孔璪，一并诛死。

会稽平定，王昙生、顾琛、袁标等，无路可逃，不得已诣吴喜营，叩首乞怜。喜代达朝廷，均蒙赦宥；就是子房解到建康，也因他年幼无知，特别宽免，但贬为松滋侯。东路了。

山阳王休祐到了历阳，令刘勔为先行，进军小岘。殷琰所署南汝阴太守裴季之，举合肥城出降。宁朔将军刘怀珍，又奉了宋主遣发，带同龙骧将军王敬则等，共步骑五千人，诣刘勔营，助讨寿阳，击斩庐江太守刘道蔚。琰遣部将刘顺、柳伦、皇甫道烈、庞天生等，率兵八千，东拒宛唐，与刘勔南北相持，约有月余。刘顺等粮食将尽，急向殷琰处索粮。参军杜叔宝，发车千五百乘，运粮饷顺，途次为勔军所劫，弃粮遁还。顺军无从得食，自然溃散，刘勔遂进薄寿阳。殷琰非常惶急，但与杜叔宝招集散兵，婴城自守，势孤援绝，料难保全。

张永与萧道成往攻彭城，彭城系徐州治所，为薛安都所据。安都从子薛索儿，偕太原太守傅灵越，夺据睢陵，阻截官军。张、萧两将，与索儿大战城下，索儿败退，食尽走死。傅灵越奔往淮西，武卫将军王广之，诱执送勔。勔送建康，宋主爱他骁勇，颇欲贷死，灵越抗言不逊，因即伏诛。惟殷孝祖驰至虎槛，会同寻阳太守沈攸之，进攻赭圻，仗着自己猛力，不顾士卒，昂然直往，且用羽仪前导，显示威风。他将已料他不终，果然与寻阳军将，大战一场，身中流矢，倒地而亡。小子有诗叹道：

为王执殳效前驱，危局颇期只手扶。

忠勇有余谋不足，赭圻一战竟捐躯。

孝祖中箭阵亡，众情大沮，后来胜负如何，容至下回续表。

子业为寿寂之所弑，湘东王彧实尸之，例以春秋书法，彧为首恶，不能辞咎。惟子业淫昏凶暴，浮于桀纣，汤武征诛，不为不义，何尤于湘东！本回标目，不曰弑而曰戕，至演述事实，复连录二令，所以罪子业，恕湘东也。子勋起兵寻阳，对于子业，尚属有名，对于湘东，实为无理。彼虽幼稚，未知逆顺，但既有统军之名，不得以其年幼而恕之，标目曰讨，书法特严。历叙叛党之不耐久战，正以见助逆之难成，莫谓乱世之果无公理也。

第二十二回

扫逆藩众叛荡平
激外变四州沦陷

却说殷孝祖阵亡，众情震骇，还亏沈攸之御众有方，勉力支持，方得镇定人心，不致溃散。时江方兴已由南调北，与攸之名位相埒，应前回。大众拟推攸之为统军，攸之独让与方兴。方兴大喜，便督厉诸将，准备开战。

赭圻守将，为寻阳左卫将军孙冲之，右卫将军陶亮等人，统兵约二万名。冲之语亮道："孝祖骁将，一战便死，天下事不难手定了。此地不须再战，便当直取京师。"亮不肯从，但与部将薛常宝、陈绍宗、焦度等，出兵对垒，决一胜负。方兴与攸之夹攻敌阵，有进无退，杀得寻阳军士，弃甲曳兵，一哄儿逃往姥山。死亡过半，失去湖、白二城。陶亮大惧，亟与孙冲之退保鹊尾，只留薛常宝等守赭圻。

寻阳长史邓琬，闻前军败绩，复遣豫州刺史刘胡，率众三万，铁骑二千，援应孙、陶。胡系宿将，颇有勇略，为将士所敬惮，孙、陶二人，亦倚以为重，总道是长城可靠，后必无虞。会宋廷已擢沈攸之为辅国将军，代殷孝祖督前锋军事，又调建武将军吴喜，自会稽至赭圻。攸之以军势颇盛，遂麾军围赭圻城。

薛常宝乘城扼守，且因粮食不继，向刘胡处乞援。胡自督步卒万人，负囊运米，乘夜救薛，天明至城下，偏为攸之大营所阻，不得入城。攸之且出兵邀击，与刘胡鏖斗多时，胡却也厉害，持槊直前，冲突多次。经攸之号令诸军，迭发强弩，把他射住，胡尚三却三进，直至身中数箭，方自觉支撑不住，向后倒退。攸之乘势奋击，胡众大败，舍粮弃甲，缘山奔去。胡狼狈退走，仅得回营。

薛常宝见胡败去，料知孤城难守，便开门突围，走入胡寨。他将沈怀宝，也想随奔，适被攸之截住，战不数合，就做了刀头鬼。陈绍宗单舸走鹊尾，城中尚有数千人，当即出降。攸之入赭圻城，建安王休仁，亦自虎槛至赭圻。宋主复遣尚书褚渊，驰抵行营，赏犒将士，促兵再进。

邓琬传子勋号令，征袁颉至寻阳，令他统军赴敌，颉尽率雍州部曲，来会寻阳各军。楼船千艘，战士二万，如火如荼，趋至鹊尾，刘胡等迎颉入营，谈论军情，颉略略交谈，便算了事。住营数日，并未闻有甚么方略，但见他常服雍容，赋诗饮酒，差不多似没事一般。也想学谢太傅么？刘胡因南军未至，军需匮乏，特向颉商借襄阳军资，颉不肯应允。又闻路人谣传，谓建康米贵，斗米千钱，遂以为不劳往攻，可以坐定；因此连日延宕，不发一兵。刘胡等屡请出战，颉乃令胡出屯浓湖，堵截官军。

会青、兖各郡吏，并起兵应建康，青州刺史沈文秀，勉与相持，势颇危急。弋阳西山蛮田益之，也输诚宋室，率蛮众万人围义阳，司州刺史庞孟虬，由邓琬差遣，击退益之，且引兵往援殷琰。刘勔致休仁书，请分兵相助，休仁欲遣龙骧将军张兴世赴援，兴世方谋绕越鹊尾，上据钱溪，截击寻阳军粮道，偏休仁令他北援，未免背道而驰，甚为叹惜。

沈攸之本赞成兴世，即入白休仁道：“孟虬蚁聚，必无能为，但遣别将往救，已足相制，兴世谋袭叛军粮道，乃是安危枢纽，万难中止，还请大帅注意！”休仁依攸之言，另派部将段佛荣率兵救勔，令兴世简选战士七千，用轻舸二百艘分装，溯流而上。途次辄遇逆风，屡进屡退。刘胡闻报大笑道：“我尚不敢轻越彼军，下取扬州，张兴世有何能力，乃敢据我上流呢！”遂不复戒备。

哪知天心助顺，不如人料，一夕东北风大起，兴世得悬帆直上，径越鹊尾。及刘胡闻知，急令偏将胡灵秀往追，已是不及。兴世竟趋钱溪，扎住营寨，堵截交通。刘胡自率水部各军，往攻钱溪，前锋为兴世所败，伤毙数百人。胡不禁大怒，驱军猛进，不防袁颉着人追还，说是浓湖危急，促令返救，胡只得回军浓湖。看官听说！这浓湖危急的军报，并非袁颉虚造，实是休仁遥应兴世，特令沈攸之、吴喜等，率舰进击，牵制刘胡。胡既东返，攸之等也即引还。无非是亟肄以敝，多方以误之计。

是时广州刺史袁昙远，为下所杀，山阳太守程天祚反正投诚。赣令萧颐，系辅国将军萧道成世子，擒获南康相沈肃之，据住南康，起应君父。就是庞孟虬到了弋阳，也被吕安国等击走，遁还义阳。王玄谟子昙善，又起兵据义阳城，击逐孟虬，孟虬窜死蛮中。皇甫道烈等闻孟虬败死，相率降勔。勔遂遣还段佛荣，仍至浓湖。

刘胡等军中乏食，粮运为兴世所阻，梗绝不通。胡再攻钱溪，仍然不克，更遣安北府司马沈仲玉，竟往南陵征粮。仲玉至南陵，载米三十万斛，钱布数十舫，还过贵口，可巧碰着宋将寿寂之、任农夫，麾兵杀来。那时逃命要紧，不得已弃去米布，走回颛营。

刘胡闻报大惊，阴谋西窜，佯令人通知袁颛，只说是再攻钱溪，兼下大雷，暗令薛常宝办船，径趋海根，毁去大雷诸城，自向寻阳遁去。颛至夜方知，顿足大愤道："不意今年为小子所误，悔无及了！"一面说，一面即出跨乘马，顾语部众道："我当自往追胡，汝等不应妄动，在营守着！"语毕，即带着千人，策马飞驰，走往鹊头。依样画葫芦。

浓湖及鹊尾各营，统共不下十万人，两处并无主帅，如何保守？索性尽降宋军。建安王休仁，既入浓湖，复至鹊尾，收降敌垒数十，遂遣沈攸之等追颛。

颛与鹊头守将薛伯珍，又趋向寻阳，夜止山间，杀马飨将士，且语伯珍道："我非不能死，但欲一至寻阳，谢罪主上，然后自尽呢。"伯珍不答。到了翌晨，竟请屏人言事。颛不知他是何妙计，便命左右退去，与他密谈，哪知他拔剑出鞘，向颛砍来。颛骇极欲避，偏偏身不由主，手足反笨滞得很，只听见砉的一声，魂灵儿已飞入幽都。

伯珍枭了颛首，持示大众，嘱令降宋，众皆听命，他即持颛首驰往钱溪。适遇马军将军俞湛之，出首相示，湛之佯为道贺，暗拔刀斫伯珍首，共得两颗头颅，送往休仁大营，据为已功。强中更有强中手。

寻阳连接败报，邓琬等仓皇失措，忽见刘胡到来，诈称袁颛叛去，军皆溃散，惟自已全军回来，请速加部署，再图一战。琬信为真言，拨粮给械，令他出屯溢城，不料他一出寻阳，竟转向沔口去了。

琬闻胡去，越加惶急，与中书舍人褚灵嗣等，商量救急方法，大家智尽能索，无一良谋。尚书张悦，却想出一条妙计，诈称有疾，召琬议事。琬应召入室，向悦问安，悦答道："我病为国事所致，事至今日，已迫危境，足下首倡此谋，敢问计将安出？"琬踌躇多时，方嗫嚅答道："看来只好斩晋安王，封库谢罪，或尚得保全生命！"好计策。悦冷笑道："这也太觉不忍，难道可卖殿下求活么？且饮酒一樽，徐图良策。"说至此，即向帐后回顾，佯呼取酒。帐后一声应响，便闪出许多甲士，手中并无杯箸，但各执刀械相饷。琬欲走无路，立被甲士拿下，由悦数责罪状，当场斩首！该杀。复令捕到琬子，一并加诛，自乘单舸诣休仁军前，献入琬首，赎罪乞降。

休仁即令沈攸之等驰往寻阳。寻阳城内，已经大乱，子勋已被蔡道渊囚住，城门洞开，一任攸之等趋入。可怜十一岁的垂髫童子，做了半年的寻阳皇帝，徒落得一刀两段，身首分离。

当下传首建康，露布告捷，再遣张兴世、吴喜、沈怀明等，分徇荆、郢、雍、湘各州，及豫章诸郡县。刘胡逃至石城，为竟陵丞陈怀直所诛。郢州行事张沈，荆州行事孔道存，相继毕命。临海王子顼，由荆州治中宗景，执送建康，勒令自杀。安陆王子绥也即赐死。还有邵陵王子元，系子勋弟，本迁任湘州刺史，道出寻阳，为子勋所留，加号抚军将军，至是亦连坐受诛，年止九岁。所有叛附子勋诸党羽，除见机归顺外，多被捕诛。徐州刺史薛安都，冀州刺史崔道固，益州刺史萧惠开，梁州刺史柳元怙等，先后乞降。独湘州刺史何慧文，未曾投顺，由宋主诏令吴喜，宣旨招抚。慧文叹道："身陷逆节，不忠不义，还有何面目见天下士！"遂仰药自杀。有诏追赠死节诸臣，及封赏有功将士，各分等差，并召休仁还朝。

时路太后已遇毒身亡，追谥为昭太后，葬孝武陵东南，号修宁陵。名目上虽未减损，实际上很是草率。原来路太后闻子勋建号，颇以为幸，及子勋将败，路太后竟召入宋主，置毒酒中，伪令侍饮。宋主彧全不加防，经内侍从旁牵衣，始悟毒谋。即将计就计，起奉面前樽酒，为太后寿。路太后无可推辞，只好拼死饮尽。原是自己速死。是夕毒发暴亡。宋主彧尚秘不发丧，但迁殡东宫，至寻阳告捷，乃草草奉葬。

休仁应召入都，复密白宋主道："松滋侯兄弟尚在，终为祸阶，宜早自为计！"宋主因将松滋侯子房以下，共计兄弟十人，一并赐死，连路太后从子体之茂之，也连坐加诛。总计孝武二十八子，至此俱尽。上文虽约略分叙，未曾详明，由小子列表如下：

废帝子业。遇弑。**豫章王子尚。**赐死。**晋安王子勋。**被杀。**安陆王子绥。**赐死。**子深。**未封而殇。**寻阳王子房。**降为松滋侯赐死。**临海王子顼。**赐死。**始平王子鸾。**为子业所杀。**永嘉王子仁。**赐死。**子凤。**未封而殇。**始安王子真。**赐死。**子玄。**未封而殇。**邵陵王子元。**赐死。**齐敬王子羽。**早卒，追加封谥。**子衡子况。**俱未封而殇。**淮南王子孟。**赐死。**南平王子产。**赐死。**晋陵王子云。**早卒。**子文。**未封而殇。**庐陵王子羽。**赐死。**南海王子师。**为子业所杀。**淮阳王子霄。**早卒，追加封谥。**子雍。**未封而殇。**子趋。**未封赐死。**子期。**未封赐死。**东平王子嗣。**赐死。**子悦。**未封赐死。

以上为孝武帝二十八男，由宋主彧赐死，得十四人，这也可谓残虐骨肉，太无仁心了。咎在休仁。

辅国将军刘勔，围攻寿阳，自春至冬，尚未能下，宋主彧使中书草诏，招抚殷琰。尚书蔡兴宗入谏道："天下既定，琰宜知过自惧，但须由陛下赐给手书，彼方肯来，否则仍使疑贰，尚非良策！”宋主不从，果然殷琰得诏，疑是刘勔行诈，不敢出降。杜叔宝且藏瞒寻阳败报，益加守备。嗣经宋主发到降卒，使与城中人问答，守卒始知寻阳败没，各生贰心。琰欲北走降魏，主簿夏侯详，极力劝阻。琰乃使详出见刘勔，婉言乞请道：“今城中兵民，明知受困，尚且固守不变，无非惧将军入城，一体受诛；倘将军逼迫太急，彼将北走降魏，为将军计，不如网开三面，一律赦罪，大众得了生路，还有不相率归顺么？”勔慨然应诺，即使详至城下，呼城上将士，传达勔意。琰乃率将佐面缚出降，勔悉加慰抚，不戮一人。入城又约束部曲，秋毫无犯，城中大悦。宋主亦有诏赦琰。琰还都后，复得为镇南咨议参军，仕至少府而终。北路亦了。

他如兖州刺史毕众敬，豫章太守殷孚，汝南太守常珍奇，从前常向应子勋，至是俱上表输诚，愿赎前愆。宋主因叛乱已平，更欲示威淮北，特授张永为镇军将军，沈攸之为中领军，使统甲士十五万，往迎徐州刺史薛安都。蔡兴宗谏道：“安都已经归顺，但须一使传书，便足征召，何必多发大兵，反令疑忌呢！若谓叛臣罪重，不可不诛，亦应在未赦以前，早为处置。今已加恩宽宥，复迫令外叛，招引北寇，恐欲益反损，朝廷又不遑旰食了！”历观兴宗所陈，多有特见。宋主不以为然，转询萧道成，道成亦答称不宜遣兵，宋主道：“诸军猛锐，何往不利，卿等亦未免过虑了！”骄必败。遂径遣张、沈二将北行。

安都闻大兵将至，果然疑惧，亟遣子入质魏廷，向他求救。汝南太守常珍奇，亦恐连坐遭诛，也举悬瓠城降魏。魏主弘系拓跋浚长子，浚在位十四年病殂，由弘承父遗统，与宋主彧同年即位，尊浚为文成皇帝。弘年仅十二，丞相太原王乙浑，总决国事。补前文所未详。越年，乙浑有谋反情事，太后冯氏密定大计，收浑伏诛。冯氏为弘嫡母，颇有智略，因临朝听政。可巧薛安都、常珍奇二人，奉书乞援，遂与中书令高允等，商决出兵，立派镇南大将军尉元，镇东将军孔伯恭等，率骑兵万人，东救彭城。镇西大将军西河公拓跋石，都督荆豫南雍州诸军事张穷奇，率步兵万人，西救悬瓠，授薛安都为镇南将军，领徐州刺史，封河东公，常珍奇为平南将军，领豫州刺史，封河内公。

兖州刺史毕众敬，与安都异趋，表达建康，请讨安都。书尚在途，忽闻子元宾坐罪被杀，不禁大怒，拔刀斫柱道：“我已白首，只生一子，今在都中受诛，我亦不愿生存了！”为子叛君，也不合理。未几魏军至瑕邱，众敬即遣人乞降，魏将尉元，拨部众随入兖州，便将城池据去，不令众敬主持。众敬始觉悔恨，好几日不进饮食，但已是无及了。

魏西河公石至上蔡，与尉元同一谋画，俟常珍奇出迎，即麾众入城，勒交管钥，据有仓库。珍奇也有悔心，复欲图变，奈石已防备严密，无从下手，没奈何屈意事石，蹉跎过去。引狼入室，应有此遇。

薛安都尚未知两处消息，但闻张永、沈攸之等已到下礚，忙遣使催促魏军。尉元长驱至彭城，见薛安都开门迎谒，便派部将李璨，偕安都入城，收检库钥，更令孔伯恭用精兵二千，守卫城池内外，方才驰入。既至府署，堂皇高坐，令安都下阶参见，好似上司对下属一般。安都不禁愤恚。退语部众，再欲叛魏归宋，偏又为尉元所闻，召入署中，语带讥讽。安都且愧且惊，不得已携出私资，重赂尉元，复委罪女夫裴祖隆，将他杀死。女夫何罪，乃斫其首，女又何辜，乃令其寡？徇利贪生，一至于此，比毕、常二人犹且勿如。元乃使李璨守城，安都为助，自率兵出袭张永粮道。

永正派羽林监王穆之，领兵五千，在武原守住辎重，不意魏兵杀到，措手不及，只好将辎重弃去，奔就永营。永等方进薄彭城，蓦见穆之逃来，说是辎重被夺，不觉大骇，又兼冬春交季，雨雪纷纷，自知站立不住，索性弃营遁还。适泗水冰合，船不能行，复把兵船弃去，渡冰南走。士卒已多半冻毙，及渡过南岸，行抵吕梁相近，突遇魏兵杀出，首领正是尉元。原来元袭穆之辎重，已绕出永营后面，预料永军绝粮，必将奔还，因即逾淮待着，截击永军。永已无心恋战，既遇魏军，不得不勉强厮杀，哪知后面又有鼓声，乃是薛安都领兵追到，也来乘势邀功。何颜之厚。永前后受敌，如何了得，急令沈攸之抵挡后军，自督兵冲突前军。好容易杀开血路，已是足指被伤，忍痛走脱。沈攸之也仅以身免。部众死亡逾万，横尸六十里，所有军资器械，抛散殆尽。

宋主接得败报，召语蔡兴宗道："朕不听卿言，竟致徐、兖失守，今自觉无颜对卿呢。"兴宗道："徐、兖已失，青、冀亦危，速请抚慰为是！"宋主乃遣沈文秀弟文炳，持诏宣抚，又遣辅国将军刘怀珍，与文炳同行。途次果闻青、冀有变，由怀珍兼程急进，连定各城，青州刺史沈文秀，冀州刺史崔道固，始不敢生贰，仍绝魏归宋。怀珍乃还。

魏既得徐、兖二州，复拟攻青、冀二州，再遣平东将军长孙陵赴青州，征南大将军慕容白曜为后应，驱兵大进，势如破竹，据无盐，破肥城，夺去麋沟。垣苗二戍，又进陷升城。守将非死即降。宋主复命沈攸之等规复彭城，俾得通道东北，往援青、冀。攸之谓淮泗方涸，不便行军，宋主怒起，立要他立功赎罪。攸之不得已北行，萧道成亦奉命镇淮阴，接应攸之军需。攸之至濉清口，被魏将孔伯恭截住，战了半日，攸之败退。孔伯恭乘胜追击，杀毙宋龙骧将军崔彦之，攸之身亦受创，走还淮阴。下邳、宿豫、淮阳诸守将，皆弃城遁还。

青、冀二州，日夕待援，始终不至，崔道固孤守历城，即冀州治所。被围年余，力竭降魏。沈文秀困守东阳，即青州治所。被围三年，士卒昼夜拒战，甲胄生虮虱，魏将长孙陵，督众陷入，执住文秀，缚送慕容白曜。白曜喝令下拜，文秀亦厉声道："汝为北臣，我为南臣，彼此名位从同，何必拜汝！"白曜倒也起敬，待以酒食，始转送平城。魏主令为中都下大夫，于是青、冀二州，也为魏有。小子有诗叹道：

无端挑衅启兵争，外侮都因内变生。

试看四州沦陷日，才知师出本无名。

豫州境内，又有魏兵出入，亏得有人守住，击斩魏将，才得保全。欲知此人为谁，且至下回再叙。

子勋之死，咎由自取，袁顗、邓琬、刘胡等，死有余辜，更不足责。子项、子房、子绥，同类受诛，尚不得为冤死。子元被留寻阳，死非其罪，顾犹得曰受抚军将军之伪命，固不便轻赦也。子仁以下共九人，年皆冲幼，又未尝趋附子勋，何罪何辜，乃尽赐死？休仁原是不仁，而宋主彧之妄加锄戮，举孝武遗胄而悉屠之，安得谓非残忍乎？子勋既败，余党尽降，薛安都亦奉表归命，无端发兵十五万，往迎安都，可已不已，激成外变，卒至徐、兖、青、冀四州，相继沦没。江左小朝，不及北魏之半，又复失去四州，是地且益小矣。呜呼刘彧弄巧反拙，原厥祸始，实误于"骄"之一字。裴子野谓齐桓矜于葵邱，而九国叛，曹公不礼张松，而三国分，合以宋主彧之失四州，几成鼎足，乃知持盈保泰之固自有道也。

第二十三回

杀弟兄宋帝滥刑
好佛老魏主禅统

却说豫州刺史刘勔甫经莅任，闻魏司马赵怀仁，入寇武津，亟遣龙骧将军申元德，出兵拦截。元德击退魏兵，且斩魏于都公阏于拔，获运车千三百乘，魏移师寇义阳，又由勔使参军孙台灌把他驱逐，豫州才幸无事。勔复致书常珍奇，叫他反正，珍奇亦生悔念，乃单骑奔寿阳，魏始不敢南侵。宋亦无力恢复，但矫立徐、兖、青、冀四州官吏。徐治钟离，兖治淮阴，青、冀治郁洲，虚置郡县，招辑流亡，不过摆着个空场面。那徐、兖、青、冀的人民，都已沦为左衽，无力南迁了。

宋主彧遭此一挫，未尝刷新图治，反且纵暴肆淫。即位初年，立妃王氏为皇后，王氏系仆射王景文胞妹，秉性柔淑，赋质幽娴，与宋主却相敬爱。后来宋主纵欲，选择嫔御数百人，充入后房，渐把王后疏淡下去。王后倒也不生怨忿，随遇自安。惟王后只生二女，未得毓麟，就是后宫许多嫔御，亦不闻产一男儿。寡欲始可生男，否则原难望子。

宋主好色过度，渐至不能御女，只好向人借种，乃把宫人陈妙登，赐给嬖臣李道儿。妙登本屠家女，原没有甚么廉耻，既至李家，与道儿连日取乐，不消一月，已结蚌胎。如此得孕，有何佳儿？事为宋主所闻，又复迎还。曾不思覆水难收么？十月满足，得产一子，取名慧震，宋主说是自己所生。又恐他修短难料，更密查诸王姬妾，遇有孕妇，便迎纳宫中，倘得生男，杀母留子，别使宠姬为母，抚如己儿。至慧震年已三龄，牙牙学语，动人怜爱，宋主即册立为太子，改名为昱，册储节宴，很是热闹。

到了夜间，复在宫中大集后妃，及一切公主命妇，列坐欢宴。饮到半酣，却下了一道新奇命令，无论内外妇女，均令裸着玉体，恣为欢谑。王皇后独用扇障面，不笑不言，宋主顾叱道："外舍素来寒乞，今得如此乐事，偏用扇蔽目，究作何意？"后答道："欲寻乐事，方法甚多，难道有姑姊妹并集一堂，反裸体取乐么？外舍虽寒，却不愿如此作乐！"宋主不待说毕，益怒骂道："贱骨头不配抬举，可与我离开此地！"王后当即起座，掩面还宫，宋主为之不欢，才命罢宴。

次日为王景文所闻，语从舅谢纬道："后在家时，很是懦弱，不意此番却这般刚正，真正难得！"纬亦为叹赏不置。

看官听说！从来淫昏的主子，没有不好色信谗，女子小人，原是连类并进，似影随形，宋主彧既选入若干妇女，免不得有若干宵小。游击将军阮佃夫，中书舍人王道隆，散骑侍郎杨运长，并得参预政事，权亚宋主。就中如佃夫最横，纳货赂，作威福，宅舍园池，冠绝都中。平居食前方丈，侍妾数百，金玉锦绣，视同粪土，仆从附隶，俱得不次升官，车夫仕至中郎将，马士仕至员外郎。朝士无论贵贱，莫不伺候门庭。从前二戴一巢，号称权幸，也未及佃夫威势。且巢、戴是士人出身，尚知稍顾名誉，佃夫是从小吏入值，由主衣得充内监，不过因废立预谋，骤得封至建城县侯。寻阳乱作，从军数月，又得兼官游击将军，声灵赫濯，任性妄行。王道隆、杨运长等，与为倡和，往往援引党徒，排斥异类。最畏忌的是皇室宗亲，宗亲除去，他好侮弄人主，永窃国权，所以随时进谗，凭空构衅。好一段大文章，含有至理。

宋主彧本来好猜，更有佃夫等从旁鼓煽，越觉得至亲骨肉，纯是祸阶。可巧皇八兄庐江王祎，与河东人柳欣慰，诗酒劝酬，订为知交。欣慰密结征北咨议参军杜幼文，意图立祎，偏幼文奏发密谋，遂将欣慰捕戮，降祎为车骑将军，徙镇宣城，特遣杨运长领兵管束。运长更嘱通朝士，讦祎怨望，祎坐夺官爵，且为朝使所迫，勒令自裁。

扬州刺史建安王休仁，与宋主彧素相友爱，前曾保全彧命。彧即位后，更由休仁亲冒矢石，迭建大功，位冠百僚，职兼内外，渐渐的功高遭忌，望重被谗。休仁已不自安，至祎被诛死，即上表辞扬州兼职。宋主乃调桂阳王休范为扬州刺史，并改封山阳王休祐为晋平王，自荆州召还建康，另派巴陵王休若为荆州刺史。休祐刚狠，屡次忤旨，宋主积不相容，故召回都下，设法翦除。泰始七年春二月，车驾至岩山射雉，特令休祐随行，射了半日，有一雉不肯入场，呼休祐驰逐，必得雉始归。休祐既去，宋主密嘱屯骑校尉寿寂之等，追随休祐，自己启跸还宫。天色将暮，日影西沉，休祐尚未得雉，控辔驰射，不意后面突来数骑，冲动马尾，马遇惊跃起，竟将休祐掀下。休祐料有急变，奋身腾立，顾见寿寂之等，正要诘问，那寂之等已四面凌逼，拳足交加。休祐颇有勇力，也挥拳抵敌，横厉无前，忽背后被人暗算，引手撩阴，一声爆响，晕倒地上，复被大众殴击，自然断命。寂之驰白宋主，报称骠骑坠马，休祐原任骠骑大将军，所以有此传呼。宋主佯为惊愕，即遣御医络绎往视，医官检验伤痕，明知殴毙，但返报气绝无救罢了。殓葬时尚追赠司空，旋且废为庶人，流徙家属。究竟要露出真相。

一波未平，一波又起，都中忽起谣言，谓巴陵王休若，有大贵相，宋主复召休若为南徐州刺史。休若将佐，都劝休若不宜还朝，中兵参军王敬先进言道："荆州带甲十余万，地方数千里，上可匡天子，除奸臣，下可保境土，全一身，奈何自投罗网，坐致赐剑呢！"休若阳为应诺，至敬先趋出，即令人把他拿下，奏请加惩，奉诏将敬先诛死。及启行入都，会宋主遇疾，医治乏效，自恐病不能兴，特召杨运长等筹商后事。运长独指斥建安王休仁，以为此人不除，必贻后患。宋主尚觉踌躇。嗣闻宫廷内外，多属意休仁，拟俟宋主晏驾，即行推戴，仍恐出运长等谗言。于是决计先发，召休仁直宿尚书省。

休仁至尚书省中，闲坐多时，已将夜半，乃和衣就寝。蓦然有诏使到来，宣敕赐死，且进毒酒。休仁叱道："主上得有天下，究系何人的功劳？今天下粗安，乃欲我死，从前孝武诛夷兄弟，终至子孙灭绝，前车不鉴，后辙相循，宋祚岂尚能长久么？"原是冤枉，但松滋兄弟，并无致死之罪，汝何故奏请诛夷？诏使逼令饮酒，休仁道："我死后，看他能活到何时？"说着，遂取杯饮尽，未几毒发身死。宋主虑有他变，力疾乘舆，夜出端门，及接得休仁死报，才复入宫。

黎明又下一诏，诈言休仁谋反，惧罪引决。应降为始安县王。惟休仁子伯融，许令袭爵，伯融为休仁妃殷氏所出。殷氏嫠居抱病，延医生祖翻诊治，祖翻面白貌秀，殷氏亦甫在中年，两下相窥，你贪我爱，竟相拥至床，实行那针灸术。后来奸案发觉，遣还母家，亦迫令自尽。裸体纵欲，已成常事，何必勒令自尽！宋主且语左右道："我与建安年龄相近，少便款狎，景和、泰始年间，原是仗他扶持，今为后计，不得不除，但事过追思，究存余痛呢！"说至此，潸然泪下，悲不自胜，左右相率劝解，还说是情法两全，可以无恨。彼此相欺，亡无日矣。

褚渊（435—482），字彦回，河南阳翟（今河南禹州）人。宋文帝之婿。泰豫元年（472年），与袁粲共辅苍梧王（后废帝）。后参与萧道成代宋的活动。南齐建立，封为南康郡公，任尚书令等职。

先是吏部尚书褚渊出为吴郡太守，宋主谋杀休仁，促令入见，流涕与语道："我年甫逾壮，病日加增，恐将来必致不起，今召卿进来，特欲卿试着黄纙呢。"看官道黄纙是何衣？原来是当时乳母服饰。宋主以子昱年幼，有志托孤，乃有此语。渊婉辞慰答。及

袁粲（420—477），初名愍孙，字景倩，南朝宋陈郡阳夏（今河南太康）人。泰豫元年（472年），以尚书令受明帝遗命，与褚渊共辅苍梧王（后废帝）。顺帝初，任中书监，镇石头城（今江苏南京市西清凉山）。后谋兵叛乱，事泄被杀。

与谋诛休仁事，却由渊谏阻，宋主怒道：“卿何太痴！不足与计大事！”渊乃恐惶从命。既而进右仆射袁粲为尚书令，渊为尚书左仆射，同参国政。

适巴陵王休若，到了京口，闻得休仁死耗，惊惧交并，正在进退两难的时候，接到朝廷手敕，调任江州，惟促令入都相见，定期七夕会宴。休若不得已入朝，宋主尚握手殷勤，叙家人谊。到了七夕宴期，休若入座，主臣欢饮，并没有什么嫌疑。宴罢归第，时已入夜，偏有朝使随到，赍酒赐死。休若无可奈何，只好一饮而尽，转眼间已是毕命。追赠侍中司空，命子冲袭封，总算敷衍表面，瞒人耳目。

又调休范刺江州，休范在兄弟中，最为朴劣，宋主或尝语王景文道：“休范材具庸弱，不堪出镇，只因我承大统，令他富贵，释氏谓愿生王家，便是此意。”承情之至。景文唯唯而退。其实文帝十九子，除宋主彧外，此时只休范尚存，不过因他庸愚寡识，尚得苟延残喘，但也是死多活少，命在须臾了。文帝十九子，已见前文，故本回不再复述。

宋主既猜忌骨肉，复迷信鬼神，特辟故第为湘宫寺，备极华丽。新安太守巢尚之，罢职还朝，宋主与语道：“卿可往湘宫寺否？这是朕生平一大功德。”尚之还未及答，旁有一官闪出道：“这都由百姓卖儿贴妇钱，充作此费，佛若有灵，当暗中嗟叹，有甚么功德可言！”宋主闻言，怒目顾视，乃是散骑侍郎虞愿，便喝令左右，驱愿下殿。愿从容趋出，毫不动容。过了数日，宋主与彭城丞王抗弈棋，抗本善弈，远出宋主上，只因天威咫尺，不便争胜，往往故意逊让，且弈且言道：“皇帝飞棋，使臣抗不能下手。”这句话明明是不愿与弈，那宋主还自得其乐，愈嗜弈棋，虞愿又进谏道：“尧尝用弈教丹朱，非人主所应留意。”宋主只听得两语，已经怒起，便挥手使退，但因他是个文人，不足为虞，所以未尝加罪，始终含容过去。独屯骑校尉寿寂之，孔武有力，豫州都督吴喜，智计过人，均阴中上忌，先后赐死。寂之手刃子业，应死已久；吴喜且有大功，奈何赐死！萧道成出镇淮阴，为人所谮，也被召入朝。将佐等劝勿就征，道成慨然道：“死生自有定数，我若淹留，乃足致疑；况朝廷摧残骨肉，祸必不远，方当与卿等勠力图功，有甚么顾虑呢！”随即偕使入朝。果然到了阙下，并无危祸，惟改官散骑常侍，兼太子左卫率，不令还镇罢了。能杀他人，不能杀萧道成，岂非天数。

宋主又欲规复淮北，命北琅琊、兰陵太守垣崇祖出师，当时北琅琊、兰陵两郡，已被魏陷没，崇祖侨驻郁洲，只率数百人袭入魏境，据住蒙山。魏人闻信出击，崇祖恐众寡不敌，仍然引还。

魏自拓跋弘即位，第一年改元天安，第二年又改元皇兴。皇兴元年，后宫李夫人生下一子，取名为宏，由冯太后取入己宫，勤加抚养，一面把政权付还魏主。魏主弘始亲国事，追尊生母李贵人为元皇后，向例魏立太子，即将生母赐死。弘册为太子时，李贵人应依故事，条记事件，付托兄弟，然后自尽。此等秕政，实属无谓。弘回忆生初，当然伤感，因追尊为后。自亲政后，大小必察，赏不滥，刑不苛，黜贪尚廉，保境息民，十五六岁的北朝天子，居然能移易风俗，整肃纪纲，中书令高允，却也竭诚辅导，知无不言。所以皇兴年间，魏国称治。惟冯太后尚在盛年，不耐寡居，巧值尚书李敷弟奕，入充宿卫，太后见他年少貌美，遂引入宫中，赐以禁脔。宫女等素惮雌威，不敢窃议，所以李奕得出入无忌，尝与冯太后交欢，只瞒着魏主弘一人。

拓跋宏（467—499），即魏孝文帝，北魏皇帝。即位时仅五岁，太皇太后冯氏当国。太和十四年（490年）亲政。十七年，孝文帝从平城（今山西大同市东北）迁都洛阳。改鲜卑姓氏为汉姓，改变鲜卑风俗、语言、服饰，奖励鲜卑族与汉族通婚。又评定士族门第，加强鲜卑贵族和汉人士族的联合统治，并参照南朝典章制度，制定官制朝仪。他的改革对各族人民的融和各族封建化的进程起了积极作用。

魏主弘性好释老，做了三五年皇帝，已不耐烦，就将那襁褓婴儿，册为储贰。到了皇兴五年，太子宏年仅五岁，一时不便禅授，意欲传位京兆王子推。子推系文成帝弟，与魏主弘为叔父行，弘因他器宇深沉，故欲推位让国，令他主治，自己可以养性参禅。匪夷所思。当下召集公卿，议禅位事，公卿等听作奇闻，莫敢应对。独子推弟任城王子云，抗言进谏道："陛下方坐致太平，君临四海，怎得上违宗庙，下弃兆民！必欲委置尘务，亦应传位储君，方不乱统。"不私所亲，却是一个正人。太尉源贺，尚书陆馛，亦相继应声道："任城所言甚是，请陛下采纳！"魏主弘不禁变色，似有怒意，中书令高允插口道："臣不敢多言，但愿陛下上思宗庙付托，何等重大，追念周公抱成王事，也是从权办法，陛下择一而行，才不致惊动中外！"魏主弘乃徐徐道："据卿等奏议，宁立太子，不过太子幼弱，全仗卿等扶持。"高允等尚未及答，魏主弘又道："陆馛素来正直，必能保全我子。"馛闻言即叩首谢奖，魏主即授为太保，令与太尉源贺，准备禅位事宜。

宏生有至性，上年魏主病痈，由宏亲为吮毒，至是得受禅信息，向父泣辞。魏主弘问为何因？宏答道：“臣儿幼弱，怎堪代父承统，中心忧切，因此泪下！”五岁小儿，却能如此，恐未免史笔夸张。魏主弘叹道：“尔能知此，必可君人。我意已决定了！”遂令陆馛等整缮册文，即日传位。文中略云：

昔尧、舜之禅天下也，皆由其子不肖，若丹朱、商均，果能负荷，岂必搜扬侧陋而授之哉！尔虽冲弱，有君人之表，必能恢隆主道，以济兆民。今使太保建安王陆馛，太尉源贺，持节奉皇帝玺绶，致位于尔躬。尔其践升帝位，克广洪业，以光祖宗之烈，使朕优游履道，颐神养性，可不善欤！

五龄太子，出受册文，也被服帝衣，登上御座，受文武百官朝谒，改年为延兴元年。礼毕还宫，又由公卿大夫，引汉高帝尊奉太上皇故事，奉魏主弘为太上皇帝，仍总国家大政。魏主弘准如所请，自徙居崇光宫，采椽不斫，土阶不垩，差不多有太古风。又仿西印度传闻，特在宫苑中建造鹿野浮图，引禅僧同住，研究佛学。惟国有大事，始令上闻。这也是别有心肠，非人情所得推测呢。这且慢表。

且说北朝禅位以后，遣使告宋，宋亦遣使报聘，南北又复通好，暂息兵争。只宋主屡次抱病，骨瘦如柴，无非渔色所致。渐渐的支撑不住。自恐一旦不讳，子昱尚幼，不能亲政，势必由皇后临朝，王景文为皇后兄，必进为宰相，大权在握，易生异图。乃特书手敕，遣人赍付。景文方与客围棋，见有敕至，启函阅毕，徐置局下。及棋局已终，敛子纳奁，乃取敕示客道：“有敕赐我自尽。”客不觉大惊，景文却神色自若，自书墨启致谢，从容服毒而死。使人得启返报，宋主方才安心。是夜又梦人告语道：“豫章太守刘愔谋反了！”宋主突然惊寤，俟至天明，便发使持节，驰至豫章，杀死刘愔。

嗣是心疾日甚，精神越加恍惚，每当夜静更阑，辄见有无数冤魂，环集榻旁，争来索命。他亦无法可施，特命改泰始八年为泰豫元年，暗取安豫的意思。也是痴想。又命在湘宫寺中，日夕忏醮，祈福禳灾。可奈神佛无灵，鬼魂益迫，休仁、休祐，索命愈急，宋主呓语不绝，尝云司徒恕我，或说是骠骑宽我。模模糊糊的说了几日，略觉有些清醒，便命桂阳王休范为司空，褚渊为护军将军，刘祐为右仆射，与尚书令袁粲，仆射兼镇东将军蔡兴宗，及镇军将军郢州刺史沈攸之，入受顾命，嘱令夹辅太子。渊等受命而出。复由渊保荐萧道成，说他材可大任，乃加授道成为右卫将军，共掌机事。

是夕宋主彧病剧归天，享年三十四岁。改元二次，在位共八年。太子昱即皇帝位，大赦天下，命尚书令袁粲，护军将军褚渊，左右辅政，尊谥先帝彧为明皇帝，庙号太宗。嫡母王氏为皇太后，生母陈氏为皇太妃。昱时年仅十龄，居然有一个妃子江氏，妻随夫贵，也得受册定仪，正位中宫。一对小夫妻，统治内外，眼见是宫廷紊乱，要收拾那宋室的江山了。小子有诗叹道：

乏嗣何妨竟择贤，如何借种便相传！

十龄天子痴狂甚，两小宁能把国肩？

还有阮佃夫、王道隆等，依旧用事，搅乱朝纲。欲知后来变乱情形，俟小子下回再叙。

休仁为兄弟计，议杀诸侄；宋主彧为嗣子计，并杀兄弟，而休仁亦不得免。休仁不能保身，而宋主彧不能保子，且不能保国，天下未有自残骨肉，而尚能庇其身世者也！夫同姓不可恃，遑问异姓？观后来之萧齐篡宋，尽灭刘氏，何莫非宋主彧好杀之报乎？若夫魏主弘之禅位，亦出不经，考魏主践阼之年，仅十二龄，越年改元天安，又越年改元皇兴，禅位时年仅十有九岁。太子宏虽聪睿夙成，究属五龄童子，未能御宇；况冯太后内行不正，秽渎深宫，不知先事防闲，乃迷信佛老，遽弃尘务，是亦为取祸之媒，不至杀身不止。王道不外人情，蔑情者必亡，矫情者必危，观宋魏遗事而益恍然矣。

第二十四回

江上堕谋亲王授首
殿中醉寝狂竖饮刀

却说阮佃夫、王道隆等仍然专政，威权益盛，货赂公行。袁粲、褚渊两人，意欲去奢崇俭，力矫前弊，偏为道隆、佃夫所牵制，使不得行。镇东将军蔡兴宗，当宋主彧末年，尝出镇会稽，彧病殂时，正值兴宗还朝，所以与受顾命。佃夫等忌他正直，不待丧葬，便令出督荆、襄八州军事。嗣又恐他控制上游，尾大难掉，更召为中书监光禄大夫，另调沈攸之代任。兴宗奉召还都，辞职不拜，王道隆欲与联欢，亲访兴宗，蹑履到前，不敢就席。兴宗既不呼坐，亦不与多谈，惹得道隆索然无味，只好告别。未几兴宗病殁，遗令薄葬，奏还封爵。兴宗风度端凝，家行尤谨，奉宗姑，事寡嫂，养孤侄，无不尽礼。有子景玄，绰有父风，宋主命袭父职荫，景玄再四乞辞，疏至十上，乃只令为中书郎。三世廉直，望重济阳。兴宗济阳人，父廓为吏部尚书，夙有令名。信不愧为江南人表。铁中铮铮，理应表扬。

自兴宗去世，宋廷少一正人，越觉得内外壅蔽，权幸骄横。阮佃夫加官给事中，兼辅国将军，势倾中外。吴郡人张澹，系佃夫私亲，佃夫欲令为武陵太守，尚书令袁粲等不肯从命，佃夫竟称敕施行，遣澹赴郡。粲等亦无可奈何。但就宗室中引用名流，作为帮手。当时宗室凌夷，只有侍中刘秉，为长沙王道怜孙，刘道怜见前文。少自检束，颇有贤名，因引为尚书左仆射，但可惜他廉静有余，才干不足，平居旅进旅退，无甚补益。尚有安成王准，名为明帝第三子，实是桂阳王休范所生，收养宫中。昱既践阼，拜为抚军将军，领扬州刺史，准年只五龄，晓得甚么国家大事，惟随人呼唤罢了。

越年改元元徽，由袁、褚二相勉力维持，总算太平过去。翌年五月，江州刺史桂阳王休范，竟擅兴兵甲，造起反来。休范本无材具，不为明帝所忌，故尚得幸存。及昱嗣宋祚，贵族秉政，近习用权，他却自命懿亲，欲入为宰辅。既不得志，遂怀怨愤，典签许公舆，劝他折节下士，养成物望，由是人心趋附，远近如归。一面招募勇夫，缮治兵械，为发难计。宋廷颇有所闻，阴加戒备。会夏口缺镇，地当寻阳上流，朝议欲使亲王出守，监制休范，乃命皇五弟晋熙王燮出镇夏口，为郢州刺史。郢州治所即夏口。燮只四岁，特命黄门郎王奂为长史，行府州事。四岁小儿，如何出镇，况所关重要，更属非宜，宋政不纲，大都类是。又恐道出寻阳，为休范所留，因使从太子洑绕道莅镇，免过寻阳。

休范闻报，知朝廷已经疑已，遂与许公舆谋袭建康。起兵二万，骑士五百，自寻阳出发，倍道急进，直下大雷。大雷守将杜道欣，飞使告变，朝廷惶骇。护军将军褚渊，征北将军张永，领军将军刘勔，尚书左仆射刘秉，右卫将军萧道成，游击将军戴明宝，辅国将军阮佃夫，右军将军王道隆，中书舍人孙千龄，员外郎杨运长，同集中书省议事，半日未决。

萧道成独奋然道：“从前上流谋逆，都因淹缓致败，今休范叛乱，必远惩前失，轻兵急下，掩我不备，我军不宜远出，但屯戍新亭、白下，防卫宫城，与东府石头，静待贼至，彼自千里远来，孤军无继，求战不得，自然瓦解。我愿出守新亭挡住贼锋，征北将军可守白下，领军将军但屯宣阳门，为诸军节度。诸贵俱可安坐殿中，听我好音，不出旬月，定可破贼！”说至此，即索笔下议，使众注明可否。大众不生异议，并注一同字。一班酒囊饭袋。独孙千龄阴袒休范，谓宜速据梁山，道成正色道：“贼已将到，还有甚么闲军，往据梁山？新亭正是贼冲，我当拚死报国，不负君恩。”说着，即挺身起座，顾语刘勔道：“领军已同鄙议，不可改变，我便往新亭去了。”

勔应声甫毕，外面又走进一人，素衣墨绖，曳杖而来。是人为谁？就是尚书郎袁粲。粲正丁母艰，闻变乃至。当由萧道成与述军谋，粲亦极力赞成。道成即率前锋兵士，赴戍新亭。张永出屯白下，另遣前南兖州刺史沈怀明，往守石头城。袁粲、褚渊，入卫殿省，事起仓猝，不遑授甲，但开南北二武库，任令将士自取，随取随行。

道成到了新亭，缮城修垒，尚未毕事，那休范前军，已至新林，距新亭不过数里。道成解衣高卧，镇定众心，既而徐起，执旗登垣，使宁朔将军高道庆，羽林监陈显达，员外郎王敬则等，带领舟师，堵截休范。两军交战半日，互有杀伤，未分胜负。

翌日黎明，休范舍舟登岸，自率大众攻新亭，分遣别将丁文豪，往攻台城。道成挥兵拒战，自辰至午，杀得江鸣海啸，天日无光，休范兵不少却，但觉鼓声愈震，兵力愈增，城中将士，都有惧色。道成笑道：“贼势尚众，行列未整，不久便当破灭了！”

言未毕，忽有休范檄文，射入城内。当由军士拾呈道成，道成取视，但见起首数行，乃说杨运长、王道隆等蛊惑先帝，使建安、巴陵二王，无罪受戮，望执戮数竖，聊谢冤魂云云。后文尚有数行，道成不再看下，即用手撕破，掷置地上。

旁边闪出二人道：“逆首檄文，想是招降，公何不将计就计，乘此除逆？”道成瞧着，乃是屯骑校尉黄回，与越骑校尉张敬儿，便应声问道：“敢是用诈降计么？”两人齐声称是。道成又道：“卿等能办此事，当以本州相赏。”两人大喜，便出城放仗，跑至休范舆前，大呼称降。

休范方穿着白服，乘一肩舆，登城南临沧观，览阅形势，左右护卫，不过十余人。既见两人来降，便召问底细。回佯致道成密意，愿推拥休范为宋主，惟请休范订一信约，休范欣然道：“这有何难？我即遣二子德宣、德嗣，往质道成处，想他总可相信了。”遂呼二子往道成垒中，留黄、张二人侍侧。亲吏李桓、钟爽等，交谏不从，自回舟中高坐，置酒畅饮，乐以忘忧。所有军前处置，都委任前锋将杜黑骡处置。哪知遣质二子，早被道成斩首，他尚似在梦里鼓里，一些儿没有闻知。

黄回、张敬儿反导他游弋江滨，且游且饮。一夕天晚，休范已饮得酒意醺醺，还是索酒不休，左右或去取酒，或去取肴，黄回拟乘隙下手，目示敬儿，敬儿即趸至休范身后，把他佩刀抽出，休范稍稍觉察，正要回顾，那刀锋已经刺来，一声狂叫，身首两分。好去与十八兄弟重聚，开一团圞大会，重整杯盘。左右统皆骇散，敬儿持休范首，与回跃至岸上，驰回新亭报功。

道成大喜，即遣队长陈灵宝，传首都中。灵宝持首出城，正值杜黑骡麾兵进攻，一时走不过去。没奈何将首投水，自己扮作乡民模样，混出间道，得达京城，报称大憝已诛。满朝文武，看他无凭无据，不敢轻信，惟加授萧道成为平南将军。道成因叛军失主，总道他不战自溃，便在射堂查验军士，从容措置。不防司空主簿萧惠朗，竟率敢死士数十人，攻入射堂。道成慌忙上马，驱兵搏战，杀退惠朗，复得保全城垒。原来惠朗姊为休范妃，所以外通叛军，欲作内应。

惠朗败走，杜黑骡正来攻扑，势甚慓劲，亏得道成督兵死拒，兀自支撑得住。由晡达旦，矢石不息，天又大雨，鼓角不复相闻。将士不暇寝食，马亦觉得饥乏，乱触乱号，城中顿时鼎沸，彻夜未绝。独道成秉烛危坐，厉声呵禁，并发临时军令，乱走者斩，因此哗声渐息，易危为安。可见为将之道，全在镇定。

黑骡尚未知休范死耗，努力从事，忽闻丁文豪已破台城军，向朱雀桁进发，遂也舍去新亭，趋向朱雀桁。右军将军王道隆，领着羽林精兵，驻扎朱雀门内，蓦闻叛军大至，急召刘劻助守，劻驰至朱雀门，命撤桁断截叛军。道隆怒道：“贼至当出兵急击，难道可撤桁示弱么？”劻乃不敢复言，遽率众出战。甫越桁南，尚未列阵，杜黑骡已麾众进逼，与丁文豪左右夹攻，劻顾彼失此，竟至战死。道隆闻劻已阵亡，慌忙退走，被黑骡长驱追及，一刀杀毙。害人适以自害。张永、沈怀明各接败报，俱弃去泛地，逃回宫中。抚军长史褚澄，开东府门迎纳叛军。叛众劫住安成王准，使居东府，且伪称休范教令道：“安成王本是我子，休得侵犯！”中书舍人孙千龄，也开承明门出降，宫省大震。

皇太后王氏，皇太妃陈氏，因库藏告罄，搜取宫中金银器物，充作军赏，嘱令并力拒贼。贼众渐闻休范死音，不禁懈体。丁文豪厉声道：“我岂不能定天下，何必借资桂阳！”许公舆且诈称桂阳王已入新亭，惹得将吏惶惑，多至新亭垒间，投刺求见，名达千数。道成自登北城，俯语将吏道：“刘休范父子，已经伏诛，暴尸南冈下，我是萧平南，请诸君审视明白，勿得自误！”说至此，即将所投名刺，焚毁城上，且指示道：“诸君名刺，今已尽焚，不必忧惧，各自反正便了。正好权术。将吏等一哄散去，道成复遣陈显达、张敬儿等，率兵入卫。

袁粲慷慨语诸将道：“今寇贼已逼，众情尚如此离沮，如何保得住国家！我受先帝付托，不能安邦定国，如何对得住先帝？愿与诸公同死社稷，共报国恩！”说着，披甲上马，纵辔直前，诸将亦感激愿效，相随并进。可巧陈显达等亦到，遂共击杜黑骡，两下交战，流矢及显达目，显达拔箭吮血，忍痛再斗，大众个个拼死，得将黑骡击走。黑骡退至宣阳门，与丁文豪合兵，尚有万余人，越日天晓，张敬儿督兵进剿，大破叛众，斩黑骡，战文豪，收复东府，叛党悉平。

萧道成振旅还都，百姓遮道聚观，同声欢呼道：“保全国家，全赖此公！”为将来篡宋张本。道成既入朝堂，即与袁粲、褚渊、刘秉会着，同拟引咎辞职。表疏呈入，当然不许，升授道成为中领军，兼南兖州刺史，留卫建康，与袁粲、褚渊、刘秉三相，更日入直决事，都中号为四贵。

荆州刺史沈攸之，曾接休范书札，并不展视，具报朝廷，且语僚佐道：“桂阳必声言与我相连，我若不起兵勤王，必为所累了！”乃邀同南徐州刺史建平王景素，郢州刺史晋熙王燮，湘州刺史王僧虔，雍州刺史张兴世，同讨休范。休范留中兵参军毛惠连等守寻阳，为郢州参军冯景祖所袭，惠连等不能固守，开门请降。休范尚有二子留着，一体伏诛。有诏以叛乱既平，令诸镇兵各还原地，兵气销为日月光，又有一番升平景象了。语婉而讽。

宋主昱素好嬉戏，八九岁时，辄喜猱升竹竿，离地丈余，自鸣勇武。明帝在日，曾饬陈太妃随时训责，扑作教刑，怎奈江山可改，本性难移，到了继承大统，内有太后、太妃管束，外有顾命大臣监制，心存畏惮，未敢纵逸。元徽二年冬季，行过冠礼，三加玄服，遂自命为成人，不受内外羁勒，时常出宫游行。起初尚带着仪卫，后来竟舍去车骑，但与嬖幸数人，微服远游，或出郊野，或入市廛。陈太妃每乘青犊车，随踪检摄，究竟一介女流，管不住狂童驰骋。昱也惟恐太妃踪迹，驾着轻轿，远驰至数十里外，免得太妃追来。有时卫士奉太妃命，追踪谏阻，反被昱任情呵斥，屡加手刃，所以卫士也不敢追寻，但在远山瞻望，遥为保护。昱得恣意游幸，且自知为李道儿所生，尝自称为李将军，或称李统。营署巷陌，无不往来，或夜宿客舍，或昼卧道旁，往往与贩夫商妇，贸易为戏，就使被他揶揄，也是乐受如饴，一笑了事。直是一个无赖子。平生最多小智，如裁衣制帽等琐事，过目即能，他如笙管箫笛，未尝学吹，一经吹着，便觉声韵悠扬，按腔合拍。

蹉跎蹉跎，倏过二年。荆襄都督沈攸之威望甚盛，萧道成防他生变，特使张敬儿为雍州刺史，出镇襄阳。世子赜出佐郢州，防备攸之。攸之未曾发难，京口却先已起兵。原来建平王景素，时为南徐州刺史，他是文帝义隆孙，为故尚书令宣简王弘长子。弘为文帝第七子，见前文。好文礼士，声誉日隆。适宋主昱凶狂失德，朝野颇属意景素，时有讹言。杨运长、阮佃夫等，贪辅幼主，不愿立长，密唆防阁将军王季符，诬讦景素反状，俾便出讨。萧道成、袁粲窥破阴谋，替他解免，阻住出师，景素亦遣世子延龄，入都申理。杨、阮等还未肯甘休，削去景素征北将军职衔，景素始渐觉不平，阴与将军黄回，羽林监垣祗祖通书，相约为变。

酝酿了好几个月，忽由垣祗祖带了数百人，奔至京口，说是京师乱作，台城已溃，请即乘间发兵。景素信为真言，即据住京口，仓皇起事。杨、阮闻报，立遣黄回往讨。萧道成知回蓄异图，特派将军李安民为前驱，夜袭京口，一鼓破入，擒斩景素，所有叛党，统共伏诛。

宋主昱因京口告平，骄恣益甚，无日不出，夕去晨返，晨去夕归，令随从各执鋋矛，遇有途人家畜，即命攒刺为戏，民间大恐，商贩皆息，门户昼闭，道无行人。有时昱居宫中，针椎凿锯，不离左右，侍臣稍稍忤意，便加屠剖，一日不杀，便愀然不乐。因此殿省忧惶，几乎不保朝暮。

阮佃夫与直阁将军申伯宗、朱幼等，阴谋废立，拟俟昱出都射雉，矫太后命，召还队仗，派人执昱，改立安成王准。事尚未发，为昱所闻，立率卫士拿住阮佃夫、朱幼，下狱勒毙。佃夫也有此日耶！申伯宗狼狈出走，中途被捕，立置重刑。或告散骑常侍杜幼文，司徒左长史沈勃，游击将军孙超之，亦与佃夫同谋，昱复自往掩捕，执住杜幼文、孙超之，亲加脔割，且笑且骂，语极秽鄙，不堪入耳。转趋至沈勃家，勃正居丧在庐，蓦见昱持刀突入，不由的怒气上冲，便攘袂直前，手搏昱耳道：“汝罪逾桀纣，就要被人屠戮！”说到戮字，已由卫士一拥而进，把勃劈作两段，昱又亲解支体，并命将三家老幼，一体骈诛。十四岁的幼主，如此酷虐，史所未闻。杜幼文兄叔文，为长水校尉。即遣人把他捕至，命在玄武湖北岸，裸缚树下，由昱跨马执槊，驰将过去，用槊刺入叔文胸中，钩出肝肠，嬉笑不止，卫士齐称万岁！

昱尽兴还宫，偏遇皇太后宣召，勉强进去，听了好几句骂声，无非说他残虐无道，饬令速改，惹得昱满腔懊闷，怏怏趋出。已而越想越恨，索性召入太医，嘱令煮药，进鸩太后。左右谏止道：“若行此事，天子应作孝子，怎得出入自由！”昱爽然道：“说得有理。”乃叱退医官，罢除前议。嗣是狎游如故，偶至右卫翼辇营，见一女子娇小可怜，便即搂住，借着营中便榻，云雨起来。事毕以后，又令跨马从游，每日给数千钱，供她使用。

一日盛暑，竟掩入领军府。萧道成昼卧帐中，昱不许他人通报，悄悄的到了帐前，揭帐审视，见他袒胸露腹，脐大如鹄，不禁痴笑道：“好一个箭靶子！”这一语惊醒道成，张目瞧视，见是当今小皇帝，不胜惊异，慌忙起床整衣。昱摇手道：“不必不必，卿腹甚大，倒好试朕的箭法！”说着，即令左右拥着道成，叫他露腹直立，画腹为的，自引弓作注射状，道成忙用手版掩腹，且申说道：“老臣无罪！”旁由卫队长王天恩进言道：“领军腹大，原是一好射堋，但一箭便死，后来无从再射，不如用骲箭射腹，免致受伤！”是道成救星。昱依天恩言，即令他取过骲箭，搭上弓弦，喝一声着，正中道成肚脐。当下投弓大笑道：“箭法何如？”天恩极口赞美，连称陛下只须一箭，不必更射，说得昱喜上加喜，方出署自去。

道成无词可说，送出御驾，回入署中。自思此番幸用骲射，乃是骲镞所为，不致伤人。骲箭注射，就此带叙。但侥幸事情，可一不可再，当速图自全，乃密访袁粲、褚渊二人，商及废立问题。渊默然不答，粲独说道：“主上年少，当能改过，伊霍事甚不易行，就使成功，亦非万全计策！”道成点首而出。点首二字，暗寓狡猾。

俄由宫中漏出消息，得知昱尝磨铤，欲杀道成，还是陈太妃从中喝阻，谓道成有功社稷，不应加害，昱乃罢议。道成却越加危惧，屡与亲党密谋，意欲先发制人。或劝道成出诣广陵，调兵起事，或谓应令世子赜率郢州兵，东下京口，作为外应。道成却欲挑动北魏，俟魏人入寇，自请出防，乘便笼络军士，入除暴君。这三策都未决议，累得道成日夕踌躇。领军功曹纪僧真，把三策尽行驳去，谓不若在内伺衅，较为妥当。道成族弟镇军长史顺之，及次子骠骑从事中郎嶷，均言幼主好为微行，但教联络数人，即可下手，何必出外营谋，先人受祸等语。道成乃幡然变计，密结校尉王敬则，令贿通卫士杨玉夫、杨万年、陈奉伯等，共二十五人，专伺上隙。

夏去秋来，新凉已届，宋主昱正好夜游，七月七日，昱乘露车至台冈，与左右跳高赌技。晚至新安寺偷狗，就昙度道人处杀狗侑酒，饮得酩酊大醉，方还仁寿殿就寝，杨玉夫随从在后，昱顾语道："今夜应织女渡河，汝须为我等着，得见织女，即当报我；如或不见，明日当杀汝狗头，剖汝肝肺！"你的狗头要保不牢了。玉夫听着醉语，又笑又恨，没奈何应声外出。

看官听说！自昱嗣位后，出入无常，殿省门户，终夜不闭，就是宿卫将士，统局居室中，莫敢巡逻。只恐与昱相值，奏对忤旨，便即饮刃，所以内外洞开，虚若无人，杨玉夫到了夜半，与杨万年同入殿内，趋至御榻左近，侧耳细听，呼呼有鼾睡声，再走进数步，启帐一瞧，昱仍熟睡，惟枕旁置有防身刀，当即抽刀在手，向昱喉下戳入，昱叫不出声，手足一动，呜呼哀哉！年仅十五。在位只五年，后人称子业为前废帝，昱为后废帝。小子有诗叹道：

童年失德竟如斯，陨首宫廷尚恨迟。

假使十龄身已死，刘家兴替尚难知。

杨玉夫已经弑昱，持首出殿，突遇一人拦住，不由的魂飞天外。究竟来人为谁，且至下回说明。

桂阳王休范，不死于泰始之时，而死于元徽之世，殊属出人意外；然其获免也以愚，其致死也亦以愚。愚者可一幸不可再幸，终必有杀身之祸。试观其中诈降计，纳黄回、张敬儿于左右，肘腋之间，自召危机，尚复日饮醇酒，游宴自如，不谓之愚得乎！建平王景素，亦一愚夫耳。轻信垣祇祖之言，仓猝起兵，不亡何待！史家不恕休范，而独恕景素，殆以景素发难，由杨、阮之激迫而成，欲罪杨、阮，不得不于景素有恕词，要知亦一愚人而已，废帝昱愚而且暴，与子业相似，其被弑也亦相同。狡如宋武，而后嗣多半昏愚，然后知仁厚者可卜灵长，而狡黠者之终难永久也。

第二十五回

讨权臣石头殉节
失镇地栎林丧身

却说杨玉夫手持昱首，驰出殿门，适与一人相遇，不觉惊惶。及仔细审视，乃是同党陈奉伯，方才放心，即将昱首交与奉伯。奉伯诈传敕旨，开承明门，门外由王敬则待着，复把昱首转交。敬则驰诣领军府，叩门大呼，道成不知何事，未敢开门。敬则投首入墙，由道成洗首验视，果系昱头，乃戎服乘马，偕敬则等入殿。殿中相率惊怖，经道成说明昱死，始同声呼万岁。道成就殿廷槐树下，托称王太后命，召袁粲、褚渊、刘秉等入议。

道成语秉道：“这是君家私事，外人不敢擅断。”秉顾视道成，但见他须髯尽张，目光似电，令人可怖，不由的嗫嚅道：“尚书诸事，可以见委，军旅处分，当由领军作主！”错了！错了！道成复让与袁粲，粲亦不敢承认。也是没用。王敬则拔刀跃入道：“天下事都应关白萧公；如有异言，血染敬则刃！”遂手取白纱帽，加道成首，劝他即位；且说道：“今日尚有何人，敢来多嘴？事须及热，何必迟疑！”比许褚、典韦还要出力。

道成取去纱帽，正色呵斥道：“汝等统是瞎闹！”粲欲乘势进言，又被敬则怒目相视，不敢开口。褚渊接入道：“今非萧公不能了此！”道成乃徐徐道：“诸君都不肯建议，我亦未便推辞，今日只有迎立安成王为是！”刘秉、袁粲等模糊答应。敬则尚欲推戴道成，由道成用目相示，乃挟刘、袁、褚三相，出待东城，另备法驾往迎安成王准。

秉行过道旁，适与从弟韫相遇，韫急问道：“今日事是否归兄？”秉答道：“我等已让萧领军主持！”韫惊叹道：“兄肉中究有血否？今年恐被族灭了！”秉似信非信，与韫别去。

既而安成王准已经迎入，当由道成替太后宣令，追废昱为苍梧王，命安成王准嗣皇帝位。略云：

前嗣王昱以冢嫡嗣登皇统，方冀体识日弘，社稷有寄，岂意穷凶极悖，自幼而长，善无细而不违，恶有大而必蹈！前后训诱，常加隐蔽，险戾难移，日月滋甚。弃冠毁冕，长袭戎衣，犬马是狎，鹰隼是爱，皂历轩殿之中，鞲绁宸衷之侧。至乃单骑远郊，独宿深野，手挥矛铤，躬行刳斫，白刃为弄器，斩害为恒务，舍交戟之卫，委天毕之仪，趋步阛阓，酣歌垆肆，宵游忘返，宴寝营舍，夺人子女，掠人财物，方策所不书，振古所未闻。沈勃儒士，孙超功臣，幼文兄弟，并预勋效，四人无罪，一朝同戮，飞镞鼓剑，孩稚无遗，屠裂肝肠，以为戏谑，投骸江流，以为欢笑。又淫费无度，帑藏空竭，横赋关河，专充别蓄，黔首嗷嗷，厝生无所。吾与其所生，每励以义方，遂谋鸩毒，将骋凶忿。沉忧假日，虑不终朝。自昔辛癸，爰及幽厉，方之于此，未譬万分。民怨既深，神怒已积，七庙阽危，四海褫气，废昏立明，前代令范，况乃灭义反道，天人所弃，衅深牧野，理绝桐宫。故密令萧领军潜运明略，幽显协规，普天同泰。骠骑大将军安成王，体自太宗，天听淹睿，风神凝远，德映在田，地隆亲茂，皇历攸归，亿兆系心，含生属望，宜光奉祖宗，临享万国。便依旧典，以时奉行。昱虽穷凶极暴，自取覆灭，弃同品庶，顾所不忍，可特追封苍梧郡王。未亡人追往伤怀，永言感绝，所望嗣皇帝远绍洪规，近惩覆辙，痌瘝兆民，期天永命，则宗庙社稷之灵，庶其攸赖，用此令知！

小子前述明帝彧事，说他不能御女，致乏子嗣，昱已为李道儿所生，准为明帝彧第三子，料亦由诸王所出，取育宫中。史称明帝有十二男，陈贵妃生昱，就是后废帝；谢修仪生法良，早年去世；陈昭华生准，就是安成王；徐婕妤生第四皇子，未曾取名，即已夭殇；郑修容生智井，及晋熙王燮，泉美人生邵陵王友，及江夏王跻，徐良人生武陵王赞，杜修华生南阳王翙，及次兴王嵩，最幼的是始建王禧，也相传为泉美人所出，其实统是螟蛉继儿，由妃嫔抚养成人，便冒充为己子哩。特别表明，贯穿前后。

且说安成王准，由东城迎入朝堂，刘秉、袁粲、褚渊，随归谒见，萧道成也带领百官，一同迎谒，当奉准升殿入座，即皇帝位，准年仅十一，颁诏大赦，改永徽五年为升明元年。尊生母陈昭华为皇太妃，替苍梧王发丧，降陈太妃为苍梧王太妃，江皇后为苍梧王妃。授道成为司空录尚书事，兼骠骑大将军，领南徐州刺史，留镇东府。刘秉为尚书令，加中军将军，褚渊加开府仪同三司，袁粲为中书监，出镇石头，进号荆州刺史。沈攸之为车骑大将军，兼尚书左仆射，王僧虔为尚书仆射，刘韫为中领军，兼金紫光禄大夫，王琨为右光禄大夫，晋熙王燮为抚军将军，调任扬州刺史，武陵王赞为郢州刺史，邵陵王友为江州刺史，南阳王汎为湘州刺史，杨玉夫等二十五人，各赏赐爵邑有差。无非导人篡弑。此外文武百官，皆加官二级，不在话下。

先是刘秉用意，以为尚书关系政本，由己主持，可致天下无变，所以与道成会议时，情愿将兵权让与道成。及道成兼总军国，散布心腹，予夺自专，褚渊又趋炎附势，甘党道成。秉势成孤立，始有悔心。袁粲素性恬静，每有朝命，必一再固辞，不得已乃始就职。至是知道成跋扈不臣，有心除患；因此一经朝命，毫不推让，即出镇石头城去了。

荆襄都督沈攸之，前与道成同直殿省，很是和协，道成且与订姻好，把长女嫁与攸之子文和为妻。及攸之出镇荆州，与道成尚无嫌隙，不过因朝局日紊，未免雄心思逞，暗蓄异图。会直阁将军华容人高道庆，告假回家，路过江陵，为攸之所邀，戏与赌槊，彼此争胜，语未加检。攸之不免失词，由道庆记在胸中，假满入朝，遂述攸之狂言，已露反状，愿假轻骑三千，往袭江陵。刘秉等未以为然，道成顾念亲情，更力保攸之不反，惟杨运长等嫉忌攸之，与道庆密谋，使刺客潜往江陵，无隙可乘，反为攸之察觉，杀死刺客。攸之因怨恨朝廷，并疑道成不为帮护，亦有微嫌。

主簿宗俨之，功曹臧寅，劝攸之从速举兵，攸之因长子元琰，留官建康，投鼠忌器，未便速发，乃延宕下去。会苍梧王被弑，朝政一变，道成也嫉杨运长，出为宣城太守。又遣攸之子元琰，持苍梧王刳斫遗具，往示攸之。在道成意见，一则为攸之黜退仇人，示全亲谊；二则使攸之与闻主恶，表明己功。偏攸之以道成名位，素出己下，至是专制朝权，愈加不平，且因元琰得至江陵，疑为天助，遂顾语道："儿得来此，尚复何忧？我宁为王陵死，王陵汉人。不为贾充生！"贾充晋人。乃留住元琰，不使还都。一面上表称庆，并与道成书，阳为推功。

适有朝使至江陵，加攸之封号，并由太后赐烛十挺，攸之遂借此开衅，谓在烛中剖出太后手敕，有云社稷事一以委公，因此整兵草檄，指日举事。攸之妾崔氏、许氏同谏道："官年已老，奈何不为百口计！"攸之指示裲裆角，由两妾审视，乃是素书十数行，写着明帝与攸之密誓。恐也是捏造出来。两妾颇识文字，阅罢后亦不便多言。

攸之复遣使往约雍州刺史张敬儿，豫州刺史刘怀珍，梁州刺史范柏年，司州刺史姚道和，湘州行事庾佩玉，巴陵内史王文和等，共同举兵。敬儿本由道成差遣，监制攸之，当然是不肯照约，即将来使斩讫，驰表上闻。敬儿出镇见前回。怀珍、文和，也与敬儿相联，依法办事。柏年、道和、佩玉，模棱两可，共守中立，文和胆力最小，一俟攸之出兵，便弃去州城，奔往夏口。

攸之又贻道成书云：“少帝昏狂，应与诸公密议，共白太后，下令废立，奈何私结左右，亲加弑逆，乃至暴尸不殡，流虫在户，凡在臣下，莫不惋骇；且闻擅易朝旧，密布亲党，宫阁管籥，悉付家人，我不知子孟即汉霍光。孔明即诸葛亮。遗训，曾否如此！足下既有贼宋之心，我宁敢捐包胥之节！”书中语恰也近理，可惜他未必为公！包胥即楚申包胥。

这封书驰达道成，道成自然动恼，当即入守朝堂，命侍中萧嶷代守东府，抚军行参军事萧映往镇京口，嶷、映皆道成子，故特付重任。长子赜本出佐晋熙王燮，以长史行郢州事，燮徙镇扬州，赜升任左卫将军，随燮东行。刘怀珍致书道成，谓夏口冲要，不宜失人，道成乃与赜书，令他择能代任。赜荐郢州司马柳世隆自代，世隆得奉朝命为郢州长史，辅佐武陵王赞。燮徙扬州，赞镇郢州，俱见上文。赜临行时，语世隆道：“我料攸之必将作乱，一旦变起，倘焚去夏口舟舰，顺流东下，却不可当；若留攻郢城，顿兵不进，君为内守，我为外援，攸之不足虑了！”世隆应声如约，赜乃启行。

甫至寻阳，已闻攸之发难，朝廷尚不见处置。或劝赜速赴建康，赜摇首道：“寻阳地居中流，密迩畿辅，我今当留屯湓口，内卫朝廷，外援夏口，保据形胜，控制西南，这是天授机会，奈何弃去！”左中郎将周山图亦极端赞成。赜即奉燮镇湓口。军事悉委山图。山图截取行旅船板，筑楼橹，立水栅，旬日办竣，使人驰报道成。道成大喜道：“赜真不愧我子呢！”仿佛操、丕。遂授赜为西讨都督，山图是副。赜又恐寻阳城孤，表移邵陵王友同镇湓口，但留别驾胡谐之守住寻阳。这是防攸之推戴邵陵，故表移湓口。

适前湘州刺史王蕴，因母丧辞职，还过巴陵，与攸之潜相结纳，及入居东府，为母发丧，欲乘道成出吊，把他刺死，偏道成狡猾，先事预防，但遣人吊唁，并未亲往。蕴计不能遂，乃与袁粲、刘秉，共图别计。将吏黄回、任候伯、孙昙瓘、王宜兴、卜伯兴等，皆与通谋。

道成亦防粲立异，自至石头城，与粲计事，粲拒不见面，通直郎袁达，劝粲不应相拒。粲答道：“彼若借主幼时艰四字，迫我入朝，与桂阳时无异，我将何辞谢绝？一入圈中，尚得使我自由么？”遂不从达言。也是误处。

道成另召褚渊入议，每事必咨，格外亲昵。渊前为卫将军，遭母丧去职，朝廷敦迫不起，粲独往劝渊，渊乃从命。及粲为尚书令，亦丁母忧，免官守制，渊亦亲往怂恿，力劝莅事，粲终不为动；渊由是恨粲。小事何足介意，渊之度量可知！至是进白道成道："荆州构衅，事必无成，明公先当防备内变，幸勿疏虞！"道成点首称善。

已而粲与刘秉等谋诛道成，拟告知褚渊。众谓渊素附道成，断不可告，粲说道："渊与彼虽友善，但事关宗社，渊亦不得大作异同；倘成不告，是多增一敌手了！"此着大误。遂把密谋告渊。渊愿为萧氏爪牙，当即转白道成。道成即遣军将苏烈、薛渊、王天生等，往戍石头，名为助粲，实是监粲。又因刘韫为中领军，卜伯兴为直阁将军，与粲相通，特派王敬则一同直阁，牵制二人。

粲谋矫太后令，使韫与伯兴，率宿卫兵攻道成，由黄回等为外应，定期举事。刘秉尚在都中，届期这一日，禁不住心惊肉跳，那起事的期间，本在夜半，偏秉胆小如鼷，竟于傍晚时候，载家属奔石头，部曲数百，张皇道路，粲闻秉骤至，忙出相见道："何事遽来？这遭要败灭了！"秉泣答道："得见公一面，虽死无恨！"笨伯岂可与谋？说着，孙昙瓘亦自京奔至，粲越加惶急，但也想不出甚么方法，只顿足长叹罢了。

丹阳丞王逊，走告道成，道成亦已略悉，即遣人密告王敬则，使杀刘韫、卜伯兴等人。时阁门已闭，敬则欲出无路，亟凿通后垣，佩刀出走。趋至中书省，正值韫列烛戒严，危坐室中。突见敬则闯入，便惊起问道："兄何为夜顾？"敬则瞋目道："小子怎敢作贼！"一面说，一面用手拔刀。韫忙抱住敬则，怎禁得敬则力大，用拳掴颊。韫不胜痛楚，晕到地上，被敬则拔刀一挥，立致殒命。敬则持刀至伯兴处，伯兴猝不及防，也被杀死。

苏烈、王天生等，已据住仓城，与粲相拒，道成又遣军将戴僧静，助烈攻粲。粲遣孙昙瓘出战，与苏烈等相持一宵，到了黎明，戴僧静攻毁府西门，刘秉在城东回望，见城西火起，竟与二子俣侅，逾城遁去。真不济事。粲亦料不可守，下城谕子最道："早知一木难支大厦，但因名义至此，死不足恨了！"语尚未已，僧静已逾城进击。最奋身翼粲，为僧静斫伤。粲涕泣向最道："我不失忠臣，汝不失孝子。"遂与最力斗数合，俱为所害。百姓为粲哀谣道："可怜石头城，宁为袁粲死，不为褚渊生！"有志无才，徒付一叹。

僧静既杀害袁氏父子，复召集各军，往追刘秉，驰至额檐湖，得将秉父子拿住，立即斩首。秉实该死。任侯伯等乘船赴石头，闻粲已死节，便即驰还。王蕴也率数百壮士，到石头城，被薛渊闭城射退，逃往斗场，也遭擒戮。孙昙瓘遁去。黄回由新亭进攻，行过石头，得悉同党俱败，乃佯称入援道成。道成也知他刁狡，但一时不欲多诛，因慰抚如旧，仍然遣驻新亭。此外坐粲党羽，一体赦免，均不复问。巧与笼络。授尚书仆射王僧虔为左仆射，新除中书令王延之为右仆射，度支尚书张岱为吏部尚书，吏部尚书王奂为丹阳尹。

满朝文武，已尽是道成心腹。道成乃自请出讨攸之，有诏假道成黄钺，出屯新亭。攸之也遣中兵参军孙同等五将，率五万人为前驱，司马刘攘兵等五将，率二万人为后应，中兵参军王灵秀等四将，分兵出夏口，据住鲁山。

攸之自恃兵强，饶有骄态，遣人至郢州，语柳世隆道："奉太后令，当暂还都，卿果同心奉国，应知此意。"世隆托使人答复道："东下雄师，久承声问，郢城镇小，只能自守，恕不相从！"攸之闻言，不禁动怒，即欲往攻郢城。功曹臧寅，谓郢城险固，攻守势异，非旬日可拔，不如长驱东下，速图建康。攸之乃留偏师攻郢城，自率大众东进。

将要启行，忽报柳世隆出兵西渚，前来搦战。攸之使王灵秀迎击，郢兵不战即退，灵秀进薄城下，郢州参军焦度，登城拒守，百般辱骂，恼得灵秀性起，麾兵猛扑。那城上矢石交下，反将灵秀兵击伤数百人。灵秀飞报攸之，请即济师，攸之被他一激，遂改计攻郢，亲督诸将西行。到了城下，筑起长围，昼夜攻战。着了道儿。柳世隆随方拒应，或战或守，游刃有余。相持过年，攸之屡攻不克，反被世隆击破数次，伤损甚多。萧赜依着前约，令军将桓敬屯据西塞，为世隆声援。

攸之素失人情，全是势迫形驱，意气用事。初发江陵，已有兵士逃亡，及顿兵郢城，月余不拔，逃亡愈多，攸之乘马巡查，日夕抚慰，怎奈大众离心，单靠着一言一语，无人肯信，仍相继离散。攸之大怒，召集诸将道："我奉太后令，仗义起师，大事若成，当与卿等共图富贵；否则朝廷诛我百口，不涉他人，近来军人叛散，皆由卿等不肯留意，自今以后，兵士叛去，军将当连带坐罪！"诸将虽然面从，心中愈觉不平。会闻道成遣黄回等西袭荆州，泝流而上，大众益加惊骇，各怀异志。刘攘兵射书入城，愿降世隆，请他上表洗罪。世隆复称如约，攘兵遂毁营自去。诸军猝见火起，顿时骇散，将帅不能禁。攸之忿火中烧，气得咬须嚼齿，立收攘兵兄子天赐，及女夫张平虏，处以极刑，自率残众东归。

行至鲁山，众竟大溃，各将亦皆四散，独臧寅慨然道："得势即从，失势即去，我却不忍出此！"遂投水自尽。攸之只有数十骑相随，忙宣令军中道："荆州城中，大有余钱，何不一同还取，作为资粮！"这令一下，散军乃逐渐趋集，且因郢州未有追军，徐还江陵，复得随兵二万人。无所望而去，有所望而来，此等兵将如何足恃！哪知途次接得急信，好好一座江陵城，已被张敬儿夺去！奈何！奈何！逼得攸之进退无路，只好转走华容，沿途随众复溃。到了栎林，随身只有一人，乃是攸之子文和。攸之下马，长叹数声，解带悬林，自尽而死。文和亦缢。村民斩二人首，献入江陵。

原来张敬儿侦得攸之攻郢，江陵空虚，遂引兵掩袭江陵。江陵城内，由攸之子元琰，与长史江乂，别驾傅宣共守。夜间听着鹤唳声，疑是军至，乂与宣即开门遁去。吏民接踵逃散，元琰也奔往宠洲，为人所杀。敬儿尚在沙桥，得悉此信，急趋入城，捕诛攸之二子四孙，并及攸之亲党，掳得财物数十万，悉入私囊。嗣经栎林，村民献入攸之父子首级，即按置楯上，覆以青伞，徇行城市。越日乃函首送建康。

留府司马边荣，先为府录事所辱，攸之替荣鞭杀录事，及敬儿入城，荣被执住，由敬儿慰问道："边公何不早来？"荣答道："身受沈公厚恩，受命留守，怎敢委去！本不祈生，何须见问？"敬儿笑道："死何难得！"即命左右牵荣出斩。荣怡然趋出，荣客程邕之抱荣道："与边公交友，不忍见边公死，乞先见杀！"兵士又入白敬儿，敬儿道："求死甚易，何为不许！"遂命先杀邕之，然后杀荣。旁观诸人，共为泪下。主簿宗俨之，参军孙同等皆被杀死。小子有诗叹道：

功名富贵漫相争，取义何妨且舍生。

谁是忠贞谁是逆，千秋总有大公评！

荆州既平，萧道成还镇，封赏功臣。欲知详情，且阅下回自知。

袁粲、刘秉，皆非任重才。秉以军事让萧道成，已为失策，至约期举事，先奔石头，胆小如此，安望有成！粲平时闻望，高出秉上，乃密谋甫定，遽告褚渊，彼与渊共事有年矣，宁不知渊为萧党，而独不从众议，贸然相告，是并秉且不若矣！裴子野谓粲蹈匹夫之节，无栋梁之具，诚哉其然也。沈攸之不速赴建康，反顿兵郢城，就令军无贰志，亦与讨贼之志不合，南辕北辙，不死奚为！夫当时粲、秉图内，攸之图外，取萧道成犹反手事耳。粲以寡识败，攸以失机败，反使道成权位愈隆，篡逆愈急，是袁粲、沈攸之之起事，非惟无益，反从而害之矣。然史家书法，于沈攸之之举兵也则书讨，袁粲、刘秉之定议也，则书谋诛；嫉乱贼，奖忠义，此其所以羽翼《麟》经，有功名教也。本回亦隐寓是意，可于夹缝中求之。

第二十六回

篡宋祚废主出宫 弑魏帝淫妪专政

却说萧道成还镇东府，命长子赜为江州刺史，次子嶷为中领军，进尚书左仆射，王僧虔为尚书令，右仆射王延之为左仆射，柳世隆为右仆射，道成送还黄钺，自加太尉，都督南、徐等十六州军事，加卫将军褚渊为中书监司空。召平西将军黄回还至东府，留住外斋，即令宁朔将军桓康，率数十人缚回，历数回罪，一刀杀死。骠骑长史谢朏，素有清名，道成欲引为腹心，参赞大业，每夜召入与语，屏除侍从，但使二小儿捉烛，总道他有佐命良谟，造膝前陈，哪知朏坐了多时，并没有说及心事。道成恐朏为难，取烛置案，再遣去二小儿，朏仍然无言。愚不可及。道成乃呼入左右，朏亦别去。太尉右长史王俭，窥知道成微意，密语道成道："功高不赏，古今甚多，如公所处地位，难道可长居北面么？"道成佯为呵止，面色却微露欢容。俭又说道："蒙公青睐，故言人所未言，奈何见拒！试想宋氏失德，非公何能安定；但恐人情浇薄，未能久持，公若再加延宕，人望且从此去了！不但大业永沦，连身家亦将难保呢！"道成始徐徐道："卿言亦似有理。"俭复道："公今日名位，不过一经常宰相，理应加礼同寅，微示变革。现在朝右大臣，惟褚公尚可与商，俭愿为公先容。"教猱升木，不顾名义。道成道："我当自往！"

越两日亲访褚渊，说了许多闲文，方恬说道："我梦应得大位。"渊支吾道："目下一二年间，恐未便轻移，就使公有吉梦，亦未必应在旦夕，请公慎重为是！"道成乃出，还告王俭，俭答道："这是褚公尚未曾达识哩。俭当为公设法！"遂倡议加道成太傅，假授黄钺，使中书舍人虞整草诏。简直是没有宋主。道成亲吏任遐道："如此大事，应报褚公。"道成道："褚公不从，奈何！"遐笑道："褚彦回系褚渊字。贪生怕死，并没有奇材异能，怕他甚么！遐今往报，不患不从！”道成乃令遐告褚。褚渊前尚犹豫，经遐怵以利害，渊果无异词。确是贪生怕死。

遐欣然还报，便即缮诏颁发，假道成黄钺，都督中外诸军，加官太傅，领扬州牧，剑履上殿，入朝不趋，赞拜不名，余官如故。道成上表佯辞，由侍臣奉诏敦劝，乃受黄钺，辞殊礼。酷肖刘裕。召赜为领军将军，调嶷为江州刺史，令三子映为南兖州刺史，四子晃为豫州刺史。

已而宋主准立谢氏为皇后，十二岁即立皇后，未免太早。后系故光禄大夫谢庄女孙，即谢朏侄女。既已正位，覃恩庆赏，再申前命，加封道成，道成尚不肯受。越年正月，擢江州刺史萧嶷，都督荆、湘等八州军事，领荆州刺史，出左仆射王延之为江州刺史。道成又欲引用谢朏，令为左长史，尝置酒召饮，与论魏晋故事，微言挑逗道："昔石苞不早劝晋文，指司马昭。迟至奔丧，方才恸哭，若与冯异相较，冯异东汉人，曾向光武帝劝进。究不得为知几。"朏答道："晋文世事魏室，所以终身北面，设使魏行唐、虞故事，亦当三让鸣高。"

道成愀然不乐，改官朏为侍中，更用王俭为长史。俭格外效力，先申前命，请道成不必再辞。复拟加封公爵，初议封为梁公，员外郎崔祖思道："纤书有云，金刀利刃齐刈之，今宜称齐，乃应天命。"于是代为缮诏，进道成为相国，总掌百揆，封十郡为齐公，备九锡礼，所有官属礼仪，并仿朝廷。道成三让乃受，即命王俭为齐尚书右仆射，兼领吏部。

会宣城太守杨运长免职还家，道成遣人勒死运长。陵源令潘智与运长友善，为临川王刘绰所深知。绰系故临川王义庆孙，承袭旧封，自忧宋祚将移，遂遣亲吏陈赞，向智代白道："君系先帝旧人，我是宗室近属，一旦权奸得志，势难两全，乘此招合内外，起图保国，尚可挽回末运，免致沦胥！"智佯为允诺，遣归陈赞，暗中却报知道成。道成即遣兵捕绰，并绰兄弟亲党，悉数加诛。

嗣复毒死武陵王赞，召还雍州刺史张敬儿，令为护军将军。授萧长懋为黄门侍郎，出官雍州刺史。长懋系道成孙，即赜长子，赜领南豫州刺史，为相国副。寻复进爵道成为齐王，增封十郡，得建天子旌旗，出警入跸，冕十有二旒，乘金根车，驾六马，备五时副车，乐舞八佾，设钟虡宫悬。世子赜改称太子，王女王孙爵命，一如旧仪。与刘裕篡晋时好似一幅印板文字。于是大事告成，好把那刘宋四世六十年的帝祚，轻轻夺来。

不到数日，便逼宋主准禅位，可怜十三岁的小皇帝，在位只三年，也要他下禅位诏。诏曰：

惟德动天，玉衡所以载序；穷神知化，亿兆所以归心。用能经纬乾坤，弥纶宇宙，阐扬鸿烈，大庇生民，晦往明来，积代同轨。前王踵武，世必由之。宋德湮微，昏毁相袭，景和骋悖于前，元徽肆虐于后。三光再霾，七庙将坠，璇极委驭，含识知泯。我文武之祚，眇焉如缀，静惟此紊，夕惕疚心。相国齐王，天诞睿圣，河岳炳灵，拯倾提危，澄氛靖乱，匡济艰难，功均造物。宏谋霜照，秘算云回，旌旆所临，一麾必捷，英风所拂，无思不偃，表里清夷，遐迩宁谧。既而光启宪章，弘宣礼教，奸宄之类，睹隆威而革情，慕善之俦，仰徽猷而增厉，道迈于重华，勋超乎文命，荡荡乎无得而称焉！是以辫发左衽之酋，款关清吏，木衣卉服之长，航海来庭，岂惟肃慎献楛，越裳荐翚而已哉！故四奥载宅，六府克和，川陆效珍，祯祥麟集，卿烟玉露，旦夕扬藻，嘉禾芝英，晷刻呈茂。革运斯炳，代终弥亮，负扆握枢，允归明哲，固已狱讼去宋，讴歌适齐。昔圣政既沦，水德缔构，天之历数，皎焉攸征。朕虽寡昧，暗于大道，稽览隆替，为日已久，敢忘列代遗则，人神至愿乎？便逊位别宫，敬禅于齐，依唐、虞、魏、晋故事，俾众周知！

这诏传出，宋主准应即徙居。那阴鸷险狠的萧道成，尚有一番做作，连上三表恳辞，所以宋主还得淹留一日。王公大臣，统向齐王府劝进，朝廷又连下诏书，促令受禅。内推外挽，统是一班狐群狗党，巧为播弄，遂于次日行禅位礼。

宋主准本应临轩，他却畏缩得很，匿居佛盖下。王敬则引兵入殿，令军士舁着板舆，趋进宫中，胁主出宫。因宋主避匿，一时搜寻不着，惹得敬则动恼，大肆咆哮。太后等惊骇得很，只好自督内侍，四处找寻。既将幼主觅着，乃送交敬则，可怜幼主准鼻涕眼泪，迸做一堆，瞧着板舆，好似囚车一般，不肯坐入。当由敬则拥令升舆，驱使出殿。准收泪语敬则道："今日要杀我否？"敬则道："没有此事，不过徙居别宫，官家先世取司马家，也是这般！"报应显然。准复泣下，自作恨声道："愿后身世世勿复生天王家！"帝王末路，多半如此，人生何苦想作皇帝！宫中自太后以下，无不哭送。

准复拍敬则手道："如无他虑，愿饷公十万钱！"敬则不答，及出至朝堂，百官均已候着，独侍中谢朏，入直阁中，并未出来。当由诏使趋呼道："侍中应解玺绶授齐王！"朏答道："齐自应有侍中，何必使我！"说着，引枕自卧。诏使不禁着忙，便问道："侍中是否有疾？我当走报。"朏又道："我有甚么疾病，不劳诳言！"诏使无法，只好自去。朏竟步出东掖门，登车还宅。

齐仆射王俭代为侍中，趋至宋主身旁，解去玺绶。敬则遂令宋主改乘画轮车，出东掖门，就居东邸，静待新皇命令。光禄大夫王琨，在晋末已为郎中，至是复见宋主授禅，便攀宋主车号哭道：“他人以寿为欢，老臣以寿为戚，既不能先驱蝼蚁，乃复遇着此事，怎得不悲！”老而不死是为贼。左右亦为泣下，敬则反加呵止。俟宋主已入东邸，派兵监守，然后再入殿门。

司空褚渊，尚书令王僧虔，赍奉玺绶，率百官驰诣齐宫，道成尚佯为谦让。善学刘裕。渊等固请受玺，并由渊宣读玺书道：

皇帝敬问相国齐王。大道之行，与三代之英，朕虽暗昧，而有志焉。夫昏明相袭，晷景之恒度，春秋递运，岁时之常序，求诸天数，犹且隆替，矧伊在人，能无终谢！是故勋华弘风于上叶，汉魏垂式于后昆。昔我高祖钦明文思，振民育德，皇灵眷命，奄有四海。晚世多难，奸宄实繁，鼖鼓宵闻，元戎旦警，亿兆夷人，启处靡厝，加以嗣君荒怠，敷虐万方，神鼎将迁，宝策无主，实赖英圣，匡济艰危。惟王体天则地，含弘光大，明并日月，惠均云雨，国步斯梗，则棱威外发，王猷不造，则渊谟内昭。重构闽吴，再宁淮济。静九江之洪波，卷海圻之氛沴，放斥凶昧，存我宗祀，旧物维新，三光改照。逮至宠臣裂冠，则裁以庙略，荆汉反噬，则震以雷霆。麾旆所临，风行草靡，神算所指，龙举云属，诸夏廓清，戎翟思韪，兴文偃武，阐扬洪烈，明保冲昧，翱翔礼乐之场，抚柔黔首，咸跻仁寿之域。自霜露所坠，星辰所经，正朔不通，人迹罕至者，莫不逾山越海，北面称藩，款关重译，修其职贡。是以祯祥发采，左史载其奇，玄象垂文，保章审其度。凤书表肆类之运，龙图显班瑞之期。重以珠衡日月，神姿特挺，君人之义，在事必彰。书不云乎：皇天无亲，惟德是辅，民心无常，惟惠之怀。神祇之眷如彼，苍生之愿如此，笙管变声，钟石改调，朕所以拥璇持衡，倾伫明哲。昔金德既沦，而传祚于我有宋；历数告终，实在兹日，亦以水德而传于齐。式遵前典，广询群议，王公卿士，咸曰惟宜。今遣使持节兼太保侍中中书监司空褚渊，兼太尉守尚书令王僧虔，奉皇帝玺绶，受终之礼，一依唐、虞故事。王其允副幽明，时登元后，宠绥八表，以酬昊天之休命！

还有太史令陈文建，奏陈符命，说自六为亢位，后汉历一百九十六年，禅位与魏；魏历四十六年，禅位与晋：晋历一百五十六年，禅位与宋；宋历六十年，禅位与齐，数朝俱六终六受，验往揆今，若合符节，这便是大齐受命的符瑞。牵强附会。王俭又呈上即位的仪注，劝道成即日登基，因择定宋升明元年四月甲午日，即位南郊，祭告天地，改元建元，登坛受贺。褚渊、王僧虔以下，称臣山呼，舞蹈如仪。丑。

礼成还宫，颁诏大赦，废宋主准为汝阴王，王太后为汝阴王太妃，谢皇后为汝阴王妃，撤去汝阴王陈太妃名号，各令迁出宫中，移居丹阳，筑宫置戍，限制自由。降宋晋熙王燮为阴安公，江夏王跻为沙阳公，随阳王翙翙已改封为随阳王。为舞阴公，新兴王嵩为定襄公，建安王禧为荔浦公，郡公主为县君，县公主为乡君。所有宋室功臣子孙，袭爵封国，一并撤销，惟存南康、华容、萍乡三邑封爵，使奉刘穆之、王弘、何无忌宗祀。二台官僚，依任摄职，进褚渊为司徒，柳世隆为南豫州刺史，陈显达为中护军，王敬则为南兖州刺史，李安民为中领军，他如王俭、张敬儿以下，各加官进爵有差。

褚渊从弟炤前为安成太守，卸职家居，当渊奉玺劝进时，曾问渊子贲道:“司空今日何往? ”贲答道:“奉玺绶往齐王府! ”炤叹道:“我不知汝家司空，把一家物送与一家，是何命意? ”及渊为司徒，贺客盈门，炤复叹道:“彦回少立名行，不意病狂至此! 门户不幸，致有今日；倘使彦回作中书郎时，便即病死，岂不是一位名士么? 正惟名德不昌，乃享期颐上寿。”渊有此弟，不啻跖、惠。渊闻炤言，颇自觉惭闷，上表辞官。奉朝请裴颛，独上表数道成罪恶，挂冠径去。道成遣人追及，把他杀死。太子萧颐请杀谢朏，道成摇首道:“彼不畏死，我若杀他，反成彼名，不如置诸度外，足示包容。”于是朏乃免死，但罢职归家。

处士何点戏语人道:“我已撰罢齐书，首列功臣二赞，分作十六字四句。第一句是渊既世族，第二句是俭亦国华，第三句是不赖舅氏，第四句是遑恤国家! ”原来渊父湛之，曾尚宋武帝女始安公主，俭父僧绰，亦尚武康公主，所以何点讥讽二人，如是云云。

那废主准徙居丹阳，未及匝月，忽闻门外有走马声，卫士疑为乱起，奔入杀准，伪报病死。萧道成未曾加罪，反且赏功，但追谥为宋顺帝，一切饰终仪制，如晋恭帝故事。宋自武帝至此，共历四世八主，计六十年而亡。尤可恨的是齐主道成，一不做，二不休，索性把刘宋宗室，如阴安公燮以下，一概捕戮，各家无论少长，也同处死。惟刘遵考子澄之，与褚渊善，渊代为哀求，总算赦免，尚得幸存。比刘裕还加惨毒，故享国较短。

萧氏既开国号齐，追尊祖考，他本汉相国萧何二十四世孙，当然以萧何为始祖。萧何居沛，何孙彪徙居东海兰陵县，传至淮阴令令整，即道成五世祖，适值晋乱，奔至江左，居晋陵武进县。当时邑人统皆南徙，便号称为南兰陵。道成父承之，仕宋至右军将军，屡立战功。前文於承之事，亦曾散叙。宋元嘉二十四年，承之病殁，道成年亦弱冠，姿表英异，龙颡钟声，鳞纹遍体，时人已目为英奇。又有一种异征，他母陈氏生道成时，屡忧乏乳，夜梦神人持糜粥两瓯，呼令尽饮。饮毕乃醒，乳遂大出，陈氏也不胜惊异。道成有庶兄二人，一名道度，一名道生，有相士见陈氏道："夫人当生贵子，只可惜不能亲见！"陈氏叹道："我有三儿，不知将哪个应相？"嗣复指道成道："斗将大约将来当应验汝身呢！"原来道成表字绍伯，小名斗将，当丧父时，家乏余资，母陈氏尚亲操井臼。及道成为建康令，冬月尚无缣纩，独奉膳甚厚。陈氏尝撤去兼肉，语道成道："居家务宜勤俭，我得一盘肉食，也好知足了。"未几亦殁。

道成篡宋受禅，追尊父承之为宣皇帝，母陈氏为孝皇后。还有两兄一妻，均先时去世，追封兄道度为衡阳王，道生为始安王。妻刘氏少年寝卧，常有云气拥护，适道成后，治家有法。宋明帝末年，刘亦病殁，升明二年，追赠为齐国妃，齐建元元年，复册谥为昭皇后。补叙萧氏履历，是必不可少之笔。太子赜为皇储，次子嶷为豫章王，三子映为临川王，四子晃为长沙王，五子晔为武陵王，六子暠为安成王，七子锵为鄱阳王，八子铄为桂阳王，九子早夭，十子鉴为广陵王，十一子钧为衡阳王，钧出继道度为嗣，皇孙长懋为南郡王，光前裕后，安国定邦，饶有兴朝气象。

蓦闻魏遣梁郡王拓跋嘉，奉丹阳王刘昶，昶系宋文帝第九子，景和元年奔魏，事见前文。南侵寿阳，齐主道成怡然道："我早料有此着，已派垣崇祖出镇豫州，力能制虏，当不至有他虑。"遂不复调兵遣将，但拨运粮饷，接济寿阳。

小子欲叙寿阳战事，又不得不将北朝事迹，约略补述。自魏主弘传位太子，自居崇光宫，柔然侵魏，弘因嗣主年幼，不能治军，乃复督兵北讨，逐走虏众。嗣复南巡西幸，一再外出，这位淫姣不贞的冯太后，乐得与李奕朝欢暮乐，共效于飞。应二十三回。适尚书李䜣，出为相州刺史，受赃枉法，被人告讦，尚书李敷，暗中袒䜣，替他掩饰，偏为上皇弘所闻，槛车征䜣，考验当死。又欲黜退李敷兄弟，䜣婿裴攸，替䜣设法，谓应讦发李敷兄弟阴事，当可免罪。䜣初意不欲背敷，转思生死攸关，也顾不得旧时僚谊，乃列李敷兄弟罪状三十余条，奏陈上去。弘不禁大怒，立诛李敷兄弟，䜣得减死。未几仍复任尚书。

看官，你想这冯太后贪欢恋爱，与李奕如何情密，平白地将情夫诛死，怎得不痛恨交并！当下嘱使左右，就上皇弘饮食间，暗加鸩毒。弘不知就里，食将下去，须臾毒发，痛得肝肠寸裂，七窍流血，一命呜呼！妇人心肠，如此阴毒。年仅二十三岁。追谥为献文帝，庙号显祖。时为魏主宏延兴六年，即宋主昱元徽四年。点醒年序，令人豁目。

冯太后复临朝称制，改元太和，受尊为太皇太后，知书达事，亲决万机。授兄冯熙为太师中书监。熙恐人情不服，一再乞辞，乃出除洛阳刺史，仍官太师。太卜令王睿，姿貌伟皙，由冯氏特加青睐，令作李奕第二，超拜尚书。秘书令李冲，美秀而文，亦邀私宠。去一得二，其乐也融融。外面却优礼勋旧，如东阳王拓跋丕等，均加厚赏。

丹阳王刘昶，由宋奔魏，迭遭宠遇，三尚公主。至是闻萧氏篡宋，表请声讨，冯太后与群臣计议，许昶规复旧业，世胙江南，作为魏藩，乃发兵数万，号称二十万人，归梁郡王嘉统带，奉昶南下，寿阳大震。豫州刺史垣崇祖，却不慌不忙，想出一条御敌的计策，保守危城，果得建功。小子有诗叹道：

扞边端的仗奇谋，胡骑南侵不足忧。

借得一泓肥水力，管城城守等金瓯。

毕竟崇祖用何妙计，且看下回分解。

果报二字，为释氏口头禅，儒家亦未尝不守此说。子舆氏曰，杀人之父，人亦杀其父，杀人之兄，人亦杀其兄，然则非自杀之也，一间耳。观于刘裕篡晋，传及四世，而萧道成起而篡宋，与刘裕如出一辙，阴谋攘夺，阳示谦恭，零陵、汝阴，同归于尽。王敬则更明告汝阴王，谓官家先取司马家亦如此，令起刘裕而问之，恐亦不能自解也。天网恢恢，疏而不漏，其报应诚巧矣哉！魏冯太后之弑魏主弘，亦未始非北朝之果报。北朝故事，后宫生子，将为储贰，必先令其母自尽，秕俗相沿，乃有母杀其子之怪剧，是亦一天之巧于报应也。若夫萧道成之奸险，与冯太后之淫乱，则演义已详，无容赘论焉。

第二十七回

膺帝箓父子相继
礼名贤昆季同心

却说齐豫州刺史垣崇祖闻魏兵大至，即设一巧计，命在寿阳城西北，叠土成堰，障住肥水。堰北筑一小城，四周掘堑，使数千人入城居守。将佐统言城小无益，不足阻寇，崇祖笑曰："我设此城，无非为诱敌起见，虏骑远来，骤见城小，必以为一举可拔，悉力尽攻，谋破我堰，我决堰纵水，淹彼不备，就使不尽淹没，也要漂流不少。锐气一挫，自然遁去了！"原是好计。将佐等方无异言。

果然魏兵一至，即攻小城。崇祖自往督御，坐着肩舆，从容登城。魏兵举首仰望，但见他冠服雍容，不穿甲胄，首戴白纱帽，身著白绛袍，好似平居无事一般。大众很是惊讶，惟自恃人多势旺，也不管他甚么态度，当即蚁附攻城。不意澎湃一声，大水骤至，城下一片汪洋，害得魏兵无从立足，慌忙倒退。怎奈前队兵士，被后队挤住，一时不能速走，那流水最是无情，霎时间淹去人马，已达千数，余众拼命奔逃，也已拖泥带水，狼狈不堪。这一场的挫败，把魏兵一股锐气，销磨了一大半。崇祖仍将肥堰筑好，还驻寿阳，一面派兵往朐山，令他埋伏城外，与城中相呼应，防敌往攻。魏将梁郡王嘉，心果未死，移师往攻朐山，甫至城下，伏兵齐起，与守卒内外夹击，又杀伤魏兵千余。梁郡王嘉，只好麾众北走，退出豫州境外去了。

先是崇祖在淮上，谒见齐主萧道成，便自比韩信、白起，众皆未信。及捷报入都，齐主语朝臣道："我原料他力能制虏，今果如是，真是朕的韩、白呢！"可惜是为汝爪牙，终累盛名。遂进官都督，号平西将军，增封千五百户。崇祖闻陈显达、李安民等，得增给军仪，因也上表请求，随即奉到朝廷敕书，谓卿才如韩、白，比众不同，今特赐给鼓吹一部，崇祖拜受。又恐魏骑转寇淮北，奏徙下蔡城至淮东。

是年夏季，魏兵果欲攻下蔡，既闻内徙，乃声言当平除故城。崇祖麾下诸将佐，虑虏骑设戍故城，崇祖道："下蔡距镇甚近，虏岂敢立戍，不过欲平城示威罢了。我当率众往击，休使轻视！"遂率众渡淮。正值魏兵毁掘城址，便驱兵杀将过去，吓得魏兵弃去器械，匆匆退走。崇祖趁势奋击，追奔数十里，杀获数千人，到了日暮，才收军回城。垣氏威名，从此远震。

越年，魏兵复侵齐淮阳，军将成买，拒守甬城。齐遣将军李安民、周盘龙等，领兵往援，买亦出城与战。魏兵分头抵敌，很是厉害，买竟战死。李安民、周盘龙等与魏兵相持，未分胜负。那魏兵已战胜买军，并力来围李、周两人，盘龙子奉叔，率壮士二百人，突入魏兵阵内，又被魏兵围住，或言奉叔陷殁，惹得盘龙性起，跃马奋矟，杀入魏阵，所向披靡。奉叔乘隙杀出，闻知乃父陷入，复转身杀进，救父盘龙。父子两骑萦扰，十荡十决，得将魏兵击退。李安民驱军追上，力破魏兵，魏兵约有数万，四散奔逃，乃不敢再窥齐境。刘昶亦打消前念，还居平城。

既而齐遣参军车僧朗，至魏行聘，魏主宏问僧朗道："齐辅宋日浅，何遽登大位？"僧朗答道："唐、虞登庸，身陟元后，魏、晋匡辅，贻厥子孙，这都是因时制宜，不容相提并论呢。"魏主却也不加辩驳，惟赐宴时，尚有宋使一人，因萧齐篡宋，留住魏都，至是也召入列宴，位置在僧朗上首。僧朗不肯就席，宋使出言诟詈，顿时恼动僧朗，拂衣趋出，仍就客馆俟命。刘昶袒护宋使，阴使人刺杀僧朗，魏主宏颇不直刘昶，厚赆丧仪，送榇南归，并遣还宋使。齐主道成，尚欲整兵北伐，只因年将花甲，筋力就衰。有时且患疾病，未免力不从心。

王俭（452—489），字仲宝，琅邪临沂（今属山东）人，南朝齐文学家。俭生时，父僧绰被害，为叔父僧虔所养。后佐齐高帝即位。曾任侍中、尚书令、镇军将军等职。曾校勘古籍，依刘歆《七略》，作《七志》。

好容易过了四年，褚渊已进任司徒，豫章王嶷，进位司空，兼骠骑大将军，领扬州刺史，临川王映为前将军，领荆州刺史，长沙王晃为后将军，兼护军将军，南郡王长懋为南徐州刺史，安成王暠为江州刺史，召还江州刺史王延之，令为右光禄大夫。未几疾病交作，医治罔效，甚且沉重。自知不起，乃召司徒褚渊，左仆射王俭，至临光殿，面授顾命。且下遗诏道：

朕本布衣素族，念不到此，因藉时来，遂隆大业。风道沾被，升平可期，遘疾弥留，至于大渐。公等奉太子，愿如事朕，柔远能迩，辑和内外，当令太子敦穆亲戚，委任贤才，崇尚节俭，弘宜简惠，则天下之理尽矣。死生有命，夫复何言！

越二日，就在临光殿逝世，年五十六，在位只四年。太子萧赜嗣位，追谥为高皇帝，庙号太祖，窆武进泰安陵。齐主秉性清俭，喜怒不形，博涉经史，善属文，工草隶书。即位后，服御无华，主衣中有玉介导，或作玉导，系是冠簪。谓留此反长病源，命即打碎。后宫器物栏槛，向用铜为装饰，悉改用铁。内宫施黄纱帐，宫人著紫皮履，华盖除金花，爪用铁回钉，尝语左右道："使我治天下十年，当使黄金与土同价。"即使天假之年，恐亦未能得此，且恭俭乃是小善，不能掩篡弑大恶，夸诞何为！

自齐主殁后，嗣主赜力从俭约，尚有父风。赜小字龙儿，为刘昭后所出。刘昭后见上。生赜时，与始陈孝后同梦，见龙据屋上，因字赜为龙儿。赜少受父训，颇具韬略，后来亦屡立战功，至是得承遗统，升殿即位，命司徒褚渊录尚书事，尚书左仆射王俭为尚书令，车骑将军张敬儿为开府仪同三司，司空豫章王嶷为太尉，追册故妃裴氏为皇后。裴氏为左军参军裴玑之女，纳为太子妃，建元三年病殁，予谥曰穆，故前称穆妃，后称穆皇后。立长子长懋为太子，次子子良为竟陵王，三子子卿为庐陵王，四子子响，出为豫章王嶷养子，未得受封，五子子敬为安陆王，六子早夭，七子子懋为晋安王，八子子隆为随郡王，九子子真为建安王，十子子明为武昌王，十一子子罕为南海王，余子并幼，因特缓封。尚有幼弟数人，前尚年少，未得封爵，乃特封皇十二弟锋为江夏王，十五弟锐为南平王，十六弟铿为宜都王，后来又封十八弟铼为晋熙王，十九弟铉为河东王，总计齐祖萧道成，共生十九男，自赜以下至十一子，已见前回，十三十四十七子，早亡无名，史家称为高祖十二王。衡阳王钧出继，不在此例。太子长懋子昭业，亦得受封为南郡王。司徒褚渊，复进位司空。且由嗣主赜召宴东宫，群臣多半列座，右卫率沈文季，与渊谈论，语言间偶有龃龉。渊不肯少让，文季怒道："渊自谓忠臣，他日死后，不知如何见宋明帝！"渊亦老羞成怒，起座欲归，还是齐主赜好言劝解，特赐他金镂柄银柱琵琶。朝秦暮楚，不啻倡伎，应该特赐琵琶。乃顿首拜受，终席始出。

越宿入朝，天气盛热，红日东升，渊用腰扇为障。功曹刘祥，从旁揶揄道："作这般举止，怪不得没脸见人！但用扇遮面目，有何益处？"渊听入耳中，禁不住开口道："寒士不逊。"祥冷笑道："不能杀袁、刘，怎得免寒士！"渊惭不能答，自是愧愤成疾，竟致谢世。渊丰采过人，独眼多白睛，世拟为白虹贯日，指作宋氏亡征。亦太附会。殁时年四十八岁。长子贲为齐世子中庶子，领翊军校尉，既丁父忧，当然免职。及服阕进谒，诏授侍中，领步军校尉，贲固辞不拜。渊曾封南康公，贲当袭爵，他复让与弟蓁，自称有疾。大约是耻父失节，所以守志不仕，营墓终身，这也可谓善干父蛊了。幸有此儿。

越年改元永明，授太尉豫章王嶷领太子太傅，护军将军长沙王晃为南徐州刺史，镇北将军竟陵王子良为南兖州刺史。召还豫州刺史垣崇祖，令为五兵尚书。中兵、外兵、骑兵、别兵、都兵为五兵。改司空咨议荀伯玉为散骑常侍。从前齐主赜为太子时，年已强仕，与乃父同创大业，朝政多由专断，幸臣张景真，骄侈僭拟，内外莫敢言，独司空咨议荀伯玉，密白宫廷，齐祖道成，即命检校东宫，收杀景真，且宣敕诘责太子。赜惊惶称疾，月余尚难回父意，几乎储位被易，幸亏豫章王嶷无意夺嫡，孝悌兼全，王敬则又替赜救解，始免易储。但伯玉益得上宠，赜更引为怨恨，与伯玉势不相容。垣崇祖亦未尝附赜，当破魏入朝时，尝与太祖密谈终夕，赜亦未免怀疑；因此即位改元，便召崇祖入都，佯为抚慰。过了数月，密嘱宁朔将军孙景育，诬告崇祖构煽边荒，意图不轨，伯玉与为勾结，约期作乱等事，遂将崇祖、伯玉，收系狱中，论死处斩。

车骑将军张敬儿因佐命有功，很得宠遇，家中广蓄妓妾，奢侈逾恒。初娶毛氏，生子道文，后见尚氏女有美色，竟将毛氏休弃，纳尚氏为继妻。尚氏尝语敬儿道："从前妾梦一手热，君得为南阳太守，嗣梦一髀热，君得为雍州刺史，近复梦半身热，君得为开府仪同三司，今且梦全体俱热，想又有绝大的喜事了。"要杀头了。敬儿大悦，私语左右，当有人报入宫中。齐主赜不能无疑，敬儿又遣人贸易蛮中，朝廷又疑他勾通蛮族。适华林园设斋超荐，朝臣皆奉敕入园，敬儿亦往。才经入座，即有卫士突出，拿下敬儿。敬儿自脱冠貂，愤然投地道："都是此物误我！"贪图富贵者其听之！下狱数日，便即诛死，子道文、道畅、道固、道休并伏诛，惟少子道庆赦免。聊为汝阴吐气。弟恭儿官至员外郎，留居襄阳，闻敬儿被诛，率数十骑走蛮中。

小子尝阅宋书，得悉敬儿兄弟略迹。敬儿初名狗儿，恭儿名猪儿，宋明帝因他名称鄙俚，改名敬儿、恭儿。敬儿叛宋佐齐，做了一个开国功臣，总道是与齐同休，哪知阅时未几，父子同死刀下，这可见助恶附逆的贼臣，侥幸成功，也不能富贵到底，人生亦何苦不为忠义呢！敬儿本南阳人，曾在襄阳城西，筑造大宅，储积财货。恭儿虽官员外郎，却不愿出仕，并与敬儿异居，自处上保村中，起居饮食，不异凡民，自虑为兄受累，乃窜迹蛮穴。后来上表自首，历陈本末，齐主赜亦知他与兄异趣，下诏原宥，仍得还家。一死一生，公理自见，本书不嫌琐叙，实欲唤醒梦梦。

侍中王僧虔，为宋太保王弘从子，世为宰辅。齐祖萧道成，素与僧虔友善，所以开国前后，特加重任。齐祖善书，僧虔亦善书，两人尝各书一纸，比赛高下，书毕，齐祖笑示僧虔道：“谁为第一？”虔答道：“臣书第一，陛下书亦第一。”齐祖复笑道：“卿可谓善自为谋了。”建元三年，出任湘州刺史，都督湘州诸军事，永明改元，召还都中，授侍中左光禄大夫，开府仪同三司。僧虔累表固辞。尚书令王俭，系僧虔从子，僧虔与语道：“汝位登三事，将邀八命褒荣，我若复得开府，是一门有二台司，岂不是更增危惧么！”既而得齐主敕书，收回开府成命，改授侍中特进左光禄大夫。

或问僧虔何故辞荣？僧虔答道：“君子所忧无德，不忧无宠，我受秩已丰，衣暖食足，方自愧才不称位，无自报国，岂容更受高爵，加贻官谤！且诸君独不见张敬儿么？敬儿坐诛，不特子姓受殃，连亲戚亦且坐罪。谢超宗门第清华，不让敝族，今亦因张氏赐死，你道可怕不可怕呢！”原来超宗为谢灵运孙，好学有文辞，宋孝武帝时，为新安王子鸾常侍，曾为子鸾母殷淑仪作诔，孝武帝大为叹赏，谓超宗殊有凤毛，当是灵运复出，遂迁为新安王参军。足补前文十九回之阙。后来齐祖萧道成为领军，爱超宗才，引为长史。萧氏受禅，迁授黄门郎，嗣因失仪被黜，竟至免官，超宗未免怨望。及萧赜嗣统，使掌国史，除竟陵王咨议参军，益怏怏不得志。尝娶张敬儿女为子妇，敬儿死后，超宗语丹阳尹李安民道：“往年杀韩信，今年杀彭越，尹亦当善自为计！”安民具状奏闻，齐主赜遂收系超宗，夺官戍越，行至豫章，复赐自尽。所以僧虔引为申诫。

僧虔于永明三年病殁，追赠司空，赐谥简穆。王俭本僧绰子，僧绰遇害，俭由僧虔抚养成人。至是为僧虔守制，表请解职。齐主不许，但改官太子少傅。向例太子敬礼师长，二傅从同，此时朝廷易议，太子接遇少傅，视同宾友。太子长懋，颇知好学，每与俭问答经义，俭逐条解释，曲为引申。竟陵王子良，临川王子映，亦尝侍太子侧，互相引证。天演讲学，望重一时，子良尤好宾客，延揽文士。永明五年，进官司徒，他却移居鸡笼山，特开西邸，召集名流，联为文字交。当时如范云、萧琛、任昉、王融、萧衍、谢朓、沈约、陆倕八人，皆有才誉，子良各与相亲，号为八友。次如柳恽、王僧孺、江革、范缜、孔休源等，亦皆预列。惟太子好佛，子良亦好佛，东宫尝开拓玄圃，筑造楼观塔宇。子

沈约（441—513），字休文，吴兴武康（今浙江德清）人，南朝梁文学家。仕宋、齐二代，后助梁武帝登位，为尚书仆射，封建昌县侯，后官至尚书令，卒谥隐。与周颙等创“四声八病”之说，对古体诗向律诗的转变起了重要作用。因与谢朓、王融诸人之作，皆注重声律，时号“永明体”。据宋史旧本，稍加更益，撰成《宋书》。又有《四声谱》《齐纪》《沈约集》等，已佚。明人辑有《沈隐侯集》。

良亦就西邸中，开厦辟舍，营斋造经，召致名僧，日夕呗诵。萧氏好佛，此为先声。范缜屡言无佛，子良道：“汝不信因果，何故有富贵贫贱？”缜答道：“人生与花蕊相似，随风飘荡，或吹入帘幌，坠诸茵席，或吹向篱墙，落诸粪坑。殿下贵为帝胄，譬如花坠茵席，下官贱为末僚，譬如花落粪坑，贵贱虽殊，究竟有甚么因果呢！”理由亦未尽充足。缜又著《灭神论》，以为神附于形，形存神自存，形亡神亦亡，断没有形亡神存的道理。子良使王融与语道：“卿具有美才，何患不得中书郎，奈何矫情立异，自辱泥涂！”缜笑说道：“使缜卖论取官，就使不得尚书令，也好列入仆射了。”

范云即缜族兄，子良尝奏白齐主，请简云为郡守，齐主赜道：“我闻云卖弄小材，本当依法惩治，就使不尔，亦将饬令远徙。”子良道：“臣有过失，云辄规谏，谏草具存，尽可复核。”遂取云谏书上呈，由齐主赜检阅，约百余纸，词皆切直，因语子良道：“不意云能如此直言，我当长令辅汝，怎可使他出守！”太子长懋，尝出东田观获，顾语僚佐道：“刈此亦殊可观。”众皆唯唯，不复置议，独云趋前进言道：“三时农务，关系国计民生，伏愿殿下知稼穑艰难，毋令一朝游佚！”太子闻言，改容称谢。齐主赜素好射雉，云复劝子良进谏，代为属草。大略说是：

鸾舆亟动，天跸屡巡，陵犯风烟，驱驰野泽，万乘至重，一羽甚微，从甚微之欢，忽至重之诫，臣窃以为未可也。顷郊郭以外，科禁严重，匪直刍牧事罢，遂乃窀掩殆废。且田月向登，桑时告至，士女呼嗟，易生噂议，弃民从欲，理未可安。曩时巡幸，必尽威防，领军景先，高帝从子。**詹事赤斧，**高帝从祖弟。**坚甲利兵，左右屯卫。令驰骛外野，交侍疏阔，晨出晚还，顿遗清道，此实愚臣最所震迫耳。况乎卫生保命，人兽不殊，重躯爱体，彼我无异，故语云闻其声不食其肉，见其生不忍其死。今以万乘之尊，降同匹夫之乐，夭杀无辜，易致伤仁害福。菩萨不杀，寿命得长，施物安乐，自无恐怖，姑无论驰射之足以致危，即此动辄伤生，亦非陛下祈天永命之意。臣本庸愚，齿又未及，以管窥天，犹知得失，庙廊之士，岂暗是非，未闻一人开一说，为陛下远害保身，非但面从，亦畏威耳！臣若不启，陛下于何闻之？**

齐主赜览表，颇为感动，不复出射。

会因连年无事，齐主有志修文，特命王俭领国子祭酒，就在俭宅开学士馆，举前代四部书，充入馆中。俭夙娴礼学，谙究朝仪国典，所有晋、宋故事，无不记忆，当朝理事，判决如流，发言下笔，皆有精采。十日一还学，监试诸生，巾卷在庭，剑卫令史，仪容甚盛，自作解散髻，斜插帻簪，朝野吏士，相率仿效。俭尝语人道：“江左风流宰相，惟有谢安。”言下寓有自拟意。恐怕勿如。至永明七年，遇疾而殁，年才三十八岁。礼官欲谥为文献。吏部尚书王晏，与俭有嫌，特入启齐主道：“此谥自宋氏以来，不加异姓。”齐主赜乃令改谥文宪，追赠太尉侍中中书监，旧封南昌公，仍使如故。一切丧葬礼制，悉依前太宰褚渊故事。小子有诗咏王俭道：

斜簪散髻号风流，侈拟东山转足羞。

谢傅不为桓氏党，如何附势倡奸谋！

未几为永明八年，巴东王子响，忽有谋反消息，又惹起一番兵祸来了。究竟子响是否谋反？容待下回表明。

萧赜嗣位，即杀垣崇祖、荀伯玉，盖亦一雄猜之主也。崇祖为萧齐健将，御虏有功，正宜令彼扞边，永作干城，乃以青宫私怨，诬罪处死，其冤最甚。伯玉亦无可杀之罪，挟嫌报怨，置诸死地，究属非宜，即如张敬儿之伏诛，诛之可也，令诛者为齐主萧赜，不可也。彼佐齐篡宋，甘为贼首，虽死尚有余辜，但于齐则固为佐命功臣，杀之不以道，我且为敬儿呼冤矣。褚渊、王俭，身为贰臣，皆不足道。王僧虔因贵知惧，犹不失为智士，然赍宋玺绶，送入齐宫，对诸袁粲、刘秉，当有愧色。绳以春秋贼讨之义，其亦褚渊之流亚乎？长懋兄弟，敬师下士，颇有可取；然江左文人，尚风流而少气节，虽得百士，亦属无补。且佞佛背经，几与村妪相似，是亦不足观也已。

第二十八回

造孽缘孽儿自尽
全愚孝愚主终丧

却说巴东王子响，系齐主赜第四子，本出为豫章王嶷养儿。嶷早年无子，后来连生五男，乃命将子响还本，进封巴东王。永明七年，由江州刺史调镇荆州，都督荆、襄、雍、梁、宁、南北秦七州军事。子响少年好武，膂力绝人，能开四斛重硬弓。自选壮士六十人，被服甲胄，随从左右。莅镇年余，辄在内斋杀牛置酒，犒飨壮士，又令内人私作锦袍绛袄，与蛮人交易器仗。长史刘寅等，密表上闻。齐主赜遣使查问，子响拒不见面，先将刘寅等拿下，一一杀毙。朝使奔归阙下，报明齐主，齐主当然动怒，即召将军戴僧静入朝，令他统兵万人，往讨子响。

僧静奏道："巴东王少年喜事，不知审慎，长史等亦操持太急，忿不思难，所以致此。试想天子儿过误杀人，也没有甚么大罪，骤然遣军西进，反致人情惶惧，恐非良策，还请陛下三思！"僧静所奏，似是而非。齐主乃别遣卫尉胡谐之，游击将军尹略，中书舍人茹法亮，带领甲仗数百人，驰往江陵，查捕群小，且传诏道："子响若束身来归，当许保全生命。"

谐之等行至江津，筑城燕尾洲，遣传诏石伯儿，诣江陵城抚慰子响，子响闭门不纳，但白服登城，呼语伯儿道："天下岂有儿子叛父的道理？长史等捏造蜚言，负我太甚，所以将他杀死。我罪不过擅杀，便当单骑还阙，自请处分，何必筑城相逼，欲捉我报功呢！"伯儿返报燕尾洲，尹略愤然道："擅杀长史，罪已非轻，今又拒绝诏使，还好说是不反么？"遂欲整众攻城。子响闻报，乃杀牛具酒，遣使至燕尾洲犒军。略将来使拘住，所有牛酒，悉委江流。太为造孽，所以速死。

子响又使人走告法亮，愿见传诏，法亮复把他拘系。于是子响怒起，洒泪誓众，集得府州兵卒二千人，即令养士六十人为前导，从灵溪西渡，直薄燕尾洲，自与百余人跨马后随，押着连臂弓数十张，接应前军。尹略不管好歹，一闻叛兵驰至，即驱兵出敌，趋至堤上，正遇叛兵相值，不暇问答，便与交锋，叛兵头目王冲天，左手执盾，右手执刀，恶狠狠的向前冲突，略挺枪拦阻，才经数合，杀得略气喘吁吁，臭汗直流。慌忙虚幌一枪，勒马返奔，不防叛兵里面，发出无数硬箭，没头没脑的射来。略正叫苦不迭，忽听见飕的一声，那箭镞已射着项后，贯入颈中，一时忍不住痛，晕落马下。巧巧王冲天追到，顺手一刀，剁作两段。该死。余众死了一半，逃还一半。王冲天持盾陵城，茹法亮胆怯即奔，胡谐之亦弃城退走。燕尾洲的城垒，被王冲天毁去。

齐主赜接得败报，再遣丹阳尹萧顺之，率军讨逆。顺之为齐祖道成族弟，尝从齐祖为军副，所向有功。顺之为梁主萧衍父，故特别提明。石头一役，黄回顺流直下，由顺之坐据朱雀桥，从容镇定。回夙仰威名，始不敢进攻。补二十五回所未及。齐祖倚若左右手。赜为太子时，顺之尝至东宫问讯，豫章王嶷在侧，赜指示道："我家若非此翁，无以致今日！"及赜既嗣祚，颇相忌惮，故不使入居台辅，但封为临乡县侯，授领军将军，兼丹阳尹。此次奉命西行，威声先达，叛兵望风生畏，相率散去。王冲天也无能为力了。

子响知事不济，自乘小舰赴建康。太子长懋，素忌子响，密与顺之书，谓须早为了结，勿令生还。顺之乃截住子响。子响穷蹙，进见顺之，乞顺之代为申诉，顺之不许。又请随诣阙前，自行请死，顺之又不许。子响乃索纸笔，手书绝启，托顺之代呈，随即解带自经，年只二十三岁。其启文中有云：

> **刘寅等入斋检校，具如前启。臣罪既山海，分甘斧钺，奉敕遣胡谐之、茹法亮等，俯赐重劳，胡、茹竟无宣旨，便建旗入津，对城南岸，筑城相逼。臣累遣书信，招呼法亮，乞白服相见，乃卒不见从，遂致群小惶怖，酿成攻战，此臣之罪也。臣于是月二十五日，束身投军，希还天阙，停宅一月，臣自取尽，可使齐代无杀子之讥，臣无逆父之谤，既不遂心，今便命尽。临启哽咽，知复何陈！**

顺之窜改数语，方才进呈，廷臣又奏绝子响属籍，乃削夺爵邑，废为庶人，改姓为蛸。余党依次搜捕，分别定罪，刘寅等统皆赠官。后来齐主赜游华林园，见一猿跳掷悲鸣，不觉奇诧起来。左右进言道："猿子前日坠崖，竟致跌死，所以老猿如此哀鸣！”齐主赜览物生感，禁不住悲从中来，太息泪下。先是高祖弥留，尝戒赜道：“宋氏非骨肉相残，他族怎得乘弊？汝宜知戒，勿忘予言！”赜涕泣受教，嗣位后待遇子弟，虽不甚苛刻，但亦未尝相亲。长沙王晃为南徐州刺史，罢职归都，载还兵仗数百人，赜尝禁诸王蓄养私仗，闻晃违命犯法，立欲科罪，亏得豫章王嶷顿首代请道：“晃罪原不足宥，但陛下当忆先朝，垂爱白象！”说至此，呜咽不能成声。赜亦泣下，乃搁置不提。白象系晃小字，最得父宠，故嶷有此言。武陵王晕，尝入宫侍宴，醉后伏地，冠上貂抄入肉柈。音槃，义亦相通。齐主赜笑道：“肉且污貂，岂不可惜！”晕因醉忘情，率尔奏对道：“陛下未免爱羽毛，疏骨肉了！”齐主不禁变色，饶有怒容。既而游宴东田，诸王皆应召趋至，独不闻召晕。豫章王嶷面请道：“风景颇佳，诸弟毕集，可惜只缺一武陵！”齐主赜乃宣晕入宴，酒后命诸王赌射，晕连发数矢，无不中的。遂顾语四座道：“手法如何？”座间多半喝彩，惟齐主有不悦状，嶷已窥破隐情，即面白齐主道：“阿五平日，没有这般善射，今日仰仗天威，所以发无不中。”好兄弟，我愿崇拜之。齐主赜乃开颜为笑，畅饮而归。补入此段，以表齐主赜之好猜。至子响缢死，不得丧葬，豫章王嶷复上疏乞请道：

臣闻将而必戮，炳自春秋，罄于甸人，著于经礼，犹怀不忍之言，尚有如伦之痛，岂不事因法往，情以恩留？故庶人蛸子响，识怀靡树，见沦不逞，肆愤一朝，取陷凶德，遂使迹伶非孝，事近无君，身膏草野，未云塞衅。但粻矢倒戈，归罪司戮，即理原心，亦既迷而知返，衅骨不收，辜魂莫赦，抚今追往，载伤心目。伏愿一下天矜，爰诏蛸氏，使得安兆末郊，旋窆余麓，微列苇輤之容，薄申封树之礼，岂仅穷骸被德，实且天下归仁。臣属忝皇枝，偏蒙友睦，以臣继别未安，子响言承出命，提携鞠养，抚恩成人。虽辍胤蕃条，归体璇萼，循执之念不移，传训之怜何已？敢冒宸严，布此悲诚，涕泣上闻！

齐主赜始尚未许，嗣经嶷入宫申请，乃命将子响营葬，赐封鱼复侯。嶷身长七尺八寸，善持容范，文物卫从，礼冠百僚。每出入殿省，人皆瞻仰，他却深自敛抑，事上甚谨，对下亦恭，始终保全同气，曲意周旋。每见父兄盛怒，辄婉言劝解，片语回天。乃父原是钟爱，乃兄亦友爱日深，就是内外大臣，亦无一与忤，相率敬服。道成有此佳儿，却是难得。

永明五年，嶷进位大司马，至七年表求还第。有诏令嶷子子廉，代镇东府，遇有军国重事，常召入咨询，或且就第与商。有时车驾出游，必令嶷相随。嶷妃庾氏有疾，内侍屡奉旨往省，及疾已渐瘳，齐主挈领妃嫔，统往嶷宅庆贺，且先敕外监道："朕往大司马第，不啻还家，汝等但当清道，不必屏除行人。"既至嶷第，趋入后堂，张乐设饮，欢宴终日。嶷执卮上寿，且语齐主道："古来颂祝圣寿，尝谓寿如南山，就是世俗相沿，亦必称皇帝万岁，愚以为言近虚浮，反欠切实，如臣所怀，愿陛下寿享百年，意亦足了！"齐主笑道："百年何可必得，但教东西一百，便足济事。"嶷矍然道："陛下年逾大衍，臣年亦将半百，百岁已周，怕不能再过百年么？"齐主亦自觉失言，一笑而罢。饮至月上更催，方率宫人还宫。

偏齐主酒后率词，竟同谶语。转瞬间为永明十年，嶷正四十九岁，忽然抱病，病且日甚，齐主屡往问视，遍召名医诊治，无如寿数已尽，药石难回。长子子廉，次子子恪，侍疾在侧，嶷顾语道："人生在世，本无常境，我年已老，死不为夭，但望汝兄弟共相勉厉，笃睦为先，才有优劣，位有通塞，运有富贫，这是理数使然，不必强求，若天道有灵，汝等各自修立，便足保全世祚。勤学行，守基业，治闺庭，尚闲素，如此自无忧患。圣主储君及诸亲贤，当不以我死易情，我死后丧葬从俭，祭祀毋丰，我虽才愧古人，颇不以遗财为累，所余薄资，汝有弟未婚，有妹未嫁，可量力办理。后事甚多，不能尽告，汝兄弟依理而行，我死亦瞑目了！"遗训足传后世。子廉等垂泪受教。嶷又申述己意，命子廉草遗启道：

臣自婴今患，亟降天临。医走术官，泉开藏府，慈宠优渥，备极人臣。臣生年疾迫，遽阴无几，愿陛下审贤与善，极寿苍旻，强德纳和，为亿兆御。臣命违昌数，奄夺恩怜，长辞明世，伏涕呜咽！

启奏草就，齐主又自来省视，握手欷歔。嶷略说数语，无非是启中大意。齐主尚嘱他保重，流涕自去。傍晚又枉驾过问，嶷已口不能言，对着齐主一喘而终。齐主悲不自胜，掩面还宫。越宿即下诏道：

宠章所以表德，礼秩所以纪功，慎终追远，前王之盛策，累行酬庸，列代之通诰。故使持节都督扬、南徐二州诸军事大司马、领太子太傅扬州牧豫章王嶷，体道秉哲，经仁纬义，挺清誉于弱龄，发韶风于早日，缔纶霸业之初，翼赞皇基之始，孝睦著于乡闾，忠谅彰乎邦邑。及秉德论道，总牧神甸，七教必荷，六府咸理，振风润雨，无愆于时候，恤民拯物，有笃于矜怀。雍容

廊庙之华，仪形列郡之观，神凝自远，具瞻允集。朕友于之深，情兼家国，方授以神图，委诸庙胜。缉颂九弦，陪禅五岳。天不憖遗，奄焉薨逝，哀痛伤惜，震恸乎厥心。今先远戒期，寅谋袭吉，宜加茂典以协徽猷，可赠假黄钺都督中外诸军事扬州牧，具九服锡命之礼，侍中大司马太傅王如故。给九旒鸾辂，黄屋左纛，虎贲班剑百人，辒辌车前后部羽葆鼓吹，葬送仪依汉东平献王故事，以示朕不忘勋亲之至意。

嶷殁后第库无现钱，一切丧葬费用，皆由国库支给，原不消说。齐主又月给现钱百万，赡养子孙，并赐谥文献。自夏经秋，内廷不举乐，不设宴，好算君臣兄弟，善始善终了。原是叔世所罕闻。是年授司徒竟陵王子良为尚书令，领扬州刺史，更命西昌侯萧鸾为尚书左仆射。鸾系齐祖道成兄子。父即始安王道生，道生早殁，鸾年尚幼，为叔父所抚养。宋泰豫元年，出为安吉令，颇有吏才，升明中累迁淮南、宣城二郡太守。齐建元二年，封西昌侯，调郢州刺史。永明元年入为侍中，领骁骑将军，至是复擢为尚书左仆射，渐渐的位高望重，专制朝权。这且待后再表。隐伏一案。

且说魏主宏秉性孝谨，事无大小，悉禀命慈闱。宏本后宫李夫人所出，由冯太后抚养成人。见二十三回。宏为太子，李夫人依例赐死，宏终不知为谁氏所生，但从幼随着太后冯氏，视祖母如生母一般，所以乃父遇害，越觉孝顺太后。太后冯氏，已尊为太皇太后，临朝称制，乐得恣行威福，任意欢娱。尚书王睿，出入闱闼，不数年便为宰辅，加封至中山王，赏赐无算，已而睿死，赐谥立庙，令文士作诔，约百余篇。秘书令李冲，是太后第二情夫，密加赐赍，也不可胜纪。宦官王琚、张涢、符承祖等，送暖迎新，非常得宠，自微阉拔为大官，居然得拜爵崇封。

太后自知内行不谨，常令权阉侦察内外，遇有谤言丑语，立刻捕至，也不关白魏主，便即杀毙。青州刺史南郡王李惠，为魏主宏母舅，所历各郡，颇有政声，只不合评谤宫闱，致为冯太后所闻，竟诬他谋逆，屠戮全家。惟待遇勋旧，恩礼不衰。就使宠臣有过，亦不肯少恕，动加箠楚，多至百余，少亦数十。不过性无宿憾，过必罚，功必赏，往往昨日受刑，明日升官，所以人无怨言，反愿效死。这是英雄手段。

中书令光禄大夫高允，历事五朝，出入三省，居官五十余年，资望最隆，年逾九十，因老乞归。冯太后怀念老成，仍用安车征至平城，拜为中书监，特命乘车入殿，朝贺不拜，且使他申定律令。允老眼无花，按律审刑，折衷至当，尝慨然叹道：“刑狱为人命所系，不容轻忽。古称至德如皋陶，明刑弼教，应无枉滥，后嗣子孙，英六先亡。况在常人，可不再三审慎么！”冯太后代主下诏，谓允家贫养薄，饬传乐部十人，五日一诣允第奏乐娱允，朝晡给膳，朔望致牛酒，月给衣服绵绢，入见备几杖。垂问政事，允知无不言。魏主宏太和十一年，允病殁都城，年九十八，追赠司空，予谥曰文。

越三年冯太后病殂，年四十九。魏主宏哀毁过礼，勺饮不入口，约有五日。何不使李冲等殉葬。群臣上章固谏，始进一粥，王公表请依例茔葬，魏主宏有诏答道："奉侍梓宫，犹希仿佛，山陵迁厝，尚未忍闻！"王公等又复固请，乃奉葬永固陵。太尉荣阳王拓跋宏，申请勉抑至情，循行旧典。魏主宏又道："祖宗志在武略，未遑修文，朕仰禀圣训，思习古道，论时比事，与先世不同。况圣人制礼，卒哭变服，夺情以渐，今甫及旬日，即从吉服，岂非有违古礼么？"秘书丞李彪道："汉明德马后，保养章帝，后崩后葬不淹旬，旋即从吉，章帝不受讥，明德不损名，愿陛下垂察！"魏主宏复道："朕眷恋衰绖，情所未忍，并非矫饰沽名，且公卿尝称四海晏安，礼乐日新，可以参美唐、虞，今乃苦夺朕志，使朕不得逾魏、晋，究是何意？"群臣尚未及答，魏主宏申说道："朕闻高宗谅暗，三年不言，若不许朕衰绖视事，理应拱默礼庐，委政冢宰，二事惟公卿所择！"尚书游明根对道："渊默不言，大政将旷，仰顺圣心，请从衰服！"魏主宏呜咽道："朕处不言地位，不应如此喋喋；但公卿欲夺朕情，遂至烦言，追念慈恩，叫朕如何释念哩！"说至此，号哭而入。顾小失大，迂愚可笑。群臣亦流涕退出。

既而有诏颁发，决行期年衰服，近臣亦皆服衰，外臣得变服就练，七品以下，除服从吉，于是公卿以下，莫敢异议，追谥太皇太后，为文明太后，且屡次谒祭永固陵。

越年元旦，魏主宏乃临朝听政。看官，你道魏主宏这般孝思，究竟是大孝呢，还是小孝呢？想看官阅过上文，应知冯太后这般行为，不该出此孝孙，小子也无容评断了。不贬之贬，尤甚于贬。

齐主萧赜，特派散骑常侍裴昭明，侍郎谢竣，如魏吊丧，意欲朝服行事。魏命著作郎成淹，据经辩驳。昭明等无词可答，乃改易吊服，魏亦命散骑常侍李彪，随使报聘。既至齐廷，齐为置宴设乐，彪固辞道："主上孝思罔极，兴坠正失，朝臣虽除衰绖，尚是素服从事，使臣何敢仰叨盛贶呢！"齐主见他尽礼，颇加器重，因撤乐留饮，馆待数日。及彪陛辞北还，车驾亲送至琅琊城，且命群臣赋诗，作为嘉宠。彪亦申谢而去。嗣是南北又复通使，彪六次往返，均不辱命。那魏主宏却有心复古，正祀典，作明堂，营太庙，周年祥祭，易服终哭，谒永固陵，哀瘠殊甚。

先是冯太后在日，忌宏英敏，恐于己不利，尝在严寒时候，幽诸空室，绝食三日，意欲把他废立，还幸朝右大臣，上疏切谏，因得释出。嗣又由权阉暗中谗构，致宏无故受杖，宏竟毫不介意。

及丧已逾期，还是哭泣不休，魏臣多退有后言。可巧隆冬大旱，兼遇大风，司空穆亮，借此进谏。谓天子父天母地，子或过哀，父母亦必不欢，今和气不应，未始非过哀所致，愿陛下袭轻裘，御常膳，庶使天人交庆云云。魏主宏却下诏辩驳，说是孝悌至行，无所不通。今飘风旱气，是由诚慕未深，不能格天，所言咎本过哀，殊为未解等语。

冯太后尝欲家世贵宠，简选冯熙二女，充入掖廷。后宫林氏，生皇子恂，魏主宏拟废去故例，不令林氏自尽，独冯太后不肯俯允，迫令依旧施行。恂尚未得立储，林氏却先勒死。到了太和十七年，魏主终丧，始知生母为李夫人，追尊为思皇后，并册谥故妃林氏为贞皇后。惟总不忘冯氏旧恩，续立冯熙次女为皇后，长女为昭仪。昭仪系是庶出，所以妹尊姊卑。只是娥眉争宠，狐媚工谗，免不得要捣乱宫闱了。小子有诗叹道：

背父忘仇已不伦，哪堪更尔顾私情？
国风敝笱贻讥久，二女如何再近身！

北朝方隐构内衅，南朝又迭报大丧。欲知一切情形，待至下回申叙。

子响非真好叛者，误在任性好杀，不明是非。戴僧静谓其忿不思难，固也。谓天子儿杀人，无甚大罪，则其言实谬。法为天下共守之法，岂人主所得而私废乎？茹法亮、尹略等，又激动兵戈，致子响身罹大戮，投缳自尽，不足为冤。但齐主赜纵容于先，抑勒于后，失君臣之义，伤父子之情，感猿兴悲，嗟何及哉！豫章王嶷，仁恕廉谨，德望冠时，史家以嶷比周公，原为过誉。惟庸中佼佼，铁中铮铮，叔季有此人，应当崇拜，亟表扬之以风后世，亦尚论者应有事耳。魏冯太后亲弑上皇，律以不共戴天之义，嗣主宏应负深仇；况秽渎宫闱，淫乱禁掖，拘而废之，亦为通变达权之举。顾乃生尽孝养，没尽哀思，祖父不可忘，君父独可忘乎？忘君不忠，忘父不孝，忠孝已乖，反与仇人而事之，淫后而尊之，可已不已，不可已而已，斯其所以为蛮夷之孝也夫！

第二十九回

萧昭业喜承祖统
魏孝文计徙都城

却说齐主赜永明十一年，太子长懋有疾，日加沉重，齐主赜亲往东宫，临视数次，未几谢世，享年三十六岁，殓用衮冕，予谥文惠。长懋久在储宫，得参政事，内外百司，都道是齐主已老，继体在即。忽闻凶耗，无不惊惋。齐主赜抱痛丧明，更不消说。后经齐主履行东宫，见太子服玩逾度，室宇过华，不禁转悲为恨，饬有司随时毁除。

太子家令沈约正奉诏编纂宋书，至欲为袁粲立传，未免踌躇，请旨定夺。齐主道："袁粲自是宋室忠臣，何必多疑！"说得甚是。约又多载宋世祖孝武帝骏。太宗明帝彧。诸鄙琐事，为齐主所见，面谕约道："孝武事迹，未必尽然，朕曾经服事明帝，卿可为朕讳恶，幸勿尽言！"约又多半删除，不致芜秽。

齐主因太子已逝，乃立长孙南郡王昭业为皇太孙，所有东宫旧吏，悉起为太孙官属。既而夏去秋来，接得魏主入寇消息。正拟调将遣兵，捍守边境，不意龙体未适，寒热交侵，乃徙居延昌殿，就静养疴。乘舆方登殿阶，蓦闻殿屋有衰飒声，不由的毛骨森竖，暗地惊惶。死兆已呈。但一时不便说出，只好勉入寝门，卧床静养。偏北寇警报，日盛一日，雍州刺史王奂，正因事伏诛，乃亟遣江州刺史陈显达，改镇雍州及樊城。又诏发徐阳兵丁，扼守边要。竟陵王子良，恐兵力不足，复在东府募兵，权命中书郎王融为宁朔将军，使掌召募事宜。会有敕书传出，令子良甲仗入侍。子良应召驰入，日夕侍疾。太孙昭业，间日参承，齐主恐中外忧惶，尚力疾召乐部奏技，藉示从容。怎奈病实难支，遽致大渐，突然间晕厥过去，惊得宫廷内外，仓猝变服。独王融年少不羁，竟欲推立子良，建定策功，便自草伪诏，意图颁发。适太孙闻变驰至，融即戎服绛袍，出自中书省阁口，拦阻东宫卫仗，不准入内。太孙昭业，正进退两难，忽由内侍驰出，报称皇上复苏，即宣太孙入侍，融至此始不敢阻挠，只好让他进去。其实子良却并无妄想，与齐主谈及后事，愿与西昌侯萧鸾，分掌国政。当有诏书发表道：

始终大期，贤圣不免，吾行年六十，亦复何恨；但皇业艰难，万机事重，不能无遗虑耳。太孙进德日茂，社稷有寄，子良善相毗辅，思弘治道，内外众事，无论内外，可悉与鸾参决。尚书中是职务根本，悉委王晏、徐孝嗣，军旅捍边之略，委王敬则、陈显达、王广之、王玄邈、沈文季、张瓌、薛渊等，百辟庶僚，各奉尔职。谨事太孙，勿复懈怠，知复何言！

又有一道诏书，谓丧祭须从俭约，切勿浮靡，凡诸游费，均应停止。自今远近荐献，务尚朴素，不得出界营求，相炫奢丽。金粟缯纩，弊民已多，珠玉玩好，伤工尤重，应严加禁绝，不得有违。后嗣不从，奈何！是夕齐主升遐，年五十四，在位十一年。中书郎王融，还想拥立子良，分遣子良兵仗，扼守宫禁，萧鸾驰至云龙门，为甲士所阻，即厉声叱道："有敕召我，汝等怎得无礼？"甲士被他一叱，站立两旁。鸾乘机冲入，至延昌殿，见太孙尚未嗣位，诸王多交头接耳，不知何语。时长沙王晃已经病殁，高祖诸子，要算武陵王鞍为最长，此次也在殿中。鸾趋问道："嗣君何在？"晕即朗声道："今若立长，应该属我，立嫡当属太孙。"鸾应声道："既立太孙，应即登殿。"晕引鸾至御寝前，正值太孙视殓，便掖令出殿，奉升御座，指麾王公，部署仪卫，片刻即定。殿中无不从命，一律拜谒，山呼万岁。子良出居中书省，即有虎贲中郎将潘敞，奉著嗣皇面谕，率禁军二百人，屯居太极殿西阶，防备子良。子良妃袁氏，前曾抚养昭业，颇加慈爱，昭业亦乐与亲近。及闻王融谋变，因与子良有隙。成服后诸王皆出，子良乞留居殿省，俟奉葬山陵，然后退归私第，奉敕不许。王融恨所谋不遂，释服还省，谒见子良，尚有恨声道："公误我！公误我！"子良爱融才学，尝大度包容，所以融有唐突，子良皆置诸不理，一笑而罢。越宿传出遗诏，授武陵王晕为卫将军，与征南大将军陈显达，并开府仪同三司，西昌侯鸾为尚书令，太孙詹事沈文季为护军，竟陵王子良为太傅。又越数日，尊谥先帝赜为武皇帝，庙号世祖。追尊文惠皇太子长懋为世宗文皇帝，文惠皇太子妃王氏为皇太后。立皇后何氏。何氏为抚军将军何戢女，永明二年，纳为南郡王妃，此时从西州迎入，正位中宫。先是昭业为南郡王时，曾从子良居西州，文惠太子常令人监制起居，禁止浪费。昭业佯作谦恭，阴实佻达，尝夜开西州后阁，带领僮仆，至诸营署中，召妓饮酒，备极淫乐。每至无钱可使，辄向富人乞贷，无偿还期。富人不敢不与。师史仁祖，侍书胡天翼，年已衰老，由文惠太子拨令监督。两人苦谏不从，私相语道："今若将皇孙劣迹，上达二宫，恐不免触怒皇孙。且足致二宫伤怀。若任他荡佚，无以对二宫；倘有不测，不但罪及一身，并将尽室及祸。年各七十，还贪甚么余生呢！"遂皆仰药自杀。二人亦可谓愚忠。昭业反喜出望外，越加纵逸，所爱左右，尝预加官爵，书黄纸中，令他贮囊佩身，俟得登九五，依约施行。女巫杨氏，素善厌祷，昭业私下密嘱，使咒诅二宫，替求天位。已而太子有疾，召令入侍，他见着太子时，似乎愁容满面，不胜忧虑；一经出外，便与群小为欢。及太子病逝，临棺哭父，擗踊号咷，仿佛一个孝子，哭罢还内，又是纵酒酣饮，欢笑如恒。世祖赜欲立太孙，尝独呼入内，亲加抚问，每语及文惠太子，昭业不胜呜咽，装出一种哀慕情形。世祖还道他至性过人，呼为法身，再三劝慰，因此决计立孙，预备继统。至世祖有疾，又令杨氏祈他速死，且因何妃尚在西州，特暗致一书，书中不及别事，但中央写一大喜字，外环三十六个小喜字，表明大庆的意思。有时入殿问安，见世祖病日加剧，心中非常畅快，面上却很是忧愁。世祖与谈后事，有所应诺，辄带凄声，世祖始终被欺，临危尚嘱咐道："我看汝含有德性，将来必能负荷大业；但我有要嘱，汝宜切记！五年以内，诸事悉委宰相，五年以后，勿复委人，若自作无成，可不至怨恨了！"哪知他不能逾期。昭业流涕听命。至世祖弥留时候，握昭业手，且喘且语道："汝……汝若忆翁，汝……汝当好作！"说到作字，气逆痰冲，翻目而逝。昭业送终视殓，已不似从前失怙时，擗踊哀号。到了登殿受贺，却是满面喜容。礼毕返宫，竟把丧事撇置脑后，所有后宫诸妓，悉数召至，侑酒作乐，声达户外。此时原不必瞒人了。

过了十余日，便密饬禁军，收捕王融，拘系狱中。融既下狱，乃嘱使中丞孔稚珪，上书劾融，说他险躁轻狡，招纳不逞，诽谤朝政，应置重刑，于是下诏赐死。融母系临川太守谢惠宣女，夙擅文艺，尝教融书学，因得成才。可惜融恃才傲物，常怀非望，每自叹道："车前无八驺，何得称丈夫！"至是欲推戴子良，致遭主忌，因即罹祸。融上疏自讼，不得解免，更向子良求救，子良已自涉嫌疑，阴怀恐惧，哪里还敢援手，坐令二十七岁的卓荦青年，从此毕命！少年恃才者，可援以为戒。融临死自叹道："我若不为百岁老母，还当极言！"原来融欲指斥昭业隐恶，因恐罪及老母，所以含忍而终。

齐嗣主昭业既斩融以泄恨，遂封弟昭文为新安王，昭秀为临海王，昭粲为永嘉王。尊女巫杨氏为杨婆，格外优待。民间为作《杨婆儿》歌。奉祖柩出葬景安陵，未出端门，即托疾却还，趋入后宫，传集胡伎二部，夹阁奏乐，这真所谓纵欲败度，痴心病狂了。

小子前叙世祖遇疾时，曾有北寇警报，至昭业嗣位，反得淫荒自盗，不闻外侮，究竟魏主曾否南侵，待小子补笔叙明。魏主宏雅怀古道，慨慕华风，兴礼乐，正风俗，把从前辫发遗制，毅然更张，也束发为髻，被服衮冕。且分遣牧守，祀尧舜，祭禹周公，谥孔子为文圣尼父，告诸孔庙，另在中书省悬设孔像，亲行拜祭，改中书学为国子学，尊司徒尉元为三老，尚书游明根为五更，又养国老庶老，力仿三代成制。

他尚日夕筹思，竟欲迁都洛阳，宅中居正，方足开拓宏规，因恐群臣不从，特议大举伐齐，乘便徙都。先在明堂右个，斋戒三日，乃命太常卿王谌筮易。可巧得了一个革卦，魏主宏喜道："汤武革命，顺天应人，这是最吉的爻筮了！"尚书任城王拓跋澄趋进道："陛下奕叶重光，帝有中土，今欲出师南伐，反得革命爻象，恐未可谓全吉哩。"魏主宏变色道："繇云大人虎变，何为不吉？"任城王澄道："陛下龙兴已久，如何今才虎变？"魏主宏厉声道："社稷是我的社稷，任城乃欲沮众么？"澄又道："社稷原是陛下所有，臣乃是社稷臣，怎得知危不言！"魏主宏听了此言，却亦觉得有理，乃徐徐申说道："各言己志，亦属无伤。"

说毕，启驾还宫，复召澄入议，屏人与语道："卿以为朕真要伐齐么？朕思国家肇兴北土，徙都平城，地势虽固，但只便用武，不便修文，如欲移风易俗，必须迁宅中原。朕将借南征名目，就势移居，况筮易得一革卦，正应着改革气象，卿意以为何如？"澄乃欣然道："陛下欲卜宅中土，经略四海，这是周汉兴隆的规制，臣亦极愿赞成！"魏主宏反皱眉道："北人习常恋故，必将惊扰，如何是好？"澄又道："非常事业，原非常人所能晓，陛下果断自圣衷，想彼亦无能为了。"魏主笑道："任城原不愧子房哩。"汉高定都关中，想是魏主记错。遂命作河桥，指日济师。一面传檄远近，调兵南征。部署至两月有余，乃出发平城，渡河南行，直达洛阳。

适天气秋凉，霖雨不止，魏主宏饬诸军前进，自著戎服上马，执鞭指麾。尚书李冲等叩马谏阻道："今日南下，全国臣民，统皆不愿，独陛下毅然欲行，臣不知陛下独往，如何成事！故敢冒死进谏。"冲果拼死，何不从冯太后于地下！魏主宏发怒道："我方经营天下，有志混一，卿等儒生，不知大计，国家定有明刑，休得多渎！"说着，复扬鞭欲进。安定王拓跋休等，又叩首马前，殷勤泣谏，魏主宏说道："此次大举南来，震动远近，若一无成功，如何示后？今不南伐，亦当迁都此地，庶不至师出无名。卿等如赞成迁都，可立左首，否则立右。"定安王休等均趋右侧，独南安王拓跋桢进言道："天下事欲成大功，不能专徇众议，陛下诚撤回南伐，迁都雒邑，这也是臣等所深愿，人民的幸福呢！"说毕，即顾语群臣，与其南伐，宁可迁都，群臣始勉强应诺，齐呼万岁。于是迁都议定，入城休兵。

李冲复入白道："陛下将定鼎雒邑，宗庙宫室，非可马上迁移，请陛下暂还平城，俟群臣经营毕功，然后备齐法驾，莅临新都，方不至局促哩。”魏主宏怫然道：“朕将巡行州郡，至邺小停，明春方可北归，今且缓议。”冲不敢再言。魏主即遣任城王澄驰还平城，晓谕留司百官，示明迁都利害，且饯行嘱别道：“今日乃真所谓革呢。王其善为慰谕，毋负朕命！”澄叩辞北去，魏主宏尚虑群臣异议，更召卫尉卿征南将军于烈入问道：“卿意何如？”烈答道：“陛下圣略渊远，非浅见所可测度，不过平心处议，一半乐迁，一半尚恋旧呢。”魏主宏温颜道：“卿既不倡异议，便是赞同，朕且深感卿意。今使卿还镇平城，一切留守庶政，可与太尉丕等悉心处置，幸勿扰民！”于烈亦拜命即行。原来魏太尉东阳王丕，与广陵王羽，曾留守平城，未尝随行，故魏主复有是命。

魏主宏乃出巡东墉城，征司空穆亮，与尚书李冲，将作大匠董爵，经营洛都。自从东墉趋河南城，顺道诣滑台，设坛告庙，颁诏大赦，再启驾赴邺。凑巧齐雍州刺史王奂次子王肃，奔避家难，王奂伏诛，见上文。驰至邺城，进谒魏主，泣陈伐齐数策。魏主已经解严，不愿南伐，惟见他语言悲惋，计议详明，不由的契合入微，与谈移晷。嗣是留侍左右，器遇日隆，或且屏人与语，到了夜半，尚娓娓不倦，几乎相见恨晚，旋即擢肃为辅国将军。

适任城王澄，自平城至邺，报称“留司百官，初闻迁都计划，相率惊骇，经臣援引古今，譬谕百端，已得众心悦服，可以无虞。”魏主宏大喜道：“今非任城，朕几不能成事了。”随即召入王肃，谕以朕方迁都，未遑南伐，俟都城一定，当为卿复仇。卿为江左名士，应素习中朝掌故，所有我朝改革事宜，一以委卿，愿卿勿辞！”肃唯唯遵谕，便替魏主草定礼仪，一切衣冠文物，逐条裁定，次第呈入，魏主无不嘉纳，留待施行。当下在邺西筑宫，作为行在。又命安定王休，率领官属，往平城迎接家属，自在行宫过了残冬。

越年为魏太和十八年，即齐主昭业隆昌元年，魏中书侍郎韩显宗，上书陈事，共计四条：一是请魏主速还北都，节省游幸诸费，移建洛京，二是请魏主营缮洛阳，应从俭约，但宜端广衢路，通利沟渠；三是请魏主迁居洛城，应施警跸，不宜徒率轻骑，涉履山河；四是请魏主节劳去烦，啬神养性，惟期垂拱司契，坐保太平。魏主宏颇以为然，乃于仲春启行，北还平城。

留守百官迎驾入都，魏主宏登殿受朝，面谕迁都事宜。燕州刺史穆罴出奏道：“今四方未定，不应迁都，且中原无马，如欲征伐，多形不便。”魏主宏驳道：“厩牧在代，何患无马，不过代郡在恒山以北，九州以外，非帝王所宜都，故朕决计南迁。”尚书于果又接入道：“臣非谓代地形胜，得过伊洛。但自先帝以来，久居此地，吏民相安，一旦南迁，未免有怫众情。”魏主听了，面有愠色，正要开口诘责，东阳王丕复进议道：

"迁都大事，当询诸卜筮。"魏主宏道:"昔周召圣贤，乃能卜宅。今无贤圣，问卜何益！且卜以决疑，不疑何卜！自古帝王以四海为家，或南或北，随地可居。朕远祖世居北荒，平文皇帝即拓跋郁律。始居东木根山，昭成皇帝即什翼犍。更营盛乐，道武皇帝即拓跋珪。迁都平城。朕幸叨祖荫，国运清夷，如何独不得迁都呢！"群臣始不敢再言。魏主宏又复西巡，幸阴山，登阅武台，遍历怀朔、武川、抚冥、柔玄四镇。及还至平城，已值秋季。到了初冬，闻洛阳宫阙，营缮粗竣，便即亲告太庙，使高阳王拓跋雍，及镇南将军于烈，奉神主至洛阳，自率六宫后妃，及文武百官，由平城启行，和鸾锵锵，旗旐央央，驰向洛都来了。小子有诗咏道:

霸图造就慕皇风，走马南来抵洛中。

用夏变夷怀远略，北朝嗣主亦英雄。

魏主迁洛的时候，正值齐廷废立的期间。欲知废立原因，且看下回演叙。

冢子先亡，嫡孙承重，此系古今通例，毫不足怪。萧昭业为文惠太子之胤，太子殁而昭业继，祖孙相承，不背古道。议者谓昭业淫慝，难免覆亡，不若王融之推立子良，尚得保全齐高之一脉，其说是矣；然天道远，人道迩，立孙承祖，人道也。孙无道而覆祖业，天道也。帝乙立纣，不立微子，后世不能归咎于太史，以是相推，则于萧鸾乎何尤，王融妄图富贵，叛道营私，何足道哉！魏主宏南迁洛阳，本诸独断，后世又有讥其轻弃根本，侈袭周、汉故迹，以至再传而微。夫国家兴替，关系政治，与迁都无与，政治修明，不迁都可也；即迁都亦无不可也。否则株守故土，亦宁能不危且亡者！必谓魏主宏之迁都失策，亦属皮相之谈。本回于萧鸾之拥立太孙，魏主宏之迁都洛邑，各无贬词，良有以也。

第三十回

上淫下烝丑传宫掖
内应外合刃及殿庭

却说齐嗣主昭业，即位逾年，改元隆昌。自思从前不得任意，至此得了大位，权由己出，乐得寻欢取乐，快活逍遥，每日在后宫厮混，不论尊卑长幼，一味儿顽皮涎脸，恣为笑谑。世祖时穆妃早亡，不立皇后，后宫只有羊贵嫔、范贵妃、荀昭华等，已值中年，尚没有甚么苟且事情。独昭业父文惠太子宫内，尚有几个宠姬，多半是年貌韶秀，华色未衰。不过贞淫有别，品性不同。就中有一霍家碧玉，年龄最稚，体态风骚，当文惠太子在日，也因她柔情善媚，格外见怜，此时嫠居寂寞，感物伤怀，含着无限凄楚，偏昭业知情识趣，眉去眼来，一个是不衫不履，自得风流，一个是若即若离，巧为迎合，你有情，我有意，渐渐的勾搭上手，还有甚么礼义廉耻。更有宦官徐龙驹，替两人作撮合山，从旁怂恿，密为安排。好一个牵头。于是云房月窟，暗里绸缪，海誓山盟，居然伉俪，说不尽的鸾颠凤倒，描不完的蝶浪蜂狂。龙驹又想出一法，只说度霍氏为尼，转向皇太后王氏前，婉言禀闻。王太后哪识奸情，便令将霍氏引去，龙驹竟导至西宫，令与昭业彻夜交欢，恣情行乐，并改霍氏姓为徐氏，省得宫廷私议，贻笑鹑奔。此外又选入许多丽姝，充为妾媵，就是两宫中的侍女，也采择多人。不过霍氏是文惠幸姬，格外著名，昭业更格外宠爱，所以齐宫丑史，亦格外播扬。

更可丑的是皇后何氏，也是一个淫妇班头。她在西州时候，因昭业入宫侍奉，耐不住孤帐独眠，便引入侍书马澄，与他私通。及迎入为后，与昭业虽仍恩爱，但昭业是见一个，爱一个，见两个，爱一双，仍使何后独宿中宫，担受那孤眠滋味。她前时既已失节，此时何必完贞。可巧昭业左右杨珉，生得面白唇红，丰姿楚楚，由何后窥入眼中，便暗令宫女导入，赐宴调情。杨珉原是个篾片朋友，既承皇后这般厚待，还有甚么不依，数杯酒罢，携手入帏，为雨为云，不消细说。那时昭业上烝庶母，何后下私幸臣，尔为尔，我为我，两下里各自图欢，倒也无嫌无疑，免得争论。却是公平交易。

昭业不特渔色，并好佚游，每与左右微服出宫，驰骋市里，或至乃父崇安隧中，掷涂赌跳，作诸鄙戏，兴至时滥加赏赐，百万不吝，尝握钱与语道："我从前欲用汝一枚，尚不可得，今日须任我使用了！"钱神有知，应答语道：快用快用，明年又轮不着用了！

先是世祖赜生平好俭，库中积钱五亿万，斋库亦积钱三亿万，金银布帛，不可胜计。昭业更得任情挥霍，视若泥沙，祖宗为守财奴，子孙往往如此。尝挈何后及宠姬，入主衣库，取出各种宝器，令相投击，砰磅砰磅的好几声，悉数破碎，昭业反狂笑不置。或令阉人竖子，随意搬取，顷刻垂尽。中书舍人綦母珍之、朱隆之，直阁将军曹道刚、周奉叔，各得宠眷。珍之内事谄媚，外恣威权，所有宫廷要职，必须先赂珍之，论定价值，然后由珍之列入荐牍。一经保奏，无不允行。珍之任事才旬月，家累巨万。往往不俟诏旨，擅取官物，及滥调役使，有司辄相语云："宁拒至尊敕，难违舍人命！"

宦官徐龙驹得受命为后阁舍人，常居含章殿，戴黄纶帽，披黑貂裘，南面向案，代主划敕，左右侍直与御坐前无异。这是做牵头的好处。卫尉萧谌，为世祖赜族子，世祖尝引为宿卫，使参机密。征南咨议萧坦之，与谌同族，曾充东宫直阁，昭业因二人同为亲旧，亦加信任。谌或出宿，昭业常通宵不寐，直待谌还直宫中，方得安心。坦之出入后宫，每当昭业游宴，必令随侍。昭业醉后忘情，脱衣裸体，坦之扶持规谏，略见信从；但后来故态复萌，依然如故。何皇后私通杨珉，恐事发得罪，所以对着昭业，比前尤昵，曲意承欢。昭业喜不自胜，迎后亲戚入宫，使居耀灵殿，斋阁洞开，彻夜不闭，内外淆杂，无复分别，好似那混沌世界，草昧乾坤。想是子业转世来亡齐祚。

当时恼动了一位宰辅，屡次上疏，规戒主恶。怎奈言不见听，杳无复谕，自欲入宫面奏，又常被周奉叔阻住禁门，不准放入。情急智生，由忧生愤，遂欲仿行伊、霍故事，想出那废立的计谋。这人为谁?就是尚书令西昌侯萧鸾，特笔提叙，喝起下文。鸾拥立昭业，得邀重任，政无大小，多归裁决。武陵王晔，虽亦见倚赖，但政治经验，未能及鸾，所以遇事推让。竟陵王子良已被嫌疑，只好钳口不言，免滋他祸。

鸾专握朝纲，见嗣主纵欲怙非，不肯从谏，乃引前镇西咨议参军萧衍，与谋废立。衍劝鸾待时而动，不疾不徐。鸾怅然道："我观世祖诸子，多半庸弱，惟随王子隆，世祖第八子。颇具文才，现今出镇荆州，据住上游，今宜预先召入，免滋后患。惟他或不肯应召，却也可忧。"衍答道："随王徒有美名，实是庸碌，部下并无智士，只有司马垣历生，太守卞白龙，作为爪牙，二人惟利是图，若给他显职，无有不来！随王处但费一函，便足邀他入都了。”鸾抚掌称善，即征历生为太子左卫率，白龙为游击将军。果然两人闻信，喜跃前来。再召子隆为抚军将军，子隆亦至。鸾又恐豫州刺史崔慧景，历事高、武二朝，未免反抗，因即遣萧衍为宁朔将军，往戍寿阳，慧景还道是意外得罪，白服出迎，由衍好言宣慰，偕入城中。那萧鸾既抚定荆、豫，释去外忧，便好下手宫廷，专除内患。

萧衍（464—549），即梁武帝，字叔达，小字练儿，南兰陵（今江苏常州市西北）人，南朝梁的建立者。曾任齐雍州刺史，镇守襄阳。乘齐内乱，起兵夺取帝位。中大同二年（547年）接受东魏大将侯景归降。后二年景渡江攻破都城，他饥病死。

萧坦之、萧谌两人本系昭业心腹，因见昭业怙恶不悛，也恐祸生不测。鸾乘间运动，把两萧引诱过来，晓以祸福利害，使他俯首帖耳，乐为己用，然后使坦之入奏，请诛杨珉。昭业转告何后，何后大骇，流涕满面道：“杨郎直呼杨郎曾否知羞？年少无罪，何可枉杀！”昭业出见坦之，也将何后所说，复述一遍，坦之请屏左右，密语昭业道：“杨珉与皇后有情，中外共知，不可不诛！”昭业愕然道：“有这般事么？快去捕诛便了。”坦之领命，忙去拿下杨珉，牵出行刑。何皇后闻报，急至昭业前跪求，哭得似泪人儿一般。昭业也觉不忍，便命左右传出赦诏。甘作元绪公。哪知坦之早已料到此着，一经推出杨珉，便即处决。至赦文传到，珉已早头颅落地了。牡丹花下死，做鬼也风流。诏使返报昭业，昭业倒也搁起，独何后记念情郎，不肯忘怀，一行一行的泪珠儿，几不知滴了多少。

坦之虑为所谮，向鸾问计。鸾正欲诛徐龙驹，便嘱坦之贿通内侍，转白何后，但言杨珉得罪，统是龙驹一人唆使。坦之依计而行，何后不知真假，便深恨龙驹，请昭业速诛此人，昭业尚未肯应允，再经鸾一本弹章，令坦之递呈进去，内外夹迫，教龙驹如何逃生！刑书一下，当然毕命。

杨、徐既除，要轮到直阁将军周奉叔了，奉叔恃勇挟势，陵轹公卿，尝令二十人带着单刀，拥护出入，门卫不敢诃，大臣不敢犯。尝哓哓语人道：“周郎刀，不识君！”鸾亦亲遭嫚侮，所以决计翦除。当下嘱使二萧，劝昭业调出奉叔，令为外镇。昭业耳皮最软，遂出奉叔为青州刺史。奉叔乞封千户侯，亦邀俞允。独萧鸾上书谏阻，乃止封奉叔为曲江县男，食邑三百户。奉叔大怒，持刀出阁，与鸾评理。鸾不慌不忙，从容晓谕，反把奉叔怒气，挫去了一大半，没奈何受命启行。部曲先发，自入宫面辞昭业，退整行装，跨马欲走。鸾与萧谌矫敕召奉叔入尚书省，俟奉叔趋入省门，两旁突出壮士，你一锤，我一挝，击得奉叔脑浆迸流，死于非命。鸾始入奏，托言奉叔侮蔑朝廷，应就大戮。昭业拗不过萧鸾，且闻奉叔已死，也只好批答下来，准如所请。只能欺祖考，不能欺萧鸾。

溧阳令杜文谦尝为南郡王侍读，至是语綦母珍之道：“天下事已可知了！灰尽粉灭，便在旦夕，不早为计，将无噍类呢！”珍之道：“计将安出？”文谦道：“先帝旧人，多见摈斥，一旦号召，谁不应命？公内杀萧谌，文谦愿外诛萧令，就是不成而死，也还有名有望，若迟疑不断，恐伪敕复来，公赐死，父母为殉，便在眼前了！”珍之闻言，犹豫未决。不到旬日，果为鸾所捕，责他谋反，立即斩首。连杜文谦也一并拘住，骈首市曹。

武陵王晔忽尔病终，年只二十八。竟陵王子良时已忧闷成病，力疾吊丧，一场哀恸，益致困顿。既而形销骨立，病入膏肓，便召语左右道：“我将死了！门外应有异征。”左右出门了望，见淮中鱼约万数，浮出水上，齐向城门。不禁惊讶异常，慌忙回报，子良已痰喘交作，奄然而逝了，年三十有五。

子良为当时贤王，广交名士，天下文才，萃集一门。又有刘瓛兄弟，素具清操，无心干进，子良欲延瓛为记室，瓛终不就。继除步兵校尉，又复固辞。京师文士，多往从学，世祖且为瓛立馆，拨宅营居，生徒皆贺。瓛叹道：“室美反足为灾，如此华宇，奈何作宅！幸奉诏可作讲堂，尚恐不能免害呢！”子良折节往谒，瓛与谈礼学，不及朝政。年四十余，尚未婚娶，历事祖母及母，深得欢心。母孔氏很是严明，尝呼瓛小字，指语亲戚道：“阿称阿瓛小字。便是今世曾子呢。”后奉朝命，娶王氏女。王女凿壁挂履，土落孔氏床上，孔氏不悦，瓛即出妻。年五十六病终。子良移厨至瓛宅，嘱瓛徒刘绘花缜等，代为营斋。后世为瓛立碑，追谥贞简先生。

瓛弟琎亦甚方正，与瓛同居，瓛至夜间，隔壁呼进共语，琎下床着衣，然后应瓛。瓛问为何因？琎答道：“向尚未曾束带，所以迟迟。”又尝与友人孔澈同舟，澈目注岸上女子，琎即与他隔席，不复同坐。子良为他延誉，由文惠太子召入东宫，遇事必咨，琎每上书，辄焚削草稿。寻署琎为中兵兼记室参军，病殁任所。刘瓛兄弟，系叔季名士，故特笔带叙。

及子良逝世，士类同声悲悼，独昭业素有戒心，至是很觉欣慰，不过形式上表示褒崇，赙赠加厚，算作饰终尽礼罢了。看官听说！这武陵王晔，与竟陵王子良，本是高武以后著名的哲嗣，位高望重，民具尔瞻，此次迭传耗问，失去了两个柱石，顿使齐廷阒寂，所有军国重权，一古脑儿归属萧鸾。昭业虽进庐陵王子卿世祖第三子。为卫将军，鄱阳王锵高帝第七子。为骠骑将军，究竟两人资望尚浅，比萧鸾要逊一筹。鸾又得加官中书监，进号镇军大将军，开府仪同三司。自是权势益隆，阴谋益急，废立两字的声浪，渐渐传到昭业耳中。

昭业尝私问鄱阳王锵道："公可知鸾有异谋否？"锵素和谨，应声答道："鸾在宗戚中，年齿最长，并受先帝重托，谅无他意。臣等少不更事，朝廷所赖，惟鸾一人，还请陛下推诚相待，勿启猜疑！"昭业默然不答。过了数日，又商诸中书令何胤。胤系何后从叔，后尝呼胤为三父，使直殿省。昭业与谋诛鸾，胤不敢承认，但劝昭业耐心待时。

昭业乃欲出鸾至西州，且由中敕用事，不复向鸾关白。鸾知昭业忌己，急谋诸左仆射王晏，及丹阳尹徐孝嗣，乞为臂助，两人亦情愿附鸾。会由尼媪入宫，传达异闻，昭业又召问萧坦之道："镇军与王晏萧谌，意欲废我，传闻藉藉，似非虚诬，卿果有所闻否？"偏偏问着此人，真是昭业快死。坦之变色道：变色二字，甚妙。"天下宁有此事！好好一个天子，谁乐废立？朝贵亦不应造此讹言，想是诸尼媪挑拨是非，淆惑陛下，陛下切勿轻信！况无故除此三人，何人还能自保呢？"昭业似信非信，复商诸直阁将军曹道刚。道刚为昭业心腹，即密与朱隆之等设法除鸾。尚未举行，鸾已有所闻，急告坦之。坦之转白萧谌，谌答道："始兴内史萧季敞，南阳太守萧颖基，已奉调东都，我正待他到来，共同举事，较易成功。"坦之道："曹道刚、朱隆之等，已有密谋，我不除他，他将害我，卫尉若明日不举，恐事已无及了！弟有百岁老母，怎能坐听祸败？只好另作他计呢。"谌被他一吓，不由的惶遽起来，亟向坦之问计。坦之与他附耳数语，谌连声称善。当即约定次日起事，连夜部署，准备出发。

一宵易过，转瞬天明，谌令兵士早餐，食毕入宫，正与曹道刚相遇。道刚惊问来由，才说一语，刃已入胸，倒毙地上，肠已流出。谌麾众再进，又碰着朱隆之，乱刀直上，挥作数段。直后将军徐僧亮怒气直冲，扬声号召道："我等受主厚恩，今日应该死报！"说着，即拔刀来斗，究竟寡不敌众，也被萧谌杀死。萧鸾继入云龙门，内着戎服，外被朱衣，踉跄趋进，急至三次失履。王晏、徐孝嗣、萧坦之、陈显达、王广之、沈文季等，一并随入，宫中大扰。昭业在寿昌殿，闻有急变，忙使内侍闭住殿门。门甫阖就，外面已喊声大震，萧谌引着数百人，斩关直入。昭业骇极，奔入徐姬房，与姬诀别，徐姬也抖作一团，涕泗滂沱。这便是先笑后号咷。

两人正无法可施，偏喊声又复四集，昭业遽起，拔剑出鞘，吞声饮恨道："他……他不过要我性命，我就自了罢！"说着，用剑自刺，急得徐姬抢前来救，将昭业抱住，连呼陛下动不得动不得。何不前日作此语？昭业见徐姬满面泪容，凄声欲绝，禁不住心软手颤，坠剑落地。俄而萧谌驰入，逼昭业出殿庭，昭业自用帛缠颈，随谌出延德殿。

宿卫将士，皆隶谌麾下，作壁上观。昭业也竟无一言，被谌引入西斋，就昭业颈上缠帛，把他勒毙，年止二十一岁。遂舆尸出殡徐龙驹故宅，一面奉萧鸾命，收捕嬖幸，并及改姓无耻的徐姬，尽行牵出，一刀一个，了结残生。绝妙徐娘，又好与昭业作地下鸳鸯了。

鸾顾语大众道：“废君立君，目下应属何人？”已有自立意。徐孝嗣应声道：“看来只好立新安王！”鸾微笑道：“我意也是如此，但必须作太后令，卿可急速起草。”孝嗣道：“已早缮就了。”说着，即从袖中取出一纸，递呈与鸾。鸾略阅一周，便道：“就是这样罢。”当下将令文宣布，大略说是：

自我皇历启基，受终于宋，睿圣继轨，三叶重光。太祖以神武创业，草昧区夏，武皇以英明提极，经纬天人，文帝以上哲之资，体元良之重，虽功未被物，而德已在民。三灵之眷方永，七百之基已固。嗣主特钟沴气，爰表弱龄，险戾著于绿车，愚固彰于崇正，狗马是好，酒色方湎，所务惟鄙事，所嫉惟善人。世祖慈爱曲深，每加容掩，冀年志稍改，立守神器。自入纂鸿业，长恶滋甚。居丧无一日之哀，缞绖为欢宴之服，昏酣长夜，万机斯壅，发号施令，莫知所从。阉竖徐龙驹，专总枢密，奉叔、珍之，互执权柄。自以为任得其人，表里缉穆，迈萧、曹而愈信、布，倚泰山而坐平原。于是恣情肆意，罔顾天显，二帝姬嫔，并充宠御，二宫遗服，皆纳玩府，内外混漫，男女无别。丹屏之北，为酤鬻之所，青蒲之上，开桑中之肆。又微服潜行，信次忘返，端委以朝虚位，交战而守空宫。宰辅忠贤，尽诚奉主，诛锄群小，冀能悛革，曾无克己，更深怨憾。公卿股肱，以异己置戮，文武昭穆，以德誉见猜，放肆丑言，将行屠脍，社稷危殆，有过缀旒。昔太宗克光于汉世，简文代兴于晋氏，前事之不忘，后人之师也。镇军居正体道，家国是赖，伊、霍之举，实寄渊谟，便可详依旧典，以礼废黜。新安王体自文皇，睿哲天秀，宜入嗣鸿业，永宁四海，即当以礼奉迎，使正大位。未亡人属此多难，投笔增慨，不尽欲言！

看官阅过前回，应知新安王就是昭文，系文惠太子第二子。当时曾任中军将军，领扬州刺史，年方十五。由萧鸾等迎入登台，授鸾为骠骑大将军，录尚书事，兼领扬州刺史，晋封宣城郡公。颁诏大赦，改隆昌元年为延兴元年。复奉太后命令，追废故主昭业为郁林王，何皇后为王妃。总计昭业在位，仅得一年。小子有诗叹道：

到底欢娱只一年，西斋毙命亦堪怜。

早知如此遭奇祸，应悔当初恶未悛！

昭文即位，朝局粗定，除萧鸾晋爵外，还有一番封赏。欲知底细，须待下回表明。

宋有子业，齐有昭业，好似天生对偶，名相似而迹亦略同。且子业时代，有会稽公主谢贵嫔之淫乱，昭业时代，有霍宠姬何皇后之淫污，男女宣淫，又若后先一辙；其稍有不同者，则子业好杀，昭业尚不如也。宋湘东王彧，屡濒于危，不得已而图一逞，死中求生，情尚可原。齐西昌侯萧鸾，权倾中外，诛杨珉、徐龙驹，杀周奉叔、綦毋珍之，一举即成，不烦智力。假使有伊尹之志，放昭业于崇安隧中，用正人以辅导之，亦未始不可为太甲，乃必谋废立，杀主西斋，为将来篡逆之先声，以视湘东王彧之所为，毋乃过甚！本回演述大意，始则归咎昭业，继则归罪萧鸾，盖与二十一回之文法，隐判异同，明眼人自能灼见也。

第三十一回

杀诸王宣城肆毒
篡宗祚海陵沉冤

却说新安王昭文嗣位，封赏各王公大臣，进鄱阳王锵为司徒，随王子隆为中军大将军，卫尉萧谌为中领军，司空王敬则为太尉，车骑大将军陈显达为司空，尚书左仆射王晏为尚书令，西安将军王玄邈为中护军。此外亲戚勋旧，各有迁调，不及细表。独萧鸾从子遥光遥欣，本没有甚么大功，不过遥欣为始安王道生长孙，得袭封爵。此次复为鸾效力，因特授南郡太守，不令莅镇，仍留为参谋。遥光除兖州刺史，嗣又命遥欣弟遥昌，出为郢州刺史。鸾已有心篡立，所以将从子三人，布置内外，树作党援。

鄱阳王锵，随王子隆，年龄俱未及壮，但高武嗣子，半即凋零，要算锵与子隆，名位最崇，资望亦最著。萧鸾阴实忌他，外面却佯表忠诚，每与锵谈论国事，声随泪下。锵不知有诈，还道他是心口相同，本无歹意；实则朝廷内外，统已看透萧鸾诡秘，时有戒心。

制局监谢粲，私劝锵及子隆道："萧令跋扈，人人共知，萧鸾已进录尚书事，粲尚呼为萧令，是沿袭旧称。此时不除，后将无及！二位殿下，但乘油壁车入宫，奉天子御殿，夹辅号令，粲等闭城上仗，谁敢不从？东府中人，当共缚送萧令，去大害如反掌了"恐也未必。子隆颇欲依议，锵独摇首道："现在上台兵力，尽集东府，鸾为东府镇守，坐拥强兵，倘或反抗，祸且不测，这恐非万全计策呢！"我亦云然，但此外岂竟无良策么？

已而马队长刘巨复屏人语锵，叩头苦劝。锵为所怂恿，命驾入宫。转念吉凶难卜，有母在堂，须先禀诀为是。乃复折回私第，入白生母陆太妃。陆太妃究系女流，听着这般大事，吓得魂不附体，慌忙出言谕止，累得锵迟疑莫决，只在家中绕行。盘旋了好半日，天色已晚，尚未出门。事为典签所闻，典签官名，即记室之类。竟驰往东府告鸾。鸾立遣精兵二千人，围攻锵第。锵毫无预备，只好束手就死。谢粲、刘巨，俱为所杀。

子隆方待锵入宫，日暮未闻启行，黄昏又无消息。正拟就寝，忽闻有人入报，鄱阳王居第已被东府兵围住了。子隆料知有变，但也没法自防，不得不听天由命。统是没用人物。过了片刻，那东府兵已蜂拥前来，排墙直入，子隆无从逃匿，坐被乱兵杀死。两家眷属，并皆遇害，财产抄没。锵年才二十六，子隆年只二十一，一叔一侄，携手入鬼门关去了。

江州刺史晋安王子懋，系子隆第七兄，闻二王罹祸，意甚不平，遂欲起兵赴难。自思生母阮氏，尚居建康，应先事往迎，免得受害，乃密遣人入都，迎母东行。偏阮氏临行时，使人报知舅子于瑶之，令自为计，传文作兄子瑶之，疑有误。瑶之反驰白萧鸾。自为计则得矣，如亲谊何！鸾即奏称子懋谋反，自假黄钺督军，内外戒严，立派中护军王玄邈，率兵往讨子懋。一面遣军将裴叔业，与于瑶之径袭寻阳。

子懋与防阁军将陆超之、董僧慧商议，以湓城为寻阳要岸，恐都军溯流掩击，即拨参军乐贲率兵三百人往守。裴叔业等乘船西上，驶至湓城，见城上有兵守着，便不动声色，但扬言奉朝廷命，往郢州行司马事。当下悬帆直上，掉头自去。城中兵见他驶过，当然放心，夜间统去熟睡。不意到了三更，竟有外兵扒城进来，一声喧噪，杀入署中。乐贲仓皇惊醒，披衣急走，才出署门，兜头碰着裴叔业，大呼速降免死！贲知不可脱，没奈何伏地乞降。叔业收纳乐贲，据住湓城。因闻子懋部曲，多雍州人，骁悍善战，不易攻取，乃更使于瑶之诣寻阳城，往赚子懋。

子懋因湓城失陷，正在着忙，召集府州将吏，登城捍御。忽见瑶之叩门，还疑是戚谊相关，前来相助，便命开城迎入。瑶之视了子懋，行过了礼，便开口说道："殿下单靠一座孤城，如何久持！不若舍仗还朝，自明心迹，就使不能复职，也可在都下作一散官，仍得保全富贵，决无他虑！"子懋被他一说，禁不住心动起来。寻阳参军于琳之，系瑶之亲兄，此时也从旁闪出，与乃兄一唱一和，说得子懋越加移情。琳之复劝子懋重赂叔业，使他代为申请，洗刷前愆。子懋已为所迷，遂取出金帛，使琳之随兄同往。琳之见了叔业，非但不为子懋说情，反教叔业掩取子懋。叔业即遣裨将徐玄庆，率四百人随着琳之，驰入州城。

子懋正坐斋室中，静待琳之归报，蓦闻门外有蹴踏声，惊起出视，只见琳之带着外兵，各执着亮晃晃的宝刀，踊跃而来。不由的大骇道："汝从何处招来兵士？"琳之瞋目道："奉朝廷命，特来诛汝！"子懋乃怒叱道："刁诈小人，甘心卖主，天良何在！”言未已，琳之已趋至面前。子懋退入斋中，被琳之抢步追入，揿住子懋，用袖障面，外边跟进徐玄庆，顺手一刀，头随刀落，年只二十三。死由自取，不得为枉。

琳之取首出斋，徇示大众，那时府中僚佐，早已逃避一空，剩得几个仆役，怎能反抗！此外有若干兵民，统是顾命要紧，乐得随风披靡，顺从了事。可巧王玄邈大军亦到，见城门洞开，领兵直入。琳之、玄庆等接着，报明情形，玄邈大喜，复分兵搜捕余党。

兵士捕到董僧慧，僧慧慨然道：“晋安举兵，仆实预谋，今为主死义，尚复何恨！但主人尸骸暴露，仆正拟买棺收殓，一俟殓毕，即当来就鼎镬！”玄邈叹道：“好一个义士！由汝自便。我且当牒报萧公，贷汝死罪！”僧慧也不言谢，自去殓葬子懋。子懋子昭基，年方九岁，被系狱中，用寸绢为书，贿通狱卒，使达僧慧。僧慧顾视道：“这是郎君手书，我不能援救，负我主人！”遂号恸数次，呕血而亡！

还有陆超之静坐寓中，并不避匿。于琳之素与超之友善，特使人通信，劝他逃亡。超之道：“人皆有死，死何足惧！我若逃亡，既负晋安王厚眷，且恐田横客笑人！”田横齐人，事见汉史。玄邈拟拘住超之，囚解入都，听候发落。偏超之有门生某，妄图重赏，佯谒超之，觑隙闪入超之背后，拔刀奋砍，头已坠下，身尚不僵。超之非羿，其徒恰似逄蒙。遂携首往报玄邈。玄邈颇恨门生无礼，但一时不便诘责，仍令他携首合尸，厚加殡殓。大殓已毕，门生助举棺木，棺忽斜坠，巧巧压在门生头上。一声脆响，颈骨已断，待至旁人把棺扛起，急救门生，已是晕倒地上，气绝身亡！莫谓义士无灵！玄邈闻报，也不禁叹息，惟受了萧鸾差遣，只好将昭基等械送入都，眼见是不能生活了。

鸾复遣平西将军王广之，往袭南兖州刺史安陆王子敬。系武帝第五子。广之命部将陈伯之为先驱，佯说是入城宣敕。子敬亲自出迎，被伯之手起刀落，砍倒马下。后面即由广之驰到，城中吏民，顿时骇散。经广之揭张告示，谓罪止子敬，无预他人，于是吏民复集，稍稍安堵。广之飞使报鸾，鸾更遥饬徐玄庆，顺道西上，往害荆州刺史临海王昭秀。

玄庆轻车简从，驰抵江陵，矫传诏命，立召昭秀同归。荆州长史何昌寓，料有他变，独出见玄庆道：“仆受朝廷重寄，翼辅外藩，今殿下未有过失，君以一介使来，即促殿下同去，殊出不情！若朝廷必须殿下入朝，亦当由殿下启闻，再听后命。”玄庆见他理直气壮，倒也不好发作，乃告辞而去。嗣由正式诏使，征昭秀为车骑将军，别命昭秀弟昭粲继任，昭秀乃得安然还都。

萧鸾续命吴兴太守孔琇之，行郢州事，且嘱使杀害晋熙王銶。高帝第十八子。琇之不肯受命，绝粒自尽。乃改遣裴叔业西行，翦除上流诸王。叔业自寻阳至湘州，湘州刺史南平王锐，拟迎纳叔业。防阁将军周伯玉朗声道："这岂出自天子意？为今日计，宜收斩叔业，举兵匡扶社稷，名正言顺，何人不依！"快人快语。锐年才十九，没甚主见，典签在旁，呵叱伯玉，竟勒令下狱。待叔业入城，矫诏杀锐，又将伯玉杀死。叔业再趋向郢州，也是依法泡制，铼年十六，更加懦弱，服毒了命。更由叔业驰往南豫州。豫州刺史宜都王铿，高帝第十六子。也不过十八岁，惊惶失措，也被叔业勒毙。

上游诸王，已经尽歼，叔业欣然东还，复告萧鸾。萧鸾遂自为太傅，领扬州牧，进爵宣城王，引用当时名士，与商大计，指日篡位。侍中谢朏不愿附逆，求出为吴兴太守，得请赴郡。用酒数斛，贻送吏部尚书谢瀹，且附书道："可力饮此，勿预人事！"统做好好先生，自然乱贼接踵。原来瀹系朏弟，朏恐他好事惹祸，故有此嘱。宣城王鸾，尚恐人情未服，不免加忧。骠骑咨议参军江悰面请道："大王两胛上生有赤志，便是肩擎日月。何不出示众人，俾知瑞异！"鸾点首无言。适晋寿太守王洪范，入都谒鸾，鸾便袒臂相示，且故意密语道："人言此是日月相，愿卿勿泄！"洪范道："公有日月在躯，如何可隐？当为公极力宣扬！"鸾佯为失色，洪范退后，却暗暗喜欢，欣慰不置。桂阳王铄，高帝第八子。与鄱阳王锵齐名，锵好文章，铄好名理，时称鄱桂。鄱阳王遇害，铄由前将军迁任中军将军，并开府仪同三司。他本来流连诗酒，不愿与闻政事。此时勉强接任，明知鸾不怀好意，也因没法推辞，虚与周旋。一日往东府见鸾，坐谈片刻，还语侍读山悰道："我日前往见宣城王，王对我呜咽，即夕害死鄱阳、随郡二王，今日宣城见我，又复流涕，且面有愧色，恐我等也要受害哩！"自知颇明，惜不能先几远引。是夕心惊肉跳，很觉不安。果然到了夜半，有东府兵斩关突入，把铄杀毙，年只二十四。

铄以下诸弟，便是始兴王鉴，高帝第十子。曾为秘书监，领石头戍事，时已去世；又次为江夏王锋，锋有才行，并有武力，任骁骑将军。至是贻书责鸾，说他残虐宗族，忍心害理，鸾引为深恨。只因他勇武过人，不敢遣兵入第，但使他出祀太庙，就庙中埋伏甲士，俟锋登车前来，突出害锋。锋从车上跃下，挥拳四击，前至数人，皆被击倒，怎奈来兵甚众，四面攒殴，且手中尽执刀械，绕身攒刺，任你江夏王如何骁悍，毕竟赤手空拳，寡不敌众，身上受了数十创，大吼而亡，年只二十。

鸾又遣典签何令孙，往杀建安王子真。武帝第九子。子真方十九岁，胆子甚小，走匿床下。令孙追入，一把抓住，吓得子真浑身发抖，伏地叩首，哀乞为奴，冀免一死。偏令孙不肯容情，拔剑一挥，呜呼毕命！

鸾杀死数王，意尚未足，更令中书舍人茹法亮，往杀巴陵王子伦。武帝第十三子。子伦阅年十六，颇有英名，时正为南兰陵太守，镇治琅琊，闻得法亮到来，即从容不迫，整肃衣冠，出受诏命。法亮读过伪敕，并递过毒酒一杯，逼令速饮。子伦唏嘘道："圣人有言，鸟死鸣哀，人死言善，先朝前灭刘氏，几无遗类，今子孙遭祸，也是理数循环，不足深怨。惟君是我家旧人，独奉使到此，想是事不得已，此酒何劳劝酬，我拼着一死罢了！"此子颇觉明白，可惜为鸾所杀。法亮怀惭不答，但看他酒已毕饮，当即趋退。不到片时，子伦已毒发归天。法亮又入内殡殓，也为泪下。假惺惺何为？

随即返报萧鸾，鸾并杀死衡阳王钧。钧系高帝十一子，过继衡阳王道度为嗣，曾任秘书监，好学有文名，生年二十二岁，也为萧鸾所害。看官！你道是冤不冤，惨不惨呢！出尔反尔，盍读子伦遗言。

鸾逞情杀戮，无一敢违，正好趁势做去，把高、武两帝传下的宝座，篡夺了来。齐主昭文，本来是个殿中傀儡，一切政事，听命萧鸾，就是一饮一食，也必经萧鸾允给，方由御厨供俸。一日思食蒸鱼菜，饬厨官进陈，厨官答称无宣城命，竟不上供。似这无权无力的小皇帝，要他推位让国，真是容易得很。况且宗亲懿戚，已害死了一大半，朝上一班元老，又统是朝秦暮楚，没甚廉耻，但得保全富贵，管甚么帝祚旁移！因此延兴元年十月终旬，竟颁出一道太后敕令，废齐主昭文为海陵王，命宣城王鸾入登大位。令云：

夫明晦迭来，屯平代有，上灵所以眷命，亿兆所以归怀。自皇家淳耀，列圣继轨，诸侯官方，百神受职，而殷忧时启，多难荐臻。隆昌失德，特紊人思，非徒四海解体，乃亦九鼎将移。赖天纵英辅，大匡社稷，崩基重造，坠典再兴。嗣主幼冲，庶政多昧，且早婴尪疾，弗克负荷；所以宗正内侮，戚藩外叛，觇天视地，人各有心。虽三祖之德在民，而七庙之危行及，自非树以长君，镇以渊器，未允天人之望，宁息奸宄之谋！太傅宣城王，胤体宣皇，钟慈太祖，识冠生民，功高造物，符表夙著，讴颂有在。宜入承宝命，式宁宗祏。帝可降封海陵王，吾当归老别馆。昔宣帝中兴汉室，简文重延晋祀，庶我鸿基，于兹永固。言念国家，感庆载怀。

这令一下，昭文当然出宫，别居私第。还有昭文妃王氏，方册为皇后，不到旬月，仍降为海陵王妃。就是太后王氏，本居养宣德宫，至鸾入嗣位，也只好让出宫外，另就鄱阳王故第，略加修葺，沿袭旧号，仍称为宣德宫。那太傅领大将军扬州牧宣城王萧鸾，还且三揖三让，待至群臣三请，然后入殿登基。愈形其丑。当即改元建武，颁诏大赦。自谓入承太祖，列作第三子。要篡就篡，何必强词附会！加授太尉王敬则为大司马，司空陈显达为太尉，尚书令王晏为骠骑大将军，左仆射徐孝嗣为中军大将军，中领军萧谌为领军将军，兼南徐州刺史，中护军王玄邈为南兖州刺史，平北将军王广之为江州刺史，晋寿太守王洪范为青、冀二州刺史。所有扬州刺史要缺，特委任长子宝义。宝义少有废疾，不堪外镇，乃更改命始安王遥光代任。遥光弟遥欣镇荆州，遥昌镇豫州，三人与鸾最亲，更有佐命功勋，所以特委重任，倚若长城。为后文伏笔。

度支尚书虞悰独自称病重，不肯入朝。王晏奉新主命，慰谕虞悰，令他出佐新朝，悰慨然道："主上圣明，公卿勠力，自能安邦定国，还须老朽何用？悰实不敢闻命！"说至此，恸哭不已。惹得王晏无可再说，只得入朝复旨，朝议即欲具奏劾悰，徐孝嗣独进言道："这也是古来遗直呢！"想亦自觉觍颜。朝臣闻孝嗣言，方才罢议。

过了数日，追尊生父始安王道生为景皇帝，生母江氏为景皇后，赠故兄凤为侍中骠骑将军，封始安王弟缅为侍中司徒，封安陆王。凤仕宋为郎官，宋季已经病故，嗣子就是遥光兄弟。缅在齐太祖时，受爵安陆侯，世祖永明九年病殁，嗣子宝晊袭爵，出为湘州刺史。宝晊弟宝览封江陵公，宝宏封汝南公。册故妃刘氏为皇后，追谥曰敬。刘后去世，差不多有六七年，遗下四子，长宝卷，次宝玄，次宝夤，又次为宝融。尚有庶出诸子，最长的就是宝义，次宝源，次宝攸，次宝嵩，最幼为宝贞。鸾既为帝，欲立储贰，因宝义虽为长子，究是庶出，且有废疾，因特立宝卷为太子，封宝义为晋安王，宝玄为江夏王，宝源为庐陵王，宝夤为建安王，宝融为随王，宝攸为南平王，宝嵩为晋熙王，宝贞为桂阳王。

又对着废主昭文，佯加优待，命依汉东海王疆汉光武子。故事，给虎贲旄头画轮车，设钟虡宫悬，一切供养，俱从隆厚。到了十一月间，忽称海陵王有疾，屡遣御医诊视，哪知进药数剂，反把他断送性命。形式上却下了一道哀诏，命大鸿胪监护丧事，殓用衮冕，葬给辒辌车，仪仗用黄屋左纛，前后羽葆鼓吹，挽歌二部，予谥为恭。可怜十五岁的废主，徒博得一副葬仪，还算比高武文惠诸男，外观较美呢。小子有诗叹道：

郁林废去海陵来，半载蹉跎受劫灰。

幼主未曾闻失德，徒遭篡弑令人哀！

齐主鸾正心满意足，如愿以偿，偏外人仗义执言，竟尔声罪致讨，兴动干戈。欲知何人讨鸾，且看下回再详。

高武文惠诸男，不可谓少，乃萧鸾图逆，恣意杀戮，未敢有违；惟鄱阳王锵，随王子隆，晋安王子懋本欲先发制鸾，顾皆为鸾所害。三王之死，皆一疑字误之；当断不断，反受其乱，古语诚不虚也。夫以诸王之内居外守，竟不能监束一鸾，毋乃所谓景升之子，皆豚犬耶！昭文嗣位，未及一年，饮食起居，皆待鸾命，捽而去之，犹反手耳。然昭文不足亡国，而亡国者实为昭业，鸾之篡位，昭业使之也。但前有郁林，后有东昏，悖入悖出，两两相称，鸾犹残戮诸王，为后嗣计，毒若蛇蝎，愚若犬彘，读此回而不叹恨者，未之有也。

第三十二回

假仁袭义兵达江淮
易后废储衅传河洛

却说魏主宏迁都洛阳，经营粗定，应二十九回。闻得南齐废立，萧鸾为帝，意欲乘机出兵，托词问罪。可巧边将奏报，谓齐雍州刺史曹虎，有乞降意。魏主大喜，即遣镇南将军薛真度出攻襄阳，大将军刘昶、平南将军王肃出攻义阳，徐州刺史拓跋衍出攻钟离，平南将军刘藻出攻南郑，四路并进。又特派尚书仆射卢渊，督襄阳前锋诸军，渊不愿受命，托言未习军事。魏主不许，渊叹息道："我非不愿尽力，但恐曹虎有诈，将为周鲂，奈何！"周鲂三国时人。相州刺史高闾上表，略称洛阳草创，曹虎并未遣质，必非诚心，不应轻举。魏主仍然不从，再召公卿会议，欲自往督师。镇南将军李冲，及任城王澄，同声劝阻，独司空穆亮，主张亲征。公卿等多半模棱，澄瞋目语亮道："公等平居议论，俱未尝赞成南征，何得面对大廷，即行变议！事涉欺佞，岂是纯臣所为？万一倾危，试问咎归何人？"李冲从旁插入道："任城王所言，确是效忠社稷！"魏主宏怫然道："任城以从朕为佞，不从朕为忠，朕闻小忠为大忠之贼，任城可也晓得否？"澄复道："澄质愚暗，虽似小忠，要是竭忠报国，但不知陛下所谓大忠，究有何据？"魏主宏无词可答，但气得目瞪口呆，坐了半晌，拂袖还宫。越日竟传出敕命，令季弟北海王详为尚书仆射，留掌国事，李冲为副，同守洛都，又命皇弟赵郡王干，始平王勰，分统禁军宿卫左右，自率大军南下。

行至悬瓠，连促曹虎会兵，虎终不至。魏主宏仍不肯罢兵，警报传达齐廷，齐遣镇南将军王广之、右卫将军萧坦之，尚书右仆射沈文季，分督司、徐、豫三州兵马，抵御魏军。魏将拓跋衍攻钟离，由齐徐州刺史萧惠休乘城拒守，且用奇兵出袭魏营，击败拓跋衍。刘昶、王肃攻义阳，由齐司州刺史萧诞抗御，诞出战不利，闭城自守，城外居民，多半降魏，统计约万余人。

魏主宏渡淮东行，直抵寿阳，众号三十万，铁骑满野。适春雨连宵，魏主自登八公山，览胜赋诗，并命撤去麾盖，冒雨巡行，示与士卒共同甘苦。见有军士抱病，辄亲加抚慰。一面呼城中人答话，豫州刺史萧遥昌，使参军崔庆远出见魏主，且问何故兴师？魏主宏道："卿问我何故兴师，我且问汝主何故废立？"庆远道："废昏立明，古今通例，何劳疑问！"魏主又道："齐武子孙，今皆何在？"庆远道："周公大圣，尚诛管蔡，今七王同恶，不得不诛。此外二十余王，或内列清要，或外典方牧，并没有意外祸变。"魏主复道："汝主若不忘忠义，何故不立近亲，与周公辅成王相类，为什么自行篡取呢？"庆远道："成王有守成美德，所以周公可辅，今近亲皆不若成王，故不可立。汉霍光尝舍武帝近亲，迎立宣帝，便是择贤为主的意思。"魏主笑道："霍光何以不自立？"庆远道："霍光异姓，故不自立，主上同宗，正与汉宣帝相似。且从前武王伐纣，不立微子，难道也是贪图天下么？"亏他善辩，好似宋张畅之答魏尚书。魏主被他驳倒，几乎理屈词穷，便强作大笑道："朕本前来问罪，如卿所言，却似有理，朕也未便显斥了。"庆远便接口道："见可而进，知难而退，便不愧为王师！"前驳后谀，正好口才。魏主道："据卿意见，欲朕与汝国和亲么？"庆远道："南北和亲，两国交欢，便是生民大幸。否则彼此交恶，生灵涂炭，这在圣衷自择，不必外臣多言！"

魏主不禁点首，便赏庆远宴饮，并赏给衣服，遣令还城。自移军转趋钟离。齐复遣左卫将军崔慧景，宁朔将军裴叔业，至钟离援萧惠休。平北将军王广之与黄门侍郎萧衍，太子右卫率萧诔等，至义阳援萧诞。诞为萧谋兄，诔为萧诞弟，此次救兄情急，从广之往救义阳，恨不得即日驰到。偏广之行至中途，距义阳城百余里，探得魏兵甚盛，未敢遽进。诔急白萧衍，请催广之进兵，衍乃转告广之。广之尚在迟疑，经衍自请先驱，愿与诔间道赴援。广之乃分兵拨给，令他二人前去。

二人领兵夜发，衔枚疾走，直达贤首山，去魏军仅隔数里，满山上插起旗帜，鼓角齐鸣。魏刘昶、王肃等，正堑栅三重，并力攻义阳城，蓦闻鼓角声从后传至，不禁惊异，回首探望，隐约见有无数旌旗，飘扬山上，几不辨齐军多少，未敢派兵往攻。转眼天明，城中亦望见援军，由长史王伯瑜带领守兵，出攻魏栅，因风纵火，烟焰薰天。萧衍等从高瞧着，急驱军下山，从外夹击，一番混战，魏军支持不住，解围遁去。萧诞复会师追击，俘获至数千人。

魏主时在钟离城下，尚未接义阳败耗，拟乘锐渡江，掩齐不备，乃自督轻骑南行。司徒冯诞病不能从，魏主与他诀别，忍泪出发。约行五十里，即接得钟离急报，报称诞已逝世，不由的涕泪俱下。又闻齐将崔慧景等来援钟离，相去不远，乃只好夤夜趋还。到了钟离城下，抚冯诞尸，哭泣不休，达旦犹闻哭声。诞与魏主宏同年，幼同砚席，并尚魏主妹乐安公主，平素虽无甚才名，但资性却是淳厚，所以魏主格外含哀，赙殓仪制，特别加厚。待诞榇发回安葬，魏主尚无归志，又遣使临江，传达檄文，历数齐主鸾罪状，应该有此。自督兵围攻钟离。

钟离城守萧惠休，本来有些智勇，那崔慧景、裴叔业等，又复驰至，扎营城外，与城中相应。内守外攻，与魏兵相持旬日，魏兵不得便宜，反战死了许多士卒。魏主宏乃至邵阳，就洲上筑起三城，栅断水路，为久驻计，被裴叔业率兵攻破，计不得逞。更欲置戍淮南，招抚新附，会魏相州刺史高间，及尚书令陆睿，先后上书，劝魏主退归洛阳，魏主乃渡淮北去。

兵未渡完，忽有齐兵飞舰前来，据住中渚，截击魏人。魏主宏亟悬赏购募，谓能击破中渚兵，当立擢为直阁将军。军弁奚康生应募奋出，缚筏积薪，引着壮士数百名，驶至中渚，因风纵火，毁齐战舰，趁着烟雾迷濛的时候，持刀直进，乱斫乱砍，逼得齐兵仓皇失措，四散逃去。魏主大喜，即命康生为直阁将军，各军依次毕济。

惟将军杨播，领着步卒三千，骑兵五百，作为殿军，尚未涉淮。偏齐兵又复大至，战舰塞川，截住杨播归路。播结阵自固，齐兵上岸围攻，由播猛力搏战，相拒至两昼夜，兀自守住。只苦军中食尽，不能枵腹从戎。魏主宏在北岸遥望，屡思越淮救播，可奈春水方涨，船只未备，急切不便徒涉，无从施救。惟有相对欷嘘。幸而淮水渐退，播自阵中杀出，引得精骑三百名，至齐舰旁大呼道："我等便要渡江，有人能战，快来接仗，休得误过！"一面说，一面跃马入水，向北径渡。齐兵见他勇悍，也不敢追逼，由他游泳自去。越不怕死，越不会死。

魏主宏见播到来，很是喜慰，便引兵回洛去了。惟邵阳洲上，尚留魏兵万人，也欲北归，因被崔慧景等阻住，无法退还，不得已遣使求和，愿输良马五百匹，借一归路。慧景未许，副将张欣泰道："归寇勿遏，不如纵使北去。否则困兽犹斗，彼若拼死来争，就使我得幸胜，亦不为武，不胜反隳弃前功，岂不可惜！"慧景乃纵令北还。嗣被萧坦之劾奏，二人皆不得赏，未免怏怏，后文另有交代。

惟魏兵出发，本由四路进兵。钟离、义阳两路，已经退归。还有襄阳一路，是魏将薛真度为帅，到了南阳为齐太守房伯玉杀败，无功而还。南郑一路，军帅乃是刘藻，行至中途，适梁州刺史拓跋英，也引兵来会，便合军进击汉中。齐梁州刺史萧懿，遣部将尹绍祖、梁季群等，率兵二万，据险扼守，设立五栅，防御敌兵。拓跋英侦得消息，便嚣然道："齐帅皆贱，不能统一，我但挑选精卒，攻他一营，彼必不肯相救；一营得破，四营不战自溃了。"说着，便自统精骑数千人，急攻一营。营中守将正是梁季群，蓦闻魏兵到来，便开栅逆战。拓跋英持槊当先，与季群大战数合。季群力怯，战不过拓跋英，正思勒马退走，不防拓跋英乘隙刺来，慌忙闪避，被英横槊一掠，跌了一个倒栽葱，即由魏兵擒去。齐兵失了主将，当然弃栅逃散。尹绍祖闻季群遭擒，吓得魂胆飞扬，把四栅一并弃去，狼狈奔回。拓跋英乘胜长驱，进逼南郑。萧懿又遣他将姜修击英，途次遇着伏兵，俱为所俘，竟至片甲不回，遂直达南郑城下，四面围住。懿登陴固守，约历数十日，城中粮食将尽，兵中恟惧异常。参军庾域，却想了一计，封题空仓数十，指示将士道："仓中粟米皆满，足支二年，但能努力坚守，怕甚么强虏呢！"大众听了此语，方得少安。懿复遣人煽诱仇池诸氏，使起兵断英运道，英乃不能久持。适魏主有敕颁到，召还刘藻，并令英还镇，英乃撤围西返，使老弱先行，自率精兵断后，且仰呼城中，与懿告别。懿恐有诈谋，不敢遽追，过了两日，方遣将倍道追去。英见有追兵，下马待战，故示从容，懿兵又不敢进逼，重复折回。英始取道斜谷，返入仇池，沿途遇着叛氐，且战且前，流矢射中英颊，英督战如故，终得将叛氐杀平，安抵仇池。叙清两路，缴足上文。

又有魏城阳王拓跋鸾，攻齐赭阳，也不能拔，齐遣右卫率垣历生赴援，鸾恐众寡不敌，下令退兵，偏部将李佐，留兵逆战，吃了一个大败仗，方匆匆走还。督军卢渊，本是勉强受命，至此归心愈急，早已弃师还洛。魏主转趋鲁城，亲祀孔子，拜孔氏二人，颜氏二人为官，且选孔氏宗子一人，封崇圣侯。奉孔子祀，重修园墓，更建碑铭，饶有尊圣明经的意思。既而还都，特立国子太学，四门小学，选了几个耆年硕彦，充做国老庶老，赐宴华林园，各给鸠杖衣裳，求遗书，正度量，制礼作乐，黼黻太平。

越年，又下诏易姓，称为元氏。魏人尝自称为黄帝子昌意后裔，昌意少子，受封北国，有大鲜卑山，遂以为号。黄帝以土德王。北俗谓土为拓，后为跋，所以叫作拓跋氏，魏主宏谓土属黄色，是万物原始，此次变礼从华，不宜仍袭北语，因特改姓为元，凡诸功臣旧族，姓或重复，悉令改更，就是内外文牍，及普通语言，均不得再仍旧俗。又仿南朝制度，一切选调，推重门族。尚书仆射李冲进言道："陛下选用官吏，如何专取门品，不拔才能？"魏主道："世家子弟，就使才具平常，德性要自纯笃，朕故就此录用。"冲又道："傅说版筑，吕望钓叟，何尝出自世家？"魏主道："非常人物，古今只有一二人，怎得拘为成例？"中尉李彪亦插嘴道："鲁有三卿，如何孔门四科？"魏主道："如有高明特达，出类拔萃，朕亦自当重用，不拘一格呢。"两李方才无言，相继告退。南朝雅重门望，实是敝制，如何魏亦仿此？看官！你道魏主宏变夷从夏，好似一个有道明君，哪知他钓名沽誉，诸多粉饰，连宫闱里面，尚是偏听不明。对着六七个嗣子，亦未闻有义方教训，是不能齐家，焉能治国！名为尊崇孔圣，实与孔子遗言，简直是大不相符呢。

从前魏主终丧，曾纳太师冯熙二女，长为昭仪，次为皇后，当时因长女庶出，所以妹尊姊卑，小子于前文二十八回中，曾已略叙，但皇后颇有德操，昭仪独工姿媚，魏主宏初尚重后，后来觉得中宫坦率，总不及爱妾多情，而且玉貌花容，妹不及姊，好德不如好色，魏主宏正犯此病，迁都以后，姊妹花同入洛阳，冯昭仪尤邀宠幸。魏主除视朝听政外，日夕在昭仪宫内，同餐同宿，形影不离。昭仪更献出百般殷勤，笼络魏主，直把那魏主爱情，尽移到一人身上，不但后宫无从望幸，就是中宫皇后，也几同寂寂长门。冯皇后虽非妒妇，也不免自嗟命薄，私怨鸰原。昭仪本自恃年长，不肯遵循妾礼，又况宠极专房，更视阿妹如眼中钉。每当枕席私谈，无非说皇后坏处，惹得魏主怒上加怒，竟把皇后废去，贬入冷宫。无以妾为妻，魏主曾闻古语否？后乞出居瑶光寺，情愿为尼，总算得魏主允许，遂以练行尼终身。看到后文，乃姊应自愧弗如。朝臣进谏不从，惟暂将立后问题，搁起了三五月。

冤冤相凑，又惹出废储一案，遂致夫妇不终，父子亦不终。魏主长子名恂，系故妃林氏所出。见第二十八回。太和十七年，恂年十一，立为皇太子。既而行加冠礼，魏主为他取字，叫作元道。且召令入见，诫以冠义，并面嘱道："字汝元道，所寄不轻，汝当顾名思义，勉从吾旨。"及改姓元氏，又改字宣道。适太师冯熙，病死平城，魏主遣恂吊丧，临行嘱咐道："朕位居皇极，不便轻行，欲使汝展哀舅氏，并顺便拜谒山陵及汝母墓前。在途往返，当温读经籍，勿违朕言"冯熙之死，就此带过。恂虽允诺而去，但素性懒惰，不甚好学，体又肥壮，每苦河洛暑热，不愿南居，此时奉命北去，乐得假公济私，偷图安逸。偏是乃父性急，相离不过两三月，竟下了数道诏旨，促使南归。恂无法推诿，只好硬着头皮，还洛复命。魏主训责数语，又令在东宫勤学，不得佚居。恂阳奉阴违，且有怨词，中庶子高道悦，屡次苦谏，恂不惟不从，反引为深恨。

会魏主巡幸嵩岳，留恂居守金墉城，恂欲轻骑北去，为道悦所阻，顿时触动恂怒，拔剑一挥，杀死道悦。幸领军元徽，勒兵守门，不使恂得擅越；一面遣报魏主。魏主骇惋，亟自汴口折还，召恂责问，亲加笞杖。皇弟咸阳王禧等入内劝解，魏主反令禧代杖百下。禧虽未下重手，究竟是金枝玉叶，从未经过这般捶楚，宛转呻吟，不能起立。魏主叱令左右，把恂扶曳出外，幽锢城西别馆。恂卧床不起，竟至月余。魏主怒尚未息，至清徽堂召见群臣，议即废恂，司空兼太子太傅穆亮，仆射太子少保李冲，并免冠顿首，代为哀请。魏主勃然道："古人有言：大义灭亲，此儿今日不除，必为国家大祸。南朝永嘉乱事，可为借鉴，奈何好姑息养奸哩！"遂即下诏，废恂为庶人，移置河阳无辟城，所供服食，仅免饥寒。

适恒州刺史穆泰，定州刺史陆睿，不乐移徙，共谋作乱。魏主闻报，急使任城王澄，掩捕二人，拘系平城狱中。魏主又亲往审鞫，诛穆泰，赐陆睿自尽。还至长安，接得中尉李彪密报，谓废太子恂，将与左右谋逆，恐是蜚言。乃使咸阳王禧，与中书侍郎邢峦，奉诏赍鸩，迫令取饮。恂饮毕即死，年才十五。用粗棺常服为殓，槁葬河阳城。另立次子恪为太子。恪母高氏，为将军高肇妹，幼时梦为日所逐，避匿床下，日化为龙，绕身数匝，大惊而寤。时已目为奇征，年十三岁入掖庭，婉艳动人，由魏主召幸数次，得孕生恪。嗣又生子名怀，恪为太子，怀亦受封广平王，至冯昭仪得宠，高氏亦为魏主所疏。昭仪无出，闻高氏幼有异梦，料将来应在恪身，乃欲养恪为子，竟将高氏毒毙。恪年尚幼，遂归冯昭仪抚养，每日必亲视栉沐，慈爱有加。魏主还嘉她抚恪有恩，不啻己出，其实她是慕效姑母，想做第二个文明太后，蓄志正不小呢！计策固佳，可惜无文明太后福命！

东阳王拓跋丕，前曾劝阻迁都，及魏主诏改衣冠，丕仍着旧服，诸多忤旨，降封为新兴公。丕子隆及弟超，又与穆泰密谋为乱，经魏主宏穷治泰党，隆、超皆连坐伏诛。丕本不预谋，亦被斥为民。当时北魏宗室，丕年最高，资望亦为最隆，历事六朝，垂七十年，骤然夺职，还为庶人，朝野皆为叹惜。魏在两拓跋丕，一为太武之弟，封乐平王，已经早殁，此拓跋丕为代王翳槐玄孙，非道武嫡裔，阅者幸勿混视。魏主宏还特别加恩，免不死罪。未几，即立冯昭仪为继后，疏斥老成，专宠艳妃，一位守文中主，损德实不少呢。小子有诗叹道：

无辜弃妇先伤义，有意诛儿又害慈。

尽说孝文魏主宏殁后谥法。**能复古，如何恩义两乖离！**

魏主远贤近色，好大喜功，闻得南朝屡杀大臣，众心不服，复乘隙起兵，进攻南阳。欲知胜负如何，下回再行详叙。

本回所叙，专指魏事，齐事第连类带叙而已。当魏主之决计南伐也，名非不正，乃屈于崔庆远之数言，即致气沮，已见其用志之不专。萧鸾横逆，敢弑二君，据事驳斥，彼将何辞？乃以萧衍之战胜，冯诞之病死，即引军还洛，仅遣使临江，数罪而去，言不顾行，多辞奚益？要之一味意气用事，徒假虚名以欺人世耳。至若皇后无过，乃以宠妾之谗构，遽黜为尼，太子恂少年寡识，未始不可教之为善，乃始则废徙，继则赐死。观夫李彪之密表，及次子恪之归养昭仪，竟得夺嫡，其暗中之谗间播弄，不问可知。魏主宏甘为所蔽，以致夫妇失道，父子贼恩，家不齐则国不治，是而谓为守文令主也，谁其信之！

第三十三回

两国交兵齐师屡挫
十王骈戮萧氏相残

却说齐主鸾篡位时，第一个佐命功臣，要算中领军萧谌，鸾曾许他迁镇扬州，及事后食言，但命他兼刺南徐，别授萧遥光为扬州刺史。谌怏怏失望，尝语友人道："炊饭已熟，便给别人。"尚书令王晏，得闻谌言，却暗中冷笑道："何人再为谌作箸等！大家得过且过罢了。"鸾性本好猜，即位后更密遣亲幸，随处侦察。应是贼胆心虚。凡谌平时言动，多经侦役报明，遂致疑忌。可巧魏主侵齐，谌兄诞力守司州，与魏相拒，诞弟诔更从军援诞，昆季二人，为国效劳，鸾只好暂从含忍，迁延未发。谌不管死活，尚且恃功干政，遇有选用，窃援引私党，嘱使尚书录奏，因此益遭主忌，酿祸尤深。会魏兵已退，鸾召大臣入宴华林园，谌亦与坐，畅饮尽欢，至夜才撤席散去。谌亦退居尚书省。忽由御前亲吏莫智明，赍敕到来，向谌宣读道："隆昌时事，非卿原不得今日，今一门二州，兄弟三封，朝廷相报，不为不优，卿乃屡生怨望，乃云炊饭已熟，合甑与人，究是何意？今特赐卿死！"谌听毕敕语，当然惶骇，转思事已至此，无法求免，遂顾语智明道："天人相去不远，我与至尊杀高、武诸王，都由君传达往来，今令我死，君未尝出言相救，我将申诉天廷，冤冤相报，莫谓地下无灵呢！"郁林、海陵干卿甚事，何故助桀为虐？此次赐死，难道不是天道么？语至此，即服毒自杀。

智明入内报鸾，鸾更遣使至司州，诛诞及诔，复将西阳王子明，世祖第十子。南海王子罕，世祖第十一子。邵陵王子贞，世祖第十四子。亦一并牵连进去，概赐自尽。子明、子罕，年仅十七，子贞年仅十五，少不更事，有何谋虑？此次为萧谌一案，缘同连坐，显见得是冤诬致死哩。揭破鸾谋，不肯滑过。

尚书令王晏，因萧谌已死，乘势专权，又为嗣主鸾所忌。始安王萧遥光，前已劝鸾诛晏，鸾曾迟疑道：“晏与我有功，且未得罪，如何就诛？”遥光道：“晏尝蒙武帝宠任，手敕至三百余纸，与商国事，彼尚不肯为武帝尽忠，怎肯为陛下效力呢！”一语足死王晏。鸾不禁变色。已而亲吏陈世范，报称晏尝屏人私语，恐有异谋。鸾愈加戒备，更命世范悉心侦伺。

好容易至建武四年，世范又复告密，谓晏将俟主上南郊，纠集世祖亲旧，窃发道中。鸾闻言益惧，竟召晏入华林省，敕令诛死，并杀晏弟广州刺史诩及晏子德元、德和。

鸾两次废立，晏皆与谋，从弟思远谏晏道：“兄荷世祖厚恩，今一旦叛德助逆，后来将如何自立！若及此引决，还可保全门户，不失后名。”晏微笑道：“我方啖粥，未暇此事。”及超拜骠骑将军，顾语子弟道：“隆昌末年，阿戎思远小字。尝劝保自裁，我若依他，何有今日！”思远遽应声道：“如阿戎所见，今尚为未晚哩。”晏仍然未悟，濒死前十日，思远又语晏道：“时事可虑，兄亦自觉不凡，但当局易昧，旁观乃清，请兄早自为计！”晏默然不答，思远乃出。晏且叹且笑道：“世上有劝人觅死，真是出人意外！”哪知过了旬日，便即遭诛。

晏外弟阮孝绪，亦知晏必罹祸，辄避不见面。晏赠酱甚美，孝绪未觉，食酱时亦称为异味。嗣闻由晏家送来，立即吐出，倾覆水中。至晏既受诛，孝绪亲友，恐他连坐，代为加忧，孝绪怡然道：“亲而不党，何畏何疑！”果然王晏狱起，孝绪不闻连累，就是思远亦得免罪。趋炎附势者其听之！不过萧谌死后，莫智明果遇祟暴亡。王晏为陈世范所害，世范却安然如故，幽明路隔，无从查悉原因。小子但依事演述罢了。补出莫智明死状，回应萧谌遗言。

齐主鸾授萧坦之为领军将军，徐孝嗣为尚书令，宣抚中外，粗定人心。那魏主宏谓有隙可乘，大发冀、定、瀛、相、济五州丁壮，得二十万，亲自督领，出发洛阳。留吏部尚书任城王澄居守，中尉李彪，仆射李冲为辅。授彭城王勰为中军大将军，都督行营事宜，勰面辞道：“亲疏并用，方合古道，臣叨附懿亲，不应屡邀宠授。”魏主不从，命勰调军后随，自引兵径诣襄阳。

先是镇南将军薛真度，劝魏主先取樊邓，魏主命他往攻南阳，竟被齐太守房伯玉击退。至是为报复计，先向南阳进发。众号百万，各用齿吹唇，作鹰隼声，响彻远近。

既至南阳城下，一鼓作气，攻克外郛，房伯玉入守内城，誓众抵御。魏主遣中书舍人孙延景，传语伯玉道：“我今欲荡平六合，不似前次南征，冬来春去，如或未克，终不还北。卿此城当我首冲，不容不取，远期一载，近止一月，封侯枭首，就在此举！且卿有三罪，今特一一晓示：卿先事武帝，不能效忠，反觍颜助逆，这就是第一大罪。近年薛真度来，卿乃伤我偏师，这就是第二大罪。今銮辂亲临，尚不闻面缚出降，这就是第三大罪。若再怙恶不悛，恐死在目前，我虽好生，不能轻贷！”三大罪中，只有第一条还算中肯。伯玉亦遣副将乐稚柔答语道：“大驾南侵，期在必克，外臣职守卑微，得抗君威，与城存亡，死且得所！从前蒙武帝采拔，怎敢妄思？只因嗣主失德，今上光绍大宗，不特远近惬望，就是武皇遗灵，亦所深慰，所以区区尽节，不敢贰心！即如前次北师深入，寇扰边民，外臣职守所关，惟力是视；难道北朝政府，反导人不忠么？”语颇近理，可惜不能坚持！延景返白魏主，魏主自逼城外吊桥，跃马径上。不意桥下却突出壮士，戴虎头帽，身服斑衣，来击魏主，魏主人马皆惊，幸有魏将原灵度随着，拈弓搭箭，发无不中，连毙南阳壮士数人，方将魏主救脱。魏主乃留咸阳王禧攻南阳，自引军趋新野。

新野太守刘思忌凭城守御，魏主屡攻不克，四筑长围，并遣人呼守卒道：“房伯玉已降，汝何为独取糜碎？”思忌亦遣人应声道：“城中兵食尚多，未暇从汝小虏命令；彼此各努力便了！”魏主倒也没法，但命将围攻，连日不休。

齐主鸾闻魏兵压境，曾遣直阁将军胡松，助北襄城太守成公期，保守赭阳，义阳太守黄瑶起保守舞阴。又因雍州关系重要，遣豫州刺史裴叔业往援，叔业谓北人不乐远行，专喜抄掠，若侵入虏境，虏主自然回顾，司、雍便可无虞。齐主鸾以为奇计，许他便宜行事，叔业遂引兵攻魏虹城，俘得男女四千余人。一面令别将鲁康祚、赵公政等，率兵万人，往攻太仓口。

魏豫州刺史王肃，使长史傅永，率甲士三千人，堵塞太仓，与齐军夹淮列阵。永语左右道：“南人专喜斫营，夜间必来劫我寨，近日乃是下弦，夜色苍茫，我料他越淮前来，当在淮中置火，记明浅处，以便还涉。我正可将计就计，歼敌立功，就在今日了！”遂分部兵为二队，埋伏营外，又使人用瓠贮火，密渡南岸，至水深处置火，嘱待夜间火起，悉数燃着，不得有误。各士卒依言去讫，永设着空营，厉兵以待。到了夜静更深，果有齐兵杀到。鲁康祚、赵公政，并马入营，见营中虚设灯火，不留一人，料知中计，急忙麾兵退还。蓦闻一声胡哨，伏兵从左右杀出，夹击齐军。鲁、赵两将，拼命冲突，也顾不得行列步伐，霎时间人马散乱，弄得七零八落。赵公政策马飞奔，兜头遇着一将，正是傅永，一时不及措手，被永伸手过来，活活擒去。鲁康祚见公政就擒，慌忙脱去甲胄，从斜刺里奔至水滨，跃马急渡，偏偏南岸信火，散作数处，辨不出甚么浅深，那时情急乱涉，失足灭顶，竟致溺死。部下兵士，一半为魏人所杀，还有一半渡淮南奔，也因深浅难辨，溺毙无数。只有几个寿命延长的，奔报叔业。

永械住赵公政，复捞得鲁康祚尸首，奏凯而归。王肃大喜，遣使向魏主处报述永功。嗣闻叔业进薄楚王戍，仍令永率三千人赴援。永先遣心腹将弁，倍道驰告戍军，令急填塞外堑，就城外埋伏千人，俟援军驰至，鸣炮为号，两路夹攻，戍军当然遵行。既而叔业进兵戍所，正拟部分将士，下令猛攻，不防号炮一响，前有伏兵杀出，后有永兵掩至，害得叔业心慌意乱，夺路奔逃，连一切伞扇鼓幕，一并弃去，兵士甲仗，丧失无算。也是鲁赵一流人物。永也不蹑击，但收拾所得兵械，整军欲归。左右尚劝永急进，永喟然道："吾弱卒不过三千人，彼精甲犹盛，并非力屈，不过堕我计中，仓猝遁去。我但俘获此数，已足使彼丧胆，还要追他做甚么？"乃驰还报捷。

肃更为奏闻，魏主即拜永为安远将军，兼汝南太守，封贝邱县男。永有勇力，好学能文，魏主尝叹道："上马击贼，下马作露布，惟傅修期一人。"修期便是永字。魏主呼字不呼名，正是器重傅永的意思。原是能手。

一面命统军李佐，急攻新野，刘思忌堵守不住，竟被攻入，且因巷战力竭，为佐所缚。献至魏主驾前，魏主笑问道："今可降否？"思忌朗声道："宁作南朝鬼，不为北虏臣！"可为硬汉。乃推出斩首。魏主遂南循沔水，沔北大震。赭阳戍将成公期，舞阳戍将黄瑶起，相继南遁。瑶起曾害死王奂，魏主欲为王肃报仇，饬兵追捕，竟得擒住。当下缚送与肃，肃见是杀父仇人，便摆起香案，破瑶起心，哭祭父灵。再将瑶起脔割烹食，聊泄旧恨。王奂被杀，王肃投魏事，见前文二十九回中。魏主又移攻南阳，房伯玉势孤援绝，不得已面缚出降。有愧刘思忌。伯玉见从弟思安，曾仕魏为中统军，屡为伯玉泣请，魏主乃特命贷死，留居营中。

齐主鸾闻新野南阳，相继陷没，复遣太子中庶子萧衍，度支尚书崔慧业，带领军将刘山阳、傅法宪等，共将士五千余人，出救襄阳。进诣彭城，忽见魏兵数万骑，蹀躞前来，气势甚盛，慧景忙敛众入城，为守御计。萧衍检阅城中，无粮无械，禁不住一把冷汗，便顾语慧景道："我军远来，蓐食轻行，已有饥色；若见城中粮备空虚，势必溃变，如何保守得住！不若仗着锐气，冲击一阵，倘能杀退虏兵，士气尚可振作，不致为变呢。"慧景支吾道："我看虏众多是游骑，日暮自当退去，尽可无虑。"既而天色将晚，魏兵越来越多，势且凭城。慧景竟潜开南门，带着自己部曲，向南遁去，余众当然大哗，相继皆遁。萧衍亦不能禁遏，只好令山阳、法宪二将，率兵断后，且战且行。

魏兵自北门杀入，见齐军已经尽遁，便长驱追赶。齐军闻有追兵，都想急奔，适前面有一阔沟，上架木桥，被崔慧景前队过去，急不暇择，已将桥梁踏断。那后队无桥可渡，挤做一堆，惊惶的了不得。魏兵煞是厉害，用着强弓硬箭，夹道射来，傅法宪中箭落马，一呼而亡。士卒拼死逾沟，多半坠没。亏得刘山阳遇急生智，忙令军士舍去甲仗，填塞沟中，逃兵始得半沉半浮，褰裳过去。山阳亦越沟南还，趋至沔城，已值黄昏，后面鼓声大震，魏主自率大兵驰至，山阳急入城闭门。幸城中备有矢石，陆续运至城上，或射或掷，伤毙魏兵前队数十人，魏主乃退。转趋樊城，城上守御颇严，雍州刺史曹虎，正在此堵截魏军。魏主料知难下，转向悬瓠城去了。魏又一胜，齐又一挫。独镇南将军王肃，进攻义阳。

齐豫州刺史裴叔业，自楚王戍败归，搜卒补乘，得五万人，闻义阳被攻，又用了一条围魏救赵的计策，不救义阳，直攻涡阳。仍然是老法儿。魏南兖州刺史孟表，为涡阳城守，无粮可因，但食草木皮叶，飞使至悬瓠乞援。魏主使安远将军傅永，征虏将军刘藻，辅国将军高聪等，并救涡阳，统归王肃节制。高聪为前锋，刘藻继进，被裴叔业迎头痛击，杀得人仰马翻，东逃西散。傅永从后接应，也为前军所冲，不能成列，没奈何收军徐退。傅将军也没法了。叔业驱军再进，聪与藻都弃师逃窜。单剩傅永一军，抵当叔业。部下都无斗志，勉强战了几合，便即溃走。永亦只得奔还，这次算是齐军大捷，斩首万级，活捉三千余人，所得器械杂畜财物，不可胜计。

魏主闻败，命锁三将至悬瓠，聪与藻流戍平州，永亦夺官，连王肃亦坐降为平南将军。肃请再遣军救涡阳，魏主复谕道："卿何不自救涡阳，乃徒向朕絮聒，更乞派兵？朕处若分兵太少，不足制敌，太多转不足扈跸，卿当为朕熟筹！义阳可取乃取，不可取即舍，若失去涡阳，卿不得为无罪哩！"肃得了此谕，乃撤义阳围，转救涡阳，步骑共十余万，叔业见魏兵势盛，不敢抵敌，夤夜退兵。翌晨被魏兵追及，杀伤甚众，匆匆的走保义阳。王肃亦收军而回。齐兵又败。

齐主鸾连得败耗，颇怀忧惧，渐渐的积忧成疾，不能视朝。宗室诸王，都入内问安。鸾叹道："我及司徒诸儿，多未长成，司徒指安陆王缅，见三十一回。独高、武子孙，日见壮盛，将来终恐为我患呢！"既而太尉陈显达进谒，鸾述及己意，显达道："这等小王，何足介意！"鸾闭目不答。及显达退出，遥光入见，鸾复与议及，正中遥光下怀，便竭力撺掇，劝鸾尽歼高、武子孙。原来遥光素有躄疾，每乘肩舆入殿，辄与鸾屏人密谈，鸾即向左右索取香火，供爇案上，自己呜咽流涕。到了次日，必杀戮同宗，遥光非常快意。他的存心，并非为萧鸾子孙计，实欲借鸾逞凶，灭尽高、武后裔。等到鸾死，却好把鸾子鸾孙，再加翦灭，将来的齐室江山，容易占住，也得安然为帝。鸾未曾察觉，还道是遥光爱己，惟言是从，遥光遂乘鸾有疾，矫制收捕高、武子孙，共得十王，一律杀死。欲知十王为谁，由小子表明如下：

河东王铉。高帝第十九子，时年十九。**临贺王子岳。**武帝第十六子，时年十四。

西阳王子文。 武帝第十七子，年亦十四。**衡阳王子峻。** 武帝第十八子，年亦十四。**南康王子琳。** 武帝第十九子，年亦十四。**永阳王子岷。** 武帝第二十子，出继衡阳王道度为孙，时年亦十四。**湘东王子建。** 武帝第二十一子，时年十三。**南郡王子夏。** 武帝第二十三子，年仅七岁。**巴陵王昭秀。** 由临海王改封，系文惠太子第三子，时年十六。**桂阳王昭粲。** 文惠太子第四子，年才八岁。

自这十王被杀后，高、武子孙，得封王爵诸人，无一留遗，煞是可叹！从前齐世祖武帝在日，尝梦见一金翅鸟，突下殿廷，搏食小龙无数，始飞上天空。文惠太子长懋，亦尝语竟陵王子良道："我每见鸾，辄怀恶心，若非彼福德太薄，必与我子孙不利！"至是皆验。遥光既杀死诸王，乃使公卿诬构十王罪状，请正典刑。鸾尚有诏不许，俟再奏后，方才允议，且进遥光为大将军，并改建武五年为永泰元年。

大司马王敬则，出任会稽太守，因见萧谌、王晏，依次受诛，未免动了兔死狐悲的观感。至此复闻高、武子孙，悉数尽歼，又加了一层疑惧。自思为高、武旧将，终且被嫌，日夜筹划，尚苦无自全计策。齐主鸾却也相疑，不过因他年已七十，并居内地，所以稍稍放心，未曾诛夷。敬则长子仲雄，留侍殿廷，雅善弹琴，宫中留有蔡邕汉人。焦尾琴一具，由鸾给仲雄鼓弹，仲雄操懊侬曲，曲中有歌词云："常叹负情侬，郎今果行许。"又有语云："君行不净心，哪得恶人题！"鸾闻琴声，愈加猜愧。及寝疾日笃，特命张瓌为平东将军兼吴郡太守，防备敬则。敬则大惊道："东无寇患，用甚么平东将军？大约是欲平我呢。我岂甘心受鸩么？"

徐州行事谢朓，系敬则女婿，敬则第五子幼隆，曾为太子洗马，与朓密书往来，约同举事。朓竟执住来使徐岳，奏报朝廷，于是鸾决计加讨，指日遣兵。消息传到会稽，敬则从子公林，曾为五官掾，劝敬则急速上表，请诛幼隆，自乘单舸还都谢罪。敬则不应，竟举兵造反，扬言奉南康侯子恪为主，将入都废鸾。子恪系豫章王嶷次子。为这一番传闻，遂令大将军始安王遥光，驰入白鸾，请将高、武余裔，无论长幼，悉召入宫，一体就诛。鸾已病剧，模糊答应，遥光遂召集高、武诸孙，置诸西省，所有襁褓婴儿，亦令与乳母并入，令太医速煮椒二斛，都水监办棺材数十具，俟至三更天气，好将高、武诸孙，尽行毒毙。小子有诗叹道：

忍心竟欲灭同宗，狼子咆哮亦太凶。

待到东城匍匐日，问他曾否得乘龙！ 事见下文。

毕竟高、武诸孙，是否同尽？容至下回说明。

魏主宏二次出师，再攻襄邓，实是忿兵，忿兵必败。其所以幸胜者，由齐君臣之互相猜忌，所遣将吏，未肯为主尽力耳。萧谌诛矣，王晏死矣，两人有佐命大功，结果如此，彼如裴叔业、崔慧景、萧衍诸人，能不寒心！心一寒而气即馁，欲其杀敌致果，谈何容易！然魏兵且有涡阳之败，以屡胜之傅永，亦致狼狈奔还，忿兵必败之言，非其明证欤？齐主鸾不能外攘，专事内残，遥光得乘间而入，屠戮十王。前用鸾者为萧道成，后用遥光者为萧鸾，卒之皆授人以柄，自取覆亡。遥光后虽诛死，而东昏已成孤立，齐祚之不永也有以夫！

第三十四回

齐嗣主临丧笑秃鹫
魏淫后流涕陈巫蛊

却说南康侯子恪，本不与敬则通谋。他曾为吴郡太守，因朝廷改任张瓌，卸职还都。蓦闻都下有此谣传，不禁大骇。起初是避匿郊外，嗣得宫中消息，谓将尽杀高、武诸孙，乃拼死还阙，徒跣自陈。到了建阳门，时已二更三点了，中书舍人沈徽孚，与内廷直阁单景俊，正密谈遥光残忍，无法救解。适萧鸾睡熟，拟将三更时刻，暂从缓报。可巧子恪叩门，递入诉状，景俊大喜，忙至寝殿中白鸾。鸾亦醒寤，令景俊照读状词，待至读毕，不禁抚床长叹道："遥光几误人事！"乃命景俊传谕，不准妄杀一人，并赐高、武子孙供馔，诘旦悉遣还第，授子恪为太子中庶子。

嗣闻敬则出发浙江，张瓌遁去，叛众多至十万人，已达武进陵口，高、武诸陵，俱在武进。乃亟诏前军司马左兴盛，后军将军崔恭祖，辅国将军刘山阳，龙骧将军胡松等，共赴曲阿，筑垒长冈。又命右仆射沈文季都督各军，出屯湖头，备京口路。敬则驱众直进，猛扑兴盛、山阳二垒。兴盛、山阳，竭力抵御，尚不能敌，意欲弃垒退师，又苦四面被围，无隙可钻，不得已督兵死战。胡松引着骑兵，来救二垒，从敬则后面杀入。敬则部众虽多，大都乌合，顿时骇散。兴盛、山阳趁势杀出，与胡松并力合攻，敬则大败。崔恭祖又倾寨前来，正值敬则返奔，便挺枪乱刺，适中敬则马首，敬则忙跃落马下，大呼左右易马，怎奈左右俱已溃乱，仓猝不及改乘，那崔恭祖的枪尖，又刺入敬则左胁。敬则忍痛不住，竟致仆地，兴盛部将袁文旷，刚刚杀到，顺手一刀，结果性命。余众或死或逃，一个不留。当下传首建康，报称叛党扫平。

时齐主鸾已经病笃，太子宝卷，急装欲走，都下人士，惶急异常。至捷报传到，方得安定。所有敬则诸子，悉数捕诛，家产籍没，宅舍为墟。敬则母尝为女巫，生敬则时，胞衣色紫，母语人道："此儿有鼓角相。"及年龄稍长，两腋下生乳，各长数寸，又梦骑五色狮子，侈然自负。善骑射，习拳术，萧氏得国，实出彼力，因此官居极品，父子显荣。只是天道昭彰，善恶有报，似敬则的逼死苍梧，助成篡逆，若令他富贵终身，子孙长守，岂不是惠迪反凶，从逆反吉吗！至理名言。

左兴盛、崔恭祖、刘山阳、胡松四人，平敬则有功，并得封男。谢朓先期告变，亦得擢迁吏部郎，朓三让不许。惟朓妻王氏，常怀刃衣中，欲刺朓谢父，朓不敢相见。同僚沈昭略尝嘲朓道："君为主灭亲，应该超擢，但恨今日刑于寡妻！"朓无言可答，惟赧颜相对罢了。为当日计，却亦难乎为朓！

是年七月，齐主鸾病殁正福殿，年四十七。遗诏命徐孝嗣为尚书令，沈文季、江祏为仆射，江祀为侍中，刘暄为卫尉；军事委陈太尉显达，内外庶务，委徐孝嗣、萧遥光、萧坦之、江祏；遇有要议，使江祀、刘暄协商；至若腹心重任，委刘悛、萧惠休、崔惠景三人。此外无甚要言，但面嘱太子宝卷道："作事不可落人后，汝宜谨记勿忘！"看官听着！为了这句遗嘱，遂令宝卷委任群小，任情诛戮，搅乱的了不得，终弄得身亡国灭呢。是谓天道。

宝卷即位，谥鸾为明皇帝，庙号高宗。鸾在位只五年，改元二次，残刻寡恩，事多过虑，平时深居简出，连郊天大典，都屡次延约，始终不行。又尝迷信巫觋，每出必先占利害，东出云西，西出云北，及疾已大渐，尚不许左右传闻。无非推己及人，防他变乱，但如此为帝，有何趣味！且因巫觋进言，谓后湖水经过宫内，不利主上，乃欲堵塞后湖，作为厌胜。其实宫中取饮，全仗此湖，鸾为疗疾起见，至欲因噎废食，亏得早死数日，事乃得寝。史家称他起居俭约，宫禁肃清，罢新林苑，废钟山楼馆，斥卖东田园囿，舆辇舟乘，剔去金银，后宫服饰，概尚朴素，御食时有裹蒸一大枚，尝令剖作四块，食半留半，充作晚餐，从前高、武俭德，亦不过如是。哪知圣帝明王，德量宽广，不在区区小节；若徒从俭省一事，传作美谈，岂非是不虞之誉，未足凭信么？评论精严。

这且不必絮谈，且说太子宝卷，素性好弄，不喜书学，乃父亦未尝斥责，但命尽家人礼。宝卷求每日入朝，有诏不许，但使三日一朝。夜间无事，辄捕鼠达旦，恣情笑乐。至入承大统，不愿咨询国事，但与宦官宫妾等，终日嬉戏，彻夜流连。梓宫殡太极殿中，才经数日，即欲速葬。徐孝嗣入内固争，始延宕了一月，出葬兴安陵。宝卷临丧不哀，每哭辄托云喉痛。大中大夫羊阐入临，号恸俯仰，脱帻坠地，露首无发，好似秃头一般。宝卷瞧着，忍不住狂笑起来，且笑且语道："秃鹙啼来了！"左右闻言，亦笑不可抑，统做了掩口葫芦。到了奉灵安葬，宝卷越无哀思，从此欢天喜地，纵乐不休。左右嬖幸，捉刀随侍，俱得希旨下敕，时人遂有刀敕的称呼。扬州刺史始安王萧遥光，尚书令徐孝嗣，右仆射江祏，右将军萧坦之，侍中江祀，卫尉刘暄，更番入直，分日帖敕，朝三暮四，无所适从。眼见是纪纲日紊，为祸不远了。暂作一结。

魏主宏闻齐主病殂，却下了一道诏敕，证经引礼，不伐邻丧，说得有条有脊，居然似仁至义尽，效法前贤。哪知他却有三种隐情，不得不归，乐得卖个好名，引兵北去。极写魏主心术。看官听我叙来，便可知晓。魏主南下，留任城王澄，及李彪、李冲居守。见上回。彪家世孤微，赖冲汲引，超拜太尉，此次共掌留务，偏与冲两不相容，事多专恣。冲气愤填胸，历举彪过，请置重辟。魏主但令除名。冲余恨未平，竟病肝裂，旬日毕命。好去重会文明太后了。洛阳留守，三人中少了二人，魏主不免担忧，遂动归志。这是第一层。还有高车国在魏北方，服魏多年，此次魏主南侵，调发高车兵从行，高车兵不愿远役，推奉袁纥树者为主，抗拒魏命。魏主遣将军宇文福往讨，大败奔还。更命将军江阳王元继，再出北征，继主张招抚，一时不能平乱。魏主未免心焦，拟自往北伐，所以不能不归。这是第二层。最可恨的是宫闱失德，贻丑中冓，累得魏主躁忿异常，不得不驰还洛都，详讯一切。魏主好名，偏遇艳妻出丑，哪得不恨！

原来冯昭仪谗谋得逞，正位中宫，本来是鱼水谐欢，无夕不共，偏偏魏主连岁南下，害得这位冯皇后，凄凉寂寞，闷守孤帏。适有中官高菩萨，名为阉宦，实是顶替进来，仍与常人无二，而且容貌颀皙，资性聪明，每日入侍宫帏，善解人意。冯皇后很加爱宠。他竟巧为挑逗，引起冯后欲火，把他侍寝，权充一对假鸳鸯。谁知他阳道依然，发硎一试，久战不疲，冯后是久旱逢甘，得此奇缘，喜出望外。真是一个救苦救难的大菩萨。嗣是朝欢暮乐，我我卿卿，又得阉竖双蒙等，作为腹心，内外瞒蔽，真个是洞天花月，暗地春宵。但天下事若要不知，除非莫为，冯皇后虽买通侍役，代为掩饰，终不免漏泄出去，使人闻知。会魏主女彭城公主，曾为刘昶子妇，年少嫠居，冯后欲令她改嫁，即为亲弟北平公冯夙求婚，请命魏主，魏主却也允许。偏是公主不愿，将近婚期，竟潜挈婢仆十数人，乘轻车，冒霖雨，直达悬瓠，进谒魏主，跪陈本意，且言后与高菩萨私乱情形。魏主将信将疑，又惊又愕，只好暂守秘密，还鞫实情。这是第三层。途次忧愤交并，竟致成疾。

彭城王勰筑坛汝滨，祷告天地祖宗，自乞身代，果然神祖有灵，勰仍无恙，魏主却渐渐告痊。行至邺城，接得江阳王继来表，招抚高车，已有成效，树者虽亡入柔然，但也有出降意，尽可无忧。魏主稍稍放心，休养旬月，就在邺城过冬。越年为魏主太和二十三年，就是齐主宝卷永元元年，年序不便常混，故本编屡次点清。正月初旬，魏主即自邺还洛，一入宫廷，便拿下高菩萨、双蒙，当面审问。二人初尚狡赖，一经刑讯，才觉熬受不住，据实招供，并说出冯后厌禳情事。

先是彭城公主南赴悬瓠，冯后恐公主讦发阴私，渐生忧虑，召母常氏入宫，求托女巫禳厌，使魏主速死，自得援文明太后故例，另立少主，临朝称制。又尝取三牲入宫，托词祈福，阴实为厌禳计。常氏或自诣宫中，或遣婢入宫，与相报答。偏迅雷不及掩耳，那高菩萨、双蒙等，已被魏主讯得确供，水落石出。冯皇后原是惊惶，魏主亦气得发昏，旧疾复作，入卧含温室中。

到了夜间，令菩萨等械系室外，召后问状，后不敢不来，入室有遽色。魏主令宫女搜检后身，得一小匕首，长三寸许，便喝令斩后。后慌忙跪伏，叩头无数，涕泣谢罪。魏主乃命她起来，赐坐东楹，隔御寝约二丈余，先令菩萨等陈状，菩萨等不敢翻供，仍照前言陈明。魏主瞋目视后道："汝听见否？汝有妖术，可一一道来。"后欲言不言，经魏主一再催迫，方乞屏去左右，自愿密陈。魏主使中宫侍女，一概出室，惟留长秋卿白整在侧，且起取佩刀，指示后面，令她速言。后尚不肯语，但含着一双泪眼，注视白整。魏主会意，用棉塞整两耳，再呼整名，整已无所闻，寂然不应，乃叱后从实供来。后无可抵赖，只得呜呜咽咽，略述大概。亏她老脸自陈。

魏主大愤，直唾后面。且召彭城王勰，北海王祥入室，嘱令旁坐。二人请过了安，见后亦在座，未免局促不安。魏主指语道："前是汝嫂，今是他人，汝等尽管坐下。"二人方才谢坐。魏主又语道："这老妪欲挟刃刺我，可恶已极，汝等可穷问本末，不必畏难！"二人见魏主盛怒，只好略略劝解，魏主道："汝等谓冯家女不应再废么？彼既如此不法，且令寂处中宫，总有就死的一日，汝等勿谓我尚有余情呢！"二王趋退，魏主即命中官等送后入宫，后再拜而出。

过了数日，魏主有事问后，令中官转询，后又摆起架子，向中官叱骂道："我是天子妇，应该面对，怎得令汝传述呢？"中官转白魏主，魏主大怒，即召后母常氏入宫，详述后罪，并责常氏教女不严，纵使淫妒。常氏未免心虚，恐为厌祷事连坐致刑，不得已挞后百下，佯示无私。魏主尚顾念文明太后旧恩，不忍将后废死，但敕诛高菩萨、双蒙二人，并嘱内侍等不得纵后，略加管束，就是废后敕书，亦迟久不下。所有六宫嫔妾，仍令照常敬奉，惟太子恪不得朝谒，示与后绝，这真算是特别加恩了。未免有情。

会闻齐太尉陈显达，督领将军崔慧景，规复雍州诸郡，魏将军元英迎战，屡为所败，被齐军夺去马圈、南乡两城，魏主病已少痊，力疾赴敌，并命广阳王拓跋嘉，从间道绕出均口，邀截齐军归路。齐军前后受敌，杀得大败亏输，显达南走，慧景亦还。魏主虽然欣慰，但跋涉奔波，终不免有一番劳顿，病骨支离，禁受不起，又复病上加病，奄卧行辕。彭城王勰，旁侍医药，昼夜不离，饮食必先尝后进，甚至蓬首垢面，衣不解带。好兄弟，好君臣。魏主命勰都督中外诸军事，勰面辞道："臣侍疾无暇，怎可治军？愿另派一王，使总军务。”魏主道：“我正恐不起，所以命汝主持，安六军，保社稷，除汝外尚有何人？幸勿再辞！”勰乃勉强受命。

既而魏主疾亟，乘卧舆北归，行次谷塘原，病势益甚，顾语彭城王勰道：“我已不济事了，天下未平，嗣子幼弱，倚托亲贤，所望惟汝！”勰泣答道：“布衣下士，尚为知己尽力，况臣托灵先皇，理应效命股肱，竭力将事。但臣出入喉膂，久参机要，若进任首辅，益足震主，圣如周旦，尚且遁逃，贤如成王，尚且疑惑，臣非矫情乞免，实恐将来取罪，上累陛下圣明，下令愚臣辱戮呢！”勰非不知远虑！后来仍难免祸，功高震主之嫌，非上智其能免乎！魏主沉吟半晌，方徐答道：“汝言亦颇有理，可取过纸笔来。”勰依言取奉纸笔，由魏主强起倚案，握笔疾书，但见上面写着：

汝第六叔父勰，清规懋赏，与白云俱洁，厌荣舍绂，以松竹为心。吾少与绸缪，提携道趣，每请朝缨，恬真邱壑。吾以长兄之重，未忍离远，何容仍屈素业，长婴世网？吾百年之后，其听勰辞蝉舍冕，遂其冲挹之性也！

书至此，手已连颤，不能再写，乃掷笔语勰道：“汝可将此谕付与太子，惬汝素怀。”勰见魏主困惫，扶令安卧。魏主喘吁多时，又命勰草诏，进授侍中北海王详为司空，平南将军王肃为尚书令，镇南大将军广阳王嘉，为尚书左仆射，尚书宋弁为吏部尚书，令与太尉咸阳王禧，尚书右仆射任城王澄，并受遗命，协同辅政，随即口述己意，命勰另书道：

谕尔太尉、司空、尚书令、左右仆射、吏部尚书：惟我太祖丕丕之业，与四象齐茂，累圣重明，属鸿历于寡昧，兢兢业业，思纂乃圣之遗踪，迁都嵩极，定鼎河瀍，庶南荡瓯吴，复礼万国，以仰光七庙，俯济苍生，天未假年，不永乃志。公卿其善毗继子，隆我魏室，不亦善欤！可不勉之！

勰俱书就，呈与魏主阅过，魏主始点首无言。是时惟任城王澄，广阳王嘉从军，嘉为太武帝焘孙，澄为景穆太子晃孙，年序最长，齿爵并崇，当由魏主召入，略述数语。二王奉命退出，勰仍留侍。越二日，魏主弥留，复语彭城王勰道：“后宫久乖阴德，自寻死路，我死后可赐她自尽，葬用后礼，庶足掩冯门大过，卿可为我书敕罢！”勰复依言书敕，书毕呈阅，魏主已不省人事，顷刻告终。年三十有三。

魏主宏雅好读书，手不释卷，所有经史百家，无不赅览，善谈庄老，尤精释义，才藻富赡，好为文章诗赋铭颂，自太和十年以后诏册，俱亲加口授，不劳属草，平居爱奇好士，礼贤任能，尝谓人君能推诚接物，胡越亦可相亲，如同兄弟。又尝诫史官道：“直书时事，无讳国恶，人主威福自擅，若史复不书，尚复何惧！”至若郊庙祭祀，未有不亲，宫室必待敝始修，衣冠迭经浣濯，犹然被服。在位二十三年，称为一时令主。惟宠幸冯昭仪，以致废后易储，有乖伦纪，渐且酿成宫闱丑事，饮恨而终，这可见色为祸原，常人且不宜好色，况系一国的主子呢。大声疾呼。

彭城王勰，与任城王澄等计议，因齐兵尚未去远，且恐麾下有变，只得秘不发丧，仍用安车载着魏主，趱程前进。沿途视疾问安，仍如常时，一面飞使赍敕，征太子恪至鲁阳，及两下会晤，才将魏主棺殓，发丧成服，奉恪即位。咸阳王禧，是魏主宏长弟，自洛阳奔丧，疑勰为变，至鲁阳城外，先探消息，良久乃入。与勰相语道：“汝非但辛勤，亦危险至极！”勰答道：“兄识高年长，故防危险，弟握蛇骑虎，不觉艰难。”禧微笑道：“想汝恨我后至哩。”此外东宫官属，亦多疑勰有异志，密加戒备。勰推诚尽礼，无纤芥嫌。俟恪即位，即跪奉遗敕数纸。恪起座接受，一一遵行。当下令北海王详，及长秋卿白整等，赍着遗敕，并持药入宫，赐冯后死。冯后尚不肯引决，骇走悲号，整指挥内侍，把后牵住，强令灌下。小子有诗叹道：

尤物从来是祸苗，一经专宠便成骄。

别宫赐死犹嫌晚，秽史留贻恫北朝！

欲知冯后曾否服毒，且俟下回再表。

萧鸾一生凶诈，而独有狂愚之嗣子，拓跋宏一生英敏，而独有淫恶之艳妻。先贤有言，身不行道，不行于妻子，鸾之不德，宜有是儿。魏主好文稽古，兼长武事，顾乃不能制一妇人，菩萨为祟，厌禳继兴，巫蛊不足，甚且挟刃图逞天下。好妒之妇人，未有不淫，好淫之妇人，未有不悍。魏主宏为色所迷，已乖伦纪，身为元绪公，险作刀头鬼，犹沾沾于文明太后之私恩，不声罪以诛之。夫文明太后，有杀父之大仇，尚不知报，何怪淫后之胆大妄为，效尤益甚！其得安殂谷塘原，保全首领以殁，亦幸矣哉！然后知凶诈者固不足诒谋，英敏者亦非真能制治也。

第三十五回

泄密谋二江授首
遭主忌六贵溽诛

却说魏冯后见了毒药，尚不肯饮，且走且呼道：“官家哪有此事，无非由诸王恨我，乃欲杀我呢！”嗣经内侍把她扯住，无法脱身，没奈何饮毒自尽。白整等驰报嗣主，咸阳王禧等，欢颜相语道：“若无遗诏，我兄弟亦当设法除去，怎得令失行妇人，宰制天下，擅杀我辈呢！”魏主恪遵照遗言，尚用后礼丧葬，谥为幽皇后。仍命彭城王勰为司徒，摄行冢宰，委任国事，一面奉梓宫还洛阳。守制月余，乃出葬长陵，追谥皇考为孝文皇帝，庙号高祖，并尊皇妣高氏为文昭皇后，配飨高庙。高氏见三十二回。封后兄肇为平原公，显为澄城公。从前冯氏盛时，冯熙为文明太后兄，尚公主，官太师，生有三女，二女相继为后，还有一女亦纳入掖廷，得封昭仪。子诞为司徒，修为侍中，聿为黄门郎。侍中崔光尝语聿道：“君家富贵太盛，终必衰败。”聿变色道：“君何为无故诅我？”光答道：“物盛必衰，天地常理，我非敢诅咒君家，实欲君家预先戒慎，方保无虞。”聿转白父熙，熙不能从。过了年余，修获罪黜，熙与诞先后谢世，幽后废死，聿亦摈弃，冯氏遽衰。述此以讽豪门。高氏遂得继起，一门二公，富贵赫奕，几与冯氏显盛时，相去不远了。这且待后再表。

且说齐主萧宝卷，嗣位以前，曾简萧懿为益州刺史，萧衍为雍州刺史。衍闻宝卷入嗣，萧遥光等六人辅政，遂语从舅参军张弘策道：“一国三公，尚且不可，今六贵同朝，势必相图。乱将作了。避祸图福，无如此州，所虑诸弟在都，未免遭祸，只好与益州共图良策呢！”弘策亦以为然。懿为衍兄，衍所说益州二字，便是指懿。嗣是密修武备，多伐竹木，招聚骁勇，数约万计。中兵参军吕僧珍，阴承衍旨，亦私具橹数千张。

已而懿罢刺益州，改行郢州事，衍即使弘策说懿道：“今六贵比肩，人自画敕，争权夺势，必致相残。嗣主素无令誉，狎比群小，慓轻忍虐，怎肯委政诸公，虚坐主诺！嫌疑久积，必且大行诛戮。始安欲为赵王伦。晋八王之一。形迹已露，但性褊量狭，徒作祸阶，萧坦之忌克陵人，徐孝嗣听人穿鼻，江祏无断，刘暄暗弱，一朝祸发，中外土崩。吾兄弟幸守外藩，宜为身计。及今猜嫌未启，当悉召诸弟西来，过了此时，恐即拔足无路了。况郢州控带荆湘，雍州士马精强，世治乃竭忠本朝，世乱可自行匡济，因时制宜，方保万全；若不早图，后悔将无及呢！”懿默然不应，惟摇首示意。弘策又自劝懿道：“如君兄弟，英武无敌，今据郢、雍二州，为百姓请命，废昏立明，易如反掌，愿勿为竖子所欺，贻笑身后！雍州揣摩已熟，所以特来陈请，君奈何不亟为身计！”懿勃然道：“我只知忠君，不知有他！”语非不是，但未免迂愚。弘策返报，衍很为叹息。自遣属吏入都，迎骠骑外兵参军萧伟及西中郎外兵萧憺，并至襄阳，静待朝廷消息。

果然永元改元，甫阅半年，即有二江被诛事。江祏、江祀，是同胞兄弟，系景皇后从子，与齐主鸾为中表亲。景皇后系鸾生母，见三十一回。鸾篡帝祚，祏与祀并皆佐命。所以格外信任，顾命时亦特别注意。卫尉刘暄，乃是敬皇后弟，敬皇后系鸾故妃，亦见三十一回。与二江同受遗敕，夹辅嗣君。当时宝卷不道，屡欲妄行，徐孝嗣不敢谏阻，萧坦之依违两可，独祏常有谏诤，坚持到底，致为宝卷所恨。宝卷平日，最宠任茹法珍、梅虫儿二人，祏又屡加裁抑，法珍等亦视若仇雠。徐孝嗣常语祏道：“主上稍有异同，可依则依，不宜一律反对。”祏答道：“但教事事见委，定可无忧。”专欲难成。

宝卷失德益甚，祏欲废去宝卷，改立江夏王宝玄，独刘暄与他异议，拟推戴建安王宝夤。宝玄、宝夤并系鸾子，见三十一回。原来暄前为郢州行事，佐助宝玄，有人献马，宝玄意欲取观，暄答道：“马是常物，看他甚么？”宝玄妃徐氏，命厨下燔炙豚肉，暄又不许，且语厨人道：“朝已煮鹅，奈何再欲燔豚？”为此二事，宝玄尝恚恨道：“舅太无渭阳情。”暄闻言亦滋不悦。至是入秉政权，当然不愿立宝玄。祏因暄异议，乃转商诸萧遥光。看官阅过上文，应知遥光本意，早图自取。此时正想下手，怎肯赞同祏意，推立宝玄！惟又不便与祏明言，只好旁敲侧击，托言为社稷计，应立长君。祏知他言中寓意，出白弟祀，祀亦谓少主难保，不如竟立遥光，累得祏惶惑不定，大费踌躇。如此大事，怎得胸无主宰！

萧坦之正丁母忧，起复为领军将军，祏乘便与商，谓将拥立遥光。坦之怫然道：“明帝起自旁支，入正帝位，天下至今不服，若复为此举，恐四方瓦解，我却不敢与闻呢！”祏乃趋退。坦之恐为祏所累，仍还宅守丧。

吏部郎谢朓，素有才望，祏与祀引为臂助。召朓入语道：“嗣主不德，我等拟改立江夏王，但江夏年少，倘再不堪负荷，难道再废立不成！始安王年长资深，乘时推立，当不致大乖物望。我等为国家计，因有此意，并非欲要求富贵呢！”朓未以为然，不过支吾对答。说了数语，便即辞归。可巧丹阳丞刘沨，奉遥光密遣，致意与朓，嘱使为助。朓又随口敷衍，似允非允。沨返报遥光，遥光竟命朓兼知卫尉事。朓骤得显要，反有惧心，即转将祏祀密谋，转告太子右卫率左兴盛。兴盛却不敢多言。朓又说刘暄道：“始安王一旦南面，恐刘沨等将入参重要，公将无从托足呢！”暄佯作惊惶，俟朓去后，即驰报遥光及祏。遥光道：“他既不愿相从，便可令他出外，现在东阳郡守，正当出缺，令他继任便了！”祏独入阻道：“朓若外出，适足煽惑众人，必于我辈不利，请早日翦除为是！”比遥光更凶。遥光乃矫制召朓，收付廷尉，然后与徐孝嗣、江祏、刘暄三人，联名具奏，诬朓妄贬乘舆，窃论宫禁，私谤亲贤，轻议朝宰，种种不法，宜与臣等参议，肃正刑书等语。宝卷游狎不遑，无心查究，便令他数人定谳，当即论死，勒令狱中自尽。朓入狱后，还想告讦遥光等阴谋，意图自脱，偏狱吏不容传书，无从讦发，乃流涕叹息道：“我虽不杀王公，王公由我而死！指前回王敬则事。今日罹祸，不足为冤，我死罢了！”遂解带自经。

遥光即欲发难，不料刘暄又复变计。看官道是何因？他想遥光得位，自己把元舅资望，凭空失去，转致求荣反辱，所以变易初心。萧衍谓刘暄暗弱，尚非定评，暄实一反复小人，不止暗弱而已。祏与祀见暄有异，也不敢从速举事。遥光察悉情状，恨暄切齿，潜遣家将黄昙庆刺暄。暄正出过青溪桥，护队颇多，昙庆惮不敢出，留匿桥下。偏暄马惊跃而过，惹动暄疑，仔细侦察，方知由遥光暗算，幸得免刺。由惊生惧，由惧生怒，竟想出一条釜底抽薪的计策，密呈一本，报称江祏兄弟罪状。宝卷仰承遗训，不肯落后，即传敕召祏，并即收祀。祀正入值内殿，略得风声，忙遣使报祏道：“刘暄似有异谋，应如何防备？”祏尚不以为意，但说出镇静二字。有顷由敕使驰至，召祏入见，暂憩中书省候宣。忽有一人持刀入省，用刀环击祏心胸，张目叱祏道：“汝尚能夺我封赏么？”祏仓皇辨认，乃是直阁袁文旷，不由的颤动起来。文旷前斩王敬则，论功当封，祏坚执不与。文旷因此挟嫌，乘势报复，先将祏击伤，然后用械锁祏。俄而又来敕使，传敕处斩，文旷即将祏牵出，交与刑官。祏至市曹，祀亦被人牵至，两人相对下泪，喉噎难言。只听得一声号令，魂灵儿已驰入重泉，连杀头的痛苦，也无从知觉了。兄弟同死，却免鸰原遗恨。

宝卷既除江祏，无人强谏，好似拔去眼中钉，乐得逍遥自在，日夜与左右嬖幸，鼓吹戏马。每至五更始寝，日晡乃起，台阁案奏，阅数十日乃得报闻，或且被宦官包裹鱼肉，持还家中，连奏牍都不见着落。一日乘马出游，顾语左右道：“江祏常禁我乘马，此奴尚在，我怎得有此快活呢！”左右统是面谀，盛称陛下英明，乃得除害，宝卷又问江祏亲属，有无留存，左右答道：“尚有族人江祥，拘系东冶，未曾处决。”宝卷道：“快取纸笔来。”左右奉呈纸笔，就从马上书敕，赐祥自尽，令人传往东冶。东冶乃是狱名，祥本以疏亲论免，至此被诛。此外江祏家属，不问可知，小子也毋庸细述了。

萧遥光虽未连坐，心下很是不安，季弟遥昌，领豫州刺史，已病终任所，只有次弟遥欣，尚镇荆州，他遂与遥欣通书，密谋起事，据住东府，使遥欣自江陵东下，作为外援。事尚未发，遥欣偏又病亡，弟兄三人，死了一双，弄得遥光孤立无助，懊怅异常，宝卷亦阴加防备，尝召遥光入议，提及江祏兄弟罪案，遥光益惧，佯狂称疾，不问朝事。

会遥欣丧还，停留东府前渚，荆州士卒，送葬甚多，宝卷恐他为变，拟撤他扬州刺史职衔，还任司徒，令他就第。当下召令入朝，面谕意旨，遥光恐蹈祏覆辙，不敢应召。一面收集二弟旧部，用了丹阳丞刘沨，及参军刘晏计议，托词讨刘暄罪，夜遣数百人，破东冶出囚，入尚方取仗，并召骁骑将军垣历生，统领兵马，往劫萧坦之、沈文季二人。坦之、文季，已闻变入台，免被劫去。历生遂劝遥光夜攻台城，遥光狐疑不决，待至黎明，始戎服出厅，令部曲登城自卫。历生复劝他出兵，遥光道：“台中自将内溃，不必劳我兵役。”历生出叹道：“先声乃能夺人；今迟疑若此，怎能成事呢！”

萧坦之、沈文季两人，入台告变，众情恟惧。俟至天晓，方有诏敕传出，召徐孝嗣入卫，人心少定。左将军沈约，也驰入西掖门，于是宫廷内外，稍得部署。遥光若从历生计议，早可入台，然如遥光所为，若使成事，是无天理了。徐孝嗣屯卫宫城，萧坦之率台军讨遥光，出屯湘宫寺，右卫率左兴盛屯东篱门，镇军司马曹虎屯青溪桥，三路兵马，进围东府。遥光遣垣历生出战，屡败台军，阵斩军将桑天受。坦之等未免心慌。忽由东府参军萧畅，及长史沈昭略，自拔来归，报称东府空虚，力攻必克。坦之大喜，便督诸军猛攻。东府中失去萧、沈两人，当然气沮，萧畅系豫州刺史萧衍弟，沈昭略系仆射沈文季从子，两人俱系贵阀，所以有关人望。垣历生见两人已去，益起贰心，遥光命他出击曹虎，他一出南门，便弃槊奔降虎军。虎责他临危求免，心术不忠，竟喝令枭首。遥光闻历生叛命，从床上跃起，使人杀历生二子，父子三人，统死得无名无望，恰也不必细说。

坦之等攻城至暮，用火箭射上，毁去东北角城楼，城中大哗，守兵尽溃。遥光走还小斋，秉烛危坐，令左右闭住斋阁，在内拒守。左右皆逾垣遁去，外军杀入城中，收捕遥光。破斋阁门，遥光吹灭烛焰，匍伏床下。外军暗地索寻，就床下用槊刺入。遥光受伤，禁不住有呼痛声，当被军人一把拖出，牵至阁外，禀明萧坦之等，便即饮刀。死有余辜。军人复纵火烧屋，斋阁俱尽，遥光眷属，多死火中。刘沨、刘晏，亦遭骈戮。一场乱事，化作烟消。

坦之等还朝复命，有诏擢徐孝嗣为司空，加沈文季为镇南将军，进萧坦之为尚书右仆射，刘暄为领将军，曹虎为散骑常侍右卫将军。坦之恃功骄恣，又为茹法珍等所嫌，日夕进谗。宝卷亟遣卫帅黄文济，率兵围坦之宅，逼令自杀。

坦之有从兄翼宗，方简授海陵太守，未曾出都，坦之呼语文济道："我奉君命，不妨就死，只从兄素来廉静，家无余资，还望代为奏闻，乞恩加宥！"文济问翼宗宅在何处，坦之以告，经文济允诺，乃仰药毕命。文济返报宝卷，并述及翼宗事，宝卷仍遣文济往捕，查抄翼宗家资，一贫如洗，只有质帖钱数百。想即钱券之类。持还复命，宝卷乃贷他死罪，仍系尚方。坦之子秘书郎萧赏，坐罪遭诛。茹法珍等尚未满意，复入谮刘暄。宝卷道："暄是我舅，怎有异心！"彼也有一隙之明耶？直阁徐世打进攋道："明帝为武帝犹子，备受恩遇，尚灭武帝子孙，元舅岂即可恃么？"谗口可畏。宝卷被他一激，便命将暄拿下，杀死了事。嗣后因曹虎多财，积钱五千万，他物值钱，亦与相等，一道密敕，把虎收斩，所有家产，悉数搬入内库。萧翼宗因贫免死，曹虎因富遭诛，世人何苦要钱，自速其死！统计三人处死，距遥光死期，不到一月。就是新除官爵，俱未及拜，已落得身家诛灭，门阀为墟！富贵如浮云。

惟徐孝嗣以文士起家，与人无忤，所以名位虽重，尚得久存。中郎将许准，为孝嗣陈说事机，劝行废立。孝嗣谓以乱止乱，决无是理，必不得已行废立事，亦须俟少主出游，闭城集议，方可取决。准虑非良策，再加苦劝，无如孝嗣不从。沈文季自托老疾，不预朝权，从子昭略，已升任侍中，尝语文季道："叔父行年六十，官居仆射，欲以老疾求免，恐不可必得呢！"文季但付诸微笑，不答一词。

过了月余，有敕召文季叔侄，入华林省议事。文季登车，顾语家人道："我此行恐不复返了！"及趋入华林省，见孝嗣亦奉召到来，两人相见，正在疑议，未知所召何因。忽由茹法珍趋至，手持药酒，宣敕赐三人死。昭略愤起，痛詈孝嗣道："废昏立明，古今令典，宰相无才，致有今日！"说至此，取酒饮讫，用瓯掷孝嗣面道："使作破面鬼！"言讫便僵卧地上，奄然就毙。文季亦饮药而尽。孝嗣善饮，服至斗余，方得绝命。子演尚武康公主，况尚山阴公主，统皆坐诛。女为江夏王宝玄妃，亦勒令离婚。昭略弟昭光，闻难欲逃，因不忍别母，持母悲号，被收见杀。昭光兄子昙亮，已经逃脱，闻昭光死，且恸且叹道："家门屠灭，留我何为！"也绝吭自尽。未免太迂。

嗣是同朝六贵，只剩太尉陈显达一人，显达为高、武旧将，当明帝鸾在位时，已恐得罪，深自贬抑，每出必乘敝车，随从只十数人，非老即弱，尝蒙明帝赐宴，酒酣起奏道：“臣年衰老，富贵已足，惟欠一枕，还乞陛下赐臣，令臣得安枕而死！”明帝失色道：“公已醉了，奈何出此语！”既而显达又上书告老，仍不见许，及预受遗敕，出师攻魏，为魏所败，狼狈奔还。见前回。御史中丞范岫，劾他丧师失律，应即免官，显达亦请解职，宝卷独优诏慰答，不肯罢免。寻且命显达都督江州军事，领江州刺史，仍守本官。显达得了此诏，好似跳出陷坑，非常快慰。至朝中屡诛权贵，且有谣言传出，谓将遣兵袭江州，显达遂与长史庾弘远，司马徐虎龙计议，拟奉建安王宝夤为主，即日起兵。小子有诗叹道：

寻阳一鼓起三军，主德昏时乱自纷。

我有紫阳书法在，半归臣子半归君。

师期已定，又令庾弘远等出名，致书朝贵，颇写得淋漓痛快，可泣可歌。欲知书中详情，容待下回录叙。

六贵同朝，人自画敕，此最足以致乱，萧衍之说韪矣。但平心论之，六人优劣，亦有不同。萧遥光怂恿萧鸾，残害骨肉，其心最毒，其策最狡。江祏、江祀，密图废立，乃欲奉戴遥光，党恶助虐，绳以国法，遥光固为罪首，二江其次焉者也。刘暄反复靡常，亦不得为无罪。萧坦之、徐孝嗣、沈文季三人，讨平遥光，非特无辜，抑且有功。就令坦之恃功骄恣，而罪状未明，乌得妄杀！孝嗣、文季，更无罪之可言。故遥光可诛，江祏、江祀可诛，刘暄亦可诛，坦之、孝嗣、文季，实无可诛之罪，诛之适见其诬枉耳！人徒谓宝卷滥杀大臣，因致亡乱，不知无罪者固不应诛，有罪者亦非真不可诛也。彼宝卷之亡国，犹在彼不在此焉。

第三十六回

江夏王通叛亡身
潘贵妃入宫专宠

却说陈显达决计起兵，将攻建康，先令长史庾弘远、司马徐虎龙，致书朝贵，大略说是：

诸公足下：我太祖高皇帝，睿哲自天，超人作圣，属彼宋季，纲纪自紊，应禅从民，构此基业。世祖武皇帝，昭略通远，克纂洪嗣，四关罢险，三河静尘。郁林、海陵，顿孤负荷。明帝英圣，绍建中兴。至乎后主，行悖三才，琴横由席，绣积麻筵，淫犯先宫，秽兴闺闼，皇陛为市廛之所，雕房起战争之门，任非华尚，宠必寒厮。江仆射兄弟，忠言屡进，正谏繁兴，覆族之诛，于斯而至。故乃犴噬之刑，四剽于海路，家门之衅，一起于中都。萧、刘二领军，拥升御座，共秉遗诏，宗戚之苦，谅不足谈，渭阳之悲，何辜至此！徐司空累叶忠荣，清简流世，匡翼之功未著，倾宗之罚已彰。沈仆射年在悬车，将念几杖，欢歌园薮，绝影朝门，忽招陵上之罚，何万古之伤哉！遂使紫台之路，绝搢绅之俦，缨组之阁，罢金张之胤。悲哉，蝉冕为贱宠之服；呜呼，皇陛列劫竖之坐。且天人同怨，乾象变错，往者三州流血，今者五地自动，咎征迭著，昏德未悛，此而未废，孰不可兴！诸公多先朝遗旧，志在名节，并列丹书，要同义举。建安殿下，秀德冲远，实允神器。昏明之举，往圣流言，今忝役戎驱，亟请乞路，须京尘一静，西迎大驾，歌舞太平，不亦佳哉！我太尉体道合圣，仗德修文，神武横于七伐，雄略震于九

纲，是乃仗义兴师，还抗社稷。本欲鸣笳振铎，无劳戈刃，但忠谠有心，节义难遣，信次之间，森然十万，飞旌咽于九派，列舰迷于三川，此盖捧海浇萤，列火消冻耳。吾子其择善而从之！毋令竹帛无名，空为后人笑也！

朝臣得了此书，当即报知宝卷。宝卷令护军崔慧景为平南将军，督兵往击显达，后军将军胡松，骁军将军李叔献，率水军屯梁山，左卫将军左兴盛，督前锋屯杜姥宅。陈显达出发寻阳，沿流东下，道出采石，适遇胡松截住，两下交锋，约历半日有余，胡松败走。再进兵至新林，左兴盛麾军堵御，彼此未经大战，显达却虚设屯火，绊住兴盛，自率轻舸夜渡，潜袭都城。偏偏遇着逆风，至晓方达，舍舟登落星冈。守卫诸军，不意显达猝至，急忙闭城设守。显达手横长槊，匹马当先，随后有勇士数百人，鼓噪攻城。城中出兵与战，挡不住显达长槊。显达年已七十三，尚是精神矍铄，奋勇无前。战至数十回合，十荡十决，刺死守卫军百余人。俄而槊竟折断，一时掉不出顺手兵器，只好仗剑督战。会左兴盛各军，回救都门，显达寡不敌众，没奈何退至西州。后骑官赵潭注，率兵力追，抢步至显达马后，用槊猛刺。显达不及预防，竟被刺落马下，再加一槊，已是血流满地，不能动弹了。诸子皆被执伏诛。庾弘远亦为所获。临刑索帽，顾语刑官道："子路结缨，吾不可以不冠。"及帽既取戴，复慨然道："我非乱贼，乃是义兵，来此为诸君请命。陈公太觉轻事，我曾谏他持重，若用我言，人民当免致涂炭呢。"也恐未必。弘远有子子曜，年才十四，抱父乞代，并为所杀。父愚子亦愚。各军将入城报功，当又有一番封赏，不消琐述。

豫州刺史裴叔业闻朝廷屡诛大臣，很是危惧，朝廷亦防他有变，调镇南兖州，令他内徙。叔业愈觉不愿，未肯启行，他有兄子裴植，曾为殿中直阁，至是亦惧奔寿阳，谓朝廷必相掩袭，宜早为计。叔业遣亲人马文范，潜赴襄阳，问萧衍道："天下大势，已是可知；但我辈不能自存，现拟回面向北，尚不失为河南公，公意以为何如？"衍使文范返报道："群小用事，怎能虑远？若果疑公，暂宜送家还都，作为质信，万一意外相迫，可勒马步军，直出横江，断他后路，天下事一举可定。今欲北向，恐彼必遣人相代，别以河北一州处公，河南公尚可复得么？"智虑却是过人。

叔业乃遣子芬之入质建康。芬之已去，又欲北向投魏，特向魏豫州刺史薛真度处，致书探问，略表己意。真度劝令早降，复书有云：若至事迫始来，反致功微赏薄，事贵从速，不必多疑。叔业意终未决，不过与真度屡通书信，往来不绝。都中人士，已渐有风闻，咸传叔业外叛，芬之恐被收捕，溜出都门，竟返寿阳。叔业竟遣芬之奉表降魏，魏主宏令彭城王勰出镇寿阳，封叔业为兰陵郡公，仍领豫州刺史。齐廷闻报，不得不发兵加讨，特遣平西将军崔慧景，带领水军，出讨叔业。宝卷亲出送行，戎服坐琅琊城上，召慧景单骑入城，略问数语，慧景即拜辞而去。宝卷还宫，复下诏命萧懿为豫州刺史，助慧景西讨寿阳。

慧景此次出行，已蓄异图，曾与子觉密约，令他隔宿出都，驰赴军前。觉曾为直阁将军，得了父命，即于次日单骑出走，行抵广陵，始与慧景相会。慧景过广陵十余里，召会各军将弁，涕泣晓谕道："我受三帝厚恩，愧无以报，今幼主昏狂，朝廷浊乱，持危扶倾，莫如今日，愿与诸君还立大功，共立社稷，未知众意若何？"众皆应声听令。慧景遂还向广陵，司马崔恭祖守广陵城，开门迎入。慧景停广陵二日，将集众渡江，因遣人驰见江夏王宝玄，愿奉他为主。宝玄喝斩来使，发兵守城，并飞报诸中。宝卷亟派马军将戚平，外监黄林夫，出助宝玄，镇守京口。总道他是长城可靠，不生变端，哪知宝玄是阳绝慧景，阴实勾通。他与妃子徐氏，本来伉俪情深，只因孝嗣被杀，迫令离婚，心中好生不乐。此次斩使请命，实欲引诱台军，自增势力。

戚平、黄林夫，到了京口，宝玄即引与密商，探他意见。二人语多未合，恼动宝玄，呼令左右，劘二人首。司马孔矜，典签吕承绪，不禁大呼道："殿下造反了！"宝玄更怒不可遏，杀死二人。好杀不祥。更派长史沈佚之，咨议柳澄，分统部众，专待慧景到来。

慧景自广陵东返，顺抵京口，由宝玄开城纳入，即令慧景为先驱，自乘翠舆，手执绛麾幡，督军继进。都中大震，亟遣骁骑将军张佛护，直阁将军徐元称等，出屯竹里，堵截叛军。慧景前锋将崔恭祖，带着百战不疲的壮士，与佛护等一场鏖斗，佛护等败入城中。恭祖乘胜攻入，斩佛护，降元称，进迫查硎。中领军王莹，奉宝卷命，都督水陆各军，据住湖头，筑垒蒋山西岩，屯甲数万，恭祖不能前进。及慧景继至，亦无法可施，悬赏求计。

竹塘人万副儿献议道："今平路皆有重兵堵住，不可议进，最好从蒋山背后，蹑登山顶，从上临下，出其不意，方可得志。"慧景依计而行，遂分遣壮士千名，绕出山后，鱼贯而上。俟至夜半，突起鼓角，由西岩驰下，各戍垒闻声大骇，不知所为，一齐弃垒遁去。慧景得追至都下，攻扑各门，右卫将军左兴盛，率台军三万人，就北篱门扼守，军中望风溃散，兴盛亦遁。东府、石头、白下、新亭诸城，统皆骇走，兴盛无路可奔，逃匿淮渚荻舫中，被慧景部兵搜获，立即杀毙。慧景突入外城，驻乐游苑，崔恭祖率骑兵千余，攻北掖门，将要陷入，为宫中卫兵所拒，仍复折回，宫门皆闭。慧景引众围攻，又毁去兰陵府署，作为战场。宫中危急万分，幸得卫尉萧畅，屯守南掖门，处分城内，多方应拒，众心稍定。

慧景捏传宣德太后命令，宣德太后见三十一回。废齐主宝卷为吴王，却把推立宝玄的问题，反搁置起来，未曾提及。又生变计。原来竟陵王子良子昭胄，曾封巴陵王，永泰元年，十王被戮，昭胄与弟昭款，避难出奔，至江西溷迹为道人。慧景举兵入都，昭胄兄弟，又奔投慧景，慧景与谈甚欢，更欲拥立昭胄，心如辘轳，未能遽定。子觉又与恭祖争功，竹里一捷，功出恭祖，觉但主粮运，偏说是功与相侔。慧景舐犊情深，不免袒觉，遂致恭祖失望。恭祖又进献一计，请用火箭攻北掖楼，慧景道："大事垂定，何必多毁，免得将来更造，多费财力。"恭祖怏怏而退。慧景素好佛学，善谈释义，自乐游苑移居法轮寺，整日闲坐，对客高谈。恭祖窃叹道："今日何日，难道是参禅时么！"想是要求往西方去了。

蓦闻豫州刺史萧懿，自采石渡江，来援都城，恭祖忙至法轮寺中，自请击懿。慧景道："汝且留此，不如叫我子前去罢。"恭祖趋出，大为怫意，还顾寺门道："看汝父子能成事么？萧豫州岂是好惹的人！"慧景全然未悟，竟遣觉率精兵数千，往拒萧懿去了。

懿本奉命西讨，出屯小岘，闻得裴叔业病死，正拟乘虚往击，忽由都中遣到密使，促令勤王。懿方就食，投箸起座，即率军将胡松、李居士等数千人，从采石渡江东行，举火示城中。台城居人，欢呼称庆。懿军已达南岸，崔觉才领军趋至，与懿接仗。懿下令军中，前进有赏，后退即斩；于是人人致死，个个拼生。

崔觉本非战将，骤遇劲敌，教他如何抵当！战不多时，即大败奔还，部下伤毙至二千余人。觉率败众逃还都中，正值恭祖抄掠东宫，取得女使数人，饶有姿色。觉不禁垂涎，竟把他拦住，将女妓劫为已有。强盗碰着强盗。恭祖已怨恨慧景，又经此一激，不由的忿火中烧，竟与骁将刘灵运，夜降台军。慧景部下，见崔觉败还，恭祖引去，料知不能成事，多半离散。慧景亦立足不住，潜引心腹数人，自往北渡。余众尚未曾闻知，留住城下。那萧畅却麾兵杀出，击毙数百人，众始散走。

慧景留都历十二日，一败涂地，匆匆奔至江滨，被萧懿麾下的巡兵，驱逐一程，随从都不知去向。只有慧景一人一骑，逃至蟹浦，浦口有渔人会集，见他形迹可疑，仔细盘问，知是崔慧景。渔人已闻他是叛首，乐得杀叛徼赏，呼众奋斫，立将慧景砍死，枭了首级，纳入鱼篮，担送建康。觉亡命为道人，嗣被捕诛。崔恭祖虽然投顺，朝议以他穷蹙始降，不能贷罪，仍拘系尚方，未几亦处斩如律。宝玄逃匿数日，因都中大索，无人容纳，没奈何自出投首。宝卷召入后堂，四面用幛围裹，令群小数十人，鸣鼓而攻。且使人传语道："汝近日围我，与此相类，我亦令汝一尝此味呢！"仿佛儿戏。已而牵出，赐药勒毙。

军将搜得叛人党册，内列姓氏甚多，朝士亦或参入，宝卷并不察阅，但令左右取毁，且慨然道：“江夏尚且如此，还问别人做甚？”寻又颁诏大赦，所有叛徒余孽，悉令自新，不复穷治。这却是宝卷即位以后，绝无仅有的美政！却是难得。偏一班佥任宵小，不依诏书，查有家道殷实的人民，概诬为贼党，屠门借资，充入私囊。若本系贫穷，就使前时从贼，也置诸不问。或语中书舍人王咺之道：“赦书无信，物议沸腾。”咺之道：“会当复有赦书。”已而赦书又下，群小横行如故。宝卷日事嬉游，无心顾问，但任他所为罢了。统计宫中嬖幸左右侍从，凡三十一人，黄门十人。

直阁骁骑将军徐世檦，得委重权，一切刑戮，都由他一人主持。世檦亦知宝卷昏纵，密语同党茹法珍、梅虫儿道：“何世天子无要人，可惜我主太恶，恐未能长保呢！”法珍等本阴忌世檦，得此一言，便转告宝卷。宝卷怒起，即令法珍督领禁兵，往杀世檦。世檦拒战不胜，终遭杀毙。法珍、虫儿，得并为外监，口称诏敕。王咺之专掌文翰，朋比为奸。及慧景乱平，法珍且受封余干县男，虫儿亦得封竟陵县男。

宝卷以权贵悉除，益加骄纵，或间日一出，或一日一出，既无定时，亦无定所，东西南北，无处不游。朝夕旦暮，在所不计，所经道路，必先屏逐居民，有人犯禁，格杀勿论。自万春门至郊外，周围数十百里，皆空家尽室，巷陌悬幔为高幛，置使人防守，号为屏除，亦称长围。尝游至沈公城，有一妇临产不去，即命剖腹验胎，辨视男女。商纣遗风。又尝至定林寺，有僧老病不能行，藏匿草间，偏为宝卷所见，命左右射僧，百箭俱发，集身如蝟。宝卷亦自发数矢，贯入僧脑，自夸绝技。置射雉场二百九十六处，每出射雉，必先令尉司击鼓，鼓声一传，当役诸人，立命奔走，甚至不暇衣履。尝在夜中三四更间，驾出蹋围，鼓声四起，火光烛天，幡戟横路，士民喧走，相随老小，无不震惊，啼号遍道，宝卷反自鸣得意。他本膂力过人，能挽三斛五斗的重弓，又能在齿上驾运白虎幢，高可七丈五尺，甚至折齿不倦。

他在东宫时，纳妃褚氏，即位后册为皇后。妾黄氏生子名诵，立为太子，黄氏得封淑媛。褚氏本故相褚渊侄女，姿貌平庸，宝卷不甚垂爱。黄淑媛略有姿色，不幸早亡。茹法珍、梅虫儿等格外效劳，代主采艳，选了美女数十名，充入后宫。就中翘楚，要算余、吴两姬为最美，宝卷封余氏为妃，吴氏为淑媛，后来得了一个潘家女，是王敬则营妓，流落都中，真乃天生尤物，妖冶绝伦。体态风流，如春后梨云冉冉，腰肢柔媚，似风前柳带纤纤；一双眼秋水低横，两道眉春山长画，肤成白雪，异样鲜妍，发等乌云，倍增光泽，更有一种销魂妙处，便是裙下双钩，不盈一握。销魂处，恐尚不止此。

宝卷得了此女，好似天女下凡，见所未见。一宵欢会，五体酥麻，越日即册封为妃，又越月余，复册为贵妃。所有潘氏服御，极选珍宝，无论如何价值，但得潘氏欢心，千万亦所不惜。相传一琥珀钏，值价百七十万。就是潘氏宫中的器皿，亦纯用金银。内库所贮，不够取用，更向民间收买，金银宝物，价昂数倍，并令京邑酒租，折钱输金。那潘氏既邀特宠，也任情挥霍，一些儿不知节省，今日索某宝，明日采某珍，供使络绎，不绝道中。每当宝卷出游，必穷极华装，与驾同出。宝卷却令她乘舆先驱，自跨骏马后随。天子为随奴，潘妃亦大出风头。急装缚袴，不避寒暑，驰骋至渴，辄下马解取腰边蠡器，酌茗为饮，或且亲至潘妃舆前，持茗给妃，然后还登马上，仍然驰去。日暮尚未言归，辄往亲幸家留宴。

潘父宝庆，因妃得宠，赐第都中，宝卷呼他为阿丈。就是对着茹法珍，亦以丈相呼。茹家无女，何亦呼他为丈！呼梅虫儿为阿兄。营兵俞灵韵，素善骑马，宝卷向他学驰，故亦呼他为兄。一淘儿游戏，即一淘儿至宝庆家，妃为调羹，躬自汲水。安排既就，便与潘妃并坐取饮，法珍、虫儿等依次列席，不分男女上下，恣为欢谑。还有阉人王宝孙，年仅十余，生得眉目清扬，不啻处女，宝卷号为伥子，非常宠爱。就是潘妃亦青眼相看，宝孙巧小玲珑，常坐潘妃膝上，一同饮酒。伥子何幸，得亲芗泽，可惜少一东西。至夜深还宫，得在御榻旁留寝，因此恃宠生骄，渐得干政。甚且移易诏敕，控制大臣，如梅虫儿、王咺之等，尚有惧意。有时骑马入殿，诋诃天子，宝卷不以为意，日夕留侍，备极宠怜。

从前世祖赜筑兴光楼，上施青漆，宝卷谓武帝未巧，何不纯用瑠璃！谁意永光二年八月间，宝卷挈潘妃等夜游，尚未还宫，祝融氏忽入临宫禁，大肆威焰，毁去房屋三千余间。宫门夜闭，外人非奉敕令，不敢擅开，至宝卷闻火驰归，传谕开门，宫内已付诸一炬。侍女小竖，烧死无数，宝卷也不禁叹息。

当时宫中嬖幸，皆号为鬼，有赵鬼能读西京赋，向宝卷进言道：“柏梁既灾，建章是营。”宝卷乃大起芳乐玉寿等殿，用麝涂壁，刻为装饰，穷工极巧。此番想可纯用瑠璃了。工匠彻夜动作，尚苦不及，因搜剔佛寺刹殿，见有玉石狮象，便运入新屋，充作点缀。且凿金为莲花，遍贴地面，命潘妃徐行而过，花随步动，步逐花娇。宝卷从旁称羡道：“这真是步步生莲花呢！”小子有诗叹道：

纤足风开自六朝，莲花生步不胜娇。

美人未必能倾国，祸水都从暗主招。

古人有言，乐不可极，极乐必亡，似宝卷这种淫乐，怎得不自速危亡！欲知后事，试看下回。

陈显达一举即败。崔慧景已入外都，殆将成事，乃以多疑而亦败。此由宝卷之恶贯未盈，故陈、崔皆无所成耳。纲目于二人起事，未尝书叛，及其死也，又不书诛，非为二人恕，嫉宝卷不得不恕二人。江夏王宝玄，无拳无勇，徒欲依慧景以觊天位，多见其不知量耳。裴叔业之叛齐降魏，其居心之卑鄙，更出陈、崔二人下，宜其为萧衍所齿冷也。宝卷不道，恶不胜纪，而独归咎于潘贵妃，非一妇人即足亡国；盖蛊惑主聪，乱必及之。桀纣之亡，史家必兼咎妹妲，盖亦此物此志也夫。

第三十七回

杀山阳据城传檄
立宝融废主进兵

却说萧懿入援，得平崔慧景，宝卷留懿在都，超拜尚书令。懿弟畅为卫尉，职掌管籥，雍州刺史萧衍，系懿次弟，即遣亲吏虞安福，入都语懿道："兄一举平贼，功高震主，就使遭际清时，尚或难免，况在乱世，怎能自全！计不如勒兵入宫，行伊、霍故事，却是万世一时的机会。否则仍表请还镇，托名拒虏，内畏外怀，谁敢不从！若放弃兵权，徒縻厚爵，高而无民，必生后悔！"懿摇首不答，长史徐曜甫从旁苦劝，又不见从。茹法珍、王咺之等，惮懿威权，密语宝卷道："懿将行隆昌故事，恐陛下命在旦夕。"宝卷矍然起座，即命法珍等设法除懿。

徐曜甫得知消息，慌忙具舟江渚，劝懿出奔襄阳。懿慨然道："自古皆有死，岂有叛走尚书令么？"懿有弟九人，除衍、畅外，长为萧敷，余为融、宏、伟、秀、憺、恢。伟与憺已入襄阳。见三十五回。敷、融等统尚在都，预备逃匿。法珍等恐懿为变，伺懿在尚书省，即持敕赐药。懿毫不流连，惟向中使慨语道："家弟在雍，很为朝廷担忧哩。"既有衍将为变，不如先立贤君，尚得保全齐祚。说毕，即饮药自尽。懿弟侄统皆亡去，惟融为所捕，亦被处死。一面遣直后将军郑植，往刺萧衍。

植弟绍叔曾为衍宁蛮长史，法珍等遣植往刺，嘱令联络绍叔，乘间行事。绍叔既与植会谈，即将乃兄来意，据实告衍。衍特备办酒宴，令担至绍叔家，为植接风。自己亦备驾前往。宾主会席，饮至半酣，衍笑语道："朝廷遣卿图我，今日闲宴，我特戴头前来，何勿急取！"植亦大笑道："且待明日取公，今且饮酒罢。"及酒阑席散，衍又令植遍阅城隍府库，与士马器械舟舰。植既阅毕，退语绍叔道："雍州实力，确是坚强，未易规取。”绍叔道：“兄还都后，不妨实告天子，若欲取雍州，绍叔愿率众力战，一决雌雄。”植住了两日，便告辞而行。绍叔送至南岘，握手流涕，欷嘘别去。

植出都时，懿尚未死，所以植未提及。至是耗问已至，衍东向恸哭，到了夜间，便召参军张弘策、吕僧珍，长史王茂，别驾刘庆远，功曹吉士瞻等，入宅定议。翌晨出厅视事，召集僚佐与语道：“昏主暴虐，恶逾桀纣，当与卿等入都，废昏立明，共扶社稷！”众皆许诺。当下建牙集众，得甲士万余人，马千余匹，船三千艘，出从前所贮竹木，补葺船只，事皆立办。诸将又复索橹，吕僧珍有橹数百张，搬将出来，每船付与二橹，适足敷用。

正拟整军出发，闻朝廷遣辅国将军刘山阳，到了荆州，会合荆州长史萧颖胄，将袭襄阳。衍遂遣参军王天虎驰赴江陵，沿途与州府书，声言山阳西上，并袭荆、雍。又与颖胄兄弟各一函，约他同时起义，共入建康。颖胄是齐祖萧道成族侄，父名赤斧，曾为太子詹事，见二十七回子良疏中。殁后由颖胄袭荫，累佐诸王出镇。此时南康王宝融，明帝第八子。都督荆州，命颖胄为冠军将军西中郎长史，行荆州府州事。既得衍书，怀疑未决。颖胄弟颖达，亦在南康王幕中，览书后与兄密议，也一时不能定谋。

山阳行至巴陵，逗留十余日，徘徊不进。颖胄已遣还天虎，天虎复奉萧衍命，传书颖胄，指示方略。颖胄乃呼参军席阐文，及咨议柳忱，闭斋密议。阐文道：“萧雍州蓄养士马，非复一日，江陵人素畏襄阳，又众寡不敌，万难相制。就使幸能制服，朝廷反多疑忌，不肯包容。今若诱杀山阳，与雍州共事，改立天子，号令诸侯，未始非一时霸业呢！”忱亦接入道：“朝廷狂悖已甚，京师贵人，莫不重足屏息。君等幸在远镇，尚能自安。今乃命山阳前来，假我图雍，这明明是卞庄刺虎的计策。君独不闻萧令君么？率精兵数千，破崔氏十万众，尚为群邪所陷，竟至杀身。况萧雍州雄略盖世，必非山阳所能敌。山阳被破，朝廷转归罪荆州，谓我不能相助，进退两难，何不早从席参军言，别筹良计。”萧颖达闻二人言，亦奋然道：“二君言是，阿兄不可不依！”颖胄道：“席参军劝我诱杀山阳，计将安出？”阐文道：“山阳迟疑不进，明是疑我；我只好斩天虎首，送与山阳，山阳必欢然前来，我得乘便下手了。”颖胄道：“如杀天虎，萧雍州能不疑我么？”阐文道：“这也不难！可先复书与他，说明诱杀山阳，不得不尔。以一天虎易山阳，想萧雍州亦必谅我呢！”计固甚善，可惜太毒！

颖胄依议，遂遣使报达萧衍，自召天虎入室，愀然与语道：“卿与刘辅国相识，今只得权借卿头。”头可借得么？天虎骇极，方欲答言，已由颖达趋入，从背后拔出佩剑，劈死天虎。当即枭首送与山阳，一面征发车牛，扬言将起兵讨雍。山阳得天虎首，即单车白服，只带左右数十人，来见颖胄。颖胄使前汶阳太守刘孝庆等，伏兵城内，自率数人出迎。待山阳入城，一声暗号，伏兵齐出，就使山阳三头六臂，至此也不能抵敌，立即毙命。山阳副将李元履，闻山阳被杀，不得已挈众请降。

颖胄恐司马夏侯详，未肯从议，商诸柳忱。忱答道：“这也容易，近日详子求婚，尚未允诺，今欲举大事，何惜一女呢！”遂以女字详子夔，约同起事。详当然允洽。乃即奉南康王宝融为主，下教戒严。宝融年只十三，有何大略，凡事俱由颖胄主张，不过假他为名。令萧衍都督前锋诸军事，自为都督行留诸军事，加夏侯详为征虏将军，遣宁朔将军王法度，出徇巴陵。一面使人送山阳首至雍州，约期来年二月，进兵建康。

衍遣王天虎赍书时，曾语张弘策道：“兵法以攻心为上，天虎往荆州，人皆有书，独于南康部下，只有两函，与行事兄弟，外人必谓行事另有隐谋，行事无以自明，不得不姿心就我，是两空函足定一州了。”萧衍隐谋，借他口中自述。及颖胄计诱山阳，驰书说明杀天虎事，衍不加可否，无词答复。便是默许。至山阳首传到，谓须延期进兵，衍问何因？来使言年月未利，所以延期。衍勃然道：“行军全仗锐气，事事赶先，尚恐疑怠，若顿兵十旬，必生悔吝。且太白星已现西方，仗义兴师，有何不利！从前周武伐纣，行逆太岁，并未闻展年待月，终得成功。今处分已定，事难中止，还要迁延做甚！”言之有理。遂遣还来使，自上南康王笺，请称尊号，即日举义进兵。

南康王宝融，一时未敢称尊，但使萧颖胄、夏侯详二人出名，檄告京邑百官，及诸州郡牧守。檄云：

夫运不尝夷，有时而陂，数无恒剥，否极则亨。昔我太祖高皇帝德范生民，功极天地，仰纬彤云，俯临紫极。世祖嗣兴，增光前业，云雨之所沾被，日月之所出入，莫不举踵来王，交臂纳贡。郁林昏迷，颠覆厥序，俾我大齐之祚，翦焉将坠。高宗明皇帝建道德之盛轨，垂仁义之至踪，绍二祖之鸿基，继三五之绝业。昧旦丕显，不明求衣，故奇士盈朝，异人幅辏。嗣主不纲，穷肆陵暴，十愆毕行，三风咸袭，丧初而无哀貌，在戚而有喜容，酣酒嗜音，罔惩其侮，谗贼狂邪，是与比周，遂令亲贤婴荼毒之谋，宰辅受葅醢之戮。江仆射、萧刘领军、徐司空、沈仆射、曹右卫，或外戚懿亲，或皇室令德，或时宗民望，或国之虎臣，并勋彰中兴，功比周召，秉钧赞契，受遗先朝。咸以名重见疑，正直贻毙。害加党族，虐及婴孺。曾无渭阳追远之情，不顾本支歼落之痛，信必见疑，忠而获罪，百姓业业，罔知攸暨。崔慧景内逼淫刑，外不堪命，驱土崩之民，为免死之计，倒戈回刃，还指宫阙，城无完守，人有异图。赖萧令君勋济宗祏，业拯苍氓，四海蒙一匡之德，亿兆凭再造之功。江夏王拘迫威强，牵制巨力，迹屈当时，心犹可亮，竟不能

内恕探情，显加鸩毒。萧令君自以亲惟族长，任实宗臣，至诚苦言，朝夕献入，谗丑交构，渐见疏疑，浸润成灾，奄罹冤酷。用人之功以宁社稷，刘人之身以骋淫滥，台辅既诛，奸小兢用。梅虫儿、茹法珍妖忍愚戾，穷纵丑恶，贩鬻主威，以为家势，营惑嗣主，恣其妖虐。宫女千余，裸服宣淫，孽臣数十，袒裼相逐。帐饮阛肆之间，宵游街陌之上。刘山阳潜受凶旨，规肆狂逆，天诱其衷，既就枭翦。夫天生蒸民，树之以君，使司牧之，勿使失性。岂有尊临寓县，毒遍黔首，绝亲戚之恩，无君臣之义，功重者先诛，勋高者速毙！九族内离，四夷外叛，封境日蹙，戎马交驰，帑藏已空，百姓已竭，不恤不忧，慢游是好。民怨于下，天惩于上，故荧惑袭月，孽火烧宫，妖水表灾，震蚀告沴。七庙阽危，三才莫纪，大惧我四海之命，永沦于地。南康殿下，体自高宗，天挺英懿，食叶之征，著于弱年，当璧之祥，兆乎绮岁，亿兆颙颙，咸思戴奉。且势居上游，任总连帅，忧深责重，誓清时艰。今特命冠军将军杨公则等，振旅三万，径造秣陵，冠军将军蔡道恭等，被甲二万，直指建业。即建康。**辅国将军邓元起等，铁骑一万，分趋白下，宁朔将军柳忱等，组甲五万，络绎继发。雄剑高挥，则五星从流，长戟远指，则云虹变色。天地为之矞皇，山渊以之崩沸。幕府亲贯甲胄，授律中权，董率熊罴之士十有五万，征鼓纷沓，雷动荆南。宁朔将军南康王友萧颖达，领虎旅三万，抗威后拒。萧雍州勋业盖世，谋猷渊肃，既痛家祸，兼愤国难，泣血枕戈，誓雪冤酷。精卒十万，已出汉川。张郢州**见上文。**节义慷慨，悉力齐奋。江州邵陵王，**即宝攸。**湘州张行事，王司州**并见下文。**远近悬契，不谋而同，并勒骁猛，指景风驱，舟舰鱼丽，车骑云屯，平原雾塞。以同心之士，伐倒戈之众，盛德之师，救危亡之国，何征而不服，何诛而不克哉！今兵之所指，惟在梅虫儿、茹法珍二人而已。诸君德载累世，勋著先朝，属无妄之时，居道消之运，受迫群竖，念有危惧。大军近次，当各思拔迹，来赴军门。檄到之日，有能斩送虫儿、法珍首者封二千户，开国县侯！若迷惑凶党，敢拒军锋，刑兹无赦，戮及宗族！赏罚之信，有如皦日！江水在此，誓不食言！**

是时宁朔将军王法度，延宕不进，勒令免官。改遣冠军将军杨公则进拔巴陵，直向湘州，又定辅国将军邓元起，进兵夏口，适夏侯详子骁骑将军亶，自建康逃至江陵，颖胄遂授以密计，教他托称宣德太后敕令，谓南康王宜纂承皇祚，方俟清宫，未即大号，可封十郡为宣城王，相国荆州牧，加黄钺，选百官，领西中郎府南康国如故。凡遇军次，近路军主，宜详依旧典，备驾奉迎等语。时将年暮，宝融拟俟新岁受命，但将太后敕颁示四方。

萧衍部署军马，即拟启行。竟陵太守曹景宗，劝衍迎宝融至襄阳，建都正位，然后进军。衍置诸不答。已有帝制自为之意。长史王茂语张弘策道：“今使南康王置人手中，彼挟天子令诸侯，节下前进，受人指使，这岂他日的长计么？”弘策依言白衍，衍微笑道：“若前途大事不捷，势且兰芝同焚；幸而得克，方且威震四海，怎敢不从！岂长是碌碌因人，听他处分么？”志意毕露。

先是陈、崔发难，人心不安，上庸太守韦睿道：“陈虽旧将，非命世才，崔颇历练，庸懦不武，怎能成事？欲平天下，必在我州将呢！”乃遣二子结识萧衍。衍既起兵，睿率精兵二千，倍道诣襄阳，华山太守康绚，亦率三千人往会，汋均口戍弁冯道根，方居母丧，亦率乡人子弟依衍。梁南、秦二州刺史柳惔，即柳忱兄，亦起兵相应。

衍在沔南立新野郡，安置新附，候令调遣。都中已备闻消息，下诏讨荆、雍二州。命冠军长史刘浍为雍州刺史，遣骁骑将军薛元嗣，制局监暨荣伯，带领兵士，并运粮百四十余艘，送交郢州刺史张冲，使拒西师。元嗣等得江陵檄文，有张郢州悉力齐奋一语，未免生疑，且惩刘山阳覆辙，益有惧心。乃停住夏口浦，不敢入郢。嗣闻西师将至，张冲亦未通江陵，乃输粮入郢城。前竟陵太守房僧寄，卸职还都，途次接得朝敕，令留守鲁山，除拜骁骑将军。张冲与他结盟，更遣军将孙乐祖，率数千人助守。萧颖胄与邓元起，寄书张冲，劝令归附，冲竟不从。杨公则兵至湘州，湘州行事张宝积迎降，公则驰入长沙，揭示安民。湘州遂定。

越年为永光三年，南康王宝融，始称相国，颁令大赦，惟梅虫儿、茹法珍不在赦例。命萧颖胄为左长史，号镇军将军，萧衍为征东将军，杨公则为湘州刺史。衍自襄阳出兵，积雪开霁，众皆欢跃，留弟伟总府州事，憺守垒城。魏兴太守裴师仁，齐兴太守颜僧都，不受衍命，反举兵袭襄阳，幸伟、憺发兵邀击，大破二军。裴、颜等遁去，雍州乃安，衍得无后顾忧。

行次竟陵，命长史王茂，太守曹景宗为前军，留中兵参军张法安守城。诸将共白萧衍，请用正军围郢，偏军袭西阳武昌，衍摇首道：“房僧寄固守鲁山，与郢城为犄角，我若悉众前进，僧寄必来绝我后，悔无可及！今遣王曹诸军渡江，与荆州军合，共逼郢城，我自围鲁山，通道沔汉，使郢城、竟陵济粟，江陵、湘中济兵，兵多食足，何忧两城不拔！天下事正可坐定呢。”成算在胸。乃使王茂等率众济江。

进次九里，正值郢州参军陈光静，前来搦战。由茂等一鼓杀退，光静身受重伤，还城即死。张冲闭城自守，茂与景宗，遂进拔石桥浦。荆州将邓元起、王世兴、田安之，率数千人来会雍州兵，湘州刺史杨公则，亦悉众至夏口，萧颖胄命荆州诸军，皆受公则节度，另派参军刘坦为长沙太守，行湘州事。坦先尝任职湘州，素得民心，至是下车，民多欢迎。坦遂发民运粮，得三十余万斛，助荆雍军，兵食才免匮乏。衍筑汉口城阻住鲁山，且命水军将张惠绍游弋江中，断绝郢鲁二城往来。张冲恚愤成疾，便即逝世。骁骑将军薛元嗣，与冲子孜，及征虏长史程茂共守郢城。

两军尚相持未下，南康王宝融，已由萧颖胄等劝进，即位江陵，改元中兴。就南北郊设立宗庙，宫府悉依建康旧制。立皇后王氏，授萧颖胄为尚书令，兼守本官，萧衍为左仆射，都督征讨诸军，夏侯详为中领军，晋安王宝义明帝长子。为司空，庐陵王宝源明帝第五子。为车骑将军，开府仪同三司，建安王宝夤明帝第六子。为徐州刺史，将军萧伟为雍州刺史，废主宝卷为涪陵王，大赦天下。梅虫儿、茹法珍仍不准赦。且遣御史中丞宗夬至夏口，慰劳衍军。宁朔将军庾域，隶衍部下，为衍语夬道："黄钺未加，不便总率侯伯，君何不代为请命？"夬应诺而还。未几即由冠军将军萧颖达，来助衍军，乘便传敕，假衍黄钺。衍欣然领命。小子有诗叹道：

未经建绩已怀奸，黄钺秉承始上坛。

千古枭雄同一例，果然名器假人难！

衍既受黄钺，即道出沔江，命王茂、萧颖达进逼郢城。欲知郢城攻守如何，容待下回再叙。

萧颖胄之起事江陵，实由萧衍诱成之，是颖胄之才智，已非衍敌。宝融固一傀儡耳，颖胄亦一萧衍之傀儡也。曹景宗反劝衍奉迎宝融，安知衍之本意？衍岂甘居人下者！彼为衍效力诸军将，皆傀儡中之傀儡耳。观其初出夏口，即欲假黄钺，其居心已可概见。宋齐开国之主，何一不自假钺始耶！檄文一篇，却写得声容并壮，是南朝时代一篇好文字，故特录之。

第三十八回

张欣泰败谋罹重辟 王珍国惧祸弑昏君

却说萧衍出沔，命王茂、萧颖达等进逼郢城，薛元嗣不敢出战，但闭城严守，并遣使至建康乞援。宝卷已命豫州刺史陈伯之，移镇江州，西击荆、雍，至是复令军将吴子阳、陈虎牙等，率十三军往救郢州，进屯巴口。

萧颖胄令席阐文至军前语萧衍道：“今顿兵两岸，不并军围郢，定西阳、武昌，转取江州，似已失计，不如向魏通好，乞师为助，尚是上策。”衍笑语道：“汉口路通荆、雍，控引秦、梁，粮运资储，四面可达，所以兵压汉口，连结数州。今若并军围郢，又分兵前进，鲁山必截我后路，粮道不通，如何持久？西阳、武昌，非不可取，但取得二城，应该分兵把守，最少须有万人，粮饷相等，倘使东军西来，用万人攻两城，我若再分军应援，首尾俱弱，否则孤城必陷，一城失守，全局土崩，天下事从此去了！今若得拔郢城，西阳、武昌，自然风靡，何必先分兵散众，自取祸患呢！大丈夫举事，欲清天步，拥数州兵入诛群小，譬如悬河注火，一扑即灭，怎得北面事虏，求援戎狄？彼未信我，我已足羞，这是下计，何谓上策？卿为我还白镇军，即指颖胄。前途攻取，不妨悉委，事在目中，无虑不捷，但仗镇军静镇便了！”料得着，说得透。阐文唯唯而去。衍命军将梁天惠等屯渔湖城，唐修期等屯白阳垒，夹岸相对，专待东军到来。

吴子阳进至加湖，距郢城约三十里，见西师沿路设屯，不敢前敌，但倚山带水，筑寨自固。会值春水暴涨，衍使王茂等率领自师，夜袭加湖，子阳未曾预备，骤闻西军大至，战鼓喧天，急得心慌意乱，不遑部署。那王茂等已登岸攻寨，杀进帐中，子阳上马急奔，仓皇走脱，将士溺死杀死，不可胜计。茂等俘得余众，回营报功。郢、鲁二城，闻子阳败去，相率夺气。鲁山守将房僧寄，又遭病死，众推助防将孙乐祖为主，仍复拒守。无如粮食已罄，所有军士，只在矶头捕鱼供食。

衍探悉情形，恐他出走，特遣偏军截住去路，一面致书劝降。孙乐祖窘迫无计，只好依了衍书，举城归顺。

韦睿（442—520），字怀文，京兆杜陵（今陕西西安东南）人，南朝梁武帝时名将。齐末为上庸太守，从萧衍起兵。天监五年（506年），督军北伐，取合肥。次年与曹景宗救钟离（今安徽凤阳东北），打败魏军。官至雍州刺史、护军将军。

郢城被围已经数月，士卒十死七八，守将薛元嗣、邓茂，日坐围城，惶急万状。衍令孙乐祖作书招降，元嗣等以鲁山失守，孤城万难保全，不得已令张孜复书，情愿投诚。张冲故吏房长瑜语孜道：“前使君忠贯昊天，郎君亦当坐守画一，负荷析薪；若天命已去，惟有幅巾待命，下从使君，奈何觍颜出降呢！”孜不能从，与薛、邓等迎纳衍军。衍即令韦睿为江夏太守，行郢府事，恤死抚生，郢人大安。

诸将欲休兵夏口，缓日进行，衍叱道：“此时不乘胜长驱，直捣建康，尚待何时！”张弘策、庾域等，亦以为然，乃整军出发，陆续东行。

可笑那齐主宝卷，尚在都中撤阅武堂，改造芳乐苑，恣意奢淫。苑中山石，概涂五采，闻民家有好树美石，概毁墙撤屋，徙置苑间。傍池筑榭，叠石成楼，复壁邃房，俱绘着裸体男女，作猥亵状。又就苑中设立店肆，使宦官宫妾，共为稗贩，命潘妃为市令，自为市吏录事。遇有争斗等情，概就潘妃判断，应罚应笞，一由妃意。宝卷自有小过，妃辄上座审讯，或罚宝卷长跪，甚且加杖，宝卷乐受如饴。后世之跪踏板者，想是受教东昏。复开渠立埭，躬自引船，埭上设店，入坐屠肉。都下有歌谣云：“阅武堂，种杨柳，至尊屠肉，潘妃酤酒。”宝卷闻歌，愈觉得意，待遇潘妃，不啻孝子。潘妃生女，百日夭殇，他却自服衰绖，内衣亦悉著粗布，积旬不听音乐。群小来吊，盘旋坐地，举手受执蔬膳。后经佞子王宝孙等，并营肴馐，云为天子解菜，方食荤腥。潘妃无福，不能早死，若此时病殁，倒有一个大孝子，应比潘妃女哀毁十倍。

潘妃父宝庆，与诸小共逞奸毒，富人悉诬为罪犯，籍资归己，又辗转牵连，一家被陷，祸及亲邻，宝卷概不过问。惟素性好淫，虽然畏惮潘妃，尚引诸姊妹游苑，觑隙交欢。或为潘妃所闻，辄召入杖责，乃敕侍臣不得进荆荻，期免凌辱。古今无此愚主。又偏信蒋侯神，即蒋子文。迎入宫中，尊为灵帝，昼夜祈祷。嬖臣朱光尚，自言能见鬼神，日引巫觋，哄诱宝卷。宝卷迷信益深，博士范云语光尚道："君是天子要人，当思为万全计。"光尚道："至尊不可谏正，当托鬼神达意便了。"既而宝卷出游，人马忽惊，便顾问光尚，光尚诡词道："向见先帝大瞋，不许屡出。"宝卷大怒道："鬼在何处？汝快导我前去，杀死了他！"遂拔刀促行。光尚无法，只得领他寻鬼，盘旋了好几次，方言鬼已遁去，因缚菰为明帝形，北向枭首，悬诸苑门。可恨可笑。

先是昭胄兄弟，奔投崔慧景，慧景败死，昭胄等幸免株连，仍得以王侯还第，惟心中总不自安。前为竟陵王防阁将军桑偃，至是入宫，为梅虫儿军副，因感子良旧恩，谋立昭胄。子良即昭胄父，见三十六回。故巴西太守萧寅，与桑偃友善，亦与同谋。昭胄预许寅为尚书左仆射护军，复遣人诱说新亭戍将胡松，约言宝卷出游，即闭城行废立事。若宝卷奔至新亭，幸勿纳入，松亦许诺。适宝卷新造芳乐苑，经月不出，偃等拟募健儿百余人，从万春门入刺宝卷，昭胄谓非良策，偃党山沙虑事久无成，转告御刀徐僧重，谋遂被泄。昭胄兄弟，与桑偃等皆为所捕，同时伏诛。

胡松闻昭胄事败，隐怀危惧。会新除雍州刺史张欣泰，与弟欣时，递给密书，将与前南谯太守王灵秀，直阁将军鸿选等，奉立建安王宝夤，废去宝卷，诛诸嬖幸，乞松为助。松当然复书赞成。宝卷方遣中书舍人冯元嗣，往援郢州，茹法珍、梅虫儿，及太子右卫率李居士，制局监杨明泰，送元嗣至新亭。欣泰使人怀刃，随着元嗣，俟法珍等入座饯别，突起斫元嗣头，坠入盘中。明泰慌忙救护，也被刺倒，剖腹流肠，虫儿亦受伤数处，手指皆堕，忍痛逃出。法珍、居士，抢先急走，驰还台城，王灵秀趋至石头，迎入建安王宝夤，百姓数千人，皆空手相随，欣泰亦驰马入宫。

说时迟，那时快，法珍等知有变祸，飞马奔还，先至禁中，闭门上仗，禁止出入。欣泰不得进去，鸿选亦不敢发，宝夤入憩杜姥宅，待至日暮，并没有喜信传到，从人渐渐溃散。宝夤再欲出城，城门已闭，城上有人守着，用箭射下，自知不能脱走，仍然折回，向隐僻处躲避三日。城中大索罪人，欣泰等次第见收，统遭死罪，连胡松亦俱收诛。宝夤索性出来，戎服诣草市尉，自请处分。还是此着。尉报宝卷，宝卷召宝夤入宫，问明原委，宝夤泣答道："臣在石头，不知内情，偏有人逼使上车，令入台城，左右皆有人监制，不许自由。今左右皆去，臣始得出诣廷尉，自行请罪。"亏他善诳，暂得保全性命。宝卷不禁冷笑，再经宝夤哀请，始令仍复爵位。宝卷还能顾全兄弟，不似乃父残忍。

嗣又命宝夤为荆州刺史，冠军将军王珍国为雍州刺史，辅国将军申胄监郢州事，龙骧将军马仙琕监豫州事，骁骑将军徐元称监徐州事，特简太子右卫率李居士，总督西讨诸军事，屯新亭城。旋闻江州刺史陈伯之降附衍军，乃更令居士兼领江州刺史。

伯之初镇江州，为吴子扬等声援，子扬败去，郢、鲁二城，俱为衍有。衍语诸将道：“用兵非必需实力，但教威声夺人，已足使远近丧胆。寻阳不必劳兵，一经传檄，自可立定了。”乃命查检俘囚，得伯之旧部苏隆之，厚加赏赐，令招伯之，且仍许伯之为江州刺史。过了数日，隆之返报，果得伯之降书，但云大军不应遽下。衍笑道：“伯之虽云归附，还是首鼠两端，我军今宜往逼，使他计无所出，方肯诚心来降。”乃命邓元起引兵先驱，自率杨公则等从后继进。伯之退保湖口，留陈虎牙守湓城，虎牙即伯之子，至衍军进薄寻阳，伯之只好迎降。

新蔡太守席谦，从伯之镇寻阳，乃父恭祖，曾为镇西司马，被鱼复侯子响杀死。子响事见二十八回。谦闻衍东下，语伯之道：“我家世忠贞，有死无二。”伯之遂拔刀杀谦，出城迎衍，束甲待罪。衍托宝融命令，授伯之为江州刺史。虎牙为徐州刺史。汝南民胡文超，亦起兵遥应。司州刺史王僧景，遣子贞孙请降。衍遂留骁骑将军郑绍叔守寻阳，与伯之引兵东下。临行语绍叔道：“卿是我萧何、寇恂呢！隐以汉高、光武自居，怎肯受制宝融。事若不捷，我应任咎，粮运不继，责专在卿。”绍叔流涕应命，衍得无后顾忧，专向建康。

忽由江陵驰到急使，报称巴西太守鲁休烈，巴东太守萧惠子瓒，出兵峡口，东击江陵，将军刘孝庆败走，任漾之战死，江陵危急，请即遣还杨公则，顾救根本。衍复答道：“公则已经东向，若令他折回江陵，就使兼程趋至，亦恐不及。休烈等系是乌合，不能久持，但教镇军少须持重，便足退敌。必欲急需兵力，两弟在雍，尽可调遣，较易入援，请镇军酌夺！”来使还报颖胄，颖胄自遣军将蔡道恭，出屯上明，抵御巴军。

衍驱兵东进，直指江宁，宝卷以前次乱事，不久即平，此次亦视若寻常，仅备百日刍粮，且顾语茹法珍道：“待叛众来至白门，当与一决！”嗣闻衍军已抵近郊，乃聚兵议守，特赦二尚方二冶囚徒，充配军役，惟已经论死，不得再活，即牵至朱雀门外，斩决了案。总督军士李居士，自新亭出屯江宁，西军先锋曹景宗，率兵至江宁城下，未曾列营，居士即出兵邀击，鼓噪而前，景宗麾军迎战，劲气直进，大破居士。居士遁还新亭，景宗乘胜进逼，王茂、邓元起、吕僧珍，依次继进。新亭城主江道林，引兵出战，被各军左右夹攻，悉数擒归。于是景宗据皂荚桥，王茂据越城，邓元起据道士墩，陈伯之据篱门。李居士侦得僧珍兵少，复率锐卒万人，薄僧珍垒。僧珍道：“我兵不多，未可逆战，须俟他入堑，并力向前，方可获胜。”俄而居士兵皆越堑拔栅，僧珍分兵上城，矢石俱发，自率马、步三百人，绕出居士后面，城上人复下城出击，号炮一声，内外齐奋，杀得居士胆战心寒，拨马奔回，又丧失了许多甲械。宝卷再遣征虏将军王珍国，及军将胡虎牙，率精兵十余万，列阵朱雀航南。宦官王宝孙，持白虎幡督战，开航背水，自绝归路，示与西军拼命。两军初交，东军却是厉害，并力冲击，西军稍稍却退。王茂奋然下马，单刀直前，茂甥韦欣庆，手执铁缠矟，翼茂继进，曹景宗复麾兵直上，专向东军中坚，冒死突入，东军也抵死招架。鼓声鼕鼕，杀气腾腾，几乎天昏地暗，寒日无光。适遇西风骤起，飞石扬沙，吕僧珍乘风纵火，焚扑东营，珍国等不禁骇乱，纷纷退走。王宝孙持幡大骂，斥辱诸将。直阁将军席豪，发愤西向，突入西军阵内，西军已经得势，就使生龙活虎，也要食肉寝皮，何况是区区一个席豪，当下将豪围住，你刀我槊，把豪槊成几个窟窿，眼见是不能活了。豪系著名骁将，一经战殁，全军瓦解，赴淮溺死，数不胜计，积尸与航等。宝孙亦弃幡逃回。只有这般胆力，何必信口骂人！

衍军追至宣阳门，都中恟惧，宁朔将军徐元瑜，举东府城出降。青、冀二州刺史恒和，奉召入援，见衍军势盛，也率众请降。光禄大夫张瓌，弃去石头，奔还宫中。李居士孤守新亭，也穷蹙乞降。衍入石头城，令诸军围攻六门。宝卷命烧门内营署，驱兵民尽入宫城，闭门自守。外军筑起长围，把他困住，都人谓宝卷出游，随处障幔，叫作长围，见三十六回。便是预谶。衍家弟侄，前遭懿难，逃匿各处，至此俱出赴军前，衍令他晓谕各戍，劝令从顺。于是京口屯将左僧庆，广陵屯将常僧景，瓜步屯将李叔献，破墩屯将申胄，相继奉书，愿归麾下。衍遣弟秀镇京口，恢镇破墩，各权授辅国将军，从弟景镇广陵，权授宁朔将军。

嗣接中领军夏侯详密函，报称颖胄病殁，因恐巴东西两军，乘隙进逼，所以秘不发丧。衍作书答详，令亟向雍州征兵，自在军中，亦绝口不谈颖胄死事。详遂向雍征兵，留守萧伟，遣弟憺赴援。巴东西军，闻建康已危，且有援军来攻，相率骇散。萧璝、鲁休烈，不得已投降宝融。江陵乃为颖胄发丧，追赠丞相，封巴东公，予谥献武。速死为幸，否则和帝废死，颖胄亦恐难幸免了。

自颖胄死后，众望尽属萧衍。衍已得宝融诏敕，便宜从事，此时中外归心，更觉大权在握，可以任所欲为了。

宝卷为衍所困，城中军事，悉委王珍国，兖州刺史张稷入卫，受命为珍国副手，兵甲尚有七万人。宝卷与黄门刀敕，及后宫健妇，习斗华光殿，佯作败状，仆地僵卧，令宫人用板舁去，号为厌胜。又尝跨马出入，用金银为铠胄，饰以孔翠，昼眠夜起，仍如平时。倒也亏他镇定。或闻外面鼓噪声，便自被大红袍，登景楼屋上，遥望外兵，流矢几及足胫，却也不甚畏惧，从容下楼，但遣朱光尚祷蒋侯神，求福禳灾。茹法珍发兵出战，一再败还，乃请诸宝卷，乞发库银犒军，振作士心。宝卷道："贼来岂独取我么？何故向我求物！”愚鄙可笑。后堂贮数百具大木，法珍等欲移作城防，宝卷谓留此造殿，不得妄移，并饬工匠雕镂杂物，务求速成。岂已自知要死，速成玩物，以图一快耶？抑恃有蒋侯神默祷耶？众情无不怨怠，惟待早亡，但无人敢为首难。

梅虫儿又邀同法珍，入白宝卷道：“大臣不忠，使长围不解，陛下宜诛罪伸威，方得军人效命！”宝卷迟疑未决，那消息已传达军中。王珍国、张稷，当然忧惧，即密遣亲吏出城，赍一明镜，献与萧衍，衍亦断金为报。各寓隐情。珍国遂与稷定谋，令兖州参军冯翌、张齐，入弑宝卷，并约后阁舍人钱强，御刀丰勇之为内应。

时已残冬，宝卷在含德殿中，与潘妃等夜饮，仍然是笙歌杂奏，环珮成围。只此半夕了。钱强潜开云龙门，放入张齐、冯翌等人，自为前导，直趋含德殿，宝卷已经撤宴，潘妃等均返后宫。只宝卷饶有醉意，暂就殿中寝榻，为休息计。突闻兵入，即趋出北户，欲还后宫，宫门已闭，宦官黄泰平，用刀刺宝卷膝，痛极仆地，外兵已经驰入，张齐执刀先驱，见宝卷仆地呼号，便手起刀落，劈作两段。宝卷年才十九，在位三年。

珍国与稷，也引兵入殿，召尚书右仆射王亮等，列坐殿前，令百僚署笺，并用黄绸裹宝卷首，遣博士范云等，送诣石头。右卫将军王志叹道：“冠虽敝不能加足，奈何倒行逆施呢！”遂佯作痴呆，不肯署名。云等既至石头城，萧衍大喜。且因与云有旧，留参帷幄，使张弘策等先入清宫，封府库及图籍。城中珍宝委积，由弘策禁勒部曲，秋毫无犯。杨公则率兵入东掖门，卫送公卿士民出城，俱使安归，毫不侵掠。惟拿下茹法珍、梅虫儿、王宝孙、王晅之等四十一人，及妖艳淫靡的潘贵妃，拘系狱中，听候萧衍发落。衍乃入屯阅武堂，用宣德太后令，追废涪陵王宝卷为东昏侯，褚后及太子诵为庶人。小子因有诗叹道：

到底淫荒足杀身，为君在位仅三春。

孽妃受戮原同罪，但累妻孥作庶人！

欲知太后令中，如何措词，请看官续阅下回。

宝卷即位三年，变乱四起，至于荆、雍举事，已失上游，非陈显达之仅恃江州，崔慧景之专依京口，所得而比。乃犹撤阅武堂，筑芳乐苑，穷奢极欲，恣意荒淫，其致亡也必矣。萧昭胄意图自立，无兵可恃，张欣泰欲拥立宝夤，其失与昭胄等。假使外应荆、雍，伏甲以待，则他日成事，亦不失王侯之赏；乃自便私图，侥幸求逞，故宝卷可亡，而二人不能亡宝卷，反致速死。及西军长驱入都，宫廷被围，王珍国等谋贰于内，不烦兵戈，而昏主授首。萧衍无弑主之名，坐收讨乱之实，虽其智力过人，亦未始非乘势待时之利也。然举兵之始，即以天子自居，彼心目中固已无宝融矣。萧鸾残害骨肉，卒不能保全子嗣，终为疏族所篡夺，猜忍者果何益哉！

第三十九回

谏远色王茂得娇娃
窃大宝萧衍行弑逆

却说萧衍入屯阅武堂，即称奉宣德太后命令，晓示官民。大略说是：

皇室受终，祖宗齐圣，太祖高皇帝肇基骏命，膺箓受图；世祖武皇帝系明下武，高宗明皇帝重隆景业，咸降年不永，宫车早晏。皇祚之重，允属储元，而禀质凶愚，发于稚齿。爰自保姆，迄至成童，忍戾昏顽，触途必著。高宗留心正嫡，立嫡惟长，辅以群才，间以贤戚，内外扶持，冀免多难。未及期稔，便逞屠戮，密戚近亲，元勋良辅，覆族歼门，旬月相系。凡所任杖，尽慝穷奸，皆营伍屠贩，容状险丑，身秉朝权，手断国命，诛戮无辜，纳其财产，睚眦之间，屠覆比屋。身居元首，好是贱事，危冠短服，坐卧以之。晨出夜返，无复已极，驱斥氓庶，巷无居人，老幼奔皇，置身无所。东迈西屏，北出南驱，负疾舆尸，填街塞陌。兴筑缮造，日夜不穷，晨构夕毁，朝穿暮塞，络以随珠，方斯已陋，饰以璧珰，曾何足道。时暑赫曦，流金铄石，移竹艺果，匪日伊夜，根未及植，叶已先枯，畚锸纷纭，动倦无已。散费国储，专事浮饰，逼夺民财，自近及远，兆庶恟恟，流窜道路，工商稗贩，行号道法。屈此万乘，躬事角抵，昂首翘肩，逞能橦木，观者如堵，曾无怍容。芳乐华林，并立阛阓，踞肆鼓刀，手操轻重，干戈鼓操，昏晓靡息，无戎而城，岂足云譬。至于居丧淫宴之愆，三年载弄之丑，反道违常之衅，牝鸡晨鸣之慝，于事已细，尚可得而略也。罄楚、越之竹，未足以言，

校辛、癸之君，岂或能匹！征东将军忠武奋发，投袂万里，光奉明圣，翌成中兴，乘胜席卷，扫清京邑。而群小靡识，婴城自固，缓戮稽诛，倏逾旬月。宜速剿定，宁我邦家。乃潜遣间介，密宣此旨，忠勇齐奋，遄加荡扑，放斥昏凶，卫送外第。未亡人不幸遭此百罹，感念存殁，心焉如割。令依汉海昏侯即昌邑王贺。**故事，宝卷降封为东昏侯，宝卷后褚氏及太子诵并为庶人。肃清宫掖，重见升平，未亡人亦与有幸焉。**

看官！你想此时的宣德太后，出居鄱阳王故第，来管甚么朝事？也轮不着管。萧衍不欲自居废立，因借太后为名，这也是古今废立的常例。又托太后命令，进衍为大司马，录尚书事，兼骠骑大将军扬州刺史，封建安郡公，承制行事，百僚致敬。王亮出见萧衍，衍与语道："颠而不扶，焉用彼相！"亮答道："若果可扶，明公亦不得有今日！"衍不禁大笑，即授亮为长史，以司徒扬州刺史晋安王宝义为太尉，仍领司徒，改封建安王宝夤为鄱阳王。衍弟宏得拜中护军。诛茹法珍、梅虫儿、王宝孙、王咺之等四十一人。潘贵妃尚在狱中，衍不忍加戮，意欲留侍巾栉，特商诸领军王茂。茂答道："亡齐乃是此物！若留居宫中，必招外议。"衍不得已勒令缢死。威福已享尽了。当下颁发赦文，蠲除敝制，放宫女二千人出宫，分赐将士。惟佘妃、吴淑媛，华色未衰，衍早闻艳名，便即入镇殿中，据住二美。还有宫人阮氏，系始安王遥光妾媵，遥光败后，没入掖庭，也生得身材袅娜，体态轻盈。衍亦纳为彩女，随意谐欢。均为后文伏线。自古英雄多好色，这也不足深怪。

当时远近州郡，均望风纳款，独豫州刺史马仙琕，吴兴太守袁昂，不肯受命。衍使仙琕故人姚仲宾招降，仙琕设筵相待，至仲宾述及衍意，被仙琕叱出，枭示军门。驾部郎江革，为衍致书袁昂，书中略云："根本既倾，枝叶安附，况竭力昏主，未足为忠，家门屠戮，非所谓孝，何苦幡然改图，自招多福。"昂复书婉拒，大致谓既食人禄，不便遽忘，请示含容，毋责后至等语。衍乃复命李元履为豫州刺史，出抚东土，令勿以兵威从事。元履至吴兴，昂仍然不降，但开门撤备，由他拘去。及转招仙琕，仙琕泣语将士道："我受人任寄，义不容降，君等皆有父母，不应令家属坐诛，我为忠臣，君等为孝子，两无所憾了！"乃悉遣将士出降，尚剩壮士数十人，闭门独守。俄而元履兵入，仙琕令壮士持弓相待，兵不敢逼。到了日暮，仙琕始投弓道："诸君但来见取，我义不降！"兵士始执住仙琕，槛送建康。衍见马、袁两人送至，亲为释缚，且语左右道："令天下见二义士。"两人感衍厚意，始皆归降。仍然降顺，前时何必做作！

衍前在竟陵王西邸，曾与范云、沈约、任昉等，同处宾僚。见二十七回。至是怀念故交，引范云为咨议，沈约为司马，任昉为记室。又征前吴兴太守谢胐，国子祭酒何胤，二人不至，衍迎宣德太后王氏入宫，即于中兴二年正月，奉后称制，自撤承制二字，余官如故。沈约入语衍道："齐祚已终，明公当入承帝运，虽欲自守谦光，恐不可复得了。"衍沉吟道："此事可行得么？"约又道："天人相应，何不可行！"衍复嗫嚅道："且待三思。"约慨答道："公初建牙樊沔，应该三思，今王业已成，何容疑虑！若不早定大业，将来天子入都，公卿在位，君臣分定，无复异心；果使君明臣忠，难道尚有他人助公作贼么！"极力怂恿，好个梁初走狗。衍始点首。

约既趋出，复召范云入议。云所对亦如沈言，衍欣然道："智士所见略同，卿明早与休文更来。"云出语约，约答道："明晨须要待我，同见大司马。"云笑道："休文何必多虑，当然相待。"遂拱手别去。休文是约表字。诘旦云仍趋入，未见约至，待了多时，仍然没有到来。问明殿中卫士，方知约已早入，不禁惊诧异常。本欲闯将进去，又恐未奉传宣，不便遽入，乃徘徊寿光阁下，连呼咄咄怪事！攀龙附凤，应走先着，云自己落后，被人愚弄，何怪之有！既而见约出来，慌忙迎问道："何以处我？"约举手向左，云始解颐道："幸不失望！"看官道是何因？原来沈约左指，便是令云为左仆射的意思。云已经解意，所以转惊为喜，即得开颜。热中如此，可叹可鄙！

未几由衍召入，取出数纸，折递与云。云接入手中，约略瞧视，一纸是加九锡文，一纸是封梁王文，还有一纸，竟是内禅诏书，不由的失声道："好快笔墨！"从范云目中看出，笔法不平。衍叹道："休文才智，当今无匹。我起兵至今，已历三年，诸将同心辅助，各有功劳，但造成帝业，惟卿与休文二人！"云欣然称谢。

越数日，即诏进大司马衍位相国，总百揆，领扬州牧，封十郡为梁公，备九锡礼。又越数日，复诏梁公增封十郡，进爵为王。所有梁国要职，悉依天朝成制。于是授沈约为吏部尚书，兼右仆射，范云为侍中。云前为约诳，致落人后。此时日夕留心，恨不把梁王衍即刻抬上，便好做个开国元勋。自二月间衍封梁王，迁迟旬月，尚不闻准备受禅，连衍亦未曾提及，不禁格外心焦。常思乘间进言，偏衍深居简出，除出殿视事对众裁决外，整日里在内休养。有时云入启事，且往往谢绝，不得见面。仔细探听，方知衍为女色所迷，竟将大事搁起。

衍妻郗氏为故太子舍人郗晔女，幼即明慧，善隶书，通史传，女工女容，无不娴熟。宋后废帝昱欲纳女为后，事不果行，齐初安陆王缅，又欲娶女为妃，郗家托词女疾，婚议复寝。建元末年，竟嫁衍为妻，伉俪甚谐。衍出为雍州刺史，郗氏随行，病殁襄阳官廨中，惟郗氏在日，性多妒忌，禁衍置妾。衍只有一妾丁氏，尝遭郗氏虐待，每日使舂米五斛。幸丁氏是一村女，不甚懦弱，却还吃苦得起，按日照舂。若有神助，从未违限，亦无怨言。郗氏迭生三女，不得一男，丁又遭忌，鲜得当夕。及郗氏病死，丁氏始得怀娠，产下一男，取名为统，就是后来的昭明太子。统生月余，衍起师围郢，丁氏母子，当然是不便随行，留居雍城。带叙萧衍妻妾，贯穿前后。

及衍既入建康，已做了两年旷夫，骤得余、吴两姬，趋承左右，朝拥暮偎，欢乐可知。惟吴淑媛已经有娠，未便常侍枕席，遂令佘妃专宠，日夕相亲。这位多才多智的梁王衍，也被那色魔扰住，几乎似醉似痴，沉湎不治。色之害人大矣哉！

萧统（5C1—531），即昭明太子，字德施，南兰陵（今江苏常州市西北）人，梁武帝萧衍长子。未及即位，英年早逝，谥号“昭明”。信佛能文。曾召集文学之士，编集《文选》三十卷，对后代文学颇有影响。

云既洞悉情由，遂屡次求见。衍不好屡却，或许进谒，云请屏去左右，衍但说左右俱是心腹，有事不妨尽言。究竟投鼠忌器，属耳须防，云恐为左右泄语，未敢直谏，只得隐约陈情，劝衍戒色。衍虽然面允，耽乐如故。云乃想出一计，特邀领军王茂，一同进谏。茂佐衍起兵，战必先驱，推为功首，初为雍州长史，超迁至领军将军，衍格外优待，言听计从。云得茂为帮手，便放胆进去，排闼入见。衍惊问何因？云朗声道：“昔汉高祖居山东，贪财好色，及入关定秦，财帛无所取，妇女无所幸，范增畏他志大，后来终得成功。今明公始定建康，海内方想望风声，奈何为色所迷，取亡国女子，自累盛德呢！”衍默然不答，茂即下拜道：“范云言是！公以天下为念，不宜留此亡国妇。”

衍被二人缠住，勉强答说道：“我便当放她出去。”云趁势进言道：“公既采纳愚言，便应速行。前时放出宫人二千名，分赏将士，独王领军尚无所得，王领军为公效力，忠勇过人，何为独令向隅？今愿将佘、吴二姬，择一为赐！”衍遽答道：“吴氏已有娠了。”云复道：“吴既有娠，请出佘氏赉茂罢。”说至此，以目视茂，茂即顿首拜谢。衍心实不愿，转思大事将成，不能为一女子，违忤功臣，反滋众怨，因慨然语茂道：“我便将佘氏赉卿！”说着，顾令左右，召出佘氏，竟命王茂领去。佘妃不防有此一着，急得蛾眉紧蹙，珠泪欲垂，当即拜倒衍前，嘤嘤泣语。衍不待启口，便拂袖起座道：“汝去罢！不必多说了。”又顾王茂道：“卿须善待此妇，勿负我言！”一面说，一面走入内室去了。有此决心，故得为帝四十余年。佘氏不好再留，只得起身收泪，随茂出门，上舆赴茂私第。从此又另是一番情缘，毋庸细表。倒便宜了王茂。

且说衍既放出佘妃，复赐云、茂钱各百万。是霸王权术。于是决计篡齐，准备参禅。湘东王宝晊，系安陆王缅嗣子，素好文学，为衍所忌，诬他谋反，立即捕诛。宝晊弟宝览、宝宏，一并受戮。还有邵陵王宝攸，晋熙王宝嵩，桂阳王宝贞，年龄都不过十岁上下，都缘宝晊连坐，悉令自尽。庐陵王宝玄忧死，鄱阳王宝夤，穿墙夜出，逃匿山涧，昼伏夜行，得抵寿阳东城，投降北魏。明帝诸子，只剩了晋安王宝义及江陵嗣主宝融。衍乃奉表江陵，佯请宝融东归，入都为帝。宝融带领百官，便即启行，留萧憺为荆州刺史，都督荆、湘军事。

那边马首东瞻，这边已攀龙附凤，自行劝进。接连是上陈符瑞，迭报祯祥，或称景星见，或称甘露降，或称凤凰至，或称驺虞兴，种种奇异，不知他是真是假，统说是上天应命，百兽率仪。沈约、范云等，又贻书夏侯详，教他迫主禅位，不得迟延。夏侯详见风使帆，乐得做个人情，同佐新朝景运。及宝融到了姑熟，便遣使入都，与范云、沈约等接洽，定受禅仪。应用诏书，已由沈约草就，便即颁发出来。语云:

夫五德更始，三正迭兴，驭物资贤，登庸启圣。故帝迹所以代昌，王度所以改耀，革晦以明，由来尚矣。齐德沦微，危亡荐袭，隆昌凶虐，实违天地，永元昏暴，取紊神人。三光再沉，七庙如缀，鼎业几移，含识知泯。我高明之祚，眇焉将坠，永惟屯难，冰谷载怀。相国梁王，天诞睿哲，神纵灵武，德格玄祇，功均造物，止宗社之横流，反生民之涂炭，扶倾颓构之下，拯溺逝川之中，九区重缉，四维更纽，绝礼还纪，崩乐复张，文馆盈绅，戎亭息警，浃海隅以驰风，罄轮裳而禀朔，八表呈祥，五灵效祉，岂止鳞羽祯奇，星云瑞色而已哉！勋茂于百王，道昭乎万代，固已明配上天，光华日月者也。河岳表革命之符，图谶纪代终之运，乐推之心，幽显共积，歌颂之诚，华裔同著。昔水政既微，木德升绪，天之历数，实有攸归，握镜璇枢，允集明哲。朕虽庸蔽，暗于大道，永鉴崇替，为日已久，敢忘列代之高义，神人之至愿乎！今便敬禅于梁，即安姑熟，一依唐、虞、晋、宋故事，王其毋辞！

这诏传出，那宣德太后王氏，当然是不能安居，也由沈约等代下一令道:

西诏至，帝宪章前代，敬禅神器于梁。可临轩遣使，恭授玺绶，未亡人便归别宫，如令施行。

中兴二年四月壬戌日，宣德太后遣尚书令王亮等，奉玺绶诣梁宫，又有一两篇大文章。其玺书云：

夫生者天地之大德，人者含生之通称，并首同本，未知所以异也。而禀灵造化，贤愚之情不一，托性五常，强柔之分或舛。群后靡一，争犯交兴，是故建君立长，用相司牧，非谓尊骄在上，以天下为私者也。兼以三正迭改，五运相迁，绿文赤字，征诃表洛。在昔勋华，深达兹义，眷求明哲，授以蒸人。迁虞事夏，本因心于百姓，化殷为周，实受命于苍昊。爰自汉、魏，罔不率由，降及晋、宋，亦遵斯典。我高皇所以格文祖而抚归运，畏上天而恭宝历者也。至于季世，祸乱荐臻，王度纷纠，奸回炽积。亿兆夷人，刀俎为命，已然之逼，若线之危，局天蹐地，逃形无所，群凶挟煽，志逞残戮，将欲先殄衣冠，次移龟鼎，衡保周召，并列宵人，巢幕累卵，方此非切。自非英圣远图，仁为己任，则鸱枭厉吻，翦焉已及。惟王崇高则天，博厚仪地，熔铸六合，陶甄万有。锋驲交驰，振灵武以遐略，云雷方扇，鞠义旅以勤王。扬旍旆于远路，戮奸宄于魏阙，德冠往初，功无与二，弘济艰难，缉熙敬止。待旦同乎殷后，日昃过于周文，风化肃穆，礼乐交畅。加以赦过宥罪，神武不杀，盛德昭于景纬，至义感于鬼神。若夫纳彼大麓，膺此归运，烈风不迷，乐推攸在，治五韪于已乱，重九鼎于既轻，自声教所及，车书所至，革面回首，讴吟德泽。九山灭祲，四渎安流，祥风扇起，淫雨静息，玄甲游于芳荃，素文驯于郊苑，跃九川于清溪，鸣六象于高岗，灵瑞杂沓，玄符昭著。《书》云：天监厥德，用集大命。《诗》云：文王在上，于昭于天。所以二仪乃眷，幽明允叶，岂惟宅是万邦，缉兹讴讼而已哉！朕是用拥璇沉首，属怀圣哲。昔水行告厌，我太祖既受命代终，在日天禄云谢，亦以木德而传于梁。远寻前典，降惟近代，百辟遐迩，莫违朕心。今遣使兼太保侍中中书监尚书令王亮，兼太尉散骑常侍中书令王志，奉皇帝玺绂，受终之礼，一依唐、虞故事，王其陟兹元后，君临万方，式传洪烈，以答上天之休命！

衍既得玺书，踌躇满志，只形式上未便遽受，不得不抗表陈让，佯作谦恭。*又要抄老文章了。*齐百官豫章王元琳等八百十九人，及梁侍中范云等一百十七人。*此次由范云列首，也算如愿以偿。*再上书称臣，乞请践阼，衍尚谦让不受。太史令蒋道秀陈天文符谶六十四条，事皆明著，*亏他掇拾。*范云等又复固请，乃择期丙寅日，即位南郊，祭告天地，登坛受百官朝贺。改齐中兴二年为梁天监元年，大赦天下。废齐主宝融为巴陵王，暂居姑熟，宣德太后为齐文帝妃，迁住别宫。皇后王氏为巴陵王妃，齐世王侯封爵，悉从降省。惟宋汝阴王不在降例，追尊父顺之为文皇帝，庙号太祖，母张氏为献皇后，追谥故妃郗氏为德皇后，追赠兄太傅懿为长沙王，予谥曰宣，弟融为桂阳王、予谥曰简；又因弟敷、畅并殁，赠敷为永阳王，予谥曰昭，畅为衡阳王，予谥曰宣。封拜文武夏侯详为公侯，食邑有差。

还宫以后，复召入沈约、范云等密商，拟改南海郡为巴陵国，徙居宝融。云未及答，约忙说道："不可慕虚名，受实祸。"梁主颔首，过了一日，即遣亲吏郑伯禽，驰赴姑熟，用生金进巴陵王。巴陵王宝融叹道："我死不须金，醇醪亦足了。"乃取酒令饮，饮至沉醉，就将他拉毙榻上，年才十五。伯禽返报。衍却托称暴亡，伪为哀恸，且追尊为齐和帝，葬恭安陵。先是文惠太子与才人共赋七言诗句，辄云愁和帝，至此方验。总计齐自太祖萧道成篡宋，至和帝亡国，凡七主，共二十三年。当时独有一个齐末忠臣，不食数日，为齐殉节。小子有诗赞道：

新朝佐命尽弹冠，独有孤臣大节完。

劲草疾风知不改，首阳遗石好重刊。

毕竟何人殉节，且至下回叙明。

沈约、范云，同赞逆谋，而约尤为狡黠。与云同约，即负云先入，但慕荣利，不顾小信，其心迹尤为可鄙。且云尚知谏衍，请出佘妃，一节可取，而约独无闻。约第知劝衍受禅，迫宝融传位。即如宝晊等之受戮，亦安知非由约之参谋，不过史未之详耳。且衍废宝融，尚欲全其生命，而约独嗾使加弑，为衍弭祸，即为己固宠。范云之所不敢为者，约皆悍然为之，是衍之篡逆，实约一人首导之也。不然，衍因范云、王茂之直谏，能举佘妃而急出之，未始非可与有为之主，假令辅佐得人，亦宁不能为唐高、宋太耶！篡即未免，弑或不为，略迹论心，不能不深恶痛嫉于沈休文矣！

第四十回

萧宝夤乞师伏虏阙
魏邢峦遣将夺梁州

却说齐和帝被弑，有一位殉节忠臣，绝粒而死。看官欲问他姓名，乃是琅琊人颜见远。他本为荆州参军，及宝融称帝，进官御史中丞，至是独为齐死节。备书爵里，法本紫阳。梁主衍闻报，慨然说道："我自应天顺人，何预天下士大夫事？不意颜见远乃竟至此！"因命萧宝义为巴陵王，使奉齐祀。宝义幼有废疾，喑不能言，独不中时忌，得终天年。宣德太后逊居外宫，本来是个庸妪，任人播弄，故亦得寿终。后来祔葬崇安陵，由梁廷谥为安皇后。这也不必琐叙。了过齐朝。

梁主衍南面垂裳，大封勋戚，命弟宏为临川王，领扬州刺史，秀为安成王，领南徐州刺史，伟为建安王，领雍州刺史，恢为鄱阳王，授左卫将军，憺为始兴王，领荆州刺史。加领军中军王茂为镇军将军，中书监王亮为尚书令，左长史王莹为中书监，吏部尚书沈约为尚书右仆射，侍中范云为尚书左仆射。立子统为皇太子。置谤木，设肺石，各附一函。凡布衣处士，欲陈清议，可投谤木函中。功臣材士，欲伸屈抑，可投肺石函中。御用衣饰，概从朴素，常膳只备菜蔬。每简长史，务选廉平，皆召见前殿，勋以政道。小县令有能，迁大县，大县令有能，迁二千石，廉能知劝，吏治少清。惟尚有东昏余孽，隐怀反侧，推孙文明为首，密谋作乱。

五月初旬，天适阴雨，夜昏如墨。孙文明竟纠众起事，毁神虎门入总章观。卫尉张弘策，直宿观中，被他杀毙。复烧尚书省及云龙门，军司马吕僧珍，亟召集卫兵，出御乱党。因天昏不辨咫尺，虽有火炬，总难用力奋斗。没奈何保住殿省，分堵各门。那乱党呼喊连天，声彻宫禁。梁主衍身著戎服，出御殿前，镇定众心，且语左右道："贼从夜间作乱，人必不多，待晓便散走了。汝等可传谕巡士，速击五鼓！"毕竟有智。左右领命出去，不到片刻，即闻更鼓五下，音响且清。这更声传达门外，乱党疑是将晓，果然散去。偏遇镇军王茂，引兵入卫，把乱党拦住，或杀或捉，所有孙文明以下诸悍目，悉数擒住。诘旦骈诛，宫禁乃安。

才阅数日，接得豫章太守郑伯伦急报，内称江州刺史陈伯之造反，侵及豫章，请速发兵讨逆云云。原来伯之从梁主入都，受禅事定，令复原镇。伯之目不识书，一切予夺，俱取决幕僚。别驾邓缮，参军褚緭、朱龙符，乐得乘间舞弊，恣为奸利。梁主闻知弊窦，乃请人代缮，伯之不肯受命。缮且劝伯之造反，緭亦一律赞成，便诈为齐建安王宝夤书，使伯之取示僚佐。伯之更对众泣语道："我受明帝厚恩，应誓死报德！"当下部勒兵士，移檄州郡。豫章太守郑伯伦，整军为备，一面飞报朝廷。梁主览奏，便命镇军将军王茂兼领江州刺史，率兵讨叛。伯之正进攻豫章，与伯伦相持不下，偏王茂引军趋至，来攻伯之。城中守兵，又由伯伦督领，杀将出来。伯之内外受敌，不能招架，只好挈了亲属，夺路北走，绕出间道，渡江奔魏。

魏任城王澄，方受任为镇南大将军，迎纳齐建安王宝夤，宝夤奔魏见前回。优礼相待。宝夤为故主持丧，自服衰绖，居处一庐，澄率官僚赴吊，宝夤拜伏地上，泣请复仇。澄乃令自谒魏主，护送入洛。可巧伯之亦至，也拟请兵伐梁，遂由澄一并送行，随宝夤同赴洛都。

先是齐和帝即位江陵，魏镇南将军元英，曾上书魏主，乞乘隙南侵。车骑大将军源怀，也与元英同意，相继请命。魏主乃命任城王澄，为镇南大将军，领扬州刺史，经略江东。澄既受命，将欲出师，偏又接到魏主敕命，令他慎重，不应轻进。魏主不乘隙南下，实是失机。

此次齐宝夤到了魏廷，终日伏阙，定要乞师南伐，虽遇暴风大雨，终不暂移。好似一个申包胥。陈伯之亦请兵自效，诚恳异常，魏主恪乃召入宝夤，赐令旁坐。宝夤年只十七，与魏主相问答，语语呜咽，字字凄凉，说得魏主也为动容，遂允请发兵。过了两日，即授宝夤为镇东将军，加封齐王，都督东阳等三州军事，给兵万人屯东城。伯之为平南将军，仍任江州刺史，都督淮南诸军事，率旧部出屯阳石，俟秋冬交季，大举伐梁。宝夤闻命，尚通宵恸哭，达旦即诣阙拜命。真耶假耶！魏主见他惨形悴色，愈觉垂怜，又听宝夤自募四方壮勇，补充队伍。

宝夤叩首辞行，沿途募得壮士数千人，拔颜文智、华文荣等六人为军将，使统新军，且屡致书任城王澄，乞他上书提早师期。澄乃表闻魏主，略言萧衍堵塞东关，欲令巢湖泛滥，灌我淮南诸戍，且灌且掠，淮南地恐非我有。寿阳去江五百余里，众庶惶惶，并惧水害，若因民愿望，攻敌空虚，预集诸州士马，首秋大举，应机经略，就使不能混一，江西定可无虞了。魏主乃发冀、定、瀛、相、并、济六州兵马，得兵二万人，马千五百匹，令至仲秋中澣，毕会淮南。并寿阳屯兵三万，俱归任城王澄调度。就是萧宝夤、陈伯之两军，亦皆受澄节制。嗣复令镇南将军元英，督征义阳诸军事，与任城王澄同时举兵。

梁同州刺史蔡道恭，闻魏军将至，亟遣将军杨由，收集城外居民，屯保贤首山，列为三栅。梁天监二年秋季，元英麾军至贤首山，围攻三栅，杨由督厉兵民，且战且守。约历旬月，兵民伤亡不少。由用法过峻，为民所怨，土豪任马驹斩由出降。

任城王澄，命统军党法宗、傅竖眼、王神念等，分攻东关、大岘、淮陵、九山，高祖珍率三千骑为游军，澄自为后应。魏军连拔关要、颍川、大岘三城，白塔、牵城、清溪诸梁戍，望风奔溃。梁徐州司马明素，率兵三千救九山，徐州长史潘法邻率兵二千救淮陵，宁朔将军王燮保焦城。魏将党法宗等，长驱直进，锐不可当。一战拔焦城，王燮败溃，再战破九山，明素受擒，三战入淮陵，潘法邻被杀，势如破竹，直趋阜陵。

阜陵由南梁太守冯道根居守，道根先期月余，已修城隍，严斥堠，俨临大敌。僚佐笑为多事，道根道："诸君不闻怯防勇战么？若俟寇逼城下，何暇及此！"是谓有备无虞。已而城工粗竣，党法宗等有众二万，果然掩至，众皆失色，道根命大开城门，缓服登城，但遣精骑二百人，出城冲阵，东荡西突，撞倒魏军前队数百人，杀毙数十，从容退还。魏兵见所未见，又仰望城上高坐的冯道根，笑容可掬，毫无惧色，总道是城中设伏，不敢进去，便引兵却退。仿佛空城计。道根复遣百骑掩击高祖珍，亦得胜仗，且扬言将袭魏粮，党法宗等正恐粮运不继，慌忙引还。阜陵解严，道根因功超擢，得拜豫州刺史。

越年二月，任城王澄，复举兵攻钟离，梁将军姜庆真，乘虚袭寿阳，魏长史韦缵，仓皇失措，急忙调兵抵御，已是不及，被梁兵攻入外郛。任城王太妃孟氏，素有干才，勒众据守内城，激厉文武，抚慰新旧，又亲披戎服，昼夜巡城，不避矢石，严定赏罚，因此人人争奋，守备遂坚。萧宝夤引兵来援，与州将合击庆真，庆真败走。孟太妃乃遣使报澄，令他安心进攻，澄遂把钟离围住。梁遣将军张惠绍等，输粮至钟离，为澄将刘思祖所邀，大战邵阳，梁兵败绩，杀虏几尽，惠绍等俱被擒去。思祖因功论赏，应封千户侯。侍中元晖，向思祖索求二婢，思祖不与，元晖遂从中抑制，不令封侯，由是军心未服，不免懈体。

既而霪雨连旬，淮水暴涨，澄乃引还寿阳。一经退军，行伍自乱，由梁军追蹑数里，俘斩至四千余人。澄坐降三阶。梁主命将所俘将士，向魏易还张惠绍等，得澄允许，彼此俘虏，各得生还。

魏镇南将军元英，闻澄无功还镇，不禁愤懑起来，遂投袂奋起，督兵围攻义阳。义阳城中，守兵不满五千人，粮食仅支半载，魏兵昼夜猛扑，声势甚锐。幸司州刺史蔡道恭，随方抗拒，相持至百余日，魏兵无从攻入，反丧亡了许多人马，竟欲卷甲退还。

会道恭积劳成疾，竟致不起，呼从弟骁骑将军灵恩，兄子尚书郎僧勰，及部下将佐，至榻前面嘱道："我受国厚恩，不能杀退虏众，愧愤交并！今疾苦缠身，万不可支，但望汝等效死守节，勿使我殁有遗恨！"灵恩等涕泣受命，道恭不久即殁。

灵恩摄掌州事，代守城池。梁主遣平西将军曹景宗，及后军将军王僧炳，分领步骑三万，往救义阳。僧炳率二万人先进，行次凿岘，适魏冠军将军元逞等，奉元英军令，趋至樊城，来截僧炳。僧炳上前搦战，见来兵不多，未免藐视，哪知鼓声一响，敌骑踊跃前来，冲突入阵，前队各军，统皆披靡，后队亦被牵动。僧炳弹压不住，只得返奔，失去四千余人。曹景宗趋至凿岘，正值僧炳奔还，不觉大惊，遂顿兵不进。统是酒囊饭袋。

义阳因丧了道恭，将士夺气。魏兵本欲引退，得此消息，反麾兵急攻。灵恩飞使求救，梁廷再遣宁朔将军马仙琕，统兵赴急。仙琕转战而前，兵势颇锐，元英派将堵截，俱被击退。乃自至士雅山，结寨立栅，分命诸将埋伏四隅；掩旗示弱。仙琕恃胜生骄，直迫英营。英亲出挑战，才斗数合，即回马佯奔，诱至伏中，纵令伏兵四出，合攻仙琕。仙琕已知中计，但事已至此，不得不驱兵鏖斗。猛见敌军中有一老将，擐甲执槊，冲将过来，便命军士放箭，一箭正中老将左股。那老将不慌不忙，拔去箭镞，流血及趾，仍然猛力驰入，握槊四刺，槊毙梁兵多人，连仙琕子亦死槊下。仙琕不胜悲愕，引兵亟走。这老将便是魏统军傅永。永见仙琕败去，尚跃马前追，元英急向前拦阻道："公已受伤了，请还营休养，待我督兵追击罢！"永答道："昔汉祖受伤扪足，不令人知，下官虽微，也是国家一将，伤未及死，怎得畏缩呢！"说毕，仍然力追，俘获梁兵多名，及暮始返。永时年已七十三，全军皆为敬服。老当益壮。

仙琕输了一阵，再收集余众，尚得万人，复与元英决战。三战三败，阵亡大将陈秀之，余军不能再振，狼狈奔还。义阳城内的蔡灵恩，势穷援绝，只为了贪生怕死四字，竟违背兄言，举城降魏。千古艰难惟一死。平靖、武阳、黄岘三关，所有梁朝戍将，亦弃关南遁。魏封元英为中山王，傅永以下，俱得加赏，士马欢腾，不消细说。

惟梁廷连接败报，当然惊惶，御史中丞任，奏弹曹景宗拥兵不救，应即加谴。梁主因他佐命有功，置诸不问，但令就南义阳建置司州，移镇关南，用卫尉郑绍叔为刺史。绍叔立城隍，缮器械，广田积谷，召集流亡，兵民安堵，复成重镇。魏人却也不敢进逼，惟据住义阳，扼要设戍罢了。

已而梁汉中太守夏侯道迁，复举汉中降魏。魏令邢峦为镇西将军，西略梁州，所向摧破。白马戍将尹天宝，景寿太守王景胤，都向益州告急。益州刺史邓元起，观望不前。天宝战死，景胤败走，巴西太守庞景民，又为郡民严玄思所杀，举地附魏。梁遣将军孔陵等，率兵西援，一面招诱仇池军将，令他叛魏归梁，夹击魏军。

仇池自杨文德归宋，杨难当降魏后，彼此分事南北。见前文。文德弟文度，据有葭芦，自立为武兴王，被魏击死。文度弟文弘，奉表魏廷，谢罪称藩，魏乃除文弘为南秦州刺史，授武兴王封爵，兼拜征西将军西戎校尉。文弘传侄后起，后起传子集始，集始又传子绍先，并受魏封。绍先年幼，委事二叔集起、集义。两人闻汉中入魏，恐仇池不免翦夷，又经梁人招诱，遂鼓动群氏，推绍先为帝，出截魏人粮道。

魏镇西将军邢峦，拨兵邀击，得将氐众杀退。叙仇池事，简而不漏。又遣统军王足，带领万骑，抵敌梁将孔陵，连战皆捷。陵退保梓潼。足攻入剑阁，趁势略地，凡梁州十四郡，尽为魏有，益州大震。梁假邓元起都督征讨诸军事，出援梁州，另授西昌侯萧渊藻代为刺史。

渊藻莅镇，见粮储器械，悉被元起取去，免不得愤恨交乘，遂入元起营，乞拨还良马百匹。元起勃然道:“年少郎君，要良马做甚? ”渊藻愈愤，忍气而出。越宿邀元起过宴，托词饯行，更迭行觞，灌使烂醉。渊藻拔剑遽起，把他杀死。且指挥左右，尽戮元起随员，然后闭城自固。元起部曲，立营城外，闻元起被戮，便即围城，呼问元起罪状。渊藻登城朗声道:“天子有诏，命诛元起，汝等无罪，速宜敛甲归营，毋得取咎! ”众乃散归。惟元起故吏罗研，诣阙讼冤，梁主以渊藻为兄懿次子，不忍加谴，但遣使责让，贬渊藻为冠军将军，恤赠元起，赐谥曰忠。未免失刑。

渊藻年未弱冠，颇有胆识，会益州乱民焦僧护，纠众起事，渊藻共乘肩舆，巡行贼垒，乱党聚弓乱射，箭如飞蝗，渊藻左右，忙举楯为蔽，渊藻叱令撤去，大呼道:“汝等多是良民，奈何从贼! 能射速射，不能射速降! ”贼众闻言，俱为咋舌。又见所发各箭，统从渊藻身旁飞过，毫不受伤，更疑为神助。不是神助，实由乱党乌合，未能射着。渊藻从容退归，贼竟夜遁，由渊藻发兵进剿，斩首数千级，僧护窜死，余党荡平。渊藻得进号信威将军。

魏将王足，进围涪城，邢峦且一再上表，请即大举入蜀，魏主独敕令从缓，但令王足行益州刺史，相机进兵。不识何意? 不到数日，又命梁州军司羊祉代足，足很是怏怏。时魏主恪委政权幸，疏忌亲属，足恐遭谗被祸，即背魏归案。

邢峦失一骁将，叹息不置。自在梁州驻节，恩威并著，原是抚驭有方，大得众心。但一身不能分镇，所得巴西郡城，只好遣军将李仲迁往守。仲迁好酒渔色，既莅任后，广采美姬，得了一个张法养女，妖淫善媚，宠爱异常，郡中公事，悉任属吏办理。就是邢峦有事，遣人往商，亦不得见他一面。使人返报邢峦，峦当然痛恨，正拟把他撤调，偏巴西已经变乱，仲迁被戕，首级献与梁人，一座城池，得而复失，又为梁人占据去了。

峦且恨且悔，更闻杨集义等围攻阳平关，因使建武将军傅竖眼，领兵往讨，兼程前进。到了关下，大破氐众，集义遁走。竖眼乘胜逐北，掩入仇池，执住杨绍先，送入洛阳。集起、集义，奔匿数日，穷无所归，也只得出降魏军。仇池自晋惠帝时，氐王杨茂搜始据此地，至是乃灭。改称武兴镇，寻又改为东益州，这是梁天监五年，魏正始三年间事。

那时梁主衍因失去司梁，无从泄恨，既得王足等投降，报称魏廷内容，才知魏政腐败，如咸阳王禧，北海王详等，均已受诛，外戚高肇，宠臣茹皓，内外弄权，谗害勋旧，正是有隙可乘的时候，遂命扬州刺史临川王萧宏，都督北讨诸军事，尚书右仆射柳惔为副，出次洛口，调兵北进。宏系皇室介弟，位虽隆重，材实平庸，骤然间手握兵符，身为统帅，看官试想，能胜任不胜任呢！小子有诗叹道：

兵为凶器战尤危，庸竖何堪使帅师！

梁室初年纲已紊，输人一著是萦私。

宏既出师，魏人怎肯退缩，当然遣兵派将，来抗梁师。但魏主恪委政权幸，上文未曾详叙，须待下回说明，看官少安毋躁，请阅下回便知。

萧宝寅避难奔魏，乞师魏阙，效申包胥秦庭之哭，似乎忠臣孝子之所为；然观后来之叛魏称帝，则无非借忠孝之名，觊一时之富贵耳。史称其伏阙终日，风雨不移，拜命前夕，恸哭达旦，过期尚悴色粗衣，未尝嬉笑者，皆伪态也。自宝寅乞师南下，而魏任城王澄，及镇南将军元英，分兵内扰，据有司州，镇西将军邢峦，又遣王足等夺据巴西，兵锋直达涪城。梁人东西奔命，应接不遑。虽萧衍以篡弑得国，不足深惜；然百姓何辜，遭此蹂躏，是岂非由宝寅之挟私图逞，贻害生灵乎？后人犹有以逡巡观望，为魏主咎者。夫欲咎魏主，即归美宝寅，一孔之见，实属大谬。论人者当就其终身行事，以下定评，岂可徒以一节称之？况第为声音笑貌云乎哉！

第四十一回

弟子舆尸溃师洛口
将帅协力战胜钟离

却说魏主恪即位时，改元景明，年仅十六，未能亲决大政，曾授皇叔彭城王勰为司徒，录尚书事。勰志在恬退，未几辞职归第，太尉咸阳王禧，进位太保司空，北海王详进位大将军，两王俱系魏主叔父，所以倚畀俱隆。魏主尊生母高贵人为太后，高氏为冯幽后毒毙，见三十二回。兄肇在朝，由魏主推类锡恩，特封为平原公，也得专政。见三十五回。还有太尉于烈，兼充领军，烈弟劲有女端好，得册为后，因此烈、劲并预朝权。政出多门，已成乱兆，再加幸臣茹皓、王仲兴、赵修、赵邕、寇猛等，居中用事，更觉庶政丛脞，泯泯棼棼。

咸阳王禧因权为所夺，致蓄异图，竟欲废帝自立，谋泄被诛。诸子削籍，家产分给高肇、赵修二家，及内外百官。禧家财帛，不可胜计，百官所得分赐，每人得帛百匹，或数十匹，最少亦有十匹。宫人常作歌道：“可怜咸阳王，奈何作事误！金床玉几不能眠，夜蹋霜与露；洛水湛湛弥岸长，行人哪得度！”歌辞惋切，流传江表。

北海王详，尝讦禧阴谋，至是得进位太傅，兼领司徒。高肇得官尚书令，茹皓任冠军将军。皓娶高肇从妹为妻，妻姊为安定王元燮妃。燮为详从父，详常出入燮家，见燮妃容貌妖冶，未免垂涎。燮妃高氏，亦见详丰姿秀美，远出燮上，两人眉去眼来，也不顾婶侄名分，竟做成了苟且的事情。嗣是与茹皓益相亲狎。皓虽闻详奸通妻姊，但因详权势方隆，亦乐得依附，引作党援。皓独不怕做元绪公么？直阁将军刘胄，系详所引荐，与殿中将军常季贤、陈扫静等，皆党同详、皓，招权纳贿，无所不至。

高肇系出高丽，为详、皓等所轻视，偏魏主恪为母尊舅，格外优礼，事必与商。

肇遂欲与详、皓争权，辄相谗构。肇兄偃生有一女，貌美色娇，得入为贵嫔，他即暗受肇嘱，与肇表里为奸，诬称详、皓有谋逆情事。魏主恪方宠高贵嫔，当然信为真言，遂于正始元年四月，魏景明五年，改元正始。召中尉崔亮入禁中，使劾详贪淫骄纵，及茹皓、刘胄、常季贤、陈扫静四人，专恣不法，谋为不轨等情。亮依旨上奏，当夜收捕皓等，拘系南台。更遣虎贲百人，围守详第。诘旦赐皓等死，废详为庶人，锢居太府寺。详母高太妃，妻刘氏，仍居旧第，令五日得一视详。

高太妃家法素严，详有微罪，辄用絮裹杖，亲加笞罚，所以详平日贪淫，不敢白母。至此高太妃始悉淫烝事，向详怒叱道："汝自有妻妾侍婢，皆年少如花，何故与高丽婢犯奸？今致此罪，我若见高丽婢，当生啖彼肉！"说着，携杖去絮，挞详百下。详不胜痛楚，杖痕纍纍，皆至创脓。高太妃又指详妻刘氏道："汝亦大家女，门户匹敌，何畏何疑，乃不规谏夫婿？"刘微笑不答，跪伏姑前，亦被杖数十。刘氏即宋王刘昶女，姿色寻常，为详所憎，她独不谈夫恶，情愿受杖，却是一位贤妇。

未几详即暴死，想是由魏主遣使暗害，但佯下诏敕，令得还丧故宅。所有诸王宗室，仍使奔赗，母妻等依然给饩，当时以详虽贪淫，罪不至死，共为惊叹不置。魏主复起彭城王勰为太师，勰固辞不获，乃遵敕就职。但高肇益得弄权，且劝魏主分拨卫队，监守诸王宅第。勰切谏不从，从此外戚有权，宗室反无权了。隐伏下文。

且说魏主闻梁师大举，已出洛口，乃授中山王元英为征南将军，都督扬、徐诸军事，率众十万，抵敌梁军，又使镇西将军邢峦，都督东讨诸军事，发定、冀、瀛、相、并、肆六州人马，约十余万，接济元英，魏兵尚未到齐，梁军已经先出。江州刺史王茂，侵魏荆州，诱魏边民及诸蛮，更立宛州，随遣所署宛州刺史雷豹狼等，袭取河南城。太子右卫率张惠绍，侵魏徐州，攻入宿预城，擒住守将马成龙。北徐州刺史昌义之，也得拔魏梁城。迭写梁军胜仗，反衬下文。

豫州刺史韦睿，遣长史王超等攻小岘，日久未下。睿亲往行营，巡阅围栅，魏兵亦出数百人，列阵门外。睿即欲下令攻击，部将叩马进谏道："今日随驾来此，未具战备，请还镇授甲，方可进战。"睿驳说道："魏城中有二三千人，尚能固守，今无故出城列阵，必自恃骁勇，藐视我军，我若败他一阵，使他知惧，然后守卒寒心，此城可不攻自破了！"众尚面面相觑，各有难色，睿张目四顾，握节出示道："朝廷授我此节，并非徒饰外观，诸君相从有年，难道还未知韦睿军法么？"大众见他动恼，方才应令，乃并力向前，猛击魏兵。魏兵果自恃骁悍，齐来争锋，哪禁得睿军拼死，一当十，十当百，竟把魏兵击退。便乘势攻城，果然城中内溃，经宿即下。遂乘胜进薄合肥，就淝水设了一堰，令水汇集城旁，使通舟舰。

魏将杨灵胤率众五万，来救合肥，梁将恐众寡不敌，请睿奏请添兵。睿笑道：“强虏当前，再求添兵，还来得及么？况我求添兵，彼亦添兵，何时得了？兵贵出奇，虽多何益！”说着，即列阵以待。至灵胤驱军过来，便冲杀前去。灵胤未曾防着，恰被睿驰突一场，折损了许多人马，退至数里下寨。睿本遣军将王怀静，筑垒堰旁，令他守堰。灵胤夜遣锐卒，攻破怀静营垒，复掩至堤下，兵容甚盛。睿众又欲退守巢湖，或拟还保三汊，睿变色道：“哪有此理！”遂命取大纛旗矗立堤下，并下令道：“堤存与存，堤亡与亡，妄动即斩！”既而魏人俱来凿堤，睿督众与争，擐弓攒射，箭伤魏兵多名，魏兵怯走。睿即沿堤筑垒，约高数仞，并将斗舰架起垒上，与城相齐，然后鸣鼓督攻。城中人失去凭借，个个慌张，骇极而哭。守将杜元伦登城督战，中箭倒毙，蛇无头不行，兵无主自乱，就在夜间开城遁去。睿一面入城，一面发兵追逐，斩俘万余级，获牛马亦万数。

睿素来体弱，未尝跨马，每战辄乘白板舆，督厉将士，勇气无敌。平时与士卒同甘苦，极意拊循，所以令出必行，无战不胜。平时待下有恩，战时始可用威，否则士不用命，威亦何益，这是本段著眼处。灵胤亦闻风退走。睿率将士至东陵，有诏令他班师，乃悉遣辎重前行，自乘小舆殿后，从容还至合肥。魏人服睿威名，不敢追蹑。睿就把豫州官府，俱迁入合肥城，即以合肥为豫州治所。庐江太守裴邃，也有能名，连拔魏羊石、霍邱二城，青、冀二州刺史桓和又克魏朐山及固城。

梁廷屡得捷书，盈廷相庆，哪知胜负靡常，得失无定！王茂到了河南城，被魏平南将军杨大眼，一鼓杀败，茂弃甲遁还，杨豹狼亦弃城逃走，河南城复为魏有了。张惠绍自宿预进发，北攻彭城，遣署徐州刺史宋黑，往围高塚，又被魏武魏将军奚康生，率兵来援，黑竟战死。惠绍继战亦败，仍退保宿预城。魏中山王元英，及将军邢峦，先后继进，连战皆捷。再加魏平南将军安乐王元诠，亦督后军随赴淮南，梁军都望风生畏，节节退还。桓和保不住固城，张惠绍保不住宿预，俱隳弃前功，仓猝南奔。前叙胜，后叙败，兔起鹘落，笔势不平。

那时临川王宏尚逗留洛口，拥兵不进。闻魏军进逼梁城，不禁生惧，亟召诸将会议，意欲旋师。吕僧珍首先开口道：“知难而退，也是行军要诀。”宏即答道：“我意也作是想。”柳惔接入道：“我军出境，连克名城，怎得谓难？何必遽退！”裴邃亦说道：“此次出师，原为杀敌而来，明知非易，奈何畏难？”马仙琕朗声道：“王奈何自堕志节，甘取败亡！试想天子举全国将士，悉数付王，有前死一尺，无却生一寸！”昌义之更怒气勃勃，须发尽张，面唾僧珍道：“吕僧珍直可斩首，岂有百万大兵，出未遇敌，便望风遽退！似此庸奴，尚有面目还见圣主么？”朱僧勇、胡辛生拔剑趋出道：“欲退自退，下官当前向取死！”诸将亦含怒欲出，僧珍乃谢诸将道：“殿下昨来风动，意不在军，深恐大致沮丧，故欲全军速返。”裴邃尚欲有言，见僧珍以目示意，乃含忍不发。俟大众尽退，宏亦入内，因复问僧珍道：“公系佐命元勋，今为何自怯若此？”僧珍即附耳低语道：“王不但全无谋略，且很是胆怯，我与王屡言军事，俱格不相入，看此情势，怎能成功！故不如见机退兵，还得保全大众。”邃始叹息而出。

宏因众情违沮，未便遽退，却亦未敢遽进。魏人知他不武，以巾帼相遗，宏虽不免怀惭，始终畏缩不前。当时魏人有歌谣云：“不畏萧娘与吕姥，但畏合肥有韦虎！”韦虎是指韦睿，萧娘指宏，吕姥指僧珍。僧珍听得此谣，越加愧叹，请遣裴邃分军取寿阳，宏终不从。

魏将奚康生，遣杨大眼请命元英，略言梁军屯留不进，畏我无疑，王若进军洛口，彼自奔败云云。英答说道：“萧临川虽然庸騃，部下却有良将，韦、裴诸人，皆未可轻视，汝等且静观形势，勿与交锋！”元英亦未免自沮，然用兵不可无良将，于此益见。

未几已值深秋，洛口暴风大作，继以骤雨，梁军相率惊哗。临川王宏，竟潜率数骑夜遁，将士求宏不得，顿时四散，弃甲抛戈，填满水陆。宏乘小船渡江，趋至白石垒，天尚未明，便叩城求入。临汝侯萧渊猷系衡阳王萧懿第三子，据守垒城，便登城问为何人？宏以实对。渊猷答道：“百万雄师，一朝鸟散，国家前途，可危孰甚！倘或奸人乘间图变，如何支持？此城地当冲要，不便夜开，且俟至天明罢。”宏亦无法，惟向渊猷求食，渊猷乃缒食馈宏，待旦方才纳入。渊猷颇不愧官守。

昌义之尚驻守梁城，闻洛口军溃，与张惠绍引兵退还。此次梁廷出师，倾国大举，器械统是精利，甲仗亦很整齐，出次半年，只招降了一个反复无常的陈伯之，与梁廷没甚利益。伯之亦旋即病殁。此外劳师糜饷，损失甚多，兵士溃散，及老弱死亡，差不多有五万人，这都由任将非人，徇私废公，所以遭此一跌呢。语意谨严。

魏主恪传诏各军，乘胜平南，中山王英，进陷马头城，夺得城中积粟，悉数运去。梁主闻宏溃归，急命添戍钟离。或谓魏兵运粮北归，当不致南下，梁主衍道：“这真是狡虏诈计，怎得不防！”此时还算明白。遂饬昌义之速入钟离城，缮垣浚濠，严兵守着。不到数日，魏兵前队，已到钟离城下，亏得昌义之先已防备，毫不仓皇，一攻一守，相持多日。

魏主复令邢峦引兵会攻，峦上疏道：“南军虽不善野战，却善城守，今尽锐往攻钟离，实为失策。钟离远处淮南，就使束手归顺，尚恐无粮可守，况顿兵城下，血薄与争呢！国家有事南方，转瞬经年，士卒劳敝，不问可知。愚意谓不如敛兵北返，修复旧戍，抚循诸州，徐图后举。”魏主不从，反促令进兵。峦复申奏道：“今中山王进军钟离，臣实未解。若专图南略，不顾万全，亦不如直袭广陵，或可掩他不备。乃徒载八十日刍粮，欲取钟离城，谈何容易！钟离天险，城堑水深，非可填塞，彼坚守不战，我师当然坐老；若遣臣接应，从何致粮？臣部下只带袷衣，未赍冬服，倘遇冰雪，又从何取济？臣宁受责逗挠，不愿同遭败损。陛下果信臣言，乞赐臣免职；若谓臣惮行求还，臣愿将所率部曲，尽付中山王，任他处分！臣不妨孑身单骑，听令驱策。倘知难不言，非但负将士，并且负陛下了！”颇有远识。魏主乃召峦还，另遣镇东将军萧宝夤助攻钟离。

钟离守将昌义之，守备有余，因恐魏兵日增，不得不奉表求援。梁主因遣右卫将军曹景宗，督兵二十万，往救钟离，且令暂留道人洲，候诸军到齐，然后进发。景宗请先据邵阳洲尾，奉诏不许，他却违诏前进。途次适遇暴风，淹死数百人，乃还守先顿。梁主衍闻报，反有喜色道：“景宗不能独进，是天意教我破贼了！若孤军得行，猝遇大敌，必至狼狈，大将溃走，他有何望呢？”景宗静待各军，过了残冬，尚未能启行。

越年为梁天监六年，魏中山王英，与平东将军杨大眼等，率众数十万，进围钟离。城北沮住淮水，不便合围，英特就邵阳洲上，筑桥跨淮，树栅为垒，屯兵攻城。英据南岸，大眼据北岸，督众猛扑，不舍昼夜。城中守卒才三千人，昌义之激厉将士，随方抵御。魏人负土填堑，复用严骑迫蹙，人未及返，土又随压，连人带泥，叠入堑中。俄而堑满，即用冲车撞城，城土屡堕。义之用泥补城，随坏随补，终得堵住。魏人缘梯登城，更番相代，前仆后继，不少退却，经义之率领守兵，用着长刀大戟，刈人如草，但见魏兵随升随堕，始终不得登城。一日战数十合，前后杀伤万计，尸与城平，城仍未下。魏主因顿兵日久，召英使还，英不肯退兵，但请宽假时日。魏主又遣步兵校尉范绍，驰抵英营，相视形势。绍见钟离城坚固难下，亦劝英还，英仍不从。非败不归。

那时梁统帅曹景宗，已经启行。豫州刺史韦睿，亦受命会师，归曹景宗节度。睿自合肥出发，取便道赴钟离，所过阴陵大泽，道多涧谷，随驾飞桥，立即济师。或虑魏兵势盛，请睿缓行，睿毅然道：“钟离兵民，凿穴而处，负户而汲，不胜困惫，我等急往赴难，还恐不及，难道尚可延宕么？魏人已堕我腹中，愿卿等勿忧！”于是星夜前进。到了邵阳洲，才阅旬日，曹景宗亦即驰至。两下相见，似漆投胶，很是欢洽。景宗本来好胜，动辄陵人，惟韦睿年高望重，颇为景宗所敬礼，故毫无嫌疑，和衷办理。梁主衍也恐景宗使气，先给密敕道：“韦睿老成，与卿有关乡望，卿宜厚待为是！”及闻景宗见睿，持礼甚谨，便欣然道：“二将和衷，无不济事了！”想亦惩宏覆辙，故格外小心。

睿自率部众，夜逼魏营，堑洲设垒，通宵赶筑。南梁太守冯道根，为睿前驱，能走马步地，按步计功，才至天明，垒已成立。魏中山王英，总道他无此迅速，所以夜间不加防备。天明出望，梁营已经屹立，距本寨仅百余步，不禁大惊，用杖击地道：“是何神速至此！”魏将见梁营联接，横亘洲旁，旗帜器械，焕然一新，也相顾夺气。

杨大眼系杨难当孙，勇冠诸军，径率万余骑攻睿。睿结车为阵，按兵不动，俟大眼麾骑围绕，乃发出梆声。一声怪响，万弩齐发，洞甲穿胸，射得魏兵个个倒躲，连大眼右臂，也中数矢，只好退去。可惜只射中右臂，不能射他两目。

翌晨，英自督众来战，睿乘木舆，执白角如意，麾军对敌。杀了数十回合，英不能胜，怅然回营。过了两日，魏人复猛攻睿垒，飞矢如雨，睿登垒督守，绝不畏避。睿子黯请下垒避箭，及将士有怯噪声，统由睿厉声呵止，静镇不乱，仍然得安。

杨大眼臂创少愈，复遣兵四出，断截梁兵刍牧。曹景宗募得勇士千余人，竟至大眼营前，筑垒堵住，不令出掠。大眼一再来争，均被梁兵杀退，及垒既筑就，使别将赵草扼守，草内护外拒，刍牧无忧，因呼为赵草城。可谓劲草。

已而有朝敕到来，授他方略，乃是火攻计，令景宗与睿，各攻一桥。两将依敕待行，光阴易过，又是春暮，淮水暴涨六七尺，睿遣前锋冯道根，与庐江太守裴邃，秦郡太守李文钊等，各乘斗舰，奋击洲上魏兵，一战尽殪。别用小船载草，沃以膏油，纵火焚桥，风烈火炽，烟尘缭乱。道根等皆亲自搏战，麾动锐卒，拔栅斫桥。桥梁栅木，半被毁去，半入淮流，顷刻俱尽。曹景宗因使众军鼓噪，奋突魏营，仿佛似川鸣谷应，海啸山崩。魏中山王英，弃营亟走，杨大眼亦毁营窜去，诸垒依次土崩，抛戈弃甲，争投淮水中，多半溺毙，淮水为之不流。睿遣报昌义之，义之且悲且喜，不暇答语，但呼道：“更生！更生！”当下部署残军，也出城追虏。景宗与睿，遣各军并力逐北，至濊水上。沿途尽情杀掠，伏尸四十里，生擒五万人，收获军粮器械，牛马驴骡，不可胜计。

景宗与诸将争先告捷，睿独居后。及义之邀诸军入城，置酒犒宴，请景宗与睿共席。酒酣兴至，掷骰为戏，设二十万钱为博注。景宗一掷得雉，睿徐掷得卢，他却忙取一子，翻将转来，情愿作塞，且连称异事。景宗一笑而罢。小子有诗咏韦睿道：

不贪名利不争功，德愈谦时望愈隆。

为问萧梁诸将士，阿谁能学韦公风？

景宗等既献捷报功，当由梁主下诏，命班师还朝。欲知凯旋后事，且看下回分解。

梁室诸将，莫如韦睿，次为裴邃。当时欲出师北伐，何不用睿为帅，邃为将，专阃得人，奏功自易事耳。不此之审，乃独用一无才无勇之临川王宏，宏虽介弟，未足统军，不战而逃，原意中事。假令当日无韦、裴二将，为敌所忌，魏中山王英等，直迫洛口，吾恐宏且南走之不暇，而全军且尽覆没矣！异哉萧衍，明知韦睿之为时望，而不能重用，几陷乃弟于死地。乃弟可死，如全军何！及钟离一役，又未尝专任韦睿，而独任曹景宗，令睿归景宗节制。幸睿素负重名，为景宗所敬礼，始得和衷共济，大破魏军。否则，景宗尝违诏进军矣；虽有密敕，令彼敬睿，亦乌足恃！然后知萧衍之智，不过寻常，无怪其老且益愚也！

第四十二回

诬通叛魏宗屈死
图规复梁将无功

却说曹景宗奉诏班师，还朝饮至，盈廷大臣，统皆列席。当时左仆射范云已早病逝，另用尚书左丞徐勉，及右卫将军周捨，同参国政。左仆射沈约有志台司，终不见用。惟才华富瞻，兼长诗文，梁主衍有所制作，必令约属草，倚马万言。至是与宴华光殿中，遵敕赋诗，夸张战绩。曹景宗亦擅诗才，不得与赋，意甚不平，遂起求赋诗。梁主衍道："卿技能甚多，何必吟咏？"景宗求作不已，梁主衍见约所作，赋韵将尽，只剩得竞病二字，便笑语景宗道："卿能赋此二字否？"景宗索笔成书，立就四语，呈与梁主。但见纸上写着：

去时儿女悲，归来笳鼓竞。借问路旁人，何如霍去病！

梁主瞧毕，击节叹赏道："卿文武兼全，陈思王即魏曹植。不能专美了！"景宗顿首谢奖。及宴毕散座，梁主还宫，即颁发诏敕，进景宗为领军将军，加封竟陵公。韦睿为右卫将军，加封永昌侯。昌义之为征虏将军，移督青、冀二州军事，兼领刺史。余如冯道根以下，各受赏有差。越年出景宗为江州刺史，病殁道中，追赠征北将军开府仪同三司，予谥曰壮。是年尚书右仆射夏侯详，亦老病谢世。这且慢表。

且说魏中山王英，及镇东将军萧宝夤，败奔梁城，魏廷言官，当然上章弹劾，请诛英及宝夤。魏主恪减等议罪，夺去二人官爵，除名为民。杨大眼亦坐徙营州。别简中护军李崇为征南将军，兼扬州刺史。崇深沉宽厚，颇得士心，出镇寿阳，远近畏服，所以钟离虽挫，淮右尚安堵如常。独魏主恪外宠高肇，内惑高贵嫔，疏忌宗室，迷信桑门，一切军国大事，未尝亲理。彭城王勰，虽起任太师，有位无权。勰兄广陵王羽，受职司空，好酒渔色，尝与员外郎冯俊兴妻私通。俊兴恚恨，伺羽夜游，骤出狙击，致受重伤，未几即死。羽弟高阳王雍，继任司空，学识短浅，无善可称。还有广陵王嘉，系太武帝拓跋焘庶孙，齿爵并尊，但好容饰。雍由司空擢太尉，嘉得进位司空，旅进旅退，备员全身。就是魏主四弟，如京兆王愉，清河王怿，广平王怀，汝南王悦等，资望皆轻，未足参政，所以北朝政令，几全出高氏手中。总叙魏主宗室，俱为后文伏案。

皇后于氏，本为魏主所宠爱，自纳高贵嫔后，宠遇渐衰。正始四年，后忽暴疾，半日即殂。宫禁内外，明知由高氏加毒，但怕她势大，不敢显言。魏主已移情高氏，也没甚悲悼，惟依礼丧葬，谥为顺皇后，算作了事。于后有子名昌，年只二岁，越年三月，昌复得病，侍御师王显，不加疗治，由他啼号，才阅两日，一命呜呼。魏主仅得此子，忽然夭逝，当然比于后殁时，较为哀痛。嗣因高贵嫔从旁劝慰，仗着三寸慧舌，挽回一片哀肠，遂令魏主境过情迁，竟将于后母子二人，撇诸脑后。就是王显失医等情，亦绝不问及。看官不必疑猜，便可知是高氏阴谋，巧为蒙蔽了。

于后世父于烈，出镇恒州，父于劲，虽留仕魏都，究竟孤掌难鸣，未敢奏讦。高氏得逍遥法外，任所欲为。

过了数月，高贵嫔即受册为后，太师彭城王勰，上书谏阻，那魏主已堕入迷团，任他如何苦口忠言，统已逆耳不受，反令勰得罪高氏，视若仇家。高肇恃势益骄，权倾中外，妄改先朝成制，削封秩，黜勋臣，怨声盈路，朝野侧目。度支尚书元匡，独与肇抗衡，先自造棺，置诸厅间，拟舆棺诣阙，详劾肇罪，然后自杀，隐寓尸谏的意思。忠而近愚。事尚未行，适奉诏议权量事，与太常卿刘芳互有龃龉。高肇主张芳议，匡不直肇，便据理力争，且表称肇指鹿为马，必为国害。魏主尚未批答，偏奏斥元匡的弹章，相继呈入，署名为谁，就是前充侍御师，后升中尉的王显。可见前次失医皇子，明是高氏授意。当下将两奏尽行颁出，命有司论奏，有司皆趋承高肇，统复称元匡诬谤宰相，应处死刑。还算魏主加恩宽免，但降匡为光禄大夫。

权豪跋扈，祸变猝来，魏主弟京兆王愉，忽自信都起兵构乱，也居然称帝改元，托言高肇谋逆，魏主被弑，不得不从权继立，入讨乱臣。看官听着！高肇虽然专横，究竟尚未弑逆，如何京兆王凭空捏造，骤敢作乱？说将起来，也有一段隐情。

先是魏主恪颇知友爱，尝令诸弟出入宫掖，寝处与共，不异家人。愉由护军将军迁授中书监，入直殿阁，更成常事。魏主为娶于后妹为妃，于氏貌不动人，未得愉欢。

愉另纳妾杨氏，能歌善媚，宠擅专房。只因杨氏出身微贱，特令拜中郎将李恃显为养父，冒姓为李。产下一子，取名宝月。于妃未免妒恨，屡入宫诉告乃姊，于后因召李入宫，亲加斥责，且勒令为尼，把宝月归妃抚养，愉虽不能抗命，心中总系念宠妾，日夕不忘，乃托人请求后父，乞为转圜。时于后尚未产男，后父于劲，也劝后格外包容，使魏主得广纳嫔御。又因愉屡次请托，乐得替他说情，仍将李氏归愉。于后本来柔淑，遂勉承父命，遣还李氏。碧玉重归，情好益笃。自高肇用事，高贵嫔得立为继后，魏主信任外戚，摈斥宗亲，待遇诸弟，迥异从前。愉又喜引宾客，崇奉佛道，用度浩繁，常患不足，渐渐的纳贿营私，致有不法情事。高肇害死于后，常恐于氏报复。愉为于婿，适中肇忌，所以日陈愉短，谮毁多端。魏主恪召愉入宫，面数罪恶，杖愉五十，出为冀州刺史。

愉既莅任，愤无所泄，乃欲乘间构难，冒险求逞，长史羊灵，抗词谏诤，竟为所杀。司马李遵，畏死相从，遂诈称得清河王怿密函，说是高肇弑逆，应该继统讨罪。当下筑坛城南，自称皇帝，改元建平，伪诏大赦。又把这娇娇滴滴的爱妾，抬举起来，立为皇后。以妾为妻，第一着便铸成大错，怎得济事？法曹参军崔伯骥，不肯从命，又为所杀。且逼令长乐太守潘僧固一同起事。僧固系彭城王勰母舅，为此一隙，遂令一代贤王，也陷入案中，平白地做了一个枉死鬼魂。

高贵嫔得为继后，勰尝谏阻，高氏恨勰甚深，只苦无隙可乘，不能置诸死地。可巧僧固附逆，被高肇吹毛求疵，抵隙下石。一面请遣尚书李平，督军讨愉，一面诬奏彭城王勰，说他与愉通谋，纵舅助逆，应速除内应，才戢外奸。魏主恪尚称明白，把遣发李平一奏，立即允议，独将彭城王一案，暂从搁置。

高肇怎肯罢手，嗾使侍中元晖，申疏论勰，晖不肯从。乃更嘱郎中令魏偃，前防阁高祖珍，交章谗构，证成勰罪。魏主方才动疑，召问元晖，晖力白冤诬。晖亦一小人，此时独持正论，故特揭之。魏主乃更问高肇，肇又引魏偃、高祖珍，共陈勰有通谋实情，说得魏主不能不信。再加那艳后从中煽惑，遂决计杀勰，竟与高肇等定谋，征令入宴，秘密行诛。

越宿即遣出中使，召勰及高阳王雍，广阳王嘉，清河王怿，广平王怀，入宴禁中，肇亦与宴。勰妃李氏方产，固辞不赴，中使一再敦促，不得已与妃诀别，乘牛车入东掖门。将度小桥，牛不肯进，牛果能则知耶！由中使解去牛缆，挽车驰入。彼此列席宴饮，直至黄昏，尚无他变。大家都有酒意，各起至别室休息。

才阅须臾，忽由卫军元珍，引着武士，赍鸩前来，逼勰使饮。勰瞿然道："我有何罪？愿一见至尊，虽死无恨！"元珍道："至尊不能再见！"勰复道："至尊圣明，不应无罪杀我，诬告何人，愿与一对曲直！”元珍不应，但目视武士。武士用刀环击勰三下，勰抗声道：“冤哉皇天！忠乃见杀。”武士再用刀击勰，勰乃取鸩饮讫。毒尚未发，又被武士刺死。翌晨用褥裹尸，载归故第，诈云因醉致死。李妃闻报，向天大号道：“高肇枉理杀人，天道有灵，怎得善终！”魏主佯为举哀，赙赠从厚，赐谥武宣。及举柩出葬，行路士女，统望柩流涕道：“高肇小人，枉杀如此贤王！”嗣是中外舆情，益恨肇不休。莫谓直道无存！

那李平督领各军，进攻信都，愉出城拒战，屡战屡败，乃闭门静守。李平分兵围城，连日攻扑，闹得城中昼夜不安，各生贰心。再加河北各州，已由定州刺史安乐王诠，檄称魏主无恙，休信叛王讹言，遂致鬼蜮伎俩，俱被瞧破，没一人信从伪主。愉情势两穷，没法摆布，只好挈了伪后，及爱子四人，并左右数十骑，溜出后门，命伪冀州牧韦超，居守信都。李平闻愉出走，亟遣统军叔孙头追捕，自督将士登城，即日攻入，杀死韦超，揭榜安民，全城复定。叔孙头也将愉等拿到，不漏一人，便由平奉表告捷。

高肇等请就地诛愉，魏主不许，但命械送洛阳，责以家法。平乃派将送愉，及愉妾李氏子四人，乘驿解往。愉每止宿亭，必与李氏握手言情，备极私昵，一切饮食，悉如平日，毫无怍容。行至野王，由高肇传到密令，迫愉自杀。愉服毒待尽，且语人道：“我虽不死，亦无面目见至尊。”又与李氏永诀，悲不自胜，俄而气绝，年只二十一。李氏与四子至洛，魏主赦免四子，惟拟置李氏极刑。中书令崔光谏道：“李氏方娠，刑至刳胎，乃桀、纣所为，严酷非法，须俟产毕，然后行刑。”魏主依议，按功行赏，加李平散骑常侍，即令还朝。平入信都，从参军高颢言，宥胁从，禁杀掠，子女玉帛，一无所取，还都以后，中尉王显，索赂不得，遂劾平隐没官口，乱党子女，应没入宫廷，叫作官口。显有情弊。高肇亦恨他毫无馈遗，奏除平名，有功反罪，国事更可知了。不乱不止。

梁天监七年，魏郢州司马彭珍等，叛魏降梁，潜引梁兵趋义阳。三关即平靖、武阳、武胜三关，并见前文。戍将侯登，亦向梁请降。魏悬瓠军将白早生，又杀死豫州刺史司马悦，自号平北将军，致书梁司州刺史马仙琕，乞发援师。仙琕上书奏闻，梁主衍令仙琕往援早生，且授早生司州刺史。仙琕进屯楚王城，但遣副将齐苟儿，率兵二千，助守悬瓠，魏复起中山王英，都督南征诸军事，出援郢州。再命尚书邢峦，行豫州事，领兵击白早生。峦尚未发，先遣中书舍人董绍，抚慰悬瓠，早生执绍送建康。峦闻绍被执，忙率骑士八百，倍道兼行。五日至鲍口，早生遣将胡孝智，领兵七千，出城二百里逆战，为峦所破，遁还悬瓠。峦进至汝水，早生自往截击，又复败还。峦遂渡水围城。魏宿预守将严仲贤，因邻境被兵，正拟戒严，参军成景隽，刺死仲贤，竟举城降梁。于是魏郢、豫二州属境，自悬瓠以南，直至安陆，均为梁有。惟义阳一城，为魏坚守。

中山王英，虑兵不敷用，求请添兵。魏主但遣安东将军杨椿，率兵四万，进攻宿预。命英就邢峦军，同攻悬瓠。悬瓠城已经危急，复见英军助攻，越加恟惧。白早生尚欲死守，偏自司州遣来的齐苟儿，遽开城出降。苟儿应改名狗儿，故愿乞怜外族。魏兵一拥入城，擒斩早生，及余党数十人。英乃引兵赴义阳。

义阳太守辛祥，与郢州刺史娄悦，婴城共守。梁将军胡武城、陶平虏，引兵进逼，祥与悦共议战守事宜。悦但主守，俟英来援，祥独主战，夜率壮士掩袭梁营。梁人果然中计，胡武城仓猝逃还，陶平虏略慢一步，被辛祥活捉了去。义阳得安。悦耻功出祥下，奉书高肇，掩没祥功，赏竟不行。

中山王英，到了义阳，梁兵早已败去，乃欲规取三关。先与众将计议道："三关相须，如左右手，若攻克一关，两关可不战自下。攻难不如攻易，应先攻东关为宜。"东关即武阳关。众将自无异言。英又使长史李华，引兵赴西关，即平靖关。牵制梁军，自督诸军向东关。六日而下，虏得守将马广、彭瓮生、徐元季，再移兵攻广岘。守将李元履遁去，又攻西关，梁将马仙琕亦遁。

梁主亟遣韦睿往援仙琕，行至安陆，闻三关已经失守，忙入城为备，增筑城垣二丈余，更开大堑，起高楼，收集溃卒，严加防堵。部将或以怯敌为疑，睿笑道："为将当有怯时，怎可徒恃勇气！"马仙琕等陆续退还，魏中山王英，乘胜急追，欲复邵阳旧耻，及闻睿复出守安陆，不免生畏，便即退师。

梁主以连岁用兵，师劳力竭，特释魏中书舍人董绍，召入面谕道："两国战争，连年不息，民物涂炭，彼此同忧，吾今释卿归国，愿修和好，卿宜备申朕意。若果罢战息民，我愿将宿预还魏，魏亦当还我汉中。"绍唯唯遵谕，辞还洛都，即将梁主意旨，详报魏主。魏主不从，南北失好如故。

已而魏荆州刺史元志，率兵七万攻潺沟，驱迫群蛮，群蛮皆渡过汉水，乞降雍州。梁雍州刺史侯昺，收纳群蛮，使司马朱思远部勒蛮众，往击魏军。蛮众积忿竞斗，大破元志，斩首万余级，元志走还。

过了两年，天监十年。琅琊土豪王万寿，纠众戕官，据住朐山，密召魏兵。魏徐州刺史卢昶，遣戍将傅文骥赴援，青、冀二州刺史张稷，发兵往剿，与战失利。文骥入据朐山，梁廷遣马仙琕往攻，把朐山城围住，困得水泄不通。朐山无粮可因，樵汲复断，文骥无法可施，没奈何开城出降。卢昶不谙军事，仓猝往援，途次接得朐山败报，回马就逃，部众皆溃。时值大雪，冻皲甚多，又经仙琕追击，十死七八，粮畜器械，丧失无数。

惟张稷还兵郁洲，青、冀二州，宋时已被魏陷没，南朝借郁洲地侨置青、冀州治，事见前文。自愧无功，心益郁闷。他尝仕齐为侍中，东昏被废，稷曾与谋。梁主衍因他有功，迁任左卫将军。稷自谓功大赏薄，每当侍宴，辞色怏怏。梁主衍瞧透情形，便向他嘲笑道："卿与杀君主，有何名称？"稷答道："臣原无美名，不过对着陛下，未为无功。况东昏暴虐，义师一起，天下归心，岂止臣一人响应么？"梁主掀髯微哂道："张公真足畏人！"语带忌刻。乃命他为安北将军，领青、冀二州刺史。稷仍未惬望，莅镇后懒治政事，宽弛失防。朐山一役，无功而归，僚吏益多轻视，乐得暗地营私。

好容易过了二年，郁洲人徐道角，招集亡命，及许多怨民，夤夜袭入州城，闯进官廨，怀刃害稷。稷长女楚瑗，为会稽孔氏妇，无子归宗，随稷在任。至此挺然出来，以身蔽父。乱党见人便斫，管甚么孝女烈妇，第一刀杀死楚瑗，第二刀将稷剁毙。不没楚瑗，意在阐幽。索性枭稷头颅，函送北朝，作为贽献礼物。魏主调兵收降，偏被梁北兖州刺史康绚，走了先着，引兵掩入郁洲，捕诛乱党。及魏兵东下，徐道角早已伏辜，郁洲平定如恒。那魏兵也只得敛甲告归。

梁主本不满张稷，追论稷病民致乱，削夺官爵。稷固无状，稷女何不旌扬！嗣复与沈约谈及，尚觉不平。约答道："已往事不必复论。"梁主陡然忆起，知约与稷尝联婚谊，不由的愤愤道："卿作此语，好算得忠臣么？"语毕入内。约骤遭诘责，不觉惊惶，连梁主入室时，都似未见，仍然呆坐。经左右呼令趋退，方惘惘还第。未曾至床，却悬空睡将下去，跌了一交，几乎中风。家人忙扶他入寝，延医服药，稍得免痛。到了夜间，忽大叫道："阿哟！不好了！不好了！舌被割去了！"小子有诗叹道：

为慕虚荣不顾名，与谋篡弒得公卿。

可知夜气销难尽，妖梦都从胆怯生。

究竟何人割舌，待至下回报明。

先圣有言，女子小人为难养，养且不可，况宠信乎！高肇小人也，高贵嫔为女子，更无庸言。魏主恪委任高肇，使握朝纲，嬖宠高贵嫔，使攘后位，内有艳妻，外有豪戚，女子小人，表里用事，毒于后，害皇子昌，谮京兆王愉，诬彭城王勰，阴贼险狠，莫此为甚。愉迫于私忿，遽敢称戈，野王之戮，尚其自取。勰为中外属望之贤王，乃冤诬致死，妨贤病国，高氏宁能长存乎？顾魏政不纲，朝野解体，降梁者日益众，梁出师图复郢、豫，旋得旋失，终归败挫，非魏将之勇略过人，实梁无良将之所致也。梁有一韦睿而不能重用，何怪其屡出无功乎！朐山、郁洲之平乱，其犹为幸事哉。

第四十三回

充华产子嗣统承基
母后临朝穷奢极欲

却说沈约夜卧床中，精神恍惚，似觉舌被割去，痛不可耐，乃拼命呼救。待家人把他唤醒，尚觉舌有余痛。细忆起来，乃是南柯一梦。梦中见齐和帝入室，手执一剑，把自己舌根截去。于是越想越慌，嘱家人召入一巫，令他详梦。巫不待说明，便道是齐和帝作祟，乃即挽巫祷禳，日夕忏醮。并自撰赤章，焚诉天廷，内称禅代情事，统是梁主衍一人所为，与己无涉。人且不可欺，天可欺乎？凑巧梁主遣御医徐奘，往视约疾，得见赤章，问明原由，才知梦状。当下还宫复命，据实具陈。梁主不禁怒起，立遣中使责约，略言禅让草诏，皆约所为，怎得诿诸朕躬！约愈加惶急，既畏主谴，又惧冥诛，两忧相迫，便即毙命，寿已七十三岁了。不死何为？

梁主还算有情，仍赠本官，赙钱五万，布百匹。朝议请赐谥为文，梁主烛改一隐字。颇合沈约行谊。约以文名著世，所撰晋书百一十卷，宋书百卷，齐纪二十卷，宋文章志三十卷，文集百卷。又制四声谱，自谓穷神入妙。梁主衍不以为奇，且问参政周捨道："何谓四声？"捨举"天子圣哲"四字，表明平上去入的四声。梁主淡淡的答道："这也有甚么奇怪呢？"遂将韵谱搁起，不复遵用。后来却流传人世，推为巨制。

当时与约齐名，尚有江淹、任昉等人。淹字文通，仕齐为秘书监，梁主起兵，却微服往投。嗣迁金紫光禄大夫，封醴陵侯。天监四年逝世，予谥曰宪。淹少年好学，尝梦神人授以五色笔，遂擅文才。晚年又梦神人将笔索还，从此遂无妙句，时人叹为江郎才尽。平生著作百余篇，及齐史十志，并传后世。

昉字彦升，雅善属文，尤长载笔，起草即成，不加点窜。母裴氏尝昼寝，梦见一彩旗盖，四角悬铃，从天坠下，一铃落入怀中，惊动有娠，遂得生昉。昉在齐末，亦官司徒右长史。梁主入都，召为骠骑记室参军，寻拜黄门侍郎，迁吏部郎中。天监六年，出为宁朔将军，领新安太守，为政清约，辄曳杖徒行，为民决讼视事。期年病殁官舍，百姓怀德不忘，就城南设一祠堂，岁时祭奠。梁主亦闻讣举哀，追赠太常卿，予谥曰敬。留有杂传二百四十七卷，地记二百五十二卷，文章三十三卷，亦传诵士林，历久不磨。

此外尚有前侍中谢朏，亦素有文名，齐季归隐田里，屡征不起。梁初又征朏为侍中，朏仍不至。嗣忽自乘轻舟，诣阙陈词，有诏命为侍中司徒尚书令，朏表称足疾，不堪拜谒，但戴角巾，坐肩舆，诣云龙门谢诏。梁主召见华林园，又乘小车就席，翌日梁主又亲至朏宅，宴语尽欢，朏固陈本志，未邀俞允，因请还里迎母，为梁主所允准，赋诗送别。寻奉母至京师，虽奉诏受职，不治官事，未几即丁母忧，仍令摄职。服阕后改授中书监司徒，旋即病死。追赠侍中司徒，谥曰靖孝。著有文章书籍，亦广流传，不过晚节不终，迹近矫诈，免不得贻讥公论呢。类举文士，亦寓重才之意。这且不必细表。

且说魏主恪宠信高贵嫔，立为继后。后貌美性妒，所有后宫嫔御，不令当夕。生下一子一女，子偏早殇。魏主年已将壮，尚未有嗣，不免心焦。可巧宫中有一胡充华，为司徒胡国珍女，容色殊丽，秀外慧中。相传胡女生日，红光四绕，术士赵胡，尝由国珍召问，谓此女后必大贵，当为天地母。实是一个祸水。魏主恪略有所闻，特召入掖庭，册封充华。高后见她纤丽动人，当然加忌，偏胡充华巧言令色，颦笑皆妍，能使这位貌美性妒的高皇后，也觉得楚楚可怜，另眼相待。魏主恪乘间召入，与胡充华演了一出鸾凤缘，天子多情，美人有幸，竟暗结珠胎，怀成六甲。

先是六宫嫔御，相与祈祷，但愿生诸王公主，不愿生太子，独胡充华慨然道："国家旧制，子为储君，母应赐死，这原是特别的苛条；但妾却不怕一死，宁可令皇家育一冢嗣，不愿为贪生计，贻误宗祧！"语似有理，志已不凡。

及怀娠后，同列或劝她服药堕胎，胡充华不从，夜间焚香，仰天私誓道："但得产下男儿，排行居长，就使子生身死，亦所不辞！"已而分娩，竟生一男，魏主取名为诩，且恐皇后妒忌，致生不测，特另择乳保，取育别宫，不但皇后不得过问，就是胡充华也不使抚视。

过了三年，诩已三龄，魏主欲立诩为太子，下诏改元，号永平五年为延昌元年，加尚书令高肇为司徒，清河王怿为司空，广平王怀为骠骑大将军，开府仪同三司。到了孟冬，便立皇子诩为太子，此次册立皇储，竟变易旧制，不令胡充华自尽。高后与高肇，很是不服，劝魏主仍遵故事，魏主始终不从，反进胡充华为贵嫔，高后越加愤恚，欲暗下毒手，置胡死地。胡向中给事刘腾求救，腾转告左庶子侯刚，刚又转告侍中领军将军于忠。忠系领军于烈子，嗣父袭爵，因于后暴亡事，憾及高后，当下借公报私，即向太子少傅崔光处问计。光与忠附耳数语，忠大喜照行，仅阅两日，即由魏主下一内敕，命将胡贵嫔迁居别宫，饬令亲军严加守卫，不得妄通一人。为这一策，竟使高氏无从施毒，胡贵嫔得安居无恐，保养天年。死期未至，故得救星。

清河王怿惩彭城覆辙，常有戒心。一夕与高肇等侍宴禁中，酒酣语肇道："天子兄弟，尚有几人，公何故翦灭殆尽？从前王莽头秃，借渭阳势力，遂篡汉室，今君身曲，恐终成乱阶，不可不慎！"肇不禁惊愕，扫兴趋出。会天遇大旱，肇擅录囚徒，宥死颇多。怿复入白魏主道："臣闻名器不可以假人，昔李氏旅泰山，孔子引为深戒，这无非为天尊地卑，君臣有别，事贵防微，不应加渎呢！今欲减膳录囚，应归陛下所为，司徒究是人臣，奈何擅敢僭越，下陵上替，祸且不远了！"魏主恪向他微笑，不发一言。已是会意。

越年，魏恒、肆二州，地震山鸣，人民压死甚众。魏主忧心天变，益防高氏。又越年冬季，梁涪人李苗，及校尉淳于诞奔魏，上书魏阙，请即取蜀。魏主乃即命高肇为大将军，率步骑十万，攻益州。侍中游肇进谏道："今国家连年水旱，不宜劳役。蜀地险隘，镇戍无隙，怎可轻信浮言，遽动大众！事不慎始，恐后悔转无及了。"魏主又默然不应。

倏忽间已是岁阑，度过残冬，便是魏延昌四年正月。高肇西去，尚无捷音，那魏主恪却生成重疾，医药无灵，才经三日，便已归天。侍中领军将军于忠，侍中中书监崔光，詹事王显，庶子侯刚，即至东宫迎太子诩，趋入内殿，夤夜嗣位。王显系高氏心腹，谓翌日登基，也不为迟。崔光道："天位不可暂旷，何可待至明日？"显又道："太子即位，亦须奏达中宫。"光又道："皇帝驾崩，太子继立，这乃是国家常典，何须中宫命令！"进请太子入立东序，由于忠扶住太子，西向举哀。哭至十余声，便令止哭。光摄太尉，奉册进玺绶，太子跪受册玺，被服衮冕，御太极殿，即皇帝位。光等与夜直群臣，伏殿朝贺，稽首呼万岁。翌日大赦天下，征还西讨东防诸军，尊谥先帝恪为宣武皇帝，庙号世宗。皇后高氏为皇太后，胡贵嫔为皇太妃。

于忠与门下省侍中等官，会议国事，大略以嗣主冲幼，未能亲政，宜使高阳王雍裁决庶事。又因任城王澄，为肇所忌，久居闲散，此时肇西出未归，正好起用老成，使总国事。当下奏白太后，请即教授。王显意欲弄权，不愿二王秉政，独矫太后命，令高肇录尚书事，自与肇兄子猛，同为侍中。于忠等先发制人，即乘显入殿，喝令拿下，责他侍疗无效，传旨削职。显临执呼冤，被直阁将军用刀环击伤腋下，牵送右卫府，一宿即死。遂下诏令太保高阳王雍入居西柏堂，任城王澄录尚书事。百官总已听命二王，中外却也悦服。

高肇西至函谷关，所乘戎车，忽然折轴，已是隐怀疑虑。至此接到嗣主哀书，且召令入朝，益恐内廷有变，于己不利，急得朝夕哭泣，神槁形枯。贼胆心虚。匆匆东归，途次由家人相迎，亦不与见，即星夜跑至阙下，格外小心，已是无及。满身穿着衰服，入临太极殿，恸哭尽哀。高阳王雍，与领军于忠密议，拟即诛死高肇，断绝后患。当下令卫士邢豹等，潜伏中书省中，俟肇哭毕，由于忠引他入省，托名议事。甫经入门，忠忽大呼道："卫士何在？"邢豹等应声突出，把肇执住。肇欲开口鸣冤，偏被豹用手叉喉，不令出声。两手又为卫士所缚，不得动弹。才过片时，喉噎气塞，再由豹用力一扼，但见他目出舌伸，立即毙命。威焰到何处去了？当有一道敕书，数肇过恶，说他畏罪自尽。此外亲党悉无所问，但褫肇官爵，葬用士礼。到了黄昏，从厕门出尸，送归肇家。

肇既伏诛，高太后当然不安，再加这位胡太妃乘势报怨，竟与于忠等商议，勒令高太后为尼，徙居瑶光寺，非大节庆，不得入宫。这叫作打落水狗。嗣是于忠内结宫闱，外总宿卫，又为门下省领袖，专揽朝政，权倾一时。尚书裴植，仆射郭祚，恨忠专横，密白高阳王，劝令黜忠。雍尚未发，忠已先闻，即令有司诬构二人，证成罪状，矫诏赐他自尽。甚至欲杀高阳王，还是侍中崔光，从旁力阻，乃出雍归第，不令执政。寻且尊胡太妃为皇太后，居崇训宫，进于忠为尚书令，崔光为车骑大将军，刘腾为太仆，侯刚为侍中。这四人都有功胡氏，所以加官进爵，同日酬勋。

太后父胡国珍得封安定公，兼职侍中，还有太后妹胡氏，适江阳王继子乂为妻。江阳王继，系道武帝珪曾孙，袭封江阳王，宣武时为青州刺史，取良家女为奴婢，坐罪夺爵。胡太后为妹加恩，复继本封，进位太保，授乂为通直散骑侍郎，乂妻为新平君，拜女侍中。于忠、崔光等，且奏请太后临政，太后当即允议，垂帘称制。她本是个聪明伶俐的女钗裙，喜读书，善属文，内外政事，均亲自裁决，随手批答。又素娴骑射，发矢能中针孔，有此种种技艺，故指挥如意，游刃有余。哲妇倾城。听政经旬，即引门下侍官，入问于忠声望。群臣揣摩迎合，料太后不慊于忠，因俱言未能称职。太后颔首，遂出忠为征北大将军，领冀州刺史。忠既外出，雍乃上表自劾，谓"臣初入柏堂，每见于忠专恣，欲加裁抑，忠反欲矫诏杀臣，幸由同僚坚拒，始得免死。自思忝官尸禄，辜负恩私，愿返私门，伏听司败"等语。胡太后不忍罪忠，但优诏慰雍，起为太师，领司州牧。加清河王怿为太傅，兼官太尉，广平王怀为太保，兼官司徒，任城王澄为司空，兼官骠骑大将军。澄希承意旨，奏请安定公宜出入禁中，参咨大务，胡太后当然乐从。

太后初临朝时，尚称令行事，群臣上书称殿下，旋即改令为诏，居然称朕，群臣亦改称陛下。到了冬季十二月，大飨宗庙，太后因嗣主年幼，未能亲祭，拟仿周礼君与夫人交献古制，代行祭礼，礼官均以为未可，乃转问侍中崔光。光独曲意逢迎，竟引据汉和熹邓后汉和帝皇后。荐祭故事，陈将上去，适中胡太后心坎，便将光语援作铁证，饬侍卫备齐全副仪仗，亲至宗庙，摄行祭祀。又饬造申讼车，随时驾御，出云龙门，进千秋门，遇有吏民诉讼，当即审判，有所未决，乃付有司。凡州郡荐举孝廉秀才，及一切计吏，也由胡太后亲御朝堂，临轩发策，且自览试卷，评定甲乙，颇洽舆情。

一日与幼主幸华林园，就都亭曲水旁，宴集群臣，令王公以下各赋七言诗。太后自为首唱，随口说道："化光造物含气贞，"次语令幼主诩续下，诩年方七岁，却也有些聪慧，思索半晌，乃续咏道："恭己无为仰慈英。"太后面有喜容，又合心坎。即叹赏道："七龄幼主，有此续句，也好算是难得了。"群臣齐呼万岁。太后乃令群臣赓续，你一语，我一句，凑成一片古风，无非是颂扬母德，敷奏升平。太后大喜，命左右取出贮帛，颁赏有差。

越年改元熙平。是梁天监十五年。侍中侯刚，掠杀羽林军，为中尉元匡所劾，诏付廷尉议处。廷尉谓杀人抵死，应处大辟，胡太后记念前功，偏说刚因公掠人，邂逅致死，不得坐罪。嗣经少卿袁翻，力为辩驳，始削刚封邑三百户，撤去尝食典御职使。刚以善烹调得幸，尝主御食，充使垂三十年，至此始被撤销，但仍得出入宫禁，与闻朝政。有时且随从太后，游幸宗戚勋旧各家，往往宴至夜半，方才还宫。侍中崔光，援经据史，谏止游宴。太后可主祭祀，为何不可游幸！

看官，你想胡太后到了此时，已是荡逸飞扬，从心所欲，哪里还肯听信崔光，深居简出呢？而且历朝妇女，多信佛事，胡太后有一姑母，曾作女冠子，好谈释教，太后自幼相依，耳熟能详，至此特命在崇训宫侧，建造一永宁寺，又在伊阙口建石窟寺。两寺皆备极华丽，永宁寺尤觉辉煌，内设九层浮图，高九十丈，浮图上柱，复高十丈，四面悬着铃铎。每当夜静，铃铎为风所激，清音泠泠，声闻十里。此外佛殿僧房，尽是珠玉锦绣，炫饰而成，真个是五光十色，骇人心目。自从佛法传入中国，寺刹巍峨，得未曾有。落成时候，太后率领王公夫妇等，自往拈香，凡京内外僧尼士女，俱得入寺瞻仰，络绎奔赴，不下十万人。扬州刺史李崇，谓宜裁省寺塔糜费，移葺明堂太学，一再上表，好似石沉大海，毫无转音。到了熙平三年，有人献一异龟，当作神奇看待，遂改称神龟元年，恐怕是个死乌龟，要应在宣武身上。颁诏大赦，庆宴群臣。

忽报称征北大将军灵寿公于忠身死，大众颇称快意，独太后优诏褒荣，赐谥武敬，并赠厚赙。又越数日，司徒安定公胡国珍又死。国珍系胡太后父，饰终典礼，格外从隆，追赠相国太师，兼假黄钺，加号太上秦公，并迎太后母皇甫氏灵柩，同墓合葬，称为太上秦孝穆君。当时有一个谏议大夫张普惠，还想斟情酌理，竭力奏谏，说是太上名称，不能施诸人臣。同朝统说他不识时务，从旁讥笑，普惠却应机辩析，驳得朝臣哑口无言。但终是空费唇舌，不闻收回成命，徒博得一个直臣名目罢了。

过了数月，天象告变，月食几尽，胡太后恐自己当祸，特想出一件替身符来，密令心腹内侍，赍毒至瑶光寺中，药死故太后高氏，佯说是得病暴亡，棺殓俱用尼礼，草草治丧，即令舁柩至北邙山，埋葬了事。高氏该有此结局，胡氏狠毒尤甚，怪不得后来沉河。内外百官，毫无异议。胡太后越无顾忌，索性任情纵欲，引入一位皇叔，自荐枕席，作成了一段叔嫂奇缘。小子有诗叹道：

雉鸣求牡已增羞，叔嫂何堪结凤俦！

才识妇人须尚德，飞扬荡逸总贻忧。

欲问皇叔为谁，待小子下回申叙。

北魏故例，后宫生男，立为太子，即赐母自尽，此为夷狄之敝俗，不足为训。但胡氏不死，后竟临朝称制。恣为威福，穷极奢淫。论者或归咎魏主恪，谓其不遵古制，致贻后患，实则未然。北魏之宫闱不正，非自胡氏始；就使胡氏已死，而貌美心狠之高皇后，安知其不与胡氏相等耶！高氏专横已甚，天特假手胡氏，令其翦灭。胡氏不惩前辙，尤而效之，罪又甚焉；故其后日之结果，亦较高氏为尤甚。盖天下未有骄淫荡佚之妇人，而能长此不亡者也。故圣王起化，始自闺门，刑于之大本先端，自可无忧女祸。彼留子杀母之故事，岂真足为治平之道乎！

第四十四回

筑淮堰梁皇失计
害清河胡后被幽

却说胡太后引入皇叔，自荐枕席。这位皇叔为谁？就是清河王怿。怿为孝文诸子中，最美丰仪，胡太后看上了他，授以重位，事必与商。且尝至怿第夜宴，目逗眉挑，已非一日。怿却不愿盗嫂，虚与周旋，未尝沾染。偏胡太后欲火上炎，忍耐不住。一夕召入寝宫，托名议事，怿只好奉诏进去，哪知她与怿相见，开口叙谈，便是床头兵法。怿始知中计，但已无法脱身，不得不通变达权，将顺了事。嗣是出入宫闱，几成惯习，渐渐的秽声腾播，贻谤都中。只因怿素有才望，好贤下士，辅政后亦多所裨益，所以毁不掩誉，一时尚能免害。但日长时久，总不免为人所乘，翩翩佳公子，恐跳不出后来一着呢。色上有刀。小子因胡后听政时，有梁、魏争夺淮堰一事，不得不将魏廷内政，暂从缓表，且将淮堰事叙明。

梁天监十二年，魏寿阳城为水所淹，漂没庐舍。镇帅李崇，勒兵泊城上，天雨不止，水涨未已，城垣仅露二版。将佐皆劝崇弃去寿阳，往保北山，崇喟然道："我忝守藩岳，德薄致灾，淮南万里，系诸我身，我一动足，百姓瓦解，此城恐非我有了！但士民无辜，不忍令他同死，可结筏随高，各使自脱，决与此城俱没，幸勿多言！"治中裴绚，率城南民数千家，泛舟南走，避水高原。因水势迭涨，还道崇必北归，乃自称豫州刺史，送款梁将马仙琕，情愿投诚。崇闻绚叛，未测虚实，特遣僚吏韩方兴单舸召绚，绚且惊且悔，转思势成骑虎，已是难下，乃遣方兴返报道："适因大水迷漫，为众所推，不得已便宜从事。今民非公民，吏非公吏，愿公早行，无犯将士！"崇得报始愤，即遣从弟李神等，率领舟师讨绚。绚战败窜匿，被村民执住，械送寿阳。绚至中途，对湖长叹道："我有何面目再见李公！"因投水自尽。马仙琕调兵救绚，不及而还。

寿阳水势渐退，居民复安。为这一番水溢，遂由梁降将王足，献策梁廷，请堰淮水以灌寿阳。王足降梁见四十回。梁主衍，称为良策，便遣材官将军祖晅，水工陈承伯等，相地筑堰，大发淮、扬兵民，充当工役。命太子右卫率康绚，权督淮上各军，看护堰作。这次筑堰，为梁廷特别巨工，南起浮山，北抵巉石，依岸培土，合脊中流，役夫需二十万众，兵士不足，取派人民，每二十户令出五丁，并力合作，自天监十三年仲冬为始，直至次年孟夏，草草告成。不料一宵风雨，水势暴涨，澎湃奔腾，竟将辛苦筑成的堤堰，冲散几尽。当时舆论纷纭，早有人谓淮岸聚沙，地质未固，恐难成功，梁主不以为然，决拟兴作，及经此一溃，仍然不肯中阻，再接再厉。实是多事。或谓蛟龙为祟，能乘风雨破堰，惟性最畏铁，可用铁冶入水中，免致冲损，于是采运东西冶铁，得数千万斤，沉诸水滨，仍不能合。蛟龙畏铁，不知出自何典？乃改用他法，伐树为井干，填以巨石，上加厚土，沿淮百里内，木石无论巨细，悉数取至。兵民朝夕负担，肩上皆穿，更且夏日薰蒸，蝇蚋攒集，酿成一股疫气，不堪触鼻。可怜充当巨役的苦工，迭受驱迫，无法求免，没奈何拼去性命，与天时相搏战。究竟人不胜天，死亡相踵。好容易到了秋天，暑气已退，乘流增筑，尚堪耐劳，奈转眼间又是寒冬，淮、泗尽冻，朔风凛冽，劳役诸人，手足俱僵。天公也故意肆虐，雨雪连宵，比往年更增冷度，浮山堰中的兵民，十死七八，真可谓一大巨劫了。为谁致之？孰令听之？

天下本无事，庸人自扰之。那淮堰尚未竣工，魏已复起杨大眼为平南将军，督诸军屯荆山，来争淮堰。梁主衍意图先发，亟派左游击将军赵祖悦，袭据魏境西硖石，进逼寿阳。魏假定州刺史崔亮旌节，命充镇南将军，出攻硖石。又起萧宝夤为镇东将军，进次淮堰。梁将赵祖悦闻崔亮到来，出城迎击，为亮所败，退归拒守。亮竟率兵围城，并约寿阳镇帅李崇，水陆并进。崇屡次愆约，遂致亮围攻硖石，隔年未下。

魏胡太后闻崔亮无功，料知诸将不一，特简吏部尚书李平，任镇军大将军，兼尚书右仆射，率步骑二千，驰抵寿阳，别为行台，节度诸军，准令军法从事。平至寿阳，督谕李崇，令即调发水陆各军，助攻硖石，一面促萧宝夤进攻淮堰。宝夤遣部将刘智文等，渡淮攻破三垒，又在淮北击败梁将垣孟孙。梁使左卫将军昌义之，率兵救浮山。义之未至，护淮军使康绚，已麾兵杀退萧宝夤军。义之在途奉敕，与直阁将军王神念，溯淮往救硖石。魏将崔亮，遣将军崔延伯守下蔡，延伯与别将伊瓮生，夹淮为营，取车轮去辋，削锐轮辐，两两接对，揉竹为絙，互相连贯，穿成十余道，横木为桥，两头施火辘轳，随意收放，不使烧斫。既断赵祖悦走路，又得堵截梁援。义之、神念，不能前进，只得暂驻梁城。李平自至硖石，督令水陆各军，奋力猛扑，攻克外城。赵祖悦势穷出降，为平所斩，余众尽为魏俘。平复进攻浮山堰。崔亮以前日李崇愆期，隐怀宿憾，平又为崇从弟，更不愿受他节制，遂托疾请归，带领部曲，竟自返洛。平奏请处亮死刑，胡太后意在袒亮，但诏许立功补过，平不免怏怏，索性全军退还。崇前守寿阳，颇见忠诚，不知他何故愆期？平不责从兄，专咎崔亮，亦属未是。

魏廷论功加封，进李崇为骠骑将军，加开府仪同三司，李平为尚书右仆射，崔亮亦进号镇北将军。平在殿前争论亮罪，亮亦斥平挟私排异，由胡太后曲为调解，改亮为殿中尚书。萧宝夤尚在淮北，梁主衍致书招降，令袭彭城。宝夤将来书陈报魏廷，胡太后下诏嘉奖，令他静守边防。杨大眼亦敛兵不出，但在荆山驻守。

梁人得专力筑堰。至天监十五年四月，淮堰始成，长约九里，上阔四十五丈，下阔一百四十丈，高二十丈，杂种杞柳，间设军垒。有人献议康绚道："淮列四渎，天所以节宣水气，不宜久塞；若凿湫同湫。东注，使它波流纡缓，这堰可长久不坏了。"说近无稽。绚又开湫东注，又使人纵反间计，往语萧宝夤道："梁人但惧开湫，不畏野战。"宝夤正患水涨，遂为所诳，乃开湫北注，水势日夜分流，尚不少减。李崇就硖石戍间，筑桥通水，又在八公山即北山。东南，筑魏昌城，作为寿阳城保障。居民多散处冈垄，旧有庐舍冢墓，多被浸没，此嗟彼怨，不得宁居。李崇随处抚慰，大众益仇恨梁人，誓死守境，各无叛心。

梁徐州刺史张豹子，自谓筑堰监工，必归己任。偏梁廷简派康绚，并饬豹子受绚节制。豹子惭愤交迫，多方谗构，诬绚与魏有交通情事。梁主衍虽然未信，但因筑堰事毕，召绚还朝，绚既奉诏入都，淮堰归豹子管辖。豹子不复加修，堰受水激，不免松动。惟魏廷以寿阳被水，引为大患，更授任城王澄为上将军，都督南讨诸军事，将东下徐州，大举攻堰，仆射李平进言道："淮堰不久必坏，何须兵力！"乃敕任城王暂从缓进，静待秋汛。

忽由东益州刺史元法僧，呈入警报，乃是葭萌乱民任令宗，擅杀晋寿太守，举城降梁。梁益州刺史鄱阳王恢，遣太守张齐迎纳令宗，据住葭萌。法僧遣子景隆拒齐，连战皆败，齐更进围武兴，全境岌岌，速请济师等语。魏遂授傅竖眼为益州刺史，引兵赴援，倍道入益州境。转战三日，行二百余里，连获胜仗，解武兴围。张齐退保白水，嗣复出兵侵葭萌关。关城守将，为梓潼太守苟金龙，时适患疾，不能督战，妻刘氏率厉兵民，登关守御。副戍高景谋叛，由刘氏察觉，拿下斩首。嗣因水道为梁兵所据，守卒乏饮，幸值天雨，刘氏出公私布绢，及所有衣服，悬诸空中，绞取雨水，储以杂器，于是饮水不竭，人心乃固。特叙刘氏为巾帼劝。竖眼复移师往救，击退张齐，齐乃引还，葭萌复为魏有。魏封金龙子为平昌县子，旌刘氏功。应该加旌。

已而时值季秋，淮水盛涨，梁堰崩溃，声如雷吼，震动三百里左右。沿淮城戍及村落兵民约十余万口，一古脑儿漂入海中，连尸骸都无着落。胡太后闻报大喜，优赏李平，停止任城王进兵。惟梁主衍懊怅终日，空耗了许多财帛，死了若干生命，终弄到前功尽弃，毫无效益，渐渐的自怨自艾，迷信佛教。诏罢宗庙牲牢，荐祭只用蔬果，朝野诧为奇闻，统说宗庙去牲，乃是不复血食。再由廷臣参议，拟用大脯代牛。偏梁主决意舍牲，但命用面捏成牲像，以饼代脯，这真叫做舍大就小，轻人重畜哩。越弄越错。

临川王宏，自洛逃归，未尝加罚，仍令为扬州刺史，加官司徒。宏好内爱酒，沉湎声色，侍女数百人，皆极绮丽，妾吴氏更擅国色，宠冠后庭。有弟法寿，性粗且悍，恃势杀人，尸家指名申诉，怎奈法寿匿宏府中，有司不能搜捕。旋为梁主所闻，始令宏缴出法寿，即日伏法。南台御史，请并罪宏，罢免官爵。梁主挥涕批答道："爱宏是兄弟私情，免宏是朝廷王法，准如所议！"罢宏归第。未几复以宏为司徒，宏淫侈如故。

天监十七年，梁主将幸光宅寺，忽闻都下有谋变情事，乃从各航中搜索，得一刺客，讯知为宏所使。乃召宏入，涕泣与语道："我人才胜汝百倍，幸居天位，时恐颠坠，汝奈何尚作妄想？我非不能为周公、汉文，周公诛管蔡，汉文废死济北、淮南二王。为汝愚昧，特加怜悯，汝反不知感，真太无人心了！"宏顿首道："无是！无是！"梁主因再免宏官勒令回第。嗣又有人密报梁主，谓宏私藏铠仗，包藏祸心。梁主乃送盛馔与宏，且亲往就饮。酒至半酣，径入宏后堂检视。列屋约三十余间，各有色纸标封。旁顾及宏，面色沮丧，益疑是所报非虚，便命随从校尉邱佗卿，启封查阅，每屋多贮制钱，百万为一聚，标用黄签，千万为一库，标用紫签，梁主与佗卿屈指计算，凡三十余间屋内，约得现钱三亿余万；尚有旁屋数所，各贮布绢丝棉漆蜜纻蜡朱纱黄屑杂货等，满室堆砌，不知多少。宏恐梁主见斥，越加慌张，哪知梁主反露笑容，温颜与语道："阿六，宏排行第六。汝生计大佳！"民膏民脂，岂容敛积，如何梁主反为得意！遂返座畅饮，至夜方还。自经此次检查，料宏徒知私积，当无大志，乃更使复原职。

梁主次子豫章王综，仿晋王褒《钱神论》，戏作《钱愚论》讥宏，梁主犹命综速毁，但已流传都中。宏引为愧恨，稍自敛束，不久复萌故态，更闯出一桩逆伦伤化的重案。这也由梁主姑息养奸，为私忘公，一误再误，贻患实不浅呢。事且慢表。

且说魏胡太后称制五年，奢淫无度，一掷千万，毫不吝惜，赏赐左右，不可胜计。又命内外添筑寺塔，竞尚崇闳，特派使臣宋云，与比邱僧徒别称。慧生等，往西域求佛经，西行约四千里，度过赤巅，乃出魏境。再西行历二年，至乾罗国，始得佛书百七十部而还。其时交通不便，所以有此困难。胡太后分供佛寺，设会施僧，又糜费了无数金银。诸王贵人，宦官羽林军，迎合意旨，各在洛阳建寺，所费不赀。且因奢风传播，习成豪侈。高阳王雍，富甲全国。河间王琛，系文成帝浚孙。与他斗富，厩畜骏马十余匹，俱用银为槽，窗户上装璜精美，相传为金龙吐旆，玉凤衔铃。宴会酒器，有水精峰、玛瑙碗、赤玉卮等，统是绝无仅有的珍品。尝夸语僚友道："我不恨不见石崇，晋人。但恨石崇不见我。"当时传为异谈。

看官，试想宇宙间所出财产，地方上所供赋税，本有一定数目，不能凭空增添，亏得北魏历朝皇帝，按时节省，代有余积，熙平、神龟年间，府库颇称盈溢。偏经这位胡太后临朝，视若粪土，浪用一空。他如宗室权幸，虽由祖宗积蓄，朝廷赏赉，博得若干财帛，但为数也属不多，要想争奢斗靡，免不得贪赃纳贿，横取吏民。一班热中干进的下僚，蝇营狗苟，恨不得指日高升，荣膺爵禄，所以仕途愈杂，流品益淆。小说中有此大议论，益增光采。

石崇（249—300），字季伦，西晋渤海南皮（今河北南皮东北）人。初为修武令，累迁至侍中。永熙元年（290年）任荆州刺史，以劫掠客商致巨富。与贵戚王恺、羊琇等争为侈靡。曾与王恺斗富，以蜡代薪，作锦步障五十里，恺虽得武帝支持，仍不能敌。与潘岳等谄事贾谧，为"二十四友"之一。八王之乱时，因与齐王冏善，为赵王伦所杀。

征西将军张彝子仲瑀，独上封事，请量削选格，排抑武人。羽林虎贲各军士，得此消息，立集千人，至尚书省诟骂。省门急闭，乱众抛瓦掷石，闹了片时，便趋诣张宅，把张彝父子拖出，拳打脚踢，几无完肤。一面纵火焚宅，仲瑀兄始均叩头乞恕，被乱党提掷火中，烧得乌焦巴弓。仲瑀奄卧地上，贼疑为已死，不加防守，他得忍痛走免。彝气息仅属，再宿即死。胡太后闻变，慌忙派官宣抚，但收捕乱首八人，斩首伏辜，余皆不问。且下诏大赦，并令武人得依资入选。

适怀朔镇函使高欢至洛阳，函使谓函奏往来之使。见张彝死状，还家散财，结交宾佐，或问为何意？欢答道："宿卫军将，焚杀大臣，朝廷不敢穷究，政事可知，私产怎能守呢？"乱世枭雄，类具特识。欢系渤海蓨县人，字贺六浑，曾祖湖为燕郡太守，奔投魏国。祖谧为魏御史，坐法徙怀朔镇，因世居北边。欢执役平城，有富人娄氏女，见他状貌魁梧，愿嫁为妇，乃得资购马，报效镇将，充做函使。后来便是北齐始祖，事见下文。志北齐之所自始。

魏尚书崔亮迁掌吏部，因官不胜选，特创立停年格，不问贤否，只论年限，虽为杜绝幸进起见，未始非权宜计策；但贤能或因此负屈，庸才反循例超升，选举失人，实自此始。洛阳令薛琡，一再辨谬，终不见从，就是亮甥刘景安，贻书劝阻，亮亦不从。

寻且以国用不足，减损百官俸禄，四成中短少一成。任城王澄，谓不如节省浮费，较全大体，胡太后置诸不理，恣肆依然。

宦官刘腾恃功怙宠，由太仆迁官侍中，兼右光禄大夫，干预朝政，卖官鬻爵。胡太后不加禁止，反擢腾为卫将军，加开府仪同三司。惟清河王怿，用法相绳，不肯容情。吏部请授腾弟为郡守，怿搁置不提，还有散骑侍郎元乂，超擢至侍中领军将军，骄恣不法，亦为怿所裁抑。乂与腾共嫉怿如仇，阴图报复。

龙骧府长史宋维，由怿荐为通直郎，浮薄无行，怿常加戒饬。乂乘隙召维，用利相啗，使告怿有谋反情事。胡太后与怿通奸，更兼怿实无反情，一经案验，全出冤诬。怿当然无罪，维照例反坐。乂亟入白太后道："今若诛维，他日果有人真反，何人敢告！"胡太后听了乂言，也觉有理，乃止黜维为昌平郡守。乂与腾更日夜密谋，料知怿为太后所幸，非用釜底抽薪的计策，断不能独除一怿。一不做，二不休，索性把太后幽禁，方好任所欲为。当下使主食胡定，进白魏主，伪言怿将进毒，贿臣下手，臣不敢为逆，故即自首。魏主年方十一，究是儿童性质，容易被欺，遂嘱定转告元乂，速图去害。

是年为魏神龟三年，序值新秋，乂奉魏主御显阳殿，腾闭住永巷门，杜绝太后出路，独召怿入见。怿至含章殿后，又为乂所阻，不令怿入。怿大声道："汝欲造反么？"乂亦怒叱道："乂不敢反，特欲缚汝反贼。"怿再欲抗辩，已由乂指挥宗士，牵住衣袖，迫入含章东省，令人监守。腾称诏召集公卿，论怿大逆，拟置死刑。群臣畏他势力，莫敢抗议，独仆射游肇，出言相阻。乂、腾毫不理睬，竟入白魏主，谓公卿同议诛怿。魏主有何主见，含糊许可，当即将怿处死，并诈为太后诏敕，自称有疾，归政嗣君。遂将太后幽锢北宫，宫门昼夜长闭，内外断绝。腾自执管钥，连魏主都不得入省，只许按时进餐。太后不免饥寒，私自泣叹道："养虎遭噬，便是我今日所处了！"此时尚非真苦。

是时任城王澄已殁，乂与太师高阳王雍等，同掌朝政，改元正光，乂为外御，腾作内防，魏主呼乂为姨父，政由乂出。高阳王雍等亦只能随声附和，不敢相违。游肇愤悒而终。朝野闻怿被杀，统皆丧气，胡人为怿剺面，计数百人。小子独有诗讥怿道：

含章受刃似冤诬，笔伐难逃古董狐。

自古人生终有死，为何被胁作淫夫？

已而由相州递入急奏，请诛元义、刘腾，且将起兵讨罪。究竟相州是何人主持，待至下回表明。

梁主用降人王足计，命筑淮堰，无论其劳民费财，实为厉阶，即令淮堰易成，成且经久，亦岂遽足夺寿阳！果使寿阳归梁，于魏亦无一损，仁者杀一不辜而得天下，犹且不为，况丧民无数，以邻为壑，必欲争此一城，果何为者？甚矣哉梁武之不仁也！夫欲筑淮堰，不惜民命，荐祭宗庙，乃欲废牲，甚至如宏之一再谋乱，一再姑息，子弟可爱，百姓独不必爱乎？牺牲可惜，人民独不足惜乎？愚谬若此，真出意外。若夫胡太后之骄奢淫佚，原足致乱，即无元义、刘腾，亦岂能长治久安？清河王怿之罹害，不无冤累，但未能预为防闲，反甘受牝后之淫逼，宫闱之乐事未终，而釜镬已临于颈上，畏死者仍归一死，亦何若拒淫死义之为愈乎！吾于怿无所取焉。

第四十五回

宣光殿省母启争端
沃野镇弄兵开祸乱

却说魏相州刺史元熙，系中山王元英长子，英自攻克三关后，三关事见三十二回。还朝病故，由熙袭封。熙颇好学，具有文才，惟轻躁浮动，常为英忧。英欲立熙弟略为世子，略固辞乃止。熙妻为于忠女，借忠威权，骤擢为相州刺史，又与清河王怿素称友善，通问不绝。

熙莅任时，时方初秋，忽遇狂风骤雨，酿成奇寒，冻死驴马数十匹，随卒数人。嗣复有蛆生庭中。熙尝夜寝，见有一人与语道："任城王当死，死后三日外，君亦不免；如或不信，但看任城王家。"熙恍惚相随，趋至任城王家前，果见四面墙坍，不遗一堵。正在惊叹，蓦被鸡声唤醒，方知是梦。回忆梦境，恐兆不祥，告诸亲友，大都从旁劝解，说是梦不足凭。及闻怿被诬受戮，不禁怒从中来，便欲起兵讨罪。熙妃于氏，援梦谏阻，熙已忿不可遏，不从妻言，遽称兵邺上，声讨乂、腾。

黄门侍郎元略，司徒祭酒元纂，俱系熙弟，由洛阳奔至邺城，助兄举兵。长史柳元章等，佯为从命，暗中却嗾动部众，鼓噪入府，杀熙左右，即将熙、纂二人拿住，锢置高楼。一面飞报都中，元乂立派尚书左丞卢同，赍诏至邺，监斩熙、纂及熙诸子。熙将死时，贻僚友书道："我与弟并蒙太后知遇，兄据大州，弟得入侍，垂训殷勤，恩同慈母。今太后见废北宫，清河王横遭屠酷，主上幼年，不能自主，君亲若此，臣子奚安？所以督厉兵民，誓建大义，不幸智力浅短，遽见囚执，上惭朝廷，下愧知交，流肠碎首，亦复何言！凡百君子，各敬尔身，为国为家，善勖名节！"元熙发难，虽若可原，但始谋不慎，徒死何裨？至熙首传至洛阳，亲旧莫敢过视，惟前骁骑将军刁整，竟为收埋，时共称为义友。

熙弟元略独得幸脱，走匿西河太守刁双家，约历年余。因内外索捕甚急，别双奔梁，梁封为中山王，领宣城太守。魏元乂闻略受梁封，特遣使至建康，与梁通好。梁亦知魏深意，虚与应酬，即日遣归罢了。

魏主诩久疏定省，意欲朝母，向乂陈明，乂乃允诺。太后在西林园，由魏主带领文武百官，朝见太后。并即开宴，魏主与群臣侍饮。饮至半酣，武臣起舞为欢。右卫将军奚康生，独为力士舞，阶下盘旋，每顾视太后，举手蹈足，作执杀罪人形状。太后窥透微意，暗暗心喜，但一时未敢遽言。看官听着！康生与乂，本是转湾亲戚，康生子难当，娶侯刚女为妻，刚子为元乂妹婿，所以乂幽太后，康生亦曾与谋。但康生素性粗武，与乂同值禁中，往往因词气高下，致有龃龉，积久遂成嫌隙。也是一个小人。此时借着舞势，示杀乂意。胡太后毕竟聪明，默视良久，待至日色将暮，即命魏主留宿北宫。侯刚在旁道："至尊已经朝讫，何必在此留宿？"康生道："至尊为太后陛下亲儿，太后有命，至尊不可不遵。"胡太后乘势起座，即携住魏主臂，下堂径去。

既入宣光殿，在北宫中。太后挈魏主上坐，左右侍臣，分立阶下。康生仗着酒胆，即欲传诏执乂，不意乂已防着急变，指令军士，闯入殿中，七手八脚，把康生牵去。两阶侍臣，当然哗乱，胡太后见此情形，也觉慌张，光禄勋贾粲，入白太后道："侍臣惶恐不安，请陛下出殿抚慰。"胡太后便即起身，甫出殿阶，粲即扶魏主下座，就东序趋出，至显阳殿。太后回顾，已失魏主所在，自知为粲所绐，复入殿徘徊。聪明人，又着了道儿。那贾粲又偕刘腾等人，进胁太后，仍居北宫。所有宫殿各门，照旧关锁去了。

奚康生被牵至门下省，由侍中黄门仆射尚书等十余人，私承乂嘱，当夜审讯，模糊定谳，康生拟斩，子难当拟绞。草案呈入，乂在内矫诏处决，康生死罪，如群臣议，难当恕死，坐流安州。时已昏暮，刑官即驱康生赴市，依谳处斩。难当哭辞乃父，康生独慨然道："我无反状，乃为贼臣陷害，一死何辞！汝亦不必多哭了！"遂伸颈就刑。前时何故附乂？难当收尸埋葬，又得留家百余日，始往流所。这是元乂顾全侯刚面目，暂时买情。及难当去后，密遣人致书行台，叫他刺死难当。难当仍不得生，一道羁魂往冥府中去寻死父，自不消说。

刘腾得进任司空，刑余腐竖，位列三公，实为北魏创例。八座九卿，尝旦造腾宅，伺候颜色，既得腾命，然后各赴省府，依言办事。公私请托，专视货贿多少，决定可否。岁入以巨万计，寡廉鲜耻的下吏，辄投拜门下，愿为义儿，权焰薰天，远近侧目。车骑大将军崔光，随班进退，无所补救，时人比为汉张禹、胡广，至此得升授司徒。江阳王继，为元乂父，已徙封京兆王，本领司徒重职，继恐父子权位太盛，愿以司徒让崔光。元乂听从父意，请命魏主，魏主虽将司徒授光，仍改官继为太保，名异实同，不过掩饰耳目罢了。

未几又有元乂贪金，用兵柔然事。柔然前为魏所逐，逃居漠北，后来复屡入寇边，终被魏戍兵击退，魏宣武帝正始元年，柔然库者可汗复遣兵寇魏沃野，及怀朔镇，魏遣车骑大将军源怀，出巡北边，增筑九城，设兵防守，柔然始不敢入窥。库者可汗死，子佗汗可汗嗣。佗汗可汗屡向魏乞和，魏廷勿许。既而佗汗为高车所杀，子伏跋可汗继立，勇悍有武略，为父复仇，击破高车，擒杀酋长弥俄突，漆头为溺器，复扫灭叛国，转弱为强。伏跋有幼子祖惠，忽然亡去，四觅勿得。适有女巫地万，入见伏跋，谓祖惠现在天上，我能召还。乃即就大泽中量地张幄，祷祀天神，地万喃喃诵咒，约历昼夜，果见祖惠自帐中出来，自言为天神所摄，今始遣归。伏跋大喜，号地万为圣女。地万出入帐中，姿态妖淫，善蛊人主。伏跋初颇尊敬，继与狎亵，竟得地万顺从，枕席风光，远过妾妇，喜得伏跋似遇天仙，当即册为可敦，地万所望在此，胡人称主为可汗，后为可敦。大加爱宠。

已而祖惠寖长，与母私语道："我系人身，怎得上天？地万留我在家，教我诳言。"母闻祖惠言，便转告伏跋，伏跋已为地万所迷，摇首答说道："地万能前知未然，汝等何必谗妒呢！"地万且喜且惧，谮杀祖惠。祖惠母怎肯甘休，泣诉伏跋母侯吕陵氏。侯吕陵氏乘伏跋出畋，竟把地万拘住，遣大臣具列等，绞死地万。及伏跋闻变驰归，地万已死，他不胜悲愤，欲诛具列等人。适值邻国阿至罗入寇，由伏跋率兵邀击，失利奔还。侯吕陵氏意会同群臣，杀死伏跋，立伏跋弟阿那瓌为可汗。

甫经匝旬，伏跋族兄示发举兵击阿那瓌。阿那瓌战败，与弟乙居伐奔魏。魏使京兆王继等迎入，赐劳甚厚，引见置宴，封为朔方公蠕蠕王。阿那瓌乞请援师，回国讨叛，朝议经久未决。阿那瓌居洛数月，得知元乂用事，赂金百斤，元乂乃调发近郡兵万五千人，使怀朔镇将杨钧为将，送阿那瓌返国。尚书右丞张普惠，上书谏阻，谓蠕蠕久为边患，今天亡丑虏，使彼自乱，阿那瓌束身归命，正好令为内属，戢彼野心，奈何发兵送还，自增劳扰？这一书奏将进去，那元乂全然不睬。但令杨钧从速部署，指日北行。无非为了百斤黄金。阿那瓌入辞北堂，特赐给军器衣被杂米粮畜，悉从优厚，阿那瓌拜谢而去。

时柔然为示发所破，杀死阿那瓌祖母侯吕陵氏及他亲弟二人。偏又有从兄婆罗门，纠众逐示发，示发奔往地豆干。地豆干把他杀毙，国人推立婆罗门为可汗。杨钧入柔然境，恐柔然出兵抗拒，再乞济师。魏遣使臣谍云具仁，先往宣谕。婆罗门骄倨不逊，经具仁与他抗辩，始令大臣邱升头等，随具仁迎阿那瓌。具仁轻骑还报，阿那瓌又惧不敢进，情愿还洛。会高车王弥俄突弟伊匐，乞师呎哒，收拾余众，来击柔然，报复兄仇，大破婆罗门。婆罗门窘急，也率十部落诣凉州，向魏乞降。

柔然无主，国人愿迎奉阿那瓌，阿那瓌又复请归。魏凉州刺史袁翻，上言蠕蠕二主，并宜抚存，可令东西各居，分驭部落，也是一条安边保塞的至计。朝议颇以为然，乃命阿那瓌居怀朔北方，地名吐若奚泉，婆罗门居凉州北境，就是西海故郡。

哪知戎狄豺狼，野性难测。婆罗门却阴怀异志，侨居逾年，走归哌哒，幸由魏平西长史费穆，引兵往讨，用埋伏计诱婆罗门，一鼓掩获，送至洛阳，好容易瘐死狱中。阿那瓌先求粟种，魏输给万石，继复因年谷不登，突入魏境，表求赈给，魏令尚书右丞元孚，持节抚劳，反被阿那瓌拘留，引众南侵，所过剽掠，直至平城附近。闻魏遣尚书令李崇等大举北征，始将元孚释回，驱民北遁。李崇追蹑三千里，不及乃还。这都由元义贪赂纵奸，酿成戎祸，渐渐的尾大不掉，反为夷狄所制呢。暗伏后文。

元义为恶不悛，取民无度。乃父京兆王继，性亦贪纵，专受赂遗。平时请属有司，无敢违慢，牧令守长，哪个肯毁家报效？当然是竭泽而渔，上供欲壑，于是朔方叛乱，相继迭起。又开生面。

先是魏都平城，曾在四邻置设六镇，一武川，二抚冥，三怀朔，四怀荒，五柔玄，六御夷，皆在长城北面，用备藩卫，素来资给从厚。至孝文南迁，漠然相待，将士渐有怨言。尚书令李崇，出击阿那瓌，长史魏兰根语崇道：“从前沿边置镇，地广人稀，所遣将士，或系强宗子弟，或系国家爪牙。晚近以来，有司号为府户，役同厮养。厚内薄外，适足滋怨，怨久必乱，不可不防。今宜改镇立州，分置郡县，凡属府户，悉免为民，入官次叙，一准旧制，文武兼用，威爱并施，庶几人心归向，可无北顾忧了。”此语若行，何致生乱？崇颇以为然，依议奏闻。权贵只识金钱，晓得甚么后虑，便将崇奏搁起不提。

怀荒镇将于景，系故尚书令于忠弟，为元义所忌，出就外镇。阿那瓌入寇时，镇民求饷，景不肯给，激动众怒，竟将于景杀死。乱尚未了，那六镇以外的沃野镇，复有豪民破六韩拔陵，聚众造反，攻杀镇将，据境称王。遣党徒卫可孤，围武川镇，又分兵攻怀朔镇。怀朔镇将杨钧，擢尖山人贺拔度拔为统军。度拔有三子，长名允，次名胜，幼名岳，皆有材力，随父从军，分任队长。据守经年，外援不至，杨钧遣贺拔胜突围而出，至临淮王元彧处告急，且语彧道：“怀朔一陷，武川亦危，虽有良、平，张良、陈平皆汉人。不能为计了。”彧许为出师，并即表闻。魏命彧都督北讨军事，往征破六韩拔陵。彧遣胜先归，会武川失守，杨钧弃城南遁，留胜父子居守，卫可孤乘隙攻入，胜父子巷战力屈，俱为所擒。及彧至五原，两镇早陷，破六韩拔陵，麾众邀击，尽锐冲突，彧不能抵敌，大败退归。

魏主闻耗，亟召群臣问计，吏部尚书元修义，请遣重臣督军，出镇恒朔，捍御叛寇。魏主欲任用李崇，崇已早还朝，时亦在列，便自陈衰老，请另择贤才。魏主不许，即加崇开府仪同三司，领北讨大都督事，所有抚军将军崔暹，及镇军将军广阳王元渊以下，渊或作深，系太武帝曾孙。皆受崇节度，陆续北行。

是时西北一带，寇盗蜂起，响应拔陵。敕勒酋长胡琛，凉州幢帅于菩提，营州民就德舆等，群起为乱。还有朔方汾州诸胡，亦乘时蜂起，骚扰边境。各州刺史，就近征剿，倏出倏没，未得荡平。秦州刺史李彦，政刑残虐，群下生怨，部将薛珍等突入杀彦，推党人莫折大提为秦王。南秦州民张长命韩祖香孙掩等，亦戕刺史崔游，举城应大提。大提袭入高平，杀害镇将赫连略及行台高元荣。既而大提病死，子念生居然称帝，自号天建元年。魏命雍州刺史元志为征西都督，往讨念生。念生弟天生，率众下陇，志连战连败，退保岐州。天生乘胜进逼，四面登城，志竟被杀，岐州陷没。

说也奇怪，元志方战殁岐州，李崇也败退云中。崇本遣崔暹出北道，教他不得浪战，但牵制拔陵兵力，自从东道进兵，直捣沃野。暹违崇将令，竟转斗而前，被拔陵诱入伏中，杀得全军覆没，只剩了一人一骑，狼狈走还。拔陵得并力攻崇，崇抵挡不住，没奈何退守云中，与寇相持。魏正遣尚书元修义为西道行台，规复岐州，偏又接得李崇败报，宫廷相率惊惶。广阳王渊申崇前说，仍请改镇为州。魏主不省，惟召还崔暹，命系廷尉。暹忙将良田美妓，献纳元乂，乂替他解免，竟得宥罪。

未几东西铁敕部，统皆叛命，归附破六韩拔陵，魏主乃思李崇及元渊言，下诏改镇为州，遣黄门侍郎郦道元为大使，抚慰六镇兵民。哪知六镇已皆叛魏，道元去亦无益，仍折回都中。南秀容人乞伏莫于，又复起反，总算出了一个酋长尔朱荣，集众讨平。当下奉表魏廷，详报平贼情事，魏封荣为博陵郡公。荣高祖羽健，初封秀容川，父名新兴，善事畜牧，牛羊马驼，辨色为群，尝弥漫山谷间。魏有事北方，新兴辄献牲畜助军。至荣讨平叛乱，进爵为公，方阴蓄大志，拟乘四方变乱的时候，发愤为雄。所有畜牧资财，悉数取出，散给勇士，结交豪杰。于是侯景、司马子如、贾显、段荣、窦泰等，先后趋附，整日里练兵储械，待时出发。这乃是北魏一大隐患，不比那四方草寇，剽掠无定，尚容易处置呢。俱为下文写照。

且说梁主萧衍，闻魏乱方盛，欲趁势经略中原。当时南朝良将，为韦睿、裴邃二人，睿于普通元年病逝，随笔带过韦睿。只裴邃尚存。乃授邃为信武将军，领豫州刺史，出镇合肥。适临川王宏第三子正德，背梁奔魏，魏已起萧宝夤为尚书仆射，谓正德无故来投，情不可测，不若拘戮为是。魏主虽然不从，但亦未尝礼待，正德因复逃归。前时梁主无子，曾取正德为养儿。及太子统生，仍使正德还本，赐爵西丰侯。正德以不得立储，衔恨多年，乃觑隙奔魏。既不得志，南行还梁，恐遭梁主诘责，不得不捏造诳言。当诣阙谢罪，托言北侦虏情，确是有乱可乘，请速出师等语。梁主亦瞧透三分，诘问数语，正德具陈魏乱，似觉详明，乃仍复本封，并促裴邃出兵北略。

邃因率骑袭寿阳，掩入外郛。魏扬州刺史长孙稚，奋力抵御，一日九战，杀伤相当。邃因后军不至，引军暂归。嗣复取魏建陵、曲木，及狄城、甓城、司吾城。徐州刺史成景俊拔睢陵，将军彭宝孙拔琅琊，曹世宗拔曲阳、秦墟，李国兴且进拔三关。魏徐州刺史元法僧，又遣子景仲至梁，奉表输诚。梁即授降王元略为大都督，与将军陈庆之等，率兵接应，为魏安乐王元鉴击败。法僧却乘鉴骄怠，杀将过去，得了一个大胜仗。梁授法僧为司空，封始安郡公，复命西昌侯萧渊藻及豫章王萧综等，相继进兵，接济裴邃。

邃攻下新蔡郡，进克郑城、汝颖一带，所在响应，魏河间王元琛及寿阳守将长孙稚，率众五万，前来截击，邃暗设四伏，诱稚入阱，四面相迫，好似网中捕鱼，瓮中捉鳖。还算长孙稚有些勇力，拼命冲突，夺路奔逃。再加元琛从后援应，方得将长孙稚救回寿阳，但已丧毙了一二万人。邃威名大振，将乘胜荡平淮甸，再图河洛，偏偏天不假年，竟尔一病不起，告殁军中。身后赠典，比韦睿更优。睿得赠侍中，给谥曰严；邃亦得赠侍中，且进爵为侯，予谥曰烈。淮、淝军民，感念邃恩，莫不流涕。再与韦睿相较，是不忘良将之意。小子有诗叹道：

北征大将肃军威，万众全凭只手挥。

功业未成身已殒，萧梁气运兆衰微。

邃既死事，后任为中护军夏侯亶。亶虽有才名，究竟不及韦、裴两人，因此敛兵不进，南北粗安，那魏人得专力北方。欲知后事，且看下回叙明。

元乂、刘腾，为北魏之祸首，而胡后实纵成之。奚康生久预军机，始不能诛锄权戚，乃反甘作爪牙，与谋幽后。后固自取，而康生之党恶济奸，未始非乂、腾之流亚也。及西林省母，渐有转机。康生如有悔心，亦惟导后以慈，勖主以孝，内联母子，外正君臣，则苦志弥缝，安身即以安国。计不出此，乃徒以舞势示意，挑拨胡后，宣光殿之被执，门下省之受诛，虽死何补，适见其好乱取祸耳！沃野之乱，不特为六镇之引线，并且为亡魏之祸阶，一蚁溃穴，全堤皆动，乱之不可以使长也，有如此者。然不有内乱，安有外乱？胡后导于先，乂、腾踵于后，读史者可以知所鉴矣。

第四十六回

诛元义再逞牝威 拒葛荣轻罹贼网

却说魏尚书元修义，出讨莫折念生，中途遇着风疾，不能治军，乃命萧宝夤代任，并命崔延伯为岐州刺史，兼西道都督，与宝夤俱出屯马嵬。莫折天生方列营黑水，由延伯前往挑战，天生开营追逐，延伯徐徐引还，行伍整齐，步伐不乱，反将贼众惊退。越日复勒兵出战，延伯当先突进，将士尽锐长驱，大破天生，俘斩十余万，追奔小陇山，岐、雍及陇东皆平。魏京兆王继正受命为大都督，出统西道各军。既得岐、雍捷报，乃诏令班师。

时宦官刘腾已死，司徒崔光亦卒，元义耽酒好色，淫宴自如，无论姑姊妇女，稍有姿色，即与宣淫。嗣是常留家不出，或出游忘返，无暇防卫宫廷。

胡太后察悉情形，转忧为喜，乘义他出，即召魏主与群臣入见，当面宣谕道："元义隔绝我母子，不听往来，还复留我何用？我当削发出家，修道嵩山，闲居寺院，聊尽余生罢了。"说着，泪下不止。一派伪态。魏主见太后容色，免不得天良发现，即叩头劝阻，群臣亦跪伏哀求。胡太后置诸不理，反令侍女觅取快剪，立即削发。魏主越加惶急，禁住侍女，再三苦劝，太后尚未肯依。越装越像。群臣乃请魏主伴宿，夜间母子叙情，谈至夜半，无非说元义不法，必将为乱。左右且从旁报密，谓义尝遣从弟洪业与武州人姬库根，潜买马匹，预备起事。魏主年已十六，已有知觉，也恐帝位被夺，顿起疑心，遂与太后密谋黜义。及义还朝入直，魏主但与言太后意见，将往嵩山修道。义巴不得太后出家，便劝魏主顺承母旨，魏主含糊应允。

看官！试想这胡太后年将四十，尚是华装艳服，盛鬋丰容，哪里肯出家为尼，除绝六欲？她不过借此为名，计愚元乂。乂却竟为所愚，还道太后无颜问政，不必防闲。太后遂得屡御外殿，不似从前幽锢。有时且偕魏主出游，无人阻碍。乂举元法僧为徐州刺史，法僧叛魏奔梁，太后屡以为言，乂颇自愧悔。高阳王雍虽位居乂上，权力不能及乂，所以暗加畏忌。会魏主奉太后出游，往幸雒水，雍邀两宫至私第中，开宴畅饮。饮至日晡，太后与魏主起座，偕雍同入内室，谈了许多时刻，方才出来。从官皆不得与闻，惟由太后传令还驾，始皆奉跸还宫。

过了数日，雍从魏主入朝太后，奏称元乂父子，权位太重，致多疑谤，太后乃召乂入语道："元郎若果效忠朝廷，何故不辞去领军，以他官辅政？"乂乃免冠拜伏，求解领军职衔。当由两宫允准，授乂为骠骑大将军，开府仪同三司，兼尚书令，仍守侍中等官。改用侯刚为领军将军，暂安乂意。乂因刚为同党，果然不疑。

魏主立太后侄女胡氏为后，不甚爱宠。想是姿貌平庸。寻纳一潘氏女为充华，名叫外怜，色擅倾城，容能媚主，最得魏主欢心。南有潘贵妃，北有潘充华，何潘家多美女乎？阉竖张景嵩、刘思逸等与乂未协，屡白潘充华，谓乂有害潘意。潘充华乃泣诉魏主道："元乂心存叵测，尝欲杀妾，并将不利陛下，请陛下早为留意！"魏主既受教慈闱，又牵情帷闼，遂视元乂为眼中钉，恨不把他即日捽去。侍中穆绍，又劝胡太后即速除乂。太后以乂党尚盛，未便遽发，先出侯刚为冀州刺史，去了元乂一条左臂，又迁贾粲为济州刺史，把元乂右臂亦复除去，然后安排黜乂。

正光六年四月朔，胡太后复临朝摄政，下诏罪元乂、刘腾，黜元乂为庶人，追削刘腾官爵。清河国郎中令韩子熙，乘间上书，为清河王怿讼冤，乞诛元乂，并戮刘腾尸。太后乃命发刘腾墓，劈棺散骨，尽杀腾养子，籍没家资。遣使追杀贾粲，降侯刚为征虏将军，夺刺史官。刚还家病死。石子熙为中书舍人，又征齐州刺史元顺还朝，授职侍中。顺为任城王澄子，前为黄门侍郎，直言忤乂，因致外迁。此次还都受职，颇邀宠眷。他本与乂未协，因见乂尚未伏诛，不免怀忧。

一日入朝内殿，由太后赐令旁坐，顺拜谢毕，顾视太后右侧，坐一中年妇人，乃是太后亲妹，即元乂妻房。当下用手指示道："陛下奈何眷念一妹，不正元乂罪名，使天下不得大伸冤愤！"太后默然不答。乂妻已潸然泪下，顺乃趋出。先是咸阳王禧，谋逆见诛，诸子多南奔入梁。咸阳王事见前文。一子名树，受梁封为邺王。树贻魏公卿书，暴乂罪恶，大略说是：

乂本名夜叉，弟罗实名罗刹，两鬼食人，非遇黑风，事同飘堕。呜呼魏境！罹此二灾。恶木盗泉，不息不饮，胜名枭称，不入不为；况昆季此名，表能

噬物，暴露久矣，今始信之。

魏公卿得了此书，也即进呈，胡太后因妹乞恩，尚不忍诛乂。至此顾语侍臣道："刘腾、元乂，前向朕索求铁券，冀得不死，朕幸未照给。"舍人韩子熙接入道："事关生杀，不计赐券，况陛下前尚未给，今何故知罪不诛？"太后怃然无言。是谓妇人之仁。

已而有人讦乂阴谋，将与弟瓜招诱六镇降户，谋变定州，太后尚迟疑未决。群臣固请诛乂，魏主亦以为然，乃赐乂及弟瓜自尽。乂既伏诛，犹赠乂原官。京兆王继亦被废归家，未几即死。独乂妻居家守丧，寂寂寡欢。乂弟罗未曾连坐，有心盗嫂，日夕勾引，竟得上手，即与乂妻结不解缘，情同伉俪。胡氏姊妹淫行相同，这乃不脱夷狄旧俗哩。中国亦未必不尔。

胡太后两次临朝，改元孝昌，把前日被幽苦况，撇诸脑后，依然是放纵无度，饱暖思淫。乃父胡国珍有参军郑俨，容仪秀美，不亚清河，当即引为中书舍人，与同枕席。俨又引入徐纥、李神轨，皆为舍人，轮流侍寝，彻夜交欢。太后愈老愈淫，多多益善，惟心目中最爱郑俨，俨有时归家，太后必令内侍随去，只许俨与妻同言，不准留宿。俨亦无法，只好勉从慈命。淫妇必妒，盍观胡氏。太后又屡出游幸，装束甚丽，侍中元顺面谏道："古礼有言，妇人无夫，自称未亡人，首去珠玉，衣不文饰。陛下母仪天下，年垂不惑，修饰过甚，如何能仪型后世呢？"太后惭不能答。及还宫后，召顺诘责道："千里相征，岂欲众中见辱？"顺又抗声道："陛下不畏天下耻笑，乃独恨臣一言，臣亦未解！"却是个硬头子。太后驳他不倒，一笑而罢，但心中也未免怨顺。城阳王元徽与中书舍人徐纥，窥承意旨，屡加谗毁，太后始尚含容，后竟徙顺为太常卿。顺拜命时，见徐纥侍侧，戟指诟詈道："此人便是魏国的宰嚭，魏国不亡，此人不死，想也是气数使然呢！"纥面有愧容，胁肩而去。顺复叱语道："尔系刀笔小才，只应充当书吏，奈何污辱门下，坏我彝伦！"实不止污辱门下，顺尚言之未尽。纥踉跄避去，太后佯作不闻，顺亦自出。

忽闻豫章王综自徐州来归，胡太后喜他投诚，嘱令魏主优礼相待。魏主乃召综入殿，温言接见，特授职侍中，封丹阳王。综系梁主衍次子，母为吴淑媛，本系齐东昏侯宠妃，衍入建康，据为己有。七月生综，宫中多说是东昏遗胎。吴淑媛事见前文。既而吴氏年暮色衰，渐次失宠。综已寖长，年约十余。尝梦见一肥壮少年，抚摩综首，综私自惊讶，密语生母吴淑媛。淑媛问及梦中少年，如何形状，由综约略陈述，正与东昏侯相似，便不禁泣下道："我本齐宫嫔御，为今上所迫，七月生汝，汝怎得比诸皇子？但汝为太子次弟，幸保富贵，切勿泄言。"综听了此语，抱母而泣。嗣复将信将疑，暗思人间俗语，用生人血滴死人骨，渗入乃为父子，此次正可仿行，试验真伪。遂密引心腹数人，微行至东昏侯墓前，私下发掘，剖棺出骨。沥血试验，果然渗入。返至家中，有次子才生月余，竟将他一把揿死。槁葬数日，日夜遣人发取儿骨，再行滴血，渗入如初。遂自信为东昏遗子。每日在静室中，私祭齐氏祖宗，一面求经略边境。

梁主始尚未许，会魏元法僧降梁，元略、陈庆之接应法僧，为魏所败，见前回。乃命综出督诸军，镇守彭城，并摄徐州府事。召法僧入都授职，法僧应召诣建康，魏调临淮王彧为东道行台，率兵逼彭城，梁主又恐综未惯战，促令引还，出尔反尔，究属何因？综竟输款魏营，夜投彧军。城中失了主帅，隔宿大溃，魏人陷入彭城，掳去长史江革，及司马祖暅，令随综入洛阳。综得受魏封，遂为东昏侯举哀，服斩衰三年，改名为赞。一作缵。

梁主闻报，大为骇愕，有司奏削综爵土，撤除属籍。有诏准议，并废吴淑媛为庶人，寻且赐死。已而魏遣还江革祖暅，交换元略，梁主乃礼遣略归。略还魏阙，魏已给复乃父中山王熙官爵，并拜略为侍中，赐爵东平王，迁尚书令，格外宠任。但徐郑用事，略亦不能有为，只好随俗浮沉罢了。

梁主衍既遣归元略，召问江革祖暅，问明综奔魏情形，江革祖暅，据实奏陈。梁主以综顾本支，颇有孝思，且追忆吴淑媛旧情，又复生悔。萧衍晚年误事，便由胸无主宰。乃赐复综爵，仍令入籍，并复吴淑媛品秩，予谥曰敬。封综子直为永新侯，令主吴淑媛丧葬事宜。

还有一件暧昧的事情，说将起来，尤觉可丑可笑。梁主衍有数女，临安、安吉、长城三公主，并有文才，独永兴公主，顽而且淫，竟与叔父临川王宏通奸。宏与谋篡逆，约事成后立为皇后。回应四十四回。梁主尝为三日斋，与诸公主并入斋室。永兴公主使二僮行刺，乔扮女装，随入室中。僮阁阈失履，为直阁将军所疑，密白丁贵嫔。贵嫔欲转告梁主，因恐梁主未信，特使直阁加防。直阁令舆卫八人，整装立幕下。及斋座将散，永兴公主果上前面陈，请叙机密。梁主屏去左右，令主密谈，那二僮竟趋至梁主背后，拟从怀中取刃。舆卫八人，立即突出，擒住二僮。梁主惊坠地上，幸由卫士扶起，坐讯二僮逆迹，二僮初尚抵赖，一经搜检，取出利刃二柄，且系假充女婢，水落石出，无从讳言，只得供明逆情，说是为宏所使。梁主不欲详诘，但命将二僮斩讫，用漆车载着公主，撵逐出外。公主也觉无颜，便即暴卒。临川王宏忧惧成疾，梁主犹七次临视，未几告终，尚追赠侍中大将军扬州牧，并假黄钺，给羽葆鼓吹一部，增班剑六十人，赐谥曰靖。傲弟逆女，如此不法，尚欲多方掩饰，不忍行诛，甚且特别优待，这真叫作当断不断，反受其乱了。

那北魏的祸乱也是日盛一日，不可收拾。莫折天生虽然败去，敕勒酋长胡琛，却自称高平王，遣部将万俟丑奴，寇魏泾州。萧宝夤、崔延伯移师往援，与丑奴会战安定。丑奴狡猾得很，屡次诈败，引诱延伯。延伯恃胜轻进，至为丑奴所乘，杀伤至二万人。宝夤入城自保，延伯再战再败，中矢而亡。贼势益盛，魏廷大震。

时北道都督李崇病殁，广阳王渊进兵五原，贺拔度拔父子，正袭杀拔陵将卫可孤，西拒铁勒。度拔战死，子胜等奔至五原，投入广阳王渊麾下。渊爱他骁勇，引为亲将，适破六韩拔陵，纠众大至，把五原城四面围住。胜募健卒二百人，开东门出战，斩贼百余人，贼渐引却。渊乃拔军赴朔州。即怀朔镇。参军于谨，能通诸番言语，招降西铁勒部酋长乜列河，并结合蠕蠕主阿那瓌，大破拔陵，收降叛众二十万。拔陵穷蹙，奔还沃野，阿那瓌出兵进击，连战皆捷，擒斩拔陵，献捷魏廷。拔陵了。魏主遣中书舍人冯隽，前往宣劳，犒赏从优。阿那瓌送归冯使，遂自称头兵可汗，蟠踞塞外，拥众称雄。这且待后再表。

且说沃野告平，魏已去一乱首，只有莫折念生、胡琛两路，尚未扑灭，不能不分头征剿，静俟澄清。哪知二寇未歼，复又生出二寇，遂致乱祸益炽，势等燎原。看官听说！一路是柔玄镇乱民杜洛周，起反上谷，改元真王；一路是五原降户鲜于修礼，起反定州，改元鲁兴。警报与雪片相似，传达魏廷，魏命幽州刺史常景，为行台征虏将军，与幽州都督元谭，往讨洛周。扬州刺史长孙稚，为骠骑将军，都督北讨军事，与都督河间王琛，往讨鲜于修礼。两两写来，有条不紊。彼此战争数月，元谭军溃，用别将李琚相代，琚复战死，更换了一个于荣。荣颇善战，军务始有起色。河间王琛与长孙稚未协，稚兵至滹沱河，被修礼伏兵邀击，伤亡甚多。琛观望不救，稚大败南奔，两人互相奏讦，俱坐罪除名。改用广阳王渊为大都督，以章武王元融，及将军裴衍为副，出击修礼。渊为太武帝曾孙，与城阳王元徽，系是从祖兄弟。徽妻于氏，与渊相奸，徽不能防闲于氏，惟恨渊甚深。渊既出征，徽上白胡太后，谓渊心不可测，恐有异图。胡太后乃密敕章武王融，令他潜加防备，融却持密敕示渊。渊乃上表讦徽，论徽过恶，说他谗害功臣，并及己身，请调徽出外，然后得免牵掣，方可效死击贼。胡太后搁置不理。徽时为尚书令，与郑俨等朋比为奸，外似柔谨，内实忌克，赏罚任情，魏政益乱。渊闻朝廷不用己言，越加疑惧，事无大小，不敢自决，因此沿途逗挠。会贼将元洪业，杀毙鲜于修礼，向渊请降。鲜于修礼了。渊正拟遣将招抚，偏修礼部下葛荣，替主复仇，刺死洪业，自为贼帅。旋且僭称皇帝，立国号齐，居然下诏改元，称为广安元年，率众趋瀛州。魏廷促渊进讨，渊遣章武王融，前往击荣，兵败战死。渊外畏贼势，内虑谗言，越弄得进退彷徨，自悲歧路。你要奸通人妻，应该受此折磨。城阳王徽，乐得下井投石，嘱令侍中元晏，劾渊盘桓不进，坐图不轨。参军于谨，实主渊谋，胡太后因诏榜省门，悬赏缉谨。谨既有所闻，乘使语渊道：“今女主临朝，信用谗佞，殿下迹被嫌疑。若无人代为表明，恐遭奇祸！谨愿束身归罪，宁可诬谨，不可诬殿下！”渊乃与谨泣别，谨星夜入都，自投榜下。有司以闻，胡太后立即召入，厉声责谨。谨从容奏对，为渊辩诬，且备陈按兵情由，说得胡太后亦为动容，不由的怒气潜消，释谨不问。

徽计不得逞，又致书定州刺史杨津，嘱使图渊。渊因葛荣势盛，退保定州，津遣都督毛谧等，夜袭渊舍，渊只率左右数人，仓皇走脱。行至博陵郡界，正值葛荣游骑，把他截住，劫往见荣。贼党欲奉渊为主，荣已自称天子，势不两立，便将渊杀死了事。城阳王徽，即诬渊降贼，拘渊妻孥。莫非欲污辱渊妻么？还是广阳府佐宋游道，替渊诉理，具报渊遇害实情，乃赦渊家属，不复论罪。即授杨津为北道都督，使拒葛荣。并因朔方扰乱，特授博陵郡公尔朱荣为安北将军，都督恒、朔二州军事。荣过肆州，刺史尉庆宾闭城不纳，惹动荣怒，引众登城，执庆宾还秀容，擅署从叔羽生为刺史。嗣是兵威渐盛，魏不能制。小子有诗叹道：

一麾出督便称雄，枭桀何曾肯效忠？

试看肆州轻易吏，咆哮已自藐皇风。

贺拔胜兄弟，也投奔尔朱荣。荣得胜大喜，署为军将。欲知后事如何，待至下回再叙。

元义可诛，而牝后不宜再出，胡氏之重复临朝，魏之乱亡也必矣。高阳王雍等，卑鄙无能，原不足道，元顺刚直敢言，何不力请胡后，归政魏主，乃徒谏毕饰，斥幸臣，不揣其本而齐其末，讵得谓之社稷臣乎？元略奔梁，萧综奔魏，当时南北二朝，喜纳亡人，几成习惯，略之逃亡也有名，综之叛亡也亦未始无名，但为梁主计，则综实乱贼，似难曲恕。彼既削综籍，旋即赐复，朝令暮改，憧憧往来，无非由内省多疚耳！淫弟逆女犹可恕，于综果何尤耶？魏既召还元略，赐爵东平，而略仍不能匡救时艰，犹之一高阳王雍也。盗贼麕于外，嬖幸蟠于内，庸臣旅进旅退，毫无干济。广阳王渊，虽遭谗罹祸，饮刃贼巢，然常则思淫，变则思避，天下有如是之取巧乎？甚致死也，谁曰不宜！

第四十七回

萧宝夤称尊叛命
尔朱荣抗表兴师

却说尔朱荣在肆州，得了贺拔胜兄弟，不禁大喜，抚胜背道：“卿兄弟肯来从我，天下便容易平靖了。”遂署为军将，行止进退，随时与议。胜等亦乐为效力。看官阅荣词色，已可知他拔扈飞扬，名为魏廷御乱，实是后来一大厉阶。那魏廷正乱势纷纷，只忧兵将不足，想靠荣做北方长城，眼前事且不暇顾，怎能顾到日后呢！

古人有言：外宁必有内忧，这魏国是内忧交迫，外亦未宁，正是内外摇动的时候，梁豫州刺史夏侯亶，趁着淮水盛涨，攻魏寿阳。魏扬州刺史李宪，待援不至，只好举城降梁。亶令将军陈庆之入城安民，收降男女七万五千人，复称寿阳为豫州，改合肥为南豫州，二州俱归亶管辖。嗣复由梁将湛僧智，及司州刺史夏侯夔，会师武阳关，围魏广陵。魏尝称广陵为东豫州，刺史元庆和，保守不住，外城被陷。魏将陈显伯，率兵赴援，又为僧智所破。庆和无法可施，不得已投降梁军，显伯夜遁。梁军追击至十里外，斩获万计。僧智受命镇广陵，夏侯夔镇安阳。

已而梁主复遣将军陈庆之，与领军曹仲宗等，攻魏涡阳，寻阳太守韦放，亦引军往会。途次与魏将元昭等相遇，不及列营，部下皆有惧色。元昭麾下，步骑共五万人，分队夹进，声势锐甚。放系睿子，夙受家传，至此仍不慌不忙，免胄下马，自坐胡床，誓众迎战。于是士卒皆奋，踊跃直前，一当十，十当百，竟得杀退魏兵。不略韦放，仍为韦睿生色。乃徐徐收军，趋晤庆之。庆之不肯落后，也率麾下二百骑，驰往奋击，斫死魏兵前队百余人，因勒骑还营，与诸军并进。元昭分设十三垒，抵御梁军，两下相持，互有杀伤。差不多过了一年，仲宗因欲班师，庆之独杖节军门，誓死不退，遂简选锐卒，衔枚夜出，直捣魏营，魏人积劳致倦，仓猝不能抵敌，溃去四垒。庆之俘馘多名，陈列涡阳城下，指示守将王纬，纬乃乞降。魏兵尚有九垒，又由庆之移示俘馘，鼓噪进攻，吓得魏兵四散奔逃。元昭亦顾命要紧，弃垒遁去。庆之上前追蹑，杀毙无数，涡阳为尸血所积，几乎胶浅不流。自宋季被魏南侵，淮北为魏所据，齐末又由魏兵渡淮，陷入淮南，至此梁乘魏乱，攻克两淮城镇。

魏人失地颇多，无力与争，已是懊怅得很。叙入南北交涉，是按时销纳文字。再加那北方乱事，日急一日，真个是寇氛遍地，烽火连天。杜洛周寇掠蓟南，转趋范阳，屡为行台常景所破。景所恃惟一于荣，荣忽病殁，景遂失势。幽州民甘心从乱，竟开门迎纳洛周，景被掳去，幽州当然陷没了。葛荣守瀛州南趋，进逼殷州。殷州由定、相二州分出，领有四郡，刺史崔楷，甫经到任，城内无备，由楷召集兵民，谕以忠义，与贼党徒手相搏。连战半旬，终因力竭城崩，被贼杀入，楷不屈遇害。荣复转围冀州，刺史元孚，督厉将士，昼夜拒守，自春及冬，粮储告罄，外无救兵，尚且据城死战。及城已被陷，孚与兄涓俱为所擒，兄弟各自引咎，愿为国死。都督潘绍等，亦向荣叩请，愿代死以活使君，荣叹为忠臣义士，统皆赦免。强盗发善心。连叙崔楷、元孚，意在教忠。

但殷、冀二州，俱为贼有，还有西道行台大都督萧宝夤，出兵累年，縻饷添兵，不知凡几，始终没有成效。特提萧宝夤，为本回前半截主脑。莫折念生，与胡琛不和，两贼自相攻杀。念生屡挫，乃输款宝夤。宝夤使行台左丞崔士和，往收秦州。不意念生复反，擒杀士和，秦州再陷。宝夤出师泾阳，亲讨念生，一场交战；全军败绩，退屯逍遥园东。汧城岐州，相继降贼，豳州刺史毕祖晖，又复战没。西道都督北海王元颢，亦被杀败，关中大扰。雍州刺史杨椿，急忙募兵拒守，得士卒七千余人，登陴力御，才获保全。魏加椿为侍中，领行台统帅，节制关西诸将。念生遣弟天生，大举攻雍州，萧宝夤令部将羊侃，往助杨椿。侃隐身堑中，伺天生近城，一箭射去，应弦而毙。椿乘势杀出，贼众大溃，斩首数千级，雍州解严。念生方进据潼关，闻天生已死，乃弃关西去。

魏主因宝夤败退，褫夺官爵，免为庶人。一面下诏西征，整备兵马。既得潼关捷音，复说将北讨葛荣。诏书中很是夸张，仿佛有銮跸亲临，灭此朝食的气象，其实统是纸上谈兵，惟日在销金帐中，与潘嫔等练习肉战，有甚么行军思想。那胡太后亦纵情行乐，宫闱里面，通宵狎亵，笑语时闻，任他警报频来，且管目前肉欲，毫不加忧。死在目前，乐得纵欢。一切军事，都委城阳王徽及二三嬖臣，随便处置。

可奈贼势未靖，宿将渐凋，雍州行台杨椿，又复上书报病，请人相代。魏廷无将可遣，只得复任萧宝夤，都督淮泾等四州军事，兼领雍州刺史。椿交卸还乡，因子昱将适洛阳，特嘱昱转奏两宫，谓宝夤非不胜任，但恐有异志，须慎选心膂为辅，方可戢彼野心。昱奉命至洛，面启魏主母子，两宫已是晨昏颠倒，神志迷离，哪里肯如言施行。

会闻葛荣进围信都，乃命金紫光禄大夫源子邕，为北讨大都督，率兵赴援。子邕方发，又接相州急报，刺史乐安王元鉴，文成帝孙。据邺叛魏，通款葛荣。因再命舍人李神轨，出会子邕，并召同将军裴衍，先讨邺城。才算一举得手，入邺诛鉴，传首洛阳。神轨还都，诏除子邕为冀州刺史，使讨葛荣。裴衍亦表请同行，奉敕允议。子邕独上书自陈，谓两人不宜同往，衍行臣请留，臣行请留衍，若逼使同行，必致败衄。有诏不许，子邕不得已偕衍北进。行至漳水，突遇贼十万众，蜂拥前来。两将本不同心，号令不一，猝遭大敌，兵士骇散，子邕及衍，相继阵亡。葛荣尽锐攻相州，还亏刺史李神，悉众固守，协力致死，才得不陷。可见用兵之道，全恃一心。偏雍州行台萧宝夤，竟杀死关右大使郦道元，居然造起反来。果如杨椿所料。

宝夤西讨莫折念生，前次败绩遭谴，已不自安，后来虽得起复，终怀疑惧。莫折念生返至秦州，由州民杜粲纠众发难，击死念生，粲自掌州事。南秦州城民辛琛，亦自行州事，各遣使至萧宝夤处乞降。莫折念生亦了。宝夤表闻魏廷，魏主尽复宝夤旧封，仍爵齐王兼尚书令。

中尉郦道元，素号严猛，不避权戚。司州牧汝南王元悦，宠信小吏邱念，弄权不法。道元收念付狱，拟处重刑。悦亟白胡太后，请赦念罪。太后敕令赦念，偏道元不待赦至，先已杀念，复劾悦纵奸枉法诸罪状，太后不理。悦深恨道元，想出一法，请调道元为关右大使。关右为萧宝夤势力范围，遣使镇压，明明是悦的诡计，使他激怒宝夤，好借刀杀死道元。魏廷哪里知晓，即派道元西行。果然宝夤闻知，由疑生畏，由畏生忿，特商诸僚佐柳楷。楷答道："大王为齐明帝子，天下属望，何必定居人下！况近有谣言：鸾生十子，九子毈，音断，卵坏也。一子不毈，关中乱。乱训为治，大王当治关中，已无疑义。"宝夤乃决计叛魏，密遣部将郭子恢，潜伏阴盘驿，俟道元过境时，突出拦阻。把他刺死。佯言为贼所害，命人收殡，诡词奏闻。魏责宝夤捕凶正法，宝夤当然不理，即欲称帝关中。

行台郎中苏湛，人品端方，素为宝夤所重，时正抱病在家。宝夤使他姨弟姜俭与商，湛不待说毕，便放声大哭。奇哉！俭惊问何因？湛且泣且语道："我家百口，今将屠灭，怎得不哭！"又哭至数十声，乃徐语俭道："为我白齐王！王本似穷鸟投人，赖朝廷假王羽翼，荣宠至此，奈何无端背德！且魏德虽衰，天命未改，齐王恩信，未洽民情，乃欲率羸惰兵卒，守关问鼎，怎能有成？湛不能举家同尽，愿乞骸骨归还乡里，使得病死，下见先人。"俭返报宝夤，宝夤知湛不为己用，听令还里。

长史毛遐，与弟鸿宾，奔往马祗栅，召集氐羌，抗拒宝夤。宝夤遣将军卢祖迁击遐，一面自称齐帝，改元隆绪，置百官都督，公然被服衮冕，出祀南郊，行即位礼。伪官呼嵩未毕，忽有败报传来，祖迁败死，禁不住神色仓皇，匆匆入城。别派部将侯终德，往击毛遐兄弟，并派重兵据守潼关。

正平民薛凤贤、薛修义等，亦聚众河东，分据盐池，围攻蒲阪，东西连结，响应宝夤。魏命尚书仆射长孙稚，为行台统帅，往讨宝夤，遣都督宗正珍孙，往讨二薛。

长孙稚驰至恒农，闻宝夤围攻冯翊，尚未陷入，乃与将佐会议所向。行台左丞杨侃献计道："贼据潼关，守御已固，未易攻入，不如北取蒲坂，渡河西行，直捣心腹。贼回顾巢穴，冯翊必当解围，就是潼关守兵，亦必却顾而走，支节既解，长安自可坐取了。若以为愚计可行，愿效前驱！"长孙稚皱眉道："汝计甚善，但薛修义方围河东，薛凤贤复据安邑，近闻宗正珍孙，军至虞坂，不能前进，我军如何可往？"侃微笑道："珍孙一行阵匹夫，怎知行军？二薛党羽，统是乌合，只能欺吓珍孙，不能欺吓别人。"虏在目中。稚乃使长男子彦，随着杨侃，带领骑兵，自恒农北渡，进据石锥壁。侃扬言道："我军今且停此，暂待步军。为念沿途村民，无知受胁，情实可怜，今先告父老百姓，速送降名，各自还村，俟我军举起三烽，也当举烽相应，我军誓不相犯；若无人应烽，定系贼党，当进屠村落，夺取子女玉帛，犒赏我军。"诳贼足矣。村民闻了此言，转相告语，多递降名。一俟官军举烽，无论已降未降，皆举烽相应，火光彻数百里。薛修义等围住河东，遥见烽火齐红，不觉大骇，当即遁还，与凤贤同约来降。潼关守兵，果然返顾，相率却走，侃即飞报长孙稚。稚见潼关空虚，已率全军入关，进至河东，与侃相会。侃更长驱直进，宝夤遣将郭子恢截击，连战皆败。那往击毛遐的侯终德，竟与遐等联络，还袭宝夤。

宝夤连忙出敌，军无斗志，未战先逃，慌得宝夤驱马奔回，挈领妻孥，自后门出奔，径投万俟丑奴，丑奴为胡琛部将，琛被拔陵余党费律，诱至高平，将他杀死。胡琛了。余众并归丑奴，再据高平，翦灭拔陵余党。既得宝夤投奔，引为谋主，授官太傅，自称天子，僭置官属。适波斯国献狮至魏，被丑奴截留，作为符瑞，自称神兽元年。奴可为帝，兽足表年，扰乱时代，应该有此奇闻呢！语极冷隽。

且说魏主诩年已寝长，知识日开，胡太后帷薄不修，时怀疑忌。通直散骑常侍谷士恢，得邀上宠，日在魏主左右，胡太后恐他传闻秽事，诬以他罪，勒令自尽。尚有密多道人，能作胡语，亦尝出入殿廷，为魏主所亲信。太后又使人伺他踪迹，刺死城南，佯为悬赏购贼。此外如魏主宠臣，多被太后迁黜。魏主当然恚恨，遂致母子生嫌。

是时葛荣、杜洛周，互相吞噬，洛周被葛荣击死，杜洛周了。余党降荣。荣凶焰益盛，南趋邺城。安北将军尔朱荣，因葛荣南逼，表请自发骑兵，东援相州，并不见报。惟纳女入宫，得册为嫔。魏主诩所爱惟此。进封尔朱荣为骠骑将军，都督并、肆、汾、广、恒、云六州军事，寻复进位右光禄大夫，开府仪同三司。怀朔镇函使高欢，初与段荣、尉景、蔡儁先等，投入杜洛周，嗣见洛周不能成事，转奔葛荣，旋复亡归尔朱荣。荣见欢形容憔悴，不以为奇，但安置帐下，作为随卒。会欢从荣入马厩，厩有悍马，专喜踶啮，荣命欢修翦马鬣。欢不加羁绊，执刀徐翦，马竟不动。翦毕，语荣道："御恶人也如是呢！"荣暗暗点首，即引欢入室，屏去左右，访问时事。欢抵掌道："今天子暗弱，太后淫乱，嬖孽擅命，朝政不行，如公雄才大略，乘时奋发，入讨郑俨、徐纥等，廓清君侧，霸业可一举即成了。"荣大喜道："得卿言，似梦初醒哩。"遂复与欢促膝密谈，自日中至夜半，欢才趋出。嗣后遇有军事，必与欢谋。

并州刺史元天穆，系元魏宗室，与尔朱荣很是投契，荣复与他密谋入洛，天穆亦甚赞成。帐下都督贺拔岳，又从旁怂恿，荣遂部署兵马，聚集义勇，北捍马邑，东塞井陉，将南向入都。适接到魏主密敕，召荣入除徐、郑，荣愈觉有名，即日出师，用高欢为前锋，浩浩荡荡，向南出发。此是高欢发轫之始。

行次上党，忽又有密敕颁到，止荣入都。荣不禁踌躇，欢又语荣通："明公今日，骑虎难下，有进无退，何必多疑！"荣乃复拟进行。越日由都中发出哀诏，说是魏主暴崩，立嗣子为皇帝。又越数日，传到太后诏令，谓嗣子非男，实系皇女，今决立临洮王世子钊，入纂正统，大赦天下。这种迷离恍惚的诏书，顿时触怒尔朱荣，当即抗表道：

伏承大行皇帝，背弃万方，奉讳号踊，五内摧剥。仰承诏旨，实用惊惋。今海内草草，异口一言，皆云大行皇帝鸩毒致祸，臣等外听讼言，内自追测，去月二十五日，圣体康怡，隔宿即奄忽升遐，即事观望，实有所惑。且天子寝疾，侍臣不离左右，亲贵名医，瞻仰患状，面奉音旨，亲承顾托，岂容不豫初不召医，崩弃曾无亲奉，欲使天下不为怪愕，四海不为丧气，岂可得乎？是以皇女为储两，虚行庆宥，上欺天地，下惑朝野，已乃选君于孩提之中，使奸竖专朝，贼臣乱纪，惟欲指影以行权，假形而弄诏，此何异掩眼捕雀，塞耳盗钟！今秦陇尘飞，赵魏雾合，丑奴势逼幽雍，葛荣凭陵河海，楚兵吴卒，密迩在郊，古人有言：邦之不臧，邻之福也。一旦闻此，谁不阙闇？窃惟大行皇帝，圣德驭宇，继体正君，犹边烽迭举，妖寇不灭。况今从佞臣之计，随亲戚之谈，举潘嫔之女以诳百姓，奉未言之儿而临四海，欲使海内安乂，实所未闻！伏愿留圣善之慈，回须臾之虑，鉴臣忠诚，录臣至

款，听臣赴阙，参预大议，问侍臣帝崩之由，访禁卫不知之状，以徐、郑之徒，付之司败，雪同天之耻，谢远近之怨，然后更召宗亲，推其年德，声副遐迩，改承宝祚，则四海更苏，百姓幸甚！

看官听说！这魏主诩年才十九，素无疾病，如何忽然暴崩？原来郑俨、徐纥，因尔朱荣引兵南向，情甚惶急，阴与胡太后商议，谋鸩魏主。太后已与魏主有嫌，乐得依从，遂将魏主鸩死，立伪皇子为帝。先是潘嫔生女，托称皇子，庆赦并行，改元武泰。及魏主被鸩，权立皇女，后且据实声明，改立临洮王世子钊。从前京兆王愉，叛命削籍，见四十二回。胡太后却追愉为临洮王，令子宝月袭爵。魏书明帝纪作宝晖。钊即宝月子，年甫三岁，太后利他年幼，因即迎立。偏尔朱荣出来反对，抗表上闻。胡太后接览荣表，很是惊心，亟拟故主诩尊谥，称为孝明皇帝，庙号肃宗，丧葬礼仪，概从隆备。一面遣荣从弟世隆，赍敕慰荣，劝令还镇。小子有诗叹道：

淫牝怎得屡司晨，况复戕君灭大伦！
当日尔朱犹假义，出师还算魏忠臣。

究竟尔朱荣曾否依敕，且至下回再详。

萧宝夤事魏已久，封王爵，拜尚书令，魏之待宝夤也，不为不优。即一再免官，亦由宝夤之丧师致罪，非魏之过事苛求也。况旋黜旋用，宠眷不衰，彼乃妄思称尊，构兵叛魏，其视杜洛周、葛荣、万俟丑奴辈，固不可同日语矣。杜、葛等未受魏恩，揭竿为乱，史笔不得谓之非贼，况宝夤乎！本回历叙战事，独提宝夤为主脑，诛其心也。胡太后以母害子，纲目直书曰弑。君主时代，尊无二上，不得以太后恕之；况其为淫乱不法，毫无母德耶！尔朱荣抗表问罪，义正词严，假使他日入洛，清宫掖，肃纪纲，则功绩岂出伊、霍下？故以事迹论，则尔朱兴师之日，尚非肆逆之时。应贬则贬，应褒则褒，论史者固具有苦心乎！

第四十八回

丧君有君强臣谢罪
因敌攻敌叛王入都

却说尔朱世隆，赍着魏廷诏敕，行至晋阳，适与尔朱荣相遇。兄弟叙谈，当然有一番情话。荣览敕后，语世隆道：“这事我不便依从，弟亦无须回朝。”世隆道：“朝廷疑兄，故遣世隆到此，今留世隆，反使朝廷得以预防，亦属非计。”荣乃遣还世隆，自与元天穆商议，谓彭城王勰夙有忠勋，名传身后，第三子子攸，近封长乐王，亦有令望，不如将他拥立，较乎众望云云。天穆亦以为然，荣因令从子天光等，往见长乐王子攸，具述荣意。子攸便即允议。皇帝是人人喜做的。天光等返至晋阳，向荣报命，荣又不免疑惑起来。从前魏国立后，必范铜为像，像成方得册立，否则目为不祥，应即罢议。荣援例卜吉，也将显祖献文帝即魏主弘。子孙，一一铸像，多半未就。惟长乐王独成，乃即起兵发晋阳。

世隆还都后，模糊复旨，及闻荣南下，潜逃出都，径投荣军。胡太后得了军报，很觉彷徨，悉召王公大臣等入议。大众都不直太后，莫肯发言。独徐纥出对道：“尔朱荣乃是小胡，擅敢称兵向阙！据现在文武宿卫，出外控制，已是有余。今但分守险要，以逸待劳，臣料彼千里远来，士马疲敝，不出数月，包管能剿灭呢。”不容你算奈何？胡太后乃授黄门侍郎李神轨为大都督，率众拒荣。另遣他将郑先护、郑季明等往守河桥，武卫将军费穆屯小平津。

荣行至河内，遣使至洛，密迎子攸。子攸即与兄彭城王劭，弟霸城公子正，潜自高渚渡河，至河阳会荣。将士见子攸到来，争呼万岁，子攸即引着荣军，复济河南行，在途称帝，筑坛受朝。也未免太急。进兄劭为无上王，子正为始平王，尔朱荣为侍中，都督中外诸军事，兼尚书令领军将军，封太原王。当即传诏远近，谕令效顺。

郑先护素善子攸，与郑季明开城相迎，费穆亦奉表通诚。李神轨狼狈夜遁。徐纥闻报，料知大势已去，也不暇顾及胡太后，竟捏称诏敕，夜开殿门，取御厩中良马十匹，挈领眷属，东奔兖州。郑俨也照样施行，逃回乡里。统是薄幸郎。胡太后失去二嬖，好似没有手足一般，急得不知所措。踌躇多时，想出一着无聊的方法，尽召肃宗后妃，迫令出家，自己亦执着银剪，把头上的玲珑宝髻，一刀除去。烦恼青丝，已剪得太迟了。她以为做了道姑，总可免罪，省得尔朱氏追究。哪知尔朱荣不肯放松，一面召百官出迎新主，一面派骑士入宫，掳了太后及幼主，同至河阴。百官奉召，急急的奉了玺绶，备着法驾，至河桥恭迎新主子攸。胡太后见了尔朱荣，尚带泣带语，自言为嬖幸所误，请荣鉴原。幼主钊一味啼哭，晓得甚么好歹，惹得荣拂衣起座，顾令左右，立把太后幼主驱出，沉入河中。河伯如欲娶妇，倒还可以将就。

费穆入见尔朱荣，附耳密语道："公士马不出万人，今长驱向洛，兵不血刃，成功太速，威力无闻。京中文武官吏，不下数百，兵民更不可胜计，若知公虚实，必致轻视。今日非大行诛罚，更植亲党，恐公他日北还，未逾太行山，内变便要发作了。"导人好杀，怎得令终！荣一再点首，转告亲将慕容绍宗，绍宗道："胡太后荒淫失道，嬖幸弄权，淆乱四海，所以公得兴兵问罪，入清宫廷，今无故歼戮多士，不分忠佞，恐天下失望，反与公有不利，请公三思！"

荣不肯从，佯请新主子攸，就陶渚引见百官，只说是即日祭天。俟百官趋集，却下了一声军令，纵骑兜围，把百官困住垓心，然后申辞指斥。说是国家丧乱，肃宗暴崩，统由朝臣贪虐，未能匡弼，应该声罪行诛，不使稽戮云云。这语一传，王公大臣等，才知为荣所赚，各吓得魂驰魄散，面色仓皇。那尔朱荣确是厉害，即遣骑士入围捕戮，拿一个，杀一个，也不问有罪无罪，一古脑儿割下首级，自丞相高阳王雍，司空巨平公钦，仪同三司东平王略，以及广平王悌，常山王邵，北平王超，任城王彝，赵郡王敏，中山王叔仁，齐郡王温等，凡元氏宗室，在朝任职，悉数毕命。就是直声卓著的元顺，时已为左仆射，亦为所杀。不忘遗直。公卿以下，遇害至二千人，尚有朝士百余，迟到数刻，亦被胡骑围住。荣又下令道："有人能作禅位文，便即免死！"言未毕，即有侍御史赵元则，应声如响。是一个好差使，哪得不上前速应？当下释出元则，令他草诏，余多戮毙。荣复谓元氏当灭，尔朱氏当兴，嘱军士同声附和，共称万岁。乃遣将弁数十人，持刀入行宫，剁毙彭城王劭，始平王子正，迫子攸徙居河桥，锢置幕下。比董卓、朱温还要凶狠。

子攸忧愤交并，使人向荣达意道："帝王迭兴，盛衰无常。今四方瓦解，将军投袂起师，所向无前，这是天意，原非人力所能致此！我生不辰，遭际衰乱，本不敢妄觊天位，只因将军见逼，勉强承统。若天命已归将军，不妨早正位号。就使推让不居，存魏社稷，亦当更择亲贤，善为辅弼。我但求保全生命，不必多疑！”荣听了此言，再与将佐熟商。都督高欢，劝荣即日称帝。独将军贺拔岳进言道：“将军首建义兵，志除奸逆，大勋未立，遽有此谋，恐未必邀福，反足速祸呢！”荣忐忑不定，自铸铜为像，四次不成。又令功曹参军刘灵助，卜筮吉凶，灵助亦言未吉。荣沉吟良久，方语灵助道：“我若不吉，天穆何如？”灵助道：“天穆亦不应推立，只有长乐王方应吉征。”荣素信灵助言，不由的惭惧起来，自傍晚至夜半，不食不寝。但在室中绕行，且自言自语道：“尔朱尔朱，为何这般弄错？只好一死塞责，报谢朝廷！”贺拔岳乘间入言，请杀高欢谢天下。荣亦被他激动，意欲杀欢，经左右代欢解免，方才罢议。

时已四更，荣匹马出营，直诣河阳幕下，拜谒子攸，叩头请死。何前倨而后恭。子攸不得已慰勉数语，扶令起身，荣即自为前导，引子攸入宿营中。诘旦即拟奉主入都，部众以滥杀朝士，积成怨愤，将来必有报复情事，不如迁都北方，可避后患。荣至此又不免起疑。好听人言，怎能有成？武卫将军讯礼，从旁力谏，乃将迁都计议，仍复打消。于是安排仪仗，簇拥嗣主子攸，舆驾入洛阳城，下诏大赦，改元建义。

京中官吏，已十死八九，剩了几个散员末秩，也是逃避一空，不敢出头。宿卫空虚，官守废旷，只有散骑常侍山伟，诣阙谢赦，叩首山呼。尔朱荣瞧这形状，也觉凄寂得很，便上书陈请道：

> **臣世荷藩寄，征讨累年，奉忠王室，志存效死。直以太后淫乱，孝明暴崩，遂率义兵，扶立社稷。陛下登祚之始，人情未安，大兵交际，难可齐一。诸王朝贵，横死者众，臣今粉躯，不足塞往责以谢亡者。然追荣褒德，谓之不朽，乞降天慈，微申私责：无上王请追尊帝号，诸王、刺史，乞赠三司，其位班三品，请赠令仆，五品之官，各赠方伯，六品以下，赠以镇郡。诸死者无后听继，即授封爵，均其高下，节级别科，使恩洽存亡，有慰生死，或尚足少赎臣愆，谨拜表以闻！**

魏主子攸，当然允议，先尊皇考彭城王勰为文穆皇帝，皇妣李氏为文穆皇后，迁神主至太庙，号为肃祖。然后尊皇兄劭为孝宣皇帝，皇嫂李氏为文恭皇后；从子韶窜匿民家，遣人访获，令还朝袭封彭城王。他如皇伯父高阳王雍，皇弟始平王子正等，悉予尊谥。其余死难诸臣，亦如荣言赐恤。荣又请遣使劳问旧臣，文官加二阶，武官加三阶，百姓复租役三年，都下吏民，始得少安。旧臣亦相继赴阙，多仍原职。荣部下诸将士，因从龙有功，普加五阶。

诸将士尚防有后患，劝荣请魏主徙都，荣复为所动，入白魏主子攸，主张北迁，都官尚书元谌，独出来反对，与荣力争。荣怒叱道：“迁都事与君无关，何必争执？且河阴一役，君曾闻知否？”谌亦抗声道：“天下事当与天下公论，奈何举河阴毒虐，来吓元谌！谌系国家宗室，位居常伯，生既无益，死亦何损，就使今日碎首流肠，也不足畏呢！”元氏犹有此人，好算难得。这一席话，惹得荣气冲牛斗，即欲加谌死罪。尔朱世隆在旁力劝，谌得不死。盈廷无不震慑，谌仍神色不变，徐徐引退。

过了数日，魏主子攸，偕荣登高，俯视宫阙壮丽，列树成行。荣叹息道：“前日愚昧，有北迁意，今见皇居壮盛，方信元尚书言，确有至理，无怪他抵死不从呢。”魏主亦好言抚谕，荣乃绝口不谈迁都。惟郑俨、徐纥、李神轨三人，在逃未获，檄令地方有司，搜捕治罪。俨遁归乡里，与从兄荥阳太守仲明，谋据郡起兵，为部下所杀。纥奔至泰山郡，投依太守羊侃，嗣闻朝廷严捕，乃与侃南奔降梁。神轨不知下落，想已是窜死了。汝南王悦，临淮王彧，北海王颢，前已避难南奔，彧因魏主定位，访求宗室，乃上书梁廷，乞求放归。梁主颇惜彧才，但不便强留，准令北还。魏主授彧尚书令，兼大司马，彧遇事敢言，颇有直声。

已而魏主欲册立皇后，尔朱荣嘱使朝臣，拟将前时纳充嫔御的孀女，改配魏主，好乘时正位中宫。看官，试想荣女曾为肃宗嫔，肃宗诩系子攸从侄，名分攸关，怎得将侄妇充作御妻？子攸不便依荣，又未敢违荣，当然是怀疑未决。黄门侍郎祖莹进议道：“从前春秋时候，晋文在秦，怀嬴入侍，事贵从权。幸陛下勿疑！”却是一条正比例，但怀嬴止为晋文妾，荣女却为子攸后，是尚不能强同。子攸不得已如祖莹言。小子上文曾叙及肃宗后妃，被胡太后迫令出家，及尔朱荣入都，荣女正在瑶光寺，由荣迎回。此时祖莹为荣申请，既得魏主允准，赶即报荣。荣不禁大喜，即令孀女释服改装，打扮得与娥姮相似，乘舆入宫。魏主子攸，见她炫服华容，倒也可爱，乐得将错便错，同赴高唐。一连三宿，订定立后礼仪，御殿受册。这位尔朱嫔丰神绰约，环珮雍容，居然被服翟衣，统掌六宫事宜，好做那北朝国母了。魏加尔朱荣为北道大行台，巡方黜陟，先行后闻。

荣乃欲还镇晋阳，入阙白主，申谢河桥罪过，誓言后无贰心。魏主起座扶荣，也与他握手设誓，彼此不贰。荣很是喜慰，求酒畅饮，喝得酩酊大醉，由魏主召令左右，掖入床舆。听他鼾声大作，不由的记忆前恨，惹起杀心。当下取刀在手，拟即杀荣，左右慌忙谏阻，各说是投鼠忌器，万不可行。乃命将床舆舁入中常侍省，荣尚一睡未醒，直至夜半，方才惊寤。渐闻魏主有下刃意，心不自安，遂辞行北去。特荐元天穆为侍中，录尚书事，领京畿大都督，兼领军将军。行台郎中桑乾、朱瑞为黄门侍郎，兼中书舍人，内外勾通，腹心密布，仍然与在朝无异，不肯放宽一着。魏主亦只好得过且过，付诸缓图。

会葛荣引兵围邺，众号百万，魏主将亲往讨，命大都督上党王元天穆，总众八万为前军，大将军太原王尔朱荣，带甲十万为左军，司徒杨椿，勒兵十万为右军，司空穆绍，统卒八万为后军。荣奉到诏敕，亟自率精骑七千名，倍道兼行，用侯景为前驱，东出滏口。葛荣横行河朔，所过残破，闻尔朱荣孤军前来，侈然语众道："区区一军，怎能敌我！尔等可各办长绳，来一个，缚一个，不得有误！"如此骄盈，不败何待？便令列阵数十里，西向待着。

尔朱荣潜军山谷，分骑士为数队，每队约数百骑，扬尘鼓噪，使贼众不辨虚实，自率健骑绕出葛荣阵后，预约夹攻。葛荣只管前面，不管后面，但听得哗声大至，急忙备御。等了许久，并无来军，正拟解甲休息，又觉得喊声四起，尘头滚滚。好多时不见到来，转使葛荣且惊且疑。既而自笑道："这是尔朱荣的疑兵计，毫无实力，徒乱我心，我适受彼赚，不如大众静坐，休养锐气为是！"这才中计。遂令部众静守，不必他顾。部众各散伍小憩，不意阵前阵后，胡哨迭吹，霎时突入铁骑，搅乱贼阵。葛荣仓猝上马，尚只督众向前，为抵敌计，忽背后驰到一大将，手起槊落，竟将葛荣打倒马下，一声呼喝，已由好几个健卒，跳跃而至，立把葛荣缚住。贼众见渠魁受擒，无不胆落，那大将又复传令，降者免死，于是贼众一齐投戈，匍匐乞降。大将又宣谕道："尔等都有父母妻孥，奈何从贼寻死！我但拿问首逆，不问胁从，愿留者听，愿归者亦听。"这谕传出，大众多半愿归，泥首拜谢，欢跃而去。冀、定、沧、瀛、殷五州，自是肃清。看官欲问大将为谁？无非是个尔朱荣。

荣既遣散贼众，尚有若干贼目，无家可归，亦量能录用，不使失所。可巧贼目中有一少年，虎背猿躯，与众不同，问他姓名，叫作宇文泰。乃父名肱，随鲜于修礼战死，泰转投葛荣，至此为尔朱荣所爱，擢为军将。宇文泰始此。随将葛荣槛送入洛，枭斩都市。葛荣了。魏主加荣为大丞相，都督河北畿外诸军事，并封荣诸子为王。一面撤回元天穆各军，进司徒杨椿为太保，城阳王徽为司徒。

是时梁将军曹义宗，围魏荆州，已历三年，守将王罴，百计拒守，幸得不陷。魏廷因朔方多难，不遑南顾，至是始遣中军将军费穆，都督南征各军，往援荆州。梁军久顿城下，已经疲敝，不料费穆猝至，闯入梁营，曹义宗不及措手，竟被擒去，荆州解围。梁主衍闻义宗被掳，当然不肯甘休，索性想出因敌攻敌的计策，封降王元颢为魏王，派将军陈庆之引军纳颢。颢南奔梁见上文。颢遂北行，得拔荥城，擒住魏行台统帅济阴王元晖，自称魏帝，改元孝基。

魏大都督元天穆方出略河间，往讨伪汉王邢杲，杲前为幽州主簿，也想乘乱为王，招集河北流民，占踞北海，骚扰青州。天穆奉敕东征，一军不能两顾，魏主令他熟筹缓急。他决计先灭邢杲，然后讨颢。却喜东征得手，不到数月，便将杲擒送洛阳，斩首了事。乃移军南趋，在途迭闻警耗，系是元颢导着梁军，乘虚深入，取梁国，拔荥阳。当下驱军急进，直至荥阳城下，偏被陈庆之杀将出来，急切不能阻拦，竟至败北。庆之乘势追击，复陷虎牢。虎牢为洛阳要塞，一经失守，洛都当然大震。

魏主子攸急欲避难，未知所向，因召群臣会议。或劝魏主赴长安，中书舍人高道穆进言道："关中荒残，不宜再往。颢乘虚深入，将士不多，若陛下亲率卫士，背城一战，臣等亦誓尽死力，不难破颢。倘谓胜负难料，不若暂时渡河，征召大丞相尔朱荣，与大将军天穆，犄角进讨，不出旬月，定可成功。这乃是万全之计呢！"魏主子攸，遂带领数骑，夜走河内。都中无主，便即大乱。临淮王彧，安丰王延明，倡议迎颢，遂封府库，备法驾，率百僚迎颢入城。

颢入洛阳宫，改元建武，也循例施赦，授陈庆之为侍中，领车骑大将军。元天穆收集败卒，得四万人，掩入大梁，再分兵二万，使费穆为将，往攻虎牢。颢亟遣庆之击穆，穆正力攻虎牢，闻庆之将至，已有畏心。嗣又得天穆北去消息，只剩得自己孤军，越觉彷徨失措，一俟庆之到来，即望尘迎降。庆之送穆至洛，颢责他趋奉尔朱，滥杀王公，即令推出枭首。该杀。一面命黄门侍郎祖莹，作书贻子攸道："朕泣请梁朝，誓在复耻，但欲问罪尔朱，出卿虎口，卿与我肯同心勠力，皇魏或可再兴，否则尔朱得福，卿益得祸。卿宜三复斯言，庶富贵可共保哩。"

书去后杳无复音，惟河南州郡，陆续输诚。再遣使四出，招谕官民。齐州刺史沛郡王元欣，意欲受诏，军司崔光韶抗言道："元颢受制南朝，引寇兵覆宗国，乃是乱臣贼子，人人得诛，不但大王家事，所应切齿，就是下官等亦夙受国恩，未敢仰从！"长史崔景茂等，亦齐声道："军司言是！"欣乃斩颢使，示与决绝。还有襄州刺史贾思同，广州刺史郑先护，南兖州刺史元暹，俱不受颢命。冀州刺史元孚，自葛荣受诛后，仍复原职。颢令为东道行台，封彭城郡王，孚将颢书转献魏主子攸，表明诚意。平阳王元敬先，起兵讨颢，不克而死。

颢入洛城时，适遇暴风，缓辔至阊阖门，马忽惊跃，不肯入城，当由左右代为执辔，驱策数次，才得驰入。颢颇有戒心，所以入城申谕，禁止侵掠，内自宫掖，外及民舍，统皆安堵如恒。过了一二旬，渐渐的骄怠起来，所有宾客近习，统皆宠待，自己日夕纵酒，不恤兵民。所从南兵，陵轹市里，不复加禁，因此朝野失望，公私不安。恒农人杨昙华私语亲友道："颢必无成，假充冕不过六十日。"谏议大夫元昭业，亦窃议道："从前更始即新莽时之刘玄。自洛西行，初发马惊，奔触北宫铁柱，三马皆死，后卒无成。援古证今，相去亦不远呢。"高道穆兄子儒，自洛阳出从子攸，子攸问洛中事，子儒答道：“颢败在旦夕，不足深虑！”子攸才得少安。小子有诗叹道：

休言成败属穹苍，一得生骄定不长。

阊阖门前惊坐马，区区未足验灾祥。

颢既骄恣，复欲叛梁。欲知后来情形，俟至下回再表。

尔朱荣入清君侧，本属有名，前回中已经评及。及观本回所叙之事实，乃知荣之心术，比莽、操为尤凶。胡后有罪，亦应上告宗庙，妥定刑名，幼主何辜，竟同赴洪流，惨遭溺毙。如此处置，已觉过甚，复误信费穆奸言，屠戮王公大臣，多至二千余人，长乐二弟，亦遭骈戮，是可忍，孰不可忍乎？天夺其魄，始迎新主入都，乃复有纳女为后一事。女为嫠妇，使之改适，一不可也；以侄妇而再醮叔翁，逆伦伤化，二不可也。倒行逆施，一至于此，魏岂尚有国法乎？葛荣恶贯满盈，天始假诸荣手，非荣之果能歼贼也。彼元颢导敌覆宗，亦不足道，彭城王勰，有功枉死，其子子攸，尚为人所属望。北海王详，贪淫不法，死不足惜，颢徒借梁军以图一逞，误矣。况一得自豪，即萌骄态，此而不亡，不特无天道，并且无人道矣。贬抑之以儆效尤，所以示天下乱贼之防也。

第四十九回

设伏甲定谋除恶
纵轻骑入阙行凶

却说元颢自铚县出发，转战入洛，共取三十二城，大小四十七战，无不获胜，这都出之陈庆之的功劳。哪知他忘恩负义，潜生贰心，私与临淮王彧，安丰王延明，密谋背梁；因此待遇庆之，亦渐不如前。庆之已微察隐情，预为戒备，且入朝语颢道：“我军不满万人，远来至此，幸得成功，人情尚未尽服。彼若知我虚实，调兵四合，如何抵御？不如速启南朝，更请济师。如北方有南人陷没，应敕诸州送入都中，兵多势厚，方可无虞。”颢支吾对付，转告安丰王延明。延明道：“庆之兵不过七千，已是难制，今若更添兵力，怎肯再为我用？大权一去，事事仰人鼻息，恐元氏宗社，要自此颠覆了。”颢乃遣使上表梁廷，但言河北河南，同时戡定，只有尔朱荣一部，尚敢跋扈，臣与庆之自能擒讨，不烦添兵劳民云云。庆之副将马佛念，密白庆之道：“将军威行河洛，声震中原，功高势重，为魏所疑，一旦变生不测，祸且及身，不如乘他无备，杀颢据洛，倒是千载一时的机会，将军幸勿错过。”为庆之计，确是良谋。庆之摇首道：“此计太险，恐不可行。”

嗣来了河北急报，尔朱荣自晋阳发兵，与天穆相会，护送子攸南还，前驱已到河上了。庆之亟往见颢，颢令庆之出守北中城，自据南岸，抵遏北军。庆之引兵直前，与北军相持三月，接仗至十一次，杀伤甚众，未尝败衄。安丰王延明等，沿河固守，北军乏舟可渡，亦不能亟进。尔朱荣意欲退师，再图后举，黄门侍郎杨侃语荣道：“胜负本兵家常事，裹创血战，古今屡闻，况今并未大损，怎可中道折还，自阻锐气？今四方颙颙，视公此举，遽复引归，民情失望。如虑乏舟渡河，何勿多为桴筏，参用舟楫，沿河数百里间，皆为渡势，使颢防不胜防，一或得渡，必立大功。”高道穆亦进言道：“今乘舆飘荡，主忧臣辱，大王拥百万雄兵，奉主南归，若分兵造筏，沿河散渡，指掌可克，奈何无端退却，使颢复得完聚？这所谓养虺成蛇，悔将无及了。”荣已为感动，询及刘灵助，灵助亦谓不出十日，河南必平。适伏波将军杨櫆族人，居住马渚，自言有小船数艘，愿为向导，荣乃命从子车骑将军尔朱兆，与都督贺拔胜，缚木为筏，自马渚夜渡，袭击颢军。

颢不及预备，仓猝应敌，至为北军所乘。领军将军冠受，系颢爱子，竟被擒去。颢大惊遁还，安丰王延明等，亦皆溃退。陈庆之孤军失倚，忙收众结阵，匆匆引归。会值嵩高水涨，不便徒涉，那尔朱荣却自督大军，从后追来。庆之部众，急不择路，或投河溺毙，或缘河逃散，单剩得数十百骑，随着庆之。庆之急令从骑下马易服，自把须发剃去，溷充沙门，从间道逃至汝阴，始得奔归建康。

颢由轘辕南出临颍，从骑四窜，临颍县卒江丰，诱颢入室，取刀杀颢，传首洛阳。魏主子攸，早至北邙，由中军大都督杨津，洒扫宫禁，召集百僚，出迎子攸，涕泣谢罪。子攸慰劳已毕，遂入居华林园，颁诏大赦。加尔朱荣为天柱大将军，尔朱兆为车骑大将军，仪同三司，元天穆为太宰。凡北来军士，及随驾文武诸臣，各加五级，出宫人三百名，缯锦杂彩数万匹，班赐有差。临淮王彧，仍诣阙请罪，有诏不问。安丰王延明自觉无颜，挈妻子南奔梁朝，后来病死江南。

尔朱荣留都数日，仍辞归晋阳，遣都督贺拔胜，出镇中山，复使统军侯渊，讨灭葛荣余党韩楼。越年再使从子骠骑将军尔朱天光，与左都督贺拔岳，右都督侯莫陈悦，率兵往讨万俟丑奴。丑奴出没关中，屡为民患，时正往攻岐州，令党徒尉迟菩萨等，自武功南渡渭水，扑城攻栅。贺拔岳引着千骑，倍道赴援，菩萨已拔栅收兵。岳前往挑战，诱菩萨至渭南，依山设伏，俟菩萨轻骑追来，发伏齐起，得将菩萨捉住，名为菩萨，奈何毫无神力？收降贼众万余。

丑奴闻菩萨陷没，退保安定。岳与天光会师岐州，扬言夏令将至，不便行师，应俟秋凉再进。丑奴信为实言，散众归耕，据险立栅。天光遂与岳悦二都督，乘夜发兵，攻入大栅。所得俘囚，悉数纵还，诸栅闻风皆降。天光长驱直进，径达安定，丑奴无兵可守，弃城出走，贺拔岳等从后追蹑，赶至平凉，围住丑奴。裨将侯莫陈崇，单骑突入，与丑奴交手，不到三合，便把丑奴活捉了来，大呼出阵，贼皆披靡。乘胜进逼高平，萧宝夤为丑奴太傅，尚欲拒守，天光将丑奴推至城下，指示守卒，谕令速降。守卒立即应命，执住宝夤，送入大营，关中悉平。丑奴、宝夤，械送都中，缚至阊阖门外，示众三日，方将宝夤赐死，丑奴处斩。丑奴了，宝夤亦了。

宇文泰曾随军讨颢，因功封宁都子，至此复从贺拔岳入关，讨平丑奴，魏主子攸，擢泰为征西将军，行原州事。泰安抚关陇，待民有恩，民皆感悦，互相告语道：“早遇宇文君，我等怎肯从乱呢！”为北周开国张本。

这且慢表。且说尔朱荣迭平叛乱，勋爵愈隆，威势亦愈盛，虽居外藩，遥制朝政，宫廷内外，遍布心腹，伺察魏主动静。魏主有心振作，勤政不怠，常与吏部尚书李神隽，议清治选部，荣奏补曲阳县令，资格未合，为神隽所搁置。荣当即怒起，擅自调补，神隽惶恐辞职，荣即使从弟仆射尔朱世隆，代理吏部，欲调北人镇河南诸州，魏主未许。太宰元天穆，出镇并州，竟为荣上奏道：“天柱立有大功，为国宰相，若请变易全国官吏，陛下亦不得遽违，况止调数人为州吏，如何不即允许哩。”魏主复谕道：“天柱若不为人臣，朕亦须听他命令；如犹存臣节，怎得黜陟百官！”天穆转告尔朱荣，荣当然生恨。尔朱后性又妒忌，稍有不平，便忿然道：“天子由我家置立，怎得自专。我父原拟自为，何不早自决计呢！”尔父若为天子，尔只能做个公主，怎能总制六宫？世隆亦谓兄不为帝，自己未得封王，阴生觖望。惟魏主外制强臣，内迫悍后，居常愀然不乐。城阳王徽妃，系魏主舅女，侍中李彧，是魏主姊婿，魏主因她戚谊相关，格外亲信。二人欲得权宠，尝恨尔朱氏牵制，所以日夕毁荣，劝主除害。侍中杨侃，胶东侯李侃晞，仆射元罗等，亦曾与谋。魏主亦时思除荣，只一时未敢猝发。荣好游猎，寒暑不辍，辄绘缚虎图进呈，谓臣不忘武功，实欲北扫汾胡，南平江淮，为天子作统一计。又称参军许周，劝臣取九锡礼，臣未立大功，怎得叨受殊荣，已将许周斥去等语。魏主见他词意骄倨，益有戒心，惟玺书褒答，申奖忠诚。无非以假应假。

会尔朱后怀妊九月，将要分娩，荣表请入朝，欲乘便视后。城阳王徽等，谓荣果诣阙，正好伏兵刺毙。李侃晞独言荣必设备，恐未可图，不如先杀荣党，发兵拒荣为是。两议俱属未妥。魏主尚是未决，都下已颇泄秘谋。中书侍郎邢子才等，多畏祸东去。尔朱世隆亦有所闻，自为匿名书，粘贴门上，有天子欲杀天柱一语。旋即揭纸寄荣，荣自恃盛强，不以为意。且扯书掷地道：“世隆

宇文泰（507—556），一名黑獭，代郡武川（今内蒙古武川西东土城）人，西魏大臣。曾参加鲜于修礼军，继归葛荣，后降尔朱荣。北魏孝武帝受高欢之逼，西奔长安，从此魏分为东魏、西魏。他拥帝与高欢相拒，任大丞相，专制西魏朝政。死后，子觉代魏，国号周，追尊为文帝。

胆怯，孰敢生心！看我单骑入朝，有人能挠我毛发么？”荣妻亦劝荣不行，荣终不听。即率将士等南下，妻亦随行，直抵洛阳。

魏主本即欲杀荣，因恐天穆在并州，必为后患，乃虚与周旋，优礼相待。荣入宫待宴，醉后奏陈，谓外人屡言陛下疑臣，意欲加诛。魏主不待说毕，便接口道：“人亦有言王欲害我，谣说无凭，怎可轻信！”荣欢颜称谢。嗣是入谒，从人不过数名，又皆不持兵仗，魏主见荣尚无反意，拟取消前议，城阳王徽怂恿道：“就使荣果不反，亦不可耐；况未必可保呢。”魏主乃征天穆入朝，欲一并除去。荣全未察觉。再加朝士随员，向荣献谀，或说是将加九锡，或说是将下禅文，或说是长星入中台，为除旧布新的预兆，或说是并州城上有紫气，不日当有应验，哄得尔朱荣心花怒开，扬扬自得。

荣有小女，适魏主兄子陈留王宽，荣尝指宽示人道：“我终当得此婿力。”这种词态，传入宫廷，越令魏主生嫌。魏主又梦中取刀，自割十指，醒后很觉惊惧。问诸徽及杨侃，徽答道：“蝮蛇螫手，壮士断腕，梦中割指，亦是此类。陛下若临机立断，可保吉征。”魏主意乃决定。

可巧天穆奉召入都，由魏主邀同尔朱荣，迎入西林园，摆酒接风。荣请令群臣校射，且面奏道：“近来侍臣多不习武，陛下宜率五百骑出猎，振励武功。”魏主含糊许可，但心中愈觉动疑。越日召入中书舍人温子升，问汉杀董卓事，魏主道：“王允若赦凉州人，必不至死。”良久复语子升道：“如朕心理，卿亦应知，死犹欲为，况未必死呢！若戮及渠魁，曲赦余党，想不至有意外祸端！”子升唯唯应命。魏主嘱他预作赦文，指日诛恶，子升受命退去。

诘旦即召荣与天穆，入宴明光殿，令杨侃等伏甲以待。荣与天穆入座，宴饮未毕，便即起出。侃等从东阶入殿，见荣等已至中庭，不便动手，乃任他自去。既而荣诣陈留王家饮酒，大醉而归，因自称病发，连日不入。

魏主恐密谋漏泄，寝馈不安，城阳王徽入白道：“事不宜迟，何不托言后生太子，召荣入朝，就此毙荣？”魏主道：“后怀孕只及九月，怎得即言生子？”徽又道：“妇人不及产期，便是生儿，也是常事，彼必不疑。”魏主乃再伏兵明光殿，声言皇子已生，遣徽驰告荣及天穆。荣正与天穆坐博，徽即脱去荣帽，欢舞盘旋。忽又由殿中文武，传声促入，荣信以为真，遂与天穆一同入贺。两人应该同死，所以连属。

魏主闻荣等进来，不觉失色，温子升趋入道：“陛下色变，速请饮酒壮胆。”魏主因索酒连饮，渐觉心胆少豪。子升袖出赦文，正要呈览，遥见荣已登殿，料知不及再阅，便取文趋出。巧巧与荣相遇，荣问是何文书？子升只说一敕字。荣见他神色自若，也不欲取视，惘然竟入。魏主在东序下西向坐着，荣与天穆，至御榻西北入席。

尚未开谈，李侃晞等持刀进来。荣料知有异，起趋御座，魏主已横刀膝下，顺手取出，向荣力斫，荣即仆地。侃晞追上一刀，呜呼毕命！天穆亦被砍死。荣长子菩提等，共三十人，随荣入宫，俱为伏兵所杀。内外欢噪，声满都城。

魏主即登阊阖门，饬温子升宣诏大赦，并遣武卫将军奚毅，前燕州刺史崔渊，率兵镇北中城。尔朱世隆，闻变夜出，奉荣妻及荣部曲，走屯河阴。荣党田怡等，欲进攻宫门，贺拔胜谓内必有备，不如出城，再图他计。怡乃随世隆出走，胜独不往。黄门侍郎朱瑞，虽为荣所委，却能委曲将事，颇得主眷。故虽从世隆出城，半途逃回。金紫光禄大夫司马子如，素为尔朱氏死党，弃家奔世隆。世隆即欲北还，子如道："兵不厌诈，今天下汹汹，惟强是视，君若北走，反示人以弱，不如分兵据守河桥，还袭京师，出其不意，或可成功。"子如实是戎首。世隆依议，即夜攻河桥，擒杀将军奚毅等人，据北中城。魏主大惧，遣前华阳太守段育慰谕，竟被世隆杀死。

先是散骑常侍高乾，与弟敖曹避难奔齐，受葛荣官爵，聚民为乱。魏主招令反正，授乾为给事黄门侍郎，敖曹为通直散骑侍郎。尔朱荣奏请黜乾兄弟，谓叛人不宜再用，乃听解职还乡。敖曹复行抄掠，由荣诱拘晋阳，荣入都时，恐他生变，独令随行，禁居驼牛署。荣已诛死，魏主释令入侍，授官直阁将军。高乾亦自冀州至洛都，魏主命为河北大使，使与敖曹偕归，招集乡曲，作为外援。乾兄弟临行时，魏主亲送出城，举酒指河道："卿兄弟本冀部豪杰，能令士卒致死；倘京都有变，可为朕至河上，耀众扬尘。"乾垂涕受谕，敖曹拔剑起舞，誓以必死，待魏主回城，始相偕引去。

世隆遣族人尔朱拂律归，率胡骑千人，白衣至郭下，索太原王尸。魏主自登大夏门眺望，且令从臣牛法尚俯语道："太原王立功不终，阴图叛逆，王法无亲，已正刑书。罪止荣身，余皆不问。"拂律归应声道："臣等随太原王入朝，忽致冤酷，今不忍空归，愿得太原王尸，生死无恨！"言已大哭，群胡相率举哀，声震京邑。魏主亦觉怅然，便遣朱瑞赍着铁券，往赐世隆。世隆道："太原王尚不得生，两行铁字，何足为凭！"说着，举券投地。瑞拾券还报，魏主乃募敢死士讨世隆。三日得万人，出御拂律归，究竟士系新募，未习战阵，屡战不克。会皇子诞生，下诏大赦。庆贺既毕，复议讨叛，群臣皆面面相觑，不发一言。只能放火，不能收火，此等人有何用处？独散骑常侍李苗挺身道："小贼敢横逆如此！臣虽不武，愿率一旅出战，为陛下径毁河桥！"魏主大喜，即假平西将军职衔，率数百人出城，由马渚上流，乘船夜下，纵火焚河桥。尔朱兵顿时大乱，从南岸争桥北渡，俄而桥绝，溺毙甚众。苗还泊小渚，守待南援，哪知官兵一个不至，敌兵却陆续趋击。苗拼死力战，终因寡不敌众，部下尽歼，苗亦投水自尽。魏主闻报，很是痛惜，追封河阳侯，予谥忠烈。何不预发援兵？尔朱世隆经此一吓，却召回拂律归，向北遁去。

魏主诏行台都督源子恭出西道，杨昱出东道，各率兵万人，追讨世隆。子恭至太行丹谷，筑垒设防，控遏晋阳。时尔朱兆为汾州刺史，已发兵至晋阳城，拟即南向犯阙。适值世隆北返，两下会谈，议先奉太原太守行并州事长广王晔为主，然后进攻洛阳。晔系前中山王英从子，轻躁有力，既得尔朱氏推戴，便欣然称帝，改元建明。命世隆为尚书令，兆为大将军，皆封王爵，世隆从兄卫将军度律为太尉，天柱长史彦伯为侍中，徐州刺史仲远为车骑大将军，兼尚书左仆射，领徐州大行台。仲远遂起兵遥应，约共入洛。

骠骑大将军尔朱天光，正与贺拔岳、侯莫陈悦，西循关陇，闻荣死耗，亦下陇南行，拟向洛阳。魏主使朱瑞往抚，进天光为侍中，仪同三司，兼领雍州刺史。天光与贺拔岳谋，欲令魏主外奔，更立宗室。乃使瑞归报云："臣无异心，但欲仰奉天颜，再申宗门罪状。"又令僚属佯为奏闻，谓天光暗蓄异图，愿思胜算以防微意。狡哉天光。魏主两得奏报，不免怀疑，只好加封天光为广宗王，曲示羁縻。那长广王晔，亦封天光为陇西王。天光隐持两端，观望成败。

高欢（496—547），一名贺六浑，渤海蓨（今河北景县）人。高欢早年参加杜洛周军，继归葛荣，后叛降尔朱荣。荣死，依靠鲜卑武力，联络山东士族，掌魏兵权，称大丞相。后孝武帝被迫西奔长安，他另立孝静帝，从此魏分裂为东魏、西魏。执东魏政十六年。死后，其子洋代东魏称齐帝，追尊为北齐神武帝。

尔朱兆引众向洛，先召晋州刺史高欢，愿与偕行。兆素骁勇善战，独尔朱荣未死时，谓兆非欢匹，终当为彼穿鼻。至是欢接兆书，慨然叹道："兆狂愚如是，敢为悖逆，我不能长事尔朱了！"遂托言山蜀未平，不肯应召。

兆自督众南行，到了丹谷，与源子恭相持。尔朱仲远亦自徐州北向，陷西兖州，擒去刺史王衎。魏主亟命城阳王徽，兼大司马，录尚书事，总统内外，使车骑将军郑先护为大都督，与右卫将军贺拔胜共讨仲远。先护疑胜曾附尔朱，挥置营外，胜已心怀怨望。及行次滑台东境，与仲远相遇，交锋数次，先护并不出援，竟至败却。胜挟恨益深，遂潜奔仲远，返攻先护。先护狼狈奔走，后且投顺梁朝。南路失败，北路亦溃，源子恭部将崔伯凤阵亡，史仵龙开壁降兆。子恭慌忙奔回，还算幸全性命，洛阳大恼。

城阳王徽，毫无韬略，但惜财吝赏，失将士心。魏主与他商议，一味敷衍，谓小贼无虑不平。魏主亦以大河深广，兆等未能即来，谁知永安三年十一月间，河水浅涸，暴风扬尘，兆竟轻骑南来，渡河入都，守城将士，仓猝四溃，及兆纵骑叩宫，宿卫方才惊觉，立即骇散。魏主仓皇出走，步行至云龙门外，适遇城阳王徽，跨马急奔，连呼数声，并不见应。及徽已去远，却来了胡骑数十名，顺手把魏主牵住，往报尔朱兆去了。小子有诗叹道：

叛臣入阙始惊奔，失势何人认至尊？

天子穷途犹若此，才知处士贵争存。

未知魏主性命如何，容待下回再详。

平葛荣，灭元颢，诛万俟丑奴，擒萧宝夤，尔朱荣之功，不可谓不高。功高者本易震主，况如尔朱荣之有心篡逆，遥制朝政，而能不遭主忌耶！魏主子攸，定谋阙下，伏甲除奸，梁冀死而钟虡不惊，董卓诛而宫廷无恙，不可谓非一时快事。惜乎所用非人，满廷阘茸，城阳王徽，贪佞无能，而任为统帅；源子恭、郑先护辈，皆等诸自郐以下，不足讥焉。忠愤如李苗，挺身出战，冒险焚桥，乃不为后援，任其战死，虽欲不亡，宁可得乎？逆兆入宫，始得闻知，狼狈出走，立遭牵絷，识者有以知子攸之自取矣。

第五十回

废故主迎立广陵王
煽众兵声讨尔朱氏

却说魏主子攸，被胡骑牵去，往报尔朱兆。兆不欲与见，但令牵往永宁寺中，锁禁楼上。自入宫扑杀皇子，见有嫔御妃主，一并拘住，拣得几个美貌少妇，姿情污辱。独不提及尔朱后，想尚顾全姊妹。余皆随给将弁，任他处置，并纵兵大掠，都市为墟。司空临淮王彧，尚书左仆射范阳王诲，青州刺史李延实等，皆为乱兵所杀。

城阳王徽走至山南，抵前洛阳令寇祖仁家。祖仁一门三刺史，皆徽所引拔，总道他记念旧情，肯为留纳，哪知祖仁佯为欢迎，请徽入室。徽有金百斤，马五十匹，皆寄交祖仁，祖仁私语子弟道："今日富贵并至，不但可得徽财，且可因徽得赏呢！"徽仅留一日，祖仁即伪言官捕将至，纵令他适。徽慌忙逃避，途次被杀。这刺客便由祖仁所使。既得徽首，便传送洛阳，兆竟不加赏。

未几兆梦中见徽，叫他往祖仁家，取贮金二百斤，马百匹。鬼犹狡猾，生前可知。兆即遣人掩捕祖仁，祖仁料不可匿，据实供明。兆疑与梦中未符，硬要逼索，祖仁将私蓄黄金三十斤，马三十匹，悉数输兆。兆尚未信，怒执祖仁，悬首高树，用大石系足，搒掠至死。可怜寇祖仁贪图富贵，不顾仁义，害得这般结局！孽报难逃，可作后鉴，奉劝世人，勿昧心利己哩！苦口婆心。

尔朱世隆闻兆已成功，也即至洛。兆按剑瞋目道："叔父在朝日久，耳目应广，如何令天柱受祸！"说至此，声色俱厉，吓得世隆胆战心惊，慌忙拜谢，方得无事。仲远亦自滑台入洛阳。会河西贼帅纥豆陵步蕃，声称奉魏主密诏，讨尔朱兆，进军秀容。兆无暇居洛，亟还晋阳，并将魏主劫去，留世隆、度律、彦伯等，镇守洛都。晋州刺史高欢，率骑兵邀截魏主，已是不及，乃作书致兆，为陈祸福，谓不应加害天子，徒受恶名，兆毁掷欢书，竟拘魏主至三级佛寺中，把他缢死，年才二十四。越二年为魏主修太昌元年，始追谥为孝庄皇帝，庙号敬宗。

陈留王宽曾随魏主北行，也为兆所杀。兆自率众御步蕃，到了秀容，连战皆败，急遣使至晋州，向刺史高欢乞援。欢虽应召，沿途逗留，直至兆再三告急，方与兆会师平乐。步蕃乘胜进逼，欢约兆为后应，自当前锋。行至石鼓山，大破河西寇众，击死步蕃。兆大喜过望，即与欢约为兄弟，连宵宴饮，相得甚欢。恐要被他穿鼻了。且因葛荣余党，出没六镇，谋乱不止，特向欢问计。欢答道："六镇叛众，不能尽歼，王何不选用心腹，使为统帅！如有叛乱，统帅连坐，叛乱自渐少了。"兆欣然道："此计甚善！但何人可使？"旁座贺拔允接入道："莫如高公！"道言未绝，那唇间已着了一拳，流血满口，折落一齿。看官道由何人所击？原来就是高欢。出人不料。欢既击落允齿，且厉声道："天下事取舍在王，汝何得妄言！王宜速杀此人！"浑身是假。兆摇手道："允言甚是，君何必作态？今日便分兵属君，统帅六镇。"正要你说出此语。欢尚饰词谦让，兆以欢为诚，越加信任，坚嘱勿辞。

酒阑席散，兆已醉枕座上，欢恐他醒后悔言，遂出谕大众，已受委统州镇兵，可集汾东受号令。乃即建牙阳曲川，部署兆军。军士素惮兆凶狠，情愿就欢，相率投效麾下。欢又请将并、肆降户，就食山东。兆信欢方深，又复依议。长史慕容绍宗道："不可！不可！今四方纷扰，人怀异望，高公雄才盖世，若再使外握强兵，譬如蛟龙得云雨，尚肯受人约束么？"兆咈然道："我与彼有香火重誓，何必过虑！"绍宗道："亲兄弟尚不可信，何论一区区香火呢！"兆不禁动怒，便叱道："你敢离间我友情么？"遂喝令左右，把绍宗牵禁狱中。全然是一卤莽汉。一面促欢就道。

欢自晋阳出滏口，正值尔朱荣妻，自洛阳行来，有良马三百匹。他即指麾军士，截夺良马，另用羸马掉换。荣妻未敢与争，只好入城报兆，兆始觉惊疑，释出慕容绍宗，再与商议。绍宗道："欢去未远，还是掌握中物呢。"兆乃自追欢至襄垣，适漳水暴涨，桥被冲坍，欢隔水拜语道："借马非有他意，实防山东盗贼，王乃信谗来追，欢何惜一死，但恐部众便要叛离了。"兆亦自明无他，复跃马渡水，与欢并坐帐前，拔刀授欢，引颈就斫。欢大哭道："自从天柱薨逝，贺六浑何所仰望，但愿大家千万岁，勠力同心，今奈何忽出此言！"兆乃投刀地上，复命斩白马，与欢为誓，且留宿夜饮。欢部下尉景，欲乘机执兆，欢啮臂戒谕道："今欲杀兆，彼党必并力来争，势不可敌，不若且从缓议。兆徒勇无谋，将来总为我所擒呢。"尉景乃止。

诘旦兆渡河归营，复召欢会谈。欢上马欲行，长史孙腾牵住欢衣，欢乃托词不赴。兆隔水责欢，说他负约，欢不与答语。兆亦无法，不得已驰还晋阳。

那尔朱世隆等镇守洛阳，屏除盗贼，流通商旅，恰尚能勉力维持。尔朱天光入会世隆，谈及新主元晔，未洽人望，不如更立近亲。世隆也以为然，郎中薛孝通入白天光道："何不改立广陵王？既属近支，又有令望，沉晦不言，多历年所，若奉以为主，必天人允叶了！"天光因告世隆，世隆道："广陵王数年不言，莫非真有喑疾不成？"天光道："且遣人试验真伪。"乃使尔朱彦伯往告广陵王，他竟说出"天何言哉"四字，才知他并非真喑，实是"遵养时晦"的意思。彦伯返报世隆，世隆大喜，便决意改立广陵王。

究竟广陵王为谁？闻他单名是一恭字，就是孝文帝宏的侄儿，广陵王羽的嗣子。广陵王羽见四十二回中。从前元乂擅权，恭恐得祸，避居龙华寺，佯称喑疾，谢绝交通。至永安年间，都下谣传，寺中有天子气，由魏主子攸遣人监束，并无异征，乃得免害。世隆等既议定废立，天光仍还雍州。同谋不同行，无非取巧。可巧长广王晔，来都定位，已至邙山南首，世隆亟遣泰山太守窦瑗，往启晔道："天意人心，俱属广陵，愿王行尧舜事，勿再迟疑。"晔不觉失色，满口支吾，瑗已怀着禅文，竟取出示晔，硬令署印。晔无法推托，只好照署，瑗即返示广陵王恭。恭尚奉表三让，及百官备驾恭迎，然后入宫即位，改建明二年为普泰元年。令黄门侍郎邢子才草撰赦文，文中叙及太原王荣枉死情状，魏主恭勃然道："永安手翦强臣，并非失德，不过因天未厌乱，所以遇着成济的遗祸呢。"成济弑曹髦见三国魏史中。因取笔自作赦文，节去尔朱荣死事。恭闭口八年，至是始言，中外推为明主，想望太平。改封长广王晔为东海王，余如乐平王尔朱世隆，颍川王尔朱兆，彭城王尔朱仲远，陇西王尔朱天光，常山王尔朱度律，各仍元晔时故封。车骑大将军高欢，及都督斛斯椿以下，各加六级。斛斯椿本为魏东徐州刺史，曾依附尔朱荣，荣受诛时，椿惧祸南奔，依附汝南王悦。悦曾奔梁见四十二回。及尔朱复盛，仍然北归，得为将军，这且待后再叙。

惟尔朱世隆等，请追赠尔朱荣，魏主恭赠荣为相国晋王，并加九锡。世隆意尚未足，再使百官议荣配飨。司直刘季明抗言道："今若配飨世宗，恪。时尚无功；配飨孝明，诩。亲害乃母；配飨先帝，子攸。为臣不终，下官谓无从配飨！"不愧司直。世隆发怒道："汝不怕死么？"季明道："下官既为议首，自当依礼直陈，不合尊意，翦戮惟命！"世隆倒被他驳倒，不敢加刑。但将荣配飨高祖即孝文帝。庙廷。又至首阳山立庙，就借周公庙旧址，重加建筑。庙貌甫成，偏被祝融氏收去。不可谓元圣无灵。世隆亦只好罢休。

尔朱兆以废晔立恭，事未预闻，将发兵攻世隆。世隆令彦伯前往调停，费了无数唇舌，才平兆怒，总算按兵不发，但已未免生嫌了。尔朱之败，已露端倪。

最可笑的是幽州刺史刘灵助，好谈术数，为尔朱荣所赏拔，得刺幽州。此时自加推算，逆料尔朱将衰。竟纠众为乱，自称燕王，声言为故主子攸复仇，且妄述图谶，谓刘氏当王。幽瀛沧冀四州愚民，多往奔投，灵助遂引众南下，进据博陵郡的安国城。

河北大使高乾兄弟，前曾奉遣至冀州，招募徒众，应前回。尔朱兆防他为变，特遣监军孙白鹞往冀州城，托言调发兵马，将掩捕高乾兄弟。乾瞧破机关，即与前河内太守封隆之等，袭据信都，击杀白鹞，奉隆之行州事，并为故主子攸举哀，缟素升坛，誓众讨尔朱氏。一面通书灵助，愿受节制。殷州刺史尔朱羽生，率兵袭击，及城中闻知，羽生兵已到城下。高敖曹不及擐甲，携槊上马，仅十余骑出城，冲入羽生军中，舞槊四刺，无人敢当。从骑亦皆死战，以一当百，顿时摧陷敌阵，纷纷窜散。高乾登城拒守，缒下五百人接应，那羽生已魂销胆落，逃回殷州去了。时人俱服敖曹骁勇，称为项籍再生。

偏高欢硬来出头，扬言将讨灭信都，信都人当然惊惶。高乾道："高晋州雄略盖世，岂肯长居人下！今日尔朱无道，弑君虐民，正是英雄立功的机会。他欲来此，必有深谋，我且前去谒他，定可无虞。"乃与封隆之子子绘，潜至滏口，迎见高欢。欢召入与语，乾乘机进言道："尔朱酷逆，痛结神人，凡有知识，莫不思奋。明公威德素著，天下归心，若兵以义动，无论如何倔强，不足敌公。敝州虽小，户口不下十万，赋税亦足济军资，愿公熟思，毋误事机！"欢见乾词气慷慨，语语动人，几乎相见恨晚，便促膝与谈，呼乾为叔，话至夜半，且引与同寝。

越宿先遣乾归，自引兵东向徐进。前驱遇着一人，乘露车，载素筝浊酒，投刺军前，自言愿谒见高公。当有军吏传报，欢略阅名刺，见是南赵郡太守李元忠数字。便道："这人是个酒鬼，见我何为？"说着，也不传见，又不拒绝。元忠待了片刻，不见复语，便下车独坐，酌酒擘脯，且饮且嚼。连饮了好几觥，乃复顾语军吏道："闻高公招延隽杰，故不惜来谒。今未见吐哺迎贤，慢士可知，请还我名刺，不劳再报！"军吏又复告欢，欢始命引入，尚是淡漠相遭。元忠再就车上取酒及筝，一面饮酒，一面弹筝，继以长歌。歌罢乃语欢道："天下事已可知，公尚欲事尔朱么？"欢答道："富贵皆因彼所致，怎敢不外彼尽节！"元忠喟然道："迂拘小谨，怎得称为英雄！"狂态嫚语，仿佛三国时之祢衡。嗣又问及高乾兄弟，曾来过否？欢诈言未来。元忠又道："公果是真语呢，还是假语呢？"欢微哂道："赵郡醉了。"因使人扶出。元忠不肯起，长史孙腾进言道："此君系天遣至此，愿公勿违。"欢乃复与问答，元忠慨陈时事，呜咽流涕。欢亦不觉动容。元忠因进策道："河北形势，莫如冀、殷，殷州城小，又无粮仗，不足济大事，最好是往就冀州，高乾兄弟必倾心事公，殷州便可赐委元忠。冀、殷既合，沧、瀛、幽、定自然弭服了。"欢闻言起座，握元忠手，亲为道歉，留诸幕下，与谈数日，方令归图殷州，自率众至信都。

隆之与乾，开门纳欢。敖曹正在外略地，未预乾议，闻乃兄迎欢入城，嗤为妇人，即遗兄布裙。欢素知敖曹勇悍，加意笼络，特遣长子澄往见敖曹，执子孙礼，敖曹乃与澄俱来。欢格外优待，敖曹方无异言。

乾与隆之，本依附刘灵助，既迎高欢为主帅，便与灵助断绝往来。魏亦使大都督侯渊，骠骑将军叱列延庆，往讨灵助。灵助尝自占道："三月末旬，必入定州。"渊至固城，用延庆计，伪言将西入关中，暗中却简选精骑，昏夜疾驰，直入灵助垒中。掩他不备，得将灵助首级取来，函入定州，正值三月末日。灵助只算得半着，平白地丧了性命。

魏廷既讨平灵助，复欲规画冀州，阳赐高欢为渤海王，征令入朝。看官，试想此时的高欢，还肯应命入都，再受尔朱氏的暗算么？尔朱世隆升授太保，专揽朝纲，尔朱兆兼督十州军事，奄有并汾，尔朱天光加位大将军，专制关右，尔朱仲远徙镇大梁，复加兖州刺史，性最贪暴，境为富室，往往诬他谋反，取男子投入河流，籍没妇女财产，悉入私家，所入租税，亦未尝解送洛阳。东南州郡，畏仲远似虎狼，恨不即日诛殛。只因尔朱势盛，未敢反抗，没奈何忍气吞声。即为尔朱灭亡张本。独高欢养士缮甲，招兵抚民，将与尔朱氏决一雌雄，蓄锐以待，所以魏廷征令入朝，当然托辞不至。魏廷亦无可如何，只好设法羁縻，授欢为大都督东道大行台，领翼州刺史。征朝不至，反授重寄，尔朱氏未亡先馁，衰兆已见，魏主恭亦安得为英主耶！

欢益起雄心，再加部将斛律金、库狄干，及妻弟娄昭，姊夫段荣，从旁怂恿，劝他速讨尔朱。欢乃诈为尔朱兆书，谓将遣六镇人刺配契胡，众皆忧惧。又伪示并州符檄，征兵讨步落稽。亦胡人之一种。因调发万人出郊，由欢亲自送行，洒泪叙别，大众号恸，声震原野。欢且泣且谕道："我与尔等均为羁客，义同一家，不意在上征发如此！今若西向，一当死；后军期，二当死；配国人，三当死。奈何奈何？"大众齐声道："只有造反一法。"逼出一个反字。欢皱眉道："造反二字，实非美名，必不得已，亦须推一人为主帅。"大众闻言，当然推欢。欢又叹道："尔等独不见葛荣么？有众百万，散漫无纪，终致败亡。今若推我为主帅，当听我号令，毋陵汉人，毋违军律！否则我不能为天下笑呢。"众皆叩首道："死生惟命。"欢乃椎牛飨士，起兵信都，但尚未敢显斥尔朱。

会李元忠起兵逼殷州，劝令高乾率众往应。乾佯言是赴救殷州，单骑入见尔朱羽生，与谋战守事宜。羽生即偕乾出御元忠，乾觑隙刺死羽生，与元忠会师，持羽生首胁降州民，遂留元忠守殷州，自携首级报欢。欢抚膺道："今日只好决计造反了！"乃令元忠为殷州刺史。随即表闻魏廷，历举尔朱氏罪状，抗辞声讨。

尔朱世隆匿表不通，但奏称高欢造反，于是尔朱兆、尔朱仲远、尔朱天光、尔朱度律等，皆受命讨欢，由世隆居中调度。狼子狼孙，一齐出来，煞是热闹。欢闻尔朱氏一齐来攻，当然要部署兵马，出御各军。

忽有一人满身衰绖，踉跄至军门，求见高欢。欢一见名刺，即命召入。那人到了案前，匍匐地上，放声大哭。欢亦泪下，自起扶持，令他起坐。与见李元忠时又是一种写法。那人尚流涕道：“一家百口，尽毙贼臣手中，闻明公起义兴师，所以奔波至此，愿效犬马，图报大仇！”欢叹息道：“君家世忠孝，乃为逆贼所屠，可悲可恨，我正为此起事，天道有知，必不使逆贼漏网哩！”遂面授行台郎中，令他参议军情。

看官道此人为谁？原来是魏司空杨津子愔。津长兄名播，次兄名椿，皆仕魏有名。播性刚毅，椿、津谦恭，家世孝友，缌服同爨，男女百口，人无间言。椿、津位至三公，一门七郡太守，三十二州刺史。播先病逝，子侃曾为侍中，与杀尔朱荣。见前回。尔朱兆入洛，侃逃归华阴故里，尔朱天光佯言赦侃，召令出仕，侃明知有诈，但尚望保全百口，宁糜一身。乃即出应召，果为天光所杀。时杨椿亦已致仕，与子昱同返华阴。椿弟冀州刺史顺，顺子东雍州刺史辩，正平太守仲宣，皆在洛阳，就是司空津，亦留居都中。尔朱氏恨侃切齿，甚至欲屠戮全家，乃由世隆出奏，诬言杨氏谋反，请一律捕治。魏主恭不肯依议，偏经世隆固请，乃命有司检案以闻。世隆遽遣兵围津第，屠戮无遗。原来天光亦发兵至华阴，把杨氏一门老小，杀得精光。只有杨愔在外，幸得脱逃，奔至信都谒欢。尚留杨愔一人，未始非孝友之报，然亦惨矣。

愔颇有才智，为欢谋议，甚得欢心。欢因将文檄教令等件，一概委愔，但令咨议参军崔㥄，作为副手。愔下笔千言，词多慨切，一经颁布，无不传诵，于是尔朱氏罪恶，遐迩共知。尔朱兆出攻殷州，李元忠独力难支，弃城奔信都。酒鬼究属无用。尔朱仲远及尔朱度律，与将军斛斯椿、贺拔胜、贾显智等，亦进军高平，欢颇以为忧。

长史孙腾献议道：“今朝廷隔绝，号令无所禀承，众将沮散，不如先立元氏宗亲，维系众志。”此策实属无谓。欢不能无疑，腾一再固请，乃奉渤海太守鲁郡王元朗为帝。朗系景穆太子晃玄孙，父为章武王融，至是迎入信都，即皇帝位，改元中兴。命高欢为侍中丞相，都督中外诸军事，高乾为侍中司空，高敖曹为骠骑大将军，领冀州刺史，孙腾为尚书左仆射，魏兰根为右仆射。欢既受命统军，指日出征，用了一条反间计，遂令尔朱氏自相猜忌，走仲远、度律，并大破兆军。小子有诗叹尔朱氏道：

人生兴废本无常，一姓争荣一姓亡。

自古强宗无不覆，祸根多半起参商。

究竟高欢计策若何，请看下面第五十一回。

本回述高氏得势之由来，即北齐开国之动机，无尔朱氏之乱魏，则高氏不得兴；无尔朱氏之举兵相委，则高氏亦不得兴。谚有之：乱世出英雄。高欢其果为乱世之英雄乎？彼尔朱子弟，皆非欢敌，尔朱荣固已逆料之矣。尔朱将佐，只有一慕容绍宗，而不能用。贺拔兄弟反复无常，皆不足取。欢则蓄甲养士，疏狂如李元忠而优容之，悍戾如高敖曹而礼遇之，迹其所为，仿佛魏武，宜乎乘时崛起，而为一世雄也。然尔朱氏目无长上，置君如弈棋，倏废倏立，致当时目为乱贼，而高欢亦从而蹈之，为义不忠，以暴易暴，欢之与尔朱相去，得毋所谓不能以寸耶！

蔡東藩
說中國史

08

南北史演义

三百年的大融合

下

蔡东藩 著

化学工业出版社
·北京·

罗聘《锁谏图》绢本

阎立本《历代帝王图（部分）：陈废帝》（现藏于美国波士顿艺术博物馆）

阎立本《历代帝王图（部分）：陈文帝》（现藏于美国波士顿艺术博物馆）

张僧繇《五星二十八宿神形图》（局部）绢本

目录

第五十一回

战韩陵破灭子弟军
入洛宫淫烝大小后

却说高欢自信都发兵，出御尔朱氏各军。因闻尔朱势盛，颇费踌躇。参军窦，泰劝欢用反间计，使尔朱氏自相猜疑，然后可图。欢乃密遣说客，分途造谣，或云世隆兄弟阴谋杀兆，或云兆与欢已经通谋，将杀仲远等人。兆因世隆等擅废元晔，已有贰心，至是得着谣传，越发起疑，自率轻骑三百名，往侦仲远。仲远迎他入帐。他却手舞马鞭，左右窥望。仲远见他意态离奇，当然惊讶，彼此形色各异。兆不暇叙谈，匆匆出帐，上马竟去。确是粗莽气象。仲远遣斛斯椿、贺拔胜追往晓谕，反为所拘。仲远大惧，即与度律引兵南奔。狼怕虎，虎怕狼，结果是同归于尽。

兆既执住椿、胜，怒目叱胜道："汝有二大罪，应该处死！"胜问何罪？兆厉声道："汝杀卫可孤，罪一；卫可孤为拔陵将，与兆何与？兆乃指为胜罪，一何可笑！天柱薨逝，尔不与世隆等同来，反东击仲远，罪二；杀可孤事见四十六回，击仲远事见四十九回。我早欲杀汝，汝尚有何言？"胜抗言道："可孤乃是贼党，胜父子为国诛贼，本有大功，怎得为罪？天柱被戮，是以君诛臣，胜当时知有朝廷，不暇顾王，今强寇密迩，骨肉构隙，不能安内，怎能御外？胜不畏死，畏死不来，但恐大王未免失策啰。"兆闻胜言，恰是有理，倒也不欲下手，再经斛斯椿婉言劝解，乃释二人使归，自待高欢厮杀。

欢尚恐众寡不敌，更问段荣子韶，韶答道："尔朱氏上弑天子，中屠公卿，下虐百姓，王以顺讨逆，如汤沃雪，怕他甚么！"欢又道："若无天命，终难济事！"韶申说道："尔朱暴乱，人心已去，天从人愿，何畏何疑！"欢乃进至广阿，与兆一场鏖斗，果然兆军皆溃，兆亦遁走，俘得甲士五千余人，随即引兵攻邺。

相州刺史刘诞，婴城固守，相持过年，欢掘通地道，纵火焚城，城乃陷没。刘诞受擒，欢授杨愔为行台右丞，即令愔表达新主元朗，迎入邺城。朗至邺后，进欢为柱国大将军，兼职太师，欢子澄为骠骑大将军。

尔朱世隆闻欢得邺城，当然忧惧，急忙卑辞厚礼，向兆通诚，与约会师攻邺。并请魏主恭纳兆女为后，兆乃心喜，更与天光、度律，申立誓约，复相亲睦。斛斯椿与贺拔胜，自兆处释归，仍入尔朱军。椿密语胜道："天下皆怨恨尔朱，我辈若再为所用，恐要与他同尽了，不如倒戈为是。"胜答道："天光与兆，各据一方，去恶不尽，必为后患，如何是好？"椿笑道："这有何难！看我设法便了。"妙有含蓄。遂入见世隆，劝他速邀天光等，共讨高欢。世隆自然听从，立即遣人征召天光。

天光意存观望，延不发兵，斛斯椿自愿西往，兼程入关，进见天光道："高欢作乱，非王不能平定，王难道坐视不成？高氏得志，王势必孤，唇亡齿寒，便在今日。"天光瞿然道："我亦正思东出哩。"时贺拔岳为雍州刺史，天光召与熟商，岳献议道："王家跨据三方，士马强盛，料非高欢所能敌。诚使勠力同心，往无不胜。今为王计，莫若自镇关中，固守根本，分遣锐卒，与众军合势，庶进可破敌，退可自全。"若用岳言，天光何致遽死？天光颇欲从岳，偏斛斯椿力请自行，乃留弟尔朱显寿守长安，自引兵赴邺城。椿即返报世隆，世隆亟檄兆与仲远两军，同会天光，又遣度律自洛往会。于是四路尔朱军，陆续到邺，众号二十万，列着洹水两岸，扎满营垒，如火如荼。返跌下文。

高欢尽起徒众，步兵不满三万人，骑兵不过二千，此时既遇大敌，只好一齐调出，往屯紫陌。时封隆之已升任吏部尚书，留使守邺，欢亲出督师。高敖曹进官都督，也率里人王桃汤等三千人从欢。欢见敖曹部曲，统系汉人，恐未足济事，欲分鲜卑兵千余人，接济敖曹。敖曹道："兵与将贵相熟习，鲜卑兵素不相统，若羼杂旧部，适起争端，反足碍事，不如各专责成为是。"我亦云然。欢乃罢议，便在韩陵山下，设一圆阵，后面用牛驴连系，自塞归路，以示必死。尔朱兆出营布阵，召欢答话，问欢何故背誓？欢应声道："我与汝前曾立誓，共辅帝室，今天子何在？"兆答道："永安枉害天柱，我出兵报仇，何必多议！"欢又道："君要臣死，不得不死！况天柱未尝不思叛君，罪亦应诛，何足言报？今日与汝义绝了！"说着，即擂鼓开战。欢自将中军，高敖曹将左军，欢从父弟岳将右军，各奋力向前，拼死决斗。兆为前驱，天光、度律为左右翼，仲远为后应，仗着兵多将众，包抄过来，恰是厉害得很，且专向中军杀入，意欲取欢。欢虽督众死战，怎奈敌势凶猛，实在招架不住，前队多被杀伤，后队未免散步。高岳、高敖曹两军，未曾吃紧，岳遂抽出五百锐骑，直冲尔朱兆，敖曹亦率健骑千人，横击尔朱左右翼。别将斛律敦收集散卒，绕出敌军后面，攻击仲远。尔朱各军，各自受敌，便皆骇奔。欢见他阵势分崩，麾众皆进，大破尔朱军，贺拔胜与徐州刺史杜德解甲降欢。兆知不可敌，对着慕容绍宗，抚膺太息道："不用公言，乃竟至此！"说着便驱马西走。勇而寡谋，实是无用。还亏绍宗返旗鸣角，取拾溃兵，始得成军退去。仲远亦奔往东郡，度律、天光逃向洛阳。

都督斛斯椿语别将贾显度、显智道："尔朱尽败，势难再振，今不先执尔朱氏，我辈将无噍类了。"乃夜至桑下立盟，倍道先还，入据河桥，把尔朱氏的私党，一并捕戮。度律、天光闻变，整兵往攻，适值大雨倾盆，士卒四散，两人只率数十骑，拖泥带水，向西窜去。斛斯椿遣兵追捕，捉住度律、天光，解至河桥。再由贾显智等入袭世隆，也是马到擒来。尔朱彦伯入直禁中，闻难出走，同为所执，与世隆牵至阊阖门外，枭了首级，送往高欢。就是度律、天光两人，虽尚未死，也被械送入邺，归欢处治。欢将二人暂系邺城。

侯景（503—552），字万景，北魏怀朔镇（今内蒙古固阳西南）人。先属北魏尔朱荣，继归高欢，为镇守河南的大将。西魏大统十三年（548年）与梁宗室萧正德勾结，举兵叛变，攻破建康（今江苏南京）。大宝二年（551年），废简文帝，旋自立，国号汉，建元太始。次年建康被梁将陈霸先、王僧辩等所破，景逃亡时被部下杀死。

魏主恭使中书舍人卢辩，赍敕劳欢。欢使见新主元朗，辩抗辞不从。欢不能夺志，遣令还洛。尔朱部将侯景，本与欢并起朔方，辗转投入尔朱军，至是仍奔邺依次。不略侯景，为下文伏案。还有雍州刺史贺拔岳，闻天光失败，亦生变志，商诸征西将军宇文泰。泰为征西将军，见四十九回。泰劝岳径袭长安，并为岳至泰州，诱约刺史侯莫陈悦，一同会师，直抵长安城下。长安留守尔朱显寿见上。猝闻敌至，一些儿没有防备，只好弃城东走。泰等追至华阴，得将显寿擒住，送与高欢。欢令岳为关西大行台，泰为行台左丞，领府司马。嗣是泰在岳麾下，事无巨细，悉归参赞。这且待后再表。

且说高欢奉主元朗，自邺城出发，将向洛阳。行至邙山，又复变计，密与右仆射魏兰根商议，谓新主元朗，究系疏族，不如仍奉戴元恭。兰根道："且使人入洛觇视，果可奉立，再决未迟。"欢即使兰根往观。及兰根返报，主张废恭。看官道是何因？原来魏主恭丰姿英挺，兰根恐他将来难制，所以不欲奉戴。欢召集百官，问所宜立，太仆綦毋俊称恭贤明，宜主社稷。黄门侍郎崔㥄作色道："必欲推立贤明，当今莫若高王！广陵本为逆胡所立，怎得尚称天子？若从俊言，是我军到此，也不得为义举了！"好一只高家狗。欢乃留朗居河阳，自率数千骑入洛都。

魏主恭出宫宣慰，由欢指示军士露刃四逼，竟将魏主恭拥入崇训寺中，把他锢住。自己仗剑入宫，拟往杀尔朱二后。

小子前曾叙过，魏主子攸，纳尔朱荣女为后，魏主恭复纳尔朱兆女为后，当时宫中有大尔朱后小尔朱后的称呼。尔朱兆入洛时，尝污辱嫔御妃主，只因大尔朱后为从妹，当然不好侵犯，仍令安居，至广陵王恭入嗣，大尔朱后尚留宫内，未曾徙出。既而兆女为后，与大尔朱后有姑侄谊，彼此素来熟识，更兼亲上加亲，格外和好，不愿相离。偏偏高欢发难，把尔朱氏扫得精光，死的死，逃的逃，单剩姑母侄女，在宫彷徨，相对欷歔。总叙数语，贯串前后。不料魏主恭又被劫去，累得这位小尔朱后越加惊骇，忙至大尔朱后宫寝中，泣叙悲怀，不胜凄惋。大尔朱后亦触动愁肠，潸然泪下。

正在彼此呜咽的时候，忽有宫人奔入道："不好了！不好了！高王来了！"这语未毕，小尔朱后已吓作一团，面无人色。还是大尔朱后芳龄较长，究竟有些阅历，反收了泪珠儿，端坐榻上。才经片刻，果见高欢仗剑进来。大尔朱后不待开口，便正色诘问道："你莫非是贺六浑么？我父一手提拔，使汝富贵，汝奈何恩将仇报，杀死我伯叔兄弟？今又来此，难道尚欲杀我姑侄不成！"欢见她柳眉耸翠，杏靥敛红，秀丽中现出一种威厉气象，不由的可畏可慕。旁顾小尔朱后，又是颤动娇躯，别具一种可怜情状。当下把一腔怒气，化为乌有，惟对着大尔朱后道："下官怎敢忘德！当与卿等共图富贵。"不呼后而呼卿，意在言中。语毕，仍呼宫人等好生侍奉，不得违慢。随即趋出，派兵保护宫禁，不得损及一草一木，违令处死。

当下与将佐议及废立事宜，将佐等不发一言，欢独说道："孝文帝为一代贤君，怎可无后！现只有汝南王悦，尚在江南，不如遣人迎还，使承大业。"将佐等唯唯如命，乃即派使南下迎悦。舍近就远，究为何意，看官试阅下文。

斛斯椿私语贺拔胜道："今天下事在尔我两人，若不先制人，将为人制。现在高欢初至，正好趁势下手，除绝后患。"胜劝阻道："彼正立功当世，如欲加害，未免不祥。"椿尚未以为然。嗣与胜同宿数宵，胜再三谏止，椿乃不行。

那高欢借迎悦为名，乐得安居洛都，颐指气使，享受一两月的尊荣。就中有一段欢娱情事，也得称愿，真是心满意足，任所欲为。天未厌乱，故淫人得以逞志。原来欢本好色，前娶娄氏为妻，却是聪明伶俐，才貌双全，所以伉俪情深，事必与议，女子好时无十年，免不得华色渐衰，未餍欢欲。欢娶娄氏，见四十四回。欢又屡出从军，做了一个旷夫，见有姿色妇女，当然垂涎。不过位置未高，尚是矜持礼法，沽誉钓名。到了战败尔朱，攻入邺城，威望已经远播，遂不顾名义，渐露骄淫。相州长史游京之有女甚艳，为欢所闻，即欲纳为妾媵，京之不允，欢令军士入京之家，硬将京之女抢来，迫令侍寝。一介弱女，如何抗拒，只得委身听命，供他受用。京之活活气死。

及欢自邺入洛，本意是欲斩草除根，杀毙尔朱二后，嗣见二后容貌，统是可人，便将杀心变作淫心。每日着人问候，加意奉承，后来渐渐入彀，索性留宿宫中。大尔朱后原没甚气节，既做了肃宗诩的妃嫔，复改醮庄宗子攸，册为皇后，此时何不可转耦高欢？而且高欢见了大尔朱后，把平时雄纠纠的气象，一齐销熔，口口声声，自称下官，我我卿卿，誓不薄幸。大尔朱后随遇而安，就甘心将玉骨冰肌赠与老奴。小尔朱后也是个水性杨花，便跟了这位姑母娘娘，一淘儿追欢取乐。再经高欢是个伟男子，龙马精神，一夕能御数女，兼收并蓄，游刃有余，于是大小尔朱后，又俱做了高王爷的并头莲。尔朱氏真是出丑。高欢一箭双雕，快乐可知。

光阴似箭，倏忽兼旬，汝南王悦已自江南至洛。欢又不愿推立，说他素好男色，不礼妃妾，性情狂暴，及今未悛，不堪继承大统，乃另求孝文嫡派，奉为魏主。

是时魏宗诸王，多半逃匿，独孝文孙平阳王修，为广平王怀第三子，匿居田舍，竟被访着。欢使斛斯椿往见。椿知员外散骑侍郎王思政，为修所亲，乃特邀与同行，见修行礼，说明来意。修不禁色变，问思政道：“得毋卖我否？”思政答了一个不字。修又问道：“可保得定么？”思政又道：“变态百端，未见得一定可保哩！”确是真言。斛斯椿在旁，却为欢表诚，谓无他意。修支吾不决，椿即返报高欢。

欢便遣四百骑迎修入都，相见帐下，涕泣陈情。修自言寡德，欢再拜固请，修亦答拜。当下进汤沐，出御服，请修装束停当，彻夜严警。诘旦命百官入谒，由斛斯椿奉表劝进。修令思政取表，瞧阅一周，顾语思政道：“今日不得不称朕了！”欢又遣人至河阳，迫元朗作禅位书，持入示修。一面筑坛东郭，出郊祭天。还御太极殿，受群臣朝贺。

礼毕升阊阖门，下诏大赦，改元太昌。命高欢为大丞相天柱大将军太师，世袭定州刺史。欢子澄加侍中开府仪同三司。从前尔朱党中的侍中司马子如，与广州刺史韩贤，与欢有旧，所以子如虽已出刺南岐州，仍由欢召回，委充大行台尚书，参军国事，韩贤任职如故。余如尔朱氏所除官爵，一概削夺。另派前御史中尉樊子鹄，兼尚书左仆射，为东南道大行台，与徐州刺史杜德，往追尔朱仲远。仲远已窜往梁境，寻即病死，乃命樊杜等移攻谯城。

谯郡曾为魏所据，梁主衍特遣降王元树，乘魏内乱，占夺谯郡。树为魏咸阳王禧第三子，因父罪奔梁，受封邺王。禧被诛事。见四十一回。此时踞住谯城，屡扰魏境，魏因遣樊杜二将往攻。元树坚守不下，樊子鹄使金紫光禄大夫张安期，入城游说，劝以无忘祖国，树乃愿弃城南还。安期返报子鹄，子鹄佯为允诺，诱令出城，杀白马为盟。誓言未毕，那杜德竟麾兵围树，把树擒送洛阳，迫令自尽。子鹄等便即班师。已而杜德忽发狂病，喧呼元树打我，至死犹不绝口，身上俱成青黑色。子鹄亦不得善终，冤冤相报，不为无因。劝人莫做亏心事。

高欢因谯郡已平，拟即还镇，但尚虑贺拔岳雄踞关中，未免为患，乃请调岳为冀州刺史。魏主修当即颁敕，敕使入关，与岳相见。岳即欲单骑入朝，右丞薛孝通问岳道："公何故轻往洛都？"岳答道："我不畏天子，但畏高王！"孝通道："高玉率鲜卑兵数千，破尔朱军百万，威势烜赫，原是难敌，但人心究未尽服。尔朱兆虽已败走，尚在并州，余众不下万人，高王方内抚群雄，外抗劲敌，自顾不暇，有甚么工夫来争关中！公倚山为城，凭河为带，进可控山东，退可封函谷，奈何反甘为人制呢？"岳矍然起座，握孝通手道："君言甚是！我决不南行了。"遂遣还敕使，并逊辞为启，复奏朝廷。

高欢亦无可如何，便整装还邺。先挈大小尔朱后出宫，派兵载归，并访得任城王妃冯氏，城阳王妃李氏，青年嫠居，都生得国色天姿，不同凡艳，当下遣兵劫至，不管从与不从，一并带回邺中。也好算得惠及怨女。魏主修亲自饯行，出城至乾脯山，三樽御酒，一鞭斜阳，这大丞相天柱大将军太师高王，毕饮辞行，向东北去讫，魏主修也即还宫。

过了旬日，邺中解到尔朱度律及尔朱天光二犯，由魏主命即正法，骈戮市曹。于是尔朱子弟，只剩一尔朱兆，由晋阳遁至秀容，负嵎自固。高欢一再声讨，师出复正，直至次年正月，潜遣参军窦泰，带领精骑，日夜行三百里，直抵秀容，欢复率大军继进。兆正在庭中宴会，突闻欢军驰至，仓皇惊走，当被窦泰追杀一阵，众皆溃散。兆只挈数骑遁去，爬过赤洪岭，窜入穷谷，见前后统是峭壁，几乎无路可奔。兆下马长啸数声，拔剑杀死乘马，解带悬树，自缢林中。部将慕容绍宗收众降欢，欢厚待绍宗，并厚葬兆尸。并州告平，尔朱军皆尽。惟尔朱荣子文畅、文略，由欢挈归，仍给厚俸。看官，你道高欢果真不忘旧德，无非顾着大小尔朱面上，所以格外周全呢。小子有诗叹道：

甘将玉体事仇雠，国母居然愿抱裯。

虽是保家由二女，洛波难洗尔朱羞！

欢既平兆，上书告捷。魏主当然优奖，欢反表辞天柱大将军名号。是否得邀俞允，容待下回说明。

尔朱氏以二十万众夹击邺城，高欢以三万人御之。众寡悬殊，欢似有败而无胜，乃韩陵一战，胜负之数，反不如人所料，此非欢之能灭尔朱，实尔朱之自取覆亡也。天道喜谦而恶盈，如尔朱氏之所为，骄盈极矣，虽欲不败，乌得而不败！智如曹操，犹熸于赤壁，强如苻坚，犹覆于彭城，况如尔朱氏者，而能不同就败亡耶？惟欢之骄恣，不亚尔朱，尔朱立晔而复废晔，欢亦立朗而复废朗，晔、朗俱无过可指，忽立忽废，其道何在？借曰疏远，则推立之始，胡不审慎若是！且入洛以后，举大小尔朱后而尽烝之，二后虽亦无耻，为尔朱家增一丑秽，然欢尝臣事二主，奈何敢宣淫宫掖耶？去一尔朱，又生一尔朱，是又关于元魏之气运，非仅在二族之兴亡已也。

第五十二回

梁太子因忧去世
贺拔岳被赚丧身

却说魏主修接阅欢表，见他词意诚恳，坚请辞去天柱名号，料知欢借鉴尔朱，不愿有此称呼，因即优诏允许。惟魏主恭尚幽居崇训寺，朗自河阳入都，受封为安定王。嗣主修势不相容，先议除恭，次议除朗。恭在寺中赋诗云：“朱门久可患，紫极非情玩，颠覆立可待，一年一易换，时运正如此，惟有修真观！”这诗一传，益触时忌。即由魏主修派遣心腹，导恭入门下外省，逼令服毒自尽，时年三十五，葬用殊礼。过了旬月，安定王朗亦被鸩死，年只二十。既而又将东海王晔，汝南王悦，一并加害。总道是嫌疑尽去，当可高枕无忧，哪知当时的大患，不在宗室，却在强藩！平白地残害同宗，究竟有甚么好处？为魏主修下一定评。史家称恭为前废帝，朗为后废帝，独晔为尔朱氏所立，称帝不过三月，所以不入帝纪。至西魏摈斥高欢，连元朗亦被削去，但追谥恭为节闵帝，所以后人作北魏世系图，仅列前废帝恭，未及后废帝朗。梳栉详明。

事已叙过。且说魏主修已经定位，所有宗室诸王，渐次还朝，诣阙进谒。淮阳王欣，赵郡王谌，俱系献文帝弘孙，为魏主修从叔。欣系广陵王羽子，谌系赵郡王幹子。南阳王宝炬，京兆王愉子。清河王亶，清河王怿子。俱系孝文帝宏孙，为魏主修从兄弟。魏主修授欣为太师，谌为太保，宝炬为太尉，亶为骠骑大将军，兼官司徒，侍中长孙稚为太傅。追谥魏主子攸为孝庄帝，葬宣武皇后胡氏，就是从前两次临朝的胡太后。胡太后被尔朱荣沉死，遗尸收殡双灵寺中，至此乃得安葬，仍用后礼，加谥曰灵。补叙胡太后葬谥，笔不渗漏。又追尊皇考广平王怀为武穆帝，皇太妃冯氏为武穆后，皇妣李氏为皇太妃。迎丞相欢女高氏为皇后，遣使纳币。

高欢时已徙居晋阳，特建大丞相府，坐镇西北。朝使到了晋阳，由欢迎见，彼此乃是故交，握手言欢，很是亲昵。看官道来使为谁？原来就是李元忠。见五十回。元忠曾随欢入洛，留任太常卿，此次充纳币使，正是魏主修因事择人。欢从容与宴，述及旧事，元忠连饮数巨觥，酒鬼作冰上人，恰合身份。方笑语道："昔日与王起义，却是轰轰烈烈，很有趣味，近来寂寞得很，无人过问，倒弄得郁郁寡欢了！"欢亦大笑，指示旁座道："此人逼我起兵。"元忠戏言道："若不令我为侍中，当别求起义的地方。"欢亦戏应道："起义原无止境，但虑如此老翁，不可再遇！"元忠道："正为此老翁不可多得，所以不去。"说着，起座捋欢须，大笑不已。欢亦知他意诚，殷勤款待。元忠复坐下酣饮，直至夜静更阑，方才罢席。一住数日，大宴小宴，几不胜计，乃迎欢女至洛阳，诹吉行册后礼。仪文隆备，龙凤呈祥，不消细说。

小子因魏乱迭起，梁尚太平，所以连叙魏事，几把梁朝情事，搁起不提。此处不得不将梁廷要事，约略叙入。却是要紧。

梁主衍篡齐据国，已过了三十年，改元约有数次。天监十九年，改元普通，普通八年，改元大通，大通二年，又改元为中大通。中大通元年以前，事已略见上文，就是图洛纳颢，功败垂成。陈庆之狼狈奔还，也是中大通元年事。见四十八回。陈庆之为南朝骁将，败归后不闻加谴，仍得任右卫将军。平时尝语散骑常侍朱异道："我前谓大江以北，必无异人，哪知到了洛阳，衣冠文物，几非江东可及，才知北朝实未可轻图呢！"异正以经术邀宠，入参机密，梁祸始自朱异，故特别提出。既闻庆之言论，便即转告梁主，梁主乃稍戢雄心，不复北略。

是年冬季，妖贼僧强，起乱北徐州，自称天子，土豪蔡伯龙纠众响应，竟将北徐州城占去。还亏庆之出镇北兖州，就近讨贼，擒斩僧强蔡伯龙，克日肃清。先是庆之在洛，曾与萧赞通书，劝令回国，赞即梁主次子豫章王综，见四十六回。降魏后得任职司徒，且尚魏主子攸姊寿阳公主。时方出镇齐州，故庆之致书相劝，赞复答庆之，颇愿南归。嗣因庆之奔归，遂不果行。及尔朱发难，齐州归附尔朱兆，赞走死阳平。梁人窃赞柩归南，梁主衍尚葬以子礼。不意假子去世，真子也接踵而亡。而且还是一位贤明仁孝的储君，竟致不禄，害得梁主衍晚年哭子，几乎丧明。

梁主长子名统，即位初年，便立为太子。见前文。统幼年聪睿，三岁受《孝经》《论语》，五岁能遍诵五经，十余岁尽通经义。又善评诗文，每出游宴，祖道赋诗，动辄数十韵，随口吟成，不劳思索。天监十四年，始行冠礼，梁主使省录朝政，辨析诈谬，秋毫必睹。但徐令改正，未尝纠弹一人。平断刑狱，往往全宥，士民交称为仁慈，更且宽和容众，喜怒不形，好引才俊，不蓄声伎。每遇霪雨积雪，必遣左右巡行闾巷，赈济贫寒。平居在东宫坐起，面常西向，不敢乱尊。入朝必在五鼓以前，守待殿外，毫无倦容。至普通七年，生母丁贵嫔有疾，亟入宫侍奉，夜不解带。贵嫔薨逝，水浆不入口，腰带十围，减削过半。梁主屡遣使戒谕，劝进饮食，统稍食饘粥，日止数合，不尝兼味。至葬后始进麦粥一升。惟贵嫔葬后，有一道士操堪舆术，谓将来不利长子，宜预先厌禳，乃为蜡鹅及诸物，埋藏墓侧。

宫监鲍邈之初得太子亲信，后忽见疏，进密白梁主，谓太子有厌祷事。梁主遣人发掘，果得鹅物，免不得惊疑交集，便欲付有司穷治。幸经右光禄大夫徐勉固谏，乃止诛道士，不问太子。道士欲为太子厌祷，何不先自禳灾，乃致轻生若此！太子虽幸得无事，但终身引为惭恨，闷闷不乐。到了中大通三年，竟生就一种绝症，病不能兴。惟尚恐乃父增忧，奉敕慰问，尚力疾书启，不假人手。既而疾笃，左右欲入白梁主，尚摇手戒止道："奈何使至尊知我如此。"是仅得谓之小孝。未几即殁，年才三十一。梁主亲幸东宫，临哭尽哀，殓用衮冕，谥曰昭明。司徒左长史王筠，奉敕为哀册文，词甚悱恻，由小子节录如下：

式载明两，实惟少阳，既称上嗣，且曰元良。仪天比峻，俪景腾光，奉祀延福，守器传芳。睿哲应期，旦暮斯在，外弘庄肃，内含和恺。识洞机深，量苞瀛海，立德不器，至功弗宰。宽绰居心，温恭成性，循时孝友，率由严敬。咸有种德，惠和齐圣，三善递宣，万国同庆。轩纬掩精，阴羲弛极，缠哀在疚，殷忧衔恤。孺泣无时，蔬饘不溢，禫遵逾月，哀号未毕。实惟监抚，亦嗣郊禋，问安肃肃，视膳恂恂。金华玉藻，玄驷班轮，隆家干国，主祭安民。光奉成务，万机是理，矜慎庶狱，勤恤关市。诚存隐恻，容无愠喜，殷勤博施，绸缪恩纪，爰初敬业，离经断句。奠爵崇师，卑躬待傅，宁资导习，匪劳审谕，博约是司，时敏斯务。辩究空微，思探几赜，驰神图纬，研精爻画。沉吟典礼，优游方册，餍饫膏腴，含咀肴核。括囊流略，包举艺文，遍该湘素，殚极邱坟，縢帙充积，儒墨区分，瞻河阐训，望鲁扬芬。吟咏性灵，岂惟薄技！属词婉约，缘情绮靡。字无点窜，笔不停纸，壮思泉流，清章云委。总览时才，网罗英茂，学穷优洽，辞归繁富。或擅谈丛，或称文囿。四友推德，七子惭秀。望苑招贤，华池爱客，托乘同舟，连舆接席。摛文掞藻，飞觞汎醴，恩隆置醴，赏逾赐璧。徽风遐被，盛业日新，神器非重，德輶易遵。泽流兆庶，福降百神，四方慕义，天下归仁。云物告征，祲沴褰象，星霾恒耀，山颓朽坏。灵仪上宾，德音长往，具僚无荫，咨承安仰。呜呼哀哉！皇情悼愍，切心缠痛，胤嗣长号，跗萼增恸。慕结亲游，悲动氓众，忧若殄邦，惧同折栋。呜呼哀哉！首夏司开，麦秋纪节，容卫徒警，菁华委绝。书幌空张，谈筵罢设，虚馈饛饛，孤灯翳翳。

呜呼哀哉！简辰请日，筮合龟贞，幽埏夙启，玄宫献成。式校齐列，文物增明，昔游漳滏，宾从无声，今归郊郭，徒御相惊。呜呼哀哉！背绛阙以远徂，轞青门而徐转，指驰道而讵前，望国都而不践。陵修阪之威夷，遡平原之幽缅，骥蹀足以酸嘶，挽凄怆而流泫。呜呼哀哉！混哀音于箫籁，变愁容于天日，虽夏木之森阴，返寒林之萧瑟。既将反而复疑，如有求而遂失，谓天地其无心，遽永潜于容质。呜呼哀哉！即玄宫之溟漠，安神寝之清闷，传声华于懋典，观德业于徽谥。悬忠贞于日月，播鸿名于天地，惟小臣之纪言，实含毫而无愧。呜呼哀哉！

自昭明太子薨逝，朝野惋愕，京师士女，奔走宫门，号泣满路。就是四方氓庶，亦闻讣含哀。梁朝有此贤储贰，偏不永年，这也未始非关系气数哩。太子遗有文集二十卷，古今典诰文言正序十卷，文章英华二十卷，文选三十卷，传诵后世，推为词宗。太子有数男，长男名欢，已封华容公，梁主欲立为太孙，历久未决。嗣竟立第三子晋王纲为太子，时议多以为未顺。侍郎周宏正尝为纲主簿，上笺谏纲，劝纲为宋目夷、曹子臧。俱春秋列国时人。纲不能从。孰不乐为嗣君？无怪萧纲。已而梁主因人言未息，特进封欢为豫章王，欢弟誉为河东王，誉弟詧为岳阳王，这且待后再表。

且说魏主修既纳欢女为后，欢权势益隆，仿佛当年尔朱荣。斛斯椿在都辅政，受职侍中，本来是有意图欢，至是与南阳王宝炬，将军元毗、王思政等，屡加谗构，劝魏主预先戒备。中书舍人元士弼，又劾欢受诏不敬，魏主惩尔朱覆辙，也觉动疑，遂用斛斯椿计，添置阁内都督部曲，约数百员，统由四方骁勇，募集充选。一面密结关西大行台贺拔岳，倚为外援。又封贺拔胜为荆州刺史，佯示疏忌，实建屏藩。

时高乾已入任侍中，兼官司空，因父丧解职，不预朝政。魏主修欲引为己用，尝召乾入华林园，特别赐宴。宴罢与语道："司空累世忠良，今日复建殊勋，虽与朕名为君臣，义同兄弟，愿申立盟约，历久不渝！"乾莫明其妙，但答言道："臣以身许国，何敢有贰！"魏主修定欲与盟，乾不便固辞，共申盟约。当时亦未尝报欢。

嗣闻元士弼、王思政等往来关西，情迹可疑，乃致书晋阳，密陈时事。欢得书后，即召乾至并州，面谈一切。乾因劝欢逼魏禅位，欢用袖掩乾口道："幸勿妄言！今当令司空复为侍中便了！"欢此时尚无歹意。乾辞欢回洛，欢为乾表，请许乾复任，魏主不允。

乾知祸变将作，自愿外调，再作书告欢，乞代求徐州刺史。欢再为陈请，魏主乃授乾为骠骑将军，出刺徐州。乾尚未发，魏主闻乾漏泄机关，即传诏与欢道："乾邕即高乾子。与朕私有盟约，今乃反复两端，令人不解！"欢未闻乾谈及盟事，也疑乾暗中播弄，离间君臣，遂将乾前时密书，遣使呈入。魏主便召乾对责，乾勃然道：“陛下自有异图，乃斥臣为反复，欲加臣罪，何患无辞！臣死有知，尚幸无负庄帝！”魏主竟敕令赐死，又遥敕东徐州刺史潘绍业，往杀乾弟敖曹。敖曹方镇守冀州，闻乾死耗，急遣壮士伏住要路，得将绍业拘住，搜出诏敕，遂率十余骑奔晋阳。欢抱敖曹首大哭道：“天子枉害司空，可悲可叹！”汝亦未尝无功。乃留敖曹居幕下，优待如初。敖曹次兄仲密，方为光州刺史，亦由间道奔晋阳。

仲密名慎，因字著名，就是敖曹本名，也只是一昂字。高氏兄弟三人，惟仲密颇通文史。乾与敖曹素来好勇，敖曹尤为粗悍，少就外傅，便不遵师训，专事驰骋。尝言：“男儿当横行天下，自取富贵；若徒端坐读书，做一个老博士，有何益处！”乃父次同道：“此儿不灭吾族，当光大吾门。”嗣与兄乾四出劫掠，骚扰闾里。乾求博陵崔圣念女为妻，崔氏因乾强暴无行，当然不许。敖曹即引乾往劫，硬将崔女牵回，置诸村外，且促乾道：“何不行礼？”乾遂胁崔女交拜，野合而归。实是强盗出身。既而乾颇改行，且系前中书令高允族侄，因得入仕。

欢自乾被戮后，才知为魏主所卖，悔恨交生，乃与魏主有隙。魏主修方信任贺拔岳，屡遣心腹入关，嘱令谋欢。岳尝使行台郎冯景往晋阳，欢与景设盟，约与岳为兄弟。景归语岳，谓欢奸诈有余，不宜轻信。府司马宇文泰，自请至晋阳侦欢。欢见泰状貌非常，欲留为已用。惺惺惜惺惺。泰固求复命，欢乃遣还。泰料欢必后悔，兼程西行，驰抵关前，后面果有急足追至。他亟纵辔入关，关内守卒如林，那追来的晋阳急骑，只好回马自去。

泰入语岳道：“高欢已欲篡魏，所惮惟公兄弟，侯莫陈悦等皆非所虑。公但先时密备，图欢不难，今费乜头代北别部，后遂为姓。骑士，不下万人，夏州刺史斛拔弥俄突，有胜兵三千余名，灵州刺史曹泥，河西流民纥豆陵伊利，各拥部众，未有所属，公若移军近陇，威爱两施，即可收辑数部，作为爪牙。又西抚氐羌，北控沙塞，还军长安，匡辅魏室，一高欢不足畏了！”岳闻言大喜，遂遣泰往诣洛阳，密陈情状。魏主面加泰为武卫将军，仍令返报如约。寻即授岳都督雍、华等二十州军事，兼雍州刺史，并割心前血赐岳。岳因西出平凉，借牧马为名，招抚各部。斛拔弥俄突、纥豆陵伊利，及费乜头、万俟受洛干、铁勒斛律沙门等，相继归附，惟曹泥不服。

众推宇文泰出镇夏州。岳沉吟道：“宇文左丞乃我左右手，怎可遣往？”继思外此乏才，乃表请用泰为夏州刺史。魏廷自然依议。泰奉敕赴夏州。

这消息传到晋阳，高欢即遣长史侯景，劝谕纥豆陵伊利，伊利不从。欢得景归报，即引兵袭击伊利，把他擒归。魏主闻信驰诏责欢道：“伊利不侵不叛，为国纯臣，王无端袭取，且未尝预报朝廷，究出何意？”欢含糊答复，惟力图贺拔岳。且恐秦州刺史侯莫陈悦，与岳连合，更觉可忧。右丞翟嵩入请道：“何不用反间计？嵩愿为王效力，管教他自相屠灭呢。”欢改忧为喜，立遣嵩赴秦州，凭着三寸利舌，一说便妥。嵩驰还晋阳，报知高欢，安坐观变。

贺拔岳因曹泥不服，正拟往讨，特使都督赵贵至夏州，商决行止。泰说道：“曹泥孤城远阻，未足为忧；侯莫陈悦贪诈无信，不可不防！”哪知岳误会泰言，反邀悦会师高平，一同讨泥。悦欣然前来，与岳叙宴，两下里很似投契，实是一真一假，心志不同。悦且愿作前驱，先至河曲立营，俟岳引兵继进，便邀他入帐，坐议军事。谈论未毕，悦伪称腹痛，托辞如厕，岳毫不觉察。忽有一人趋至岳后，拔刀斫岳，那砉的一声，岳已身首分离，倒毙座下。看官欲知何人下手？乃是悦婿元洪景。

洪景既将岳杀毙，复出谕岳众，只说是奉旨诛岳，不及他人。岳众尚无异言，悦却未敢招纳，自率部众还水洛城。岳尸被悦取去，由赵贵诣悦请尸，方许收葬。岳众散走平凉，未得统帅，赵贵道：“宇文夏州，英略盖世，远近归心，若迎为军帅，无不济事了！”都督杜朔周应声赞成，遂由朔周驰至夏州，请泰还统岳军。泰与将佐共议去留，大中大夫韩褒倡言道：“这乃天授，何必多疑！”泰点首道：“我意也是这般。悦既敢害我元帅，不乘势直据平凉，反退屯水洛，可知他无能为了。天下事难得易失，我当速往！”开口便胜悦一筹。当下与诸将共盟讨悦。察得都督元进，阴怀异谋，便叱出斩首。立率帐下轻骑，驰赴平凉，收集岳众，为岳举哀。将士悲喜交集，无不如命。小子有诗咏道：

一波未了一波生，大陆龙蛇竞战争。

优胜无非由劣败，枭雄多向乱邦鸣！

泰至平凉，便拟为岳复仇。欲知发兵情形，待至下回再表。

于魏事杂沓间，忽插入梁太子病殁事，非为时序起见，实因太子贤孝，不得不特别表明，阐扬潜德耳。录入王筠哀文，亦本此意。否则储君之殁亦多矣，作者尝随事带叙，固非皆另成片段也。高欢之恃宠怙权，固失臣道；然衅隙之生，始之者为斛斯椿，成之者实魏主修，贺拔岳之死，亦半由魏主致之。侯莫陈悦，一庸才耳，而岳且死于其手。岳不能拒悦，亦安能敌欢耶！魏主修之联岳，拒欢，亦徒促其死已耳，吾于魏主修无讥焉。

第五十三回

违君命晋阳兴甲
谒行在关右迎銮

却说宇文泰到了平凉，一经招抚，众心已定，即令杜朔周引兵据弹筝峡。朔周沿途宣抚，士民悦附，泰很加器重，令复本姓，改名为达。原来朔周旧姓赫连，曾祖库多汗避难改姓，至是乃仍得复原。高欢闻贺拔岳已死，亟令侯景往抚岳众，偏被宇文泰走了先着。行至安定，两下相遇，泰语景道："贺拔公虽死，宇文泰犹存，卿来此何为？"景失色道："我身似箭，随人所射！"泰乃遣还。及泰至平凉，欢复使劳泰，并令散骑常侍张华原，义宁太守王基偕行。泰不肯受命，且欲劫留华原。华原不屈，乃俱使还晋阳。王基归见高欢，请速出兵击泰，欢笑道："卿不见贺拔、侯莫陈悦么？我自有计除他。"太轻觑宇文了。

魏主正遣将军元毗收还贺拔岳部军，并召侯莫陈悦，悦不肯应召。泰与元毗相见，请朝廷暂留岳众，即托毗赍还表文。略谓：臣岳惨遭非命，臣泰为众所推，权掌军事；今高欢已驱众至河东，侯莫陈悦尚屯水洛，岳众多是西人，顾恋乡邑，且必欲逼令赴阙，恐欢与悦前后邀击，势且立尽，不如少赐停缓，徐令东行。巧言如簧。魏主乃命泰为大都督，使统岳兵，并遣卫将军李虎，西行佐泰。虎本在贺拔岳麾下，岳死，乃奔诣荆州，至贺拔胜处告哀；劝胜往收岳众，胜不肯行。虎还至阌乡，为高欢部将所获，解送洛阳，魏主反拜为卫将军，使往就泰。泰与虎叙谈，已知朝廷意向，乃贻侯莫陈悦书，内言：贺拔公为国立功，尝荐君为陇右行台，君背德负盟，反党附国贼，共危社稷，岂非大谬！今我与君俱受诏还阙，进退惟君是视。君若下陇东趋，我亦自北道还朝，倘或首鼠两端，我即为贺拔公复仇，指日相见云云。

悦置诸不理，泰即进拔原州，留兄子导居守，自引兵上陇，秋毫无犯，百姓大悦。

出木峡关，时适春季，北道尚寒，雪深二尺。泰引军速进，为悦所闻，但留万人守水洛，自己退守略阳。泰至水洛，守兵即降。再趋略阳，悦又退保上邦，召南秦州刺史李弼，与同拒泰。弼本悦妻妹夫，曾致书与悦道：“贺拔无罪，公乃加害，又不抚纳遗众。今宇文夏州前来，声言为主复仇，理直气壮，恐不可敌。公宜解兵谢过，否则难免噬脐！”悦不肯从，乃弼至上邽，料知悦必败亡，便遣人诣泰，愿为内应。谏悦不从，便即图悦，亦未免对不住姨夫。泰依约逼城，弼即开门迎泰。悦惊窜南山，欲往灵州依曹泥，偏泰将贺拔颖率军追来。悦手下不过数十骑，如何抵敌，没奈何投缳毕命。

泰入上邽，收悦府库财物，尽犒士卒，不取纤毫。左右窃一银瓮，由泰察出，立即加罪，命将银瓮剖赐将士。无非笼络人心。即命李弼镇原州，部将拔也恶蚝镇南秦州，可朱浑镇渭州，赵贵行秦州事，征豳、泾、岐、东、秦各州粟米，赡给军糈。氐酋杨绍先前已逃归武兴，仍然称王，闻泰并有关中，忙上表称藩，且送妻孥为质。高欢闻泰军甚盛，复用甘言厚币向泰结欢，泰仍然拒绝，且封欢书上达魏主，一面使雍州刺史梁御入据长安。魏主封泰为关西大都督，略阳县公，承制封拜。泰因命都督寇洛为泾州刺史，调李弼为秦州刺史，起前略阳太守张献，为南岐州刺史，练兵储粟，东向图欢。

从前欢入洛阳，曾留封隆之孙腾等在朝辅政，隆之为侍中，腾为仆射。适魏主妹平原公主丧夫守寡，颇有姿色，腾与隆之并省丧妻，争欲娶公主为继室，魏主令妹自择，平原公主愿适隆之，乃许隆之尚主。想是隆之年轻貌秀。腾且妒且忿，屡思中伤。可巧隆之有密书致欢，谓斛斯椿等擅权，必构乱祸。欢未知隆之与腾有隙，尝与腾书，述及隆之关白，请并防斛斯椿。腾正欲加害隆之，竟向椿告发，椿即转白魏主。隆之闻密书被泄，恐不免祸，逃归乡里。公主曾带去否？欢召隆之诣晋阳。嗣腾带仗入省，擅杀御史，亦惧罪奔欢。

欢使大都督邸珍，潜至徐州，胁逼守吏华山王鸷，缴出管钥。魏主亦将欢党建州刺史韩贤，济州刺史蔡俊，免去官职，作为报复。又增置勋府庶子骑官各数百人，欲伐晋阳。因即下诏戒严，佯称将南下征梁。大发河南诸州兵，与斛斯椿出阅洛水，部署戎行。

越日颁诏晋阳，令欢守密，内言：宇文泰、贺拔胜等颇有异志，所以朕托辞南伐，潜为防备，王亦宜共为声援，此诏读讫，请付丙丁等语。欢亦复奏云：闻荆、雍将有逆谋，臣今潜勒兵马三万，自河东渡往，又遣恒州刺史库狄干等统兵四万，自来达津出发，领军将军娄昭等，率兵五万，南讨荆州，冀州刺史尉景，将山东兵七万、突骑五万，东讨江左，现皆部勒成军，伏听处分等语。

魏主览奏，料欢已猜透秘谋，乃再行颁敕，谕止欢军。欢复上表云：“臣为嬖佞所间，致动主疑，若臣果负陛下，使身受天殃，子孙殄绝。陛下能垂信赤心，愿赐酌量，亟废黜佞臣一二人！”魏主不答，但遣大都督源子恭守阳湖，汝阳王元暹守石济，又令仪同三司贾显智为济州刺史，率豫州刺史斛斯元寿等赴镇。元寿为斛斯椿弟，与贾同往，是恐他为欢所诱，特加监束的意思。偏前刺史蔡俊不肯受代，拒绝显智，显智逗留长寿津，据实奏闻。魏主愈怒，乃使中书舍人温子升撰敕赐欢，大略说是：

朕不劳尺寸，坐为天子，所谓生我者父母，贵我者高王，今若相安无事，则使身及子孙，宜如王誓。近虑宇文为乱，贺拔应之，故京邑戒严，并欲王遥为声援。今观其所为，尚无异迹。东南不宾，为日已久，我国乱离甫定，不堪再事穷兵。朕本暗昧，不知佞人为谁？高乾之死，岂独朕意！王忽对昂言兄枉死，且闻库狄干语王云：本欲取懦弱者为主，无庸立此长君，使其不可驾驭，今但作十五日行，自可废之。此论出自王间勋人，岂属佞人之口？且封隆之，孙腾，逋逃晋阳，王若事君尽诚，何不斩送二首？王虽启云西去，而四道俱进，南渡洛阳，东临江左，闻者宁能不疑？王若举旗南指，纵无马匹只轮，犹欲奋空拳而争死，纵令还为王杀，幽辱齑粉，了无遗憾！本望君臣一体，若合符契，不图今日分疏至此，言之增怅，惟王图之！

敕书颁去，欢亦不答。一报还一报。中军将军王思政入白魏主道：“高欢心术，昭然可知。洛阳非用武地，不如往就宇文泰，再复旧京，无虑不胜！”欢不可恃，岂泰果可恃乎？魏主因遣柳庆西往，与泰陈述上旨，泰愿奉迎车驾，遣庆复命。会东郡太守裴侠应征诣洛，王思政与商西巡事宜。侠答道：“宇文泰雄踞秦关，所谓已操戈矛，怎肯轻授人柄？今车驾往投，恐也似避汤入火呢？”言之有理。思政道：“如君言，今将何往？”侠皱眉道：“东出图欢，祸在眉睫，西巡依泰，患在将来；且至关右，再作良图。”暂济眉急，也是无策。思政也以为然，乃荐侠为中郎将。魏主意欲西行，尚未决议，忽闻高欢派遣骑兵，出屯建兴，并添河东及济州兵，拥诸和籴粟入邺城，将逼魏主迁邺。魏主益觉惊惶，复颁敕谕欢道：

王若厌伏人情，杜绝物议，惟有归河东之兵，罢建兴之戍，送相州之粟，追济州之军，使蔡镌受代，邸珍出徐，止戈散马，各事家业。脱须粮廪，别遣转输，则谗人结舌，疑悔不生，王可高枕太原，朕亦垂拱京洛矣。王若马首南向，问鼎轻重，朕虽不武，为宗庙社稷计，欲止不能。决在于王，非朕能定，为山止篑，甚为王惜之！

看官，试想这时候的高大丞相，已与魏主修势不两立，怎肯降心受诏，如敕施行？当下作书答复，极陈斛斯椿、宇文泰罪状，谓将代主除奸。魏主亦下敕罪欢，命宇文泰为关西大行台，且愿将爱妹妻泰，令泰遣骑奉迎。一面敕贺拔胜引兵入洛，同敌高欢。

欢已召弟定州刺史高琛守晋阳，长史崔暹为辅，自引大军南向，用高敖曹为先锋，星夜前进，声言率兵赴阙，但诛斛斯椿，不及他人。宇文泰亦传檄讨欢，自将大军屯高平，命前队出驻弘农。两虎争雄，俱由斛斯椿一人所致。独贺拔胜出屯汝水，作壁上观。此子惟狡猾一事，尚算胜人。魏主也下诏亲征，督军十万至河桥，令斛斯椿为前驱，列营北邙山。

椿请率精骑二千，乘夜渡河，掩欢不备，魏主称善，偏黄门侍郎杨宽进言道："高欢不臣，人所共知，斛斯椿心亦难测；若渡河有功，恐灭一高欢，又生一高欢了。"魏主即命椿停行。当信不信，不当信而信，安得不败！椿叹道："近日荧惑入南斗，天象告警，今上信左右谗间，不用我计，这真所谓天道了！"遂驰书报泰。泰亦顾语僚佐道："高欢远道急驰，数日行八九百里，这是兵家所忌，正当出奇掩击，主上不能渡河决战，但知沿河据守，试想黄河万里，防不胜防，一处疏虞，令彼得渡，大事去了！"说着，亟命赵贵自蒲坂渡河，直趋并州，又遣都督李贤率轻骑千名，往洛扈驾。

魏主使斛斯椿守虎牢，令行台长孙稚，大都督元斌之为副，行台长孙子彦守陕州，贾显智、斛斯元寿守滑台，总道是扼要居守，欢军不能飞渡。哪知才阅两日，滑台军司元玄驰至河桥，报称显智怯退，速请济师。魏主亟遣大都督侯几绍赴援。未几又接到警报，绍已阵亡，显智降欢，欢已从滑台渡河了。魏主当然着忙，急向群臣问计，或请奔梁，呆话。或请南依贺拔胜，也靠不住。或请西就关中，下策。或请守洛口死战，不能。纷纷聚讼，整日不决。忽见元斌之踉跄奔还，喘声报告道："高欢来了！"吓得魏主修不知所措，匆匆还洛。但挈妃主数人，及从妹明月西奔。不及高后，隐伏下文。

南阳王宝炬，清河王亶，广阳王湛，扈跸随行，沙门惠臻，负玺持千牛刀相从。途次遣人至虎牢，飞召椿还，椿及长孙稚，方与欢将窦泰相持，闻召却归，奔至瀍西，得见魏主，方知为元斌之所卖。斌之与椿争权，潜归绐主，诡言高欢已至，以致魏主骇奔。椿益加叹息，只好随主西行。椿弟元寿，因滑台失守，已为乱军所杀。长孙稚在虎牢，独力难支，也即奔赴行在。就是长孙子彦，闻滑台、虎牢均已失败，也弃陕西走。子彦即长孙稚冢男。长孙父子尚得重逢，斛斯兄弟不能再见，这也是有幸有不幸呢！百忙中有此骈句，亦可谓好整以暇。

清河王亶，广阳王湛，竟从半途逃归，仍还洛阳。惟武卫将军独孤信却单骑追及魏主，奉驾西进。魏主叹道："将军辞父母，抛妻孥，竟来从朕。古人有言：世乱识忠臣。朕始知非虚语了！”比诸清河、广阳两王，应该优奖。嗣是西向奔驰，途次糗浆乏绝，惟饮涧水。到了湖城，有村民献上麦饭壶浆，聊解饥渴，魏主命免该村徭役十年。再行至崤西，方与泰所遣李贤相遇，奉驾同归。及入潼关，大都督毛鸿宾迎献酒食，从行各员才得一饱了。

高欢长驱入洛，使娄昭、高敖曹等，往追魏主，不及乃还。欢乃召集百官，启口诘问道：“为臣奉主，理应匡救危乱，若处不谏争，出不陪从，无事时希宠徼荣，有事时委主逃窜，臣节何在？请诸君自陈！”你好算得尽臣节么？众莫敢对，独尚书左仆射辛雄道：“主上与近臣图事，雄等不得预闻。及乘舆西幸，若即追往，恐迹同佞党，所以留待大王，今又以不从蒙责，是转使雄等进退俱无从逃罪了。”未免遁辞。欢叱道：“卿等备位大臣，理应尽忠报国，群佞用事，卿等曾有一言谏诤么？国事至此，罪将何归？”说至此，即指示左右，拿下辛雄，及仪同三司叱列延庆，兼吏部崔孝芬，都官尚书刘廞，兼度支尚书杨机，散骑常侍元士弼一并处死。曾自记前言否？推司徒清河王亶为大司马，承制决事，居尚书省。孝芬子中郎猷出避家难，间道入关。

宇文泰使赵贵、梁御，引兵二千，出迎魏主。魏主循河西上，与赵、梁二人相遇，指河示御道：“此水东流，朕乃西上，若得复见洛阳，亲谒陵庙，统是卿等的功劳哩！”言已涕下。莫非自取。泰备仪卫接驾，行至东阳驿，得见魏主，免冠伏谒道：“臣不能式遏寇虐，使乘舆播迁，实为有罪！”魏主忙亲为扶起，且慰劳道：“朕实不德，负乘致寇，今日相见，自觉厚颜！此后当以社稷委卿，愿卿勉力！”

泰山呼万岁，方才起身。将士等亦齐呼万岁。随即导魏主修入长安，即以雍州廨舍为行宫，颁诏大赦。进泰为大将军雍州刺史，兼尚书令，取决军国大事。又命行台尚书毛遐、周惠达为左右尚书，分掌机要。二尚书勠力办公，积粮储，治器械，简士马，利赖一时。魏主即将爱妹冯翊长公主，嫁泰为妻，借践旧约。公主曾适开府张欢。欢性贪残，遇主无礼，魏主将欢杀死，因把公主改嫁与泰。后来生子名觉，就是北周的孝闵帝，这且待后再表。

先是荧惑入南斗，去而复还，留止六旬，江南北有童谣云：“荧惑入南斗，天子下殿走。”梁主衍恐灾及己身，特跣足下殿，为禳灾计。及闻魏主西奔，不禁赧颜道：“北虏亦应天象么？”当时传为笑柄。不知修德禳灾，乃徒跣足下殿，岂非丑态！

自魏主入关，贺拔胜尚在汝南，未决进止。从前胜出发时，掾吏卢柔曾进三策，上策是席卷赴都，仗义讨欢，中策是拒欢联泰，观衅乃动；下策是举州归梁，苟全性命，胜俱不用。至欢已入洛，胜再与僚佐会议，意在南归，行台左丞崔士谦进议道：“今帝室颠覆，主上蒙尘，公宜倍道兼行，往朝行在，然后与宇文行台同心勠力，倡举大义，天下闻风，自当响应；若舍此遽还，恐人人懈体，一失事机，悔无及了！”胜乃使长史元颖行荆州事，居守南阳，自率部众西进。

行次淅阳，探得前途消息，高欢已攻克潼关，擒住守将毛鸿宾，进屯华阴，当下毛骨森竖，踉跄奔回。哪知欢已遣行台侯景等攻荆州，荆民邓诞，袭执元颖，送往侯景，害得胜无路可归，不得不与侯景争锋。偏偏众情涣散，各无斗志，一遇景军，便即弃甲曳兵，四处奔窜。胜无计可施，只得依了当日卢柔的下策，奔往梁朝。其名曰胜，实则善败。

侯景驰入荆州，向欢告捷。欢自晋阳至洛，由洛至华阴，连上四十启，奏达魏主，不得一答，乃拟另立新主。返至洛阳，再遣使奉表魏主云："陛下若远赐一诏，许还京洛，臣当率领文武，清宫以待；若返正无日，宗社不能无主，臣宁负陛下，不负社稷"等语。魏主仍然不报，欢乃召集百僚耆老，议立新君。

清河王亶已视帝座为己有，出入警跸。偏大众开议，由欢首倡，谓嗣主应继承明帝，不应昭穆失序，因语亶道："今欲立王，不如立王的世子，较为顺次。"语未说完，但听得在座诸人，同声赞成，亶只好俯首趋出，由愧生愤，由愤生忧，竟尔轻骑南奔。子得为帝，便是大喜，何必狂奔如此？欢遣人追还，遂于永熙三年孟冬，立清河王世子善见为帝，年才十一。改永熙三年为天平元年，于是魏分为二，高氏所立为魏主，史家称为东魏，宇文氏所奉的魏主，便叫作西魏了。小子有诗叹道：

世乱都从主暗来，江山分裂魏风颓。

北方从此无宁宇，虎斗龙争剧可哀！

魏既分裂，东西并峙，成为敌国，高欢遂定议迁都。究竟迁往何处？下回再当说明。

尔朱氏亡而高欢兴，高欢兴而宇文泰又起，一雄得势，而一雄继之，要之皆乱世之雄，欲其乃心魏室，始终不渝，是责莽懿为伊周，固世所罕有事也。但魏主修之得立为帝，实出高欢，欢虽雄鸷，而出镇晋阳，纳女为后，君臣之间，初无芥蒂，魏主修乃误信斛斯椿言，始倚贺拔岳，继依宇文泰，卒至激成欢怒，引兵向洛。斛斯椿乘夜渡河之计，又复不从，前何信椿，后何疑椿！愚而多疑，安能处变，有徒为二雄之傀儡已耳！天下本无事，庸人自扰之。此二语实可为魏主修之定评。

第五十四回

饮宫中魏主遭鸩毒
陷泽畔窦泰死战场

却说高欢还洛，另立新君善见。善见尚在冲年，当然不能亲政，一切黜陟大权，全握欢手。欢请授赵郡王谌为大司马，咸阳王坦为太尉，仪同三司高盛为司徒，高敖曹为司空，以下文武百官，各有定职，规模粗具，再议西侵。忽闻宇文泰进攻潼关，杀毙守将薛瑜，虏去戍卒七千人，欢不禁彷徨，遂把迁都的计议，重复提起，即欲实行。当下入朝申谕，谓洛阳西逼关中，南近梁境，在在可虞，不如迁邺为是。嗣主善见，有何主意！王公大臣等，势难与抗，只得依议迁都。欢只限期三日，即奉驾启程，四十万户，狼狈就道，百官无从备马，多半乘驴东行。至车驾已到邺中，留仆射司马子如、高隆之，侍中高岳、孙腾，在邺辅政，改相州刺史为司州牧，魏郡太守为魏尹，司州改作洛州，命尚书令元弼为洛州刺史，镇守洛阳，欢仍还原镇。当时有童谣云："可怜青雀子，飞去邺城里，羽翮垂欲成，化作鹦鹉子。"时人指青雀为清河王，鹦鹉为高欢，这也无庸评断了。洛阳遂为战争地。

且说魏主修在洛阳时，性颇渔色，有从妹三人，不准他适，留侍宫中。最爱宠的就是明月，本与南阳王宝炬同产，受封平原公主，次为清河王亶妹，亦封安德公主，还有一个名叫蒺藜，史家未详为何王儿女，也照例封为公主。这三公主留居宫掖，公然与魏主相奸，差不多与妃嫔相似，所以高欢女虽入宫为后，未蒙垂爱，绿衣黄裳，已成惯例。魏主修尝设内宴，使明月侍坐首席，诸宫人因羡生慕，即席赋诗，或咏鲍照乐府云："朱门九重门九闺，愿随明月入君怀！"魏主也不以为意，惟视明月如掌中珠，爱不忍离，就是弃洛西奔，把高皇后撇置宫中，独有明月不肯舍去，挈领入关。

宇文泰因魏主淫及从妹渎伦伤化，暗令元氏诸王诱出明月，置诸死地。及魏主闻报，已是玉殒香消，不得重生。看官，试想魏主所爱，只此一人，平白地为宇文泰所害，如何不悲！如何不愤！恨不得杀泰报仇！又弄错了。有时弯弓，有时推案，无非注意宇文泰。泰亦心不自安。

未几已是残腊，有高车别部阿至罗遣使入朝，魏主幸逍遥园，宴待外使，顾语侍臣道："此处仿佛华林园，使人触景生悲。"已而宴毕，命取所乘波斯骝马，驾载还宫。偏该马不受羁勒，跳跃异常，魏主命南阳王笼辔扳鞍，马亦不服，一蹶而死。魏主乃另易他马，还至宫门，马又惊跃，未肯遽进，连下鞑扑，方才驰入。近侍潘弥颇通术数，晨间曾启奏魏主，谓今日不可不慎，防有急兵。魏主记着，还宫后语潘弥道："今日幸无他事。"弥答道："须过夜半，方称大吉。"魏主似信非信。晚餐时多饮数杯，聊解忧闷，不意过了片刻，胸腹搅痛，竟不可当，连忙卧倒床上，痛益难耐，辗转呼号，神疲力尽，未几即殁，目瞪舌伸。侍臣料是遇毒，想由宇文泰主使，不敢发言。可怜魏主修在位，不满三年，年仅二十五岁。泰命将魏主棺殓，移殡草堂佛寺中，谥曰孝武，直至十年以后，方得安葬云陵。弑主事不问可知。

先时已有歌谣云："狐非狐，貉非貉，焦梨狗子啮断索。"至魏主遇弑，人方谓谣言有验。魏本索发，故称为索，焦梨狗子，就指宇文泰。泰小字叫作黑獭，籍隶武川，相传为系出炎帝。远祖葛乌兔，始为鲜卑酋长。数传至普回，得一玉玺，篆文有皇帝玺三字，惊为天授。鲜卑呼天为宇，君为文，因号宇文国，并以为氏。普回子莫那，徙居辽西，九传为前燕所灭，遗胤陵由燕奔魏，遂居武川。陵曾孙名肱，肱妻王氏生泰时，有黑气如盖，下覆儿身，所以取名黑獭，非狐非貉，便是暗寓黑獭的意义。宇文泰家世，前未叙及，故就此带过。

泰既毒死魏主修，遂率王公大臣，推立南阳王宝炬。宝炬为孝文帝孙，京兆王愉子，官拜太宰，录尚书事。宝炬循例三让，然后允诺。时已岁暮，遂于次年元旦，即位长安，大赦改年，纪元大统。追尊皇考愉为文景皇帝，皇妣杨氏为皇后。立妃乙弗氏为正宫，世子钦为太子。进宇文泰为大丞相，封安定郡公，都督中外诸军，录尚书事，斛斯椿为太保，广平王赞为司徒，广陵王欣为太傅，万俟寿乐干为司空。遣都督独孤信招抚荆州，东魏令恒农太守田八能，候途邀击，为信所败。信直抵荆州，复击破东魏刺史辛纂，纂败遁入城，门未及阖，被信前驱杨忠，追入斩纂，遂据荆州。既而东魏复遣侯景、高敖曹等攻荆州城，信因众寡不敌，复与杨忠奔梁；荆州又入东魏。

会渭州刺史可朱浑元，潜与欢通，率部众三千户，奔往晋阳。高欢始闻魏主修遇弑事，因启请素服举哀。太学博士潘崇和，谓君以无礼待臣，不必素服，商民不哭桀，周臣不服纣，便是此意。国子博士卫既隆、李同轨等，但主张高后守制，谓高后未绝永熙，应为服素，东魏主乃命依议。

高后尚在青年，不耐守寡，勉强为故主素服，暗中却另思择配。适彭城王韶为司州牧，温文尔雅，年貌翩翩，韶为彭城王劭子，见四十八回。被高后瞧入眼波，惹动情思，屡与乃父谈及。高欢爱女情深，料她有意求合，遂召入彭城王韶，愿将嫠女嫁与为妃。韶见高家势盛，乐得借此攀援，遂满口称谢。欢遂令嫠女改服盛装，配韶为妇，并将洛阳宫中的珍宝，赠作妆奁。就中有珍器二具，最称奇美，一是成对的玉钵，晶洁无瑕，雕工尤妙，用水贮入，虽经倒置，亦不渗漏，一是玛瑙榼，能容三升，凑缝中用玉嵌入，好似生成一般。相传为西域神工所制，献入魏廷，传为秘宝。余物不可胜计，韶既娶国母为妻室，复得了许多珍品，真是喜出望外，欣感莫名。那高氏女亦幸获佳偶，深慰渴念，鱼水谐欢，无容絮叙。只是伦纪上说不过去。

那高欢亦愈老愈淫，自载归尔朱两后后，左拥右抱，非常欢昵。大尔朱后生子名湝，小尔朱后生子名湝，俱为欢所钟爱。他如冯娘、李娘，即五十一回之任城、城阳二王妃。由洛阳取归，均被欢奸占为妾；还有韩娘、王娘、穆娘等，随时纳入，亦随时侍寝。王娘有子名浚、穆娘有子名淹，浚、淹未长，两母已亡。及迁都邺城，复得一广平王妃郑氏，芳名叫作大车，丰容盛鬋，妖冶绝伦，欢复据为己有，宠冠后庭。郑氏产得一男，取名为润。

东魏天平二年，欢因稽胡、刘蠡升，据云阳谷，僭称皇帝，屡为边患，乃督军出征，兼程掩击，破灭蠡升，斩首而归。到了晋阳，忽得侍婢密报，说是世子高澄，与郑大车有暧昧情事，欢因澄年才十四，未必遽敢淫烝，反斥侍婢妄言。嗣又经二婢为证，方勃然大怒，召澄入室，加杖百下，幽禁别室。澄系正妃娄氏所生，欢得发迹，半由娄氏为助，见四十四回。所以情好甚笃。娄氏连生六男二女，俱获长成，自欢广纳妾媵，把爱情移到美姬身上，不免与娄妃相疏。负心汉。偏又长子澄奸案发觉，恨子及母，竟与娄妃隔绝不通，且欲立大尔朱氏子湝为嫡嗣，将澄废黜。何不并锢郑氏？

澄很是焦急，忙向司马子如处求救，子如在邺辅政，得澄密书，即至晋阳谒欢。欢与子如向系旧交，无论国事家事，彼此从不讳言，而且妻妾俱得相见，不必趋避。此次子如到来，明明是为高澄母子说情，他却佯作不知，惟与欢谈论国事，直至无语可说，始请谒见娄妃，欢乃述及澄奸庶母，娄妃失察情状，子如微笑道："孽子消难，亦奸子如妾，家丑不宜外扬，只可代为掩饰。亏得老脸说出家丑。况娄妃是王结发妇，常把母家财物助王，王在怀朔镇时，触怒镇帅，受杖伤背，妃昼夜看护，目不交睫，后避葛贼，同走并州，沿途劳顿，日暮履穿，妃又亲燃马粪，代为制靴，此等恩义，怎可忘却？今日女嫁男婚，相安已久，更不宜为一妇人，自伤和气。况婢言亦未必可信呢！"欢答道："君言未尝无理，但事果属实，究难轻恕！"子如道："待子如鞫问情伪，再作计较。"欢即许诺。子如趋至别室，令释澄候质。澄既得见子如，尚未开口，子如便诘责道：“男儿何故畏威，甘心自诬？”好一个问官。澄闻子如言，自然抵赖，且称三婢挟嫌诬告。子如召入数婢，厉声威吓，不令诉辩。三婢料不敢抗，统皆自缢。子如即报欢道：“果系刁婢妄言，已情虚自尽了！”欢乃大悦，亟召娄妃母子进见，父子夫妻，相对泣下，嗣是和好如初。欢命设盛筵，款待子如，自起斟酒道：“全我父子，皆出君力！”子如也避席称谢。这一席宴饮，自傍晚到了夜半，方才停撤，彼此散寝。次日子如辞行，欢赠子如黄金百三十斤，澄亦馈他良马五十匹，子如乐得叨惠，取金及马，驰还邺城。

澄自是不敢亲近郑大车，大车安然无恙，仍得欢宠眷，始终不衰。但如此重案，化作冰消，后庭侍姬，渐渐放纵起来。欢弟赵郡公琛，留居晋阳，总掌相府政事，他常出入帷闼，见小尔朱氏楚楚动人，竟引起邪心，随时挑逗。小尔朱氏也爱他弱冠年华，丰神韶秀，竟伺欢外出时，邀琛入室，私与交欢。婢媪等惩着前辙，莫敢告发，一任她送暖偷香，消受温柔滋味。但天下事若要不知，除非莫为。欢本老奸巨猾，阴为伺察，稍有所闻，即设法赚他二人，果然奸夫淫妇，中了欢计。一夕正续旧欢，偏被欢破门突入，当场捉出一对露水夫妻，当时怒极欲狂，即取过大杖，猛力击琛，接连数十百下，打得琛皮开肉烂，僵卧地上。再欲殴挞小尔朱氏，那小尔朱氏早长跪膝前，凭着那一双泪眼，两道愁眉，娇滴滴的吐着珠喉，向欢乞怜，竟把欢的铁石心肠，渐渐熔化。结果是说出数语道：“你欲求生，立刻离开此地，免我动手！”小尔朱氏无可奈何，只好磕头拜谢，草草整装，听欢发落。欢将她逐出灵州，置诸不齿。琛自被曳出户，因受伤甚重，延挨了一两日，便即毕命，年只二十有三。色之害人大矣哉。欢讣告邺中，但说是暴病身亡，东魏主善见，不得不追赐官阶，即赠琛为太尉尚书令，予谥曰贞。贞字不知如何解法？后来又加给太师，进爵为王。那小尔朱氏至灵州后，寂寞无依，孤苦了一两年，遇着一个范阳人卢景璋，娶为继室，竟随他过活去了。还算幸事。

惟东西魏已经分峙，北方各镇，东投西奔，忙个不了。关内都督赵刚，举东荆州归附西魏。宇文泰命为光禄大夫。刚劝泰召还贺拔胜等，泰甚以为是，即遣刚南下请求。刚至梁州，与刺史杜怀瑶相识，因托他移书建康。梁主衍尝优待降将，得书以后，召贺拔胜等入朝，令他自陈行止。胜等俱愿北返，梁主乃亲饯南苑，厚礼遣归。贺拔胜与独孤信、杨忠三人，同时返至长安，各得就职。泰爱忠勇，且留置帐下。胜感梁主恩礼，凡鸟兽南向，概不复射，借示报答的意思。西魏主宝炬，喜胜北还，特加隆眷，累擢胜至太师，胜乃与宇文泰部勒三军，专谋东略。时斛斯椿已死，宇文泰专政，进位柱国大将军，用李虎、元欣、李弼、独孤信、赵贵、于谨、侯莫陈崇七人为辅。进行台郎中苏绰为左丞，绰博闻强记，熟谙掌故，尝与泰终夜叙谈，娓娓不倦。泰目为奇士，一切机密，辄令参预。绰始作文案程式，朱出墨入，及计账户籍诸法，推行一时，秩然不紊。后人多遵为定制，用备钩稽，这也好算一个吏治家了。特别钩元。

那东魏大丞相高欢，令世子澄入邺辅政，副以左丞崔暹，澄年方十五，用法严峻，威震中外。澄弟名洋，亦得封太原公，貌似不飏，内独明决。欢尝令诸子治理乱丝，试察智愚。诸子多脚忙手乱，不堪纷扰，洋独抽刀断丝，顾语兄弟道："乱即当斩，何必费心！"后来狂暴，已见端倪。欢因此儿有识，宠爱逾恒。嗣是邺城有澄，晋阳有洋，欢以为内顾无忧，尽可与西魏争衡。

适梁遣镇北将军元庆和侵入东魏，乃遣高敖曹率三万人趋项城，窦泰率三万人趋城父，侯景率三万人趋彭城，控御东南。元庆和闻报退还，侯景进陷楚州，掳去刺史桓和，且乘胜至淮上，梁都督陈庆之，发兵邀击，杀败景军。景抛弃辎重，仓皇北遁。

欢方锐图西魏，不暇南顾，遂想了一条远交近攻的计策，遣使南下，与梁修和。梁主衍亦得休便休，许与通好，敕庆之班师。于是欢调回各军，自率轻骑万人，径袭西魏夏州。沿途但食干粮，不遑火食，及抵夏州城下，正值夜半，见城上无人守御，便令军士缚矟为梯，猱升而上，顿时攻破全城，擒住刺史斛拔俄弥突，带回晋阳。并将部落五千户，悉数迁归，留都督张琼镇守。会闻灵州曹泥，为西魏将士所围，因复调兵往援，拔出曹泥，也令他徙至晋阳。可巧西魏传诏，数欢二十罪，指日东征。欢不禁大怒，亦斥宇文泰、斛斯椿为逆徒，谓当分命诸将，刻日西讨。两下里互相指斥，各说得我是人非，有道有理。欢欲先发制人，因高敖曹、窦泰等，已皆北归，遂令敖曹移攻上洛，窦泰出逼潼关，自率军赴蒲坂，命筑浮桥三座，拟即渡河。

西魏大行台宇文泰督兵出拒，进次广阳，既探悉欢军行踪，便语诸将道："贼犄我三面，浮桥待渡，这无非虚张声势，牵缀我军，使窦泰得乘虚西入呢！欢计被泰喝破。窦泰尝为欢前驱，屡战屡胜，必有骄心，我不如径袭窦泰，泰军一破，欢不战自走了。"将佐齐声道："舍近袭远，恐非良图；如欲往击窦泰，何不分兵前往！"泰笑语道："欢虽作桥，未能径渡，不过五日，我已可破灭窦泰呢。"乃扬言欲保陇右，退还长安，潜行东出。

诸将犹有异议。泰有从子名深，幼即好兵，尝叠石为营，折草为旗，与群儿布列行阵，井井有条，此时为直事郎中，屡预军谋。泰因向深问计，令他先陈意见。深答道："窦泰为高欢骁将，与欢东西分出，我若至蒲坂攻欢，欢扼我前，窦泰袭我后，岂不是表里受敌么？今若简选轻锐，潜击窦泰，彼性躁急，必来决战，欢不及往援，我就可一鼓擒窦了。窦既受擒，欢势自沮，回军击欢，定可决胜。"泰欣然道："我原作这般想，汝与我同心，我计决了。”遂夤夜东发。

又行了一昼夜，已抵小关，窦泰猝闻敌至，自恃骁勇，渡河直前。宇文泰列营牧泽，用四面埋伏计，引诱窦泰。窦泰不知厉害，怒马当先，陷入重围，泽中泥淖相间，铁骑不得驰突，再加西魏各军，万弩齐发，把窦泰手下将士，射死了一大半。窦泰见士卒垂尽，身上亦中了数箭，料知无法脱围，便拔出佩剑，自刎而亡。窦泰为高欢姨夫，战无不从，此次由邺出发，曾有惠化尼云：“窦行台，去不回！”至是果验。小子有诗叹道：

将军一去不回头，拼死前驱未肯休。

牧泽陷围溅颈血，半由好勇半无谋！

窦泰既死，被西魏军枭了首级，送往长安。高欢尚在蒲坂，闻报大恸，几乎晕倒。欲知他后来处置，但看下回自知。

魏主修猜忌高欢，以致蒙尘出走，西入关中，幸宇文泰迎入雍州，尚有容身之所。为惩前毖后计，宜勇于改过，推诚待下，则以秦关之固，宇文之力，东向而待高欢，未始不可有为。奈何身为雄狐，效禽兽行，为一女子而怨及功臣，卒被毒毙，甚矣哉魏主修之淫且愚也！夫天下之好淫者，祸不及身，必及子孙，魏主修之死，死于淫，固已。高欢淫占多人，虽若无恙；然生前有子弟之烝报，死后有子孙之荒耽，有恶因必有恶果，高氏宁能幸免乎？且弄兵不戢，忽东忽西，骁勇如窦泰，终堕黑獭计中，陷死牧泽；泰虽寡谋，要不得谓非高欢害之也。泰妻为欢妃娄氏妹，夫死妻寡，惨及一门，欢岂不可以已乎！

第五十五回

用少击众沙苑交兵
废旧迎新柔然纳女

却说高欢闻窦泰死耗，不胜悲悼，自思泰既陷没，大违初愿，遂撤去浮桥，退回晋阳。宇文泰亦还军长安。惟高敖曹尚未得闻，引军急进，直抵上洛城下。洛郡人泉岳及弟猛略，与顺阳人杜窋等，欲翻城出应敖曹。洛州刺史泉企，探悉阴谋，捕戮泉岳兄弟，独杜窋得缒城出走，奔归敖曹。敖曹猛力扑城，城上矢石交下，连中敖曹三矢。敖曹晕坠马下，良久复苏，复上马督攻。泉企固守旬余，二子元礼、仲遵，皆有勇力，随父拒敌，日夕不懈。会仲遵被流矢伤目，不能再战，城遂失陷，企与二子皆被擒。及企见敖曹，大声呼道："我系力屈，本心原不服哩！"敖曹也不去杀他，系诸幕下，即用杜窋为刺史。

休兵数日，拟进攻蓝田关。忽来了晋阳使人，传述欢令道："窦泰战殁，人心摇动，宜收军即还；万一路险贼盛，但求自脱罢了。"敖曹不忍弃众，令部曲先行，自己断后，徐徐引退。西魏军却不敢追蹑，任他自归。泉企子元礼，由敖曹带还。仲遵伤重不能行，仍使在洛州城。企在途中，私诫元礼道："我余生无几，死不足畏，汝兄弟二人，才器足以立功，须自觅生机，勿因我已东去，遂亏臣节！"此君颇似王陵母。元礼乃伺隙逃还，与仲遵阴结豪右，袭杀杜窋，西魏遂授元礼为洛州刺史，准令世袭，企竟病死邺中。

高欢欲为窦泰报仇，大阅兵马，再拟出师，适宇文泰出拔恒农，把东魏陕州刺史李徽伯掳去，欢即发兵二十万，由壶口趋蒲津，使高敖曹率兵三万出河南。时关中大饥，人自相食，宇文泰部下不满万人，留屯恒农就食，已阅五旬，探报谓欢将渡河，乃引兵入关。高敖曹进围恒农，城中有备，一时攻打不下。欢长史薛琡语欢道：“西人连年饥馑，故冒死来陕州，欲取仓粟，今敖曹已围陕城，粟不得出，但宜置兵诸道，勿与野战，待他麦秋无收，民自饥死，宝炬、黑獭，无虑不降，今且不必渡河！”侯景时亦从军，也进谏道：“今日举兵西来，关系极大，倘或不胜，猝难收集，不如分作二军，相继进行，前军得胜，后军方进，前军若败，后军亦可往援，这乃是万全之计。”欢不肯依议，竟从蒲津济河。

华州刺史王罴首当冲要，宇文泰致书相勉，罴答复道：“卧貉子怎得轻过？”及欢至冯翊城，呼罴问道：“何不早降？”罴戎服登陴，朗声传语道：“此城是王罴冢，死生在此，汝等何人善战，请来一决雌雄！”欢知不可攻，乃移驻信原。

宇文泰因欢军入境，亦驰诣渭南，征调诸州兵马，急切未能召集，泰不堪久待，便欲进兵击欢，诸将以寡不敌众，请俟欢西进，再观形势。泰正色道：“欢若得至长安，人情必且大震，今乘他远来，兜头迎击，彼衰我锐，何患不胜！”遂下令军中，就渭水架设浮桥，即日渡渭，直抵沙苑，与东魏军相隔，只六十里。

诸将虽不敢违令，各有惧色，独宇文深称贺，并语泰道：“高欢镇抚河北，甚得众心，若据境自守，却是难图；今悬军渡河，非众所欲，彼无非为窦泰战死，挟恨前来，这就是叫作忿兵，忿兵必败。今愿假深一节，发王罴兵，截欢走路，前犄后角，使无遗类，怎得不贺？”深有此智，不愧为宇文家儿。泰乃遣颖昌公达奚武往觇欢军。武只率三骑潜往，改作东魏军装，日暮去营数百步，下马潜听，得敌军号，夜间上马历营，与巡夜相似。欢毫不备防，所有军中情状，俱被武窥悉，还营报泰。泰正思进逼欢营，忽由侦骑报到，欢兵且至，泰又召集将佐，商议对敌的方法。仪同三司李弼献策道：“彼众我寡，不可平地列阵，此东十里有渭曲，请先行据守为佳。”泰亦称善，便徙至渭曲，背水列营，令李弼为右拒，赵贵为左拒，将士皆埋伏苇中，闻鼓乃起。待至日暮，欢军乃至，望见西魏营内，偃旗息鼓，毫无声响，营旁苇深土泞，不堪进逼。欢亦防有伏兵，拟纵火焚苇，偏侯景进言道：“我军大举前来，应生擒黑獭，晓示百姓，若徒用火攻，就使将黑獭烧死，也是无名无望，不足示威！”欢将彭乐愤愤道：“我众贼寡，百人擒一，亦尚有余，要用什么火攻计！”好好一条计策，徒被二人破坏。欢乃麾兵直进，大众争前恐后，一涌而上，无复行列。俄闻西魏营内，鼓声骤震，芦苇丛里的伏兵，执戈齐起，来杀欢军，赵贵从左冲入，李弼自右突进，把欢军裂作数截，欢军立即大乱。李弼弟檦年少胆壮，隐身鞍甲中，跃马陷阵，伺敌不防，露首出矛，左搠右刺，应手落马。欢军争噪道：“当避此小儿！”欢将彭乐，使性善斗，且带着三分酒意，跃马乱闯，好像猘尤一般。既而杀得性起，把甲胄尽行卸去，裸体驰入宇文阵内，适遇西魏征虏将军耿令贵，一枪挑来，不偏不倚，刺入乐胸。乐忙用刀格开，肠已流出，鲜血狂喷，他却大吼一声，拼死再战。旁有他将驰至，接住令贵厮杀，乐方得回马出阵，纳肠裹胸。还欲返身杀入，怎奈各军俱已败还，连让步都来不及，怎能再入敌阵？那后面亦鸣金收军，只好随众退回。宇文泰也不追赶，勒兵还营，各将都上前献功。泰见了李檦，顾语左右道："出兵打仗，全靠胆壮，不必昂藏七尺，但看他年轻身矮，亦能杀贼哩！"语未毕，又见耿令贵入帐，甲裳尽赤。泰又说道："甲裳中有如许血迹，奋勇可知！"遂一一记功，静待犒赏。各将士散归本营，休息去讫。

那高欢奔回信原，尚欲收拾残军，再行决战，使张华原巡视各营，照簿点兵，无人出应。急忙还白道："众已散尽，各营皆空虚了！"欢尚未肯去，阜城侯斛律金在侧，便启请道："众心离散，不可复用，宜速还河东为是！"遂命左右牵马入帐，促欢上马。欢跨上马鞍，尚未纵辔，由金用鞭拂马，方才东驰。到了河滨，蓦闻后面人声马沸，震荡波流，料知有追兵到来，只好匆匆急渡。偏偏船离岸远，一时不能驶近，有许多将士情急逃生，跃马入河，俱被流水漂去。欢改乘橐驼就船，始得东渡。共计丧失甲士八万人，铠仗十有八万件。

宇文泰闻欢遁走，始督军追至河上，遥望欢已过河，乃停军不追。可巧征调各兵，陆续报到，都督李穆道："高欢已经破胆，请速渡河追去，毋令漏网。"泰叹道："穷寇莫追，兵家至言，我军已获全胜，得意不宜再往了！"乃返至战所，令每人种柳一株，留旌武功。越日凯旋渭南，奏捷论功，李弼、赵贵以下，皆进爵增邑有差。

高欢还入晋阳，忿懑异常。侯景亦愤然道："黑獭新胜而骄，必不为备，愿得精骑二万，擒归黑獭，报复前恨！"又来说大话了。欢迟疑未决，入白娄妃，娄妃道："果如景言，景岂尚有还理？得一黑獭，失一侯景，究有何利？"欢乃罢议。娄妃却是知人。高敖曹得欢败耗，也解恒农围，退保洛阳。

宇文泰自沙苑得胜，复欲图洛，乃遣行台王季海，与独孤信率步骑二万，径趋洛阳，又命洛州刺史李显赴三荆，贺拔胜、李弼围蒲坂。蒲坂守将，为东魏秦州刺史薛崇礼，登陴力御。别驾薛善，系崇礼族弟，密语崇礼道："高欢有逐君大罪，善与兄忝列簪缨，世荷国恩，今大军已临，尚为高氏固守，一旦城陷，函首送长安，署为逆贼，死有余愧，不如先行归款，尚得自全！"崇礼嘿然不答，善竟与族人开城，迎纳贺李等军。崇礼仓猝出走，中途被获。宇文泰闻捷驰至，赐薛善等五等封爵。善固辞不受，崇礼为善从兄，因得宥死，不复加罪。泰遂略定汾、绛二州。

独孤信行至新安，高敖曹引兵北去，只留广阳王元湛守洛阳。湛无胆略，也弃城奔邺，信遂得据金墉城。东魏颍川长史贺若统，又执住刺史田迄，举城降西魏军。梁州、荥阳、广州，望风归附。东魏行台任祥，往攻颍川，为西魏大都督宇文贵击败，任祥奔还。阳州刺史邢椿，被州将是云宝刺死，亦奔降西魏军。西魏都督韦孝宽，复攻陷东魏豫州，河南诸州郡，多半没入西魏。

东魏大行台侯景治兵虎牢，谋复河南诸州，韦孝宽等未免胆怯，又弃城遁去。侯景出兵四略，夺还南汾、颍、豫、广四州，遂邀同高敖曹，进围金墉。高欢亦率军继进，独孤信飞报长安，请即济师。西魏主宝炬，正因洛阳得手，拟谒园陵，凑巧洛使告急，遂命尚书左仆射周惠达，辅太子钦守长安，自与宇文泰督军东行，令李弼、达奚武为前驱，直达穀城。

日暮下寨，李弼登高遥望，遥见群鸟向西北飞来，便道："天色已晚，鸟应归栖，今尚西翔，必有贼军前来，不可不防！"遂偕达奚武移屯孝水，遣人哨探，并令军士取薪为备。约过片刻，果有探马入报，敌军来了！弼即命部众曳薪扬尘，鼓噪前进，敌骑不过千人，未测弼军多寡，当即返奔。弼麾军追上，斫毙敌将一人，一将逃免，余众尽得俘获，解送恒农。看官道敌将为谁？一将叫作莫多娄贷文，已经被杀，一将就是可朱浑元，竟得逃脱。叙笔矫变。原来侯景闻西魏军至，拟整兵待着，偏莫多娄贷文，不受景命，邀同可朱浑元，率千骑来袭西魏军，刚被李弼侦觉，一场追击，贷文丧命，元得幸还。

李弼待泰同进，共至瀍东，侯景撤围引去。泰率轻骑追至河上，景回马布阵，北据河桥，南倚邙山，与泰对仗。两军交锋，才及数合，景见泰执旗指挥，便拔箭射去，正中泰坐马。马负创惊逸，不可羁勒，泰随马窜去，约经里许，竟为所掀，坠落地上。侯景瞧着，骤马追来，泰身旁并无他人，只有都督李穆，紧紧随着。穆见侯景来追，手下约有百余骑，孤身如何抵挡，眉头一皱，计上心来，佯用马鞭扶泰背上，厉声叱道："笼东军士，笼东系披靡之意。尔主何在？乃尚留此，不急上马，更待何时？"好似曹阿瞒的急智。景听得此言，还疑自己看错，停马不追。穆即以己马授泰，与泰俱走，回入大营，调军再进。

侯景方才回营，总道泰军已去，不致复来，哪知西魏兵如潮涌至，不及列阵，竟被蹂躏。景拨马遁去，部兵四散，独高敖曹自恃勇悍，尚建着麾盖，与泰角战。泰尽锐围攻，杀得敖曹部下，七倒八歪。敖曹仗着长槊，突出重围，单骑走投河阳南城。守将高永乐为欢从子，与敖曹有宿嫌，闭门不纳。敖曹潜匿桥下，追骑趋至，见有金带浮出，竟向桥下攒射。敖曹自知不免，始奋首与语道："来！来！好给汝开国公！"说着，那头颅已被人斫去。强盗结果，应该如此。

高欢得报，如丧肝胆，召责永乐，加杖二百下。追赠敖曹太师，兼大司马太尉。一面督率大军，自往争洛。两下相遇，彼此阵势绵亘，首尾远隔，从旦至未，战至数十百合，氛雾四塞，莫能相知。西魏左右翼独孤信、赵贵等，战并不利，又未知君相所在，弄得茫无头绪，弃军奔还。此外各军，当然溃散。宇文泰尚在营中，亦觉保守不住，毁去营寨，奉主西归，留仪同三司长孙子彦，守金墉城。西魏将军王思政，尚与东魏军猛斗，举矟横击，一举辄踣敌数人。既而陷入敌阵，左右尽死，思政亦受创晕仆。他平时出战，尝着破衣敝甲，敌人疑是末弁，由他倒地，不暇枭首，还有他将蔡祐，率亲兵数十人，下马步斗，齐声大呼，击毙东魏兵甚多。东魏兵四面绕集，围至数十重，祐弯弓持满，盘旋四射，发无不中，敌不敢近。突有壮士数名，身穿厚甲，手执长刀，跃马径入，去祐骑仅三十步。祐随身只有一矢，左右劝祐速射，祐从容道："我等性命，在此一矢，怎可虚发！"道言未绝，那来兵相距不远，方把弓弦一扯，飕的一声，正中来兵头目，流血坠下，余人却退。祐乘势突出，徐徐引还，东魏兵不敢追逼，也收军回营。思政部将雷五安，失去主将，复至战场寻觅尸首，可巧思政已苏，即割衣裹创，扶他上马，驰还恒农。宇文泰已入恒农城，检阅大将，尚少王思政、蔡祐二人，正在着急，见祐引军回来。祐字承先，泰即呼道："承先得还，我无忧了！"再问及战斗情形，祐毫不言功。最难得者在此，可为孟之反第二。经部下替祐述明，泰益惊叹道："承先有功不伐，真算是难得了！"未几思政亦到，见他创痕累累，黯然泣下。笼络将士。因授思政为东道行台，留镇恒农，自奉宝炬还长安。不料长安变乱，留守周惠连，偕太子钦出奔渭北，关中大扰。这变乱的原因，是由留守兵少，前所虏东魏士卒，拥戴故将赵青雀，伺隙据城。又有雍州刁民于伏德等，亦劫咸阳太守慕容思庆，同时作乱。西魏主宝炬，留驻阌乡，由宇文泰入关讨贼。泰因士马疲敝，不愿速进，且谓青雀等乌合，不足为患，散骑常侍陆通进谏道："蜂虿有毒，不宜轻视！今军虽疲乏，精锐尚多，加以明公声威，麾军压贼，立可荡平；若养痈贻患，转非良策。"泰即依议，整军西人，父老见泰回师，且悲且喜，士女亦交相庆贺。华州刺史宇文导，系泰从子，继王罴后任，起兵袭咸阳，斩思庆，擒伏德，渡渭会泰，同攻青雀。青雀败死，泰遣使至阌乡报捷，迎驾入长安。泰出屯华州。东魏丞相高欢，进攻金墉，长孙子彦毁去城中室庐，开门潜遁，欢入城巡视，遍地已成瓦砾，索性将城砦毁去，但使洛州刺史王元轨镇辖，自返晋阳。

是年冬季，西魏复遣将军是云宝，掩入洛阳，王元轨弃城东走，广州亦为西魏将赵刚所陷，襄、广以西，复为西魏有。

是时柔然复强，头兵可汗阿那瓌，雄踞朔方。见前文。起初尚向魏称臣，及魏已分裂，遂把臣字削去，通使东西，居中取利，先向东魏求婚，东魏许将宗女兰陵公主，嫁与为妻。柔然遂帮助东魏，侵扰西魏，宇文泰方有事东方，不遑北顾，也只好设法羁縻，饵以女色。无非晦气几个宗女。乃使中书舍人库狄峙，北赴柔然，与议和亲，头兵可汗有弟塔寒，未曾婚娶，因向西魏求妇，西魏封舍人元翌女为化政公主，遣嫁了去。

但东西两魏，虽都用着美人计，笼络柔然，究竟东魏宗女，配与可汗，西魏宗女，不过一个可汗的弟妇，两边权势，相形见绌。宇文泰特劝主子宝炬，纳头兵女为妃，再向柔然议婚，偏头兵可汗，定欲纳女为后，方肯如约。泰不得已为废后计，请宝炬割爱从权。以女易女，却还值得，只难为了乙弗后。看官，试想宝炬已纳乙弗氏为后，生男育女，已有数人，就是太子钦亦乙弗后所出。后父瑗曾为兖州刺史，母为淮阳长公主，乃是孝文帝第四女，本来是阀阅名媛，更兼容德兼全，仁而且俭。此次顾全大局，不得不游居别宫，后且自愿为尼，削发参禅。乃令扶风王元孚至柔然迎女。

柔然送女南来，有车七百乘，马万匹，橐驼千头。行次黑盐池，遇着卤簿仪仗，来迎新后。孚请柔然女正位南面，柔然女答道："我未见汝主，尚是柔然女儿，汝国以南面为尊，我国却尚东面，各守国俗便了。"于是西魏仪仗，尽皆南向，柔然营幕，仍然东向。及迎入长安，即行册后礼。后号郁久闾氏，年才十四，容貌端严，颇饶才识，只有一种大病，便是一个妒字。她因废后乙弗氏尚在都中，常有违言。西魏主宝炬，取悦新后，特遣次子戊为秦州刺史，奉母乙弗氏赴镇。母子入宫辞行，与宝炬相见，并皆泣下。宝炬本无芥蒂，为势所迫，勉强出此，此时触起旧情，也泪下不止。且密嘱乙弗氏在外蓄发，再图后会。乙弗氏母子，乃拜辞而去。小子有诗叹道：

废后原来事不经，况兼妇德足仪型。

如何迎入侏儒女，诀别妻孥泣帝庭！

光阴易过，倏忽经年，那柔然竟来犯边。究竟为着何因，待小子下回再表。

沙苑之役，为东西魏第一次大战。高欢发兵二十万，渡河而西，当时已目无关中，几视黑獭如囊中物，卒之渭曲交兵，遭人暗算，曹操之败于赤壁，苻坚之败于淝水，高欢之败于沙苑，皆恃众不整，出以轻心故耳。厥后河东、河南，没入西魏，莫多娄贷文以轻战而死，高敖曹以轻敌而亡，轻躁者之不可行军，固如此哉！洛阳再战，宇文失利，一则因屡败而惧；一则因屡胜而骄，甚矣用兵之不可不慎也。若夫两国相争，结邻为助，而柔然适得博渔人之利，智如黑獭，且劝宝炬废旧迎新，纳侏儒之女，逐上国之母，毋乃悖甚！况女德无极，妇怨无终，和亲岂果足恃耶！识者于此，当亦以轻率讥之矣。

第五十六回

战邙山宇文泰败溃
幸佛寺梁主衍舍身

却说西魏立柔然女郁久闾氏为后，是大统四年间事。越年废后乙弗氏，随子戊出居秦州。又越年二月，柔然入犯，举国南来，直抵夏州。西魏主宝炬，免不得遣使诘问，究为何事兴兵？柔然主头兵可汗，谓一国不能有二后，西魏故后尚存，将来仍拟复封，我女总要被黜，所以兴师问罪云云。看官，试想柔然远居塞外，如何晓得魏宫中情事？这无非是郁久闾氏，闻知乙弗氏临别，由西魏主嘱她蓄发，所以暗中怀妒，通报柔然，叫他兴兵内逼，好把故后除去，免贻后患。西魏主宝炬，接得去使还报，踌躇了好多时，便叹息道："岂有百万番兵，为一女子大举？但朕若不肯割爱，自招寇患，亦有何面目自见诸将帅呢！"外人要你杀妻，你便将爱妻杀却，若叫你自杀，你将奈何？乃遣中常侍曹宠，赍手敕赴秦州，令乙弗氏自尽。

乙弗氏洒泪，泣语曹宠道："愿至尊享千万岁，天下康宁。我死无恨！"说着，召次子武都王戊至前，嘱他后事。且令传语皇太子，善事阿父，勿念生母，语多凄怆，惨不忍闻。左右皆垂涕失声，莫能仰视。时乙弗氏已蓄发鬑鬑，因复召僧供佛，再向佛像前落发，始入室服毒，引被自覆而殁，年三十一。

当下凿麦积崖为龛，殓棺告窆，柩将入穴，有二丛云先入龛中。一灭一出，人皆诧为异事，后来号为寂陵。曹宠还都复命，西魏主又遣人报告柔然，头兵可汗，乃引兵退去。

是年郁久闾氏怀妊将产，居瑶华殿，辄闻狗吠声，心甚不安。继而临盆坐蓐，胞久不下，医巫相继召集，或为诊治，或为祈祷，郁久闾氏惟双睁凤目，满口谵言，忽言有盛饰妇人入室，忽言妇人立在床边，用物击我，医巫皆无所见，都吓得毛骨森竖，齿牙皆震。好容易产下一儿，那郁久闾氏已两目一翻，呜呼哀哉，年只十六。当时宫禁内外，统说是故后为祟，因致产亡。容或有之。西魏主宝炬，命将遗骸安葬少陵原，不消细述。

东魏接连改元，始因南兖州获得巨象，称为祯祥。及改年元象，越年册立高欢次女为皇后，营立新宫，复改元兴和。禁民间立寺，改停年格，命百官就麟趾阁议定新制，号为麟趾格，颁敕施行。命侯景为吏部尚书，兼尚书仆射，出任河南大行台，随机防御。

适北豫州刺史高仲密，阴谋外叛。高欢遣将奚寿兴代掌军事，仲密竟执住寿兴，通款西魏，以虎牢为贽仪。原来仲密为高敖曹次兄，见前。本来是忠事东魏，官拜御史中尉，遇事敢言，颇有直声。嗣因与妻室反目，将妻休弃，遂致与妻舅崔暹有嫌。所选御史，均被暹排去，免不得怏怏失望，怨及朝廷。暹为高澄心腹，与澄同在邺中，见五十四回。澄为大丞相世子，姊入为后，又娶东魏主妹冯翊公主为妻，真是元勋贵戚，权焰熏天。崔暹倚作党援，当然是指挥如意，他妹被仲密休弃后，即由澄出为媒介，别嫁显宦，格外备仪。仲密亦娶一继妻李氏，美艳工文，澄借贺喜为名，亲往审视，果然是丰姿绰约，比众不同。嗣是暗地垂涎，伺仲密外出时，竟驰至高宅，挑诱李氏。李氏拒绝不从，澄竟用出强暴手段，硬胁李氏入室，为强奸计。当由高氏家人，飞报仲密，仲密踉跄归家，澄乃自去。李氏衣裳破裂，泣告仲密，仲密怀恨益深，遂乞请外调，出为北豫州刺史，挈眷赴镇，潜通西魏。可巧高欢激变，索性明目张胆，背东归西。仲密无故弃妻，惹出许多祸祟，这也自贻伊戚，不能尽咎他人。

高欢闻仲密叛去，事出崔暹，即召暹赴晋阳，将加死罪。如何不知子恶？暹忙向高澄乞怜，澄匿暹府中，浼人说欢，一再请免，欢乃宥暹不问。嗣闻西魏授仲密为侍中司徒，并由宇文泰督率诸军，来收虎牢，且进围河桥南城，欢因发兵十万，亲至河北，御宇文泰。泰退军瀍上，令军士驾舟，纵火上流，欲毁河桥。东魏将斛律金，使行台郎中张亮，用小艇百余艘，阻截敌船，用链横河，系以长锁，钉住两岸，敌人不得近桥，桥始获全。欢渡河据邙山，依险立营，数日不进。泰在瀍曲留住辎重，乘夜袭欢，侦骑驰报欢营，欢笑道："贼距我四十里，蓐夜前来，必患饥渴，我正好以逸待劳呢。"乃整阵待着。候至黎明，泰军果然驰到。欢将彭乐，不俟泰军列阵，便率数千精骑，冲将过去。泰军见欢有备，已是惊惶，更遇着骁勇善战的彭乐，执着一杆长刀，左右乱劈，但见头颅滚滚，飞掷空中，不由的旁观股栗，纷纷逃回。泰亦只好退走。

欢军见彭乐得胜，统上前力追，杀死泰军无数。彭乐且一马当先，追至瀍上，踹入泰营，泰弃营再遁。西魏侍中大都督临洮王元柬，蜀郡王元荣宗，江夏王元升，巨鹿王元阐，谯郡王元亮，詹事赵善等，仓猝不及遁逃，俱被掳去。泰正策马西奔，忽背后有人大呼道：“黑獭休走！”泰急返顾，见一敌将威风凛凛，杀气腾腾，禁不住一身冷汗，勉强按定了神，徐声与语道：“汝非大将彭乐么？从泰口中呼出彭乐，笔势好不平。一个伟男子，可惜太呆，试想今日无我，明日岂尚有汝么？何不急速还营，收取金宝！”彭乐闻言，也觉有理，遂停住不赶，泰得脱去。

乐还入泰营，得泰金带一囊，携去归营。诸将各收军还报，载归甲仗，不可胜计。欢升帐记功，已有人报乐纵泰。及乐入帐复命，且行且呼道：“黑獭漏刃遁去，但已是破胆了！”欢不禁怒起，勃然离座道：“汝敢来欺我吗？”乐本已心虚，慌忙伏地，欢亲捽乐头，三举三下，拔出佩剑，置诸乐颈，责他私纵黑獭，并前日沙苑一役轻战致败的罪状。乐嗫嚅道：“愿乞五千骑士，再为王擒取黑獭！”欢益怒叱道：“汝纵他使去，尚说好擒取么？”说至此，又取剑欲斫，将下未下，共计三次。诸将已窥透欢意，均上前乞情，黑压压的跪满座下。欢乃还座，令左右取绢三千匹，压乐背上，乐兀自负住，不闻气喘。欢又道：“有力不忠，也是徒然！今日饶汝，汝应自知前愆，效力赎罪！”乐连声遵令，欢因命将绢卸下，仍赐与乐，不没前驱的功劳。好权术。乐拜谢而退。

越日复与宇文泰交战，泰自将中军，领军若干惠若干系复姓。为右军，两路夹击欢军，欢军败绩，所有步卒，悉为泰军所擒。欢落荒东走，随员只有七人，后面追兵大至，都督尉兴庆奋然道：“王速去！兴庆腰佩百箭，尚足杀敌百人。”欢乃留兴庆拒战，纵辔急奔，兴庆独截追兵，矢尽而死。

泰料欢东奔不远，更召健卒三千人，令执短兵，用贺拔胜为统将，再往追欢。胜与欢本来相识，执槊当先，竟得追及。欢见胜到来，驱马急奔，胜率十三骑力赶，驰至数里，槊已及欢马尾，便大呼道：“贺六浑！今日在贺拔破胡手中，誓必杀汝！”胜字破胡，故自称表字。欢吓得胆落，坠落马下。胜正挺槊刺欢，不防坐马一蹶，也将胜掀落尘埃。原来东魏将军段韶正来救欢，见欢命在须臾，忙弯弓射胜，正中胜马；因此胜亦仆地。及胜跃起，韶已驰至，扶欢上马，向东逸去。胜易马再追，复有东魏河州刺史刘洪徽，引兵拦阻，连射二矢，毙胜从骑二人。胜知不能得欢，便即长叹道：“今日不执弓矢，岂非天意！”泰遇彭乐，欢遇贺拔胜，终得脱免，不可谓非天意。乃引骑西还。

惟东魏骑兵尚能再战，将军耿令贵整众复出，突入敌阵，锋刃乱下，杀伤相继。西魏将士不防有此回马兵，多半懈怠，怎禁得令贵冲入，似虎似狼，霎时间旗靡辙乱。西魏将赵贵等禁遏不住，也俱回窜。宇文泰亲自出拒，交战数合，那东魏兵陆续攒集，气势甚锐，弄得泰亦无法拦阻，没奈何策马返奔。东魏兵鼓勇追蹑，幸亏西魏将独孤信、于谨等收集散卒，从后绕出，大呼杀贼，追兵也彷徨惊顾，倒退下去，西魏各军，才得保全。若干惠且建旗鸣角，徐徐引还。

泰走入关中，屯兵渭上，欢进至陕城。泰使达奚武拒守，东魏行台郎中封子绘白欢道："混一东西，正在今日。昔魏太祖平汉中，不乘胜取巴蜀，失在迟疑，后悔无及。愿大王不以为疑！"欢点首称善，集诸将会议进止。诸将多说野无青草，人马疲瘦，不可远追。欢乃收军东归，但令侯景等收复虎牢。

时高仲密亦随泰入关，家属尚在虎牢城内。留偏将魏光居守。宇文泰遣谍赍书，送给魏光，令他固守待援。中途为侯景所获，搜得书札，改易数字，叫他速去。乃复将书发还，纵谍入城。光见书即夤夜遁走。景麾军入城，捕得仲密妻子，解送邺都。高澄得报，不禁喜出望外，忙盛服出城，往迎仲密后妻赵氏。待了半日，方见心上人儿，被军士押至，花容惨澹，云鬓蓬松，越觉可怜可爱，当即令军士释缚，载以良马，导入都中私第，召集婢媪，替赵氏沐浴梳妆。到了黄昏，饮过交杯酒，搂入合欢床，绝处逢生的赵美人，身不由主，只得任他所为。从此仲密妻变作高澄妾，又另是一番天地了。千古艰难惟一死，伤心岂独息夫人！

高欢因高乾有义勋，高敖曹死王事，家属皆免连坐。尚有仲密幼弟季式，曾行晋州事，镇守永安，至是先诣晋阳请罪，欢亦相待如初。惟高澄借父威势，得升任大将军，领中书监，移门下机事，总归中书，文武赏罚，皆由澄主张。想是肉战的功劳。侍中孙腾自恃为高澄父执，不肯敬澄。澄叱左右牵腾至阶，筑以刀环，使立门下。定州刺史库狄干，为澄姑夫，自定州入谒，立门下三日，始得相见。尚书令司马子如，太师咸阳王坦，为澄心腹崔暹所劾，说他贪黩无厌，并削官爵。高欢反与邺中诸贵书，略言儿年寖长，公等不宜撄锋，即如咸阳王司马令两人，皆我故交，同时获罪，我尚不得相救，他人更不必论了。纵容儿子，一至于此。自是公卿以下，无不惮澄。澄又授崔暹为御史中尉，宋游道为尚书左丞。二人俱系高澄鹰犬，所有弹章，无不照行，或黜或死，几难胜数。澄威权几过乃父，东魏主善见，简直是个木偶，毫无能力，徒拥虚名罢了。为北齐篡位张本。

西魏丞相宇文泰自邙山败后，方惮东略，并且太师贺拔胜悔恨致疾，又复去世，国中失一大将，愈觉灰心。胜弟岳早被杀关中，见五十二回。兄允留官洛阳，为高欢所忌，闭置一室，竟致饿死。胜诸子亦多为欢所杀。胜既悔失欢，又痛覆家，因此不得永年。临死时，自写遗书致宇文泰，书中略云："胜万里杖策，归身阙廷，每望与公扫除捕寇，不幸殒毙，微志不伸，死若有知，尚当魂飞贼庭，借报恩遇"等语。泰览书流涕，表请赠胜为太宰，录尚书事，予谥贞献。贺拔氏三弟兄从此皆亡，后来贺拔岳子纬，纳宇文泰女为妻，受封霍国公，得承宗祀，事且慢表。前段了过高仲密兄弟，此段了过贺拔胜兄弟，两人关系较大，故特表明始末。

且说梁主衍中大通七年，复改元大同，江南无事，坐享承平。虽与北方屡有交涉，但北魏正东分西裂，无暇顾及江淮，且东魏与梁修和，边境安宁，更觉得囊弓戢矢，四静烽烟。梁主衍政躬多暇，竟欲皈依佛教，为参禅计。特在都下筑一同泰寺，供设莲座，宝相巍峨，殿宇弘敞，他即亲幸寺中，设四部无遮大会，居然披服缁衣，趺坐蒲團，扮作一个老和尚，自号三宝奴，叫作舍身为僧。尤可笑的是公卿以下，醵钱一亿，纳入寺中，替梁主赎身还宫。这种法制，好似从平康里中采来。既而又舍身同泰寺，仍然戴毗卢帽，穿黄袈裟，亲升法座，为四部众讲涅槃经，说得天花乱坠，有条有理。其实统是佛学皮毛，未得大乘真谛。就使识得真谛，亦与治道无关。讲毕以后，拟在寺中居住，不复还宫，再经群臣出钱奉赎，表请返驾。第一、二表还不肯从，三表乃许。做出甚么鬼态！

南印度僧菩提达摩，得悉梁朝重佛，从海路航至广州。梁主闻有高僧到来，亟命地方有司，护送入都，召见内殿，赐他旁坐，且婉问道："朕欲多造佛寺，写经度僧，可有功德否？"达摩答道："没有什么功德，参禅不在形迹，须由静生智，由智生明，从空寂中体会出来，方有功德可言！"梁主复道："朕在华林园中，总集许多经典，高僧前来，可能为朕逐日讲解，指误觉迷否？"达摩微笑道："佛学在心不在口，一落言论，仍非上乘，所以明心见性，自能成佛，不在区区经论呢。"确有至理。梁主被他两番驳斥，反弄得哑口无言。达摩便起身告辞，梁主亦不挽留，由他自去。他乃渡江北行，至嵩山少林寺中，面壁十年，方才入寂，是为中国禅宗第一祖。弟子慧可承受衣钵，这却是佛学真传。

那梁主衍但尊俗僧慧约为师，亲自受戒，并令太子王公以下，亦皆师事慧约，受戒至五万人。究竟佛学弘旨，无一了解，徒然开口谈经，闭口坐禅，有何益处？况且梁主是身为天子，一日万几，怎得无端佞佛，反将政事搁起？为这一误，遂使朝纲废弛，宵小弄权。贤相周舍、徐勉等，又相继逝世。侍中朱异，尚书令何敬容，表里用事。敬容还有些朴实，异才足济奸，辩能惑主，任官三十年，广纳贿赂，蒙蔽宫廷，所有园宅玩好，饮膳声

朱异（483—549），字彦和，南朝梁吴郡钱唐（今浙江杭州市西）人。受学于五经博士明山宾，兼通博弈书算。梁武帝以为中书通事舍人，位至侍中、中领军，掌机要三十余年。太清元年（547年），力主纳东魏大将军侯景之降；及东魏来攻，又主与东魏议和，遣使通好，激成侯景之乱。侯景叛梁，即以诛杀谗臣朱异为名，遂惭病而死。

色，均极华备。性又甚齐，不肯施舍，厨下珍馐腐烂，每月尝弃十余车。梁主衍却非常宠眷，言听计从，于是赏罚无章，隐生乱祸。并因梁主好佛，上行下效，士大夫争向空谈，不习武事。

丹阳处士陶弘景少年好学，有志养生，齐高帝萧道成尝召为诸王侍读，虽应命入都，仍然谢绝交游，不愿与闻朝事，旋即上表辞禄，归隐茅山。梁主衍早与相识，即位后通问不绝，大事必谈，且劝令出山。弘景颇为献替，惟终不就征，当时号为山中宰相。梁主每得复书，辄焚香虔受，遥申敬礼。太子纲未为储贰时，曾出督南徐州，想望风采，延弘景至后堂，谈论数日，才许辞去。弘景年八十，得辟穀导引诸术，尚有壮容，又越五年乃殁。弥留时尚口占一诗道："夷甫即晋王衍，任散诞，平叔善论空，平叔即晋何晏字。岂悟昭阳殿，遂作单于宫！"时人谓弘景此诗，明明是讥讽时事，且为侯景乱梁的预谶。可惜梁廷不悟，卒致大乱，梁主衍闻弘景丧讣，特赠中散大夫，谥曰贞白先生。前述达摩，此述陶弘景，畸人高士，亦必阐扬，是作者本意。

王僧辩（?—555），字君才，南朝梁太原祁（今山西祁县）人。初仕北魏，归梁后任湘东王萧绎左常侍及司马。侯景之乱，任大都督，从绎讨景。大宝二年（551年）守巴陵（今湖南岳阳）拒景。次年，率军与陈霸先收复建康。绎即帝位，任司徒、侍中、尚书令。后为陈霸先所杀。

大同八年，安城郡民刘敬躬，妖言惑众，逐去郡吏萧说，据郡造反。攻庐陵，陷豫章，党徒多至数万，进逼新淦、柴桑。是由梁廷佞佛，感召出来。梁主第七子湘东王绎，方出为江州刺史，亟遣中兵参军曹子郢，府司马王僧辩，引兵往讨。南方久弛兵革，甲士窳惰，幸僧辩颇有智计，刘敬躬众皆乌合，因此一鼓荡平。

交州刺史武林侯萧谘，梁主从任。苛暴失民心，郡民李贲纠众为乱。谘不能御，由梁廷派遣高州刺史孙冏，新州刺史卢子雄，会师往援。适值春瘴方起，众皆溃归，谘诬奏冏与子雄，通贼逗留，并皆赐死。子雄弟子略，为兄复仇，举兵攻谘，谘奔广州。高要太守陈霸先，召集精甲三千，克日出讨，大破子略，子略走死。霸先因功进直阁将军。梁廷召谘还都，改任杨瞟为交州刺史，霸先署府司马，进征李贲。贲方自称越帝，创置百官，屯兵苏历江口，阻遏官军。瞟推霸先为先锋，直逼苏历江，拔去城栅，所向摧陷。贲走嘉宁城，转奔典撤湖，俱被霸先攻入。再窜入屈獠洞中，由霸先谕令缚送，屈獠斩贲以献，传首建康，交州乃平。嗣是霸先威名，震耀南方。

陈霸先（503—559），即陈武帝，字兴国，小字法生，吴兴长城（今浙江长兴东）人，南朝陈的建立者。小吏出身。太清三年（549年），在始兴（今广东韶关）起兵，受湘东王萧绎节制，与王僧辩会合，讨灭侯景，任征虏将军。太平二年（557年），代梁自立，改元永定。在位期间，任贤使能，政治清明。

霸先系吴兴人，字兴国，小字法生，自云为汉太邱长陈实后裔，少有大志，不事生产，及长乃涉猎史籍，好读兵书，身长七尺五寸，日角龙颜，垂手过膝。梁主闻他状貌过人，特令图形以进，并因更造建功，除拜西江督护，兼高要太守，都督七郡军事。陈霸先、王僧辩俱为后来重要人物，惟霸先后为陈祖，故叙述处详略不同。小子有诗叹道：

盛衰倚伏本无常，佞佛容奸即兆亡。

乱世偃文只尚武，但能平贼便称强。

欲知后事如何，且看下回再叙。

沙苑败而高欢不复西行，邙山败而宇文泰不复东出，分据之势，自是遂定。要之欢、泰两人，智力相埒，故忽胜忽败，变幻靡常。惟欢性好色，纵子淫暴，邙山之战，实自高澄酿成之。其得战胜宇文，实出一时之侥幸，或者由宇文助叛，名义未正，故有此挫失，俾高氏得以幸胜耳。梁主衍安据江南，不乘两魏相争之际，修明政治，渐图混一，乃迷信释教，舍身佛寺，一任朱异擅权，紊乱朝纪，何其愦愦乃尔！夫梁主衍手造邦家，未始非一英武主，其所由误入歧途，攻乎异端者，得毋鉴沈约之死，获罪齐和，自省亦未免多疚，乃欲借佛教以图忏悔耶！然而愚甚！然而谬甚！

第五十七回

责贺琛梁廷草敕
防侯景高氏留言

却说梁主信佛，太子纲独信道教，尝在玄圃中讲论老庄。学士吴孜每入圃听讲，尚书令何敬容道：“昔西晋丧乱，祸源在祖尚玄虚，今东宫复蹈此辙，恐江南亦将致寇了。”这语颇为太子所闻，很滋不悦。后来敬容妾弟费慧明，充导仓丞，夜盗官米，为禁司所执，交领军府惩办。敬容贻书领军将军，代为乞免。领军将军河东王萧誉，为太子纲犹子，见五十二回。当然与太子叙谈，太子即嘱令封书奏闻，梁主大怒，立将何敬容除名。敬容既去，朱异权势益专，更得引用私人，搅乱朝政。散骑常侍贺琛不忍缄默，因上书论事，略云：

窃闻慈父不爱无益之子，明君不畜无益之臣，臣荷拔擢之恩，曾不能效一职，献一言，此所以当食废飧，中宵叹息也。今特谨陈时事，具列于后，倘蒙听览，试加省鉴，如不允合，乞亮赣愚。其一事曰：今北边稽服，戈甲解息，正是生聚教训之时，而天下户口减落，关外弥甚。郡不堪州之控总，县不堪郡之裒削，更相呼扰，莫得治其政术，惟以应赴征敛为事。小民辗转流离，或依于大姓，或聚于屯封，盖不获已而窜亡，非乐之也。国家于关外，赋税盖微，乃至年常租课，动致逋积，而民失安居，宁非牧守之过欤？东境户口空虚，皆由使命烦数，驽困邑宰，则拱手听其渔猎，桀黠长吏，又因之而为贪残，虽年降复业之诏，屡下蠲赋之恩，而民终不得反其居也。其二事曰：天下宰守，所以皆尚贪残，罕有廉白者，实由风俗侈靡使然。夫食方丈

于前，所甘一味，今之燕喜，相竞夸豪，积果如山岳，列肴同绮绣，露台之产，不周一燕之资，加以歌姬盛畜，舞女盈庭，竞尚奢淫，不问品制，凡为吏牧民者，竞事剥削，虽致资巨亿，而罢归以后，不支数年。率皆尽于燕饮之物，歌讴之具。所费等于邱山，为欢止在俄顷，乃更追恨向所取之少，今所费之多，如复傅翼，增其搏噬，一何悖哉！其余淫侈，日见滋甚，欲使人守廉隅，吏尚清白，安可得耶！今宜严为禁制，导之以节俭，贬黜雕饰，纠奏浮华，使众皆知，变其耳目，改其好恶。盖论至治者必以淳素为先，正雕流之弊，莫有过于俭朴者也。其三事曰：圣躬荷负苍生以为任，弘济四海以为心，不惮胼胝之劳，不辞癯瘦之苦，岂止日昃忘饥，夜分废寝。至于百司，莫不奏事，上息责下之嫌，下无逼上之咎，斯实道迈百王，事绝千载。但斗筲之人，藻棁之子，既得伏奏帷扆，便欲诡竞求进，不论国之大体，但务吹毛求疵，运挈瓶之智，侥分外之求，以深刻为能，以绳逐为务，迹虽似于奉公，事更成其威福，长弊增奸，实由于此。所愿责其公平之效，黜其邪慝之心，则上安下谧，无侥幸之患矣！其四事曰：曩昔征伐北境，帑藏空虚，今天下无事，而犹日不暇给者，何也？去国弊则省其事而息其费，事省则民养，费息则财聚。止五年之中，尚能无事，必能使国丰民阜，若积以岁月，成效愈巨，斯乃范蠡灭吴之术，管仲霸齐之由。今应内省职掌，各简所部，或十省其五，成三除其一，至国容戎备，在昔应多，在今宜少，凡四方屯传邸治，或旧有，或无益，有所宜除，除之，有所宜减，减之，兴造有非急者，征求有可缓者，皆宜停省，以蓄财而息民，蓄其财者，正所以大用之也，息其民者，正所以大役之也。若扰其民而欲求生聚，耗其财而徒务赋敛，则奸诈盗窃，日出不已，何以语富强，图远大乎？伏思自普通以来，二十余年，刑役荐起，民力雕流，今魏氏和亲，疆场无警，不于此时大息四民，使之殷阜，减省国费，使之储峙，一旦异境有虞，关河可扫，则国弊而民疲，事至方图，恐无及矣！臣心所谓危，罔知忌讳，谨昧死上闻！

梁主衍览书，不禁大怒，立召侍臣至前，口授教书，令他照录，大旨是诘责贺琛，令他据实指陈，不得徒托空言。第一事谓牧守贪残，应指出某官某吏，以便黜逐。第二事谓风俗侈靡，不便一一严禁，自增苛扰。朕常思本身作则，绝房室三十余年，不饮酒，不好音，雕饰各物，从未入宫。宗庙牲牢，久未宰杀，朝廷会同，只备蔬菜，且未尝奏乐。朕三更即起理事，每至日昃，日常一食，昔腰十围，今裁二尺，勤俭如许，不得谓非淳素。舍本逐末，无益于事。第三事谓百司干进，谁为诡竞？谁为吹毛求疵？谁为深刻绳逐？若不令奏事，专委一人，与秦二世宠信赵高，汉元后付托王莽，亦复何异？第四事谓省事息费，究竟何事宜省？何事宜息？国容戎备，如何减省？屯传邸治，如何裁并？何处兴造非急，何处征求可缓？宜条具以闻，不得空作漫语，徒沽直名。这道敕文，颁给贺琛，琛不禁畏缩，未敢复奏，但申表谢过罢了。原来是银样镴枪头。

大同十二年三月，梁主衍又幸同泰寺，讲三慧经，差不多过了一月，方才罢讲。再设法会，大赦天下，改元中大同。是夜同泰寺竟肇火灾，毁去浮图，梁主叹道："这便佛经上叫作魔劫呢！"浮图成灾，并非魔劫，似你这般佞佛，却是要堕入魔劫了！遂令重造浮图十二层，格外崇闳，需工甚巨，经年未成。梁主衍年逾八十，虽精神尚可支持，终究是老态龙钟，不胜繁赜。再加平时览诵佛经，时思修寂，尤觉得耄期倦勤，厌闻政治。

是时储嗣虽定，诸子未免不平，因为梁主不立嫡孙，但立庶子，大家资格相等，没一个不觊觎神器，猜忌东宫。邵陵王纶，系梁主第六子，性最浮躁，喜怒无常，车服尝僭拟乘舆，游行无度。梁主屡戒不悛，曾将他锢置狱中，免官削爵，已而仍复旧封，命为扬州刺史，纵肆如故。遣人就市购物，不给价值，商民怨声载道，甚至罢市。府丞何智通具状上闻，纶竟遣人刺杀智通。梁主乃将纶召回，锁禁第舍，免为庶人。过了数月，又赐复封爵，何溺爱乃尔！授丹阳尹。纶恃宠生骄，妄思夺储，太子纲当然嫉视，请出纶为南徐州刺史，有诏依议。还有梁主第五子庐陵王续，出镇荆州，第七子湘东王绎，出镇江州，第八子武陵王纪，出镇益州，皆权侔人主，威福自专。惟次子豫章王综，已死北朝，四子南康王绩，长孙豫章王欢，俱已去世，免为东宫敌手。但太子纲终不自安，常挑选精卒，为自卫计。

梁主衍未察暗潮，反因舍嫡立庶的情由，未免内愧，所以待遇昭明太子诸男，不亚诸子。河东王誉得为湘州刺史，岳阳王詧，亦授雍州刺史。詧见梁主年老，朝多秕政，也不免隐蓄雄心，豫先戒备。自思襄阳形胜，为梁业开基地，正好作为根据，遂聚财下士，招募健卒数千人，环列帐下。一面究心政事，拊循士民，辖境称治。未几庐陵王续，病殁任所，调江东王绎继任。绎喜得要地，入阁欢跃，靴履为穿。

梁主怎知诸子用意，总道是孝子贤孙，不复加忧，整日里念佛诵经，蹉跎岁月。中大同二年，又复舍身同泰寺，群臣出金奉赎，如前二次故例。满望佛光普照，天子万年，哪知祸为福倚，福为祸伏，平白地得了河南，收降了一个东魏叛臣，遂闹得翻天覆地，大好江南，要变做铜驼荆棘了。直呼下文。

且说东魏大丞相高欢，自邙山战后，按兵不动，休养了两三年。东魏主善见复改元武定。嗣闻柔然与西魏连兵，将来犯境，乃亟令高欢为备。欢仍执前策，决与柔然续行修好，遣行台郎中杜弼为使，北诣柔然，申议和亲，愿为世子澄求婚。澄已有妻有妾，还要求什么婚！头兵可汗道："高王若须自娶，愿将爱女遣嫁。"还要悖谬。杜弼归报高欢，欢年已五十，自思死多活少，不堪再偶柔然公主，因此犹豫未决。何必犹豫，将来替汝效劳，大有人在。事为娄妃所闻，遂白欢道："为国家计，不妨从权，王无庸多疑！"欢半晌才道："我娶番女，岂不要委屈贤妃？"娄妃道："国事为大，家事为轻，枉尺直寻，何惜一妾！"欢一笑而罢。已而世子澄与太傅尉景，俱劝欢迎纳柔然公主，欢乃使慕容俨为纳采使，迎女南来。

欢出迎下馆，但见柔然仆从，无论男女，统皆控骑而至，就是这位新嫁娘，亦坐下一匹红鬃马，身服行装，腰佩弓矢，落落大方，毫无羞涩态度。最后随着一位番官，也是雄赳赳的少年，与新嫁娘面庞相似。欢又惊又喜，问明慕容俨，乃知送亲的随员，便是女弟秃突佳。当下彼此接见，问讯已毕，始引还晋阳城。欢妾大尔朱氏等，也出城相迎，一拥而归。柔然公主素善骑射，在途见鹞鸟飞翔，便在佩囊中取出弓矢，一发即中，鹞随箭落。大尔朱氏亦不禁技痒，由从人手中取过了弓箭，亦斜射飞鸟，应弦而落。既有此技，何不前时射死高欢，为主复仇！欢大喜道："我得此二妇，并能击贼，岂非快事！"说着，便纵辔入城。

到了府舍，与柔然公主行结婚礼，娄妃果避出正室，令柔然公主安居。欢感激异常，寻至别室，得见娄妃，不由的五体投地，向妻拜谢。娄妃慌忙答礼，且笑且语道："男儿膝下有千金，奈何向妾下跪！况番国公主，有所察觉，反觉不美，王尽管自去，与新人作交颈欢，不必多来顾妾了！"欢乃起身去讫。是夕老夫少妻，共效于飞，不必絮述，惟大尔朱氏器量褊窄，未及娄妃的大度，她情愿出家为尼。欢特为建筑佛寺，俾她静修。

秃突佳传述父命，谓待见外孙，然后返国，因此留居晋阳。看官！试想这高欢年经半百，精力渐衰，况他是好酒渔色，宠妾盈庭，平时已耗尽脂膏，怎能枯杨生稊，一索得男！柔然公主望儿心急，每夕嬲欢不休，累得欢形容憔悴，疾病缠身。有时入宿射堂，暂期休养，偏秃突佳硬来逼迫，定要欢去陪伴乃姊，欢稍稍推诿，秃突佳即发恶言。可怜欢无从摆脱，没奈何往就公主，力疾从事，峨眉伐性，实觉难支。欢乃想出一法，只说要出攻西魏，督军经行。肉战不如兵战。

先是西魏并州刺史王思政居守恒农，兼镇玉壁，嗣受调为荆州刺史，举韦孝宽为代。孝宽莅任后，闻高欢率军西来，即至玉壁扼守。欢至玉壁城下，昼夜围攻，孝宽随机抵御，无懈可乘。城中无水，仰给汾河，欢堵住水道，并就城南筑起土山，拟乘高扒城。城上有二楼，孝宽缚木相接，高出土山，居上临下，使不得逞。欢愤语守兵道："虽尔缚楼至天，我自有法取尔。"因凿地为十道，穿入城中。孝宽四面掘堑，令战士屯守堑上，见有地道穿入，便塞柴投火，用皮排吹，地道变成火窟，掘地诸人，悉数焦烂。欢又改用攻车撞城，孝宽缝布为幔，悬空遮护，车不能坏。欢命兵士各执竹竿，上缚松麻，灌油加火，一面焚布，一面烧楼，孝宽用长钩钩竿，钩上有刃，得割松麻，竿仍无用。欢再穿地为二十道，中施梁柱，纵火延烧，柱折城崩。孝宽积木以待，见有崩陷，立即竖栅，欢军仍不得入。城外攻具已穷，城内守备，却还有余。孝宽更夜出奇兵，夺据土山。

欢知不能拔，乃使参军祖珽，呼孝宽道："君独守孤城，终难瓦全，不如早降为是！"孝宽厉声答道："我城池严固，兵多粮足，足支数年，且孝宽是关西男子，怎肯自作降将军！"珽复语守卒道："韦城主受彼荣禄，或当与城存亡，汝等军民，何苦随死？"守卒俱摇首不答。珽复射入赏格，谓能斩城主出降，拜太尉，封郡公，赏帛万匹。孝宽手题书背，返射城外，谓能斩高欢，准此赏格。欢苦攻至五十日，始终不能得手，士卒战死病死，约计七万人，共为一冢。大众多垂头丧气，欢亦旧病复作，入夜有大星坠欢营中，营兵大哗，乃解围引还。欢悉众攻一孤城，终不能下，所谓强弩之末，势不能穿鲁缟。

当时远近讹传，谓欢已被孝宽射死。西魏又申行敕令道："劲弩一发，凶身自殒。"欢也有所闻，勉坐厅上，引见诸贵。大司马斛律金为敕勒部人，欢使作敕勒歌，歌云："敕勒川，阴山下，天似穹庐，笼罩四野。天苍苍，野茫茫，风吹草低见牛羊。"斛律金为首倡，欢依声作和，语带呜咽，甚至泪下。死机已兆。自此病益沉重，好容易延过残冬，次年为武定五年，元旦日蚀，欢已不能起床，慨然叹道："日蚀恐应在我身，我死亦无恨了！"日蚀乃天道之常，干卿甚事！遂命次子高洋，往镇邺郡，召世子澄返晋阳。

澄入问父疾，欢嘱他后事，澄独以河南为忧。欢说道："汝非忧侯景叛乱么？"澄应声称是。欢又道："我已早为汝算定了，景在河南十四年，飞扬跋扈，只我尚能驾驭，汝等原不能制景，我死后，且秘不发丧，库狄干、斛律金，性皆道直，终不负汝。可朱浑元、刘丰生，远来投我，当无异心。韩轨少戆，不宜苛求。彭乐轻躁，应加防护。将来能敌侯景，只有慕容绍宗一人，我未尝授彼大官，特留以待汝，汝宜厚加殊礼，委彼经略，侯景虽狡，想亦无能为了。"说至此，喉中有痰壅起，喘不成声，好一歇始觉稍平，乃复嘱澄道："段孝先即段韶字。忠亮仁厚，智勇兼全，如有军旅大事，尽可与他商议，当不致误。"是夕遂殁，年五十二。

澄遵遗命，不发丧讣，但诡为欢书，召景诣晋阳。景右足偏短，骑射非长，独多谋算，诸将如高敖曹、彭乐等，皆为景所轻视。尝向欢陈请，愿得兵三万，横行天下，要须济江缚取萧衍老公，令作太平寺主，欢因使景统兵十万，专制河南。景又尝藐视高澄，私语司马子如道："高王尚在，我未敢有异心，若高王已没，却不愿与鲜卑小儿共事。"子如忙用手掩住景口，令勿多言。景复与欢约，谓自己握兵在外，须防诈谋，此后赐书，请加微点，欢从景言，书中必加点以作暗号。高澄却未知此约，作书召景，并不加点，景遂辞不就征。且密遣人至晋阳，侦欢病状。

旋接密报，晋阳事尽归高澄主持，料知欢必不起，乃决意叛去，通书西魏，愿举河南降附。西魏授景为太傅，领河南大行台，封上谷公。景遂诱执豫州刺史高元成，襄州刺史李密，广州刺史暴显等，潜遣兵士二百人，夜袭西兖州，被刺史邢子才探悉，一律掩获，因移檄东方诸州，各令严防。高澄即派司空韩轨，督兵讨景。

景恐关、陕一路，为轨所断，不如南向投梁，较无阻碍，乃遣郎中丁和，奉表至梁。内言臣景与高澄有隙，愿举函谷以东，瑕邱以西，如豫、广、颍、荆、襄、兖、南兖、济、东豫、洛阳、北荆、北扬等十三州内附，所有青、徐数州，但须折简，即可使服。齐、宋一平，徐事燕、赵，混一天下，便在此举云云。忽降西魏，忽附南朝，景之狡猾已可想见。

梁主衍接阅景表，因召群臣廷议，尚书仆射谢举进谏道："近来与东魏通和，边境无事，若纳彼叛臣，臣窃以为未可！"梁主怫然道："机会难得，怎得胶柱鼓瑟？"群臣多赞成举议，请勿纳景。独有一人鼓掌道："天与不取，反受其咎；况陛下吉梦征祥，臣曾料是混一的预兆，今言果验，奈何勿纳！"梁主亦欣然道："诚如卿言，朕所以拟纳侯景呢。"小子有诗叹道：

竖牛入梦叔孙亡，故事曾从经传详。
尽说春秋成答问，如何迷幻自招殃！梁武曾作春秋答问，见《梁书本纪》。

究竟梁主曾梦何事，与梁主详梦，及劝纳侯景，又为何人？俟小子下回再详。

贺琛上书言事，胪陈四则，未尝无理。梁主衍护短矜长，颁敕诘责，昏髦情形，已可概见。然读其敕文，犹令琛指实具陈，琛少振即馁，仍作寒蝉，主不明，则臣不能伸其直，于琛何尤焉！惟梁主信佛过甚，教子无方，琛上书时，亦未闻提及，舍本逐末，皮相虚谈，绳以国家大体，琛固未足知此也。高欢年已五十，尚娶蠕蠕公主，老犹渔色，不死何为？玉壁之围，五旬不下，虽由韦孝宽之善守，亦由高欢之精神不济，未能振作军心。将帅疲敝，而望士卒之振奋，不可得也。及归死晋阳，犹能智料侯景，以慕容绍宗为嘱，工心计于生前，贻智谋于身后，此其所以为乱世之雄也欤！

第五十八回

悍高澄殴禁东魏主
智慕容计擒萧渊明

却说梁主衍太清元年正月，曾得一梦，梦见中原牧守，并举地来降，盈庭称庆，醒寤后尚觉得意。诘旦召入中书舍人朱异，详述梦境，且语异道：“我平生少梦，若有梦必验。”异便即献谀道：“这便是宇内混一的预兆哩。”至是侯景来归，群臣皆主张拒绝，就中有一人反对，援梦相证，请即纳景，便是曲意迎合的朱舍人。是梁朝祸魁。

梁主听了异言，即优待来使丁和，令居客馆俟命。越宿复召异入语道：“我国家固若金瓯，无一伤缺，今忽受景地，倘自致纷纭，悔将无及！”异答道：“圣明御宇，南北归仰，今侯景来降，为北方的先导，若一见拒，反绝人望，愿陛下勿再疑！”仍是揣摩迎合。梁主乃授景为大将军，封河南王，都督河南北诸军事。令丁和赍敕还报，续遣司州刺史羊鸦仁，兖州刺史桓和，仁州刺史湛海珍等，发兵三万，同趋悬瓠，接应侯景。

平西将军咨议周弘正素善占候，数年前即语人道：“国家将有兵变。”及闻朝廷纳景，不禁长吁道：“乱阶在此了！”

东魏高澄已派韩轨督兵讨景，复恐诸州有变，自出巡抚，乘便入邺都谒主。东魏主善见特赐盛宴，澄酒酣起舞，欢跃异常，好似乃父未死时情状。及宴毕出宫，闻韩轨调兵未齐，不能遽发，因另遣将军元柱等率兵数万，往袭侯景。哪知景已有备，设伏待柱。柱等遇伏中计，大败而还。景因梁军未至，亦退保颍川。

既而韩轨督军趋集，围颍川城，景见他兵势甚盛，阴有畏心，再遣使至西魏求救，愿割东荆、北兖、鲁阳、长社四城为赂。西魏尚书仆射于谨道：“景奸诈难测，不必遣兵。”荆州刺史王思政谓不若乘机进取，乃率荆州兵万余人，出鲁阳关，向阳翟进发。

宇文泰时镇华州，承制加景大将军，兼尚书令，遣太尉李弼，仪同三司赵贵，率兵万人，援颍川。韩轨闻西魏军至，引兵还邺。

景又因通款西魏，恐被梁主诘责，特遣参军柳昕，上表朝廷，只说是王师未至，不得不乞援西魏，暂救目前。一面欲诱执李弼、赵贵，讨好梁廷。赵贵正虑景有诈，不愿见景，且闻东魏退兵，乐得与弼引归。惟王思政带兵入颍川，景畏他兵盛，不敢生谋，惟托词略地，出屯悬瓠，向西魏乞师。宇文泰再调同轨戍将韦法保等，往助侯景，且令召景入朝。景待遇法保，佯表谦恭，法保长史裴宽，密白法保道："景外示隆礼，内实藏奸，宽料他必不入关，公能设伏杀景，最为上策，否则当时时防备，愿勿信他诳诱，自贻后悔！"法保遂不敢信景，亦不敢图景，竟辞别还镇。王思政亦料景多诈，分布诸军，据景州镇。景乃决意归梁，致书报宇文泰道："我耻与高澄雁行，怎能比肩大弟！"泰乃召还前后所遣各军，示与景绝，且将授景各职，移给王思政。思政固辞，经泰再四敦谕，但受都督河南军事职衔。

梁司州刺史羊鸦仁，得引兵入悬瓠城，梁主命改悬瓠为豫州，寿春为南豫州，合肥为司州，即授鸦仁为司、豫二州刺史，镇守悬瓠。西阳太守羊思达为殷州刺史，镇守项城。

已而梁廷下诏，大举伐东魏，拟选鄱阳王萧范为元帅。范即恢子，系梁主侄。朱异忌范英武，忙入阻道："鄱阳王雄豪盖世，颇得人死力，但所至残暴。恐未足吊民。"梁主踌躇良久，乃答说道："会理何如？"异对道："陛下得人了！"适贞阳侯萧渊明，亦上表请行，乃遣渊明、会理两人，分督诸将，陆续北赴。渊明系梁主兄懿子，本无将略，会理为梁主孙，即南康王绩子，袭封王爵，庸懦骄倨，在途常不礼渊明。渊明致书朱异，请调还会理，异乃申请召还。梁主溺爱儿孙，故不察智愚，一味乱用。时当盛夏，天气酷暑，军士不便就道，只好徐徐进行，所以沿途逗留，缓期出境。盛暑行军，并非赴急，这也是违悖天道。

东魏高澄自邺下还晋阳，方为父欢发丧。东魏主举哀东堂，追赠欢为相国，进爵齐王，备九锡殊礼，谥曰献武。且亲临送葬，命高澄为大丞相，都督中外诸军，录尚书事，袭爵勃海王，澄表辞大丞相职衔，有诏依议。澄弟洋为哀畿大都督，仍至邺都辅政。柔然世子秃突佳，尚在晋阳，因高欢已殁，始欲还国。澄因柔然公主适在盛年，不愿令她守寡，意欲替父效劳。好在柔然国俗，子妻后母，数见不鲜，他即援以为例，与秃突佳面商。秃突佳转告乃姊，乃姊入偶高欢，虽已逾年，历时不过数月，正在懊恨得很，蓦闻此信，倒也忧喜兼并。况澄年才逾冠，又生得仪表雄伟，弓马精通，与公主是一对佳偶，移花接木，乐得随缘，便即应允下去。秃突佳转告高澄，澄喜如所愿，便即趋入正室，与公主略迹表情，两下里同会巫山，男贪女爱，不问可知。

后来产了一女，毋庸细表。这也可谓之世袭。惟秃突佳急欲北还，由澄厚赠赆仪，出城饯别，自回柔然去了。了过秃突佳，并了过蠕蠕公主。

那东魏主善见，多力善射，又好文学，时人谓有孝文风烈。高欢在日，尚敬事善见，事无大小，必先上闻，可否听命。有时入朝侍宴，亦必俯伏上寿，或随主行香，执炉步从，鞠躬屏气，承望颜色。所以群下奉主，莫敢不恭。及澄既当国，与乃父大不相同，尝使黄门侍郎崔季舒，伺察深宫动静。善见未免不平，一经季舒报告，澄顿时怒起，立驰入邺，愤愤上朝。善见看他满面怒容，料知他怀恨在胸，只好盛筵相待。澄斟着大觞，强主饮尽，善见辞不能饮，澄勃然道："臣澄劝陛下酒，陛下如何却臣？"善见忍耐不住，拂袖起座道："从古无不亡的国家，朕连饮酒都不能自主，何用求生？"澄亦怒叱道："朕、朕！狗脚朕！"随呼季舒道："可殴他三拳！"亏他说出。季舒恃澄威势，竟举拳相饷，连击三下，澄乃趋出。

越日复遣季舒入谢，善见亦只好优容，反赐季舒绢百匹。真是买打。及季舒退后，随口咏谢灵运诗道："韩亡子房奋，秦帝鲁连耻，本自江海人，忠义动君子！"侍讲荀济闻诗知意，乃与祠部郎中元瑾，华山王大器，淮南王宣洪，济北王徽等，谋诛高澄。诈称在宫中作土山，隐开地道，通至北城千秋门，达澄寓所，拟募勇士从地道刺澄。计亦太愚。

偏门吏日夕巡逻，听得地下有发掘声，忙向澄报闻。澄使人掘视，下面有地道通入宫中，越气得神色咆哮。当下勒兵入宫，见了主子善见，竟不行礼，昂然就座，怒目视主道："陛下何意欲反？"善见听了，也觉无名火高起三丈，骤声答道："从古只闻臣反君，未闻君反臣，王自欲反，奈何责我！"澄又道："臣父子功存社稷，何负陛下！陛下想亦不欲害臣，或系左右嫔妃等从中谗构，所以致此。"善见复答道："我不害王，王亦必害我，我身且不能顾，何惜妃嫔，必欲弑逆，迟速惟王！"口齿亦健。澄觉得语言太重，乃下座叩头，号泣谢罪。善见不得已扶他起坐，亦勉强慰谕，更设席与宴。澄借酒浇闷，饮至酣醉，夜久始出。

越日使人追究地道情事，知由荀济等所为，乃捕济等付有司。济少居江东，博学能文，与梁主衍为布衣旧交，梁主篡齐，济心不服，常语人道："我若得志，当就盾鼻上磨墨草檄。"梁主闻言，很觉不平。嗣后上书规谏，以信佛筑寺为戒，词多激切。梁主怒不可遏，便欲斩济。舍人朱异令济逃生，济因奔往东魏。高欢颇加爱重，但虑他锋芒太露，不加大任。及高澄入邺辅政，欲用济为侍讲，欢叹道："我欲全济，故不用济。"澄固请乃许。至此谋泄被捕，侍中杨遵彦问济道："荀侍讲年力已衰，何苦乃尔！"济答辩道："正因年纪衰颓，功名不立，所以上挟天子，下诛权臣！"澄颇追忆父言，欲宥济死，特亲加审讯道："荀公，汝何为造反？"济抗声道："奉诏诛高澄，怎得谓反！”澄当然加怒，立命就烹。有司见济老病，用鹿车载至东市，纵火焚死，余如华山王大器以下，一并被焚，遂将东魏主善见软禁含章堂，派心腹人临守，限制出入。咨议温子升方为高欢作碑文，澄疑他与济通谋，俟碑文告成，即牵往晋阳，饿毙狱中，弃尸道旁，籍没家口。澄也自归晋阳。

适值彭城急报，杂沓前来，略言梁军来攻，请速发援兵，澄乃遣大都督高岳，往救彭城。拟令金门郡公潘乐为副，行台丞陈元康道："乐才不如慕容绍宗，况系先王遗命，何不遵行！”澄因命绍宗为东南道行台，与乐偕行。侯景在悬瓠治兵，方拟进攻谯城，闻绍宗督军南来，叩鞍有惧色，且惶然道："谁教鲜卑儿，使绍宗来？难道高王尚未死么？”死高欢能料生侯景。遂遣人至萧渊明军，请勿轻视绍宗，如或得胜，逐北切勿过二里。

渊明在途数月，始抵彭城，梁廷复遣侍中羊侃，赍敕示渊明，令就泗水筑堰，截流灌城，俟得城后，再进军与侯景相应。渊明乃驻军寒山，距彭城约十八里，令羊侃监工筑堰，两旬告成。侃劝渊明乘水进攻，渊明正在狐疑，适接侯景来书，心下更忐忑不定。俄有探骑来报，慕容绍宗已率众十万，至槖驼岘，来援彭城了。羊侃在旁进言道："敌军远来，不免劳乏，请急击勿失！”渊明不答。翌晨又劝渊明出战，仍然不从。侃知渊明必败，索性自率一军，出屯堰上。

又越日，绍宗率众进逼，自引前驱万人，攻梁左营。营将为潼州刺史郭凤，急忙抵御，矢如雨集，渊明正饮酒过醉，卧不能起，帐下叠报左营受敌，尚是鼾睡无闻。糊涂虫。好容易把他唤醒，他才发出军令，叫诸将出救郭凤，诸将皆不敢发。独北兖州刺史胡贵孙鼓勇出营，往扑东魏军，劲气直达，所向无前，斩首二百级。绍宗见来军轻悍，麾众使退。当有探卒报知渊明。渊明闻贵孙得胜，顿时胆大起来，便上马督军，驰往战场。望将过去，果然东魏军弃甲曳兵，向北乱窜，一时情急徼功，竟把侯景书中要语，撇诸脑后，并力追赶。约追了三五里，不意后面有敌兵杀到，冲散梁军，前面又由绍宗麾兵杀转，首尾夹攻。梁军本无斗志，不过乘兴前来，蓦见前后皆敌，统吓得东逃西窜，抱头狂奔。渊明亦叫苦不迭，策马乱撞，被东魏兵围裹拢来，你牵我扯，把他硬拖下马，活擒了去。胡贵孙也杀得力疲，身中数创，也被擒住，他将被虏，不可胜计，丧失士卒数万名。惟羊侃结阵徐退，不失一人。看官不必细问，便可知渊明各军，是陷入绍宗的诱敌计了！找足一笔。

梁主衍方昼寝殿中，由宦官张僧胤入报，谓朱异有急事启闻。梁主慌忙起床，出殿见异，异才说出寒山失律四字，惊得梁主身子发幌，几乎堕落座下。老头儿禁不起吓了。僧胤急从旁扶住，方叹息道："我莫非再为晋家么？”异亦嘿然而退。已而复闻潼州失守，郭凤遁归，嗣见风声鹤唳，触处生惊，忽又传到东魏檄文。略云：

皇家垂统，光配彼天，惟彼吴越，独阻声教，元首怀止戈之心，上宰薄兵车之命，遂解縶南冠，谕以好睦，虽嘉谋长算，爱自我始，罢战息民，彼获甚利。侯景竖子，自生猜贰，远托关陇，凭依奸伪，逆主定君臣之分，伪相结兄弟之亲，岂曰无恩，终成难养。俄而易虑，亲寻干戈，衅暴恶盈，侧首无托，以金陵逋逃之薮，江南流寓之地，甘辞卑礼，委贽图存，诡言浮说，抑可知矣。而伪朝大小，幸灾忘义，主荒于上，臣蔽于下，连结奸恶，断绝邻好，征兵保境，纵盗侵国。盖物无定方，事无定势，或乘利而受害，或因得而更失，是以吴侵齐境，遂得勾践之师，赵纳韩地，终有长平之役。矧乃鞭挞疲民，侵轶徐部，筑垒壅川，舍舟徼利，是以援枹秉麾之将，拔巨投石之士，含怒作色，如赴私仇。彼连营拥众，依山傍水，举螳螂之斧，被蛣蜣之甲，当穷辙以待轮，坐积薪而候燎。及锋刃暂交，埃尘且接，已亡戟弃戈，土崩瓦解，掬指舟中，衿甲鼓下，同宗异姓，缧绁相望，曲直既殊，强弱不等。获一人而失一国，见黄雀而忘深阱，智者所不为，仁者所不向，诚既往之难逮，犹将来之可追。侯景以鄙俚之夫，遭风云之会，位班三事，邑启万家，揣身量分，久当止足；而周章向背，离披不已，夫岂徒然，意亦可见。彼乃授之以利器，诲之以慢藏，使其势得容奸，时堪乘便。今见南风不竞，天亡有征，老贼奸谋，将复作矣。然御坚强者难为功，摧枯朽者易为力，窃计江南军帅，虽非孙吴猛将，燕赵精兵，犹是久涉行阵，曾习军旅，岂同剽轻之师，不比危脆之众，拒此则作气不足，攻彼则为势有余。若及此不图，以恶为善，终恐尾大于身，踵粗于股，倔强不掉，狠戾难驯。呼之则反速而衅小，不征则叛迟而祸大。会应遥望廷尉，不肯为臣，自据淮南，亦欲称帝，但恐楚国亡猿，祸延林木。城门失火，殃及池鱼，横使江淮士子，荆扬人物，死亡矢石之下，夭折雾露之中。彼梁主操行无闻，轻险有素，射雀论功，荡舟称力，年既老矣，耄又及之，政散民流，礼崩乐坏，加以用舍乖方，废立失所，矫情动俗，饰智惊愚，毒螫满怀，妄敦戒素，躁竞盈胸，谬治清净，灾异降于上，怨讟兴于下，人人厌苦，家家思乱。履霜有渐，坚冰且至，传险躁之风俗，任轻薄之子孙，朋党路开，兵权在外，必将祸生骨肉，衅起腹心，强弩冲城，长戈指阙。徒探雀鷇，无救府藏之虚，空请熊蹯，讵延晷刻之命？外崩中溃，今实其时，鹬蚌相持，我乘其敝。方使精骑追风，精甲辉日，四七并列，百万为群，以转石之形，为破竹之势，当使钟山渡江，青盖入洛，荆棘生于建业之宫，麋鹿游于姑苏之馆。但恐革车之所轔轹，剑骑之所蹂践，杞梓于焉倾折，竹箭以此摧残。若吴之王孙，蜀之公子，归款军门，委命下吏，当即授客卿之秩，特加骠骑之号。凡百君子，勉

求多福，檄到如约，决不食言！

这篇檄文，系是东魏军司杜弼手笔，后来梁室祸败，多如弼言。怎奈梁主不悟，反因渊明被擒，愈欲倚重侯景。景遣行台左丞王伟，驰赴建康，奏称东魏主为高澄所幽，元氏子弟，多避难南朝，请择立一人为主，镇抚河北云云。梁主令太子舍人元贞为咸阳王，拨兵护送，使还北方。贞系魏咸阳王元禧孙，梁降王元树子，树被东魏擒戮，贞留梁为太子舍人，至是由梁主诏敕，许他渡江即位，称为魏主。

那东魏将慕容绍宗已乘胜进攻侯景，景退保涡阳。绍宗长驱而进，与景交锋，景令部众被短甲，执短刀，驰入绍宗阵内，但斫人胫马足，不少仰视，东魏军纷纷倒地，连绍宗坐下的马足，也被砍断，把绍宗掀落马下。亏得绍宗身材伶俐，急忙跳起，方得易马返奔。东魏仪同三司刘丰生也受伤遁去。显州刺史张遵业，为景所擒。

绍宗等奔回谯城，裨将斛律光、张恃显等因绍宗失律至败，互生讥议。绍宗道：“我曾经百战，未见如侯景狡悍，汝等不服，尽可再试；看汝胜负何如！”光与恃显，乃引军再攻侯景，到了涡水，被侯景一阵乱射，恃显落马被擒，光狼狈走还。绍宗微哂道：“今果如何！怎得咎我！”光惶恐谢罪。越日恃显由侯景纵还，再约与绍宗决战。绍宗下令各军，不准妄动，深沟固垒，为持久计。这一着却是抵制侯景的上计。小子有诗叹道：

善战何如用善谋，凭城固垒且深沟。
跛奴纵有兼人技，末着终还逊一筹。

侯景与绍宗相持数月，粮食将尽，不能再持，绍宗乃下令出兵，突击侯景。欲知战时情状，待至下回表明。

语有之：其父行劫，其子必且杀人。高欢逐君为逆，改立少主，而每事上闻，恪恭将事者，岂果真心出此，毋乃由缘饰虚文，掩人耳目欤？及其子高澄当国，敢殴君主，且从而幽禁之，彼直视主上如犬马，而尚有下座叩头，号泣谢罪之伪态，狡黠如父，而凶悍过于父，是非所谓父行劫，子且杀人耶！高欢能防景于身后，而梁主衍不能察景于生前。杜弼谓年既老矣，髦又及之，正不啻一梁主写照。且误用从子渊明，自覆全军，昏耄之征，一至于此，无怪其终困死台城也。

第五十九回

纵叛贼朱异误国
却强寇羊侃守城

却说慕容绍宗固守谯城，自冬经春，未尝出战。是年为梁太清二年，东魏武定六年。侯景求战不得，攻城又不克，营中粮食将尽，正在愁烦。忽报城中发出铁骑五千，由绍宗亲自督领，前来攻营。景急上马出寨，见敌骑甚是踊跃，士饱马腾，勇气百倍，不由的畏忌起来。旁顾部众，亦俱带惧容，他即想了一计，出言诳众道："汝等家属，已为高澄所杀，若要报仇，全仗此战。"部众不禁切齿，向敌大呼道："可恨高澄！歼我父母妻孥，我等当与汝拼命！"慕容绍宗听得此言，急从马上立着，遥应景军道："汝等休信跛奴诳言，现在汝等家属，并皆完好，若去逆归顺，官勋如旧！"景众尚未肯信，绍宗免冠散发，向北斗设誓。于是景众信为真情，一声呐喊，哄然散去。景将暴显等统挈领部曲，奔降绍宗。侯景自知不佳，忙招众退还，偏众情已经北向，多半掉头不顾，那绍宗又麾骑杀来。此时穷极无法，惟有向南逃走。好容易渡过涡水，手下已经散尽，只剩得心腹数人，自硖石渡淮。散卒稍集，得步骑八百人，昼夜兼行，闻后面尚有追兵，乃遣人走语绍宗道："景欲就擒，公尚有何用？"绍宗乃收军不追。这是绍宗误处，然若景得受擒，梁亦何致遽乱。景奔至寿春，监南豫州事韦黯闭城不纳。景遣寿阳人徐思玉入城说黯，黯乃开门迎景。景入据寿春，上表告败，自求贬削。梁廷闻景败耗，未知确实消息，或云景与将士尽没，上下皆以为忧。时何敬容起为太子詹事，入侍东宫，太子纲语敬容道："侯景生死未卜，近有人传说，谓景已得免。"敬容道："量若遂死，还是朝廷幸福。"太子惊问原因？敬容道："景反复叛臣，终当乱国。"太子尚将信将疑，嗣由梁主接得景表，喜景未死，即命景为南豫州牧，本官如故。光禄大夫萧介上书切谏道：

窃闻侯景以涡阳败绩，只马归命。陛下不悔前祸，复敕容纳。臣闻凶人之性不移，天下之恶一也。昔吕布杀丁原以事董卓，终诛董而为贼，刘牢反王恭以归晋，还背晋以构妖。何者？狼子野心，终无驯狎之性，养虎之喻，必见饥噬之祸。侯景以凶狡之才，荷高欢卵翼之遇，位忝右司，任居方伯，然而高欢坟土未干，即遭反噬，逆力不逮，乃复逃死关西，宇文不容，故复投身于我陛下。前者所以不逆细流，正欲比属国降胡以讨匈奴，冀获一战之效耳。属国汉官名，疑指汉班超事。**今既亡师失地，直是境上之匹夫。陛下爱匹夫而弃与国，臣窃不取也！若国家犹待其更鸣之晨，岁暮之效，臣窃思侯景必非岁暮之臣，弃乡国如脱屣，背君亲如遗芥，岂知远慕圣德，为江淮之纯臣乎？事迹显然，无可致惑。臣老朽疾侵，不应干预朝政；但楚囊将死，有城郢之忠，卫鱼临亡，亦有尸谏之道。臣忝为宗室遗老，不敢不言，惟陛下垂察！**

梁主阅书，恰也叹为忠言，但终不能用。那豫州刺史羊鸦仁，闻景军败溃，弃悬瓠城，走还义阳，殷州刺史羊思迁亦弃项城走还，河南诸州又尽入东魏。梁主衍怒责鸦仁等，鸦仁乃启申后期，屯军淮上。何不责景？

东魏大将军高澄既复河西，乃遣书梁廷，复求通好，一面优待萧渊明，和颜与语道："先王与梁主和好，已十余年，今一朝失信，致此纷扰，料非梁主本心，当是侯景煽动所致。卿可遣人启闻。若梁主不忘旧好，我岂敢违先王遗意？所有俘虏诸人，并即遣归；就是侯景家属，亦当同遣。"言甘必苦。渊明大喜，立遣从人奉启梁廷，备述澄言。梁主衍前得澄书，尚不欲许和，及得渊明奏启，即召群臣商议。朱异首先开口道："静寇息民，不若许和。"又是他来迎合。御史中丞张绾等亦随声附和。独司农卿傅岐道："高澄方得胜仗，何必求和？这无非是反间计，欲令侯景自疑，景意不安，必图祸乱，他好从中取利呢！"数语喝破。偏朱异等固请宜和，梁主亦厌用兵，乃赐渊明书，令来使夏侯僧辩赍还。

僧辩还过寿阳，为侯景所遮留，索书启视，内云高大将军既待汝不薄，当别遣行人，重修睦谊云云。景不免懊怅，虽然遣去僧辩，心下很是不欢，遂上梁主书道："高澄忌贾在狄，恶会在秦，春秋晋灵公时，贾季奔狄，士会奔秦，晋人患之。求盟请和，欲除彼患，若臣死有益，万殒无辞，惟恐千载，有秽良史。"又致书朱异，并赂金三百两，托他挽回。异将金收纳，所有景上梁主书，却阻使不通。好一个贪利法门。

梁主遣使赴晋阳，吊高欢丧，并与澄申议和约。侯景又上书道："臣与高氏衅隙已深，仰凭威灵，期雪仇耻，今陛下复与高氏连和，使臣何地自处？乞申后战，宣扬皇威。”梁主复谕道：“朕与公大义已定，岂有忽纳忽弃的道理？今高氏有使求和，朕亦更思偃武，所以暂与修好，公但宁静自居，不劳多虑。”景更申请战期，梁主仍把前言敷衍，叫他不必渎陈。景乃诈为邺中书，求以贞阳侯易景。梁主不知真伪，即欲答允，司农卿傅岐已升任中书舍人，朱异兼官中领军，两人入朝计事。傅岐道：“侯景因穷来归，既已收纳，不必再弃；况景系百战余生，难道肯束手受缚么？”异独抗声道：“景战败势蹙，但教一使传诏，便好就絷了。”谚谓得人钱财，替人消灾，异贪而且凶，令人发指！梁主竟用异言，复书有贞阳旦至，侯景夕返二语。景得复报，出书示左右道：“我原知吴老公是薄心肠呢。”

从前侯景归梁，曾由行台左丞王伟献议，此次伟复进言道：“今坐听亦死，举大事亦死，惟王裁察！”景始为反计，编寿春居民为兵，百姓子女，悉令配给将士，且屡向梁廷需索，并因妻孥陷没东魏，求与王、谢二家结婚。梁主复答道：“王、谢门高，不便择配，可就朱、张以下，访求佳偶。”景闻言生恨道：“会当使吴儿女配奴。”又表求锦万匹，为军人制袍，异但给以青布，景益愤愤。梁廷又遣建康令谢挺，散骑常侍徐陵，往聘东魏。景得知消息，反谋益甚。

咸阳王元贞见景有异志，累请还朝。景与语道：“河北事虽不能成，江南在我掌握，何不忍耐一二年？”贞闻言益惧，逃回建康，据实上闻。梁主但命贞为始兴内史，并不问景。

时临贺王萧正德，履历见前文。得任左卫将军，贪暴日甚，阴聚死士，潜谋不轨。正德前曾奔魏，与侯景有一面交，且与徐思玉素有交谊。景令思玉为司马，使他往见正德，赍笺以进，略言天子年尊，奸臣乱国，大王位当储贰，中被废黜，海内俱代为不平。景虽不敏，实思自效，愿王允副苍生，鉴景诚款云云。正德大喜，立写复书，令思玉带还。景启书审视，内云朝廷事如公所言，仆亦存心多日，志与公同。今仆为内应，公作外援，何事不济？事贵从速，幸勿缓图！癞虾蟆想吃天鹅肉了。景遂部署兵马，指日发难。

鄱阳王萧范，即恢子，系梁主侄。方为合州刺史，居守合肥，已知景谋，密遣人报达梁廷。梁主也觉动疑，偏朱异谓景众皆散，必无反理。还要误人。梁主乃报范道：“景孤危寄命，譬如婴儿仰人乳哺，何能为反？汝且勿忧。”范又上书道：“不早翦扑，祸及君臣，朝廷若不欲发兵，臣范愿自率部众，往讨侯景。”梁主仍然不许，朱异且语范使道：“鄱阳王太属多心，难道不许朝廷容纳一客么？”范得去使返报，大为愤闷。再请黜异讨景，均被异阻住，匿不上闻。

既而羊鸦仁执送景使，谓景邀臣同反，所以执使献阙，请朝廷从速预防。异反嚣然道：“景手下只数百人，有何能为？”竟将景使释还。景益无忌惮，遂举兵叛梁，也公然移檄四方，但言中领军朱异，少府卿徐驎，太子右卫率陆验，制局监周石珍，蟠踞宫廷，荧惑主聪，所以兴师入朝，志清君侧云云。原来驎、验、石珍，并奸佞骄贪，为世所嫉，号为三蠹，故景托词除奸，耸动众听。当下出攻马头，执住戍将曹璆等。警报飞达梁廷，梁主反拈须笑道："景何能为？我一折箠，便足笞景了！"谈何容易！遂命合州刺史鄱阳王范为南道都督，北徐州刺史封山侯萧正表为北道都督，司州刺史柳仲礼为西道都督，散骑常侍裴之高为东道都督，特简侍中邵陵王纶为统帅，持节督军，会讨侯景。另悬赏格，谓斩景立功，得封三千户公，除授州刺史。

景闻台军已发，更向王伟问计，伟答道："邵陵若至，彼众我寡，必为所困，不如决志东向，直掩建康，临贺内应，大王外攻，天下可立定了！兵贵神速，请即进兵！"景乃留外弟王显贵守寿阳，佯称游猎，径袭谯州。助防董绍开城出降，刺史萧泰竟为所获。泰系范弟，贪虐百姓，所以人无斗志，遇寇即降。转攻历阳，太守庄铁，复举城降景，劝景速趋建康。景即命铁为前导。引兵临江，江上镇戍，连番报警。尚书羊侃，入朝献策，请急发二千人往据采石，截住贼景。一面遣邵陵王袭取寿阳，使景进退无路，方可就擒。却是要着。朱异又出阻道："景必不渡江，何必发兵！"朱异昏愦，梁主何亦如此糊涂！侃出叹道："这遭要败事了！"梁主再授临贺王正德为平北将军，都督京师诸军事，出屯丹阳郡。正德遣大船数十艘，诈称载荻，实是装运粮械，接济侯景。景大喜道："我得济事了！"遂从横江渡采石，部下不过八千人，马止数百匹，分兵袭入姑熟，直趋慈湖。

羊侃（495—549），字祖忻，南朝梁泰山梁父（今山东泰安东南）人。魏孝明帝末，任泰山太守。后反魏降梁。大通三年（529年），至建康（今江苏南京），历官徐州刺史、侍中、都官尚书。侯景之乱时，他固守京城，景不能破，苦战中病死。

梁廷闻侯景渡江，统惊惶的了不得，太子纲戎服入觐，禀受方略。梁主支吾道："这是汝事，何必更问！今将内外军一概付汝，汝可便宜行事！"大事已去，乃一概推与儿子，真变作萧娘了。太子乃出留中书省，指挥军事，命扬州刺史宣城王大器，系太子纲子。都督城内诸军事，尚书羊侃为副，分派各将士守城，敛集各寺库公藏钱，聚置德阳堂，充作军需。何奈人情惶骇，莫肯应募，再加临贺王正德叛情，自梁主以下，无一察悉，反令他屯守朱雀门。这朱雀门是建康要户，乃使叛党把守，还有什么好处？

侯景到了板桥，尚未知都城虚实，特派徐思玉入都，求见梁主。梁主当即召见，思玉入朝俯伏，诈称背景，请间白事。梁主命左右退去，舍人高善宝在旁，大声叱道：“思玉方从贼中来，情伪难测，怎可使他独在殿上？”朱异侍坐道：“徐思玉岂是刺客么？”还似做梦。梁主闻善宝言，却也迟疑，善宝令思玉直陈无隐。思玉乃出景奏启，内言异等弄权，臣景愿带甲入朝，肃清君侧。梁主阅毕，递示朱异，异且览且惭，赧然不答。

梁主乃遣中书舍人贺季，主书郭宝亮，随思玉赴景营，宣敕慰抚，景还算北面受敕。季问景道：“今日此举，究属何名？”景直答道：“无非想作皇帝呢！”直捷得妙。王伟趋进道：“朱异等乱政，所以兴师除奸，皇帝一语，尚是戏言。”景复道：“萧老公可做皇帝，难道我不配做皇帝么？”说着，即将贺季拘住，但令宝亮还报。

是时梁主建国，已四十七年，境内无事，公卿士大夫罕见甲兵，宿将又俱凋谢，后进少年多在边戍，或随邵陵王军前。全仗羊侃一人，指挥军旅，威爱两施，都下还勉强支住。景率众至朱雀桁南，正德已与密通音问。东宫学士庾信，率宫中文武三千余人，立营桁北，拟开桁冲击，借挫贼锋，正德不从。俄而景众大至，信始开桁迎敌，甫出一舶，见景军俱戴铁面，不禁骇退。信方含甘蔗，突有一飞矢射来，拂过信手，将蔗撞落。信亦魂胆飞扬，弃军遁还。正德遂派游军沈子睦，开桁渡景，正德率众出迎，至张侯桥相遇。马上交揖，并辔入朱雀门。景望阙下拜，佯作欷歔。先是童谣有云：“青丝白马寿阳来。”景欲应谣，特跨白马，用青丝为辔，乘胜犯阙。

都中汹惧异常，羊侃诈称得邵陵王书，揭示大众，谓已与西昌侯萧渊藻引兵入援，众心少安。惟石头白下石头城俱戍，已皆奔散。景得进围台城，鸣鼓吹角，喧声动地，纵火毁大司马东西华诸门，羊侃亲自督守，使凿门上为窍，喷水灭火。太子纲亦自捧银鞍，赏赐将士，将士始奋，逾城洒水，火才得灭。景又令众执长柄大斧，奋斫东掖门，羊侃又令凿门为孔，用槊戳出，刺死二人，景众乃退。景党宋子仙入据东宫，掠得东宫妓数百人，分给军士。范桃棒入据同泰寺，寺中蓄积被掠一空。景复作木驴数百攻城，城上投下大石，木驴多碎。景更作尖顶木驴，石不能破。侃使作雉尾炬，灌渍膏油，且燃且掷，尖驴又被焚尽。既而景又作登城车，高约十余丈，欲临射城中，侃笑说道：“车高堑虚，彼来必倒，但教安坐看他啰！”及敌车推至堑中，果然尽覆。景屡次失败，乃但筑长围，断绝内外。又射入启文：请诛朱异等人。侃亦射出赏格，购募景首。

两下里相持数日，朱异请出兵击贼，梁主召问羊侃，侃答言不可。异一再固请，总是他来作梗。竟使千余人出战，侃子鷟亦执殳从军。景麾众来争，城中兵未及交锋，已先吓退。鷟单骑断后，因被捉去，景令推鷟至城下，招侃出降。侃愤然道：“我倾宗报主，犹恨不足，岂顾一子，生杀任便！”景乃将鷟牵归。越数日又复牵来，侃语鷟道：“我道汝已早死，哪知汝尚在世么？”说着，即引弓注射。景忙令牵鷟回营，因乃父忠义可风，倒也不敢杀他，留住营中。

太清二年十一月，景奉正德为帝，刑白马为盟，就太极殿前，祭祀蚩尤，正德被服衮冕，在仪贤堂登位，景率众朝谒，齐呼万岁。正德也下伪诏，略言普通以来，奸邪乱政，主上久病，社稷将危，河南王景释位来朝，猥奉朕躬，绍兹宝位，可大赦改元正平，立世子见理为皇太子，授景为丞相，以女妻景。并出私家宝货，悉助军资。

景立营阙前，护卫正德，实是监守。分兵二千人攻东府，三日乃克。杀死守将南浦侯萧推，且诈言梁主已死，令官民改奉新帝正朔。都中得此讹传，也觉疑信参半，太子纲请梁主巡城，梁主亲御大司马门，城上闻警跸声，并鼓噪流涕，于是谣言始息。

南津校尉江子一，当侯景济江时，曾率舟师拒景，舟师皆溃。子一奔还，梁主面责子一，子一拜谢道："臣以身许国，常恐不得死所，今所部皆弃臣遁去，臣只一人，怎能击贼！若贼敢犯阙，臣誓当碎首报君，自赎前罪！"梁主乃赦罪不问。至是与弟左丞子四，东宫主帅子五，领百余人出城，直抵景营。景发兵围攻，子一引槊四刺，杀贼数十人，贼众攒集，斫断子一左肩，乃倒毙地上。子四中槊，洞胸而死。子五伤股驰还，方至堑上，一恸径绝。小子有诗赞道：

舍身报国赎前愆，战死疆场剧可怜！

兄弟三人同毕命，义碑好把姓名镌。

侯景围都城月余，城中日望外援，忽有临川太守陈昕夜缒入城。究竟为着何事？待至下回再叙。

劝纳侯景者为朱异，激叛侯景者亦朱异，纵容侯景者又为朱异，吾不知朱异何心，必欲覆梁？并不知梁主何心，必欲信异？景之智力，并无大过人处，渡江时众不满万，设用萧范、羊侃之言，俱足制贼。叛王正德，前已奔魏，心术之坏，不问可知，废黜不用，绝景内线，景亦不至遽敢犯阙。乃一误再误，既不逆击叛首，反且委任叛党。梁主固昏耄无知，太子纲亦一庸才耳。古人有言：小人之使为国家，菑害并至，虽有善者，亦无如何。观羊侃之纳谋不用，又复率众守城，随宜却贼，实一梁朝社稷臣，然硕果仅存，内外无继，一善士其如梁何哉！

第六十回

援建康韦粲捐躯
陷台城梁武中计

却说临川太守陈昕，前曾出戍采石，为景所擒，景囚诸帐下，令党徒范桃棒监守。昕诱劝桃棒归梁，使率所部袭杀王伟、宋子仙等，桃棒颇也动心，纵昕出囚，令他缒城入报，愿为外援。梁主大喜，敕镌银券赐桃棒，俟侯景平定，即封桃棒为河南王。独太子纲疑他有诈，不肯轻信。小心过甚，亦觉误事。昕出城还报桃棒，桃棒又使昕入启，请开城纳降。太子纲终以为疑，不肯开门。俄而桃棒事泄，为景所杀。昕尚未知桃棒遇害，仍出城赴侯景营，景把昕拘住，逼令射书城中，诈称桃棒来降，好乘势入城。昕不肯从，反痛詈侯景，也被杀死。不没昕忠。

景乃射书入城，招降罪奴。朱异家有奴仆，缒城降景，景即授他仪同三司，奴乘良马，着锦袍，往来城下，且行且诟道："朱异，朱异，汝做官至四五十年，才得一中领军，我方降侯王，便已仪同三司了。"于是群奴陆续偷出，趋降景营，共计千数。景一一厚抚，配入军伍。奴隶何知忠义，统皆感激私恩，愿为效死。

景初至建康，军令颇严，不许侵扰，及攻城不下，人心渐散，仰食石头，常平诸仓，又将告罄，不得已纵兵掠民，无论金帛菽粟，并尽情劫夺。百姓流离荡析，无从得食，甚至升米万钱，多半饿死沟壑。正德太子见理镇守东府，素性贪险，夜与群盗出掠大桁，中矢竟死。

梁荆州刺史湘东王绎移檄湘州刺史河东王誉，雍州刺史岳阳王詧，江州刺史当阳公大心，大器弟。郢州刺史南平王恪，梁主侄，即萧伟子。使发兵勤王，自督兵三万人，由江陵出发，向东进行。就是邵陵王纶，前曾督师出都，行至钟离，闻侯景已渡采石，乃还军入援。渡江遇风，人马溺毙不少。纶率步骑三万，从京口西上，前谯川刺史赵伯超，在纶麾下，因即献议道："若从黄城大路进行，恐与贼遇，不如径指钟山，突据广漠门，出贼不意，围城当可立解了！"纶依伯超言，由黄城进兵，夜行失道，迂回二十余里，诘旦始立营蒋山。景正分兵至江，防遏纶军，不意纶军猝至，也觉惶骇，遂送所掠妇女玉帛，贮石头城，更分兵三路攻纶。纶击破景军，景退至覆舟山北，招集败军，倚山列营。纶进逼玄武湖，与景对垒，相持不战。

到了日暮，景收军徐退。安南侯萧骏，懿孙。疑景怯走，即率壮士追赶，不料景麾众还攻，骏不能敌，败奔纶营。赵伯超见景众杀来，望尘先遁，诸军俱相顾惊溃，纶率余兵千人，奔入天保寺。景纵火烧寺，纶复遁往朱方。时值隆冬，冰雪盈途，士卒四处窜散，多半冻毙。西丰公大春，大器弟。及前司马庄邱慧，军将霍俊，不及逃避，均为所擒，辎重亦被景夺去。邵陵一路败退。

景将大春等推至城下，胁令给城中守卒，只说邵陵王已死军中。偏霍俊不肯从景，朗声呼道："邵陵王稍稍失利，已全军还京口，城中但坚守待着，援兵即至。"说至此，景众用刀击俊背，俊辞色益厉。景尚怜他忠义，不忍加害，那伪皇帝萧正德，独不肯放松，竟将俊杀死。比强盗更凶。

是日晚间，鄱阳王范遣世子嗣与裴之高，及建安太守赵凤举，各将兵入援，驻营蔡洲。封山侯萧正表本受命为北道都督，偏与景暗中勾通，受伪封为南郡王，兼南兖州刺史，正表系正德弟，无怪他与兄同逆。统军万人，立栅欧阳，佯言将入援都城，实是阻截上流援军，一面诱广陵令刘询，使烧城为应。询转告南兖州刺史南康王会理，见五十八回。会理使询领步骑千人，夜袭正表，攻入欧阳营栅。正表败走钟离，询取得正表军粮，返就会理，再行部署，为勤王计。

侯景闻正表败还，恐援军四集，索性大举攻城，就台城东西两面，高筑土山，临城攻扑，城中亦随筑土山，与他相持。会大雨倾盆，城内土山骤崩，景乘隙登城，与守卒城上鏖斗，两边死了多人，景众不退。羊侃忙令兵士争抛火炬，乱烧景众，又在城内筑垒为防，景众乃退。侃因连日忧劳，竟至遘疾，疾且日剧，旋即告终。城中所恃惟侃，侃既谢世，人心益震。幸有材官吴景，素有巧思，善制守具，随宜抵御。右卫将军柳津，潜凿地道，出挖城外土山，景未及预防，土山猝倒，贼众压死甚多。嗣是弃去土山，自焚攻具，另决玄武湖水，灌入台城，阙前皆为洪流，势甚岌岌。

适衡州刺史韦粲募兵五千，兼道赴援。司州刺史柳仲礼亦率步骑万余人至横江，与粲相会。裴之高亦自蔡洲渡江，接应仲礼。粲正推仲礼为大都督，偏之高自命先进，负气不服。粲单舸至之高营，当面谯让道："今两宫危迫，猾寇滔天，惟柳司州久镇边疆，名足骇贼，所以粲等奉为主帅。公为梁臣，应以灭贼为期，不宜意气用事，必欲立异，咎将归公，公亦何苦受人唾骂呢！”之高乃垂涕致谢，便决推仲礼统军，集众十万，沿淮列栅，与景争锋。景亦在淮水北岸，列栅自固，且因之高弟侄子孙俱在东府，令部众搜捕至营，驱列阵前，后面摆着刀锯鼎镬，遥呼之高道：“裴公不降，即烹他弟侄子孙！”之高从容自若，反令弓弩手注射己子。再发不中，景乃撤回。

仲礼入韦粲营，部分众军择地据守，令粲往扼青塘。粲说道：“青塘当石头城要冲，贼必来争，粲义无可诿，但恐所部寡弱，奈何！”仲礼道：“青塘要地，非兄不可，若嫌兵少，当拨军相助。”乃使直阁将军刘叔胤助粲。时已年暮，粲不敢逗留，便即启行。太清三年元旦，大雾漫天，不辨南北，粲军迷路迂行，及到青塘，夜已过半，立栅未就，景即率锐卒掩入，刘叔胤遁去，粲将郑逸战败，自相蹴踏，全营大乱。左右牵粲避贼，粲兀立不动，叱子弟力战，究竟寡不敌众，血战未几。粲弟助警构，从弟昂及子尼，陆续殉难，粲亦身受重伤，呕血毕命。一门忠义，足表千秋。

仲礼方徙营大桁，早起就食，闻粲死耗，投箸起座，披甲上马。麾众至青塘，掩击景军。景军败退，仲礼挺槊追景，相去咫尺。忽来了贼将支伯仁，从旁面骤斫一刀，适中仲礼左肩，仲礼慌忙闪避，已是不及，马又倒退数步，陷入淖中。贼众环刺仲礼，亏得仲礼骑将郭山石，力救仲礼，杀退贼众，仲礼才得走归，经此一战，景不敢复渡南岸，仲礼亦索然气馁，不敢再言战事了。血气之勇，不足济事，仲礼各军，又复退却。

邵陵王纶，再会同东扬州刺史临城公大连等，进驻桁南，亦推仲礼为大都督，湘东王世子方，及假节总督王僧辩，并至都下。台城被困多日，内外不通，就是援军音信，也无从递入。城中官民，共诟朱异，异惭愤成疾，因即致死。大是幸事。梁主还很加痛惜，特赠异为尚书右仆射，大众益视为恨事。太子纲迁居永福省，募人献计，使达援军音问。有小吏羊车儿进策，请作纸鸢系敕，顺风遥放，冀达众军，太子恰也依议。偏纸鸢放出城外，被贼射下，仍不得达。已而鄱阳王世子嗣，募人送启入城，部吏李朗，想出一条苦肉计，先受鞭扑，佯为得罪，往降景营，因得伺隙入城，城中方知援兵四集，鼓噪一时。也欠镇定。梁主授朗为直阁将军，赐金遣还。朗乘夜出城，从钟山后绕道归营，宵行昼伏，积日乃达。于是鄱阳世子嗣，湘东世子方，征集各军，相继渡淮，攻毁东府前栅，景众少退。

各援军立营青溪，再拟进攻。可巧高州刺史李迁仕，天门太守樊文皎，引兵五千人来援。文皎骁勇善斗，与迁仕驱兵独进，所向披靡，及抵菰首桥东，景将宋子仙用埋伏计，诱文皎陷入伏中，四面围集，毕竟双手不敌四拳，任你文皎如何勇力，怎禁得悍贼环攻，战了半日，力竭身亡。迁仕逃命要紧，管不及文皎生死，便即遁回。各军闻文皎战死，又复夺气，再加柳仲礼自惩前辙，不肯再进，待遇各将，又傲慢不情。邵陵王纶每日候门，常被拒绝，坐是彼此离心，不愿再进。数路援军，并皆失势。

那侯景却也戒惧，更因士卒饥馁，无从掠食，未免加忧。王伟又献策道："今台城不可猝拔，援军日盛，我军乏食，何弗佯与求和，为缓兵计，俟他内外懈怠，一举攻入，方可得志。"景连声称善，遂遣将任约、于子悦二人，至城下跪伏，拜表求和，请赐还原镇。太子纲以城中穷困，入白梁主，劝许和议，梁主勃然道："和不如死！"此语尚有见地。太子固请道："都城久困，援军怯战，不如暂且许和，再作后图。"梁主踌躇多时，方嗫嚅道："随汝自谋，勿令取笑千载！"太子乃承制许和。景乞割江右四州地，并求宣城王大器出送，然后退兵。中领军傅岐固争道："怎有贼起兵犯阙，尚与许和？这不过欲却援军，借此给我，戎狄兽心，必不可信！且宣城王系皇室冢孙，国脉所关，岂可轻出！"诚然！诚然！梁主乃命大器弟石城公大款为侍中，出质景营，并敕诸军不得复进。敕文中有善兵不战，止戈为武两语。堕贼狡计，还想虚词粉饰。授侯景为大丞相，都督江西四州诸军事，领豫州牧，仍封河南王。设坛西华门外，遣仆射王克，吏部郎萧瑳，与景将任约、于子悦、王伟等，登坛为盟。又令右卫将军柳津，出西华门，与侯景遥遥相对，歃血为誓。一方面是专望解围，情真语挚，一方面是但知行诈，口是心非。

两下里盟誓既毕，总道景遵约撤兵，哪知他仍然围住，托词无船，不能还渡。嗣又遣大款还台，复求宣城王出送，种种刁难，无非是设词迟宕。会南康王会理等至马邛州，景复表请勒归会理。太子纲不得不从，饬会理退屯江潭苑。已而复称永安侯萧确，及直阁将军赵威方，截臣归路，请即召入以便西还。有诏授确为广州刺史，威方为盱眙太守，即日入觐。确为邵陵王纶次子，固辞不入。邵陵王纶泣语确道："围城既久，主上忧危，不得已从景所请，遣归贼众，汝宜遵敕入朝，奈何拒命？"确亦泣语道："侯景虽云欲去，仍然长围不解，情迹可知。召确入城，究属何益？"未几由朝使出城，一再征确，确尚不肯入。纶不禁怒起，喝令斩确，确乃流涕入城。

城中粮食将尽，御厨中蔬菜亦绝，梁主时常蔬食，至是乃食鸡子。纶献入鸡子数百枚，由梁主亲自检点，欷歔不已。湘东王绎，驻兵武城，河东王誉，驻军青草湖，桂阳王慥，驻军西峡口，慥系萧懿子。皆观望不前。湘东参军萧贲屡请进兵，为绎所恨。及得梁主和诏，贲仍执前议，竟被杀死。侯景闻援师已怠，并将东府米运入石头，遂有意败盟。伪皇帝正德及左丞王伟，更从旁怂恿，景乃决计背约，胪陈梁主十失，上启梁廷。略云：

陛下与高氏通和，岁逾一纪，舟车往复，相望道路，必将分灾恤患，同休等

戚，宁可纳臣一介之服，贪臣汝、颍之地，便绝好河北，檄詈高澄。聘使未归，陷之虎口，扬兵击鼓，侵逼彭宋，天下宁有万乘之主，见利忘义若此！其失一也！第一条即使梁主愧死。臣与高澄既有仇憾，义不同国，归身有道，陛下授以上将，任以专征。臣受命不辞，实思报效，方欲荡涤夷氛，一匡宇内，乃陛下始信终疑，欲分臣功，使臣击河北，自举徐方。遣庸懦之贞阳，任骄贪之胡赵，才见旗鼓，鸟散鱼溃，慕容绍宗，席卷涡阳，诸镇靡不弃甲，疾雷不及掩耳，散地不可固全，使臣狼狈失据，妻子为戮，斯实陛下负臣之深。其失二也。梁主任将非人，反令叛贼借口。臣退保淮南，方欲收合余烬，克申后战，封韩山即寒山。之尸，雪涡阳之耻，陛下丧其精魄，无复守气，便信贞阳谬启，复请通和。臣屡表谏阻，终不见从，反覆若此，童子犹且羞之，况在人君！其失三也。畏懦逗留，军有常法，贞阳精甲数万，不能拒抗敌国，反受囚执，以帝之犹子，而面缚虏庭，实宜绝其属籍，以衅征鼓，陛下曾不追责，悯其苟存，欲以微臣相贸易，人君之道，可如是乎？其失四也。悬瓠大藩，古称汝颍，臣举州内附，而羊鸦仁无故弃之，弃之者不闻加罪，得之者未见加功。其失五也。臣涡阳退缩，非战之罪，实由陛下君臣，相与见误，乃还寿春，曾无悔色，祗奉朝廷。鸦仁自知弃州，内怀惭惧，遂启臣欲反；欲反当有形迹，何所征验，诬陷乃尔。陛下曾无辨究，默然信纳，岂有诬人莫大之罪，而可比肩事主者乎？其失六也。此条实含血喷人。赵伯超拔自无能，任居方伯，惟渔猎百姓，行货权幸。朱异之徒，积受金贝，遂拟胡、赵为关、张，胡指贵孙，上文胡赵同此。诬掩天听，谓为真实。韩山之役，女妓自随，才闻敌鼓，与妾俱逝，不待贞阳，故只轮莫返。论其此罪，应诛九族，而纳贿中人，还处州任。伯超无罪，臣功何论？赏罚无章，何以为国？其失七也。臣御下素严，无所侵物，关市征税，咸悉停原，寿阳之民，无不慰悦。乃裴之悌等助戍在彼，惮臣检制，无故遁归，又启臣欲反。陛下不责其违命离镇，反受其浸润之谮，处臣如此，使何地自安？其失八也。此条未见上文，借景启中补入。臣虽才愧古人，颇无遗策，及委贽陛下，罄竭忠规，每有陈奏，恒被抑遏。朱异专断军旅，周石珍总尸兵仗，陆验、徐驎，典司谷帛，皆明言求货，非赂不行。臣无贿于中，故常遭抑责。其失九也。鄱阳之镇合肥，与臣邻接，臣推以皇枝，每相祗敬。而嗣王无端疑忌，臣有使命，必加弹射，或声言臣反，或启臣纤介，招携当须以礼，忠烈何以堪此！其失十也。此条又是诬罔。其余条目，且不胜陈。臣心直辞戆，有忤龙鳞，遂发严诏，便见讨袭。昔重华纯孝，犹逃凶父之杖，赵盾忠贤，不讨杀君之贼，臣何亲何罪，而能坐受歼夷？韩信雄桀，亡项霸

汉，末为女子所烹，方悔蒯通之说。臣每览书传，心窃笑之，岂容遵彼覆车，而快陛下佞臣之手哉！是以兴晋阳之甲，乱长江而并济，愿得升赤墀，践文石，口陈枉直，指划臧否，诛君侧之恶臣，清国朝之秕政，然后还守藩翰，以保臣节，实臣之至愿也。谨此启闻。

看官，你想梁主衍见了此启，怎得不惭愤交并？便于三月朔日，就太极殿前设坛，祷告天地，说是侯景背盟，不可不讨。恐天地亦不肯多管。一面举烽征军，再拟交兵。先是闭城拒贼，城中男女共十余万，士卒约二万余人，被围既久，十死八九，乘城不满四千人，类皆羸饿。蓦闻侯景负约，当然大惧，惟日望外援。柳仲礼专聚妓妾，置酒作乐，不许诸将出战，乃父即右卫将军柳津，登城呼仲礼道："汝君父日坐围城，汝尚不肯竭力，试想百岁以后，将目汝为何如人？"仲礼面色如常，毫不介意。邵陵王纶亦顿兵不战。安南侯萧骏向纶进言道："城危至此，尚坐视不救，倘有不测，殿下有何颜再立人世！今宜分军为三道，出贼不意，当可却贼！"纶终不听。

南康王会理与羊鸦仁、赵伯超等，进营东府城北，约在夜间渡军。鸦仁违约不至，景已令宋子仙攻击会理。会理营尚未就，军士惊乱，伯超先遁，会理支持不住，便即退走，战死溺死，约五千人。景聚首城下，指示守军，城中益惧。景督兵攻城，昼夜不息，邵陵世子坚，屯太阳门，终日蒱饮，不恤吏士。书佐董勋华、白昙朗等，夜引景众登城，永安侯确，力战不能却，乃排闼入宫，报知梁主道："城被陷了！"梁主衍尚安卧不动，喟然叹道："我得我失，亦复何恨！"复顾语确道："速去语汝父，勿以二宫为念！"确方欲趋出，又由梁主申命，使确慰劳外军。确奉命去讫。

俄而景左丞王伟入殿奉谒，拜呈景启，无非说是奸佞所蔽，因领众入朝，惊动圣躬，特诣阙谢罪。梁主便问道："侯景何在？汝可为我召来！"伟乃出杀报景，景竟引甲士五百人，昂然入见。既至殿前，望见仪卫森严，也不禁三分胆怯，因跪就殿阶，叩首如仪。典仪引就三公座上，梁主正容语景道："卿在军日久，曾劳苦否？"景不敢仰视，汗涔涔下。贼胆心虚。梁主又道："卿何州人，乃敢至此？妻子尚在北方么？"景仍不敢对，景将任约在侧，代景答道："臣景妻子，皆为高氏所屠，只有一身归服陛下。"梁主复道："卿既忠事我朝，应即约束军士，不得骚扰。"景应诺而出，复至永福省谒见太子，太子亦无惧容。侍卫统皆骇散，惟中庶子徐摛，通事舍人殷不害在侧。摛朗声道："侯王来，当礼谒东宫！"景乃下拜。太子与言，景亦不能答。

既而退出，自语同党道："我尝跨鞍对阵，矢刃交下，了无惧意；今见萧公，使人自慑，岂非天威难犯，我不便再见两宫了！"随即纵兵入宫，胁逐两宫侍卫，劫掠乘舆服御，及宫女若干人。又收朝士王侯，送永福省，使王伟守武德殿，于子悦屯太极殿东堂，矫诏大赦，自加大都督中外诸军，录尚书事。小子有诗叹道：

乱贼猖狂反许和，痴心还望戢干戈。

推原祸始由贪利，后悔难追可奈何！

嗣又遣石城公大款，赍着敕文，解散援军。欲知援军是否遵敕，请看官续阅下回。

台城被困，各军之入援者，大都庸懦无能，才不足而志亦不专。邵陵一败而即溃，湘东一奋而即衰，目睹君父之危难，且偷生畏死，未肯赴义，遑问他人！独韦粲战死青塘，樊文皎战死菰首桥，功虽未成，忠则过之。而韦粲之死事尤烈。柳仲礼、裴之高，皆经粲激厉而来，之高虽为国忘家，卒未闻有血战之役，仲礼鼓勇追贼，亦颇壮往，乃以左肩之受伤，遂致怯战，以视粲之视死如归，甘与子弟同殉，其相去为何如耶！若侯景之称戈犯阙，明明为一叛贼，与贼许和，敕止援军，是延贼入门，又自绝其外援也。梁主亦知和不如死，乃胸无主宰，始明终昧，卒致堕入贼计，台城陷而正容语景，果何益耶？我得我失，死复何恨，徒付诸一叹而已，而梁亡矣。

第六十一回

困梁宫君王饿死
攻湘州叔侄寻仇

却说侯景伪传敕命，解散援军，邵陵王纶等，大开军事会议，推柳仲礼主决。纶语仲礼道："今日事悉委将军，请将军酌定进止。"仲礼熟视不答，裴之高、王僧辩齐声道："将军拥众百万，坐致宫阙沦没，居心何忍！现只好竭力决战，何必多疑！"仲礼竟无一言，诸军遂陆续散归。邵陵王纶，亦奔往会稽。仲礼及羊鸦仁、王僧辩、赵伯超等，并开营降景。僧辩既已主战，奈何降贼！军士莫不愤惋。仲礼入城，先往谒景，然后入见梁主。梁主绝不与言，退省乃父，柳津不禁大恸道："汝非我子，何劳相见！"景遣仲礼归司州，僧辩归竟陵。

先是伪皇帝萧正德，与景私约，入城后不得全二宫。及景已入城，正德亦引众随至，挥刀欲入宫中，偏宫门被景军守住，不准放入。正德正要喧嚷，哪知景已传示敕书，令他为侍中大司马。他恨景负约，又平白地将皇帝革去，仍降做梁朝臣子，叫他如何不愤，如何不悔？当下易去帝服，进见梁主，且拜且泣。梁主口述古语道："啜其泣矣，何嗟及矣！"见《诗经》。正德垂涕而出，懊丧欲绝。景却格外防范，不使与闻朝事。一面嘱前临江太守董绍先，使赍敕文，往召南兖州刺史南康王会理。绍先带去兵士，不满二百人，并且连日饥疲，面有菜色。会理拥有州兵，士饱马腾，僚佐说会理道："景已陷京邑，欲先除诸藩，然后篡位，今若四方拒绝，立当溃败。王不如诛死绍先，发兵固守，倘虑兵力不足，尽可与魏连和，静观内变，奈何举全州土地，轻资贼手呢？"会理道："诸君心事，与我不同，天子年尊，受制贼虏，今有敕召我入朝，臣子怎得违背？且远处江北，事业难成，不若身赴京都，就近图贼，成功与否，听诸天命。我志已决定了！"有兵有马，尚不能讨贼，难道赤手空拳还得成事么？遂开城迎入绍先。绍先悉收文武部曲，铠仗金帛，但遣会理单骑还都。及会理诣阙，由景授官侍中，兼中书令。会理暗思匡复，怎奈手无寸柄，如何成谋？只得过一日，算一日，徐俟机会罢了。

那湘东王绎出驻武城，始终不前。应前回。世子方等自都下驰归，才知台城失守，索性退还江陵。信州刺史桂阳王慥，自西峡口入江陵城，拟待绎回议军情，方还信州。适有雍州刺史张缵，贻绎密书，内称河东欲袭江陵，岳阳亦与同谋，不可不防。嗣又由裨将朱荣，亦遣人走报，谓桂阳留此，无非与河东岳阳，里应外合。为这种种谗构，遂使君父大仇，置诸不顾，徒惹出一场叔侄的争端来了。回应五十七回文字。雍州刺史岳阳王詧，与湘州刺史河东王誉，统是昭明太子遗胤。詧隐蓄异志，待乱图功，梁主早有所闻，特令张缵往代。缵本刺湘州，自河东王誉入湘，缵轻誉少年，迎候多疏，为誉所恨，因留缵不遣。缵轻舟夜遁，欲赴雍州，又恐詧不受代，左思右想，只有湘东王绎，尚是故交，不如径赴江陵，劝绎除灭誉詧。可巧绎出屯武城，留缵助守。当时兵马倥偬，也无暇进陈私意，及援军还镇，乐得乘隙进谗，自快宿忿。朱荣与缵同党，更欲翦除桂阳。绎向来多疑好猜，闻谗即信，便匆匆返至江陵。

桂阳王慥莫名其妙，上前相迎，片语未完，即由绎麾动左右，把慥拿下。慥问得何罪？绎责他勾通誉、詧，不容慥辩明冤诬，自拔佩剑，把他头颅砍去。死得冤苦。且遣人至汉口，说通戍将刘方贵，使袭襄阳，方贵系岳阳王詧府司马，本来受詧差遣，引兵勤王，旋因湘东各军，多半逗留，方贵亦勒兵不进。此次与绎连谋，将拟倒戈，忽由詧传令召还。方贵疑秘谋已泄，遂据住樊城，不受詧命。詧发兵往讨方贵，方贵出战被杀。樊城当然归詧。那湘东王绎尚未得信，赠缵厚资，令赴雍州。缵至大隄，始闻方贵战死情状，彼时不便折回，只好赍敕赴任。

詧已得悉侯景入都，国家无主，哪里还肯受代？暂令缵寓居城西白马寺，并令偏将杜岸给缵道："看岳阳情势，不容使君，何勿且往西山，权时避祸。"缵信为真言，与岸结盟，自着妇人衣，乘青布舆，逃入西山。詧讨缵有名，即使岸引兵追蹑，把缵擒归。缵情愿割发为僧，改名法缵，詧含糊答应，但仍遣兵监守，不令他适。嗣是与绎有仇，专务私斗，把国家事全然不睬，反使侯景得独揽朝纲，任意横行。

梁主衍受制侯景，非常懊怅。景荐宋子仙为司空，梁主道："调和阴阳，须有特长，此种人物，怎得轻用！"景又欲使徒党二人为便殿主帅，亦不见许。太子纲虑景衔恨，入宫泣陈，梁主叱道："谁使汝来？若社稷有灵，终当克复；否则虽朝夕哭泣，亦属何益！"太子乃惶遽出宫。景擅使部众入直省中。或驱马佩刀，出入宫廷。梁主偶有所见，不免叱问，直阁将军周石珍，随口答道："这是侯丞相的甲士。"梁主瞋目道："什么丞相！但叫侯景罢了。"口中倔强，亦属无益。

景备闻消息，当然挟嫌，遂遣私党监视御膳，一切饮食，格外克损。梁主有所需索，辄不令进。自思衰年结局，弄到这般地步，哪得不悲从中来，终日恹恹，郁极成病，遂至卧床不起，辗转呻吟。太子纲随时入省，无非是以泪洗面，没法可施。并因正妃王氏，甫经病殁，悼亡未毕，禁不住再遘父危。最可恨的是叛贼侯景，还不肯令御医入治，但祝梁主早崩。就是太子出入，亦尝派人侦察，不使自由。太子益生疑惧，特致湘东王绎密书，以幼子大圜相托，且自翦爪发，一并寄去。湘东王绎方与二侄为难，也不过虚与周旋，敷衍了事。太清三年五月上澣，梁主大渐，口中觉苦，索蜜不得，自呼荷荷，声嘶力竭，痰喘交作，竟尔去世，享八十六岁。统计在位四十八年，改元七次。天监、普通、大通、中大通、大同、中大同、太清。

侯景秘不发丧，迁殡昭阳殿，但迎太子入永福省，使照常入朝。且使党羽王伟、陈庆等陪伴太子，名为侍侧，实是监督。太子只吞声饮泣，不敢悲号。殿外文武，尚未知有大丧，直至五月下旬，景见内外无事，方才讣闻。把梓宫迁入太极殿中，奉太子纲即皇帝位，颁诏大赦。景屯朝堂，分兵守卫，并请嗣主覃恩，凡北人陷没南方，充作奴仆，概令释放。嗣主纲不得不从，他却从中收录，引为己用。未几有诏命传出，追谥故妃王氏为简皇后，立宣城王大器为皇太子，封诸子大心为寻阳王，大款为江陵王，大临为南海王，大连为南郡王，大春为安陆王，大成为山阳王，大封为宜都王。简文首政，即以赠妻封子为急务，其志可知。命南康王会理为司空，兼尚书令。会理懦弱，虽是有心讨贼，究竟不能制侯景。萧正德为景所卖，密诏鄱阳王范，令带兵入除首恶，偏传书人为景所获，立召正德对质，正德无言可答，被景驱入别室，将他绞死。死已晚矣。

景遣于子悦略吴郡，太守袁君正，举郡降景，惟新城戍将戴僧遏，不肯从令。景又遣来亮入宛陵，宣城太守杨白华，诱亮入城，拿下处斩。御史中丞沈浚避难东归，与吴兴太守张嵊，会同讨景。景令李贤明攻宣城，侯子鉴入吴郡。特派仪同三司宋子仙，经略东南，又授仪同三司郭元建为尚书仆射，领北道行台，总江北诸军事。

永安侯萧确见前回。材勇过人，自入都后，景爱他膂力，尝引置左右。邵陵王纶，顾念私恩，屡遣密使往召，前时何故逼令入都？确语来使道："侯景轻佻，一夫可制，我尝欲手刃此贼，但苦无闲可乘，卿为我还启家王，勿以确为念！"来使自去还报。确日伺景隙，辄思下手。可巧景召确同游钟山，确借射鸟为名，拈弓搭矢，向景射去，不料用力过猛，弓弦陡绝，那箭干抛至侯景马前，突然自落。景知确存心不善，即挥动左右，将确拿住。确怒叱道："我不能杀汝，汝即可杀我，我岂从贼为逆么？"说着，项下已着了一刀，陨首毕命。

南徐州刺史萧渊藻因入援无功，又闻景将萧邕出据京口，迫令解职，顿时气愤填胸，疾病交作。或劝他出奔江北，渊藻叹道：“我位居台铉，受眷特隆，既不能诛翦逆贼，正当同死，怎可投身异类，苟延残喘呢！”嗣是累日不食，竟致丧生。确与渊藻尽忠梁室，故特别表明。

鄱阳王范闻建康失守，复拟整军入卫，僚佐进谏道：“今东魏已据寿阳，若大王移足，虏骑必进窥合肥，前贼未平，后城失守，岂非失计！不如待四方兵集，再议兴师，进不失勤王，退可固根本，方算得两全了。”范闻言也觉踌躇，果然东魏遣西兖州刺史李伯穆进逼合肥，又使魏收致书与范，勒让合州。范方谋讨侯景，不得已将合州割让，又使二子勤广往质东魏，乞师图逆。自引战士二万人，出屯濡须，檄召上游各军，一同进援，偏上游无一到来，东魏亦不闻出师，害得范进退彷徨，更兼粮食告罄，没奈何溯流西上。到了枞阳，景发兵出屯姑熟，范将裴子悌率众降景，范势益孤。幸江州刺史寻阳王大心，贻书邀范，范乃趋诣江州，寓居湓城，尚向各镇通书，协图匡复。

湘东王绎因自称奉得密诏，得假黄钺，大都督中外诸军事，承制封拜，集众讨景。一面征兵湘州，遣使督促军需。明是挑衅。湘州刺史河东王誉，已与湘东王有隙，自然不肯受命。绎即遣少子方矩，往代誉任，并令世子方等发兵护送。行至麻溪，被誉率众邀击，一场鏖斗，方等败死。方矩慌忙逃还，侥幸得了性命。

绎闻方等败没，毫无戚容。看官道是何因？原来方等生母徐妃，与绎不睦，绎眇一目，妃尝为半面妆，居室俟绎，绎瞧见妃容，知她有意嘲笑，盛怒而出，所以累年不入妃房。妃妒而且淫，见有无宠的妾媵，始与接坐。或察知有娠，往往手刃致毙。平居无事，辄往寺院中焚香。荆州瑶光寺中，有一智远道人，面目伟哲，为妃所爱，竟引与私通。嗣又见湘东幕僚暨季江，才貌翩翩，丰神楚楚，遂使心腹侍婢，导他入房，密与交欢。一对露水夫妻，比伉俪还要狎昵。季江尝自叹道：“柏直狗，虽老犹能猎，萧溧阳马，虽老犹骏，徐娘虽老，犹尚多情。”那徐妃得了季江，起初原是我我卿卿，欢好无间，连智远道人的旧情，也撇置脑后。后来复得见僚佐贺徽，面庞儿还要俊俏，又不免惹动情魔，想与同梦，煞是情敌。屡次遣婢勾引，徽却尚知顾忌，不肯应命。徐妃想出一法，自往普贤尼寺，设词召徽，徽只好前往。甫入禅林，即有二三侍女，引入密室，妃已卸妆相待。一见徽面，好似珍宝一般，相偎相倚，并入欢帏。待至云收雨散，起床整衣，特书白角枕为诗，互相倡和。诗中所述，无非是中冓私情，言之可丑，小子也不愿录述了。绎闻妃淫行，怒不可遏，便将她生平秽史，膀示大阁，且因此与方等有嫌。徒扬家丑。

方等战死，绎毫不介意，置诸度外。会绎宠妃王氏生子，产后病逝，绎疑为徐妃下毒，逼令自尽，妃投井溺死。绎令将尸舁还徐氏，呼为出妻，槁葬江陵瓦官寺侧，才算泄恨。又遣竟陵太守王僧辩，与信州刺史鲍泉，出兵攻誉，限令即日就道。僧辩请略宽期限，绎召僧辩入问，声色俱厉。且拔剑斫伤僧辩，牵系狱中，但令鲍泉往攻。

泉至湘州，誉出兵迎战，为泉所败，乃退保长沙，并向雍州乞援。岳阳王詧，即留参军蔡大宝守襄阳，自率骑卒二万，径攻江陵，遥救湘州。湘东王绎，很是惊慌，急召僚佐会议，大众俱不知所答。适僧辩母为子谢罪，自陈无训，绎乃给他良药，疗治僧辩，且遣左右至狱中问计。僧辩侃侃直陈，有条有理，经绎闻知，忙释令出狱，面加慰劳，使为城中都督。急时抱佛脚。

詧至江陵，设十三营，环攻江陵城。偏天公不肯做美，连宵大雨，平地水深四尺，累得詧军拖泥带水，锐气尽衰。新兴太守杜岗，随詧攻城，绎与岗素有交谊，招使归降，岗遂与兄岌岸弟幼安及兄子龛，入城降绎。岸愿率五百骑袭襄阳，得绎允诺，遂昼夜兼行，距襄阳才三十里，城中始觉。蔡大宝亟奉詧母龚氏，登城拒守，一面遣人报詧，詧慌忙退回，抛弃粮械金帛，不可胜计。张缵病足，詧常加监束，载缵从军，及仓猝奔还，恐为追兵所夺，把缵杀死，弃尸江中。杜岸闻詧还援，亦奔往广平，依兄南阳太守杜巘。詧使将军薛晖，追岸至广平城下，乘势围攻。巘不能守，弃城遁走，岸为晖所获，送往襄阳。詧见了杜岸，好似杀父大仇，先用乱鞭击面，使无完肤，再把他舌头拔去，支解四体，烹诸鼎镬。又斸发杜氏祖墓，焚骨扬灰，用头颅为漆碗。杜岸叛詧，不为无罪，但如此处置，抑何残忍！

湘东王绎既欲攻誉，又欲攻詧，特使王僧辩赴长沙，逮回鲍泉，因他日久无功，意欲加诛，还是僧辩替他转圜，令泉申启具谢，始得免罪。自是攻誉一路，专属僧辩，别遣司州刺史柳仲礼，出镇竟陵，为图詧计。詧恐不能自存，乃向西魏求救，愿为附庸。西魏丞相宇文泰，欲乘势经略江汉，乐得允许，即遣使至襄阳议约。詧专务防绎，也顾不得甚么妻孥，即命正妃王氏，与世子嶚，入质西魏，乞即济师。宇文泰便遣开府仪同三司杨忠，都督三荆等十五州诸军事，镇守穰城。

适柳仲礼率众趋襄阳，杨忠遂与行台仆射长孙俭，同击仲礼，且分兵攻下义阳、随郡，收降义阳太守马伯符，拘住随郡太守桓和，再进军围安陵。柳仲礼引兵还援，西魏将士，统请杨忠急攻安陆，休待仲礼还师。忠笑语道："攻守势殊，未易猝拔，若旷日劳兵，表里受敌，更属非计。我闻南人多习水军，不习野战，仲礼兵马将至，我正好出他不意，用奇兵邀击，彼怠我奋，一举可克。既克仲礼，安陆不攻自下，诸城可传檄自定了。"诸将士方才拜服。忠即选精骑二千，衔枚夜进，行至漴头，择地伏着，专待仲礼到来。仲礼毫不防备，匆匆驰归，一入伏中，魏兵齐起，仲礼部下，不战已乱，最厉害的是遍设陷坑，无从顾避，但只听得跌蹋声，铙钩声，铁索声，不到数时，已将仲礼部众，一齐捆住。仲礼叫苦不迭，蓦觉马足不稳，也坠入坑中，被西魏兵手到擒来，缚住手足，似扛猪的抬将去了。早知如此，何不拼死拒景，还好挣些名节。

安陆守将马岫，闻仲礼被擒，便开门出降。竟陵守将王叔孙，也知保守不住，同做了降将军，于是汉东土地，尽入西魏。杨忠乘胜至石城，进逼江陵，湘东王绎急得不知所为。还是舍人庾恪愿往说忠，为绎解忧。绎即令驰赴敌营。恪不慌不忙，至西魏营中，进见杨忠道："湘东为叔，岳阳为侄，贵国助侄攻叔，如何能服天下？"忠答道："汝言未尝无理，但我军前来，是征讨不服，与叔侄无关。若湘东果愿投诚，我即便退去了。"恪如言回报，绎乃遣舍人王孝祀，送子方略往质，卑辞求和。忠许与通好，当由绎亲出歃血，加载盟书。略云：

魏以石城为封，梁以安陆为界，请同附庸，并送质子，贸迁有无，永敦邻谊；有渝此盟，明神殛之！

盟毕，绎仍然还城，忠亦退去，江陵解严。绎得专心攻誉，发兵助攻长沙。誉向邵陵王纶处乞师。纶颇思往救，因恐兵粮不足，未敢轻率从事，乃寄书湘东王绎，劝他休兵。大致说是：

天时地利，不及人和，况乎手足股肱，岂可相害！今社稷危耻，创巨痛深，惟应剖心尝胆，泣血枕戈，其余小忿，或宜容贯，若外难未除，家祸仍构，料今访古，未或不亡。夫征战之理，惟求克胜，至于骨肉之战，愈胜愈酷，捷则非功，败则有丧，劳兵损义，亏失多矣。侯景之军，所以未窥江外者，良为藩屏盘固，宗镇强密，弟若陷洞庭，不戢兵刃，雍州疑迫，何以自安？必引进魏军以求形援，弟若不安，家国去矣。必希解湘州之围，存社稷之计，顾全大局，毋俟踌躇！

书去后，得绎复音，申陈誉恶，罪在不赦。纶掷书地上，慷慨流涕道："天下事一败至此！湘州若亡，我亦将葬身无地了！"已而河东王誉，守不住长沙城，意欲溃围出走，偏部将慕容华引僧辩入城。誉不及奔逃，竟为僧辩所执，誉语僧辩道："勿即杀我，愿一见七官！绎为梁主衍第七子，向呼七官。指出谗贼，死且无恨！"僧辩不许，把誉处斩，函首送江陵。湘东王绎还首归葬，进僧辩为左卫将军，兼侍中镇西长史。

先是誉将败时，引镜照面，不见头颅。又夜见长人据屋，两手垂地，恍惚中被他抓住，噉脐暴痛，狂呼求救，始由左右入视，他已倒在地上，不省人事。好容易把他救醒，长人早已不知去向。未几复见白狗如驴，窜出城外，亦无下落。誉已自知不祥，至是终为僧辩所杀。小子有诗叹道：

叔侄如何不并容，兵戈构怨及同宗？
湘东推刃河东毙，首祸心肠亦太凶！

绎既攻克长沙，乃为梁主衍发丧，传檄讨景。欲知后事如何？试看下回便知。

湘东邵陵，皇子也，河东岳阳，皇孙也，子视父难，竟养寇不讨，遑问皇孙！梁主衍有此胤嗣，无或乎受制逆贼，终致饿死也。惟当时之最乏孝思者，莫若湘东。湘东初移檄入援，河东岳阳，并皆听命，乃出屯武城，逗留不进，发起者犹且如此，安能责及他人！且河东岳阳，与湘东无纤芥嫌，乃以憸人之谗构，遽致骨肉之纷争，君父之危，可以不顾，叔侄之衅，必欲相残，试问湘东何心，乃倒行逆施若是乎！邵陵始勇终怯，不为无辜；然贻书湘东，词多痛切，彼犹知为大局计，湘东视之，有愧多矣。河东杀方，衅由湘东，而河东之因是陷戮，吾且为彼呼冤；若桂阳王慥之被害，则正冤之尤冤者耳。

第六十二回

取公主侯景胁君
篡帝祚高洋窃国

却说湘东王绎为梁主衍开丧，已是隔年，时梁主梓宫，已奉葬修陵，追尊为武皇帝，庙号高祖。嗣主纲改元大宝，颁诏国中，独绎仍称太清四年，刻檀为高祖像，供设厅堂，每事必先启像前，然后施行。捣甚么鬼？一面移檄远近，申讨侯景。景将侯子鉴已陷入吴兴，太守张嵊，并前御史中丞沈浚，俱被执送建康。景颇悯二人忠义，好言劝慰。嵊慨然道：“我忝任专城，目睹朝廷倾危，不能匡复，还求什么生活，不如速死为幸！”景尚欲宥他一子，嵊复道：“我一门已登鬼箓，不愿向尔贼乞恩！”景不禁怒起，遂并杀张嵊父子。沈浚亦不为所屈，同时殉节。

还有宋子仙受了景命，南略钱塘，新城戍将戴僧逷，战败出降，子仙引兵渡浙江，进攻会稽，邵陵王纶，奔往鄱阳。东扬州刺史南郡王大连，居守会稽城，朝夕酣饮，不恤士卒。司马留异，凶狡残暴，为众所嫉，大连却委以兵事。及子仙兵至，异毫不防守，即将城池献与子仙。大连醉卧室中，由左右舁入床舆，从后门出走，欲奔鄱阳。行至信安，被追骑掩至，把他拘去。骑将不是别人，就是司马留异！异将大连械送入都，大连还醉眼朦胧，昏头磕脑，途中过了一夜，方才惊寤。及抵建康，向景下拜，景因令释缚，授为轻车将军，行扬州事。自是三吴尽为景有。三吴即吴郡、吴兴、会稽。

独前广陵太守祖皓，从士人来嶷言，纠合勇士百余人，袭破广陵，斩景党南兖州刺史董绍先，见前回。推前太子舍人萧勔为刺史，传檄拒景。景遣郭元建攻皓，皓婴城固守，元建不能拔。景又令侯子鉴率舟师八千，从水道进攻，自督步兵一万，从陆路进攻，两军直指广陵，日夕猛扑。皓苦守三日，终为所乘，犹复巷战达旦，力竭被擒。景缚皓城头，麾众攒射，矢集如猬，然后车裂以殉。城中无论少长，概令活埋。来嶷满门屠戮，独一子逃免，后仕陈朝。萧勔降景免死，带还建康，留子鉴镇守广陵。

景凯旋入都，梁主纲特赐盛宴，饮至半酣，景离座跪请，乞赐溧阳公主为妻。溧阳公主，系梁主纲爱女，年才十四，生得娇小玲珑，动人怜爱。景瞧在眼中，早已垂涎，此时当面乞求，不由梁主不从。他即胁梁主当夕遣嫁，饮毕载归。可怜妙年帝女，失身贼手，徒供他连宵受用，淫恣不休。妒花风雨便相摧。

未几已届上巳，景请梁主纲至乐游苑，禊宴三日。及梁主还驾，复与溧阳公主送入宫中，夫妇共据御床，南面并坐，令群臣分列两旁，张乐侍宴，梁主亦无可如何。既而景复请梁主幸西州，梁主乘坐素辇，侍卫四百余人，景率铁骑数千，翊卫左右。既至行宫，无非是酒醴具陈，笙簧迭奏。梁主闻声生感，不觉泪下，因恐景见泪生疑，命他起舞。景舞了一回，谓独舞无趣，亦请梁主起座对舞。梁主勉强应允，两下舞讫。君臣对舞，成何体统？兴阑席散，梁主掖景至床，唏嘘叹道：“我念丞相！”景答道：“陛下如不念臣，臣何得至此！”说毕趋退，越宿乃归。

是年江南连年旱蝗，江、扬尤甚，百姓流亡，共入山谷江湖，采取草根木实，聊充饥腹，草木垂尽，饿莩满野。就是富室豪家，亦皆乏食，鸠形鹄面，坐怀金玉，俯伏床帷，奄奄待毙。千里绝烟，人迹罕见，白骨成堆，高如邱陇，景绝不轸念，反在石头城设立大碓，凡兵民犯法，辄令捣毙。又尝戒诸将道：“破栅平城，立屠毋赦，使天下知我威名！”诸将得此号令，每遇战胜，专务焚掠，杀人如草芥，人或偶语，刑及外族，故百姓虽惮景威，始终不肯乐附。景却命部下将帅，悉称行台，归附诸官，悉称开府，余如亲信军吏，号为左右厢公，勇力兼人，号为库直都督。但江南一带，叛附靡常，淮南更不遑顾及，坐使敌人入境，囊括全淮。这敌人属诸何国？就是与梁通好的东魏。

东魏大将军高澄视萧渊明为奇货，嘱令通书梁廷，离间侯景，明明是使景叛梁，坐收厚利的秘计。景发难后，梁北徐州刺史萧正表，先举州降东魏，由澄收纳，东徐、北青二州，亦相继至东魏通诚，东魏不费一矢，坐得数州。澄又遣高岳及慕容绍宗、刘丰生等，往攻颍川，颍川为西魏土地，西魏令王思政扼守，无隙可乘。刘丰生乃决洧灌城，城多崩陷。王思政身当矢石，与士卒同劳苦，悬釜炊食，各无贰心。慕容绍宗，募得弓弩手数百，乘着大舰，凭城迭射，守卒多死，城几陷没，绍宗与丰生又亲至舰中，督兵登城，不料暴风大至，船被漂流。绍宗、丰生的坐船，向城撞去，城上守兵将，用长钩牵船，矢石雨下，二将皆被击毙。高岳忙收拾败军，退至十里外安营，不敢再进，但将败状报知高澄。

澄用散骑陈元康议，自往督攻，再命设堰，三成三决。顿时恼了澄意，把负土填堰的兵役，亦推入堰间，尸土相并，方得塞住。水势灌入城中，竟致暴涨，城坍坏数十丈，思政抢堵不遑，只好引众上土山，誓死固守。澄下令军中，谓能生政王大将军，应即封侯，若有损伤，立斩无赦。将士踊跃登山，思政虽竭力拦阻，究竟顾此失彼，无可奈何，因涕泣谕众道："我力屈计穷，只有一死报国！汝等去留任便。"说着，仰天大恸，复西向再拜，拔剑在手，意欲自刎。何不即死？

都督骆训道："公尝面谕训等，谓汝赍我头出降，不但可得富贵，且可保全阖城百姓。今高相既有此令，公为百姓计，何勿从权相屈，且作后图！"思政尚未肯从，训等夺下手剑，不得引决。适东魏营中，来了通直散骑赵彦深，传达澄命，延请思政，乘势握思政手，一同下山，驰入营中。澄下座相迎，邀令旁坐，不复令拜。思政感澄厚待，乃即投诚。澄改颍川为郑州，顾语左右道："我不喜得颍川，独喜得王思政。"西阁祭酒卢潜道："思政不能死节，何足重轻！"应该奚落。澄笑答道："我有卢潜，是更得一王思政了。"

自颍川没入东魏，西魏将赵贵等皆奉宇文泰军令，退兵还国。澄亦率军东归，乘便朝邺，东魏主善见，进澄为相国，封齐王，赞拜不名，入朝不趋，剑履上殿，仍都督中外诸军事。澄让封不许，乃归晋阳。看官阅过前文，当知高澄好色，胜过乃父。高欢一死，他便将柔然公主，恣意淫烝。见五十八回。嗣复令黄门侍郎崔季舒，物色娇娃，充入后房，朝欢暮乐，成为常事。

次弟太原公洋，娶妻甚美，高出长姒，澄暗加艳羡，且甚不平。洋貌为朴诚，口尝慎默，有时为妻李氏购办服玩，稍得佳件，澄即令逼取，李氏或恚不肯与，洋笑语道："此物并非难求，兄既需索，何必过吝呢！"澄闻李氏言，也不觉惶愧起来，未便径取，洋即持还，也不加谦。澄因目为痴物，常语亲属道："此人亦得富贵，相书究作何解？"从此不复忌洋。但见了弟妇，往往有调笑情事，洋亦假作不知，相安无语。

一日澄出外游猎，途次遇着一个绝色丽姝，即召她至前，问明履历，系是魏高阳王斌庶妹，名叫玉仪。斌系高阳王雍子，雍遇害河阴，家室仳离，玉仪避居民间，不肯守贞，徒然借色衒人，流为歌妓。后来斌得袭封，屏诸不齿，玉仪辗转入孙腾家，颇得见宠，偏玉仪放浪形骸，已成习惯，免不得鬼鬼祟祟，暧昧不明。孙腾又把她放逐，遂致飘萍逐梗，随处栖身。此次得遇高澄，询明巅末，便载令归第，即夕同寝，荡妇得遇淫夫，仿佛似媚猪一般，曲尽绸缪，备极狎亵，引得高澄喜出望外。诘旦起来，出厅视事，见崔季舒在侧，便顾语道："尔向来为我求色，不如我自得一姝，只恨崔暹卖直，必来谏我；我亦当设法对待，免他多言！"及暹入白事，澄故作怒容，不假词色。暹当然解意，除陈明公事外，不加一词。澄即为玉仪奏请，乞为加封，魏主封玉仪为琅琊公主。玉仪倍加感激，竭力承欢，澄亦越加爱宠。惟尚恐崔暹进规。一日暹复入白事，袖中忽堕下一纸。为澄所见，令左右拾起，乃是一张名刺，便问暹怀此何用？暹悚然道："愿得达琅琊公主。"澄大喜道："卿亦愿见公主么？"遂起握暹臂，入见玉仪。暹执礼甚恭，玉仪却从容谈笑，毫不拘束。确是一荡妇状态。澄越加欣慰。及暹辞归，为季舒所闻，不禁叹息道："暹尝在大将军前，说我谄佞，应该处死，哪知他谄佞过我呢！"看官听说！季舒本与暹同宗，季舒为叔，暹为侄，叔侄宗旨，本来不同。此次暹惧失澄意，也变态逢迎，怪不得季舒揶揄呢。

澄得暹赞成，益无顾忌。玉仪有一同产姊静仪，面貌与玉仪相似，也是放诞风流，宜嗔宜笑，曾嫁黄门郎崔括为妻，因玉仪得澄殊宠，暇辄过访，留宿府中。澄得陇望蜀，意欲勾通静仪，做成一对并头莲，好在玉仪并不妒忌，反从旁撮合，使偿澄愿，澄亦为静仪乞封公主。好称做难姊难妹。还有黄门郎崔括，贪恋利禄，情愿戴着绿头巾，纵妻宣淫，绝不过问。澄见括知情识意，时加厚赐，连崔括的父母，也得了许多布帛，许多金银。崔家幸有此佳妇，好博这般缠头费。

澄既得了两仪，朝朝暮暮，缱绻情深，兴至时辄私语道："我若得为天子，当立卿二人为左右皇后。"两仪当然拜谢。澄因欲篡位，想出一法，假国本为名，诣邺谒主，面请册立皇太子，隐探主衷。东魏主善见还道澄是好意，遂立皇子长仁为太子。哪知澄是巧为尝试，实欲善见推位让国，令己受禅，偏偏弄假成真，册了皇储，大与本意相反；遂与散骑常侍陈元康，吏部尚书杨愔，黄门侍郎崔季舒，密谋篡立事宜。

适有膳奴兰京，入请进食，澄拍案叱退，元康等问为何因？澄答道："昨夜梦此奴斫我，我便思除彼，还要他来进食么？"过了片刻，兰京复捧盘趋进，就案陈食。澄大怒道："我不愿汝造食，汝为甚事复来胡闹！"京将盘放下，从盘底抽出快刀，向澄劈将过去，且厉声道："我来杀汝！"言未已，外面复跑入数人，俱手执刀械，来助兰京。澄见不可敌，离座返走，急不择路，足被绊伤，没奈何走匿床下。京率众追入，杨愔遁去，崔季舒窜避厕中，惟陈元康独力挡贼，与贼争刃，胸中被刺，肠出血流，晕倒地上。京众去床斫澄，乱刀齐下，就使生铁铸成，也被斫碎，还有什么不死，年只二十九岁。柔然、琅琊两公主，闻之不知作何状？

看官道兰京何故杀澄？京为梁徐州刺史兰钦子，被澄擒去，令充膳奴。钦作书贻澄，愿出重资赎还，澄不肯许。京又自请乞免，澄杖京百下，且呵叱道："汝若再赎，便当杀汝。"京遂私结同党，潜谋作乱。可巧澄入邺下，寓居城北东柏堂，地甚僻静，澄约琅琊公主等，往来欢会，所以喜静恶喧。此时与心腹密议，复屏去左右，所以兰京得乘隙下手。

澄弟太原公洋，在邺城东双堂，闻变出门，调兵立集，即趋至东柏堂讨贼，捉得一个不留，醢成肉酱。复从容出语道："恶奴为逆，大将军受伤，尚无大苦，可保生命。"说着，即指麾左右，舁澄尸入床舆，用衣盖着，托言尚生，令赴私第，并扶起陈元康，也用卧舆舁入第中。元康痛绝复苏，手书别母，并口占数语，令功曹参军祖挺代书，奏陈后事，入夜乃殁。洋俱密为棺殓，秘不发丧，召大将军督护唐邕，部分将士，镇遏四方。邕支配部署，须臾毕事，洋叹为奇材，深加器重，留太尉高岳，太保高隆之，开府司马子如，尚书杨愔守邺，自率甲士入朝，辞归晋阳。

魏主善见得澄死信，方语左右道："大将军今死，似有天意，威权当复归帝室了。"言未已，洋已入谒，随从甲士，约八千人，随登殿阶，约二百余人，皆攘袂握刃，如临大敌。洋面奏道："臣有家事，须诣晋阳一行。"东魏主尚未对答，洋已再拜而起，掉头竟去。善见不觉失色，以目送洋，且垂涕自语道："此人又似不相容，朕不知死在何日了！"一蟹不如一蟹。

洋返至晋阳。晋阳旧臣宿将，素来轻洋，洋大会文武，谈论风生，英采飚发，与从前判若两人，顿令四座皆惊，不敢藐视。洋且钩考政令，见有不便推行的条件，酌量改革，不少延误，众益知洋有隐德，至此始彰。

越年，为东魏武定八年，洋见内外悦服，方为乃兄发丧。东魏主善见亦至太极殿东堂举哀，赙帛八万匹，赠齐王玺绂辒辌车，黄屋左纛，羽葆鼓吹，并备九锡礼，谥曰文襄。进高洋为丞相，都督中外诸军，录尚书事，袭封齐王。洋用渤海人高德政为记室，言无不从，金紫光禄大夫徐之才，北平太守宋景业，皆善图谶，谓太岁在午，应该革命，遂托德政为先容，劝洋受禅。洋当然心动，但一时未便承认。当时有童谣云："一束藁，两头燃，河边羖攊飞上天。"之才等依谣解释，说是藁燃两头，便成高字，河边羖攊，就是水边羊，隐寓洋名；飞上天即龙飞预兆，因力劝洋乘机禅位。童谣如此，恐即由之才等唆使。

洋入告生母娄太妃，太妃道："汝父如龙，汝兄如虎，尚且终身北面，汝有何功德，乃敢觊觎天位呢！"说得洋哑口无言，出告之才。之才道："正为未及父兄，故宜早升天位；如或迟延，人且生心。况谶文有云：'羊饮盟津，角拄天'盟津是水，羊饮水就是王名，角拄天就是即尊，证以童谣，与谶相合，请王勿疑！"又加一层附会。洋尚有疑意，铸像卜兆，一制即成，乃决计篡位，特使仪同三司段韶，往问肆州刺史斛律金，金独言未可，自至晋阳谏洋，且请谒见娄太妃。洋乃请母出厅，与诸贵再开会议，太妃面谕道："我儿懦直，必无此心，想由高德政辈，贪功乐祸，教儿为此呢。"金因劝洋谴黜德政，并说宋景业首陈符命，应置死刑。洋默然不答，金亦辞去。

洋因人心不一，复令高德政诣邺，察公卿意，自率将士东行，作为后盾。司马子如出迎辽阳，阻洋入都。长史杜弼，亦叩马谏诤，洋乃折回，居常闷闷不乐。徐之才、宋景业又多方怂恿，洋令景业筮易，得乾之鼎，亟向洋称贺道："乾为君象，鼎为五月卦，王正可仲夏受禅。"洋欣然大悦，再发晋阳，便心腹陈山提，驰驿赍书，密报杨愔。愔愿为效力，即召太常卿邢邵，撰列受禅仪注，秘书监魏收，草定九锡禅让劝进诸文，并引东魏宗室诸王，入居北宫东斋，不准外人出入。才阅二日，即迫东魏主下诏，进洋位相国，总百揆，备九锡礼。及洋入邺城，召役夫办集筑具，即日筑受禅台。太保高隆之见洋，谓用此何为？洋作色道：“我自有事，何劳君问！难道不畏灭族么？”隆之惶恐申谢，便即趋出。司马子如等知洋意已决，不敢多言。毕竟是贪生畏死。于是作圜邱，备法物，建台设坛。安排停当，乃遣司空潘乐，侍中张亮，黄门郎赵彦深等，入宫启闻。

东魏主善见御昭阳殿，召见潘乐等人，张亮首先开口道：“五行递运，有始有终，齐王圣德钦明，万方归仰，愿陛下远法尧舜，禅位齐王。”善见敛容道：“此事推挹已久，谨当逊避。”侍中杨愔，当即趋入，袖出草诏，逼令署印。善见只好照署，且颤声道：“朕居何处？”愔答道：“北城别有馆宇，尽可徙居。”善见乃起身下座，步就东廊，口咏范蔚宗《后汉书·赞》云：“献生不辰，身播国屯，终我四百，永作虞宾。”随即入宫与后妃诀别，阖宫皆哭。李嫔诵陈思王即魏曹植。诗云：“王其爱玉体，俱享黄发期！”直阁将军赵道德，用犊车一乘，载着善见，送出云龙门。王公百僚拜辞，高隆之洒泪告别。徒效儿女子态，何益故君？善见遂徙居北城，杨愔遣彭城王元韶等，奉玺与洋，洋即于次日即位南郊，柴燎告天，登台南面，受群臣朝贺。礼毕还宫，大赦改元，称为天保元年，国号齐。史家怕与萧齐相混，特叫作北齐。小子有诗叹道：

君不君兮臣不臣，衰朝无复顾彝伦。
莫言勋戚堪长恃，篡弑多闻出帝姻。

高洋篡位以后，所有开国情事，待至下回表明。

侯景初欲择配王、谢，梁武以为未合，令求诸朱、张以下，不谓发难入都，毙梁武，立太子纲，玩二君于股掌之上，致使十四龄之溧阳公主，以身供贼，迫受淫污，谁为为之，纵贼至此！嗣主纲且抱景至床，谓我念丞相。夫与其忍辱以偷生，曷若杀贼而拼死，况不死者之未必终生乎！东魏主善见，庸弱相似，高澄淫侈，图篡未成，身死奴手。东魏谓似有天意，吾亦云然。高洋以韬晦闻，乃大权在手，悍过乃兄，逼主出宫，骤然南面。天不相澄而独相洋，令人不解！阅此回，窃不禁有骚首问天之感矣。

第六十三回

陈霸先举兵讨逆
王僧辩却贼奏功

却说高洋篡位，改国号齐，追尊祖树为文穆皇帝，祖妣韩氏为文穆皇后，父欢为献武皇帝，庙号高祖，兄澄为文襄皇帝，庙号世宗。奉母娄太妃为皇太后，降东魏诸臣封爵有差。惟效力高氏诸臣，不在此例。封宗室高岳等十人为王，功臣库狄干等七人，亦授王爵。皇弟浚为永安王，淹为平阳王，湝为彭城王，演为常山王，涣为上党王，淯为襄城王，湛为长广王，湝为任城王，湜为高阳王，济为博陵王，凝为新平王，润为冯翊王，洽为汉阳王。澄与洋本同母兄弟，就是演、湛、淯、济，亦系娄太妃所出，余九人出自他姬，不必絮述。洋降封故主善见为中山王，故后高氏为中山王妃，兼称太原长公主，免令称臣，派官监束。有时亦邀中山王入宴，或令随从出入。太原公主尝与偕行，饮食起居，随时护视，故善见尚得苟延。

洋拟立正妃李氏为后，李氏为赵郡李希宗女，高隆之、高德正两人，谓李系汉妇，不宜尊为国母，独杨愔请依汉、魏故事，不改元妃。洋从愔言，竟立李氏为后。后子殷为太子，并尊文襄王妃为文襄皇后，居静德宫。文襄王子孝琬，得受封河间王，孝琬弟孝瑜，亦受封河南王。命太师库狄干为太宰，司徒彭乐为太尉，司空潘乐为司徒，仪同三司司马子如为司空，高隆之录尚书事，弟淹为尚书令，元绍为尚书左仆射，段韶为尚书右仆射。既而段韶去职，进杨愔为右仆射。初政清明，简静宽和，任人以才，驭下以法，内外肃然，却是有些新朝气象。

西魏大丞相宇文泰闻高洋篡位，假义兴师，由恒农筑桥渡河，进军建州。高洋亲自督兵，出次东城，泰闻洋军容严盛，不禁叹息道："高欢乃有此儿，虽死犹不死了！"会天雨不止，畜产皆死，乃引军西还。嗣是洛阳、平阳诸守吏，皆降北齐，洋又南略梁境，夺去南青州及山阳郡，并淮阴、司州，两河、两淮，悉为齐有，好算是一个东方霸国了。北齐盛时，无过于此。

梁主纲受制侯景，事无大小，统须由景主张，又不敢通书藩镇，饬令勤王，只有日夕涕洟，听天由命。鄱阳王范寓居湓城，本来是有心匡复，应前回。嗣因寄身江州，无从展足，乃改变方针，欲将江州据为己有，特升晋熙县为晋州，令世子嗣为刺史，渐渐的拓权略地，所有郡县名称，多半更张。江州刺史寻阳王大心，政令所行，不出郡门，乃与范生嫌，使部将徐嗣徽率兵二千，筑垒稽亭，遏绝市籴。范众无从得食，多半饿死，范且忧且愤，疽发背上，竟致病殁。范尚有志操，可惜度量不足，徒致身死名裂。

世子嗣尚在晋州，为侯景将任约所袭，也致败亡。约进击江州，大心迎战亦败，举州降约。徐嗣徽奔往江陵，投归湘东王绎麾下，鄱阳将侯瑱，居守豫章，亦被景将于庆攻入，力屈请降。邵陵王纶自鄱阳避入郢州。是时有一乱世枭雄，崛起海南，独起兵讨贼，拥众北行。这人为谁？就是西江督护陈霸先。见五十六回。

先是广州刺史元景仲，得侯景书，密与联络，景仲遂欲起应。独霸先不从，集兵南海，击死景仲，别迎定州刺史萧勃镇广州。勃系梁武从侄，乃父便是吴平侯萧景。莅镇以后，适有前高州刺史兰裕，煽诱始兴等十郡，共攻衡州。监衡州事欧阳𬱟，向勃乞援，勃使霸先往救，一战即捷，擒斩兰裕，勃乃令霸先为始兴太守。霸先结交豪杰，得郡人侯安都、张偲等数千人，遂遣统将杜僧明、胡颖出屯岭上，檄讨侯景。勃反遣使劝阻，霸先慨语来使道："仆荷国恩，常图报效，前闻侯景渡江，即欲往援，适值元兰构衅，梗我中道，因不果行，今外变已靖，内讧未平，君辱臣死，怎敢受命！君侯体重宗支，任系方岳，理应泣血枕戈，偕仆就道，奈何反谕仆中止呢！"枭桀举事之初，统是名正言顺。遂遣还勃使，派人由间道至江陵，愿受湘东王绎节度，绎授霸先为交州刺史，封南野县伯。

会南康土豪蔡路养，起兵据郡，萧勃令谭世远为曲江令，与路养相结，同遏霸先。萧勃想无心肝，否则何至出此？霸先遂进讨南康，至大庾岭，杜僧明引军来会，与蔡路养交战南野。杜僧明策马先驱，横槊刺敌，路养亦持刃相迎，战至数合，敌不住僧明勇力，拖刀败走。僧明跃马追赶，不防路养妻侄萧摩诃，从斜刺里驰马出来，拦住僧明。僧明见他年尚垂髫，视为无能，即用槊猛刺过去，偏摩诃狡猾得很，把身一闪，致僧明一槊落空。僧明将槊抽回，那摩诃的长槊已至胸前，慌忙策马一跃，槊头正中马眼。马负痛掀倒，僧明亦堕落地上。幸亏霸先驰救，杀退摩诃，扶起僧明。僧明愤激得很，仍欲再战，霸先即将自己乘马，让与僧明。僧明上马复进，霸先亦易马麾兵，奋勇杀入，路养大败，脱身遁去。萧摩诃投降，霸先得收复南康，修理崎头古城，引兵居守。

高州刺史李迁仕，曾与兰裕交好，至是欲为友复仇，拟袭南康，并召高凉刺史冯宝，入州计事。冯宝为北燕遗裔，曾祖业浮海奔宋，留居新会，世为罗州刺史，及宝始徙任高凉，娶妻冼氏，智勇兼优，威服部众。宝奉召欲往，冼氏谏阻道：“刺史无故，不应召太守，想是迁仕欲反，胁君同行，愿君勿往，徐观后变！”宝乃托病不赴，果然迁仕出兵，使军将杜平虏往袭南康。霸先已经探悉，使部将周文育出拒，胜负未分。冼氏闻知消息，又语冯宝道：“杜平虏与官军相争，不能骤还，迁仕在州，实无能为。君可致书迁仕，谓病尚未瘳，特遣妇参见，并输军资，彼必心喜，不加戒备。妾率千人步担杂物，声言输送，一入州城，便可破迁仕了。”宝依计行事，冼氏整装随发，行至高州城下，迁仕果然无备，开城纳入。哪知担中统是甲仗，由冼氏一声暗号，大众各穿甲持械，攻入州署，迁仕仓皇窜逸，逾垣脱身，得往宁都。杜平虏亦被文育杀败，走回城下，仰见城门紧闭，上面坐着一位女将军，俯首娇呼道：“平虏休来！我已驱除叛贼了。”平虏料不肯纳，绕城遁去。及文育驰至，冼氏乃开城出迎，说明情由，文育大喜。冼氏欲往谒霸先，当由文育派兵为导，到了赣石，得与霸先相见。霸先厚加慰劳，且赐金帛。冼氏不受，辞归高凉，复语冯宝道：“陈都督不是常人，将来不但平贼，且必乘时立业，不可限量，君宜厚加资助，图保终身！”宝乃拨送粮械，接济霸先，霸先当然申谢。此段力写冼氏，以旌女豪。一面再遣杜僧明等往攻迁仕，迁仕拒守数月，终被僧明杀入，擒还南康，结果性命。

霸先自南康出发，进兵江州，赣石旧有二十四滩，行旅视为畏途，至此水涨数丈，巨石皆没，一任航行。霸先行次西昌，有龙出现水滨，五采鲜曜，时人目为异征。湘东王绎即授霸先为江州刺史。霸先请发兵相会，绎却无暇顾应，尚欲有事郢州。看官道是何因？原来邵陵王纶至郢州后，由刺史南平王恪，梁武侄，即萧伟子。推纶为假黄钺都督承制。纶大修铠仗，拟讨侯景，偏湘东王绎不肯相容，竟使王僧辩鲍泉率领舟师，潜往袭击，至鹦鹉洲，纶已察觉，特使人致书僧辩，略云：“将军前年为人杀侄，今年复为人攻兄，借此求荣，恐为天下所不齿，请将军自思！”僧辩将原书报绎，绎仍令进军。纶闻僧辩复进，乃集众西园，挥涕与语道：“我本无他，志在灭贼，湘东疑我争帝，发兵来攻，今日欲守，奈乏粮储，欲战且取笑千载，看来只好避往下流罢！”麾下壮士，争请出战，纶仍不从，即与世子瓒登舟北去。

郢州刺史南平王恪，迎僧辩入郢州城，僧辩送恪诣江陵，向绎报捷。绎遣世子方诸为郢州刺史，方诸年仅十五，因为绎宠妃王氏所生，格外钟爱，特令出镇江夏，即郢州治。用鲍泉为辅，控遏下游。邵陵王纶，北至武昌，稍收散卒，屯齐昌城，遣使向北齐乞降，齐封纶为梁王。绎固无兄，纶亦无父，背国降虏，同归于尽。纶乃移营马栅，将引齐军共攻南阳。侯景部将任约，方由江州西上，进寇西阳武昌，闻纶在马栅立营，使偏将叱罗通，带领数百精骑，潜往袭纶。纶猝不及防，溃走汝南。汝南为西魏属地，城主李素系纶故吏，开门迎纶，纶乃修城池，集士卒，将图安陆。西魏安州刺史马岫，报知宇文泰，泰遣将军杨忠攻汝南，适天寒雨雪，不便攻扑，纶与李素，乘城协守，魏兵多死。相持数旬，天气通温，杨忠督兵猛攻，李素中箭身亡，城遂被陷。纶拼命巷战，为忠所杀，投尸江岸。岳阳王詧，时已称臣西魏，受封梁王，在襄阳建台置吏，特遣人致书杨忠，愿收纶尸埋葬。忠即允诺，当由襄阳使人，取尸棺殓，面色尚如生时，因载回襄阳，择地营葬去了。梁武家儿又弱一个。

宁州刺史徐文盛，受湘东王绎命令，募兵得数万人，东下讨贼。行次贝矶，正值景将任约，据有西阳、武昌，拥着艨艟大舰，逆流前来。文盛纵兵迎战，击破约军，阵斩叱罗通等，约走西阳，侯景方自称汉王，进位相国，又加号宇宙大将军，都督六合诸军事。梁主纲毫不预闻，及见文牍上载此名号，方惊叹道："将军乃有宇宙的称呼么？"景令王克为太师，宋子仙为太保，元罗为太傅，郭元建为太尉，张化仁为司徒，任约为司空，王伟为尚书左仆射，索超世为尚书右仆射。所有军国大权，仍归侯景掌中。会因任约兵败，乃引军自出，驻扎晋熙。南康王会理，因侯景出戍，都城空虚，遂与左卫将军柳敬礼，即仲礼弟。西乡侯萧劝，东乡侯萧勔，皆萧景子。密谋起兵，诛灭景党。王伟是景第一心腹，会理等暗中规画，想把他先开头刀，不意建安侯萧贲，正德弟正立子。与始兴王萧憺孙子邕，竟将会理等密谋，通报王伟。伟先发制人，立率党羽，收捕会理，与会理弟通理、乂理，还有萧劝、萧勔、柳敬礼等，一古脑儿拘入狱中，飞使报景，乞请处置。景并不多说，只回答一个杀字，可怜会理等人，骈首就刑。那丧尽天良的萧贲、萧子邕，得景赐姓，改萧为侯，且受景封爵为王。萧氏得此坏子孙，直把那远祖萧何丞相的面目都剥光了！比正德还要弗如。

武林侯萧谘，鄱阳王范弟。姿禀文弱，不为景忌，尝得出入宫廷，侍谈主侧。自会理等谋泄被害，遂为贼党注目。谘因事至广莫门外，突然遇盗，把他杀死，这明明是景党所遣，伪为盗装，了结谘命。真也是一个斩草除根的绝计。景尝与梁主纲登重云殿，礼佛设誓道："自今君臣，两无猜贰，臣不得负陛下，陛下亦不得负臣！"至此景疑梁主与会理通谋，所以杀谘。梁主纲亦自知不久，见舍人殷不害在侧，指殿与语道："庞涓当死此下！"不害亦叹息而出。

惟侯景闻内变已平，遂由晋熙趋宣城。宣城守将杨白华，拒守经年，已累得粮尽力疲。偏侯景亲自到来，眼见得不能支撑，景又致书招降，许令不死，白华只好出迎。宣城虽下，三吴又义兵迭起，新吴有余孝顷，会稽有张彪，俱严辞讨景，羽檄交驰。景不得已还至建康，遣将堵御，怎奈顾东失西，图近忽远，任约屯兵西阳，屡次失利，武昌被徐文盛夺去，告急书络绎不绝。景只得再自出师，倍道至西阳，与徐文盛夹江筑垒，准备厮杀。文盛闭营不动，侯景渡江来攻，他始麾舟逆击。令旗一飐，数百号小舟，如箭驶至，攒攻侯景。景慌忙迎敌，正杀得难解难分，那文盛一箭射来，本意是欲射侯景，偏右丞库狄式和，立在前面，做了侯景的替死鬼，堕水丧命。景不禁胆寒，引舟急退，逃还营中，只晦气了若干将士。自经此一战，景知文盛难敌，拔营复退，遣宋子仙、任约等掩袭郢州。

郢州刺史萧方诸但知嬉戏，未谙军旅，行郢州事鲍泉，又是个酒囊饭袋，专供方诸戏弄，有时伏床作马，背负方诸，有时卧地作牛，口引方诸，镇日里游戏作乐，毫不设备。某日大风急雨，天色晦冥，有守卒登城遥望，隐约见有许多贼骑，卷旆前来，忙下城报泉道："贼骑来了！"泉怡然道："徐文盛方杀败贼众，何因得至？汝休得谎报！"说着又有走报如前。泉尚未信，直至探报迭至，方令闭城，那贼骑已经趋入，守卒逃避一空。泉不闻声响，还与方诸戏狎。方诸踞坐泉腹，用五色彩线，替泉辫髯，忽有一将排闼径入，持刀欲斫，方诸眼快，忙跪伏地下，叩头求免。确是一个小儿态。泉望将过去，正是贼帅宋子仙，急向床下一缩，匍匐进去。老头儿更不济事。宋子仙早已瞧着，顺手去扯泉须，泉痛不可耐，只好爬出，须与彩线，已半被拔落。当由子仙召入部众，将两人捆送景营。景闻郢州得手，竟顺风张帆，越过文盛军营，直入江夏。文盛大惊，溃归江陵。

湘东王绎已命王僧辩为大都督，率诸军至巴陵。途次闻郢州失守，乃即在巴陵驻军，飞使报绎。绎复书道："贼既乘胜，必将西下，卿不劳远击，但散守住巴邱，以逸待劳，无虑不胜！"又语僚佐道："景若率水陆两路，直指江陵，最是上策；否则据夏首，积兵粮，尚不失为中策；倘徒力攻巴陵，乃真是下策了。巴陵城小势固，僧辩自能坚守，景攻城不拔，野无所掠，待暑疫迭起，食尽兵疲，还有甚么不破呢！"想是湘东应做数年皇帝，所以福至心灵。乃命罗州刺史徐嗣徽，武州刺史杜崱，各引兵往助僧辩。

侯景使丁和守夏首，任约趋江陵，自督宋子仙等攻巴陵。景颇三策并用，但注重巴陵，已落下计。僧辩乘城固守，偃旗息鼓，静若无人，景遣轻骑至城下，问城中何人主守？僧辩令守卒回答道："守将为王领军。"城下复仰问道："何不速降？"僧辩复令守卒应声道："汝军但向荆州，此城不足为碍。"骑兵返报侯景，景颇以为疑。宜州刺史王琳，从僧辩屯巴陵。乃兄王珣，前曾驻守江夏，投降景军，景乃把珣两手反翦，推至城下，使招琳降。琳厉声道："兄受命拒贼，不能死难，尚敢来哄我么？"言已，弯弓欲射。珣赧颜趋退，景即督士卒百道攻城。但听城中梆声一响，旗鼓张皇，矢石如雨点般飞下，伤死景众无数，景只好却退。僧辩又迭出奇兵，与景角斗。景身被甲胄，在城下督战；僧辩却宽袍大袖，乘舆巡城，一些儿不露惊惶，反令守卒鼓吹奏乐。景不禁叹服，屡战无功。

湘东王绎令武猛将军胡僧祐，出援僧辩，且面谕道："贼若水战，但用大舰迎击，必然大胜，若止步战，可鼓棹自往巴邱，不烦与他交锋了。”僧祐奉令至湘浦，与景将任约相遇，佯为畏约，避就他路。约驱众急追，直抵羊口，遥呼僧祐道：“吴儿何不早降？走将何往？”僧祐不应，潜引兵至赤沙亭，适信州刺史陆法和，引兵来会，法和有异术，能预料吉凶，当侯景围台城时，尝语人道：“景亦胜亦不胜。”至此闻任约进逼江陵，自请会击。湘东王绎乃令他接应僧祐。法和与僧祐定计，伏兵待约。约自恃屡胜，驰入穽中，那时伏兵骤起，左有僧祐，右有法和，两军围裹拢来，随你任约勇力过人，到此也似虎落陷坑，无从逞威，被法和军活擒了去；余众多死。

景在巴陵城下，众多病疫，又兼粮食告罄，正思退军，蓦闻任约被擒，且惊且惧，便即焚营夜遁，用丁和为郢州刺史，留宋子仙守郢城，别将支化仁守鲁山。法和送约至江陵，自请还镇，并语绎道：“侯景将平，不必多虑，惟蜀贼将至，不可不防！”绎乃遣屯峡口，任约亦愿归诚，绎因许赦免。更命王僧辩、胡僧祐等引兵东下。僧辩先攻鲁山，擒住支化仁，进薄郢州，攻克外郛，斩首千级。宋子仙退据金城，僧辩四面筑垒，环攻不休。子仙惶急得很，情愿献还郢城，乞放开一网，俾得生还。贼党也有此时。僧辩假意允许，撤去一面围兵，给船百艘，令他载归。一面命别将杜龛，领着精兵千人，攀堞齐上，鼓噪奄进。子仙开城驾舟，与丁和飞桨遁逃。驰至白杨浦，天色将晚。子仙拟拢舟近岸，不防芦苇中闪出一军，为首一员大将，装束与天魔相似，大声喝道：“逆贼休走！周铁虎等候多时了！”小子有诗为证，诗云：

悍贼横行已数年，到头毕竟有谁怜？
一声惊响心先碎，乱党从来少瓦全。

究竟宋子仙等能否逃生，且至下回再叙。

陈霸先起兵讨贼，为陈氏开基之始。彼本安居岭南，独能仗义执言，纠众兴师，当其出南海，越大庾，转战无前，所向披靡，元景仲、兰裕、蔡路养、李迁仕等，非死即遁，未闻有敢与久持者，何其锐也！冯夫人冼氏，谓非常人，诚哉其然。惟冼氏为一妇人，乃能鉴别枭雄，已非凡品，且为冯宝设谋，智赚迁仕，有此巾帼，不亚须眉，宜本回之力为旌扬，不肯苟略。王僧辩之从容拒景，智勇不在霸先下，瑜、亮并生，同辅一主，设非后日之互启猜嫌，各思攘柄，宁非亦萧氏之周召耶！故本回提出二人，作为纲领，所以表贼景之平，实由二人为首倡云。

第六十四回

弑梁主大憝行凶
僭侯贼庶支承统

却说宋子仙等行至白杨浦，兜头遇着一将，率兵拦住，叫作周铁虎。铁虎本在河东王誉麾下，誉败死后，铁虎为僧辩所擒。僧辩因他骁勇绝伦，屡摧将士，特下令就烹，铁虎大呼道："侯景未灭，奈何烹壮士！"僧辩暗暗称奇，乃许释缚，收为部将。至是特令他往截子仙，子仙已经胆怯，不得已与他交锋，战了数合，被铁虎卖个破绽，把他擒住。丁和本是无能，见子仙受擒，吓作一团，当由铁虎麾动左右，牵令下马，一同捆缚。余众或死或降。铁虎回营献俘，僧辩即解二俘往江陵。湘东王绎，亲加审讯，问明方诸、鲍泉下落。才知方诸由侯王带去，鲍泉已被丁和捶死，投尸黄鹤矶，于是绎怒不可遏，即将二俘斩首，并命王僧辩进兵江州，与陈霸先会师。

时侯景返至建康，猛将多死，自恐不能久存，因欲篡梁称帝，暂娱目前。王伟希旨进言道："从古移鼎，必须废立，既示我威，且绝彼民望，幸勿再延！"景乃使前寿光殿学士谢昊，代草诏书，略言：弟侄争立，星辰失次，皆由朕非正绪，召乱致灾，宜禅位豫章王栋云云。既要篡位，何必再立豫章？诏既草就，遂遣党徒吕季略赍入，逼梁主纲署印。一面即着卫尉卿彭隽等，带兵入宫，拥梁主至永福省，派兵监守，杀太子大器，寻阳王大心，西阳王大钧，建平王大球，义安王大昕皆梁主纲子。及宗室王侯二十余人。大器风度端凝，未尝屈事贼党，或劝他稍贬气节，大器道："贼不杀我，抗礼无伤；若要见杀，百拜何益！"景西出时，曾挟大器俱行，为质军中。及自巴陵败归，步伍错乱，大器坐船在后，左右劝他乘隙北往，免受贼制。大器道："国家丧亡，本不图生，今若逃匿，不是避贼，乃是叛父了！"此语未免愚孝。景因他器宇深沉，防为后患，故先行下手。临死时颜色不变，且从容道："久已待死，已恨过迟。"贼党取衣带上前，大器道："此物何能即死，不如用系帐绳罢。"贼党乃将绳取下，套大器颈，一绞即已断气。后来湘东正位，追谥为哀太子，这且不必细表。

且说侯景既废去梁主纲，降封为晋安王，遣人迎立豫章王栋。栋系昭明太子长孙，父即豫章王欢，欢已去世，栋闲居第中，廪饩甚薄，方与妃张氏灌园锄葵，忽见法驾来迎，大惊失措，没奈何涕泣升舆。将入宫中，忽有回风，从地涌起，吹去华盖，飞出端门，都人已目为不祥。侯景等拥栋至武德殿，被服衮冕，即位受朝，改大宝二年为天正元年。太尉郭元建自秦郡驰还，向景进言道："主上系先帝太子，奈何见废？"景答道："王伟劝我早绝民望，所以举行。"元建道："我挟天子令诸侯，尚惧不济；况无端废立，更失人心，祸且不远了！"景犹豫未决。更有溧阳公主，顾念父恩，亦劝景迎父复位。景素爱公主，又因元建谏诤，即欲迎还故君，令新主栋为太孙。王伟闻信，亟入见景道："废立大事，难道可朝令暮改么？"景乃罢议。伟又劝景尽杀梁主纲子，景因遣使四出，一至吴郡杀南海王大临，一至姑熟杀南郡王大连，一至会稽杀安陆王大春，一至京口杀高唐王大壮。又将太子妃赐郭元建，元建道："岂有皇太子妃，为人作妾么？"还算有些天良。景亦不便强迫，乃搁过不提。

惟王伟凶恶得很，复劝景弑故主纲。景因遣彭隽、王修纂与伟同至永福省，尚说是奉觞上寿。纲笑道："寿酒么？想是要祝我归天了！"遂嘱陈肴馔，兼使鼓乐，饮得酩酊大醉，入卧床中。伟使隽携入土囊，压纲身上，再令修纂就土囊上坐，一个醉天子，当然是气绝身僵，时年四十九岁，在位只有二年。纲字世缵，被幽时题壁自序云：有梁正士兰陵萧世缵，立身行道，始终如一，风雨如晦，鸡鸣不已，弗欺暗室，何况三光！数至于此，命也如何！又作连珠二首，词极凄怆，平素著述颇多，不可殚纪。王伟见故主已殁，便撤户扉为棺，迁殡城北酒库中，然后欣然复命。想与梁主有宿世冤仇，故狠毒至此。景为故主纲拟谥，称为明皇帝，庙号高宗。越年由王僧辩等入都，奉葬庄陵，追崇为简文皇帝，庙号太宗。

新主栋即位后，尊先祖昭明太子统为昭明皇帝，先考豫章王欢为安皇帝，进东道行台刘神茂为司空，余官如故。神茂闻侯景败归，阴谋反正，至司空命下，即誓众绝景，谓系受国厚恩，理应为国讨贼等语。乃据住东阳，遥应江陵。江陵大将王僧辩，复自郢州东下，收降豫章守将侯瑱，直入湓城，与陈霸先会师屯邱，得霸先接济粮米三十万石，军势大震。再引兵拔晋熙，下寻阳，所向无前，贼众尽靡。

侯景急欲称帝，自加九锡，置丞相以下百官。嗣建天子旌旗，出警入跸。未几逼栋禅位，僭号汉帝，升坛受贺。坛前忽有兔跃起，一跃即杳，天空有白虹贯日，众皆惊讶。景还登太极前殿，改天正元年为太始元年，封萧栋为淮阴王，幽锢监省。栋弟桥樛，亦并禁密室。王伟请立七庙，景问道："甚么叫作七庙？"伟答道："天子祭七世祖考，所以应立七庙。”景默然不答，伟又问七世名讳，景乃说道：“前代祖名，我不复记，但记我父名标，死在朔州，去此甚远，就是阴灵未泯，怎得到此来瞰血食呢？”左右不禁暗笑。我说他一生狡猾，惟此数语，尚本天真。有一侯景旧将，记得景祖名乙羽周，余皆无考。王伟捏造名号，推汉司徒侯霸为始祖，晋征士侯瑾为七世祖，祖周为大丞相，父标为元皇帝。遣赵伯超为东道行台，往戍钱塘。令中军都督李庆绪，右厢都督谢答仁，左厢都督李遵等，出击刘神茂。神茂连战皆败，部将王晕郦通出降谢答仁，神茂亦穷蹙乞降。答仁送神茂至建康，景命特制大铿碓，自足至头，寸寸铿碎。还有神茂部将元頵、李占等，临阵被擒，亦截去手足，绑示大众，辗转呼号，经日乃毙。都人恨景残忍，愈觉离心。景又深居禁中，荒耽酒色，非故旧不得进见，部将亦多怨望。

那王僧辩、陈霸先两军，受湘东王号令，于次年二月初旬，会讨侯景，舳舻数百里；两统帅至白茅湾，筑坛歃血，共读誓文。大旨在协力讨贼，永无贰心，大众闻言，统皆踊跃听命。僧辩即使侯瑱率师，袭击南陵、鹊头二戍，再战皆克，遂顺流东进。侯景已遣侯子鉴带着水兵，出屯肥水，郭元建带着陆兵，进趋小岘。子鉴正攻入合肥外城，闻西师将至，退保姑熟。景又遣将史安和、宋长贵等，往助子鉴，且自赴姑熟巡视垒栅，面谕子鉴道：“西人擅长水战，勿可轻与争锋，若得马步一交，定可得胜。汝但坚守待变便了。”言讫还都。子鉴依命办理，舍舟登陆，闭营不出。王僧辩等到了芜湖，探得侯子鉴立营岸上，却也不敢轻进，逗留至十余日。当有人通报侯景，谓西军将遁，急击勿失。景方下一伪诏，赦湘东王绎、王僧辩等罪状，部众笑为无益。乃令子鉴整备水战，子鉴复由陆登舟。僧辩得报，即率舟师趋姑熟。子鉴发步骑万余人，上岸挑战，另用鸼舠千艘，分载战士，为追逐计。鸼舠音鸟了，系是长船，两旁着楫，往来如飞。僧辩不与步战，且麾小船退后，但留大舰夹泊两岸。子鉴部下，疑他怯战，便各驶船前追，僧辩待他过去，然后鼓动大舰，断他归路，复扬旗指麾小船，四面截击，鼓噪大呼，杀得贼船东沉西没，无路可奔。子鉴弃甲改装，夺路逃脱。败报为侯景所闻，景不禁大惧，涕下满面，引衾蜷卧，良久方起，叹道：“我误杀乃公！”当下使石头戍将张宾，用海艟缒沈淮中，堵塞淮口，再沿淮筑城，自石头城至朱雀桁，楼堞相接，亘十余里，拒遏西师。也是呆人呆想。

王僧辩督领诸将，乘潮入淮，见前面守备严整，也觉踌躇，因向陈霸先问计。霸先道：“前柳仲礼拥兵数十万，隔水久驻，贼登高俯瞩，一望无余，故能覆我师徒。今欲围攻石头，须速渡北岸，诸将若不能当锋，霸先愿先去立栅，请公无虑！”僧辩大喜；霸先遂往石头西面落星山，择地筑栅。僧辩亦进军招提寺北。侯景亲出抵御，有众万余人，铁骑八百余匹，列阵西州西隅。霸先道：“我众贼寡，应分贼兵势，休使他聚精蓄锐，向我致死。”乃命诸将分道置兵，张皇声势。

景意欲速战，纵骑进攻，冲入西军偏将王僧志营，僧志少却。霸先遣将军徐度，率弓弩手三千，绕出景后，更番迭射，景后队多伤，只好引退。霸先与王琳、杜龛等，麾动铁骑，突入景阵，僧辩又率大军继进，仿佛泰山压卵一般，教侯景如何抵挡，没奈何退入栅中。石头城守将卢晖，见西军势胜，景已败还，料知景必危亡，便开门出降。僧辩入据石头城，霸先尚在城外，与景相持。景尚督众死战，自率百余骑，弃槊执刀，硬行冲突，再进再却，众遂大溃。诸军逐北至西明门，景返至阙下，召王伟叱责道：“尔迫我为帝，今日何如？”伟不能答。景即欲出走，伟执辔谏阻道：“从古岂有叛天子！现在宫中卫士，尚足一战，去此意欲何往？”景喟然道：“我从前败贺拔胜，破葛荣，扬名河北，渡江入台城，降柳仲礼如反掌，今日是天亡我了！”恶贯满盈，应该至此。乃用皮囊盛二婴儿，系在江东所生，俱属襁褓，分挂鞍后，与亲党百余骑，东走入吴。侯子鉴、王伟等奔朱方。

僧辩命杜龛、杜崱等入据台城，军士剽掠居民，不加禁止，可怜男女裸体，号泣盈途。僧辩不得善终，已兆于此。是夕军役失火，焚去太极殿及东西堂，所有宝器羽仪辇辂，一古脑儿付与祝融。僧辩命侯瑱等率精甲五千，驰追侯景，自率诸将诣阙，王克、元罗等偕台内旧臣，恭迎道旁，僧辩笑语王克道：“君等服事虏主，想亦甚劳！”克等惭不能对。僧辩又问玺绶何在？克嗫嚅道：“已被持去。”僧辩叹道：“我王氏百世卿族，一朝坠地无遗了！”当下迎故主纲梓宫入殿，率百官哭踊如仪，然后报捷江陵，奉表劝进，且迎都建康。湘东王绎，复称缓议。不可无此做作。

从前绎遣僧辩东行，僧辩道：“平贼以后，嗣君万福，究应如何行礼？”绎直答道：“六门以内，自极兵威。”太觉忍心。僧辩又道：“讨贼事由臣负责，若命臣为成济，见前注。臣不敢为！请另用他人！”绎乃密嘱宣猛将军朱买臣，使他便宜处置。此朱买臣非汉会稽太守之朱买臣。及西师入都，萧栋及二弟桥樛，得从密室出走，途次遇着杜崱，替他释去锁械，桥樛相语道：“今日始得免横死了。”栋皱眉道：“倚伏难知，我尚耽忧。”言未已，朱买臣已经趋至，呼萧栋兄弟下船，出酒劝饮，灌得三人醉如烂泥，令左右把他扛出，但听得扑通扑通好几声，俱到水晶宫挂号去了。买臣虽奉主命，手段亦觉太辣。

僧辩使陈霸先赴广陵，招降郭元建、侯子鉴等，子鉴恐不相容，与元建投奔北齐。独王伟与子鉴相失，俘归建康。僧辩问道：“卿为贼相，不能死主，还想求活草间么？”伟答道：“兴废乃是天命；若汉帝早从伟言，明公岂有今日！”僧辩冷笑数声，送往江陵，归湘东王取决。

惟侯景南走钱塘，赵伯超闭门不纳，再北趋松江，被侯瑱追及，景尚有船二百艘，众数千人，瑱麾众进击，擒住彭隽、田迁、房世贵等。景与腹心数十人，单舸飞奔，推堕二子入水，拟东航入海。瑱遣副将焦僧度追景，景手下有库直都督羊鹍，为景妾兄，曾随景东走，见景穷蹙无归，不觉心变，乘景昼寝，却令舟子转舵，驶向京口。景睡醒起望，前面已是胡豆洲，距京口不过数十里，顿时大骇，召鹍入问，鹍拔刀指景道："我等为王效力，已有数年，今王已无成，乞借头颅，博取富贵！"景未及答，刀锋已近身旁，慌忙避入船中，用佩刀抉船底，意欲凿船逃生，鹍取过一槊，用力猛刺，直穿景背。景猛叫一声，立即倒毙。景将索超世在别船，鹍诈传景命，召至船中，把他拘住，连人带尸，献与南徐州制史徐嗣徽。嗣徽诛死超世，用盐纳景腹中，送往建康。僧辩枭景首级，传入江陵，尸身陈列市曹，士民争往脔食，并骨俱尽。溧阳公主，尚在都中，因父兄遇害，恨景亦深，也欲烹食景肉。众将景阳物割下，畀与公主，公主亦囫囵吞入，嚼尽无余。上下倒置，太要朵颐。赵伯超、谢答仁等，皆乞降瑱军，瑱一并送至建康。僧辩只斩一房世贵，余皆解往江陵。

湘东王绎得侯景首，悬市三日，用漆烫过，藏诸武库。遣南平王萧恪为扬州刺史，进王僧辩为司徒，镇卫将军，封长宁公，陈霸先为征虏将军，开府仪同三司，封长城县侯。一面审讯俘囚，十杀七八，只赦任约、谢答仁。王伟在狱中，曾上五百言诗，绎爱他文才，欲加赦宥，或谓伟前日曾作檄文，词意甚佳。此人必与伟有仇。绎即命检视，檄文中有联语云："项羽重瞳，尚有乌江之败；湘东一目，宁为赤县所归！"绎不禁大怒，命牵伟出狱，拔舌钉柱，剜腹脔肉，然后致死。侯景叛逆，皆伟主议，虽置伟极刑，不足蔽辜，但湘东为私意杀伟，转难服众。

伟既伏诛，乃下令大赦。南平王恪等统上书劝进，绎尚未遽许，但已遣人求玺。这玺绶曾由侯景带去，景嘱侍中兼平原太守赵思贤掌管，且预语道："若我死，宜沉玺入江，勿使吴儿再得此物！"玺有何用？岂吴儿不得此玺，便不能为帝吗？思贤唯唯受命。及景为羊鹍所杀，思贤持玺潜逃，从京口渡江，中途遇盗，投弃草间。奔至广陵详告郭元建，元建使人寻取，果然得玺，献与北齐行台辛术。术转献齐廷，传国玺遂为高氏所有了。

齐主高洋使散骑常侍曹文皎，南下聘问。湘东王绎亦遣散骑常侍柳晖报聘。两下方玉帛修仪，不意高洋纳郭元建言，竟令司空潘乐出兵，偕元建围梁秦郡。行台辛术，谓信使往来不绝，不宜无端动兵，高洋不从。陈霸先方出镇京口，先遣徐度、杜崱等陆续赴援，寻且自往秦郡，击退齐兵，斩首万余级，然后班师。王僧辩再会公卿百官，奉表江陵，请绎嗣位，绎乃准如所请，即位江陵，颁行诏书。略云：

夫树之以君，司牧黔首，帝尧之心，岂贵黄屋？诚弗获已而临莅之。朕皇考高祖武皇帝，明并日月，功格区宇，应天从民，惟睿作圣。太宗简文皇帝，地侔启、诵，方符文、景，羯寇凭陵，时难孔棘。朕大拯横流，克复宗社。群公卿士，百辟庶僚，咸以皇灵眷命，归运所及，天命不可以久淹，宸极不可以久旷，粤若前载，宪章令范，畏天之威，算隆宝历，用集神器于予一人。昔虞、夏、商、周，年无嘉号，汉、魏、晋、宋，因循以久，朕虽云拨乱，且非创业，思得上系宗祧，下惠亿兆，可改太清六年为承圣元年。绎尚奉太清年号，见六十二回。**逋租宿负，并许弘贷；孝子义孙，可悉赐爵；长徒鏁士，特加原宥；禁锢夺劳，一皆旷荡。与民更始，令众周知！**

即位这一日，不升正殿，但在偏殿中召集百僚，草草行礼，算是权宜办法。越数日，追尊生母阮修容为文宣太后，立王子方矩为皇太子，改名元良。方智为晋安王，方略为始安王。当时江陵以东，但以长江为限，江北地俱入北齐，江陵以西，仅至峡口，西蜀一带，有益州刺史武陵王纪据守，不服湘东命令，岭南也由萧勃自主，阳奉阴违，绎虽称帝，权力有限，不过千里以内，尊为梁主罢了。小子有诗叹道：

国难君危两不知，痴心但望嗣皇基。

江陵侥幸登君位，蜗角偷安得几时！

梁主绎即位时，湘州长史陆纳，已经起叛。欲问他出自何因，容至下回分解。

侯景之乱，成之者为王伟，败之者亦王伟。伟之恶实浮于景，不过景为渠魁，罪归于主，故后世多嫉景而略伟耳。试阅本回之弑纲废栋，及屠戮大临、大连等人，何一非伟导成之？自篡弑之恶，大暴于天下，而景之始鸣得意者，终变而为大失意，众矢集的，不亡何待！脔割之遭，虽为恶贯满盈所致，顾景非王伟，恶不至此，误杀乃公之悔，顾何及哉！湘东王绎尚欲曲宥伟罪，及见湘东一目之文，始有拔舌剜腹之罚。满腔私意，无自服人，此所以即位未几，而仍致败亡也欤！

第六十五回

杀季弟特遣猛将军
鸩故主兼及亲生女

却说湘州刺史王琳，曾偕僧辩入都平景，功居第一。他本家居会稽，以行伍起家，姊妹皆入湘东王宫，琳因侍王左右，得邀荣宠，平时常倾身下士，所得赏赐，不入私囊，尽给兵吏，麾下约有万人，多系江淮群盗，乐为彼用，自平乱有功，恃宠纵虐。僧辩不能禁，密表请诛，绎但调琳为湘州刺史。琳恐及祸，使长史陆纳率部众赴州，自诣江陵陈谢。临行时，与约相语道：“我若不返，汝将何往？”纳等齐声请死，乃洒泪而行，既至江陵，一入殿中，即被卫军拿住，下吏论罪，另授皇子始安王方略，代镇湘州，用廷尉黄罗汉为长史，使与太舟卿太舟官名。张载，同至巴陵，抚驭琳军。陆纳及士卒并哭，不肯受命，载素性悍戾，又得主眷，遂厉声喝阻。不管死活。才及半语，已由纳麾动士卒，一拥而上，把载绑缚起来，并将罗汉拘住。惟方略为王琳甥，纵使归报。梁主绎续遣宦官陈旻，往谕纳众。纳反将张载牵出，刳腹抽肠，系诸马足，策马使行，肠尽气绝，及剖心焚骨，率众欢舞，惟黄罗汉向来清谨，得免惨祸。究竟悍吏不及清官。纳遂引兵据住湘州。梁主绎复令宜丰侯萧循萧谘弟。为湘州刺史，一面征王僧辩督师会讨，循至巴陵，驻节以待，忽得纳请降书，求送妻子，循微笑道：“这明是诈降计，今夜必来袭我了！”因将麾下千人，分头埋伏，自己兀坐胡床，开垒待着。延至夜半，纳果用轻舸载兵，飞驰而至，遥见垒门大启，上面坐着一人，端居不动。纳未免惊诧，便令兵士鼓噪直前。将逼垒门，那上坐的仍然如故。当时疑为草人，正思用槊入刺，不防两旁突起伏兵，大刀阔斧，奋勇杀来，纳知是中计，忙勒兵倒退，已被杀伤多人，慌忙下舟南遁。最后一舰，不及开驶，眼见为循军夺去。纳垂头丧气，走保长沙，王僧辩亦至，与循相会，共逼长沙城下。纳复率众迎战，僧辩亲执旗鼓，循亦躬冒矢石，东西并进，大破纳众，纳入城拒守，由僧辩等进兵环攻，连旬不下。梁主绎特遣送王琳至长沙，令谕纳众，纳众在城上罗拜，且泣语道：“朝廷若肯赦王郎，乞许彼入城，纳等情愿待罪。”僧辩尚未肯许，仍将王琳送回江陵。适武陵王纪自西蜀发兵，来窥江陵，信州刺史陆法和，屯兵峡口，与纪相持，并遣人至江陵乞援，梁主绎欲调长沙兵往助，不得已赦琳前罪，仍遣为湘州刺史。琳复至长沙，纳众迎降，湘州告平，乃更调琳拒蜀。看官欲知武陵王纪，何故与江陵为难？说来又是一种情由。纪系梁武第八子，少得父宠，大同三年，受命为益州刺史。纪因道远固辞，梁武密嘱道：“天下方乱，惟益州可免，故特处汝，汝宜勉行为是。”纪乃涕泣赴镇。及侯景入都，曾得朝廷密敕，加位侍中，假黄钺都督征讨诸军事，促令入卫。纪尝令世子圆照，领兵三万，受湘东王绎节度，会兵讨景。绎命圆照屯白帝城，未许东下，至梁武饿死，纪将督兵自行，又为绎所劝阻。纪次子圆正，方任西阳太守，绎署为平南将军，诱令入谢，把他囚住，荆、益衅端，从此始开。纪颇有武略，居蜀十七年，南开宁州、越隽，西通资陵、吐谷浑，内劝农桑，外通商贾，财用丰饶，器甲殷积，因与江陵生隙，遂从长史刘孝胜言，僭号蜀中，改元天正，与萧栋同一年号。时已有人顾名思义，谓天为二人，正为一止，已各寓一年即止的预兆。这也未免牵强。司马王僧略，参军徐怦，谓不应称帝，并皆切谏，纪不但不从，且把他并置死刑。梁主绎承圣二年，纪遂率军东下，留益州刺史萧㧑守成都，行次西陵，军容甚盛，惟峡口设有二城，为陆法和所增筑，取名七胜城，锁江断峡，使纪军不得飞越。但乞江陵速发援师，梁主绎很怀忧惧，特贻书西魏，书中引着左氏传文，有子纠亲也，请君讨之二语。西魏大丞相宇文泰道：“取蜀制梁，在此一举。”诸将俱以为未可，惟大将军尉迟回，为宇文泰甥，力言可克，且禀泰道：“蜀与中国隔绝，百有余年，自恃险远，不虞我至，若用铁骑倍道进兵，径袭成都，蜀自不战可破了。”泰乃托词援梁，即遣尉迟回出散关，引军入蜀。进至涪水，潼州刺史杨乾运，举州请降，回分兵守潼州，径袭成都。纪方锐意东下，接得成都急报，乃遣梁州刺史谯淹还援。偏又为尉迟回所破。败报复至西陵，纪欲返救根本，独世子圆照，及益州长史刘孝胜，力言不可，纪乃舍西图东。诸将各有异言，纪竟下令道：“敢谏者死！”自投死路，还要吓人。遂命将军侯睿，率众七千，遍筑营垒，与陆法和相拒。梁主绎释出任约，令为晋安王司马，使领禁兵，往助陆法和。继又用谢答仁为步兵校尉，遣令再往，且致书与纪，劝他还蜀，专制一方。纪不肯从，答书如家人礼，并未称臣，绎复致书道：

吾年为一日之长，属有平乱之功，膺此乐推，事归当璧，倘遣使乎？良所希也。如曰不然，于此投笔，兄肥弟瘦，无复相见之期，让枣推梨，永罢欢愉

之日。心乎爱矣！书不尽言。

纪得书不答，满望旗开得胜，直指江陵，怎奈屡战无功，师老财匮。又闻西魏军围攻成都，孤危愤懑，不知所为，乃遣度支尚书乐奉业，诣江陵求和。奉业反入白梁主道："蜀军乏粮，士卒多死，危亡可立待呢。"梁主绎因拒绝和议；纪亦无法。将士多半思归，各有贰心，更因纪吝啬不情，平时尝熔金成饼，饼百为箧，箧以百计，银比金约五六倍，锦罽缯彩，不可胜数，每战但悬示将士，并未分赏。宁州刺史陈智祖，请犒军励士，纪不肯从，智祖竟至哭死。或欲向纪申请，纪又辞疾不见，因此众心益离。守财奴怎思济事！巴东民符升等，斩峡口城主公孙晃，出降王琳，谢答仁、任约，合攻侯睿，连破三垒，于是两岸十四城俱降。梁游击将军樊猛，出兵截纪归路，纪不获退兵，只好顺流再进。猛趁势追击，纪众大溃，赴水溺死，约八千余人。再由猛联舟为阵，把纪众困在垓心，一面飞章奏捷。梁主绎密敕复报道："与纪生还，不得言功！"杀害骨肉，已成惯技。猛乃督兵环攻纪船，纪在舟中绕床而走，不知所为。蓦见猛一跃过舟，挺槊来刺，自知命在须臾，急取金囊掷猛，且顾语道："此物赠卿，愿送我一见七官。"注见前。猛叱道："天子如何得见？我杀足下，金将何往？"说着，手起槊落，把纪戳倒，又加一槊，立即毙命。金钱本可买命，至此时也属无济了。

纪有幼子圆满，亦遭杀死。陆法和收捕圆照兄弟三人，送入江陵，梁主绎削纪属籍，改姓饕餮氏。刘孝胜亦被擒至，拘系狱中，嗣得释出。纪次子圆正在狱，由绎使人传语道："西军已败，汝父已不知存亡了。"这二语是逼他自裁，圆正但号呼世子，哭不绝声。绎乃使与圆照相见，圆正顾圆照道："兄奈何自残骨肉？徒使痛酷至此！"圆照惟自悔前误，付诸长叹罢了。既而两人并囚狱中，连日不得一餐，甚至啮臂啖血，历旬有二日乃死。远近统代为悲悼，咎绎不仁，那西蜀已被西魏军取去。成都守将萧㧑，举州外附，尉迟回使民复业，惟收奴婢及储积，犒赏将士，不私一钱。西魏命回为益州刺史，自剑阁以南，均归回承制黜陟，回申明赏罚，互用恩威，抚辑州民，招徕异族，华夷相率翕服，安帖无哗，从此西蜀版图，归入西魏，后事容待缓表。

且说梁主绎既除季弟，便欲还都建康，将军宗懔、黄罗汉，皆系楚人，不愿东迁。领军将军胡僧㧑，御史中丞刘彀，亦与宗、黄同意，极力谏阻，绎乃召朝臣会议，多至五百人，仍然聚讼未决。绎复下令道："劝吾迁都可左袒；否则右袒。"一时左袒的人，竟至过半。武昌太守朱买臣进言道："建康旧都，山陵所在，荆镇边疆，非帝王所居地，愿陛下勿疑，免致后悔！臣家在荆州，岂不愿陛下居此？但恐是臣富贵，并非陛下富贵呢。"买臣此语，不为无见。梁主再使术士杜景豪卜易，未得迁都吉兆，因答言未吉。及趋退后，私语亲友道："此兆恐为鬼贼所留呢。"嗣是梁主因建康彫残，江陵全

高洋（526—559），即齐文宣帝，字子进，渤海蓨（今河北景县）人，北齐的建立者。高欢次子，东魏时封齐王。武定八年（550年），代魏自立，改元天保。任用汉族士人杨愔，改定律令。连年出击柔然、突厥，修建长城。嗜酒昏狂，以淫乱残暴著称。

盛，卒从僧祐等言，但令王僧辩还镇建康，陈霸先还镇京口。会齐遣郭元建治军合肥，将袭建康，梁命南豫州刺史侯瑱，迎战东关，击退齐师。

时齐主高洋，已鸩死故主善见，并善见三子，谥为魏孝静皇帝，葬诸邺城西隅。故后高氏，已降为中山王妃，与善见情好颇笃，善见被幽，高氏随时护视。洋欲行弑，特召高氏入宴，至宴毕退还，善见已死。妃当然哀号，葬毕入宫，为洋所迫，令她转嫁杨愔，愔毫不推辞，竟礼迎而去。乐得受赐。洋复发中山王墓，把故主善见遗棺，投入漳水，并将所有元魏神主，焚毁殆尽。彭城公元韶，曾纳孝武后高氏为妃，特邀异宠。开府仪同三司美阳公元晖业，位望隆重，从齐主洋在晋阳，尝至宫门外骂韶道："汝不及汉朝老妪，负玺畀人，何不当时击碎？我出此言，自知必死，看汝能生得几时！"谓汉元后投玺缺角，韶何故奉玺入齐！果然齐主闻言，召入晖业，一刀了事。韶文弱似妇女，由齐主令剃须髯，施粉黛，着妇人衣，随从出入。尝语左右道："我用彭城为嫔御。"韶亦不以为羞，旅进旅退，委蛇过去。

齐主洋又亲征突厥，并救柔然。自柔然与高氏结婚，往来通好，连年无事。回应五十八回。高洋篡魏，柔然主头兵可汗亦遣使入贺，洋亦答使报聘。偏有突厥起自西域，为柔然患。相传突厥系平凉杂胡，姓阿史那氏，集成部落，后被邻部破灭，只剩一个十龄小儿，刖足断臂，委弃草泽中，有牝狼衔肉相饲，乃得生长，竟与牝狼交合，俨若夫妇。邻部酋长，复派兵捕杀遗儿，惟牝狼窜至高昌国西北，匿居深岩。狼已有孕，一产十男，十男渐长，分出穴中，掠民为妻，嗣是生育日蕃，得五百家，聚居金山南面，服属柔然，世为铁工。金山形似兜鍪，番俗呼兜鍪为突厥，因以为号。传至大叶护，种类渐强。既而伊利嗣世，强悍过人，募众击铁勒部，收降五万余家，遂自称土门可汗。遣人向柔然求婚，头兵可汗不允，且叱为锻奴，使人斥责。伊利怒斩来使，率众袭柔然，柔然与战不利，由伊利乘胜进击，围住柔然营帐。头兵可汗屡战屡败，愤恚自杀，有子菴罗辰，及头兵从弟登注俟利等，突围奔齐。伊利可汗亦得胜回国，柔然余众，拥立登注次子铁伐为主。铁伐为契丹所杀，齐因送还登注，入主柔然。登注也不得善终，众复推立登注子库提。适伊利弟木杆俟斤，承袭兄业，状貌奇异，面阔尺余，颜似赭石，眼若琉璃，素性刚暴多智，锐意拓地，便起兵再击柔然。柔然酋长库提，哪里是他对手，没奈何举族奔齐。齐主高洋督军北巡，迎纳柔然部众，惟废去库提，改立菴罗辰为可汗，令居马邑川，赐给廪饩缯帛。当下往御突厥，突厥主木杆可汗，闻齐天子亲自出马，前来征剿，也带着三分惧意，便致书请降。齐主洋亦得休便休，但饬令每岁朝贡，定约而还。突厥事始此。越年为齐天保五年，齐主洋复自击山胡，大破番众，男子过十三岁，一律腰斩，妇女及幼弱充赏，遂得平石楼山。山本绝险，终魏世不得制服，经齐主一鼓荡平，远近胡人，始不敢抗命。齐主洋乃志得气盈，渐成狂暴。有都督战伤将死，医治难疗，索性刳挖五脏，令九人分食，骨肉俱尽。此后视人如畜，刲割烹炙，几成为常事了。北齐事暂且按下，西魏事应当叙入。

自宇文泰当国以后，权势日盛，西魏主宝炬拱手受教，不能有为。泰初用苏绰为度支尚书，百度草创，损益咸宜。绰又尝以国家为己任，荐贤拔能，务期称职，每与公卿谈论，自昼达夜，事无巨细，若指诸掌，因此积劳成疾，遂至谢世。泰痛悼不置，当绰柩归葬时，由泰亲送出城，酹酒为奠道:“尔知我心，我知尔意，方欲共平天下，奈何舍我遽去！”说至此，举声大恸，酒卮竟堕落地上，尚未觉着，直至柩已去远，方怏怏退回。

未几又仿古时寓兵于农遗意，创作府兵，平时仍然务农，到了农隙，讲阅战阵，马畜粮械，由民自备，惟将租庸调三项，尽行蠲免。输粟为租，输帛为调，力役为庸。每府归一郎将统率，百府得百郎将，分属二十四军，每军归一开府主持，合两开府置一大将军，合两将军置一柱国，共计柱国六人，最高统帅，称为持节都督，宇文泰即手握都督重权。看官试想，国家治内控外，莫如兵力，泰既膺此重任，简直是把西魏版图，运诸掌上，那主子宝炬，还有甚么权威? 但教画诺允行，不违泰意，便算是明哲保身了。府兵制度，向称良法，故特别提及。

宝炬在位十七年，病终乾安殿，年四十有五。太子钦入嗣帝位，尊父为文皇帝，母乙弗氏为文皇后，合葬永陵。越年虽然改元，不立年号，册妃宇文氏为皇后，就是宇文泰女。尚书元烈，系西魏宗室，密谋诛泰，谋泄被杀。钦由是怨泰，屡思拔去眼中钉。临淮王元育，广平王元赞，统说宇文氏根深蒂固，不能动摇，否则必将及祸；钦不以为然。两王再涕泣固争，仍然不省。泰诸子皆幼，兄子章武公导，中山公护，又皆出镇，惟用诸婿为腹心。清河公李基，义成公李晖，常山公于翼，并取泰女为妇，故各为武卫将军，分掌禁兵。钦有所谋，无非与二三幸臣，日夕私议，怎得中用，且反为宇文氏所探知。泰遂将钦废去，徙置雍州，改立钦弟齐王廓，且逼廓复姓拓跋氏。魏初统国三十六，大姓九十九，后多灭绝。泰封有功诸将为三十六国，次为九十九姓，所领士卒，亦改从统将姓氏。是何意见？

过了三月，复由泰密遣心腹，赍毒酒至雍州，鸩死故主元钦，史家称为废帝。钦后宇文氏，自愿殉夫，也饮鸩而亡。后幼有风神，尝在座侧置列女图，有志效法，泰辄语人道：“每见此女，良慰人意。”及嫁为钦妃，志操雅正，内助称贤，钦亦格外爱重。至钦嗣父祚，不置嫔御，仍与后伉俪甚欢。钦被废徙，后亦随往，可怜一对好夫妻，生同室，死同穴，魂魄相随，仍作地下鸳鸯去了。小子有诗叹道：

殉夫殉国两全贞，烈妇由来不惜生。

拼死愿随故主去，好教彤史永留名！

宇文泰既弑故主，复讽淮安王育上表，请如古制，降爵为公，于是西魏宗室诸王，皆降为公爵，眼见得拓跋就衰，宇文益盛，要将西魏篡取了去。欲知后事，试阅下回。

武陵王纪出镇益州，梁武谓可以免祸，其为爱子计，固至密矣。贼景入都，纪尝遣子入援，中道为湘东所阻，乃逗留不进，是其咎当归诸湘东，于武陵犹可恕也。湘东平贼，因即正位，略心原迹，尚属名正言顺。武陵本为季弟，绳以兄友弟恭之义，应当赞助湘东，光复旧物；否则据境自守，专制一方，犹不失为中计，奈何僭号称帝，扶忿兴师，一误于刘孝胜，再误于世子圆照，卒致身死峡口，地为魏有，可恨亦可悲也！或谓武陵之死，由湘东激之使然，斯亦未尝无见。但湘东当乱离之余，究竟不遑西顾，纪之冒昧东进，正不啻飞蛾扑火，自取其灾耳。宇文泰既弑孝武，复弑废帝，两弑君主，凶逆与高氏相同。独高欢二女，并为帝后，厥后长女嫁元韶，次女适杨愔，降尊就卑，不耻再醮；而宇文女乃独能为夫殉节，有光名教，乃父闻之，其亦知愧否耶！

第六十六回

陷江陵并戕梁元帝
诛僧辩再立晋安王

却说宇文泰既鸩死帝后，改立新主，朝野上下，统料他有心篡逆，不肯再守臣节。偏泰迟延未发，仍然照常办事。是曹阿瞒第二。一面窥伺东南，特遣侍中宇文仁恕，借聘问为名，觇梁虚实。仁恕至江陵，凑巧齐使亦至，梁主绎礼待仁恕，不及齐使。仁恕归国语泰，泰笑道："吴儿必有所求，所以待卿有礼呢。"既而梁果遣使报聘，请据旧日版图，重定疆界。泰问梁使道："汝主尚思拓土么？但教保得住江陵，已算万幸了。"梁使亦抗词对答，语多不逊，被泰叱使南归，且顾语左右道："古人有言：天之所废，谁能兴之？难道萧绎违天不成！"嗣是图梁益急。再加降王萧詧，按时贡献，屡请师期，好一个虎伥。乃特召荆州刺史长孙俭入朝，商议攻取方法。俭振振有词，与泰意隐相符合，乃复令还镇，使他预备刍粮，为进兵计。魏将马伯符，旧为梁臣，陷入关中，至此颇眷怀故国，密遣人赍书至梁，报知泰谋。梁主绎尚多疑少信，置诸不提。

会广州刺史萧勃，启求入朝，梁主绎特徙勃为晋州刺史，另调湘州刺史王琳代任。琳部曲强盛，又得众心，所以梁主绎阴怀猜忌，特将琳远徙岭南，琳亦知上微意，私语江陵主书李膺道："琳一小人，蒙官家拔擢至此，岂不知感？今天下未定，迁琳岭南，倘有不测，琳怎得远道奔援？窃想官家微旨，无非疑琳生变，琳毫无奢望，何至与官家争帝？为官家计，不若令琳为雍州刺史，镇守武宁，琳自放兵屯田，为国御侮，君臣一德，内外无忧，岂不是今日良策么？"膺深服琳言，但一时不敢启闻。琳乃陛辞而去。叙入此事，为后文许多伏案。

散骑郎庾季才颇识天文，特上书预谏道：“今年八月丙申，月犯心中星，今月丙申，赤气犯北斗，心为天主，丙主楚分，臣恐一建子月，江陵必有寇患，陛下宜留重臣镇江陵，整旆还都，远避祸患；就使魏虏侵蹙，止失荆湘，尚不至倾危社稷，愿陛下勿疑！”梁主绎亦略知天象，喟然叹道：“祸福在天，何从趋避？”遂不从庾言。

宇文护（515—572），一名萨保，代郡武川（今内蒙古武川西东土城）人，鲜卑族，北周大臣。西魏时，任大将军、司空。恭帝三年（556年），继宇文泰执掌朝政。次年，拥立宇文觉登天王位，建立北周政权，专断朝政。后以专横，为宇文邕所杀。

到了暮秋，西魏果遣柱国常山公于谨，中山公宇文护，大将军杨忠等，出发长安，南下图梁，将士共五万人。长孙俭迎入戍所，向谨启问道：“大军前往江陵，未知萧绎将出何计？”谨答道：“耀兵汉沔，席卷渡江，直据丹阳，乃为上策；移郭内居民，退保子城，深沟高垒，静待援军，尚是中策；若不先移动，但守外郭，便成为下策了。”俭又道：“如公高见，究竟绎用何策？”谨微哂道：“我料萧绎必出下策！”老成料事，如在目中。俭问何因？谨说道：“绎庸懦无谋，多疑少断，愚民又难与虑始，皆恋邑居，上下偷安，我所以料定萧绎，必出下策哩。”俭闻言拜服，且预贺成功。谨等遂统兵南下。

梁武宁太守宗均，忙向梁廷告警。梁主绎与群臣会议，领军胡僧祐，太府卿黄罗汉道：“两国通好，未生嫌隙，当不至兴兵入寇。”侍中王琛亦插入道：“日前臣奉使西魏，宇文尝温颜相待，何致忽然生变！”彼且不知有君，遑问汝国！绎乃复令琛北行，探问确音，琛奉命而去。是时梁主绎迷信道教，方在龙光殿中，召集群臣，演讲老子道德经。忽有边骑入报，谓西魏兵已至襄邓，叛王詧，亦率兵往会，指日前来，不可不防。梁主绎乃辍讲戒严。已而复由黄罗汉呈上一书，乃是王琛寄至，内云我至石梵，境上帖然，边报多是戏言，未足为凭。绎将信将疑，再至龙光殿讲论老子，百官戎服以听。父好佛，子信老，非此父不生此子。越宿又得边警，尚疑为未确。及警耗迭至，乃使主书李膺赴建康，征王僧辩为大都督，兼荆州刺史，命陈霸先徙镇扬州。僧辩、霸先两人，正与齐冀州刺史段韶，交兵境上，失利还师。一闻江陵被寇，僧辩亟遣豫州刺史侯瑱，兖州刺史杜僧明，分领程灵洗、吴明彻诸将，先后进兵。郢州刺史陆法和，亦自郢州入汉口，将诣江陵，梁主绎独遣使谕止法和，略云都兵已足御贼，卿但镇郢州，不烦前来。法和不得已退还，涂垩城门，自著衰绖，兀坐苇席，终日乃脱去。无非幻术欺人。

那西魏军已渡汉水，由于谨派令宇文护、杨忠两将，率精骑先据江津，堵截东路，建康各军，不得入援；护复攻克武宁，把太守宗均掳去。梁主闻报，夜率妃嫔等登凤凰阁，仰观天文，皱眉太息道："客星入翼轸，恐难免败亡了！"妃嫔等并皆泣下，绎相对郗歔，夜半乃还宫就寝。翌晨，出津阳门阅兵，适值朔风暴雨，当面吹扑，冷不可当，没奈何轻辇折回。又过数日，已是十一月了，绎复乘马出城，督军筑栅，周围六十余里，命领军将军胡僧祐，都督城东诸军事，尚书右仆射张绾为副，左仆射王褒，都督城西诸军事，四厢领直元景亮为副，他如王公以下，各派职守，部署已毕，始还入城中。未几已闻敌兵至黄华，距江陵仅四十里，绎亟命太子元良巡阅城楼，令居民助运木石。是夕即有敌骑进逼栅下。武昌太守朱买臣，衡阳太守谢答仁等，诘旦出战，互有杀伤，未得胜仗，仍然退还。西魏统帅于谨，令部众纵火焚栅，烈焰燎原，不可向迩，栅内居民数千家，及城楼二十五座，俱成灰烬，遂四筑长围，断绝江陵出入。绎屡次巡城，俯瞩敌军强盛，惟四顾叹息，莫展一筹。或且口占诗词，命群臣属和，算是消愁的方法。愚不可及。嗣复裂帛为书，遣人催促王僧辩，书云：我忍死待公，何不速至！这书传将出去，终被西魏军截住，无从得达。王褒、胡僧祐、朱买臣、谢答仁等，再开门出战，又皆败还。绎复令王琳为湘州刺史，征使还援。琳忙督军北上，先遣长史裴政，从间道入报江陵，行至百里州，为萧詧部下所获，詧与语道："我乃武皇帝孙，难道不可为尔主么？若从我计，贵及子孙，否则立杀勿贷！"政诡言惟命。詧锁政至城下，嘱令传语，谓王僧辩已自称帝，琳军孤弱，不能入援。政一面允诺，一面呼语守兵道："援军大至，各思自勉，我奉王将军命，前来通报，不幸被擒，当碎身报国！"詧闻言大怒，即命斩首。西中郎参军蔡大业谏阻道："这是民望，若一杀死，江陵便不能下了。"乃释缚纵还。裴政孤忠，足以风世。

西魏军百道攻城，城中守兵，负户蒙楯，由胡僧祐日夕指挥，亲当矢石，明赏罚，严军律，众皆致死，故尚得相持数日。不料僧祐中箭身亡，内外大骇，朱买臣按剑进言道："今日惟斩宗懔、黄罗汉，尚可谢天下！"梁主绎叹道："前日不愿移都，实出我意，宗黄何罪？"这语一传，众情益贰，及西魏军并力攻城，竟有人偷开西门，纳入敌兵。绎忙与太子元良，及王褒、朱买臣等，退保子城。诸将苦战终日，渐不能支，相继散去。绎入东阁竹殿，命舍人高善宝，焚去古今图书十四万卷，并欲自投火中，为左右所阻，乃用宝剑击柱，且击且叹道："文武大道，今夜毁尽了！"死且不悟，可叹可恨！

当下使御史中丞王孝祀，草就降文，谢答仁、朱买臣进谏道："城中兵士尚多，乘夜突围，寇必惊退；如得脱身，便可渡江求救。”绎素不便走马，摇首语道：“难成！难成！”答仁道：“陛下如不便驰骋，臣愿从旁扶掖陛下。”王褒闻言厉声道：“答仁系侯景余党，怎得相信！与其倚贼，不若出降。”答仁气愤填膺，复申请道：“臣蒙陛下厚恩，所以自愿效死，陛下如不愿夜出，内城将士，尚不下五千人，臣请背城一战，死亦甘心！”绎颇为感动，面授答仁为大都督，许配公主，即令出外部署。偏王褒固言答仁难信，且五千人怎能退敌，绎乃收回成命。及答仁再请入见，被门吏所阻，气得肝火暴升，狂喷鲜血，倒地而亡。贼中非无义士！

绎遣人出递降书，于谨征太子为质，由王褒奉绎命令，送太子元良入西魏营，谨闻褒善书，经与纸笔，褒执笔为书道：“柱国常山公家奴王褒。”偷生怕死，一至于此。谨令褒召绎出迎，绎服素衣，乘白马驰出东门，抽剑击扉，自呼表字道：“萧世诚，奈何至此！”西魏兵见绎出城，即逾堑牵住绎马，胁入营中。既见于谨，强令下拜，萧詧复在旁斥辱，绎亦无可奈何，但忍气吞声，由他发落。何不早死？詧将绎囚住乌幔下，于谨复逼使为书，传召王僧辩。绎不肯照写，魏使道：“王今岂尚得自由？”绎答道：“我既不自由，僧辩亦不由我！”或问绎何故焚书？绎凄然道：“读书万卷，犹有今日，我所以尽焚了。”读与不读无异，想是一目已眇，只能看得偏旁。于谨拟处置萧绎，尚未定议，萧詧独坚请杀绎，并遣尚书傅准监刑，遂用土囊将绎压死。詧弑叔父，罪不容诛，但绎亦好戕骨肉，故亦遭死报。詧令用布缠尸，外用蒲席为殓，藁葬津阳门外。并杀太子元良，及始安王方略，桂阳王大成等人。大成系简文帝子。总计梁主绎在位三年，享年四十七岁，生平好学能文，著述词章，多半传世，惟秉性残忍，不知仁恕，兄弟子侄，视同陌路，稍挟私忿，必尽杀乃快。至魏兵围城，狱中死囚，多至数千人，有司请一律释放，充作战士，绎尚不允，概令处死，未及施刑，城已被陷，后来弄到这般结果。江陵人士，未尝叹惜，这可见众叛亲离，终归绝灭呢！唤醒尘梦。

詧将尹德毅，向詧进言道：“魏虏贪残，任情杀掠，江东人民，涂炭至此，统说由殿下主使，怨气交乘，殿下既杀人父兄，孤人子弟，人尽仇敌，谁与相助？今为殿下计，莫若佯为设宴，会请于谨等入席，暗中设伏武士，起杀虏帅，再分派诸将，掩袭虏营，大歼群丑，使无遗类，然后收抚江陵百姓，礼召王僧辩、陈霸先诸将，朝服渡江，入践皇位，不出旬日，功成业就。古人有言：天与不取，反受其咎。愿殿下恢廓远略，勿徇小谅！”此计太毒，即使有成，恐天道亦不相容。詧半晌才道：“卿策未尝不善，但魏人待我甚厚，不宜背德；若骤从卿计，恐人将不食吾余了！”德毅叹息而退。魏立詧为梁主，但将荆州给詧，延袤止三百里。雍州被圈领了去，又置防兵居西城，托名助詧，实加监制。命前仪同三司王悦，留镇江陵。于谨收取府库珍宝，及宋浑天仪，梁铜晷表，及南朝遗传法物，尽俘王公以下，及百姓男女数万口，编充奴婢，分赏三军，驱归长安。老弱残疾，一并杀死，仅留存三百余家。詧送归魏军，还城四顾，已是寂寞荒凉，目不忍睹，不由的长叹道："悔不用尹德毅言！"不悔为虏作伥，反悔不听德毅，始终谬误。

越年正月，詧始称帝，改元大定。追尊昭明太子为昭明皇帝，庙号高宗，太子妃蔡氏为昭德皇后，生母龚氏为皇太后，立妻王氏为皇后，子岿为太子，刑赏制度，多从旧制。惟上表西魏，仍然称臣。用参军蔡大宝为侍中，王操为五兵尚书。大宝足智多谋，晓明政事，詧目为诸葛孔明，推心委任。操亦大宝流亚，竭诚辅詧，詧始得稍具规模，成一个荆州小朝廷，史家称为后梁，这且慢表。

且说齐主高洋，闻魏兵进围江陵，曾遣清河王岳，攻魏安陆，遥救萧梁。岳至义阳，探悉江陵被陷，乃进军临江。郢州刺史陆法和，举州降齐。有幻术者，亦不过尔尔。齐因立贞阳侯萧渊明为梁王，令上党王高涣率兵护送，使向建康进发。渊明被虏见五十八回。时萧绎第九子晋安王方智，已由江州刺史任内，东归建康，王僧辩与陈霸先定议，奉方智为梁主，即皇帝位，年才一十三岁。命僧辩守官太尉，录尚书事，领中书监，兼骠骑大将军，都督中外诸军事。陈霸先守官司空，加征西大将军职衔，追尊皇考绎为孝元皇帝，庙号世祖。

正在兴绝继废的时候，忽由北齐尚书邢子才，驰驿到来，赍书与王僧辩。当由僧辩接阅来书，但见书中写着:

贵国丧君有君，见卿忠义；但闻嗣主冲藐，未堪负荷。贞阳侯系梁武犹子，长沙之胤，以年以望，堪保金陵，故置为梁主，送纳贵国，卿宜部分舟舰，迎接今主，并心一力，善建良图。

僧辩瞧着，不胜惊疑，那邢子才又取出一书，交与僧辩，书由萧渊明署名，求僧辩派兵出迎。僧辩踌躇多时，乃向邢子才道："主位已定，不应再易，烦君复报，以口代书。"子才复加劝导，僧辩不从，但另写一书，答复渊明，托子才带回。书云:

嗣主体自宸极，受于文祖，明公倘能入朝，同奖王室，伊吕之任，佥曰仰归；若意在主盟，不敢闻命!

子才持书自去，还报齐主。齐主高洋怎肯罢休？仍饬高涣等进行。涣与渊明行至东关，更遣人致书僧辩。僧辩亟遣散骑裴之横等，率兵往阻。之横到了东关，与齐兵交锋，不幸败殁，只剩得溃卒数百人，走报僧辩。僧辩大惧，出屯姑熟，乃拟迎纳渊明。陈霸先方留镇京口，忙遣使劝阻僧辩，毋纳渊明。僧辩不敢拒齐，只好与霸先异议，奉启渊明，定君臣礼，且请许晋安王为太子，渊明准如所请，遂由采石渡江，直指建康。僧辩备齐龙舟法驾，往迎江滨，齐高涣驻兵江北，但遣侍中裴英起，护卫渊明，趋至建康郊外，与僧辩相会。僧辩见过英起，即礼谒渊明。渊明涕泣慰谕，由朱雀门入都，越宿即位，改元天成，降晋安王方智为皇太子，命僧辩为大司马，霸先为侍中。齐师闻渊明得立，当然北归。渊明再表请齐廷，乞还郢州。郢州自陆法和降齐，齐遣仪同三司慕容俨镇守，僧辩亦尝令江州刺史侯瑱往攻。俨坚守数月，城中食尽，至煮草木根叶及靴皮带角为食，守卒尚无异心。及齐得渊明乞请，乃召俨归国，举州还梁，且因梁已称藩，所有前时虏归的梁民，一律放还。渊明复申表陈谢，哪知历时未几，京口发难，侥幸窃位的萧渊明，坐不住这凤阁鸾台，于是新旧交替，又要那冲年天子，入纂皇基。这事起自陈霸先，待小子说明情由。

霸先与僧辩共灭侯景，情好甚笃，僧辩又为子頠聘霸先女，正要成婚；适值僧辩丧母，乃将婚礼展期。頠兄顗屡在父前，极言霸先难信，僧辩不以为然。及僧辩迎纳渊明，霸先力争不得，因与僧辩生嫌。霸先尝叹道："武帝子孙甚多，惟孝元能复仇雪耻，嗣子何罪，乃遭废黜？况我与王公同处托孤地位，王公独一旦改图，外依戎狄，援立失次，究不知是何意？我为大义计，也顾不得私情了。"语虽近是，意未尽然。乃谋进击建康。可巧僧辩记室江旰，前来京口，说是齐将入寇，应该预防。霸先趁势定谋，留旰不遣，竟发兵往袭僧辩，留从子著作郎昙朗，居守京口，自督马步军启行。使部将徐度、侯安都，率水军趋石头城。

石头城北接冈阜，不甚危峻，安都舍舟登岸，潜至城下，被厚甲，带长刀，令军士以肩承足，迭接而上，自己作为首导，逾城直入，众亦随进，击死南门守卒，开城纳霸先军。僧辩方升厅视事，有人报称兵至，忙自厅内驰出，与子頠同至门外，随从约数十人。侯安都已到门前，持刀四劈，僧辩亦上前迎战，不到数合，

侯安都（520—563），字成师，南朝陈始兴曲江（今广东韶关市东南）人。梁末，为郡主簿。侯景之乱时，他招兵三千，从陈霸先入援京师。陈武帝（陈霸先）死，他拥武帝侄蒨即位。武帝子衡阳王陈昌自北周还陈，他以迎昌为名，杀之于汉水。因威名太重，为文帝所忌，被杀。

安都部众，一拥而进，霸先亦率众接应，眼见是孤寡难支，当下夺路奔窜，走登南门楼。霸先麾众围攻，急得僧辩仓皇失措，只好拜请求哀。霸先毫不怜惜，反令部众搬集薪刍，势将纵火，僧辩无法，挈子下楼，为众所执。霸先问僧辩道：“我有何罪，公乃欲引齐兵讨我？且何为无备至此？”僧辩道：“委公北门，何谓无备？”霸先不答，竟命将僧辩父子牵系，绞死狱中。怕死者，反至速死。

前青州刺史程灵洗，率部曲救僧辩，与霸先军鏖战多时，灵洗败退。霸先遣使招谕，许为兰陵太守，灵洗乃降。霸先遂传檄中外，具列僧辩罪状，且云罪止僧辩父子兄弟，余皆不问。萧渊明闻僧辩被杀，自知帝位难居，便逊国就邸。还算见机。霸先仍奉晋安王方智正位，颁诏大赦，改元绍泰。内外文武百官，各赐位一等，授渊明为司徒，封建安郡公，霸先为尚书令，都督中外诸军事，兼扬、徐二州刺史，仍官司空。小子有诗叹道：

到底枭雄不让人，乘机掩入杀王臣。

大权攫得心才快，宁顾当时儿女亲！

霸先复立晋安王，都城粗安，忽由吴兴传到警信，乃是三叛连盟，反抗霸先。欲知三叛为谁，待至下回声明。

萧绎偷安江陵，不愿迁都，已自速败亡之兆。及魏兵南下，尚无志渡江，甘出下策，其致亡也必矣。夫绎性成残忍，无父无兄无子侄，伐柯寻斧，自戕枝叶，颠蹶致毙，非不幸也，宜也！独萧詧甘心召寇，主议杀叔，罪且浮于萧绎，即其后江陵存祚，传位二君，而昭明有知，亦岂肯遽往歆祀耶！萧渊明身为敌虏，宁足承祧？王僧辩以齐师之逼，迎立为主，宜为陈霸先所讥。但霸先之袭杀僧辩，亦非真心为梁。利害切身，亲友可以不顾，朝婚媾而暮寇仇，军阀固如是乎！读此回，窃不禁有居今思古之感云。

第六十七回

擒敌将梁军大捷
逞淫威齐主横行

却说吴兴太守杜龛，系是王僧辩女夫，僧辩尝改称吴兴为震州，即进杜龛为刺史。龛闻妇翁被害，当即据城拒命，还有僧辩弟僧智，为吴郡太守，亦起应杜龛，义兴太守韦载，本是僧辩心腹，也与连盟，反抗霸先。霸先兄子陈蒨，助守吴兴，已得霸先密书，令还长城故里，立栅备龛。蒨至长城，收兵才数百人，龛遣部将杜泰，率精兵五千人，掩至栅下，蒨众相顾失色，独蒨谈笑自若，毫不张皇，众心乃定。泰攻扑数旬，不克乃还。霸先使周文育，往攻义兴，韦载募集弓弩手，射退文育，便在城外据水立栅，用兵扼守。霸先自督兵接应文育，留高州刺史侯安都，石州刺史杜棱，宿卫台省。

谯、秦二州徐嗣徽，有从弟名叫嗣先，系僧辩外甥，僧辩被杀，嗣先怂恿嗣徽，举州降齐。及闻霸先东攻义兴，遂密结南豫州刺史任约，乘虚袭建康，掩入石头。游骑至台城下，侯安都闭门静守，且下令军中道："登陴窥贼者斩！"嗣徽莫名其妙，不敢进逼，暂收兵还石头。诘旦，又进攻台城，忽见城门大启，冲出壮士数百名，踊跃直前，锐不可当。嗣徽抵敌不住，仍奔还石头城。太不济事。

霸先到了义兴，攻入水栅，使韦载族人韦翙，赍书招载，载因情穷势绌，不能坚持，没奈何偕翙出城，投降霸先。霸先好言慰抚，引置左右，特命翙监义兴郡事，乃卷甲还建康。移周文育兵救长城，更遣宁远将军裴忌，轻骑倍道，直趋吴郡。夜至城下，鼓噪登城，王僧智从睡中惊起，疑是大军到来，忙从后门逃出，轻舟奔吴兴。忌遂入据吴郡，奉霸先命留为太守。

霸先拟急攻石头，蓦闻齐兵来援徐嗣徽，并运粮三十万石，马千匹，已至湖墅。霸先未免耽忧，亟向韦载问计，载答道："齐兵若分据三吴，略地东境，岂不可虑?

今急宜至淮南筑城，保护东方粮道，再分兵绝彼输运，使他进无所资，不出旬日，齐将头颅，定可悬阙下了！”霸先依议，即使侯安都夜袭湖墅，放起一把无名火来，把齐船千余艘粮米，一炬成空。仁威将军周铁虎，得擒住齐北徐州刺史侯领州，械送建康。韦载复至淮南筑垒，使杜棱驻守，借通饷道，建康各军，才得无虞。霸先能善用叛人，因有此效。齐兵就仓门水南，设立二栅，与梁军相拒。侯安都出袭秦郡，攻破城栅，俘数百人，得徐嗣徽家琵琶及鹰，因遣人送还嗣徽，且传语道：“昨至老弟处得此，军前不需此物，因特送还。”调侃得妙。嗣徽大惊，急向齐营乞援。齐淮州刺史柳达摩，渡淮列阵，霸先督众猛斗，纵火烧栅，齐兵大败，溺死甚众。嗣徽与任约再引齐兵，屯驻江宁浦口，侯安都又带领水军，袭破齐兵，嗣徽等单舸脱走，柳达摩尚不肯去，留守石头城，霸先召集水陆各军，围攻石头，城中无水，达摩无法可施，乃遣使求和，惟要求质子。霸先与百官会议，大众以建康虚弱，粮运不继，不若易战为和。霸先乃令从子昙朗，及永嘉王萧庄，出质齐营，与达摩会盟城外。霸先此着，未免太弱。达摩始引兵自去。徐嗣徽、任约偕出奔齐。齐主高洋，闻达摩擅与梁和，且丧亡粮械马匹，不可胜计，遂归罪达摩，将他诛死，再令仪同三司萧轨，调集大军，克期南下。时已残冬，雨雪盈途，急切里不便行军，暂命展缓。

那震州刺史杜龛，尚据住吴兴，未曾除去。梁将周文育与霸先兄子蒨，屡攻杜龛，龛固守不下，相持逾年。文育暗结龛将杜泰，作为内应，一面诱龛出战。龛与杜泰出城，两下交锋。泰按兵不动，害得龛独力难支，奔回城中。泰亦随入，劝龛出降。龛迟疑未决，商诸妻室王氏，王氏道：“我与霸先，仇隙甚深，何可求和？”倒还是个烈女。因取奁中金银首饰，及所藏布帛等类，悉数犒军，与决一战。军士得了重赏，统是感激得很，情愿效死，开城出斗，一当十，十当百，果将梁军杀败，退至十里外下寨。

龛素嗜酒，每饮辄醉，此时幸得胜仗，便放心畅饮，整日里醉意醺醺，几忘朝晚。哪知杜泰已勾引梁军，开门纳入。龛尚高卧床中，沉醉未醒，妻王氏屡唤不应，也顾不得结发深情，当下将万缕青丝，付诸并剪，变了一个秃头妇人，混出府舍，往做尼姑去了。王僧智尚在吴兴，忙与弟僧愔，从后门出走，奔投北齐。陈蒨等杀入府中，搜捕杜龛，龛鼾声直达，还在黑甜乡中，做那痴梦，当由梁军把他舁出，扛至项王寺前，一刀了事。不在刘伶祠，而在项王寺，未免杀错地方。

东扬州刺史张彪，向为王僧辩党羽，不附霸先，霸先更遣陈蒨、周文育往袭会稽。即东扬州。彪迎战大败，走入若耶山中，被蒨将章昭达追及，枭首报功。南方已平，只北方警信日亟。徐嗣徽、任约进袭采石，执去明州张怀钧，霸先闻报，急遣帐内荡主主勇士，以荡突敌人，故称荡主。黄丛率兵往堵。适齐大都督萧轨，引兵南下，与徐嗣徽、任约合军，众至十万，趋向梁山。黄丛仗着锐气，迎头痛击，杀死齐兵前队数百人，齐兵不觉惊骇，退至芜湖。十万大军，不敌黄丛，其后日之覆亡已可想见。当下致书霸先，但言奉齐主命，来召建安公萧渊明，并非与南朝争胜。霸先乃具舟送渊明，偏渊明背上生疽，病不能兴，未几竟死。齐兵待渊明不出，即从芜湖出发，入丹阳，至秣陵。霸先亟遣周文育出屯方山，徐度出屯马牧，杜棱出屯大航，抵御齐军。齐人跨淮筑桥，立栅渡兵，自方山直进倪塘，游骑竟至都下，建康大震。

霸先忙召周文育等还援，自督军出屯白城。周文育亦率兵来会，与齐军对垒列阵。两下相交，正值西风大起，扑入梁营。霸先拟收军以待，独文育请战，霸先道："用兵最忌逆风，奈何出战？"文育道："事已急了，何用古法？"遂抽槊上马，鼓勇先进。众军一齐随上，风亦转势，得俘斩齐兵数百人。徐嗣徽分扰耕坛，由梁将侯安都截住。安都麾下只十二骑，左冲右突，无人敢当，齐将乞伏无劳，独拨马来截安都，战不三合，即被安都运动猿臂，活擒了去。无劳要想有劳，当然败事。嗣徽骇退，齐兵亦敛迹回营。

已而复潜至幕府山，霸先早已防着，密遣别将钱明，带领水师，绕出齐军后面，截击齐人粮船，劫得数十艘，齐军乏食，至宰食驴马充饥。未几又入逾钟山，霸先与众军分屯乐游苑东，及覆舟山北，断敌冲要。齐兵复转趋玄武湖，将据北郊坛，梁军也从覆舟山移驻坛北，与齐兵相持。可巧连日大雨，平地水深丈余，齐人昼夜立泥淖中，足指腐烂，悬釜以炊。惟梁军居处高原，尚得无虞。不过因霪雨连绵，粮运不继，未便枵腹从戎。会由陈蒨馈运米三千斛，鸭千头，到了梁营，霸先亟命炊米煮鸭，各令用荷叶裹饭，夹入鸭肉数脔，分给将士。大众饱餐一日，遂于翌日黎明，麾众出幕府山。侯安都为先锋，语部将萧摩诃道："卿骁勇有名，千闻不如一见。"摩诃答道："今日当令公亲见便了！"萧摩诃见六十三回。说着，即偕安都杀入敌阵。齐兵见他来势凶猛，急命军士迭射，安都不肯少却，冒矢向前，身上受了数箭，尚非致命要穴，却还熬受得住，偏马眼中着了一矢，马竟狂跃，将安都掀落地上。齐人见安都坠马，争来擒捉，猛听得一声大呼，突入一位少年将军，用槊四拨，把齐人纷纷杀退，救起安都。这少年不必细问，便可知是萧摩诃。安都易马再战，齐军披靡，霸先令部将吴明彻、沈泰等，首尾齐举，纵兵大战。安都引兵横出，冲散齐军，齐人大溃。徐嗣徽及弟嗣宗，先被梁军擒住，斩首示众，复鼓众力追，直至临沂，沿途屡有擒获，连齐大都督萧轨，也逃走不及，由梁将活捉了来。只任约、王僧愔跑得较快，幸免性命，余众无舟渡江，各缚荻筏北渡，中流沉溺，不计其数，流尸塞岸，弃械盈途。

梁军凯旋还都，由霸先下令，把齐帅萧轨以下，凡将吏四十六人，悉数处斩，然后请旨大赦，内外解严。霸先得进位司徒，加中书监，封长城公，余官如故，他将各封赏有差。霸先以侯安都为首功，愿将徐州刺史兼职，让授安都。梁主方智当然依议，寻且加授霸先为丞相，录尚书事，兼镇卫大将军扬州牧，封义兴公。霸先乃踌躇满志，要想帝制自为了。

独广州刺史王琳，前曾北援江陵，行次长沙，闻元帝殉难，自已家属，亦被西魏军掳去，不禁涕泪交并；遂为元帝发丧，三军缟素，且遣别将侯平，率舟师攻后梁。侯平连破后梁军，兵威颇振，遂不受王琳命令。琳遣将讨平，平走依江州刺史侯瑱。琳所有精锐，本已尽给侯平，平已叛去，军势遂衰，不得已奉表降齐。又因妻子皆为魏虏，复献款长安，乞请取赎。魏太师宇文泰，许还妻子，琳又请归元帝及太子元良棺木，亦邀宇文泰允许。琳迎葬元帝父子，报闻梁廷，仍然称臣，自是王琳一人，变做了三国臣仆，这好算是狡兔三窟呢。太觉聪明。

且说齐主高洋，闻齐师覆败，萧轨等被梁擒斩，当然大怒，亦命将质子陈昙朗，置诸极刑。惟永嘉王萧庄，非陈氏子，准令免死。本拟兴兵报怨，适值大修宫殿，无暇再举，乃将兵事搁起，专务佚游。原来高洋自荡平山胡，致生骄侈，应五十九回。渐渐的荒耽酒色，肆行淫暴。或躬自歌舞，尽日通宵，或散发胡服，杂衣锦彩，或袒露形体，涂傅粉黛，或乘牛驴橐驼白象，不施鞍勒，或盛暑炎热，赤膊游行，或隆冬严寒，去衣驰走，从吏俱不堪苦虐，洋独习以为常。有时觉得疲倦，令崔季舒、刘桃枝扶掖而行，勋戚私第，朝夕临幸，闲街曲市，常见足迹。既而淫恣益甚，遍召娼妓，褫去衣裳，令从官相嬲为乐，自己淫兴勃发，即使娼妓杂卧榻上，任意奸淫。甚至行及宫中，凡元氏、高氏两族妇女，悉数征集，亦视如娼妓一般，先择几人上前，逼令卸装露体，供他淫污，稍或违拗，即拔刀杀死。除与己交欢外，把妇女分给左右，概使当面肆淫。左右乐得从命，可怜这班妇女，为了一条性命，只好不顾羞耻，任他所为！父兄好淫，子弟必从而加甚。

高澄妻元氏，由洋尊为文襄皇后，居静德宫。洋忽猛忆道：“我兄昔戏我妇，我今须报。”遂将元氏移居高阳宅中，自入元氏卧室，用刀相迫。元氏不敢逆意，没奈何宽衣解带，惟命是从。娄太后闻洋昏狂，召洋诃责，且举杖击洋道：“当效汝父，当效汝兄！”洋不肯认错，受杖数下，即起身奔出，回指太后道：“当嫁此老母与胡人！”娄太后大怒，遂不复言笑。洋颇知自悔，屡向太后前谢罪，娄太后怒气未平，终不正视。洋自觉乏趣，惟饮酒解闷，醉后益触起旧感，复趋至太后宫中，匍匐地上，自陈悔意。娄太后仍然不睬，洋不由的懊恼起来，把太后的坐榻，用手掀起。太后未尝预防，突然倒地，经侍女从旁扶起，面上已有伤痕，当时怒上加怒，立将洋撵出宫外。未几洋已酒醒，大为悔恨，又至太后宫请安。娄太后拒不肯见，洋使左右积柴炽火，欲投身自焚。当有人报知太后，太后究系女流，免不得转恨为怜，乃召洋入见，强为笑语道：“汝前酒醉，因致无礼，后当切戒为是！”洋乃命设地席，且召平秦王高归彦入宫，归彦系高欢从祖弟。令执杖施罚。自跪地上，袒背受杖，并语归彦道：“杖不出血，当即斩汝！”娄太后亲起扶持，免令加杖。洋流涕苦请，乃使归彦笞脚五十，然后衣冠拜谢，呜咽而出。因是戒酒数日，过了旬余，又复如初，甚且加剧。

归彦幼孤，寄养清河王高岳家，岳为高欢从父弟，见前文。岳待遇甚薄，及归彦长成，辄怀隐恨。岳尝将兵立功，颇有威望，起第城南，很是华肮。归彦向洋进谗，说岳僭拟宫禁，洋由是忌岳。岳性爱酒色，曾召入邺下歌妓薛氏姊妹，侑酒为欢。后来薛氏妹得入后宫，邀洋宠爱，洋遂往来薛氏家。薛氏姊为父乞司徒，洋勃然怒道："司徒大官，岂可求得？"薛氏姊亦出言不逊，竟被洋饬人锯死。且因薛氏妹尝侑岳酒，疑岳通奸，便召岳入问。岳答道："臣本欲纳此女，因嫌她轻薄，所以不取，并未与她有奸。"洋终未释嫌。及岳辞归，即令归彦赍鸩赐岳。岳自言无罪，归彦道："饮此尚得全家。"岳乃服鸩而亡。洋仍葬赠如礼，惟令改岳宅为庄严寺。薛氏妹尚是得宠，册为嫔御。嗣忽忆她与岳通奸，亲斫薛首，藏诸怀中，自赴东山游宴，肴核方陈，群臣列席，洋探怀出薛氏头，投诸盘上，一座大惊。又命左右取薛氏尸，把她支解，以髀骨为琵琶，且击且饮，且饮且泣，喃喃自语道："佳人难再得。"乃载尸以归，被发步行，哭泣相随，待亲视殓葬，然后还宫。实是丧心病狂。

已而嫌宫室卑陋，乃发工匠三十余万，修广三台宫殿。殿高二十七丈，两栋相距二百余尺，工匠危怯，皆系绳防蹶，洋登脊疾走，毫不畏怖。旁人代为寒心，他却身作舞势，折旋中节，好多时方才下来。

平时出游，好作武夫装，兵器不离手中，尝在途中见一妇人，面目伶俐，便召问道："你道今日的天子行为如何？"妇人未曾相识，猝然答道："癫癫痴痴，成何天子！"语未毕，已被洋一刀两段。

洋乘便入李后母家，后母崔氏出迎，不防洋突射一矢，正中面颊。崔氏惊问何因？洋怒叱道："我醉时尚不识太后，老婢问我何为？"遂复用马鞭乱击，至百余下，打得崔氏面目青肿，方才驰去。转入第五弟彭城王浟家，浟母即大尔朱氏，当然出见。洋瞧将过去，觉得尔朱氏虽值中年，尚饶丰韵，不觉欲火上炎，竟牵住尔朱氏，欲与交欢。尔朱氏难以为情，未肯照允，惹得洋易喜为怒，立即拔刀砍去，尔朱氏无从闪避，头破身亡。前时已经失节，此时偏要顾名，死不值得！

洋既杀死尔朱氏，复别往魏安乐王元昂家，昂妻李氏，即李后之姊，颇有姿色，巧值元昂外出，由李氏出迓车驾，洋入室后，便将李氏拥住，李氏惮他淫威，无法摆脱，勉承主欢。嗣是洋屡次往幸，并欲纳为昭仪，恐昂不肯舍，先召昂入便殿，使他匍匐，自引弓射昂百余箭，凝血满地，乃使舁归家中，即夕毕命。洋反自往吊丧，就丧次逼拥昂妻，与他续欢。一面命从官脱衣助襚，号为信物。李后终日哭泣，不愿进食，但乞让位与姊。娄太后俟洋入宫，面加训导，方不纳昂妻为昭仪。

洋又作大镬长锯锉碓等类，陈列殿庭，每醉辄杀人为戏，刲解屠炙，成为常事。

左丞卢斐、李庶，及都督韩哲，俱无罪遭戮，惟宰相杨愔，始终倚任，但亦视若奴隶，使进厕筹，或用鞭笞愔背，流血盈袍。有时令愔露腹，欲执小刀劙皮，还是崔季舒托为诽言，从旁笑语道："老小公子恶戏。"因把刀掣去，才免刳腹。愔因洋嗜杀人，尝简邺下死囚，置诸仗内，号为供御囚，三月不杀，方才赦宥。开府参军裴谒之，上书极谏，洋语愔道："谒之愚人，怎敢如此！"愔答道："彼欲陛下加刑，使得传名后世。"谲谏语。洋笑道："我不杀他，怎得成名！"正要你说此言。一日，泣语群臣道："黑獭不受我命，奈何！"都督刘桃枝道："臣愿得三千壮士，西入关中，牵縶以来。"洋闻言大喜，赐帛千疋。侍臣赵道德进言道："东西两国，势均力敌，我可擒彼，彼亦可擒我；桃枝妄言应诛，陛下奈何滥赏！"洋幡然道："道德言是！"乃收回桃枝赐绢，转赏道德。会洋使道德从游，至漳水旁，欲跃马驰下峻岸，道德揽辔劝阻，洋恨他逆旨，拟拔刀刺道德，道德从容道："臣死不恨，当至地下启奏先帝，谓此儿淫凶颠狂，不可教训！"滑稽得妙。洋亦为默然，回马径归。

典御丞李集面谏，比洋为桀、纣，洋当即怒起，令缚置水中，好多时才命引出。复问道："我究竟与桀、纣相同否？"集正色道："恐尚不及桀、纣！"却是真话。洋又令入水，三沉三问，集对答如初。洋大笑道："天下有如此痴人，方知龙逄、比干，未是俊物！"乃挥集使去。嗣复被引入见，又欲进言，洋窥知集意，竟令左右驱出腰斩，一道忠魂，趋入地府，往寻那龙逄、比干，证引同调去了。小子有诗叹道：

为臣原贵格君非，君太狂昏要见几。

强谏徒然罹一死，何如先事学鸿飞！

洋淫恶未悛，还亏杨愔主持政务，百度修饬，才得粗安。那西魏及南朝，篡弑相寻，真是泯泯棼棼，不可纪极了。看官欲知详情，待小子逐节叙明。

陈霸先战败齐兵，为后来篡梁预兆。齐、魏为南朝劲敌，齐或胜梁，霸先犹有惧心，乃全军覆没，令霸先得以逞志，其不肯受制于萧家小儿，已可知矣。然齐主高洋，方淫昏失德，所任将帅，如萧轨等类皆庸暗，亦安能制胜疆场耶！齐兵败覆，高洋乃不遑报怨，但沉湎酒色，兴役土木，任意淫烝，逞情杀戮，儗以桀、纣，诚有过之无不及者。李集虽忠，徒死无益，本回结束一诗，最得李集定评。"事君数，斯疏矣，"况其为暴君乎！古训之不可不遵也如此。

第六十八回

宇文护挟权肆逆
陈霸先盗国称尊

却说宇文泰废立嗣君，专权如故，尝欲仿行古制，依周礼改定六官，至是决意施行。泰自为太师大冢宰，李弼为太傅大司徒，赵贵为太保大宗伯，独孤信为大司马，于谨为大司寇，侯莫陈崇为大司空，余官皆仿周礼，不消细述。泰前尚魏孝武妹冯翊公主，生子名觉，泰封安定公，觉亦得封略阳公。妾姚氏，生子名毓，又受封宁都公。毓年较觉为长，曾娶大司马独孤信女，泰欲立嗣，苦未能决，因语诸公卿道："我欲立子以嫡，但恐大司马见疑，如何是好？"尚书左仆射李远道："立子以嫡不以长，这是古来的常道，若虑信有异言，远愿为公斩信！"说着，拔剑遽起。也是一个莽夫。泰忙起身拦住道："何至如此！"信闻远言，亦入内自陈，主张立嫡，于是大众并从远议。远出外谢信道："临大事不得不尔，请公莫怪！"信亦谢远道："今日赖公决此大议。"乃一笑而散。泰遂立觉为世子。

西魏主廓三年八月，泰北巡渡河，还至牵屯山，忽然遇病，病且沉重，急发使驰驿，往召中山公护。护至泾州，入省泰疾，泰语护道："我诸子皆幼，外寇方强，天下事仗汝主持，汝宜努力，勉成我志！"护当然受命。史称泰知人善任，奈何反不知犹子？奉泰舆至云阳，泰气促身亡，年五十二，途中不便传讣，及舁还长安，方才发丧，由魏主赐谥曰文。

世子觉嗣位太师大冢宰，袭封安定公。觉时年十五，尚乏谋断，国家大事，应由护一人办理，护名位素卑，虽经泰托命，未惬舆情，名公巨卿，多半不服。护未免加忧，商诸大司寇于谨，谨答道："谨蒙令先公知遇，情同骨肉，今日事当效死力争；若对众定策，公亦不宜推辞。"谨亦不能知护。护易忧为喜，欣然受教。次日与公卿会议，谨首先开口道："从前帝室倾危，非安定公不得今日，今安定公一旦去世，嗣子虽幼，中山公亲为兄子，兼受顾托，军国重事，理应归中山公主决，何必多疑！"说至此，余音震响，面带威棱。公卿等不寒而栗，莫敢发言。护徐说道："此乃家事，护虽庸昧，亦何敢遽辞！"谨即起立道："中山公统理军国，使谨等有所依归，应当拜命！"遂向护再拜，公卿等亦不敢不拜。护一一答礼，众议乃定。护欲笼络众心，抚循文武，整肃纪纲，俱属有条不紊，朝右益无异言。

魏主廓复将岵阳土田，赐宇文觉，进封周公。护因觉幼弱，意欲导觉篡魏，自居首功，遂遣人入讽魏主，逼他禅位。魏主廓本无权力，好似傀儡一般，此时为护所迫，眼见得不能反抗，只好推位让国，拱手求生。乃使大宗伯赵贵，奉册周公，自愿逊位。宇文觉尚上表鸣谦，辞不敢受，再由济北公拓跋迪，赍交玺绶，公卿等相率劝进，觉乃受命。遂于次年正月朔，即位称天王，燔柴告天，朝见百官，国号周。史家称为北周。追尊皇考文公泰为文王，庙号太祖，皇妣元氏为文后，降魏主廓为宋公，进大司徒李弼为太师，大宗伯赵贵为太傅，大司马独孤信为太保，从兄中山公护为大司马，庶兄宁都公毓为大将军。余皆封拜有差。已而复封弼为赵国公，贵为楚国公，独孤信为卫国公，于谨为燕国公，侯莫陈崇为梁国公，大司马护为晋国公，各食邑万户，使作屏藩。魏主廓早已出宫，寄居大司马府，护拟斩草除根，索性把他鸩死，托言遇疾暴亡，加谥为魏恭帝。魏自道武帝拓跋珪建元，传至孝武帝修入关，共历九世，得十一主，计一百四十九年，东魏一主，凡十七年，西魏三主，凡二十三年。总束北魏，万不可少。

宇文护自恃功高，不免专恣。赵贵、独孤信等，本皆与宇文泰毗肩，不愿事护，只因为于谨所胁，勉强推让，至此见护揽权不法，遂密谋诛护。贵欲速发，信尚迟疑，开府仪同三司宇文盛，诇悉阴谋，即向护报闻。护乘贵入朝，潜伏甲士，将贵拿下，立即处斩；并免独孤信官，胁令自尽。护得进任大冢宰，势力益横，仪同三司齐轨，语御正大夫薛善道："军国大权，应归天子，奈何尚在权门！"善将轨语告护，护便命处死，授善为中外府司马。周主觉见护专横，一切刑赏，统是独断独行，未尝豫白，心中也隐觉不平。

司会李植，军司马孙恒，本系先朝佐命，久参国政，因恐护不相容，乃与宫伯乙弗凤、贺拔提等，秘密往来，欲清君侧。植与恒先入白道："护擅戮朝贵，威权日甚，谋臣宿将，争往依附，事无大小，绝不启闻，臣料护包藏祸心，未肯终守臣节，还望陛下早日图谋，无待噬脐！"周主觉唏嘘不答。凤与提从旁插嘴道："如先王明圣，犹委植、恒等参议朝政；今若将国事委托二人，何患不成！臣闻护常自比周公，周公摄政七年，然后还政，试问护能如周公的贤圣么？就使七年以内，护无异图，恐陛下事事受制，亦怎能忍待七年？"周主觉颇以为然，因屡引武士至后园，演习技艺，为除奸计。宫伯张光洛，系护心腹，他却佯言嫉护，交欢植等。植等未识真假，引与同谋，光洛即背地告护。护遂出植为梁州刺史，恒为潼州刺史。还算不用辣手。

周主觉怀念植等，每欲召还，护入内泣谏道："天下至亲，莫如兄弟，兄弟尚或相疑，此外何人可信？太祖以陛下春秋未盛，嘱臣后事，臣情兼家国，愿竭股肱，若陛下亲览万几，威加四海，臣虽死犹生；但恐臣一除去，奸邪得志，非但不利陛下，亦将倾覆社稷，臣至地下，何面目再见先王！且臣为天子兄，位至宰相，尚复何求？愿陛下勿信谗言，疏弃骨肉！"巧言如簧。试问后日弑主将作何说？觉乃罢议，但心终疑护。凤等益惧，密谋益亟，拟召公卿入宴，即席执护。张光洛又向护报闻，护召柱国贺兰祥，领军尉迟纲等，共谋废立。纲即入殿中，佯召凤等议事，待凤等趋入，麾兵拿下，送交护第。周主觉方册后元氏，在宫叙情。后系魏文帝宝炬第五女，姿容秀雅，觉为略阳公时，已纳为夫人，情好颇笃。此时大礼告成，格外欢暱，蓦闻外廷有变，料知情事不佳，急令宫人执兵自守。偏贺兰祥带兵入宫，逼主逊位，区区宫人，哪里敌得过赳赳武夫，不由的四散奔窜。周主觉束手无策，只得挈了元后，出居旧第。数月天王，不如不为！

护更召公卿会议，仍废觉为略阳公，迎立岐州刺史宁都公毓。大众齐声道："这是大冢宰家事，敢不惟命是听！"乃驱出凤等，一一枭斩。复召还潼州刺史孙恒，梁州刺史李植。植父柱国大将军李远，正出镇弘农，亦被召还朝。远防有变祸，沉吟多时，乃慨然道："大丈夫宁为忠义鬼，怎可作叛逆臣！"遂就征诣长安。孙恒先至，当即被杀。植与远依次入都。护因远名望素隆，尚欲保全，特引与握手道："公儿忽有异谋，不但屠戮护身，且欲倾危宗社，叛臣贼子，理应同嫉，请公自行处置！"说着，即令执植付远，远素爱植，植又巧言抵赖，远不忍加诛。诘旦复率植谒护，护总道远必杀植，及闻父子俱来，因盛气传入，呼远同坐。且召略阳公觉与植对质，植无可讳言，乃抗声语觉道："本为此谋，欲利至尊，今日至此，有死罢了，何劳多言！"远听了此语，不禁起身投地，且愤愤道："果有此事，合该万死！"护即命左右牵植出外，斩首返报，并逼远自杀。植弟叔诣、叔谦、叔让皆处死，余子以幼冲得免。

过了月余，宁都公毓自岐州至长安，护即害死略阳公觉，早知不免一死，亦不必诿罪李植。并黜元后为尼，然后迎毓入宫，嗣天王位，大赦天下，就延寿殿朝见群臣。太师赵国公李弼，朝罢归第，便即婴疾，未几谢世。宇文护晋位太师，授皇弟邕为柱国，进封鲁国公。邕系宇文泰第四子，幼有器量，泰尝语人道："欲成吾志，必待此儿。"年十二，已得封公爵，至是官拜柱国，出镇蒲州，容后再表。毓妻独孤氏，得册为后。独孤氏悼父非命，屡思为父复仇，怎奈仇人在前，不得加刃，渐渐的抑郁成病，竟致不起，距立后期才及三月，已是玉殒香消，往地下去省乃父了。周主毓虽然悼亡，但亦没法图护，只好蹉跎过去。毓不能为妇翁复仇，又不能为妇泄忿，如此懦弱，怎得不同归于尽！

古人说得好，铜山西崩，洛钟东应，北周屡遭篡弑，南朝亦猝生变祸，画一个依样葫芦。自陈霸先进为丞相，手握重权，已把梁主方智，视若赘瘤。本拟即日篡梁，可巧南方起了兵祸，不得不遣将往讨，暂将受禅事搁过一边。晋州刺史萧勃，因王琳还援江陵，复徙居始兴，应六十六回。始兴郡已改称东衡州，即令欧阳颀为刺史。已而复调颀刺郢州，勃留颀不遣，且遣兵袭颀，攻入城中，尽取资财马仗，把颀拘回。勃又命释颀囚，甘言抚慰，颀也只好得过且过，俯首听命。勃乃使归原任，联为指臂。及梁主方智嗣位，进勃为太尉，勃虽遣使入贺，仍然阳奉阴违。越年，梁又改绍泰二年为太平元年，国家多事，也无暇顾及南方。又越年为太平二年，陈霸先逆迹渐萌，勃却假名讨逆，发难广州。前阻霸先北援，此时反欲为梁讨逆，谁其信之！遣欧阳颀为前锋，从子萧孜部将傅泰为副，复檄南江州刺史余孝顷，引兵相会。颀出南康，屯苦竹滩，泰据蹠口城，孝顷出豫章，踞石头津。渚名，非建康之石头城。

梁廷闻警，急遣平西将军周文育，调集各军，往讨萧勃。巴山太守熊昙朗，伪称应颀，约与共袭高州，暗中却已通知高州刺史黄法氍。颀不防有诈，出会昙朗，共赴高州城下。法氍出兵逆战，昙朗与战数合，便麾兵倒退，冲颀后军。法氍乘势杀来，颀始知中计，慌忙弃去军械，引兵遁去。昙朗却得收拾马仗，饱载而归。周文育统军前进，正苦乏船，探得余孝顷有船在上牢，潜遣军将焦僧度袭取，得船数百艘，乃溯江至豫章，立栅屯兵。适军中食尽，粮运不至，诸将俱欲还师，独文育不许，使人从间道至衡州，向刺史周迪乞粮，约为兄弟。迪得书甚喜，遂输粮济军。文育既得粮饷，并不进军，反遣老弱各兵，乘船东下，自毁营栅，作遁去状。孝顷闻梁军东返，总道他粮尽回师，毫不设备，哪知文育却绕出上流，潜据芊韶，筑城飨士，营垒一新。

芊韶左近为欧阳颀、萧孜营，右近为傅泰、余孝顷营，文育据住中间，惹得颀、孜等仓皇大骇，急欲移营。颀先退还泥溪，不料梁将周铁虎，引兵追及，槊及颀马。颀不得已回马与战，不到十合，但听铁虎猛喝一声，颀已落马，被梁军活擒了去，送入文育大寨。颀见文育，自言为勃所迫，并非真心事勃，文育乃亲释颀缚，与他乘舟同饮，张兵至蹠口城下。傅泰出战败走，由梁将丁法洪，驱马追上，手到擒来。统是没用的家伙。萧孜、余孝顷见两将被擒，吓得魂飞天外，统一溜烟似的逃走了去。德州刺史陈法武，前衡州刺史谭世远，正接萧勃檄文，率兵往助，猝闻勃军败衄，乐得倒戈从事，一哄而入，杀死萧勃。勃将兰敳不服，又袭杀世远，偏别将夏侯明彻，又将敳杀毙，持勃首出降梁军。

文育传首建康，并槛送欧阳颀、傅泰等人。霸先本与颀有旧，见六十三回。当然宥罪，且因他声著岭南，仍令为衡州刺史，使他招抚。一面遣平南将军侯安都，往助文育，剿平余孽。萧孜、余孝顷尚分据石头津，夹水列营，多设舟舰。安都趋至，潜师夜袭，借着祝融氏的威焰，顺风纵火，把石头津左右的军船，烧得精光。再由文育督众夹攻，萧孜惶急乞降，孝顷窜去。文育等乃奏凯班师。欧阳颜到了岭南，诸郡皆望风归顺，广州亦平。

霸先闻孝顷往依王琳，特征琳为司空。琳不肯就征，乃命周文育、侯安都等，率舟师至武昌，进击王琳，一面安排篡梁，自为相国，总百揆，胁梁主进封陈公，加九锡礼。未几即进爵陈王，建天子旌旗；又未几即迫梁主禅位，颁发策命。词云：

咨尔陈王：惟昔上古，厥初生民，骊连、栗陆之前，容成、大庭之世，杳冥荒忽，故靡得而议焉。自羲、农、轩、昊之君，陶唐、有虞之主，或垂衣而御四海，或无为而子万民，居之如驭朽索，去之如脱敝屣，裁遇许也，便能舍帝，暂逢善卷，即以让王。故知玄扈璇玑，非关尊贵，金根玉辂，示表君临，及南观河渚，东沉刻璧，菁华既竭，耄勤已倦，则抗首而笑，惟贤是与，謗然作歌，简能斯授，遗风余烈，昭晰图书。汉魏因循，是为故实，宋齐授受，又弘斯义。我高祖应期抚运，握枢御宇，三后重光，祖宗齐圣。及时属阳九，封豕荐食，西都失驭，夷狄交侵，惵惵黔首，若崩厥角，黴黴皇极，将甚缀旒。惟王乃神乃圣，钦明文思，二仪并运，四时合序，天锡智勇，人挺雄健，珠庭日角，龙行虎步，爰初投袂，仗义勤王，电扫番禺，云撤彭蠡，翦其元恶，定我京畿。及王贺帝弘，贸兹冠履，既行伊、霍，用保冲人，震泽、稽阴，并怀畔逆，獯羯丑虏，三乱皇都，才命偏师，二邦自殄，薄伐玁狁，六戎尽殪，岭南叛涣，湘郢连结，贼帅既擒，凶渠传首；用能百揆时叙，四门允穆。无思不服，无远弗届，上达穹昊，下漏渊泉，蛟鱼并见，讴歌攸属。况乎长彗横天，已征布新之兆，璧日斯既，实表更姓之符。七百无常期，皇王非一族，昔木德既穷，而传祚于我有梁，天之历数，允集明哲。式遵前典，广询群议，敬从人祇之愿，授帝位于尔躬。四海困穷，天禄永终，王其允执厥中，轨仪前式，以副普天之望，禋郊祀帝，时膺大礼，永固洪业，岂不盛欤！

策命既颁，再由尚书左仆射兼太保王通，司徒左长史兼太尉王玚，赍奉玺绶，交给霸先。霸先不得不三揖三让，装出许多伪态，经百官一体劝进，乃允议受禅，遂使中书舍人刘师知，往引将军沈恪，勒兵入殿，逼梁主方智出宫，恪不愿偕行，独排闼入见霸先，叩头泣谢道：“恪曾服事萧氏，今日不忍见此，情愿受死，不敢奉命！”还算是庸中佼佼。霸先倒也默然，改派荡主王僧志，胁梁主迁居别宫。梁自武帝萧衍篡齐，共传四主，计五十六年而亡。

霸先即位南郊，国号陈，改元永定。废梁主方智为江阴王。追尊皇考文赞为景皇帝，皇妣董氏为安皇后，前夫人钱氏为昭皇后，世子克为孝怀太子。立夫人章氏为皇后。霸先少娶同郡钱仲方女，早年去世，因纳章氏为继室。章氏吴兴人，原姓钮氏，过养章家，乃改姓为章，善书计，能诵诗及楚辞。相传章母苏氏，尝遇道士，赠一小龟，光采五色，且语以三年有征。后来及期生女，紫光照室，独龟却不知去向。这恐是史家附会，未足为凭。少子亦不过有闻必录罢了。

霸先长子名克，也已夭折。次子名昌，与从子顼前居江陵，并为西魏所虏，霸先遥封昌为衡阳王，顼为始兴王。他如在都从子蒨封临川王，昙朗封南康王，蒨与顼为霸先兄道谭子，道谭曾仕梁为散骑常侍，昙朗为霸先弟休先子，休先亦仕梁为骠骑将军。兄弟俱已逝世，由霸先追赠为王，即令从子袭爵。一人为帝，举族荣封，这也是应有的常例。惟梁主方智，废徙逾年，终为陈主霸先所害。可怜他在位三年，年才十六，终落得非命而亡，总算得了一个嘉谥，号为梁敬帝，小子有诗叹道：

伤心世变等沧桑，半壁江山又速亡。

宗社沉沦君被弑，祖宗造孽子孙当。

陈主即位未几，忽闻武昌舟师，败绩郢州，各将均被掳去，不禁惊骇异常。究竟如何覆师，且看下回再叙。

宇文氏之篡魏，非觉为之，护实使之然也，故觉可恕，护不可恕。护既导觉为恶，复弑魏主，彼犹得曰吾为宗族计，吾为昆弟计，不得不尔。即如杀赵贵，逼死独孤信等，俱尚有词可辩，觉负何罪，乃遽废之，且并弑之？然则护之凶逆，一试再试，固不问为何氏子也。宇文泰为乱世英雄，奈何误信逆侄，得毋由天夺其魄，特假手于乃侄，以戕害其子嗣乎？陈霸先袭杀王僧辩，攫得重权，废萧渊明而仍立萧方智，彼固玩孤儿于股掌之上，可以随我舍取也。萧勃讨逆，不得谓其有名，但霸先犹有所忌，至勃死而余不足惮矣。一介幼主，捽而去之，易如反手，未几即为所害，阅史者为方智惜，实则不足惜也。萧衍尝手刃同宗，能保子孙之不为人戮乎！

第六十九回

讨王琳屡次交兵
谏高洋连番受责

却说周文育、侯安都等带领舟师一万人，往击王琳，师至武昌，武昌守将樊猛，已归附王琳，至此弃城遁去。安都正欲进兵，接得陈主受禅的诏敕，不禁叹息道：“我今必败，师出无名了。”时安都为西道都督，文育为南道都督，两将不相统摄，号令不一，部众彼此歧视，每有争端。军至郢州，琳将潘纯陀先已据守，用着强弓硬箭，遥射梁军。安都前队的步兵，多为所伤。安都怒起，督兵围攻，数日未下，那王琳已出屯弇口，来截梁军。安都不得已撤郢州围，移兵往趋沌口，留沈泰一军守汉曲。途次适遇逆风，不得前进，文育亦引兵来会，与王琳隔江相持，琳据东岸，梁军据西岸。两下里按兵数日，乃整舰交锋，偏偏东风大起，骇浪西奔，梁军各舰，帆樯俱折，舵且把持不定，怎能与琳军对敌？琳军却顺风猛击，跳跃如飞，文育、安都不及奔避，俱被琳军擒去，还有偏将周铁虎、徐敬成、程灵洗等，亦皆成擒。惟沈泰留军汉曲，闻败急退，尚得旋师。霸先即位，便致偏师败覆，这也是天道恶逆，故有此警。

琳见文育诸将，责他不当助逆，文育等统垂首无言。独周铁虎词色不挠，反唇相稽，顿时触动琳怒，把铁虎推出斩首。徒勇者多不得其死。所有文育、安都等，用一长链拘系，锁置后舱，令宦寺王子晋看管，进军湓城。行至白水浦，文育、安都，用甘言啗子晋，许给重赂。子晋竟为所动，伪用小船垂钓，夜载文育、安都等，渡至岸上，纵使脱逃。琳已睡着，毫不觉察。文育、安都等，从深草中潜行而出，东走还都。

陈主霸先闻得全军覆没，正在惊惶，未几得文育、安都等奏启，自言从贼中逃还，入都待罪，又不禁易惊为喜，下诏赦宥，并召入陛见，令他立功自赎，各复原官。王子晋随入建康，特酬重赏。王琳失去梁将，又不见子晋，料知为子晋所纵，懊悔不已，乃移湘州军府至郢城。更因江州刺史侯瑱还都，特遣樊猛袭据江州。陈主霸先再拟讨琳，但恐西南一带，各郡豪帅，反复无常，不得不先行招抚，免生他变，因遣侍郎萧乾，持节慰谕。乾系齐豫章王萧嶷孙，遣令宣慰，亦无非借用故臣，俾便笼络的意思。当时巴山太守熊昙朗在南昌，衡州刺史周迪在临川，尚有东阳太守留异，晋安太守陈宝应，均起自草泽，雄踞一方。南中土豪多立寨自保，不服朝命。萧乾到处慰抚，晓示祸福，总算是各无异言，奉表投诚。陈主即令乾为建安太守，镇抚远近。

会王琳东至湓城，招兵买马，为东侵计，特与北江州刺史鲁悉达交欢，使为镇北将军。陈主亦颁诏至北江州，授悉达为征西将军，两造各送鼓吹女乐。悉达狡猾得很，做一个骑墙将军，所得赠品，老实收受，西不拒琳，东不却陈，其实是安坐观望，两无所就。倒是一个好法门。陈主使安西将军沈泰袭击，他却严兵防守，无隙可乘。王琳欲引军东下，也被他截住中流，不能前进。琳乃使记室宗虩向齐乞援，且请纳永嘉王庄，续承梁祀。庄系梁元帝萧绎孙，方等所出，江陵陷没，庄才七岁，避匿女尼法慕家，得辗转至建康，嗣因入质北齐，尚留邺下。见六十七回。齐从琳请，发兵护送萧庄至郢州，并册封琳为梁丞相，都督中外诸军，录尚书事。琳乃奉庄即皇帝位，改元天启，追谥建安公渊明为闵皇帝。不尊方等而尊渊明，却也可怪。琳自为侍中大将军，中书监，余依北齐册命，当下传檄伐陈。

陈主霸先命司空侯瑱，领军将军徐度，率舟师为前军，溯江讨琳。因恐复蹈覆辙，先遣吏部尚书谢哲，谕琳利害。琳愿归湘州，乃召还诸军，使屯大雷。衡州刺史周迪，闻王琳引兵东下，欲自据南川，召集所部八郡守吏，结一盟约，托言将入卫建康。事为陈主所闻，也防他借名图变，特遣人谕止，并加厚抚，迪乃按兵不动。独余孝顷进语王琳道:“周迪等皆依附金陵，阴窥间隙，大军若下，必为后患，不如先定南川，然后东行。孝顷愿召集旧部，随效驱驰。”琳乃复遣部将樊猛、李孝钦、刘广德等出兵临川，使孝顷总督三将，威吓周迪。孝顷先向迪征粮，迪惶急请和，愿送粮饷。孝顷得步进步，还未肯退军，樊猛不愿进战，与孝顷龃龉，遂致军心涣散。

那周迪因孝顷未退，乞援邻郡，高州刺史黄法氍，吴兴太守沈恪，宁州刺史周敷，合兵救迪。敷分兵扼截江口，刘广德顺流先下，被敷擒住。孝顷、李孝钦，与迪等交战，也遭败衄，弃舟步走。迪麾众追击，悉数擒归，独樊猛坐视不救，奔回湘州。余孝顷等解至建康，席藁待罪，得蒙赦宥。惟孝顷弟孝励，及子公飏，尚据临川营栅，相拒未下。周迪表请济师，陈主命周文育统率将士，前往会迪。巴山太守熊昙朗，亦引兵来会，众五万人。文育出次金口，余公飏诣营请降，文育见他词色支离，料他有诈，喝令左右把他缚住，囚送建康。孝励忙向王琳告急，琳使部将曹庆率兵赴援。庆令偏将常众爱，往拒文育，自督众袭击周迪。迪仓猝逆战，遂致败绩。文育方进屯三陂，与常众爱列营相拒，未分胜负，适值迪败报传来，乃退屯金口。

熊昙朗忽生异心，竟想联络众爱，戕害文育。文育监军孙白象，探悉昙朗阴谋，即向文育报知，并谓宜先除昙朗，免滋后患。文育尚半信半疑，且更欲推诚相待，俾安反侧，坐是因循姑息，不先下手。是谓当断不断，反受其乱。可巧有迪书到来，乞分兵援助，文育拟拨昙朗往救，乃亲至昙朗营中，面与商议。昙朗谋杀文育，正苦无隙可乘，偏文育自来送死，不禁喜出望外，遂命壮士伏住帐后，自己出营相迎。待文育入营坐定，但叙数语，即传了一个暗号，使壮士一齐杀出，攒刃文育座前。文育无从奔避，眼见是身首两分了。昙朗既杀死文育，复威胁文育部曲，令他从顺，进据新淦城，转袭周敷。敷已侦悉情事，严阵以待，一俟昙朗趋至，便纵兵痛击，昙朗抵敌不住，更兼文育部众，统是乘势倒戈，弄得昙朗走投无路，好容易杀出圈外，只剩得一人一骑，奔还巴山，旋为村民所杀。

陈主霸先尚未知文育死耗，特遣侯安都率兵接应。安都将至豫章，始知文育被戕，因引师退还。途遇王琳将周炅、周协南归，顺便邀击，得将二周擒住。凑巧孝励弟孝猷，率部下四千家，往投王琳，也被安都截断，不得已投降安都。安都得此胜仗，便放胆进攻常众爱，众爱败奔庐山，曹庆亦遁。庐山民杀死众爱，送首至营，安都即传首建康，引还南皖。临川王陈蒨，方奉命在南皖筑城，安都当然进谒。正在会叙的时候，忽有急足从建康驰至，报称主上宴驾，请临川王速即还都。蒨惊愕异常，便引安都偕行入都。都中骤遇大丧，内无嫡嗣，外有强敌，老成宿将，又多在外边镇戍，只有中领军杜棱，典宿卫兵，与中书侍郎蔡景历，入宫定议，拟立临川王蒨，遣使征还。

蒨入居中书省，由杜棱等启请嗣位，蒨辞不敢当。安都入白道："今日继承大统，舍王为谁？王当顾全大局，不宜拘守小节！"蒨含糊答应。安都趋出，立即登殿，召集百官，请章皇后下令，立临川王蒨为嗣君，百官面面相觑，不敢发言。看官道是何因？原来陈主霸先，在位三年，因嗣子昌被虏西去，屡请北周放归，虽尚未得请，总望他后日生还，所以东宫虚位，未曾立储。到了临崩时候，口不能言，竟未定何人入嗣。一代枭雄，连嗣主未曾嘱定，何贪传子孙乃尔！中领军杜棱等，当时面谒章皇后，请立临川王，章皇后也只得允从。无如妇人见识，少断多疑，后来又记念嗣子，更因蒨自甘推让，乃复踌躇起来。公卿大臣，已探悉皇后意旨，也不敢决议。当下恼动了侯安都，正色厉声道："今四方未定，何暇远迎？临川王有功天下，应该嗣立，如有异议，请污吾刀！"说至此，拔剑出鞘，迫众承认。百官统有惧色，始齐声赞成。安都即入见章皇后，请后出玺，后只好将玺绶持授，再令中书舍人代草后令，立即颁发。令曰：

昊天不吊，上玄降祸，大行皇帝奄捐万国，率土哀号，普天如丧，穷酷烦冤，无所逮及。诸孤藐尔，返国无期，须立长君，以宁寓县。侍中安东将军临川王蒨，体自景皇，属惟犹子，建殊功于牧野，敷盛业于戡黎，纳麓时叙之辰，负扆乘机之日，并佐时庸，是同草创；祧祐所系，遐迩宅心，宜奉大宗，嗣膺宝箓，使七庙有奉，兆民宁晏。未亡人假延余息，婴此百罹，寻绎缠绵，兴言感绝。特此令闻！

临川王蒨既接章皇后令，尚再三推辞。百官等又复固请，乃入御太极前殿，即皇帝位，颁诏大赦。追尊大行皇帝为武皇帝，庙号高祖，奉章氏为皇太后，立妃沈氏为皇后。进司空侯瑱为太尉，侯安都为司空，杜棱为领军将军，内外文武百官，俱进秩有差。越二月，葬高祖武皇帝于万安陵。陈主霸先颇有智谋，临敌制胜，多由独断。及即位后，政尚宽大，性独俭约，常膳不过数品，私飨曲宴，常用瓦器蚌盘，后宫衣不重采，饰无金翠，歌钟女乐，禁令入宫，当时号为明主。但躬蹈篡弑，不脱前代恶习，故历世传祚，亦不得灵长，本身亦不过做了三年皇帝，土宇比宋、齐、梁为尤狭。殁时年已五十七，竟不得一子送终。可见有智不如有德，有勇不如有仁，有仁有德，乃足永世，单靠着一时智勇，取人家国，终究是不能享呢。至理名言。这且不必絮述。

且说齐主高洋淫暴日甚，既广筑宫殿，复增造三台，并发工役，修造长城，东西凡三千余里。适大河南北，飞蝗蔽天，伤及禾稼，洋问魏郡丞崔叔瓒道："何故致蝗？"叔瓒答道："五行志有云：土功不时，蝗虫为灾。今外筑长城，内兴三台，适如五行志所言。"洋不待说毕，勃然怒起，即使左右殴击，且把他倒浸厕中，使尝粪味，然后曳足以出，释使归家。叔瓒无可奈何，只好自认晦气罢了。粪味如何？

先是齐有术士，谓亡高者黑衣，洋因问左右，何物最黑？左右答言是漆。洋想入非非，默思兄弟辈中，惟上党王涣，排行第七，莫非应在此人，遂使库直都督破六韩伯升，驰驿召涣。涣偕伯升至紫陌桥，料知此行不佳，竟杀死伯升，渡河南逸。行至济州，为人所执，送至邺下，系入狱中。

永安王浚，系洋第三弟，洋少不好饰，尝与浚同见兄澄，涕垂鼻下，浚责洋左右道："何不替二兄拭鼻！"洋因此挟嫌。及洋即位，浚为青州刺史，颇有政声，闻洋酗酒失性，尝语亲近道："二兄嗜酒败德，朝臣无敢直言，我当入朝面谏，未知肯用我言否？"话虽如此，尚未启行，已有人密为传闻，洋更加忿恨。及浚入都，从洋游东山，洋袒裼裸裎，纵酒为乐。浚进谏道："这非人主所宜。"洋益不悦。浚又密召杨愔，责他将顺主恶，愔当面虽曾道歉，心中却不以为然。更因洋尝有命令，不准大臣交通诸王，为此两种嫌忌，即将浚言转奏。洋大怒道："小人情性，令人难忍！"遂罢酒还宫。浚辞别还州，复上书切谏。多话无益，徒取杀身。洋严旨召浚，浚也防不测，托疾不赴。

未几即有缇骑驰至，促浚就道，吏民多感浚恩惠，老幼泣送，至数千人。及至邺中，洋令与上党王涣，并纳入铁笼，置诸北城地牢中。饮食溲秽，共在一处。后来洋巡北城，往视地牢，临穴讴歌，令浚、涣属和。浚、涣且悲且怖，音颤声嘶，洋亦不禁泣下，意欲释放。长广王湛，系洋第九弟，与浚有隙，独上前进谗道："猛虎岂可出穴？"悍过高洋。洋乃默然。浚闻湛言，呼湛小字道："步落稽，天不容汝！"此时已无天道。湛又在旁笑骂，挑动洋怒。洋即取槊刺浚，被浚拉断，引得洋忿火益炽，命壮士刘桃枝，就笼乱刺。浚与涣随接随拉，呼号声震彻远近。洋并命投入薪火，烧杀二人，加填土石。后来掘土起尸，皮发皆尽，遗骸如炭，旁观多为痛愤，洋却不以为意。

既而三台告成，亲往游宴，酒酣兴至，戏用槊刺都督尉子辉，应手毙命。常山王演，为洋第六弟，时适侍侧，见洋无故杀人，不由的惨然变色。洋已窥觉，顾演与语道："但令汝在，我为何不纵乐！"演未便直谏，但拜伏涕泣。洋不觉发现天良，取杯掷地道："汝大约嫌我多饮，今后敢进酒者斩！"演且拜且贺。洋面命演录尚书事，不到三日，洋酗狂如故。演自草谏牍，将要进陈，演友王晞，力为劝阻，演不肯从，竟递将进去。果然触动洋忿，召演至前，令御史纠弹演过。御史一无所言，演才得免。

演妃元氏系魏朝宗室，洋欲令演离婚，许为演广求淑媛。演虽承旨纳妾，与元氏情好依然。洋复赐给宫人，由演领去。嗣因酒后失记，谓演擅取宫人，召演入责，自取刀环，乱殴演胁，几至晕绝，乃令左右舁演还第。演气愤填胸，情愿绝粒待毙。演与洋、湛等，俱为娄太后所出，太后恐演不测，亦日夕涕泣，洋酒醒亦颇知悔，并闻太后悲泣情状，急得不知所为，每日往视演疾，且劝慰道："努力强食，当将王晞还汝。"原来晞为演友，洋疑演谏奏，出自晞笔，已将晞髡配出去，至是面约还晞，因即将晞释归，使往劝演。演见晞至，强起抱晞道："我气息奄奄，恐不得再见！"晞流涕道："天道神明，岂令殿下遂毙此舍！至尊亲为人兄，尊为人主，怎好与他计较？惟殿下不食，太后亦不食。殿下纵不自惜，难道不念太后么？"演乃强坐进饭，渐得告痊。

过了数月，演又欲进谏，令晞草奏。晞条陈十余事，因复语演道："今朝廷所恃，惟一殿下，乃欲学匹夫耿介，轻视生命，一旦祸至，误国政，负慈恩，岂不是两失么？"演唏嘘道："祸乃至此么？"因将谏草对晞毁去。嗣复忍耐不住，再行进谏，洋使力士将演反绑，自拔刀架演颈，且叱责道："小人何知！究竟是何人教汝？"演答道："天下噤口，除臣外何人敢言？"洋又令左右杖演数十下，自己醉倦入寝，演乃得出。

太子殷礼士好学，颇得令名，洋常嫌殷得汉家性质，不类自己，意欲废立。会登览金凤台，三台之一。召殷随侍，喝令手刃囚犯。殷恻然有难色，再三不肯下刃。洋用马鞭捶殷，吓得殷神经错乱，竟至气悸语吃，状似痴迷。洋屡言太子性懦，终当传位常山王，太子少傅魏收语杨愔道："太子关系国本，不应动摇，至尊每言传位常山，如果属实，即当决行，天子怎可戏言？"彼常视国事如儿戏，难道汝尚未知吗？愔乃将收言白洋，洋始罢议。

已而酗暴更甚，杀死胶州刺史杜弼，及尚书仆射高德政，无非为了强谏致忿，置诸死刑。尚书右仆射崔暹，屡有谏诤，洋念他故旧大臣，格外容忍。未几暹歿，洋亲往吊丧，问暹妻李氏道："汝可思故夫么？"李氏随口答道："怎得不思！"洋笑道："汝果思暹，何不自往省视？"说至此，拔刀一挥，李氏头落，即取掷墙外。

时已为天保十年，即陈主霸先临殁之年。彗星出现，太史奏请除旧布新。洋特问彭城公元韶道："汉光武何故中兴？"韶猝然答道："为诛诸刘不尽。"不诋王莽，反启杀心，真是该死的狗奴。洋因下令，捕戮始平公元世哲等二十五家，拘禁元韶等十九家。韶幽住地牢，数日不得一餐，甚至衣袖啗尽，活活饿死。应该如此，但未知伊妻高氏果从死否？洋索性尽诛诸元，男子无论少长，一律斩首，共杀三千人，弃尸漳水。水中鱼吃食尸骸，百姓取鱼剖腹，得人爪甲，遂相戒不食，好几月不往网鱼。鱼却得多活数月。惟常山王妃父元蛮，本支近族，得保存数家。自经这次惨戮，洋乃恶贯满盈，即成暴疾，喉间似有物哽住，不能下食。好容易拖延两三日，自知不能久存，乃召李后及常山王演至榻前，谆嘱后事。小子有诗叹道：

夏桀商辛并暴君，如斯淫虐尚无闻。
榻前一诀安然逝，乱世似无善恶分。

欲知洋所说何事，俟至下回续表。

王琳事梁，似不可谓为非忠，梁元帝陷死江陵，琳赴援不及，缟素举哀，复因陈主篡梁，传檄东讨。侯安都谓师出无名，果遭败殁，师直为壮曲为老，诚哉是言也。然忽降齐，忽降魏，主持不定，未免多私。

既已奉庄为主，又听从陈使谢哲，愿还湘州，大忠者固如是乎！江右之乱，出援无功，天已未免厌琳矣。陈霸先病殁之年，齐高洋亦即病死。齐陈相较，高洋之恶，远过霸先。但霸先以篡弑得国，敢犯大不韪之名，虽有小善，殊不足道。高洋之恶，古今罕有，浚与涣皆遭惨毙，独演再三进谏，濒死者数矣，而卒得不死，岂其后应登帝箓，乃幸邀天助耶！然洋恶如此，而尚得令终，翘首天阍，几令人无从索解云。

第七十回

戮勋戚皇叔篡位
溺懿亲悍将逞谋

却说高洋病剧，召李后至榻前，握手与语道：“人生必有死，死何足惜！但恐嗣子尚幼，未能保全君位呢！”继复召演入语道：“汝欲夺位，亦只好听汝；但慎勿杀我嗣子！”汝杀人子多矣，还想保全己子耶？演惊谢而出。嗣复召入尚书令杨愔，大将军平秦王高归彦，侍中燕子献，黄门侍郎郑颐等，均令夹辅太子，言讫即逝，年三十一岁。当下棺殓发丧，群臣虽然号哭，统是有声无泪，惟杨愔涕泗滂沱。想是蒙赐太原公主的恩情。常山王演居禁中护丧，娄太后欲立演为主，偏杨愔等不肯依议，乃奉太子殷即位，尊皇太后娄氏为太皇太后，皇后李氏为皇太后，进常山王演为太傅，长广王湛为司徒，平阳王淹高欢第四子。为司空，高阳王湜为尚书左仆射，河间王孝琬高澄第三子。为司州牧，异姓官员，自咸阳王斛律金以下，俱进秩有差。所有从前营造诸工，一切停罢。追谥父洋为文宣皇帝，庙号显祖，奉葬武宁陵。越年改元乾明。高阳王湜，素以便佞得宠，执杖挞诸王，太皇太后娄氏，引为深恨。大约演受杖时，曾由湜下手。湜导引文宣梓宫，尝自吹笛，又击胡鼓为乐，娄氏责他居丧不哀，杖至百余，打得皮开肉烂，舁回私第，未几竟死。演奉丧毕事，就居东馆，取决朝政。杨愔等以演、湛二王，位居亲近，恐不利嗣君，遂密白李太后，使演归第，自是诏敕，多不关白。中山太守杨休之，诣演白事，演拒绝不见。休之语演友王晞道：“昔周公旦朝读百篇书，夕见七十士，尚恐不足，王有何嫌疑，乃竟拒绝宾客？”晞知他来意，便笑答道：“我已知君隐衷，自当代达，请君返驾便了！”及休之去后，晞遂入语演道：“今上春秋未盛，骤览万几，殿下宜朝夕侍从，亲承意旨，奈何骤出归第，使他人出纳王命！就使殿下欲退处藩服，试思功高遭忌，能保无意外情事么？”演半晌方答道：“君将如何教我？”晞说道：“周公摄政七年，然后复子明辟，请殿下自思！”演又道：“我怎敢上比周公！”晞正色道：“殿下今日地望，欲不为周公，岂可得么！”演默然不答，晞乃趋退。未几有诏敕传出，令晞为并州长史。晞与演诀别，握手嘱咐道：“努力自慎！”晞会意乃去。

先是领军将军可朱浑天和，曾尚高欢少女东平公主，尝谓朝廷若不去二王，少主终未必保全。侍中燕子献，已进任右仆射，拟将太皇太后娄氏，徙居北宫，使归政李太后。杨愔又因爵赏多滥，尽加澄汰，自是失职诸徒，都趋附二王。平秦王归彦，初与杨燕同心，后因杨愔擅调禁军，未曾关白归彦，归彦总掌禁卫，免不得怨他越俎，亦转与演、湛二王联络。侍中宋钦道，向侍东宫，屡次进奏，谓二叔威权太重，非亟除不可。齐主殷不答。杨愔等乃议出二王为刺史，特通启李太后，具述安危。宫人李昌仪系齐宗室高仲密妻，李太后引为同宗，素相昵爱，遂出启示昌仪，昌仪竟密白太皇太后。愔等稍有所闻，复变通前议，但奏请出湛镇晋阳，用演录尚书事。当由齐主殷准议。

诏书既下，二王应当拜职，演先受职，至尚书省，大会百僚。杨愔便拟赴会，侍郎郑颐劝止道：“事未可料，不宜轻往！”愔慨然道：“我等至诚体国，难道常山受职，可不赴会么？”要去送死了，但不往亦未必终生。遂径至尚书省中。演、湛二王，已命设宴相待，勋贵贺拔仁、斛律金，亦俱在座，愔与子献、天和、钦道等，依次入席，湛起座行酒，至愔面前，斟着双杯，且笑语道：“公系两朝勋戚，为国立功，礼应多敬一觞。”愔避座起辞，湛连语道：“何不执酒？”道言未绝，厅后趋出悍役数十人，似虎似狼先将杨愔拿住，次及天和、钦道。子献多力，排众出走，才经出门，被斛律金子光，追出门外，用力牵还，亦即受缚。杨愔抗声道：“诸王叛逆，欲杀忠臣么？我等尊主削藩，赤心奉国，有什么大罪呢！”逐主妻后，怎说无罪！演自觉情虚，意欲缓刑，湛独不可，即与贺拔仁、斛律金等，拥愔等入云龙门，由平秦王归彦为导。禁军本由归彦统率，不敢出阻，一任大众拥进。

演至昭阳殿，击鼓启事。太皇太后娄氏出殿升座，李太后为齐主殷，随侍左右。演跪下叩首道：“臣与陛下骨肉至亲，杨愔等欲独擅朝权，陷害懿戚；若不早除，必危宗社。臣与湛等共执罪人，未敢刑戮，自知专擅，合当万死！”时庭中及两庑卫士二千余人，皆被甲待诏。武卫将军娥永乐，武力绝伦，素蒙高洋厚待，特叩刀示主，欲杀演、湛二王。偏是齐主口吃，仓猝不能发言。太皇太后娄氏，叱令却仗，永乐尚未肯退。娄氏复厉声道：“奴辈不听我令，即使头落！”永乐乃涕泣退去。娄氏又怆然道：“杨郎欲何所为，令我不解？”转顾嗣主殷道：“此等逆臣，欲杀我二子，次将及我，汝何为纵使至此？”殷尚说不出一词，娄氏且悲且愤道：“岂可使我母子，受汉老妪斟酌！”总是溺爱亲子。李太后慌忙拜谢，演尚叩头不止。娄氏复语嗣主殷道：

"何不安慰尔叔！"殷以口作态，好一歇才说出数语道："天子亦不敢为叔惜，况属此等汉人，但得保全儿命，儿自下殿去，此辈任叔父处分罢！"乃父凶恶非常，奈何生此庸儿！演闻言即起，便传言诛死愔等。湛在朱华门外候命，一得演言，立将愔等枭首。侍郎郑颐，亦被拿至，湛与颐有隙，先拔颐舌，截颐手，然后取他首级。演复令归彦引兵至华林园，擒斩娥永乐。

太皇太后娄氏亲临愔丧，见愔一目被剜，不禁号哭道："杨郎，杨郎，忠乃获罪，岂不可悲！"乃用御金制眼，亲纳愔眶，抚尸语道："聊表我意！"既纵子杀愔，何必如此假惺惺，想是见了寡女，又惹起哭婿的心肠，这真是妇人见识。演亦觉自悔，乃请旨赦愔等家属，湛独说是太宽，定要连坐五家。再经王晞上书力谏，乃各没一房。孩幼尽死，兄弟皆除名。命中书令赵彦深，代杨愔总掌机务。演自为大丞相，都督中外诸军录尚书事，出镇晋阳。湛为太傅，兼京畿大都督。

演至晋阳，奏调赵郡王高睿高欢从子。为左长史，王晞为司马，晞尝由演召入密室，屏人与语道："近来王侯诸贵，每见敦迫，说我违天不祥，恐将来或致变起，我当先用法相绳，君意以为何如？"晞答道："殿下近日所为，有背臣道，芒刺在背，上下相疑，如何能久持过去？殿下虽欲谦退，敝屣神器，窃恐上违天意，下拂人心，就是先帝的基业，也要从此废坠了。"演作色道："卿何敢出此言？难道不怕王法么！"其词若有憾焉，其实乃深喜之。晞又道："天时人事，皆无异谋，用敢冒犯斧钺，直言无隐！"演叹息道："拯难匡时，应俟圣哲，我怎敢私议，幸勿多言！"晞乃趋出，遇着从事中郎陆杳，握手与语，令晞劝进。晞笑说道："待我缓日再陈。"越数日，又将杳言告演，演良久方道："若内外都有此意，赵彦深时常相见，何故并无一言？"晞答道："待晞往问便了。"遂出赴彦深私第，密询彦深。彦深道："我近亦得此传闻，每欲转陈，不免口噤心悸，弟既发端，兄亦当昧死相告。"乃偕晞谒演，无非是劝演正位，应天顺人的套话，演遂入启太皇太后。太皇太后娄氏，问诸侍中赵道德，道德道："相王不效周公辅政，乃欲骨肉相夺，难道不畏后世清议么！"道德一言，却是有些道德。太皇太后乃不从演请。

既而演又密启，说是人心未定，恐防变起，非早定名位，不足安天下。太皇太后娄氏，本已有心立演，即下令废齐主殷为济南王，出居别宫，命演入纂大统。不过另有戒语，嘱演勿害济南王。演接奉母后敕令，喜如所愿，便即位晋阳，改元皇建。乃称太皇太后娄氏为皇太后，改号李太后为文宣皇后，迁居昭信宫。封功臣，礼耆老，延访直言，褒赏死事，追赠名德，大革天保时旧弊。惟事无大小，必加考察，未免苛细贻讥。中书舍人裴泽，尝劝演恢宏度量，毋过苛求。演笑语道："此时嫌朕苛刻，他日恐又议朕疏漏呢。"未几欲进王晞为侍郎，晞苦辞不受。或疑晞不近人情，晞慨然道："我阅人不为不多，每见少年得志，无不颠覆，可见得人主私恩，未必终保。万一失宠，求退无地。我岂不欲做好官，但已想得烂熟，不如守我本分罢！"语似可听，惟问他何故教猱升木？

演进弟湛为右丞相，淹为太傅，湝为大司马。湝即尔朱氏所生，为高欢第五子。立妃元氏为皇后，世子百年为太子。百年时才五岁。看官听着！这长广王湛，助演诛仇篡位，无非望为皇太弟，演亦口头应许，此时忽背了前言，把五岁的小儿立做储君，你想长广王湛，怎肯心平气降，毫无变动呢？这且慢表。

且说梁丞相王琳，闻陈廷新遭大丧，嗣主初立，国事未定，料知他不遑外顾，遂令少府卿孙玚为郢州刺史，留总庶务，自奉梁主庄出屯濡须口，并致书齐扬州行台慕容俨，请他救应。俨因率众出驻临江，遥为声援，琳遂进逼大雷。陈将侯瑱、侯安都、徐度等，调集戍兵，严加防御。安州刺史吴明彻，素称骁勇，夤夜袭湓城，哪知王琳早已料着，预遣巴陵太守任忠，伏兵要路，击破明彻。明彻单骑奔回，琳即引兵东下，进至栅口。陈将侯瑱等出屯芜湖，相持历百余日，水势渐涨。琳引合肥、巢湖各守卒，依次前进，瑱亦进军虎槛州。正拟决一大战，琳忽接到孙玚急报，乃是周荆州刺史史宁，乘虚袭攻郢州，城中虽然严守，终恐未能久持等语。此时琳进退两难，又恐众心摇动，或至溃散，不得已将玚书匿住，但领舟师东下，直薄陈军。齐仪同三司刘伯球，亦率水兵万余人，助琳水战，再加齐将慕容子会，带领铁骑二千，进驻芜湖西岸，助张声势。可巧西南风急，琳自夸天助，引兵直指建康。那陈将侯瑱，佯避琳锋，听他急进。待琳船已过，徐出芜湖，截住琳后，西南风反为瑱用。琳见瑱船在后尾击，使水军乱掷火炬，欲毁瑱船，偏偏火为风遏，竟被吹转，反致自毁船只。瑱麾众猛击琳舰，并用牛皮蒙冒小艇，顺流撞击，又熔铁乱浇琳船，琳军大败。各舰多遭毁没，军士溺死甚众，余或弃舟登岸，亦被陈军截杀垂尽。齐将刘伯球被擒。慕容子会屯兵西岸，望见琳军战败，麾兵返奔，自相践踏，并陷入芦荻泥淖中，骑士皆弃马脱走。不意陈军追至，奋勇杀来，齐兵越加惶急，四散窜去，剩下子会一人一骑，也被陈军捉归。独王琳乘着舴舰，突围出走，得至湓城。众旨散尽，只挈妻妾及左右十余人，北向奔齐。梁侍中袁泌，御史中丞刘仲威，曾留卫永嘉王庄，闻琳已败北，用轻舟送庄入齐，仲威随去，泌南来降陈。琳将樊猛与兄毅亦趋降陈营。陈军复进指郢州，郢州城下的周兵，探得陈军将至，撤围自去。守吏孙玚，举州出降陈军。好几年经营的王琳，弄得寸土俱无，枉费气刀。三窟几已失尽。

齐主演方在篡位，倒也没工夫计较，惟周大司马宇文护，听得陈军如此威武，颇为寒心，独想出一法，遣归陈衡阳王昌，使他自相攻害。昌致书陈主，语多不逊，也是自寻死路。陈主蒨召入侯安都，凄然与语道："太子将至，我当别求一藩，为归老地。"

安都道：“主位已定，怎得再移！从古岂有被代天子，臣愚不敢奉诏！”陈主蒨道：“将来如何处置衡阳？”安都道：“令他仍就藩封便了。彼若不服，臣愿往迎，自然有法处置。”杀昌意已在言下。陈主蒨即命安都赍敕迎昌，授昌为骠骑大将军，扬州牧，仍封衡阳王。昌奉命渡江，与安都同坐一舟，安都诱昌至船头，托言观览景色。昌出与安都并立，不防安都用手一推，站足不住，便堕入江中，随波漂没。安都假意着忙，急令水手捞取，捞了半日有余，才得了一个尸骸，乃返报陈主。陈主命依王礼埋葬，封安都为清远公。安都得封，可知陈主本心。

侍郎毛喜曾陷没长安，与昌俱还。他尚似睡在梦里，上言宜通好北周，与他和亲，陈主乃使侍中周弘正西行，与周修好。那陈将侯瑱等，已乘胜进攻湘州，周遣军司马贺若敦，率步兵赴援，再遣将军独孤盛，领水军俱进。会秋水泛滥，粮输不继，敦恐瑱探知虚实，乃在营内多设土囤，上覆以米。瑱使人侦探，果然被赚，不敢进逼。敦又增修营垒，与瑱相持，瑱亦无可如何。正拟退归，忽闻周主毓中毒暴亡，另立新主，料他内外必有变动，乐得留兵湘州，伺隙进取。

究竟周主如何遇毒？原来就是宇文护嗾使出来。周主毓明敏有识，为护所惮。护佯请归政，竟邀允许，但令护为太师雍州牧。当下改元武成，由周主亲览万机。护弄假成真，欲巧反拙，遂密谋不轨，又起了一片杀心。好容易过了一年，护使膳部中大夫，置毒糖饼中，进充御食，周主毓食了数枚，不禁腹痛，自知不幸中毒，口授遗诏五百余言，并召语群臣道：“朕子年幼，未能当国，鲁公邕系朕介弟，宽仁大度，海内共闻，将来弘我周家，必需此人，卿等宜同心夹辅，勿负朕言！”言讫遂殂，年仅二十七岁。鲁公邕已入为大司空，不烦远迎，便奉遗诏即皇帝位，追尊兄毓为明皇帝，庙号世宗。越年改元保定，进宇文护为大冢宰，都督中外诸军事。那时郢州援将独孤盛，已被陈军袭破杨叶洲，率众遁还。巴陵降陈，贺若敦亦支持不住，拔军北归，湘州亦下。巴、湘入周数年，至此乃复为南朝所有了。

宇文邕（543—578），即周武帝，鲜卑族，北周第三位皇帝。天和七年（572年），诛杀权臣宇文护，始亲政。建德六年（577年），灭北齐，拥有黄河流域和长江上游。为后来隋的统一奠定了基础。

周主邕甫经践阼，不欲再行兴兵，更兼陈使周私正前来修好，待命已久，乃拟与南朝讲和，索还俘虏，且许归始兴王顼，使司会上士杜杲，偕弘正南下报聘。时陈主蒨已立长子伯宗为太子，次子伯茂为始兴王，奉皇伯考昭烈王道谭宗祀，改封顼为安成王。昭烈二字系始兴王道谭谥法，顼尚在周，无故徙封，乃以次子过继，陈主之心术益见。既由周使来聘，不得不召入与议，互订和约。杜杲素长词辩，除索还俘虏外，更请相当酬报。陈主蒨许让黔中地及鲁山郡，杲乃称谢而去。

陈主蒨本纪元天嘉，与周议和，系天嘉二年间事，至天嘉三年，安成王顼，始由周使杜杲，护送南归。陈主授顼侍中中书监，亲中卫将军，得置佐史。并引见杜杲，温颜与语道："家弟今蒙礼遣，受惠良多，但鲁山不返，亦恐未能及此。"杲从容答道："安成王在长安，不过一个布衣，若送归南都，乃是陛下介弟，价值甚重，非一城可比。惟我朝敦睦九族，推己及人，上遵太祖遗训，下思睦邻通义，所以遣使南还。若云以寻常土地，易骨肉至亲，这却非使臣所敢闻呢！"陈主闻言，不禁怀惭，赧然语杲道："前言聊以为戏，幸勿介意。"一言已出，驷马难追，即欲掩饰，恐已被外臣窃笑。因厚礼待杲，复遣侍郎毛喜，与杲同诣长安，乞归安成王顼妻子。所有芜湖擒归诸周将，一体放还，周亦送归顼妃柳氏，及顼子叔宝，于是陈周言归于好。小子有诗讥陈主蒨道：

伯氏吹壎仲氏篪，鸰原急难要扶持。

如何只为儿孙计，福不重邀祸已随。

陈主蒨既与周和，复欲与齐通好，毕竟有无头绪，且至下回再详。

杨愔负魏不负齐，而独为高演所杀，论者咸为愔呼冤，愔何冤哉？如愔不诛，是真无天道矣。彼本东魏故臣，助洋篡国，胁逐故主，又敢妻母后，蔑绝人伦，一死尚有余辜，安得为冤？即以事齐论之，高洋狂暴，未闻出言谏诤，且简囚供御，身进厕筹，无耻若此，忠果安在？其所以谋除二王者，亦无非为固位计耳。演杀愔，并杀愔党，愔党或人愔所累，或至含冤，愔固不足惜也。若夫演之篡国，何莫非高洋之自取，洋得令终亦幸矣，其能保全子嗣乎！陈主蒨乘机嗣立，授意安都，挤死衡阳王昌，甚至本生兄弟，亦且加忌，始兴一脉，遽令次子继承，视生弟如死弟，何其无骨肉情！及顼得生还，幸而免死，冥冥中似若有相之者。高洋杀浚、涣而不能杀演、湛，陈主蒨害昌而不能害顼，卒至后患相寻，南北一辙，此王道之所以贵亲亲也。

第七十一回

遇强暴故后被污
违忠谏逆臣致败

却说齐主高演，入嗣帝位，尚有意治安，惟对待南朝，未肯息怨罢兵，当遣降将王琳为扬州刺史，出镇寿阳，伺隙图南。陈主蒨颇思修和，因仇人在前，无从游说，不得已姑从缓议。会齐主演听高归彦言，召入济南王殷，把他害死，冤气盈廷，不免为厉，累得演精神恍惚，说鬼连篇。皇建二年孟冬，出外游猎，突有狡兔向马前驰过，演弯弓欲射，忽见兔跳跃起来，留神一瞧，好似一个被发戟手的夜叉鬼，不由的身体颤动，坠落马下。左右慌忙扶起，肋骨已经跌断，痛得不可名状。仿佛齐襄之见公子彭生。好容易掖回宫中，镇日里卧床呼号，医治罔效。娄太后亲往视疾，问及济南王殷，演无言可答，接连三问，仍是默然。娄太后愤愤道："济南已被汝杀死么？不用我言，应该速死！"遂掉头径去。嗣是演病益剧，痛到无可奈何的时候，往往神志昏迷，满口谵语。有时说着，文宣父子来了，又有时说着，杨令公、愔。燕仆射子献。等俱来了。当下模糊答辩，继又扶服推枕，叩首乞哀，结果是大数难逃，终难延命。高洋凶恶，远过高演，洋死时，史中第称暴殂，演死时却详叙冤厉，是由高演所为，自觉过甚，未免愧悔，故作此状，洋则异是。可见鬼由心造，非真凭身为祟也。临终时，曾留下遗书，贻弟高湛，召他入纂大统，书末有嘱语云："宜将吾妻子置一好处，勿学前人。"问汝何故杀殷？当下痛极毕命，年仅二十七岁。

先是高湛守邺，奉演密命，令派兵送济南王殷至晋阳。湛也不自安，向散骑高元海问计，元海道："愚见却有三策，一请殿下驰入晋阳，谒见太后主上，愿释兵权，不干朝政，自居闲散，安如泰山，是为上策。上策不行，或表称威权太盛，恐滋众谤，请徙为青、齐二州刺史，退居僻远，免招物议，尚为中策。"说至此，偏将第三策咽住不谈。湛问道："下策如何？"元海道："发言即恐族诛，不如不言。"湛说道："但说不妨，我为卿严守秘密，怕他什么？"元海道："济南世嫡，为主上所夺，众情未必悦服，今若召集文武，拥立济南，枭斩来使高归彦等，号令天下，以顺讨逆，这乃万世一时的机会；虽是下策，却比上策更佳。"湛不觉跃起，欣然说道："上策，上策，诚如卿言！"元海乃退。湛又召术士郑道谦等，卜定吉凶，道谦等占验封爻，劝湛宜静不宜动，自得大庆，湛乃令数百骑送入济南王。闻济南被害，益加危惧，哪知福为祸倚，祸为福伏，那晋阳竟传到遗诏，促令即刻就道，入承帝箓。这是湛梦想不到的喜事；他尚恐有诈，遣人探视，果系实情，乃立跨骏马，驰向晋阳。甫入城阃，已由文武百官，伏道迎谒，欢呼万岁。当下入临梓宫，不过哭了两三声，便被服兖冕，升殿即位，循例大赦，即改皇建二年为大宁元年。高湛登基，已在十一月中，两月光阴，竟不能待，便改元大宁，可见心目中早已无兄。进平秦王归彦为太傅，赵郡王睿为太保，平阳王淹为太宰，彭城王浟为太师，太尉尉粲为太保，尚书令段韶为大司马，丰州刺史娄睿为司空。冢弟任城王湝，高欢第十子。为尚书左仆射，并州刺史斛律先，为尚书右仆射，其余内外百官，并皆晋级，不消细说。既而追尊兄演为孝昭皇帝，称元后为孝昭皇后，降封前太子百年为乐陵王。

过了一月，令送孝昭柩至邺都，葬文静陵。元皇后送葬至邺，湛闻她带有奇药，使人索取，不得应命。湛竟怒起，再令阉人就车叱辱，元皇后不便反唇，只忍气含羞，包着两眶珠泪，待至文静陵旁，恸哭多时，方才入宫。湛尚余恨未消，令她在顺成宫内，孤身独处，寂寞无聊，此情此景，怎不伤心？惟自悲命薄罢了。比诸文宣皇后尚胜一筹。

越年正月，湛自晋阳启行，到了邺都，南郊祭天，续享太庙，立妃胡氏为皇后。后为安定人胡延之女，初生时有鸮鸟鸣产帐上，时人目为不祥，及笄后，选为长广王妃，姿貌不过中人，性情却极淫荡。湛本是个酒色中人，得此媚猪，当然是谑浪笑敖，倍极欢昵，所以祀天祭祖，大礼告成，即令胡氏正位中宫。册后这一日，所有故主后妃，及内外命妇，俱来庆贺，珠围翠绕，乐叶音谐，不但胡氏非常欣慰，就是齐主湛亦格外欢愉。晚间在后宫庆宴，众皆列席，高湛方在外殿中，畅饮数十觥，已有七、八分酒意，便闯入后宫，自来劝酒，惊动了一班妇女，统避席迎谒。湛狞笑道："此处合叙家人礼，尽可脱略形迹，休得迂拘。"众闻湛言，始称谢归座。湛展开一双醉眼，东张西望，蓦见上座有一位半老佳人，尚是丰姿绰约，秀色可餐，不由的魄荡魂驰。仔细审视，却是一位皇嫂李皇后，恨不得上前亲近，但因大众在座，未便失体，只得权时忍耐。说了几句劝饮的套话，转身自去。

是夕酒阑席散，各皆归寝，湛虽怀念嫂氏，也只好与新皇后敷衍一宵。到了次日的黄昏，竟不带左右，独自一人，步入昭信宫。见前回。当有宫女报知李后，李后不禁起疑，没奈何起身相迎。湛入宫坐定，并无一言，但将双目注视娇颜。李后且惊且羞，乃开口启问道：“陛下到此，有何见谕？”湛笑语道：“朕因夜间无事，特来陪伴皇嫂。”李后道：“陛下新册正宫，并多嫔御，何不前去叙情，乃独顾及贱妾？”湛又道：“未及皇嫂娇姿，所以乘暇来此。”李后见湛有意调戏，很是惊惶，便抽身欲退。湛即起座揽住后裾，李后大骇道：“陛下身为天子，难道好不顾名义么？”说着，顺手一推，湛不防此着，竟至倒退数步，方得站住。顿时恼羞成怒，瞋目与语道：“若不从我，当杀汝儿！”李后听了，急得玉容惨淡，粉面浸淫。宫女们见此情形，统已避了出去，那高湛见左右无人，竟仗着壮年膂力，把李氏轻轻举起，直入内寝，阖住双扉，好一歇不见动静。宫女等至寝门外，侧耳细听，但只闻有窸窣声，颤动声，想已是阴阳会合，兴雨布云了。高洋盗嫂，报及己妻。

俗语说得好，寂寞更长，欢娱夜短，高湛把李氏淫烝一宵，转瞬间即已天明，不得不起床出宫，升殿视朝，嗣是常出入昭信宫，来续旧欢。李氏已经失节，也乐得随缘度日。春风几度，暗结珠胎。独胡后不耐岑寂，每当湛往昭信宫，却另寻一个主顾，入替高湛。看官道是何人？乃是给事和士开。士开善握槊，工弹琵琶，面庞儿亦生得俊雅。当湛为长广王时，已入侍左右，辟为开府参军。及湛即位，升任给事，胡后尝与相见，暗地生心。此时乘湛盗嫂，便贿通宫女，引入士开，赏给禁脔。士开得此奇遇，哪有不极力奉承，多方欢狎，引得胡后心花怒放，竟与他誓山盟海，愿做一对长久夫妻。这是高湛眼前孽报。

高湛毫无所闻，反恐胡后责他盗嫂，曲意弥缝。胡后乘间，屡说士开好处，湛竟擢士开为黄门侍郎。胡后生子名纬，便立为皇太子。平秦王归彦位兼将相，恃势骄盈。侍中高元海，及中丞毕义云，黄门郎高乾和，尝入白御前，谓归彦专权骄恣，必生祸乱，乃出归彦为冀州刺史。元海等并欲弹劾和士开。看官试想，这和士开外邀主宠，内结后援，官爵未尊，地位甚固，岂是高元海辈所得摇动么？果然元海等未上弹章，士开却先已下石，但言元海诸人，交结朋党，欲擅威福，轻轻的说了数语，已足挑动主心。元海乾和，渐渐被疏；义云连忙纳赂，得为兖州刺史。独归彦心怀怨望，意欲俟湛往晋阳，乘虚入邺，偏值娄太后逝世，宫中治丧，好几月不闻驾出，也只有蹉跎度日，暂作缓图。

娄太后自春间寝疾，衣忽自举，用巫媪言，改姓石氏，延至初夏，竟尔病终，年六十二。太后生六男二女，皆感梦孕，孕高澄时，梦见断龙；孕高洋时，梦见龙首；孕高演时，梦见龙伏地上；孕高湛时，梦见龙浴海中；孕二女俱梦月入怀，惟孕襄城王清，博陵王济，但梦鼠入下衣。清早去世，济见下文，亦不得令终，惟澄、洋、演、湛，皆得称尊。一母生四帝，也是奇事。

太后未殁时，邺下有童谣云："九龙母死不守孝。"至是湛居母丧，竟不改服，仍著绯袍。未几且登临三台，置酒作乐。宫人进白袍，由湛怒掷台下，和士开在侧，请暂辍乐，亦为湛所殴击。士开也算错一着。湛排行第九，适应童谣，不过追谥太后为武明皇后，合葬义平陵，总算依例办事罢了。

高归彦所谋未遂，屡使人探刺都中情事，偏被郎中令吕思礼告发，湛乃令大司马段韶，与司空娄睿，发兵往讨。归彦登城拒守，及兵逼城下，便大呼道："孝昭皇帝初崩，六军百万，悉归臣手，臣至邺迎立陛下。当时不及，今日岂尚有异图？但恨高元海、毕义云、高乾和三人，诳惑主上，嫉忌忠良，如得杀此三人，臣愿临城自刭，死也甘心！"段韶等当然不睬，惟督令兵众攻城。内长史宇文仲鸾，司马李祖挹，别驾陈季琚等，与归彦不协，俱为所杀。兵民因此不服，各有贰心。归彦见不可守，弃城北走，到了交津，只剩得一人一骑，那段韶遣将追来，立刻擒住归彦，槭送邺都。当下议定死罪，命都督刘桃枝牵入市曹，击鼓徇众，然后行刑。归彦子孙十五人，一并诛死。

湛既诛归彦，益加淫暴。所烝皇嫂李氏，怀孕将产，适太原王绍德入见，为李氏所拒。绍德系高洋次子，生母就是李氏，闻李氏匿不见面，顿时懊闷道："儿也晓得了姊姊腹大，故不见儿。"家丑且不宜外扬，奈何取笑生母？原来齐俗呼母为姑姑，亦称姊姊。这李氏听得此语，禁不住惭愤交并，过了数日，生下一女，竟令抛弃。湛闻产女不举，怒不可遏，手持佩刀，驰入昭信宫。怒叱李氏道："尔敢杀我女么？我便当杀尔儿！"说着，即麾左右往召绍德，绍德不得已应召，湛俟绍德至前，便用刀环击去。绍德忍不住痛，只好长跪乞哀。湛大怒道："尔父打我时，尔何不出言相救，今日乃想求活么？"语未说完，再用力猛击数下，打得绍德血流满面，晕倒地上，须臾气尽。

李氏见此惨状，未免有情，便极口哀号。湛越加咆哮，迫令宫女褫李氏衣，使她袒胸露背，然后取鞭自挞，大约有数十下，雪肤上面，都变红云，李氏号天不止。与其受辱至此，何若从前死节？湛亦觉自己手力有些酸麻，再命将李氏盛入绢囊，投诸宫沟，好多时才令捞起，启囊出视，但见流血淋漓，狼藉得不成样子。湛怒已少平，乃呼宫女道："她若已死，不必说了；如若不死，可撵她往妙胜寺中做尼姑去。"言讫自行。宫女并皆不忍，待湛已去远，便即施救。李氏偃卧地上，气息奄奄，只有胸前尚热，经宫女各用手术，并灌姜汤，方得起死回生，眉目渐动。宫女将她舁上床榻，小心侍奉，挨过了两昼夜，才能起立，乃用牛车载送入妙胜寺，削发修行去了。一年假夫妻，至此结局，岂不可叹！

是年由青州上表，报称河、济俱清。明是贡谀。湛改大宁二年为河清元年。齐扬州刺史王琳，屡请出师南侵，湛欲允议发兵，独尚书卢潜，一再谏阻，且得陈主贻书，请罢兵息民。湛乃请散骑常侍崔瞻，通好南朝，陈主亦遣使报聘。独王琳尚有违言，湛调琳回邺，即用卢潜，为扬州刺史，领行台尚书，自是玉帛修仪，岁使不绝，江南江北，总算平静了七八年。

陈主蒨因周齐连和，北顾无虞，乃遣司空南徐州刺史侯安都，出略西南。从前东阳太守留异，蟠踞一隅，屡怀反侧，陈武帝特将蒨女丰安公主，下嫁异子贞臣为妻，且征异为南徐州刺史，异迁延不就，及蒨既嗣位，复命异为缙州刺史，领东阳太守，异仍阴怀两端，并严戍边境。陈廷容忍数年，乃乘暇出讨；一面召江州刺史周迪，豫章太守周敷，闽州刺史陈宝应，一同入朝。周敷奉命先至，得加封安西将军，赐给女妓金帛，遣还豫章。周迪不肯受诏，密与留异相结，且发兵袭敷，为敷所觉，吃了一个败仗，狼狈奔还。宝应为留异婿，虽陈主格外羁縻，许入宗籍，究竟翁婿情深，君臣谊浅，所以始终联异，也未肯入朝。

陈中庶子虞荔弟寄，流寓闽中，荔请诸陈主，召弟入都。宝应颇爱寄才，留住不遣。寄屡谏宝应，宝应不听，乃避居东山寺中，佯称足疾，杜门谢客。会留异为侯安都击破，妻孥多被掳去，仅与子贞臣走依宝应。周迪在临川，亦被陈安右将军吴明彻，高州刺史黄法氍，豫章太守周敷等，夹攻致败，溃奔闽州。宝应已失两援，尚自恃险僻，与陈抗衡。虞寄复上书极谏，条陈十事，略云：

东山虞寄，致书于陈将军使君节下：寄流离世故，漂寓贵乡，将军待以上宾之礼，申以国士之眷，意气所感，何日忘之？而寄沉痼弥留，愒阴将尽，常恐猝填沟壑，涓尘莫报，是以敢布腹心，冒陈丹款，愿将军留须臾之虑，少思察之，则瞑目之日，所怀毕矣。自天厌梁德，多难荐臻，寰宇分崩，英雄互起，不可胜纪，人人自以为得之，然夷凶剪乱，四海乐推，揖让而居南面者，陈氏也。岂非历数有在，惟天所授乎？一也。以王琳之强，侯瑱之力，进足以摇荡中原，争衡天下，退足以倔强江外，雄长偏隅，然或命一旅之师，或资一士之说，琳则瓦解冰泮，投身异域，瑱则厥角稽颡，委命阙廷，斯又天假之威而除其患，二也。今将军以藩戚之重，东南之众，尽忠奉上，勠力勤王，岂不勋高窦融，宠过吴芮？析珪判野，南面称孤，国恩所眷，不宜辜负，三也。圣朝弃瑕忘过，宽厚得人，如余孝顷、李孝钦、欧阳颁等，悉委以心腹，任以爪牙，胸中豁然，曾无纤介，况将军衅非张绣，罪异毕谌，何虑于危亡，何失于富贵？四也。方今周齐邻睦，境外无虞，并兵

一向，匪伊朝夕，非刘项竞逐之机，楚赵连纵之势，何得雍容高拱，坐论西伯？五也。且留将军狼顾一隅，亟经摧衄，声实亏丧，胆气衰沮，其将帅首鼠两端，惟利是视，孰能披坚执锐，长驱深入，系马埋轮，奋不顾命，以先士卒者乎？六也。将军之强，孰如侯景，将军之众，孰如王琳，武皇灭侯景于前，今上摧王琳于后，此乃天时，非复人力；且兵革以后，民皆厌乱，其孰肯弃坟墓，捐妻子，出万死不顾之计，从将军于白刃之间乎？七也。天命可畏，山川难恃，将军欲以数郡之地，当天下之兵，以诸侯之资，拒天子之命，强弱逆顺，可得侔乎？八也。夫非我族类，其心必异，不爱其亲，岂能及物？留将军自縻国爵，子尚王姬，犹弃天属而不顾，背明君而孤立，危急之日，岂能同忧共患，不背将军者乎？九也。北军万里远斗，锋不可当，将军自战其地，人多顾后，众寡不敌，将帅不侔，师以无名而出，事以无机而动，以此称兵，未知其利，十也。为将军计，莫如绝亲留氏，遣子入质，释甲偃兵，一遵诏旨，方今藩维尚少，皇子幼冲，凡预宗支，皆蒙宠树，况以将军之地，将军之才，将军之名，将军之势，而能克修藩服，北面称臣，岂不身与山河等安，名与金石同寿乎？感恩怀德，不觉狂言，斧钺之诛，甘之如荠，伏维将军鉴之！

宝应览书，不禁大怒，幸左右进语宝应，谓虞公病势渐笃，词多错谬，请勿介意。宝应意乃少释，且因寄为民望，权示优容，惟分兵接济周迪。迪复越东兴岭为寇，陈令护军章昭达出讨，大破周迪。迪窜匿山谷，无从搜捕，昭达遂入闽。迪招集余众，再出东兴，东兴守吏钱肃举城降迪，迪众复振，豫章太守周敷已升任南豫州刺史，出屯定州，与迪对垒。迪作书给敷道：“我昔与弟勠力同心，岂期相害？今愿伏罪还朝，乞弟披露肺腑，挺身同盟。”敷信为真言，只率从骑数人，出与迪盟，甫经登坛，被迪麾动部众，将敷杀死。

陈廷有诏赙恤，另遣都督程灵洗讨迪，并促章昭达速攻闽州。陈宝应令水陆设栅，严御昭达，昭达与战不利，顿兵上流，但令军士伐木为筏，待雨出发。会值大雨江涨，亟放筏进攻，连拔宝应水栅，凑巧陈将余孝顷，也奉陈主调遣，由海道驰至，两军会合，并力攻击，宝应连战连败，遁往莆田。顾语子弟等道：“我悔不从虞公言，致有今日！”迟了！迟了！小子有诗叹道：

如何螳斧想当车？一失毫厘千里差。

祸已临头才自悔，忠言不用亦徒嗟！

陈军追捕宝应，未知宝应再得脱走否？容至下回表明。

北齐宫闱，淫烝成习，惟高演尚乏色欲，故其妻元氏，虽被高湛斥辱，终得免污，若李氏为高洋妇，洋烝澄妻，湛即烝洋妻，何报应之若是其速也！但李氏不忍其子之死，含垢蒙羞，而其后子仍惨毙，身亦濒危，最为不值。自来义夫烈妇，其所由蹈死如饴者，诚有见夫名节为重，身家为轻，不应作一幸想，冀图苟活耳。否则，鲜有不蹈李氏之覆辙者也。陈宝应溺情闺闼，济恶妇翁，虞寄谏以十事，言甚明切，终不能挽宝应之迷，是误宝应者为留异，实则出之留异之女。天下之误己误人者，多半自妇女致之，非冶容诲淫，即昧几致祸，宝应亦一前鉴耳。如留异之凶狡，周迪之反复，更不足责也。

第七十二回

遭主嫌侯安都受戮
却敌军段孝先建功

却说陈宝应逃至莆田，被陈军从后追及，日暮途穷，如何支持，眼见是束手受擒。就是宝应妇翁留异，也与宝应同逃，无从漏网，翁婿妻孥，一并就缚。还有宝应宗族，及幕下僚佐，俱捉得一个不留，悉数槭送建康。叛徒头脑，怎得免死，就是子弟党羽，亦难逃国法，骈戮市曹。惟异子贞臣，曾尚帝女，特别恩赦。这是得妻房好处。并命昭达礼送虞寄，乘驿入都。陈主蒨当即召见，温言奖谕道："管宁汉末隐士。尚幸无恙。"寄拜谢而出。既而陈主自下手敕，命寄为衡阳王掌书记。衡阳王系武帝嗣子昌封爵，昌被侯安都溺毙，见七十回。陈主讳莫如深，只托言失足溺水，追谥为献。昌无子嗣，即令皇七子伯信过继，并授伯信为丹阳尹，得置佐吏。此次因虞寄经明行淑，特遣令往辅。寄奉敕入谢，陈主面谕道："今遣卿为衡阳记室，不但欲烦劳文翰，实因七儿年少，须卿教导，令作师资，卿毋以委屈见辞！"寄当然谦退，奉敕即行。未几复迁拜国子博士，寄表求解职，乞许归田。陈主优诏报答，许还会稽，仍令为东扬州别驾，寄又以疾辞。时寄兄虞荔，已经病殁，亦引柩还乡，陈主追赠侍中，赐谥曰德。并亲出都门送丧，时人称为难兄难弟。荔子世基世南，并少有文名，寄后来屡征不起，尝以知足不辱为言。诸王或出为州将，必奉朝命问候，致敬尽礼。有时寄出游近寺，闾里互相传语，老幼罗列，望拜道左。乡有争讼，经寄一言，无不立解；人有誓约，但指寄名，均不敢欺。扰乱时代，得此高士，真好算作第一流人物了。极笔褒扬，足以风世。至陈主顼太建十一年，始病终故里，这且不必细表。

且说留异、陈宝应二人，已经伏辜，只有漏网余生的周迪，尚在东兴一带，出没为患。陈都督程灵洗，自鄱阳别道出击，应前回。出迪不意，大破敌众，迪复与麾下十余人，窜伏山谷中。过了数月，遣人至临川郡市，购办鱼虾，为临川太守骆牙所执，谕令取迪自效，随即使腹心勇士，跟入山中，诱迪出猎，把他捕诛，传首建康，悬示朱雀观三日。三凶尽歼，西南廓清，惟后梁主萧詧据守江陵，得周保护。陈主蒨未敢进攻，詧亦因封地狭小，邑居残毁，不能东出报怨，郁郁无聊，疽发背上，竟致逝世。太子萧岿嗣立，追谥詧为宣帝，庙号中宗，改元大保，这也是残喘仅存，有名无实。他如永嘉王萧庄，亦奔齐病死，萧氏已不能复振了。随笔带过萧詧、萧庄。

陈司空侯安都，自略定西南后，归镇京口，加封征北大将军，封邑增至五千户。安都自恃功高，渐生骄态，幕中多罗集文武，一宴辄至千人。部下将帅，往往不遵法度，朝旨检问，辄奔归安都，倚作护符。陈主蒨性好严察，闻安都庇护罪人，不免生恨，安都毫不觉察，骄横如故。就是入宫侍宴，亦不守臣礼。酒酣时箕踞倾倚，目无君上，尝陪乐游园禊饮，语陈主道："陛下今日，比做临川王时，趣味何如？"言下甚有德色，陈主默然无言。安都一再问及，陈主始淡淡的答道："这虽出自天命，也未始非明公功劳！"安都喜甚，便乞借供帐水饰。陈主勉强允诺，心中很是不悦，怏怏还宫。到了次日，安都挈妻妾至乐游园，自升御座，令宾佐居群臣位，称觞上寿。居然想学做皇帝。陈主使人侦察，得悉安都情状，越加猜嫌，待安都还镇，屡遣台使按问安都部下，检括叛亡。安都才知上意，亦遣别驾周弘实，密结舍人蔡景历，探刺朝廷情事。景历具状奏闻，且言安都有谋反状。无非希旨。陈主乃调安都都督江、吴二州，领江州刺史。这一番调动，明明是诱他入阙，设法除患。安都果自京口还都，部伍入石头城，陈主引安都入宴嘉德殿，并令他部下将帅，会集尚书省听令。暗中却已密布禁军，乘安都入宴时，先把他拘系西省，然后收逮诸将帅，勒令缴出马仗，才许释放。因出舍人蔡景历表状，榜示朝堂，随即下诏论罪道：

昔汉厚功臣，韩韩信。**彭**彭越。**肇乱；晋倚藩牧，敦**王敦。**约**祖约。**称兵，托六尺于庞萌，野心窃发，寄股肱于霍禹，凶谋潜构。追维往代，挺逆一揆，永言自古，患难同规。侯安都素乏远图，本惭令德，幸属兴运，预奉经纶，拔迹行间，假之毛羽，推于偏帅，委以驰逐，位极三槐，任居四岳，名器隆赫，礼数莫俦，而志惟矜己，气在陵上，招聚逋逃，穷极轻狡，无赖无行，不畏不恭，受脤专征，剽掠一逞，推毂所镇，裒敛无厌。朕以爰初缔构，颇著功绩，飞骖代邸，预定嘉谋，所以掩抑有司，每怀遵养，杜绝百辟，日望自新，款襟期于话言，推丹赤于造次，策马甲第，羽林息警，置酒高堂，陛戟无卫，何尝内隐片嫌，去柏人而勿宿，外协猜防，入成皋而不留。而彼乃悖逆不悛，骄暴滋甚，招诱文武，密怀异图，近得中书舍人蔡景**

历启闻，报称安都曾遣别驾周弘实前来探刺，具陈反计，朕犹加隐忍，待之如初，爰自北门，迁授南服，受命径停，奸谋益露。今者欲因初镇，将行不轨，此而可忍，孰不可容！赖社稷之灵，近侍诚悫，丑情彰暴，逆节显闻。可详按旧典，速正刑典，罪止同谋，余无可问。

这诏颁出，越宿即赐安都自尽，旋复有诏赦免家属，葬用士礼，丧事所需，仍由公款发给。从前武帝在日，尝命诸将侍宴，杜僧明、周文育、侯安都三人，各自称功，武帝喟然道："卿等原统是良将，但各有短处，杜公志大识阘，狎下陵上；周侯交不择人，推心过差；侯郎傲慢无厌，轻佻肆志，将来恐不能自全，各宜戒慎为是！"三人怀惭而退，后来杜僧明病死江州，算是令终，惟无绩可言；文育为熊昙朗所杀，见前文。安都至是被诛，终不出武帝所料。古来明哲保身的智士，所以小心翼翼，功成身退，才能安享天年，流芳百世呢。如范蠡、张良等人。

话分两头，且说齐主高湛，信用黄门侍郎和士开，擢官侍中，并开府仪同三司，前后赏赐，不可胜纪，士开百计谄谀，揣摩迎合，无不中肯，惹得高湛格外亲信，几乎一日不能相离。你妻胡氏与他相昵，还有可说，你为何相信至此！士开每侍左右，辞不加检，备极鄙亵，尝笑语湛道："自古以来，没有不死的帝王，尧、舜、桀、纣，统成灰土，有何异同？陛下春秋鼎盛，正应及时行乐，取快一日，足抵百年，国事尽可付与大臣，无虑不办，何必自取烦恼呢！"湛闻言大喜，遂委赵彦深掌官爵，元文遥掌财用，唐邕掌外兵，白建掌骑兵，冯于琮、胡长粲掌东宫，阅三四日才一视朝，须臾即罢。

士开善持槊，胡后亦颇喜学槊，湛令士开教导胡后。后与士开情好有年，当握槊时，眉目含情，无庸细说。她却故意弄错手势，使士开牵动玉腕，与她共握。湛高坐饮酒，一些儿没有窥觉，反且喜笑颜开，自得其乐。河南王孝瑜，系文襄皇帝高澄长子，目睹情形，不禁愤懑，便入内进谏道："皇后系天下母，怎得与臣下接手？"湛好似未闻，不答一语。甘戴绿头巾，何劳多言！孝瑜乃退。嗣又上言赵郡王睿，父死非命，不宜亲近。睿父即赵郡王琛，与小尔朱氏私通，被高欢杖毙，事见前文。湛亦不报。

睿与士开因此挟恨，便密谮孝瑜奢僭，谓山东只闻河南王，不闻有陛下，湛本与孝瑜同年，又是嫡亲兄子，甚相亲爱，至是不免加忌。孝瑜又行止未谨，尝与娄太后宫人尔朱摩女，暗地私通。及太子纬纳斛律光女为妃，孝瑜入宫襄事，与尔朱女喁喁私语，潜叙旧情，偏被旁人瞧着，向湛报知。湛顿触旧嫌，立召孝瑜至前，逼令饮酒三十七杯。也是奇罚。孝瑜体本肥大，强饮过醉，颓然倒地。湛命左右娄子彦，用犊车载出孝瑜，且密嘱数语。子彦领命，随车同行，途次由孝瑜索茶解渴，子彦以鸩酒代茶，孝瑜醉眼模糊，喝将下去，越觉烦躁不堪，行至西华门，蹶起索水，下车投河，竟致溺毙。子彦返报，湛假意举哀，追赠孝瑜为太尉，录尚书事，诸王虽有所闻，莫敢发言。惟孝瑜第三弟孝琬，曾封河间王，亲临兄丧，大哭而出，意欲他去，当由湛遣使追还，乃仍留邺中。蓦闻周与突厥连师，来攻晋阳，湛亦不禁着急，亲自往援。

斛律光（515—572），字明月，北齐朔州（今内蒙古固阳西南）人。将家出身。善骑射。长期从事对北周的战争。河清三年（564年），大败尉迟迥于邙山（在今河南洛阳北）。武平元年（570年），又破宇文桀于宜阳（今河南宜阳西）。官至左丞相。后为齐主所疑忌，被杀。

突厥自伊利可汗击破柔然，柔然可汗阿那瓌自杀，事见前文。余众立阿那瓌叔父邓叔子为主，复为伊利子科罗所破。科罗死，弟俟斤立，号木杆可汗，木杆勇略过人，又追逐邓叔子，逼得邓叔子无路可奔，只好投入关中。是时西魏尚未被篡，宇文泰亦未谢世，木杆竟遣使至魏，索交邓叔子，泰不肯照给。木杆又西破嚈哒，东逐契丹，北并结骨，威振塞外，凡东自辽海，西至青海，延袤万里，南自沙漠以北，直至北海，又五六千里，均为木杆所有。再向西魏索取邓叔子，泰畏他强盛，不敢不允，遂收邓叔子以下三千余人，尽付突厥来使。突厥使人，不胜押解，即驱邓叔子等至青门外，尽加屠戮，但携邓叔子首级归国。宇文泰视死不救，亦太残忍。自是木杆与周通好，常有使节往来。宇文觉篡位受禅，修好如故，两传至宇文邕，曾与突厥连兵侵齐，见齐境守御颇固，因即折回。邕尚未立后，由太师宇文护等定议，遣御伯大夫杨荐，及左武伯王庆，至突厥求婚。木杆已经允许，偏齐人得此消息，也遣使至突厥和亲，卑礼厚币，愿迎木杆女为后。木杆贪齐重赂，便向周悔婚，且欲将荐等执交齐使。夷狄之不可恃也如此！荐乃上帐责木杆道："我周太祖指宇文泰。与可汗结好，当时蠕蠕即柔然，见前。遗众数千来降，太祖俱执付可汗使臣，藉敦睦谊，奈何今日欲背恩忘义！就使不畏我周，难道不畏鬼神么？"木杆听到鬼神二字，触动迷信，不由的打了一个寒噤，良久方答道："君言甚是，我计决了！当与贵国共平东寇，再行送女未迟。"遂叱还齐使，礼遣荐等南归。

周廷得荐等归报，乃召公卿会议，众请发十万人击齐，独柱国杨忠，谓兵不在多，但发骑兵万人，已足敷用。周主邕乃遣杨忠为帅，率领万骑，从北道出发，又遣大将军达奚武，统兵三万，从南道进行，约会晋阳城下。杨忠连下齐二十余城，攻破陉岭要隘，兵威大震。突厥木杆可汗，又亲率十万骑来会，长驱并进。看官听说！此时齐境警报，往来如织，虽然齐主湛沉湎酒色，也不能不被他惊起，亲督内外兵士，从邺都急赴晋阳。

是时为齐河清三年十二月，即陈天嘉五年，周保定四年。连日大雪，千山一白，齐主湛冒雪前行，兼程至晋阳，尚幸城外无寇，安然入城。命司空斛律光率步骑三万人，往屯平阳，防守南路。周柱国杨忠及突厥可汗，共麾兵直逼城下，齐主湛登城遥望，见敌兵鱼贯到来，好似潮头涌入，没有止境，不觉蹙然变色道："这般大寇，如何抵御哩！"说至此，便即下城，拟挈宫人东走。赵郡王睿，河间王孝琬，叩马谏阻，方才停留。孝琬又请将六军进止，归睿节度，湛乃命睿节制诸军，并使并州刺史段韶，职掌军务。

此守彼攻，相持过年，正月朔日，睿已部分诸军，出城搦战，军容甚盛。突厥木杆可汗凭高观望，颇有惧容，顾语周人道："尔言齐乱，所以会师伐齐，今齐人眼中亦有铁，怎得轻敌！可见尔周人是好为虚言了。"周人闻木杆言，当然不服，并用步兵为前锋，向齐挑战，齐将俱欲迎击，独段韶不许，面嘱诸将道："步军势力有限，今积雪既厚，不便逆击，不如严阵待着，俟彼劳我逸，方可出战。"说着，即下令军中道："大众须听我号令，不得妄动！待中军扬旗伐鼓，才准出击，违令立斩！"韶颇知兵。各军始静守阵伍，毫无哗声。周军无从交战，渐渐的懈弛起来，突见齐兵阵内，红帜高张，接连是战鼓冬冬，震入耳中。正旁皇四顾，那齐兵已尽锐杀到，喊杀连天，眼见是抵敌不住，纷纷倒退。杨忠也不能禁遏，但望突厥兵上前助战，好将齐兵杀回，偏突厥木杆可汗勒马西山，并未驰下，反且把部众一齐引上，专顾自己保守，不管周军进退。周军孤军失援，顿时大溃，奔回关中。木杆可汗也从山后引遁，段韶始终持重，不敢力追，似此亦不免太怯。自晋阳西北七百余里，均遭突厥兵残掠，人畜无遗。木杆还至陉岭，山谷冻滑，铺毡度兵，胡马寒瘦，膝下毛皆脱落，及抵长城，马死垂尽，兵士多截槊挑归。周将达奚武至平阳，尚未知杨忠败还，嗣得齐将斛律光书，语带讥嘲，料知杨忠失败，乃即日引归，半途被齐兵追至，且战且走，好容易才得驰脱，已丧失了二千余人。

斛律光收兵还晋阳，齐主湛见了斛律光，抱头大哭。光不知为着何事，仓猝不能劝谏。我亦不解。任城王湝在旁，便进言道："想陛下新却大寇，喜极生悲，但亦何必至此！"湛乃止哭，颁赏有功，进赵郡王睿录尚书事，斛律光为司徒。光闻段韶不击突厥，但远远的从后追蹑，好似送他出塞一般，因向韶讥笑道："段孝先好改呼段婆，才不愧为送女客呢。"孝先系韶表字。

言未毕，邺中忽有急报传到，乃是太师彭城王浟，为盗所戕。湛惊问何因？邺使说是湝在第中，被群盗白子礼等突入，诈称敕使。劫湝为主，湝大呼不从，因即遇害。湛又惊问道：“现在盗目已捕诛否？”邺使谓已经荡平，惟望陛下还驾。湛乃匆匆启行。返至邺城，即诣湝第临丧，赠湝假黄钺太师录尚书事，给辒辌车送葬，然后还宫。旋授段韶为太师。

过了数月，邺中有白虹围日，绕至再重，赤星又现。齐主湛携盆水照星，用盖覆住，作为厌禳。越宿盆无故自破，湛很是忧疑，适有博陵人贾德胄，呈入密启，启中有乐陵王百年手书，写着好几个敕字。湛不禁发怒，立使人促召百年，百年自知不免，割一带玦，与妃斛律氏诀别，自入都见湛，湛使百年再书敕字，笔迹与前字相符，顿时怒上加怒，喝使左右捶击。百年被击仆地，又使人且曳且殴，流血满地，气息将尽，乃呜咽乞命道：“愿与阿叔为奴。”湛不肯许，竟命斩首，投尸入池，池水尽赤，乃捞尸藁葬后园。斛律妃闻百年惨死，持玦哀号，绝粒而死，玦犹在手，拳不可开，年尚只十四岁。妃为斛律光女，由光亲往抚视，用手解擘，始舒拳释玦。邺中人士统替她呼冤。小子亦有诗为证道：

济南死后乐陵亡，厥考贻谋太不臧。

难得贞妃年十四，犹如殉节保妻纲！

齐主湛既杀死百年，复因宫中有蜚语相传，连日钩考，查至顺成宫，得开府元蛮书信，述及百年冤死事，又不觉动起怒来。毕竟元蛮能否免祸，容待下回申叙。

陈文帝之杀侯安都，几似宋文帝之杀檀道济，然道济功多罪少，杀之适足以见宋文之失，安都功虽足称，而慢上不法，罪亦匪轻，况挤溺衡阳，害及故储，使陈文帝成不友之名，残忍性成，不死何为？纲目称杀不称诛，似犹为安都鸣冤。窃谓安都之死，实由自取，惟陈主诱令入宴，伏甲加诛，殊失人君赏罚之大经，纲目书法，所以不能无咎于陈文耳！齐主湛昏庸淫虐，几类高洋，晋阳之役，幸得一胜。然周师之所恃者为突厥，非我族类，其心必异，周之遭败，亦其宜也。湛幸胜而归，即杀兄子百年，济南受戮，乐陵亦不得生，湛之不遵兄命，原属不仁，孝昭有知，其亦悔杀济南否耶！

第七十三回

背德兴兵周师再败
揽权夺位陈主被迁

却说齐主湛检得元蛮书，立即动怒，便欲将蛮加罪。蛮急贿托幸臣，替他求免，还算罢官了事。蛮为百年母元氏父，蛮得免诛，元氏仍居顺成宫，不过伤子枉死，更增一层悲泪罢了。先是周太师宇文护母阎氏，及周主第四姑，并诸戚属等，皆寓居晋阳，自宇文泰西入关中，只命护随去，后来晋阳为高氏所有，护母阎氏等均致陷没，充入掖廷。及护为周相，相隔已三十多年，护屡遣人入齐访问，未得音信。会因晋阳一役，杨忠败归，护复欲连同突厥，大举伐齐。齐主湛得知军报，颇有戒心。特遣勋州刺史韦孝宽，致书与护，示明护母消息，且言周、齐释怨，可归护母，否则立斩勿贷。护复书愿和，乞释母西归。齐主湛先遣还周四姑，并令人为护母作书，备述护幼时情状，又寄护前所着绯袍，作为证物，书词说得非常痛切。略云：

吾年十九适汝家，今已八十矣，凡生汝辈三男二女，今日目下，不睹一人，兴言及此，悲缠肌骨，赖皇齐恩恤，差安衰暮，又得汝姑嫂等相依，稍足自适，但一念及汝，百感丛生。今特寄汝小时所着锦袍一袭，汝宜检看，知吾含悲抱戚，多历年祀。禽兽草木，母子相依，吾有何罪，与汝分隔！今复何福，还望见汝！世间所有，求皆可得，母子异国，何处可求？假汝贵极王公，富过山海，有一老母，八十之年，飘然千里，死亡旦夕，不得一朝同处，寒不得汝衣，饥不得汝食，汝虽穷荣极盛，光耀世间，与吾何益？吾今日之前，汝既不得申其供养，事往何论。今日以后，吾之残命，惟系于汝，

汝戴天履地，中有鬼神，勿云冥昧，而可欺负！杨氏姑今虽炎暑，犹能先发。关河阻远，隔绝多年，言不尽情，汝其鉴之！

宇文护既接见四姑，复得母书，禁不住嚎啕大哭。还算有些孝思。当下取过纸笔，且泣且书，大致写着：

区宇分崩，遭遇灾祸，违离膝下，三十五年，受形禀气，皆知母子，谁知萨保护字。**如此不孝，上累慈母！子为公侯，母为奴隶，暑不见母热，冬不见母寒，衣不知有无，食不知饥饱，泯如天地之外，无由暂闻，昼夜悲号，继之以血，分怀冤酷，终此一生，死若有知，冀见奉于泉下耳。不谓齐朝解网，惠以德音，摩敦**周俗呼母为阿摩敦。**四姑，并许矜放，初闻此旨，魄爽飞越，号天叩地，不能自胜。四姑即蒙礼送，平安入境，萨保于河东拜见，得奉颜色，崩动肝肠。但离绝多年，存亡阻隔，相见之始，口未忍言，惟叙齐朝宽弘，每存大德，云与摩敦虽处宫禁，常蒙优礼。今者来邺，恩遇弥隆，重降矜哀，听许摩敦垂谕，曲尽悲酷，伏读未周，五中似割。蒙寄萨保别时所留锦袍，年岁虽久，宛然犹识，顾视之下，愈觉疚心。今齐朝霈然之恩，既已沾洽，爱敬之旨，施及旁人，草木有心，禽鱼感泽，况在人伦，而不铭戴！有国有家，信义为本，伏度来期，已应有日。一得奉见慈颜，永毕生愿，生死肉骨，岂止今恩！负山戴岳，未足胜荷。二国分隔，理无书信，主上以彼朝不绝母子之恩，亦赐许奉答，不期今日得通家问。伏纸呜咽，不尽所云！**备录二书，以全伦纪。

书毕函封，乃停泪发使，赍书至齐。齐主湛尚不肯放还护母，使更与护书，邀护重报，往返再三，乃拟遣归，太师段韶上言道："周人反复无信，晋阳一役，已可概见。护外托为相，实与君主无异，既欲为母请和，何不正式遣使。若徒据移书，即送归护母，转恐示人以弱，不如阳为许诺，待至和亲坚定，遣归未迟。"段娄胡为作此语？齐主不听，即遣护母阎氏归周，护方因齐廷失信，请朝廷再为移文，忽闻慈舆已至，喜出望外，忙出都门迎入，举朝称庆。周主邕也迎阎氏入宫，率领亲戚，行家人礼，奉觞上寿。邕母叱奴氏，已尊为皇太后，至是亦略迹言情，握手叙欢，端的是母以子贵，宠荣无比呢。为下文返照。

护因慈母归来，颇感齐惠，拟与齐互结和约。偏突厥木杆可汗遣使至周，谓已调集各部精兵，如约攻齐，护不禁踌躇，意欲拒绝外使，转恐前后失信，有伤突厥感情，况母已归家，无容他虑，还是联络突厥，免滋边患。乃表请东征，召集内外兵众，共得二十万人。周主邕祃祭太庙，亲授护铁钺，许令便宜行事，且自沙苑劳军，执卮饯护，护拜命乃行。到了潼关，命柱国尉迟迥为先锋，进趋洛阳。大将军权景宣，率山南兵出豫州，少师杨㯹出轵关。护连营徐进，行抵弘农，再遣雍州牧齐公宪，宇文泰第五子。同州刺史达奚武，泾州总管王雄，屯营邙山，策应前军。

杨㯹恃勇轻战，既出轵关，独引兵深入，又不设备，不料齐太尉娄睿，带引轻骑，前来掩击，㯹仓猝遇敌，行伍错乱，被齐兵杀得落花流水，一败涂地。㯹逃生无路，没奈何解甲降齐。三路中去了一路。权景宣一路人马，却还骁劲，拔豫州，陷永州，收降两州刺史王士良、萧世怡，送往长安，另使开府郭彦守豫州，谢彻守永州。尉迟迥进围洛阳，三旬不克，周统帅宇文护，使堑断河阳要路，截齐援兵，然后同攻洛阳。诸将多轻率无谋，还道齐兵必不敢出，但遥张斥堠，虚声堵御。

齐遣兰陵王长恭，原名孝瓘，系高澄第五子。大将军斛律光，往援洛阳，两人闻周兵势盛，未敢遽进，洛阳又遣人告急齐廷。时齐太师段韶出为并州刺史，由齐主湛召入问计。韶答道："周虽与突厥连兵，两面夹攻，但北虏狡猾，待胜后进，虽来侵边，实等疥癣，今西邻窥逼，实是腹心大病，臣愿奉诏南行，一决胜负。"知己知彼，究竟还推段娄。湛喜语道："朕意亦是如此。"乃令韶督精骑一千，出发晋阳，自率卫兵为后应，亦从晋阳启行，韶在途五日，济河南下，适连日阴雾，周军无从探悉，韶竟与诸将上登邙阪，窥察周军形势，进至太和谷，与周军相遇，韶即令驰告高长恭、斛律光两军，会师对敌。长恭与光，立即应召，韶为左军，光为右军，长恭为中军，整甲以待。周人不意齐兵猝至，望见阵势严整，并皆惶骇。韶语周人道："汝宇文护方得母归，何故遽来为寇？"周人无言可答，但强词夺理道："天遣我来，何必多问！"韶又道："天道赏善罚恶，遣汝至此，明明降罚，汝等都想来送死了！"这是理直气壮之谈。

周军前队统是步卒，遂踊跃上山，来战齐兵。韶且战且走，引至深谷，始命各军下马奋击，周军锐气已衰，霎时瓦解，或坠崖，或投溪，伤毙无数，余众俱遁。兰陵王长恭领五百骑士，突入洛阳城下围栅，仰呼守卒，城上人未识为谁，不免疑诘。迨经长恭免胄相示，乃相率鼓舞，缒下弓弩手数百名，接应长恭，周将尉延迥无心恋战，便撤围遁去，委弃营幕申仗，自邙山至谷水，沿途三十里间，累累不绝。独周、雍州牧齐公宪，及达奚武、王雄等，尚勒兵拒战。雄驰马挺槊，冲入斛律光阵中，光见他来势凶猛，回头急走，趋出阵后，落荒窜去，身边只剩一箭，随行只余一奴，那王雄却紧紧追来，相距不过数丈，光情急智生，把马一捺，略略停住，暗地里取弓搭箭，返身射去。可巧雄槊近身，不过丈许。雄大声道："我惜尔不杀，当擒尔去见天子！"

语未说完，箭已中额，深入脑中，雄不禁暴痛，伏抱马首，奔回营中。莽夫易致愤事。光幸得免害，当然不去追赶，也纵马归营。

天色已暮，两下里俱各收军。周将齐公宪部署兵士，拟至明晨再战，偏王雄负伤过重，当夜身死。军中越加恟惧，赖宪亲往巡抚，才得少安。达奚武入营语宪道："洛阳军散，人情震恐，若非乘夜速还，明日且欲归不得了！"宪尚觉迟疑，武复说道："武在军日久，备悉艰难，公少未更事，岂可把数营士卒，委身虎口么？"宪乃依议，潜令各营夤夜启程，向西奔还。权景宣得洛阳败报，亦将豫州弃去，驰入关中。及齐主湛至洛阳，早已狼烟净扫，洛水无尘。湛很是欣慰，进段韶为太宰。斛律光为太尉，兰陵王长恭为尚书令，余将俱照律叙功。惟尚恐突厥入塞，亟还邺都。嗣接得北方边报，谓突厥亦已退军，更觉得心安体泰，又好酗酒渔色了。

当时齐廷有一个著作郎，姓祖名珽，有才无行，尝为齐高祖功曹，因宴窃得金叵罗，酒器名。为所察觉，又坐诈盗官粟三千石，鞭配甲坊。显祖高洋爱珽才具，复召为秘书丞，珽又萌故智，坐赃当绞，洋加恩免刑，且仍令直中书省，他见湛势力日盛，有意逢迎，因赍胡桃油入献，且拱手语湛道："殿下有非常骨相，后必大贵。"湛尚为长广王，不禁色喜道："若果得此，亦当与兄同安乐！"珽拜谢而出，及湛入嗣位，思践前约，即擢珽为中书侍郎，旋迁任散骑常侍，与和士开朋比为奸，尝私语士开道："如君宠幸，古今无比，但宫车若一日宴驾，试问君如何克终？"似为士开耽忧，实是为己设法。士开被他一说，惹得愁容满面，亟向珽商量计策。珽徐徐答道："何不入启主上，但言文襄、文宣、孝昭诸子，均不得嗣立为君，今宜令皇太子早践大位，先定君臣名分，自可无虞。此计若成，中宫少主，必皆感君，君可从此安枕了！"恐他难必。士开道："计非不善，惟主上年未逾壮，遽请他禅位太子，恐未必准议。"珽又道："君先婉白主上，再由珽上书详论，不患不从。"士开许诺，适值彗星出现，太史谓应除旧布新，珽即乘间上言，谓陛下虽为天子，未为极贵，宜传位东宫，上应天道，且援魏主弘禅位故事，作为引证。魏主弘禅位见二十三回。湛得书未决，再经和士开从旁怂恿，方才定议，遂于河清四年孟夏，使太宰段韶，奉皇帝玺绶，禅位太子纬。纬在晋阳宫即位，改元天统。册妃斛律氏为皇后，就是斛律光的次女。王公大臣遂上湛尊号为太上皇帝，军国大事，仍然启闻。使黄门侍郎冯子琮，尚书左丞胡长粲辅导少主，专掌敷奏。子琮系胡后妹夫，故得邀宠眷，祖珽拜秘书监，加开府仪同三司，大蒙亲信，见重二宫。

看官听着！这齐主湛年方二十九岁，春秋虽盛，精力不加，平居荒耽酒色，凡故宫嫔御，稍有姿色，多半被污，旦旦伐性，遂害得神志昏迷，此次禅位，也是乐得卸肩，再想高居深宫，享那一、二十年的艳福。怎奈人有千算，天教一算，湛做了太上皇，反连年多病，就要长辞人世了。和、祖二人之所以着急，想亦由此。惟湛距死期，尚有三年，那陈主蒨却寿数将终，勉强延挨了一年，竟尔去世。

先是陈安成王顼，自周还陈，受官侍中，兼中书监，寻且都督扬、南徐、东扬、南豫、北江诸军事，威权日盛，势倾朝野。御史中丞徐陵，独上书纠劾，陈主蒨免顼侍中，惟仍领扬州刺史。会值天嘉六年冬季，天旱不雨，直至次年仲春，亢阳如故，陈主亦常患不适，乃改天嘉七年为天康元年，颁诏大赦，冀迓天府。到了孟夏，彼苍却已降甘霖，御体反更加委顿，安成王顼，尚书孔奂，仆射到仲举等，入侍医药，陈主已病不能兴，默念太子伯宗柔弱，未堪为嗣，乃顾语顼道："我欲遵周泰伯故事，汝意以为何如？"顼闻言惶遽，拜泣固辞。何必做作？陈主又语奂等道："今三方鼎峙，四海事重，应立长君，卿等可遵朕意。"奂流涕答道："皇太子圣德日跻，安成王足为周旦，若无故废立，臣不敢奉诏！"无非一时献谀。陈主叹道："卿可谓古之遗直了。"遂命奂为太子詹事，且进顼为司空尚书令。

未几陈主遂殂，遗诏令太子伯宗嗣位。总计陈主蒨在位七年，改元二次，享年四十有五，史家称他明察俭约，宵旰勤劳，往往刺取外事，即夕判决，每令鸡人伺漏，传递更签，令掷阶上有声，谓借此足唤起睡梦。但谋杀衡阳王昌，骤立次子伯茂为始兴王，无非欲为子孙计。偏是私心益甚，后嗣益不能久长。看官试阅下文，便见分晓。

且说陈太子伯宗即位太极前殿，大赦天下，追谥皇考为文皇帝，庙号世祖。尊皇太后章氏为太皇太后，皇后沈氏为皇太后，立妃王氏为皇后，皇子至泽为太子。进皇叔安成王顼为司徒，录尚书事，兼督中外军务。其余文武百官，俱各进阶。越年改元光大，中书舍人刘师知，与仆射刘仲举等，同受遗诏辅政，常在禁中参决庶事。安成王顼位隆望重，入居尚书省，为师知等所忌，密与尚书左丞王暹等通谋，拟迁顼出外。东宫舍人殷不佞，素来浮躁，亦预闻师知密议，遂驰语顼道："有敕传出，谓四方无事，王可迁居东府，经理州务。"顼闻言将出，记室毛喜入白道："陈有天下，为日尚浅，国祸荐臻，中外危惧。太后深维至计，召王入省，共康庶绩，今日所言，必非太后本意，王可速即奏闻，毋使奸人得逞狡谋！"顼再商诸领军将军吴明彻，明彻亦赞同喜言，乃托疾不出，且伪召师知入商，留与长谈，暗中却遣毛喜入启太后。太后沈氏道："令嗣君幼弱，政事并委二郎，毫无他意。"喜又转白嗣主伯宗，伯宗亦说道："这是师知所为，朕未曾预闻。"喜亟出报顼，顼拘住师知，自入后廷谒见两宫，极陈师知奸诈，并自草诏敕，请嗣主盖印，持付廷尉。令将师知逮系狱中，当夜赐死。是殷不佞害他。降到仲举为光禄大夫，不佞素以孝闻，但令免官，王暹处斩，由是政无大小，悉归顼手。仲举被贬，心不自安，又与右卫将军韩子高图顼，事又被泄，仲举、子高，并下狱被诛。

湘州刺史华皎，与子高向来友善，闻子高被戮，很是不平，遂遣人西入长安，向周乞师，并自归后梁，遣子玄响为质。周太师宇文护，即遣湘州总管卫公直，宇文泰第六子。大将军田弘、权景宣、元定等，率兵助皎，后梁亦遣柱国王操等会师，长江上游，同时大震，陈遣吴明彻为湘州刺史，令率舟师三万，溯流先进，复命征南大将军淳于量，率舟师五万继应，再由冠武将军杨文通，巴山太守黄法慧，从陆路进兵，杨出茶陵，黄出醴陵，共击华皎。并饬江州刺史章昭达，郢州刺史程灵洗，亦联兵进讨。更简司空徐度，为车骑将军，总督步军趋湘州。华皎遣使诱章昭达，被昭达执送建康，又转诱程灵洗，灵洗将来使斩首，皎乃会同周军，水陆俱下，与陈将吴明彻等相持。

两下至沌口交锋，西军用舰载薪，因风纵火，不料风势一转，火转自焚，吴明彻等乘势猛击，西军多半沉溺，大败而逃。道过巴陵，见岸上已遍竖陈军旗号，不敢登岸，径奔江陵。周步军统将元定，因水师败溃，也即退还。到了巴陵，适被陈军截住。陈军统领，便是大将军徐度，度已袭破湘州，驻军巴陵，狭路相逢，怎肯放过元定。定自知不敌，向度乞路，度佯许结盟，俟定释械往就，顺手缚住。定愤恚不食，竟至饿毙。余众全为徐度所俘。后梁将军李广，还未知情由，冒冒失失的趋至巴陵，也为度军所擒。那吴明彻复乘胜攻后梁，得拔河东。程灵洗又进袭沔州，周沔州刺史裴宽极力抵御，苦守数旬，终被灵洗攻入，擒宽归报。后梁柱国王操退归江陵，忙整顿败残人马，堵御陈军。吴明彻自河东进攻，数月不下，乃收军退归。是役陈军大捷，俘获万余人，马四千余匹，都送交建康。

安成王顼，自居功首，进位太傅，领司徒，加殊礼，履剑上殿，入朝不趋。帝位已将到手了。始兴王伯茂恨顼专政，屡构蜚言。安成王顼索性夺据帝座，胁迫太皇太后章氏御殿，召集百官，废陈主伯宗为临海王，黜始兴王伯茂为温麻侯。当下颁发命令，多半是悬空架诬。略云:

昔梁运衰落，海内沸腾，天下苍生，殆无遗噍。高祖武皇帝拨乱反正，膺图御箓，重悬三象，还补二仪。世祖文皇帝克嗣洪基，光宣宝业，惠养中国，绥宁外荒。伯宗昔在储宫，本无令闻，及居崇极，遂骋凶淫，居处谅暗，固不哀戚，婣嫱卯角，就馆相仍，且费引金帛，令充椒闱，内府中藏，军备国储，未盈期稔，皆已空竭。太傅顼亲承顾托。镇守宫闱，遗诰绸缪，义笃垣屏，乃反遣刘师知、殷不佞等，显言排斥。韩子高小竖轻佻，推心委仗，阴谋祸乱，决起萧墙，元相不忍多诛，但除君侧，何意复密诏华皎，称兵上流，国祚忧惶，几移丑类。乃至要结远近，协乱巴湘，支党纵横，寇扰黟歙，岂止罪浮于昌邑，非惟声丑于太和。但贼竖皆亡，袄徒已散，日望悛改，尤加

掩抑，而悖礼忘德，情性不悛，乐祸思乱，昏慝无已。祖宗基业，将惧覆陨，岂可复肃恭禋祀，临御兆民。式稽故实，宜在流放，今可转降为临海郡王，送还藩邸。太傅安成王固天生德，齐圣广深，二后钟心，三灵伫眷。自归国秉政以来，威惠相宜，刑礼兼设，指挥叱咤，湘郢廓清，辟地开疆，荆益风靡，若太戊之承殷历，中都之奉汉家，校以功名，曾何彷彿。况文皇知子之鉴，事过帝尧，传弟之怀，久符太伯，今可还申曩志，崇立贤君，方固宗祧，载贞辰象。中外宜依旧典，奉迎舆驾，入纂大统。始兴王伯茂，辜负严训，弥肆凶狡，嗣君丧道，职为乱阶，允宜罄彼司甸，刑斯剧人，姑念皇支，不忍稚刃，可特降为温麻侯，别遣就第。未亡人不幸，属此殷忧，不有崇替，将危社稷，何以拜祠高寝，归祔武园？揽笔潸然，兼怀悲庆！

这令下后，陈主伯宗立被徙居别第，始兴王伯茂曾为中卫将军，居住禁中，此时也单车出宫，使往婚第寓居。婚第在六门外，是诸王冠婚礼庐，向来是四达康庄，烽烟不设，谁意伯茂出了内城，竟来了一班盗众，持着凶器，把伯茂殴倒车中。小子有诗叹道：

都下何由集匪人，皇支遭击骤伤身。
六朝天子多残悍，只顾尊荣不顾亲。

欲知伯茂性命如何，且待下回说明。

齐主湛在位五年，多失德事，独送归宇文护母姑，尚有以孝治人遗意。护不知感激，反与突厥连兵侵齐，背德不祥，其败也固宜。湛凯旋国都，遽信祖珽诡计，传位太子，上皇方壮，元子南面，果何为哉？陈主蒨杀衡阳王昌，独留安成王顼，意者以兄子难信，不若母弟之可亲欤？迨病至弥留，谬言禅位，兄以伪言餂弟，弟亦以伪态对兄，彼此相示以伪，卒至嗣子失国，悍叔登基，防人者终出于所防之外，作伪果何益乎？到仲举、韩子高等，为主而死，死尚足称；刘师知亲逼梁主，不忠不义，其死盖已晚矣。

第七十四回

昵奸人淫后杀贤王
信刁媪昏君戮胞弟

却说陈始兴王伯茂，被贬出内城，突遇盗众攒击，晕倒车中，立即殒命。门吏当然报闻，由朝中颁令索捕，过了数日，不得一盗，都下才晓得是陈顼所遣了。是时已是光大二年仲冬，距来春不过月余，内外百官，俱请顼登位。顼佯为谦让，故意迟延，到了次年元旦，始就太极前殿，御座受朝，改元太建，仍复太皇太后为皇太后，皇太后为文皇后。立妃柳氏为皇后，世子叔宝为太子，次子康乐侯叔陵为始兴王，奉昭烈王前谭遗祀，三子建安侯叔英为豫章王，四子丰城王叔坚为长沙王。所有内外文武百官，当然有一番封赏，不及细表。越年皇太后章氏去世，谥为宣太后，丧葬才毕，临海王伯宗，忽然暴亡，年仅十九，在位不满二年，史家号为陈废帝。看官，试想这暴亡的原因，自有形迹可寻，毋庸小子絮述了。含蓄得妙。废帝皇后王氏，已降为临海王妃，由陈主顼下诏抚慰，令故太子至泽袭封王爵，妥为奉养。至泽年仅四龄，晓得什么孝事，不过一线未绝，还算是新主隆恩，这且待后再表。

且说陈主顼窃位年间，便是齐主湛稔恶期限，恶贯满盈，当然告终。自湛为太上皇，所有执政诸臣，如赵彦深、元文遥、和士开等，揽权如故，河间王孝琬，见时政日非，每有怨语，且用草人书奸佞姓名，弯弓屡射。当由和士开等入白上皇，谓孝琬不法，妄用草人，比拟圣躬，昼夜射箭。湛正虑多病，听到此言，不觉怒起，又因当时有童谣云："河南种谷河北生，白杨树端金鸡鸣。"士开即指河南北为河间，金鸡鸣三字，隐寓金鸡大赦意义，谓谣言当出自孝琬，摇惑人心。湛即拟召讯，可巧孝琬得着佛牙，入夜有光，孝琬用槊悬幡，置佛牙前。孝琬所为，亦多痴呆。湛立派人搜检，得槊幡数百张，目为反具，因使武卫将军赫连辅玄，召入孝琬，用鞭乱挝。孝琬呼叔饶命，湛怒叱道："汝何人？敢呼我为叔？"孝琬道："臣神武皇帝嫡孙，文襄皇帝嫡子，魏孝静皇帝外甥，为甚么不得呼叔！"湛怒且益甚，竟用巨杖击孝琬足，扑喇一声，两胫俱断，孝琬晕死。湛命将尸骸拖出，藁葬西山。孝琬弟安德王延宗，高澄第五子。哭兄甚哀，泪眦尽赤，并为草人比湛，且鞭且问道："何故杀我兄？"又是一个愚人。不意复为湛所闻，令左右将延宗牵入，置地加鞭，至二百下。延宗僵卧无声，湛疑他已死，乃令舁出，延宗竟得复苏，湛亦不再问。

秘书监祖珽，希望秉政，条陈赵彦深、元文遥、和士开等罪状，令好友黄门侍郎刘逖呈入。逖不敢转呈，赵彦深等已有所闻，先向上皇处自陈。湛命执珽穷诘，珽因和士开等朋党弄权，卖官鬻爵等事。前日结士开，今日攻士开，小人情性，往往如此。湛又动恼道："尔乃诽谤我！"珽答道："臣不敢诽谤，但惜陛下有一范增，不能信用。"湛瞋目道："尔自比范增，便目我为项羽么？"珽复道："羽一布衣，募众崛起，五年成霸业，陛下借父兄遗祚，才得至此，臣谓陛下尚不及项羽！"这数语益触湛怒，令左右把珽缚住，用土塞口，珽且吐且言。也想卖直，实是狂奴。湛命加鞭二百，发配甲坊。嗣复徙往光州，置地牢中，夜用芜菁子为烛，目为所熏，竟致失明。

左仆射徐之才善医，每当湛病，必召令诊治，随治随痊。和士开欲代之才位置，出之才为兖州刺史，湛果令士开为左仆射。不到一月，湛病复发，遣急足追征之才，之才未至，湛已濒危。召士开嘱咐后事，握手与语道："幸勿负我！"替汝至胡后寝处格外效劳何如？言毕遂殂。越日之才乃至，士开伪言上皇病愈，遣还兖州。

一连三日，秘不发丧。黄门侍郎冯子琮，为胡后妹夫，入问士开意见。士开道："神武、文襄丧事，皆秘不即发，今至尊年少，恐王公或有贰心，故必经大众议妥，然后发丧。"子琮道："大行皇帝，传位今上，朝贵一无改易，何有异心？时异势殊，怎得与前朝相比！且公不出宫门，已经数日，升遐事道路皆知，若迟久不发，朝野惊疑，那时始不免他变了。"独不怕汝姨姊加瞋么？士开乃下令发丧，追谥上皇为武成皇帝，庙号世祖。湛在位五年，为太上皇又四年，年只三十二岁。太上皇后胡氏，至是始尊为皇太后。胡氏与和士开相奸，已见前文，此次更毫无顾忌，好与士开日夕言欢，偏被冯子琮说破，不得不举行丧葬，令士开出宫办事。

太尉赵郡王睿，与侍中元文遥等，又恐子琮倚太后援，干预朝政，因与士开会商，出子琮为郑州刺史。当时齐廷权贵，除和士开、赵彦深、元文遥外，尚有司空娄定远，开府三司唐邕，领军綦连猛、高阿那肱，度支尚书胡长粲，俱得柄政，齐人号为八贵。赵郡王睿，大司马冯翊王润，安德王延宗，润与延宗，注皆见前。与娄定远、元文遥等，并入白齐主纬，请出士开就外任。看官，试想士开系皇太后的私人，哪肯听他外调，自取寂寞？齐主纬生性昏懦，当然拗不过太后，所以众论纷纷，始终不得邀准。会胡太后出御前殿，觞宴朝贵，赵郡王睿，挺身出奏道：“和士开为先帝弄臣，受纳贿赂，秽乱宫掖，臣等义难杜口，所以冒死直陈。”胡太后怫然道：“先帝在时，王等何不早言？今日欲欺我孤寡么？且饮酒，勿多言！”睿词色益厉，脱冠投地，拂衣而出。娄定远、元文遥等，亦皆离座自去。

翌日睿等复至云龙门，令文遥入劾士开，三入三返，终不见从。左丞相段韶，使胡长粲传太后谕旨道：“梓宫在殡，事太匆匆，欲王等三思后行！”睿等乃拜命散归。长粲复命，胡太后喜道：“成全妹母子家，实出兄力！”原来长粲为胡后兄，故如是云云。何不谓成全假夫妇，实出兄力！胡太后及齐主召问士开，士开道：“陛下甫经谅暗，大臣皆有觊觎；今若出臣，正是翦陛下羽翼。何不传语睿等，但说文遥与臣，并经先帝任用，可并出为州吏，待山陵事毕，然后遣行。”两宫皆以为然，如言颁敕，授士开为兖州刺史，文遥为西兖州刺史。待至奉葬已毕，睿等促士开就道，胡太后又欲留住士开，谓俟百日卒哭后，方令赴任。总之不肯舍去。睿不肯许，复入内苦争，胡太后令酌酒赐睿。睿正色道：“今论国家大事，何曾为酒一卮！”言讫趋出，当下令娄定远等，监住宫门，不准士开复入。

士开窘极无聊，乃特采美女二人，珠帘一具，亲送定远。定远心喜，便问士开来意，士开道：“在内久不自安，今得外调，实如本愿，但乞公等保护，长为大州，已感德不浅了！”定远信为真言，送出门外，士开复道：“今当远出，愿入内辞觐二宫。”定远许诺，士开遂得入内，向二宫前跪陈道：“先帝升遐，臣愧不能从死！窃看朝贵意旨，仍将行乾明故事，乾明系废帝殷年号。臣出后必有大变。臣受先帝厚恩，愧无面目相见地下！”说至此，伏地恸哭，胡太后与齐主纬，并皆泪下。一是恐失所欢，一是恐不保位。亟向士开问计，士开道：“臣已得入，尚复何虑？但教数行诏书，便可了事。”胡太后忙令士开草诏，出定远为青州刺史，责赵郡王睿无人臣礼，即日颁发出去。赵郡王睿接得诏书，不由的愤闷万分，勉强过了一宵，翌晨即冠带入谏。妻子等统皆劝阻，睿勃然道：“社稷事重，我宁死事先皇，不忍见朝廷颠沛呢！”遂拂袖径行。既入朝门，又有人与语道：“殿下不宜入宫，恐将及祸！”睿又道：“我上不负天，死亦无恨！”遂入谏胡太后，坚守前议。太后默然不答，返身入内。睿惘惘出宫，行至永巷，突被卫兵拘住，牵至华林园，被武士勒死，年才三十六。大雾三日，中外称冤。愚直之咎。

和士开仍复原任，依然出入宫禁，好与胡太后长叙幽欢。娄定远见风使帆，还归士开原赂，且加送珍玩，巴结士开。士开方不念旧恶，彼此相安。领军高阿那肱素与士开友善，又尝入侍东宫，希旨承颜，是他能手。齐主纬格外加宠，特擢为尚书令，封淮阴王，另进前东宫侍卫韩长鸾为领军。又有宫婢陆令萱，前坐本夫骆超谋叛罪名，没入掖庭，巧黠善媚，得胡后欢。想是做和士开的牵头。纬幼冲时，常使令萱保抱，呼为乾阿妳，渐渐的倚势弄权，独擅威福。至纬得受禅，竟封令萱为郡君。令萱子名提婆，随母入宫，与纬朝夕戏狎，亦得拜官受禄。母子蟠踞宫禁，势焰无比。和士开、高阿那肱俱老着脸皮，愿为陆令萱义儿。纬后斛律氏，有从婢穆黄花，生得轻盈妖艳，荡逸飘扬，纬爱她秀冶，时令入侍。穆黄花知情识意，乐得移篙近舵，卖弄风骚。纬被她勾引，哪里按捺得住，便把她引入床帏，颠鸾倒凤，备极绸缪。自经过这一番云雨，益邀宠眷，特赐她一个佳名，叫作舍利。想是视作佛上圆光。此后便收为嫔御，擅宠专房。陆令萱欲借为奥援，很与相昵，穆氏亦呼她为养母。也是惺惺惜惺惺。你称我赞，争向齐主前说项，齐主纬竟封令萱为女侍中，穆舍利为弘德夫人。令萱子提婆，与穆舍利称兄道妹，就乘此冒姓为穆，穆夫人又替他揄扬，得为开府仪同三司。还有陆令萱弟悉达，也得夤缘进身，一岁三迁，居然与提婆同官，位至开府。

前秘书监祖珽已蒙齐主纬赦出地牢，得为海州刺史，至是复思干进，因贻书悉达道："赵彦深心腹阴沉，早欲行伊霍故事，仪同姊弟，岂得平安？何不早用智士，为自全计！"悉达转语令萱，令萱复转告和士开。士开因珽有胆略，亦欲引为谋主，乃蠲弃前嫌，借德报怨，特与令萱同白齐主道："襄宣昭三帝，皆不能传子，今至尊独在帝位，统是祖珽一人的功劳，珽德行虽薄，谋略有余，缓急可使，且双目已被熏盲，必无反心！"齐主纬正怀念祖珽，听了此言，急颁赦敕召入，许复原官。

陇东王胡长仁，系胡太后兄，不悦士开，士开即暗中进谗，出长仁为齐州刺史。长仁怨愤，谋遣刺客杀士开。偏为士开所知，向珽计议，珽引汉文帝杀薄昭事，作为援证。当由士开转白太后，一道诏令，竟将长仁刺死州廨。宁可杀亲兄，不可死情郎。且进士开录尚书事，改封淮阳王。命兰陵王长恭为太尉，琅琊王俨为太保，赵彦深为司空，徐之才为尚书令，唐邕为左仆射，冯子琮为右仆射。子琮素依附士开，既得重任，不由的自大起来，一切录用，不向士开预商。士开未免介意，只因子琮为太后亲属，一时不便挤去，独琅琊王俨，系齐王纬胞弟，素得父母爱宠。高湛在日，尝欲废纬立俨，事不果行。俨见和士开、穆提婆二人，大修宅第，颇为不平，尝语二人道："君等营宅，早晚可成，何为迟延若此？"二人知他语带讥讽，阴怀猜忌，且互相告语道："琅琊王眼光奕奕，数步射人，前时偶与相对，不觉汗出，天子门奏事，尚不至此，此人若常握大权，我两人死无葬地了！"遂朝夕入谮，出俨居北宫，免太保官，只留中丞一职，限令五日一朝。

当时寡廉鲜耻的朝士，见士开扳倒亲王，愈加谄附，多拜士开为假父。士开偶患伤寒，医云须服黄龙汤。看官道黄龙汤为何物？乃是多年的粪汁。士开不愿进饮，很有难色。适有一假子省疾，见了此汤，便请先尝，一喝即尽。此等人只配吃粪屎。士开甚喜，也把粪汁取饮少许，果然渐痊。独治书侍御史王子宜，与琅琊王友善，探得士开等密谋，更欲徙俨出外，乃入北宫语俨道：“殿下被疏，统由士开谗间。近闻士开又欲移徙殿下，殿下何可轻出北宫，与百姓为伍呢？”俨左右开府高舍洛，中常侍刘辟强，亦劝俨早自为计，毋为人制。俨乃密召冯子琮入商，屏人与语道：“士开罪重，儿欲杀死此贼。”子琮已与士开有嫌，当即赞成，许为援助。俨即令子宜奏弹士开，请收禁推讯。子琮收入奏牍，并搀杂另外文书，进呈御览。齐主纬略略省视，即觉厌烦，便语子琮道：“可行便行，朕不耐阅此。”子琮巴不得有此语，便令领军库狄伏连，收系士开。伏连请再复奏，子琮道：“琅琊王入奏邀准，何须再奏！”伏连乃夜遣甲士五十人，伏住神兽门外，待士开凌晨入朝，把他拘住，送交廷尉。一面报知北宫，俨大喜过望，即遣心腹将冯永洛，往斩士开。

士开伏诛，俨党尚不肯罢手，索性欲拥俨废主，逼俨率军士三千人，屯千秋门。齐主纬始闻急变，忙命刘桃枝奉敕召俨，俨答说道：“士开谋反，臣所以矫诏除奸；尊兄若欲杀臣，不敢逃罪；如蒙赦宥，请令姊姊来迎！”姊姊指陆令萱，齐俗呼母为姊姊，见前注。俨欲诱杀令萱，故有此语。桃枝返报，令萱适侍主侧，料知俨意不佳，且惧且泣。齐主纬再使韩长鸾召俨，许令免死。俨欲应命，刘辟强牵衣谏阻道：“若不杀穆提婆母子，殿下万不可进去！”俨乃拒绝长鸾。

纬得长鸾回报，不禁惶急，便入启胡太后。太后闻士开被杀，已是悲痛交并，又见纬前来泣诉，益觉愤不可耐，便道：“逆子可恨，尔可速召斛律光，使执逆子入宫！”纬乃趋出，亟召斛律光入议。光闻俨杀死士开，抚掌大笑道：“龙子所为，原是不凡！”遂入见齐主，齐主正召集卫士四百人，发给甲械，将要出战，光面启道：“小儿辈弄兵，一与交手，反致激乱。鄙谚有言：奴见大家臣妾呼天子为大家。心死，至尊宜自至千秋门，琅琊王必不敢动。”说着，即导纬前行，至千秋门外，由光朗声呼道：“大家来！”俨党素惮光威，相率骇散。齐主纬立马桥上，遥呼俨名，俨尚趦趄不进。光抢步上前，握住俨手，且笑且语道：“天子弟杀一汉奴，何必慌张！”遂牵俨至齐主前，并为代请道：“琅琊王尚在少年，脑满肠肥，举动轻率，将来年纪长成，自知改过，愿曲为恕罪！”煞费调停。齐主乃拔俨佩刀，但用刀环击俨首数下，便即释去。收捕库狄伏连、王子宜、高舍洛、刘辟强、冯永洛等，缚住后园，由纬亲自射死，然后枭首，把尸支解，暴示都市。胡太后召俨入宫，面加叱责，俨泣答道：“是子琮教儿。”太后留俨在宫，使人绞杀子琮。独不顾亲妹么！齐主欲尽杀俨府官吏，斛律光、赵彦深力为劝阻，方论罪有差。

既而祖珽与陆令萱连谋，出赵彦深为兖州刺史，因即设法图俨。令萱密白齐主道：“琅琊王聪明雄勇，当今无比。看他相表，必不肯为人下，不若早除为妙！”纬尚未决，召珽入问。珽又引出两条故事，一是周公诛管蔡，一是季友鸩庆父。专用故事杀人，所谓才足济奸。纬乃决意诛俨，使右卫大将军赵元侃，诱俨出诛。元侃顿首道："臣尝服事先帝，见先帝很爱琅琊王，今宁就死，不敢闻命！"纬变色道："汝不愿行此事，可出去罢！"元侃拜谢而出。即有诏敕随下，出元侃为豫州刺史。

纬自入启太后道："明旦欲与仁威出猎。"仁威系俨表字。太后许诺，但令纬早去早回。夜才四鼓，纬即使人召俨，俨颇动疑。陆令萱驰入道："尊兄唤儿，奈何不往！"俨乃趋出。甫至永巷，突遇刘桃枝把俨缚住，俨大呼道："乞见姑姑尊兄。"姑姑指胡太后，注见前。桃枝用袖塞俨口，反袍蒙头，负至大明宫，用力勒死，年仅十四。用席包尸，埋葬室内，然后复命。纬使人禀白太后，太后临哭十余声，便被左右拥入宫中。这是齐武平二年间事。齐尝改天统六年为武平元年。越年三月，始加棺殓，出葬邺西，追赠俨为楚帝，谥曰恭哀。俨妃李氏，遗腹生男，亦被幽死。惟号李氏为楚后，使入居宣则宫，借慰太后悲怀。其实胡太后也颇恨俨，害死情郎应该加恨。后因另结情人，把和士开撇过一边，始复忆及亲子。但死人不可重生，不得已勉抑悲哀，别图欢乐，又做出许多丑事来了。小子有诗叹道：

宫闱干政尚遭讥，况复淫昏不识非。
才信古人严礼教，要端阃范在防微。

欲知胡太后后来情事，试看下回便知。

赵郡王睿，与琅琊王俨，俱为和士开一人而死，睿之死，比俨更冤。俨得杀士开，尚足泄一时之愤，而睿第知强谏，竟死牝后淫人之手，设九泉之下，叔侄重逢，（睿为俨从叔。）睿毋乃自笑弗如乎！然睿与俨之所为，俱以忿率致亡。睿误于太愚，俨误于太莽，不能顾全大局，徒与一幸臣拼命，击之不中，徒自伤躯，击之幸中，亦不过除得一奸，盈廷皆妇女小人，徒除一蠹，果有何益！且屯兵逼主，尤属非是，卒之亦自杀其身而已。读此回，不禁为睿悲，尤不禁为俨惜矣。

第七十五回

斛律光遭谗受害 宇文护稔恶伏诛

却说胡太后失去和士开，又害得寂寞无聊，她是个淫妇班头，怎肯从此歇手，遂借拜佛为名，屡向寺院中拈香。适有一个淫僧昙献，身材壮伟，状貌魁梧，为胡太后所中意。昙献亦殷勤献媚，引入禅房，男贪女爱，居然谐成了欢喜缘。胡太后托词斋僧，取得国库中金银，贮积昙献席下，复将高湛生平所御的宝装胡床，亦搬入寺中，与昙献共同寝坐。嗣又因内外相隔，终嫌未便，索性召入内庭，使他唪诵经，超荐亡灵，朝朝设法，夜夜交欢，正所谓其乐融融了。昙献又召集许多徒众，会诵一堂，胡太后赐号昭玄统僧，僧徒却戏呼昙献为太上皇。宜呼为太上僧。就中又有两个少年僧侣，面目秀嫩，好似女子一般。胡太后复不肯放过，陆续召幸，旦夕不离。但恐为皇儿所知，索性叫他乔扮女尼，搽脂画粉，希图掩饰。齐主纬有时入省，起初尚未曾留意。后来二僧妆点愈工，姿态愈妍，惹得齐主亦觉动目，遂想出一法，给二僧至别室，迫令侍寝。二僧抵死不从，纬召婢媪等强褫僧衣，欲与行淫。哪知二僧的下体，与纬相同，纬且惊且怒，才知母后有苟且行为。当下亲加讯鞫，二僧无从抵赖，只好实供，并及昙献肆淫事。纬即收诛昙献，并命二僧一体伏法。何不留作娈童！又遣宦官邓长颙，率领众阉，徙胡太后至北宫，把她幽禁起来。

陆令萱趁这机会，竟想代做太后，密与祖珽熟商，珽又引出一条故典，说是魏太武帝焘，曾尊保母窦氏为保太后，借古证今，无不可行。亏他想出。且出语朝士道："陆虽妇人，实是豪杰，女娲以来，得未曾有哩。"令萱亦称珽为国师，珽得进任左仆射。惟陆为太后，始终无人赞成，因此令萱枉费一番心思，徒乐得画饼充饥，倒反作成了一个祖珽。

斑势力日盛，朝野侧目，独太傅咸阳王斛律光，素来嫉斑，每见斑在朝右，辄遥骂道：“阴毒小人，今日又不知作何计！”复召语诸将道：“边境消息，兵马处分，从前赵令恒彦深字令恒。在朝，尝与我辈参议，今盲人入掌机密，并未会商，国家事恐终为所误哩！”诸将相率叹息。斑知光恨己，赂光从奴，密问光有无讥评，从奴答道：“相王每夜抱膝闷坐，尝自叹道：‘盲人入朝，国必危亡。’”斑闻得此语，当然挟嫌。开府穆提婆，求娶光庶女为妇，光又不许。齐主拟拨晋阳田，赏给提婆，光复入谏道：“此田自神武以来，累年种禾饲马，为御寇计，若赐给提婆，岂非与军务有碍么！”齐主乃止。提婆从此怨光，遂与祖斑日伺光隙。

光为斛律后父，累世勋贵，一门衣锦。弟羡为幽州刺史行台尚书令，雅善治兵，士马精强，斥堠严整，突厥尝加畏惮，称为南可汗。长子武都，为开府仪同三司，领梁、兖二州刺史，尚高洋女义宁公主。光父金在日，尝语光道：“我虽不读书，闻古来外戚，如汉朝梁冀等，无不倾灭。女若得宠，诸贵人必多妒忌，女若无宠，天子又多生憎。我家以忠勤致贵，断不可借女生骄，我本不欲尔女入宫，无如累辞不获，深以为忧！”炎炎者灭，隆隆者绝，斛律金颇知此义，可惜后来复蹈此辙。及金年老去世，光颇遵父训，持身节俭，事主忠诚，不好声色，不贪权势，杜绝馈遗，罕见宾客。每当朝廷会议，常独后言，言必合理，或有疏奏，使人执笔起草，自己口授，概从朴实。行军仿乃父遗法，营舍未定，终不入幕。在营不脱甲胄，临阵时辄身先士卒，士卒有罪，惟用杖挞背，未尝滥杀，众皆乐为效力。自洛阳鏖兵后，见七十三回。受官右丞相，领并州刺史，屡与段韶出兵攻周，周勋州刺史韦孝宽，也是一员良将，与光交战汾北，竟至败北。光得拓地五百里，就西境筑十三城，立马举鞭，指画基址，数日告成。段韶亦得拔周定阳，擒归汾州刺史杨敷。敷至邺都，不屈被杀。齐主纬已宠任群小，不愿用兵，召还光、韶两军。韶未及还邺，病殁军中。韶为神武皇后娄氏甥，即段荣子。将略与光相亚，然性颇好色，尝纳魏黄门侍郎元斑妻皇甫氏为妾，宠过正嫡，时论因劣韶优光。韶亦北齐名将，故随笔带叙生卒。余如先朝勋戚，百战功臣，均依次谢世。独光尚岿然独存，为齐柱石。周人不敢越境生事，亦未尝自夸功绩。

惟周勋州刺史韦孝宽，被光杀败，尝欲报恨，特构造谣言，使间谍传入邺中，有“百升飞上天，明月照长安”二语，又云：“高山不推自崩，槲木不扶自举。”祖斑知言中寓意，索性又续下二句道：“盲老公背受大斧，饶舌老母不得语。”因暗令小儿遍歌市中。穆提婆听着，入白令萱。令萱未尽得解，因召斑入询语意。斑故意想了一会，乃笑说道：“得着了！得着了！百升是一‘斛’字，明月是斛律丞相表字，盲老公是指斑，饶舌老母是指尊颜，余言可不烦索解了。”令萱惶急道：“如此说来，非但危及尔我，并且危及国家，怎可不即日启闻！”遂并将谣言入启齐主，且为齐主解释意义。齐主迟疑道："莫非斛律丞相有异图么？"珽即接入道："斛律氏累世掌兵，明月声震关西，丰乐羡字丰乐。威行突厥，女为皇后，男尚公主，今有此谣言，正足令人生畏呢！"齐主不答，俟珽等趋出，召问领军韩长鸾，长鸾却谓斛律光必无贰心，乃搁置不提。珽见宫廷中毫无举动，因复入见齐主，称有密启。齐主屏去左右，惟留幸臣何洪珍在侧。珽尚未及言，齐主纬即与语道："前得卿启，便欲施行，韩长鸾谓必无此理，所以中止。"何洪珍不待珽言，抢先进词道："若本无此意，可作罢论；既有此意，尚未决行，倘事机泄露，反为不妙！"珽亦加说数语，请齐主从洪珍言。齐主纬乃点首道："洪珍言是，我知道了！"珽才趋出。

纬本怯弱，终未能决。会又接丞相府佐封士让密启，略言斛律光奉召西归，即欲引兵逼主，事不果行。今闻该家私蓄弩甲，及奴僮千数，且常遣使至丰乐武都处，阴谋往来，若不早图，变且不测云云。这也是由祖珽唆使出来。纬览此密启，因语何洪珍道："人心原是灵敏，我常疑光欲反，不意果然！"实是呆鸟，还自夸灵敏么？说着，即命洪珍转告祖珽，并向珽问计。珽说道："这有何难！可由皇上赐一骏马，但说明日当游幸东山，王可乘此马同行。那时光必入谢，只须二三壮士，便可捕诛此獠。"洪珍即还报齐主，齐主纬依议施行，果然光中珽计，单骑入谢，行至凉风堂，下马步趋，蓦有人从后猛扑，几至被仆。幸亏脚力尚健，兀自站住，回顾身后，但见刘桃枝怒目立着，因呵叱道："桃枝你如何惯作此事？我实不负国家！"桃枝不答，复麾集力士三人，把光扑倒，用弓弦罥住光颈，将光扼死，颈血溅地，历久犹存。可称为碧血千秋。

于是由齐主下诏，诬光谋反，遣宿卫兵至光第，拘执光子世雄、恒伽，勒令自尽。惟少子钟年仅数龄，幸得免死。祖珽使郎官邢祖信籍没光家。祖信报珽，得弓十五，宴射箭百，刀七，赐槊二。珽厉声问道："此外尚有何物？"祖信亦抗声道："得枣杖二十束，闻拟处置家奴，凡奴仆犯私斗罪，杖一百。"珽不觉增惭，柔声与语道："朝廷已加重刑，郎中何必代雪呢！"祖信怆然道："祖信为国家惜良相！"说毕趋退。旁人咎他过直，祖信道："贤宰相尚死，我何惜余生呢！"此人亦不可多得，故特叙入。

齐主又遣使至梁州，杀光长子斛律武都，再命中领军贺拔伏恩，乘驿捕斛律羡。伏恩至幽州，尚未入城，门吏驰入报羡道："来使衷甲，马身有汗，恐不利将军，宜闭门不纳！"羡叱道："敕使岂可疑拒？"遂出迎伏恩。伏恩宣诏毕，即把羡拿下，就地取决。羡临刑自叹道："富贵至此，女为皇后，公主满家，天道恶盈，怎得不败！"遂从容受刑，五子皆死。伏恩等还都复命，除陆令萱母子及祖珽奸党外，无不称冤。独周将军韦孝宽得信大喜，自幸秘计告成，急报知周主邕。周主也喜出望外，下诏大赦，举朝庆贺，互相告慰道："斛律受诛，齐虏在吾目中了！"为周灭齐张本。

齐主纬后斛律氏，貌本平庸，未得主宠，至是亦连坐被废，迁居别宫。胡太后自愧失德，求悦齐主，特召入兄女，炫服盛装，与齐主相见。齐主是登徒子一流人物，见有姿色女郎，差不多肢体俱酥。当下问明姓氏，乃是前陇东王胡长仁女。父已受诛，女尚未字，乐得把她留住，做一对中表鸳鸯。胡女已受太后密嘱，曲意承欢，齐主纬越加怜爱，当即册为昭仪。就中有一个情敌，就是弘德夫人穆舍利。穆舍利已生一男，取名为恒，齐主未有储嗣，特命斛律后抚养。才阅半年，即立为皇太子。此次斛律后废黜，穆夫人应该补升，偏被胡昭仪夹入，转令穆氏多一对头。胡太后复立侄女为后，料知穆氏义母陆令萱，必帮助穆氏，出来反对，不得已卑辞厚礼，结好令萱，约为姊妹。令萱至此，反觉左右为难，只因胡昭仪宠幸方隆，更由胡太后从中嘱托，乃与祖珽入白齐主，立胡昭仪为皇后。胡后深感姑恩，便提起母子大义，责备齐主，枕席私言，容易动听；况齐主纬已忘前嫌，所有北宫稽查，早命撤销，此次闻胡后语，便将太后迎还奉养。母子姑侄，团圞欢聚，自在意中。胡太后计非不佳，但可暂不可久奈何！

独这阴柔狡黠的穆夫人，平白地将后位让人，如何忍受得住？当下埋怨陆令萱，说她无母女情。令萱也觉自悔，便慰穆氏道："汝休性急，不出半年，管教汝正位中宫！"穆氏泣道："我非三岁婴孩，何必哄我！"令萱对她设誓，决计替她转圜，穆氏尚似信非信。果然过了月余，齐主纬屡至穆氏寝室，申叙旧欢。穆氏半喜半嗔，佯劝纬往就中宫，纬作色道："皇后不知惹着何病，非痴非癫，想是有些失心疯了，朕不愿见她！"穆氏亦暗暗疑讶，默料必令萱所为，但亦未识她用着何术。只因齐主已经转意，自然提起精神，笼络齐主。陆令萱又乘间启奏道："天下有男为太子，母为奴婢么？"齐主默然，令萱乃出。

已而齐主复选得二女，一姓李，一姓裴，皆是美色，号李氏为左娥英，裴氏为右娥英。这取名的原因，是本舜妃娥皇女英，并合为一。令萱不禁替穆氏着急，便为穆氏设法，别造宝帐及枕席器玩等具，俱为世所罕见，令穆氏穿着后服，满身珠翠，装束如天仙相似，静坐帐中。令萱即往白齐主道："有一圣女出世，大家何不往看！"齐主便即随行，由令萱引至穆氏坐处，揭开宝帐，即有一种兰麝奇芬，沁人心脾。约略一瞧，果见一丽姝端坐，仿佛似巫山神女，姑射仙人。齐主不觉喝采，及丽姝起身出迎，仔细端详，才认识是穆夫人。齐主笑指令萱道："陆太姬真会弄乖！"令萱亦笑答道："似此丽质，尚不配做皇后，试问陛下将择何人？"好似玩弄小儿。齐主道："天子只有一后。"令萱便接口道："舜纳尧二女为妃，便是二后。舜为圣主，难道不可效法么？"对症用方。齐主大喜，是夕即与穆氏并宿宝帐中，竭尽欢娱。次日即立穆氏为右皇后，号胡氏为左皇后。

穆氏意尚未足，再托令萱设策，除去胡氏。令萱许诺，屡次入见胡太后。一日至太后前，佯作嗔语道：“何物亲侄女，作如此语！”太后惊问何因？令萱又摇首不答。经太后一再固问，方低声说道：“胡后语大家云：太后行多非法，不足为训。”这语说出，激动太后怒意，立召胡后来前，命左右剪去后发，遣回家中。落人圈套，还不自知，徒断送了一个侄女。穆氏遂得独为皇后。令萱向她道贺，穆氏亦敛衽拜谢，惟问及胡后致病事，令萱但微笑不言。看官道是何故？无非由令萱使人厌蛊，除害胡后罢了。嗣是穆提婆、高阿那肱、韩长鸾，共处钧轴，号为三贵。祖珽得总知骑兵、外兵事。宵小横行，内外蒙蔽，要把这高氏宗社，轻轻断送了。小子姑从慢表，且述周事。

自周主邕，与突厥连和，两次侵齐，俱遭败挫。见七十二、三回。太师宇文护由弘农退还，与诸将入朝请罪，周主邕一体赦免。越年春季，周改保定六年为天和元年，屡遣使至突厥迎婚。突厥木杆可汗，因齐人强盛，向齐通使，又欲与齐连姻，不愿送女适周。周使臣陈公宇文纯，宇文泰第九子。许公宇文贵，神武公窦毅，南阳公杨荐等，俱被留住，好几年不得归国。宇文纯等再四请求，终不见允。会突厥遇大风雨，兼大雷震，旬日不止，番帐汗庭，均被漂坏，木杆恐是天谴，不合向周悔婚，乃将爱女阿史那氏，遣嫁周主，与宇文纯等偕至长安。周主邕行亲迎礼，出郊迎女，入宫备册，立阿史那氏为皇后。后虽出番族，貌颇端妍，邕尝优礼相待，两无间言。会宇文护母阎氏病殁，赙恤甚优。护丁艰避位，不到数月，即令起复，入朝视事。至天和五年，且由周主邕下敕，加护殊礼。诏书有云：

盖闻光宅曲阜，鲁用郊天之乐。地处参墟，晋有大搜之礼。所以言时计功，昭德纪行，使持节太师都督中外诸军事柱国大将军大冢宰晋国公体道居贞，含和诞德，地居戚右，才表栋隆。国步艰难，寄深夷险，皇纲缔构，事均休戚。今文轨尚隔，方隅犹阻，典策未备，声名多阙，宜赐轩悬之乐，六佾之舞，崇奖功德，公其勿辞！

这诏书上面，连护名俱未称及，正是宠荣异数，自古罕闻。护性颇宽和，实昧大体，自恃功高，久揽政柄，所居私第，常屯兵护卫，威逾宫阙。诸子僚属，皆倚势作奸，蠹国殃民。护亦全不过问，任彼所为。周主邕深自晦匿，不加干预，一班王公大臣，也猜不透周主意旨，大都旅进旅退，虚与周旋。至天和七年三月朔，日食几尽，护乃召问稍伯大夫庾季才道：“近日天象如何？”大约想篡位了。季才答道：“蒙恩深厚，敢不尽言，近日天象告变，公宜归政天子，请老私门，庶几名同旦奭，寿享期颐，子子孙孙，常作屏藩；否则非季才所敢知了！”护若肯从此言，何至遽死？护沉吟多时，方微吁道："我亦作此想，但恐不得辞，所以蹉跎至今。公既为王官，可入依朝列，无须另参寡人！"季才知护介意，唯唯而去。嗣复陈书谏护，语极恳挚，护怎肯依议，反与季才有嫌。哪知宫中已密为安排，要将他一刀两段，送入冥途。

先是卫公宇文直，与护相亲，自沌口一败，直坐免官，遂至怨护。沌口战事。见七十三回。尝密白周主道："护若不诛，必为后患。"周主邕乃屡与计议。又有右宫伯中大夫宇文神举，宇文泰族子。内史下大夫王轨，右侍上士宇文孝伯，宇文深子。也与周主同谋，议定一策，对付权臣。三个缝皮匠，比个诸葛亮。适护出巡同州，还都复命，周主邕御文安殿，面加慰劳。护请入省叱奴太后，周主邕怅然道："太后春秋已高，颇好饮酒，一或过醉，喜怒乖方，近虽犯颜屡谏，未蒙垂纳，兄今入省，愿更为启请。"说至此，即从怀中取出酒诰，交与护手道："烦取此入谏太后！"护当然接受，与周主邕一同进去。既见叱奴太后，问过了安，太后命护旁坐。护因周主邕嘱托，尚立读酒诰。周主阴执玉珽，走至护后，猛力击护，护猝致倒地。周主令宦官何泉，用御刀斫下，泉不觉手颤，斫护未伤。卫公直已伏匿户侧，一跃而入，手起剑落，把护劈成两段。该死久矣！太后惊起，由周主邕婉言陈诉，谓护谋害两宫，所以诱诛。太后自然无言。邕即召入宫伯长孙览，收捕护子谭公会，莒公至崇，业公静正，平公乾嘉，及乾基、乾光、乾蔚、乾祖、乾威等，悉数伏诛，又杀护党柱国侯伏、侯龙恩，大将军侯万寿、刘勇，中外府司录尹公正、袁杰，膳部下大夫李安。

时雍州牧齐公宪，为护亲任，赏罚黜陟，多所参预。至是由周主召入，勉励数语。宪免冠拜谢，乃使诣护第收兵符及诸文籍。卫公直素来忌宪，劝周主并宪加诛，周主不许。及宪入复命，闻李安亦在诛例，便面启道："安出自皂隶，惟主庖厨，向未预闻朝政，何足加戮！"周主正色道："世宗暴崩，实安所为，弟难道全未闻知么？"宪惶恐趋出。护世子训为蒲州刺史，即夕遣越公宇文盛，乘驿召还，至同州赐死，次子昌城公深，出使突厥，亦命开府宇文德赍去玺书，诛死道中。当下颁诏罪护，除首从已正典刑外，余皆肆赦，复改天和七年为建德元年。小子有诗斥护道：

怙权肆逆久稽诛，一死犹嫌未蔽辜。

玉珽扑身奸贼倒，九京才得慰宁都！宁都见前文。

护既就诛，周主亲政，当然有一番封赏。欲知何人代护，下回再当续详。

本回叙述，足为斛律光、宇文护两人合传。斛律光为高氏懿亲，效忠王室，足慑强邻。光不死则齐不亡，乃为宵小所排，卒遭惨死，齐之不永也宜哉！但功高震主，罕得保全，斛律金平生寄慨，斛律羡临死兴嗟，满招损，盈必覆，富贵其可长保乎！备录之以风后世，为斛律光惜，固不仅为斛律光惜也。彼宇文护历弑二主，罪恶昭彰，直至周主邕嗣位十三年，始得诱诛，死已晚矣。庾季才劝护归政，护若听季才言，尚可不死，但极恶如护，若得不死，宁有天道！诛之正以见周主之能，且可见元恶大憝，鲜有不杀身亡家者也。本回前后连叙，善恶相对，隐寓微义。而齐宫琐事，即由斛律后被废而致。斛律光死而齐即衰，宇文护死而周转盛，贤奸之关系盛衰也，固如是夫！

第七十六回

选将才独任吴明彻
含妒意特进冯小怜

杨坚（541—604），即隋文帝，小名那罗延，弘农华阴（今属陕西）人，隋王朝的建立者。开皇七年（587年）灭后梁，九年灭陈，结束南北朝分裂局面，统一全国。在位时，开创先进的选官制度，发展文化经济，使国家强盛。后被太子杨广杀死。

却说周主邕亲政以后，进太傅尉迟回为太师，柱国窦炽为太傅，大司空李穆为太保，齐公宪为大冢宰，卫公直为大司徒，赵公招宇文泰第七子。为大司空，柱国辛威为大司寇，绥德公陆通为大司马。此外如宇文神举、宇文孝伯及王轨等，亦皆进秩有差。又因庾季才一再谏护，特赐粟帛，升授大中大夫。当时老成宿将，如燕公于谨，郑公达奚武，隋公杨忠等，并皆去世。忠子名坚，曾为小宫伯，宇文护见坚非常相，屡欲引为腹心。忠密嘱道：“两姑之间难为妇，汝宁勿往！”坚谨遵父训，故护伏法受诛，坚得不坐。忠于天和三年逝世，坚袭爵为隋公，后来便是篡周的隋文帝。特笔提出。

卫公直以勋旧沦亡，自己为诛护首功，益怀奢望，偏是三公名位，已被别人攫去，大冢宰又授齐公宪，大司马更授陆通，政权兵权，一些儿没有到手，心常怏怏。齐公宪曾任大司马，至是进官大冢宰，名为超擢，实夺兵权。开府裴文举为宪侍读，周主邕尝召入与语道：“昔魏末不纲，太祖辅政，及周室受命，晋公护乃起执大权，积久成常，便以为法应如是，试思从古到今，有三十岁的天子，尚须懿亲摄政么？《诗经》有言：夙夜匪懈，以事一人，一人就指天子。卿虽陪侍齐公，不得徒徇小忠，只知为齐公效死。且太祖以后，尚有十儿，难道可都登帝位么？卿须规以正道，劝以义方，辑睦我君臣，协和我兄弟，勿令自致嫌疑，再蹈晋公覆辙哩！”周主邕亦煞费苦心。文举拜谢而出，便即告宪。宪指心抚几道：“这是我的本心，公岂不知！但当尽忠竭节，何必多疑！”卫公直与宪有隙，宪因此格外容忍，且因直系周主母弟，每加友敬。直无从寻隙，暂得相安。

周主邕追尊略阳公觉为孝闵皇帝，立皇子鲁公赟为太子。赟系后宫李氏所出，从前于淮平江陵，掳取李氏入关，周太祖泰，因李氏容貌端好，特赐与邕，乃遂生赟。赟性嗜酒色，周主邕因他居长，所以立为储贰。平时约束甚严，尝命东宫官属，录赟言语动作，每月奏闻，赟尚有所惮，不敢妄动。但江山可改，本性难移，父在时勉循礼法，父殁后谁作箴规？周主邕择嗣不慎，铸成大错，终不免贻误宗社了。都为后文写照。这且待后再表。

且说陈主顼即位后，转眼间已两三年。应七十四回。这两三年内，还算没有大事，只广州刺史欧阳纥，于太建元年冬造反，逾年即得荡平。欧阳纥是欧阳頠子，与頠同定广州，欧阳頠事见前文。因得袭职。自华皎叛命奔周，见七十三回。陈主顼不免疑纥，征为左卫将军，纥不禁惶惧，竟举兵造反，出攻衡州。陈廷遣使谕旨，怵以周迪、陈宝应故事，见七十二回。纥仍不服，乃续命车骑将军章昭达率师往讨。昭达未至，纥却诱引阳春太守冯仆，至南海同抗陈军。仆系故高凉太守冯宝子，前见文。宝殁时仆才九岁，赖宝妻冼氏，怀集部落，安境息民，数州宴然。冼氏亦见前。陈调仆为阳春守，至是仆赴南海，遣人告母。冼夫人怅然道：“我两世忠贞，不意出此不肖儿，今怎可惜子负国呢！”深明大义。遂发兵拒境，率诸酋长迎章昭达。昭达至始兴，纥出屯洭口，立栅堵御。昭达督兵进攻，立破水栅，纥出战败绩，返奔里许，被昭达从后追擒，械送建康，斩首示众。又表上冼夫人功劳，陈主遣使持节，册封冼氏母子，冯仆得封信都侯，迁石龙太守，冼氏为石龙太夫人，特赐绣幰安车，鼓吹卤薄，如刺史仪。冼夫人应该受封，仆曾潜通叛人，不应滥赏。

冼夫人（约512或525—约602或604），亦作“洗夫人”，名阿莫，高凉（今广东阳江市西）人，高凉冼氏之女，南朝、隋初岭南俚族女首领。开皇九年（589年），隋军灭陈，岭南人心浮动，她被毗邻数郡封为主，保境安民。次年，降隋，支持统一。隋朝加封为谯国夫人。

章昭达得胜班师，顺道攻后梁。后梁主岿，岿嗣余位见七十二回。与周总管陆腾，会军抵御，陆腾就峡口南岸筑城，横引大索，编苇为桥，借通饷运。昭达令军士并驾楼船，各施长戟，仰割大索，索断粮绝，遂得攻入城寨。后梁又向周告急，周使将军李迁哲往援，与昭达鏖战数次，昭达失利，方才引还。会陈太后章氏逝世，陈主居丧营葬，不复举兵，齐使人南下吊丧，独周使不至。已而章昭达病殁，陈主因新失大将，恐周伺隙来侵，乃遣使至周聘问，周始答使报聘。

好容易过了五年，仲春下浣，夜间有白气如虹，自北方贯入北斗紫宫。陈太史占验星象，谓北齐将要乱亡。陈主顼忽动雄心，拟起兵伐齐，公卿多有异言，惟镇前将军吴明彻，决策请行。陈主顼乃语公卿道："齐主荒乱，不久必亡，推亡固存，古有常训，朕已决计北伐，无庸疑议！但何人可作元帅，应由卿等公推。"大众都应声道："莫如中权将军淳于量。"仆射徐陵独抗议道："吴明彻家居淮左，谙齐风俗，且将略人才，亦无过明彻，臣愿举明彻为元帅。"尚书裴忌亦接入道："臣意亦同徐仆射。"陵复续说道："裴忌亦是良副，愿陛下委任！"陈主遂授吴明彻都督征讨诸军事，裴忌为副，统师十万，北向伐齐。

明彻出秦郡，另遣都督黄法氍出历阳。齐遣军援历阳城，为黄法氍所破，齐更命开府尉破胡、长孙洪略与侍郎王琳，率兵救秦州。齐主纬仍召入西兖州刺史赵彦深，拜为司空，封宜阳王，命参军机。彦深密向秘书监源文宗，咨询方略，文宗道："朝廷精兵，必不肯多付诸将，若止有数千人，徒供吴人刀俎。尉破胡人品卑劣，谅亦王所深知，此去必败无疑。为今日计，不若专委王琳，招募淮南三四万人，风俗相通，能得死力，并命旧将出屯淮北，自可固守。况琳与陈积衅甚深，必不肯反颜事陈，若不推诚用琳，更遣他人制肘，必成速祸，军事更不可为了！"彦深叹道："此策诚足制胜，我已力争数日，终不见从；时事至此，尚复何言！"因相顾流涕。文宗方受调为秦泾刺史，泣辞而去。彦深实亦无能。

尉破胡等出发邺都，特选长大有力的武士，充作前队，号为苍头犀角大力军。又募得西域胡人，控弩善射，箭无虚发，陈军颇加畏惮，未敢轻战。齐兵到了吕梁，直逼陈营，陈都督吴明彻，麾兵布阵，立马扬鞭，指语巴山太守萧摩诃道："敌军所恃惟胡人，若得殪此胡，彼必夺气，君名当不让关羽了！"摩诃道："胡人形状如何？愿为公力取此胡。"明彻乃召前时降卒，令他指示，又自酌酒饮摩诃。摩诃一饮而尽，即上马冲入齐军，专向胡人前闯去。胡人亦有头目，方挺身出阵，弯弓未发，摩诃取出小凿，遥掷过去，正中胡额，应手立仆，余胡骇散。齐军阵内的大力军，忙向前拦截摩诃，被摩诃执刀乱斫，立毙数人，大力军又复溃走。巨无霸尚不可恃，遑论大力军。王琳忙语尉破胡道："吴兵甚锐，不可力敌，宜速收军退回，别用良策决胜。"破胡不从，尚驱部众迎战。吴明彻见摩诃摧敌，把鞭一挥，陈军大进，好似万马奔涛，无人敢敌。齐军大败，长孙洪略战死，破胡单骑驰免，王琳亦孤身走入彭城。

吴明彻分兵进攻，连下瓦梁、阳平、庐江等城，黄法氍亦攻破历阳，进拔合肥。陈军势如破竹，齐城多望风迎降，所有高唐、齐昌、瓜步、胡墅诸城垒，次第入陈。又攻克滠口、青州、山阳、广陵诸城，齐遣尚书左丞陆骞，统兵二万人救齐昌，遇陈西阳太守周炅，即与交锋。炅用疑兵挡住前面，自率精兵绕出骞后，掩击骞军。骞顾后失前，被炅杀入阵中，一番蹂躏，骞军垂尽，独骞抱头窜去。齐令王琳移守寿阳，与扬州道行台尚书卢潜，刺史王景显等，共保寿阳外郭，吴明彻料琳甫入寿阳，众心未固，亟乘夜率兵往攻，果然一鼓得手，破入外郭，王琳等退保内城。明彻攻扑不下，乃堰肥水灌城，城中多病肿泄，十死六七。齐右仆射皮景和，率众数十万救寿阳，距城三十里，顿兵不进。陈军闻报，都向明彻面请道："坚城未拔，大敌在迩，元帅将何法对待？"明彻拈须微笑道："救兵如救火，彼乃结营不进，显是不敢来战，怕他甚么！我料这座寿阳城，定然旦夕可下了。"越日早起，令部兵饱餐一顿，自己亦亲擐甲胄，上马誓众，决破此城。当下出马督攻，四面攀援，鼓噪而上。守兵本来单弱，更且死亡甚众，怎能面面顾到。陈军既得登城，便即杀下，王琳、卢潜、王贵显等，巷战至暮，均力屈被擒。琳轻财爱士，得将卒心，虽尝流寓邺中，齐人多说他忠义，共加爱重。我说未必，试看前营三窟，便见一斑。及被擒后，明彻军中，尚有王琳旧属，皆相见唏嘘，莫能仰视。明彻恐在军为患，即命将琳等押送建康，嗣又防他道中遇劫，遣使追诛。远近闻琳被戮，哭声如雷。有一叟赍酒脯奠尸，哭亦尽哀，收琳血而去。

齐廷屡促皮景和进兵，景和反抛戈弃甲，逃回邺中。齐主纬颇以为忧，穆提婆、韩长鸾等语齐主道："寿阳本南人土地，何妨由他取去，就使国家尽失黄河以南，尚可作一龟兹国，龟兹音周慈，为西域国名。人生如寄，但当行乐，何用多事愁烦哩。"齐主遂转忧为喜，酣饮鼓舞。至皮景和入都，反称他全师北归，进为尚书令。糊涂可笑。

齐仆射祖珽先尝媚事权幸，及得预政柄，也思黜退小人，沽名市直，因与陆令萱母子，互有龃龉。珽暗嘱中丞丽伯律，劾主书王子冲纳赂，事连提婆，欲因此并及令萱。令萱请诸齐主，释子冲不问，更令群小相率谮珽，令萱又在齐主前，自言老婢该死，误信祖珽，乃令韩长鸾检阅旧案，得珽伪敕，受赐等十余事，此时即非作伪，亦不患无辞！请加珽死刑。齐主尝与珽设誓，终身免刑，因特从轻谴，出为北徐州刺史。适陈军下淮阴，克朐山，拔济阴，入南徐州，直向北凉州进发。城外居民，多欲叛齐应陈。珽即大启城门，但禁人不得出衢路，城中寂然。叛民疑人走城空，不复设备，蓦闻鼓噪声自城中传出，祖珽竟督领州军，出城巡逻，叛民不禁骇走。会陈军前驱，已到城下，叛民复联合陈军攻城。猛见珽跃马迎战，弯弓四射，屡发屡中。叛民先闻珽失明，料他不能行军，哪知他有此绝技，又复惊退。再加珽参军王君植，挺身善斗，所向辟易，陈军倒也胆怯，不敢遽逼。珽且战且守，相持旬余。又遣部兵夜出城北，翌晨张旗擂鼓，向城南驰来，陈军疑是援兵，无心恋战，竟撤围退还。珽实有小智，能善用之，却也可使建功。穆提婆已经恨珽，故意不发援兵，总道他城亡身死，偏珽上表奏捷，真出意外。但终不得迁调，未几即病死任所。还算幸免。

齐主纬丧师失地，毫不知愁，反阴忌兰陵王长恭，有意加害。长恭自邙山得胜，威名颇盛，见七十三回。武士相率歌谣，编成兰陵王入阵曲，传达中外。齐主纬尝语长恭道："入阵太深，究系危险，一或失利，悔将无及。"长恭答道："家事相关，不得不然。"齐主闻得家事二字，几乎失色，因令出镇定阳。长恭颇受货赂，致失民心，属尉相愿进言道："王既受朝寄，奈何如此贪财！"长恭不答，愿又道："大约因邙山大捷，恐功高遭忌，乃欲借此自秽么？"长恭才答一是字。愿叹道："朝廷忌王，必求王短，王若贪残，加罚有名，求福反恐速祸了！"是极。长恭泣下道："君将如何教我？"愿复道："王何不托疾还第，勿预时事！"上策莫逾于此。长恭颔首称善，但一时总未甘恬退，遂致蹉跎过去。至江淮鏖兵，长恭恐复为将帅，喟然太息道："我去年面肿，今何不复发呢？"自是佯称有疾，尝不视事。齐主纬察知有诈，竟遣使赐鸩，逼令自杀。长恭泣白妻郑妃道："我有何罪，乃遭鸩死？"妃亦泣答道："何不往觐天颜？"长恭道："天颜岂可再见？"遂饮鸩而死。齐主闻长恭自尽，很是喜慰，但表面上还想掩饰，追赠长恭为太尉。长恭一死，亲王中又少一勇将了。自折手臂，亡在目前。

且说陈都督吴明彻，奏凯班师，陈主顼加封明彻为车骑大将军，领豫州刺史。又召入仆射徐陵，亲赐御酒道："赏卿知人。"陵拜谢道："定策圣衷，臣有何力？"陈主大喜，勉慰有加，遂命将王琳首级，悬示都市。琳有故吏朱玚，独致书徐陵，愿埋琳首。书中略云：

窃以典午将灭，徐广为晋家遗老，当涂已谢，马孚称魏室忠臣。梁故建宁公王琳，当离乱之辰，总方伯之任，天厌梁德，尚思匡继，徒蕴包胥之志，终遘长弘之眚，致使身殁九泉，头行千里。伏惟圣恩博厚，明诏爰发，赦王经之哭，许田横之葬。不使寿春城下，惟传报葛之人，沧洲岛上，独有悲田之客，岂不幸甚！

徐陵得书，即为启闻，奉诏将琳首给还亲属。玚遂就八公山侧，掘地殓埋。亲故会葬，多至数千人。葬毕，玚从间道奔齐，别议迎葬。旋有寿阳人茅智胜等，潜送琳柩至邺，齐赠琳开府仪同三司，录尚书事，予谥忠武，特给辒辌车送葬。究竟王琳忠梁与否，读史人自有定评，毋容小子哓哓了。言下有不满意。

齐主纬有庶兄名绰，与纬异母，俱于五月五日建生，惟绰生在辰时，纬生在午时。乃父高湛，因绰母李氏为嫔妾，不得与嫡相比，特降为次男。绰才十余岁，留守晋阳，酷爱波斯狗，开府尉破胡略加谏阻，即斫杀数狗，狼籍地上，破胡惊走，不敢复言。旋封为南阳王，领冀州刺史，每使人裸体，画为兽状，纵犬令噬，以为快乐。及左迁定州，专登楼上弹人，有妇人抱儿趋过，避入草间，绰发弹不中，不觉怒起，叱左右驰夺妇人手中儿，饲波斯犬。妇人号哭不休，绰又嗾犬使噬妇人。妇人为犬所伤，当然倒地。犬不欲食，由绰命涂上儿血，犬始争啮，顷刻而尽。齐主纬闻他残暴，锁绰入讯，绰谈笑自若，竟蒙赦宥。纬问他在定州时，何事最乐？绰答道："取蝎置器，再加粪蛆，蛆被蝎螫，蠕动不已，最是好看。"纬即夕令左右取蝎一斗，及晓，才得二三升，置诸浴盆，他却用人代蛆，迫令裸卧盆中，霎时间蝎集人身，竟体乱螫。可怜体无完肤，累得那人辗转哀号，纬与绰临盆注视，反手舞足蹈，乐不可支。不知具何心肠，大约为戾气所钟，故兄弟同一暴虐。纬顾语绰道："如此乐事，何不早驰驿奏闻！"遂进拜绰为大将军，朝夕同狎。韩长鸾嫉绰残虐，特令绰党诬告绰反，纬尚不忍加诛。长鸾奏言绰犯国法，断不可赦，纬乃使宠胡何猥萨，与绰相扑，把绰搤死。瘗诸兴圣佛寺，经四百余日，方才大殓，颜色毛发，尚如生时。俗言五月五日建生，脑可不坏，是真是假，亦无从证明。

纬盛修宫苑，穷极庄严，后宫皆锦衣玉食，竞为新巧。先尝为胡后造珠裙袴，费在巨万，为火所焚。寻复为穆后续制，并命造七宝车，真珠不足，向各处采买，不惜重价。当时童谣有云："黄花势欲落，清觞满杯酌。"穆后小名黄花，欲落是说不久，清觞满杯酌，是说齐主纬昏饮无度。其实纬与穆后，虽然宠幸，那后宫的佳丽，却逐日增添，除上文所述左右两娥英外，还有乐人曹僧奴二女，也蒙纳入。大女不善淫媚，被纬剥碎面皮，撵逐出宫。小女善弹琵琶，又能得纬欢心，册为昭仪，甚且封僧奴为日南王。僧奴死后，又封他兄弟妙达等二人为王，并为曹昭仪别筑隆基堂，极尽绮丽，整日流连堂中，竟把穆后疏淡下去。穆后含酸吃醋，密托养母陆令萱设法，除去曹氏。令萱遂诬曹氏有厌蛊术，平白地将曹氏赐死。哪知纬失了曹昭仪，复得一董昭仪，再广选杂户少女，纳入毛氏、彭氏、王氏、小王氏、二李氏等，并封为夫人，恣情淫欲，通宵达旦。穆后更弄得没法，每与从婢冯小怜，相对唏嘘。

小怜非常伶俐，貌亦可人，能弹琵琶，且工歌舞，独替穆后想出一计，情愿将身作饵，离间诸宠。也无非自己卖俏。穆后倒也赞成，就于五月五日，令小怜盛饰入侍，号曰续命。要断送高氏命脉了，还想续什么命？齐主纬见她冰肌玉骨，雾縠轻绔，不由的神魂颠倒，巫山一梦，爱不胜言，从此坐必同席，出必并马，尝自作无愁曲，谱入琵琶，与冯氏对谈，嘈嘈切切，声达宫外。时人号为无愁天子。纬深幸得此冯美人，册为淑妃，命处隆基堂。冯淑妃虽奉命迁入，但因为曹昭仪旧居，恐非吉征，特令拆梁重建，并尽将地板反换，又费了许多金银。齐主纬毫无异言，纵教冯小怜如何处置，一体依从，所有内外国政，都交与陆令萱、穆提婆、韩长鸾、高阿那肱等人，眼见得上下相蒙，渐致乱亡了。小子有诗叹道：

天生尤物最招殃，桀纣都因美色亡。

况似晚齐淫暴甚，怎能长此保金汤！

欲知齐朝乱亡的情形，再从下回申叙。

陈用吴明彻为元帅，北向攻齐，势如破竹，似乎徐陵之推荐，可号知人。然其时齐主淫昏，不问国事，皮景和出救寿阳，有众数十万，尚不敢进，是乃齐之自取其败，非吴明彻之果能败齐也。惟王琳之被陈擒戮，当时俱以琳为梁室忠臣，惜其一死。夫忠臣不事二主，宁有事齐事周事陈，尚得为忠臣乎？即以梁事论之，湘东得国，名亦未正，琳徒以姊妹后宫之宠，甘心效力，是其委身之始，固亦非深明大义者，何足尚焉！齐之追赠高官，特给辒輬车引葬，亦未免失之滥赏。然如高纬之淫荒失德，喜怒无常，尚何赏罚之足言！黄花欲落，小怜续命，而齐之不亡亦仅矣。吾于高纬无讥云。

第七十七回

韦孝宽献议用兵
齐高纬挈妃避敌

却说齐主纬淫昏日甚，委政群小，不但穆提婆母子，及韩长鸾、高阿那肱诸人，得握政权，就是宦官邓长颙、陈德信等，并参预机要。他如旧苍头刘桃枝，及内外幸臣，均授高爵。封王百余人，开府千余人，仪同三司，不可胜数；就是优伶巫觋，亦沐荣封，甚至狗马及鹰，统有仪同郡君名号，并得食禄。官由财进，狱以贿成，一戏给赏，动辄巨万。既而府库告匮，令郡县卖官取值，充作赏赐，民不聊生，国多乞人。齐主纬也在华林园旁，设立贫儿村，自着褴褛敝服，向人行乞，作为笑乐。南面王原不如乞人之乐。

这消息传入周廷，周主邕乃谋伐齐，亲临射宫，阅军讲武，且进封齐公宪，卫公直以下诸兄弟，并皆为王。正拟会议出师，忽太后叱奴氏得病，医治罔效，旋即去世。周主邕居庐守制，朝夕歠粥，只进一溢米，命太子赟总理庶政。群臣表请节哀，累旬才命进膳。及太后奉葬山陵，周主跣行至陵旁，恸哭尽哀，诏行三年丧礼，惟百僚以下，遇葬除服。卫王直入谮齐王宪，说他饮酒食肉，无异平时。周主愀然道："我与齐王同父异母，俱非正嫡，彼因我入纂正统，所以丧服从同，汝是太后亲子，与我为同母弟，但当自勉，何论他人！"直碰了一鼻子灰，怏怏趋出。周主邕崇尚儒学，尝在太学中养老乞言，遵守古礼。嗣又禁佛道二教，悉毁经像，饬僧道还俗。所有祀典未载诸淫祠，俱改作廨舍，且许诸王亦得徙居。卫王直独择一僻字，作为居第。齐王宪语直道："弟已儿女成行，居室须求宽敞，奈何择此宅舍？"直怅然道："一身尚不能容，还管甚么儿女？"宪知他有怨愤意，隐有戒心。

会周主邕幸云阳宫，留右宫正尉迟运等，辅太子赟居守，卫王直托疾不从。及车驾远去，却纠合私党，径袭肃章门；门吏多仓皇遁走，户尚未扃。运在殿中闻变，忙自往闭门，正值悍党杀来，将进未进，运手指被斫，不暇顾痛，得将宫门阖住。直党不得趋入，纵火烧门，门几被毁。运索性取宫中材木，及所有木器，助张火势，门外似火山一般，不能通道。那留守兵已相率来援，直自知不能成功，引众退去，运遂督同留守兵出击，大破直众。直出都南遁，又由运派兵追蹑，把直擒回，周主邕亦闻报还都，尚因同气相关，未忍加诛，但免直为庶人，幽锢别宫。升任尉迟运为大将军，凡直田宅、妓乐、金帛、车马等，悉数赏运。直在囚室中，尚有异图，乃下诏诛直，并及直子十人。直有应诛之罪，惟绳以罪人不孥之例，周主亦未免太甚。

内乱已平，乃复议伐齐，柱国于翼进谏道："两国相争，互有胜负，徒损兵储，无益大计，不如解严继好，使彼怠弛无备，然后乘间进兵，一举便可平敌了。"周主邕犹豫未决，更敕内外诸大臣，议决行止，勋州刺史韦孝宽，独上陈三策，大致略云：

> **臣在边积年，颇见间隙，不因际会，难以成功。是以往岁出军，徒有劳费，功绩不立，由失机会。何者？长淮之南，旧为沃土，陈氏以破亡余烬，犹能一举平之，齐人历年赴救，丧败而返，内离外叛，计尽力穷。传不云乎：仇有衅焉，不可失也。今大军若出轵关，方轨而进，兼与陈氏互为犄角，并令广州义旅，出自三鸦，又募山南骁锐，沿河而下，复遣北上稽胡，绝其并晋之路。凡此诸军，仍令各募关河之外，劲勇之士，厚其爵赏，使为前驱，岳动川移，雷骇电激，百道俱进，并趋虏廷，必当望风奔溃，所向摧殄，一戎大定，实在此机，此一策也。若国家更为后图，未即大举，宜与陈人分其兵势。三鸦以北，万春以南，广事屯田，预为储积。募其骁悍，立为部伍。彼既东南有敌，戎马相持，我出奇兵破其疆场；彼若兴师赴援，我则坚壁清野，待其去远，还复出师，常以边外之军，引其腹心之众。我无宿舂之费，彼有奔命之劳，一二年中，必自离叛。且齐氏昏暴，政出多门，鬻狱卖官，惟利是视，荒淫酒色，忌害忠良，阖境熬然，不胜其敝，以此而观，覆亡可待。然后乘间电扫，事等摧枯，此二策也。我周土宇，跨据关河，蓄席卷之威，持建瓴之势，南清江汉，西戡巴蜀，塞表无虞，河右底定。惟彼赵魏，独为榛梗者，正以有事三方，未遑东略，遂使漳滏游魂，更存余晷。昔勾践亡吴，尚期十载，武王取乱，犹烦再举。今若更存遵养，且复相时，臣谓宜还从邻好，申其盟约，安人和众，通商惠工，蓄锐养威，观衅而动，斯则长驾远驭，坐待兼并，亦未始非良策也。何去何从？孰先孰后？惟陛下**

择之。

周主览到此书，乃召入开府仪同三司伊娄谦，从容问道：“朕欲用兵，当先何国？”谦答道：“齐氏沉溺倡优，耽恋麹糵，良将斛律明月已被谗人谮死，上下离心，道路侧目，这却最是易取哩。”周主笑道：“朕早有此意，烦卿以聘问为名，借觇虚实。”谦受命而出，周主再遣小司寇元卫，偕谦同行。谦至齐廷，照常纳币。齐主纬昏昏愦愦，也不知谦怀别意，惟权贵等略闻周事，密为盘诘。谦当然守着秘密，惟参军高遵，稍稍吐实。齐遂留住谦等，不肯遣回。何不亟使备御，乃徒留使挑衅，安得不亡！周主邕待谦不归，乃下诏伐齐。命柱国陈王纯，荥阳公司马消难，即齐相司马子如子，高洋时，惧罪奔周。郑公达奚震，为前三军，总管越王盛，赵王招，俱周主弟。周昌公侯莫陈琼，为后三军，总管齐王宪，率众二万，趋黎阳，随公杨坚，广宁公薛迥，率舟师三万，自渭入河。梁公侯莫陈芮，率众守太行道，申公李穆，率众三万守河阳道，常山公于翼，率众二万出陈汝。周主邕亲率六军，有众六万，出发长安。将至河阳，内史上士宇文弢，古文弼字。谓不如出师汾曲，民部中大夫赵煚，音憬。又谓应从河北趋太原，遂伯下大夫赵宏，且请进兵汾潞，直掩晋阳。彼此各执一词，周主一概不依，竟从河阳趋河阴。前汾州刺史杨敷子素，愿率乃父旧部为先驱。敷死已见七十五回，素从军以此为始。周主称为壮士，许令前行。

既入齐境，即下令军中，禁止伐树践禾，违令即斩。进至河阴城下，由周主亲自督攻，数日即下。齐王宪也攻入武济，进围洛口，拔东、西二城，纵火船焚毁河桥。齐永桥大都督傅伏，夜驰入中潬城，竭力保守，周军攻至二旬，尚未能拔。周主邕又亲攻金墉，守将独孤永业，亦防御甚严，无懈可击。周主连攻经旬，不觉过劳，竟至生疾，乃按兵罢攻。时齐廷宿将，多半丧亡，连司空赵彦深，都已逝世，只好推那高阿那肱，前去拒敌。高阿那肱已为右丞相，因朝中无人督师，没奈何引兵出晋阳，进援河阳。周主闻齐军将至，自己又患不豫，不如从孝宽言，暂且退兵，再图后举，因乘夜下令班师。齐都督傅伏，语行台乞伏贵和道：“周师疲敝，愿得精骑二千追击，定可得功！”也恐未必。贵和不从，一任周军退去。周齐王宪、于翼、李穆等，连下齐三十余城，闻周主旋师，亦皆弃城西归。齐右丞相高阿那肱，当然东还，还道是周军畏惮，所以退去，越觉趾高气扬，睥睨一切了。

周主邕还至长安，更命太子赟巡抚西土，顺道伐吐谷浑。见前。吐谷浑素为魏属，受魏封册，得膺王爵。至魏分东西，不暇西顾，吐谷浑王夸吕，始自称可汗，居伏俟城，据青海西，有地长三千里，阔千余里，所置官属，也仿魏制，有王公仆射尚书及郎中将军等名号。风俗与突厥相同，以畜牧为生计。尝至魏境抄掠，魏凉州刺史史宁，与突厥木杆可汗，袭击夸吕。夸吕遁去，妻子为史宁所虏，所贮珍物杂畜，亦被两军掠散。夸吕乃遣使谢罪。及宇文氏篡魏称周，夸吕复寇周境，攻凉、鄯、河三州，凉州刺史是云宝战殁。周遣贺兰祥宇文贵往讨，击退夸吕，乘胜拔洮阳、洪和二城，改置洮州，方才还师。夸吕叛服无常，周主乃命太子西略，令大将军王轨、宫正宇文孝伯从行。太子赟未谙兵略，但好戏狎，宫尹郑译、王端等，又恃太子宠幸，不服军法。好容易到了伏俟城，夸吕坚壁清野，毫无动静。王轨因敌情难测，不如全军早归，老成知几。乃请诸太子从速还军。太子赟乐得依议，便即东返。此役未见一敌，亦无从侵掠，免不得受周主诘责。王轨详述军情，面劾郑译、王端，周主怒起，杖太子赟数十下，除译等名。及周主再行东伐，太子赟复召入译等，宠任如初。

看官听着！周主初次伐齐，是在周建德四年秋间，至二次伐齐，乃在建德五年冬季，便是齐主纬武平七年。特书年月，以志齐亡。周主邕重议伐齐，召谕群臣道："朕去岁行军，适有疹疾，因不得荡平逋寇。惟前入齐境，具见敌情，看彼行兵，几同儿戏，又闻他朝政益紊，群小益横，百姓嗷嗷，朝不保夕，天与不取，反贻后悔。若复如往年出军河外，徒足拊背，未足扼喉，晋州本高氏根本地，常为重镇，我若往攻，彼必来援，我严军以待，定足胜敌，乘势杀入，直捣巢穴，灭齐不难了。"诸将尚多有难色，周主邕勃然道："机不可失，时不再来，如有阻挠我军，朕当以军法从事！"英武之主亦赖独断。乃命越王盛杞公亮、宇文泰从孙。随公杨坚，分率右三军，谯王俭、周主邕异母弟。大将军宣泰、广化公邱崇，分率左三军，齐王宪、陈王纯为前军，依次出发。周主邕留太子居守，自督各军趋晋州，或守或攻，部署停当。因自汾曲至晋州城下，围攻数日，城中窘急。齐行台左丞侯子钦及晋州刺史崔景嵩，均暗地通款，乞降周军。周大将军王轨，率同偏将段文振等，乘夜登城，城中已有内应，顿时哗溃。周军一拥而入，遂克晋州，擒住齐大行台尉相贵及甲士八千人。别遣内史王谊监领诸军，攻克平阳城。

齐主纬方挈冯淑妃，出猎天池，晋州及平阳警报，自辰至午，已到三次，右丞高阿那肱道："大家正游猎为乐，边鄙稍有战争，乃是常事，何必急急奏闻？"可笑。延至日暮，平阳报称失守，齐主纬也未免吃惊，便欲还集将卒。偏冯淑妃兴尚未尽，固请更杀一围，纬不得不从，又猎了好多时，获得几头野兽，方才还宫。越日大集各军，出拒周师，使高阿那肱率前军先进，自挈冯淑妃后行。不可一日无此妃。周主命开府大将军梁士彦统兵万人，镇守晋州，自至平阳督师。途次接着军报，谓齐军大举来援，周主因欲西还长安，暂避敌锋。开府大将军宇文忻进谏道："如陛下圣武，乘敌人荒纵，似汤沃雪，何患不克？若使齐得令主，君臣协力，就使汤武复生，亦未易荡平了。"忻系宇文贵子，与周同姓不宗。军正王韶亦进言道："齐失纪纲，已历数世，天奖周室，一战得扼住敌喉。取乱侮亡，正在今日，乃舍此遽退，臣实未解！”周主道：“卿等言非不是，但朕也自有主张。”无非用韦孝宽第二策。说毕，竟麾军西还，留齐王宪为后拒。

齐主闻周已退师，亟遣骁将贺兰豹子等，追击周军。宪与宇文忻各率百骑，轮流交战，且战且行。贺兰豹子穷追勿舍，被宪等诱入绝地，麾骑四蹙，得将贺兰豹子击死，然后徐徐引归。齐主纬遂围平阳，昼夜猛扑，毁堞摧墙，势焰甚盛。周晋州刺史梁士彦入城守御，令军士血薄捍城，且慷慨语将士道：“死在今日，我为尔先！”于是勇烈齐奋，呼声动地，无不以一当百。齐兵少却，士彦令军士修城，军士不足，取诸人民，人民不足，济以妇女，甚至士彦妻妾，亦夹入妇女队中，搬土运石，补葺城堞，三日告成。齐人更掘通地道，轰陷城垣十余丈，将士乘势欲入，偏被齐主纬暂入，敕令暂停。看官道为何因？相传晋州城西石上，有圣人迹，纬欲召冯淑妃同观，淑妃画眉刷鬓，抹粉搽脂，好多时方才召到。那城墙缺处，已由守兵用木为栅，堵塞坚固。齐兵失了时机，无从冲入，个个怨气吞声，暗骂冯妃。齐主纬又恐城中弩矢，射及爱妾，特抽出攻城木具，筑造远桥，俾冯妃得登桥遥视。哪知桥脚未坚，禁不起马足往来，恐由军士怀恨，故意筑此危桥。砉然一声，坍坏数尺。还幸齐主及冯妃，尚立在危墙上面，不致失足，总算免做了水底鸳鸯。还是此时溺死，或可保全齐宗。

周主先令齐王宪出屯涑川，遥为平阳声援。旋由平阳告急，日紧一日，乃敕宪率领部曲，先向平阳进发，再集诸军八万人，亲自统带，直指平阳。齐人也恐周师猝至，先在城南穿堑，依堑自守。及闻周主到来，便在堑北列陈，张皇兵势。周主命齐王宪往觇齐阵，宪复命道：“齐兵虽多，均无斗志，我军尽足破敌，今日可灭此朝食了！”周主喜道：“果如汝言，我无忧了。”遂命进逼齐军。堑阔数丈，无人敢逾，只在堑南鼓噪。

自旦至申，南北两军，相持未决，齐主问高阿那肱道：“今日可战否？”高阿那肱道：“我兵虽众，能战不满十万人，不如勿战为是，且退守高梁桥，以逸待劳。”言未已，忽闪出一员猛将道：“一撮许贼人，马上刺取，掷入汾水中，便可了事。”一怯一骄，俱足败事。齐主纬瞧着，乃是武卫安吐根，正在彷徨未决，诸内参又齐声道：“彼亦天子，我亦天子，彼尚能远来，我如何守堑示弱呢！”纬点首道：“说得甚是！”即令军士填堑争锋。周主大喜，麾动各军，向前进击。两军方合，兵刃初交，齐主纬与冯淑妃并骑观战。但见周军来得凶猛，齐左军似难招架，向后倒退。冯淑妃遽变色道：“败了！败了！”娘子军只耐肉战，不耐兵战。穆提婆忙接入道：“大家快走！”齐主纬也不及辨明，竟挈冯淑妃奔高梁桥。

开府奚长谏阻道：“半进半退，用兵常事，今兵众未曾伤损，陛下骤然返驾，恐马足一动，人情散乱，那才是真败了！愿速西向，镇定各军！”齐主纬不禁沉吟，俄而武卫张常山亦自追至，忙报齐主道：“军已收讫，完整如故，围城兵仍然不动，至尊即宜回至军前，如若不信，乞命内参往视。”齐主闻言，勒马欲回，穆提婆引动齐主右肘道：“此言未可轻信。”冯淑妃又在旁作态，柳眉锁翠，杏靥敛红，一双翦水秋瞳，几乎要垂下泪来。前日曾请杀一围，此时何胆怯乃尔？弄得齐主仓皇失措，不由的扬鞭再走。齐军失去主子，当然心乱，再经周军奋勇杀来，顿时大溃，死亡至万余人，军资器械，委弃如山，惟安德王延宗全军引还，齐主纬奔至洪洞，才得稍息，冯淑妃出镜照面，重匀脂粉，突闻后面又报寇至，纬即掖冯妃上马，再行北遁。

先是齐主因平阳将下，欲归功冯淑妃，立她为左皇后，曾遣内侍至晋阳，取得皇后服御。登途复命，可巧遇着齐主，呈上袆翟等衣，齐主即代冯妃按辔，令将后服穿上，然后奔回晋阳。时平阳城下，齐兵统已溃去，不留一人，周主邕安稳入城。梁士彦出迎周主，持须涕泣道：“臣几不得见陛下！”周主亦为之流涕。因见士卒疲敝，又欲还师，士彦道：“齐兵已溃，众心尽离，乘胜灭齐，正在此举！”周主执士彦手道：“朕得此城，为平齐初基，若不固守，便难成事。朕既纾前忧，复滋后患，卿宜为朕守着，朕决计再进平齐。”乃复督动诸将，追击齐军。

齐主纬闻周军进逼，慌得不知所为，急向群臣问计。群臣并献议道：“为今日计，急宜省赋息役，安慰民心，一面收集溃兵，背城一战，以安社稷。”齐主乃下诏大赦。旋复有急报到来，周军入汾水关，开府贺拔伏恩等降齐，高阿那肱留守高壁，又被周军击走，周军将长驱到来了。齐主纬乃令安德王延宗，广宁王孝珩，募兵守晋阳，自拟奔避北朔州，若晋阳失守，再奔突厥。延宗得此消息，一再谏阻。齐主不从，密遣心腹数人，送胡太后及太子恒往北朔州，自与冯淑妃整顿行装，亦欲乘夜出奔。诸将俱相率谏诤，不使北去。

过了数日，城外鼓声大震，周军已杀到晋阳，齐主大惊，再下赦书，改元隆化，授安德王延宗为相国，领并州刺史，且召入与语道：“并州由兄自取，儿今去了！”语无伦次。延宗泣谏道：“陛下为社稷勿动，臣为陛下效死力战，决可破敌！”穆提婆在旁道：“至尊已经决计，王不必再行阻挠。”延宗含泪趋退，齐主纬带领冯淑妃，夜开五龙门出走。意欲奔向突厥，从官多半散去。领军梅胜郎叩马固谏，乃转趋邺都。途中相随，只有高阿那肱及广宁王孝珩、襄城王彦道等数十人。穆提婆初尚从行，约经数里，竟杳如黄鹤，不知所之。小子有诗叹道：

城狐社鼠最堪忧，搅碎河山便远投。

假使当年能幸免，人生何苦不忮求！

究竟穆提婆如何下落，待至下回再详。

韦孝宽所陈三策，原足制齐人之死命，周之伐齐，再驾而定山东，卒如孝宽所言。惟齐纬之覆国，实误于冯淑妃一人。夫妇人在军，士气不扬；就使齐主昵爱淑妃，亦不应挈入战场，使罹锋镝。况平阳已可攻入，乃偏欲使观圣迹，勒兵勿进。及两军大战，成败胜负，悬诸呼吸，乃东偏少却，遽因宠妃之一呼，仓猝北遁。兵可败，国可亡，而宠妃不可舍，试思兵已败矣，国已亡矣，宠妃尚能独存乎？昏愚至此，不死何为？即邻国无韦孝宽，但能稍知兵法，要未有不能灭齐者；矧又有穆提婆辈之益促其亡耶！

第七十八回

陷晋州转败为胜
擒齐主取乱侮亡

却说穆提婆随主北行，途次见从官四散，料知齐亡在迩，不如降敌求荣，遂暗地奔回，往投周军。周主邕令提婆为柱国，领宜州刺史，且传檄齐境，晓谕君臣，谓齐主能深达天命，衔璧牵羊，当焚榇示惠，待若列侯，将相王公以下及士民各族，有能深识事宜，建功立效，当不吝爵赏。或如我周将卒，逃逸彼朝，不问贵贱，概许自新。倘下愚不移，守迷莫改，不得不付诸执宪，明正典刑云云。这文一传，齐臣陆续奔周。齐始知穆提婆为首导，乃捕诛提婆家属。刁狡阴险的陆令萱，至此也无法自免，不待铁链套头，已是服毒自尽。究竟还是聪明，免得一刀两段。

先是齐高祖相魏，尝令唐邕典外兵，很是信任。及齐已篡位，邕以老成硕望，官至录尚书事，兼领度支。齐主纬宠任宵小，高阿那肱与邕有隙，谮诸齐主，将邕免官，另用侍中斛律孝卿代任，邕由是怏怏。时邕留寓晋阳，因与并州将帅，推立安德王延宗为主。延宗固辞，将帅等齐声道："王若不为天子，诸人懈体，恐不能为王效死了！"延宗没法，只好勉循众请，即皇帝位，并下玺书，略云武平孱弱，政由宦竖，斩关夜遁，不知所之，今王公卿士，猥见推逼，不得已祗承宝位。乃大赦中外，改元德昌，授唐邕为宰相，进封晋昌王，更命齐昌王莫多娄敬显，沭阳王和阿干子，右卫大将军段畅，武卫大将军相里僧伽，开府韩骨胡等为将帅，募集兵民，抵御周师。众闻新主登基，颇觉踊跃，往往不召自来。于是发府藏金帛，出后宫妇女，赐给将士，并籍没内参十余家，充作军费。延宗每见将吏，必执手称名，流涕呜咽，士皆致死。妇孺亦乘屋攘袂，投砖石拒敌。

周主督军围晋阳，劲骑四合，好似黑云一般。延宗命莫多娄敬显、韩骨胡拒城南，和阿千子、段畅拒城东，自率众拒城北。延宗素来肥壮，前如偃，后如伏，人常笑他臃肿无用，至是独开城搦战，手执大槊，驰骋行阵，往来若飞，尚书令史沮山，亦肥大多力，手握长刀，步随延宗，左斫右劈，毙敌甚多。惟武卫兰芙蓉、綦连延长战死。周主命齐王宪对敌延宗，自督将士攻东门，齐段畅和阿千子，竟开门迎纳周师。

周主乘晚进城，先纵火焚烧佛寺。周主最不信佛，故先毁去佛寺。延宗见东门失火，料知周师入城，忙令北门暂闭，自由城外绕至东门。可巧莫多娄敬显，从城内率兵东援，与延宗表里夹攻，延宗杀入，敬显杀出，把周军裹住门中。周军争门夺路，自相填压，伤亡至数千人。周主邕进退两难，忙领亲兵冲突，从大刀长槊中，寻一生路。左右为敌械所伤，纷纷倒地，还亏承御上士张寿牵住马首，贺拔伏恩执鞭后随，拼命驰走，得出城闉。齐人从昏夜中乱击一阵，竟被周主逃脱，时已四鼓，城中已无周人，延宗还道周主已死，使人就乱尸堆中，寻觅长须的尸首，终无所得。惟军士已得大捷，各入肆饮酒，醉后酣卧，延宗亦劳乏归寝。大敌未去，如何疏忽至此？

周主出城，腹中甚饥，意欲乘夜西去。诸将亦多欲退还，独宇文忻勃然进言道：“陛下得克晋州，乘胜至此，今伪主奔波，关东响应，自古至今，无此神速，昨日破城，将士轻敌，稍稍失利，何足介意！大丈夫当从死中求生，败中取胜，今齐亡在迩，奈何弃此他去？”齐王宪等亦以为不宜退师，降将段畅，又说是城中空虚。周主乃驻马停辔，鸣角收兵。不到天明，散军尽集，兵势复振。诘旦还攻东门，齐人尚高卧未起。延宗从梦中惊醒，忙披甲上马，出拒周军。但见东门已被攻破，自顾手下，只有数人随着，如何抵敌得住，没奈何奔往南门。哪知南门亦已失陷，勉强上前拦阻，究竟寡不敌众。再走至城北，投入民家，周军紧紧追来，任你延宗力大无穷，到此已成孤立，撑拒多时，终为所擒。押至周主面前，周主下马，握延宗手。延宗推辞道：“死人手何敢迫至尊！”周主道：“两国天子，本无嫌怨，我但为救民至此。汝且勿怖，当不相害！”说着，仍给还衣冠，款待颇优。唐邕等并皆请降，惟莫多娄敬显奔赴邺都，齐主纬命为司徒。

延宗初称尊号，曾致书瀛州刺史任城王湝，系小尔朱氏所生，曾见前注。略言至尊出奔，宗庙事重，群公劝进，权主号令，战事幸平，终归叔父云云。湝正色道：“我乃人臣，怎得轻受此书！”因执来使送邺，齐主纬愤愤道：“我宁使周得并州，不愿为安德有！”前说由尔自取，此时又复变调。总计延宗称尊，未及两日，便即残灭。周主下令大赦，除齐苛制，并出齐宫中金银宝器，珠翠丽服，及宫女二千人，班赐将士。前使伊娄谦，被齐拘住晋阳，见前回。至此得释，由周主面加慰劳。且因参军高遵，曾将秘谋告齐，责他不忠，使谦量罪加罚。谦顿首请赦高遵，周主道：“卿可聚众唾面，使他知愧。”谦答道：“如遵罪状，唾面亦不足责；陛下德量宽弘，索性付诸不校罢！”周主乃止，谦仍待遵如初。遵罪可诛，周主与谦未免两失。

周主欲进兵取邺，召问延宗，延宗道：“亡国大夫，何足图存！”延宗为高澄子，与高氏休戚相关，亦不宜以李左车自比。周主再三问及，延宗道：“若任城王据邺，臣不能知，但由今上自守，陛下可兵不血刃了。”此语愈谬。周主即命齐王宪先行，留陈王纯为并州总督，自率六军赴邺。邺中迭接警耗，齐主纬悬赏募军，及兵士应募，又无一物颁给，广宁王孝珩，请使任城王湝，率幽州道兵入土门，扬言趋并州，独孤永业率洛州道兵入潼关，扬言趋长安，自率京畿兵出滏口，逆击周师，如虑士气不振，亟应出宫人珍宝，作为赏赐，以便鼓励等语。齐主不从，斛律孝卿又请齐主亲劳将士，代为撰词，并谓宜慷慨流涕，感动人心。齐主纬倒也应允，及出语诸将，竟将孝卿所授，一律忘记，不由的痴笑起来，左右亦不禁失笑，将士皆含怒道：“本身尚且如此，我辈何必拼死！”嗣是皆无斗志。

适北朔州行台仆射高励，护卫胡太后及太子恒，自土门道还邺，路见宦官苟子溢，强取民间鸡彘，励不觉怒起，即将子溢拘住，将要处斩。偏胡太后在旁劝阻，乃释缚使去。既送太后等入宫，或语励道：“子溢等受宠两宫，言出祸随，公难道不虑后患么？”励勃然道：“今西寇已据并州，达官并皆叛贰，正坐此辈浊乱朝廷；若今日得斩此辈，明日受诛，亦属无恨！”励系高岳子，此时颇具忠愤，惜乎晚节不终！当下入见齐主道：“臣见朝中叛贰，皆属贵人，若士卒未尽离心，今请追五品以上家属，悉置三台，迫令出战；倘若不胜，将台焚毁，若辈顾惜妻子，必当死战。且王师屡败，寇众轻我，果能背城一决，也足吓寇示威！”此计亦属轻率。齐主纬不能用，但命一品以上各大臣，入朱华门，遍赐酒食，分给纸笔，令他各书所见，献策御敌。及大众录呈，又是人各一词，无所适从。

会有史官望气，谓国家当有变易，齐主纬遂引尚书令高元海等入议，决依天统故事，禅位太子。太子恒年才八岁，晓得甚么国事，那齐主纬欲上应天象，竟想这八岁小儿，支持危局。看官，试想能不能呢！酒色昏迷，一至于此。是时已值残年，转瞬间即至元旦，齐太子恒居然即皇帝位，改元承光，下令大赦。尊齐主纬为太上皇，皇太后胡氏为太皇太后，皇后穆氏为太上皇后。命广宁王孝珩为太宰。孝珩嫉视高阿那肱，因与莫多娄敬显等同谋，使敬显伏兵千秋门，更令领军尉相愿，率禁兵为内应，拟俟高阿那肱入朝，把他捕诛。不意高阿那肱自别宅取便路入宫，计不得行。孝珩乃求拒西师，高阿那肱、韩长鸾犹防他为变，使为沧州刺史。孝珩临行，向高阿那肱道：“朝廷不赐遣击贼，想是怕孝珩造反呢！孝珩若得破宇文邕，进军长安，就使造反，亦与国家无与。事至今日，危急万状，尚如此猜忌，岂不可叹！”说毕，太息自去。尉相愿拔刀斫柱道："大事已去，尚复何言！"

齐主使长乐王尉世辩，领着千骑，往探周师。行出滏口，登高西望，但见群鸟飞起，即疑周师已至，策马奔还，报称寇至。黄门侍郎颜之推、中书侍郎薛道衡、侍中陈德信等，因劝上皇往河外募兵，更为经略，事若不济，亦可南投陈国。上皇依议，遂先使太皇太后、太上皇后往趋济州，继又遣幼主东行。自己不及登程，即闻周师薄城，没奈何调兵出战。不到半时，已被周军杀败，或溃去，或奔还，齐上皇忙挈冯淑妃等，尤物断不可舍。从东门出走，使武卫大将军慕容三藏守邺宫。

颜之推（531—约590以后），字介，琅邪临沂（今属山东）人，北齐文学家。初仕梁元帝为散骑侍郎。江陵为西魏军所破，投奔北齐，官至黄门侍郎、平原太守。齐亡入周，为御史上士。隋开皇中，太子召为学士，以疾卒。传世著作有《颜氏家训》。

周师毁门突入，齐王公以下皆降，惟三藏拒守不出。领军大将军鲜于世荣，为齐宿将，尚鸣鼓三台，与周相抗。周主遣人招降世荣，赐给玛瑙杯，被世荣击碎。周主乃令将士往执世荣，世荣独力难支，受擒后仍然不屈，致为所杀。周主复招降三藏，三藏自知不支，始出见周主。周主优礼相待，面授仪同大将军，究竟有愧世荣。独拘住莫多娄敬显，数责罪状道："汝前守晋阳，遁入邺中，携妾弃母，是为不孝；外似为齐勠力，暗中向朕通款，是为不忠；既已送款与朕，尚且阴怀两端，是为不信。有此三罪，不死何待！"遂命推出斩首。也是一番权术。一面颁敕安民。

齐国子博士熊安生博通五经，闻周主入邺，遽令扫门。家人问为何因？安生道："周主重道尊儒，必来见我。"果然过了半日，周主亲至熊家，握手引坐，赐给安车驷马，然后别去。又礼延齐中书侍郎李道林入宫，使内史宇文昂，访问齐朝政教风俗，及人物善恶，留宿三日，方才送归。周主颇知礼士，熊、李亦颇疚心否？

邺城大定，遂遣将军尉迟勤等，东追齐主。齐上皇纬渡河入济州，又令幼主恒禅位任城王湝。且替湝作诏，尊上皇谓无上皇，幼主为宋国天王，真是儿戏。使侍中斛律孝卿，送禅文及玺绂往瀛州。孝卿竟持入邺城，献与周主，湝全不得闻。齐洛州刺史独孤永业，有甲士三万人，前闻晋州失守，表请出兵击周，并不见报。至并州又陷，长叹数声，乃遣子须达奉款周军。周主遥授永业为上柱国，加封应公。齐上皇纬穷蹙无援，更思南奔，留胡太后居济州，使高阿那肱守济州关，觇候周师，自与穆后、冯淑妃、幼主恒及韩长鸾、邓长颙等数十人，奔往青州，母可弃，妻妾子孥等不可舍。令内参田鹏鸾西出，伺敌动静。途次为周师所获，诘问齐主何在？鹏鸾但说齐主南行，想当出境。周人知系谎言，杖击鹏鸾手足，每折一肢，词色愈厉，至四肢俱折，奄然毕命，终不肯言。齐上皇至青州，即欲入陈，偏高阿那肱密召周师，愿生致齐主，作为贽仪。一面启达青州，只说周师尚远，已令部众截断桥路，定保无虞。齐上皇乃留住不行。哪知周师到济州关，高阿那肱便即迎降。周将尉迟勤，驰入济州，先将胡太后掳去，复进军青州。距城不过一二十里，齐上皇方才闻知，亟用囊贮金，系诸鞍后，与后妃幼主等十余骑，南走至南邓村。方拟小憩，忽听后面喊声大起，不瞧犹可，回头一瞧，吓得魂飞天外，原来正是士强马壮的周军。看官，试想此时齐上皇以下十数人，半系妇女，半系童仆，就使插翅也难飞去。眼见得束手受擒，被周将尉迟勤，带回邺城去了。妻妾同受磨劫，好算是休戚与共了。

周主邕住邺数日，赈贫拔困，彰善瘅恶。因故齐臣斛律光、崔季舒等，无罪遭戮，特为昭雪，并加赠谥，且令改葬。子孙各得荫叙，所有家口田宅，没入官库，概令发还。周主尝语左右道："斛律明月若尚在世，朕怎得至邺呢！"还有齐故中书监魏收，时已去世。收生前修撰魏史，意为褒贬，毫不秉公，每言何物小子，敢与魏收作色，我欲举扬，便使他上天，我欲按抑，便使他入地。及修史告成，众口喧然，号为秽史。邺城失陷，收冢被怨家发掘，暴骨道中。特志此事，为秉笔不公者戒。周公邕仍命检埋，收有从子仁表，曾为尚书膳部郎中，至是仍许为官。就是《魏书》百三十卷，亦不使铲削，迄今尚复流行。

高纬至邺，周主邕降阶相迎，待以宾礼，令与太后幼主及后妃诸王等，暂处邺宫。当下派兵监守，不烦细述。总计高纬在位，历十有二年，幼主恒受禅称帝，未及一月，延宗在晋阳称尊，只阅二日，任城王湝，未接禅位谕旨。所以北齐历数，后世相传，自高洋篡魏为始，至幼主被擒为止，凡六主二十八年；延宗与湝不得列入。湝闻邺都失守，当然悲愤，可巧广宁王孝珩，行至沧州，即作书遗湝，共谋匡复。湝遂与孝珩相会信都，彼此召募得士卒四万余人。领军尉相愿，亦带领家属，自邺奔至，湝仍令督率兵士，共抗周师。周主先令高纬致书招湝，湝拒绝使人，乃遣齐王宪，柱国杨坚等，统兵往击。途中获得信都谍骑，宪纵令还报，并委他寄书与湝。略云足下间谍，为我候骑所拘，彼此情实，应各了然。足下战非上计，守亦下策，所望幡然变计，不失知几。现已勒诸军分道并进，相会非遥，凭轼有期，不俟终日云云。湝得书不省，但出兵城南，列营待着。

过了两日，已见周军掩至。两下对阵，齐领军尉相愿，佯为出战，竟率所部降周师。湝与孝珩，忙收军入城，捕诛相愿妻子。越日复战，信都兵新经募集，毫无纪律，怎能敌得过百战周师？甫经交绥，即纷纷散去。周师或斫或缚，好似虎入羊群，无一敢当。结果是齐军全覆，连湝与孝珩，均被周师擒住。周齐王宪语湝道：“任城王何苦至此！”湝叹道：“下官乃神武皇帝第十子，兄弟十五人，惟湝独存，不幸宗社颠覆，湝为国捐躯，至地下得见先人，也可无遗恨了！”宪颇为赞叹，命归湝妻孥。再召孝珩入问，孝珩自陈国难，归咎高阿那肱等，说得声泪俱下。宪不禁改容，亲为洗疮敷药，礼遇甚厚。孝珩慨然道：“自神武皇帝以外，我诸父兄弟，无一人年至四十，岂非命数？况嗣主不明，宰相不法，从前李穆叔谓齐氏只二十八年，竟成谶语。我恨不得入握兵符，受斧钺，展我心力，今已至此，尚有何言！”欢有子湝，澄有子孝珩，虽无救国亡，还算有些气节。宪执二王还邺，周主也温颜接见，暂留军中。

忽闻齐定州刺史范阳王绍义，高洋第二子。与灵州刺史袁洪猛，引兵南出，欲取并州，自肆州以北城戍二百余所，尽从绍义，周主急命东平公宇文神举，泰之族子。统兵北行。略定肆州，进拔显州，执刺史陆琼，又乘势攻陷诸城。绍义退保北朔州，遣部将杜明达拒敌。明达至马邑，正值周兵到来，如风扫残云一般，明达大败奔还。绍义见明达败还，且惊且叹道：“周为我仇，怎可轻降？不如北去罢！”遂拟奔突厥。部众尚有三千人，绍义下令道：“愿从者听，不愿从者亦听。”于是部下辞去大半，涕泣告别。绍义只率着千骑，往投突厥去了。自绍义北去，所有北齐行台州镇，悉为周有。惟东雍州行台傅伏、营州刺史高宝宁，尚不肯归周。

周主邕命将所得各州郡，各派官吏监守，然后启节西还。凡齐上皇高纬以下，一律带回。道出晋州，遣高阿那肱等百余人，至汾水旁，召傅伏出降。伏整军出城，隔水问道：“今至尊何在？”高阿那肱道：“已受擒了。”伏仰天大哭，率众再返，就厅前北面哀号，约阅多时，才复出城降周。同是一降，何必做作？周主见伏道：“何不早降？”伏流涕答道：“臣三世仕齐，累食齐禄。不能自死，愧见天地！”却是有愧。周主下座握手道：“为臣正当如此。”乃举所食羊肋骨赐伏道：“骨亲肉疏，所以相付。”遂引为宿卫，授上仪同大将军。及西入关中，已至长安，周主命将高纬置诸前列，齐王公大臣等随纬后行。凡齐国车舆旗帜器物，依次列陈，自备大驾，张六军，奏凯乐，献俘太庙，然后还朝御殿，受百官朝贺。高纬以下，亦不得不俯伏周廷。周主封纬为温国公，齐诸王三十余人，亦悉授封爵。纬自幸得生，深感周恩，惟失去一个活宝贝，未蒙赐还，不得不上前乞请，叩首哀求。小子有诗叹道：

无愁天子本风流，家国危亡两不忧。

只有情人难割舍，哀鸣阙下愿低头。

究竟所求何物，且看下回说明。

高延宗困守晋阳，受迫称尊，原其本意，实出于不得已，非觊觎神器者比也。东门一役，几毙周主，以危如累卵之孤城，尚能力挫强敌，亦云豪矣。及周师再振，鸣角还军，城内皆醉人，守者尚寝处，因至城破兵溃，力屈守擒，虽不可谓非疏忽之咎，然其胜也，固第出于一时之锐气，可暂而不可久。周主邕去而复还，卒拔晋阳，此乃天意之亡齐，不得尽为延宗责也。齐主纬穷蹙无策，禅位幼子，一何可笑！岂以帝位不居，便足却敌欤？彼平时之所最倚任者为穆提婆、高阿那肱。穆提婆先已降周，高阿那肱且倒戈授敌，及此不悟，尚复猜忌宗戚，信用阉人，宜其国亡身虏也。任城广宁，继安德而起，终致覆亡。厥后又有范阳，亦一战即遁，强弩之末，势不能穿鲁缟，固然无足怪耳。然如齐之世无令德，尚得四五传而亡，其犹为高氏之幸事也夫！

第七十九回

老将失谋还师被虏
昏君嗣位惨戮沉冤

却说高纬受封温公，尚向周主哀求一人，这人为谁？就是淑妃冯小怜。念兹在兹，可算情种。周主邕微哂道：“朕视天下如脱屣，一妇人岂为公惜！”遂仍将冯妃给还高纬。纬拜谢而起，挈妃自出。既而周主召纬入宴，并及高氏诸王公，酒至半酣，令纬起舞，纬毫无难色，乘着三分酒意，舞了一回。差不多似虞廷之百兽。高延宗独悲不自胜，至宴罢归寓，即欲仰药，侍婢再三劝止，乃暂自偷生。到了秋尽冬来，有人诬告温公高纬，与宜州刺史穆提婆谋反。周主召还穆提婆，与纬等对簿，大众同声呼冤。惟延宗饮泣无言，用椒塞口，未几气绝。高纬父子及齐宗室诸王，并皆赐死。穆提婆亦当然伏诛，独孝珩先期病逝，得归葬山东。纬弟仁英患狂，仁雅患瘖，亦均得免死，流徙蜀中。其余亲属故旧，一并流配，概死边疆。高纬虽在位十二年，死时尚只二十二岁，纬子恒只八岁而终。史称纬为齐后主，恒为齐幼主。

纬母胡氏年已四十，尚有冶容，恒母穆氏年仅二十有奇，自然更艳。两人流落无依，竟在长安市中，操着皮肉生涯，日与少年游狎。相传胡氏得陈夏姬术，陈夏姬系春秋时人，有内视法。与人欢会，常如处子，因此张帜平康，室无虚客。穆黄花妖冶善媚，亦得狎客欢心。胡氏尝语穆氏道：“为后不如为娼，更饶乐趣。”无耻至此，未始非高氏好淫的果报呢！登徒子其听之。齐任城王湝与纬同死。湝妃卢氏，由周主赐与亲将斛斯征。卢氏蓬头垢面，长斋持佛，不与征同言笑，征乃听令为尼。独纬妃冯小怜，亦由周主命令，赏与代王达为妾婢。达本不好色，偏得了这个冯淑妃，竟被迷住，非常爱宠。冯尝弹琵琶，忽断一弦，因随口吟诗道：“虽蒙今日宠，犹忆昔时怜！欲知心断绝，应看胶上弦。”你若果不忘旧情，何不早死，还可谢齐后主！达妃李氏，与达本伉俪相谐，自经冯小怜入门，屡致夫妻反目，大妇含酸，小妻构衅，不问可知。后来达为杨坚所杀，坚篡周祚，又将冯氏赐与李询，询即达妃李氏兄。询母为女报怨，令小怜改着布裙，逐日舂米，弱质柔姿，怎禁贱役，再加询母多方谩骂，不堪蹂躏，只好自寻死路，赴入冥途，人生总有一死，死到此时，乃弄得无名无望了。覆国亡家，都由此辈。话休叙烦。

且说齐范阳王高绍义，投入突厥，突厥木杆可汗，已早去世，弟佗钵可汗继立，很加爱重，凡在北齐人，悉归隶属。齐营州刺史高宝宁，与绍义同宗，久镇和龙，即营州治所。颇得夷夏人心。周主遣使招降，宝宁不从，竟使人至绍义前，上表劝进。突厥亦许为臂助，绍义遂进据平州，自称齐帝，改元武平。命宝宁为丞相，佗钵可汗，亦招集诸部，举众南向，声言立范阳王为齐帝，代齐报仇。周主邕正拟进讨，忽闻陈司空吴明彻等，出兵吕梁，进围彭城，乃先务南顾，亟遣大将军王轨，率兵赴援。原来陈主顼闻周人灭齐，欲争徐、兖，因命吴明彻督军北伐。行至吕梁，周徐州总管梁士彦，率众拒战，为明彻所破，斩获万计。乘胜进围彭城，月余不下，陈中书舍人蔡景历进谏道："师老将骄，不宜过穷远略，请下敕班师。"陈主顼不从景历，反说他阻惑众心，免官放归。

吴明彻在军日久，仍然无功，且年将七十，不堪久劳，没奈何力疾从事。那周大将军王轨，已出兵南下，来救彭城。明彻得周军出发消息，益锐意进攻，就清水筑起长堰，引波流至城下，环列舟舰，日夕猛扑。梁士彦多方抵御，仍不得下。适探报传入陈营，谓周将王轨，已引军入淮口，用铁锁贯住车轮数百，沉清水中，遏断陈军归路，且在两旁筑垒屯戍云云。陈军不禁恟惧。部将萧摩诃献议道："王轨始锁下流，两旁虽已筑垒，总还未就，速宜分兵往争，否则归路一断，我辈均为所虏了。"此策确是要紧。明彻掀髯微笑道："搴旗陷阵，属诸将军；长算远略，归诸老夫，老夫自有主裁，将军不必躁急！"老昏颠倒。摩诃失色而退。

蹉跎过了旬余，下流已被锁住，水路遂断。周军遂来救城，明彻正苦背疾，不能支持。萧摩诃复入请道："今求战不得，进退失据，看来只好潜军突围，方保生还，请公率领步卒，乘车徐行。摩诃领铁骑数千，驱驰前后，必能保公安达京邑。此机一失，生还无望了！"明彻怅然道："将军所言，原是良图；但我为总督，必须亲自断后，马军宜在前列，愿将军统率前行。"摩诃因率马军先发，乘夜登程。明彻亦决堰退军，自领舟师至清口。水势渐微，舟被车轮塞住，不能前进。周将王轨正督军待着，一声胡哨，四面环击。杀得陈军无路可奔，纷纷投水自尽。明彻病不能军，连人带船，被周军掳去。将士辎重，悉数陷没，惟萧摩诃与将军任忠、周罗睺，从陆路偷过周营，全师得还。

陈主顼闻明彻被擒，始悔不用蔡景历言，即日召景历入都，令为鄱阳王，名伯山，陈世祖蒨第三子。咨议参军，才阅数日，即迁员外散骑常侍，兼御史中丞。是岁景历病终，享寿六十，赠太常卿，追谥曰敬。景历为陈高祖佐命功臣，故后来复得配享高祖庙廷。吴明彻被掳至长安，忧恚而死，年已六十七岁。一失足成千古恨。及陈后主叔宝嗣位，也得追赠为邵陵县侯，这且休表。

惟周主邕得彭城捷报，赏功有差，且下诏改元宣政。自往云阳宫，大集各军，决计北讨。不料天不假年，二竖忽侵，兵马尚未调齐，皇躬竟致不起。乃下敕暂停军事，驿召宗师宇文孝伯，到了行在，由周主握手与语道："我已疾亟，恐无生理，后事当尽付与君。君勉辅太子，勿负我言！"孝伯垂涕受嘱，且请乘舆还都。周主面授孝伯为司卫上大夫，总宿卫兵马事，先令驰驿还京，守备非常，自用卧床载归。途次气息仅属，甫近都门，骤致痰涌，喘息数声，竟尔归天。年只三十六岁，在位计十九年。

周主邕沉毅有智，即位时深自韬晦，至宇文护受诛，始亲万机。治事甚勤，持身甚俭，平居常自服布袍，寝用布被，后宫惟置妃二人，世妇三人，御妻三人，此外一律裁损。后宫服饰，概尚朴实，凡从前宇文护所筑宫室，并嫌过丽，悉令毁撤，改为土阶数尺，不施栌栱。所有雕斫各物，并赐贫民。至若校兵阅武，步行山谷，皆不惮劳苦。每当宴会将士，又必执杯劝酒，或手付赐物。平齐时见一军士跣行，即脱靴为赐，所以士皆用命，人愿效死。独太子赟不肖乃父，性好淫僻，宇文孝伯尝入白道："皇太子关系民社，未闻令德，臣忝列宫官，责难旁贷。今太子春秋尚少，志业未成，请妙选正人，辅导东宫，尚望迁善改过，否则后悔无及了！"周主道："正人岂复过君！君宜为我辅导太子。"及孝伯趋退，即命尉迟运为右宫正，孝伯为左宫正，寻擢孝伯为宗师中大夫。已而复召孝伯入问道："我儿近日渐长进否？"孝伯答道："皇太子近惧天威，尚无过失。"周主稍有喜色。嗣由王轨侍宴，起捋周主髯道："可爱好老公，但恨后嗣暗弱！"周主失色，竟命撤席，且责孝伯道："君常与我云：'太子无过。'今轨有此言，显见是君多诳语了。"孝伯拜谢道："臣闻父子至亲，人所难言。陛下不能割情忍爱，臣亦只好结舌了！"周主沉吟良久，方徐谕道："朕已将太子委公，愿公勉力！"孝伯乃再拜而退。孝伯不能导正东宫，何如先几引退？若周主之舐犊情深，其失愈甚。至周主疾殂，太子赟迎尸入都，一经棺殓，便由赟嗣皇帝位，尊谥故主邕为武皇帝，庙号高祖。奉嫡母阿史那氏为皇太后，本生母李氏为帝太后。立妃杨氏为皇后，杨氏小名丽华，就是柱国随公杨坚长女。周建德二年，纳为太子赟妃，此时册为皇后，杨家权势，从此益盛了。为杨坚篡周伏笔。

赟本无令行，只因父教甚严，不得不勉强矜持，涂饰耳目。既得登位，遂复萌故态，渐渐的放纵起来。当时周室勋亲，第一人要算齐王宪，赟夙加忌惮，即令武卫长孙览总兵辅政，收夺齐王宪兵权。又密令开府于智，察宪动静，智遂诬宪有异谋，请先时防范。赟已授宇文孝伯为小冢宰，因召入密嘱道："公能为朕图齐王，当即令代齐王职使。"孝伯叩头道："先帝遗诏，不许滥诛骨肉。齐王系陛下叔父，戚近功高，社稷重臣，栋梁所寄，陛下若妄加刑戮，微臣又阿旨曲从，是臣为不忠，陛下亦难免不孝呢！”赟默然不答，孝伯自然退出。赟自是疏远孝伯，潜与于智等设谋除宪，计划已定，仍遣宇文孝伯传命，往语宪道：“三公位置，应属亲贤，今欲授叔为太师，九叔为太傅，九叔指陈王纯。十一叔为太保，十一叔指越王盛。叔以为何如？”宪答道：“臣才轻位重，早惧满盈，三师重任，非所敢当；且太祖勋臣，宜膺此选，若专用臣兄弟，恐滋物议，还请陛下三思！”孝伯依言返报，未几复来，谓今晚召诸王入殿议事，王勿爽约。宪当然应命，孝伯自去。

转瞬天晚，宪遵召前往，行至殿门，并不见诸王到来，恰也不免惊疑，但已经趋入，只好坦然前进。不意门内伏着壮士，见宪入门，便即突出，把宪拿下。宪辞色不挠，自陈无罪，蓦见于智出殿，与宪对质，统是捕风捉影，含血喷人。宪目光似炬，口辩如河，说得于智理屈词穷，只有支吾对付。或语宪道：“如王今日事势，何用多言！”宪太息道：“我位重望尊，一旦至此，死生有命，不复图存；但老母在堂，尚留遗恨，罢罢！我也顾不得许多了。”说着将笏投地，竟被壮士缢死，年才三十五岁。

宪为周太祖泰第五子，幼即岐嶷，风采朗然。太祖泰尝赐诸子良马，任他取择，宪独取驳马。太祖问故？宪答道：“此马色类不同，或多骏逸，将来从军征伐，牧圉亦容易辨明，岂不较善？”太祖道：“此儿智识不凡，当成伟器。”后来果武略超群，累战皆捷。平时抚御士卒，甘苦同尝，平齐一役，长驱敌境，刍牧不扰，尤得民心。至是无辜被戮，远近含哀。大将军安邑公王兴，开府独孤熊、豆卢绍等，俱与宪相昵。嗣主赟诛宪无名，诬称兴等与宪谋叛，一并处死。宪母连步干氏，系柔然人，封齐国太妃。宪事母甚孝，母尝患风热，宪衣不解带，扶持左右。及宪冤死，母亦惊泣成疾，便即告终。宪长子贵早卒，余子质、賨、贡、乾禧、乾洽，并封公爵，亦连坐被戮。梓宫在殡，遽戮勋亲，周事已可知了。这一着便已致亡。

于智得晋位柱国，封齐国公，授赵王招为太师，陈王纯为太傅，越王盛为太保，代王达，滕王逌，宇文泰幼子。及卢国公尉迟运，薛国公长孙览，并为上柱国。后父杨坚亦得进任上柱国兼大司马。从前王轨尝语武帝道：“太子非社稷主，普六茹坚有反相。”周曾赐杨忠姓为普六茹氏，坚为忠子，故称普六茹坚。武帝艴然道：“若天命有在，亦无可如何！”坚闻轨言，尝自晦匿，至此得掌军政，方握重权。会幽州人卢昌期据住范阳，起应高绍义。绍义引突厥兵赴范阳城，周廷即遣宇文神举往讨。神举兼程北进，行至范阳，卢昌期前来迎战，被神举用诱敌计，一鼓围攻，得擒昌期，遂克范阳。高绍义尚在途中，得知范阳失陷，昌期被虏，因素服举哀，折回突厥。营州刺史高宝宁，亦率数万骑救范阳。中途闻变，仍然退据和龙。宇文神举奏凯班师，送昌期入长安，当然枭斩，不在话下。

周主赟以内外粗安，乐得恣情声色，任意荒淫。尝自扪杖痕，向梓宫前恨骂道：“汝死已太迟了！”臣此托名居丧，毫无戚容。整日里在宫中游狎，见有姿色的宫嫔，即逼与淫乱。拜郑译为内史中大夫，委以朝政。又嫌梓宫在堂，未便改吉，便不守遗制，即令移葬山陵。约计殡灵期间，尚未逾月。一经葬毕，即易吉服，京兆郡丞乐运上疏，略言葬期既促，事讫即除，太为急急，不可训后。赟置诸不理。是年冬月，稽胡帅刘受逻千起反汾州，诏令越王盛为行军元帅，宇文神举为副，进军西河。稽胡向突厥求援，突厥遣骑赴救，为神举所侦悉，中途设伏，掩击突厥骑兵。突厥败走，稽胡帅刘受逻千，惶惧乞降。越王盛振旅还朝，神举留镇并、潞、肆、石等四州，号为并州总管。

越年正月朔日，周主赟在露门受朝，始服通天冠，绛纱袍，令群臣并服汉、魏衣冠，颁诏大赦，改元大成。初置四辅官，命越王盛为大前疑，蜀公尉迟迥为大右弼，申公李穆为大左辅，随公杨坚为大后丞，大陈鱼龙百戏，庆赏太平，好几日尚未撤去，免不得有几个直臣，上书谏阻。赟非但不从，反越加恣肆，一不做，二不休，令百戏日演殿前，夜以继昼。又广采美女，罗列声伎，增筑离宫，大兴徭役，真个是穷奢极欲，惟恐不及。想是自知速死，故不惮横行。起初即位，尚嫌高祖时刑书要制，太觉从严，特为减轻条例，时加赦宥。此次因民多犯法，吏好强谏，因欲为威虐，慑服群下，乃更定刑名，务尚苛刻，叫作刑经圣制。便在正武殿大醮告天，颁示刑法。一面令左右密伺群臣，小有过失，即加诛谴。自己独游宴沉湎，旬日不朝，群臣请事，统由宦官代奏。于是京兆郡丞乐运，舆榇入朝，陈主八失：(一) 事多独断，不令宰辅参议。(二) 采女实宫，仪同以上诸女，不许擅嫁。(三) 至尊入宫，数日不出，所有奏闻，统归阉人出纳。(四) 下诏宽刑，未及半年，更严前制。(五) 高祖斫雕为朴，崩未逾年，遽违遗训，妄穷奢丽。(六) 劳役下民，供奉俳优角觝。(七) 上书字误，辄令治罪，杜绝言路。(八) 玄象垂诫，荧惑屡现，未能咨诹善道，修布德政。结末数语，乃是八过未改，臣见周庙将不血食了！看官，试想这种直言不讳的谏草，就使遇着中主，尚且忍受不起；况周主赟庸昏淫暴，哪肯听受直言。当下勃然大怒，命运入狱，即欲加运死罪。朝臣相率惶怖，莫敢营救，独内史中大夫元岩叹道：“臧洪同死，人且称愿；臧洪事见《三国志》。况同时遇着比干，岩情愿与他同毙。”遂诣阁入谏道：“乐运不惜一死，实欲沽名，陛下不如好言遣归，借示圣度！”也是讽谏。赟怒乃少解，越日召运与语道：“朕昨夜思卿所奏，实为忠臣。”乃赐运御食，运拜谢而出。朝臣初见周主盛怒，莫不为运寒心，及见运释归，乃为运道贺，说是虎口余生，不可多得了。

时大将军王轨，出为徐州总管，因见上昏下蔽，恐祸及己身，私语亲属道：“我昔在先朝，屡言储君失德，实欲为社稷图存。今事已至此，祸变可知，本州控带淮南，近接强寇，欲为身计，易如反掌，但忠义大节，究不可亏，况素受先帝厚恩，志在效死，怎得因获罪嗣主，遽背先朝？今惟有待死罢了！千载以后，或得谅我本心。”果然不到数月，大祸临头，好好一位百战功臣，又复死于非命。原来中大夫郑译，与轨有嫌，又恨及宇文孝伯，屡思报怨。事见七十八回，吐谷浑之役。可巧周主自扪杖痕，谓是何人所致？译乘机答道：“事由王轨、宇文孝伯。”赟恨恨道：“我誓当杀彼！”译复述及王轨捋须事，见上。越激动周主怒意，遂遣内史杜虔，赍敕杀轨。中大夫元岩不肯署敕，御正中大夫颜之仪进谏不从。岩复继脱巾顿首，三拜三进，周主怒道：“汝欲党轨么？”岩答道：“臣非党轨，正恐滥诛功臣，失天下望！”周主赟叱令内侍，殴击岩面，将他逐出，即日免官。并促令杜虔就道，未几即由虔返报，轨已诛讫。

上柱国尉迟运私语孝伯道：“我等与王公同事先朝，素怀忠直，今王公枉死，我辈亦将及难，奈何奈何？”孝伯道：“今堂上有老母，地下有武帝，为臣为子，去将何往？且委贽事人，义难逃死。足下若为身计，何勿亟求外调，还可免祸。”尉迟运依计而行，得出为秦州总管。才阅数日，周主赟召问孝伯道：“公知齐王谋反，何故不言？”孝伯道：“齐王效忠社稷，实为群小所谮，因致冤戮，臣受先帝嘱托，方愧不能切谏，此外尚有何言！陛下如欲罪臣，臣有负先帝，死亦甘心了！”周主赟也觉怀惭，俯首不语，待孝伯告退，竟下敕赐死。又因宇文神举，受宠先朝，亦尝毁己，索性尽加辣手，命内史赍着鸩酒，速赴并州，逼令饮鸩自尽。尉迟运至秦州，迭闻孝伯、神举，依次毕命，不由的忧惧成疾，也即暴亡。小子有诗叹道：

未信仁贤国已虚，哪堪勋旧尽诛锄！
人亡邦瘁由来久，黑獭从兹不食余。

周主赟既滥杀勋臣，又想出一种奇事，即拟施行。欲知周主有何设施，且至下回再表。

周主邕为一英武主，平齐以后，又复败陈，虽由陈将吴明彻之昏耄失算，以致兵败受擒，然非周将王轨之锁断下流，亦不至挫失如此。败陈者王轨，用轨者周主邕，推原立论，宁非由周主之英明乎？独周主邕号称知人，而不能自知其子，昏庸如赟，安得以大统相属？就令诸子尚幼，不堪承嗣，何妨援兄终弟及之例，传位同胞！况世宗毓已为前导，邕正可步厥后尘，奈何徒为子嗣计，不思为社稷计乎？及赟嗣位后，戮勋戚，杀功臣，种种失德，史不绝书，皆周主之贻谋不臧，有以致之。然当时如齐王宪辈，不能为伊霍之行，徒拱手而受戮，忠而近愚，亦不足取，身亡而国俱亡，此任圣之所以夐绝古今也！

第八十回

宇文妇醉酒失身
尉迟公登城誓众

却说周主赟嗣位改元，即封皇子衍为鲁王，未几立衍为太子。又未几即欲传位与衍。看官听着！赟年方逾冠，太子衍甫及七龄，如何骤欲内禅？这岂非出人意外的奇事！其实他的意见，是因耽恋酒色，不愿早起视朝，所以将帝座传与幼儿。诸王大臣无敢违忤，只好请出东宫太子，扶上御座，大家排班朝贺。太子衍莫明其妙，几乎要号哭出来。当下草草成礼，仍送衍入东宫。赟令衍易名为阐，改大成元年为大象元年，号东宫为正阳宫，令置纳言御正诸卫等官。自称天元皇帝，尊皇太后为天元皇太后，所居宫殿，称为天台，冕用二十四旒，车旗章服，皆倍常制，每与皇后妃嫔等列坐宴饮，概用宗庙礼器，罇彝珪瓒，作为常品。每对臣下，自称为天，臣下朝见，必先致斋三日，清身一日，然后许入。又不准臣民有高大的称呼，高祖改称长祖，姓高改作姓姜，官名称上称大，悉改为长，并令国中车制，只用浑成木为轮，不得用辐。境内妇人，不得施粉黛，惟宫人得乘辐车，用粉黛为饰。宫室窗牖，概用玻璃，帷帐多嵌金玉，五光十色，炫耀耳目。更命修复佛道二像，与己并坐，大陈杂戏。令士民纵观。继又集百官宫人外命妇，具列妓乐，作乞寒胡戏，乞寒亦名泼寒，是西域乐名。臣下稍或忤意，便加楚挞，每一笞杖，以百二十为度，叫作天杖。就是宫人内职，甚至皇后宠妃，亦所不免。历历写来，全是儿戏。

皇后为杨坚女，已见前回。次为朱氏，芳名满月，本系吴人，因家属坐事，没入东宫，时年已二十余岁，掌赟衣服。赟年甫十余，已是好色，见朱氏貌美多姿，便引与同寝，数次欢狎，即得成孕，分娩时产下一男，就是小皇帝阐。又次为元氏，系开府元晟次女，十五岁被选入宫，容貌秀丽，比朱氏更胜一筹。且年龄较稚，正如荳蔻梢头，非常娇嫩，一经侍寝，大惬赟心，当即拜为贵妃。惟赟多多益善，得陇更思望蜀，复选得大将军陈山提第八女，轻盈袅娜，不让元妃，年龄亦不相上下。尤妙在柔情善媚，腻骨凝酥，不但朱氏无此温柔，就是元氏亦未堪仿佛，一宵受宠，立拜德妃。史官又揣摩迎合，奏称日月当蚀不蚀，乃称皇后杨氏为天元皇后，册妃朱氏为天元帝后。已而复纳司马消难女为正阳宫皇后，乃复尊帝太后李氏为天皇太后，改天元帝后朱氏为天皇后，并立妃元氏为天右皇后，陈氏为天左皇后。名位俱由独创，赟可谓大思想家。元氏父晟封翼国公，陈氏父山提封鄅国公。内史大夫郑译，本非懿戚，因执政有功，特别荣宠，亦封为沛国公。

正在天花乱坠、举国若狂的时候，忽闻突厥遣使请和，乃即令引见。突厥使乞请和亲，赟慨然允诺，特令赵王招女为千金公主，许字突厥。惟必须执送高绍义，方遣公主出嫁。突厥使唯唯而去，好几旬不见复命。赟因北方无事，欲南略示威，乃命上柱国韦孝宽为行军元帅，率同行军总管杞国公亮、赟从祖兄。郕国公梁士彦，出兵伐陈。孝宽进拔寿阳，亮拔黄城，士彦拔广陵，陈人望风退走，江北一带，陆续归周。

周主赟骄侈益甚，更命营造洛阳宫，遣使简视京兆及诸州，凡有民家美女，一律采选，充入宫中。又恐宫制狭陋，未如所望，特挈四皇后巡幸，赟亲御驿马，日驰三百里，命四皇后方驾齐驱，或有先后，便加谴责。文武侍卫，不下千人，并乘驿相随，人马劳敝，颠仆相继，赟反视为乐事。及至洛阳，宫尚未成，规模已经草创，壮丽异常。赟颇觉快意，乃但作十日游，命驾还都。都中所筑离宫，以天兴宫、道会苑为最大，赟随时行幸，晨出夜还，习以为常，侍臣皆不堪奔命。

大象二年正月朔，至道会苑受朝，命御座旁增造二扆，左绘日，右绘月，又改称诏制为天制，诏敕为天敕。过了数日，又尊皇太后阿史那氏为天元上皇太后，帝太后李氏为天元圣皇太后，立天元皇后杨氏为天元太皇后，天皇后朱氏为天太皇后，天右皇后元氏为天右太皇后，天左皇后陈氏为天左太皇后，正阳宫皇后司马氏，直称皇后。宫中大庆，所有王公大臣诸命妇，不得不联袂入朝。就中有一杞国公子妇尉迟氏，乃是蜀国公尉迟迥孙女，西阳公宇文温的妻室，生得丰容盛鬋，玉骨冰姿，当时亦入朝与宴，为赟所见，竟惹动欲念，想与她并效鸾凰。但命妇与座，不下数百，如何同她苟合？便想出一计，暗嘱宫女，迭劝尉迟氏进酒，把她灌得烂醉。待至宴毕撤席，大众散归，尉迟氏酒尚未醒，不能行动，当然扶入床帏，使她酣寝。赟见尉迟氏中计，心下大喜，便至尉迟氏卧处，把她卸去外衣，任意奸污。尉迟氏动弹不得，只好由他所为，占宿一宵。越日尚留住宫中，不肯放归，转眼间将要浃旬，始令归第。

杞国公亮已料子妇着了道儿，密嘱子温彻底盘问。尉迟氏不能自讳，据实说明，温当然悔恨，亮也觉懊怅。子妇被淫，与汝何涉？遂语长史杜士峻道："主上淫纵日甚，社稷将危，我忝列宗支，不忍坐见倾覆。今拟袭取韦公营寨，并有彼部，别推诸父为主，鼓行而前，谁敢不从？”士峻也以为然，遂夜率数百骑，往袭韦孝宽营。到了营前，遥望营内刁斗无声，只有数点星火，亮不辨好歹，麾众杀入，乃是一座空营，并无一人。当下情急胆虚，自知不妙，忙引众奔还，突听得一声呐喊，伏兵四至，把亮困住。亮拼命冲突，杀透一层，又有一层，好容易杀开血路，慌忙奔走。手下已只剩数人。约行半里，忽有大将带领人马，从斜刺里冲出，截住去路。亮望将过去，这员大将，正是上柱国郧国公韦孝宽。此时冤家路狭，无处逃生，不得已抵死力争。怎奈寡不敌众，被韦军用械乱刺，身受重伤，坠落马下，再经一刀，结果性命。孝宽传首入报，赟即命宿卫军抄斩亮家，把亮子温、明等，尽行杀死，独赦免温妻尉迟氏，令带回宫中。倾家亡国，多缘美色。

嗣是得与尉迟氏连宵取乐，公然拜为长贵妃。嗣又欲立她为后，召问小宗伯辛彦之。彦之答道：“皇后与天子敌体，不应有五。”赟怫然不悦，转问博士何妥，妥进谀道：“帝喾四妃，虞舜二妃，先代立后，并无定限。”赟始易怒为喜道：“究竟是个博士，实获我心。”遂免彦之官，特添置天中太皇后位号，令天左太皇后陈氏充任。即立尉迟氏为天左太皇后。因造玉帐五具，使五后各居一帐，又用五辂相载，每有游幸，必令从行。或且令五辂为前驱，自率左右步随。寻复想入非非，募取京城少年，使乔扮作妇女装，入殿歌舞，自与五后及其他嫔御，列坐观演，恣为笑乐。不怕戴绿头巾么？

天元太皇后杨氏，性情柔婉，素来顺旨，就是四皇后与她同处，班次相亚，亦从未闻杨后有嫌，所以互相敬爱，情好甚谐。惟赟好色过度，尝饵金石，渐渐的阳竭精枯，神精瞀乱，暴喜暴怒，越令人不可测摸，朝晚施行天杖，动辄数百，连五皇后亦尝受天刑。杨后究系结发夫妻，免不得婉言规劝，顿时触动赟怒，命杖背百二十下。杨后仍从容面谏，词色如恒，赟大怒道：“汝可先死，我且灭汝家！”遂命将杨后牵入别宫，逼令自杀。当由宫监报知杨后母家，后母独孤氏大惊，亟诣阁陈谢，叩头流血，方得将杨后释出，仍还原宫。

既而赟又欲杀杨坚，召他入阁，先语左右道：“坚若变色，汝等即可为我动手。”左右领命待着。及坚入见，容止端详，言貌自若，乃得免祸，安然退出。

坚少与郑译同学，译见坚龙颜凤表，额上有五柱入顶，手中又有王字纹，知非常相，因深与结交。坚虑在朝罹祸，尝密语译道：“久愿出藩，公所深悉，何勿为我留意？”译答道：“如公德望，天下归心，欲求多福，自当代谋。”坚喜为道谢。未几译被召入内，与商南略事宜，译请简元帅，赟便令译举荐，译即以坚对。乃授坚为扬州总管，使偕译统兵伐陈。适坚有足疾，尚未果行。

时值仲夏，天气暴热，赟备法驾往天兴宫，为避暑计，是夕即病。次日复患喉痛，匆匆还宫，便召小御正刘昉，中大夫颜之仪，同入卧室，拟嘱后事。偏偏喉咙声哑，挣不成声，竟说不出一句话来。昉等慰解数语，便即趋出。之仪自归，昉独与郑译等商议国事。译引入御饰大夫柳裘、内使大夫韦謩、御正下士皇甫绩，共同议决，请后父杨坚辅政。坚辞不敢当，昉作色道："公若肯为，便当速为；必欲固辞，昉将自为了。"坚乃允诺。昉素以狡谄得幸，至是因幼主无用，乃更媚事杨坚。可见憸人万不可用，即如内史郑译亦可类推。既与坚有定约，因引坚入宫，托词受诏，居中侍疾，赟竟尔绝命。由昉、译主持宫禁，矫诏令坚总知中外兵马事。昉等一一署名，独颜之仪抗声道："主上升遐，嗣子幼冲，阿衡重任，宜属宗英，方今赵王最长，议亲议德，合膺重寄。公等备受朝恩，当思尽忠报国，奈何欲以神器假人？之仪宁为忠义鬼，不敢诬罔先帝！"可谓朝阳鸣凤。昉等知不可屈，代为署敕，颁发出去，诸卫军遵敕行事，各听坚节制。坚乃就之仪索取符玺，之仪复正色道："符玺系天子物，自有专属，宰相何事，乃欲索此？"坚不禁动怒，令卫士将他扶出，意欲置诸死刑，转思他有关民望，乃但黜为西边郡守。于是为故主赟发丧，迎幼主阐入居天台，罢正阳宫，大赦刑人，停止洛阳宫作。尊阿史那太后为太皇太后，杨后为皇太后，朱后为帝太后，所有陈后、元后、尉迟后，勒令出宫，并皆为尼。尉迟氏最不值得。追谥赟为宣皇帝，逾月奉葬。赟在位只越一年，禅位后又越一年，总算合成三年，殁时才二十二岁。得保首领，大幸大幸。

赟有六弟，介弟名赞，封汉王，次名贽，封秦王，又次名允，封曹王，又次名充，封道王，又次名兑，封蔡王，最幼名元，封荆王。汉王赞年将及冠，姿性庸愚，杨坚推他为上柱国右大丞相，阳示尊崇，实无权柄。自己为左大丞相，兼假黄钺，秦王贽为上柱国，此外皇叔并幼，不得入居朝列。幼主阐谅暗居丧，百官总己，听命左大丞相杨坚。坚又恐藩王有变，征令入朝，赵王招、陈王纯、越王盛、代王达、滕王逌五人，时皆就国。诸王皆不在朝，怪不得杨坚逞志，但赟俱皆遣散，自翦羽翼，安得不亡！至此闻有大丧，且接受诏旨，当然联翩入关。适突厥他钵可汗遣使吊丧，并迎千金公主。坚以为遗命当遵，遂与赵王招熟商，令他嫁女出番。特遣建威侯贺若谊等送往，多赍金帛，馈赠他钵，令执送高绍义。他钵乃伪邀绍义出猎，使谊候着，掩他不备，执还长安，坚因赦文甫下，免绍义死，流徙蜀中。绍义忧郁成瘵，不久即亡。了结高齐，缴足前文。

坚擅改正阳宫为丞相府，引司武上士郑赍为卫，潜令整顿兵仗，随坚入相府中。赍又召公卿与语道："公等欲求富贵，宜即随行。"公卿相率骇愕，互谋去就，不意卫兵大至，迫众随入相府。众不敢违，相偕至正阳宫，又为门吏所阻，被赍瞋目叱去，坚乃得入。赍遂得典丞相府宿卫，郑译为丞相府长史，刘昉为司马。御正下大夫李德林，自齐入周，尝司诏诰，坚知他文艺优长，特召入与语道："朝廷赐令总文武事，经国重任，今欲与公共事，愿公勿辞！"德林答道："愿以死奉公！"坚闻言大喜，即令德林为府属。内史大夫高颎，明敏有识，习兵事，多计略，坚又引为司录，遂改革秕政，豁除苛禁，删略旧律，更作刑书要制，奏请施行。躬履节俭，政尚清简，中外被他笼络，相率归心。汉王赞常居禁中，与幼主阐同帐并坐，有所议论，当然主谋。坚尚以为忌。相府司马刘昉，为坚设法，特饰美妓数人，亲送与赞。赞少年贪色，喜得心花怒开，便视昉为好友，尝相往来。昉因说赞道："大王系先帝介弟，时望所归，孺子幼冲，岂堪大事！今先帝甫崩，群情尚扰，王且归第，待事宁后，入为天子，乃是万全计策呢。"赞信为真言，便出居私第，日与美妓饮酒取乐，不问朝政。

高颎（?—607），一名敏，字昭玄，隋渤海蓨（今河北景县）人。北周末，杨坚任为相府司录。入隋，任尚书左仆射，执掌朝政。开皇五年（585年）奏行输籍法，搜括隐户。十九年，因反对废立太子，被独孤后所诬，免官。后因与贺若弼等议论朝政，被杀。

那时内外政权，都归左大丞相杨坚。坚遂欲篡周祚，夜召太史中大夫庾季才问道："我以庸材，受兹顾命，天时人事，卿以为何如？"季才已知坚意，顺口答道："天道精微，不能臆察，惟卜诸人事，符兆已定，季才纵言不可，公岂复得为巢、许么？"巢父、许由皆古隐士。坚沉思良久道："诚如君言。"坚妻独孤夫人为前卫公独孤信女，亦密语坚道："大事至此，势成骑虎，必不得下，宜勉图为要！"欲作皇后耶？抑欲报父仇耶？坚很以为然，特恐相州总管蜀国公尉迟迥，为周室勋戚，迥母为宇文泰姊。位望素重，或有异图。乃使迥子魏安公惇，赍诏至相州，饬令入都会葬，另派上柱国韦孝宽为相州总管，即日启行。

迥得诏书，料知坚谋篡逆，未肯应召，但遣都督贺兰贵，往候韦孝宽。孝宽行至朝歌，与贵相遇，晤谈多时，见贵目动言肆，察知有变，因称疾徐行，且使人至相州求取医药，阴伺动静。迥即令魏郡太守韦艺，持送药物，并促孝宽莅镇，以便交卸。艺系孝宽兄子，与迥相善，及见孝宽，但传述迥命，未肯实言。孝宽再三研诘，仍然不答，乃拔剑起座，竟欲斩艺，艺不觉大骇，始言迥有诡谋，不如勿往。孝宽即挈艺西走，每过亭驿，尽驱传马而去。且语驿司道："蜀公将至，宜速具酒食！"驿司依言照办。过了一日，果有数百骑到来，为首的并非尉迟迥，乃是奉迥所遣的将军梁子康，阳言来迎孝宽，实是追袭孝宽。驿中已无快马，只有盛馔备着，子康也是个酒肉朋友，乐得过门大嚼，聊充一饱。那孝宽叔侄，已早驰入关中去了。孝宽不谓无智，但助坚篡周，终属非是。

杨坚闻孝宽脱归，再令侯正破六韩裒，诣迥谕旨。并密贻相

杨素（?—606），字处道，隋弘农华阴（今属陕西）人，隋朝权臣、诗人。北周武帝时，历任车骑大将军、司城大夫，与杨坚深相结纳。因助广登基，进位尚书令，封楚国公。后病卒。

州长史晋昶等书，嘱令图迥。迥察泄隐情，杀哀及昶，遂召集文武官民，登城与语道："杨坚自恃后父，挟持幼主，擅作威福，逆迹昭彰，行路皆知，我与国家谊属舅甥，任兼将相，先帝命我处此，寄托安危，今欲纠合义勇，匡国庇民，君等以为何如？"大众齐声应命。迥乃自称大总管，起兵讨坚。坚即令韦孝宽为行军元帅，辅以梁士彦、元谐、宇文忻、宇文述、崔弘度、杨素、李询等七总管，大发关中士卒，往击尉迟迥。孝宽方才起行，雍州牧毕王贤，明帝毓长子。恰潜与五王同谋，五王即赵、陈、越、代、滕诸王。意欲杀坚，偏为坚所察觉，诬贤谋反，将贤捕戮，并及贤三子。只因外乱方起，未便尽杀五王，但佯作不知，且令秦王贽为大冢宰，杞公椿杞公亮弟，亮诛后，椿继任。为大司徒，暂安众心。一面调兵转饷，专力图外。

青州总管尉迟勤，系迥从子，初由迥贻书相招，勤把原书赍送长安，自明绝迥。嗣闻相、卫、黎、洺、贝、赵、冀、沧、瀛各州，俱与迥相联络，更兼荣、申、楚、潼各刺史，亦应迥发难，单剩青州一隅，孤悬海表，如何抵挡得住，乃亦答复迥书，愿同勠力。迥又遣使联结并州刺史李穆，穆子士荣，劝穆从迥。穆独不愿，锁住来使，封上迥书。坚使内史大夫柳裘，驰驿慰穆，与陈利害，又使穆子左侍浑，往布腹心。穆即遣浑还报，奉一尉斗与坚，嘱浑致词道："愿执持威柄，尉安天下！"还有十三镮金带，亦令浑带去持赠，十三镮金带，是天子服，明明是阴寓劝进的意思。专冀富贵，不顾名义。坚当然大悦，答书道谢，并令浑诣韦孝宽军前，详述穆意，免得孝宽后顾，好教他锐意前进。穆兄子崇为怀州刺史，本欲应迥，后知穆已附坚，慨然太息道："阖门富贵，至数十人，今国家有难，竟不能扶倾定危，尚何面目处天地间呢！"话虽如此，怎奈孤掌难鸣，没奈何迁延从事。迥再招东郡守于仲文，仲文不从，迥即令大将军宇文胄、宇文济，分道攻仲文。仲文不能守，弃郡奔长安，妻孥不及随奔，尽被杀毙。迥又遣大将军檀让略地河南，杨坚因命于仲文为河南道行军总管，使击檀让。另调清河公杨素，使击宇文胄、宇文济。并自为都督中外诸军事。会郧州总管荥阳公司马消难，亦因身为后父，愿保周室，亦举兵应迥。消难女为幼主阐后见前。坚乃复遣柱国王谊为行军元帅，出攻消难。军书旁午，日无暇晷，更兼天气盛暑，将士出发，亦未能兼程急进，害得杨坚欲罢不能，免不得日夕忧烦。

赵王招等入长安后，已见坚怀不轨，常欲杀坚，自毕王贤被杀，心愈不安，乃想出一法，邀坚过饮。坚亦防招下毒，特自备酒肴，令左右担至招第，方才敢往。招引坚入寝室，使坚左右留住外厢，惟坚从祖弟大将军弘，及大将军元胄，随坚入户，并坐户侧，招与坚同饮，酒至半酣，招拔佩刀刺瓜，接连啖坚。元胄瞧着，恐招乘势行刺，即挺身至座前道："相府有事，不便久留，请相公速归！"招怒目呵叱道："我方与丞相畅叙，汝欲何为？"胄亦厉声道："王欲何为？敢叱壮士！"招始佯笑道："我有什么歹意？卿乃这般猜疑。"因酌酒赐胄，胄一饮而尽，站立坚旁。仿佛鸿门会上时。招与坚续饮数觥，伪醉欲呕，将入后阁，胄恐他为变，扶令上坐，至再至三。招复自称喉渴，令胄就厨取饮，胄仍屹然不动。适滕王逌后至，坚降阶出迎，胄乃得与坚耳语道："事势大异，可速告归！"坚答道："彼无兵马，何足为虑！"胄又低声道："兵马统是彼物，彼若先发，大事去了！胄不辞死，恐死无益！"坚似信非信，重复入座。胄格外留意，忽听室后有被甲声，亟扶坚下座道："相府事繁，公何得流连至此？"一面说，一面扯坚出走，招不禁着急，亦下座追坚。胄让坚出户，呼弘保坚同行，自奋身挡住户门，不令招出。小子演述至此，随笔写成一诗道：

欲为壮士贵争名，保主何如保国诚！

当户虽然资大力，公私两字欠分明。

毕竟杨坚如何脱身，待看下回表明。

周主赟淫昏失德，并立五后，其最称丑秽者，为西阳公温妻尉迟氏。温父亮为赟从祖兄，温妻尉迟氏，赟之从祖侄妇也。尉迟氏有美色，赟乘其入朝，灌酒使醉，逼而淫之，亮因此谋叛，祸及一门，尉迟氏被迫入宫，公然为后。赟之不道，原不足责；尉迟氏不能保身，复不能保家，甘心受污，侈服翚翟，以视春秋时之怀嬴，其犹有愧辞乎？及昏君毕命，仍出为尼，嗟何及哉！尉迟迥累世贵戚，地居形胜，愤坚专擅，誓众兴师，不可谓非忠义士。司马消难，亦举兵响应，名正言顺，事若可成。然试思淫暴如赟，宁尚能泽及后嗣耶！天意亡周，人力亦乌能挽之？徒见其倏起倏败而已。然如尉迟迥之为国死义，亦足垂千古矣！

第八十一回

失郧城皇亲自刎
篡周室勋戚代兴

却说杨坚为赵王招所诱，几乎遭害，幸亏大将军元胄，将坚扶出，奋身当户，阻住赵王招，待至坚已去远，才转身趋归。赵王招见胄勇武，不敢与抗，眼见是纵虎出柙，自恨不先下手，因致迟误，徒落得弹指出血，结愤填胸。那杨坚怎肯罢休，即诬称赵王招图逆，与越王盛通谋，立刻驱策兵士，围住两王府第，屠戮全家；惟赏赐元胄，不可胜计。元胄、宇文弘，仿佛许褚、曹洪。会益州总管王谦，亦自蜀起兵，与尉迟迥、司马消难等，互相联络，尉迟迥更贻书后梁，请为声援。后梁诸将，竞劝梁主举兵，谓与迥等连盟，进可尽节周氏，退可席卷山南。梁主岿踌躇未决，岿嗣詧位，见七十二回。乃使中书舍人柳庄，入周观衅。杨坚握手与语道："孤昔开府，尝从役江陵，深蒙梁主殊眷，今主幼时艰，猥蒙顾托，与梁主共保岁寒，勿爽旧约，请君为我达意！"柳庄应命而还，具述坚言，且语梁主岿道："尉迟迥虽是旧将，昏耄已甚，消难王谦，才具庸劣，更不足道。周朝将相，多为身计，统已归附杨氏，看来迥等终当覆灭，随公必移周祚，不若保境息民，静观时变为是。"梁主岿因敛兵不动，作壁上观。

周行军元帅韦孝宽，已引军至武陟，与尉迟迥军隔一沁水，水势适涨，两下相持不战。孝宽长史李询密报杨坚，谓总管梁士彦等，并受迥金，所以逗留。坚很加忧虑，与内史郑译等，商议易将。李德林独进言道："公与诸将皆国家贵臣，未相服从，今但由公挟主示威，勉从号令，若非推诚相与，动辄猜疑，将来如何使人？况取金纳赂，事实难明，今或临敌易将，恐郧公以下，莫不自危，军心一离，大势尽去了。"坚谔然道："今将奈何？"德林道："依愚见，速遣一才望并优的干员，往达军前，察看情伪，诸将果有异心，亦不敢立时变动；万一变起，也是容易制驭哩。"坚大悟道：

"非公言，几误大事。"乃命少内史崔仲方往监诸军。仲方以父在山东，不愿受命，改遣刘昉、郑译。昉说是未尝为将，译又以母老为辞。无非怕死而已。坚不禁着急，幸司录高颎请行，乃即命出发，倍道至军，商诸孝宽，择沁水较浅处，筑桥渡军，一决胜负。

迥子魏安公惇率众十万，列阵至二十余里，麾兵少却，拟俟孝宽军半渡，然后进击。孝宽乘势渡桥，鸣鼓齐进。惇兵上前堵截，尽被杀退。颎又命将浮桥毁去，自断归路，使将士上前死战，将士果然拼生杀去，尉迟惇不能抵当，奔回邺城，军多散失。韦孝宽麾动各军，乘势追至邺下。惇父迥与惇弟祐，尽驱部卒出城，共十三万众，屯驻城南。迥自统万人，均戴绿巾，着锦袄，号称黄龙兵。迥弟勤又集众五万，由青州援兄，自领三千骑先至。迥素习军旅，老犹被甲临阵，麾下兵多关中人，相率力战。孝宽与战不利，只好退走。邺下士民观战，亦不下数万人。行军总管宇文忻道："事已急了，我当用计破敌。"说着，即命兵士各拈弓搭箭，竞射观战的士民。士民当然骇走，哗声如雷。忻即大呼道："贼败了，贼败了，我等将士，奈何不乘势立功？"众闻忻言，气势复振，再接再厉，杀入迥阵。迥众已为士民所扰，心神惶乱，怎禁得敌军大至，不由的仓皇四溃。迥无法支持，急与二子走回城中。孝宽纵兵围攻，毁城直入，邺城遂陷。迥窘迫升楼，由周将崔弘度追入，弘度妹曾嫁迥子为妻，至是见迥弯弓欲射，索性脱去兜鍪，遥语迥道："颇相识否？今日各图国事，不得顾私，但亲谊相关，谨当禁遏乱兵，不许侵辱。事已至此，请公早自为计，不必多费踌躇了。"弘度果知为国么？迥自知难免，把弓掷下，极口骂坚十余声，拔剑自刎。弘度顾弟弘升道："汝可取迥头。"弘升乃枭首而去，持献孝宽。勤与惇祐，俱东走青州。孝宽遣开府大将军郭衍，率兵追获，与迥首同送入长安。杨坚因勤尝呈入迥书，初意未差，特令赦罪，惟将惇祐处刑。总计尉迟迥起兵，只六十八日而败，后人说他举事颇正，驭变无才，所以有此败亡呢。论断谨严。

孝宽更分兵讨关东叛吏，依次削平。坚命徙相州治所至安阳，毁去邺城及邑居，分置相州为毛州、魏州，无非是地小力分，化险为夷的意思。时周行军总管于仲文，军至蓼堤，距梁郡约七里许，檀让引众数万，前来搦击。仲文用羸兵挑战，佯作败状，退走十里。让恃胜生骄，竟不设备，夜间被仲文还袭，霎时惊散，被俘五千余人。仲文进攻梁郡，守将刘子宽弃城遁去；再进击曹州，擒住尉迟迥所署刺史李仲康，又追檀让至成武。让再战再败，东窜数十里，终为仲文所获，槛送长安，眼见得是不能活命了。檀让又了，顾应前回。还有宇文威、宇文曹等，亦由杨素剿平，报捷复命。两宇文亦随笔了结。惟司马消难及王谦两军，尚未扑灭，坚深以为忧，促王谊进军郧州，速平消难，一面使上柱国梁睿为西征元帅，进图益州。司马消难素无才略，但因尉迟迥发难，也想乘势图利，出些风头，淫烝父妾，让你出头，战乃危事，如何轻试？一闻尉迟迥败灭，吓得魂不附身，忙遣人至建康，向陈乞援。陈军尚未出发，王谊军已将驰至，消难不待王谊攻城，便夤夜南奔，投降南朝。陈主顼命为车骑将军，兼职司空，加封随公。王谊当然告捷。坚以外患将平，功成在迩，便自为大丞相，罢去左右丞相官衔，又杀害陈王纯及纯子数人。

益州总管王谦，但望各军得胜，自出兵为后继，哪知各处军报，都化作瓦解烟消，免不得心惊肉跳，非常忧虑。隆州刺史高阿那肱，此子尚在耶？因被坚外调，怏怏失望，遂向谦献计道："公若亲率精锐，直指散关，蜀人知公仗义勤王，必肯为公效命，这是上策。出兵梁汉，占据腹地，这是中策。若坐守剑南，发兵自卫，这便成为下策了。"谦因上策太险，欲参用中、下二策，总管长史乙弗虔，益州刺史达奚惎谓："蜀道崎岖，来兵不能飞越，但当据险自固，俟衅出兵。"谦乃令两人率众十万，往堵利州。周西征元帅梁睿，调集利、凤、文、秦、成各州兵马，直向利州进发。途次与蜀兵相值，蜀兵不待交绥，便即溃散。乙弗虔、达奚惎两人，节节退走，梁睿节节进逼，两人无法可施，乃潜遣人至睿军，愿为内应，借赎前愆。睿当然允行。虔与惎遂退还成都。谦尚未知二人情伪，还道是自己心腹，令他守城，又命惎、虔子为左右军，仓猝出战。及睿军掩至，左右两翼，先已叛去，谦手下只数十骑，逃回城下，但见城门紧闭，城上立着乙弗虔、达奚惎，同声语谦道："我等已归附梁元帅，公请自便。"还算客气。谦不能入城，窜往新都。县令王宝，假意出迎，诱谦入城，把他杀毙，传首长安。梁睿驰入成都，擒得高阿那肱，械送入关。坚斩高阿那肱首，令与谦头一并示众。高阿那肱至此方死，也是出人意料。又传语梁睿谓："惎、虔二人，本是首谋，不应贷死。"睿乃将二人斩首了事。数路大兵，统已荡平，权焰熏天的随公坚，便安安稳稳的好篡那周室江山了。

郧国公韦孝宽班师未几，便即病殁，年已七十有二。孝宽智勇深沉，世称良将，每遇勍敌，从容布置，常为人所未解。及成功以后，众才惊服。平时在军，笃意文史，有暇辄自披阅。又早丧父母，事兄嫂加谨，所得俸禄，不入私房，亲族孤贫，必加赈给，士论更翕然称颂。惟甘心为杨坚爪牙，铲灭义师，酿成杨氏篡周的祸祟，徒落得晚节不终，遗讥千古，这岂非一大可惜么？特为孝宽加评，隐寓惜才之意。杨坚很是悲悼，追赠太傅，予谥曰襄。高颎随军还朝，益得坚宠，命代刘昉为司马，且因此与郑译渐疏，虽未撤译官，独阴戒官属，不必向译白事。译渐觉自危，乞求解职。坚尚加慰勉，敷衍面子，但礼貌已是寖衰了。周室五王，已被坚害三人，只剩得代王达与滕王逌，毫无权力。坚尚不肯放过，索性也诬他通叛，均令自尽。于是胁周主阐下诏，进坚为相国，总百揆，进爵随王，以安陆等二十郡为随国。坚佯为谦让，但受十郡。已而复有敕颁下，加随王九锡礼，得建台置官，且进随王妃独孤氏为王后，世子勇为王太子，坚三让乃受。开府仪同大将军庾季才、卢贲，及太傅李穆等，俱劝坚应天受命，坚尚未肯遽允。又迁延逾年，至大象三年二月间，乃逼周主阐禅位，当有一道逊国诏书，略云：

元气肇辟，树之以君。有命不恒，所辅惟德。天心人事，选贤与能，尽四海而乐推，非一人所独有。周德将尽，妖孽递生，骨肉多虞，藩维构衅，影响同恶，过半区宇，或小或大，图帝国王，则我祖宗之业，不绝如线。相国随王，睿圣自天，英华独秀，刑法与礼仪同运，文德与武功并传。爱万物其如己，任兆庶以为忧。手运玑衡，躬命将士，芟夷奸宄，刷荡氛祲，化通冠带，威震幽遐。虞舜之大功二十，未足相比，姬发之合位三五，岂可并论？况木行已谢，火运既兴，河、洛出革命之符，星辰表代终之象，烟云改色，笙簧变音，狱讼咸归，讴歌尽至。且天地合德，日月贞明，故已称大为王，照临下土。朕虽寡昧，未达变通幽显之情，皎然易识。今便祗顺天命，出逊别宫，禅位于随，一依唐、虞、汉、魏故事。王其恪膺帝箓，幸勿再辞！

杨坚得此诏书，当然踌躇满志，表面上不得不三辞三让。乃再遣兼太傅杞公宇文椿奉册，大宗伯赵煚奉玺，至随王府中劝进，册书有云：

咨尔相国随王，粤若上古之初，爰启清浊，降符授圣，为天下君，事上帝而利兆人，和百灵而利万物，非以区宇之富，未以宸极为尊。大庭、轩辕以前，骊连、赫胥之日，咸以无为无欲，不将不迎。遐哉其详不可闻已。厥有载籍，遗文可观，圣莫逾于尧，美未过于舜。尧得太尉，已作运衡之篇，舜遇司空，便叙精华之竭。彼褰裳脱屣，贰宫设飨，百辟归禹，若帝之初，斯盖上则天时，不敢不授，下祗天命，不可不受。汤代于夏，武革于殷，干戈揖让，虽复异揆，应天顺人，其道靡异。自汉迄晋，有魏至周，天历逐狱讼之归，神鼎随讴歌而去。道高者称帝，箓尽者不王，与夫父祖神宗，无以别也。周德将尽，祸难频兴，宗戚奸回，咸将窃发。顾瞻宫阙，将图宗社，藩维连率，逆乱相寻，摇荡三方，不合如砺，蛇行鸟攫，投足无所。王受天明命，睿德在躬，救颓运之艰，匡坠地之业，拯大川之溺，扑燎原之火，除群凶于城社，廓妖氛于远服，至德合于造化，神用洽于天壤，八极九野，万

方四裔，圜首方足，罔不乐推。往岁长星夜扫，经天昼现，八风比夏后之作，五纬同汉帝之聚，除旧之征，昭然在上。近者赤雀降祉，玄龟效灵，钟石变音，蛟鱼出穴，布新之征，焕焉在下。九区归往，百灵协赞，人神属望，我不独知，仰祗皇灵，俯顺人愿。今敬以帝位禅于尔躬，天祚告穷，天禄永终。於戏！王宜允执厥和，仪刑典训，升圜丘而敬苍昊，御皇格而抚黔黎，副率土之心，恢无疆之祚，可不盛欤！

杨坚收受册书，及皇帝玺绶，便直任不辞。大事告成，何必再辞。庾季才谓二月甲子日，应即帝位，坚依言办理。届期早起，召集百官，乘车入宫。宫中仪卫，已备齐衮冕，奉至坚前。坚立即被服，由百官拥至临光殿，升座受朝。一班舍旧从新的官吏，当然是舞蹈山呼，齐称万岁。国号随，改元开皇，坚本袭父封，号为随公，他却以随字中箝一辵旁，辵与辶同，音绰。义训为走，作为朝名，恐有不遑安处的预兆，所以去辵作隋，想望升平。徒从字义上着想，究有何益？命有司奉册至南郊，燔燎告天，兼祀地祇。少内史崔仲方，请改周氏官仪，仍依汉、魏旧制，诏如所请。乃置三师三公，及尚书、门下、内史、秘书、内侍等五省，御史都水二台，太常等十一寺，左右卫等十二府，分司定职。又设上柱国至都督共十一等勋官，所以报功，特进至朝散大夫七等散官，所以旌贤。改称侍中为纳言，命相国司马高颎为尚书左仆射，兼纳言一职。相国司录虞庆则为内史监，兼吏部尚书。相国内郎李德林为内史令，典军元胄为左卫将军，追尊皇考忠为武元皇帝，庙号太祖。皇妣吕氏为元明皇后，立独孤氏为皇后，长子勇为皇太子。

杨氏系出弘农，相传为汉太尉杨震后裔。坚六世祖元寿，为后魏武川镇司马，遂留居武川。元寿玄孙就是杨忠，忠从周太祖举兵关西，赐姓普六茹氏，妻吕氏，生坚时，紫气充庭，有一尼来自河东，语吕氏道："此儿骨相非凡，不宜留处尘俗。"吕氏乃托尼择一别馆，移坚居养，尼亦尝往来省视。一日，吕氏抱坚在怀，忽见坚头上出角，遍体鳞起，不禁大骇，将坚置地。尼适从外趋入，忙把坚抱起道："已惊我儿，致令晚得天下。"吕氏再为复视，并无鳞角，依然形相如常。及坚既长成，尼已他去，不知下落。后来坚累迁显要，周室君臣，多加猜忌，竟得不死。至是竟篡周称帝，史家于一代崛兴，往往叙及祯祥，这也是习见之谈。降周主阐为介公，迁居别宫，食邑万户。车服礼乐，仍用周制。上书不为表，答表不称诏，似乎有永作隋宾的意义。阐后司马氏坐父消难叛周罪，已早废为庶人，独周太后杨氏，系坚长女，年不过二十有奇，从前坚入宫辅政，杨太后本未与谋，但因嗣主幼冲，恐权界他族，与己不利，既得乃父秉权，倒也喜如所愿。后来见父有异图，意颇不平，形诸词色，只是一介女流，如何抗得过当朝宰相？没奈何忍气吞声，迁延过去。既而周竟被篡，杨氏越加愤惋，屡思与父面争。坚也自觉惭愧，不令入见，惟遣独孤后好言抚慰。嗣复改封为乐平公主。且见她芳年尚盛，欲令改嫁，杨氏誓死不从，方得守志终身。尚有周太皇太后阿史那氏，经隋革命，便即病终。坚却令有司仍用后礼，祔葬周武帝陵。周太帝太后李氏，与介公阐迁居别宫，李氏不免愤懑，情愿出俗为尼，改名常悲。就是介公阐生母朱氏，亦随着李氏一同削发披缁，改名法净。周宣帝赟五后，惟杨氏留居宫中，陈、元、尉迟三后，已早为尼，见前回。与李、朱二氏，同心念佛。朱氏首先逝世，李氏继殁，尉迟氏亦即随殒。陈、元二后，直至唐贞观年间，方才告终。杨后至隋炀帝大业五年病逝，得祔葬周宣帝陵。那被废的司马皇后，却改嫁与司州刺史李丹为妻，仍去做那宦家妇了。总结一段，缴足前文。

杨广（569—618），即隋炀帝，隋朝第二位皇帝。开皇二十年（600年），以阴谋代兄勇为太子。仁寿四年（604年），杀父即位。在位期间修建大运河，营建东都洛阳，开创科举制度。因为滥用民力，造成天下大乱，直接导致隋朝覆亡。后在江都被部下缢杀。

周氏诸王，尽降为公，另封皇弟邵国公慧为滕王，同安公爽为卫王，皇子雁门公广为晋王，俊为秦王，秀为越王，谅为汉王，命并州总管申国公李穆为太师，邓国公窦炽为太傅，幽州总管任国公于翼为太尉，金城公赵煚为尚书右仆射，汉安公韦世康为礼部尚书，义宁公元晖为都官尚书，昌国公元岩为兵部尚书，上仪同长孙毗为工部尚书，杨尚希为度支尚书，族子雍州牧邗国公杨惠为左卫大将军，从祖弟永康公杨弘为右卫大将军，从子陈留公杨智积为蔡王，杨静为道王。寻又令晋王广为并州总管，上柱国元景山为安州总管，当亭公贺若弼为楚州总管，新义公韩擒虎为庐州总管，神武公窦毅为定州总管。毅为邓国公窦炽从子，曾尚周太祖第五女襄阳公主，生有一女，尚未及笄，闻隋主受禅，自投堂下抚膺太息道："恨我不为男子，救舅氏患。"毅夫妇忙掩女口道："汝休妄言！恐灭我族。"满朝官吏，不及一窦氏女儿。后来此女嫁与唐公李渊，得做唐朝的开国皇后。可见人世无论男女，总要有些志向，志向一定，将来自然有一番事业哩！唤醒庸人。话休叙烦。

韩擒虎（538—592），字子通，隋河南东垣（今河南新安东）人，隋朝名将。容仪魁伟，有胆略，好读书。北周时任新义郡公。开皇九年（589年）为先锋，渡江攻入建康（今江苏南京），俘陈后主。因功进位上柱国。后任凉州总管，守防边境。

且说内史监虞庆则，劝隋主坚尽灭宇文氏，断绝后患。高颎、杨惠亦附和同声，独李德林力言不可。隋主坚变色道："君系书生，不足与语大事。"遂令宿卫各军，搜捕宇文氏宗族，所有周太祖泰孙谯公乾恽、冀公绚、闵帝觉子纪公湜、明帝毓子酆公贞、宋公实、武帝邕子汉公赞、秦公贽、曹公允、蔡公兑、荆公元、宣帝赟子莱公衍、郢公术等，一古脑儿拘到狱中，勒令自杀。未几，又将介公阐害死宫中，谥曰静帝，年仅九龄，总算做了两年有零的小皇帝。统计周自闵帝觉篡魏，至静帝阐亡国，中历五主，共得二十五年。小子有诗叹道：

九龄幼主罪难论，惨祸临头忽灭门。

莫道覆宗由外戚，厉阶毕竟自天元。

隋主坚已灭尽宇文氏，安然为帝，从此疏远李德林，又另征一人为亲信侍臣。究竟此人为谁，待至下回报明。

周末起兵讨坚，以尉迟迥为首难，故本回于尉迟迥之死，叙述较详，隐寓惋惜之意。韦孝宽为北周大臣，义同休戚，乃甘心助坚，致迥败死，迥才不及孝宽，乃舍生取义，死且留名，孝宽之死，阒然而已，后世或且有鄙夷之者。本回叙孝宽行谊，似有褒词，实则褒之正所以贬之耳。杨后丽华，柔婉不忌，周旋暴君，接御妃嫔，颇有卫风硕人之德，及乃父受禅，愤惋不平，虽未能保全周祚，以视盈廷大臣之卖国求荣，相去固有间也。至若窦毅之女，年未及笄，且自恨不能救舅氏患，巾帼妇女，犹知节义，彼昂藏七尺躯，自命为须眉男子者，曾亦自觉汗颜否耶？

第八十二回

挥刀遇救逆弟败谋
酣宴联吟艳妃专宠

却说隋主坚起用一人，令为太子少保，兼纳言度支尚书。这人为谁？就是西魏度支尚书苏绰子威。先出官名，后出姓氏，笔法特变。威五岁丧父，哀毁若成人，及长颇有令名，周太祖泰代为申请，令袭爵美阳县公。嗣由大冢宰晋公宇文护，强妻以女。威见护擅权，恐自遭祸累，遁入山中，栖寺读书，后来屡征不起。至隋主坚为丞相时，因高颎荐引，召入与语，很加器重，约居月余，威闻坚将受禅，又遁归田里。颎请遣人追还，坚撚须道："彼不欲预闻我事，且从缓召至。"受禅数月，坚与李德林有嫌，乃复召威入朝，处以清要，追封绰为邳公，令威袭爵，观威后此行状，实是沽名钓誉。威遂得与高颎并参朝政，日见亲信。尝劝隋主减徭轻赋，尚俭戒奢，隋主坚很是嘉纳，除去一切苛征，所有雕饰旧物，悉命毁除。威又入白道："臣先人每戒臣云，但读《孝经》一卷，便足立身治国。"隋主坚亦深以为然。

先是周定刑律，颇从宽简，隋既建国，更命高颎、杨素等修正，上采魏、晋旧律，下至齐梁，沿革重轻，务取折衷主义，删去枭轘鞭各法，非谋反无族诛罪。始制定死刑二条，一统一斩；流刑三条，自二千里至三千里；徒刑五条，自一年至三年；杖刑五条，自六十至百下；笞刑五条，自十至五十。士大夫有罪，必先经群臣公议，然后上请。罪有可原，酌量从减，或许赎金，或罚官物。人民有罪，须用刑讯拷掠，不得过二百，枷杖大小，俱有定式。民有枉屈，县不为理，得依次诉诸州郡省。州郡省仍不为理，准令诣阙申诉。自是法律简明，恩威两济。嗣隋主坚览刑部奏狱，数犹至万，尚嫌律法太严，乃敕苏威再从减省，法益简要，疏而不漏，且仍置法律博士弟子员，研究律意，随时改订，这也未始非慎重人命的美意。心乎爱民，宜加称扬。且隋、唐以后，刑法简明，亦皆导源于此。

惟郑译解职归第，尚留上柱国官俸。译怏怏失望，阴呼道士醮章祈福。适有婢女为译所殴，计奏译为厌蛊术，隋主坚召译入问道：“我不负公，公怀何意？”译不能答辩，顿首谢罪。隋主仍不忍加谴，敕令闭门思过，译遵旨自去。会宪司劾译不孝，尝与母别居。隋主乃下诏道：“译嘉谟良策，寂尔无闻，鬻狱卖官，沸腾盈耳，若留诸世间，在人为不道之臣，戮诸朝市，入地为不孝之鬼。有累幽显，无可处置，宜赐以《孝经》，令彼熟读。”仍遣使与母同居。周之亡，译为首恶，隋主不忍加诛，反出此诙谐敕文，殊失政体。已而复授译为隆州刺史，译赴任未几，请还治疾，又得赐宴醴泉宫，许还官爵，这且慢表。

惟是时岐州刺史梁彦光，新丰令房恭懿，治绩称最，有诏迁彦光为相州刺史，擢恭懿为海州刺史，且饬令全国牧守，以二人为法。自是吏多称职，民物从安。寻又因宇文孤弱，遂至亡国，特使三皇子分莅方面，作为屏藩。晋王广为河北行台尚书令，蜀王秀为西南行台尚书令，秦王俊为河南行台尚书令，一面通好南朝，与民休息。边境每获陈谍，皆赐给衣马，遣令南归。独陈尚未禁侵掠，并遣将军周罗睺、萧摩诃等，侵入隋境。隋主坚乃命上柱国长孙览、元景山两人，并为行军元帅，出兵攻陈，且持简尚书左仆射高颎，节度诸军。颎奉命南行，适值陈主顼新殂，太子叔宝嗣立，调回北军，且遣人至隋军求和。颎仰承上意，因奏请礼不发丧，隋主果然依议，诏令班师。

那陈朝却为了大丧，生出内乱，好容易才得荡平，说来亦是一番事迹，不得不约略表明。陈主顼子嗣最多，共生四十二男，长子就是叔宝，已立为皇太子，次子叫作叔陵，曾封始兴王，见第七十四回。累任方镇，性情淫暴，征求役使，无有纪极。夜常不寐，专召僚佐侍坐，谈论民间琐事，作为笑谑。且多置肴胾，昼夜啖嚼，自快朵颐，独不喜饮酒。每当入朝，却佯为修饰，车中马上，执简读书，高声朗诵，掩人耳目。陈主顼亦为所欺，迁擢至扬州刺史，都督扬、徐、东扬、南豫四军事。既而入治东府，好用私人，一经推荐，必须省阁依议，倘微有违忤，即设法中伤，使陷大辟。平时居府舍中，尝自执斧斤，为沐猴戏；又好游塚墓间，遇有著名茔表，辄令左右发掘取归，石志古器，并尸骸骨骼，持为玩物，藏诸库中；民间有少妇处子，略可悦目，即强取入府，逼为妾婢。及生母彭贵人病逝，他却请葬梅岭，就晋太傅谢安茔间，掘去谢棺，窆入母柩，又伪作哀毁形状，自称刺血写涅槃经，为母超荐，暗中即令厨子日进鲜食，且私召左右妻女，与他奸合。左右惮他淫威，不敢与校，但不免有怨言传出，为上所闻。陈主顼素来溺爱，不过召入呵责，并未加谴，因此叔陵得益加恣肆，潜蓄邪谋。

新安王伯固，系文帝蒨第五子，与叔陵为从父昆弟，形状眇小，独善为谐谑，得陈主欢。陈主顼宴集百官，往往引他入座，目为东方朔一流人物。溺爱己子，尚还不足，还要添入一侄，宜乎陈祚速亡。太子叔宝，更喜与伯固相狎，日必过从。叔陵却起了妒意，阴伺伯固过失，意欲加害。偏伯固生性聪明，做出一番柔媚手段，讨好叔陵，叔陵渐被笼络，不但变易恶念，反视伯固为腹心。叔陵好游，伯固好射，两人相从郊野，大加款昵。陈主顼怎知微意，用伯固为侍中，伯固有所闻知，必密告叔陵。太建十年，陈主命在娄湖旁筑方明坛，授叔陵为王官伯，使盟百官。又自幸娄湖誓众，分遣大使，颁诰四方。这是何意？适以阶身后之乱。叔陵既得为盟主，愈思夺嫡，只因乃父清明，未敢冒昧从事。

到了太建十四年春间，陈主顼忽然不豫，医药罔效，病且日深，太子叔宝当然入侍，叔陵与弟长沙王叔坚，陈主顼第四子。也入宫侍疾。叔坚生母何氏，本吴中酒家女，陈主顼微时，尝至酒肆沽饮，见何氏有色，密与通奸，至贵为天子，遂召何女为淑仪，生子叔坚，长有膂力，酗虐使酒。是谓遗传性。叔陵因何为贱隶，不愿与叔坚序齿，所以积不相容，常时入省，辄互相趋避。此次入侍父疾，只好一同进去。叔陵顾语典药吏道：“切药刀太钝，汝应磨砺，方好使用。”机事不密则害成，况自露意旨耶？典药吏不知何意。叔陵却扬扬踱入，在宫中厮混了两三日，忽见陈主病变，气壅痰塞，立致绝命。宫中仓猝举哀，准备丧事。那叔陵反嘱令左右，向外取剑，左右莫名其妙，取得朝服木剑，呈缴叔陵。叔陵大怒，顺手一掌，把他打出。似此粗莽，也想谋逆，一何可笑？叔坚在侧，已经瞧透隐情，留心伺变。越日昧爽，陈主小殓，太子叔宝伏地哀恸，叔陵觅得锉药刀，趋至叔宝背后，斫将下去，正中项上，叔宝猛叫一声，晕绝苫地。柳皇后惊骇异常，慌忙趋救叔宝，又被叔陵连斫数下。叔宝乳母吴氏急至叔陵后面，掣住右肘，叔坚亦抢步上前，叉住叔陵喉管，叔陵不能再行乱斫，柳皇后才得走开。叔宝晕绝复苏，仓皇扒起。看官听说！这锉药刀究竟钝锋，不利杀人，故叔宝母子，虽然受伤，未曾致命。叔陵尚牵住叔宝衣裾，叔宝情急自奋，竟得扯脱。叔坚手扼叔陵，夺去锉药刀，牵就柱间，自劈衣袖一幅，将他缚住。且呼问叔宝道：“杀却呢？还是少待呢？”叔宝已随吴媪入内，未及应答。叔坚还想追问，才移数步，叔陵已扯断衣袖，脱身逃出云龙门，驰还东府，亟召左右截住青溪道，赦东城囚犯，充作战士，发库中金帛，取作赏赐。又遣人驰往新林，征集部曲，自被甲胄，着白布帽，登城西门，号召兵民及诸王将帅，竟无一应命。独新安王伯固单骑赴召，助叔陵指麾部众。叔陵部兵约千人，尽令登陴，为自守计。

叔坚见叔陵脱走，急向柳后请命，使太子舍人司马申，往召右卫将军萧摩诃。摩诃入见受敕，率马、步数百人，趋攻东府，屯城西门。叔陵不免惶急，因遣记室韦谅，送鼓吹一部与萧摩诃，且与约道：“事若得捷，必使公为台辅。”摩诃笑答道：“请王遣心膂节将，前来订约，方可从命。”叔陵乃复遣亲臣戴温、谭骐骥，出与订盟。摩诃把二人执送台省，立即斩首，枭示城下，城中大骇。叔陵自知不济，仓皇入内，驱妃张氏及宠妾七人，俱沉入井中，自领步、骑数百，与伯固夤夜出走，乘小舟渡江，欲自新林奔隋，行至白杨路，后面追兵大至，伯固避入小巷，叔陵亲自追还，拟与追军决一死战。锋刃未交，部下已弃甲溃奔。萧摩诃部将马容、陈智深，双刺叔陵，叔陵坠落马下，即被杀死。伯固亦为乱兵所杀，两首并传入都门，当下自宫中颁敕，所有叔陵诸子，一体赐死，伯固诸子，废为庶人。余党韦谅、彭暠、郑信、俞公喜等，并皆伏诛。于是叔宝即皇帝位，援例大赦，命叔坚为骠骑将军，领扬州刺史。萧摩诃为车骑将军，领南徐州刺史，晋封绥远公。立皇十四弟叔重为始兴王，奉昭烈王宗祀。余弟已经封王，一概照旧，未经封王，亦皆加封。尊谥大行皇帝为孝宣皇帝，庙号高宗，皇后柳氏为皇太后。总计陈主顼在位十四年，享年五十三，这十四年间，起兵数次，既得淮南，仍复失去，对齐有余，对周不足，只好算做一个中主。而且得国未正，传统未贤，偌大江东，终归覆灭，史称他德不逮文，智不及武，恰也是一时定评呢。褒贬得当。

叔宝已经嗣位，项痛未愈，病卧承香殿，不能听政，内事决诸柳太后，外事决诸长沙王叔坚。叔坚渐渐骄纵，势倾朝廷，叔宝未免加忌，只因他讨逆有功，含忍过去。寻且加官司空，仍兼将军刺史原官。立妃沈氏为皇后，皇子胤为皇太子。胤系孙姬所出。因产暴亡，沈后特别哀怜，养为己子。太建五年，已受册为嫡孙，寻封永康公，聪颖好学，常执经肄业，终日不倦；博通大义，兼善属文。既得立为储君，朝野慰望，共称得人。反射下文。越年正月，改元至德。叔宝疮疾早痊，亲自听政，都官尚书孔范，中书舍人施文庆，皆东宫旧侍，并得邀宠，遂日夕在叔宝前陈论叔坚过失。叔宝本已相猜，更兼二人从旁构煽，越加动疑，遂调回皇弟江州刺史豫章王叔英，陈主顼第三子。令为中卫大将军，出叔坚为江州刺史，另用晋熙王叔文陈主顼第十二子。代刺扬州。叔坚入朝辞行，又由叔宝当面慰谕，留任司空，再调叔文往江州，命始兴王叔重为扬州刺史。甫经莅政，便已朝令暮改，自相矛盾。叔坚既不得专政，又不得外调，郁郁困居，绝无聊赖，乃雕刻木偶为道人装，中设机关，能自拜跪，使在日月下，醮祷求福。真是呆想。当有人讦他咒诅，被逮下狱，由内侍传敕问罪。叔坚答道："臣本无他意，不过前亲后疏，意欲求媚，所以祈神保祐。今既犯天宪，罪当万死，但臣死以后，必见叔陵，愿陛下先传明诏，责诸泉下，方免为叔陵侮弄。"仍是呆话。这一席话，由内侍还报。叔宝也记念前勋，不思加刑，乃特下赦书，但免司空职衔，仍使还第，食亲王俸。过了数月，复起为侍中，兼镇左将军。

前太子詹事江总，素长文辞，与叔宝相昵，叔宝为太子时，总自侍东宫，为长夜饮，且养良娣陈氏为女，导太子微行。陈主顼闻总不法，将他黜免。叔宝嗣位，即除授总为祠部尚书，未几又迁为吏部尚书，又未几且超拜尚书仆射。尝引总至内廷，作乐赋诗，互相唱和。侍中毛喜系累朝勋旧，叔陵谋逆，喜与叔坚并主军事，更得纪功。叔宝亦颇加优礼，或令入宴。喜因山陵初毕，丧服未除，不应如此酣饮；且见后庭陈乐，所作诗章，多淫艳语，更觉看不过去，只一时不好多言。可巧叔宝酒酣，命喜赋诗，喜即欲规诫，又恐叔宝酒后动怒，乃徐徐升阶，佯为心疾，扑仆阶下。叔宝即命左右扶起，掖出省中。及叔宝酒醒，忆喜情状，顾语江总道："我悔召毛喜，彼实无疾，不过欲阻我欢饮，托疾相欺，如此奸诈，实属可恨。"说着，即欲使人系喜，还是中书舍人傅縡，谓喜系先帝遗臣，不宜重谴，乃谪喜为永嘉内史。

张丽华（560—589），南朝陈后主陈叔宝妃子。后主起临春、结绮、望仙三阁，自居临春，使她居结绮，游宴无度。隋灭陈，从后主匿井中，被杀。

自喜被外谪，言官相率箝口，无人进规，叔宝日益荒淫，不是使酒，就是渔色。沈皇后为望蔡侯沈君理女，母即高祖女会稽公主，公主早亡，后年尚幼，哀毁如成人。宣帝顼闻后孝思，所以待后及笄，纳为冢妇。已而君理逝世，后复出处别舍，日夕衔哀，叔宝目为迂愚。且因后端静寡欲，很不惬意，另纳龚、孔二女为良娣。龚氏有婢张丽华，系兵家女，家事中落，父兄以织席为业，不得已鬻女为奴。丽华得随龚入宫，年只十岁，龚、孔饶有容色，当然为叔宝所爱，张丽华生小玲珑，周旋主侧，善承意旨，早得叔宝欢心，越两三年，更出落得娉婷袅娜，妖艳风流，叔宝即欲染指禁脔，迫与淫狎。丽华半推半就，曲尽绸缪，惹得这位陈叔宝，魂魄颠倒，无梦不恬。好容易生下一男，取名为深，益令叔宝由爱生宠，视若奇珍。胡天胡帝，号称专房。就是龚、孔二氏，也俱落丽华后尘。叔宝即位，册丽华为贵妃，龚、孔二氏为贵嫔，贵妃位置，与皇后只隔一级，贵嫔又在贵妃下。沈皇后本来恬淡，竟把六宫事宜，让与贵妃主持，自己不过挂个皇后虚名，居处俭约，服无华饰，左右侍女，亦寥寥无几，但静阅图史，闲诵佛经，作为消遣。张贵妃百端献媚，与叔宝朝夕不离，叔宝卧病承香阁，屏去诸姬，独留张贵妃随侍。病痊后又采选美女，得王、李二美人，张、薛二淑媛，并袁昭仪、何婕妤、江修容等七人，轮流召幸，但不及张贵妃的宠眷。至德二年，特命在光照殿前，添筑临春、结绮、望仙三阁，各高数十丈，袤延数十

陈叔宝（553—604），即陈后主，字元秀，小字黄奴，南朝陈最后一位皇帝。在位时大建宫室，生活奢侈，不理朝政，日与妃嫔、文臣游宴，制作艳词。祯明三年（589年）隋军入建康（今江苏南京），被俘。后在洛阳城病死，追封长城县公，谥炀。

间，凡窗牖壁带，悬楣栏槛，均用沉檀香木制成，炫饰金玉，杂嵌珠翠，外施珠帘，内设宝床宝帐，一切服玩，统是瑰奇珍丽，光怪陆离。每遇微风吹送，香达数里，旭日映照，光激后庭。阁下积石为山，引水为池，种奇花，植异卉，备极点染。叔宝自居临春阁，张贵妃居结绮阁，龚、孔二贵嫔居望仙阁。三阁并有复道，互便往来。

仆射江总，虽为宰辅，不亲政务，常与都管尚书孔范，散骑常侍王瑳等十余人，入阁侍宴，称为狎客。宫人袁大舍等，颇通翰墨，能作诗歌，叔宝命为女学士。每一宴会，妃嫔群集，女学士及诸狎客，两旁列坐，飞觞醉月，即夕联吟，彼唱此酬，无非是曼词艳语，靡靡动人。又选入慧女千余名，叫她学习新声，按歌度曲，分部迭进，更番传唱。歌曲有《玉树后庭花》及《临春乐》等名目，统由狎客女学士编成。叔宝亦素工词赋，间加点窜，大略是赞美妃嫔，夸张乐事。最传诵的有二语，是“壁户夜夜满，琼树朝朝新”十字。此十字亦无甚佳妙，不过似近今吴人小调而已。且狎客名目，尤属非宜，岂叔宝特开妓馆耶？一笑。

张贵妃发长七尺，鬒黑如漆，光可照物，并且脸若朝霞，肤如白雪，目似秋水，眉比远山。偶一眄睐，光采四溢，每在阁上靓妆玉立，凭轩凝眺，飘飘乎如蓬岛仙姝，下临尘世，性尤慧黠，才辩强记。起初但执掌内事，后来干预外政。叔宝荒耽酒色，尝不视朝，所有百司启奏，统由宦官蔡脱儿、李喜度传递。叔宝将贵妃抱置膝上，共决可否。李、蔡或不能悉记，贵妃即逐条裁答，无一遗漏。又好笼络内侍，无论太监宫女，都盛称贵妃德惠，芳名鹊起，益得主欢。自是内外连结，表里为奸，后宫家属，招摇罹法，但教向贵妃乞求，无不代为洗刷。王公大臣如不从内旨，亦只由贵妃一言，便即疏斥。因此江东小朝廷，不知有陈叔宝，但知有张贵妃。妇女擅权，势必至此。

还有都官孔范，与孔贵嫔结为姊妹，阿谀迎合，善伺主意。舍人施文庆，心算口占，権算甚工，并得叔宝亲幸。文庆且荐引沈客卿、阳惠朗、徐哲、暨慧景等，概邀擢用。客卿为中书舍人，惠朗为大市令，哲为刑法监，慧景为尚书都令史，数人皆以小吏起家，不达大体，督责苛碎，聚敛无厌。叔宝方大兴土木，供亿浩繁，国用正虑不给，经数人爬罗剔抉，取供内库，当然得哄动天颜。叔宝大喜过望，重任施文庆，叹为知人。孔范又自称有文武才，举朝莫及，尝从容入白道：“外间诸将，起自行伍，统不过一匹夫敌，若望他有深见远虑，怎能及此？”叔宝信以为然，见将帅稍有过失，便黜夺兵权，把部曲分配文吏。领军将军任忠，素有战功，偶挂吏议，即夺忠部卒，交与孔范等分管。忠被徙为吴兴内史。于是文武懈体，士庶离心，覆亡即不远了。小子有诗叹道：

宵小都缘女蛊来，玄妻覆祀古同哀。

临春三阁今何在？空向江东话劫灰。

叔宝既已荒淫，又复骄侈，夜郎自大，挑衅强邻，欲知底细，容待下回再详。

叔陵之谋杀乃兄，残忍无亲，原为名教罪人，但实受教于乃父。乃父虽未尝杀兄，而兄子伯宗，因曾篡废之而贼害之也。兄子可杀，去杀兄仅一间耳。幸而药刀锋钝，手刃不殊，叔坚助顺，逆弟脱逃，卒窜死白杨道中，叔宝始得安然嗣立。厥后耽情酒色，恣意声歌，疏骨肉，宠妇寺，终致亡国败家。陈主项欲为子孙计，而子孙仍为俘虏，谋国不仁，殃必及之，不于其身，必于其子，天道岂真无知欤？张丽华为江南尤物，与邺下之冯小怜相似，小怜亡齐，丽华亡陈，乃知尤物之贻祸国家，无古今中外一也。

第八十三回

长孙晟献谋制突厥
沙钵略稽首服隋朝

却说陈主叔宝，习成骄佚，当居丧时，隋主坚尝遣使赴吊，国书中自称姓名，并列顿首字样。叔宝疑为畏怯，答书多不逊语。隋主坚当然愤怒，出示廷臣。廷臣多献议伐陈，隋主方建筑新都，并因突厥未平，不遑南顾，乃暂从缓图。原来长安城制度狭小，宫阙亦多从简陋，隋主尝以为嫌。尚书苏威，亦劝隋主迁都，无非希旨。隋主再与高颎熟商，颎即为规划新都，夜半方休。翌晨，即由庾季才入奏道："臣仰观玄象，俯察图记，必有迁都情事。此城自两汉营建，将八百年，水皆咸卤，不甚宜人，愿陛下应天顺人，为迁徙计。"隋主愕然，顾语颎、威，诧为神奇。有何神奇，不过巧为迎合。乃诏颎等营造新都，择地龙首山麓，兴工赶筑。约近期年，新都告成，取名大兴城，涓吉移徙。一切规模，比旧都雄壮加倍。隋主坚自然惬心，遂遣将兴师，北图突厥。

突厥称雄朔漠，自伊利可汗为始，伊利传子科罗，科罗舍子摄图，独传弟俟斤。俟斤就是木杆可汗，木杆可汗临死，复舍子大逻便，立弟佗钵可汗。均见七十二回及七十九回。佗钵可汗，封兄子摄图为尔伏可汗，使统东方，弟褥但子为步离可汗，使居西方。当时北齐尚存，与北周争媚突厥，岁给缯絮锦彩，各数万匹。佗钵尝呼周、齐为两儿，谓："两儿常孝，何忧国贫？"已而齐为周灭，佗钵不及援齐，乃屡寇周边，且纳齐范阳王高绍义。周主赟与他和亲，封赵王招女为千金公主，嫁与佗钵。佗钵始执送高绍义，与周通好。才越一年，佗钵忽得暴病，自知将死，召子庵逻入嘱道："我兄舍子立我，我今病危，死在朝夕，但兄德未忘，汝当让与大逻便，休得相争！"佗钵尚知有兄，不如诸夏之亡。庵逻涕泣遵教。及佗钵已殂，庵逻果依父命，拟迎立大逻便，偏突厥部众谓："大逻便生母微贱，不愿相迎。"摄图亦奔丧到来，慨语国人道："若立庵逻，我愿率兄弟服事，若立大逻便，我必据境与争，备着长刃利矛，决一雌雄。”国人闻摄图言，越加踊跃，决立庵逻为嗣。大逻便不得入立，心常怏怏，常遣人詈辱庵逻。庵逻不能制，复让与摄图，摄图年长有力，国人归心，因即迎摄图，居都斤山，自号沙钵略可汗。庵逻降居独洛水，称第二可汗。大逻便又遣人语沙钵略道：“我与尔俱可汗子，各承父后，尔今极尊，我独无位，可算得公平么？”沙钵略无词可驳，乃使为阿波可汗，使领北部。又令从父玷厥为达头可汗，管辖西方。诸可汗各统部众，分镇四面。沙钵略居中抚驭，颇得众心。突厥遗俗，父兄死后，子弟得妻后母及嫂。千金公主出塞和亲，甫及一载，便成嫠妇，年龄不过及笄，当然是华色鲜妍。沙钵略很是羡慕，便援着俗例，纳千金公主为妻。千金公主也乐得另配，好做第二次的可贺敦。可贺敦三字，便是番俗对后的称呼。番俗原是如此，华女未免无耻。

是时隋已篡周，千金公主闻宗祀覆没，未免伤心，遂日夜请求沙钵略，为周复仇。沙钵略得了佳妇，正是新婚燕尔，鱼水情深，当下召集臣属，慷慨与语道：“我是周室亲戚，今隋公无故篡周，若非代为报仇，尚何面目见可贺敦呢？”臣下相率听命，沙钵略即遣使营州，与故齐刺史高宝宁连约，合兵攻隋。隋主坚甫经受禅，不暇北伐，但遣上柱国阴寿镇幽州，京兆尹虞庆则镇并州，屯边修城，以守为战。先是千金公主入突厥，司卫上士长孙晟，亦随送出塞，为突厥所留。沙钵略弟处罗侯，号称突利设。突厥称军帅为设。爱晟善射，密与相昵，至沙钵略继立，阴忌处罗侯。处罗侯潜与晟盟，约为心腹。沙钵略稍有所闻，乃遣晟南归，晟留居突厥年余，得考察山川形势，及部众强弱。既返长安，便一一启闻。隋主坚很是嘉奖，擢为奉车都尉。及突厥入寇，晟上书计事，略云：

臣闻丧乱之极，必致升平，是故上天放其机，圣人成其务。伏维皇帝陛下，当百王之末，膺千载之期，诸夏虽安，戎虏犹梗，兴师致讨，尚非其时，弃诸度外，又来侵扰。故宜密运筹策，渐以攘之。玷厥之于摄图，兵强而位下，外名相属，内隙已彰，鼓动其情，必将自战。处罗侯为摄图之弟，奸多势弱，曲取众心，国人爱之，因为摄图所忌，其心殊不自安，迹示弥缝，实怀疑惧。阿波首鼠，介在其间，摄图受其牵率，惟强是与，未有定心。今宜远交而近攻，离强而合弱，通使玷厥，说合阿波，则摄图回兵，自防右地，又引处罗，遣连奚霫，则摄图分众，还备左方，首尾猜嫌，腹心离沮，十数年后，乘衅讨之，必可一举而空其国矣。

隋主览表，叹为至计，因召晟与语战守事宜。晟复口陈形势，手画山川，状写虚实，皆如指掌。隋主益喜，悉依晟议，乃遣太仆元晖出伊吾道，往诣达头可汗，赐给狼头纛。达头答使报谢，得隋优待，欢跃而去。又授晟为车骑将军，使出黄龙道，赍着金帛，颁赐奚霫、契丹等国。契丹愿为向导，密引晟至处罗侯所，重申前约，诱令内附。处罗侯恰也依从，晟即归报。沙钵略可汗，尚未知隋廷计划，号召五可汗部众，得四十万骑，突入长城，自兰州趋至周槃。隋行军总管达奚长儒，屯兵只二千人，与突厥兵相遇，沙钵略亲率十万骑挑战，长儒明知不敌，颜色却甚是镇定，且战且行；中途被番兵冲击，屡散屡聚，转斗三昼夜，交战十四次，刀兵皆折，士卒但徒手相搏，肉尽骨现。突厥兵损伤数千，且恐长儒诱敌，才停军不追。长儒身受五创，幸得生还，因功封上柱国，并荫一子。那沙钵略分兵四掠，击逐隋戍，且欲乘胜深入，偏达头可汗不从，引兵自去。长孙晟前策，已一次见效。

长孙晟又布散谣言，谓："铁勒已与隋联络，将袭沙钵略牙帐。"沙钵略闻谣生惧，乃收兵出塞。越年为隋开皇三年，春暖草肥，突厥复寇隋北境。隋主坚乃决计出师，命卫王爽为行军元帅，率同河间王弘，爽与弘俱见八十一回。及豆卢勣、窦荣定、高颎、虞庆则等，分八道出塞，往击突厥。爽行次朔州，探得沙钵略已至白道，距军营仅数十里。总管李充进议道："突厥骤胜而骄，必不设备，若用精兵袭击，定可破敌。"诸将闻言，多以为疑。独长史李彻，赞成充议，爽亦以为可行，即与充率精骑五千，夜袭突厥兵营。沙钵略果然无备，从睡梦中惊起，但见火炬荧荧，刀光闪闪，隋军四面冲入，几不知有若干万人，吓得心胆俱碎，见部众都已骇散，连左右都不知去向，一时仓皇失措，不及穿甲，就从帐后逃出，潜伏草中。还算有智。待隋军踏破营帐，寻不出沙钵略，方收拾驼马辎重，得胜回去。

沙钵略方敢出头，召集残众，急奔出塞，途次无粮，惟粉骨为食。又兼天热暑蒸，疫死甚众。幽州总管阴寿，闻突厥败还，乘势出卢龙塞，往攻齐营州刺史高宝宁。宝宁拒守数日，突厥不能救，势甚危急，乃弃城出奔，嗣为麾下所杀，传首军前，和龙遂平。卫王爽等多半归朝，但留窦荣定为秦州总管，并遣长孙晟辅佐荣定。荣定率步骑三万人，径出凉州，与阿波可汗相拒。阿波引众至高越原，屡战屡败，守寨自固。适前大将军史万岁，坐事褫职，流戍敦煌，至此诣荣定营，面请效力。荣定素闻万岁勇名，相见大悦，留居麾下，因遣使语阿波道："士卒何罪？久战甚苦，今但各遣一壮士，与决胜负，我若不胜，愿即退兵。"阿波许诺，即遣一骑讨战。荣定语万岁道："今日劳君一往，正效命立功的时候了。"万岁欣然应命，披甲上马，趋出营门。才阅半时，已斩得虏首，驰回报功。荣定益喜，自然叙功上闻。阿波大惊，不敢再战，遣使乞盟，引众自归。长孙晟却遣一辩士，追语阿波道："摄图南来，每战辄胜，阿波才入，便即奔败，这岂非突厥的耻事吗？且摄图、阿波，势均力敌，今摄图日胜，阿波不利，摄图必进灭阿波，为阿波计，不若与隋连和，结连达头，相合图强，才算是万全上策。”明明是反间计，但愚诱番酋，即此已足。阿波竟信晟言，遣使随晟入朝。

沙钵略已得知消息，不待阿波返帐，急引兵往袭阿波居庐，一鼓掩入，杀死阿波母妻。阿波还无所归，西奔达头。达头愿助阿波，使率部众攻沙钵略，连战皆捷，得复故地，势日强盛。沙钵略部众多叛归阿波，沙钵略因此寖衰。长孙晟前策二次见效。惟为了夫妻情谊，尚未肯与隋甘休，又复鼓动余勇，入寇幽州。幽州总管阴寿，已经去任，后任叫作李崇，崇兵只有三千，转战数旬，卒因寡不敌众，中箭身亡。隋廷闻报，厚赠李崇，特遣高颎出宁州，虞庆则出原州，控骑数万，大攻突厥，且使人传语阿波，令与达头夹攻沙钵略。阿波果转告达头，并劝达头朝隋，达头遂派人向隋乞降，决与沙钵略断绝关系，定议东攻。沙钵略三面受敌，惊慌的了不得，没奈何与可贺敦熟商，只好委曲迁就，暂救燃眉。千金公主为势所迫，勉强承认，沙钵略乃使人往隋，乞请和亲，且为千金公主代作一表，自请改姓杨氏，为隋主女。认仇为父，也属过甚。隋主因遣开府徐平和，出使突厥，册封千金公主为大义公主，许与通好。沙钵略复书隋主，尚自称天生大突厥天下贤圣天子沙钵略可汗，隋主也不与多校，但答书云：“朕为沙钵略妇翁，应视沙钵略如儿子，此后当时遣大臣，出塞省女，亦省沙钵略”云云。

未几，即授虞庆则为尚书右仆射，长孙晟为车骑将军，同赴突厥。既至沙钵略庐帐，使沙钵略拜受敕书。沙钵略盛兵相见，高坐帐中，诈称有病不能起立，且狞笑道：“我诸父以来，从未向人下拜。”庆则正言诘责，沙钵略仍不肯从。长孙晟接入道：“突厥与隋俱大国天子，可汗不起，也不便违意，但可贺敦为隋帝女，可汗就是大隋女婿，怎得不敬礼妇翁？”沙钵略乃笑顾群下道：“须拜妇翁吗？”乃起拜顿颡，跪受玺书，戴诸首上，方才起身，嘱达官款待隋使。待庆则等退往别帐，沙钵略又不禁自惭，甚至悲恸。越日，庆则又入见沙钵略，迫令称臣。沙钵略又顾左右道：“臣字是甚么讲解？”左右答道：“隋朝称臣，就是我国称奴呢。”沙钵略道：“得为大隋天子奴，统由虞仆射的功劳，不可无物相酬。”番奴究有呆气。乃馈庆则马十匹，并妻以从妹，留住数旬，方才遣归。

惟阿波可汗既与沙钵略有隙，独立北方，渐渐的拓土略地，役使诸胡，东控都斥，西越金山，所有龟兹、铁勒、伊吾诸部落，及西域各小国，相率投附，阿波遂自称西突厥。沙钵略隐惮阿波，又畏达头，复遣人向隋告急，愿率部众度漠南，寄居白道川。隋主允如所请，并命晋王广带兵往援，赍给粮食，赐以车服鼓吹。沙钵略得此资助，因西击阿波，得胜而归，乃与晋王广立约，指碛为界，且上表道：“天无二日，土无二王，大隋皇帝是真皇帝，从此屈膝稽颡，永为藩附。”长孙晟之策，可算完功。当下遣子库合真入朝。库合真至隋都，隋主下诏道：“沙钵略前虽通好，尚为二国，今作君臣，便成一体，华夷合德，共庆升平。”乃肃告郊庙，颁诏远近。且召库合真至内殿，赐以盛宴；又引见皇后，赏劳甚厚。库合真拜舞辞行，归报沙钵略，沙钵略大喜。嗣是岁时贡献，相续不绝。

隋主虽服役沙钵略，尚恐胡人为寇，乃更发丁夫，修筑长城。内地择要置仓，转运入关，使不乏食。又自大兴城东至潼关，凿渠引渭，借通运道，名为广通渠。尚书长孙平奏称：“每年秋季，令民家各出粟麦一石，贫富为差，储诸里社，预备凶荒。”隋主亦当然依议，取名义仓，一面减徭役，弛酒盐禁，求遗书，修五礼，罢郡为州，颁甲子元历，端的是兴朝气象，国泰民安。隋朝统一，实肇于此。

西方有党项羌，闻风款关，请求内附。隋主慰谕来使，礼遣归国，独吐谷浑太子诃乞降请兵，隋主不许，原来吐谷浑王夸吕，见七十七回。在位日久，尝出兵寇掠陇西，惟不敢深入。隋初亦屡为边患，多被戍军击退。开皇六年，夸吕年已昏耄，喜怒无常，好几次废杀太子，少子嵬王诃依次为储，惩戒前辙，欲率部落万余户降隋，因上表隋廷，请兵出迎。隋主坚慨然道：“吐谷浑风俗浇漓，大异中华，父既不慈，子又不孝，朕以德训人，奈何反助成恶逆呢？”乃召来使入见，正色与语道：“父有过失，子当谏诤，岂可潜谋非法，自居不孝？普天下皆朕臣妾，各为善事，便副朕心，汝嵬王既欲归朕，朕但饬嵬王谨守子道，怎得远遣兵马，助他为恶呢！”隋主此诏甚是，奈何教子无方，后来自蹈此辙。来使唯唯自去。诃乃不至。

先是尉迟迥败殁，隋用梁士彦为相州刺史，未几即召还京师，置诸散秩。士彦自恃功高，甚怀怨望。宇文忻与士彦同功，封拜右领军大将军，恩眷甚隆。独高颎谓忻有异志，不可久握兵权，乃免去官职，忻亦因此怏怏。两人闲居京师，屡相往来。忻遂密语士彦道：“帝王岂有定种，但得有人相扶，何不可为？公可往蒲州起事，我必从征，两阵相当，即可从中取事，天下不难手定哩。”士彦甚喜，密商诸柱国刘昉，昉极力赞成，愿推士彦为帝。看官听说！这刘昉自撤去司马，见疏隋主，本已抑郁无聊，此次推戴士彦，又别有一种用意。士彦继妻有美色，为昉所羡，因与士彦格外亲昵，交游日久，竟得把士彦妻勾搭上手，暗地通奸，士彦尚似睡在梦中，反引昉为知己。昉乃随口附和，幸得事成，当然是佐命元勋，否即归罪士彦，自己好设法摆脱，或得与士彦妻永久欢娱，亦未可知。淫恶已甚，天道难容。偏偏事出意外，三人密谋，竟被士彦甥裴通上书讦奏。隋主坚疑通挟嫌，或有诬控情事，因特授士彦为晋州刺史，且使人潜伺情伪。士彦语忻及昉道：“这真是天意了。”言下很有喜色。隋主得报，待士彦入朝辞行，乃令卫士将他拿下，并饬拘忻及昉，研鞫得实，一并伏诛。士彦年已七十二，忻亦已六十四岁，惟昉尚不过半百。怪不得士彦继妻，与他通奸。老且谋逆，真是何苦！徒落得身首异处，贻臭万年，这且不必细表。

且说开皇七年，突厥沙钵略可汗，遣子入贡，且请游猎恒、代间，隋主优诏允许，更遣人驰至猎场，赐给酒食。沙钵略挈领徒众，再拜受赐。及还归营帐，得病身亡，讣达隋廷，隋主坚辍朝三日，并请太常卿吊祭，隐示怀柔。沙钵略有子雍虞闾，性质懦弱，所以沙钵略遗命，传位与弟处罗侯。处罗侯不受，且语雍虞闾道：“我突厥自木杆可汗以来，尝以弟代兄，以庶夺嫡，违背祖训，不相敬畏。汝今当嗣位，我愿拜汝。”雍虞闾道：“叔与我父共根连体，我乃枝叶，怎得不顾本根，屈尊就卑，况系亡父遗命，不可不遵，愿叔父勿疑！”两人逊让至五六次。处罗侯始入嗣兄位，号为莫何可汗，叔侄相让，不意复出诸番俗。遣使至隋，上表言状。隋使车骑将军长孙晟，驰节加封，并赐鼓吹旗幡，处罗侯自然拜谢，厚礼待晟，派兵送至境上。当下将所赐旗鼓，耀武扬威，西击阿波。阿波各部众，惊为隋兵相助，望风降附。处罗侯又素谙武略，竟得捣入北牙，擒住阿波，奏凯东归，上书隋朝，请处置阿波生死。隋主召群臣会议，安乐公元谐，谓宜就地枭斩，武阳公李充，谓宜生取入朝显戮，以示百姓。独长孙晟献议道：“今若突厥叛命，原应正刑敕法，今彼兄弟自相残灭，并非由阿波负我国家，倘因彼穷困，便即取戮，转非招远怀携的至意，不如两存为是。”左仆射高颎亦谓：“骨肉相残，不足示训，请从晟言以示宽大。”隋主乃赦免阿波，徙置荒郊，令处罗侯乘便管束，阿波愤郁而死。已而处罗侯西略诸胡，身中流矢，创重致毙。部众因拥立雍虞闾，号为都蓝可汗。千金公主，还是一个半老徐娘，尚存丰韵，雍虞闾又援引俗例，据为己妇，于是千金公主，做了第三次的可贺敦。小子有诗叹道：

夷俗原来惯聚麀，如何汉女亦相侔？

堪嗟廉耻淩夷尽，淫妇宁能报国仇！

雍虞闾嗣立以后，仍然累岁朝贡，通使不绝。隋廷既得抚定西北，遂议经略东南，欲知后事，请看官续阅下回。

以夷攻夷，为中国制夷之上策，汉班超之所以制匈奴者在此，隋长孙晟之所以制突厥者亦在此。盖夷人无亲，又无信义，诱之以利，怵之以威，未有不为人所欺，而自相残杀者。晟上书计事，不过寥寥数语，而夷虏已在目中，厥后依策施行，无不获效，乃知制夷不难，难在无制夷之策，与制夷之人耳。千金公主，不忘宗祀，尚知不共戴天之义，然始妻佗钵，继妻沙钵略，最后又妻都蓝，节且不顾，义乎何有？况反颜事仇，甘为杨氏女耶？妇女见浅识微，断不足与语大事，有如此夫！

第八十四回

设行省遣子督师
避敌兵携妃投井

却说隋主坚既平西北，便思规划东南，可巧后梁启衅，召动隋师，于是后梁被灭，陈亦随亡。后梁主岿，孝慈俭约，颇得民心，尉迟迥发难，岿用柳庄言，不与联络，及闻迥等败殁，召庄入语道："我若不从卿言，社稷已不守了。"嗣是贺隋登极，岁时致贡。隋主坚亦恩礼相加，屡给厚赐，寻且纳岿女为晋王广妃。补叙隋、梁交涉，为前后呼应文字。岿在位二十三年，至开皇五年五月病终，后梁谥为孝明帝，庙号世宗，子琮嗣位，年号广运，时人已谓运字从军从走，目为不祥。年号何关兴亡？附会之谈，不足尽信。琮在位后，遣大将军戚昕，率舟师袭陈境，不克乃还。未几有将军许世武，潜谋通陈，谋泄被诛。越年，隋主坚征琮入朝，江陵父老，送琮下舟，相率陨涕道："我君恐不复返了。"如何晓得？隋廷因琮离江陵，特遣武乡公崔弘度引兵代守，行次都州，琮叔父岩及弟巘等，恐弘度掩袭，遽向陈荆州刺史陈慧纪处，通使乞降。慧纪引兵至江陵，岩等遂驱文武官民一万余口，东奔陈国。隋主闻报，忙令高颎率兵往援，陈军乃退。颎留兵驻守，返报隋主。隋主不使琮南返，竟将江陵夷为郡县，派官治民，于是后梁灭亡。后梁自萧詧称帝，共历三世，合计得三十三年。琮留寓长安，受封莒国公，后幸得善终，不消细述。

先是隋主坚有意图陈，尝向高颎问计，颎答道："江北地寒，收成较晚，江南水田早熟，若乘彼收获，稍征士马，扬言掩袭，彼必屯兵守御，旷废农时。彼既聚兵，我便解甲。如此数次，彼必谓我虚声恫吓，不足为虑，我乃济师渡江，直指建康，彼怠我奋，定可取胜。又江南土薄，舍多茅竹，所有储积，皆非地窖，当密遣人因风纵火，毁彼粮储，彼兵备既弛，粮食又罄，尚能不为我灭么？"隋主一再称善，如法困陈。陈人果困，至陈纳萧岩等降人，隋主益愤，顾语高颎道：“我为民父母，岂可限一衣带水，不往拯救么？”颎因请指日代陈。隋主命大造战船，为出兵计，群臣请秘密从事，隋主道：“我将显行天诛，何必守密呢？”并使投楫江中，任他东下，且颁谕道：“若彼知惧改过，我复何求？”居然想为仁义师。那陈主叔宝，却深居高阁，整日里花天酒地，不闻外事。中书舍人傅縡直谏被杀，江总、孔范专务贡谀，反得加官进禄。至德五年元日，有人报称甘露降，灵芝生，叔宝大喜，改年应瑞，就称是年为祯明元年。诏敕方颁，即闻地震，媚臣谐子，且随口捏造，称为阳气振动，万汇昭苏的吉兆。及萧岩、萧瓛，渡江请降，陈廷又是一番庆贺，颁诏大赦，立授岩为平东将军，领东扬州刺史，瓛为安东将军，领吴州刺史，还道是布德行惠，近悦远来。太子胤未闻失德，尝在太学讲诵《孝经》，志在身体力行，尝使人入省母后，问安视暖。母后沈氏，免不得遣令左右，谕慰东宫。张贵妃宠冠后庭，密谋夺嫡，竟与孔贵嫔串同一气，谗构皇后太子，但说他往来秘密，恐有异图。孔范等又入为证人，更兼沈皇后素来无宠，遂致有道储君，无辜被废，降为吴兴王。张贵妃所生子深，竟得立为太子。已而妖异迭出，雨旸不时，郢州水黑，淮渚暴溢，有群鼠渡淮入江，无数漂没。东冶铸铁，空中忽堕下一物，隆隆如雷形，色甚赤，铁汁致飞出墙外，毁及民居，还有蔓草久塞的临平湖，无故自辟，草死波流，朝野诧为奇事，哗传一时。叔宝才有所闻，心中亦未免惊异，因卖身佛寺，良愿为奴，作为厌胜。张贵妃本来佞佛，往往托词神鬼，蛊惑叔宝，至此在宫中竞设淫祀，召集妖巫，祈福禳灾。叔宝又敕建大皇寺，内造七级浮图，工尚未竣，为火所焚。那祭天告庙的礼仪，反多阙略，好几年不见驾临。大市令章华，博学能文，因为朝臣所抑，尝郁郁不得志，至是独上书极谏，略云：

昔高祖南平百越，北诛逆虏，世祖东定吴会，西破王琳，高宗克复淮南，辟地千里，三祖之功勤亦至矣。陛下即位，于今五年，不思先帝之艰难，不知天命之可畏，溺于嬖宠，惑于酒色，祠七庙而不出，拜三妃而临轩，老臣宿将，弃之草莽，谄谀谗邪，升之朝廷。今疆场日蹙，隋军压境，陛下犹不改弦更张，臣见麋鹿复游于姑苏矣。

这书呈入，顿时大触主怒，即令斩首，且益逞荒淫。一年容易，又是春来，叔宝遣散骑常侍袁雅等聘隋，又令散骑常侍周罗睺，出屯峡口，侵隋峡州。和中寓战，叔宝亦自诩妙计耶？隋主正令散骑常侍程尚贤等报聘，忽闻峡州被侵消息，乃决计伐陈，传敕中外，敕文有云：

昔有苗不宾，唐尧薄伐，孙皓僭虐，晋武行诛。有陈窃据江表，逆天暴物，朕初受命，陈顼尚存，厚纳叛亡，侵犯城戍。勾吴闽越，肆厥残忍，于时王师大举，将一车书。陈顼返地收兵，深怀震惧，责躬请约，俄而致殒。朕矜其丧祸，特诏班师。叔宝承风，因求继好，载伫克念，共敦行李。每见珪璪入朝，輶轩出使，何尝不殷勤晓谕，戒以维新？而狼子之心，出而弥野，威侮五行，怠弃三正，诛翦骨肉，夷灭才良，据手掌之地，恣溪壑之险，劫夺闾阎，资产俱竭，驱蹙内外，劳役弗已，微责女子，擅造宫室，日增月益，止足无期，帷薄嫔嫱，几逾万数，宝衣玉食，穷奢极侈，淫声乐饮，俾昼作夜，斩直言之客，灭无罪之家。欺天造恶，祭鬼求恩，盛粉黛而执干戈，曳罗绮而呼警跸，自古昏乱，罕或可比。介士武夫，饥寒力役，筋髓罄于土木，性命俟于沟渠。君子潜逃，小人得志，天灾地孽，物怪人妖，衣冠钳口，道路以目。倾心翘足，誓告于我。日月以冀，父奏相寻。重以背德违言，摇荡疆场，巴峡之下，海澨以西，江北江南，为鬼为蜮，死垄穷发掘之酷，生居极攘夺之苦。抄掠人畜，断绝樵苏，市井不立，农事废寝。历阳、广陵，窥觎相继，或谋图城邑，或劫剥吏人，昼伏夜游，鼠窜狗盗。彼则羸兵敝卒，来必就擒，此则重门设险，有劳藩捍。天之所覆，无非朕臣，每关听览，有怀伤恻。有梁之国，我南藩也，其君入朝，潜相招诱，不顾朕恩。士女深迫胁之悲，城府致空虚之叹，非直朕居人上，怀此不忘，且百辟屡以为言，兆庶不堪其请，岂容对而不诛，忍而不救。近方秋始，谋欲吊民，益部楼船，尽令东骛，便有神龙数十，腾跃江流，引伐罪之师，向金陵之路，船住则龙止，船行则龙去，三日之内，三军皆睹，岂非苍旻爱人，幽明展事，降神先路，协赞军威？以上天之灵，助戡定之力，便可出师授律，应机诛殄，在斯举也，永清吴越。其将士粮仗，水陆资须，期会进止，一准别敕。特此颁告天下，使众周知！

敕书既发，又令钞录三十万纸，传示江南。陈廷闻隋将大举，再遣散骑常侍许善心，诣隋修和。隋主留置客馆，不复遣归，一面贻送玺书，数陈主二十过恶，并命就寿春设淮南行省，即用晋王广为行省尚书令，告诸太庙，授钺南征。再令秦王俊及清河公杨素，俱为行军元帅，使广出六合，俊出襄阳，素出永安，并饬荆州刺史刘仁恩出江陵，蕲州刺史王世积出寿春，庐州总管韩擒虎出庐州，吴州总管贺若弼出广陵，凡总管九十人，兵五十一万八千人，统受晋王广节度，旌旗舟楫，横亘数十里。重用次子，已开逆恶之萌。授左仆射高颎为晋王元帅府长史，右仆射王韶为司马，军事皆由二人参决，相机进行。

隋主相率临江，高颎问郎中薛道衡道：“江东可攻取否？”道衡道：“此去定可成功。尝闻晋郭璞有言，江东分王三百年，复与中国统合，今此数将周，是一可取；主上恭俭勤劳，叔宝荒淫骄侈，是二可取；国家安危，寄诸将相，彼用江总为相，惟事诗酒，萧摩诃、任蛮奴即任忠小字。为大将，不过匹夫小勇，怎能当我大敌？是三可取；我有道，国势复大，彼无德，国势又小，彼甲士不过十万，西自巫峡，东至沧海，分戍即势悬力弱，合屯又守此失彼，是四可取。有此四机，席卷江东不难了，何必多疑。”颎欣然道：“得君数言，成败已可预定，素知君才，今益令人信服了。”遂驱军前进。

郭璞（276—324），字景纯，河东闻喜（今属山西）人，东晋文学家、训诂学家。东晋初为著作佐郎，后王敦任为记室参军。王敦欲谋反，命其卜诬，郭璞谓其必败，为王敦所杀。诗文著作多达百卷以上，其中以《游仙诗》为主要代表。

陈命散骑常侍周罗睺，都督巴峡沿江诸军，堵御隋师。隋秦王俊屯兵汉口，节制上流。杨素率舟师下三峡，径至流头滩，与狼尾滩相近。狼尾滩地形险峭，却有陈将戚昕，带着战舰扼守。素待至夜间，亲督黄龙舟数千艘，衔枚疾进，冲击陈舰。昕仓猝遇敌，与战失利，弃滩东走。素俘得陈人，悉数纵还，秋毫无犯，遂驱水军东下，舳舻蔽江，旌旗耀日。素容貌壮伟，坐大船中，好似金甲神一般，陈人惊为江神，沿途溃散。江滨诸戍，相继告警。施文庆、沈客卿反匿不上闻。陈江中无一战船，上流戍兵，又皆为杨素军所阻，不得入援，眼见是长江天堑，为敌所逾。陈护军将军樊毅，闻隋军逼近，忙进白仆射袁宪道：“京口、采石，俱系要地，须各出锐兵五千，分载金翅舟二百艘，沿江守御，借备不虞。”宪亦以为然，乃与文武群臣共议，请如毅策。独施文庆、沈客卿以为多事，仍然迁延。宪又邀同萧摩诃，再三奏请，叔宝亦欲依议，偏文庆、客卿共启叔宝道：“寇敌入境，已成常事，边城将帅，尽足堵御，何必多出兵船，自致惊扰。”叔宝再召江总熟商，总亦依违两可，未能决定。孔范独大言道：“长江天堑，限制南北，今日虏军，岂能飞渡么？”叔宝遂耽乐如常，奏乐侑酒，赋诗不辍，且从容语侍臣道：“金陵素钟王气，齐兵三来，周师再至，无不摧败。隋军亦何能为呢？”嗣是警报频来，悉置不问。

祯明三年正月朔，陈主叔宝朝会群臣，大雾四塞，殿中皆黑，

贺若弼（544—607），字辅伯，隋河南洛阳人。鲜卑族。北周时，任寿州刺史。入隋，任吴州总管，献取陈十策。开皇九年（589年）为行军总管，受杨广节制伐陈。大破陈军于蒋山（即钟山，在今江苏南京）。以灭陈功进爵宋国公，官至右武侯大将军。隋炀帝时，与高颎等议论朝政得失，被杀。

叔宝不以为奇。退朝以后，张贵妃以下俱来庆贺，当下开筵欢饮，灌得烂醉如泥，入寝鼾睡，直至昏黄，方才醒觉。越日，由采石镇驰到急报，乃是隋将贺若弼，自广陵引兵渡江，韩擒虎亦自横江夜渡采石，沿江一带，多已失守了。虽有天堑，无人如何为守。文庆等也不便抑置，只好奏闻叔宝。叔宝才觉惊忙，召公卿入议军情，内外戒严。命骠骑将军萧摩诃、护军将军樊毅，中领军鲁广达，并为都督，司空司马消难及新除湘州刺史施文庆，并为大监军，南豫州刺史樊猛，率舟师出白下，散骑常侍皋文奏，率兵镇南豫州，重立赏格，招募兵士，僧尼道士，尽令执役。急时抱佛脚，恐已来不及了。这边方调将遣兵，陆续出发，那边已乘风破浪，踊跃前来。贺若弼攻拔京口，擒住南徐州刺史黄恪，恪部下六千人，也尽作俘囚。弼给粮慰道，各付敕书，嘱他分道宣谕，于是所至风靡。韩擒虎先下采石，继陷姑熟，入南豫州城。皋文奏弃城东奔，所有樊猛妻子，悉被虏去。猛方与左卫将军蒋元逊，游弋白下，突闻妻子被虏，当然心惊。叔宝还防他有异志，欲遣镇东大将军任忠代猛，先令萧摩诃谕意。看官！试想这樊猛，愿意不愿意呢？摩诃因猛不愿意，启闻叔宝，叔宝又不便改调，仍令猛照旧办事。如此驭将，怎得死力？

鲁广达子世真留屯新蔡，与弟世雄同降隋军，且为隋招降广达。广达将书呈奏，并自劾待罪。叔宝传敕抚慰，仍使督军如故。怎奈隋军所向无前，贺若弼从南道进兵，韩擒虎从北道进兵，势如破竹，如入无人之境。叔宝连接警耗，亟使司徒豫章王叔英屯朝堂，萧摩诃屯乐游苑，樊毅屯耆阇寺，鲁广达屯白土冈，孔范屯宝田寺。适任忠自吴兴入援，令屯朱雀门。偏贺若弼进据钟山，韩擒虎进踞新林，隋元帅晋王广，又遣总管杜彦助新林军。陈将纪瑱，驻守蕲口，复被隋蕲州总管王世积击走，陈人大骇，相率降隋。

叔宝素来淫佚，不达军事，至此已成眉急，才觉易喜为忧，昼夜啼泣，台中处分，尽任施文庆。文庆忌诸将有功，每遇将帅启请，皆搁置不行。萧摩诃屡请出战，并不见从。既而奉命入议，摩诃尚欲袭击钟山，任忠时亦在侧，独出言谏阻道：“兵法有言：‘客贵速战，主贵持重。’今国家足食足兵，还应固守台城，沿淮立栅，北军虽来，勿与交战，但分兵阻截江路，又给臣精兵一万，金翅舟三百艘，下江径掩六合，且扬言欲往徐州，断彼归途，彼军前不得进，后不得归，必致惊乱，不战自走。待春水既涨上江，周罗睺等得顺流来援，表里夹攻，必可破敌，这岂非是良策吗？”此策若用，陈可不亡。叔宝终未能决，踌躇了一昼夜，忽跃然出殿道：“兵久相持，未分胜负，朕已厌烦得很，可呼萧郎出战。”摩诃承宣趋入。叔宝忙说道：“公可为我决一胜负！”摩诃答道：“出兵打仗，无非为国为身，今日出战，兼为妻子。”叔宝大喜道：“公能为我却敌，愿与公家共同休戚。”摩诃拜谢而退。任忠叩首力谏，坚请勿战。叔宝不答，但宣摩诃妻子入宫，先加封号，一面颁发金帛，犒军充赏。

摩诃部署军伍，严装戎行，令妻子入宫候命，自出都门御敌。摩诃前妻已殁，娶得一个继室，却是妙年丽色，貌可倾城，当下艳妆入宫，拜谒叔宝。叔宝见色动心，乃不料摩诃有此艳妻，一经见面，又把那国家大事，置诸度外，便令设宴相待，留住宫中。摩诃子引见后，嘱令出宫候封，自与摩诃妻调情纵乐，作长夜欢。妇人多半势利，况摩诃老迈，未及叔宝风流，一时情志昏迷，竟被叔宝引入龙床，勉承雨露。亡国已在目前，还要这般淫纵，真是无心肝。摩诃哪里知晓，出与诸军组织阵势，自南至北，从白土冈起头，最南属鲁广达，次为任忠，又次为樊毅、孔范，摩诃最北，好似一字长蛇阵，但断断续续，延袤达二十里，首尾进退，不得相闻。隋将贺若弼轻骑登山，望见陈军形势，已知大略，即驰下山麓，勒阵以待。鲁广达出军与战，势颇锐悍，隋军三战三却，约死二百余人。弼令军士纵火放烟，眯住敌目，方得再整阵脚，排齐队伍，暂守勿动。

萧摩诃闻南军交战，正拟发兵夹攻，忽有家报传到，妻室被宫中留住，已有数日，料知情事不佳，暗地里骂了几声昏君，不愿尽力，遂致观望不前。鲁广达部下初战得胜，枭得隋军首级，即纷纷还都求赏。贺若弼见陈军不整，复驱军再进，自率精兵攻孔范。范素未经战，蓦与若弼相值，不禁气馁。兵士方才交锋，他已拨马返走。主帅一奔，全军皆溃，就是鲁广达、樊毅两军，也被牵动，一并哗散。任忠本不欲战，自然退去。萧摩诃心灰意懒，也拟奔回。哪知隋军四面杀到，害得孤掌难鸣，且自已年力又衰，比不得少年猛健，一时冲突不出，竟被隋将员明擒去，送至贺若弼前。若弼命推出斩首，摩诃面不改色，反令若弼称奇，乃释缚不杀，留居营中。

任忠驰回都阙，报称败状，并向叔宝道：“官家好住，臣无所用力了。”叔宝着急，尚给金两縢，使募人出战。忠徐徐道：“陛下但当备具舟楫，往就上流诸军，臣愿效死奉卫。”叔宝应诺，命忠出集舟师，自嘱宫人装束以待。哪知忠已变意，潜赴石子冈，往迎韩擒虎军，直入朱雀门。守军欲战，忠摇手示意道：“老夫尚降，诸军何事？”虽由主听不聪，如此作为，终属不忠。大众听了，便即散走。台城内风声骤紧，文武百官，一概遁去。惟尚书仆射袁宪在殿中，尚书令江总在省中，叔宝见殿中无人，只留一宪，不禁泣语道：“我向来待卿，未及他人，今日惟卿尚留，不胜追愧，朕原不德，也是江东气数，已经垂尽了。”尚不肯全然责己，还想诿诸气数。说着，匆遽入内，意欲避匿。宪正色道：“北兵入都，料不相犯，事已至此，陛下去将何往？不若正衣冠，御正殿，依梁武帝见侯景故事。”叔宝不待说完，便摇首道：“兵锋怎好轻试？我自有计。”言已趋入，急引张贵妃、孔贵嫔两人，至景阳殿后，三人并作一束，同投井中。

台城已无守吏，一任隋军驰入。韩擒虎既至殿中，令部众搜寻叔宝，四觅无着，及见景阳井上，有绳系着，趋近探视，见下面有人悬住，连呼不应，乃拾石投入，才闻有号痛声。原来井中水浅，不致溺毙，隋军引绳而上，势若甚重，经数人提起，始见有一男二女，男子便是陈叔宝，当然大喜，即牵送至韩擒虎处，听候发落。豫章王叔英已经出降，沈皇后居处如常，太子深年方十五，开阁静坐，至隋军排闼进去，深从容与语道：“戎旅在途，得勿劳苦么？”隋军见他颜色自若，却向他致敬，不敢相侵。鲁广达退守乐游苑，未肯降敌，贺若弼乘胜与争，广达苦斗不息，战至日暮，手下将尽，始解甲面台，再拜恸哭道：“我身不能救国，负罪实深了。”乃出降隋军。

若弼闻韩擒虎已得叔宝，呼令相见。叔宝惶惧异常，向弼再拜。弼与语道：“小国君主，只当大国上卿，拜亦常礼，入朝不失作归命侯，何必多惧呢？”乃使叔宝居德教殿，用兵监守，自恨功落人后，与韩擒虎龃龉，且欲令叔宝作降笺，归已报闻。事尚未行，晋王广已使高颎入建康，料理善后事宜。颎子德弘，随后踵至，传述广命，使留张丽华。颎勃然道：“昔太公灭纣，尝蒙面斩妲己，此等妖妃，岂可留得？”说着，便令兵士取入张贵妃，斩首以徇。小子有诗叹道：

国既亡时身亦亡，临刑反为美人伤。

蛾眉螓首成虚影，地下可曾悔惹殃。

晋王广既遣德弘传命，复启节东下，来视张丽华，途次闻丽华已死，禁不住愤闷起来。欲知后事，且阅下回。

叔宝之恶，不如子业、宝卷之甚。子业屠灭宗族，宝卷渎乱天伦，而叔宝无是也。但宠艳妃，嬖狎客，杀谏臣，有一于此，未或不亡，况并三者而具备耶。隋军大举，鼓檝渡江。沿江各戍，望风奔溃，叔宝尚委政宵小，恣情声色，可战不战，不可战而战，甚至敌临城下，犹奸通萧摩诃妻，如此淫肆，欲不亡得乎？景阳殿后，挈妃入井，向使毕命井中，即未足与殉社稷者比，而井底鸳鸯，冢成连理，未始非江东佳话。为叔宝计，其亦差足自慰欤？然天不从愿，出井见敌，再拜隋将，徒自贻羞，而张贵妃且难免刀头之阨，红颜白骨，作孽难逃，观于此而世之为妃妾者，可以返矣；世之为人主者，亦可以戒矣。

第八十五回

据湘州陈宗殉国 抚岭表冼氏平蛮

却说晋王广系念张丽华，驰诣建康，途中闻高颎违命，竟把丽华杀死，不由的惊愤道：“古云无德不报，我必有以报高公。”言下犹恨恨不已。及既入建康，高颎等上前迎接，广虽心恨高颎，面上却不露声色，仍然照常相见，随即慰劳三军，安抚百姓，一面拿住施文庆、沈客卿、阳惠朗、徐哲、暨慧景五人，责他蔽主害民，一并斩首，即令高颎与元帅府记室裴矩，收图籍，封府库，所有金帛珍玩，广皆不取。当时军民人等，统说晋王贤德，哪知他是沽名钓誉，笼络人心呢。隐伏下文。

贺若弼先期决战，违背军令，广收付属吏，并遣使驰驿奏闻。隋主闻江南已平，很是欣慰，且传诏示广，谓：“平定江表，功出韩、贺二人，不应吹求微疵，可将功抵罪，各赐帛万匹。”又别诏褒美韩、贺，并及前敌各将士。陈使许善心，尚留隋客馆中，隋主坚遣人相告，谓陈已灭亡，可归诚我朝。善心不禁大恸，改著缞服，就西阶下席草危坐，东向涕泣，三日不移。隋主复颁敕慰唁，越日又有诏至馆，命为通直散骑常侍，赐衣一袭。善心号哭尽哀，乃入房改服，出就北面，垂泪再拜，受隋敕书。既愿事仇，何必如许做作。翌晨，诣阙谢敕，伏泣殿下，悲不能兴。隋主顾左右道：“我平陈国，只幸得此人，彼能怀念旧君，他日即我朝纯臣呢。”遂谕令平身，入直门下省，善心泣拜而退。从此遂低首下心，长作隋朝臣仆了。含蓄不尽。

陈水军都督周罗睺，与郢州刺史荀法尚，尚守江夏。隋秦王俊督三十六总管，及水陆十余万众，屯驻汉口，不得前进。陈荆州刺史陈慧纪，又遣内史吕忠肃进据巫峡，凿岩系链，锁住上流，堵遏隋师，且自出私财，充作军用。隋清河公杨素，麾兵奋击，与忠肃大小四十余战，忠肃踞险力争，杀死隋兵五千余人。嗣闻建康被困，士无斗志，杨素乘间猛攻，忠肃不能固守，弃栅南奔，退据荆门境内的延洲，素驶舟追击，大破忠肃，俘得甲士三千余人，忠肃孑身遁去。于是陈慧纪亦自知难守，毁去储蓄，引兵东下。巴陵以东，尽为隋有。陈晋王叔文方卸任湘州，还至巴县，慧纪欲推为盟主，号召沿江各军，入援建康，偏被隋秦王俊军阻住。叔文又率巴州刺史毕宝等，向俊请降。慧纪徒望东慨叹，无计可施。

会建康已平，晋王广命陈叔宝作书，招谕上江诸将，诸城闻风解甲。周罗睺与诸将大哭三日，放兵散马，乞降俊军。陈慧纪势孤力蹙，也只好出降，上江皆平。隋将王世积在蕲口，移书告谕江南诸郡，江州、豫章，依次降隋，隋遂撤去淮南行省，但命诸将分途略定。陈吴州刺史萧瓛，自梁投陈，料知隋不相容，独募兵抗隋。隋大将军宇文述等，引兵进击，瓛连战皆败，竟为所擒。东扬州刺史萧岩，以会稽降，述将他弟兄并入囚车，押解长安。隋主坚责他负国忘恩，立命处斩。了结岩、瓛，顾应八十三回。

独湘州刺史岳阳王陈叔慎，系高宗顼第十六子，年甫十八，方才莅任，城中将士，闻隋军已据荆门，相距不远，相率谋降。叔慎设宴厅中，召集文武僚吏，举酒相属道："君臣大义，就此扫地么？"长史谢基，投袂起座，伏地呜咽，助防遂兴侯陈正理，陈宗室。亦慨然起语道："主辱臣死，诸君独非陈臣么？今天下有难，正当见危授命，就使无成，尚见臣节，今日不宜再误，宜力图恢复，后应者斩！"众闻此言，乃齐声许诺，自是刑牲结盟，誓同生死。适隋将庞晖，奉杨素命，招抚湘州，正理与叔慎商定密计，遣人赍诈降书，往迎庞晖。晖贸然驰至，叔慎伏甲待着，一俟晖入城门，发伏执晖，斩首徇众。晖手下有数十人，也同时拘住，杀得一个不留。叔慎亲至射堂，募集兵士，数日间得五千人。衡阳太守樊通，武州刺史邬居业，皆举兵入助。隋正命薛胄为湘州刺史，道过荆州，得见杨素，已知湘州拒命，便与素部下行军总管刘仁恩，会师进攻。行至湘州城下，陈正理、樊通督兵迎战，两下相交，隋军比守军加倍，且都是惯战健卒，哪里是陈、樊二人，所能抵挡？战不多时，守兵四溃，陈、樊逃回城中，门未及阖，薛胄已加鞭追入，顺手一槊，击毙樊通。隋军一拥而上，突进城中，先擒正理，次擒叔慎。刘仁恩不欲收兵，即往击横桥。横桥为邬居业屯守地，当下拒战失利，也为所擒。三人俱被解至汉口，秦王俊诘问数语，叔慎词色不挠，即为所害。正理、居业，相继受刑。叔慎虽死，义烈可风。

湘州已下，进略岭南，高凉郡太夫人冼氏，威爱素孚，望重岭外。子石龙太守冯仆，壮年不禄，竟尔去世。回应第七十六回。仆长子魂，尚在少年，赖冼太夫人主持郡事，所有岭南数郡，畏服如初。及陈为隋灭，岭南未有所属，便奉冼太夫人为主，称为圣母，保境安民。陈豫章太守徐璒，自豫章奔据南康，意欲联结岭南，独霸一方。隋命柱国韦洸等持节安抚，为璒所拒，洸等不得进，晋王广因岭南未平，复令叔宝作书，往贻冼太夫人，谕以陈亡，使她归隋。冼太夫人，乃召集首领会议，相对恸哭，结果是慎重民命，决迎隋使，乃遣冯魂率众迎洸。洸已调动军士，击杀徐璒，凑巧冯魂来迎，遂驰至广州，慰谕诸郡，略定岭南。表冯魂为仪同三司，册封冼太夫人为宋康郡夫人。衡州司马任瓌，劝都督王勇据岭南，求陈氏子孙，立以为帝。勇不能用，率部众降隋。瓌弃官自去，于是陈地悉入隋朝，得州三十，郡一百，县四百，陈亡。总计陈自武帝篡梁，至叔宝止，共历五主，凡三十二年。且由晋元帝东渡，偏安江左，中阅东晋、宋、齐、梁、陈五朝，共得二百七十三年，始为北朝所并，中国复归统一。唐李延寿作《南北史》把隋朝列入《北史》中，无非因他起自朔方，脱胎北周，后又仅得一传，便为李唐所灭，所以因类相聚，不复另起炉灶。小子就遵循故例，随笔叙下，看官不要疑我界划不明，模糊了事呢。再顾本书卷首，并将南北纪年叙清起讫，一笔不漏。闲文少叙。

且说晋王广振旅将归，奉诏毁平建康宫阙，俾民耕垦，更就石头城增置蒋州，派吏置兵，俱已就绪，乃奏凯还朝。所有陈叔宝以下，如后妃子女、公卿大臣，一并带归。水陆相继，累累不绝，隋主坚亲至骊山，慰劳旋师诸军，并入长安，献俘太庙。陈叔宝为首列，王公将相，并乘舆服御，天文图籍等，依次继进。两旁用铁骑夹道，由晋王广、秦王俊引入庙中，献告如仪。礼毕入朝，晋授晋王广为太尉，特赐辂车乘马，衮冕圭璧。广谢恩而出。越日，由隋主坚坐广阳门观，召见陈叔宝等，使纳言宣诏抚慰，又令内史传敕，责他君昏臣佞，乃至灭亡。叔宝及王公大臣，并惶惧伏地，不敢答词。屏息良久，始下赦书。叔宝舞蹈谢恩，余众亦随着叩谢。惟陈司空司马消难，前曾得罪奔陈，此次陈、隋交战，受任大监军，一筹莫展，也为所虏。隋主坚本欲加诛，因消难尝为父执，权从末减，特免他死罪，配为乐户。甫阅二旬，又加恩释免，特别引见，消难未免增惭；年又垂老，未几即死。鲁广达自悼国亡，遇疾不医，也即病终。

隋主坚再御广阳门，赐宴将士，门外堆满布帛，直达南郭，按班赏赐，计用三百余万匹，封杨素为越国公，贺若弼为宋国公，各赐金宝。惟韩擒虎为有司所劾，说他驭下不严，士卒在建康时，尝淫污陈宫，所以不得爵赏。擒虎心甚不平，遂与若弼争功御前，若弼道："至在蒋山死战，破陈锐卒，擒陈骁将，震扬威武，遂平陈国，韩擒虎并未剧战，怎得与臣比功？"擒虎道："本奉明旨，令臣与弼同时合势，进取伪都，弼乃先期进兵，遇贼即战，致将士伤毙甚多，臣但率轻骑五百，直捣金陵，降任蛮奴，注见前。执陈叔宝，据府库，倾巢穴，弼至夕方扣北掖门，由臣开关纳入。据此看来，弼功何在，尚得与臣比论么？”仿佛晋初浑浚。隋主坚温颜与语道：“两将俱为上勋，休得相争。”乃进擒虎位上柱国，赐帛八千匹，但仍未得封公。擒虎乃退。

隋主又召入高颎，面授上柱国，进爵齐公，赐帛九千匹，且面谕道：“公伐陈后，有人诬称公反，朕已将他斩讫。君臣道合，岂青蝇所得相间么？”颎再拜称谢。隋主又使与若弼论平陈事，颎答说道：“贺若弼先献十策，后在蒋山苦战破贼，功劳甚大。臣乃文吏，怎敢与大将论功？”隋主大笑道：“让德如公，真不可多得了。”嗣命秦王俊为扬州总管，都督四十四州军事，使镇广陵，令晋王广还镇并州。陈都官尚书孔范，散骑常侍王瑳、王仪，御史中丞沈瓘，统是误国佞臣。晋王广尚未加罪，至是由隋廷按查得实，投诸四裔，以谢吴、越。陈叔宝留寓隋都，尚蒙优待，惟宫人姊妹，多被没入掖廷，一妹进宫为嫔，就是将来的宣华夫人，一妹由隋主赐与杨素，一妹赐与贺若弼。叔宝全不在意，惟屡与监守官言，求一官号。监守官上白隋主，隋主坚微哂道：“叔宝全无心肝。”说着，又问叔宝平日何事？监守官答称：“叔宝常醉，少有醒时。”隋主又问他饮酒若干？监守官又答道：“每日与子弟共饮，约需一石。”隋主惊诧道：“一石如何使得，须要他节饮方好。”监守官应旨欲退，隋主又与语道：“随他罢，否则叫他如何过日？”因即命陈氏子弟，分置边州，使给田业，作为生计。又常给叔宝衣食，且随时引见，班同三品。并授陈尚书令江总，为上开府仪同三司。陈仆射袁宪，骠骑将军萧摩诃，领军任忠，为开府仪同三司。陈吏部尚书姚察为秘书丞。袁宪素有清操，且建康被陷，百官逃散，惟宪尚留住殿中，此事已为隋主所闻，隋主以为江表称首，陈散骑常侍袁元友，屡谏叔宝，隋主嘉他忠直，亦擢拜为主爵侍郎。隋主又尝语群臣道：“平陈时候，我悔不杀任蛮奴，彼受人荣禄，兼当重寄，不能横尸徇国，乃云无所用力。古有卫弘演纳肝，见列国时代。今乃有此任蛮奴，相差真太远了。”既知任忠不忠，奈何授为开府？况任忠以外，又有误国之江总，不诛而赏，俱属谬误。及陈水军都督周罗睺，入见隋主。隋主许以富贵，罗睺垂涕答道：“臣荷陈氏厚遇，坐视沦亡，无节可纪，今得免死，已沐陛下厚赐，还想什么富贵呢？”隋主颇为嘉叹，竟授为上仪同三司。南北混一，朝野清平，乃令武夫子弟，一体学经，所有民间甲仗，悉皆除毁。

贺若弼自矜前功，备述平陈计划，称为御授平陈七策，呈入殿廷。隋主坚不愿披阅，当即发还，且语若弼道：“公欲发扬我名吗？我不求名，公可自载家传。”若弼授书，怀惭退去。左卫将军庞晃等，入谮高颎，俱被隋主叱退，并召语颎道：“独孤公可比一镜，每被磨莹，皎然益明。”看官！你道隋主何故呼颎为独孤公？原来颎父宾尝为独孤信僚佐，赐姓独孤氏，所以呼为独孤公，优礼不名。颎前为帅府长史，曾奉隋主意旨，向上仪同三司李德林问计，转授晋王广。隋主坚因德林有功，加封郡公，已经宣诏。或语高颎道：“今若归功李德林，诸将必多愤惋，且公亦虚此一行了。”颎乃入白隋主，谓德林不应重赏，乃收回成命。德林本恃才好胜，累年不得升级，已是愤懑不堪，至此又不得叙功，未免恨上加恨。当时颎与苏威，大蒙宠任，德林屡与苏威异议，颎又尝左袒苏威，排斥德林。德林遂被黜为湖州刺史，未几复转徙怀州，竟致病死。德林为三朝臣，死不足惜，但高颎亦未免营私。楚州参军李君才，上书劾颎，隋主大怒，召君才入问。君才抗辞如故，益致隋主增恼，立命捶毙。

隋主自平陈以后，免不得猜忌臣僚，往往密遣左右，觇视内外，察知微过，辄加重罪。又患令史赃污，私令人赂遗金帛，得犯立斩。每在殿中捶人，鞭挞至死，不死亦即斩首。高颎等屡谏不省，兵部侍郎冯基，亦再三切谏，方有悔意。然转恨群臣不谏，又谴责数人。柱国郑译，乘时贡谀，请修正雅乐。此子又来出头。隋主命太常卿牛弘，国子祭酒辛彦之，博士何妥等，会议音律。弘奏言中国旧音，多在江南，今既得梁、陈旧乐，请加修缉，以备雅乐。所有后魏、后周等乐声，未叶宫商，可悉令停罢。乃诏与许善心、姚察等，参酌订正。

乐尚未成，一声遥警，江南各州郡，又复大乱。越州乱首高智慧，苏州乱首沈玄懀，皆揭竿起事，自称天子，东攻西掠，陷没许多州县，所有陈国故土，大半震动，几乎前功尽隳，南北又要分疆。笔亦不测。原来江东习成奢靡，历代刑法，又多疏缓，自隋军平陈，尽反旧政，苏威复作五教，使民传诵，士民遂有怨言，并且谣诼纷纭，谓隋将尽徙南人，转入关中，于是民情益骇。至高、沈两人作乱，百姓相率依附，夺城池，戕守令，且哗然道：“尚能使我诵五教么？”这消息传到隋廷，隋主当然忧虑，即遣越国公杨素，率兵南征。素即日登程，将要渡江，先使部将麦铁杖，夜乘苇筏，越江战贼，还而复往，为贼所擒。贼使三十人监守，铁杖夺取贼刀，乱斫守役，三十人多被杀伤，脱械逃归。素大加赏识，奏授仪同三司，因即麾动舟师，自扬子津逾江击贼。玄侩败走，追擒伏诛。素乘胜进攻越州，用裨将来护儿为前驱，南下浙江，但见江东岸上，贼营编列，绵亘数十里。江中贼船，亦不可胜计。护儿用轻舸数百，直登江岸，袭破贼营，复顺风纵火，烟焰蔽天。素麾众继进，大破智慧。智慧逃入海中，走保闽越。

素遣总管史万岁，率兵二千，陆行逾岭，堵截海岸，自率大舰浮海，奄至泉州，贼众皆散。智慧穷蹙无归，由贼党执送军前，当然枭首。又分兵追捕余贼，约阅数旬，悉数荡平。惟史万岁杳无音信，还道他全军陷没，因致消息不通。后由海中得一竹筒，内藏万岁书函，略言：“逾岭越海，攻破溪洞无数，前后七十余战，转斗至千余里，现已肃清海贼，指日北返”等语。素大喜过望，因即班师。且上奏万岁功绩，隋主也为叹美，厚赐万岁家属。此外平南诸将，自杨素以下，俱优叙有差。

素既北归，番禺夷人王仲宣，忽然起反，纠合叛众，围攻广州。柱国韦洸，尚在广州驻节，急忙招募兵士，开城拒贼，贼势甚是凶悍。洸与战不利，退回城中，登陴督御，一面向高谅乞援。冼太夫人遣孙冯暄领兵援洸。暄至衡岭，遇着贼党陈佛智，屯兵岭上。佛智与暄素来认识，彼此通问往来，竟将战事搁起。冼夫人闻暄逗留，遣使执暄，拘系州狱，另遣孙冯盎往袭佛智。佛智未曾防备，突见盎军杀入，不及逃去，遂为所杀。时韦洸中箭身亡，副使慕容三藏，代理军事。隋廷亦遣给事郎裴矩，南行剿抚，矩至南康，发兵数千人，击斩仲宣别将，进至南海。可巧冯盎与三藏会合，击走仲宣。冼夫人又亲自接应，共至南海迎接裴矩。矩闻冼夫人到来，却也不敢生慢，更命军士排班恭待。过了片刻，前驱已至，来了一位少年军将，唇红齿白，烨烨有光，料知他就是冯盎，已足令人生羡，后面便是宋康郡冼夫人，首戴金冠，身披银铠，上张锦伞，下跨介马，前导骑士，后拥甲楯，虽已年越花龄，尚是春盈眉宇。矩不禁暗暗喝采，未与晤谈，先已下马待着。非写裴矩有礼，实为冼夫人生色。冼夫人老眼无花，忙令孙儿下骑，自己亦从容下鞍。当由慕容三藏，从后趋到，邀同冼夫人及冯盎，上前见矩。彼此行过了礼，略谈数语，便相偕回入广州。矩因冼夫人望重岭南，请她一同巡行，安抚诸州。冼夫人绝不推辞，即同矩带着兵士，出城巡抚。苍梧首领陈坦，冈州首领冯岑翁，梁化首领邓马头，藤州首领李光略，罗州首领庞靖等，皆来参谒。矩承制署为刺史县令，还镇旧部，各首领欢跃而去。

岭南复定，矩使人驰驿上闻，有诏拜盎为高州刺史，追赠盎祖宝为谯国公，冼夫人为谯国夫人，特给印章，许开幕府，置官属，得征发六州兵马，便宜行事。且赦免冯暄前罪，拜为罗州刺史。待裴矩归朝后，复降敕褒美，赐帛五千匹。皇后独孤氏，亦颁给服饰。冼夫人并收贮金箧，并将梁、陈赐物，亦各藏一库，每岁大会，皆陈列庭中，指示子孙道："汝等宜尽赤心向天子，我事三代主，惟用一好心，今赐物具存，便是忠孝的食报呢。"后来复抚定俚獠，劾诛贪污，岭南无不称颂。至仁寿初年，才报寿终，隋廷谥为诚敬夫人。小子有诗赞道：

几番平虏见奇功，岭表扬仁众口同。
《南北史》中争一席，休言巾帼不英雄。

欲知隋朝后事，待至下回再表。

隋文平陈，与晋武平吴相似，惟陈之亡，与吴不同，迹其情事，颇似蜀汉。刘禅乐不思蜀，叔宝全无心肝，其类似一也；刘禅乞降，犹有北地王谌，叔宝被虏，犹有岳阳王叔慎，其类似二也。故北地王谌死而蜀始亡，岳阳王叔慎死而陈始亡，特为标叙，正以存臣子之大节耳。冼夫人保境拒守，得叔宝书，乃召集首领，相向恸哭，妇人犹知枕戈之义，叔宝何心？乃稽颡隋阙，伈伈伣伣，为民吏羞乎？厥后为民命计，始迎隋使，及番禺之乱，发兵助讨，嗣复与裴矩巡抚诸州，易乱为治，岭南之得免兵戈，未始非冼夫人之所赐也。本回叙冼夫人处，亦特笔表明，借巾帼以励须眉，作书者固隐寓深心欤？

第八十六回

反罪为功筑宫邀赏
寓剿于抚徙虏实边

却说隋左卫大将军杨惠，佐命有功，易名为雄，初封邗国公，旋且晋封广平王，见八十一回。职掌禁旅，宠绝一时。长安人士，号为四贵中第一人。四贵除杨雄外，就是苏威、高颎、虞庆则。雄又宽容下士，甚得众心。隋主坚因此加忌，改拜雄为司空。雄知隋主夺他兵柄，虚示推崇，乃杜门谢客，不闻政事。寻改封为清漳王，未几又改封为安德王。还算明哲保身。滕王杨慧，亦见八十一回。曾尚周武帝邕妹顺阳公主，美秀而文，时人号为杨三郎。隋主命为雍州牧，且常引与同坐，呼为阿三，嗣复易名为瓒。瓒虽为隋主同母弟，但因隋主篡周，屠灭宇文氏，未免目为残忍。顺阳公主，轸念宗亲，更觉得日夕悲伤，阴生咒诅；且与独孤后素不相容，益增怅触。独孤后家世贵盛，姿禀聪明，书史无所不晓，隋主甚加宠爱。每当隋主临朝，后辄与并辇而进，至阁方止。密遣宦官伺察朝政，稍有所失，便即记忆，俟隋主退朝，同返燕寝，婉言规谏，十从八九，宫中号为二圣。又尝与隋主密誓，不得有异生子。悍妒可知。看官！试想独孤后如此专宠，怎能不恨及顺阳公主，从中构煽呢？果然隋主听信后言，劝瓒离婚。瓒昵情伉俪，不忍相离，再三乞请，始蒙隋主俞允，但从此恩礼益衰。开皇十一年，瓒从事栗园，侍宴方终，忽然腹痛异常，片刻即毙。隋主坚并未加赠，且徙出顺阳公主，除去属籍。看官不必细猜，便可知瓒被毒死了。是夕，上柱国郑译病死，却遣书吊祭，赐谥曰达。朝臣因瓒不得谥，代为申请，才勉强谥一“穆”字。

太子通事舍人苏夔，系尚书右仆射苏威子，少年能文，尤长音律，本名伯尼，因以知乐著名，威特令改名为夔。越公杨素，每加器重，尝戏语威道：“杨素无儿，苏夔无父。”是时夔与国子博士何妥等，共议正乐，互有龃龉，相持不决，并使百僚会议。

大众多阿附苏威，不敢黜夔。于是赞同夔议，十得八九。妥愤愤道：“我席间函丈四十余年，为后生小子所屈辱么？”遂上书劾威父子，并及礼部尚书卢恺，吏部侍郎薛道衡，尚书右丞王弘，考功侍郎李同和等，说他朋比为奸，滥用私人。隋主令第四子蜀王秀，秀本封越王，见八十一回，后复改封蜀王。及上柱国虞庆则等，推按得实，乃免威官爵，令以开封就第。卢恺私受威嘱，用王孝逸为书学博士，因坐罪除名。薛道衡等但加薄谴，未曾免官，遂任杨素为右仆射，与高颎共掌朝政。素风度比颎为优，器量远不如颎，朝贵如苏威以下，多被陵蔑，遂致侧目。大将军宋国公贺若弼，尤为不服，且自思功出素右，理当为相，至此反为素所夺，越觉不平；有时入朝晋谒，语多不逊，隋主坚与语道：“我用高颎、杨素为宰相，汝尝谓此二人只能啖饭，究是何意？”若弼应声道：“颎与臣故交，素系臣舅子，臣素知二人材具，原有此语。”骄矜已极。隋主不禁变色。公卿等仰承风旨，遂劾若弼意存怨望，罪当处死。隋主即谕令系狱，未几又召问道：“臣下守法不移，公可自思，有无生理？”若弼道：“臣将八千兵擒陈叔宝，愿因此事望活。”叔宝为韩擒虎所絷，若弼仍引为己功，始终不脱一矜字。隋主道：“这事已格外重赏。”若弼道：“臣今还格外望活。”隋主踌躇良久，始贷免死罪，革职为民。过了年余，乃仍赐还爵位。苏威亦复爵邳公，仍为纳言。上柱国韩擒虎与若弼互争短长，也是个矜才使气的人物，幸亏享年不永，尚得善终。

相传开皇十六年十一月，擒虎在家，邻母见擒虎门前，仪卫甚盛，因不禁诧问。卫吏答道：“我等特来迎王。”言讫不见。已而邻人暴疾，忽惊走入擒虎门，为门吏所阻，病人大言道：“我来谒王。”门吏问为何王？病人答称阎罗王。两下里喧嚷起来，为擒虎子弟所闻，出探得实，欲挞病人。擒虎亦闻声出阻，遣归病人，且语子弟道：“生为上柱国，死作阎罗王，我愿亦足了。”是夕便即罹疾，未几即逝，享年五十有五。究竟擒虎是否作阎罗王，此事无从确证，但不过付诸疑案罢了。

越年二月，隋主命杨素至岐州北，督造仁寿宫。素奏举宇文恺、封德彝为土木监，恺与德彝，专知谀媚，一经委任，格外效力监工，于是夷山堙谷，创立宫殿，崇台累榭，相属不绝。可怜这班丁夫工匠，昼不得安，夜不得休，害得身疲力乏，也没有医生疗治，到了奄奄就毙，便把尸骸推入坑谷，尸上填尸，差不多似小山一般。当下充作基址，筑成平地，好容易过了两年有余，才把仁寿宫造成。端的是规模闳丽，金碧辉煌，只人数却死了万余，模模糊糊的上了一个总账。完全是膏血涂成，怎得称为仁寿？

隋主坚令仆射高颎，前往探视，还称奢华过甚，徒伤人丁。隋主本来节俭，得颎复奏，当然恨及杨素。素颇加忧惧，急遣人密启独孤后，谓：“历代帝王，统有离宫别馆，今天下太平，仅造一宫，何足言费？”独孤后即日复报，叫素不必耽忧，自然有法转圜。既而隋主坚亲往仁寿宫，巡视一周，果嫌太侈，便召素面诘道：“朕叫汝督造此宫，原因汝老成勤慎，酌量丰俭，能体我意，为何造得这般绮丽，使我结怨天下？”素无言可答，不得不叩头谢罪。隋主坚全不理睬，自往便殿小憩。素忐忑不安，恐遭严谴，封德彝密语道：“公勿过忧！俟皇后到来，必有恩诏。”话才说毕，已有人报称皇后驾到。素忙上前迎谒，由独孤后面加慰劳，随即入见隋主。素尚不敢随入，过了半晌，已有旨宣素入对。隋主上坐，尚未开言，独孤后便从旁婉谕道：“公知我夫妇年老，无以自娱，故盛饰此宫，使我夫妇安享天年，公真可谓忠孝了。”我夫妇二字，便已见得独孤权宠。隋主虽未加劳，面色已是温和，绝不似先前严厉。素当即拜谢。独孤后又代为申请，赐素钱百万缗，绢三千匹。素复启独孤后道：“老臣无功可言，监役勤劳，要推封德彝为首。”佞人入朝，素实罪魁。独孤后点首道：“德彝自当另赏，公不必让赐。”素因谢赐而退。未几，即有诏擢德彝为内史舍人。嗣是隋主尝幸仁寿宫，每出必与后同行，且拨遣宫女，使在仁寿宫中常住，充当盥馈洒扫诸役。宫中不足，随时选入，隋主坚也心为物役，渐渐的爱恋声色了。习俗移人，中主不免。

先是隋平江南，得陈叔宝屏风，颁赐突厥大义公主。即千金公主，见八十三回。大义公主已做了都蓝可汗的可贺敦，前虽改姓杨氏，终非所愿，不过暂救目前，勉强承认。及屏风赐至，复触动旧感，特借阵亡作诗，书入屏中。诗云：

盛衰等朝露，世道若浮萍。荣华实难守，池台终自平。富贵今安在？空事写丹青。杯酒恒无乐，弦歌讵有声？余本皇家子，漂流入虏庭。一朝睹成败，怀抱忽纵横。古来共如此，非我独申名。惟有昭君在，偏伤远嫁情。

这首诗传入隋廷，隋主知她诗中寓意，不免怀恨，自是礼赐寝薄。那大义公主，却也无义，既已三次改醮，复与胡人安遂迦暗地私通，适有流人杨钦，亡入突厥，谬云：“彭国公刘昶，已与妻族宇文氏联络，指日起事，请突厥发兵外应，定可灭隋”云云。大义公主以为有隙可乘，遂煽动都蓝可汗，不修职贡，潜出扰边。隋主复使车骑将军长孙晟，驰往突厥，传敕诘问。晟见大义公主，颇有微辞，公主语亦不屈。晟不与多辩，但在突厥住了旬日，侦察机密，已知都蓝叛隋，衅由杨钦及公主，且将公主私事，亦诇得大略，当即起程归朝，详报隋主。

隋主再遣晟往索杨钦，都蓝不与，但诡称无此流人。晟密赂突厥达官，访得杨钦所在，乘夜掩捕，果得获钦，遂牵示都蓝，都蓝无词可对。晟素性直言不讳，竟将公主私通安遂迦，一并说出。都蓝可汗也不禁羞惭满面，立把安遂迦拿下，交付与晟。番酋尚有耻心，不若千金公主之厚颜。晟即将二人押回，并处死刑。隋主嘉晟有功，加授开府仪同三司，仍使赍敕西行，传语都蓝，废去大义公主名号。都蓝可汗尚怜爱公主，不忍废斥，隋再赐送美妓四人，饵诱都蓝。都蓝得了四个美人儿，自然把大义公主冷淡下去。

隋内史侍郎裴矩，谓必使都蓝杀死公主，方无后患。一再传谕，都蓝不从。时处罗侯子染干，自号突利可汗，镇守北方，独遣人至隋，乞许和亲。隋主使裴矩与语道："能杀大义公主，方可许婚。"突利闻言，便捏造谣传，谓："公主将谋害都蓝。"一面贻都蓝书，挑动怒意。都蓝果然中计，竟将大义公主杀死。淫妇该死久矣。当下报达隋廷，更上表求婚。长孙晟已早归国，独入阙献议道："臣观雍虞闾即都蓝可汗，见八十三回。反复无信，不过与玷厥有隙，欲依我朝，就使许结婚姻，将来必致叛去。况今使得尚主，仰托声威，玷厥、染干，力不能拒，或且受彼驱策，更为我患，计不如招抚染干，许与通婚，使他南徙入边，为我保障，雍虞闾虽有异心，料亦无能为了。"始终不外反间计。隋主依议，即遣晟慰谕染干，许尚公主。染干喜出望外，厚待长孙晟，优礼送归。惟公主尚未指定，染干也未遽来迎，又延宕了三四年。

这三四年间，事迹不一，未便缕述，所有内外大事，荦荦可纪：一是史万岁征服南宁蛮酋爨震，收降三十余部落，勒石铭功；二是周法尚讨平桂州俚帅李光仕，另遣令狐整为总管，镇定华夷；三是汉王谅东伐高丽，无功而还，高丽王元亦遣使谢罪。这三件是对外的军政。还有并州总管晋王广，调镇扬州，弟秦王俊调镇并州。俊性好奢，又多内宠，妃崔氏奇妒，置毒瓜中，俊食瓜致疾，征还免官，崔妃赐死。杨素进谏隋主，谓不应严谴秦王。隋主道："周公尚诛管蔡，我不及周公，怎能为子废法？"后来俊病已笃，始复拜上柱国，未几即殁。还是速死为幸。鲁公虞庆则，有爱妾与长史什柱相奸，什柱诬告庆则谋反，竟杀庆则，什柱得受封柱国。宜阳公王世积，出镇凉州，与皇甫孝谐有隙，孝谐上书告变，谓世积尝令道人相面，道人谓相法大贵，并言世积妻应作皇后，世积因此生谋，请早日惩处。隋主也不辨虚实，便召还世积，置诸死刑。左卫大将军元旻，右卫大将军元胄，及左仆射高颎，曾受世积馈遗，至是并发。两元罢官，惟颎得幸免，孝谐又得拜为上大将军。都由猜忌功臣，以致信谗戮旧。大都督崔长仁犯法当斩，隋主因崔与后有中表亲，意欲减免，后独慨请道："既犯国法，怎得顾私？"长仁遂坐死。后异母弟独孤陀，为延州刺史，有婢事猫鬼，能驱令杀人。会后与杨素妻，同时罹病，医官目为猫鬼疾，隋主疑由陀所为，令高颎等讯鞫，得了证据，有诏赐陀自尽。后三日不食，替陀请命，且泣语隋主道："陀若蛊政害民，妾不敢言。今为妾致死，妾实痛心，敢乞加恩赦宥！"乃减陀死罪一等，独孤后可谓刁狡，看官莫被瞒过！惟严禁蛊毒魇魅等邪术，有犯必惩，投御四裔，这数件是治内的刑政。略叙一斑，已见隋主晚政之多失。

到了开皇十九年，复从事西征，特命汉王谅为元帅，使率高颎、杨素、燕荣等，分讨突厥。突厥北部突利可汗，即染干。既得隋主许婚，约越三年有余，乃遣使迎女。

隋主令番使居太常寺，演习六礼，又经数旬，方遣宗女安义公主，随番使出塞和亲，并令牛弘、苏威、斛律孝卿等，相继为使，厚结突利。突利亦屡次朝贡，前后不绝。隋主依长孙晟议，谕突利南徙，使仍居都斤山，作为屏藩，突利当然遵命。都蓝可汗闻突利得尚公主，自己反不得所求，气得无名火高起三丈，遂召语部众道："我乃突厥大可汗，难道反不及染干么？"部众亦为不平，遂怂恿都蓝入寇。都蓝便誓绝朝贡，侵掠隋边。突利伺知动静，辄遣使奏闻，边鄙得预先戒备，不使都蓝逞志。都蓝因大修攻具，谋入寇大同城，又由突利遣人驰报。隋主亟使左仆射高颎，率兵出朔州道，右仆射杨素，率兵出灵州道，上柱国燕荣率兵出幽州道，统归元帅汉王谅节制。谅为隋主少子，素蒙宠爱，不愿临戎，乃延期出发，贻误军情。都蓝可汗，竟与达头可汗合兵，袭击突利，突利仓猝出战，一败涂地，弃帐南奔，兄弟子侄，尽为所杀。都蓝追击突利，渡河入蔚州，突利部落散亡。巧值长孙晟出使突利，中途相值，遂与晟一同南走，手下只有五人，沿途收得番众数百骑。突利即与密谋道："今兵败入朝，不过一个降人，大隋天子，岂肯礼我？我与达头本无仇隙，不若投彼为是。"晟见他附耳密谈，料知突利已有异图，遂密遣从人往伏远镇，令速举四烽。突利远远瞧着，见有四烽齐起，不禁诧问。晟随答道："我国边防，贼少，举二烽，来多，举三烽，大逼，举四烽。今四烽俱举，定是望见贼至，多而且近哩。"突利为晟所绐，不得已随晟南下，驰驿入朝。隋主厚赐突利，并迁晟为左勋卫骠骑将军。

适都蓝可汗亦遣使至隋廷，隋主令与突利辩难。突利理直气壮，乃叱退都蓝使人。都蓝弟都速六，亦不直都蓝所为，弃家奔隋。隋主发出珍玩，使突利转赠都速六，都速六亦快慰异常。于是敕书分逮，催促高颎、杨素等，进军西讨。高颎出朔州，使上柱国赵仲卿，率兵三千为先锋，至族蠡山，与都蓝军相遇，交战七日，大破都蓝军，追奔至乞伏泊。都蓝大举前来，围住仲卿，仲卿摆设方阵，四面拒战，相持至五日。高颎自率军往援，合兵夹击，复破都蓝，追奔七百余里，虏得牲畜人口，以千万计，乃收军而还。杨素出灵州，可巧遇着达头，素不设鹿角，但令诸军上马列阵。达头大喜，称为天赐，即麾精骑十余万，来突素军。上仪同三司周罗睺，随素从军，忙向素献议道："贼阵未整，速击为是。"素点首称善。罗睺遂率锐骑出战，素督大兵接应。突厥向恃骑兵，冲突无前，不意此次隋军，却也非常厉害，纵横驰骤，不可抵挡，番兵立即奔散。达头迟了一步，身上已受了数创，只好忍痛急奔。隋军追杀一阵，俘获甚多，两路番军，都窜出塞外去了。番兵实是无用。

隋主因封突利为启民可汗，使长孙晟至朔州，督建大利城，为启民宅居地。突厥散众，多归启民，男女共约万余口。安义公主虽由启民挈徙，途中迭受惊苦，竟致病殁。隋主复遣宗女义成公主，嫁与启民，且辟夏、胜二州间旷地，使得畜牧，再令上柱国赵仲卿屯兵五原，为启民代御达头。代州总管韩洪等，率步骑一万，往镇恒安，作为声援。达头复集十万骑入寇，韩洪出战败绩。惟仲卿邀击达头，得斩虏首千余级，达头驰去。隋主用长孙晟言，复将启民徙至五原，免致不测，一面再遣杨素等出击都蓝。师未出塞，都蓝已为部下所杀，达头自立为步迦可汗，突厥大乱。启民奉隋主命，遣部吏分道招慰，降附甚众。越年孟夏，达头已抚定境内，复来犯塞。有诏令晋王广为统帅，带同杨素、史万岁、长孙晟等，分途出击。晟命置毒水中，突厥人畜，取饮多死，即惊为天殃，夤夜遁去。愚如犬豕。史万岁追出塞外，至大斤山，将及达头。达头问隋将为谁？探骑说是史万岁。达头大惧，飞马急奔，余众不及遁走，被万岁督兵纵击，斩首数千，又北入沙碛数百里，见四处乏人，方才南归。既而达头复遣从子俟利伐，来攻启民，隋又发兵往救，与启民击退俟利伐。启民上表陈谢道："大隋圣人可汗，如天无不复，地无不载，染干似枯木更荣，枯骨更肉，千世万世，当为大隋典司羊马哩。"隋主又令赵仲卿增筑金河、定襄二城，保护启民，启民益感恩不置。小子有诗咏道：

区区小惠示羁縻，愚虏何知坐被欺？

只是和亲终下策，伤心远嫁感流离。

启民既诚心内属，北顾无忧，隋主调还各军帅，共享太平，究竟隋廷能否久安，容至下回续叙。

萧何筑未央宫，汉高以其壮丽而斥之，杨素筑仁寿宫，隋主亦以其壮丽而嫉之，两主初意，固甚善也。乃汉高因萧何之狡辩，易怒为喜，隋主因独孤后之回护，反罪为功，是皆为物欲所蔽，以致自相矛盾，前后不符。且隋主之猜忌功臣，亦与汉高相类，一念为民，转念即为妻孥，妻孥之念一生，于是种种猜嫌，因之而起。惟隋之历世，远不若汉之灵长者，汉之得国以正，而隋实篡窃而来，况更有屠灭周氏之大恶耶？长孙晟两谋突厥，先以反间计制沙钵略，继以反间计驭突利，番奴宗族，自相屠翦，而隋适收渔人之利，晟固有大造于隋者。然娄敬和亲，功不补患，汉之饵匈奴，隋之诱突厥，皆不得为上策。天子有道，守在四夷，岂必诈术为哉？岂必用儿女子以啗之哉？而番虏之贪利无亲，更不足道矣。

第八十七回

恨妒后御驾入山乡
谋夺嫡计臣赂朝贵

却说隋主享国，已有十八九年，内安外攘，物阜民康，好算是太平世界。古人有言：“存不忘亡，安不忘危。”这正是持盈保泰的至理。无如饥寒思盗，饱煖思淫，乃是人人常态，隋主坚虽称英武，究竟不是圣主明王，自筑造仁寿宫后，渐渐的系情酒色，役志纷华，只因独孤后生性奇妒，别事或尚可通融，惟不许隋主召幸宫娥，所以宫中彩女盈丛，花一团，锦一簇，徒供那隋主双目，不能与之亲近，图一夕欢。小子却有一比，好比那哑子吃黄连，说不出的苦况。一日，独孤后稍有不适，在宫调养，隋主得了这个空隙，便自往仁寿宫，消遣愁怀。仁寿宫内，宫女已不下数百，妍媸作队，老少成行，隋主左顾右盼，却都是寻常姿色，没有十分当意。信步行来，踱入一座别苑中，适有一妙年女郎，轻卷珠帘，正与隋主打个照面，慌忙出来迎驾，上前叩头。隋主谕令起来，那宫女方遵旨起立，站住一旁。当由隋主仔细端详，但见她秋水为神，梨云为骨，乌云为发，白雪为肤，更有一种娇羞形态，令人销魂。隋主见所未见，禁不住心痒难熬，便开口问道：“你姓甚名谁？何时进宫？”宫女复跪答道：“贱婢乃尉迟迥女孙，坐罪入宫，拨充此间洒扫。”隋主又说是不必多礼，可导朕入苑闲游。尉迟女便即起身，冉冉前行，引隋主入苑。隋主心中，只注意女郎，所有苑中琪花瑶草，不过略略赏玩，随口与尉迟女问答。尉迟女情窦已开，料知隋主有意宠幸，乐得柔声娇语，卖弄风骚。错了错了，难道不闻有母夜叉么？隋主越加情动，竟与尉迟女趋入室中，使侍役供入酒肴，叫尉迟女在旁侍饮。尉迟女骤邀恩宠，正出意外，遂承旨饮了几杯，红霞上脸，越觉鲜妍。隋主越看越俏，连喝数觥，酒意已有五六分，索性开放情怀，与尉迟女调起情来。尉迟女若即若离，半推半就，那时隋主还记得什么皇后，什么旧盟，待至日暮，竟在苑中住宿。一宵快意，不消多说。嗣是绸缪数夕，方才还朝听政。

这独孤后病已略痊，见隋主数夕不归，早已含着醋意，密遣内侍侦探行止。还报得实，气得三尸暴炸，七窍生烟，便伺隋主临朝时候，悄悄带着宫监侍女，乘辇往仁寿宫去了。隋主视朝已毕，入宫去探皇后，哪知独孤后早已他去，旁问内侍，还是含糊对答，经隋主动了怒意，方说皇后往仁寿宫。隋主听了，竟吓得非同小可，便也跨马追去。到了仁寿宫，急诣尉迟女住室，正值独孤后高声喝骂，声达户外，向内一望，摆着一个血肉模糊的尸体，细看不是别人，正是前日相偎相倚的尉迟女。痛煞！急煞！再看独孤后坐在上面，好是母夜叉一般，双眉直竖，两目圆睁，分明瞧着隋主，却尚是满口胡言，兀坐不动。气杀！隋主本是有名的惧内，一时不敢发作，只因悲愤交并，索性转身上马，扬鞭径去。独孤后恃宠作威，正望隋主趋入，再好发泄数语，偏隋主变色自行，倒也着忙起来，便下座追出，连呼陛下快回。隋主全不理睬，只没路的乱跑，急得独孤后仓皇失措，慌忙分遣内侍，宣召高、杨二相，及高颎、杨素，闻命驰至，距着隋主去时，已过了好一歇。既问明情由，便带着内侍数名，相偕追去。究竟两人是出将入相的豪杰，走马如飞，足足赶了二三十里，方见隋主在山村间，慢骑前行。二人齐声叫道："陛下何往？"隋主闻声回顾，见高、杨二相赶来，乃勒马停住。二人忙即下马，趋至隋主马前，挽住丝韁，跪地进谏道："至尊有何急事？意尔轻身自出，难道可不顾社稷么？"隋主不禁长叹道："说也可羞，自古帝王，莫不有三宫九嫔，朕召幸一个宫女，偏被独孤后殴死，朕想田家翁多收几斛麦，要思易妻，家有千金，也要买几个歌婢，朕贵为天子，反不得自由，何如出居民间，倒还逍遥自在呢？"高颎道："陛下错了。陛下进身劳思，得有天下，岂可为一妇人，反把天下看轻？愿陛下三思，速即还驾！"隋主沉吟不语。杨素亦从旁力谏，且言："山僻村乡，断非御驾可以留憩。"隋主也自觉为难，可巧日已西沉，仪仗舆辇，并文武百官，一齐来迎。隋主怒亦稍平，方徐徐还朝。及驰入宫阙，已近夜半，独孤后倚阁待着，心下很是不安。你也有惶急时么？及闻御驾已回，方才放下了心。隋主尚不肯入宫，再由高颎、杨素，苦劝始入。行至阁门，独孤后见了，忙下拜道："贱妾一时暴戾，触怒圣衷，死罪死罪。但念妾十四于归，至今已数十年，与陛下无纤芥嫌，今因宫人得罪，还乞陛下恩宥！"隋主方答道："朕非不念夫妇旧情，但卿亦太觉忍心。事已至此，也不必多说了。"独孤后涕泣拜谢，依旧并辇入宫。高、杨二相也即随入，由隋主赐他夜宴，自与独孤后亦开樽饮酒，饮了数杯，不免记着尉迟女，露出悲悼情态。高、杨二相，与隋主虽然异席，却是相隔不远，又各出婉言和解，隋主始破涕为欢。待至斗转更阑，才命撤席。高、杨二相辞去，隋主与独孤后返入寝室，一宵易过，无容细表。自是独孤后稍易前情，从前选入的陈叔宝妹子，方许隋主得尝禁脔，见八十五回。陈家女国色天姿，不亚尉迟女孙，李代桃僵，老怀已适，当然把尉迟女的惨死搬置脑后了。皇帝统是负心汉。

惟当时追还隋主，多亏高、杨二相，但颎有一语，传入后耳，竟致怀恨在心，看官道是何语？便是上文载着扣马力谏的数语。独孤后因他目为妇人，未免意存藐视，所以怏怏不乐，尝语心腹内侍道："我道高颎是我父执，时常敬礼，不意他藐我至此，我乃堂堂国母，怎得轻我为妇人呢？"你难道变作男子么？颎哪里知晓。一日，复应召入对，隋主与语道："有神告晋王妃，谓晋王必有天下，卿意以为如何？"颎正色答道："立储已定，怎可轻易？况长幼原有定序呢。"隋主嘿然，颎即趋出。为此一言，遂令独孤后怒上加怒，恨不得将高颎即日除去。看官听着！隋主生有五子，都是独孤后所出。隋主尝语群臣，谓："朕旁无姬侍，五子同母，可谓真兄弟，当不致有争立情事。"哪知一母所生的兄弟，也暗中相轧，并亲生母自己偏爱，酿成废立，反致正言相告的高仆射，无端牵入漩涡，坐罹谴谪，这也是出人意外的事情。大气盘旋。

太子勇小字眼地伐，系隋主坚长子，素性坦率，不尚矫情，常参决军国大事，言多见纳。惟隋主尚俭，勇独文饰蜀铠，为父所见，尝面责道："从古帝王，好奢必亡，汝为储君，当先知俭约，乃能奉承宗庙，我平时衣服，各留一袭，汝可随时取观，作为榜样。且赐汝旧刀一柄，菹酱一盒，令汝服食，汝宜默体我心。"勇虽应命趋出，但事过境迁，又复如常。会遇长至节日，百官皆往东宫贺节，勇张乐受贺，事为隋主所闻，愈滋不悦，特下诏戒谕群臣，此后不得擅贺东宫，嗣是恩宠渐衰，勇又多内嬖，昭训云氏，昭训系东宫女职。姿貌殊丽，尤得欢心，生子三人，还有高良娣王良媛成姬等，亦产下数男。独嫡妃元氏无宠，亦不闻生育。隋主坚却不暇计及，惟皇后独孤氏，最恨人宠妾忘妻，平时闻王置妾，或妾有怀孕等事，辄劝隋主惩诫，甚至免官。干卿甚事？偏皇太子亲蹈此辙，怎得不令独孤后生愤？冤冤相凑，那太子妃元氏，遇着心疾，两日即殁，独孤后疑为云氏下毒，越觉不平，每当太子入省，尝带怒容。太子勇亦漫不加察，竟使云氏专掌内政，居然视若嫡妃，益敦情好。独孤后暗暗咒骂，并尝遣内侍侦察，俟太子另有过失，便当请诸隋主，把他废斥。

就中有个阴谋诡计的晋王广，有心夺嫡，默窥父母隐情，巧为迎合，姬妾虽有数人，他却与萧妃日夕同居，就使后庭生子，亦不使养育，但说是未曾产男。有时隋主及后，亲临广第，广只留老丑婢仆，充当役使，自与萧妃又止衣敝缯，屏帐亦改用缣素，乐器任积尘埃，毫不拂拭，隋主当然惬意，独孤后愈觉生欢。及父母回宫，另遣左右探视，广不问贵贱，必与萧妃迎候门前，待以美馔，申以厚礼，因此宫中内侍，无不称晋王仁孝。隋主坚密遣相士来和遍视诸子，和答道："晋王眉骨隆起，贵不可言。”隋主又问上仪同三司韦鼎，谓诸子谁当嗣立？鼎随口奏道：“至尊皇后，最爱何人，便使嗣统，此外非臣所敢知了。”来、韦二人，恐亦得杨广好处。隋主笑道：“卿尚不肯明言么？”鼎又道：“事在陛下，臣何必多言。”说毕自退。

会晋王广出镇扬州，甫经半载，便表请入觐，有旨允准。广即入觐父母，语言容止，无不加谨；就是接待朝臣，亦格外谦恭。宫廷内外，有口皆碑。及辞行还镇，并入宫别母，叙谈半日，无非是远离膝下、常怀孺慕的套话。待到天色将晚，将要出宫，又故意装出欲去不去的光景，欲言不言的情状。独孤后未免动疑，便问他有甚言语？广请屏去左右，只剩得母子两人，便伏地泣诉道：“臣儿愚蠢，不知忌讳，每念亲恩难报，所以上表请朝，不知东宫何意，怒及臣儿，谓臣儿觊觎名器，欲加屠陷，臣儿远到外藩，东宫日侍朝夕，倘若谗言交入，天高难辩，或赐三尺帛，或给一杯鸩，臣儿不知死所，恐未能再觐慈颜了。”好一张似簧利口。说至此，呜咽不止。独孤后且怜且恨道：“睍地伐见上。真令人难耐，我为他娶元氏女，向无疾病，忽然一旦暴亡，他却与阿云等日夕淫乐，生了许多豚犬。我长媳遇毒丧生，我尚未曾穷治，他竟又想害汝，我在尚然，我死后，汝等只合配他做鱼肉了。况东宫今无嫡妃，至尊万岁千秋后，汝等兄弟，且向阿云前再拜问候，这不是更加苦痛么？”说着，亦泫然泣下。广又假意劝慰，说是：“臣儿不肖，转累慈圣伤心，更增罪戾。”云云。一擒一纵，独孤虽狡，怎能不堕入彀中？独孤后又咬牙密谕道：“汝尽管放心还镇，我自有区处，不使我儿屈死。”广闻言暗喜，面上尚带着惨容，再拜而去。

独孤后遂决意废立，屡在隋主面前，挑唆是非。隋主因令选东宫卫士，入台宿卫。朝臣无人敢谏，独高颎入奏道：“东宫宿卫，不便多调。”隋主不待说毕，便作色道：“朕有时出巡，卫士应求雄毅，太子毓德东宫，何须壮士？我熟见前朝旧事，公不必再循覆辙了。”这一席话，说得高颎面有惭色，只好退出。原来颎子表仁，曾娶太子勇女为妇，隋主言中寓意，越令高颎难以为情。既而颎妻病卒，独孤后乘间进言道：“高仆射年已将老，骤致悼亡，陛下奈何不为颎娶？”隋主因召颎入阙，面述后言。颎含泪答道：“臣今已老，退朝后惟斋居诵经，不愿再纳继室了。”隋主亦为悼叹，因即罢议。过了数月，颎妾生下一男。隋主颇为颎喜慰，惟独孤后很是不乐。隋主问为何因？后答道：“陛下尚再信高颎么？前陛下欲为颎续娶，颎心存爱妾，面欺陛下，今诈情已见，怎能再信？”看到此语，方知前时劝颎复娶，已寓阴谋。隋主亦以为然。及与颎商废立事，颎又提出长幼伦序，对答隋主，见上。于是隋主益疑颎有私，拟加谴谪。复忆及王世积一案，再加复验。有司希旨锻炼，谓颎实有通叛情事，乃即罢隋左仆射，以公爵就第。

先是汉王谅东伐高丽，尝令颎为长史，面加重托。谅年少任气，与颎言多不合意，遂致无功而归。谅入见独孤后道："儿幸免为高颎所杀。"独孤后原记在心中，谅亦怀恨不休，常欲置颎死地。还有晋王广为张丽华事，又挟嫌伺颎，为此种种积仇，遂阴唆颎吏上书，讦颎私事，诬称颎子表仁，劝慰乃父，谓："司马仲达，尝托疾不朝，卒有天下，父今遇此，安知非福"等语。隋主得书大怒，遂拘颎至内史省，备加讯鞫。法司按不得实，反捏报他事，谓："沙门真觉，曾语颎云，明年国有大丧，尼令晖亦与颎言，皇帝将有大厄，十九年恐不可过。"隋主益怒，顾语群臣道："帝王岂可力求？孔子为古来大圣人，作法垂世，岂不欲有天下？但天命未归，只好作罢了。"孔子岂肯效法篡逆么？有司请即诛颎，隋主复叹道："去年杀虞庆则，今年斩王世积，若更诛颎，天下总道我残害功臣了。"乃褫颎爵邑，除名为民。颎有老母，尝诫颎道："汝富贵已极，但欠一斫头呢，奈何不慎？"颎既被黜，回忆母言，尚自幸不死，倒也没有恨色。哪知生死有命，后来终难免一刀，这且慢表。

且说晋王广闻高颎免官，又少了一个对头，自思储君一席，此时不夺，更待何时？但一时也想不出妙计，默思安州总管宇文述，足智多谋，何不将他奏调过来，好与他秘密商量。当下写定一表，奏调宇文述为寿州刺史。隋主怎识秘谋，便即批准。述受调南来，顺道谒广。广殷勤款待，向述问计。述答道："皇太子失爱已久，令德仁闻，无一可及大王，将来入承正统，舍王为谁？但废立大事，实不易言，大王虽经二圣宠爱，究竟事关重大，未便遽移，必须有一亲信大臣，从中怂恿，方可成功。"广皱眉道："亲信大臣，莫如杨素，但恐他不肯助我，奈何？"述接口道："这也何难？大理少卿杨约，为杨仆射亲弟，事必与谋，述与约相识，愿入朝京师，乘便语约，为大王效劳，何如？"广大喜过望，便多出金宝，令述携带入关。

一到长安，述即往访约，彼此相别有年，欢然道故，自在意中。述即赠约珍玩数件，适合约意，当即开筵接风，备极款洽，尽兴始散。越日，述早起入朝，隋主照例召见，寥寥数语，即令退班。述回寓后，约正踵门答拜，述当然迎入，也即设宴相待，酒过数巡，席上陈设，多是南方佳玩，就是银杯象箸，亦无不雕刻玲珑。约且饮且赏，啧啧称美。述慨然道："公既见爱，便当相赠。"说着，复取出周彝商鼎等类，与约过目。约爱不释手，赞不绝口，述见他已经入彀，复语约道："述愿与公掷卢赌胜，就以此物为彩，可好么？"约趁着三分酒兴，便与述共博，述佯为不胜，把鼎彝等悉数输去。约得彩既多，也觉得难以为情，有谦让意。述附耳道："公以为此物是述所输么？述哪能有此，实是晋王所赐，令述与公交欢呢。"约愕然道："兄赐尚不敢当，若是晋王所赐，更不敢受。"述笑答道："这些须珍玩，何足希罕？尚有一场永远大富贵，送与令昆玉。"约愈觉失惊。述从容道："如公兄弟，功名盖世，当涂用事，已历多年，朝臣为公家所屈辱，岂止一二人？且储君因所欲不行，往往切齿执政，一旦得志，至亲有云定兴等，定兴即昭训父。宫僚有唐令则等，试问公家兄弟，尚能长保富贵吗？”约不禁失色道：“如此奈何？”述又道：“今皇太子失爱慈圣，主上已有废黜的微意，想公家兄弟，谅亦窥悉，若请立晋王，但教贤兄一语，便可做到，诚使因时立功，晋王必感念不忘，这岂非避危就安，是一场永远大富贵吗？”娓娓动人。约点首道：“君言甚是，待商诸家兄，再行报命。”说着，又畅饮数杯，方才告别。述将所赠珍玩，遣人送往杨家，自不消说。

约即往告素，素大喜道：“我尚想不到此，赖汝有此计策，我便照行便了。”约复道：“今皇后所言，上无不用，兄须看着机会，早自结托，庶可长保富贵，若再迟疑，一旦有变，令太子用事，祸至无日了。”素掀须道：“这个自然。”约见素已允，便悄悄的报知宇文述。述当然返报晋王广，不在话下。惟杨素怀着鬼胎，日思进言，可巧隋主召令侍宴，独孤后亦在座中。素即称赞晋王孝悌恭俭，酷肖至尊。隋主尚未开口，独孤后已顾素道：“公亦看重我次儿么？我儿大孝，每值内史往问，他知为我夫妇所遣，必迎接境上，言及违离，未尝不泣，且新妇萧氏，亦很觉可怜，我使婢去，必与她共寝同食，岂若睍地伐宠恋阿云，猜忌骨肉，全不像个储君体统？我所以益爱阿麽，常恐他被人暗害呢。”说至此，不禁泣下。看官道阿麽为谁？就是晋王广的小名。广将生时，独孤后梦见金龙入室，红光缭绕，后来忽堕落地上，跌断龙尾，变成一只老鼠模样，形大如牛。后猛然惊醒，随即产广。广生得丰颐广额，头角峥嵘，后甚是喜欢。及三日取名，后与隋主述及梦境，隋主半喜半惊，仔细忖量，似乎凶多吉少，但后事茫茫，究难预料，因他眉开额阔，便取名为广，小字阿麽。俗本易麽为摩，大误。所以独孤后向素答言，随口呼及晋王广的小名。素揣知后意，索性把东宫过失，直陈了一大篇，惹得隋主愈加懊恼，感叹了好几回。待素辞退后，独孤后又暗遣内侍，赍金赐素，素乐得拜受。小子有诗叹道：

漫言五子属同胞，偏爱偏憎已混淆。

更有权奸承内旨，几多谗口共謷謷。

这事传入太子勇耳中，勇自然忧惧，要想设法保全，毕竟有无良策，容至下回再详。

古人有言：“哲妇倾城。”又云：“谋及妇人，宜其死也。”夫古今来非无才智之妇人，但明通者少，悍妒者多。试观尉迟女之一经召幸，即被独孤后殴死，妒悍如此，尚能知大体乎？隋主坚不自类推，反以为五子同母，少长咸序，可无后患，讵知势均位敌，虽属同产至亲，不能无倾夺之害，况妇人最多偏爱，孽子又肆阴谋，浸润之谮，肤受之愬，非洞烛其奸，几何不为所蒙蔽也。高颎重臣，忠而见斥，杨素贪恋富贵，致为宇文述所饵，嬖子匹嫡，外宠贰政，而废立之衅成，而弑逆之祸，亦自此兆矣。

第八十八回

太子勇遭谗被废 庶人秀幽锢蒙冤

却说太子勇安居东宫，喜近声色，免不得有三五媚臣，导为淫佚。就是云昭训父定兴，亦出入无节，尝献入奇服异器，求悦太子。左庶子裴政，屡谏不从。政因语定兴道：“公所为不合法度。且元妃暴薨，人言藉藉，公宜亟自引退，方可免祸。”定兴不以为然，并将政语转告太子。太子勇便即疏政，出襄州总管，改用唐令则为左庶子。令则素擅音乐，勇使他教导宫人，弦歌不辍。右庶子刘行本，尝责令则道：“庶子当以正道佐储君，奈何取媚房帷，自干罪戾？”令则闻言，也觉赧然，但欲讨好东宫，仍然不改。会太子召集宫僚，开筵夜饮，令则手弹琵琶，歌妩媚娘，太子大悦。当时恼动了一位直臣，便起座进规道：“令则身为宫僚，职当调护，今乃广座前，自比倡优，进淫声，秽视听，事若上闻，令则罪在不测，殿下宁能免累么？”太子勇怫然道：“我欲行乐，君勿多事！”说至此，那直臣知话不投机，也即趋出。这人为谁？就是太子洗马李纲。叙法侧重李纲，为下文伏线。勇由他自去，并不追问，仍使令则弹唱终席，方才遣散。嗣复与左卫率夏侯福手搏为戏，笑声外达。刘行本待福出来，召福面数道：“殿下宽容，赐汝颜色，汝何物小人，敢如此恣肆无礼呢？”因将福执付法吏。勇反替福请免，乃得释出。还有典膳监元淹，太子家令邹文腾，前礼部侍郎萧子宝，前主玺下士何竦等，俱专务谐媚，导勇非法。

勇内多姬媵，外多幸臣，整日里歌宴陶情，不顾后患。至废立消息，传到东宫，勇才觉着忙，闻新丰人王辅贤，素善占候，因召问吉凶。辅贤道：“近来太白袭月，白虹贯东宫门，均与太子有碍，不可不防。”勇越加惶急，遂与邹文腾、元淹熟商，引入巫觋，作种种厌胜术，又在后园内设庶人才，屋宇卑陋。勇常往寝处，布衣草褥，为厌禳计。全是愚夫、愚妇的作为。隋主坚颇有所闻，遂使杨素诇视虚实。素至东宫，已经递入名刺，却故意徘徊不进。勇束带正冠，伫待多时，方见素徐徐进来。勇不觉懊恼，语多唐突。素即还报太子怨望，恐有他变。隋主尚将信将疑，再经独孤后遣人伺勇，每得小过，无不上闻，甚且架词诬陷，构成勇罪，说得隋主不能不信，乃自玄武门达至德门，分置候人，窥察东宫动静，所有东宫宿卫，及侍官以上名籍，悉令移交诸卫府。宫廷内外，俱知废立在迩，乐得顺风敲锣，投阱下石，至如晋王广盼望佳音，更觉迫不及待，密嘱督王府军事段达，贿通东宫幸臣姬威，使伺太子过失，密告杨素。于是内外喧谤，说得这个太子勇无恶不作，自古罕闻。

会隋主幸仁寿宫，将要回銮，段达往胁姬威道："东宫罪恶，皇上尽知，已奉密诏，定当废立，君能和盘托出，大富贵就在目前了。"威满口应承。未几，隋主还朝，才阅一宵，已听得许多蜚语，越宿御大兴殿，即宣召东宫官属，怒目与语道："仁寿宫去此不远，乃令我每还京师，严备仗卫，好似身入敌国一般。我近患下痢，寝不解衣，昨夜至后房登厕，恐有警急，又还就前殿，岂非尔辈欲坏我家国么？"说至此，即叱令左右，拿下左庶子唐令则等数人，付法司讯鞫，一面命杨素陈述东宫事状，宣告群臣。素竟随口编造，说出太子许多骄倨，且有密谋不轨等情。隋主喟然道："此儿过恶久闻，皇后每劝我废去，我因此儿居长，且是布素时所生，格外容忍，望他渐改，不料他怙恶不悛，反敢私怨阿孃，不与一好妇女；且指皇后侍儿，谓将来终是我物；新妇元氏，性质柔淑，忽然暴亡，我疑他别有隐情，召他入问，他便抗辞道：'会当杀元孝矩。'试想孝矩为元氏父，现为庐州刺史，相隔甚远，何罪当杀？他无非意欲害我，借此迁怒呢。皇长孙俨，为云氏所出，朕与皇后老年得孙，抱养宫中，他偏不放心，遣人屡索，由今思昔，云氏系定兴女，与不肖儿在外私合，安知不是异种？昔晋太子取屠家女，生儿即好屠割，今若非类，便乱宗社。又闻不肖儿引入曹妙达，与定兴女同宴，妙达在外扬言，我今得劝妃酒，如此乖谬，想是因诸子庶出，恐人不服，特故意纵姿，欲收时望，我虽德惭尧、舜，怎可将社稷人民，付与这不肖子呢？"多是妇女琐亵之谈，奈何出诸帝口？语尚未毕，左卫大将军五原公元旻，听不入耳，竟出班面奏道："废立大事，天子无二言，诏旨若行，后悔无及。谗言罔极，请陛下三思！"隋主全然不理。

旻尚欲再言，偏姬威入朝抗表，迭称太子失德，隋主览表已毕，复传威入见，谕令尽言。看官！你想威有什么好话？无非说太子好奢好淫，好杀好忌，又把那厌蛊诸术，尽情说出，最后一语，谓太子尝令师姥卜吉凶，转语臣道："至尊忌在十八年，今已过期，好令人快意了。"隋主听到此言，气得老泪潸潸，且泣且叹道："谁非父母所生？乃竟至此。朕近览齐书，见高欢纵子为恶，不胜忿懑，我怎可效尤哩？"说着，即传敕禁勇诸子，及勇党羽，令杨素讯谳，自下御座退朝。素与弟约深文巧诋，锻炼成狱，有司更希承素意，奏称："元旻尝曲意事勇，当御驾在仁寿宫时，勇尝遣心腹裴弘，致书与旻，外面写着，毋令人知。"既云密书，又云外面有此数字，明明是诬蔑之言，构陷元旻。隋主看了，便失声道："朕在仁寿宫，事无巨细，东宫即已闻知，比驿马还要迅速，朕尝称为怪事，哪知有此辈引线呢。"遂遣武士拘旻下狱，并裴弘亦被拘入。右卫大将军元胄，尝入值帝前，时当退班，尚留连不去，至此始面奏道："臣向不退值，正为陛下防着元旻呢。"可恶之极。隋主被胄所欺，面加褒奖，胄欢跃而出。开皇二十年十月，隋主决意废太子勇，使人召勇入见。勇见朝使失色道："莫非欲杀我不成？"使臣支吾对付。勇只好硬着头皮，随使入武德殿。但见殿阶上下，兵甲森列，殿内东立百官，西立诸王，御座中坐着一位甲胄耀煌，威灵赫濯的大皇帝，不由的心胆俱碎，匍伏阶前。内史侍郎薛道衡，在阶上站着，朗声宣诏道：

太子之位，实为国本，苟非其人，不可虚立。自古储副，或有不才，长恶不悛，仍令守器，皆由情溺宠爱，失于至理，致使宗社沦亡，苍生涂地。由此言之，天下安危，系乎上嗣。大业传世，岂不重哉？皇太子勇，地则居长，情所钟爱，初登大位，即建春宫，方冀德业日新，隆兹负荷，而乃性识庸暗，仁孝无闻，昵近小人，委任奸佞；前后愆戾，难以具纪。但百姓者天之百姓，朕恭膺天命，属当安育，虽欲爱子，实负上灵，岂敢以不肖之子而乱天下？勇及其男女为王公主者，并废为庶人，顾维兆庶，事不获已，兴言及此，良深愧叹！

诏书读毕，当有卫士引勇诸子，趋入殿庭，褫去冠带，并由道衡传谕及勇道："如尔罪恶，人神共弃，欲求免废，尚可得么？"勇即免冠再拜道："臣合尸都市，为将来鉴，幸蒙哀怜，得全性命。"说着，泪如雨下，良久始舞蹈而去。盈廷诸臣，莫不感悯，但也不便多言。勇有十子，亦一并牵出。长子俨曾封长宁王，尚表乞宿卫，情词恳切。隋主览表心动，意欲留俨，杨素进言道："伏愿圣心同诸螫手，不宜再事矜怜。"素实可杀。隋主乃怏怏入内。越日，又下诏书，斩元旻、唐令则、邹文腾、夏侯福、元淹、萧子宝、何竦七人，妻妾子孙并没入官庭。还有车骑将军阎毗，东郡公崔君绰，游骑尉沈福宝，术士章仇太翼，各杖百下，身及妻子为奴，资财田宅充公。副将作大匠高龙义，率更令晋文建，通直散骑郎元衡，并赐自尽。

太平公史万岁，与将士等共列朝堂，见太子被废，暗暗称冤，不辞而退。隋主记忆起来，召问杨素道："万岁为何遽退？"素答道："想是去谒东宫了。"隋主即召万岁入问，万岁为素所诬，当然不服，且言："前征突厥，被杨素抑功不赏，将士多半怨素，素实老奸巨猾，不可轻信。"隋主此时，正深信杨素，便极口驳斥，万岁仍然反抗，词色益厉，顿时恼动上意，遽命左右推出朝门，把他击毙。已而不禁自悔，复令追还，那万岁的魂灵，已入枉死城，哪里还追得转呢？当下赐杨素帛三千段，元胄、杨约各千段。文林郎杨孝政进谏道："皇太子为小人所误，宜加训诲，不宜废黜。"隋主又怒，喝令挞孝政胸，至数十下。孝政只得自认晦气，忍痛而出。隋主复召东宫官属，责他辅导无方，众皆惶惧，莫敢答言。独太子洗马李纲道："废立大事，满朝文武大臣，皆知事不可行，但莫敢发言，臣何惜一死，不为陛下直陈。太子性本中人，可与为善，亦可与为恶。向使陛下选择正人，辅导太子，非不可嗣守鸿业，乃用唐令则为左庶子，邹文腾为家令，二人惟知谄媚取容，怎得不败？这乃陛下自误，不得尽归罪太子。"说至此，伏地呜咽。隋主亦不觉惨然，唏嘘良久道："李纲责我，不为无理，但徒知其一，未知其二，我本择汝为宫僚，勇不肯亲信，虽有正人，究属何益？"纲又答道："臣所以不见亲信，实由奸人在侧，蒙蔽东宫，若陛下早斩令则、文腾，更选贤才辅佐太子，臣何致终被疏弃哩？从古来国家废立冢嫡，每至倾危，愿陛下深留圣恩，无贻后悔。"胆愈壮则词愈达。隋主听了，勃然变色，抽身入内。左右皆为纲寒心，纲却从容退归。已而有诏传出，移置废太子勇至内史省，恩给五品料食，又擢李纲为尚书右丞。朝臣始服纲胆识，交口称颂了。

过了数日，即立晋王广为太子，全国地震。广还要讨好父前，表请减杀章服，所用官僚，不向东宫称臣。隋主坚嘉他礼让，优诏允从。广即调用宇文述为左卫率，又因洪州总管郭衍，亦曾与谋夺嫡，召为左监门率。隋主又移废太子勇至东宫，锢置幽室，令广管束。勇自思罪不当废，屡请见父申冤。广不肯允，勇升树号呼，期达上闻。广商诸杨素，素即上言："勇志日昏，想为癫鬼所祟，不可复收。"隋主乃令广从严锢勇。勇遂如罪犯一般，不许自由。从此九重远隔，永不得见天日了。

先是隋主克陈，天下多想望太平，监察御史房彦谦，私语亲友道："主上忌刻苛酷，太子卑弱，诸王擅权，天下虽得暂安，不久必生祸乱。"彦谦子玄龄，亦密白乃父道："主上本无功德，徒用诈术取天下，诸子又皆骄奢不仁，将来必自相诛夷，危亡即不远了。"会新乐告成，协律郎祖孝孙及乐工万宝常，按律谱音，皆不见用，但创出一种繁闹的乐音，奉敕施行。宝常泫然道："淫厉而哀，天下不久便乱了。"自是辞去役使，情愿槁饿，并取乐谱毁去，且自叹道："用此何为？"未几竟绝粒而死。回应八十六回中订乐事，笔法不漏，且以见隋代之将亡。

隋主还道是立储得人，可无后忧。太史令袁充，当废立东宫时，曾进言天象告变，应该废立，至此又表称：“隋兴以后，昼日渐长，兆庆升平。”隋主大喜，即改开皇二十一年为仁寿元年，大赦天下。地球绕日，自有常度，乌有无故增长之理？进杨素为左仆射，苏威为右仆射，文武百官，加秩有差。惟因日影增长，令百工作役，概加程课。丁匠等不免叫苦，隋主怎得与闻。散骑侍郎王劭，乘势献谀，谓自大隋受命，符瑞甚多，特辑成《皇隋灵感志》三十卷，进呈御览。隋主取阅全书，内容多系采集歌谣，旁及谶纬，并且掇拾佛书，意为注释，虽未免牵强附会，但自思得国未正，士民或有异议，正好借此宣示四方，表明应天顺人的征验。当下将劭书颁行天下，并赏劭金帛千匹，且亲祀南郊，答谢天庥。

才阅一年，岐、雍二州地震，毁坏民庐，不可胜计。到了孟秋，独孤后受凉感疾，饮食无味，寝卧不安。御医逐日诊治，毫不见效，反且沉重起来。天文似亦预兆灾祲，八月初旬，月晕四重，又越五日，太白犯轩辕，是夜独孤后病殁永安宫，年正五十。隋主感伤数次，乃命礼官治办丧仪，殡灵白虎殿下。太子广至灵柩前，哀号擗踊，若不胜情，至退处私室，饮食言笑，仍如平时。又每朝令进二溢米，暗中却嘱取肥肉脯鲊，置竹筒中，用蜡封口，裹着衣襆，悄悄纳入，外人无从得知，反盛称太子孝思，誉不绝口。转眼间已过了三月，奉柩出葬泰陵，追谥文献。这泰陵地域，是由上仪同三司萧吉所择，奏云：“卜年三千，卜世二百。”隋主说道：“吉凶由人，不关墓兆。”话虽如此，意中实喜得嘉地，竟从吉言。言不由衷，无怪生儿更诈。吉密语知友道：“前太子尝遣宇文左率，嘱我善择山陵，令太子早日得立，必当厚报。我答言地已择就，不出四年，太子必御天下。实告诸君，太子嗣位，隋必致亡。我所云三千年，乃系三十，二百世乃系二传。诸君记着！看我言果有验否？”吉为梁长沙王萧懿孙，既有此技，何前此无救国亡？吉友闻言，也似信非信，搁过一边。

且说隋主第四子蜀王秀，容貌壮伟，很有胆力，年未及壮，即多须髯，常为朝臣所侧目。隋主尝语独孤后道：“秀将来恐不令终，我在尚可无虑，至兄弟时必反无疑。”独孤后以秀无他过，置诸不理。隋主乃命秀镇蜀，秀莅治益州，奢侈逾制，车马衣服，僭拟天子。隋主稍有所闻，即语群臣道：“坏我家法，必在子孙。”因遣使赍敕谴责，秀终未肯改。及太子勇遭谗被废，晋王广得为太子，秀意甚不平。广亦防秀有变，阴令杨素进谗，构成罪状。隋主乃召秀还朝，秀入都进谒，但见隋主满面怒容，不与一言。秀再拜而出，隋主乃使朝臣责秀，秀答谢道：“臣忝荷国恩，出临藩岳，不能奉法，罪当万死。”太子广闻秀被责，很是欣慰，外面装出爱弟形状，邀同诸王入宫，替秀解免。隋主反加怒道：“从前秦王糜费，我以父道相责，今秀蠹害生民，我当以君道相绳。汝等不必多言，我自有法处治呢。”说着，即令将秀付诸法司。开府仪同三司庆整进谏道：“庶人勇既废，秦王已薨，秦王俊病殁，见八十六回。陛下儿子无多，奈何屡加严谴？且蜀王性甚耿介，今被重责，或且不愿生全，也是可虑。”隋主大怒道：“你敢来多嘴么，我且断你舌根！”随即顾群臣道：“当斩秀市中，以谢百姓。”群臣俱跪伏殿庭，代为乞免，乃令杨素、苏威、牛弘、柳述等，再加按治。太子广阴作木偶，缚手钉心，上书隋主及汉王姓名，下署数语云：“请西岳慈父圣母，速遣神兵，收系杨坚、杨谅神魂。”令人埋诸华山下。一面使杨素发掘，作为罪证。又云：“秀妄造图谶，迭言京师妖异，捏称蜀地祯祥。”并有檄文草稿，略云：“逆臣贼子，专弄威福，当盛甲陈兵，指期问罪”等语。罪证已具，一并上奏。隋主见了，拍案盛怒道：“天下有这等不肖子么？”便令废秀为庶人，幽锢内侍省，不得与妻孥相见，但给獠婢二人，充当役使。且缘秀连坐，计百余人。又中了逆子奸相的诡计。秀上表称谢，表文中有云：“伏愿慈恩，垂赐矜悯。今兹残息未尽，愿与瓜子相见，请赐一穴，令骸骨有归。”“瓜子”二字，是指自己的爱子言。隋主反下诏数秀十罪，略云：

汝地居臣子，情兼家国。庸蜀重要，委以镇之。汝乃干纪乱常，怀恶乐祸，睥睨二宫，伫望灾衅，我有不和，汝便觇候，望我不起，便有异心。皇太子汝兄也，次当建立，汝假托妖言，乃云不终其位。自言骨相非人臣，德业堪承重器，诈称益州龙现，托言吉兆，重述木易之姓，更治成都之宫。妄说禾乃之名，以当八千之运，横生京师妖异，以证父兄之灾，妄造蜀地祯祥，以符己身之箓。鸠集左道，符书厌镇。汉王于汝，亲则弟也，乃画其形像，书其姓名。缚手钉心，妄云请西岳华山慈父圣母，收杨谅魂神。我之于汝，亲则父也，又画我形像，缚首撮头，仍云请西岳神兵，收杨坚魂神，如此悖谬，我不知杨坚、杨谅，果是汝何亲也。包藏凶慝，图谋不轨，逆臣之迹也。希父之灾，以为身幸，贼子之心也。怀非分之望，肆毒心于兄，悖弟之行也。嫉妒于弟，无恶不为，无孔怀之情也。违犯制度，坏乱之极也。多杀不辜，豺狼之暴也。剥削民庶，酷虐之甚也。惟求财货，市井之业也。专事妖邪，顽嚚之性也。弗克负荷，不材之器也。凡此十者，灭天理，逆人伦，汝皆为之，不祥之甚也。欲免祸患，长守富贵，其可得乎？

庶人秀得见此诏，吓得莫名其妙，自思诏书所言，纯是冤诬，不知被何人构造出来，锻成这般大罪。禁门深远，无从申诉，只好饮恨泣血，静坐囹圄。贝州长史裴肃独遣使上书，谓：“二庶人得罪已久，宁不革心，愿陛下弘君父之慈，顾天性之义，各封小国，再观后效，若能迁善，渐更增益，如或不悛，贬削未迟。”这书奏入，隋主顾杨素道："裴肃忧我家事，也是一片诚心。"素默然不答。不劾裴肃，还算厚道。于是征肃入朝，面谕二庶人不能曲恕，且罢肃原官，放归田里。惟庶人秀诸子，听令同处，小子有诗叹道：

谗言蔽主益神昏，父子相夷最贼恩。

一摘已稀偏再摘，可怜皇嗣两含冤。

二庶人不得出头，太子广得步进步，更要做出逆天害理的大事来了。欲知他如何行事，请看下回便知。

太子勇非无过失，误在无正人以辅导之。如洗马李纲言，最为剀切。然有独孤后之偏爱，与晋王广之诡谋，就使勇无失德，亦必致废黜，况更有杨素之助桀为虐耶？隋主坚惩高欢覆辙，自谓不致纵子，而抑知妻儿谮愬，堕彼术中，其惑且比高欢为尤甚也。蜀王秀虽未免僭踰，而较诸废太子勇，更属无甚大罪，乃广、素相毗，百端构陷，复被废为庶人。自来阴贼险狠，莫如杨广，而隋主坚屡为所欺，溺爱不明，一至于此，有子者尚其鉴诸！

第八十九回

侍病父密谋行逆
烝庶母强结同心

却说太子广诈谋百出，构陷兄弟，全亏杨素一力帮助，因得如愿。素亦威权日盛，兄弟诸父，并为尚书列卿，诸子亦多为柱国刺史。广营资产，家僮数千，妓妾亦数千，第宅华侈，制拟宫禁。朝右诸臣，莫不畏附。惟尚书右丞相李纲及大理卿梁毗，正直不阿，与素异趋。毗且上书劾素，说他："权势日隆，威焰无比，所私无忠谠，所进皆亲戚，子弟布列，兼州连县，天下无事，容息异图，四海有虞，必为祸始。陛下以素为阿衡，臣恐他心同莽懿，伏愿揆鉴古今，量为处置，使得鸿基永固，率土幸甚。"隋主览奏大怒，收毗系狱，亲加鞫问。毗毫不畏缩，且极言："素擅宠弄权，杀戮无道，太子及蜀王得罪遭废，臣僚无不震悚，独素扬眉奋肘，喜见颜色，利灾乐祸，不问可知。"隋主听到此语，不由的忆念二子，发现天性，暗暗的吞声饮泪，不愿再鞫，乃命毗还系狱中，越日传敕赦毗。嗣又诏谕杨素道："仆射系国家宰辅，不应躬亲细务，但阅三五日，一至省中，评论大事，便为尽职"等语。又出杨约为伊州刺史。素知隋主阴怀猜忌，更不自安；又见吏部尚书柳述，进参机密，得握政权，尤觉得心如芒刺，愤闷不平。好与杨广同谋弑逆了。

先是隋主第五女兰陵公主，下嫁仪同王奉孝，奉孝早世，公主年才十八，隋主欲令她改嫁，晋王广因妻弟萧玚，正在择配，拟请将公主嫁玚。偏是乃父不从，令适内史柳述。隋主最爱此女，更闻她敬事舅姑，力循妇道，益加心慰，遂累擢述至吏部尚书。广既为太子，与述未协，并见述徼宠预政，越觉生嫌，再加杨素亦常憾述，眼见是虎狼在侧，怎得相安？当时龙门人王通，具有道艺，讲学河汾间，门徒甚众，目睹朝政日非，孽子权臣，互为表里，料知祸乱不远，因诣阙上书，胪陈太平十二策。隋主不能采用，通即拟告归。杨素夙慕通名，留通至第，劝他出仕。通答道：“通尚有先人敝庐，足庇风雨，薄田数亩，足供馆粥，读书谈道，尽堪自乐，愿明公正己正人，治平天下，通得为太平百姓，受赐已多，何必定要出仕呢？”素闻通言，敬礼有加，因馆待数日。有人向素进谗道：“通实慢公，公何故敬通？”素亦不觉生疑，转以问通。通从容道：“公若可慢，是仆得计；不可慢，是仆失人。得失在仆，与公何伤？”素一笑而罢。不必多辩，已使权奸心折。通见素终未肯改过，便即辞归，仍然居家课徒。后来唐朝开国，如房玄龄、魏徵诸贤臣，皆受教通门。通至隋大业末年，大业系隋炀帝年号，见下文。在家病卒，门人私谥为文中子，毋庸多表。不略王通，足补史传之阙。

会突厥步迦可汗，即达头可汗，见八十六回。屡扰隋边，并寇掠启民可汗庐帐，杨素发兵奋击，大破步迦。步迦穷蹙遁归，部众因此离心，铁勒仆骨等十余部落，并内附启用，突厥大乱。步迦奔往吐谷浑，隋主令启民归统部众，使长孙晟送出碛口。启民益感隋恩，岁修朝贡，亦不消细说。

且说隋主坚自皇后死后，不必惧内，遂专宠陈叔宝妹子，赐号贵人。叔宝亦得时常召见，隋主命修陈氏宗祀，令叔宝岁时致祭，且因此惠及齐梁，特许齐后高仁英，梁后萧琮，修葺祖陵，逐年祭扫。叔宝因妹邀宠，早把亡国的痛苦，撇置脑后。此之谓全无心肝。一日，从隋主登邙山，奉谕侍饮。叔宝即席赋诗道：“日月光天德，山河壮帝居。太平无以报，愿上东封书。”隋主亦不加可否。至陪辇回朝，叔宝又表请封禅。当下接得复敕，暂从缓议。过了旬月，复召叔宝入宴。叔宝本来好酒，见着这杯中物，胜似性命，连喝了数大觥，酒意醺醺，方才罢席，拜谢而出。隋主目视叔宝道：“亡国败家，莫非嗜酒，与其作诗邀功，何如回忆危亡时事。当贺若弼入京口时，陈人密启告急，叔宝饮酒不省；及高颎入宫，犹见启在床下，岂不可笑？这是天意亡陈，所以出此不肖子孙。昔苻秦征伐各国，俘得亡国主，概赐爵禄，意欲沽名，实是违天，所以苻氏享国，亦未能长久呢。”休说别人，自己也要死亡了。仁寿四年，叔宝病死隋都，年五十二。隋廷追赠叔宝为长城县公，予谥曰炀。史家称为陈后主，或沿隋赠号，呼为长城公。但叔宝死时，在仁寿四年仲冬，隋主坚却比他早死了几个月，并且死得不明不白。照此看来，一个统领中原的主子，结果反不及一亡国奴，说来也觉得可怜可痛呢！从陈女递入叔宝，从叔宝之死，回溯隋主之殁，叙笔不漏不紊。

原来隋主坚既宠一陈贵人，领袖六宫，复在后宫选一丽姝，随时召幸。这丽姝也由陈宫没入，母家姓蔡，籍隶丹阳，姿容秀媚，与陈贵人相差不远，隋主早已钟情，只因独孤后奇妒，不便染指。后死后，乃进蔡氏为世妇，享受温柔滋味，日加宠遇。寻亦拜为贵人。两贵人并沐皇恩，轮流服侍，隋主虽然快意，究竟消耗精神；况日间要治理万几，夜间要周旋二美，六十多岁的老头儿，哪里禁受得起？起初还是勉强支撑，至敷衍了一年有余，终累得骨瘦如柴，百病层出。仁寿四年孟春，尚挈二贵人往仁寿宫，想去调养身体，一切国事，均令太子广代理。无如万儿虽卸，二美未离，总不免旦旦伐性。一住三月，偶感风寒，内外交迫，即致卧床不起，葠苓罔效，苿莒无灵。两贵人原是惶急，此外随驾人员，亦无不耽忧，便报知东宫太子，及在朝王公。太子广便即驰省，余如左仆射杨素，吏部尚书兼摄兵部尚书柳述，黄门侍郎元岩等，亦皆随往问疾。大众到了大宝殿，里面就是隋主寝所，便鱼贯而进，并至榻前。隋主正含糊自念，若使皇后尚存，朕不致有此重疾了。谁叫你老且渔色？还劳记忆妒后吗？太子广已经听着，默忖一番，已寓后日诈谋。才开口启呼父皇。隋主始张目外视道："汝来了吗？我念汝已久了。"广故作愁容，详问病状，语带凄音。隋主略略相告，并由杨素等上前请安。隋主亦握手欷歔，自言凶多吉少。素等俱出言劝慰，方得隋主颔首，面命太子广居大宝殿，俾便侍奉。杨素等出外伺候，太子广等领命退出。广与素密谈数语，素唯唯而去。看官听说！这太子广见隋主病重，料知死期在迩，心下很是喜欢，便嘱令杨素预先留意，准备登基。及素去后，又因言不尽意，常自作手书，封出问素。素条陈事状，复报太子。

偏偏冤家有孽，宫人误将杨素复书，传入御寝，隋主取来展阅，大略一瞧，已是肝气上冲，喘急异常。两贵人慌忙过侍，一捶背，一摩胸，劳动了好多时，方渐渐的平复原状，悲叹数声，始朦胧睡去。这一睡却经过半日有余，醒来已是夜半，寝室中灯烛犹明，两贵人尚是侍着。隋主不禁怜惜道："我病日剧，累汝两人侍我，劳苦得很，可惜我将不起，汝两人均尚盛年，不知将如何了局哩？"自然有人代汝效力，汝且不必耽忧。两贵人听了，连忙上前慰解，但心中各怀酸楚，虽勉强忍住珠泪，已是眼眦荧荧，隋主愈觉不忍，但又无可再言，只得命她寝息。越日传谕出去，加号陈氏为宣华夫人，蔡氏为容华夫人。两夫人得了敕旨，均加服环珮，并至榻前叩谢，隋主谕令平身。两人谢恩起立，容华夫人先出更衣，宣华夫人因隋主有所嘱咐，迟了一步，方才得出。

隋主见两夫人并去更衣，暂且闭目养神，似寐非寐，忽听得门帷一动，不同常响，急忙睁目外望，见有一人抢步进来，趋至榻前，露出一种慌张态度；再行审视，珮环依旧，钗钿已偏，不由的惊问道："你为何事着忙？"那人欲言未言，经隋主一再诘问，不禁泣下，且呜呜咽咽的说出"太子无礼"四字。隋主忽跃然起坐，用手捶床道："畜生何足付大事，独孤误我！"悔已迟了。说着，即呼内侍入室，命速召柳述、元岩，宣华亦劝阻不住。及述与岩奉召进来，隋主喘着道："快…快召我儿！"述答道："太子现往殿外，臣即去召来。"隋主又复喘着，说了勇、勇两声。述、岩应声出阁，互相商议道："废太子勇现锢东宫，须特下敕书，方可召入。"乃取觅纸笔，代为草敕。敕文颇难措词，又经两人磋磨多时，方得告就。正要着人往召，不防外面跑入许多卫士，竟将两人牵去，两人问为何因？卫士并不与言，乱推乱扯，拥至大理狱中，始见太子左卫率宇文述趋至，手执诏书，对他宣读，说他侍疾谋变，图害东宫，着即将两人拘系下狱。两人好似做梦一般，明明由隋主亲口，嘱令召勇，如何从中又有变卦，另颁出一道诏书。看官！试想这诏书究从何来？若果是真，如何有这般迅速哩？原来太子广调戏宣华，见宣华不从，当然慌乱，便密召杨素入商。素惊诧道："坏了！坏了！"广愈觉着急，求素设法，几乎要跪将下去。素用手挽住，口中还是吞吞吐吐，老贼狡猾，非极力描摹，不足示奸。急得广向天设誓，有永不负德等语。素始拈须沉吟，想了一会，方与广附耳数语。广乃易忧为喜，立召东宫卫士，驰入殿中。正值述、岩两人商议草敕，便命卫士掩入，拘去两人，随即令宇文述写起伪诏，持示述、岩，一面发出东宫兵帖，上台宿卫，门禁出入，均由宇文述、郭衍监查；再派右庶子张衡，入殿问疾，密嘱了许多话儿。

衡放步进去，正值隋主痰壅，只是睁着两眼，喉中已噎不能言。陈、蔡两夫人，脚忙手乱，在侧抚摩。衡抗声道："圣上抱疾至此，两夫人尚未宣召大臣，面受遗命，究竟怀着甚么异图？"蔡夫人被他一诘，吓得哑口无言，还是陈夫人稍能辩驳，含泪答道："妾蒙皇上深恩，恨不能以身代死，倘有不讳，敢望独生？汝休得无故罪人！"衡又作色道："自古以来的帝王，只有顾命宰辅，从没有顾命妃嫔，况我皇上创业开国，何等英明，岂可轻落诸儿女子手中？今宰辅等俱在外伺候，两夫人速即回避，区区殉节，无关大局。且皇上两目炯炯，怎见得便要升遐，何用夫人咒诅呢。"陈夫人见拗他不过，只得与蔡夫人同出寝室，自往后宫。去不多时，即由张衡出报太子，说是皇上驾崩。太子广与杨素等，同入检视，果见隋主一命呜呼，气息全无，只是目尚开着。太子广便即哀号，杨素摇手道："休哭！休哭！"广即停住哭声，向素问故。素说道："此时不便发丧，须俟殿下登极，然后颁行遗诏，方出万全。"广当即依议，便遣心腹守住寝门，不准宫嫔内侍等入视。就是殿外亦屯着东宫卫士，不得放入外人，倘有王公大臣等问安，但言圣驾少安，尽可无虑。又令杨素出草遗诏，并安排即位事宜。素也即去讫。可怜这枭雄盖世的隋主坚，活了六十四岁的年纪，做了二十四年大皇帝，徒落得一朝冤死，没人送终，反将尸骸搁起龙床，无人伴灵，冷清清的过了一日一夜，究竟是命数使然呢？还是果报使然呢？数语足惊心动魄。

但外面虽秘不发丧，宫中总不免有些消息，宣华夫人陈氏自退入后宫后，很是惊疑，未几即有人传报驾崩，更觉凄惶无主，要想往视帝尸，又闻得内外有人监守，俱是东宫吏卒，越吓得玉容惨澹，坐立不安。到了夕阳将下，忽有内使到来，呈入一个小金盒，说由东宫殿下嘱令传送，宣华一想，这盒中必是鸩毒，不觉浑身发抖，且颤且泣道："我自国亡被俘，已是拼着一生，得蒙先帝宠幸，如同再造，哪知红颜薄命，到头终是一死。罢罢！今日便从死地下，了我余生便了。"说至此，欲要取盒开视，又觉两手不能动弹，复哽咽道："昨日为了名义关系，得罪东宫，哪知他这般无情，竟要我死！"说了复哭，内使急拟返报，便催促道："盒中未必定是鸩毒，何弗开视，再作计较？"宣华不得已取过金盒，揭起封条，开盒一看，并不是什么鸩毒，乃是几个彩线制成的同心结。心下虽然少安，但面庞上又突然生热，手内一松，将盒子置在案上，倒退数步，坐下不语。何必做作。内使又催逼道："既是这般喜事，应该收下。"宣华尚俯首无言，不肯起身。诸宫人便在旁相劝道："一误不宜再误，今日太子，明日皇上，娘娘得享荣华，奈何不谢？"你一句，我一句，逼得宣华不能自主，乃勉强立起身来，取出同心结，对着金盒，拜了一拜。一拜足矣。内使见收了结子，便取着空盒，出宫自去。宣华夫人满腹踌躇，悲喜参半，宫人进陈夜膳，她也无心取食，胡乱吃了一碗，便即罢手。寻又倒身床上，长吁短叹。好一歇欲入黑甜，恍惚似身侍龙床，犹见隋主喘息模样，耳中复听到"畜生"二字，竟致惊醒，向外一望，灯光月色，映入床帷，正是一派新秋夜景。蓦闻有人传语道："东宫太子来了。"宣华胸中，突突乱跳，几不知将如何对待。接连又走进几个宫女，拽的拽，扶的扶，竟将她搀起床中，你推我挽，出迎太子。太子广已入室门，春风满面，趋近芳颜，宣华只好敛衽上前，轻轻的呼了一声殿下。广即含笑相答道："夫人请坐！"一面说，一面注视宣华，但见她黛眉半锁，翠鬓微松，穿一套淡素衣裳，不妆不束，别饶丰韵。越是美人，越是浅妆的好看。广又惊又爱道："夫人何必自苦，韶华不再，好景难留，今宵月影团圞，正好及时行乐哩。"宣华斜坐一旁，似醉似痴，低头不答。广又道："我为了夫人，倾心已久，几蹈不测，承夫人回心转意，辱收证物，所以特来践约，望夫人勿再却情！"说着，竟扬着右手，意欲来扯宣华。宣华方惊答道："妾蒙殿下错爱，非不知感，但此身已侍先皇，义难再荐。况殿下登基在即，一经采选，岂无倾国姿容？如妾败柳残花，何足垂盼？还愿殿下尊重，勿使贻诮宫闱！"广复笑道："夫人错了。西施、王嫱，已在目前，何必再劳采访？如为礼义起见，何以文君夜奔，反称韵事？请夫人不必拘执了。"宣华还要推却，广已欲火如焚，竟起身离座道："千不是，万不是，都由夫人不是，如何生得这般美貌，使我寝食难忘？我情愿敝屣富贵，不愿错过佳人。"说到此处，又左右一顾，诸宫人统已识窍，纷纷避去。当即牵动宣华玉臂，曳入寝室。宣华自料难免，更且娇怯怯的身躯，如何挣扎，只好随广同入。广顺手关了寝门，拥入罗帏，于是舌吐丁香，芳舒荳蔻，国风好色，痴情适等鹑奔，巫雨迷情，非偶竟成鸳侣。蜂狂蝶采，几曾顾方寸花心？凤倒鸾颠，管什么前宵荼苦。好骈文。一夜欢娱，倏忽天晓，广因与杨素订定，当日即位，没奈何起床梳洗，衣冠出去。素已在大宝殿中，伫候多时，一见便嚷道："殿下奈何这般宴起，须知今日是何日哩。"广微笑不答。素复道：

“文武百官，已在殿外候朝，请殿下速穿法服，出升御座。”广乃趋入殿旁左厢，已有人备好裳冕，立即穿戴，由左右簇拥出殿。广心悸足弱，升座时几乎跌倒，幸杨素从旁扶住，方得坐定。当下传入王大臣，排班谒贺，素从袖中取出遗诏，付宣诏官朗读道：

嗟乎！自昔晋室播迁，天下丧乱，四海不一，以至周齐，战争相寻，生灵涂炭。上天降鉴，爰命于朕，拨乱反正，偃武修文，天下大同，声教远被。此乃天意欲宁区夏，所以昧旦临朝，不遑逸豫，一日万机，留心亲览。匪曰朕躬，盖为百姓计也。朕方欲令率土之人，永得安乐，不谓遘疾弥留，至于大渐。自思年逾六十，死不为夭，但筋力精神，一时劳竭，为国为民，所以致此。人生子孙，谁不爱念？既为天下，事须割爱。勇及秀并怀悖恶，不惮废斥，古人有言：“知臣莫若君，知子莫若父。”若令勇、秀得志，共治国家，必当戮辱遍于公卿，酷毒流于民庶。今恶子孙已为民屏黜，好子孙足堪负荷大业。乃父方死，到夜即烝庶母，真是个好子孙。**太子广地居上嗣，仁孝著闻，内外群官，相与同心勠力，共治天下。朕虽瞑目，何所复恨？自古哲王，因人作法，前帝后帝，沿革随时。律令格式，或有不便于事者，宜依前敕修改，务当政要。**列此数语，导广种种妄为。**鸣呼！敬之哉！无坠朕命！**

群臣闻诏，哪个来分辨真假，无非是舞蹈殿堦，山呼新天子万岁罢了。就中有个伊州刺史杨约，也入贺新君，广瞧在眼里，待退朝后，复宣约兄弟入殿。彼此商议多时，又由杨素捏造遗诏，使约迅赴都中，然后令素主持丧事，颁发讣音。广既得素治丧，乐得自寻快活，踱入后宫，再与那宣华夫人调情去了。小子有诗叹道：

人禽界画判几希，礼教防嫌在慎微。
何物阿麽同兽类？居然霸占父皇妃。

欲知后宫情事，且至下回再表。

隋主坚以诈术得国，卒能平齐灭陈，混一中国，几若有逆取顺守之才，史家谓其明敏有大略，亦多谥美之词，庸讵知其天性雄猜，素无学术，微幸于一时，安能垂贻于后世？况周族何辜，乃俱为之屠灭乎？夫绝人之后者，人亦必绝其后。而天意好奇，又故假手于其妻若拏，先令翦除骨肉，然后身遭子祸，亦一举而殉之，痛矣哉杨坚之不得其死也！宣华为杨坚宠妾，复为逆子广所烝，如宣华之贪生怕死，贻丑中冓，固不得为无咎，然谁纵逆子，以至于此？本回逐节演述，逐节描摹，禹鼎铸奸，穷形极相，尤令人不胜击节云。

第九十回

攻并州分遣兵戎
幸洛阳大兴土木

却说宣华夫人，已经被烝失节，迟明起床，自思夜间情事，未免萦羞，但木已成舟，无法挽回，不如将错便错，再博新皇恩宠。主意已定，遂复重施粉泽，再画眉山，打扮得娇娇滴滴，准备那新主退朝，好去谒贺。转念一想，中冓丑事，如何对人？倘或出迎御驾，越觉惹人讥笑。乃靓妆待着，俟至傍晚，方由宫人报称驾到。宣华便含羞相迎，俯伏门前，口称："陛下万岁，臣妾陈氏朝贺！"新皇帝当然大喜，亲手搀扶，同入寝宫，便令左右排上宴来。看官记着！这位弑父烝母的杨广，实与畜类相同，但后人沿袭旧史，统称他为隋炀帝，小子编述历史演义，凡统一中原的主子，大都以庙谥相呼，隋主坚庙谥为文，独不称为隋文帝，无非因他巧行篡夺，名为统一，仍与宋、齐、梁、陈，异辙同途，所以沿例顺叙。只隋炀帝是古今相传，如出一口，炀字本不是甚么美谥，小子为看官便览起见，也只好称为炀帝，看官不要疑我变例呢。依俗道俗，应该如此。

炀帝既与宣华夫人宴叙，把酒言欢，备极温存。宣华亦放开情怀，浅挑微逗，更觉旖旎可人。况炀帝力逾壮年，春秋鼎盛，若与乃父相比，风流倜傥，胜过十倍，两下里我瞧你觑，风情毕露，且并有这红友儿助着雅兴，益觉情不自禁，更尚未起，酒即撤回，两人携手入床，再演那高唐故事，真个是男贪女爱，比昨宵的快乐，又自不同。偏晨鸡复来催逼，新天子又要视朝，免不得辜负香衾，出理国事。可巧杨约已来复命，由炀帝褒劳数语，约即拜谢而退。炀帝亦退入后庭，召语杨素道："令弟果堪大任，我好从此释忧了。"看官道是何事？原来使约入都，便是矫诏缢杀故太子勇，且顺便谪徙柳述、元岩，不但将官职尽行削去，还要将两人充戍岭南。杨素请封勇为王，掩饰人目，炀帝依了素议，追封勇为房陵王，但仍不为置嗣。

忽由外面呈入表章，便即取阅表文，乃是兰陵公主署名，请撤免公主名称，愿与本夫柳述同徙。炀帝冷笑道：“世上有这等呆女儿，且与我宣进来！我当面为诱导。”语甫说出，即有内侍应声往召，不到半日，兰陵公主已至，行过了礼，炀帝便劝她改嫁，公主抵死不从。炀帝大怒道：“天下岂无好男子？难道必与述同徙么？我偏不令汝随述。”公主泣答道：“先帝遣妾适柳家，今述有罪，妾当从坐，不愿陛下屈法申恩。”公主前曾改醮，此时何必欲守节，但论人亦当节取，杨家有此令女，足愧阿麽。炀帝始终不允，叱令退去。兰陵公主号恸而出，自与柳述诀别。咫尺天涯，两不相见，公主竟忧郁成瘵，旋即告终。临殁时复上遗表道：“昔共姜自誓，著美前诗，息妫不言，传芳往诰。此语亦谬。妾虽负罪，窃慕古人，生既不得从夫，死乞葬诸柳氏。”炀帝览表益怒，但使瘗诸洪渎川。柳述亦不得赦还，流死岭表。这是后话不题。

且说炀帝叱退公主，天色已晚，又记起那宣华夫人，偏又来了一个美貌宫嫔，且泣且拜，自称为尼。炀帝凝神一瞧，乃是容华夫人蔡氏，颦眉泪眼，仿佛似带雨海棠，虽比宣华稍逊一筹，也觉得世间少有，姿色过人。天下好色的男子，往往得陇望蜀，既已污了宣华，何不可再污容华？当下好言劝慰，仍叫她安居后宫，决不亏待。容华始收泪退入。哪知炀帝到了晚间，竟踱入容华宫中，也与宣华处同一作用。容华胆子更小，且知宣华已为先导，何妨勉步后尘，暂图目前快乐，于是曲从意旨，也与炀帝作长夜欢。一箭双雕，真大快事。容华被烝，见《隋书》后妃列传，并非无端污蔑。又过了六七宵，始奉梓宫还京师，谥隋主坚为文皇帝，庙号高祖。再阅两月，奉葬泰陵。太史令袁充又来献谀，谓：“新皇即位，与帝尧受命，年月适合，应大开庆贺。”独礼部侍郎许善心，以为国哀未了，不宜称贺。宇文述素嫉善心，竟讽令御史交上弹章。善心降级二等，贬为给事中。

炀帝又恐汉王谅作乱，屡征入朝，第一道敕旨，还是在炀帝即位前，伪托乃父玺书，使车骑将军屈突通赍去。第二道敕旨，始由炀帝自己出名，哪知汉王谅始终拒绝，反发出大兵，惹起一场骨肉战争。先是谅出镇并州，乃父曾密谕道：“若有玺书召汝，敕字旁当另加一点。又与玉麟符相合，方可前来。”玉麟符系刻玉为符，上作麟形。及屈突通赍书前去，书中与前言不符，谅知有他变，一再诘通。通终不吐实，方得遣还。至二次传敕，谅益不肯就征，即调兵发难。他尚未识弑逆阴谋，只托言杨素谋反，当入清君侧。总管司马皇甫诞泣谏不从，为谅所囚，遂遣所署大将军余公理出太谷，进趋河阳。大将军綦良出滏口，进逼黎阳，大将军刘建出井陉，进略燕赵。柱国乔钟葵出雁门，并署府兵曹裴文安为柱国，使与柱国纥单贵王聃等，直指京师。谅自简精锐数百骑，各戴幂䍦，系妇人帷帽。诈称宫人还长安，径入蒲州。城中骤乱，蒲州刺史邱和，逾城逃去。谅既得蒲州，忽变易前策，召还裴文安。文安本劝谅直捣长安，中途闻召，只好驰还，入与谅语道："兵宜从速，本欲出其不意，一鼓入京，今王既不行，文安又返，使彼得着着防备，大事去了。"谅竟不答言，但令文安为晋州刺史，王聃为蒲州刺史，并使纥单贵堵住河桥，扼守蒲州。代州总管李景，起兵拒谅，谅遣部将刘暠袭景，为景所觉，邀斩暠首，悬示城门。谅闻报大愤，再遣乔钟葵率兵三万，往攻代州。代州战士，不过数千，更且城垣不固，崩陷相继。景且战且筑，麾兵死斗，反得屡挫钟葵，屹然自固。

这消息传达隋廷，炀帝商诸杨素。素从容定计，自请一行。果然老将善谋，奉命就道，但率轻骑五千，夜至河滨，收得商贾船数百艘，席草载兵，悄悄的渡往蒲州。纥单贵未曾预备，天明方起，已被杨素兵登岸杀入，仓猝遇敌，如何交锋？不由的一哄而散。纥单贵匹马逃归。素进蒲州城下，王聃料知难守，便即出降。真是易得易失。素入城安民，上书报捷，有诏召素还朝，授素为并州道行军总管，兼河北道安抚大使，统着大军，再出讨谅。谅闻隋军大举，乃自往介州堵御，令府主簿豆卢毓，及总管朱涛留守。毓为谅妃兄，尝阻谅起兵，谅不能用，毓私语弟懿道："我匹马归朝，亦得免祸，但只为身计，非为国计，不若且静守待变。"及留守并州，召涛与语道："汉王构逆，败不旋踵，我辈岂可坐受夷灭，辜负国家？当与君出兵拒绝，不令叛王入城。"涛大惊道："王以大事付我二人，怎得有此异语？"因拂衣径去。毓见涛不肯相从，竟惹动杀心，立率左右追涛，把他杀死。又从狱中释出皇甫诞，协商军事，且与开府仪同三司宿勤武等，闭城拒谅。毓似有大义灭亲之志，但甘助枭獍，亦不足取。部署未定，已有人急往报谅，谅慌忙引还，西门守卒，纳谅入城，毓与诞俱被杀死。

谅将余公理，自太行下河内，正值隋行军总管史祥，出守河阴。祥语军吏道："余公理轻率无谋，且恃众生骄，若能智取，一战就可破灭呢。"因具舟南岸，佯欲渡兵，自率精锐潜出下流，乘夜渡河。公理只防南岸渡兵，聚众抵御，哪知祥从旁面杀到，一时措手不及，即被捣乱队伍，再加对面隋军，乘机急渡，也来夹攻公理。公理逃命要紧，当即返奔，余众死了一半，逃去一半。祥东向黎阳，谅将綦良，方从滏口攻黎州，屯兵白马津，一闻公理败还，祥军掩至，便吓得魂胆飞扬，不战自溃。惟代州城尚在围中，李景与乔钟葵，相持约一月有余。朔州刺史杨义臣，奉敕往援，道出西陉，闻钟葵移兵逆击，自顾麾下兵寡，恐不能敌，乃想出一法，悉取军中牛驴，得数千头，复令数百人各持一鼓，潜匿涧谷间，然后进击乔钟葵。时已天晚，两军初交，义臣命谷中伏兵，驱着牛驴，鸣鼓疾进，顿时尘埃蔽天，喧声动地。钟葵军疑是伏兵，又兼天色将昏，无从细辨，不由的纷纷倒退。义臣复纵兵奋击，大破钟葵，钟葵落荒窜去，代州解围。杨素引兵四万，沿途招降。晋、绛、吕三州，俱向军前投诚。谅遣部将赵子开，拥众十万，栅断径路，屯踞高壁，列营延五十里。素令诸将攻栅，自引奇兵潜入霍山，攀藤援葛，穿出前谷，得绕至赵子开军后面，击鼓纵火，直捣子开各营。子开不知所为，麾众亟遁，自相蹂踏，杀伤至数万人。

谅得子开败报，很是惊惶，搜括部下兵士，尚有十万人，乃悉众出城，往堵嵩泽。会秋雨连绵，不便行军，谅欲引军退还，咨议参军王頍道："杨素悬军深入，士马疲敝，王率锐骑往击，定可得胜。今未战先怯，挠动众心，待素军长驱到来，何人再为王效力呢？"谅不能用，竟退保清源。既不从裴文安，又不从王頍，怎得不败？王頍为梁朝王僧辩子，颇有智略，因见谅不肯依议，退回诫子道："汉王必败，汝宜随我，免为所擒。"遂密整行装，伺机潜遁。还有陈氏旧将萧摩诃，亦随谅麾下，年已七十有三，谅倚若长城，及素军进逼，摩诃率众出战，将士俱无斗志，单靠一个老摩诃，有何用处，反被素军擒去。谅弃了清源，走保晋阳。他本来仗着王頍、萧摩诃两人，偏偏一遁一擒，害得两臂俱失，不由的焦灼异常。素军又乘胜攻城，围得铁桶相似，眼见得朝不保暮，只得登城请降。素允他免死，谅即开城迎素，素系谅送长安，再分兵搜捕余党，或降或诛，悉数荡平。王頍欲出奔突厥，路梗道绝，自知不免，因即自刎；惟嘱子勿往故人家。頍子就石窟中，瘗埋父尸，自在山谷内躲避数日，无从得食，不得已违了父训，出访故人。果然被故人擒献军前，并因此获得頍尸，一并在晋阳枭首。萧摩诃亦即伏诛，妻子籍没。不知他继妻容色，又仍依旧否？并州吏民，坐谅死徙，共二十余万家。谅虽得免刑，终废为庶人，幽锢别室，竟致瘐死。隋文五子，除炀帝广外，已死三人，惟蜀王秀废锢如初，尚未遭害，俟后再表。

且说炀帝既得平并州，又好恣意淫乐，坐享太平。惟宣华、容华两夫人，究不便明目张胆，收为嫔御，只好令之出居别宫，有时私往续欢，却被萧妃瞧透机关，冷讥热讽，说得天良发现，也觉怀惭。自思闷坐深宫，太无兴味，因欲出外巡游，可巧术士章仇太翼，伺旨希宠，上言："雍州地居酉位，酉是属金，与陛下木命相冲，不宜久居。且谶文有云：'修治洛阳还晋家，'陛下何不营洛应谶。"炀帝大喜，即留长子晋王昭居守长安，自率妃嫔王公等，往幸洛阳，一面发丁夫数十万，掘堑为防，自龙门直达上洛，择要置关，借资守御。又改洛阳为东京，营建宫阙。当时尚有与奢宁俭的敕文，欺人耳目，一班曲意逢迎的官吏，奉命监工，昼夜赶筑，先创造了几座大厦，作为行宫，以便驻跸。炀帝就此居住，过了残冬。

次年元旦，便在行宫受朝，改元大业，大赦天下，立萧妃为皇后，并使侍臣赍敕至长安，立晋王昭为皇太子，授宇文述为左卫大将军，郭衍为左武卫大将军，于仲文为右卫大将军，改豫州为溱州，洛州为豫州，废诸州总管府。过了两三旬，杨素自并州还朝，进谒行在，因敕有司大陈金宝器玩，锦彩车马，引素及从军有功诸将士，班列殿前，令奇章公牛弘宣诏，进素为尚书令，特给上赏。诸将依次进秩，赏赉有差。才阅片时，已将所陈各物，分给无遗，大众统叩首谢恩，欢呼万岁。炀帝亦欣然大悦，乃命素为东京总监工，盛造宫室，四处召募工役，多至二百万人，百堵皆兴，众擎易举，约阅月余，便已造成许多屋宇，统是规模闳敞，制度矞皇。炀帝因东京人少，未免萧条，乃徙洛州郭内居民，及诸州富商大贾，凡数万户，尽至宫旁居住，蔚成一个繁华胜地，富庶名区。又嫌杨素所筑宫室，虽然宽展，未尽美丽，复命将大匠宇文恺，与内史舍人封德彝，另造离宫，再求精美。恺与德彝，是隋朝著名的佞臣，一奉命令，便至洛水南滨，相度形势，辟地数十里，迤南直至皂漳，造起地盘，大兴土木，一面差人分往东南，选办奇材异石，陆路用夫，水路用舟，所有江岭以南，水陆输运，络绎不绝。还要觅取奇花佳木，珍禽异兽，不论海内海外，但教寡二少双，总要采选来作为点缀。看官！试想为了一座离宫，须费财力多少，不要说几十围的大木，三五丈的大石，搬运艰难，就是一草一木，一禽一兽，也不知糜费若干钱粮，累死若干性命，方才得到洛阳。宇文恺、封德彝两人，只顾炀帝快意，不管那民间死活，府藏空虚，好容易造就一座宫室，上表告竣，请御驾亲幸落成。炀帝即日往阅，由恺与德彝迎入，东眺西瞩，端的是金辉玉映，翠绕珠围，当下笑语二人道："从前江南的临春结绮，哪有这般富丽？似此华厦，方惬朕心。二卿功劳，诚不小了。"恺与德彝，忙即拜谢。炀帝留宫数日，一一游赏，无不合意，遂定名为显仁宫，且命皇后妃嫔等，概行迁入，索性就此安居。

萧后本后梁主萧岿女儿，才色兼优，也是个宫闱翘楚，士女班头，平时与炀帝很是恩爱，从未反目，此外有几个妃嫔，统生得绰约多姿，炀帝得了这般妻妾，也好算是人生艳福。他忽然记起宣华夫人，不觉易喜为愁，整日里眉头不展，好似有一桩绝大心事，挂在面上。萧后素来婉顺，多方迎合，总未得炀帝欢心，至再三研诘，方由炀帝吐出实情。萧后微笑道："妾还道是什么大事？原来为此。陛下既不忍割舍，妾若再来阻挠，便变一个妒妇了。好在此处不是长安，请遣使密召入宫，聊慰圣怀。"炀帝大喜称谢，即着内使飞马入都，往迎宣华。宣华正居仙都宫，虽觉寂寞寡欢，却还清闲自在，偏由内使到来，促她应召，她只得重加妆饰，出乘轻舆，兼程至洛阳显仁宫。炀帝正与萧后晚宴，得闻宣华到来，当即起座相见，不待宣华拜下，早已将她搀住，握手慰问。宣华见萧后在旁，便用目示意，请炀帝放手，然后至萧后面前，屈膝谒贺。亏她厚脸。萧后虽不惬意，但既许炀帝宣召，不如卖个人情，起身还了半礼，并令侍女扶起宣华，一同侍饮。席间有谈有笑，顿令炀帝心花怒开，宽饮了好几觥，连宣华也灌个半酣。萧后乐得做美，待至酒阑席撤，便令宫女掌灯，将炀帝、宣华两人，送入别宫。久旱逢甘，乐不胜言。自是今日赏花，明日玩月，饮酒赋诗，备极愉快。

惟显仁宫中的花木，多半从江南采来，炀帝是个贪得无厌的主子，有了这种，还想那种，自思江南山水，比洛阳还要秀丽，况且六朝金粉，传播一时，从前平陈时候，还想做些名誉，不便留恋江南，此时贵为天子，动作任情，何妨借名巡狩，一游江淮。但要去巡幸，也须铺排一番局面，方显得皇帝威风。当下传出诏旨，谓将巡历淮海，观风问俗。此诏一下，那宇文恺、封德彝等便争来献言，或说是如何通道？或说是如何登程。独有尚书右丞皇甫议谓："陆行不便，须由水路南下，方可沿途观览，不致劳苦。惟江河俱向东流，欲要南北通道，必须开通济渠，引谷洛水达河，再引河水入汴，引汴入泗，才得与淮水相通。"看官！你想如议所言，这样的开凿工程，所需几何？炀帝也不管财力，但教有水可通，便即照办。皇甫议当然监工，发丁百万，依照自己的条陈，逐段开掘；还要沟通江淮，发民十万，疏凿邗沟，直达江都，沟广四十步，旁筑御道，遍植杨柳，且自长安至江都，每隔百里，筑一行宫，总计得四十余所。更由黄门侍郎王弘等，奉遣南下，特往江南督造龙舟，及杂船数十艘。郡县当差，人民执役，已是痛苦得很；再加这般巨工，须限日告竣，朝夜督促，不得少延，可怜这班工役，不胜劳苦，往往僵毙道旁，做了许多无告冤魂。小子有诗叹道：

衰朝政令半烦苛，不似隋家役更多。

筑室开渠成惯事，可怜民血已成河。

炀帝如此劳民，却有一位老年宰相，不甚赞成，意欲入宫谏阻，可巧炀帝召他入宴，未知能否直言，且至下回再详。

汉王谅起兵晋阳，不讨杨广，独讨杨素，始谋已误。或者谓谅未识弑逆情事，不能无端罪广，似矣，然敕书不符，其由于杨之矫擅，已可概见。况太子被废，蜀王遭黜，祸皆起自杨广一人，欲加之罪，岂犹患无辞乎？裴文安劝谅直捣京师，名已不正，已非胜算，至王頍之请为孤注，更不足道，无怪其一败涂地也。炀帝未曾改元，便即幸洛，命以洛阳为东京。夫成周定鼎，曾设陪都，由后追前，非不足法，但迹若相同，心则大异，炀帝为淫侈计，岂有宅中而治之思？筑宫不足，又复开渠，极天下之财力民力，以供一人之耳目，试思民殚财尽，尚能独享繁华耶？故后世之论杨广者，或訾其狡，或病其淫，或斥其奢，而吾则蔽以一言曰："愚而已矣。"

第九十一回

促蛾眉宣华归地府
驾龙舟炀帝赴江都

却说杨素奉召入显仁宫，见过炀帝，满肚中怀着谏议，但一时未便开口，只好入座侍宴，才经数觥，即停住不饮。炀帝一再劝酒，素起座答道：“老臣闻得酒荒色荒，有一必亡，不但臣宜节饮，就是陛下亦不宜耽情酒色。”炀帝听了，不免拂意，便道：“卿言虽是有理，但目今天下太平，朝廷无事，把酒消遣，亦没有甚么大害。况我朝勋旧，似公能有几人？今得一堂共乐，尽可畅饮数杯。”素见话不投机，便又说道：“天下事都起自细微，渐成放荡，从前圣帝明王，慎微谨小，亦是为此。”杨素前营仁寿宫，继复为炀帝监造东京宫室，职为厉阶，奈何不思？炀帝默然不答。适宫人上前斟酒，素恐他再来加斟，用袖一拂，宫人不及防备，竟将手中所执的酒壶，斜倾在素身上，浇湿蟒袍。素正在恼怅，无从发泄，至此便迁怒宫人，勃然变色道：“这般蠢才，如此无礼！怎敢在天子前，戏弄大臣？要朝廷法度何用？请陛下加重惩责！”炀帝仍然无语。素竟叱左右，迫令牵出宫人，且厉声道：“国家政令，全被汝等妇女小人弄坏，怎得不惩？”左右见炀帝无言，又见素怒不可遏，只得把宫人拿了下去，敲责了一二十下。素方向炀帝道：“不是老臣无状，但由今日惩治，使这班宦官宫妾，晓得陛下虽然仁爱，还有老臣执法柞绳，当不敢如此放肆了。”炀帝已十分不悦，但自思夺嫡秘谋，全仗他一人做成，就是万分难耐，也只好含忍过去，当下强颜为笑道：“公为朕执法无私，整肃宫廷，真好算是功臣了。”素即起座告辞。炀帝也不挽留，由他自去，一面退入后宫，另与后妃等调情解闷，不消细说。

素悻悻归第，顾语家人道：“偖大郎君，由我一力提起，使作大家，现在酒色昏迷，不知他如何了得哩。”谁叫你提他起来？看官阅此，应知郎君二字，便是指着隋炀帝，素自恃功高，有时对着炀帝，亦直呼为郎君。炀帝终未曾驳斥，无非为了前时私约，不敢辜负的意思。还算能践前言。一日，素复入宫白事，炀帝正在池中钓鱼，待素将国事说明，便邀素坐下同钓。素也不管君臣上下，即令左右移过金交椅，与炀帝并坐垂纶。时方初夏，日光渐热，炀帝命取过御盖，罩住上面。御盖颇大，巧巧蔽住两人。素毫不避让，从容钓鱼。炀帝钓了数尾，偏素不得一鱼，炀帝顾素道："公文武兼全，也有一长未擅，如何钓了许久，尚是无着？"素本来好胜，怎禁得炀帝奚落，便应口道："陛下只得小鱼，老臣却要钓一大鱼，岂不闻大器晚成么？"炀帝闻言，不由的忿恚交乘，又见素在赭伞下，风神秀异，相貌堂堂，数绺长髯，飘动如银，恍然有帝王气象，因此愈加生忌，遂投下钓竿，托词如厕，竟向后宫进去。当由萧后接着，见炀帝面带怒容，便即问为何事？炀帝道："杨素老贼，骄肆得很，朕意拟嘱遣内侍，杀死此贼。"萧后不待说毕，忙阻住道："使不得！使不得！杨素系先朝老臣，又有功陛下，今日诱杀了他，外官如何肯服？况素又是猛将，亦非几个内侍，可以制服，一被漏脱，出外弄兵，陛下将如何对待呢？"炀帝半晌才道："投鼠原是忌器，且从缓议罢了。"乃长叹数声，仍复出外。适杨素钓了一尾金色鲤鱼，即向炀帝夸说道："有志竟成，老臣已得一鱼。"炀帝强笑不答。素已略窥炀帝微意，也即辞出。

炀帝当然退入，踱往宣华夫人住室。甫至室门，即由宫人迎驾，报称宣华有病在身，未能起迎。炀帝大惊，抢步入室，揭起床帏探视，但见双蛾敛翠，两鬓矬青，病态恹恹，似睡非睡。炀帝轻轻的问道："夫人今日为何不快？"宣华闻声，方睁眼瞧着，见炀帝亲来问疾，意欲勉强起坐，无如挣扎不住，稍稍抬头，已是晕痛难支，禁不住有娇吁模样。炀帝知情识意，忙用言温存道："夫人切勿拘礼，仍应安睡。"说至此，用手按宣华额上，很觉有些烫热，便道："夫人如此病重，奈何不速召御医？"宣华答道："妾病非药可治，看来要与陛下长辞了。"说着，腮边已流下泪来。胡不遄死？炀帝大加不忍，几乎也要泪下，徐徐说道："偶尔违和，医治即愈，奈何说此惊人语？"宣华且泣且语道："妾……妾负大罪，无所逃命，别人病原可治，妾病实不可为。"炀帝听她话中有因，便道："夫人有何罪过，速即明告，朕可代为设法消愆。"宣华欲言不言，如是数四。经炀帝催问数次，方从帐外四瞧。炀帝会意，即令宫人退去，始由宣华泣答道："妾近日屡觉头痛，不过忽痛忽止，尚可支持，昨更饮食无味，夜间睡着，很是不安，恍惚入梦，头被猛击，痛得不可名状，醒来仍然不解，所以妾自知不久了。"炀帝惊讶道："谁敢擅击夫人？"宣华道："陛下定要问妾，妾只好实告。妾梦中实见先帝，责妾不贞，亲执沉香如意，击妾头上，且云死罪难饶，妾辩无可辩，已拼一死，但愿陛下慎自珍重，勿再念妾了！"说毕，哽咽不止。炀帝也不觉大骇，勉强支吾道："梦幻事不足凭信，夫人不必胡思，但教安心调养，自可无虞。"宣华不再答言，惟有涕泣。炀帝又劝慰了数语，且语宣华道：“我即去宣召御医，夫人万勿过虑为是。”宣华只答了一个“是”字。炀帝匆匆退出，传旨召医官诊治宣华，医官不敢迟挨，当即入诊。未几有复奏呈入，说是：“病入膏肓，不可救药”等语，急得炀帝心如辘轳，正在没法摆布，忽有宫人入报道：“宣华夫人危急了。”炀帝三脚两步，驰往宣华寝宫。宣华气已上逆，见了炀帝，还错疑是文帝，硬挣着娇喉道：“罢罢！事由太子，妾甘认罪，愿随陛下同去罢！”说毕，两眼一番，呜呼哀哉！迟死一年，贻臭千载。年才二十九岁。炀帝不禁大恸。比父死时何如？可巧萧后亦来视疾，入见宣华已逝，也洒了数点珠泪。这是假哭。随即劝慰炀帝，挽出寝室，一面命有司厚办衣殓，择吉安葬。

只炀帝悲念宣华，连日不已，甚至好几天不能视朝。王公大臣，统入宫问安，杨素亦当然进去，甫至殿门，忽遇着一阵阴风，扑面吹来，不由的毛发森竖，定睛一瞧，见有一人首戴冕旒，身穿衮服，手中拿着一把金钺斧，下殿出来，这位威灵显赫的大皇帝，并不是炀帝杨广，乃是文帝杨坚。素不禁着忙，转身急走，耳边只听得厉声道：“此贼休走！我欲立勇，汝不从我言，反与逆子广同来谋我，我死得不明不白，今日特来杀汝。”素越觉惶骇，脚下好似有物绊住，欲前反却，后面已像被他追着，扑的一声，头脑上着了一下，痛不可耐，便即晕倒，口吐鲜血不止。殿上本有卫士，一见杨素跌倒，忙来搀扶，素尚不省人事，当由卫士舁入卧舆，送归私第。家人忙即延医，用药灌治，半晌才得醒来，开目顾视家人，凄声叹息道：“我不得久活了，汝等可备办后事罢。”贼胆心虚。家人虽然应命，总还望他再生，四处访请名医，朝夕诊治。炀帝也遣御医往视，及御医返报，素一时虽不至死，但也不过苟延时日，难望痊愈。炀帝却很是喜欢，惟忆及宣华，总不免短叹长吁，萧后尝在旁劝慰道：“人死不能复生，何必过悲？”炀帝道：“佳人难再得，教朕如何忘怀？”萧后微笑道：“天下甚大，难道除宣华外，就没有佳丽么？”这一语提醒炀帝，便命内监许廷辅等，出外采选，无论官宦士庶各家，视有绝色女子，速即选取入宫。

廷辅等奉差四出，格外巴结，不到月余，已各缮册入报，多约数十名，少约十余名，统共有好几十处，由炀帝通盘筹算，不下一二千人，便自忖道：“天下难道有许多美女么？大约连嫫母、无盐，都采取了来。”继又转念道：“既已选集许多女子，总有几个可合朕意，且宫中充备洒扫，愈多愈妙，只显仁宫虽然浩大，究竟是个宫殿体裁，须要另辟一所大花园，方好安插许多女子。”计划已定，便召入一班佞臣，与他商议，就中有个内史侍郎虞世基，所议条陈，最为称旨，当即命他督造苑囿。世基就在洛阳西偏，辟地二百里，内为海，外为湖，湖分五处，暗寓天下五湖的意思。每湖周围十里，四面砌成长堤，尽种奇花异草，且百步一亭，五十步一榭，亭榭两旁，无非栽植红桃绿柳，湖内有青雀舫，翠凤舸，并有龙舟一艘，准备御驾乘坐。这五湖流水，均与内海相通，海周四十里，中筑三座大山，一名蓬莱，一名方丈，一名瀛洲，好似海外三神山一般，山上添造楼台殿阁，备极工巧，山顶高出百丈，西可回眺长安，南可远望江淮，湖海交界，造了一所正殿，轮奂崇闳，自不消说。海北一带，委委曲曲，筑成一道长渠，引接海中活水，纡回潆带，傍渠胜处，便置一院。院计十有六处，可以安顿宫人，在内供奉。天下无难事，总教现银子，世基监工才及数月，已是规模粗具，楚楚可观。适许廷辅等送入选女，炀帝便令往新苑中，候旨定夺，自挈萧后及妃嫔，乘舆至新苑游幸。虞世基当然接驾，由炀帝命为前导，逐段看来，无非钩心斗角，竞巧争新；更兼那海水澄青，湖光漾碧，三神山葱茏佳气，十六院点缀风流，桃成蹊，李列径，芙蕖满沼，松竹盈途，白鹤成行，锦鸡作对，金猿共啸，仙鹿交游，仿佛是缥缈云天，嫏嬛福地。炀帝非常愉快，便问世基道："五湖十六苑，可曾有名？"世基道："臣怎敢自专？还乞陛下圣裁！"炀帝道："这苑造在西偏，就可取名西苑。"世基才答一"是"字。炀帝又道："苑中万汇毕呈，无香不备，亦可称为芳华苑。"实可名为腥血苑。世基极口称扬，炀帝徐徐的行入正殿，下舆小憩，用过茶点，便令世基取过纸笔，酌取五湖十六苑名号。炀帝本是个风流皇帝，颇有才思，世基又是个风流狎客，夙长文笔。一君一臣，你倡我和，费了两三小时，已将各名号裁定，由世基一一录出。小子亦照述如下：

五湖名称：东湖名为翠光湖，西湖名为金光湖，南湖名为迎阳湖，北湖名为洁水湖，中湖名为广明湖。

十六院名称：（一）景明院。（二）迎晖院。（三）栖鸾院。（四）晨光院。（五）明霞院。（六）翠华院。（七）文安院。（八）积珍院。（九）影纹院。（十）仪凤院。（十一）仁智院。（十二）清修院。（十三）宝林院。（十四）和明院。（十五）绮阴院。（十六）降阳院。

名称既定，已近昏黄，四面八方，悬灯爇烛，几似万点明光，绕成霞彩。炀帝格外动兴，乐不忘疲，便命内侍整办御肴，自与萧后等退入后殿。不消半时，酒肴等已依次陈上，炀帝就座取饮，后妃等列坐相陪，酒过数巡，炀帝顾语萧后道："十六院已将造就，只不过少缺装潢。虞内侍煞是能干，眼见得指日告成，朕意各院中不可无主，须选择佳丽谨厚的淑媛，作为每院的主持，卿以为何如？"萧后乐得凑机，便含笑答道："妾闻许廷辅等，已选入若干美人，何不就此挑选，充作十六院的夫人？"炀帝大喜道："似卿雅量宽洪，周后妃不能专美了。"不妒却是妇人好处，然亦有坏处，试看萧后便知。当下乘着酒兴，宣召许廷辅入苑，命将所选采女，一起起的带引进来。廷辅等便即领命，逐名点入。炀帝且饮且瞧，真是柳媚花娇，目不胜接；况且灯光半焰，醉眼微蒙，急切里也辨不出什么妍媸，但只见得一簇娇娃，眩人心目。还是萧后替他品评，这一个是肉不胜骨，那一个是骨不胜肉，这一个是瑜不掩瑕，那一个是瑕不掩瑜，好容易选定了十六人，好算得姿容窈窕，体态幽娴。炀帝便亲自面谕，各封四品夫人，分管十六院事。又命虞世基监制玉印，上面镌着院名及某夫人姓氏，制就后便即分给，又选得三百二十名，充作美人，每院分二十名，叫她们学习吹弹歌舞，以备侍宴。此外或十名，或二十名，分拨各处楼台亭榭，充当职役。千余名选女，拜谢皇恩，陆续散去，又好似风卷残云，浪逐桃花，俱去得无影无踪了。忽聚忽散，此中已可悟幻景。时已更阑，酒兴亦衰，炀帝方命撤席，与萧后还入显仁宫。

越日，命太监马忠为西苑令，专管出入启闭，且命虞世基逐处加饰，并诏天下境内，所有嘉木异卉，珍禽奇兽，一古脑儿运至西苑，点缀胜景。于是二百里的灵囿灵沼，倏变作锦绣河山，繁华世界。就是十六院中的四品夫人，都打扮得齐齐整整，袅袅婷婷，一心思想，盼望君王宠幸。那炀帝往来无时，或至这院，或至那院。运气的得博一欢，晦气的未邀一盼。

炀帝尚嫌不足，还想南下赏花，凑巧皇甫议等奏请河渠已通，龙舟亦成，喜得炀帝游兴勃发，便下了一道诏书，安排仪卫，出幸江都。宫廷内外，接读这道诏书，都要筹备起来，且知炀帝素来性急，一经出口，便要照行，势不能少许延挨，接连备办了十余日，忙碌得甚么相似，方才有点眉目，上表请期，好几日不见批答。看官道是何因？原来滕王瓒暴死栗园，见前文。嗣王纶曾拜邵州刺史，镇王爽亦已去世，嗣王集留居京师，未闻外调。纶与集俱系炀帝从弟，历见炀帝摧残骨肉，未免加忧。炀帝也只恐同族为变，虽是留恋洛阳，作宫作苑，但暗中却密遣心腹，伺察诸王，此次又要南幸，更宜格外加防。纶、集二人，常虑得罪，时呼术士入室，访问吉凶，并使巫祝章醮求福，有了这种动作，便被侦探得了隙头，立即报闻。炀帝趁这机会，想除二人，便将两人怨望咒诅的罪名，令公卿议定谳案。公卿统是希旨承颜，复称两人厌蛊恶逆，罪在不赦。炀帝假作慈悲，只说是：“谊关宗族，不忍加诛，特减罪宥死，除名为民，坐徙边郡。”两王已经迁谪，炀帝方安然无忌，始将南行的日期，批定仲秋出发，令左武卫大将军郭衍为前军统领，右武卫大将军李景为后军统领，扈驾南巡。文武官五品以上，赐坐楼船，九品以上，赐坐黄篾，并令黄门侍郎王弘，监督龙舟，奉迎车驾。

转眼间已是届期，炀帝与萧后龙章凤藻，打扮得非常华丽，并坐着一乘金围玉盖的逍遥辇，率领显仁宫、芳华苑内三千粉黛，出发东京，前后左右，统是宝马香车，簇拥徐行。扈从人员，又都穿服蟒衣玉带，跨马随着，前导的是左卫大将军郭衍，后护的是右卫大将军李景，各带着千军万马，迤逦至通济渠。王弘早拢舟伺候，这通济渠虽经开凿，还嫌浅狭，非龙舟所能出入，只好另用小航，渡出洛口，方得驾御龙舟。炀帝乃与萧后下辇，共入小朱航，此外男女人等，统有便舟乘载，鱼贯而下。一出洛口，方见有巨舟二艘，泊住中流，最大一艘，便是龙舟，内容分四重，高四十五尺，长二百尺，上重有正殿内殿东西朝堂，中二重有百二十号房间，俱用金玉饰成，下重体制较铩，乃是内侍所居。这舟为炀帝所乘，不消细说。比龙舟稍小的一艘，叫作翔螭舟，制度略卑，装饰无异，系是萧后坐船。另外有浮景九艘，中隔三重，充作水殿，又有漾彩、朱鸟、苍螭、白虎、玄武、飞翔、青凫、陵江、楼船、板舱、黄篾等数千艘，分坐诸王百官，妃嫔公主，及载内外百司供奉物品。最奇怪的是有五楼、道场、玄坛等数十艘，为僧尼道士蕃客所乘，统共用挽船士八万余人，内有九千余名，系挽龙舟翔螭舟，各用锦彩为袍。卫兵所乘，又分平乘、青龙、艨艟、艚艔、八櫂、艇舸等数千艘，挽船不用人夫，须由兵士自引。龙旂舞彩，画舫联镳，相接至二百余里。岸上又有骑兵数队，夹河卫行，所过州县五百里内，概令献食，往往一州供至数百车，穷极水陆珍馐。炀帝、萧后，及后宫诸妃嫔，反视同草具，饮食有余，辄抛置河中。自来帝王巡幸天下，哪里有这般奢侈，这般骄淫？小子有诗叹道：

帝王多半好风流，欲比隋炀问孰侔？

南北舆图方混一，可怜只博两番游。

欲知炀帝南巡后事，下回再行表明。

写宣华夫人之死，及杨素之遇鬼，似属冤仇相报，跃然纸上，虽未必实有其事，而疑心生鬼，亦人情所常有。且以见人生之不可亏心，心苟一亏，魂魄不摇而自悸，有不至死地不止者，此作者警世之苦心也。炀帝穷奢极欲，为古今所罕闻，极力摹写，愈见其蹧蹋妇女，荼毒生灵，天下宁有若是淫昏之主，而能长享太平，任所欲为耶？况事本韩偓《海山记》，并非无稽，而江都之游，又为大业元年间事，此系炀帝南巡第一次，趁年仍返东京，俗小说中却谓其一去不回，竟似炀帝十年外事。夫炀帝固尝死于江都，然事在后起，并非一次即了，隋史中自有年月可证，得此编以序明之，而史事乃有条不紊，非杂乱无章之俗小说，所得同日语也。

第九十二回

巡塞北厚抚启民汗
幸河西穷讨吐谷浑

却说炀帝南幸江都，在途约历数旬，所有四十余所的杂宫，统是赶紧筑造，大致粗就，炀帝到一处，留一二日，尚嫌它未尽完善，所以不愿稽延，便扬帆直下，竟达江都。江都为南中胜地，山水文秀，扬名海内，炀帝与后妃人等，朝赏夕宴，不暇细表，好容易又阅残年，便是大业二年元旦。炀帝在江都升殿，受文武百官朝贺，越日，得东京将作大匠宇文恺奏报，内称洛阳宫苑，一体告成，当即进授文恺为开府仪同三司。过了正月，又诏吏部尚书牛弘，内史侍郎虞世基等，议定舆服仪卫，始备辇路，及五时副车，命开府仪同三司何稠为太府少卿，使他监造车服，由东京送达江都。稠智思精巧，参酌古今，衮冕统绣日月星辰，皮弁用漆纱制成，又作黄麾三万六千人仪仗，此外如皇后卤簿，及百官仪服，无非极意求华，仰称上意。尝责州县官采办羽毛，州县官使民弋捕大鸟，四处网罗，几无遗类。乌程有一大树，高逾百尺，上有鹤巢，卵育已久，百姓奉令取求，因高不可攀，特用刀刈根，为倒树计。鹤似解人意，恐雏为所杀，亟自拔氅毛，抛掷地上，时人反称为瑞兆，彼此谣传道："天子造羽仪，鸟自献毛羽。"州县官乐得谀媚，遂将民间歌谣，充作贺表中文料，炀帝格外欣慰，待羽仪汇集，四面翼卫，每出游幸，卫士各执麾羽，填街塞路，绵亘约二十余里。不愧为大畜类。

再过了两月有余，江南春暮，桃柳将残，炀帝方欲返东京，下诏北归。月杪自江都出发，一切仪制，比南下时更加华丽。四月下澣，行抵伊阙，陈列法驾，备具千乘万骑，驰入东京。炀帝自御端门，颁达赦书，豁免本年全国租赋，凡五品以上文官得乘车，在朝弁服佩玉，武官得跨马加珂，戴帻服袴褶，衣冠文物，盛极一时。太子昭本留守长安，闻炀帝已回东京，乃上表请觐，有旨准奏。昭即至洛阳，父子相见，免不得有一番恩谊。但炀帝是酒色迷心，把父子有亲的古训，当然忘记。既已无父，何知有子。昭入见时，不过淡淡的问了数语，便令退出，嗣是不复召见。昭一住数旬，再请入省，炀帝虽未曾拒绝，惟面谕他速回长安。昭叩请少留，以便定省，反被炀帝叱责出去，惹得懊怅成疾；更兼形体素肥，天又盛暑，内外交迫，竟致绝命。炀帝闻耗，只哭了数声，便即止哀，草草丧葬，予谥元德。昭有三子，长名倓，次名侗，又次名侑，总算俱封王爵。倓为燕王，侗为越王，侑为代王，又立秦孝王俊子浩为秦王。俊为炀帝弟，见前文。可巧楚公杨素，亦同时病死。素本受封越公，太史尝言隋分野当有大丧，炀帝南幸时，特徙封素为楚公，因隋与楚，同一分野，意欲移祸与素。素老病居家，未尝从游，至将死时，弟约尚觅名医调治。素张目道："我岂尚想求活么？"炀帝得素死信，喜语左右道："使素不死，当灭他九族。"但表面上不好不敷衍过去，追赠素光禄大夫太尉公，赐谥景武，特给辒车班剑四十人，前后部羽葆鼓吹，粟麦五千石，赙帛五千段，命鸿胪卿监护丧事，也好算是生荣死哀，福寿全归了。句中有刺。

先是废太子勇生有十男，长男名俨，为云昭训所出，曾受封长宁郡王。勇被废后，俨亦坐斥。俨弟平原王裕，安城王筠，安平王嶷，襄城王恪，高阳王该，建安王韶，颍川王煚，均褫爵削籍。云昭训父云定兴，因纵勇为非，坐罪夺官，与妻子俱没为官奴。炀帝嗣位，闻定兴具有巧思，召至东京，襄办营造。定兴见宇文述得宠，曲意谀媚，特购集珍珠，络成宝帐，奉献与述。述喜出望外，兄事定兴，荐使督造兵器，且与语道："兄所作器仗，悉合上意。惟始终不得好官，无非为长宁兄弟，尚未处死哩。"定兴愤然道："此等俱无用物，何不劝上一体就诛。"忍哉定兴！述遂奏请处置俨等，炀帝当即依议，命鸩杀故长宁王俨，并将俨弟七人，充戍极边。襄城王恪妃柳氏，姿容端丽，四德俱全，恪前被废黜，柳氏毫无怨言，事夫益谨。及恪奉诏徙边，与妻诀别，柳氏泣语道："君若不讳，妾誓不独生。"恪亦呜咽不能成词，彼此大哭一场，怆颜别去。行至中途，复有诏使到来，勒令自尽。恪与兄弟七人，同时骈死。至恪柩发还，柳氏语朝使道："妾誓与杨氏同穴，若身死后，得免别埋，就是朝廷的恩惠了。"说罢，抚棺一恸，自缢身亡，里人均为下泪。特叙入以彰女贞。勇十男已去其八，只幼子孝实、孝范，后来也不见史传，想是贬为庶人，终身不得出头，小子也只好搁过不提。

且说突厥启民可汗，自徙居碛口，尽有达头遗众，尝感隋室旧恩，岁遣朝贡。大业二年冬季，复上表自请入朝。炀帝欲张皇威德，夸示番俗，因命太常少卿裴蕴，征集天下前世乐家子弟，充作乐户，就是庶民百姓，能谱音乐，俱令入肆太常，于是四方散乐，大集东京。不但八音六律，吹拍成腔，并演习各种鱼龙山车等杂戏，务为淫巧，悦人耳目。俟演习成熟，便在西苑中精翠池侧，依次奏技。炀帝亲挈后妃诸人往阅，但见有一舍利兽，先来跳跃，激水满衢，继而鼋鼍鱼鳖，俱从水中浮出，丛集两岸，又有鲸鱼喷雾翳日，倏忽化成黄龙，长七八尺。未几复见二人戴笠，笠上各登一人，体轻善舞，欻然腾过，左右易处。最可怪的是神鳌负山，幻人喷火，千变万化，备极神妙。炀帝非常称赏，饬京兆、河南两尹，为伎人赶制锦衣，两京彩缎，搜括一空。甚且御制艳篇，令乐正白明达凑造新声，按曲度腔，声极哀艳。一面特建进士科，视有诗歌纤冶，即令入选。

故相高颎闲居有年，不知炀帝寓着何意，偏召令为太常卿。想是颎命中应该斫头。颎独不赞成散乐，奏言："弃本逐末，有碍盛治。"炀帝哪里肯依？反把从前的积恨，记忆起来。并见前文。颎又私语太常丞李懿道："从前周天元好乐致亡，殷鉴不远，怎可效尤？"汝奈何不记母言？这数语又被炀帝闻知，越加生嫌，惟一时未便发作，姑从缓图。大业三年，启民可汗，来贺元日，炀帝命大陈文物，内外鼓吹。启民入朝拜谒，由炀帝赐他旁坐。启民东张西望，颇艳羡汉官威仪，急切未敢陈请。至退入客馆，方修表请袭冠带。炀帝初尚未许，及表文再上，乃准令易服。且语尚书牛弘道："目今衣冠大备，使单于亦为解辫，岂不是古今盛治么？"弘极口称贺。炀帝又道："这也未始非卿等功劳。"说至此，令侍臣出帛百匹，赐与牛弘。弘谢恩而退。启民可汗一住数日，宴赐甚厚。辞行时请车驾北巡，正合炀帝意旨，便即俞允，启民乃去。待至初夏，天气清和，炀帝借安抚河北为名，下诏首途，发河北十余郡丁男，凿穿太行山，北达并州，使通驰道，一面启行至赤岸泽。启民遣兄子毗黎伽特勒，入朝行在，且附表请入塞迎驾。炀帝不允，遣归毗黎伽特勒，令启民在帐守候。又过二月有余，山路始通，方再从赤岸泽出发，北至榆林郡，意欲出塞耀兵，道出突厥部落，进指涿郡，恐启民不免惊惶，特先遣武卫将军长孙晟，往谕帝意。启民奉旨，召集属部各酋长，约数十人，与晟相见。晟见牙帐中芜秽拉杂，欲令启民亲自芟薙，为诸部倡，乃佯指帐前青草道："此草留植帐前，大约根必甚香。"启民未悟，拔草嗅鼻，毫无香气，遂答言不香。晟微哂道："天子巡幸，诸侯王宜躬自扫除，表明敬意。今牙内芜秽，我还道是留种香草，哪知却是寻常植物呢。"启民至此，始知晟有意嘲讽，慌忙谢罪道："这是奴不经意的过失。奴辈骨肉，皆天子所赐，得效筋力，岂敢惮劳？不过因僻居塞外，未知大法，今幸将军教奴，使奴得达诚驾前，受惠正不少哩。"说着，即拔佩刀自芟庭草。帐下贵人达官，及诸部酋长，亦相率仿效，才阅数刻，已将庭草除尽。他如帐外杂草，亦遣番役随处扫除，长孙晟辞回榆林，报明炀帝。晟用伪言，说动启民，亦非待人以诚之道。炀帝便发榆林北境，东达蓟州。沿途建筑御道，长三千里，广且百步。启民可汗带同义成公主，来朝行宫，还有吐谷浑、高昌两国，亦遣使入贡。炀帝大悦，盛宴启民夫妇，与两国使臣，越宿复亲御北楼，望河观渔，并赐百僚会宴。启民可汗又献名马至三千匹，炀帝赐帛至一万三千匹，启民复上表道：

窃念圣人先帝怜臣，赐臣安义公主，种种无乏，臣兄弟嫉妒，共欲杀臣，臣当是时，走无所适，仰视惟天，俯视惟地，奉身委命，依归先帝。先帝怜臣且死，养而生之，以臣为大可汗，还抚突厥之民，至尊今御天下，仍如先帝养生，臣及突厥之民，种种无乏。臣荷戴圣恩，言不能尽，臣今非昔日之突厥可汗，乃是至尊臣民，愿率部落，变改衣服，一如华夏，仰乞天慈，不违所请，谨此上闻！

炀帝览表，未以为然，因令群臣集议，群臣多请依启民言。炀帝始终不从，乃下诏答启民道：

先王建国，夷夏殊风，君子教民，不求变俗，断发文身，咸安其性，旃裘卉服，各尚所宜。因而利之，其道弘矣，何必拘拘削衽，縻以长缨，岂遂性之至理，非包含之远度。衣服不同，既辨要荒之叙，庶类区别，弥见天地之情。况碛北未静，犹须征战，峨冠博带，更属非宜，但使好心恭顺，固无庸变服为也。特此复谕！

这谕既下，又令宇文恺特设大帐，帐中可容数千人。炀帝亲御大帐，南向高坐，两旁备设仪卫，下作散乐。启民率酋长三千五百人，入帐朝谒，由炀帝尽赐盛宴，笙醴杂陈。诸胡骇悦，争献牛羊驼马数千万蹄。炀帝亦命发帛二十万段，作为答赐，并赏启民辂车乘马，鼓吹幡旗，赞拜不名，位在诸侯王上。寻又发丁男百余万人增筑长城，西距榆林，东至紫河。尚书左仆射苏威，力谏不听，太常卿高颎，礼部尚书宇文弢，音注见前。光禄大夫贺若弼，互有私议，大略谓："待遇启民，未免过厚。"偏有媚臣谄子，奏劾三人怨谤，炀帝最恨直言，既有所闻，也不暇辨明是非，况与高颎本有宿忿，贺若弼又为颎所荐引，宇文弢也与颎友善，索性一律加罪，并置死刑。诏敕一颁，可怜三大臣俱无辜遭戮，骈首行辕。苏威亦连坐罢官。还有内史令萧琮，系是萧皇后兄弟，素邀恩眷，受爵莒国公，他与贺若弼往来莫逆，弼既被杀，复有童谣云："萧萧亦复起。"炀帝因疑及萧琮，亦令罢官还家。嗣又出巡云中，溯金河而上，甲士前呼后拥，共达五十余万，旌旗辎重，千里不绝。令宇文恺等造观风行殿，内容数百人，可离可合，下施轮轴，倏忽推移，并筑置行城，周二千步，用布为干，上蔽以布。

涂饰丹青，楼橹悉备，胡人俱惊为神奇。每在御营十里外，屈膝稽颡，无敢乘马。启民还至牙帐，饰庐清道，恭候乘舆。越旬余始见驾至，由启民跪迎入帐，奉觞上寿。王侯以下，均袒割帐前，莫或仰视。炀帝万分快活，即事赋诗道：

鹿塞鸿旗驻，龙庭翠辇回。毡帷望风举，穹庐向日开。呼韩顿颡至，屠耆接踵来。呼韩、屠耆皆汉时单于名。**索辫擎膻肉，韦鞲献酒杯。何如汉天子，空上单于台。**

启民奉鞍既毕，面奏有高丽使臣来聘，不敢隐讳。炀帝即传高丽使臣入见，使臣惶恐顿首，乃使牛弘宣旨，谕高丽使臣道："朕因启民诚心奉国，所以亲至彼帐，明年当诣涿郡，汝可还语汝王，宜早来朝，勿生疑惧。朕一视同仁，待遇亦如启民，若敢违朕命，必与启民同巡汝土，休得后悔！"为后文东征张本。高丽使唯唯而去。炀帝留宿启民牙帐，约有数日，萧后亦幸义成公主帐中。炀帝赐启民夫妇，金瓮各一，他如衣服被褥锦彩等，不可胜计。番酋以下，各赏赉有差。时已仲秋，启銮南归，使启民扈从入塞，行至定襄，乃令归藩。车驾返至太原，更营晋阳宫，为李渊据宫伏案。遂上太行山，开直道九十里，南通济源。幸御史大夫张衡宅中，留宴三日，才回东京。会西域诸胡，多至张掖交市，有诏使吏部侍郎裴矩，掌管市易事宜。矩访诸商胡，得悉西域山川风俗，特撰西域图记三卷，入朝奏闻。且别绘道里，分为三路。北路入伊吾，中路入高昌，南路入鄯善，总汇处在敦煌。略言："国家威德及远，欲西度昆仑，易如反掌，只因突厥吐谷浑，分领羌胡，遏绝道途，所以未通朝贡。今得商胡密送诚款，愿为臣妾，但使一介行人，往抚诸番，自然帖服，无烦兵革"云云。炀帝大喜，赐帛五百匹，每日引矩至御座前，问西域事。矩复盛称胡地多产珍宝，吐谷浑容易吞灭，惹得炀帝野心勃勃，也想似秦皇、汉武一般，侥功外域。于是任矩为黄门侍郎，使至张掖，引致诸胡。胡人本无意服隋，由矩用利相啖，诱令入朝，西域诸国，贪利东来，络绎不绝，所经郡县，动需送迎，糜费以亿万计，这也是中国疲敝的一大原因。

炀帝意尚未餍，至大业四年春季，复发河北诸军百余万众，穿永济渠引沁水南达黄河，北通涿郡，丁壮不敷差遣，竟至役及妇女。一面再筑长城，自榆谷东迤，又数百里，劳民伤财，不问可知。炀帝复游幸五原，顺道巡阅长城，仪卫繁盛，不亚前时。更有一种极大坏处，为炀帝杀身亡国的祸根，他生平喜新厌故，无论子女玉帛，宫室苑囿，一经享受，便觉生厌，暇时辄搜罗各处舆图，一一亲览，遇有胜地名区，常令建设行宫，所以晋阳宫尚未告竣，汾阳宫又复兴工，视民命如草芥，看金钱如粪土。

又遣谒者崔君肃，赍诏往谕西突厥，征使朝贡。

自大逻便据突厥西境，号阿波可汗，突厥遂分东西二部，阿波旋为处罗侯所执，事见前文。国人另拥立泥利可汗。泥利传子达漫，称泥撅处罗可汗。处罗可汗母向氏，本中国人，因泥利病死，不耐寡居，转嫁泥利弟婆实特勒。开皇末年，向氏夫妇入朝，适值达头为乱，不敢西归，乃留居长安。及达头逃亡，西路少通。处罗可汗颇忆念生母，遣使入塞，访母所在。可巧裴矩出屯敦煌，得知此信，遂奏请招抚处罗。崔君肃奉诏西行，驰入西突厥牙帐，处罗踞坐胡床，不肯起迎，君肃正色与语道："突厥中分为二，每岁交兵，经数十年，莫能相灭。今启民举部内附，借兵天朝，共灭可汗，天子已经俯允，师出有期，只因可汗母向夫人，留住京师，日夕守阙，吁请停兵，愿嘱可汗内属。天子格外加怜，故遣我到此，传达谕旨。今可汗乃如此倨慢，是向夫人有欺君大罪，必将伏尸都市，传首虏庭。且发大隋将士，合东国部众，左提右挈，来击可汗，试问可汗能自保否？奈何争小节，昧大局，违君弃母，自取灭亡？"说到"亡"字，那处罗已矍然起座，流涕再拜，跪受诏书。君肃又说处罗道："启民内属，受赐甚厚，所以国富兵强。今可汗后附，欲与启民争宠，必须深结天子，方得如愿。"处罗闻言，忙向君肃问计。君肃道："吐谷浑为启民妇家，今天子以义成公主嫁启民，启民畏天子威灵，与吐谷浑断绝亲交，吐谷浑亦因此怀恨，不修职贡，可汗若请讨吐谷浑，会同上国兵马，出境夹攻，定可破虏，然后躬自入朝，既邀主眷，复谒母颜，岂非一举两得么？"娓娓动听，才辩颇类长孙晟。处罗大喜，厚待君肃，寻即遣使随行，贡汗血马。并表请会讨吐谷浑。炀帝面谕来使，以隔岁为期，来使奉命去讫。

流光如驶，一瞬经年，已是大业五年。春光明媚，冰泮雪融。炀帝乃整顿行装，出巡河右，时裴矩已诱令铁勒部，袭破吐谷浑，吐谷浑可汗伏允，夸吕次子。东走西平境，遣人入塞，乞请援师。炀帝正欲击吐谷浑，乘机发兵，即遣安德王杨雄出浇河。许公宇文述出西平，托词迎允，实嘱使袭取虏帐。伏允却也狡猾，探知隋兵势盛，不敢迎降，复率众奔雪山。宇文述引兵追住，连拔曼头、赤水二城，斩首三千余级，获王公以下二百人，虏男女四千口而还。所有吐谷浑故地，东西亘四千里，南北阔二千里，皆为隋有。分置郡县镇守，徙天下轻罪实边。炀帝又欲亲自耀威，出临平关，越黄河，入西平，陈兵阅武，将穷讨吐谷浑，特命内史元寿南逼金山，兵部尚书段文振北逼雪山，太仆卿杨义臣东屯琵琶峡，将军张寿西屯泥岭，四面围聚，为掩取伏允计。伏允率数十骑潜遁，嘱部酋诈为伏允，保守车我真山。隋右屯卫大将军张定和，恃勇无谋，自请往捕，身不被甲，即入山搜寻，不料山谷里面，伏兵四布，任你如何能耐，终是双手不敌四拳，白白的丧失性命。只有裨将柳武建，步步为营，得免险难。且斩俘吐谷浑兵数百人，左光禄大夫梁默等，追讨伏允，也被伏允诱斩。卫尉卿刘权出伊吾道，总算虏得千余口，回来报功。炀帝亲至燕支山，高昌王麴伯雅，伊吾吐屯没，官名，系突厥之监守伊吾者。及西域二十七国使臣，俱伏谒道旁。炀帝预嘱河西士女，盛饰纵观，夸耀富有，如有车服未鲜，令郡县督率改制，因此骑乘炫目，绵亘通衢。吐屯没请献地数千里，炀帝当然喜慰，分置西海、河源、鄯善、且末等郡，令刘权居守河源，大开屯田，扞御吐谷浑，通道西域。并因裴矩绥远有功，进授银青光禄大夫。小子有诗叹道：

有道明王守四夷，何劳玉帛示羁縻？

凿空博望犹遭议，况复隋臣好尚欺。

欲知炀帝西巡余事，待至下回再详。

本回述炀帝之好大喜功，北巡西讨，可谓隋朝极盛时代。突厥内附，启民可汗恭顺无违，炀帝亲幸庐帐，索辫擎肉，韦鞯献酒，何其盛也？及西巡河右，出临平关，穷追吐谷浑，虽张定和、梁默等，均陷没敌中，然观燕支山之受谒诸羌，道旁罗拜，亦曷尝不足诗人？奢淫如炀帝，有此幸遇，岂非意外尊荣？然炎炎者灭，隆隆者绝，以炀帝之无功无德，乃有此羌胡之归命，是正所谓天夺之鉴而益其疾也。况外人并非心悦诚服，无非贪利而来，我之利有穷时，彼之贪无穷境，利尽而彼即掉头去矣，彼去而我益困。外患未来，内讧先起，瓦解土崩，有必然者，此裴矩之所以难辞祸首也。

第九十三回

端门街陈戏示番夷
观澜亭献诗逢鬼魅

却说高昌王曲伯雅，及伊吾吐屯没等来朝行在，由炀帝特设观风行殿，召入赐宴；此外如蛮夷使臣，陪列阶庭，差不多有一二千人。炀帝命奏九部乐，并及鱼龙杂戏，备极喧阗。宴罢散席，复搬出许多绢帛，遍赐夷人，不过博得几声万岁的欢呼，又耗去若干资财。至车驾东还时，行过大斗拔谷，山路仄狭，仅容一人一骑，鱼贯而行；又值天气寒冷，风雪晦冥，前后不能相顾，累得断断续续，劳乏不堪；驴马十死八九，吏卒亦多致僵毙，后宫妃主，或狼狈相失，与军士杂宿山间，徒落得男女无别，一塌糊涂。跟畜生同行，还要辨什么雌雄？

炀帝顺便入西京，住了两三个月，因长安无可游玩，很不耐烦，仍转赴东京。时已改称东京为东都，视为乐国，不愿再入长安。从此朝朝暮暮，酒地花天，再加四面八方，按时进贡，有献明珠异宝，有献虎豹犀象，有献名马，有献美女，一古脑儿收入西苑，留供宸赏。独道州献入一个矮民，姓王名义，生得眉浓目秀，舌巧心灵。炀帝召入，见他身材短小，举止玲珑，也觉奇异得很，却故意的诘问道："汝有什么技能，敢来自献？"王义从容答道："陛下怀柔远人，不弃刍荛，所以南楚小民，也来观化。虽无奇能绝技，却有一片愚忱，仰乞圣恩收录！"炀帝笑道："朕有无数文臣猛将，没一个不竭诚事朕，要汝何用？"义又道："圣恩宽大，惠及困穷，小臣系远方废民，无处求生，只好自投阙下，冀沐生成。"炀帝最喜谀言，听得王义数语，如漆投胶，不熔自化，便命他留侍左右，就便驱策。好在王义知情识意，一经差遣，俱能曲体上心，无孔不入，因此炀帝逐渐宠爱，几乎顷刻不能相离。

一日辍朝入宫，回头见王义随着，不禁皱眉道："汝事朕多时，深合朕意，可惜非宫中物，不能随入宫中。”说着，又叹了几声，竟自入宫。义不好随入，但在宫门外痴然立着。凑巧有个老太监张成，自宫中出来，瞧着王义情状，问为何事踌躇？义便将炀帝谕言，重述一遍，且欲张成设法，为入宫计。张成微哂道：“如欲入宫，除非净身不可。”义尚未知净身二字的意义？及张成再与说明，义竟不管死活，托张成替他买药，忍心自宫，接连病了数日。炀帝不免问及，经张成代为报明，益使炀帝感动，叹为忠义。及王义疮痍既愈，便令出入宫寝，有时使睡御榻下面，视作宫女一般。割势以媚君，殊非人情。

至大业六年正月，有盗数十人，素冠练衣，焚香持花，自称弥勒佛，竟潜入建国门，劫夺卫士甲仗，共谋作乱。亏得炀帝次子齐王暕，率兵出御，得将群盗诛死。暕有此功绩，并因元德太子早世，位次当立，但暕生平渔色，尝私纳柳氏女为妾，并与妃姊韦氏相奸。韦氏已为元氏妇，无端为齐王所占，当然不服，虽未敢上书诉讼，怨谤已传达都中。暕毫不顾忌，反召相士，遍视后庭。相士谓韦氏当为皇后，暕益自喜，且恐炀帝册立嫡孙，阴嘱巫觋为厌蛊术，事皆被泄。府僚如长史柳謇之以下，多半得罪，韦氏亦坐是赐死。大约是阎罗王请去为后了。暕爵位未削，已失宠爱，故始终不得立储。惟都中有盗，也是一种骇闻，炀帝不以为意，仍然照常行乐。

会值诸番入朝，酋长毕集东都，炀帝又要夸张富丽，暗暗传旨，不论城内城外，所有酒馆饭肆，如遇番人饮食，俱要将上等酒肴款待，不得索钱；再命有司在端门街上，搭设许多锦棚，排列许多绣帐，就是丛林杂树中，也都缠着缯帛，一面传集乐户，或歌或舞，有几处放烟火，有几处打秋千，有几处耍长竿，有几处蹴圆球，百戏杂陈，哗闹得不可名状。即如吹箫品竹的伶工，且多至万八千人。自昏达旦，连日不休，外人看了，相率惊异道：“中国如此繁华，真不愧为天朝哩。”于是成群结队，纷纷游赏，或到酒肆中饮酒，或到饭店中吃饭，壶中无非佳酿，盘中悉是珍馐；及醉饱以后，取钱给值，偏肆主俱摇手道：“不要不要，我中国富饶得很，区区酒肴，算什么钱哩？”外人越觉称奇，便来来往往，饮过了酒，又去重饮，吃过了饭，又去重吃，乐得屠门大嚼，快我朵颐。有几个狡黠的胡奴，穿街逐巷，偶见穷民褴褛得很，体无完褐，不禁笑问市人道：“中国亦有贫家，何不将树上缯帛，给与了他，免得悬鹑百结哩？”市人惭不能答。炀帝哪里得知？一任外人游宴兼旬，方才遣归；且盛称裴矩才能，顾语群臣道：“裴矩大识朕意，凡所奏陈，统是朕欲行未行，倘非奉国尽心，怎能得此？”群臣无敢异议，也不过随声附和罢了。

是时炀帝幸臣，除裴矩外，尚有大将军宇文述，内史侍郎虞世基，御史大夫裴蕴，光禄大夫郭衍，工部尚书宇文恺等，皆以谄媚得宠。衍尝劝炀帝五日一视朝，炀帝嗫嚅道：“恐违先例。”衍又说道：“陛下御宇，与高祖不同，高祖手定天下，应该宵衣旰食，今四海承平，府库充实，何必效法先人，自取勤苦呢？”炀帝乃心喜道：“郭衍与朕同心，才不愧是忠臣。”以佞为忠，怎能长治？独司隶大夫薛道衡，上高祖颂，炀帝怅然道：“这乃是《鱼藻》的寓意哩。”看官听着！《鱼藻》是《小雅》篇名，诗序谓刺周幽王。炀帝以道衡隐寓讥刺，将加罪谴，会议行新令，历久未决。道衡语人道：“向使高颎不死，裁决已多时了。”裴蕴与道衡未协，因劾道衡负才怨望，目无君上。炀帝即收系道衡，处以绞罪，妻子俱流徙且末，天下称冤。御史大夫张衡已出为榆林太守，寻复调督江都宫役。衡恃有旧功，颇自骄贵，惟闻薛道衡被戮，也为不平。适礼部尚书杨玄感，即杨素子。奉使至江都，与衡相见。衡他无所言，但说薛道衡枉死，至再至三。玄感即据言上报，又有江都丞王世充，奏称衡克减顿具，两人共劾一衡，不由炀帝不信，立发缇骑械衡，即欲加诛，转思大宝殿事，全出衡力，见九十回。不得不暂从宽典，免官贷死，放归田里。吏部尚书牛弘，学博量宏，素安沉默，得进位上大将军，改授右光禄大夫，至是病死，赙赠甚厚，追封文安侯，赐谥曰宪。隋朝文武官吏，惟弘富贵终身，不遭悔吝。史称他事上尽礼，待下尽仁，所以无好无恶，安然没世。弘弟名弼，好酒使性，尝射杀弘驾车牛，弘自公退食，妻迎语道：“叔射杀牛。”弘怡然道：“便可作脯。”至弘既坐定，妻又与语道：“叔忽射杀牛，大是异事。”弘但言已知，仍然无言。宽和如此，故终得免难。看官以为如弘行止，究竟可取不可取？想列位自有定评，无庸小子哓哓了。同流合污，为德之贼。

且说炀帝安处东都，与萧后及十六院夫人，整日行乐。显仁宫及芳华苑，两处交通，中为复道，夹植长松高柳，御驾往来无常时，侍卫多夹道值宿，后庭佳丽，日多一日，今夕到这院留宿，明日到那院盘桓，或私自勾挑，或暗中牵合，不但十六院夫人，多被宠幸，就是三百二十名美女，有时凑着机缘，也得幸沾雨露。最邀宠的有几个芳名，什么朱贵儿，什么袁宝儿，什么韩俊娥，还有雅娘、杳娘、妥娘等美人，几不辨什么姓氏，但教容貌生得俊媚，身材生得袅娜，都蒙皇恩下逮，命抱衾裯。甚至僧尼道士，亦召入同游，叫作四道场。或在苑中盛陈酒馔，不分男女，随派入座。从前高祖嫔御，往往令与皇孙燕王倓，梁公萧巨，千牛官名。左右宇文晶，同列一席；僧尼道士，令与女官同列一席；自与后妃宠姬，同列一席。履舄交错，巾钗厮混，简直是不拘形迹，杂乱无章。甚至杨氏妇女，擅有姿色，亦公然留髡。就是妃嫔公主，亦免不得与幸臣交欢。女官尼觋，勾通僧道。炀帝也置诸不问，算是盛世宏恩。诙谐得妙。又尝泛舟五湖，御制《望江南》八阕，分咏湖上八景，小子叙录如下：

（一）湖上月，偏照列仙家。水浸寒光铺枕簟，浪摇晴影走金蛇，偏欲泛灵槎。光景好，轻彩望中斜。清露冷侵银兔影，西风吹落桂枝花，开宴思无涯。

（二）湖上柳，烟里不胜摧；宿雾洗开明媚眼，东风摇动好腰肢，烟雨更相宜。环曲岸，阴伏画桥低。线佛行人春晚后，絮飞晴雪暖风时，幽意更依依。

（三）湖上雪，风急堕还多；轻片有时敲竹户，素华无韵入澄波，望外玉相磨。湖水远，天地色相和。仰面莫思梁苑赋，朝来且听玉人歌，不醉拟如何？

（四）湖上草，碧翠浪通津；修带不为歌舞缓，浓铺堪作醉人茵，无意衬香衾。晴霁后，颜色一般新。游子不归生满地，佳人远意寄青春，留咏卒难伸。

（五）湖上花，天水浸灵芽；浅蕊水边勾玉粉，浓苞天外剪明霞，只在列仙家。开烂漫，插鬓若相遮。水殿春寒幽冷艳，玉轩晴照暖添华，清赏思何赊？

（六）湖上女，精选正轻盈；犹恨乍离金殿侣，相将尽是采莲人，清唱漫频频。轩内好，嬉戏下龙津。玉管朱弦闻尽夜，踏青斗草事青春，玉辇从群真。

（七）湖上酒，终日助清欢；檀板轻声银甲缓，醅浮香米玉蛆寒，醉眼暗相看。春殿晚，仙艳奉杯盘。湖上风光真可爱，醉乡天地就中宽，帝主正清安。

（八）湖上水，流绕禁园中；斜日缓摇清翠动，落花香暖众纹红，蘋末起清风。闲纵目，鱼跃小莲东。泛泛轻摇兰棹稳，沈沈寒影上仙宫，远意更重重。

这八阕词句，令宫女演习歌唱，每当月夜泛湖，歌声四起，一派脆生生的娇喉，真个似黄莺百啭，悦耳动人。就中有几个通文侍女，更将原阕分成波折，抑扬顿挫，愈觉旖旎风光，足动炀帝游兴。

一夕，炀帝泛舟北海，与内侍十数人同登海山，忽月光被薄云遮住，夜色迷濛，当然是不便上登，就在海旁观澜亭中小憩。炀帝正带着三分酒意，醉眼模糊，凭栏四望，恍惚有一扁舟过来，舟中似有数人，还疑是十六院中的美人儿，前来迎驾。霎时间驶在亭前，有一人首先登岸，报称陈后主谒驾。炀帝忘他已死，且前与陈后主时常会晤，颇觉气味相投，至此即令传见，才阅片时，果见陈后主款段前来，所着服饰，仿佛似做长城公形状。炀帝忙起身相迎，陈后主屈身再拜。炀帝忙用手搀住道："朕与卿本是故交，何必拘此大礼。"说着，便令他旁坐。彼此已经坐定，陈后主开口道："忆昔与陛下交游，情爱与骨肉相同，今日陛下贵为天子，富有四海，尚记得陈叔宝否？"炀帝惊问道："卿别来已久，今在何处？"陈后主道："亡国主子，何处寄身？无非往来飘泊，做一个异乡孤客罢了。"炀帝又道："卿如何知朕在此，前来一会？"陈后主道："闻陛下得登大宝，安享承平，心甚钦服，但初意总道陛下勤政爱民，得臻至治，哪知陛下亦纵乐忘返，取快目前，无甚美政。今又凿通洪渠，东游维扬，自觉一时技痒，特来献诗数章。"说罢，便从怀中取出一纸，捧呈炀帝。炀帝闻陈后主言，已是不悦，勉强接阅诗词，巧值月色渐明，乃凝神细视，但见纸上写着：

隋室开兹水，初心谋大赊。一千里力役，百万民吁嗟。水殿不复返，龙舟成小瑕。溢流随陡岸，浊浪喷黄沙。两人迎客至，三月柳飞花。日脚沉云外，榆梢噪冥鸦。如今游子俗，异日便天家。且乐人间景，休寻海上槎。人喧舟番岸，风细锦帆斜。莫言无后利，千古壮京华。

炀帝阅罢，似解非解，但诗意总带着讥讽，不由的愤怒起来，便携衣起坐道："死生有命，兴亡有数，尔怎知我开河通渠，徒利后人？"陈后主亦起身道："看汝豪气，能得几日，恐将来结果，还不及我哩。"一面说，一面走。炀帝亦从后追逐，又听陈后主揶揄道："且去且去！后日吴公台下，少不得与汝相见。"炀帝也不辨语意，尚用力追去。那陈后主已是下舟，舟中有一绝世美人，花容玉貌，倾国倾城，可惜月光半明半灭，急切里看不清楚，正思回呼左右，拘留此舟，不料海面上卷起一阵阴风，吹得毛骨森竖，待至风过浪平，连扁舟俱已不见，还有什么丽姝。观此可以悟道。炀帝到了此时，方猛然惊悟，自思叔宝早死，舟中美人，大约便是张丽华，两人都是鬼魂，如何与我相见？当下吓了一身冷汗，便把双眼睁开，仔细一望，仍然坐在亭中，便问左右道："你等曾看见什么？"左右道："不曾看见什么，但见万岁爷默然无言，恍似假寐，所以不敢惊动。"炀帝越加惊疑，忙出乘原舟，返入西苑，就近至迎晖院来。院妃王夫人接着，炀帝便与谈及陈后主相见事，王夫人也觉称奇，独朱贵儿入传道："日有所思，夜有所梦，莫非陛下回忆张丽华，所以幻出这般奇梦。且怎知非花月精魂，晓得万岁在海中寂寞，故来与陛下相戏，此等幻梦，何足介意！"实是被鬼揶揄。炀帝听了，方才释疑。是夕便在迎晖院留宿，不劳絮叙。

既而夏气暄烦，苑中草木虽多，遮不住天空炎日，昼间未便冶游，到了日沉月上，清风拂暑，院落迎凉，炀帝但带着矮民王义，悄悄的入栖鸾院，院妃李庆儿方仰卧帘下，沉睡未醒，可巧月光映面，炀帝见她柳眉半蹙，檀口微张，杏靥上现出一种慌张情态，好似欲言难言，炀帝指语王义道："她莫非梦魇不成，快与我叫她醒来！"义走到榻前，连叫数声李娘娘。庆儿方得醒寤，已挣得满身珠汗，弱不胜娇。炀帝亲自将她扶起，坐了半晌，方才明白，起身下拜道："妾适在梦寐，未知驾临，有失迎候。"炀帝道："且住！卿梦中有何急事，露出这般慌张？"庆儿道："妾正在梦魇，亏得陛下着人唤醒，但梦中情节支离，是吉是凶，妾不敢直说。"炀帝道："但说何妨。"庆儿道："妾梦见陛下如平时一般，携了妾臂，往游各院，到了第十院中，李花盛开，陛下入院高坐，开宴赏花，妾仍侍侧，哪知一阵风起，花光变作火光，烈腾腾的烧将过来，妾避火急奔，回视陛下尚在烈焰中，急忙呼人救驾，偏偏四面无人，妾正急杀，却得陛下唤醒，这梦不知主何吉凶？"炀帝沉吟半晌，方强解道："梦兆往往相反，梦死正是得生，火势威烈，朕坐火中，正是得威得势，有何不吉？”庆儿乃喜。炀帝复令摆酒压惊，饮到夜静更阑，方共作阳台好梦。

晓起已迟，出过明霞院，正与院妃杨夫人相值。杨夫人且笑且语道：“陛下来得正好，妾正要前来报喜。”炀帝问有甚么喜事？杨夫人道：“酸枣县所献玉李，竟尔暴兴，荫达数亩。”炀帝淡淡的答道：“玉李何故忽盛？”杨夫人道：“昨夕院中各人，闻空中有人聚语道：‘李木当茂’，今晓往视，果然茂盛无比。”炀帝正因庆儿梦见李花，今又闻玉李忽盛，料知不是吉兆，便顾语王义道：“你去传语院役，还将玉李伐去。”义答道：“木德来助，正是瑞应，即使不祥，亦望陛下修德禳灾，伐树何益？”语颇有理。炀帝乃止，就在明霞院中勾留一日。越宿，往幸晨光院，院妃周夫人迎报道：“院中杨梅，今已繁盛。”炀帝喜问道，“杨梅茂盛，能如玉李否？”旁有宫女答道：“尚不及玉李的浓荫。”炀帝不答，掉头径去。后来梅李同时结实，院妃采实进献。炀帝问二果孰佳？院妃道：“杨梅虽好，味带清酸，终不若玉李甘美。”炀帝叹道：“恶梅好李，岂是人情，莫非此中寓有天意么？”小子叙述至此，因作诗评驳道：

汤孙修德魇祥桑，玉李何能为国殃？

怪底昏君终不悟，徒将气运诿穹苍。

未几夏尽秋来，草木皆凋，炀帝又欲往幸江都，后妃等多不愿行，设法阻止。究竟能否阻住炀帝，且至下回续叙。

陈百戏于端门，全是一种张皇气象。不知外夷之向背，非在中国之富贫。且糜费愈甚，财力益枵，国赋所出，全在民力，民力已尽，试问将何以御外人？甚矣哉炀帝之愚也！且外人谓中国亦有贫民，何不将树上缯帛与之？其于中国之情势，已了如指掌；德不足怀，威不足畏，徒为外人所嘲讽，果奚补乎？海山见陈后主一节，正史不详，惟韩偓《海山记》，却有此说。运衰遇鬼，炀帝之气焰，已将尽矣。后文如庆儿之梦魇，玉李之忽茂，俱自韩偓记中采取而来。近如坊间之《隋唐演义》《隋炀艳史》，亦尝采入，但彼多附会，此从简明，终非穿凿者所得比也。

第九十四回

征高丽劳兵动众
溃萨水折将丧师

却说大业六年，炀帝又欲南幸江都，因为洛阳宫苑，草木俱凋，无可留玩，偶然忆及江都富丽，且有琼花一株，非常鲜艳，前次曾经看过，此时不知如何景色，所以更欲一观。惟萧后以下，不耐跋涉，好好的婉言劝阻，偏炀帝执意不从，且对后妃等说道："卿等俱到过江都，应亦领略风景，与此处不同，不要说山川秀美，就是一花一木，也比此地格外鲜妍。并有琼花一株，是绝无仅有的珍品，今虽草木零落，当不似此间寂寞，所以朕更欲一游，聊抒愁闷。"说至此，有一美人接入道："陛下要不致寂寞，亦没有难事，限妾三日，管教这芳华苑中，百花开放。"炀帝瞧着，乃是清修院内的秦夫人，不禁冷笑道："卿有甚么神术，能使万象回春？"秦夫人嫣然道："妾怎敢在天子前，谬作诳言？待三日后，自见分晓。"炀帝将信将疑，好容易过了三日，便至苑中探验真伪，一入苑门，果然花木盛开，芳菲斗艳，就是池沼中荷芰菱芡等类，亦皆翠叶纷披，澄鲜可爱。当下惊喜得很，极口称奇。那十六院夫人，已带了许多宫女，出来迎驾。秦夫人先笑问道："苑中花木，比江都何如？"炀帝迟疑道："朕且问卿这般幻术，从何处学来？否则现在天气，哪里有这样繁盛？"众夫人听了此语，不禁哑然失笑，惹得炀帝越觉动疑。再三穷诘，方由大众奏明，乃是翦彩为花，制锦作叶，费了三日三夜的工夫，才布置得簇簇新新。炀帝仔细审视，方能辨明赝鼎，确是一个糊涂虫。又向秦夫人说道："似卿这么慧想，也好算巧夺天工了。"遂与众夫人到处游玩，但见红一团，绿一簇，仿佛与春间无二。待至游兴已阑，便往清修院中，小作勾留。秦夫人早已备好肴馔，请炀帝上坐，自与众夫人递相劝酬，把炀帝灌得烂醉，便在院中倦卧。到了酒消醉醒，已是昏黄，众夫人俱已散去，但有秦夫人侍坐榻前，瞧见炀帝醒来，当然递过香茗，畀他解渴。炀帝见秦夫人晚妆如画，别饶丰韵，不由的引起欲火，索性叫她卸衣侍寝。秦夫人乐得承恩，先替炀帝脱去龙袍，然后自己亦解衣入帏，云雨巫山，销魂真个，这也是数见不鲜，不容描摹了。

且说秦夫人翦彩为花，制锦作叶，又把炀帝留住游赏，安居一二旬，但假花假叶，色易黯敝，虽经宫人时常掉换，终究是鱼目混珠，艳而不芳。炀帝复觉生厌，仍决计往江都一行。后妃等不好拦阻，听他启銮，惟萧后未曾随往，十六院夫人，也不过去了一小半。外如宫娥彩女，随意拣选数百名，随着炀帝，仍坐龙舟南驶。沿途自有卫士拥护，不过比第一次南下时，已觉得轻车减从，许多简便，途中观山览水，随意消遣，不多日已抵江都。江都宫监王世充，已将宫室赶筑，大致告成，并选得若干美女，入宫执役，一闻驾到，便出郊迎谒，导引炀帝入城。炀帝至宫中巡视，凡一切布置，尽皆合意，又见诸宫女统来叩谒，无一非仪容俊雅，眉目轻盈。炀帝顾着世充，很是嘉奖。世充口才，本来便佞，又经炀帝奖赏，更觉极口献谀，炀帝便将所携金帛，赏给若干，世充当然拜谢。且知炀帝嗜好，惟酒与色，便即呈上美酒盛馔，并令在宫女役，各携乐器，弹唱歌舞。那吴女一副歌喉，乃是天生成的娇脆，不比那北里胭脂，细中带粗，炀帝听了，只觉得靡靡动人，沁及心脾。惟所歌的多是本乡小调，不甚合宜，乃命世充录述《清夜游》曲，指导宫女，这《清夜游》曲系炀帝自撰，东都宫女，都能口诵，经世充录示诸女，到底吴中丽质，聪慧过人，有一半粗通文墨，用心默记，便能一一背诵，随口成腔；于是一半儿唱歌，一半儿鼓乐，炀帝且饮且听，但闻清声摇曳，歌云：

洛阳城里清夜矣，见碧云散尽，凉天如水，须臾山川生色，河汉无声，一轮金镜飞起，照琼楼玉宇，银殿瑶台，清虚澄澈真无比。良夜情不已，数千万乘骑，纵游西苑，天街御道平如砥，马上乐竹媚丝姣，舆中宴金甘玉旨。试凭三吊五，能几人不愧圣德穷华靡，须记取隋家潇洒王妃，风流天子。 这是补录《清夜游》曲，故借此叙入，看官莫被瞒过！

炀帝见吴女绣口锦心，乐不可支，等到酒阑歌罢，便就吴女中拣选数名，留之旁侍。世充已知炀帝微意，即请炀帝安寝，拜辞出宫。炀帝挈领数名侍女，退入寝室，大约是轮流供御，从心所欲便了。但琼花已是凋谢，须待明春再开，炀帝就羁留江都，且思东游会稽，便命凿通江南河，自京口直达余杭，共计八百余里，使得通行龙舟。怎奈一时不能告成，只好耐心待着。

会接虎贲郎将陈棱捷报，乃是发兵航海，袭破琉球，击毙国王渴刺兜，虏归男女数千人，因此报功。原来琉球为东海岛国，风俗略似倭人，倭人即日本国，比琉球为大，大业四年，倭王阿每多利思北孤，日史称推古帝。曾贻隋书，有云：“日出处天子致书日没处天子无恙。”炀帝览书不悦，传旨鸿胪卿，谓蛮夷书如或无礼，勿再上闻。越年，乃遣文林郎裴清使倭国，倭王却优礼相待，并遣使人随贡方物。炀帝面问倭使，方知倭国东南，尚有琉球，因遣羽骑尉朱宽入海，赍诏宣抚。偏琉球国王不肯奉诏，宽当即还报，始令陈棱袭击。棱既得破灭琉球，炀帝更欲从事高丽，征高丽王高元入朝。看官阅过上文，应知炀帝在突厥时，已谕令高丽使臣，饬令朝贡。见九十二回。此时已越两年，高丽王并未应命，再行遣使征召，仍然不至。炀帝不禁动怒，拟即发兵亲征，课令天下富民，买马给役，每匹贵至十万钱，并饬戍官镇将，简阅器仗，务求精新，如或滥恶，立诛无贷。为这一役，又不免骚动中原。天下本无事，庸人自扰之。

到了大业七年的仲春，炀帝自江都出发，带了许多宫女，仍驾龙舟，经过永济渠，北向涿郡，途次颁诏四方，不论远近将士，概令会齐涿郡，东讨高丽。又敕幽州总管元弘嗣，速往东莱海口，造船三百艘。弘嗣不敢违慢，带同属吏，昼夜督造，工役日立水中，未尝少休，自腰以下，均皆生蛆，几乎十死三四。炀帝轻视民命，又发江、淮以南水手万人，弩手三万人，岭南排镩手三万人，并饬河南、淮南、江南三处，造戎车五万乘，送至高阳，供载衣甲幔幕，令兵士自挽赴军，再调两河民夫，供给军需。嗣又拨派江、淮民船，输运黎阳及洛口诸仓米，并至涿郡。舳舻千里，往返常数十万人，日夕不停，死亡相继。炀帝行抵涿郡，驻驾临朔宫，所有文武从官，俱令给宅安居，自在宫中迷恋酒色，不减平时。惟朝征粮，暮征兵，三令五申，不管兵民死活。可奈道途多阻，转运维艰，一时不能会集，没奈何捱延过去。自大业七年初夏开始，直至次年孟春，天下兵民，方趋集涿郡。

炀帝召入合水令庾质，当面询问道：“高丽兵民，不能当我一郡，今朕悉众往讨，卿以为必克否？”庾质答道：“以众临寡，何患不克？但不愿陛下亲行。”炀帝变色道：“朕统兵至此，怎可未战先退，自挫锐气？”质又说道：“胜负乃兵家常事，战若未克，反损威灵，不如车驾留此，但命猛将劲卒，指授方略，倍道兼行，出敌不意，方可必克。兵贵神速，迁缓便恐无功了。”炀帝不从，反叱责道：“汝既惮行，尽可留此。”遂诏分全军为左右两翼，左十二军出镂方、乐浪等道，右十二军出粘蝉、襄平等道，络绎登程，总集平壤，共得一百十三万三千八百人，号称二百万，馈运饷糈，人数加倍。炀帝祃纛启行，亲授节度，每军置大将亚将各一人，骑兵四十队，队各百人，十队为团，步兵八十队，分作四团，团各有偏将一人，铠胄缨拂旗旛，每团异色，辎重散兵等，亦为四团，令步兵夹进，进止立营，各有次序。前军先行，后军继进，相距约四十里。御营六军，最后出发。历四十日，方才尽出涿城，首尾衔接。鼓角相闻，旌旗绵亘九百六十里，直是近古以来，少见少闻的军仪。不是行军，实同儿戏。途次，复令段文振为左候卫大将军，出南苏道，文振在道中婴疾，上表行在，略云：

窃见辽东小丑，未服严刑，远降六师，亲劳万乘。但夷狄多诈，须随时加防，即日陈降款，亦不宜遽受。惟虑水潦方降，毋或淹迟，伏愿严勒诸军，星驰速发，水陆俱前，出其不意，则平壤孤城，势可拔也。若倾其本根，余城自克。如不及早裁定，待遇秋霖，必多艰阻，兵粮既竭，强敌在前，靺鞨出后，迟疑不决，非上策也。臣不幸遘疾，命在须臾，恐不能效力戎行，为国杀贼，自知罪戾，有辜圣恩，所望陛下扫除小丑，指日凯旋，则臣虽死，亦瞑目矣。谨此上闻！

炀帝览表，尚未以为然，未几，即接到文振死耗，炀帝虽然痛惜，但如文振表中所言，仍是疑信参半，好几日始至辽水，众军总会，临水为阵。高丽兵阻水拒守，隋军不得前济。右屯卫大将军麦铁杖语人道："丈夫性命，自有定数，怎能卧死儿女子手中呢？"乃自请为前锋，并语三子道："我受国厚恩，今当死战。我若战死，汝等得长保富贵了。"为儿孙作马牛，亦属何苦。会工部尚书宇文恺，奉敕造浮桥三道，夤夜告成，引桥架辽水上面，自西至东，桥短丈余，不能相通，高丽兵大至，隋兵赴水接战，溺死甚众。麦铁杖一跃登岸，闯入高丽阵内，虎贲郎将钱世雄、孟乂，亦跃过中流，与麦铁杖先后杀入，十荡十决，差不多与猛虎一般，高丽兵亦被杀无数。怎奈后队不能跃上，徒令三人奋身死斗，毕竟势孤力竭，相继捐躯。隋军不得已敛兵引桥，复就西岸。

炀帝闻铁杖战死，追赠为宿郡公，使长子孟才袭爵，次子仲才、季才，并拜正议大夫。更命少府监何稠，督工接桥，二日乃成，再架水上。诸军依次奋进，得渡辽水，大战东岸，杀得高丽兵七零八落，死了万人，余众都遁入辽东城。隋军乘势进攻，把辽东城团团围住。炀帝亦渡辽东进，命尚书卫文升招抚辽左人民，免役十年，且下诏戒谕诸将道："朕此次东征，吊民伐罪，并非为功名起见，诸将或不识朕意，轻兵袭击，孤军独斗，徒思为己立功，冀邀爵赏，实非大军行法本旨。卿等进军，但当分为三道，有所攻击，必须三道相知，毋得轻进，猝致丧亡。并且军事进止，概宜预先奏闻，静待复报，如有专擅，就使有功，亦必加罪。"还想沽名，比宋襄犹且不如。诸将接到这道谕旨，莫敢先动。

高丽兵守御辽东城，日久未下。炀帝又觉焦急，亲阅城池形势，但见城不甚高，濠亦不甚广，偏如此旷日无功，想是将士疲玩所致，因复召诸将诘责道："尔等竟视朕为木偶么？朕欲东征，尔等多不愿朕来，今朕既到此，正欲观尔等所为，果然尔等畏死，不肯尽力，难道朕不能加刑，乃敢这般玩法么？”说至此，声色俱厉。自相矛盾，叫人如何措手？诸将相率惊惶，并皆谢罪。于是右翊卫大将军来护儿，决计进攻平壤，自率江、淮水军，浮海先进，渡入浿水，去平壤约六十里，与高丽兵遇，乘锐邀击，大破敌兵，便麾兵进攻平壤城。副总管周法尚，从旁谏阻，谓宜俟各军偕至，然后进攻。护儿不听，即简精甲四万，直逼城下。高丽兵出来搦战，护儿督兵交锋，未及数合，高丽兵便即退回。护儿驱军入城，城门却也未闭，一任隋军掩入。明是诈计。隋军一入城闽，就分头四掠，无复步伍，哪知城闽左右的空寺中，都有高丽兵伏着，一声胡哨，两旁杀出，好似斫瓜切菜一般。护儿见不是路，忙鸣金收军，军士半在城内，半在城外，内外不复相顾，死的死，逃的逃。护儿狼狈逃回，高丽兵在后追逐，还亏周法尚整军接战，方将高丽兵击退。护儿收拾残众，还屯海浦，不敢再进。其进锐者其退速。

左翊卫大将军宇文述，出扶余道，右翊卫大将军于仲文，出乐浪道，左骁卫大将军荆元恒，出辽东道；右翊卫将军薛世雄，出沃沮道；右屯卫将军辛世雄，出玄邽道；右御卫将军张瑾，出襄平道；右武候将军赵孝才，出碣石道；涿郡太守左武卫将军崔弘升，出遂城道；右御卫虎贲郎将卫文升，出增地道。这九军同时出发，约至鸭绿水西岸会齐。人马皆赍百日粮，又给排甲枪槊，并衣资戎具营帐等类，每人须负重三石，力不能胜。宇文述下令军中，如有遗弃粮仗，立斩无赦。士卒不堪负担，悄悄的掘了坑堑，埋窖粟米，才至中道，粮已将尽。高丽遣大臣乙支文德，诣营诈降。于仲文拟拘住文德，偏尚书右丞刘士龙为慰抚使，谓不应遽执来使，失外人心。仲文乃遣归文德，嗣复自悔，遣人往追，但说是尚有余议，诱令复来，那文德掉头不顾，渡江自去。仲文既失文德，甚是懊怅，及与宇文述相会，述因粮尽欲归，仲文还说是亟追文德，可以报功，述不愿再行。仲文悻然道：“将军统十万众，不能击破小丑，何面目回见主上？且仲文此行，早知无功，试想将多士众，人不一心，如何胜敌？”述不得已与诸将渡过鸭绿水，力追文德。

高丽将士见隋军已有饥色，料知不能久持，佯用羸兵诱敌，每战辄走。自朝至暮，述七战七捷，恃胜骤骄，遂东渡萨水，距平壤城三十里，因山为营。文德复遣人诈降，向述传语道：“公若旋师，当奉高元来朝行在。”述见士卒疲敝，不可复战，又见平壤城险固难下，权时允许，引军西还。令部众结一方阵，防备不虞。果然高丽兵四面抄击，没奈何且战且行。及回渡萨水，各军半济，高丽兵从后掩击，隋将军辛世雄阵亡。隋军已无斗志，又见世雄战死，顿时惊溃，不可禁止。一日一夜，奔还鸭绿水，行至四百五十里。来护儿闻述等败归，亦自海浦奔回，惟卫文升一军独全。

先是九军渡辽，共三十万五千人，及返至辽东城，止二千七百人，资储器械，丧失殆尽。炀帝大怒，锁系宇文述等，收军驰还，留民部尚书樊子盖，居守涿郡，自驾龙舟还东都。宇文述素得上宠，子士及又尚帝女南阳公主，故炀帝不忍加诛，独斩刘士龙以谢天下，夺于仲文等官爵，进卫文升为金紫光禄大夫。诸将皆委罪仲文，所以诸将得释，惟仲文不赦。仲文忧恚成疾，方得出狱，但已是病重身危，未几即死。得保首领，还是幸事。前御史大夫张衡，已经放黜，炀帝恐他怨谤，尝令人伺察，至从辽东还驾，忽由衡妾上书告变，讦衡怨望谤讪。衡不知有君，无怪衡妾不知有衡。有诏赐令自尽，遣使监视。衡临死大言道："我为人作何等事，还敢望久活么？"监刑官自塞两耳，促令扼毙。

未几，又是大业九年，炀帝复欲再征高丽，征集天下兵至涿郡，且募民为骁果，因命代王侑留守西京，授卫文升为刑部尚书，使辅代王。越王侗留守东都，民部尚书樊子盖为辅，再议东击高丽，并诏复宇文述官爵，谓前时兵粮不继，致丧王师，这是由军吏供应不周，并非述罪，可仍令以原官统军，寻又加开府仪同三司。孟夏四月，复启跸东征，遣宇文述为前驱，与上大将军杨义臣，同趋平壤。左光禄大夫王仁恭，出扶余道，仁恭进军至新城，高丽兵数万拒战，仁恭率劲骑千人，首先突阵，击破高丽兵。高丽兵入城固守，炀帝自统大军攻辽东城，守兵随机守御，兼旬不拔，炀帝遍征攻具，四面扑城，仰攻用楼梯，俯攻用锹凿，终不见效。乃又饬造布囊百余万件，满贮土石，堆积城下，高与城齐，令战士上登攒击。又制八轮楼车，高出城墙，车上乘了弩手数百人，弯弓竞射。城中防不胜防，危蹙万状，正要一鼓攻入，不料内讧迭起，警报频来，遂令这位荒淫骄纵的隋炀帝，只好引军折回。小子有诗叹道：

无端劳动四方兵，功未成时祸已成。

试看黎阳生巨变，乱阶毕竟始东征。

欲知内乱详情，请看官续阅下回。

炀帝之征高丽，聚天下兵顿于一城，彼不过夸耀兵威而已，安知兵法？夫曹操赤壁，苻坚淝水，皆以兵多致败，岂有劳师万里，水陆淹留，尚可痴望成功耶？庾质、段文振，相继进谏，言皆可行，乃听之藐藐，反戒诸军轻进，坐误因循，及辽东城相持不下，乃责诸军疲玩，以致来护儿、宇文述等，躁进丧师。至于督兵再举，不惩前辙，是即无内讧之猝起，恐亦不败不止耳。王者耀德不观兵，德无可言，徒欲以兵力屈人，试鉴诸隋炀而已然矣。

第九十五回

杨玄感兵败死穷途
斛斯政拘回遭惨戮

却说高丽事起，征兵索粮，骚动天下，百姓不堪供亿，铤而走险，相聚为盗。邹平民王薄，据长白山，此系山东之长白山。自称知世郎。平原民刘霸道，据豆子䴀，号为阿舅贼。蓚人高士达，聚众清河，鄃人张金称，聚众河曲，还有漳南人窦建德，也与同县孙安祖，戕官起事，攻陷高鸡泊，做起草头大王来了。既而济阴孟海公，齐郡孟让，北海郭方预，平原郝孝德，河间格谦，渤海孙宣雅，接踵为乱。暴客饥民，相率趋集，多或至十余万人，少亦数万，所在剽掠，村邑为墟。是时承平日久，人不习兵，地方官吏，与贼接战，往往败却。惟齐郡丞张须陁，骁勇果决，连败王薄、郭方预等，须陁部下有罗士信，年方十四，持槊当先，贼不敢进，每次交锋，必与须陁并进，贼众无不辟易，所以战无不克。但群盗如毛，山东糜烂，单靠张须陁一军，也只能保护一方，不能四面兼顾，坐是彼出此没，无术荡平。炀帝虽有所闻，尚说是幺么小贼，不足为虑，所以再出东征。偏有一个勋臣后裔，也乘势揭竿，起兵黎阳，遂令炀帝心中惶急，不得不搁起外事，还戢内忧。

看官道黎阳起事，究是何人？原来就是楚国公杨素子玄感。本回以玄感为主，故上文群盗，只用简笔略过。玄感体貌雄伟，膂力强盛，善骑射，好宾客。蒲山郡公李密，世为北周将领，父宽为隋初柱国，密得袭父爵，官左亲侍，与玄感为刎颈交。密有智术，尝语玄感道："临阵决胜，密不如公，居内运筹，公不如密。"玄感深服密言，故往来莫逆。会玄感迁任礼部尚书，奉炀帝诏敕，至黎阳督运，因闻山东盗起，乱事已发，料知天下从此多事，且乃父死时，炀帝尝谓素若不死，终当族灭，因此引以为忧。虎贲郎将王仲伯，汲郡赞治赵怀义，并为玄感腹心。玄感密与计议，欲令东征各军，乏

李密（582—619），字玄邃，一字法主，京兆长安（今陕西西安市西北）人，隋末瓦岗军首领。大业九年（613年）参与杨玄感起兵反隋，失败后被捕，在押送途中逃脱。十二年投奔瓦岗军，辅助翟让。次年被翟让推为全军之主，称魏公。永平二年（618年）东击宇文化及，后与王世充交战失败，入关降唐。不久以反唐被杀。

杨玄感（?—613），隋弘农华阴（今属陕西）人，杨素之子。袭封楚国公，官至礼部尚书。大业九年（613年）受命驻黎阳监督粮运。其时各地农民纷纷起义，他乘机起兵反隋，聚众十余万。围攻东都洛阳，月余不克。西行欲取关中，为隋军追及，败死。

粮致变，特使粮船故意逗留，可以伺隙起兵。玄感弟武贲郎将玄纵，及鹰扬郎将万硕，均从征辽东，由玄感密书招还。又令人至京师召出李密，令与季弟玄挺，同抵黎阳。适将军来护儿，调集舟师，从东莱入海，将趋平壤。玄感即欲发难，暗遣家奴绕道东方，伪充驿使入城，托言护儿愆期谋反，煽惑人心，遂径入黎阳城，大索男夫。并移书旁郡，以讨护儿为名，令各发兵，会集仓所。既欲发难，何妨声明昏主过恶？乃徒诬及来护儿，欺诱军吏，是与汉王谅起兵时同一谬误。即用赵怀义为卫州刺史，东光县尉元务本为黎州刺史，河内主簿唐祎为怀州刺史。唐祎不肯受令，暗地逃回。

御史游元，与玄感共同督运，亦有违言。玄感与语道："独夫肆虐，陷身绝域，正是天使灭亡，我今大举义师，往诛无道，君意以为何如？"元正色道："尊公荷国宠荣，近古无比，公门皆拖青纡紫，正应竭诚尽节，上答鸿恩，奈何坟土未干，即图反噬？仆但知以死报君，不敢闻命。"玄感怒起，把他囚住，元始终不屈，竟为玄感所杀。乃就运夫中选集丁壮，得五千余人，舟子三千余人，刑牲誓众，当面宣谕道："主上无道，不念民生，天下骚扰，从征辽东的兵民，死了无数，今与君等起兵，往救百姓，岂不甚善？"大众踊跃听命。玄感大喜，遂勒兵分部。可巧李密与玄挺偕来，玄感倒屣迎入，向密问计。密答说道："天子远在辽东，公能出其不意，长驱入蓟，扼住咽喉，高丽闻有内变，必从后蹑击。不出旬日，征东各军，资粮皆尽，就使不降，亦必溃散，这乃是今日的上计。"玄感道："中策若何？"密又道："关中为都城所在，今若率众西行，经城勿攻，直取长安，天子虽还，根本已失。公据险临敌，进可战，退可守，尚不失为中计。"玄感又道："此外便为下策吗？"密复道："公若随近逐便，直向东都，一鼓突入，亦足号令四方，但恐唐祎往告，先已固守，引兵攻战，必延岁月。百日不克，天下兵四面兜聚，大势一去，恐无能为了。"李密三策，剀切详明。玄感笑道："今百官家口，俱在东都，我若得取，先声夺人，从征官吏，不寒而栗，如公下计，实是上策。若冒险入蓟，恐成孤注，改图关中，又嫌迂远。且经城勿攻，如何示威？我却不愿出此哩。"遂不从密言，竟引众向洛阳，遣弟玄挺率骁勇千人，充作前锋，先取河内。唐祎已入城拒守，一面飞报东都留守越王侗。侗急与樊子盖等，勒兵为备，修武县兵民，亦相率守临清关。玄感不能度，乃至汲郡南渡河，亡命诸徒，相从如市。不到数日，有众数万，乃使弟积善，率兵三千，自偃师南沿洛水，向西进取，玄挺自白司马坡逾邙山，向南进行，玄感自领三千余人，从后接应。

东都留守越王侗，遣河南令达奚善意，统兵五千人，出拒积善，将作监河南赞治裴弘策，统兵八千人，出拒玄挺。善意至洛南，立营汉王寺，及积善兵到，未战即溃，铠仗皆为积善所取。弘策行至白司马坡，一战败走，退三四里，复收集散兵，列阵待着。玄挺徐至，连战至四五次，弘策皆败，奔还东都，玄挺直抵大阳门，玄感亦从后继至，屯上春门，尝对众宣誓道："我身为上柱国，家累巨万金，还要求什么富贵？今起兵来此，不顾灭族，无非欲解百姓倒悬，不得不尔，请大众原谅？"众闻言皆悦，父老争献牛酒，子弟亦诣军门自效，每日不下千数。内史舍人韦福嗣，出敌玄感，兵败被擒。玄感优礼相待，使掌文翰，令贻樊子盖书，直数炀帝罪恶，谓欲废昏立明，请勿拘小礼，自贻伊戚。子盖不答，复使裴弘策出战，弘策失利而还。子盖部署败军，再使弘策出击，弘策不肯行，被子盖叱出斩首，由是将吏震肃，令行禁止。玄感尽锐攻城，子盖随方拒守，一守一攻，杀伤相当。

西京留守代王侑，闻东都被围，忙遣副守卫文升督兵往援。文升至华阴，掘杨素冢，暴骨扬灰。遂鼓行出崤渑，直趋东都，率二万骑挑战。玄感用羸兵诱敌，精兵后伏，引卫文升兵追来，一声鼓号，四面伏发，杀死文升兵无数。文升慌忙逃回，前驱已经尽毙，无一得生。越三日再行交兵，两军初合，玄感诈使人大呼道："官军已获得玄感了。"文升兵莫名其妙，东张西望，心不一致，那玄感却带领精骑数千，突入文升阵内。文升麾下，统被吓退，就是文升亦似入梦中，只好随众并走。玄感趁势斩获，一场蹂躏，把文升部曲三四万人，杀死了一大半，单剩了八千人，保护文升，狼狈退去。玄感却是能兵，可惜初计不善。玄感兵威大震，趋附益众，多至十万人。

右武候大将军李子雄，曾坐事除名，诏令从来护儿东征，图功赎罪。自玄感变起，炀帝防他潜应玄感，令锁子雄达行在，子雄竟杀死诏使，逃奔洛阳，投入玄感军中，劝玄感速称尊号。玄感转问李密，密答道："秦陈胜自欲称王，张耳进谏被斥，魏武帝将求九锡，荀彧劝阻见诛，今密欲正言相规，还恐追踪二子，若阿谀顺意，又与密本意相违，试想公自黎阳起兵，虽得战胜数次，究竟未定一郡，未服一县，至若东都守御，坚固难拔，天下救兵，指日将至，公不速挺身力战，早定关中，乃急欲自尊，未免示人不广，请公三思！"玄感狞笑无言，暂将称尊事缓议，但心中不免芥蒂，渐与密疏，专任元福嗣为心膂。福嗣每与划策，首鼠两端，密复谏玄感道："福嗣本非同盟，实怀观望，明公初起大事，乃令奸人在侧，为所摇惑，他日必误军机，不如先诛为是。"玄感摇首道："君所言太过，福嗣亦何至如此。"密退语所亲道："杨公不信忠言，反毗匪类，恐我辈将一同为虏了。"何不速去？

已而炀帝返至涿郡，发兵四逼，使武贲郎将陈棱攻黎阳，武卫将军屈突通诣河阳，左翊卫大将军宇文述继进，右骁卫大将军来护儿，又从东莱还援，就是两战两败的卫文升，亦收拾余烬，进屯邙山南面，来决死战，与玄感一日数斗。玄感弟玄挺，伤重而死，余众少却。玄感方才知惧，又闻屈突通引兵将到，忙与李子雄商量对敌。子雄道："屈突通晓习兵事，一得渡河，胜负难料，宜速分兵往拒，休使越河前来。"玄感依议，便欲遣兵拒通，偏樊子盖瞧破机关，屡出兵来扰玄感军营。玄感无暇分兵，眼见得屈突通军，长驱直至，于是东有屈突通，西有卫文升，更兼樊子盖自出夹攻，三路动手，任尔杨玄感如何骁勇，也是招架不住，三战三北，无法支持。玄感再向李子雄请计，子雄道："东都援军四集，我师屡败，怎可久留？不如直入关中，据有府库，东向争天下，尚不失为霸王事业哩。"迟了。玄感乃释洛阳围，引众西行，至弘农宫。父老遮说玄感道："宫城空虚，又多积粟，何不急攻？"玄感遂留兵攻扑，李密以为未可，促令急行，玄感仍然不从。督攻三日，终不能拔。还贪近利，不亡何时？那屈突通、宇文述等，陆续追至，玄感又不得不走，与追军且战且行。路过董杜原，为追军所困，玄感大败，仅率十余骑溃围出走，窜林木间，辗转至葭芦戍，饥渴交迫。玄感自知不免，返顾后面，只弟积善随着，乃泣叹道："一败至此，尚有何言？我不能受人戮辱，汝可杀我。"积善情尚未忍，忽见后面尘头大起，料有官军追来，因抽刀斫死玄感，继即自刺，手颤刀落，已有追兵驰至，拘住积善，并玄感首俱送行在。积善伏诛，玄感首悬示行宫，并命将遗尸磔陈东都市。越三日，脔割付火，尽成灰烬。玄感弟玄纵、万硕，自辽东潜逃，万硕至高阳，为监军许华所执，送斩涿郡。玄纵至黎阳，探得玄感败亡，微服私奔，不知下落。尚有义阳太守玄奖，朝请大夫仁行，皆玄感弟，一在义阳受诛，一在长安被磔，余党悉平，独李密逃去。为后文伏案。

李渊（566—635），即唐高祖，字叔德，唐王朝的建立者。隋大业十三年（617年）任太原留守，时农民起义遍布各地，政局动荡，乃起兵取长安，立炀帝孙杨侑为帝。次年，迫杨侑退位，建立唐朝。玄武门之变后，传位次子世民，称太上皇。

炀帝尚欲穷治党羽，命大理卿郑善果至东都，从严推勘。善果奋然道："玄感一呼，相从至十万人，可见天下不欲人多，多即为盗，不尽加诛，如何惩后？"遂派兵四捕，不分首从，一概枭首，所杀至三万余人。兵部侍郎斛斯政从驾东征，曾与玄感暗地通谋，至是恐株连坐罪，亡入高丽。政与弘化留守元弘嗣有婚媾谊，炀帝因政逃亡，遂疑及弘嗣，立遣卫尉少卿李渊，驰至弘化，把弘嗣拘入狱中，即令渊为留守。看官听说！这卫尉少卿李渊，系陇西郡成纪人，表字叔德，生得仪表雄伟，日角龙庭，若要追溯李氏世系，就是西凉武昭王暠七世孙，祖名虎，佐周代魏，赐姓大野氏。虎殁时得加封唐公，子昞袭爵。渊即昞子，复袭荣封，官拜卫尉少卿。至是留守弘化，便是唐朝发轫的初基。唐室始祖，应该详叙。炀帝怎能预料，总道他事君不贰，简放出去。那时李渊也确是效忠，依诏奉行。

炀帝自涿郡西还，安安稳稳的到了长安，但各处盗贼，仍所在蜂起。余杭人刘元进，手长尺余，臂垂过膝，自谓相表非常，阴蓄异志，当玄感起兵时，亦召集徒党，臂应玄感。玄感败死，元进气焰未衰，反得众数万人。吴郡人朱燮，晋陵人管崇，且纠合亡命，攻破吴郡，迎入刘元进，奉为天子。燮与崇为左右尚书仆射，署置百官。毗陵、会稽、建安诸郡民，多半响应。炀帝闻报，亟遣将军吐万绪，光禄大夫鱼俱罗，率兵南讨，击斩管崇。元进与燮结栅拒绪，屡败屡战，终不少怠。绪因士卒疲敝，奏称天气骤寒，请待来春进讨。俱罗亦上言贼难骤平，且因诸子在洛，潜遣家仆往迎，偏为炀帝所闻，敕诛俱罗，召绪还京，另遣江都丞王世充讨元进，绪在道忧死。世充调兵渡江，连战皆捷，毙朱燮，枭刘元进，余贼四散。世充佯为下令，投降免死。散贼多闻风来降，共约三万余人，被世充引至黄亭涧，悉数坑死。尚有未降诸贼，自知不能逃生，索性再聚为盗，出没江淮。章邱、杜伏威，年仅十六，勇冠贼中，共推为主。临济辅公祏，下邳苗海潮，亦勾通伏威，横行淮南。就是山东诸盗，亦迭起不已。惟唐县出了一个妖人宋子贤，自称弥勒佛出世，不到数月，总算伏法。哪知东边的弥勒佛，方才扑灭，西方的弥勒佛，又复出现。扶风僧徒向海明，也自号弥勒佛，哄动愚夫愚妇，居然造反，旋且僭称皇帝，改元白乌。还是隋廷用了太仆卿杨义臣，出讨海明，才得将这位弥勒皇帝，赶往西方。弥勒佛想做皇帝，无怪他不能济事。偏又贼帅唐弼，拥立李弘芝为主，有众十万，号称唐主。东反西乱，此仆彼兴，已闹得不可开交。独炀帝念念不忘高丽，反以为刁民作乱，不足计较，仍征天下兵东征，群臣莫敢进谏。

大业十年仲春，炀帝复往涿郡，士卒在途，逃亡相继，好容

王世充（？—621），字行满，隋新丰（今陕西临潼东北）人。本姓支，祖籍西域月支。文帝时，任幽州长史。炀帝时镇压朱燮、管崇、孟让等起义军，迁江都通守。大业十三年（617年），被李密战败。炀帝被杀后，他拥越王杨侗为帝。唐武德二年（619年）废杨侗，自立称帝，国号郑，年号开明。四年，兵败降唐，在长安为仇人所杀。

易到了怀远镇，已是夏尽秋来，将军来护儿为前锋，引兵至卑沙城，高丽发兵迎战，阵亡甚众，败奔平壤。护儿当然追逼，途中接得高丽来使，奉书乞降，且愿送还斛斯政。护儿飞报行在，炀帝大喜，命执斛斯政班师。护儿奉诏，报知高丽。高丽即将斛斯政交出，令护儿苛归行在。炀帝命将士奏凯入关，即将高丽使臣，与罪犯斛斯政，献告太庙。出什么风头？大将军宇文述进奏道："斛斯政有大罪，天地不容，人神同忿，若徒照国法处死，怎得惩戒乱贼？请变例处置！"炀帝允议，乃把政牵出金光门，缚诸柱上，令公卿百僚，更番迭射，以政为的。至矢集如猬，再将政尸支解，用镬烹炙，分食百官。百官多暗地抛去，惟几个佞臣媚吏，执肉大嚼，食至果腹，方才罢休。肉味如何？高丽使臣，赦免不诛，令他归语高元，速即入朝。高丽使去了多日，高元终不就征。炀帝再敕将帅整顿兵马，更图后举，但也是有名无实，行不顾言罢了。

未几，又有离石胡刘苗王造反，自称天子。汲郡人王德仁，亦起兵据林虑山，炀帝仍不以为意，又从西京出幸东都，太史令庾质谏阻道："近年三次伐辽，民实劳敝，陛下宜镇抚关内，使百姓尽力农桑，阅三、五年，四海人民，稍得丰实，然后出巡东都，方为合宜。"炀帝不悦，决计东幸。质辞疾不从，竟至激怒炀帝，系质下狱，质旋即瘐死。炀帝径往东都，犹幸宫苑依然，后妃无恙，彼此重谈旧事，叙及东都被围情状，统是唏嘘泣下。炀帝在石榴裙下，最能体心着意，好好的温存一番，能使人破涕为笑，于是红灯绿酒，檀板金樽，重复陈设，三千粉黛，又各使出狐媚手段，挑逗炀帝。炀帝恣情拥抱，挨次交欢，又不知有撩乱事。

温柔乡里，再过一年，是大业十一年。外面有军书报到，王世充大破齐郡贼孟让，还有余贼左孝文，也由齐郡丞张须陁讨平。炀帝很是喜慰，进世充为江都通守，须陁为河南讨捕大使。会涿郡人卢明月作乱，有众十余万，驻扎视阿。须陁发兵邀击，相持十余日，粮尽将退，顾语将士道："贼见我退，必悉众来追，若率千人掩袭贼营，定可大捷，但不知何人敢往？"大众统面面相觑，不敢应令。独罗士信上前道："小将愿往。"言未已，又有一裨将应声道："琼亦愿往！"须陁大悦，便命两人悄悄出马，带着精兵千名，从旁道趋去。看官道琼是何人？原来就是历城人秦琼，表字叔宝，后来佐唐受命，绘像凌烟阁上，正是一位著名的健将。为了此人，方不略须陁之战。须陁弃营伪遁，果然贼渠卢明月，驱众力追，那罗、秦两将，探得贼众大出，便衔枚疾进，趋至贼栅。栅门已闭，两将猱升而入，杀死守贼数人，大开栅门，纳入外兵，随即放起一把无名火来，把贼寨三十余栅，一齐毁去。明月正追赶须陁，偶然回顾，遥见有一片火光，冲起霄汉，已是心惊，忽又来了一个贼目，报称营寨被焚，不得不还救根本，当下收众退回。须陁得趁势返击，大破贼众，明月只率数百骑遁去，后来转掠河南，为王世充所杀，当时谓须陁破贼，实是秦、罗二将，力破贼栅，因得立功。小子有诗

叹道:

捣巢杀贼姓名标，列栅全归一炬烧。

可惜隋家王气尽，要图立绩在新朝。

须陁虽得破明月，但余贼四出，始终未能肃清，反且日甚一日。欲知后事，试看下回说明。

杨玄感发难黎阳，乘炀帝东征高丽，突然起兵，不可谓非良好之机会。但李密三策，以上策为最善。自来枭雄起事，非冒险不易成功。若中策则难得关中，安见隋军之不能四集？转斗于蜗角之中，坐自困敝，吾知其难也。或谓李渊得关中，终足兴唐，但彼一时，此一时，时势不同，安得相比？至下策则更不足道矣。玄感急进图功，至中策且不能用，兵败族夷，亦何足怪？但乃父杨素，实为弑君之首贼；首贼后嗣，苟能建功立业，天道何存？迫之反而绝其后，乃正所以见天道之昭昭也。斛斯政阴通玄感，亡入高丽，寻被高丽执送行在，惨死长安，政固自取其昉感。而炀帝之酷虐不仁，亦可概见。况用兵三次，仅得一逃犯而归。乃尚告诸太庙，置诸极刑，彼以为刑一儆百，足以威民，讵知民不畏死，奈何以死惧之？此盗贼之所以迭兴，而隋之所以终亡也。

第九十六回

犯乘舆围攻紫寨
造迷楼望断红颜

却说涿郡贼卢明月，虽然败死，上谷贼王须拔，复自称漫天王，据地称燕国，更有贼渠魏刀儿，自称历山飞，彼此各拥众十万，北连突厥，南掠燕赵。炀帝闻盗贼蜂起，户口逃亡，乃诏百姓各徙入城，就近给田。郡县驿亭村坞，概令增筑城垒，随时加防。适有方士安伽陀，上言李氏当为天子，劝炀帝尽诛李姓。炀帝正怀隐忌，又记起乃父在日，尝梦洪水淹没都城，因迁都大兴。此时有郕公李浑，为隋初太师李穆第十子，世受崇封，宗族强盛。且既是李姓，浑字右旁又是从水，并浑从子将作监李敏，小名洪儿，有此种种疑案，不能不先发制人，因召李敏入内，说他小名不佳，适应谶语。敏愿即改名，哪知炀帝是叫他自杀，免受明刑，惟一时不便出口。敏惶惧得很，及退归后，便告知从叔李浑，两下里设法求生，免不得日夕私议密图良策。偏有人传将出去，竟被宇文述闻知，这宇文述正是李浑冤家，前此李穆病殁，嫡孙筠应该袭爵，浑将筠谋死，且向述乞援，愿将采邑所出，一半酬劳，述因代为吹嘘，使浑得袭父封。后来浑竟背了前约，毫不酬述，述大生忿恨，日思报怨，可巧炀帝有疑浑意，遂暗嘱郎将裴仁基等，劾浑与敏背人私议，潜图不轨。述固贪狠，浑亦自取。炀帝遂收浑叔侄，饬问刑官从严鞫治，始终不得确证。述恐案狱平反，又使人诈诱浑妻，教她急速自首，免累家族。浑妻但求活命，竟依述言。述代为作表，诬供浑久蓄反意，前曾因车驾征辽，谋立敏为天子，事虽不果，心终未忘。这道表文，迫浑妻签名上呈，眼见是将无作有，浑与敏死有余辜了。浑欲袭封而图侄，其妻欲活命而诬夫，天道好还，安得不畏。当下颁敕诛浑，并及侄敏。浑妻总道得生，偏又被述遣人鸩死。就是李浑宗族，也一古脑儿坐罪遭刑，一班冤死鬼，共入冥府，这真叫作死不瞑目呢。都人统为浑、敏呼冤，偏亲卫校尉高德儒，奏称鸾集朝堂，显符瑞应。炀帝召问百官，是否属实？百官明知德儒捣鬼，只好说是也曾目睹，俯伏称贺。炀帝色喜，擢德儒为朝散大夫，赐帛百端。及百僚退班，互问真伪，有几个说是孔雀二头，由西苑飞集朝中，转睛间即已翔去，大家始付诸一笑，散归私第去了。这与指鹿为马，相去不远。

是时突厥启民可汗已死，子咄吉世嗣立，亦受隋廷册封，赐号始毕可汗。始毕因义成公主，尚在盛年，未免暗中生羡，即欲据为己妻，好在公主随缘乐助，也肯降尊就卑，竟与始毕成为夫妇。始毕遂援着胡俗，表请尚主，炀帝推己及人，并不加驳，反说是从俗从宜，应该准奏。始毕喜出望外，亲至东都朝谒，炀帝照章优待，慰劳有加，好几日方才辞去。始毕颇有勇略，招兵养马，部落渐盛，隋黄门侍郎裴矩，因始毕日强，恐为后患，奏请封始毕弟咄吉设为南面可汗，分减突厥势力。炀帝却也依议，便遣使册封咄吉设，怎奈咄吉设素性懦弱，不敢受诏，隋使徒劳跋涉，捧诏还朝。始毕闻报，明知隋廷是有意播弄，暗生怨怼。裴矩因初计不成，复探得突厥达官史蜀胡，为始毕谋主，遂用甘言厚币，诱他入边，暗中却设着埋伏，把史蜀胡杀死。始毕失了谋臣，越觉怀恨，从此与隋有仇。无故开衅，裴矩可杀。

会因汾阳宫告成，炀帝挈领妃嫔多名，并第三子赵王杲往幸汾阳，且恐途中遇盗，特调李渊为山西、河东抚慰大使，先往清道。渊亦姓李，名旁从水。奈何屡次重任，岂真王者不死耶？果然有贼目毋端儿，及敬盘陀等，往来龙门左右。渊发河东兵剿捕，击破母端儿，收降敬盘陀，道途肃清。炀帝乃得安抵汾阳宫，宫由新建，当然华丽异常，但为地所限，不甚闳敞。百官士卒，不能入居宫城，没奈何布散山谷，结草为营，暂时栖止。时为大业十一年初夏，天气渐暖，炀帝欲在宫中避暑，竟留住了百余日，待至秋高气爽，本好启跸南归，偏他欲顺道北巡，复从汾阳出发，竟往塞外。既出长城，忽由突厥来了密使，乃是奉义成公主差遣，前来上书。炀帝取书披览，略瞧数行，便失色道：“不好了！不好了！始毕欲来袭我了！”说着，即命将来使留住，一面即饬扈从人等，速即回马，驰入雁门。大众闻有急变，仓猝回头，才将车驾拥返长城，把雁门关闭住。蓦闻胡哨声，号炮声，人马声，杂沓前来，当下登城北望，遥见胡骑漫山遍野，一齐驱至，前队统是弓弩手，未到关下，已是弯弓搭矢，似雨点般射来，飕的一声，把炀帝御盖穿通。炀帝把头一摸，侥幸脑上未被射着，那五尺有余的一支硬箭，从炀帝袍袖下拂落。炀帝吓得一身冷汗，忙趋还城下，与赵王杲相持涕泣，哭得双目皆肿，悔不可追。将士等前来请旨，报称始毕兵马，约有数十万人，倘若开关搦战，恐众寡不敌，不如拒守为是。炀帝踌躇多时，强勉镇定心神，令将士出外听宣，自己上马亲巡，传谕大众道：“可恨始毕，无端掩袭，尔等当努力拒贼，苟能保全，无患不富贵，向有官职，依次进阶，向无官职，便除六品。”将士等闻言踊跃，齐呼万岁，就是寻常兵民，也想乘此邀功，无一不摩拳擦掌，据关拒战。始毕麾众猛扑，守卒亦抵死不退，足足坚持了一二旬。

李世民（599—649），唐高祖李渊次子。隋末，随其父起兵。李渊称帝时封为秦王，任尚书令。626年发动玄武门之变得为太子，旋继帝位。贞观四年（630年）击败东突厥平定吐谷浑、高昌，置安西都护府。统治后期渐生骄奢之心。

炀帝又诏令天下募兵，邻近守吏，各来勤王，屯卫将军云定兴，亦募集壮丁，遣令赴急，就中有一个少年豪杰，前来应募，定兴见他器宇非凡，便召问籍贯，那人答称姓李，名叫世民，乃是现任抚慰大使李渊次子。唐太宗出现。定兴喜道："将门生将，古语不虚，但看汝尚属青年，恐未能为国效力。"世民朗声道："世民年已十六，怎见得不能效劳？况将在谋不在勇，岂必临阵杀敌，方可为将么？"定兴不禁称奇，延令旁坐，问及救驾计策。世民道："始毕骤举大兵，来围天子，必谓我仓猝不能赴援，故敢如此猖獗，此处兵少，应募诸徒，又皆乌合，不堪临敌，计惟有虚张声势，作为疑兵，日间引动旌旗，绵布数十里，夜间钲鼓相应，喧声四达，虏谓我救兵大至，不得逞志，自然望风遁去了。"一鸣惊人。定兴鼓掌称善，依计施行。始毕果然疑惧，不敢急攻雁门关。

炀帝又特遣密使，令突厥来使为导，相偕出关，从间道绕至突厥牙帐，请义成公主设法解围。义成公主乃致书始毕，伪称北方有急，促始毕还军。始毕不能前进，更致后顾，只得撤兵解围，嗒然引去。炀帝因始毕退还，又放大了胆，遣骑兵追蹑。始毕已经去远，只后面剩着老弱残兵，约有一二千人，被官军掳掠归来，复命报功。炀帝多命枭首，悬示关门，终不脱虚憍故智。然后启程南返。行次太原，宇文述等请仍还东都，忽有一老臣进谏道："近来盗贼不息，士马疲敝，愿陛下亟还西京，深根固本，为社稷计。"炀帝瞧着，乃是光禄大夫苏威，便怃然道："卿言甚是，朕当依卿。"威乃趋出。原来苏威自阻筑长城，忤旨被黜，未几复起任纳言，寻且进位光禄大夫，加封房公，此次亦从幸雁门，因有此请。炀帝见威已退出，复召宇文述入议。述答道："从官妻子多在东都，就使欲还西京，亦何妨先到洛阳，勾留数日，再从潼关入京，也不为迟。"炀帝本意，原欲赴洛，述希旨承颜，巧为迎合，当然语语投机，无不中听，遂不往关中，竟自太原南下，直达东都。炀帝顾视街衢，面语侍臣道："尚大有人在，不可不防。"侍臣多未明语意，唯唯而罢。嗣经慧黠诸徒，从旁窥测，才知炀帝此言，还以为前平玄感，杀人未多，余党或混迹都中，故不能无虑。其实是人民反侧，全仗君相善为慰抚，岂是一味嗜杀，所能治平？并且炀帝喜杀靳赏，性多刻薄，从前平玄感时，赏不副功，此番将士固守雁门，共计万七千人，事后录勋，只千五百人得进官阶，与在雁门时所颁谕旨，全不相符。将士以王言似戏，互有怨言，樊子盖为众上请，亦谓不宜失信。炀帝变色道："公欲收揽人心么？"子盖碰了一个钉子，哪里还敢复言。自是将士解体，各启贰心。

那炀帝益流连忘返，始终不愿入关中，整日里沉迷酒色，喝黄汤，偎红颜，尤雨殢云，不顾性命。一日，顾语近侍道："人主享天下富贵，应该竭天下欢乐，今宫苑建筑有年，虽是壮丽闳敞，足示尊荣，但可惜没有曲房小室，幽轩短槛，悄悄的寻乐追欢，若使今日有此良工，为朕造一精巧室宇，朕生平愿足，决计从此终老了。"得了大厦，还想小屋，真是欲望无穷。言未已，有近侍高昌奏陈道："臣有一友，姓项名升，系浙江人氏，尝自言能造精巧宫室，请陛下召他入问，定能别出心裁，曲中圣意。"炀帝道："既有此人，汝快去与我召来！"高昌领旨，飞马往召项升，才阅旬余，已将项升引至，入见炀帝。炀帝道："高昌荐汝能造宫室，朕嫌此处宫殿，统是阔大，没有逶迤曲折的妙趣，所以令汝另造。"升答道："小臣虽粗谙制造，只恐未当圣意，容先绘就图样，进候圣裁，然后开工。"炀帝道："汝说得甚是，但不可延挨。"升应旨出去，赶紧画图，费了好几日工夫，方将图样画就，面呈进去。炀帝展开细看，见上面绘一大楼，却有无数房间，无数门户，左一转，右一折，离离奇奇，竟看不明白。经项升在旁指示，方觉得有些头绪，便怡然道："图中有这般曲折，造将起来，当然精巧玲珑，得遂朕意。"说着，即令内侍取出彩帛百端，赏给项升，并面命即日兴工，升拜谢而出。炀帝复连下二诏，一是饬四方输运材木，一是催各郡征纳钱粮，并令舍人封德彝监督催办，如有迟延，指名参劾，不得徇私。于是募工调匠，陆续趋集，就在芳华苑东偏，拣了一块幽雅地方，依图赶筑。看官试想！天下能有多少财力，怎禁得穷奢极欲的隋炀帝，今日造宫，明日辟苑？东京才成，西苑又作，长城未了，河工又兴。还要南巡北狩，东征西略，把金钱浪掷虚化，一些儿不知节俭。就是隋文帝二十多年的积蓄，千辛万苦，省下来的民脂民膏，也被这位无道嗣君，挥霍垂尽。古人谓大俭以后，必生奢男，想是隋文帝俭啬太甚，所以有此果报呢。好大议论。

且说项升奉命筑楼，日夕构造，端的是人多事举，巧夺天工，才阅半年有余，已是十成八九，但教随处装璜，便可竣工。炀帝眼巴巴的专望楼成，一闻工将告竣，便亲往游幸，令项升引导进去，先从外面远望，楼阁参差，轩窗掩映，或斜露出几曲朱栏，或微窥见一带绣幕，珠光玉色，与日影相斗生辉，已觉得光怪陆离，异样精采。及趋入门内，逐层游览，当中一座正殿，画栋雕甍，不胜靡丽，还是不在话下。到了楼上，只见幽房密室，错杂相间，令人接应不暇，好在万折千回，前遮后映，步步引入胜境，处处匪夷所思。玉栏朱楯，互相连属，重门复户，巧合回环，明明是在前轩，几个转变，竟在后院；明明是在外廊，约略环绕，已在内房。这边是金虬绕栋，那边是玉兽卫门；这里是锁窗衔月，那里是珠牖迎风。炀帝东探西望，左顾右盼，累得目眩神迷，几不知身在何处，因向项升说道："汝有这般巧思，真是难得。朕虽未到过神仙洞府，想亦不过如是了。"升笑答道："还有幽秘房室，陛下尚未曾遍游。"炀帝又令项升导入，左一穿，右一折，果有许多幽奇去处。至行到绝底，已是水穷山尽，不知怎么一曲，露出一条狭路，从狭路走将过去，豁然开朗，又有好几间琼室瑶阶，仿佛是别有洞天，不可思议。炀帝大喜道："比楼曲折迷离，不但世人到此，沉冥不知，就使真仙来游，亦为所迷，今可特赐嘉名，叫作迷楼。"愈迷愈昏，至死不悟。随即面授项升五品官阶。升俯伏谢恩。炀帝不愿再还西苑，却叫中使许廷辅，速至宫苑中，选召若干美人，俱至迷楼。一面搬运细软物件，到楼使用，就便腾出上等绸缎千匹，赏与项升。一面加选良家童女三千名，入迷楼充作宫女，又在楼上四阁中，铺设大帐四处，逐帐赐名，第一帐叫作散春愁，第二帐叫作醉忘归，第三帐叫作夜酣香，第四帐叫作延秋月。每帐中约容数十宫女，更番轮值。炀帝除游宴外，没一日不在四帐中，干那风流勾当，所以军国大事，撇置脑后；甚至经旬匝月，不览奏牍，一任那三五幸臣，舞文弄法，搅乱朝纲。

少府监何稠又费尽巧思，造出一乘御女车，献与炀帝。什么叫作御女车呢？原来车制窄小，只容一人，惟车下备有各种机关，随意上下，可使男女交欢，不劳费力，自能控送。更有一种妙处，无论什么女子，一经上车，手足俱被钩住，不能动弹，只好躺着身子，供人摆弄。炀帝好幸童女，每嫌她娇怯推避，不能任意宣淫，既得此车，便挑选一个体态轻盈的处女，叫她上车仰卧。那处女怎知就里，即奉命登车，甫经睡倒，机关一动，立被钩住四肢，正要用力挣扎，不意龙体已压在身上，褫衣强合，无从躲闪，霎时间落红殷褥，痛痒交并，既不敢啼，又不敢骂，并且不能自主，磬控纵送，欲罢不能，没奈何咬定牙关，任他所为。炀帝此时，是快活极了，好容易过了一二时，云收雨散，方才下车。又将那女解脱身体，听她自去。破题儿第一遭，一个是半嗔半喜，一个是似醉似痴，彼此各要休养半天，毋容细叙。越日，赏赐何稠千金，稠入内叩谢，退与同僚谈及，自夸巧制。旁有一人冷笑道："一车只容一人，尚不能算作佳器，况天子日居迷楼，正嫌楼中不能乘辇，到处须要步行，君何不续造一车，既便御女，又便登高，才算是心灵手敏呢。"稠被他一说，默然归家，日夜构思，又制了一乘转关车，几经拆造，始得告成。天下无难事，总教有心人，这乘车儿，下面架着双轮，左右暗藏枢纽，可上可下，登楼入阁，如行平地，尤妙在车中御女，仍与前车相似，自能摇动，曲尽所欢。稠既造成此车，复献将进去。炀帝当即面试，一经推动，果然是转弯抹角，上下如飞。炀帝喜不自禁，便向稠说道："朕正苦足力难胜，今得此车，可快意逍遥，卿功甚大，但未知此车何名？”稠答道：“臣任意造成，未有定名，还求御赐名号。”炀帝道：“卿任意成车，朕任意行乐，就名为任意车罢。”一面说，一面又命取金帛，作为赏赐，且加稠为金紫光禄大夫。稠再拜而退。

嗣是炀帝在迷楼中，逐日乘着任意车，往来取乐，又命画工精绘春意图数十幅，分挂阁中，引动宫女情欲，使她人人望幸，可以竭尽欢娱。凑巧有外官卸职来朝，献入乌铜屏数十面，高五尺，阔三尺，系是磨铜为镜，光可照人。炀帝即命取入寝宫，环列榻前，每夕御女，各种情态，俱映入铜镜中，丝毫毕露。炀帝大喜道：“绘画统是虚像，惟此方得真容，胜过绘像倍了。”魑魅魍魉，莫能遁形。遂厚赏外官，调赴美缺。只是一人的精力有限，哪能把数千美女一一召幸？就中进御的原是不少，不得进御的也是甚多。一日，由内侍呈上锦囊，内贮诗笺，不可胜计。炀帝随意抽阅数首，书法原是秀丽，诗意又极哀感，便轻轻的吟诵起来。第一纸为自感三首，诗云：

庭绝玉辇迹，芳草渐成窠。隐隐闻箫鼓，君恩何处多？欲泣不成泪，悲来强自歌。庭花方烂漫，无计奈春何？春阴正无际，独步意如何？不及闲花草，翻承雨露多。

炀帝读罢，不禁大惊道：“这明明是怨及朕躬，但既有此诗才，必具美貌，如何朕竟失记？”再阅第二纸，乃是看梅二首，诗云：

砌雪无消日，卷帘时自颦。庭梅对我有怜意，先露枝头一点春。香清寒艳好，谁惜是天真？玉梅谢后和阳至，散与群芳自在春。

再阅第三纸，有妆成一首，自伤一首，更依次看下。妆成诗云：

妆成多自惜，梦好却成悲，不及杨花意，春来到处飞。

自伤诗云：

初入承明殿，深深报未央。长门七八载，无复见君王。春寒侵入骨，独卧

愁空房。飒履步庭下，幽怀空感伤。平日新爱惜，自待聊非常。色美反成弃，命薄何可量？君恩实疏远，妾意待彷徨。家岂无骨肉？偏亲老北堂。此方无双翼，何计出高墙？性命诚所重，弃割良可伤。悬帛朱梁上，肝肠如沸汤。引颈又自惜，有若丝牵肠。毅然就死地，从此归冥乡。

炀帝看到此首，越觉失惊道："阿哟！敢是已死了么？"随即问内侍道："此囊究是何人所遗？"内侍答道："是宫女侯氏遗下的，现在她已缢死了。"炀帝泫然泪下，手中正取过第四纸，上有遗意一首云：

秘洞扃仙卉，幽窗锁玉人。毛君真可戮，不肯写昭君。

炀帝阅到此诗，转悲为怒道："原来是这厮误事。左右快与我拿来。"左右问是何人？炀帝说是许廷辅。待左右去讫，复问内侍道："侯女死在何处？"内侍答在显仁宫。炀帝忙驾着任意车，驰往宫中。内侍引入侯氏寝室，但见侯女已经小殓，尚是颦眉瞋目，含着愁容，两腮上的红晕，好似一朵带露娇花，未曾敛艳。炀帝顿足道："此已死颜色，犹美如桃花，可痛！可惜！"小子叙述至此，也不禁恻然，随笔写下一诗道：

深宫寂寞有谁怜，拼死宁将丽质捐。
我为佳人犹一慰，尚完贞体返重泉。

炀帝见侯女死状，也不顾甚么秽恶，便抚尸泣语，异常悲切。欲知他如何说法，下回自当表明。

雁门之围，为炀帝一大打击，若为中知以上之君，当痛加猛省，乐不可极，欲不可穷，诚使脱围返都，改过不吝，励精图治，天下事尚可为也。乃不从苏威之言，仍至东都淫乐，项升作迷楼，何稠献御女车及任意车，竭天下之财力，供一人之荒淫，虽欲不亡，讵可得乎？惟迷楼一事，未见正史，而韩偓撰《迷楼记》，当必有所本，至若侯夫人缢死，亦在《迷楼记》中叙及，本编所采，皆出自文献所遗，非徒录坊间小说者，所得借口也。

第九十七回

御苑赏花巧演古剧
隋堤种柳快意南游

却说炀帝抚侯女遗骸，且泣且语道：“朕本爱才好色，不意宫帏里面，有卿才貌，偏不相逢，朕虽未免负卿，但卿亦命薄，朕又缘悭，此去泉台，幸勿怨朕。”说罢又哭，哭罢又说，絮絮叨叨，好似潘岳悼亡，感念不休。忽有侍卫入报道：“许廷辅拿到了。”炀帝乃出宫御殿，见了廷辅，恨不得将他一脚踢死，当下厉声诘责，问他选召宫人，何故失却侯女？就中定有隐情，速即供明。廷辅极口抵赖，炀帝即把他叱出，付与刑官严讯。及刑官承旨拷问，方知侯女不得入选，实是廷辅索赂不遂，把她埋没。刑官当即复陈，炀帝怒不可遏，立将廷辅赐死，一面自制祭文，令内侍备好香果，至侯女柩前，亲奠三樽，并朗诵祭文道：

呜呼妃子！痛哉苍天！天生妃子，貌丽色妍，奈何无禄，不享以年。十五入宫，二十归泉。长门掩采，冷月寒烟。既不遇朕，谁为妃怜？呜呼痛哉！一旦自捐，览诗追悼，已无及焉。岂无雨露，痛不妃沾，虽妃之命，实朕之愆。悲抚残生，犹似花鲜。不知色笑，何如嫣然？泪下几行，心伤如煎。纵有美酒，食不下咽。非无丝竹，耳若充填。妃不遇朕，长夜孤眠，朕不遇妃，遗恨九原。朕伤死后，妃苦生前。死生虽隔，情则不迁。千秋万岁，愿化双鸳。念妃香洁，酬妃兰荃。妃其有灵，来享兹筵。呜呼哀哉，痛不可言！

读罢，复泪下如丝，呜咽不止。经内侍在旁劝解，方才收泪，命照夫人礼厚葬，又敕郡县官厚恤侯夫人父母。侯氏虽生前不得受用，死后倒也备极荣华。侯女之死，还算值得。惟炀帝犹怀伤感，无从排遣，没情没趣的乘着原车，回到迷楼。众美人都已得报，联翩前来，替炀帝设法解闷，就是萧皇后也登楼劝慰，炀帝终有几分不快。凡家人到死过以后，往往令人追忆，把从前歹事撇去，专记起他的好处。况侯夫人入宫多年，并未与炀帝相会，此番见她如许清才，如许美色，怎得不悲悔交乘？体会入微。钟情深处，容易成痴，几视迷楼中许多佳丽，没一个得及侯夫人，因此闲居索兴，游玩无心。芳草尽成无意绿，夕阳都作可怜红，正是炀帝当日情景。

萧后本逢场作戏，顺风敲锣，目睹炀帝如此凄切，便乘间进言道：“侯女既死，想她何益？况天下甚大，岂无第二个侯夫人？但教留意采选，包管有绝色到来。”炀帝听了，不觉又触起往事，又想到那江都风景，便对萧后道：“朕前观壁上广陵图，忆及江东春色，贤卿劝我一游，果得饱尝风味，那年再往游览，为了东征高丽，不得久留，今日欲选择美女，除非是六朝金粉，或有遗留，若长在关洛，恐今生不能相遇了。”从炀帝口中，追叙观图一事，是为补笔。萧后自觉失言，忙转机道：“陛下何必多劳跋涉，只简放官吏数人，令往江东物色，便易办到。”炀帝道：“俗语说得好：‘眼见是真。’朕看内外官吏，多半是靠不住的，倘都是许廷辅一流人物，岂不是一误再误么？”说着，即命左右往整龙舟，克日南巡。萧后知不可阻，只好听他自由。炀帝又令妃嫔侍御等整顿行装，满望即日就道，偏经内使返报：“龙舟遭劫，统被杨玄感乱党，焚毁无遗，现在只好另造了。”炀帝闻报，立即颁敕，命江都再造龙舟。江都通守王世充，素来是奉君为恶，一经奉旨，便即督工赶造，但终非咄嗟可办，总须经过若干时日，方能有成。炀帝虽然性急，也只好勉强忍耐。

那四面八方的盗贼，又复竞起。东海出了剧盗李子通，与章邱杜伏威相合，嗣复分作两路，自据海陵。城父县内的朱粲，本是一个县佐，亡命为盗，自称迦楼逻王，众至十余万。淮北贼左才相，又复四出骚扰，残忍好杀，可怜人民涂炭，家室仳离，炀帝但在迷楼中，终日沉湎，不闻世事。至大业十二年元旦，御殿受朝，有二十余郡的守吏，未尝遣使表贺，才知寇盗未靖，道梗不通，乃分遣朝使赴十二道，发兵讨捕盗贼，一面诏毗陵通守路道德，在郡东南筑造宫苑，候驾巡幸。转眼间又是上巳，天和日暖，草绿花红，西苑中湖海风光，格外明媚。炀帝召集群臣，至西苑水上会宴，命学士杜宝撰水师图经，采古水事七十二种，使朝散大夫黄衮，督率伎士，演剧水中，作傀儡戏。人物俱能自动，击鼓敲钟，不烦人力，能成节奏。又遣妓航酒船，往来穿梭，画桨齐飞，绿波似织，端的是赏心悦耳，游目骋怀。待至夕阳西下，灯火齐明，才命停罢，尽兴而归。

又越一月，西苑忽然失火，炀帝正在苑中，疑是有盗入苑，急忙避匿草间，亏得苑中人多，七手八脚，环绕拢来，你挑水，我扑火，方将祝融氏驱回。炀帝经此一吓，遂成了心悸病，每夕在睡梦中，辄呼有贼，必由数妇人在旁摇抚，乃得少眠。未几又是夏天，腐草为萤，纷飞不绝。炀帝想入非非，令宫苑内侍，齐捉萤火，收贮纱囊，得数百斛。遂乘着五月朔日，夜游海山，把纱囊中的萤火，一齐放出，光遍岩谷。都人远远望见，还道苑中又复失火，哪晓得是一片萤光呢。总算会寻快乐。

炀帝喜极归寝，酣睡一宵，越宿接到急报，乃是魏刀儿部贼甄翟儿，率众十万寇太原，将军潘长文战死。炀帝因太原要地，有此贼焰，也觉心惊，亟调山西、河东慰抚大使李渊，往讨甄翟儿。嗣是连得军警，左翊卫大将军宇文述，恐炀帝不乐，往往匿不上陈，炀帝稍有所闻，一日临朝，顾问群臣道："近来盗贼如何？"宇文述出班奏道："近已渐少。"光禄大夫苏威，独引身隐柱。炀帝召威过问，威答道："臣未主军旅，不知盗贼多少，但虑盗贼渐近。"炀帝问为何因？威说道："前日贼据长白山，今近在汜水，且往日租赋丁役，今皆无着，岂不是尽化为盗么？"炀帝道："区区小贼，尚不足虑。惟高丽王高元，至今未见来朝，实属可恨！"威复答道："高丽在外，盗贼在内，臣谓外不足恨，内实可忧。况陛下在雁门时，许罢东征，今复欲征发，民不聊生，怎能不相率为盗呢？"炀帝勃然变色，拂袖退朝。到了端午节，百僚竞献珍玩，威独献入《尚书》一部，有人从旁谮威道："《尚书》有五子之歌，威欲借此谤上。"炀帝正未明威意，听到此言，当然愈怒。既而复议伐高丽，廷臣莫敢进谏，独威入内奏请道："欲讨高丽，何必发兵，但赦免各处盗贼，便可得数百万人，饬令东征，必能立功赎罪，高丽不难平服了。"炀帝不答，面有愠色，威当即趋出，御史大夫裴蕴进奏道："威大不逊，天下何处有许多盗贼。"炀帝恨恨道："老革犹言多兵。多奸，虚张贼势，意欲胁朕，朕拟令人批颊，因念他是多年耆旧，所以忍耐一二。"蕴亦辞退，另唆人上章劾威，说他前时典选，滥授人官。炀帝即夺去威官，除名为民。过了月余，又有人讦威私通突厥。裴蕴奏诏推按，证成威罪，请即处死。还是炀帝不忍加诛，许贷一死，惟并威子孙三世除名。

时光易过，又是秋来，江都新造龙舟，报称完工，制度比前日宏丽。炀帝甚喜，即拟南幸，江都留越王侗居守。右候卫大将军赵才进谏道："今百姓疲劳，府藏空竭，盗贼蜂起，禁令不行，愿陛下亟还西京，安抚兆庶，奈何反欲南巡呢？"炀帝大怒，命将才拘系狱中。建节尉任宗，奉信郎崔民象及王爱仁，先后谏阻，均为所杀。他人乃莫敢进言。这番南巡，自后妃以下，尽行带去，外如仪仗一切，比第一次还要繁盛。甫出西苑，见有一人俯伏在地，口称小臣送驾，语带呜咽。炀帝从辇中俯视，乃是西苑令马守忠，便道："汝在此看守西苑，不劳送行。"守忠道："銮舆已经出发，料难挽回，只望陛下早日还驾，小臣愿整顿西苑，敬候乘舆。"说罢，泪如雨下。炀帝亦不觉怅然，半晌又说道："朕偶然游幸，自当早回，何必这般过悲。"守忠道："陛下造这西苑，不知费了多少财力，始得有此五湖四海三神山十六院的风景，陛下岂不爱恋？乃舍此远游，致小臣对景伤心，故不禁下泪。"炀帝黯然道："朕难道永离此苑？但教汝好生看守，毋使园林零落，殿宇萧条。"说至此，因口占一诗道："我慕江都好，征辽亦偶然。但存颜色在，离别只今年。"吟罢，命从吏录出，递与守忠，留别宫人。守忠乃起，让过銮驾。左右见守忠奏请，炀帝答言，均寓悲感，统有些诧异起来，死机已兆。但也只好隐忍过去，拥了御驾，行至河滨。炀帝下辇登舟，望见新造船只，多半有云龙装饰，灿烂夺目，当然欣慰，便与萧后分坐最大的龙舟。十六院夫人，亦各坐龙舟一艘，规模略小。此外美人，也都一一分派，各有坐船。文武百官，或在船中居住，或在岸上夹护，鱼贯前进，连绵不绝。非奉停泊号令，就是夜间，亦要进行。起程这一夕，秋高气爽，水面上的凉飔阵阵，拂除那日间余暑，炀帝却不能安睡，起开舰窗，眺望夜景，但听得一片歌声，顺风刮来。歌云：

我兄征辽东，饿死青山下；今我挽龙舟，又困隋堤道。方今天下饥，路粮无些小，前去千万里，此身安可保？暴骨枕荒沙，幽魂泣烟草；悲损门内妻，望断吾家老。安得义男儿？焚此无主尸；引其孤魂回，负其白骨归。

炀帝听罢，禁不住心中气愤，便令左右缉捕歌夫。左右奉命往捕，闹了半夜，并无踪迹，炀帝亦彷徨不寐，等到天晓，经左右复报，但说是没人唱歌，所以无从缉捕。炀帝虽然惊疑，却也只好略过一边，仍命启行。越日，天气忽然暴热，竟致秋行夏令，好似盛暑一般。龙舟虽然宽敞，尚觉得天气困人。岸上牵缆诸役夫，统是挥汗如雨，不胜劳惫。炀帝亦为怜悯，用翰林学士虞世基言，令就汴渠两堤，移裡柳枝。且诏谕地方人民，献柳一株，即赏一缣。是时柳尚未凋，百姓都掘柳来献，炀帝从舟中登岸，自种一株，作为首倡，百官亦各种一株，然后令百姓分种，照柳给赏。百姓非常踊跃，越种越多，且随口编出几句歌谣道："栽柳树，大家来，好遮阴又好当柴。天子自栽，然后百姓栽。"炀帝听着，满心欢喜，又取钱散给百姓，并亲书金牌，悬挂最高的柳树上，赐柳姓杨，因此后人呼柳为杨柳。说本韩偓《开河记》，但古时杨柳并称，训诂家谓杨枝上挺，柳枝下垂，今混称杨柳，是否起于隋时，待考。

嗣是柳荫满堤，迷天一碧，自大梁迤逦南下，到处都种柳树，顿时化热为凉，无风亦韵。江都通守王世充，又献上吴越女子五百名，在半途供应役使。炀帝也不暇细阅，但使彼充作殿脚女，在岸上同牵船缆。每船用殿脚女十人，嫩羊十口，相间而行。

于是蛾眉成队，粉黛分行，彩袖勍空，一路上绮罗荡漾，香风蹴地，两岸边兰麝氤氲。炀帝看了，喜不自胜，蓦见一个女子，生得非常俊俏，也夹在殿脚女中，好似鹤立鸡群，不同凡艳。炀帝不觉失声道：“如此妙女，怎得使充贱役？”遂令左右宣召进来。既到面前，果然是明眸皓齿，玉貌花肤，更有两道黛眉，状如新月，格外动怜。炀帝笑孜孜的问道：“汝是何处人？姓甚名谁？”那女子跪答道：“贱婢乃姑苏人氏，姓吴名绛仙。”炀帝赞叹道：“好一个绛仙眉黛，可留此侍朕，不劳牵缆。”当下传将出去，着派他女另补，就叫绛仙在旁侍酒。到了夜间，便挽绛仙入帏，演了一出水上鸳鸯，不消细说。又是一好女儿晦气。绛仙既得宠幸，便珠膏玉沐，愈觉鲜妍，那黛眉更画得精工，就是文君再世，亦恐要输她一筹，又妙在知书识字，颇善诗歌。炀帝似遇洛妃，如逢神女，覆雨翻云，一些儿不嫌寂寞。

及行过雍邱，渐达宁陵地界，忽由虎贲郎将护缆使鲜于俱入奏道：“前面水势湍急，阻碍龙舟，急切里驶不上去。”炀帝道：“朕尝两幸江都，并没有甚么搁浅，为何今日有此阻碍？”说着，便召宇文述等同入御舟，问个明白。宇文述道：“从前占天监耿纯臣上言，睢阳有王气环绕，此处地近睢阳，想是地脉灵长，所以浅深忽变。”炀帝道：“就是地脉变迁，也没有这般迅速。”当下检查当日凿河人员，所有宁陵至睢阳一路，乃是总管麻叔谋监工，可巧麻叔谋亦扈驾同行，一召便至。炀帝当即盘问，叔谋道：“臣前时监工凿河，测量甚准，并没有甚么浅深。今日忽然淤浅，连臣也不知何因。”炀帝道：“想是开河工役，偷工躲懒，不曾挖得妥当，遂致今日搁浅，这却如何区处？”叔谋道：“容臣再去开挖，将功赎罪。”炀帝道：“若只一处搁浅，还易为力，只怕前途还有浅处，须要探视才是。”护缆使鲜于俱道：“臣看水势湍急，人不能下去，篙又打不到底，怎能探试明白？”翰林学士虞世基接入道：“这却不难，请为铁脚木鹅，长一丈二尺，上流放下，如木鹅拦住，便是浅处。”炀帝依议，亟令右翊卫将军刘岑，制造木鹅，往验浅深。及刘岑返报，自雍邱至灌口，共有一百二十九处淤浅。炀帝大怒道：“这明明是从前工役，不肯尽心开掘，致误国家大事，若非严法处死，如何震压天下？”遂令刘岑往淤浅处，查究役夫姓名，悉行捕住，把他倒埋岸下，教他生作开河夫，死作抱沙鬼，可怜这一百二十九处地方，共捕得五万余人，照敕处置，活埋了事。令人发指。

麻叔谋见坑杀了许多丁夫，也觉寒心，连夜催督兵民，掘通淤道，请龙舟逐段过去。炀帝得了吴绛仙，日日纵欢，也不十分催促。每日或行三十里，或行二十里，或行十里，并未计较，因此麻叔谋得有工夫，逐节疏通，得至睢阳。炀帝猛记得宇文述语，睢阳留有王气，应该掘断龙脉，方可免患。当即召入麻叔谋，正色问道：“睢阳地方，曾掘去多少坊市？”叔谋道：“睢阳地灵，不好触犯，臣所以未敢开掘。”炀帝勃然道："朕为天子，百灵均当效命，有甚么不好触犯，显见汝挟有隐情。"叔谋无可回答，只得饰词答辩道："陛下以爱民为心，臣见坊市复杂，好罢手便即罢手，况改道开河，相去不远，何必定就道睢阳？"炀帝听说，尚属有理，即命刘岑查探河道，究竟有无远近。哪知刘岑却是叔谋的对头，一经查勘，迂远至二十里左右，便据实报明。炀帝遂将叔谋拿下，囚系狱中。

究竟叔谋何故剩出睢阳，小子查阅稗史，却是别有原因。叔谋本是个贪暴人物，从前奉旨开河，管甚么民居多少。当督工开掘时，在上源驿旁，发得一口绝大棺木，叔谋疑棺内必有宝藏，揭盖启视，一尸容貌如生，发从前覆，长过胸腹，此外别无珍宝，只搜得一石铭，上有古篆，多不能识。只有一下邳人能读，篆文中云："我是大金仙，死来一千年；数满一千年，背下有流泉。得逢麻叔谋，葬我在高原，发长至泥丸；更候一千年，方登兜率天。"叔谋听着，乃自备棺椁，安葬城北隅。偷鸡勿着蚀把米。及掘至陈留，可巧有朝使到来，用少牢礼，并白璧一双，祭留侯张良庙中，向神假道。祭毕风起，失去白璧，后来有一中牟丁夫，在途中遇一贵人，峨冠博带，跨马前来。前后有人呵护，召夫至前，取白璧相授道："与我报尔十二郎，还尔白璧一双，尔当宾诸天。"中牟夫莫明其妙，跪拜受讫，不见贵人，当时非常惊愕，料知此璧，定有来历，不敢隐匿，即奉献叔谋，并述神语。叔谋细忖一番，也想不出语中寓意，但见白璧很是莹洁，便充入私囊，且杀死中牟夫，为灭口计。天下事若要不知，除非莫为，当然有人传说。后来炀帝缢死江都，在位虽有十三年，扣足只有十二年，才知十二郎三字，便是指着炀帝。叔谋贪匿白璧，复监工至雍邱，适有一祠宇当道，叔谋问为何祠？村人答道："古老相传，内有隐士墓，甚有灵兆。"叔谋道："何物隐士？敢当此冲？"遂命丁夫入祠掘墓，才经数尺，忽听得一声怪响，下露一洞，里面灯火荧荧，无人敢入。独有武平郎将狄去邪，愿往一窥，叔谋喜道："狄郎将胆量过人，真好算荆轲。聂政。一流哩。"去邪扎束停当，用绳系腰，命役夫执住绳端，缒将下去。小子有诗咏道：

奋身下穴入幽城，聂政荆卿足并名。

若使逡巡甘却步，何来仙引得长生？

毕竟狄去邪所见何物，且待下回再表。

纲目于大业十二年三月，大书特书曰："宴群臣于西苑。"夫自西苑告成以后，宁独此次召宴群臣？其所以大书特书者，志其末也。盖是年七月，炀帝幸江都，自是不得复返，而西苑之设宴演剧，为东都淫乐之结局，越月而西苑遂火，天之儆炀帝也，亦可谓至矣。昏主不悟，犹决意南游，除苏威名，连杀谏官任宗、崔民象、王爱仁，言莫予违，写尽昏淫气象。至隋堤种柳，令种柳一株，赏帛一缣，虽有利民生，而无故费财，要不得谓仁恩之下逮。及宁陵搁浅，枉杀丁役至五万人，彼岂尚有爱民之心欤？正史中于麻叔谋一事，未曾叙及，而韩偓《开河记》言之甚详，是与上回迷楼相类，想不至全出虚诬也。

第九十八回

麻叔谋罪发受金刀
李玄邃谋成建帅府

却说狄去邪缒入深穴，约数十丈，脚方及地。去邪见有路可通，竟将腰中绳索解去，鼓勇前进，约行百余步，入一石室，东北各有四石柱，铁索二条，系一巨兽，形状似牛，仔细一瞧，乃是一个人间罕有的巨鼠，不由的骇了一惊。蓦闻石室西面，砉然一声，慌忙回顾，门已洞开，有一道童模样，出问去邪道："汝非狄去邪么？"去邪答声称"是。"道童道："皇甫君待汝已久，汝可速入。"去邪乃随他进去，见里面有一大堂，颇也宽敞，堂上坐着一位方面长髯的神君，服朱衣，戴云冠，也不知为何神，只好倒身下拜。那神君端坐不动，亦不发言，旁立一绿衣吏，待去邪拜讫，令他起身，引出西阶上立着。约过片时，里面有声传出道："快取阿麽来！"阶下即有人应声而去。须臾，即见武夫数人，牵入一物，就是柱上系着的大鼠。去邪本知炀帝小字，叫作阿麽，此时也无从访问，只得屏气待着，但听堂上神责鼠道："我遣尔暂脱皮毛，为中国主，如何虐民害物，不遵天道？"大鼠本不能言，但点头摇尾，作冥顽状。堂上神益怒，命武士挝击鼠脑，鼠即大吼，声似雷鸣。武士再拟击下，俄一童子捧天符下来，堂上神起座降陛，俯伏听旨。童子宣言道："阿麽数本一纪，今尚未满，俟限期既届，当用练巾系颈而死，今尚不必动刑。"说罢自去，堂上神仍然复位，令将巨鼠仍系原处，并召语去邪道："为我告麻叔谋，谢他掘我茔域，来年当赠他二金刀，勿嫌我轻酬哩。"说罢，即令绿衣吏引了去邪，自他门趋出，经过一林，径回路仄，蹑石扳藤，方得过去。回顾已失绿衣吏，去邪只好踽踽独行。又约三里许，见有茅舍，一老叟坐土塌上，去邪上前问讯，老叟道："此地为嵩阳少室山下，汝从何处来此？"去邪具述所由。老叟道："汝已亲见各状，想亦能悟通玄机，汝能辞官，便能脱身虎口了。"想是去邪人品循良，故得种种指引。去邪称谢而行。回视茅屋，又无影迹，自知身入仙境，已蒙指迷，惟不能不复报麻叔谋。乃趋往宁阳，得与叔谋相见，约略叙明。先是去邪入墓，墓忽崩陷。叔谋谓去邪已死，今日却来，目为狂人。去邪将错便错，即佯狂自去，隐居终南山。闻炀帝正患脑痛，月余不愈，益信冥中挞击，果然不虚。嗣是修道辟谷，竟得无疾而终。此身原是有道骨。

那叔谋既至宁陵，适患风逆，起坐不安。医生谓用羊羔蒸熟，糁药同食，方可疗治。叔谋如法泡制，果得全愈。嗣是蒸食羊羔，习以为常。宁陵人陶榔儿，家中巨富，性甚凶悖，恐先茔逼近河道，或为所掘，乃盗他人婴儿，割去头足，蒸献叔谋。叔谋咀嚼甚美，远胜羊羔，因召榔儿穷诘。榔儿初尚讳言，叔谋使人劝酒，把他灌醉，才得榔儿实告。叔谋不以为忍，反赏金十两，令工役保护榔儿先茔，一面专窃他人婴孩，宰割供食。宁陵、睢阳境内，失去婴孩数百，哀声四达。左屯卫将军令狐达，曾为开渠副使，上书弹劾，被中门使段达遏住，不使上闻。段达尝受叔谋巨贿，所以代为蒙蔽。叔谋法外逍遥，凿河至睢阳城。睢阳坊市豪民，都恐宅墓被掘，醵金三千两，将献叔谋，尚苦无人介绍。适叔谋监掘古塚，穿通石室，室中漆灯棺木等，遇风化灰，惟得一石铭云："睢阳土地高，竹木可为壕；若也不回避，奉赠二金刀。"叔谋不解，转问土人。答言故老传闻，谓是宋司马华元墓。叔谋奋然道："小国陪臣，怕他什么？"

到了夜睡朦胧，忽有一人宣召，即随与同行，约经里许，恍惚见有宫殿，由来使导入，上面坐着一王，着绛绡衣，戴进贤冠。叔谋向他再拜，王亦起座答拜，且与语道："寡人便是宋襄公，奉上帝命，镇守此地，将二千年，今将军来此掘河，幸回护此城，勿使人民失所。"叔谋不答。王又说道："此地五百年后，当有兴王崛起，上帝命寡人保护，岂可为了暴主逸游，掘伤王气？"暗指宋太祖事。叔谋仍然不答。忽殿外有人入报道："大司马华元来了。"未几，即有一紫衣官趋入，拜观王前，王与言保护睢阳事，未得叔谋允许，紫衣官怒视叔谋道："上帝有命，保护此城，何物顽奴，既毁我墓，又欲把此城毁掘？"便向王进议道："顽奴倔强，应用严刑。"是极。王说道："何刑最酷？"紫衣官道："熔铜灌口，烂腐肠胃，此为最酷。"王点首称善。紫衣官叱令左右，把叔谋曳至铁柱前，褫去衣冠，缚诸柱上，复有一人持过铜汁，盂中犹沸，欲灌入叔谋口中。叔谋吓得魂不附体，连声大呼道："愿依尊命，回护此城。"读至此，我为一快。当由殿中传令解缚，给还衣冠，入殿拜谢。紫衣官微笑道："上帝赐叔谋金三千两，令取诸民间。"说毕，挥手令人引出叔谋。叔谋闻有金可赐，因私问冥使道："上帝如何赐金？"冥使道："阴注阳受，自有睢阳百姓献汝，汝放心去罢。"一面说，一面推仆叔谋。叔谋出一大惊，便即醒寤，方知乃是一梦。越日，果有家奴持入黄金三千两，说是睢阳坊市所献，请免掘城市。叔谋回忆梦中情状，老实收受，令役夫绕道西偏，委屈东回，竟将睢阳城腾出。

掘至彭城，路经大林，中有徐偃王墓，令人开掘，掘至数尺，里面坚不可发，乃是生铁熔成，旁竖石门，键鐍甚严。叔谋用鄮人杨民计议，用巨石撞开墓门，叔谋自往探望，有二童子在门内迎接，且语叔谋道：“我王久望将军，请速进来！”叔谋亦不知不觉，随他进去。内有宫殿，差不多与前梦相似。殿上亦坐着一王，冠服雍容，叔谋下拜，王起身答礼，和颜与语道：“寡人茔域，适当河道，今请将军保护，愿奉玉宝为酬。”言讫，取出玉印，给与叔谋。叔谋瞧着，乃是历代帝王受命符玺，不觉又惊又喜，但闻王又续说道：“将军须保重此宝，这是刀刀的预兆哩。”叔谋茫乎若迷，谢别出墓，传令役夫将墓盖好，仍复原状。时炀帝正失去国宝，四处搜觅，并无下落，只好秘密不宣。那叔谋得了国宝，还道是神灵相助，将来可身登九五，非常快乐，就把国宝好好藏着，不令外人知道。

至拘入睢阳狱中，正在惶急得很，偏经令狐达再上弹章，历述：“叔谋盗食人子，义贼陶榔儿，私受睢阳民金三千两，擅易河道”等情。炀帝问他何不早奏？令狐达谓臣早经奏报，想被段达扼定，不得进呈。炀帝即命查抄叔谋私产，得黄金若干，尚辨不出是睢阳贿赂。这留侯所还白璧，及一颗受命符宝，搜将出来，却是字纹明显，一见便知。炀帝大惊道：“金与璧尚是微物，不必说起，只朕的国宝，如何被他取来？”便召令狐达入问。令狐达道：“闻叔谋尝令陶榔儿窃取人子，莫非国宝亦被盗不成？”炀帝失色道：“叔谋今日盗我宝，明日将盗我头，这还了得！”你的首级，却是不甚牢固。便令法司严鞫叔谋，且捕得陶榔儿，一并审问。叔谋据实招供，问官尚说是凭空捏造，便指榔儿为巨窃。榔儿只供称窃儿是实，不敢窃宝。问官如何肯信？再四拷逼，竟将榔儿毙诸杖下，且定了谳案，请置叔谋极刑。炀帝道：“叔谋原有大罪，姑念他开河有功，赦免子孙，但将叔谋腰斩结案。”先一夕，叔谋在狱，梦一童子从天降语道：“宋襄公与大司马华元，特遣我来，感念将军护城厚意，因将去年所许二金刀，命我奉赠。”叔谋尚不知金刀为何物，向他索取。童子厉声道：“死且不悟，明晨自见分晓了。”叔谋惊觉，细思梦境，才悟不祥，喟然叹道：“我腰领恐难保了。”还想食婴孩否？越日辰牌，已有敕文传至，将叔谋如法捆绑，驱至河滨，斩为三段，家产籍没。中门使段达，助守东都，未曾扈驾，由炀帝遥传诏敕，加恩贷死，贬为洛阳监门令。睢阳、宁陵一带的百姓，闻叔谋被诛，相率称快，男男女女，都到河边来看叔谋死尸，你一砖，我一石，掷成肉酱，方才散去，这且不必细表。

且说炀帝小住睢阳，约过数天，复启程南下，沿途无甚阻碍，惟大将军许公宇文述，在道病亡，述子化及、智及，统皆无赖，前次尝从幸榆林，两人干犯禁令，与突厥互市。炀帝本欲骈诛，因念述有旧勋，特从宽免。述死，厚加赙恤，予谥曰恭。且授化及为右屯卫将军，智及为将作少监，仍令从行。智及弟士及，尚炀帝长女南阳公主，还称循谨，一对青年夫妇，亦随幸江都，后文自有表见。

惟一方面銮驾畅游，一方面寇盗益炽，前此在逃未获的李密，往投王薄、郝孝德，均见九十五回。皆不见礼，乃走匿淮阳村舍，变姓名为刘智远，聚徒教授，郡县长官，颇以为疑，遣吏往捕，又被遁去。适东都法曹翟让，坐事当斩，狱吏黄君汉，惜他骁勇，破械出狱，令自逃生。让拜谢而去，潜往瓦岗寨为盗。同郡人单雄信，善用马槊，雄长乡里，也纠合少年，入寨助让。还有离狐人徐世勣，年少多才，亦至让处献议道："东郡于公，与世勣谊属同乡，人多相识，不宜侵掠。荥阳、梁郡，系是汴水通流，商旅不绝，若剽掠商舟，便足自给了。"世勣即徐懋功，初次献议，即导让剽掠商舟，无怪子孙被夷。让即依议，令徒党入二郡间，掠夺商舟财货，充作用费。当时人心思乱，辗转引附，不多时便至万余人。此外有外黄盗王当仁，济阳盗王伯当，韦城盗周文举，雍邱盗李公逸，与翟让各据一方，不相通问。

翟让（？—617），东郡韦城（今河南滑县东南）人，隋末瓦岗军首领。初任东郡法曹，因故被判死刑。后被人救出，在瓦岗（今河南滑县东南）率众起义，发展至万余人。大业十二年（616年）李密为他策划，攻克荥阳等县。次年，与李密攻下兴洛仓，开仓散粮。推李密为主，他任上柱国、司徒，封东郡公。后为李密所杀。

李密既得漏网，往来诸贼帅间，劝他乘乱崛兴，规取中原。各贼帅初尚未信，经密说得天花乱坠，也觉动心，推为谋主。密互为联络，差不多如苏秦约纵一般，大家互相告语道："今人皆云杨氏当灭，李氏将兴，此人得一再脱险，莫非就是古人所言，王者不死么？"因相率敬密。会王伯当与翟让交通，互相往来，密即由伯当介绍，往见翟让，为让划策，并替他说降诸小盗。让遂与亲爱，尝同计事。密因说让道："刘、项皆起自布衣，得为帝王，今主德日昏，民生日困，大乱已起，正是刘、项奋起的机会，如足下雄才大略，拥众万余，若席卷二京，诛除暴虐，怎见得不如刘、项呢？"让谢不敢当。会东都有李玄英亡命，径访李密，倾心相事，他人问为何因？玄英道："近来民间歌谣，有桃李章云：'桃李子，皇后绕扬州，宛转花园里，勿浪语，谁道许？'这数语隐寓预谶。桃李子，谓李子逃亡，皇后宛转扬州，是天子将在扬州毕命，勿浪语，谁道许，是隐隐藏一密字，他日身为真主，所以特来投诚。"既而宋城尉房彦藻等，亦来依密，共处瓦岗寨中。密又与瓦岗军师于雄结交，令说让出图中原。雄因说让道：“公若自立，恐未必成事，若立蒲山公，事无不济。”蒲山公见前。让笑道：“蒲山公果得为王，何必依我？”雄答道：“将军姓翟，翟义为泽，蒲非泽不生，所以来依将军。”亏他附会。让信为真言，遂依密前议，发兵攻取荥阳诸县。

荥阳通守郇王庆，懦弱无能，急向行在求援。炀帝特调张须陁为荥阳通守，使讨翟让。须陁系百战骁将，到了荥阳，屡破让众。让勒兵欲遁，密坦然道：“须陁有勇无谋，兵又骤胜，既骄且狠，再战必败，公且列阵待着，密自有计破他，万勿加忧。”让不得已麾众再战。须陁已经轻让，直前搏击，让众已似惊弓之鸟，哪里支撑得住，纷纷却退。须陁驱兵追赶，约十余里，过一大林，林内一声号炮，杀出两支生力军，左为王伯当，右为徐世勣，合裹拢来，围住须陁。须陁冲突出围，见左右不能尽出，再跃马突入，欲救余众，李密在高阜望见，急命弓弩手四面注射，箭如飞蝗，可怜一员隋朝勇将，竟堕入李密狡计，中箭身亡。部兵除被杀外，狼狈遁去，号泣不止。河南郡县，统皆丧气。有诏令光禄大夫裴仁基，为河南道讨捕大使，徙镇虎牢。

翟让经此大胜，喜出望外，乃分兵与密，别建一营，号为蒲山营。让获得辎重甲仗，便欲还向瓦岗。实无大志。密苦劝不从，竟与密别去。密独率麾下西行，沿路招降诸城，大获资储。让闻报甚悔，因复引众从密。密遂拟进击东都，忽闻太仆杨义臣，击毙张金称、高士达，逐走窦建德，兵势甚盛。密恐他还援东都，未敢骤进。后来又探得义臣罢归，窦建德复取饶阳，乃再议进行。这位隋太仆杨义臣，本是一个庸中佼佼的好官，自出兵河北，迭破群盗，辄列状上闻。内史虞世基，专事谄谀，谓义臣虚张贼势，居心叵测，不如撤归为是，炀帝深信世基，竟追还义臣，且遣散他麾下士卒，于是贼势复张。鄱阳复出一个剧盗，姓林名士弘，有众数万，攻杀隋御史刘子翊，居然自称楚帝，建元太平，据有九江、临川、南康、宜春等郡，猖獗南方。涿郡虎贲郎将罗艺，亦称兵造反，自称幽州总管，骚扰北境。惟伪燕王格谦，见四十五回。总算由王世充击死，但谦党高开道，收集败众，又复出掠燕地，气焰复张。光禄大夫陈棱，往讨杜伏威，又为所败，再加鲁郡起了徐圆朗，马邑起了刘武周，朔方起了梁师都，真是一波未平，一波又起，直使四方官吏，无可措手，只好得过且过，任盗所为。随笔插叙，省却无数笔墨。

李密闻天下大乱，亟欲进取东都，据有腹地，号召四方，乃屡语翟让道：“今东都空虚，越王年幼，留守诸官，皆非将军敌手，若将军能用仆计，天下可指麾即定哩。”让犹怀疑惧，因遣党人裴叔方，往觇东都虚实。留守诸官，方才察觉，缮城为备，且驰表告急行在。时已为大业十三年，翟让得叔方还报，谓东都有备，又生疑阻。密语让道：“事已如此，不得不发。密闻洛口仓储粟甚多，若引众袭取，赈给贫乏，远近孰不趋附，百万众亦可立集。然后檄召四方，引贤豪，选骁悍，智勇俱备，得天下如反掌了。”让答道：“这是英雄计略，非仆所能，但任君指麾，尽力从事，请君先发，仆为后殿。”密乃选三千人为前驱，让率四千人继进，出阳城，北逾方山，直抵洛口仓。仓中守卒，寥寥无几，顿时骇散。密攻破仓门，让亦踵至，开仓发粟，任民恣取，穷民大悦。前朝议大夫时德睿，举尉氏县应密，故宿城令祖君彦，亦自昌平来附。君彦素有才名，密引为记室，令掌书牍。

东都留守越王侗，遣虎贲郎将刘长恭，光禄少卿房崱，率步骑万五千人，来援洛口，又使河南讨捕使裴仁基，自汜水西进，从后夹攻。密已探知信息，分部众为十队，四队伏横岭下，截住仁基，六队列阵石子河，静待长恭等军。长恭鼓锐前来，势甚汹涌。让出当敌冲，接战不利，且战且走。长恭未曾朝食，忍饥追逐。中途被李密率兵冲出，截为两橛，军士已皆枵腹，不耐久战。更因遇伏心慌，统吓得弃甲曳兵，仓皇逃散。长恭见不可支，也解衣潜窜，遁归东都。隋兵十死五六，资械荡尽无余。密与让威名大振，让乃推密为主，号为魏公，自称元年。密登坛置吏，拜让为上柱国，兼司徒东郡公。单雄信、徐世勣，为左右大将军，此外各封拜有差。凡赵魏以北，江淮以南，许多贼帅，多闻风响应，愿受节制。密悉给官爵，仍使统领原部，自就洛口城扩地为垣，周围四十里，作为根据地，特设行军元帅府，分兵四出，迭取河南郡县，并授齐郡盗孟让为总管，使他夤夜往袭东都。让至洛阳城下，城上不及防备，竟被让众扒入，焚掠外郭，还亏内城急忙抵御，才得保全。让手下只二千人，恐一经天晓，内城发兵来攻，不能抵挡，乃鼓啸而去。

河南讨捕使裴仁基，遇事迁延，洛口一战，愆期不至，又恐得罪朝廷，进退维谷。李密知他狼狈，使人诱降。仁基竟举虎牢降密，密封他为上柱国，使与翟让同袭回洛东仓，应手而下，遂烧天津桥，纵兵大掠。适东都出兵堵击，仁基等与战败绩，相率退还。李密督众自往回洛仓，大修营垒，进逼东都。还有秦叔宝、罗士信等，本在张须陁部下，须陁战死，秦、罗失了主帅，无处可依，也来投密。更有程咬金、赵仁基诸人，亦率众归密，密皆署为总管，分统部卒，遂令记室祖君彦，草就檄文，堂堂正正的声讨炀帝，数他十罪，恰是有理。略云：

宛公大元帅李密，谨以大义布告天下！隋帝以诈谋入承大统，罪恶滔天，不可胜数。素乱天伦，谋夺太子，罪之一也；弑父自立，罪之二也；伪诏杀弟，罪之三也；迫奸父妃，罪之四也；诛戮先朝大臣，罪之五也；听信奸佞，罪之六也；开市扰民，征辽黩武，罪之七也；大兴宫室，开掘河道，土木之工遍天下，虐民无已，罪之八也；荒淫无度，巡游忘返，不理政事，罪

之九也；政烦赋重，民不聊生，毫不知恤，罪之十也。有此十罪，何以君临天下？可谓罄南山之竹，书罪无穷，决东海之波，流恶难尽。密今不敢自专，愿择有德以为天下君，仗义讨贼，望兴仁义之师，共安天下，拯救生灵之苦。檄文到日，速为奉行！

檄语煌煌，钲鼓渊渊，乱世枭雄李玄邃，是密表字。得机得势，风靡海内，似乎兴王盛业，要属此人，哪知后来的真命天子，不是此李，却是别有一李。小子有诗咏道：

历代兴亡几变迁，半由人事半由天。
刘歆应谶翻遭戮，谁识玄机在事先？

究竟李密以外，尚有何处李姓，得成帝业，容待下回叙明。

麻叔谋腰斩一事，亦见韩偓《开河记》，正史中略而不详，意者以事同微渺，不可尽信欤？然既有文献之足征，不得谓竟无其事。况韩偓作记，年月并详，当非寓言可比。本编依记演述，存其真也。瓦岗寨始于翟让，而李密因之，密之自号魏公，已在洛口城中，并不在瓦岗寨，且秦叔宝、罗士信、程咬金等之依附，均在密称魏公之后，所与翟让共起寨中者，第单雄信、徐世勣二人已耳。《隋唐演义》，混叙不明，且以瓦岗寨为绝大根据地，此于正史杂记中，向无所见，故绝不混述，可采者从之，不可采者舍之，下笔时固自有斟酌也。

第九十九回

迫起兵李氏入关中
嘱献书矮奴死阙下

却说李密传檄四方，余盗响应，总道是唾手中原，可以应谶，偏偏天命所归，不属李密，却付诸太原留守李渊。渊奉炀帝敕旨，调兵击破甄翟儿，遂在太原镇守。会晋阳令刘文静，与李密素有婚谊，坐罪除名，囚系狱中。渊子世民，已随父至太原，与文静素来友善，屡往探视，且代为叹惜。文静怅然道："近来天下大乱，性命原轻似鸿毛，除非汉高祖、光武帝复生，或能重见天日。"世民道："君怎知今世无人？我来相省，正欲与君共议大事，难道效儿女子哭泣么？"文静乃与世民密谈，想出一种下手方法，请世民父子掩取关中。世民颇费踌躇，再经文静附耳授计，始喜跃而去。

原来晋阳宫监裴寂，为渊旧友，文静知世民不便劝父，特嘱他结好裴寂，作为导线。寂尝使酒好博，世民投寂所好，尝引与宴昵，且故意输钱。寂遂日夕过从，彼此甚是欢洽。世民因举密谋相告，寂徐徐答道："恐尊公不从奈何？"世民一再相恳，寂想了片时，方道："有了有了，他日报命。"过了一两天，寂引渊入晋阳宫，盛宴相待，饮至半醉，却走出两个美人儿，前来侑觞。渊已酒醉糊涂，也不问明底细，还道是歌伎一流，乐得借色陶情，畅饮遣怀，不多时颓倒玉山，沉沉欲睡。酒色两字，最足迷人，古来多少英雄，往往逃不过此关。两美人扶他入寝，伴宿一宵。及天已黎明，渊才醒来，开眼一瞧，竟有两美人侍着，不禁咄咄称奇，连忙问及来历，乃是晋阳宫中的尹、张二妃。渊大惊而起，慌忙趋出，召问裴寂。寂答称不妨。渊失色道："这宫是天子的行宫，尹、张二美人，是天子留住行宫的嫔御，如何叫她侍寝？若被天子闻知，我还想保全性命吗？"谁叫你着了道儿？寂笑道："唐公！为何这般胆小？不要说起几个宫人，就是隋室江山，也可唾手取来。"渊只是顿足，连呼："误我！"忽有一人走报，突厥兵进寇马邑。渊只好匆匆出宫，亟遣副留守高君雅，率兵出援。

君雅去了数日，即有败报到来，渊很是不安。世民乘间进言，请渊速图大事。渊叱他妄言，嘱令缄口。越日，世民再向渊密陈利害，渊始觉心动，喟然叹道："今日破家亡躯，由汝一人，化家为国，亦由汝一人了。"话虽如此，但因眷属尚在河东，一时不敢发难，忽由江都传到消息，乃是炀帝疑忌李渊，说他不能御寇，将遣使执诣江都，渊益加惊惧。世民复约同裴寂，共劝渊及早定计。渊为保身起见，也只好依他所议，勒兵待发。会江都又传到赦诏，仍令渊照旧供职，渊稍稍放心，暂且按兵不动。那世民却急不暇待，已暗地差遣心腹，赴河东去接家眷，一俟眷属至太原，便拟兴师。看官听着！这李渊的妻室，便是北周上柱国窦毅的女儿。毅曾尚周武帝姊襄阳公主，隋受周禅，窦女曾自恨我非男子，不能救舅家，见八十一回。毅已目为奇女。后来画屏射雀，因渊得中目，招为女夫。生子四，女一，长名建成，次即世民，又次名玄霸、元吉，一女适临汾人柴绍。是时窦氏已殁，可惜不得见隋灭唐兴。玄霸亦早世，建成、元吉，接到世民密书，便邀同柴绍，同赴太原。那刘文静已与世民密谋起事，怂恿裴寂速即劝渊。寂正恐宫人侍寝，事泄被罪，屡次催渊起兵。渊乃释出文静，令他诈为敕书，发太原、西河、雁门、马邑人民，使讨高丽。百姓怎知诈谋，急得魂梦不安，日夕思乱。

偏马邑乱首刘武周，闯入汾阳宫，掠得宫中妇女，往献突厥，请他为助。突厥竟立武周为定杨可汗，僭号称元。又有流人郭子和起兵榆林，金城校尉薛举，起兵陇西，西北一带，几无宁宇。武周又逼近太原，闹得李渊无法图存，不得已冒险起事。可巧高君雅回城乞援，渊佯与议事，还有副留守王威，也在座中。刘文静引入司马刘政会，讦告威与君雅，潜召突厥入寇。两人怎肯诬认，正在辩论，世民已引兵趋入，立将两人拿下，送入狱中。才阅两日，突厥兵数万人，果入寇晋阳，即太原。渊命裴寂等埋伏城阃，竟将城门洞开。突厥兵不敢驰入，回头径去。渊遂诬称威与君雅，实召外寇，斩首以徇。兵民信为实事，哪个为两人呼冤！

建成、元吉，与柴绍同至太原，渊因家眷已至，便好安心发兵。刘文静恐突厥牵制，劝渊自作手书，通好突厥，啗以厚利。突厥始毕可汗，惟利是图，当然应允。且云唐公当自为天子，方出兵马相助。渊不敢骤然称尊，用裴寂计，尊隋帝为太上皇，立代王侑为帝，移檄郡县，改易旗帜，阳示突厥有更新意；并与突厥订约，共定京师，有土地归唐公，子女玉帛归突厥等语。突厥遂馈马千匹，作为军资。渊即遣建成、世民，往攻西河郡，一鼓即下，擒住郡丞高德儒。世民面责德儒道："汝指野鸟为鸾，欺惑人主，见九十六回。我故特兴义师，前来诛汝。"说至此，即令将德儒推出斩首，此外不戮一人，令百姓各安旧业，远近称颂。建成、世民，引还晋阳，往返只越九日。渊大喜过望，遂自称大将军，开府置官，发仓赈民。裴寂为大将军府长史，遂将晋阳宫中子女玉帛，俱移送将军府中。于是尹、张二妃，由渊老实受用，左拥右抱，趣味可知。已开后世宫闱之祸。

待至新秋，渊自督兵西行，留季子元吉居守晋阳，传檄示众，无非说是发兵入关，拥立代王。代王侑却遣郎将宋老生屯霍邑，大将军屈突通屯河东，两路拒渊。渊途中遇雨，不能急进。会接李密来书，自恃兵强，欲为盟主。渊姑与周旋，复书推密，令他塞住河洛，牵缀隋兵。好几日才得天晴，用建成、元吉为前驱，进攻霍邑，阵斩宋老生，乘胜下临汾、绛郡，招降韩城。刘文静出使突厥，也引突厥兵五百人，马二千匹，前来相会。关中积盗孙华，望风投顺，愿为向导，遂引渊渡河。另在河东留住偏师，围攻屈突通。关中士民，陆续趋附。冯翊太守萧造，亦输款投诚。渊再命建成、刘文静等屯永丰仓，守住潼关，控制河东。世民、刘弘基等，往略渭北，自寓长春宫，居中调度。忽来了一队娘子军，为首的女英雄，就是李渊女儿，柴绍妻室。她本熟谙武略，因与从叔神通，募集丁壮，起应父兄，夫妻相聚，骨肉重逢，自有一番欢愉气象。世民进屯泾阳，收降关中群盗，有众九万人。柴绍夫妇，各置幕府，亦随世民同进。代王侑急命将军阴世师，郡丞骨仪，保守关中，登城备御。那世民复自泾阳出发，一路秋毫无犯，经过延安、上郡、雕阴诸境，无不叩马迎降，因向长春宫报捷，请渊督兵会攻。渊乃启节西行，往会世民。世民已先抵长安城下，至渊来会师，合兵二十余万，先遣使传谕守吏，愿拥立代王。守将阴世师不服，叱回去使。渊乃下令攻城，并约将士入城后，不得犯隋七庙，及代王宗室。将士奉令攻扑，前仆后继，连日不退。军头雷永吉，首先登城，余众随上，杀散城头守卒，逾城开门，迎纳渊军。阴世师、骨仪，战败被擒。代王侑年只十三，有什么能力，逃匿东宫，抖做一团。渊率军搜寻，得见代王，当下将他拥出，徙居大兴殿后厅，自寓长乐宫，与民约法十二条，悉除从前苛禁，杀阴世师、骨仪等十数人，余皆不问。越日即拥立代王侑为皇帝，遥尊炀帝为太上皇，改元义宁。此举毋乃多事。渊自为大丞相，都督内外军事，晋封唐王。命建成为世子，世民为秦公，元吉为齐公。

嗣接刘文静军报，已擒住屈突通，械送长安。原来河东各隋军，闻长安失守，家属被虏，当然恼惧。屈突通留部将桑显和，镇守潼关，自率众趋洛阳。显和举关降刘文静，并与文静偏将窦琮，合兵追通。两下相见，显和大呼道：“今京城已陷，汝等皆关中人，去将何往？”通众闻言，即释仗愿降，且将通执住，送至文静营中。文静乃转解长安。渊见了屈突通，忙令释缚，好言劝慰。通无法反抗，只得唯命是从。渊命通为兵部尚书，兼封蒋公，遣往河东城下，招谕通守尧君素。君素却是一个硬头子，但知为隋效死，不肯屈节，且举正言责通，说得通羞惭满面，还报李渊。渊暂将河东

李勣（594—669），原名徐世勣，字懋功，曹州离狐（今山东菏泽市西北）人，唐初大将。初从翟让起义，参加瓦岗军。武德元年（618年）归唐，任右武侯大将军，封曹国公。太宗、高宗朝曾从征高丽。总章元年（668年）破平壤，俘其主而归。

宇文化及（?—619），隋代郡武川（今内蒙古武川西东土城）人。宇文述大业十四年（618年）发动禁卫军兵变，弑君隋炀帝，立秦王杨浩，自为丞相。旋率军北归，被李密击败，退走魏县（今河北大名西南），自立为帝，国号许，年号天寿。次年，在聊城（今山东聊城东北）被窦建德击败擒杀。

搁置，专探听东都消息。

自李密进逼东都，越王侗一再遣使，向江都告急，虞世基尚谓越王少不更事，太属慌张，炀帝也以为然。至警报迭来，始命将军庞玉等，往援东都。越王侗亦使段达出兵，夜会庞玉，夹攻李密。密将柴孝和，劝密速袭长安，密不肯从，但在东都城下搏战。偏被庞段两军掩击，竟致大败。密身中流矢，奔回洛口。既而复部署散卒，再向东都，杀败隋军，又遣徐世勣袭取黎阳仓。泰山道士徐洪客，向密上书，谓："宜沿流东指，直向江都，执取独夫，号令天下。"此计最佳，比柴孝和之策，尤见优胜。密也为称善，作书招致洪客，竟不知去向。适王世充等奉炀帝命，带领江淮劲卒，来击李密。密不能东行，只好与世充对垒。又值军中有变，正要设法除患，遂令徐洪客一条好计，徒作虚言。

先是密为翟让所推，得为主帅，让却虚心乐戴，偏让兄翟弘，心下不服，尝语让道："汝不欲为天子，尽可与我，何必与人。"让司马王儒信，亦劝让自为冢宰，让置诸不答。偏密得此信息，不免怀疑。左司马郑颋，更劝密除让，密因与颋等计议，竟诱让入宴，把他杀死，并捕戮翟弘、王儒信。部众以密忍心负友，多半不平，经密历加慰抚，方才少定。王世充私料李、翟二人，必不相容，拟乘他自乱，乘间进击。及闻让死，顿觉失望；且与密数次交锋，败多胜少，徘徊洛水，不得进救东都。这消息传入长安，李渊特命建成为抚宁大将军，世民为副，渡河南下，声言为东都援应，实是牵制李密，与他争鹿中原。

忽由江都传到急报，炀帝被弑，宇文化及另立秦王浩为帝，渊不禁恸哭道："我北面事人，不能救主，怎得不哀恸呢？"恐是喜极成泪。看官听说！自炀帝到了江都，荒淫益甚，宫中设百余房舍，各盛供张，每房居一美人，轮流作东道主。炀帝自作上客，东游西宴，天天的酒色昏迷。时炀帝年将半百，怎能禁此朝朝红友，夜夜新郎？更兼平时屡服春药，为纵欢计，当时原是百战不疲，一夕能御数女，后来力尽精枯，诸病杂起，并因天下危乱，也觉不安，尝戴幅巾，着短衣，策杖步游，遍历宫院，汲汲顾影；或夜与后妃至高台中，一面饮酒，一面观星，顾着萧后，效为吴语道："外间大有人图侬，侬虽失天下，当不失为长城公，卿亦不失为沈后，且暂管眼前行乐罢！”萧后素来柔顺，但知随声附和，因循过去。妇人过柔，亦有坏处。又越数日，晨起揽镜，复语萧后道：“好头颅谁当斫我？”也自知不得为长城公么？萧后惊问何因？炀帝道：“贵贱苦乐，循环相寻，有什么可惊哩！”已而江都粮尽，扈驾兵多关中人，久客思归，炀帝见中原已乱，无志北还，且欲徙都丹阳，士卒多半不愿。郎将窦贤，竟不别而行，率部西去。炀帝急遣卫士追杀窦贤，无如人不畏死，仍然悄悄逃走。虎贲郎将司马德戡，与直阁将军裴虔通等，也密议西归，辗转勾引，有一宫人闻知，报知萧后道：“外间已人人欲反了。”萧后道：“汝可奏达上闻。”宫人因申奏炀帝，炀帝怒道：“汝晓得什么国事，乃来妄言？”随叱令左右牵出宫人，把她处死。自是无人敢言。

虎牙郎将赵元枢，已由司马德戡、裴虔通等，串同一气，约期西遁，他本与将作少监宇文智及，为莫逆交，因将密谋转告。智及微哂道：“主上虽然淫虐，威令尚行，君等亡去，亦恐蹈窦贤覆辙，自取死亡了。”元枢皱眉道：“如此奈何？”智及道：“今天已丧隋，英雄并起，同心谋叛，眼前且不下数万人，若因此举事，小为王，大且为帝呢。”元枢半晌才答道：“欲行大事，必推主帅，看来惟公兄弟，足当此任。”智及道：“这却须与我兄熟商。”元枢乃出，告知同党，德戡等亦皆赞成。又复约同智及，相偕至化及居处，推他为帅。化及胆怯，蓦闻此谋，不由的大惊失色。嗣经党人怂恿，再由智及力劝，方勉强允诺。德戡出召骁果军吏，晓示密谋，大众齐声道：“惟将军命！”于是摩厉以须，戒期行事。炀帝未尝不防，并因微识星象，往往夜起观天，望见天象不佳，即召问太史令袁充。充伏地垂涕道：“星文大恶，贼星逼帝座甚急，恐祸生旦夕，非修德无以禳灾。”炀帝愀然不乐，起入便殿，俯首欷嘘。回顾见王义在侧，乃与语道：“汝知天下将乱么？汝何故不言？”义泣对道：“天下大乱，由来已久，小臣服役深宫，不敢预政，如或越俎早言，恐臣骨已早朽了。”炀帝炫然道：“卿今为我直陈，令我知晓。”迟了迟了。义答道：“待小子具牍奏明。”说毕趋退。越宿即面呈一书，究竟是否出自义手，亦不得而知。但书中指陈前弊，却是深切著明，书云：

臣本南楚卑薄之民，逢圣明为治之时，不爱此身，愿从入贡，出入左右，积有岁华，浓被恩私，皆逾素望，臣虽至鄙，颇好穷经，略知善恶之本源，少识兴亡之所以，深蒙顾问，方敢敷陈。自陛下嗣守元符，体临大器，圣神独断，谏议莫从。独发睿谋，不容人献。大兴西苑，两至辽东，龙舟逾于万艘，宫阙遍于天下，兵甲常役百万，士民穷乎山谷。征辽者百不存十，没葬者十未有一。帑藏全虚，谷粟涌贵，乘舆竞往，行幸无时，遂令四方失望，天下为墟。方今有家之村，存者可数，子弟死兵役，老弱困蓬蒿，饿

莩盈郊，尸骸如岳，膏血草野，狐犬尽肥。阴风无人之墟，鬼哭寒草之下。目断平野，千里无烟，万民剥落，莫保朝昏。父遗幼子，妻号故夫，孤若何多？饥荒尤甚，乱离方始，生死孰知？人主爱人，一何如此？陛下恒性毅然，孰敢上谏，或有鲠言，又令赐死。臣下相顾，箝结自全。龙逢复生，安敢议奏？左右近臣，阿谀顺旨，迎合帝意，造作拒谏，皆出此途，乃蒙富贵。陛下过恶，从何得闻？方今又败辽师，再幸东土，社稷危于春雪，干戈遍于四方，生民已入涂炭，官吏犹未敢言。陛下自维，若何为计？陛下欲幸永嘉，坐延岁月，神武威严，一何销铄？陛下欲兴师，则兵吏不顺，欲行幸则侍卫莫从，适当此时，如何自处？陛下虽欲发愤修德，加意爱民，然大势已去，时不再来。巨厦之倾，一木不能支，洪河已决，掬壤不能救。臣本远人，不知忌讳，事已至此，安敢不言？臣今不死，后必死兵。敢献此书，延颈待尽，窃不胜惶切待命之至。

炀帝看罢，不禁太息道："从古以来，哪有不亡的国家，不死的主子？"义跪伏涕泣道："陛下到了今日，尚自饰已过，臣闻陛下尝言，朕当跨三皇，超五帝，俯视商周，为万世不可及的圣主。今日时势至此，连乘舆都不能回京，岂非大悖前言么？"炀帝也不能自辩，只泣下沾襟道："汝真忠臣，朕悔已无及了。"义又泣道："臣昔不言，尚是贪生，今既具奏，愿一死报谢圣恩，请陛下自爱！"说至此，即叩头辞去。炀帝方再阅义书，有一人入报道："王义自刎了。"却也难得，可惜徒死无益，未当国殇。炀帝惊叹道："有这等事吗？可悲可痛！"遂命有司具礼厚葬。是日又接到几处警报，武威司马李轨，占据河西，自称凉王。罗川令萧铣，占据巴陵，自称梁王。还有金城乱首薛举，前僭号西秦霸王，今且移据天水，居然自称秦帝了。两路新发，一路已见上文。炀帝急得没法，只有自嗟自叹。好容易又阅数宵，正与后妃等饮酒排遣，忽见东南角上，火光冲天，且有一片喧噪声，慌忙召入直阁将军，问为何因？那直阁将军不是别人，正是密谋作乱的裴虔通。虔通入对炀帝道："不过草坊中失火，外面兵民扑救，所以有此哗声，愿陛下勿虑！"炀帝遂放了心，但令虔通出外严守，自己酣饮至醉，挈了萧后、朱贵儿，安然同寝去了。只有此宵。

未几，鸡声报晓，天色微明，那叛兵已拥入玄武门，大刀阔斧，杀入宫来。玄武门前，本有宫奴数百人，统皆强壮，由炀帝特别简选，给他重饷，常令把守，是夕由司宫魏氏，得了叛党的贿嘱，矫诏放出，令得休息。司马德勘先驱进宫，如入无人之境，再加裴虔通作为内应，将宫门一律闭住，只开了东门，驱出宿卫，容纳叛党。惟右屯卫将车独孤盛，与千牛备身独孤开远，尚未与叛党勾通，眼见得情势不佳，即出来诘问虔通。虔通道：“事已至此，与将军无干，将军不必动手，同保富贵。”独孤盛怒骂道：“老贼说出什么话来？”遂拔刀与虔通奋斗，战约数合，司马德戡已率叛众直入，来助虔通，独孤盛手下，只有数人，哪能敌得住许多的叛党，霎时间盛被刺死，左右逃散，独孤开远忙驰叩阁门，请炀帝亲自督战。途中集卫兵数百名，至阁门外大呼大叫，并没有一人答应，叛党已经驰到。开远回马接战，也是寡不敌众，被他刺中马首，掀落地上，为乱兵牵扯去了。阁内无人守住，由叛党斩门突入，趋至寝殿，来寻炀帝。小子有诗叹道：

群雄逐鹿几经秋，锦绣河山已半休。

到此昏君犹不悟，萧墙怎得免戈矛？

欲知炀帝曾否起床，且看后文结末的一回。

李渊之起兵，实不及李密之光明。狎宫妃，事突厥，铤而走险，不过为身家计。初无吊民伐罪之心，其所由得入关中者，全仗世民一人。世民才智，远过乃父，而李密无此佳儿，此其所以终落人后也。且李密曾劝杨玄感入关，及其自为元帅，反顿兵东都，利令智昏，不败不止，徒恃一祖君彦之文笔，究何益乎？炀帝至濒亡之际，戎虏伏于帷墙，尚自荒淫不悟，王义一书，痛快淋漓，读之令人酸鼻，而正史不录其事，岂因义为宫掖小人，本不足道，且一死谢君，固不过如匹夫匹妇之为谅乎？韩偓《海山记》，独表而出之，故本编亦不肯苟略云。

第一百回

弑昏君隋家数尽
鸩少主杨氏凶终

却说裴虔通、司马德戡等入寻炀帝，趋至正寝，空帏寂寂，不见一人，当即退出，另向各处搜寻。行至永巷，撞着了一个宫人，挟了细软物件，拟往别处逃生。适被裴虔通一把拿住，便问主上现在何处？宫人尚推说不知。虔通举刀相逼，只得手指西阁，向他明示。虔通乃放去宫人，领着乱党，闯入西阁，校尉令狐行达，拔刀先进。炀帝正与萧后、朱贵儿，闻变急起，自正寝逃匿西阁，猛闻阁下人声喧杂，亟开窗俯瞩，正值行达耀武扬威，恶狠狠的持刀过来，便惊问道："汝欲来杀我么？"行达道："臣不敢为逆，但欲奉陛下西还哩。"说着，即突入阁门，登楼逼下炀帝。虔通亦入，炀帝与语道："汝非我故人么？何为叛我？"虔通道："臣不敢反，只因将士思归，即奉陛下还京。"炀帝道："朕非不思归，正为上江米船未至，是以迟迟，今便与汝等同归罢！"虔通乃出，但令行达等把守阁门，不准外人出入。一面遣同党孟秉，往迎化及。化及驰入朝堂，由司马德戡迎谒。化及犹俯首据鞍，自称罪过。实是无用。德戡等扶他下马，拥入殿中，推为丞相，宣召百僚。

裴虔通复入语炀帝道："百官统在朝堂，俟陛下亲出慰谕。"炀帝尚不欲出阁，由虔通迫令上马，挟出宫门。萧后、朱贵儿俱未及晓妆，蓬头披发，随在马后，将欲出殿，被化及瞧着，忙向虔通摇手道："何用持此物来！"虔通乃引炀帝至寝殿，自与德戡持刃夹侍。炀帝问世基何在？下面立着叛党马文举，厉声答应道："已枭首了。"炀帝叹道："我何罪至此？"文举道："陛下违弃宗庙，巡游不息，外勤征讨，内极奢淫，丁壮毙锋刃，老弱转沟壑，四民丧业，专任佞谀，拒谏饰非，怎得说是无罪？"炀帝道："朕负百姓，不负汝等。汝等荣禄兼至，奈何负朕？今日事孰为戎首？"德戡应声道："普天同怨，何止一人？"言未已，忽有一女子振着娇喉，挺身出骂道："何等狂奴，胆大妄言！试想天子至尊，就使小有过失，亦望汝等好生辅导，怎得无礼至此？况三日以前，曾有诏令宫人各制絮袍，分赐汝等，天子方很加体恤，奈何汝等负恩，反敢迫胁乘舆？"德戡怒目注视，乃是炀帝幸姬朱贵儿，便反唇道："天子不德，都是汝等淫婢，巧为蛊惑，以致如此。今日反来多言吗？"朱贵儿尚大骂逆贼不止，惹得德戡性起，顺手一刀，把贵儿砍死，一道芳魂，已先入鬼门关，静候炀帝去了。《海山记》载及此事，故特录及以表节烈。德戡复语炀帝道："臣等原负陛下，但今天下俱乱，两京已为贼据，陛下欲归无路，臣等亦求生无门，且自思已亏臣节，不能中止，愿借陛下首以谢天下。"炀帝听了，吓得魂飞天外，哑口无言。蓦见舍人封德彝趋入，还道他是心腹忠臣，必来救护，哪知德彝亦满口胡言，历数炀帝罪恶，促令自裁。炀帝不禁动怒道："武夫不知名分，还可说得，汝乃士人，读书明礼，也来助贼欺君。汝且自想，该不该呢？"德彝也不觉自惭，赧颜退出。可为信佞者作一榜样。赵王杲系炀帝幼子，年仅十二，见炀帝如此被逼，竟上牵父衣，号啕大哭。虔通听得讨厌，索性也赠他一刀，杲当然倒毙，血溅御袍，便欲顺手行弑。炀帝道："天子死自有法，怎得横加锋刃？快去取鸩酒来。"叛党不许。令狐行达复上前逼帝自决，炀帝乃自解练巾，授与行达。行达便将巾套帝颈上，用力一绞，一个淫昏无道的主子，气决归天。总计炀帝在位十三年，享年五十。

叛党既弑了炀帝，便出报宇文化及，化及语众道："昏主已死，宜立新帝，前蜀王秀尚被囚禁，近亦随至东都，不如迎立为主罢。"大众喧嚷道："斩草须要除根，奈何再立蜀王？"遂不待化及命令，分头搜戮，杀死蜀王秀，齐王暕，燕王倓，并及杨氏宗戚，无论少长，一律斩首。惟皇侄秦王浩，系炀帝弟秦王俊子，炀帝曾令他袭封，平素与智及往来，智及一力保护，幸得免死。又杀内史侍郎虞世基，御史大夫裴蕴，左翊卫大将军来护儿，太史令袁充，右翊卫将军宇文协，千牛宇文皛，梁公萧钜等十数大臣。黄门侍郎裴矩，向来是炀帝幸臣，因他扈驾东都，曾替将士献议，搜括寡妇处女，分配将士，颇得众欢；且当化及入宫时，迎拜马首，所以得免。前光禄大夫苏威，亦往贺化及，化及优礼相待，推为耆硕。百官闻威亦入贺，相率趋集。实是怕死。独给事郎许善心不至，化及恨他反对，即遣骑士就善心家，把他擒至朝堂，问他何故不贺？善心道："公为隋臣，善心亦食隋禄，难道天子被戕，尚有心称贺么？"化及无言可驳，乃令释缚。善心拂衣趋出，绝不道谢。化及又不禁动怒道："此人负气太甚，决不可留！"因复遣党人擒回，把他斩首，发尸还葬。善心母范氏，已九十二岁，抚柩不哭，但向尸叹息道："能死国难，不愧我子。"说着，扶杖还卧，绝粒数日而终。母子同心，足愧佞臣。

化及自称大丞相，总掌百揆，令弟智及为左仆射，士及为内史令，裴矩为右仆射，司马德戡、裴虔通等，各有封赏。时已天暮，乱党统喜跃而归。化及闲着，便带着亲丁数名，入视宫寝，行至正宫，但见一班妇女，围住萧皇后，在那里啼哭。化及朗声道：“汝等在此哭什么？”萧后前见朱贵儿被杀，吓得魂胆飞扬，逃入后宫，抖个不住，此时听得化及一声，又道他前来加刃，不由的起身离座，向后躲避。化及见她玉容乱颤，翠袖斜欹，已觉可怜得很，再从左右顾盼，无一非钗鬟半瑳，眉目含颦，当下且怜且语道：“主上无道，故遭横祸，与汝等本无干涉，不必过慌。”一班美人儿，你觑我，我觑你，莫敢发言。还是萧后接着道：“将军请坐，我等命在须臾，幸乞将军保全！”叫你献出禁脔，自然保全。化及再注视萧后，更暗暗称奇。原来萧后虽已四十许人，望去却与盛年无二，依然是丰容盛鬋，秀色可餐，便趋近一步道：“皇后不必过悲，倘不见嫌，愿共保富贵。”说着，复回顾亲丁道：“快到御厨中往取酒肴，与后妃等压惊。”亲丁奉令自去。化及复顾语萧后道：“十六院夫人，俱在此处否？”萧后道：“多半在此。”化及道：“快去召齐，到此饮酒。”萧后乃遣宫女分头往召，不一时俱已到来。好在酒肴亦俱搬入，化及分定宾主，自坐客席。萧后以下，列坐主席。起初尚觉有些羞耻，及饮了几杯，彼此忘怀，居然有说有笑，好似化及是个炀帝转身，一些儿不分同异。惟萧后婉语道：“将军既有此义举，何不立杨氏后人，自明无私？”化及道：“我亦做这般想。现惟秦王浩尚存，明日立他为帝便了。”萧后称谢。到了酒酣饭罢，席撤更阑，化及醉意醺醺，令众美人散归本室，自己搂住萧皇后，同入欢帏。萧后贪生怕死，也顾不得甚么名义，屈节受污。嗣是化及占据六宫，把十六院夫人，挨次淫乱，就是吴绛仙、袁宝儿一班美人，也难幸免。一班畜生。看官听着！这隋炀帝烝淫无忌，纵欲无度，已受了白练套头的惨报，凡从前所有的预兆，一一应验，并且子孙被人诛，妻妾被人淫，好一座锦绣江山，平空断送，可见得衣冠禽兽，总要遭殃，就是贵为天子，也难逃此重谴哩。如闻响钟。

且说宇文化及占住后妃，方依萧后所请，托奉皇后命令，立秦王浩为帝，草草把炀帝棺殓，殡诸西院流珠堂。此外被杀各人，俱命藁葬。秦王浩惟一坐正殿，朝见百官，嗣后迁居尚书省，用卫士十余人监守，差不多与罪犯一般。国家大事，均归化及兄弟专断，但遣令史至尚书省，迫浩画敕。百官亦不得见浩。化及自奉，一如炀帝生前，纵恣月余，始从众议，欲还长安，命左武卫将军陈棱，为江都太守，领留后事。

当下出令戒行，皇后六宫，仍依旧式为御营，营前立帐。化及居中视事，仪卫队伍，概拟乘舆。凡少帝浩以下，并令登程，夺江都人民舟楫，取道彭城水路，向西进行。到了显福宫，虎贲郎将麦孟才，虎牙郎钱杰，与折冲郎将沈光，拟乘夜袭杀化及，为炀帝报仇，不幸事泄，被司马德戡引兵围住，一律斗死。及行抵彭城，水路不通，夺得民间牛车二千辆，并载宫人珍宝。此外器仗，悉令兵士背负，道远力疲，俱有怨言，就是司马德戡、赵行枢等，亦皆生悔意，谋杀化及。偏又为化及所闻，遣士及诱他入谒，一并擒斩，该死的坏党。复带领部众，向巩洛进发。途次为李密所阻，不得西进，乃暂入东郡，借图休息，再与李密交兵。

唐王李渊，本欲掩取东都，才拟称帝，适建成、世民，自东都引归，劝渊称尊，号召天下，渊乃自为相国，职总百揆。过了数日，群僚再三劝进，因迫隋帝侑禅位，唐王渊公然称帝，即位受朝，改义宁二年为武德元年，废帝侑为酅国公，追谥太上皇为炀帝，但选录杨氏宗室，量才授职，总算与前朝篡国的主子，稍稍异趋，若要正名立论，恐终难免一篡字呢。月旦公评。李氏自起兵至即位，俱用简文，详见《唐史演义》。

那东都留守各官，既闻炀帝凶耗，又接关中警信，遂推越王侗嗣皇帝位，改元皇泰，进用段达、王世充为纳言，元文都为内史令，共掌朝政。会闻宇文化及率众西来，东都人民，相率恟惧。有士人盖琮上书，请招谕李密，合拒化及，元文都等颇以为然，即授琮为通直散骑常侍，赍敕赐密。密与东都，相持多日，又恐世充化及，左右夹攻，也乐得将计就计，复书乞降，愿讨化及以赎罪。皇泰主册拜密为太尉，兼魏国公，令先平化及，然后入朝辅政。密乃与世充息争，专拒化及。世充引众入东都，正值元文都等，张饮上东门，设乐侑觞。世充忿然道："汝等谓李密可恃么？"密恐陷入围中，假意求降，宁有真心？况朝廷官爵，轻授贼人，试问诸君意欲何为？乃反置酒作乐，自鸣得意么？"文都虽不与多辩，心下很是不平，遂与世充有隙。嗣接李密连番捷报，已将化及杀退。东都官僚，互相称贺，独世充扬言道："文都等皆刀笔吏，未知贼情，将来必为李密所擒。况我军屡与密战，杀伤不可胜计，密若入都辅政，必图报复，我等将无噍类了。"这一席话，明明是挑动部曲，反抗朝议。文都情急，忙与段达密议，欲乘世充入朝，伏甲除患。偏段达转告世充，世充遂勒兵夜袭含嘉门，斩关直入。文都闻变，亟奉皇泰主御乾阳殿，派兵出拒世充。世充逐节杀入，无人敢当，进攻紫微宫门，皇泰主使人登紫微观，问世充何故兴兵？世充下马谢过，且言："文都私通外寇，请先杀文都，然后杀臣。"皇泰主得报，迟疑未决。可巧段达趋进，顾视将军黄桃树，把文都拿下。文都语皇秦主道："臣今朝死，恐陛下也不能保暮了。"说虽甚是，但也失之过激。皇泰主无法调停，只得垂泪相送，一经文都出门，便被世充麾下，乱刀斫死。世充趋入殿门，谒见皇泰主，皇泰主愀然道："未曾闻奏，擅相诛戮，臣道岂应如此？公自逞强力，莫非又欲及我么？"世充拜伏流涕道："文都包藏祸心，欲召李密，共危社稷，臣不得已称兵加诛。臣受先帝殊恩，誓不敢负陛下，若有异心，天日在上，使臣族灭无遗。"仿佛猪八戒罚咒。皇泰主信为真言，乃引令升殿，命世充为左仆射，总督内外诸军事。世充又收杀文都党羽，令兄弟典兵，独揽大权，势倾内外，皇泰主但拱手画诺罢了。

李密追击宇文化及，直至魏县，乃引兵趋还东都，到了温县，闻东都有变，始还屯金墉城。适东都大饥，流民出都觅食，密开洛口仓赈济难民，收降甚众。王世充伪与密和，愿以布易米。密军多米乏衣，许与交易，东都得食，遂无人往降。密方知堕世充狡计，绝不与交。哪知世充已挑选精锐，前来攻密。密留王伯当守金墉，邴元真守洛口，自引众出偃师北境，抵御世充。世充夜遣轻骑，潜入北山，伏溪谷中。更命军士秣马蓐食，待晓即发，掩击密军。密藐视世充，不设壁垒，被世充麾兵杀入，行伍大乱。再由北山伏兵，乘高驰下，锐不可当。密众大溃，遁回洛口。邴元真已愿降世充，闭门不纳。密东奔虎牢，王伯当亦弃金墉城，来与密会议行止。诸将多半解体。密乃决计入关，往降唐朝。当时随密同行，只一王伯当，他将多投入世充。唐授密为光禄卿，赐爵邢国公，密意尚未足，后来又与王伯当叛唐，终为唐行军总管盛彦卿所杀。王伯当亦死。惟徐世勣曾为密所遣，居守黎阳，寻即受唐招谕，赐姓李氏。

李渊因河东未下，尝遣刺史韦义节往攻，不利，再命华州刺史赵慈景，与工部尚书独孤怀恩，率兵往攻。怀恩行至蒲坂，未曾设备，被河东守将尧君素发兵掩袭，怀恩败走，赵慈景挺身断后，力屈被擒，枭首城外。慈景曾尚李渊女桂阳公主，听得女夫战死，当然悲悼，桂阳公主，更哭得似泪人儿一般，力请为夫复仇。渊劝她返家守丧，更促怀恩进攻，且查得君素妻室，尚在长安，特遣人执住，送至河东城下，使招君素。君素怒道："天下名义，岂妇女所能知晓？"说至此，即弯弓发矢，将妻射倒。又复誓众死守，决计不降。后来粮食告罄，守兵惶急，君素部下薛宗，竟刺杀君素，持首出降。偏别将王行本，又登陴拒守，趁着怀恩无备，鼓众出击，杀退怀恩，复得向别处运粮，接济城中士卒。唐廷责备怀恩，怀恩心怀怨望，反与行本联络，谋附刘武周。嗣经唐廷察觉，方将怀恩调回治罪，另遣将军秦武通往代，方得攻下河东，擒斩行本，但已是二年有余了。

这二年内，四方扰攘，迭起不已，吴兴太守沈法兴，独树一帜，据有江表十余郡，自称江南道大总管。东南亦不能安枕，就是前时剧盗，称帝称王，亦屡有所闻。此外小盗，忽起忽灭，不可胜数。那宇文化及退至魏县，兵势日衰，因怨智及无故发难，徒负弑君恶名。智及不服，彼此交哄，众益离叛。化及叹道："人生总有一死，但得能一日为帝，死也甘心。"皇帝滋味，果如是甘美么？遂鸩杀秦王浩，僭称许帝。才阅半年，为唐淮南王李神通所破，逃往聊城。可巧窦建德驱众杀来，化及等不能抵挡，生生被他擒住。惟建德对着萧后，却拱手称臣，不敢亵慢。恐淫妇未必见情。复立炀帝神位，素服发哀，把宇文智及等，枭斩致祭。独化及尚囚住槛车，载归乐寿，斩首示众。建德素不好色，因将隋家妃妾，悉数遣归，只萧后无从安顿，令她安居别室。嗣经突厥可敦义成公主，遣使来迎，方送她出塞。还有炀帝幼孙杨政道，系齐王暕遗腹子，未曾遭害，也随萧后同赴突厥。突厥立政道为隋主，令与萧后同居定襄，萧后方安心住下了。姑作一束，详见《唐史演义》。

东都既归王世充掌握，渐渐的骄恣不法，俄而自封太尉尚书令，俄而自称郑王加九锡，又俄而背了前言，竟将皇泰主废去，自做皇帝，国号郑。皇泰主降为潞公，不到一月，遣人致鸩皇泰主。皇泰主布席礼佛道："愿自今以后，不复生帝王家。"乃取鸩饮下，一时尚未绝气，竟被来使用帛勒死。尤可怪的是东死一侗，西死一侑，两兄弟不约而同，好似冥冥中注有定数，要他一年间同见阎王。于是杨家称帝的子孙，覆亡净尽。唐谥侑为恭帝，王世充亦谥侗为恭帝，两恭帝在位，又同是二年。《隋书》帝纪，但录恭帝侑，不及恭帝侗，这是唐臣书法，不免徇私，其实是侑已被废，侗才嗣立，就隋论隋，未始非一线所存，应该称为隋朝皇帝。总计隋自文帝篡周，共历四主，凡三十七年。隋史自此告终，南北史也即收场，欲要问及群雄的结果，请看小子所编的《唐史通俗演义》，本书恕不缕述了。划然而止，余音绕梁。看官不要遽尔掉头，尚有俚句二首，作为全书的锻尾声。

南北纷争二百年，隋家崛起始安全。
如何骤出淫昏主，破碎江山又荡然。
六朝金粉尽成空，殿血模糊尚带红。
漫道帝王真个贵，谁家全始得全终？

炀帝恶贯满盈，到头应有此劫，三千粉黛，殉主只一朱贵儿，而正史不载，非《海山记》之特为表彰，几何不同流合污，泯没无闻耶？化及立秦王浩，浩不能讨贼，且仍为贼所弑，原不足道。代王侑为李氏所立，越王侗为东都所立，虽其后同归废死，然李渊、王世充等，究与化及有间，侑废而唐兴，侗死而隋乃亡，稽古者固不得徒据隋书，存侑而略侗也。观隋家之如此收场，益见主德之不可不明，过眼繁华，皆泡影耳。人能悟此，庶乎近道矣。

南北史大事记

410年　刘裕灭南燕

417年　刘裕攻占长安，后秦灭亡

420年　刘裕接受禅让即位，东晋灭亡，宋立国

422年　宋武帝刘裕去世，少帝即位

423年　北魏明元帝去世，太武帝即位

424年　宋少帝被废，宋文帝即位

439年　北魏灭北凉，统一华北

452年　北魏太武帝被暗杀，文成帝即位

453年　宋文帝被暗杀，刘骏即帝位，是为孝武帝

464年　宋孝武帝去世，前废帝即位

465年　北魏文成帝去世，献文帝即位，冯太后摄政；宋明帝即位

471年　北魏献文帝让位于年仅五岁的太子宏——即孝文帝

476年　北魏冯太后杀献文帝

477年　萧道成废宋昱帝，立顺帝

479年　萧道成接受顺帝禅位，称帝建立齐国，是为南齐高帝

482年　萧道成去世，齐武帝即位

490年　冯太后去世，孝文帝亲政

493年　南齐武帝去世，废帝即位；同年，北魏孝文帝确定迁都洛阳

494年　南齐废帝被杀，萧鸾自立，是为明帝

498年　南齐明帝去世，同年爆发王敬则之乱，东昏侯即位

499年　北魏孝文帝去世，宣武帝即位

500年　因东昏侯暴政，萧衍起兵

502年　萧衍接受禅位建立梁，是为梁武帝，南齐灭亡

515年　北魏宣武帝去世，孝明帝即位，灵太后摄政

528年　北魏灵太后杀孝明帝，尔朱荣攻入洛阳，大肆虐杀皇室、朝臣

530 年　北魏孝庄帝杀尔朱荣，尔朱兆杀孝庄帝，次年立节闵帝

532 年　北魏权臣高欢攻灭尔朱氏，立孝武帝

534 年　北魏孝武帝投奔宇文泰，同年被杀；高欢立孝静帝

535 年　宇文泰立文帝，北魏分裂

548 年　梁侯景之乱爆发，次年侯景攻陷建康，梁武帝去世，简文帝即位

550 年　高洋接受孝静帝禅位，北齐建国，是为文宣帝，东魏灭亡

551 年　侯景杀梁简文帝，自称汉帝；西魏文帝去世，废帝即位

552 年　王僧辩、陈霸先讨灭侯景，萧绎即位于江陵，是为梁元帝

554 年　江陵被西魏攻陷，梁元帝去世

555 年　陈霸先杀王僧辩，萧方智被立为帝，是为梁敬帝

557 年　陈霸先接受禅位，建立陈，是为陈武帝；西魏宇文觉接受恭帝禅位，建立北周；同年宇文护废宇文觉，立宇文毓为帝，是为明帝

559 年　陈武帝去世，文帝即位；同年北齐文宣帝去世，废帝即位

560 年　北齐高演废帝自立，是为齐孝昭帝；同年北周宇文护废明帝，立宇文邕为帝，是为周武帝

561 年　北齐孝昭帝去世，武成帝即位

565 年　北齐武成帝让位于太子高纬，是为后主

577 年　北周灭北齐，统一华北

578 年　周武帝去世，宣帝即位

581 年　杨坚废帝自立，建立隋朝，是为隋文帝

582 年　陈宣帝去世，后主陈叔宝即位

589 年　隋平定陈，一统天下

600 年　太子杨勇被废，杨广被立为太子

604 年　随文帝去世，隋炀帝即位

617 年　李渊在太原起兵，攻入长安立杨侑为帝，是为恭帝

618 年　隋炀帝去世，李渊即位称帝，建立唐朝，是为唐高祖

图书在版编目（CIP）数据

三百年的大融合：南北史演义 / 蔡东藩著. — 北京：化学工业出版社，2016.10
（蔡东藩说中国史）
ISBN 978-7-122-28050-3

Ⅰ. ①三… Ⅱ. ①蔡… Ⅲ. ①章回小说 - 中国 - 现代 Ⅳ. ①I246.4

中国版本图书馆CIP数据核字（2016）第217042号

责任编辑：温建斌　龚风光　　　　装帧设计：今亮后声 HOPESOUND pankouyugu@163.com
责任校对：程晓彤

出版发行：化学工业出版社（北京市东城区青年湖南街13号 邮政编码 100011）
印　　装：高教社（天津）印务有限公司
710mm×1000mm 1/16　印张 44　　字数796千字　　2017年1月北京第1版第1次印刷

购书咨询：010-64518888（传真：010-64519686）售后服务：010-64518899
网　　址：http://www.cip.com.cn
凡购买本书，如有缺损质量问题，本社销售中心负责调换。

定　价：68.00元（全二册）